हिन्द पॉकेट बुक्स

एजेंल्स एंड डीमन्स

डैन ब्राउन बेस्ट सेलर *डिजिटल फोर्ट्रेस* नाम की पुस्तक के लेखक हैं। उन्होंने फिलिप्स एक्सटेर एकेडमी से स्नातक की उपाधि ली है जहाँ वे अंग्रेजी और क्रिएटिव राइटिंग पढ़ाते हैं। वे अपनी पत्नी के साथ न्यू इंग्लैंड में रहते हैं।

अनुवादक परिचय

राजेश कुमार झा को अनुवाद और संपादन के क्षेत्र में लंबा अनुभव रहा है। ओरहान पामुक के उपन्यास *माई नेम इज रेड* और वीएस नायपॉल के लेखों के अनुवाद उनके कुछ महत्वपूर्ण कार्यों में शामिल हैं। विश्व कविता के अनुवाद में उनकी विशेष रुचि है जो अनेक साहित्यिक पत्र-पत्रिकाओं में प्रकाशित हुए हैं।
इन्होंने जवाहरलाल नेहरू विश्वविद्यालय से अर्थशास्त्र में एमए और एमफिल किया है।

'थ्रिलर पुस्तकों का लेखन इससे बेहतर नहीं हो सकता'
— डेनवर पोस्ट

'न्यूयॉर्क टाइम्स #1 बेस्टसेलिंग लेखक डैन ब्राउन की धड़कनें तेज़ कर देने वाली और दिमाग को हिलाकर रख देने वाली एडवेंचर कथा को समीक्षक काफी पसंद करते हैं' (पीपुल)

द विंची कोड

'एक शानदार, धमाकेदार और गजब की किताब। एक रोमांचकारी दिमाग की चूलें हिला देने वाला थ्रिलर। हैरी पॉटर के बाद किसी लेखक ने इस तरीके से पाठकों को सांसें थाम कर एक घुमावदार कहानी को पढ़ने के लिए मजबूर नहीं किया था'
— द न्यूयॉर्क टाइम्स

'एक शानदार थ्रिलर का नया सिद्धहस्त लेखक'
— *पीपुल*

'यह एक विशुद्ध प्रतिभा का विस्फोट है'
—*न्यूयॉर्क टाइम्स* बेस्टसेलिंग लेखक नेल्सन डेमिले

'इस मास्टरपीस को अनिवार्य तौर पर पढ़ा जाना चाहिए। ब्राउन एक विश्व प्रसिद्ध कुशल थ्रिलर लेखक के रूप में अपनी प्रसिद्धि को इस लेखन से मजबूत ही कर रहे हैं जो एक ऐतिहासिकता का झुकाव लिए हुए और हर पृष्ठ पर सस्पेंस से भरपूर है'
— *लाइब्रेरी जर्नल*

'अत्यधिक चतुराईपूर्ण लेखन। लाजवाब और मज़ेदार ... एक उल्लेखनीय उपलब्धि'
— *वाशिंगटन पोस्ट*

'एक दिल की रफ्तार बढ़ा देने वाला थ्रिलर। इस कहानी में इतने सारे पेंच हैं— सारे के सारे संतोषजनक और औचक— कि इसकी कहानी के बारे में पहले ही ज़्यादा

खुलासा करना ठीक नहीं होगा ... अगर यह उपन्यास आपकी धड़कनों को नहीं बढ़ाता, तो आपको किसी डॉक्टर से सलाह लेनी चाहिए'

— *सैन फ्रैंसिस्कों क्रॉनिकल*

'एक हंगामेदार, गुदगुदाती हुई और अत्यधिक ख़ूबसूरत व मज़ेदार यात्रा'

— *शिकागो ट्रिब्यून*

'ब्राउन ने ऐसी कहानी गढ़ी है जो षडयंत्र की कहानियाँ और थ्रिलर को पसंद करने वालों को समान रूप से आकर्षित करेगी'

—*पब्लिशर्स वीकली*

'एक जटिल घुमावदार रहस्यकथा, औचक घटनाएँ और कई भौंचक्का करने वाली घटनाएँ। यह एक चुनौतीपूर्ण, उत्तेजक और अद्भुत किताब है'

— *बोस्टन ग्लोब*

एजेंल्स एंड डीमन्स

'सधी हुई और सटीक कहानी ... पेंचदार और आश्चर्य से भरपूर कथानक जो पाठकों को अंत तक बाँधे रखता है'

—पब्लिशर्स वीकली

'क्या शानदार किताब है। रोमांच, सस्पेंस और कल्पना से भरपूर'

—*न्यूयॉर्क टाइम्स* बेस्टसेलिंग लेखक डेल ब्राउन

'जीवन और मौत की रोमांच कथा, चूहे-बिल्ली की कहानी सा आवेग, रोमांस, धर्म, विज्ञान, हत्या, रहस्य, वास्तु और एक्शन से भरपूर कथानक'

—करकुस रिव्यू

'उत्तेजक और एक असाधारण उच्च आईक्यू के साथ तेज रफ्तार वाली कहानी'

— सैन फ्रैंसिस्कों क्रॉनिकल

'एक ऐसा पाठकीय अनुभव जिसे आप कभी नहीं भूल पाएँगे। डैन ब्राउन ने एक दूसरा तूफानी रफ्तार का थ्रिलर लिखा है जो क्लैन्सी और कस्लर की बेहतरीन किताबों से होड़ लेता है'

—*मिडवेस्ट बुक रिव्यूज़*

'रहस्य और रोमांच का खुला खेल और सांस रोकर पढ़ने को मजबूर कर देने वाला थ्रिलर— जो कैथरीन नेविले की द एट (बल्कि उससे भी ज्यादा रोमांचकारी) या उम्बेर्टो इको की फूकोज पेंडुलम (उससे भी ज्यादा आसान) जैसा है'

— *एमेजॉन डॉट कॉम* (संपादक का चयन)

डिसेप्शन प्वाइंट

'डैन ब्राउन रॉकेट जैसे रफ्तार वाले थ्रिलर लिखते हैं जिसमें कई मोड़ और चौंकाने वाली बातें होती हैं जो घनघोर पाठकों को भी महज अंदाज लगाने पर मजबूर कर देता है। ... एक लाजवाब पुस्तक'

—*न्यूयॉर्क टाइम्स* बेस्टसेलिंग लेखक विंशी फ्लाइन

'एक शानदार थ्रिलर। एक बड़ी लेकिन विश्वसनीय कहानी जो तेज रफ्तार से खुलती जाती है, आश्वस्त करने वाले कथानक और नायक व खलनायक चरित्रों के संतुलन के साथ आगे बढ़ती है। एक्शन और रहस्य का एक सटीक उदाहरण'

—*पब्लिशर्स वीकली*

'ब्राउन थ्रिलर की दुनिया में सबसे जहीन और तेज-तर्रार लेखकों में से एक हैं। इस चकाचौंध से भरी हाईटेक एडवेंचर कथा में उन्होंने कुशलतापूर्वक अपने हास्यबोध और अंदाज का तालमेल कसलर की अचंभित करने वाली एडवेंचर कथा और क्लेंसी की आधुनिक तकनीक के साथ बिठाया है'

—*लाइब्रेरी जर्नल*

'ब्राउन की अपनी कथानक पर जबरदस्त पकड़ है। वह थ्रिलर की दुनिया में अपने ज़्यादातर समकक्षों की तुलना में एक तीक्ष्ण किस्सागो हैं'

—करकस रिव्यूज़

डैन ब्राउन की अन्य पुस्तकें

द विंची कोड

एजेंल्स एंड डीमन्स

डिसेप्शन प्वाइंट

डिजिटल फोर्ट्रेस

एंजेल्स एंड डीमन्स

डैन ब्राउन

अनुवाद : राजेश कुमार झा

हिन्द पॉकेट बुक्स
पेंगुइन रैंडम हाउस इम्प्रिंट

हिन्द पॉकेट बुक्स

यूएसए | कनाडा | यूके | आयरलैंड | ऑस्ट्रेलिया | सिंगापुर
न्यू ज़ीलैंड | भारत | दक्षिण अफ्रीका | चीन

हिन्द पॉकेट बुक्स, पेंगुइन रैंडम हाउस ग्रुप ऑफ़ कम्पनीज़ का हिस्सा है,
जिसका पता global.penguinrandomhouse.com पर मिलेगा

पेंगुइन रैंडम हाउस इंडिया प्रा. लि.,
चौथी मंजिल, कैपिटल टावर 1, एमजी रोड,
गुरुग्राम 122002, हरियाणा, भारत

पेंगुइन
रैंडम हाउस
इंडिया

प्रथम हिंदी संस्करण हिंद पॉकेट बुक्स में
पेंगुइन रैंडम हाउस द्वारा 2021 में प्रकाशित

10 9 8 7 6 5 4 3 2

ISBN 9780143444435

अनुवाद : राजेश कुमार झा
टाइपसेटिंग : डीजीअल्ट्राबुक्स प्रा.लि., नई दिल्ली
मुद्रक : मणिपाल टेक्नॉलजीस् लिमिटेड, भारत

www.penguin.co.in

MIX
Paper | Supporting responsible forestry
FSC® C043100

This is a legitimate digitally printed version of the book and therefore might not have certain extra finishing on the cover.

ब्लाइफ़ के लिए ...

तथ्य

दुनिया की सबसे बड़ी वैज्ञानिक शोध प्रयोगशाला — स्विटज़रलैंड की काउंसेल यूरोपीन पौर ला रिचर्चे न्यूक्लिआर(CERN) — ने हाल ही में एंटीमैटर के पहले कण को बनाने में सफलता हासिल की। एंटीमैटर, फिजिकल मैटर के समान ही होता है, सिर्फ एक फर्क है कि यह ऐसे कणों से बना होता है जिनके इलेक्ट्रिक चार्ज सामान्य पदार्थ के इलेक्ट्रिक चार्ज के विपरीत होते हैं।

मानवजाति के इतिहास में एंटीमैटर सबसे ज़्यादा शक्तिशाली ऊर्जा का स्रोत है। यह शत प्रतिशत दक्षता के साथ ऊर्जा छोड़ता है(नाभिकीय संलयन महज 1.5 प्रतिशत दक्षता का ही होता है)। एंटीमैटर किसी तरह का प्रदूषण या विकिरण नहीं छोड़ता और इसका एक बूंद भी समूचे न्यूयॉर्क शहर को पूरे दिन भर ऊर्जा की आपूर्ति कर सकता है।

लेकिन इसमें एक पेंच है ...

एंटीमैटर अत्यधिक अस्थिर होता है। यह किसी भी पदार्थ के संपर्क में आते ही क्रियाशील हो जाता है ... हवा के संपर्क में भी। एंटीमैटर के एक ग्राम में उतनी ही ऊर्जा होती है जितनी एक 20-किलोटन के एटम बम में होती है — जिस आकार का एटम बम हिरोशिमा पर गिराया गया था।

लेखकीय नोट

रोम की कला, मकबरों, सुरंगों और वास्तु-संरचनाओं के सारे संदर्भ पूरी तरह से वास्तविक हैं(और उनके सटीक स्थान भी)। उन्हें आज भी देखा जा सकता है। इल्यूमिनाटी संगठन का जिक्र भी वास्तविक है।

आधुनिक रोम

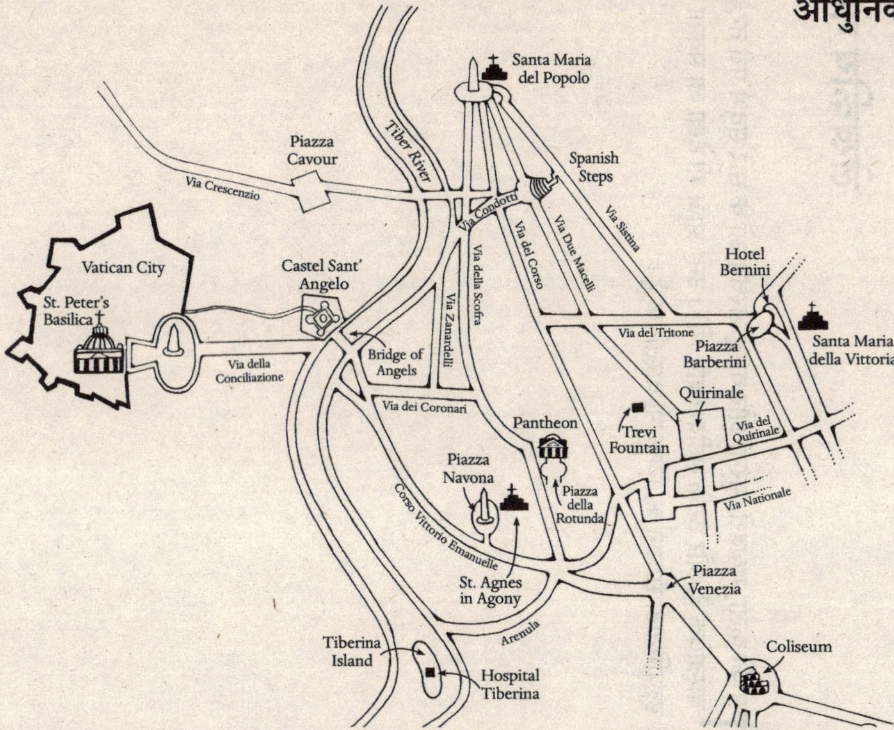

Santa Maria
del Popolo
Piazza
Cavour
Tiber River
Spanish
Steps
Via Crescenzio
Via Condotti
Via Sistina
Via del Corso
Via Due Macelli
Via della Scofra
Vatican City
Castel Sant'
Angelo
Hotel
Bernini
St. Peter's
Basilica
Via Zanardelli
Via del Tritone
Santa Maria
della Vittoria
Piazza
Barberini
Bridge of
Angels
Via della
Conciliazione
Quirinale
Via dei Coronari
Pantheon
Trevi
Fountain
Via del
Quirinale
Piazza
Navona
Piazza
della
Rotunda
Via Nationale
Corso Vittorio Emanuelle
St. Agnes
in Agony
Piazza
Venezia
Arenula
Coliseum
Tiberina
Island
Hospital
Tiberina

वेटिकन सिटी

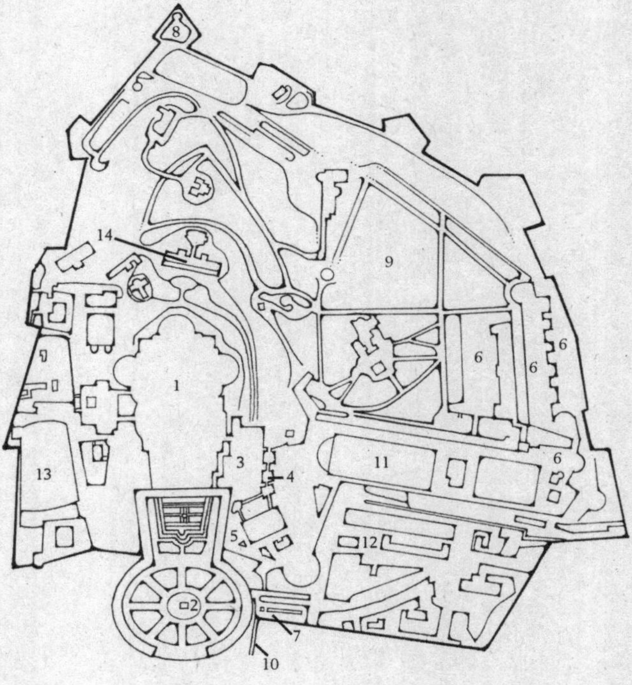

1 सेंट पीटर्स बैसिलिका	8 हेलीपोर्ट
2 सेंट पीटर्स स्क्वॉयर	9 गार्डेन्स
3 सिस्टीन चैपर	10 द पैसेट्टा
4 बोर्गिया कोर्टयार्ड	11 कोर्टयार्ड ऑफ बेलवेडर
5 ऑफिस ऑफ द पोप	12 सेंट्रल पोस्ट ऑफिस
6 वैटिकन म्यूजियम्स	13 पेपल ऑडियंस हॉल
7 ऑफिस ऑफ द स्विस गार्ड	14 गवर्नमेंट पैलेस

भूमिका

भौतिक—विज्ञानी लियोनार्डो वेट्रा को जलते हुए मांस की गंध आ रही थी। वह जानता था कि यह उनके ही शरीर की गंध थी। उसने डरते डरते ऊपर की ओर देखा। वहाँ एक काला साया मंडरा रहा था। 'तुम क्या चाहते हो?'

'ला शिआवे,' एक कर्कश आवाज़ आई, 'पासवर्ड'।

'लेकिन ... मुझे तो पासवर्ड का पता नहीं ... '

घुसपैठिए ने जोर लगाकर सफेद, गरम सी वो चीज़ वेट्रा की छाती में और भी गहरे घुसेड़ दी। जलते हुए माँस से खदकने की आवाज़ आ रही थी।

दर्द के मारे वेट्रा चीख उठा। 'ऐसा कोई पासवर्ड नहीं है!' उसे लगा कि वह धीरे धीरे बेहोश हो रहा है।

साए ने आँखें तरेरते हुए कहा, 'ने एवियो पाउरा। मुझे इसी बात का डर था'।

वेट्रा होश में रहने की जी जान से कोशिश कर रहा था, लेकिन उसके चारों तरफ जैसे अंधेरा छा रहा था। उसे सिर्फ इस बात का सुकून था कि उस पर हमला करने वाले को वो चीज़ कभी नहीं मिलेगी जिसकी तलाश में वो आया था। लेकिन एक पल के बाद, साए ने चाकू निकाला और उसे वेट्रा के चेहरे पर तान दिया। चाकू वेट्रा के चेहरे के ऊपर लटक रहा था। एहतियात के साथ। काटने को तैयार।

'भगवान के लिए ... ' वेट्रा चीख पड़ा । लेकिन तब तक बहुत देर हो चुकी थी।

1

गीज़ा के पिरामिड के ऊपर सीढ़ियों पर खड़ी एक युवती ने हँसते हुए उसे आवाज़ दी। 'रॉबर्ट, जल्दी करो। मुझे पता था कि मुझे थोड़े कम उम्र के इंसान से शादी करनी चाहिए थी'! उसकी मुस्कुराहट में जादू था।

वह युवती के साथ साथ चलने की कोशिश कर रहा था, लेकिन उसके पैर मानो जम गए थे। 'मेहरबानी करके थोड़ा रुको,' उसने गिड़गिड़ाते हुए उससे कहा।

ऊपर चढ़ते चढ़ते उसकी आँखों के आगे अंधेरा छाने लगा। उसके कान में धम धम बज रहा था। *मुझे उसके पास पहुँचना ही है!* लेकिन उसने ऊपर देखा तो औरत गायब हो चुकी थी। उसकी जगह सड़े दांतों वाला एक बुड्ढा दिखाई दे रहा था। उसने घूर कर नीचे देखा। उसने होंठ इस तरह टेढ़ा किया मानो अकेले में कोई हंस रहा हो। इसके बाद उसके मुँह से दर्द भरी चीख निकली जो पूरे रेगिस्तान में फैल गई।

रॉबर्ट लैंग्डन की नींद खुल गई। वह नींद में कोई डरावना सपना देख रहा था। उसके बिस्तर पर रखा फोन बज रहा था। उसने फोन उठाया। वह बेहद घबराया हुआ था।

'हेलो।'

'मैं रॉबर्ट लैंग्डन से बात करना चाहता हूँ,' फोन की दूसरी तरफ से किसी पुरुष की आवाज़ आयी।

लैंग्डन हड़बड़ाकर अपने खाली बिस्तर पर बैठ गया और एकाग्रचित्त होकर सोचने की कोशिश करने लगा। 'मैं रॉबर्ट लैंग्डन बोल रहा हूँ'। उसने आँखें सिकोड़ कर डिजिटल घड़ी की ओर देखा। सुबह के 5.18 बज रहे थे।

'मुझे तुमसे तुरंत मिलना है।'

'कौन हो तुम?'

'मेरा नाम मैक्सीमिलियन कोलर है। मैं डिस्क्रीट पार्टिकल पर काम करने वाला वैज्ञानिक हूँ।'

'क्या?,' लैंग्डन के लिए अपना दिमाग़ स्थिर रखना मुश्किल हो रहा था। 'क्या तुम्हें यकीन है कि मैं ही वह लैंग्डन हूँ जिससे तुम बात करना चाहते हो?'

'आप हार्वर्ड यूनिवर्सिटी में धार्मिक संकेत—विज्ञान के प्रोफेसर हैं। आपने संकेत—विज्ञान के बारे में तीन किताबें लिखी हैं और ... '

'तुम्हें पता है कि अभी क्या वक्त हो रहा है?'

'माफ कीजिएगा। मेरे पास कुछ ऐसी चीज़ है जो आपके काम की हो सकती है। मैं इसके बारे में फोन पर बात नहीं कर सकता।'

लैंग्डन के होठों से एक जानी पहचानी सी सिसकी निकल गई। उसके साथ पहले भी ऐसा हुआ था। धार्मिक संकेतों के अर्थ के बारे में लिखने का एक ख़तरा यह भी था कि कट्टरपंथी धार्मिक लोग उससे ईश्वर से मिलने वाले ताज़ा—तरीन संकेतों के बारे में पुष्टि करवाना चाहते थे। अभी पिछले ही महीने ओकलाहोमा से किसी औरत ने उसे फोन कर बुलाया था। वह क्लब में न्यूड डांस किया करती थी। उसने वादा किया था कि अगर लैंग्डन उसके बिस्तर पर अचानक उभर आए सलीब के निशान की पुष्टि कर देगा तो वह उसे ज़िंदगी के सबसे नायाब सेक्स का तोहफ़ा देगी। लैंग्सडन ने इसे 'तुल्सा के कफन' का नाम दिया था।

'तुम्हें मेरा नंबर कहाँ से मिला?' इतनी सुबह फोन आने के बावजूद लैंग्सडन विनम्रता के साथ बात करने की कोशिश कर रहा था।

'इंटरनेट पर। आपकी किताब की साइट से।'

लैंग्डन को कोफ्त हो रही थी। उसे पक्का यकीन था कि उसकी किताब की साइट पर उसके घर का फोन नंबर नहीं दिया गया था। ज़ाहिर था कि वह झूठ बोल रहा था।

'मुझे आपसे मिलना है। फोन करने वाला आदमी ज़िद कर रहा था। 'मैं आपको अच्छी रकम दूंगा'।

अब लैंग्डन का पारा गर्म हो रहा था। 'माफ करना, लेकिन मैं...'

'अगर आप इसी वक्त चल पड़ें तो आप यहाँ ...'

'मैं कहीं नहीं जा रहा। इस समय सुबह के पाँच बज रहे हैं!' लैंग्डन फोन काट कर बिस्तर पर लेट गया। वह आँखें बंद कर सोने की कोशिश करने लगा। लेकिन कोई फायदा नहीं हुआ। उसके दिमाग़ पर यह सपना छाया रहा। अनमने ढंग से वह कपड़े पहनकर नीचे की मंज़िल पर चला गया।

लैंग्डन मैसाचुसेट्स के अपने पुराने विक्टोरिया शैली के सुनसान घर में खाली पाँव इधर उधर टहल रहा था। उसे नींद नहीं आ रही थी और इसलिए वह अपना पुराना नुस्खा यानी गरमा गरम *नेस्ले क्विक* का प्याला पी रहा था। खाड़ी की ओर वाली खिड़की से अप्रैल महीने की चांदनी छन-छन कर अंदर आ रही थी और कमरे के अंदर बिछी

कालीन पर अपनी छटा बिखेर रही थी। लैंग्डन के दोस्त उससे हमेशा मज़ाक करते थे कि उसका मकान घर से अधिक एंथ्रोपोलॉजिकल म्यूजियम जैसा लगता था। उसकी अलमारियों में दुनिया भर से जमा किए गए धार्मिक कर्मकांडों से जुड़े सामान भरे पड़े थे—घाना से लाई गई लकड़ी की गुड़िया—एकुआबा, स्पेन से लाया हुआ सोने का सलीब, एजियन से लायी सिक्लेडिक मूर्ति, यहाँ तक कि बोर्नियो से लाया गया बोकस भी, जो कि एक नौजवान योद्धा के अमर यौवन की निशानी थी।

लैंग्डन पीतल के महर्षि की छाती पर बैठ कर गरमा गरम चॉकलेट का आनंद ले रहा था। खाड़ी की तरफ खुलने वाली खिड़की में उसका अक्स दिखाई दे रहा था। उसका अक्स थोड़ा विकृत और पीलापन लिए हुए था मानो किसी भूत का साया हो। शायद बुढ़ाते हुए भूत का साया। उसे यह सोचते हुए तक़लीफ़ हो रही थी कि उसका नौजवान दिल नष्ट हो जाने वाले खोल में बसता है।

वैसे पैतालीस वर्ष का लैंग्डन शास्त्रीय अर्थों में बहुत ज़्यादा खूबसूरत तो नहीं था। लेकिन उसकी महिला सहकर्मी उसके विद्वानों जैसे आकर्षक व्यक्तित्व की बात किया करती थी—घने भूरे बालों के बीच थोड़े से सफेद बाल, गहरी, पैनी नीली आँखें, आकर्षक भारी आवाज़ और कॉलेज के खिलाड़ी की तरह बेबाक मुस्कुराहट। यूनिवर्सिटी और हाईस्कूल में अपनी पढ़ाई के दौरान लैंग्डन तैराक था और अब भी उसका शरीर तैराकों जैसा ही था। छह फुट लंबा, गठीला बदन। लैंग्डन रोज यूनिवर्सिटी के स्विमिंग पूल में पचास चक्कर लगाता था जिसकी वजह से उसके शरीर का गठीलापन बरकरार था।

दोस्तों के लिए लैंग्डन हमेशा एक पहेली ही रहा—सदियों के बीच , फँसा हुआ एक इंसान। सप्ताह के अंत में वह नीली जींस पहने हुए यूनिवर्सिटी की इमारत के सामने बने चौकोर मैदान में आराम फरमा रहा होता या फिर छात्रों के साथ कंप्यूटर ग्राफिक्स या धार्मिक इतिहास के बारे में बातें कर रहा होता। कभी उसकी फैशनेबल कला संबंधी पत्र पत्रिकाओं के कवर पर म्यूजियम के उद्घाटन के दौरान भाषण देते वक्त ली गई तस्वीर छपी होती। हैरिस ट्वीड और बिना आस्तीन वाली बंडी पहने हुए इन तस्वीरों में वह खूब जँचता था।

लैंग्डन एक सख्त मिज़ाज और अनुशासन को महत्व देने वाले शिक्षक के तौर पर जाना जाता था, लेकिन उसे साफ सुथरे, स्वस्थ मनोरंजन से कोई परहेज न था। उसका मानना था कि मनोरंजन एक खोई हुई कला है। उसे इस तरह के मनोरंजन की शुरुआत करने वाला व्यक्ति माना जाता था। मनोरंजन के मामले में उसे गहरी रुचि थी, करीब करीब पागलपन की हद तक, जो दूसरों को भी प्रभावित कर देती थी। इसकी वजह से वह अपने छात्रों के बीच बहुत लोकप्रिय था। कैंपस के अंदर वह 'डॉल्फिन' के नाम से मशहूर था। यह नाम उसके मधुर स्वभाव की वजह से तो था ही, इसकी दूसरी वजह थी

कि वह पूल में कूदकर वाटर—पोलो के मैच में अपने विरोधियों को बेहद आसानी से मात दे सकता था।

लैंग्डन अकेले यूँ ही अंधेरे को घूर रहा था। तभी घर की चुप्पी को तोड़ते हुए फैक्स मशीन की घंटी बजी। वह इतना थका हुआ था कि उसे नाराज़ होना भी मुश्किल लग रहा था। उसके चेहरे पर एक थकी सी हल्की हंसी उभर आयी।

शायद फिर से गॉड्स पीपुल। उसने सोचा। दो हज़ार साल से अपने मसीहा का इंतज़ार करते हुए वे आजतक थके नहीं।

उसने थके कदमों से किचन में जाकर अपना खाली मग रखा और दीवारों पर लकड़ी के काम वाले अपने अध्ययन कक्ष की तरफ चल पड़ा। बाहर से आया हुआ फैक्स ट्रे में पड़ा हुआ था। उसने कागज़ उठाकर उस पर नज़र डाली। उसके मुँह से हल्की सी आह निकल आयी।

अचानक उसे मितली का एक झोंका आया।

कागज़ पर किसी लाश की तस्वीर बनी थी। लाश नंगी थी। इसका सर इस तरह मरोड़ दिया गया था कि सर पीछे की तरफ देख रहा था। लाश की छाती पर भयानक रूप से जलने का निशान था। किसी ने गर्म सलाखों से दाग कर लाश पर निशान बना दिया था जिस पर सिर्फ एक शब्द लिखा हुआ था। लैंग्डन उस शब्द से बखूबी परिचित था। उसने नक्काशीदार शब्द की तरफ हैरत भरी नज़रों से देखा।

'इल्युमिनाटी'। वह हकला रहा था। उसका दिल जोर जोर से धड़क रहा था। *यह मुमकिन नहीं...*

लैंग्डन ने घबराते हुए धीरे—धीरे फैक्स को सीधा किया। उसे लगा जैसे किसी ट्रक ने उसे धक्का मार दिया हो। उसे अपनी आँखों पर यकीन नहीं हो रहा था। उसने एक बार फिर फैक्स को दूसरी तरफ मोड़ दिया। वह बार—बार उलट पलट कर फैक्स में छपी तस्वीर को देख रहा था—कभी ऊपर की ओर से तो कभी नीचे की तरफ से।

'इल्युमिनाटी,' वह फुसफुसा कर बोला।

अचंभित होकर लैंग्डन कुर्सी पर धम्म से बैठ गया। एक पल के लिए वह सुन्न हो गया। धीरे धीरे उसकी आँख फैक्स मशीन में टिमटिमाती लाल रोशनी पर पड़ी। फैक्स

भेजने वाला अब भी लाइन पर था। वह बात करने के लिए इंतज़ार कर रहा था। लैंग्डन जलती—बुझती लाल रोशनी को देर तक देखता रहा।

फिर, काँपते हाथों से उसने रिसीवर उठाया।

2

'क्या अब आप मेरी बात ध्यान से सुनने को तैयार हैं?' लैंग्डन ने जब फोन पर जवाब दिया तो दूसरी ओर से आवाज़ सुनाई दी।

'जी हाँ। आप अपनी बात कहिए। आप कुछ बताना चाहते हैं?'

'मैंने आपको पहले भी बताने की कोशिश की थी।' आवाज़ में सख़्ती ज़ाहिर हो रही थी। लग रहा था जैसे किसी मशीन से आवाज़ आ रही हो। 'मैं भौतिक विज्ञानी हूँ। मैं एक शोध संस्थान चलाता हूँ। हमारे यहाँ एक ख़ून हुआ है। आपने लाश देख ली है।'

'आपने मेरे बारे में कैसे जानकारी मिली?' लैंग्डन के लिए अपने दिमाग को स्थिर रखना मुश्किल हो रहा था। उसका दिमाग फैक्स में आयी तस्वीर के बारे में लगातार तेजी से सोच रहा था।

'मैं पहले ही आपको बता चुका हूँ। मुझे इंटरनेट से आपके बारे में जानकारी मिली। आपकी किताब *दि आर्ट ऑफ इल्युमिनाटी* की साइट से।

लैंग्डन अपना दिमाग़ स्थिर करने की कोशिश करने लगा। उसकी किताब को लोकप्रिय साहित्यिक समूहों में ज़्यादा लोग नहीं जानते थे, लेकिन ऑनलाइन किताबें पढ़ने वालों में यह काफी मशहूर था। फिर भी, फोन पर बात कर रहे व्यक्ति की बातों में कोई सचाई नहीं लग रही थी। 'उस साइट पर मेरा कोई पता-ठिकाना नहीं दिया गया है।' लैंग्डन ने चुनौती देते हुए कहा। 'मुझे इस बात का पक्का यकीन है।'

'मेरी लैब में ऐसे कई लोग हैं जो इंटरनेट से लोगों के बारे में जानकारी आसानी से निकाल सकते हैं।'

लैंग्डन को इस बात पर विश्वास नहीं हो रहा था। 'लगता है कि तुम्हारे लैब में लोगों को इंटरनेट के बारे में बहुत जानकारी है।'

'हाँ। ये लाज़िमी है। क्योंकि हमने इसका आविष्कार किया है।' उस व्यक्ति ने छूटते ही जवाब दिया।

उस इंसान की आवाज़ में कुछ ऐसा था कि लैंग्डन को लगा कि वह मज़ाक नहीं कर रहा था।

'मुझे आपसे मिलना ही होगा।' फोन पर बात करने वाले ने ज़िद करते हुए कहा। 'हम फोन पर ये बातें नहीं कर सकते। फ्लाइट से मेरे लैब से बोस्टन आने में बस एक घंटे का वक्त लगेगा'।

लैंग्डन अपने अध्ययन-कक्ष की हल्की रोशनी में फैक्स को हाथ में पकड़ कर गहरे सोच में था। वह अपने हाथ में फैक्स को लेकर उसे समझने की कोशिश कर रहा था। फैक्स में छपी हुई तस्वीर उसके दिमाग़ पर हावी हो रही थी। शायद यह तस्वीर इस सदी की सबसे बड़ी पुरातन दस्तावेज की खोज थी। यह प्रतीक चिह्न उसके दस वर्ष के शोध को प्रमाणित कर रहा था।

'यह बहुत ही ज़रूरी है'। आवाज़ में जिद झलक रही थी।

लैंग्डन की आँख उस ब्रांड पर जमी हुई थी। इल्युमिनाटी। वह बार-बार इसे पढ़ रहा था। उसका काम ठीक उसी तरह का था जैसे जीवाश्मों की खोज करने वाले वैज्ञानिकों का। वह अपने शोध में प्राचीन दस्तावेजों को ऐतिहासिक कथाओं से जोड़ने की कोशिश करता था लेकिन उसके सामने पड़ी हुई तस्वीर आज की थी। वर्तमान काल की। ऐसा लग रहा था जैसे डायनासोर पर काम करने वाले वैज्ञानिक के सामने जीता-जागता डायनासोर आकर खड़ा हो गया हो।

'मैंने बिना पूछे आपके लिए जहाज़ भेज दिया है।' फोन की दूसरी ओर से आवाज़ आयी। 'जहाज़ बीस मिनट में बोस्टन पहुँच जाएगा।'

लैंग्डन का गला सूखने लगा। एक घंटे की फ्लाइट ...

'ज़िंद करने के लिए माफी चाहता हूँ,' दूसरी ओर से आवाज़ आयी। मुझे आपसे मिलना ही होगा।

लैंग्डन ने एक बार फिर फैक्स की ओर देखा—एक प्राचीन मिथक, सादे पन्ने पर छपा हुआ। इसके परिणाम भयंकर थे। वह अनमने ढंग से समुद्र की ओर खुल रही खिड़की से बाहर देखने लगा। घर के पिछवाड़े से शाहबलूत के पेड़ो से छन-छन कर सुबह की हल्की हल्की रोशनी अंदर आ रही थी। लेकिन आज सुबह नज़ारा कुछ बदला बदला सा लग रहा था। उसके मन पर डर और मस्ती का अजीब सा घालमेल छाया हुआ था। लैंग्डन जानता था कि उसके पास विकल्प नहीं है।

'तुम्हारी जीत हुई। बताओ जहाज़ कहाँ पर होगा'। उसने कहा।

3

हज़ारों किलोमीटर दूर दो लोग मिल रहे थे। कमरे में अंधेरा छाया था। मध्यकालीन। पत्थर।

'बेनबुनुटो,' वहाँ का काम देख रहे व्यक्ति ने कहा। वह अंधेरे में बैठा था, नज़रों से दूर। 'कामयाबी मिली?'

'सि', अंधेरे से आवाज़ आयी। 'परफेक्टामेंटे' उसकी आवाज़ दीवार में लगे पत्थरों की तरह सख्त थी।

‘और इस बात में कोई संदेह नहीं रहेगा कि इसके लिए कौन जिम्मेदार है।’

‘कतई नहीं। ‘

‘वाह। मैंने जो तुमसे मांगा था वो है तुम्हारे पास?’

कातिल की आँख चमक रही थी, तेल की तरह काली। उसने एक भारी इलेक्ट्रॉनिक मशीन निकालकर टेबल पर रख दिया।

अंधेरे में बैठा आदमी ख़ुश हो गया। ‘तुमने तारीफ के लायक काम किया है।’

‘अपने भाई—बंधुओं की सेवा करना गौरव की बात है,’ कातिल ने जवाब दिया।

‘फेज-2 बहुत जल्द शुरू होने वाला है। थोड़ा आराम कर लो। आज की रात हम दुनिया को बदलने वाले हैं।’

4

रॉबर्ट लैंग्डन का सैब 900S कैलेघन सुरंग को चीरता हुआ बोस्टन बंदरगाह के पूर्वी छोर पर पहुँच चुका था जहाँ से लोगान हवाईअड्डे में घुसने का रास्ता था। रास्ते को परखते हुए लैंग्डन एविएशन रोड पर पहुँच चुका था जहाँ वह बाईं तरफ मुड़कर पुराने ईस्टर्न एयरलाइंस की इमारत से आगे बढ़ गया। अंदर जाने वाले रास्ते से करीब 300 गज की दूरी पर अंधेरे में हवाई जहाज़ का हैंगर था। इसके ऊपर बड़े बड़े अक्षरों में ‘4’ लिखा हुआ था। पार्किंग में घुसकर वह कार से बाहर आ गया।

इमारत के पिछले हिस्से से नीले रंग की फ्लाइट सूट पहने हुए गोल चेहरे वाला एक आदमी बाहर आया। ‘रॉबर्ट लैंग्डन’ उस आदमी ने पुकारा। उसकी आवाज़ दोस्ताना थी। उसके बोलने के लहजे से पता लगाना मुश्किल था कि वह किस इलाके का रहने वाला था।

‘हाँ, मैं ही लैंग्डन हूँ,’ उसने कार का दरवाज़ा बंद करते हुए कहा।

‘वाह, बिलकुल सही समय। मैंने भी अभी अभी लैंड किया है। मेरे पीछे-पीछे आइये,’ उस व्यक्ति ने कहा।

उस इमारत के बाहर से गुजरते हुए लैंग्डन तनाव महसूस कर रहा था। उसे इस तरह के तीखे फोन कॉल और अजनबी लोगों के साथ मिलने का इल्म नहीं था। उसे पता नहीं था कि क्या होने वाला है। इसलिए उसने क्लासरूम वाले कपड़े पहन रखे थे—चिनोज, गोल—गले वाली टी शर्ट, हैरिस ट्वीड का जैकेट। उस व्यक्ति के साथ चलते हुए वह अपनी जेब में रखे फैक्स के बारे में सोच रहा था। उसे अब भी फैक्स में छपी तस्वीर पर यकीन नहीं हो रहा था।

पायलट को लैंग्डन के तनाव का शायद अहसास हो चुका था। ‘हवाई—जहाज़ से यात्रा करने में आपको कोई परेशानी तो नहीं, सर?’

'नहीं, बिल्कुल नहीं,' लैंग्डन ने जवाब दिया। *ब्रांडेड लाशें मेरे लिए परेशानी का सबब हैं। हवाई जहाज़ से सफर करना मैं जानता हूँ।*

वह आदमी लैंग्डन के साथ-साथ हैंगर तक आया। फिर वे कोने की तरफ मुड़ गए जो रनवे तक जाता था।

टारमैक पर खड़े हवाई जहाज़ पर जैसे ही लैंग्डन की नज़र पड़ी उसके होश उड़ गए। 'हम इसी जहाज़ में सफर करने वाले हैं?'

'आपको पसंद आय़ा?' पायलट ने हंसते हुए पूछा।

'पसंद आया? ये क्या तमाशा है।'

उनके सामने दैत्याकार हवाई जहाज़ दिखाई दे रहा था। यह स्पेस शटल की तरह लग रहा था जिसका ऊपरी हिस्सा जैसे कतर दिया गया हो, जिससे यह बिल्कुल समतल दिखाई दे रहा था। रनवे पर खड़ा जहाज़ लकड़ी की मोटी तख्ते जैसा लग रहा था जो आगे से पीछे की तरफ पतला होता गया था।

लैंग्डन को लगा कि वह कोई सपना देख रहा है। ऐसा लग रहा था जैसे किसी ने पुराने मॉडल की बुइक कार को उड़ने के लिए तैयार कर रखा हो। जहाज़ में विंग की जगह बस पीछे की ओर दो छोटी छोटी पतवार जैसी चीज़ दिखाई दे रही थी। आगे के हिस्से में दो गाइडर्स दिखाई दे रहे थे। बाकी जहाज़ जैसे एक बहुत ही लंबे बक्से की तरह दिखाई दे रहा था—करीब 200 फुट लंबा। कोई खिड़की नहीं।

'ईंधन से पूरी तरह भरा हुआ ढाई लाख किलो की मशीन।' पायलट ऐसे बता रहा था जैसे अभी अभी पैदा हुए बच्चे के बारे में कोई पिता लोगों को बच्चे के बारे में बता रहा हो। 'ये जहाज़ हाइड्रोजन ईंधन से चलता है। इसका बाहरी हिस्सा टाइटेनियम मैट्रिक्स से बना है जिसके अंदर सिलिकॉन कार्बाइड के रेशे डाले गए हैं। इसके थ्रस्ट और वजन का अनुपात 20:1 है। ज़्यादातर जेट में यह अनुपात 7:1 का होता है। निदेशक बहुत जल्दी में होंगे वरना इस बड़े भाई साहब, बिग ब्रदर, को वे नहीं भेजते।'

'ये उड़ता भी है?' लैंग्डन ने पूछा।

पायलट ने मुस्कुराकर कहा—बेशक। वह लैंग्डन को टारमैक के पार खड़े जहाज़ की ओर लेकर चल पड़ा। 'देखने से ये थोड़े भयानक लगते हैं लेकिन अच्छा होगा अगर आप इनकी आदत बना लें। पाँच साल के अंदर आपको हर तरफ यही दिखाई देंगे—हाई स्पीड सिविल ट्रांसपोर्ट। दुनिया में सबसे पहले जिन लोगों ने यह जहाज़ खरीदा है उनमें हमारा लैब भी शामिल है।'

जबर्दस्त लैब होगा, लैंग्डन ने मन ही मन सोचा।

यह बोइंग X 33 का शुरुआती नमूना है, पायलट ने जहाज़ के बारे में बताना जारी रखा। लेकिन ऐसे दर्जनों जहाज़ हैं जैसे कि नैशनल एरोस्पेस प्लेन, रूसियों का स्क्रैमजेट,

ब्रिटेन का होटोल। यही भविष्य है, बस जनता के इस्तेमाल में शामिल होने में देर हो रही है। बहुत जल्द लोग आमतौर पर इस्तेमाल होने वाले जेट को बाय-बाय बोलने वाले हैं।

लैंग्डन ने अविश्वास की नज़रों से जहाज़ की ओर देखा, *मुझे तो आमतौर पर इस्तेमाल होने वाला जेट ही पसंद है।*

पायलट ने जहाज़ के अंदर जाने वाली सीढ़ी की ओर इशारा किया—*इधर से मिस्टर लैंग्डन। सावधानी से।*

थोड़ी ही देर में लैंग्डन जहाज़ के अंदर थें। केबिन बिल्कुल ख़ाली था। पायलट ने लैंग्डन के लिए सीट बेल्ट बांध दिया और जहाज़ के सामने वाले हिस्से की तरफ चला गया।

जहाज़ का केबिन वाला हिस्सा आश्चर्यजनक रूप से किसी भारी भरकम याती जहाज़ जैसा लगता था। बस इतना फर्क था कि इसमें खिड़की नहीं थी जिसकी वजह से लैंग्डन थोड़ा परेशान महसूस कर रहा था। बचपन से ही उसे क्लॉस्ट्रोफोबिया की थोड़ी परेशानी थी, जिसकी वजह से वह बंद जगहों में घबराहट महसूस करता था। दरअसल इसके पीछे बचपन की एक ऐसी घटना थी जिसके असर से वह अब भी पूरी तरह से उबर नहीं पाया था।

बंद जगहों पर डर के कारण वैसे तो उसके काम पर कोई असर नहीं पड़ता था लेकिन इसकी वजह से उसे भन्नाहट सी होती थी। उसका डर तरह तरह से चुपचाप उसके सामने प्रकट होता था। वह बंद जगहों में खेले जाने वाले खेल जैसे स्क्वॉश और रैकेटबॉल खेलने से बचता था। उसने विक्टोरिया शैली के अपने हवादार, ऊँची छत वाले घर के लिए ख़ासी बड़ी रकम देना मंजूर किया था हालाँकि वह फैकल्टी के लिए मिलने वाले घर कम खर्च में ले सकता था। लैंग्डन को लगता था कि बचपन से ही उसे कला के क्षेत्र में रुचि इसलिए थी क्योंकि उसे म्यूजियम की बड़ी, खुली खुली जगह पसंद आती थी।

उसने महसूस किया कि जहाज़ के निचले हिस्से में इंजन चालू हो रहा था जिसकी वजह से थरथराहट सी हो रही थी। लैंग्डन ने थूक गटका और दम साध कर इंतज़ार करने लगा। अब जहाज़ चल रहा था। उसके सीट के ऊपरी हिस्से से लोक—संगीत की धुन थिरकती हुई सुनाई दे रही थी।

उसकी सीट के साथ लगे फोन से बीप की आवाज़ आयी। लैंग्डन ने रिसीवर उठाया।

'हेलो'

'आप आराम से तो हैं, मिस्टर लैंग्डन?'

'बिलकुल नहीं।'

'घबराइए नहीं। हम लोग घंटे भर में पहुँच रहे हैं।'

'लेकिन हम कहाँ पहुँच रहे हैं?' लैंग्डन ने पूछा क्योंकि उसे पता नहीं था कि वे कहाँ जा रहे हैं।

'जिनेवा,' पायलट ने जवाब दिया। अब इंजन की आवाज़ तेज़ हो रही थी। 'लैब जिनेवा में है।'

'जिनेवा,' लैंग्डन ने दोहराया। उसे जिनेवा का नाम सुनकर अच्छा लगा था। 'अपस्टेट न्यूयॉर्क। मेरा परिवार भी सेनेका झील के पास रहता है। मैं नहीं जानता था कि जिनेवा में भी भौतिक विज्ञान की प्रयोगशाला है।'

पायलट हँसा। 'न्यूयॉर्क वाला जिनेवा नहीं। जिनेवा, स्विट्जरलैंड, मिस्टर लैंग्डन।'

लैंग्डन को यह समझने में थोड़ा सा समय लगा। 'स्विट्जरलैंड?' लैंग्डन की धड़कन तेज़ हो गई थी। 'मुझे लगा कि आपने मुझे कहा था कि लैब बस एक घंटे की दूरी पर है!'

'बिलकुल। एक घंटे की दूरी पर, मिस्टर लैंग्डन।' पायलट ने हल्के से हँसते हुए कहा। 'ये जहाज़ माक 15 की रफ्तार से चलता है।'

5

यूरोप का एक भीड़भाड़ वाला शहर। हत्यारा लोगों के बीच आड़े-तिरछे निकलता हुआ आगे बढ़ रहा था। वह काफी ताकतवर था—काला रंग, शक्तिशाली। उसमें गजब की फुर्ती थी जो देखने से पता नहीं चलती थी। वह किसी से मिलने जा रहा था। यह सोचते हुए रोमांच के कारण उसकी मांसपेशियों में तनाव हो रहा था।

सब ठीक ठाक रहा, वह अपने आप को कह रहा था। हालाँकि उसे सुपारी देने वाले व्यक्ति ने अपना चेहरा नहीं दिखाया था लेकिन हत्यारा उसकी उपस्थिति में ख़ुद को गौरवान्वित महसूस कर रहा था। उसे विश्वास नहीं हो रहा था कि बस पंद्रह दिन पहले ही उसके मालिक ने उससे काम के लिए संपर्क किया था। हत्यारे को अब भी उस बातचीत का एक एक शब्द याद था …

'मेरा नाम जानुस है,'—फोन करने वाले ने कहा था। 'हम लोगों के बीच शायद कोई ख़ून का रिश्ता है। हम दोनों का दुश्मन साझा है। मुझे जानकारी मिली है कि तुम भाड़े पर काम करते हो।'

'ये इस बात पर निर्भर करता है कि तुम किस का प्रतिनिधित्व कर रहे हो।' हत्यारे ने जवाब दिया।

फोन करने वाले ने उसे बता दिया।

'ये तुम अच्छा मज़ाक कर रहे हो।'

'तो लगता है तुम हमारे नाम से वाक़िफ़ हो।' फोन करने वाले ने जवाब दिया।

'बेशक। ब्रदरहुड के बारे में कौन नहीं जानता।'

'और इसके बावजूद तुम्हें मेरे ऊपर संदेह है?'

'सभी जानते हैं कि ब्रदरहुड के सदस्य मिट्टी में मिल चुके हैं।'

'यह एक ख़तरनाक चाल है। जिससे किसी को डर नहीं होता वही सबसे ख़तरनाक दुश्मन होता है।'

हत्यारे को अब भी यकीन नहीं हो रहा था। 'ब्रदरहुड अब भी ज़िंदा है?'

'अंदर ही अंदर यह पहले से कहीं ज़्यादा फैला हुआ है। इसकी जड़ें हर तरफ फैली हुई हैं ... हमारे सब से जानी दुश्मनों के ख़ास पवित्र किलों के अंदर भी यह मौजूद है।'

'असंभव। वे पूरी तरह से सुरक्षित रहते हैं।'

'हमारी पहुँच बहुत दूर तक है।'

'वहाँ तक किसी की पहुँच नहीं हो सकती।'

'बहुत जल्द आपको यकीन हो जाएगा। ब्रदरहुड की ताकत का एक ऐसा सबूत ज़ाहिर हो चुका है जिसे नकारना मुमकिन नहीं। धोखे और सबूत के लिए किया गया एक काम।'

'तुमने क्या किया है?'

फोन करने वाले ने उसे काम के बारे में बताया।

हत्यारे की आँखें हैरत से फैल गई। 'असंभव काम।'

अगले दिन दुनिया भर के अखबारों की सुर्खियों में वही बात थी। हत्यारे को अब यकीन हो गया था।

पंद्रह दिन बाद हत्यारे का विश्वास और भी पक्का हो चुका था। अब उसे कोई संदेह नहीं रहा था कि ब्रदरहुड ज़िंदा था। उसने सोचा, *आज की रात वे अपनी ताकत दिखाने के लिए प्रकट होंगे।*

गलियों से गुजरते हुए उसकी काली आँखें किसी आशंका से चमक रही थी। दुनिया के सबसे भयानक और ख़तरनाक समुदाय ने उसे किसी काम का जिम्मा दिया था। *उन्होंने बहुत बुद्धिमानी का परिचय दिया है,* वह सोच रहा था। वह चीज़ों को गुप्त रखने के लिए उतना ही मशहूर था जितना अपनी ख़तरनाक शख्सियत के लिए।

अब तक उसने उनके लिए अच्छे ढंग से काम किया था। वादे के मुताबिक उसने अपना काम पूरा कर जानुस को वो चीज़ पहुँचा दी थी। अब यह जानुस के जिम्मे था कि उस चीज़ को वह सही जगह पर पहुँचाने का इंतजाम करे।

पहुँचाने का इंतजाम ...

हत्यारा सोच रहा था कि पता नहीं जानुस इतना बड़ा काम कैसे कर पाएगा। ज़ाहिर था कि उसकी पहुँच अंदर तक थी। ब्रदरहुड के संपर्क सूत्रों का अंत नहीं था।

हत्यारा सोच रहा था—*जानुस*। बेशक यह कोई गुप्त कोड था। क्या इसके अंदर रोम के प्राचीन ग्रंथों में आए दो चेहरे वाले देवता के बारे में तो कुछ नहीं छिपा था या

फिर शनि ग्रह के चंद्रमा के बारे में ... ? वैसे इस से कोई फर्क नहीं पड़ता था। जानुस के पास अपार शक्ति थी। उसने इसे पूरी तरह साबित भी कर दिया था।

हत्यारे को चलते चलते लग रहा था कि उसके पूर्वज उसे देखकर मुस्कुरा रहे हैं। आज वह *उनकी* लड़ाई लड़ रहा था। वह उन्हीं दुश्मनों के खिलाफ लड़ रहा था जिससे वे युगों युगों से संघर्ष कर रहे थे, ग्यारहवीं सदी से लेकर आज तक जबकि दुश्मन की धर्मसेना ने उसके मुल्क को लूटा था, उसके लोगों को मारा था, उनका बलात्कार किया था, उन्हें गंदा कहा था, उनके मंदिरों और देवताओं को अपवित्र किया था।

उसके पूर्वजों ने अपने बचाव के लिए एक छोटी सी लेकिन ख़तरनाक सेना तैयार की थी। यह सेना पूरे इलाके में लोगों की रक्षा करने वाली सेना के रूप में जानी जाती थी। वे गांव-गांव घूमकर जहाँ भी दुश्मन दिखाई देते उनका कत्ल करने के लिए मशहूर थे। वे सिर्फ निर्मम हत्याओं के लिए ही नहीं जाने जाते थे बल्कि हत्याओं के बाद उनका उत्सव भी मनाते थे। इसके लिए वे नशे में ख़ुद को डुबो देते थे। उन्हें नशे के लिए एक ख़ास तरह की चीज़ पसंद थी जिसे हशीस कहते थे।

जैसे-जैसे उनके बारे में किस्से मशहूर होते गए इन ख़तरनाक लोगों को अब हैसेसिन कहा जाने लगा—यानी हशीस के अनुयायी। हर भाषा में हैसेसिन का एक ही मतलब होता था मौत। यह शब्द आज भी इस्तेमाल होता है—आधुनिक अंग्रेजी में भी। लेकिन हत्या की तकनीक की तरह इस शब्द का भी क्रमिक विकास हुआ।

अब इसे लोग एसैसिन कहते हैं।

6

चौंसठ मिनट बीतने के बाद रॉबर्ट लैंग्डन रनवे पर उतरा। चारों तरफ धूप पसरी हुई थी। लैंग्डन अब भी थाड़ा अचंभित था। वह हवाई जहाज़ में सफर करने की वजह से थोड़ा बीमार महसूस कर रहा था। उसके ट्वीड के जैकेट को हवा के ठंडे झोंके ने सहलाया। खुली जगह बहुत ही अच्छी लग रही थी। लैंग्डन ने आँखें सिकोड़कर दूर तक फैली हरी भरी वादियों पर नज़र दौड़ाई। सामने चारों तरफ बर्फीले पहाड़ों की चोटियाँ नज़र आ रही थी।

मैं सपना देख रहा हूँ। शायद कुछ ही पलों में मेरी नींद खुल जाएगी, लैंग्डन बुदबुदा रहा था।

'स्विट्जरलैंड में आपका स्वागत है।' पायलट बोला। 'अभी यहाँ दोपहर बाद के करीब एक बज रहे हैं।'

लैंग्डन ने अपनी घड़ी में समय मिलाया।

'आप कैसा महसूस कर रहे हैं?'

'लगता है कि मैंने स्टायरोफोम खाया हो।' अपना पेट सहलाते हुए लैंग्डन बोला।

पायलट ने सहमति ज़ाहिर की। ऊँचाई पर जाने से ऐसा महसूस होता है। हम लोग साठ हज़ार फीट की ऊँचाई पर थे। वहाँ आपका वजन तीस प्रतिशत कम हो जाता है। ये तो भला है कि हम लोग छोटी सी छलांग लगा कर यहाँ पहुँच गए। अगर हमें टोक्यो जाना होता तो मुझे जहाज़ को और भी ऊँचाई पर ले जाना होता—100 मील की ऊँचाई पर। वहाँ तो आपके पेट में बवाल पैदा हो जाता।

लैंग्डन ने अनमने ढंग से अपनी सहमति जताई। उसे लग रहा था कि उसका नसीब ठीक था। कुल मिलाकर फ्लाइट के दौरान कुछ ख़ास परेशानी नहीं हुई थी। जब जहाज़ उड़ान भर रहा था उस समय अचानक तेज़ हुई रफ्तार की वजह से जरूर लगा था कि कोई हड्डियाँ मरोड़ रहा है लेकिन उसके बाद जहाज़ की रफ्तार सामान्य ही रही थी। कभी कभार हवा की वजह से जहाज़ में थरथराहट हुई थी, एकाध बार ऊँचाई में जाने की वजह से भी थोड़ा अटपटा सा लगा था लेकिन ऐसा कुछ भी नहीं था जिससे लगे कि वे लोग दिमाग़ को सुन्न करने वाले 11, 000 मील प्रति घंटा की रफ्तार से सफर कर रहे थे।

जहाज़ के उतरते ही कुछ तकनीकी कर्मचारी तेजी से X33 की देखभाल के लिए रनवे पर आ गए थे। पायलट लैंग्डन को लेकर कंट्रोल टावर के पास बने पार्किंग में ले गया जहाँ पर काले रंग की पियाजियो सेडान उनके लिए खड़ी थी। थोड़ी ही देर में वे लोग घाटी की तलहटी में बनी सड़क पर फर्राटे से चले जा रहे थे। दूर कुछ इमारतें दिखाई दे रही थी। बाहर घास के मैदान आँखों के सामने तेजी से ओझल होते जा रहे थे।

पायलट ने कार की रफ्तार 170 किलोमीटर प्रति घंटे कर दी थी। लैंग्डन को यह देखकर यकीन नहीं हो रहा था कि कार 100 मील प्रति घंटे की रफ्तार से भी ज़्यादा तेज़ चल रही थी। *ये इंसान कार की रफ्तार के साथ क्या कर रहा है?* वह मन ही मन अचंभे में था।

'लैब पाँच किलोमीटर दूर है।' पायलट ने कहा। 'मैं वहाँ आपको दो मिनट में पहुँचा दूंगा।'

लैंग्डन सीट बेल्ट ढूँढ़ने लगे। लेकिन कार में सीट बेल्ट नहीं थी। भले ही *तीन मिनट का समय लगाओ लेकिन ज़िंदा पहुँचा दो।*

कार तेजी से चली जा रही थी।

आपको रेबा पसंद है? पायलट यह पूछते हुए कार के टेपडेक में एक कैसेट डाल दिया।

टेप से किसी औरत के गाने की आवाज़ आ रही थी 'इट इज जस्ट दि फीयर ऑफ बीईंग अलोन ... '

यहाँ कोई डर नहीं, लैंग्डन अनमने ढंग से सोच रहा था। उसकी महिला सहकर्मियाँ उससे मज़ाक किया करती थी कि उसके घर में म्यूजियम में रखी जाने वाली चीजों की भरमार दरअसल खाली घर को भरने की कोशिश नहीं थी। उनका कहना था कि इस घर में एक औरत होती बहुत अच्छा होता। लैंग्डन हमेशा हँसकर इस बात को टाल देता। वो कहता कि उसकी ज़िंदगी में तीन प्यार पहले से हैं—संकेत विज्ञान, वाटर—पोलो और कुँवारापन। कुंवारेपन के कारण वह दुनिया भर में घूम सकता था, जितनी देर से चाहे सो सकता था और घर पर सुनसान रातों में अकेले ब्रांडी पीते हुए कोई अच्छी किताब पढ़ सकता था।

'ये एक छोटे से शहर जैसी जगह है।' पायलट बोला। लैंग्डन अपने सपने से बाहर आया। 'यहाँ लैब के अलावा, सुपर मार्केट, अस्पताल और सिनेमाघर भी है।'

लैंग्डन बिना कुछ ज़्यादा सोचे समझे सर हिला रहा था और सामने दूर तक फैली इमारतों को देख रहा था।

'दरअसल, हमारे यहाँ दुनिया की सबसे बड़ी मशीन है।' पायलट ने बोलना जारी रखा।

'सचमुच?' लैंग्डन ने सामने से गुज़र रहे खेत-खलिहानों पर नज़र डाली।

'आप को ये बाहर से नज़र नहीं आएगा। यह धरती के अंदर छः माले नीचे है।' पायलट बोला।

लैंग्डन के पास सवाल पूछने का वक्त नहीं था। अचानक बिना चेतावनी के पायलट ने ब्रेक दबाया। कार ज़मीन पर थोड़ी दूर घिसटती हुई एक बूथ के सामने रुकी। कंक्रीट के बने बूथ के अंदर संतरी तैनात था।

लैंग्डन सामने लिखे साइनबोर्ड को पढ़ने लगा। सिक्यरिटे अर्रेटेज ... । अचानक उसके अंदर झुरझुरी पैदा हो गई। उसे समझ में आ गया कि वो कहाँ पहुँच चुका है। 'ओह, मैंने तो अपना पासपोर्ट नहीं लाया है।'

'पासपोर्ट की ज़रूरत नहीं है।' ड्राइवर ने उसे आश्वस्त किया। 'स्विट्जरलैंड की सरकार के साथ हमारा अलग इंतजाम है।'

ड्राइवर ने गार्ड को अपना परिचय पत्र दिखाया। लैंग्डन हक्का-बक्का होकर सब देख रहा था। संतरी ने परिचयपत्र को मशीन में डालकर उसकी जाँच की। मशीन में हरी रोशनी जली।

'पैसेंजर का नाम?'

'रॉबर्ट लैंग्डन।' ड्राइवर ने जवाब दिया।

'किसके अतिथि?'

'डाइरेक्टर'

संतरी ने अपनी भौहें टेढी की। उसने दूसरी तरफ मुड़कर कंप्यूटर से निकले प्रिंट आउट की जाँच की। वह इसे कंप्यूटर स्क्रीन पर दिख रही जानकारी से मिला रहा था। फिर वह बूथ पर बनी खिड़की के पास आ गया। 'यहाँ रहने का आनंद उठाइए, मिस्टर लैंग्डन।'

कार फिर चल पड़ी। करीब 200 गज के बाद सड़क मुख्य द्वार के पास पहुँचती थी। उनके सामने एक अति आधुनिक, चौकोर इमारत दिखाई दे रही थी जो शीशे और स्टील से बनी थी। इमारत के अद्भुत और पारदर्शी डिजाइन को देखकर लैंग्डन को आश्चर्य हो रहा था। उसे स्थापत्य विज्ञान से हमेशा लगाव रहा था।

'शीशे का गिरजाघर—ग्लास कैथेड्रल।' उसके साथ चल रहे व्यक्ति ने बताया।

'चर्च?'

'अरे नहीं। हमारे यहाँ चर्च नहीं होता। यहाँ तो भौतिक विज्ञान को ही धर्म मानते हैं। भगवान का नाम लेने का कोई फायदा नहीं।' वह हँसने लगा। 'हाँ, किसी क्वार्क या मेसन का मज़ाक नहीं उड़ाइएगा।'

लैंग्डन अचंभित सा बैठा हुआ था। ड्राइवर ने कार को तेजी से मोड़कर शीशे की एक इमारत के सामने खड़ा कर दिया।

'क्वार्क और मेसन। देश की सीमा पर कोई जाँच-पड़ताल नहीं। माच 15 की रफ्तार से चलने वाला जेट। आखिर ये लोग हैं कौन?' इमारत के सामने लगी पत्थर की पट्टी पर इन सवालों का जवाब खुदा था।

(CERN)

Conseil Européen pour la

Recherche Nucléaire

'न्यूक्लियर रिसर्च?' लैंग्डन ने पूछा। उसे पक्का यकीन था कि उसका अनुवाद सही था।

ड्राइवर ने कोई जवाब नहीं दिया। वह आगे झुक कर कार के कैसेट प्लेयर को ठीक करने में व्यस्त था। 'आपको यहाँ उतरना है। निदेशक आपसे यहीं मिलेंगे।'

लैंग्डन ने देखा कि व्हीलचेयर पर एक आदमी उस इमारत से बाहर निकल रहा था। उसकी उम्र साठ के आसपास लग रही थी। कमर झुकी हुई। सर पर बाल नदारद। उसके जबड़े चौकोर थे। उसने लैब में पहनने वाली सफेद कोट डाल रखी थी। उसके जूते व्हीलचेयर की पैर रखने वाली जगह पर जमे हुए थे। दूर से उसकी आँखें मुर्दे की तरह लग रही थी—जैसे दो मटमैले पत्थर जड़ दिए गए हों।

'यही हैं वे?' लैंग्डन ने पूछा।

ड्राइवर ने अपनी नज़रें ऊँची करते हुए कहा हाँ, वही हैं। वह लैंग्डन की तरफ मुड़कर अजीब ढंग से मुस्कुराया। 'शैतान का नाम लो और...'

लैंग्डन को समझ नहीं आ रहा था कि आगे क्या होने वाला है। वह गाड़ी से बाहर निकल आया।

व्हीलचेयर पर बैठा आदमी तेजी से लैंग्डन की तरफ आया और उसने अपना हाथ आगे किया। 'मिस्टर लैंग्डन? आपसे फोन पर बातचीत हुई थी। मेरा नाम मैक्सीमिलियन कोलर है।'

7

CERN के महानिदेशक मैक्सीमिलियन कोलर को पीठ पीछे लोग-किंग यानी राजा कहते थे। व्हीलचेयर से शासन करने वाले शख्स के लिए यह खिताब प्यार की वजह से नहीं बल्कि डर से दिया गया था। बहुत कम लोग उसे व्यक्तिगत तौर पर जानते थे, लेकिन उसके अपाहिज बनने की कहानी CERN में लोक-कथा की तरह सबको मालूम थी। बहुत कम ही लोग कोलर को उसके तीखे स्वभाव के लिए दोषी मानते थे और न ही सैद्धांतिक विज्ञान के प्रति उसके समर्पण के लिए।

लैंग्डन ने कोलर के साथ अभी कुछ ही पल बिताया था लेकिन वह समझ गया कि निदेशक लोगों से दूरी बनाकर रखना पसंद करता है। कोलर के बैटरी से चलने वाले व्हीलचेयर के साथ कदम से कदम मिलाकर चलने के लिए लैंग्डन को हल्के हल्के दौड़ना पड़ रहा था। व्हीलचेयर अब मुख्य द्वार के पास पहुँच चुका था। ऐसा व्हीलचेयर लैंग्डन ने पहले कभी नहीं देखा था। इस में तरह तरह के इलेक्ट्रॉनिक यंत्र लगे हुए थे—कई लाइन वाला फोन, पेजिंग सिस्टम, कंप्यूटर स्क्रीन और अलग किया जा सकने वाला वीडियो कैमरा भी। यह किंग कोलर का चलता फिरता नियंत्रण कक्ष था।

मशीन से नियंत्रित दरवाज़े को पार करते हुए लैंग्डन CERN की मुख्य लॉबी में दाखिल हुआ।

शीशे का गिरजाघर, लैंग्डन ऊपर की ओर देखता हुआ मन ही मन सोच रहा था।

शीशे की बनी नीली छत दोपहर की धूप में चमक रही थी जिसके कारण हवा में तरह तरह की ज्यामितीय आकृतियाँ बन रही थी। कमरा आलीशान दिखाई दे रहा था। सफेद टाइल वाली दीवारों और संगमरमर की फर्श पर आड़ी तिरछी छाया नसों जैसी दिखायी दे रही थी। हवा में अस्पतालों में साफ सफाई रखने के लिए इस्तेमाल किए जाने

वाले रसायन जैसी गंध फैली हुई थी। कुछ वैज्ञानिक अपने काम में व्यस्त इधर उधर चहलकदमी कर रहे थे। उनके कदमों की आहट हवा में गूँज रही थी।

'इस तरफ, मिस्टर लैंग्डन।' कोलर की आवाज़ कंप्यूटर से आ रही आवाज़ की तरह लग रही थी। उसके बोलने का लहजे में सपाट था, काम से मतलब रखने वाला लहजा, ठीक वैसा जैसा कि CERN का माहौल। कोलर ने धीमे से खांसते हुए सफेद रुमाल से अपने चेहरे को पोछा। फिर उसने लैंग्डन के चेहरे पर अपनी निर्जीव, मटमैली दिख रही आँखें जमा दी। 'थोड़ा जल्दी चलिए।' लग रहा था कि टाइल वाली फर्श पर उसका व्हीलचेयर उछल उछल कर आगे बढ़ रहा हो।

लैंग्डन मुख्य लॉबी के साथ लगे अनगिनत हॉल जैसे कमरों से गुजरता हुआ कोलर के साथ चला जा रहा था। हर हॉल में खूब चहल पहल थी। कोलर को गुजरते हुए देखकर वैज्ञानिकों के चेहरे पर आश्चर्य का भाव फैल जाता। लैंग्डन को देखकर उन्हें हैरानी हो रही थी कि कोलर के साथ चलने वाला वह आदमी कौन हो सकता है।

'मुझे यह कहते हुए थोड़ी सकपकाहट हो रही है कि मैंने CERN के बारे में आज तक नहीं सुना था।' लैंग्डन ने बातचीत शुरू करने के लिए कहा।

'इसमें कोई आश्चर्य की बात नहीं।' वह अपनी बातें जिस तरह से चबा चबाकर बोल रहा था उससे दक्षता और बेरुखी ज़ाहिर हो रही थी। 'ज़्यादातर अमेरिकी लोग यूरोप को वैज्ञानिक शोध में अग्रणी नहीं मानते। वे हमें बस एक पुरानी दुकान समझते हैं। यह अजीब बात है अगर आप गौर करें कि आइंस्टीन, गैलीलियो और न्यूटन जैसे लोग यूरोप के थे।'

लैंग्डन को समझ नहीं आया कि वह इसका कैसे जवाब दे। उसने जेब से फैक्स निकाल लिया। 'यह जिस इंसान की तस्वीर है, ... '

कोलर ने अपने हाथ के इशारे से उसे चुप रहने को कहा। 'मेहरबानी कर यहाँ हम उसके बारे में बात न करें। मैं आपको उसके पास ही ले जा रहा हूँ।' उसने तस्वीर के लिए अपना हाथ आगे बढ़ा दिया।

लैंग्डन ने तस्वीर उसे दे दी और चुप होकर साथ चलने लगा।

कोलर तेजी से बाईं तरफ मुड़ा। सामने एक बड़ा सा हॉल था जिसमें तरह तरह के पुरस्कार और प्रशस्ति पत्र रखे हुए थे। दरवाज़े पर सबसे पहले बड़ा सा एक ताम्रपत्र रखा था। लैंग्डन ने उसे पढ़ने के लिए अपनी चाल थोड़ी धीमी कर दी।

एआरएस इलेक्ट्रोनिका अवॉर्ड
डिजिटल युग में साँस्कृतिक नवाचार के लिए
टिम बर्नेस ली और CERN
वर्ल्ड वाइड वेब को दिया जाता है

मैं तो गया काम से, इसे पढ़ते हुए लैंग्डन मन ही मन सोचने लगा। *यह आदमी मज़ाक नहीं कर रहा था।* लैंग्डन अब तक समझता था कि वर्ल्ड वाइड वेब का आविष्कार अमेरिका में हुआ था। इसके अलावा उसका ज्ञान भी अपनी किताब की वेबसाइट और कभी कभार लूवर और एल—प्राडो जैसी साइटों को अपने पुराने मैक कंप्यूटर पर देखने तक सीमित था।

'वेब की शुरुआत यहीं से हुई। इसका इस्तेमाल इस संस्था के भीतर रखे कंप्यूटरों को आपस में जोड़ने के लिए किया जाता था। इसकी मदद से विभिन्न विभागों में काम कर रहे वैज्ञानिकों को अपनी रोजमर्रा की खोजों को आपस में साझा करने में मदद मिलती थी। हाँ, आज पूरी दुनिया समझती है कि वेब अमेरिका की टेक्नोलॉजी है।' यह कहते हुए उसने धीमे से खाँसा और रूमाल से अपना मुँह पोछा।

लैंग्डन पीछे-पीछे हॉल में चला जा रहा था। 'अच्छा होता है कि बातों को साफ कर दिया जाए।'

कोलर ने कंधा उचकाया। लग रहा था कि उसे इस बात में कोई दिलचस्पी नहीं थी। 'एक छोटी सी टेक्नोलॉजी के बारे में एक छोटी सी गलतफहमी। CERN का मतलब दुनिया भर के कंप्यूटरों को जोड़ने वाली टेक्नोलॉजी से कहीं ज़्यादा है। हमारे वैज्ञानिक तो रोज ही कुछ न कुछ नया चमत्कार ढूँढ़ते हैं।'

लैंग्डन ने सवालिया लहजे में कोलर की ओर देखा। 'चमत्कार?' हार्वर्ड के फेयरचाइल्ड साइंस बिल्डिंग में तो चमत्कार का कभी इस्तेमाल नहीं होता था। चमत्कार तो धर्म विज्ञान पढ़ाने वालों के लिए छोड़ दिया गया था।

'आपको शायद यकीन नहीं हो रहा।' कोलर ने कहा। 'मुझे लगता था कि आप धार्मिक संकेत विज्ञान के विद्वान हैं। क्या आप चमत्कार में यकीन नहीं करते?'

'मैं चमत्कार के बारे में पक्के यकीन के साथ कुछ नहीं कह सकता।' लैंग्डन ने कहा, 'खासकर प्रयोगशाला के अंदर घटने वाले चमत्कारों के बारे में।'

'शायद चमत्कार इसके लिए सही शब्द नहीं है। मैं तो बस आपकी भाषा में बात करने की कोशिश कर रहा था।'

'मेरी भाषा में?' लैंग्डन अचानक थोड़े से परेशान हो गया। 'माफ कीजिएगा सर, मैं आपको निराश नहीं करना चाहता, लेकिन मैं धार्मिक संकेतों के विज्ञान का अध्ययन करता हूँ—मैं शिक्षक हूँ, पुजारी नहीं।'

कोलर अचानक रुका और पीछे मुड़ा। उसकी नज़र थोड़ी सी मद्धिम हो रही थी। 'मैं भी कैसा भोंदू हूँ। आखिर कैंसर के लक्षणों की व्याख्या करने के लिए कैंसर का रोगी होना तो जरूरी नही।'

लैंग्डन ने ऐसी व्याख्या कभी नहीं सुनी थी।

हॉल में आगे बढ़ते हुए कोलर ने लैंग्डन से सहमति जताते हुए सर हिलाया। 'मुझे

लगता है कि हम एक दूसरे की बात बखूबी समझेंगे, मिस्टर लैंग्डन।'

पता नहीं क्यों, लैंग्डन को इस बात पर यकीन नहीं हो रहा था।

दोनों लोग जैसे जैसे आगे जा रहे थे तो लैंग्डन को दूर कहीं से घड़घड़ाहट की आवाज़ सुनाई दी। हरेक कदम के साथ यह आवाज़ और भी तेज़ होती जा रही थी। इस आवाज़ से दीवारों में भी कंपकंपी सी हो रही थी। ऐसा लग रहा था कि यह आवाज़ हॉल के अंतिम हिस्से से आ रही थी जिधर वे दोनों जा रहे थे।

'ये क्या है?' आखिरकार लैंग्डन ने करीब करीब चिल्लाते हुए पूछा। उसे लगा जैसे वे किसी सक्रिय ज्वालामुखी के करीब पहुँच रहे हों।

'फ्री फॉल ट्यूब।' कोलर ने जवाब दिया। उसकी गूंजती सी आवाज़ हवा को बड़ी आसानी से काट रही थी। इसके अलावा उसने उस आवाज़ की कोई वजह नहीं बताई।

लैंग्डन ने भी कुछ नहीं पूछा। वह थका-थका महसूस कर रहा था। मैक्सीमिलियन कोलर भी मेहमाननवाज़ी के लिए कोई पुरस्कार जीतने के मूड में नहीं दिखाई दे रहा था। लैंग्डन ने अपने आप को याद दिलाया कि वह यहाँ किस काम के लिए आया था। इल्युमिनाटी। उसने अनुमान लगाया कि इस विशालकाय प्रयोगशाला में किसी जगह एक लाश रखी हुई है, ऐसी लाश जिस पर एक विशेष संकेत छपा हुआ है जिसे देखने के लिए वह 3000 मील की यात्रा कर वह यहाँ पहुँचा है।

हॉल के अंतिम हिस्से में पहुँचते पहुँचते आवाज़ कानफाड़ू हो चुकी थी और लैंग्डन के जूतों की तली से होते हुए उसके शरीर में घुसी जा रही थी। वे एक स्थान पर मुड़े जहाँ दाहिनी तरफ दर्शक दीर्घा जैसी चीज़ दिखाई दे रही थी। गोलाकार दीवार के अंदर चार मोटे मोटे पल्ले वाले पोर्टल दिखाई दे रहे थे जैसे किसी पनडुब्बी की खिड़कियां। लैंग्डन रुका। उसने इनमें से एक छेद से अंदर झाँक कर देखा।

प्रोफेसर रॉबर्ट लैंग्डन ने अपनी ज़िंदगी में कई आश्चर्यजनक चीजें देखी थी लेकिन ऐसी चीज़ कभी नहीं देखी थी। उन्होंने कई बार अपनी आँखें झपकाई। उन्हें लग रहा था कि वे कोई सपना देख रहे हों या उन्हें कोई भ्रम हो रहा हो। सामने उन्हें एक दैत्याकार चेंबर दिखाई दे रहा था जिसके अंदर लोग हवा में वैसे ही तैर रहे थे जैसे अंतरिक्ष-यान के अंदर तैरते हैं। वे तीन लोग थे। उनमें से एक ने हाथ हिलाया और हवा में पलटी खाकर दिखाया।

हे भगवान मैं तो शायद मिथकीय *ओज* के देश में हूँ, वे सोचने लगे।

उस कमरे का फर्श जालीदार था। ऐसा लग रहा था जैसे वह चिकेन-वायर का बहुत बड़ा टुकड़ा हो। इस जाली के नीचे बहुत बड़े से एक प्रोपेलर के धातु वाली सतह की चमक दिखाई दे रही थी।

'बिना रोकटोक के आसमान में तैरने के लिए बनी फ्री फॉल सुरंग। कोलर ने कहा और उसके नजदीक आने के लिए इंतज़ार करने लगा। 'छत के अंदर स्काई-डाइविंग। तनाव कम करने के लिए। इसे *वर्टिकल विंड टनल* कहते हैं।'

लैंग्डन आश्चर्य में डूबा यह सब देख रहा था। ऊपर से नीचे की तरफ तैरकर आते हुए एक मोटी सी औरत अपने शरीर को मोड़कर खिड़की की ओर ले जा रही थी। उसे हवा के थपेड़े झकझोर रहे थे लेकिन उसने मुस्कुराते हुए ख़ुशी की मुद्रा में अपना अंगूठा लैंग्डन को दिखाया। लैंग्डन ने हल्के से मुस्कुराते हुए उसका अभिवादन किया। वह मन ही मन सोच रहा था कि पता नहीं उस औरत को इस बात की जानकारी है कि नहीं कि यह अभिवादन प्राचीन समय में मर्दानगी के प्रतीक के तौर पर एक लैंगिक संकेत के तौर पर इस्तेमाल किया जाता था।

लैंग्डन ने देखा कि सिर्फ सबसे मोटी औरत ने एक छोटा सा पैराशूट ले रखा था। उसके ऊपर कपड़े का ढेर ऐसा दिख रहा था मानो वो कोई खिलौने जैसी चीज़ हो। 'इस छोटे से पैराशूट का क्या काम है?' लैंग्डन ने कोलर से पूछा। 'इसकी चौड़ाई एक मीटर से ज़्यादा नहीं लगती।'

'घर्षण।' कोलर ने जवाब दिया। 'यह उसके शरीर के एरोडायनामिक्स को कम करता है ताकि पंखा उसे ऊपर उठा सके।' वह कॉरिडोर से वापस लौट रहा था। 'एक वर्ग गज का खिंचाव नीचे गिर रही चीज़ को करीब बीस प्रतिशत धीमा कर देता है।'

लैंग्डन ने बिना कुछ समझे अपना सिर हिलाया।

उसे इस बात का कोई अनुमान नहीं था कि उसी रात घर से सैकड़ों किलोमीटर दूर किसी देश में यही जानकारी उसकी जान बचाने वाली थी।

8

CERN की मुख्य इमारत से जब कोलर और लैंग्डन बाहर निकले तो सामने तेज़ धूप फैली हुई थी। उस समय लैंग्डन को लगा जैसे वह अपने घर पहुँच गया हो। सामने का दृश्य आइवी लीग कैंपस की तरह लग रहा था।

सामने हल्की ढलान वाली जगह से आगे बहुत बड़ा सा एक मैदान दिखाई दे रहा था। आयताकार मैदान के किनारे चिनार के पेड़ों का घेरा बना हुआ था जिसके साथ साथ ईंटों के बने रिहायशी हॉस्टल और फुटपाथ बने हुए थे। इन इमारतों से किताबों का गट्ठर लेकर लोग बाहर निकल रहे थे। उन्हें देखकर ही लग रहा था कि वे काफी पढ़े लिखे लोग थे। लंबे लंबे बालों वाले दो हिप्पी किस्म के लोग एक दूसरे को फ्रिस्बी फेंक रहे थे और सामने की खिड़की से तेज़ आवाज़ में बज रहे मैह्लर की चौथी सिंफनी भी सुन रहे थे। इसकी वजह से वहाँ का कॉलेजिएट जैसा यह माहौल और भी वास्तविक लग रहा था।

'ये हमारे आवासीय परिसर हैं,' अपने व्हीलचेयर को तेज़ करते हुए कोलर ने बताया। वह उसी इमारत की तरफ जा रहा था। 'यहाँ पर तीन हज़ार से भी ज़्यादा भौतिक—

वैज्ञानिक काम करते हैं। दुनिया भर के पार्टिकल—भौतिक शास्त्रियों में से आधे अकेले CERN में काम करते हैं। जर्मनी, जापान, इटली, हॉलैंड—आप जहाँ का नाम लें वहाँ के सबसे मेधावी लोग यहाँ काम करते हैं। हमारे वैज्ञानिक पाँच सौ विश्वविद्यालयों और साठ देशों से आते हैं।

लैंग्डन ने आश्चर्यचकित होकर पूछा, 'आखिर वे आपस में किस तरह बात करते हैं'

'अंग्रेजी में। यही तो विज्ञान की दुनिया भर में समझी जाने वाली भाषा है।'

लैंग्डन ने हमेशा सुना था कि गणित को विज्ञान की सार्वभौमिक भाषा माना जाता है लेकिन वह थका हुआ महसूस कर रहा था और बहस नहीं करना चाहता था। वह कोलर के पीछे-पीछे चला जा रहा था।

तलहटी में पहुँचने के आधे रास्ते में एक नौजवान धीरे धीरे दौड़ता हुआ वहाँ से गुजरा। उसके टी-शर्ट पर लिखा था—NO GUT, NO GLORY

लैंग्डन ने उसके टीशर्ट को देखते हुए सोचा—GUT

'General Unified Theory,' कोलर ने चिहुंकते हुए कहा। सभी चीजों का एक सिद्धांत।

'अच्छा,' बिना कुछ देखे लैंग्डन ने जवाब दिया।

'मिस्टर लैंग्डन, क्या आप पार्टिकल फिजिक्स से परिचित हैं?'

लैंग्डन ने कंधे उचकाते हुए जवाब दिया, 'मैं सामान्य भौतिक विज्ञान, नीचे गिरती हुई चीजों के विज्ञान जैसी चीजों से परिचित हूँ।' ऊँचाई से कूदने के अपने लंबे अनुभव की वजह से लैंग्डन को गुरुत्वाकर्षण के कारण पैदा होने वाली गति के बारे में बहुत सम्मान की भावना थी। 'पार्टिकल फिजिक्स एटम का अध्ययन करता है। यही न?'

कोलर ने अपना सिर हिलाया। 'हम जिन चीजों का अध्ययन करते हैं उनके सामने एटम तो जैसे ग्रहों की तरह लगते हैं। हम एटम के केंद्रक यानी न्यूक्लियस का अध्ययन करते हैं। इसका आकार एटम के दस हज़ारवें हिस्से के बराबर होता है।' उसने एक बार फिर धीरे से खाँसी की। वह बीमार लग रहा था। 'CERN में काम कर रहे वैज्ञानिक उन्हीं सवालों का जवाब ढूँढ़ रहे हैं जिनसे दुनिया अपनी शुरुआत के दिनों से ही जूझ रही है। इस दुनिया की शुरुआत कैसे हुई? हम सभी किस चीज़ के बने हैं?'

'और इन सवालों के जवाब भौतिक शास्त्र की प्रयोगशाला में मिलेंगे?'

'आप थोड़े अचंभित से लग रहे हैं?'

'हाँ। ये सवाल कुछ आध्यात्मिक लगते हैं।'

'मिस्टर लैंग्डन, एक समय ऐसा था जब सभी सवाल आध्यात्मिक थे। जब से दुनिया की शुरुआत हुई है तभी से धर्म और अध्यात्म उन सवालों के जवाब देने की कोशिश कर रहे हैं जो विज्ञान के लिए संभव नहीं थे। किसी जमाने में सूरज के उगने और डूबने के बारे

में लोग समझते थे कि यह *हीलियोस* और आग में दहकते रथ की वजह से होता है। भूकंप और ज्वार-भाटे को लोग *पोसिडोन* का प्रकोप मानते थे। विज्ञान ने अब साबित कर दिया है कि ये भगवान दरअसल नकली मूर्तियाँ हैं। बहुत ही जल्द सभी देवता नकली साबित कर दिए जाएँगे। आज विज्ञान तकरीबन उन सभी सवालों का जवाब दे चुका है जिनके बारे में इंसान जानना चाहता है। अब बस कुछ ही गूढ़ सवाल बचे हैं जिनके जवाब मिलना बाकी हैं। हम कहाँ से आए हैं? ज़िंदगी और इस दुनिया का क्या अर्थ है?'

लैंग्डन आश्चर्य में डूबा जा रहा था। 'और इन सवालों के जवाब देने की कोशिश CERN कर रहा है?'

'इसे सही करते हुए कहें तो हम इन सवालों के जवाब दे रहे हैं।'

दोनों लोग रिहायशी मकानों के चौकोर घेरे से गुजर रहे थे। तभी उनके सर के ठीक ऊपर से एक फ्रिस्बी(एक प्लास्टिक डिस्क जिसे हाथ से फेंका जाता है और यह एक आउटडोर खेल भी है) निकल कर सामने दीवार से टकराया और उनके सामने गिर गया। कोलर इसकी ओर बिना ध्यान दिए चलता रहा।

चौकोर घेरे के दूसरी तरफ से एक आवाज़ आयी, *S'il vous plaît*—यानी किसी ने फ्रेंच में विशेष आदर के साथ कहा—क्या मेहरबानी करके ...

लैंग्डन ने सामने देखा। कॉलेज में इस्तेमाल किया जाने वाला स्वेटशर्ट पहने हुए सफेद बालों वाला एक बुजुर्ग व्यक्ति लैंग्डन को देखकर हाथ हिला रहा था। लैंग्डन ने फ्रिस्बी उठाकर जानकार व्यक्ति की तरह उसकी तरफ फेंक दिया। बुजुर्ग व्यक्ति ने एक उँगली पर फ्रिस्बी को पकड़ लिया और उसे एक दो बार उछला कर कंधे के पीछे अपने साथी की तरफ फेंक दिया। उसने लैंग्डन को देखकर कहा, धन्यवाद।

मुबारक। लैंग्डन के करीब आते ही कोलर ने कहा। 'अभी अभी आपने नोबेल पुरस्कार विजेता चारपैक के साथ टॉस खेला। चारपैक ने *मल्टीवायर प्रोपोर्शनल चेंबर* का आविष्कार किया है।'

अहा, मेरा सौभाग्य। सर हिलाते हुए लैंग्डन ने कहा।

तीन मिनट के अंदर लैंग्डन और कोलर अपने गंतव्य स्थान पर पहुँच गए। अब वे एक बड़े से, सुव्यवस्थित छात्रावास जैसी जगह पर थे जो चारों तरफ चिनार के पेड़ों से घिरा था। दूसरे छात्रावासों की तुलना में यह जगह ज़्यादा आलीशान लग रहा था। इमारत के सामने पत्थर की पट्टी पर लिखा था—बिल्डिंग सी।

क्या कल्पनाशील नाम है, लैंग्डन ने मन ही मन सोचा।

अपने रूखे से नाम के बावजूद लैंग्डन को वह इमारत, बिल्डिंग सी, पसंद आयी जिसका स्थापत्य परंपरागत था लेकिन काफी मजबूत दिखाई देता था। इसके सामने का हिस्सा लाल ईंटों का बना था। छज्जों पर नक्काशी की हुई थी जिसके चारों तरफ समरूप ढंग की छोटी चारदीवारी बनी हुई थी जिस पर कुछ कलाकृतियाँ भी बनी थीं। अंदर आने के लिए बने

दरवाज़े की तरफ बढ़ते हुए उन्होंने एक मेहराब को पार किया जो संगमरमर के गोल खंभों पर खड़ा था। इनमें से एक के ऊपर किसी ने कागज चिपका रखा था—

THIS COLUMN IS IONIC—यह पाया आयनिक है।

शायद किसी भौतिक विज्ञानी ने लिखा होगा, लैंग्डन ने हल्के से बुदबुदाते हुए कहा। 'यह देखकर अच्छा लगा कि मेधावी भौतिकशास्त्री भी गलतियाँ करते हैं।'

कोलर ने उसकी ओर मुड़कर पूछा, 'आपके कहने का मतलब?'

'जिस किसी ने कागज पर वो नोट लिखा उससे गलती हुई। वह खंभा आयनिक नहीं है। आयनिक खंभों की चौड़ाई एक जैसी होती है। उस खंभे की चौड़ाई कम होती गई है। यह डोरिक खंभा है—यूनानी। वैसे ऐसी गलती बहुत से लोग करते हैं।'

कोलर इस बात पर मुस्कुराया नहीं। 'लिखने वाले ने इसे मज़ाक के तौर पर लिखा है। आयनिक का मतलब है कि इसमें आयन हैं यानी विद्युतीय रूप से चार्ज वाले कण। अधिकतर चीजों में यह पाया जाता है।'

लैंग्डन ने खंभे की तरफ देखते हुए धीमे से आवाज़ निकाली।

बिल्डिंग सी की सबसे ऊपरी मंजिल पर लिफ्ट से बाहर निकलते हुए लैंग्डन को अब भी अपने ऊपर कोफ्त का अनुभव हो रहा था। वह कोलर के साथ साथ एक सुंदर से कॉरिडोर में चला जा रहा था। उस जगह की सजावट उसकी अपेक्षा से थोड़ी सी अलग थी—परंपरागत औपनिवेशिक फ्रेंच शैली जिसके अनुरूप बेर की शक्ल का दीवान, चीनी मिट्टी का फूलदान और महीन नक्काशी वाला लकड़ी का काम।

'हम अपने यहाँ काम कर रहे स्थायी वैज्ञानिकों की ज़िंदगी को आरामदेह रखना चाहते हैं।' कोलर ने लैंग्डन को बताया।

ज़ाहिर है, लैंग्डन ने सोचा। 'यानी कि फैक्स वाला आदमी यहीं पर रहता था? शायद वह आपके यहाँ किसी ऊँचे ओहदे पर काम करता था?'

'बिलकुल।' 'आज सुबह जब वह मुझसे मिला नहीं और न ही उसने मेरे पेज का जवाब दिया तो मैं उसे ढूँढ़ने यहाँ आया। मैंने देखा कि वह अपने कमरे में मरा हुआ है।' कोलर ने बताया।

लैंग्डन को अचानक डर का झटका लगा। उसने सोचा कि अभी वह एक लाश को देखने वाला है। ख़ासकर उसे पेट की बड़ी समस्या रहती थी। उसे अपनी कमजोरी के बारे में उस समय पता चला था जब उसके शिक्षक ने एक बार क्लास में बताया था कि लियोनार्डो द विंची को मानव शरीर के बारे में गहरी जानकारी लाशों को कब्र से निकालकर उन्हें चीड़ फाड़ कर उनकी मांसपेशियों के अध्ययन से मिली थी।

कोलर उसके साथ कॉरिडोर के आखिरी सिरे तक पहुँच गया जहाँ एक दरवाज़ा था। 'पेंटहाउस। जैसा कि आप लोग कहते हैं,' अपने माथे पर उभर आई पसीने की बूंद को पोछते हुए कोलर ने बताया।

लैंग्डन ने सामने आबनूस के दरवाज़े का मुआयना किया जिस पर लिखा था:

लियोनार्डो वेट्रा

'लियोनार्डो वेट्रा,' कोलर ने कहा। 'अगले सप्ताह वह अट्ठावन साल का हो जाता। वह अपने समय के सबसे प्रतिभावान वैज्ञानिकों में से एक था। उसकी मौत से विज्ञान को बहुत बड़ा नुकसान हुआ है।'

एक पल को लैंग्डन को लगा कि कोलर के भावहीन चेहरे पर संवेदना की लकीरें उभर आयी थी। लेकिन दूसरे ही पल यह ग़ायब भी हो गई। उसे यह देखकर थोड़ा अजीब सा लग रहा था कि वे हत्या की जगह जा रहे थे लेकिन वहाँ किसी तरह की गतिविधि नहीं दिखाई दे रही थी।

दरवाज़े की चाबी हाथ में लेते हुए कोलर ने कहा, 'यहाँ रहने वाले लोग अभी अपने अपने लैब में हैं।'

'मेरा मतलब था कि पुलिस ... क्या पुलिस यहाँ से वापस चली गई?' लैंग्डन ने अपनी बात को स्पष्ट करते हुए कहा।

ताले में चाबी डालते हुए कोलर रुका, 'पुलिस?'

लैंग्डन और कोलर की नज़रें मिली। 'हाँ, पुलिस। आपने हत्या के बारे में मुझे फैक्स भेजा था। आपने पुलिस को तो जरूर बुलाया होगा।'

'नहीं, मैंने पुलिस को बिल्कुल नहीं बुलाया।'

'क्या मतलब?'

कोलर की भूरी आँखों में चमक आ गई। 'मिस्टर लैंग्डन, मामला थोड़ा पेचीदा है।'

लैंग्डन को थोड़ी हैरानी हुई। 'लेकिन किसी न किसी को इस वारदात का पता चला ही होगा?'

'हाँ, लियोनार्डो की गोद ली हुई बेटी को। वह भी यहीं CERN में वैज्ञानिक है। वह अपने पिता के लैब में साथ काम करती है। वे साथ-साथ काम कर रहे थे। वह इस सप्ताह अपने फील्ड रिसर्च के लिए बाहर गई हुई है। मैंने उसे पिता की मृत्यु के बारे में इत्तला कर दी है। वह वापस आ रही है।'

'लेकिन किसी की हत्या हुई है ... '

'इस की औपचारिक जाँच होगी लेकिन इसके लिए वेट्रा के लैब की जाँच पड़ताल नहीं होगी। वह लैब वेट्रा और उसकी बेटी की बिलकुल निजी जगह है। इसलिए जब तक मिस वेट्रा वापस नहीं आती तबतक उस लैब में जाँच-पड़ताल नहीं होगी। मुझे लगता है कि उसके लिए मुझे कम से कम इतना तो करना ही चाहिए।' कोलर ने दृढ़ता से जवाब दिया।

कोलर ने चाबी घुमाई।

दरवाज़ा खुलते ही अंदर से ठंडी हवा का तेज़ झोंका सांय सांय करता हुआ लैंग्डन के चेहरे पर लगा। वह घबराकर पीछे हो गया। वह किसी अनजान दुनिया की दहलीज पर खड़ा था। उसके सामने का फ्लैट किसी घने, सफेद कुहासे से ढका था। कुहासा धुएँ की तरह गोल गोल घूमकर फर्नीचर के चारों तरफ चक्कर काट रहा था। कमरे में आर-पार नहीं देखी जा सकने वाली धुंध फैली हुई थी।

'क्या है ये ... ?' लैंग्डन हकलाते हुए बोला।

'फेरोन कूलिंग सिस्टम,' कोलर ने जवाब दिया। 'मैंने लाश को सुरक्षित रखने के लिए कमरे को ठंडा कर दिया था।'

लैंग्डन ने ठंड से बचने के लिए अपने कोट का बटन बंद कर लिया। *मुझे लगा कि मैं Oz में हूँ और मैं अपना जादुई चप्पल पहनना भूल गया हूँ,* लैंग्डन सोचने लगा।

9

फर्श पर पड़ी लाश को देखकर लैंग्डन को घिन आ रही थी। मृतक लियोनार्डो वेट्रा की नंगी लाश पीठ के बल पड़ी हुई थी। उसकी चमड़ी नीली-भूरी हो चुकी थी। उसके गले की टूटी हुई हड्डी बाहर निकली हुई थी। उसके सर को मरोड़ कर बिलकुल पीछे की तरह कर दिया गया था। लग रहा था कि वेट्रा पीछे की तरफ देख रहा था। उसका चेहरा फर्श की ओर था और इसलिए दिखाई नहीं दे रहा था। वेट्रा की लाश अपने ही पेशाब के जमे हुए डबरे में पड़ी थी। उसके सिकुड़े हुए गुप्तांग के बालों में बर्फ के पतले टुकड़े जहाँ तहाँ चिपके हुए थे।

किसी तरह मितली को रोकते हुए लैंग्डन ने लाश के सीने पर नज़र डाली। वैसे तो फैक्स में भेजी गई तस्वीर को लैंग्डन दर्जनों बार देख चुका था लेकिन सामने से लाश को देखते हुए छाती पर बना निशान कई गुणा अधिक वीभत्स दिख रहा था। छाती पर उभरे हुए मांस में ब्रांड साफ साफ दिखाई दे रहा था।

लैंग्डन समझ नहीं पा रहा था कि उसके अंदर जिस तरह का भय समा रहा था वह एयर-कंडीशनर की ठंड की वजह से था या सामने पड़ी चीज़ को देखते हुए पैदा होने वाले हैरत के कारण।

लाश को चारों तरफ से घूम-घूम कर देखते हुए उसका दिल जोर जोर से धड़क रहा था। सीधे और उल्टे दोनों तरफ से पढ़ते हुए उसे शब्द की लाजवाब समरूपता पर आश्चर्य हो रहा था। लिखावट को घूरते हुए अब संकेत और भी अकल्पनीय लग रहा था।

'मिस्टर लैंग्डन?'

लैंग्डन ने कुछ नहीं सुना। वह दूसरी दुनिया में खोया हुआ था। उसकी अपनी दुनिया जो अलग ही पदार्थों से बनी थी। जिस दुनिया में इतिहास, मिथक और तथ्य आपस में गड्डमड्ड हो कर इंसान की ज्ञानेंद्रियों पर हावी हो जाते थे। तभी गियर बदला।

'मिस्टर लैंग्डन ?' कोलर उसकी ओर अपेक्षा से देख रहा था।

लैंग्डन ने उसकी ओर नहीं देखा। वह किसी चीज़ में पूरी तरह खोया हुआ था, पूरी तरह केंद्रित। 'आपको अब तक इसके बारे में अबतक क्या जानकारी है?'

'बस उतना ही जितना मैं आपकी वेबसाइट पर पढ़ पाया। इल्युमिनाटी का मतलब होता है प्रबुद्ध। यह प्राचीन काल के किसी संप्रदाय का नाम है।'

लैंग्डन ने सिर हिलाया। 'आपने पहले इसका नाम सुना था?'

'नहीं, वेट्रा के सीने पर खुदे हुए शब्द को देखने के पहले नहीं।'

'यानी, आपने इसका मतलब जानने के लिए इंटरनेट का सहारा लिया?'

'हाँ।'

'और आपको इंटरनेट पर सर्च करने पर इसके लिए सैकड़ों जवाब मिले होंगे?'

'हज़ारों,' कोलर ने जवाब दिया। 'लेकिन आपके बारे में सर्च करने पर मुझे हज़ारों जवाब मिले जो हार्वर्ड, ऑक्सफर्ड जैसे प्रतिष्ठित संस्थानों से संबंधित थे और उनसे जुड़े अनेक संदर्भ। वैज्ञानिक होने के कारण मुझे मालूम है कि सूचना उतनी ही महत्वपूर्ण होती है जितने की उसके स्रोत। आपके बारे में मिली सूचना से मुझे यकीन हो गया कि आप विश्वसनीय व्यक्ति हैं।'

लैंग्डन की नज़रें अब भी लाश पर गड़ी थी।

इसके बाद कोलर चुप हो गया। वह अब सिर्फ घूर रहा था। शायद वह इंतज़ार कर रहा था लैंग्डन अब इस पूरे वाकये के बारे में अपनी राय ज़ाहिर करेगा।

लैंग्डन ने अपनी नज़रें उठायी। वह ठंड से जमे हुए फ्लैट को देख रहा था। 'शायद किसी गर्म जगह पर जाकर हम बात करें तो बेहतर होगा।'

'यही कमरा ठीक है। हम यहीं बात करेंगे।' लगता था कि कोलर को ठंड से कोई फर्क नहीं पड़ रहा था।

लैंग्डन को अच्छा नहीं लगा। इल्युमिनाटी का इतिहास इतना सरल नहीं था। लैंग्डन ने सोचा कि इस तरह तो वो इल्युमिनाटी का इतिहास बताते बताते जम जाएँगे। उन्होंने दुबारा ब्रैंड पर नज़र डाली। उनके भीतर आश्चर्य का भाव फिर से भर गया।

आधुनिक संकेत विज्ञान में इल्युमिनाटी के बारे में व्याख्याओं की गौरवशाली परंपरा

रही थी लेकिन किसी विद्वान ने दरअसल इसे आज तक देखा नहीं था। प्राचीन दस्तावेजों में इस संकेत को एंबीग्राम कहते थे यानी ऐसी लिखावट जो दोनों तरफ से पढ़ने पर एक सी दिखाई देती थी। वैसे तो संकेत विज्ञान के अंदर अनेक एंबीग्राम पाए जाते थे जैसे कि स्वास्तिक, यिन—यांग, यहूदी सितारे, सलीब का निशान वगैरह लेकिन यह कल्पना करना भी मुश्किल था कि किसी शब्द को एंबीग्राम में बदला जा सकता था। संकेत-विज्ञान के विद्वानों ने सालों साल कोशिश की थी कि इल्युमिनाटी को बिल्कुल समरूप शैली में लिख पाएँ लेकिन वे इसमें बुरी तरह असफल रहे थे। ज़्यादातर विद्वान अब मानने लगे थे कि इस संकेत का अस्तित्व कल्पना मात्र है।

'फिर इल्युमिनाटी कौन हैं?' कोलर ने जानने की फरमाइश की।

हाँ, आखिर इल्युमिनाटी कौन हैं? लैंग्डन ने अपनी कहानी के बारे में सोचना शुरू किया।

'इतिहास के शुरुआत से ही विज्ञान और धर्म के बीच एक गहरी खाई रही है। बिना लाग लपेट के बोलने वाले कोपरनिकस जैसे वैज्ञानिकों ...'

'की हत्या कर दी गई,' कोलर ने लैंग्डन को बीच में टोका। 'चर्च ने उनकी हत्या कर दी क्योंकि उन्होंने वैज्ञानिक सत्य की खोज की थी। धर्म ने हमेशा विज्ञान को प्रताड़ित किया है।'

'हाँ। लेकिन सन् 1500 में वैज्ञानिकों के एक समूह ने रोम में चर्च के खिलाफ मोर्चा खोल दिया। इटली के कुछ सबसे प्रबुद्ध लोगों ने, जिनमें गणितज्ञ, भौतिक शास्त्री और खगोल वैज्ञानिक शामिल थे, गुपचुप तरीके से मिलना शुरू किया। इस दौरान वे चर्च की गलत शिक्षाओं के बारे में चर्चा करते थे। उन्हें डर था कि "सत्य" के ऊपर चर्च के एकाधिकार के कारण शैक्षणिक ज्ञान को दुनिया भर में ख़तरा था। उन्होंने दुनिया का पहला थिंक-टैंक स्थापित किया जिसका नाम उन्होंने रखा—प्रबुद्ध-समूह—The Enlightened ones.'

'दि इल्युमिनाटी।'

'हाँ।' लैंग्डन बोला। 'यूरोप के सबसे प्रतिभाशाली, वैज्ञानिक सत्य की खोज के लिए समर्पित विद्वान।'

कोलर चुप हो गया।

'बेशक। प्रबुद्ध लोगों की इस टोली इल्युमिनाटी को कैथोलिक चर्च ने बेरहमी से चुन-चुनकर मारा। वे किसी तरह अपने को गुप्त रखने की बेहिसाब कोशिशों के बाद बचा पाए। शैक्षणिक जगत में भी अंदर ही अंदर ये बात फैल गई और धीरे-धीरे इल्युमिनाटी का प्रसार पूरे यूरोप में हो गया। वैज्ञानिक नियमित रूप से एक अत्यंत गुप्त जगह पर मिलते रहे। इस जगह को *चर्च ऑफ इल्युमिनेशन* कहते थे ।'

कोलर ने खांसा और कुर्सी में अपनी जगह थोड़ी सी बदली।

लैंग्डन ने बोलना जारी रखा। इन प्रबुद्ध लोगों में से कई लोग हिंसा का सहारा लेकर चर्च का विरोध करना चाहते थे लेकिन उनके सबसे सम्मानित सदस्य ने उन्हें ऐसा करने से मना किया। वह शांतिवादी व्यक्ति था और इतिहास का सबसे प्रसिद्ध वैज्ञानिक भी।

लैंग्डन को यकीन था कि कोलर उस वैज्ञानिक का नाम पहचान लेगा। जो लोग वैज्ञानिक नहीं थे उन्हें भी पता था कि किस वैज्ञानिक ने कहा था कि सूरज सौर-मंडल के केंद्र में है न कि धरती। चर्च ने इस बात की घोषणा के लिए उसे गिरफ्तार कर लिया था और करीब-करीब मौत की सजा दे दी थी, हालाँकि उसके आँकड़ों को झुठलाना संभव नहीं था। लेकिन उस खगोलशास्त्री को कठोर सज़ा दी गई क्योंकि उसने यह कहने की हिमाकत की थी ईश्वर ने मनुष्य के अलावा किसी और चीज़ को अपनी सत्ता के केंद्र में जगह दी थी।

'उसका नाम था गैलीलियो गैलिलाई,' लैंग्डन ने कहा।

कोलर ने उसकी ओर देखा, 'गैलीलियो?'

'हाँ। गैलीलियो इल्युमिनाटी था। वह एक श्रद्धावान कैथोलिक भी था। उसने विज्ञान के बारे में चर्च के नज़रिए को थोड़ा नरम बनाने के लिए यह घोषणा भी की थी कि विज्ञान ईश्वर के अस्तित्व से इंकार नहीं करता, बल्कि इसे और भी पुष्ट करता है। उसने एक बार लिखा था कि जब वह अपने टेलिस्कोप से आसमान में चक्कर लगाते ग्रह-नक्षत्रों को देखता है तो उसे उन घूमते हुए गोलों के संगीत में ईश्वर की आवाज़ सुनाई देती है। उसका मानना था कि विज्ञान और धर्म एक दूसरे के दुश्मन नहीं बल्कि सहयोगी हैं मानो दो अलग अलग भाषाओं में एक ही कहानी कही जा रही हो, समरूपता और संतुलन की कहानी, स्वर्ग-नर्क, दिन-रात, ठंडा-गर्म, ईश्वर और शैतान। विज्ञान और धर्म दोनों ईश्वर की समरूपता का उत्सव मनाते हैं जिसके अंदर अंधकार और प्रकाश का सतत संघर्ष चलता रहता है।' लैंग्डन रुका। उसने गर्म रहने के लिए अपने पैरों को झटका दिया।

कोलर चुपचाप अपने व्हीलचेयर में बैठकर सुन रहा था।

'दुर्भाग्य से विज्ञान और धर्म को साथ लाने में चर्च की कोई रुचि नहीं थी।' लैंग्डन बोला।

'बिलकुल नहीं,' कोलर ने बीच में कहा। 'अगर विज्ञान और धर्म एक हो जाते फिर चर्च का यह दावा बेकार हो जाता कि सिर्फ उसी की सहायता से मनुष्य ईश्वर को समझ सकता है। इसलिए चर्च ने गैलीलियो को धर्म विरोधी करार दिया, उसे दोषी घोषित किया और उसे हमेशा-हमेशा के लिए घर के अंदर कैद में डाल दिया। मैं विज्ञान के इतिहास से वाकिफ हूँ, मिस्टर लैंग्डन। लेकिन यह तो सदियों पहले हुआ था। इसका लियोनार्डो वेट्रा की मौत से क्या लेना देना?'

'लाख टके का सवाल। लैंग्डन ने असली बात पर आते हुए कहा। 'गैलीलियो की गिरफ्तारी ने इल्युमिनाटियों के बीच हलचल पैदा कर दी। वे गलतियाँ करने लगे। चर्च को उनके चार सदस्यों का पता लग गया जिन्हें पकड़कर पूछताछ की गई। लेकिन उन चार वैज्ञानिकों ने यातना दिये जाने के बाद भी कुछ भी नहीं बताया।'

'यातना?'

लैंग्डन ने सिर हिलाकर सहमति ज़ाहिर की। 'उन्हें ज़िंदा रहते हुए दाग दिया गया, ब्रांड किया गया। उनके सीने पर सलीब का निशान दाग दिया गया।'

कोलर की आँखें आश्चर्य में फैल गई। उसने वेट्रा की लाश की ओर परेशान नज़रों से देखा।

'इसके बाद उन वैज्ञानिकों को बेरहमी से मार दिया गया। उनकी लाशों को रोम की सड़कों पर फेंक दिया गया ताकि लोग इल्युमिनाटी में शामिल होने से घबराएँ। चर्च का शिकंजा कसता गया और बाकी इल्युमिनाटी इटली छोड़कर भाग गए।'

लैंग्डन थोड़ा रुका। वह अपनी बात आगे बढ़ाना चाहता था। उसने कोलर की मुर्दा आँखों में आँखें डालकर कहा, 'इल्युमिनाटी और भी ज़्यादा भूमिगत हो गए और अपने जैसे दूसरे प्रताड़ित शरणार्थियों जैसे घुमक्कड़ साधुओं, एल्केमिस्टों, रहस्यवादियों, मुसलमानों और यहूदियों के साथ मेलजोल बढ़ाने लगे। जैसे-जैसे वक्त बीतता गया, इल्युमिनाटी के अंदर नए सदस्य शामिल होते गए और एक नए तरीके का इल्युमिनाटी पैदा हो गया जो थोड़ा बदनुमा था, ईसाइयत का घोर विरोधी। वे काफी शक्तिशाली हो गए और तरह तरह के रहस्यमय विधि विधान में संलिप्त हो गए। वे अपनी गतिविधियाँ को बिलकुल गुप्त रखते थे। उन्होंने ठान रखा था कि वे एक न एक दिन कैथोलिक चर्च से ज़रूर बदला लेंगे। उनकी ताकत इस हद तक बढ़ गई कि चर्च उन्हें ईसाइयत से दुश्मनी रखने वाली सबसे खतरनाक ताकत मानने लगा। वेटिकन ने इल्युमिनाटी को शैतान कहना शुरू कर दिया।

'शैतान?'

'हाँ, यह इस्लाम की शब्दावली है। इसका मतलब होता है विरोधी ... ईश्वर का विरोधी। चर्च ने इस्लाम से आए नाम को चुना क्योंकि उनकी नज़र में यह घिनौना था।' लैंग्डन ने थोड़ा हिचकिचाते हुए कहा, 'शैतान मूलरूप से अंग्रेजी के शब्द Satan से निकला है।'

कोलर के चेहरे पर हल्की सी परेशानी छा गई।

लैंग्डन की आवाज़ में चिंता झलक रही थी। 'मिस्टर कोलर, मुझे नहीं पता कि लाश की छाती पर यह निशान कैसे उभरा या किस वजह से बनाया गया। लेकिन मैं यह ज़रूर कह सकता हूँ कि आप दुनिया के सबसे पुराने और ताकतवर शैतानी समूह के संकेत-चिह्न को देख रहे हैं जो बहुत पहले समाप्त हो चुका है।'

10

गलियारा पतला और पूरी तरह सुनसान था। हैसेसिन अब काफी तेजी से चल रहा था, उसकी काली आँखों में कोई अंदेशा चमक रहा था। अपने निर्धारित स्थान पर पहुँचते हुए उसके दिमाग में विदा होते समय कही गई जानुस की बात घूम रही थी। *दूसरा फेज जल्द ही शुरु होने वाला है। थोड़ा आराम कर लो।*

हैसेसिन के चेहरे पर एक भद्दी सी हँसी उभरी। वह रात भर सोया नहीं था लेकिन नींद के बारे में सोचना अभी उसके दिमाग़ से कोसों दूर था। नींद तो कमज़ोर लोगों के लिए होती है। वह अपने पूर्वजों की तरह योद्धा था। उसके पूर्वज हशीश का सहारा लेते थे लेकिन वह अपने को संतुष्ट करने के लिए कुछ दूसरी तकनीक का इस्तेमाल करता था। उसे अपने शरीर पर घमंड था—काम के लिए पूरी तरह से तैयार, घातक मशीन जिसे वह अपने पूर्वजों की परंपरा के बावजूद नशे से प्रदूषित नहीं करना चाहता था। उसने नशे की बजाय एक दूसरे तरह की लत पाल ली थी जो उसे ताकत देती थी, नशे की तुलना में कहीं स्वस्थ और संतोष देने वाला पुरस्कार।

उसके अंदर एक पूर्व परिचित अंदेशे का भाव फैला जा रहा था। वह गलियारे में तेजी से बढ़ा जा रहा था। साधारण से दिख रहे एक दरवाज़े पर पहुँचकर उसने घंटी बजायी। अंदर से किसी ने बाहर देखने वाले छेद से झाँका। दो भूरी आँखें उसे तोलने की कोशिश कर रही थी। फिर दरवाज़ा खुला।

'स्वागत।' अच्छी पोशाक पहनी औरत ने उसे खूबसूरती से सजाए गए बैठक में अंदर आने को कहा। कमरे में हल्की सी रोशनी जल रही थी। हवा में महंगे इत्र और कस्तूरी की खुशबू फैली हुई थी। 'तुम जब भी तैयार हो।' यह कहते हुए उस औरत ने उसके हाथ में फोटो का एक एलबम थमा दिया। 'तुम जब अपना चुनाव पूरा कर लोगे तो मुझे आवाज़ देना।' यह कहकर औरत ग़ायब हो गई।

हैसेसिन मुस्कुराया।

गद्देदार दीवान पर बैठकर अपनी गोद में पड़े फोटो एल्बम को देखते हुए उसके अंदर एक वहशी भूख का अहसास पैदा हुआ। वैसे तो उसके समुदाय के लोग क्रिसमस नहीं मनाते थे लेकिन वह कल्पना कर रहा था कि एक ईसाई बच्चा सामने पड़े क्रिसमस के उपहार को देखते हुए चमत्कार की प्रतीक्षा कर रहा है। उसने एलबम खोल कर तस्वीरें देखना शुरू कर दिया। वह ज़िंदगी भर जिस तरह की सेक्स संबंधी कल्पनाएँ करता रहा था वे उसकी आँखों के सामने नाचने लगी।

मैरिसा। इटली की देवी। उग्र। जैसे कि युवावस्था में सोफिया लॉरेन।

सैचिको। जापानी गीसा। नमकीन। बेशक हुनरमंद।

कानारा। उत्तेजित करने वाला काला दृश्य। सबसे अलग, अनूठा।

उसने दो बार एलबम को देखा और अपना चुनाव कर लिया। उसने टेबल पर रखी घंटी बजायी। एक मिनट के अंदर वही औरत सामने हाज़िर थी जिसने उसे अंदर बुलाया था। उसने अपनी चुनिंदा तस्वीर दिखाई। औरत ने मुस्कुराते हुए उसे अपने पीछे आने को कहा।

सौदे की बात पूरी करने के बाद उसने दबी आवाज़ में किसी से फोन पर बात की। कुछ मिनट इंतज़ार करने के बाद वह उसे संगमरमर की घुमावदार सीढ़ी से होकर बड़े से हॉल में ले गई। 'आखिर में सोने का दरवाज़ा है। तुम्हारी पसंद बड़ी महंगी है।' औरत बोली।

होना ही चाहिए। आख़िर मैं कद्रदान जो ठहरा।

हैसेसिन लंबे हॉल को ठीक उसी तरह पार कर रहा था जैसे लंबे वक्त से भूखा चीता खाने की तलाश में जा रहा हो। दरवाज़े के सामने पहुँचकर उसने अपने चेहरे पर मुस्कान लायी। दरवाज़ा उसके स्वागत में पहले से खुला था। उसने दरवाज़े को हल्के से धक्का दिया, दरवाज़ा बिना किसी आवाज़ के खुल गया।

जब उसने अपनी चुनी हुई चीज़ पर नज़र डाली तो उसे यकीन हो गया कि उसका चुनाव सही था। वह ठीक वैसी ही थी जैसा उसने चाहा था—नंगी, पीठ के बल लेटी, हाथ मोटे मोटे मखमली रस्सी से दीवान के पायों से बंधे।

उसने कमरे को पार किया और उसके हाथी दाँत की तरह गोरे पेट पर अपनी काली उँगलियाँ दौड़ायी। मैंने कल रात ही हत्या की, तुम मेरा पुरस्कार हो।

11

शैतानी? कोलर ने अपना मुँह पोछा और असहज ढंग से अपनी जगह बदली। 'यह किसी *शैतानी* संप्रदाय का प्रतीक चिह्न है?'

लैंग्डन खुद को गर्म रखने के लिए ठंड से जमे हुए कमरे में चहलकदमी करने लगा। 'इल्युमिनाटी शैतानी संप्रदाय के सदस्य थे, लेकिन आधुनिक अर्थों में नहीं।'

लैंग्डन ने जल्दी जल्दी बताया कि किस तरह लोग शैतानी संप्रदाय को शैतान की पूजा करने वाले राक्षसी समूह के रूप में देखते हैं लेकिन ऐतिहासिक रूप से शैतानवादी लोग पढ़े लिखे होते थे जो चर्च के विरोध में खड़े होते थे। दरअसल यह कोरी बकवास थी। चर्च उन्हें बदनाम करने के लिए तरह तरह के अफवाह फैलाता था जैसे कि वे पशुओं की बलि देकर काला जादू करते हैं, पेंटाग्राम कर्मकांड में यकीन रखते हैं वगैरह। समय बीतने के साथ चर्च के विरोधी लोग, जो इल्युमिनाटी की नकल करना चाहते थे, वे इन अफवाहों पर यकीन कर उनकी नकल करने लगे। इस तरह आधुनिक शैतानवाद का जन्म हुआ।

कोलर ने अचानक हुँकारी भरी। 'ये सब प्राचीन इतिहास है। मैं जानना चाहता हूँ कि यह चिह्न यहाँ कैसे पहुँचा?'

लैंग्डन ने गहरी साँस ली। 'यह संकेत चिह्न सोलहवीं सदी में किसी अज्ञात इल्युमिनाटी ने गैलीलियो के समरूपता के प्रति प्रेम को सम्मान देने के लिए बनाया था। यह एक तरह से इल्युमिनाटी का पवित्र लोगो जैसा है। ब्रदरहुड ने इस डिजाइन को गुप्त रखा था। कहा जाता है कि वे इसे तभी ज़ाहिर करना चाहते थे जब उनके पास फिर से सामने आने के लायक ताकत हो जाती और वे अपना आखिरी मकसद पूरा करने की स्थिति में होते।'

कोलर विचलित लग रहा था। 'यानी कि इस चिह्न का मतलब है कि इल्युमिनाटी ब्रदरहुड फिर से जीवित हो रहा है?'

लैंग्डन के चेहरे पर नाराज़गी का भाव आया। 'यह मुमकिन नहीं है। इल्युमिनाटी के बारे में एक अध्याय ऐसा है जिसके बारे में मैंने अभी नहीं बताया है।'

कोलर की आवाज़ थोड़ी तेज़ हो गई, 'मुझे भी इसके बारे में बताइए।'

लैंग्डन ने अपनी हथेलियों को रगड़ते हुए मन ही मन इल्युमिनाटी के बारे में पढ़े सैकड़ों दस्तावेज़ों और अपने लेखों के बारे में सोचा। 'इल्युमिनाटी बचने में माहिर थे।' उसने बताया। 'जब वे रोम से भागे तो यूरोप से गुजरते हुए वे ऐसी जगह की तलाश कर रहे थे जहाँ वे फिर से संगठित हो सकें। इस दौरान वे अपनी ही तरह के एक दूसरे गुप्त संप्रदाय के संपर्क में आए—पत्थर का काम करने वाले बावेरिया के धनी कारीगर जिन्हें फ्रीमेसन कहा जाता था।'

कोलर को आश्चर्य हो रहा था, 'मेसन?'

लैंग्डन ने सहमति में सर हिलाया। उसे कतई आश्चर्य नहीं हुआ कि कोलर इस संप्रदाय के बारे में पहले से जानता था। आज की तारीख में दुनिया भर में मेसनब्रदरहुड में पचास लाख से भी ज़्यादा लोग शामिल हैं। उनमें आधे से ज़्यादा अमेरिका में और दस लाख से भी ज़्यादा यूरोप में रहते थे।

'लेकिन इसमें कोई शक नहीं कि मेसन शैतानी संप्रदाय में शामिल नहीं हैं।' कोलर ने घोषणा की। अचानक लगा कि उसे लैंग्डन की बात पर यकीन नहीं हो रहा था।

'बिलकुल नहीं। मेसनअपनी ही भलमनसाहत और उदारता के शिकार हुए। सन 1700 में रोम से जान बचाकर भागने वाले वैज्ञानिकों को शरण देने वाले मेसन अनजाने ही इल्युमिनाटी के लिए नकाब का काम करने लगे। उनके सदस्यों के बीच ही इल्युमिनाटी बढ़ने लगे। धीरे-धीरे निवास स्थलों पर उनका कब्जा होता गया। उन्होंने चुपचाप मेसन समूह के अंदर ही अपने वैज्ञानिक ब्रदरहुड को फिर से स्थापित कर लिया जैसे कि गुप्त समुदाय के अंदर काम करने वाला एक और गुप्त समुदाय। इसके बाद इल्युमिनाटी ने दुनिया भर में फैले उनके संपर्कों का इस्तेमाल कर अपना प्रभाव फैलाना शुरू कर दिया।'

लैंग्डन ने अपनी बात आगे बढ़ाने के पहले एक ठंडी आह भरी। 'कैथलिक संप्रदाय को समाप्त करना इल्युमिनाटी का मूल मकसद था। इस ब्रदरहुड का मानना था कि चर्च अंधविश्वास पर आधारित धार्मिक कट्टरता को बढ़ावा देता है जो मानवता का सबसे बड़ा दुश्मन है। उन्हें डर था कि अगर धर्म अपने पवित्र मिथकों को परम सत्य की तरह पेश करता रहा तो वैज्ञानिक प्रगति रुक जाएगी। इसके परिणामस्वरूप मानवता बस धर्मयुद्ध के बेमतलब बकवास में उलझ कर रह जाएगी।'

'जैसा कि हम आज देख रहे हैं।'

लैंग्डन के चेहरे पर नाराजगी दिखाई दे रही थी। कोलर ठीक कह रहा था। आज भी ये धर्मयुद्ध हमारे लिए बड़ी ख़बरें बन रहे थे। *मेरा भगवान तुम्हारे भगवान से बेहतर है।* ऐसा लगता था कि जितने अधिक सच्चे श्रद्धालु, उतनी ही बड़ी संख्या में गिरने वाली लाशें।

'आप अपनी बात जारी रखिए,' कोलर ने कहा।

लैंग्डन ने अपना ध्यान एक जगह पर स्थिर करते हुए कहना जारी रखा। इल्युमिनाटी यूरोप में ताकतवर होते गए और अब उन्होंने अपनी नज़रें अमेरिका पर गड़ाई हुई थी। उस समय अमेरिका में नई-नई सरकार बनी थी जिसके कई नेता जैसे कि जॉर्ज वाशिंगटन, बेन फ्रैंकलिन मेसन थे। वे ईमानदार और ईश्वर से डरने वाले लोग थे जिन्हें पता नहीं था कि इल्युमिनाटी किस तरह से मेसनों पर अपनी जकड़ मजबूत कर चुके थे। इल्युमिनाटी ने मेसनों के बीच अपनी घुसपैठ का फायदा उठाकर बैंकों, विश्वविद्यालयों और उद्योगों की स्थापना की जो उनके आखिरी मकसद को पूरा करने में उनकी मदद करते।' लैंग्डन थोड़ा रुका। 'ताकि वे एकीकृत वैश्विक राज्य की स्थापना कर सकें, धर्म से मुक्त एक प्रकार की नयी वैश्विक व्यवस्था।'

कोलर अपनी जगह पर बिलकुल स्थिर था।

'एक नयी वैश्विक व्यवस्था। लैंग्डन ने अपनी बात दोहराई। 'जो एक नए वैज्ञानिक पुनर्जागरण पर आधारित होगी। उसे वे अपना लुसिफेरियन सिद्धांत कहते हैं। चर्च का मानना था कि लुसिफर शैतान का प्रतिनिधित्व करता है लेकिन ब्रदरहुड का कहना था कि अपने मौलिक लैटिन शब्दार्थ के मुताबिक लुसिफर का मतलब होता है प्रकाश पुंज या इल्युमिनेटर।'

कोलर ने आह भरी। उसकी आवाज़ अचानक गंभीर हो गई। 'मिस्टर लैंग्डन, कृपया बैठिए।'

लैंग्डन सामने रखी कुर्सी के छोर पर बैठ गया। कुर्सी पर बर्फ जमी थी।

कोलर अपना व्हीलचेयर नजदीक ले आया। 'मैं यकीन के साथ तो नहीं कह सकता कि आपने अभी जो कुछ बताया मैं उसे पूरी तरह से समझ पाया लेकिन आप मेरी बात समझने की कोशिश कीजिए। लियोनार्डो वेट्रा CERN के लिए सबसे मूल्यवान था। वह मेरा दोस्त भी था। मुझे इल्युमिनाटी को ढूँढ़ने में आपकी मदद चाहिए।'

लैंग्डन समझ नहीं पा रहा था कि वह इसका किस तरह जवाब दे। 'इल्युमिनाटी की खोज? कोलर शायद मुझसे मज़ाक कर रहा है। 'मुझे दुख है सर कि यह बिलकुल नामुमकिन है।'

कोलर की भंवों पर बल पड़ गए। 'आपके कहने का मतलब है ... कि आप यह काम नहीं करेंगे।'

'मिस्टर कोलर' यह कहते हुए लैंग्डन अपनी कुर्सी पर थोड़ा आगे झुका। उसे ठीक से समझ में नहीं आ रहा था कि वह अपनी बात किस तरह कोलर के भेजे में डाले। 'मैंने अपनी बात पूरी नहीं की है। हालाँकि देखने में यह इल्युमिनाटी का काम लगता है, लेकिन यह करीब-करीब असंभव सी बात है। कम से कम पिछले पचास सालों में उनके अस्तित्व के बारे में कोई भी प्रमाण नहीं मिला है। ज़्यादातर विद्वान मानते हैं कि इल्युमिनाटी को ख़त्म हुए अब सालों हो गए।'

लैंग्डन के शब्द मानो सन्नाटे में खो गए थे। कोलर सामने फैले कुहासे को ऐसे देख रहा था मानो वह या तो निरा बेवकूफ हो या फिर गुस्से में हो। 'जब इस इंसान की छाती पर उनका निशान दिखाई दे रहा है तो आप कैसे कह सकते हैं कि यह संप्रदाय अब समाप्त हो चुका है?'

लैंग्डन भी सुबह से यही सवाल अपने आप से पूछ रहा था। इल्युमिनाटी का एंबीग्राम फिर से दिखाई देना बड़े आश्चर्य की बात थी। यह दुनिया भर के संकेत-वैज्ञानिकों के लिए अचंभे की बात थी। इसके बावजूद, एक विद्वान के तौर पर लैंग्डन समझता था कि इस ब्रांड के फिर से दिखाई देने का इल्युमिनाटी से कोई लेना देना नहीं था।

'प्रतीकों से यह साबित नहीं होता कि उसे बनाने वाले लोग अब भी पाए जाते हैं।' लैंग्डन ने कहा।

'तो फिर इसका क्या मतलब निकाला जा सकता है?'

'इसका मतलब है कि जब इल्युमिनाटी जैसे संगठित दर्शन ख़त्म हो जाते हैं तब भी उनके संकेत बचे रह जाते हैं जो दूसरे समुदाय अपना सकते हैं। इसे ट्रांसफरेंस कहते हैं। संकेत विज्ञान में यह काफी आम है। नाजियों ने स्वास्तिक का निशान हिंदुओं से अपनाया, ईसाइयों ने सलीब का निशान मिस्र के लोगों से उधार लिया ... '

'आज सुबह जब मैंने कंप्यूटर में इल्युमिनाटी टाइप किया तो मुझे इसके जवाब में हज़ारों ताज़ा उद्धरण मिले। इसका मतलब है कि अब भी बहुत सारे लोग मानते हैं कि यह समुदाय आज भी सक्रिय है।' कोलर ने लैंग्डन को चुनौती देते हुए कहा।

'ये षड्यंत्रों में यकीन रखने वाले लोग हैं,' लैंग्डन ने जवाब दिया। आधुनिक पॉप-कल्चर में इतने सारे षड्यंत्र आधारित सिद्धांतों का चलन देखकर लैंग्डन को हमेशा कोफ्त होती थी। मीडिया को इस तरह के सनसनीखेज सुर्खियों की तलब रहती है। इस सहस्राब्दी में स्वघोषित संप्रदाय-विशेषज्ञ अब भी उछाली जा रही इस तरह की कपोल-कल्पित

बातों को नमक मिर्च लगा कर पेश करते हैं कि इल्युमिनाटी अब भी ज़िंदा हैं और नयी विश्व व्यवस्था बनाने के लिए बखूबी अपना काम कर रहे हैं। हाल ही में *न्यूयॉर्क टाइम्स* ने ख़बर छापी थी कि कई मशहूर लोग मेसनों से जुड़े हुए हैं। इन में सर आर्थर कॉनन डॉयल, केंट के राजकुमार, पीटर सेलर्स, इरविंग बर्लिन, प्रिंस फिलिप, लुई आर्मस्ट्रांग के साथ ही अनेक नामी गिरामी उद्योगपतियों और बैंकिंग के बड़े ओहदों पर काम करने वाले लोगों का नाम शामिल था।

कोलर ने गुस्से में आकर वेट्रा की लाश की ओर इशारा किया। 'सबूतों को देखते हुए मैं तो कहूँगा कि शायद षड्यंत्र के सिद्धांत में यकीन करने वाले लोग सही हैं।'

'मैं समझ सकता हूँ कि ऐसा ही प्रतीत होता है,' लैंग्डन काफी संयत भाषा में बात करने की कोशिश कर रहा था। 'लेकिन इस बात की अधिक संभावना है कि किसी दूसरे समुदाय ने इल्युमिनाटी ब्रांड पर कब्जा कर लिया है और वह इसे अपने मकसद के लिए इस्तेमाल कर रहा है।'

'कैसा मकसद? इस हत्या से क्या साबित होता है?'

ये अच्छा सवाल है। लैंग्डन ने मन ही मन सोचा। उसे भी यह समझने में मुश्किल हो रही थी कि आखिर 400 वर्षों के बाद किसने इल्युमिनाटी प्रतीक का इस्तेमाल करने के बारे में सोचा होगा। 'मैं सिर्फ इतना कह सकता हूँ कि आज की तारीख में अगर इल्युमिनाटी सक्रिय होते तब भी वे लियोनार्डो वेट्रा की मौत में शरीक नहीं होते।'

'नहीं?'

'नहीं। इल्युमिनाटी ईसाइयत को समाप्त करना चाहते थे, लेकिन वे अपनी ताकत राजनीतिक और आर्थिक तरीकों से इस्तेमाल करते थे, हत्या जैसे आतंकवादी तरीकों से नहीं। इसके अलावा इल्युमिनाटी अपने नैतिक सिद्धांत का सख्ती से पालन करते थे जिसके आधार पर वे अपने दुश्मनों की शिनाख्त करते थे। वे वैज्ञानिकों की बहुत इज्जत करते थे। यह मुमकिन ही नहीं कि वे अपने जैसे वैज्ञानिक लियोनार्डो वेट्रा की हत्या करते।'

कोलर की आँखें मानो बर्फ जैसी हो गई। 'शायद मैं यह बताना भूल गया कि लियोनार्डो वेट्रा साधारण वैज्ञानिक नहीं था।'

लैंग्डन ने आहिस्ता से साँस छोड़ते हुए कहा, 'मिस्टर कोलर, मैं जानता हूँ कि वेट्रा कई मामलों में बड़े ही प्रतिभाशाली व्यक्ति थे लेकिन फिर भी सचाई है कि ...'

अचानक बिना कुछ बोले कोलर ने अपना व्हीलचेयर तेजी से घुमाया और कमरे से बाहर निकल गया। उसके पीछे धुंध का एक बगूला कमरे में उठकर शांत हो गया। वह हॉल के दूसरे छोर पर जाकर नज़रों से ओझल हो गया।

भगवान के लिए, लैंग्डन ने हल्की सी आह भरी। वह भी बाहर आ गया। हॉल के अंत में बने एक ताखे जैसी जगह में कोलर उसका इंतज़ार कर रहा था।

'यह लियोनार्डो का अध्ययन कक्ष है।' कोलर ने सरक कर खुलने वाले स्लाइडिंग दरवाज़े की ओर इशारा करते हुए कहा। 'आप जब उसे देखेंगे तो शायद आप चीजों को दूसरे नज़रिए से समझ पाएँगे।' मुँह से एक अजीब सी आवाज़ निकालते हुए कोलर ने जोर से साँस ली और दरवाज़े को सरका कर खोल दिया।

लैंग्डन ने कमरे में झाँका। उसके बदन पर झुरझुरी फैल गई। ओह, भगवान ... वह बिना आवाज़ निकाले बुदबुदाया।

12

किसी दूसरे देश में ढेर सारे वीडियो मॉनीटरों के सामने एक नौजवान संतरी चुपचाप बैठा था। मॉनीटर पर तस्वीरें आ जा रही थी और संतरी उन्हें देख रहा था। ये उस बड़े से कॉम्प्लेक्स में चारों तरफ लगे हुए वीडियो कैमरों से वायरलेस तरीके से आ रही ताजा तस्वीरें थी। तस्वीरों के आने जाने का अंतहीन सिलसिला जारी था।

नक्काशीदार हॉल।

निजी ऑफिस

विशालकाय रसोईघर।

तस्वीरें उसकी आँखों के सामने से गुजर रही थी और संतरी एक दिवास्वप्न को आँखों से भगाने की कोशिश में लगा था। अब उसका शिफ्ट समाप्त हो रहा था लेकिन उसने सावधानी में कोई कोताही नहीं की थी। वह सोच रहा था कि *सेवा सम्मान की बात होती है। एक न एक दिन उसे अपनी सेवा का सबसे बड़ा ईनाम ज़रूर मिलेगा।*

जिस समय उसके दिमाग़ में ये बातें चल रही थी तभी उसके सामने एक चौंकाने वाली तस्वीर दिखाई दी। अचानक उसका हाथ खुद-ब-खुद जैसे शरीर के रिफ्लेक्स एक्शन से संचालित होकर कंट्रोल पैनल के एक बटन पर चला गया। उसे इस बात पर स्वयं हैरत हो रही थी। चलती फिरती तस्वीर वहीं रुक गई।

उसकी नसों में अब भी झनझनाहट हो रही थी। वह आगे झुक कर तस्वीर को नजदीक से देखने लगा। मॉनिटर पर लिखा आ रहा था कि यह तस्वीर कैमरा संख्या #86 से आ रही थी। वो कैमरा बड़े हॉल पर नज़र रखता था।

लेकिन उसके सामने जो तस्वीर थी वो ज़ाहिर तौर पर हॉल की तस्वीर नहीं थी।

13

लैंग्डन सामने खुले अध्ययन कक्ष को हैरत भरी नज़रों से देख रहा था। 'ये कैसी जगह है?' वैसे तो चेहरे पर गरम हवा का झोंका उसे सुकून दे रहा था लेकिन खुले दरवाज़े से अंदर जाते हुए उसकी धड़कन तेज़ हो रही थी।

कोलर लैंग्डन के पीछे-पीछे चुपचाप कमरे के अंदर दाखिल हुआ।

लैंग्डन ने कमरे पर नज़र डाली। उसे कुछ भी समझ में नहीं आ रहा था। कमरे में ऐसी अजीबोगरीब चीजें रखी थी जिन्हें लैंग्डन ने कभी देखा नहीं था। सामने की दीवार पर एक बहुत बड़े आकार का लकड़ी का बना सलीब टंगा था। लैंग्डन ने अनुमान लगाया कि यह चौदहवीं सदी का स्पेन में बना सलीब था। सलीब के ऊपर छत से आसमान में चक्कर लगाते ग्रहों का चलता-फिरता धातु का बना मॉडल टँगा था। उसकी बाईं ओर वर्जिन मेरी की ऑयल पेंटिंग टँगी थी जिसकी बगल में लैमिनेट किया हुआ विभिन्न तत्वों को दर्शाने वाला पीरियडिक टेबुल रखा था। बगल वाली दीवार पर पीतल के बने दो और सलीब टँगे थे जिनके दोनों तरफ अल्बर्ट आइंस्टीन का एक पोस्टर लगा था जिस पर उनका प्रसिद्ध उद्धरण लिखा हुआ था—ईश्वर इस दुनिया के साथ पासे का खेल नहीं खेलता—GOD DOES NOT PLAY DICE WITH THE UNIVERSE.

लैंग्डन कमरे में दाखिल हुआ। वह चारों तरफ हैरानी से देख रहा था। वेट्रा की मेज़ पर चमड़े से मढ़ा एक बायबिल रखा था। उसके साथ ही नील्स बोर के एटम का मॉडल और माइकल एंजेलो की बनायी तस्वीर 'मोजेज' का छोटा सा नमूना रखा हुआ था।

लैंग्डन सोच रहा था कि वेट्रा सचमुच अलग अलग तरह की चीजों को एक साथ जमा करने वाला इंसान था—Eclectic. गरम कमरा अच्छा लग रहा था लेकिन कमरे के अंदर की सजावट में कुछ ऐसा था जिससे उसके अंदर एक कंपकंपी सी पैदा हो रही थी। उसे लगा जैसे वह दो महान दार्शनिक व्यक्तित्वों के आपसी संघर्ष को देख रहा हो—दो विरोधी शक्तियों की टकराहट जो उसे परेशान कर रही थी। उसने किताबों की अलमारी का मुआयना किया—

दि गॉड पार्टिकल
दि ताओ ऑफ फिजिक्स
गॉड—दि इविडेंस

एक किताब के कोने पर पोप पायस XII का एक उद्धरण लिखा था:

सच्चा विज्ञान हर दरवाज़े के पीछे

इंतज़ार कर रहे परमात्मा
की खोज करता है।

'लियोनार्डो कैथोलिक पुजारी था', कोलर ने बताया।

'पुजारी?' लैंग्डन ने कोलर की तरफ मुड़कर पूछा, 'मुझे लगा कि आपने बताया था कि वो भौतिक-विज्ञानी था?'

'हाँ, वह दोनों था। इतिहास में विज्ञान और धर्म में एक साथ काम करने वाले बहुत से लोग हुए हैं। लियोनार्डो ऐसा ही एक व्यक्ति था। उसका मानना था कि भौतिक-विज्ञान ईश्वर का ही *प्राकृतिक विज्ञान* है। उसका दावा था कि प्राकृतिक व्यवस्था के अंदर हर तरफ ईश्वर की हस्तलिपि दिखाई देती है। वह विज्ञान की सहायता से ईश्वर पर यकीन नहीं करने वाले लोगों के लिए उनका अस्तित्व प्रमाणित करना चाहता था। वह अपने को आध्यात्मिक भौतिक विज्ञानी या Theo—Physicist मानता था।

आध्यात्मिक भौतिक विज्ञानी? यह शब्द ही विरोधाभासी लग रहा था। लैंग्डन ने मन ही मन सोचा।

'पार्टिकल फिजिक्स के क्षेत्र में हाल फिलहाल के समय में कुछ आश्चर्यजनक खोज हुए हैं जिनका आध्यात्मिक अर्थ निकलता है। इनमें से कई खोज लियोनार्डो ने किए हैं।' कोलर ने बताया।

लैंग्डन CERN के निदेशक को परखने की कोशिश कर रहा था और अब भी आसपास की अजीबोगरीब चीजों का मतलब समझने में लगा हुआ था। 'अध्यात्म और विज्ञान? लैंग्डन ने धार्मिक इतिहास को समझने में अपना जीवन बिताया था। उसे पता था कि हमेशा से विज्ञान और अध्यात्म के बीच पानी और तेल जैसा रिश्ता था—एक दूसरे में कभी नहीं मिल सकने वाले, कट्टर दुश्मन।'

'वेट्रा पार्टिकल फिजिक्स के शोध के सर्वोच्च शिखर पर काम करने वाला वैज्ञानिक था।' कोलर ने बताया। 'उसने धर्म और विज्ञान को मिलाने वाला काम करना शुरू कर दिया था। उसके शोध कार्य से ज़ाहिर हो रहा था कि विज्ञान और अध्यात्म अप्रत्याशित तरीके से एक दूसरे के पूरक हैं। वह इसे नव-भौतिक विज्ञान कहता था।' कोलर ने यह कहते कहते सामने से एक किताब निकालकर लैंग्डन के हाथ में रख दी।

लैंग्डन ने किताब के कवर पर नज़र दौड़ायी। *God, Miracles and New Physics by Leonardo Vetra.*

'वैसे यह विषय छोटा है लेकिन इस पर काम करने वाले लोग कुछ पुराने सवालों के नए जवाब सामने ला रहे हैं जैसे कि ब्रह्मांड की शुरुआत और हमें आपस में जोड़ने वाली शक्तियों के बारे में पूछे जाने वाले सवाल। लियोनार्डो को यकीन था कि उसके शोधकार्य में लाखों लोगों को आध्यात्मिक जीवन की ओर लाने की क्षमता थी। पिछले साल उसने एक ऐसी ऊर्जा के अस्तित्व को साबित किया जो हम सभी को जोड़ती है। उसने यह

दिखाया कि हम सभी भौतिक रूप से एक दूसरे से जुड़े हुए हैं, कि आपके शरीर के अणु मेरे शरीर के अणु के साथ आपस में गुंफित हैं, जुड़े हुए हैं। उसकी खोज से साबित हुआ कि हम सभी के अंदर एक ही शक्ति संचालित है।' कोलर ने बताया।

लैंग्डन थोड़ा असहज महसूस कर रहा था। '*और ईश्वर की शक्ति हम सभी को एक बनाएगी।* मिस्टर वेट्रा ने यह दिखाया कि सभी कण एक दूसरे से जुड़े हुए हैं।'

'ठोस सबूत। साइंटिफिक अमेरिकन में प्रकाशित एक लेख में कहा गया था कि वेट्रा की किताब *न्यू फिजिक्स* लोगों को ईश्वर की ओर ले जाने वाले रास्तों में धर्म से बेहतर रास्ता है।

कोलर की बात का लैंग्डन पर गहरा असर हुआ। वह अचानक धर्म विरोधी इल्युमिनाटी के बारे में सोचने लगा। अनमने ढंग से उसने अपने को एक असंभव सी स्थिति के बारे में सोचने की इजाज़त दे दी। वह सोचने लगा कि अगर इल्युमिनाटी आज भी ज़िंदा हैं तो क्या वे धार्मिक संदेश को लोगों तक ले जाने से रोकने के लिए वेट्रा को मारने की सोच सकते हैं? लैंग्डन ने इस विचार को अपने दिमाग से झटक दिया। *बकवास। इल्युमिनाटी पुरातन इतिहास की कहानी भर हैं। सभी विद्वान आज इस बात से सहमत हैं।*

'वैज्ञानिक समाज में वेट्रा के कई दुश्मन थे।' कोलर ने कहना जारी रखा। 'कई शुद्धतावादी वैज्ञानिक उससे नफरत करते थे। यहाँ CERN में भी। वे मानते थे कि भौतिक विज्ञान के सिद्धांतों का उपयोग कर धार्मिक विचारों को सही साबित करने की कोशिश विज्ञान के साथ धोखा है।'

'लेकिन क्या आज के वैज्ञानिक चर्च के बारे में थोड़ा नरम रुख नहीं रखते?'

कोलर ने नफरत में डूबी हुई हुँकारी भरी। 'इसकी हमें क्या ज़रूरत है? हाँ, ये सही है कि आज चर्च वैज्ञानिकों को सलीब पर चढ़ा कर ज़िंदा नहीं जलाता लेकिन अगर आप को लगता है कि उन्होंने विज्ञान के ऊपर अपनी धौंस जमानी छोड़ दी है तो इस बात पर विचार कीजिए। सोचिए कि आज भी आपके देश में आधे से अधिक स्कूलों में बंदर से मनुष्य बनने के विकासवाद के सिद्धांत को पढ़ाने की इजाज़त क्यों नहीं है? खुद से यह सवाल कीजिए कि अमेरिका का क्रिश्चियन कोएलिशन वैज्ञानिक प्रगति के खिलाफ दुनिया का सबसे ताकतवर संगठन क्यों है? धर्म और विज्ञान के बीच लड़ाई आज भी जारी है, मिस्टर लैंग्डन। अब यह लड़ाई बाहर मैदान में नहीं बोर्डरूम में लड़ी जा रही है, लेकिन यह चल आज भी रही है।'

लैंग्डन को लगा कि कोलर सही कह रहा है। अभी पिछले ही सप्ताह तो हार्वर्ड के धर्म विज्ञान स्कूल के लोगों ने जीव विज्ञान बिल्डिंग की ओर जुलूस निकाला था क्योंकि वे ग्रैजुएट प्रोग्राम में जेनेटिक इंजीनियरिंग की पढ़ाई का विरोध कर रहे थे। जीव विज्ञान के अध्यक्ष प्रसिद्ध पक्षी—विज्ञानी रिचर्ड आरोनियन ने इसके विरोध में

अपनी खिड़की से बाहर की तरफ एक बहुत बड़ा बैनर लटकाया था। इस बैनर में ईसाई 'मछली' को बदलकर उसमें चार छोटे छोटे पैर दिखाए गए थे। आरोनियन ने दावा किया कि यह अफ्रीका के लंग-फिशेज के लिए एक श्रद्धाँजलि है जो विकास की अवस्था को पार करते हुए अब सूखी ज़मीन पर पाए जाते हैं। मछली के नीचे 'ईसा मसीह' की जगह लिखा था 'डार्विन'!

अचानक हवा में एक तेज़ बीप की आवाज़ सुनाई दी। लैंग्डन ने सिर उठाकर सामने देखा। कोलर अपने व्हीलचेयर के साथ लगे इलेक्ट्रॉनिक यंत्रों की ओर मुखातिब हुआ। वह व्हीलचेयर में रखे बीपर को बाहर निकालकर मैसेज पढ़ने लगा।

'अच्छा। लियोनार्डो की बेटी वेट्रा का संदेश। वह अभी हेलीपैड पर पहुँच रही है। हम उससे वहीं मिलेंगे। मैं समझता हूँ कि उसका यहाँ आकर पिता की लाश को इस तरह देखना ठीक नहीं होगा।'

लैंग्डन ने सहमति जतायी। इससे उसे धक्का लगेगा। किसी के बच्चे के लिए यह सही नहीं है।

'मैं मिस वेट्रा से कहूँगा कि वह अपने प्रोजेक्ट के बारे में बताए जो वह अपने पिता के साथ मिलकर कर रही थी। शायद इससे उसकी हत्या की गुत्थी को सुलझाने में थोड़ी सी मदद मिलेगी।'

'आपको लगता है कि वेट्रा की हत्या उसके काम की वजह से हुई है?'

'इसकी काफी संभावना है। लियोनार्डो ने मुझे बताया था कि वह किसी ऐसी चीज़ पर काम कर रहा था जो अभूतपूर्व है। उसने मुझसे बस इतना ही बताया था। वह अपने प्रोजेक्ट के बारे में काफी गोपनीयता बरतने लगा था। उसका अपना निजी लैब था और वह अकेला रहना पसंद करता था। उसकी मेधाविता की वजह से मैं इसके लिए तैयार था। हाल फिलहाल में उसके काम में बहुत ज़्यादा मात्रा में बिजली खर्च हो रही थी लेकिन मैंने उससे कभी इसके बारे में कोई सवाल नहीं पूछा।' कोलर ने अपना व्हीलचेयर स्टडी रूम के दरवाज़े की तरफ मोड़ा। 'लेकिन इस फ्लैट से बाहर निकलने के पहले आपको एक बात और बताना चाहूंगा।'

लैंग्डन सोच नहीं पा रहा था कि उसे यह बात सुननी चाहिए कि नहीं।

'वेट्रा के ख़ूनी ने उसके यहाँ से एक चीज़ की चोरी भी की थी।'

'कौन सी चीज?'

'मेरे साथ आइए।'

कोलर फिर से अपना व्हीलचेयर लेकर धुंध से भरे कमरे की ओर चल पड़ा। लैंग्डन भी पीछे-पीछे चल पड़ा, हालाँकि उसकी समझ में कुछ नहीं आ रहा था। कोलर वेट्रा की लाश के बिलकुल पास आकर रुक गया। उसने लैंग्डन को अपने नजदीक बुलाया। अनमने ढंग से लैंग्डन नजदीक आया। मृतक के जमे हुए पेशाब से आ रही बदबू के कारण उसे उल्टी सी आ रही थी।

'उसके चेहरे पर नज़र डालिए,' कोलर बोला।

'चेहरे पर नज़र डालूं?' लैंग्डन भन्ना गया। *मुझे लगा था कि आपने किसी चीज़ के चोरी होने की बात की थी?*

थोड़ा सा हिचकिचाते हुए लैंग्डन नीचे झुका। वह वेट्रा के चेहरे को देखने की कोशिश करने लगा लेकिन उसके सर को मरोड़ कर दूसरी तरफ कर दिया गया था और उसका चेहरा कालीन में धँसा हुआ था।

अपनी शारीरिक अक्षमता के बावजूद कोलर ने नीचे झुककर सावधानी से वेट्रा के सर को घुमा कर सीधा किया। एक तेज़ आवाज़ के साथ वेट्रा का सर अब सीधा हो गया। लाश के चेहरे पर मरने के समय हुए दर्द के कारण आयी विकृति साफ नज़र आ रही थी। कोलर ने कुछ देर तक उसका सर उसी अवस्था में रखा।

'हे भगवान।' लैंग्डन के मुँह से चीख निकल गई और वह हड़बड़ाकर पीछे हो गया। वेट्रा का चेहरा ख़ून में सना था। उसकी एक निर्जीव आँख सामने घूर रही थी। दूसरी आँख की जगह सूना सा कोटर दिख रहा था। 'वे उसकी आँख चुरा ले गए।'

14

लैंग्डन ने बिल्डिंग सी से निकलकर खुली हवा में साँस ली। वेट्रा के फ्लैट से बाहर निकल कर उसे सुकून का अहसास हुआ। सूरज की रोशनी में आकर उसके दिमाग़ में घूम रही वेट्रा की आँखों के खाली कोटर की तस्वीर थोड़ी धुंधली हुई।

'इस तरफ, ... ' कोलर ने लैंग्डन को रास्ता दिखाते हुए कहा। अब वे थोड़ी चढ़ाई वाले रास्ते पर थे। इलेक्ट्रिक व्हीलचेयर आसानी से ऊपर जा रहा था। 'मिस वेट्रा भी बस पहुँचने ही वाली हैं।'

लैंग्डन कोलर का साथ देने के लिए तेजी से चल रहा था।

'तो, क्या आप के मन में अब भी कोई संदेह है कि इस हत्या में इल्युमिनाटी का हाथ है?' कोलर ने पूछा।

लैंग्डन समझ नहीं पा रहा था कि वह आगे क्या सोचे। वेट्रा के धार्मिक संबंध सचमुच परेशान करने वाले थे लेकिन इसके बावजूद लैंग्डन अपने अकादमिक शोध के आधार पर निकाले गए निष्कर्ष को खारिज नहीं करना चाहता था। इसके अलावा, आँख वाली बात भी तो थी ...

'मैं अब भी मानता हूँ कि इस हत्या में इल्युमिनाटी का हाथ नहीं है। वेट्रा की ग़ायब आँख इस बात का प्रमाण है।' लैंग्डन ने ये बात और भी ज़्यादा जोर देकर कही, हालाँकि वह इस तरह बोलना नहीं चाहता था।

'क्या?'

'बेवजह लाश को विकृत करना एक गैर-इल्युमिनाटी काम है। संप्रदायों के विशेषज्ञ मानते हैं कि इस तरह के काम अनुभवहीन, अतिवादी संप्रदाय के लोग ही किया करते हैं—धर्मांध लोग जो बेवजह आतंक फैलाने के लिए काम करते हैं। लेकिन इल्युमिनाटी हमेशा से ही सोच समझ कर काम करने के लिए जाने जाते हैं।' लैंग्डन ने अपनी बात को समझाते हुए कहा।

'सोच समझ कर? डॉक्टरी तरीके से किसी की आँख निकालना सोच समझ कर किया हुआ काम नहीं लगता आपको?'

'इससे कोई स्पष्ट संदेश नहीं जाता। इसका कोई बड़ा मकसद नज़र नहीं आता।'

चढ़ाई पूरा करने के ठीक पहले कोलर ने अपना व्हीलचेयर रोक दिया। वह लैंग्डन की तरफ मुड़ा। 'मिस्टर लैंग्डन, आप मेरा यकीन मानिए, आँख निकालने के पीछे निश्चित तौर पर कोई बड़ा मकसद है ... कोई बहुत बड़ा मकसद।'

वे दोनों घास के मैदान को पार कर ऊपर जा रहे थे। पश्चिम दिशा से हेलीकॉप्टर की पंखियों की आवाज़ सुनाई दे रही थी। अब हेलीकॉप्टर दिखाई दे रहा था जो सामने खुले मैदान से होता हुआ उनकी ओर आ रहा था। हेलीकॉप्टर अचानक नीचे आया और धीमे-धीमे घास पर लिखे हेलीपैड के ऊपर चक्कर काटने लगा।

लैंग्डन बेकतलुफ्फ होकर देख रहा था। उसका दिमाग़ हेलीकॉप्टर की पंखियों की तरह चक्कर काट रहा था। वह सोच रहा था कि शायद रात भर अच्छी नींद के बाद सही ढंग से सोचने की ताकत वापस आ जाए। लेकिन, उसे इस संभावना पर भी भरोसा नहीं हो रहा था।

हेलीकॉप्टर के ज़मीन पर उतरते ही पायलट कूद कर बाहर आया और हेलीकॉप्टर से तरह तरह के यंत्रों को बाहर निकालने लगा, बड़ी बड़ी बोरियां, प्लास्टिक के थैले, पानी के अंदर गोता लगाने के लिए इस्तेमाल किए जाने वाले खोखे, और लकड़ी के बक्से जिनमें गोताखोरी में इस्तेमाल किए जाने वाले तरह तरह के औजार भरे हुए थे।

लैंग्डन दुविधा में पड़ गया। 'ये सब क्या मिस वेट्रा के काम के औजार हैं?' उसने हेलीकॉप्टर की आवाज़ के बीच चिल्ला कर कोलर से सवाल किया।

कोलर ने सहमति में सिर हिलाते हुए कहा, 'वो बेलियारिक समुद्र में कुछ जीव—वैज्ञानिक शोध कर रही थी।'

'मुझे लगा आपने कहा था कि मिस वेट्रा भौतिक—विज्ञानी हैं?'

'हाँ। वो *बायो इनटैंग्लमेंट* भौतिक विज्ञानी हैं। वो जैविक—प्रणालियों के आपस में जुड़े होने के बारे में शोध कर रही है। उसका काम अपने पिता के पार्टिकल फिजिक्स से काफी नज़दीक से जुड़ा है। हाल में ही उसने अपने एक शोध से आइंस्टीन के एक मौलिक सिद्धांत को गलत साबित किया। इसके लिए उसने एटमी तौर पर जुड़े कैमरों से टूना मछली के एक झुंड का अध्ययन किया था।'

लैंग्डन ने अपने मेज़बान के चेहरे को गौर से देखा कि वह कहीं मज़ाक तो नहीं कर रहा था। आइंस्टीन और टूना मछली? उसे लग रहा था कि कहीं X 33 स्पेस प्लेन ने उसे किसी गलत उपग्रह पर लाकर तो नहीं पटक दिया था।

अगले ही पल मिस वेट्रा हेलीकॉप्टर के पिछले हिस्से से बाहर निकली। रॉबर्ट लैंग्डन समझ गया था कि आज की रात अप्रत्याशित घटनाओं का एक अंतहीन सिलसिला चलने वाला है। हेलीकॉप्टर से उतरते हुए वेट्रा कतई किताबी भौतिक—विज्ञानी की तरह नहीं दिखाई दे रही थी। उसने खाकी शॉर्ट और बिना आस्तीन वाला टॉप पहन रखा था। लंबा, छरहरा कद, सुंदर, लावण्यमय शरीर। उसकी चमड़ी का रंग अखरोटी था। उसके लंबे बाल हेलीकॉप्टर से आने वाली हवा में लहरा थे। चेहरे से वह बिलकुल इतालवी लग रही थी, बेहद खूबसूरत तो नहीं लेकिन उसके व्यक्तित्व का भराव उसे एक स्वाभाविक आकर्षण दे रहा था। बीस गज की दूरी से भी उसका शारीरिक आकर्षण ज़ाहिर हो रहा था। हवा के झोंके उसके शरीर को झकझोर रहे थे। कपड़े बदन में चिपक कर उसके छरहरे शरीर और छोटे वक्षों को और भी उभाड़ रहे थे।

'मिस वेट्रा निजी तौर पर बहुत ही शक्तिशाली व्यक्तित्व वाली औरत है।' कोलर ने लैंग्डन के अंदर मिस वेट्रा के प्रति पैदा हो रहे आकर्षण का अनुमान लगाते हुए कहा। 'वह कई महीनों तक खतरनाक जलवायु वाले इलाकों में काम करती रहती है। वह शाकाहारी भोजन की व्यवस्था का सख्ती से पालन करती है। उसे CERN में हठयोग का घरेलू गुरु माना जाता है।'

हठयोग? लैंग्डन को आश्चर्य हो रहा था। कैथोलिक पुजारी की भौतिक शास्त्री बेटी बौद्ध धर्म की ध्यान हठयोग प्रणाली की जानकार! सुनकर थोड़ा अजीब सा लगता था।

लैंग्डन विट्टोरिया को आते हुए देख रहा था। उसे देख कर साफ पता चल रहा था कि वह काफी देर से रो रही थी। लैंग्डन उसकी गहरी नीली आँखों में तैर रहे भावों को समझ नहीं पा रहा था। विट्टोरिया उनकी ओर पूरे नियंत्रण और जोश के साथ बढ़ी चली आ रही थी। उसके अंग मजबूत और सधे हुए थे। उसके अंग-प्रत्यंग से भूमध्यसागरीय क्षेत्र के लोगों जैसी मांसपेशियों की स्वस्थ आभा झलक रही थी। पता चल रहा था कि उसने धूप में लेटकर सनबेदिंग में काफी समय बिताया है।

'विट्टोरिया,' उसके नजदीक आते ही कोलर ने उसे पुकारा। 'मेरी ओर से गहरी संवेदनाएँ। विज्ञान के लिए यह बहुत बड़ा नुकसान है ... यहाँ CERN में हम सभी के लिए।'

विट्टोरिया ने सहमति में विनम्रता से सिर हिलाया। उसने जब बोला तो पता चल रहा था कि उसकी आवाज़ में एक रवानी थी। उसकी अंग्रेजी गले के भीतरी हिस्से से निकलती जान पड़ती थी। उसके बोलने का लहजा कुछ अलग सा था। 'क्या आपको कुछ पता चला है कि इस घटना के लिए कौन जिम्मेदार है?'

'हम इस पर अभी काम कर रहे हैं।'

वह लैंग्डन की तरफ मुड़ी। उसने अपना दुबला-पतला हाथ उसकी ओर बढ़ाया। 'मेरा नाम विट्टोरिया वेट्रा है। आप शायद इंटरपोल से हैं?'

उसके हाथ को छूते हुए लैंग्डन थोड़ी देर के लिए उसकी आँखों के पनियाले नज़ारे के अंदर खो सा गया। 'रॉबर्ट लैंग्डन', उसे समझ नहीं आ रहा था कि वह इसके आगे क्या बोले।

'मिस्टर लैंग्डन पुलिस के लिए काम नहीं करते।' कोलर ने स्पष्ट किया। 'वे एक विशेषज्ञ हैं जो अमेरिका से हैं। वे घटना के लिए जिम्मेदार व्यक्ति का पता लगाने में हमारी मदद के लिए यहाँ आए हैं।'

विट्टोरिया थोड़ी सी दुविधा में लग रही थी, 'और पुलिस?'

कोलर ने गहरी साँस ली, लेकिन वह कुछ बोला नहीं।

'लाश कहाँ है?' विट्टोरिया ने जानना चाहा।

'उसकी देखभाल हो रही है।'

इस सफेद झूठ को सुनकर लैंग्डन को थोड़ा आश्चर्य हुआ।

'मैं उसे देखना चाहती हूँ।'

'विट्टोरिया, तुम्हारे पिता की बेरहमी से हत्या की गई है। तुम उन्हें उसी रूप में याद करना पसंद करोगी जैसा कि तुमने उन्हें ज़िंदा रहते देखा था।' कोलर ने उससे आग्रह किया।

विट्टोरिया कुछ बोलना चाहती थी लेकिन कोलर ने उसे बीच में ही रोक दिया।

'हेलो विट्टोरिया, घर में तुम्हारा स्वागत है।' दूर से कुछ आवाज़ें सुनाई दी।

उसने मुड़कर देखा। हेलीपैड के पास से गुजर रहे कुछ वैज्ञानिक उसे देखकर खुशी से हाथ हिला रहे थे।

'अब आइंस्टीन के किस सिद्धांत को गलत साबित करने जा रही हो?' किसी ने चिल्ला कर पूछा।

'तुम्हारे पिता को सचमुच तुम पर नाज होगा।' किसी दूसरे की आवाज़ सुनाई दी।

विट्टोरिया ने उन लोगों की ओर देखकर किसी तरह अनमने ढंग से हाथ हिलाया। इसके बाद वह कोलर के तरफ मुड़कर बोली,' लगता है किसी को हत्या के बारे में जानकारी नहीं है।' उसके चेहरे पर दुविधा की लकीरें उभर आयी थी।

'मुझे लगा कि विवेक से काम करना बेहतर है।'

'आपने मेरे स्टाफ को नहीं बताया है कि मेरे पिता की हत्या हो गई है?' अब उसके आवाज़ में हैरत के साथ साथ नाराज़गी भी साफ झलक रही थी।

अचानक कोलर की आवाज़ सख्त हो गई। 'शायद तुम भूल गई हो मिस वेट्रा

कि मैं जैसे ही तुम्हारे पिता के मौत की इत्तला दूंगा कि CERN की जाँच शुरू हो जाएगी। इस दौरान उसके लैब की भी पूरी तरह से जाँच होगी। मैंने हमेशा तुम्हारे पिता के निजी मामलों को आदर की नज़र से देखा है। उन्होंने तुम लोगों के प्रोजेक्ट के बारे में मुझे सिर्फ दो बातें बताई थी। पहली तो ये कि अगले दशक में इससे CERN को लाइसेंसिंग ठीकों से लाखों फ्रैंक की आमदनी होगी और दूसरा कि इसे सार्वजनिक करना ठीक नहीं होगा क्योंकि इसमें खतरनाक टेक्नोलॉजी का इस्तेमाल हो रहा है। इन दोनों बातों को ध्यान में रखते हुए मुझे लगा कि अनजाने लोगों को लैब में नाक घुसेड़ने की इजाज़त नहीं दी जाए क्योंकि वे या तो उस टेक्नोलॉजी को चुराने की कोशिश करेंगे या इस प्रक्रिया में मारे जाएंगे जिसके लिए वे CERN को जिम्मेदार ठहराएंगे। क्या मैं अपनी बात स्पष्ट कर पा रहा हूँ?'

विट्टोरिया बिना कुछ बोले घूर रही थी। लैंग्डन को लगा कि न चाहते हुए भी वह कोलर की बात को सम्मान दे रही है और उसके तर्क को स्वीकार कर रही है।

'अधिकारियों को कुछ बताने के पहले मैं जानना चाहता हूँ कि तुम दोनों किस प्रोजेक्ट पर काम कर रहे थे। मैं चाहता हूँ कि तुम मुझे अपने लैब में ले चलो।' कोलर ने कहा।

'इस मामले से लैब का कुछ लेना देना नहीं है।' विट्टोरिया ने कहा। 'मैं और मेरे पिता क्या कर रहे थे यह किसी को पता नहीं है। हमारे प्रयोगों का मेरे पिता की हत्या से शायद कुछ लेना देना नहीं है।'

'लेकिन सबूत कुछ और ही कह रहे हैं।' कोलर ने बीमार जैसी, घड़घड़ाहट वाली साँस छोड़ते हुए कहा।

'सबूत? कैसा सबूत?'

लैंग्डन भी यही सोच रहा था।

कोलर फिर से अपना चेहरा पोछ रहा था। 'तुम्हें मेरे ऊपर यकीन करना होगा।'

विट्टोरिया की जलती हुई आँखों को देखकर साफ पता चल रहा था कि वह कोलर की बातों पर यकीन नहीं कर रही।

15

लैंग्डन चुपचाप कोलर और विट्टोरिया के पीछे-पीछे चल रहा था। वे दोनों भी मुख्य इमारत में आ चुके थे जहाँ से लैंग्डन की इस अजीबोगरीब सफर की शुरुआत हुई थी। विट्टोरिया के पैर इस सहज दक्षता के साथ चल रहे थे जैसे ओलंपिक गोताखोर के पैर हों। लैंग्डन को लगा कि यह योग के अभ्यास से हासिल लचीलेपन और नियंत्रण से

ही संभव था। विट्टोरिया धीरे-धीरे और सोच समझकर साँस ले रही थी मानो वह अपने शोक को थोड़ा थामने की कोशिश कर रही हो।

लैंग्डन उसे कुछ कहना चाहता था, सहानुभूति के दो शब्द बोलना चाहता था। उसे भी अपने पिता के अचानक गुजर जाने के बाद का दिन याद आ रहा था। उस दिन वह अंदर से अचानक कितना खोखला महसूस कर रहा था। उसे उनके अंतिम संस्कार का दिन याद आया धुंधला और बारिश में डूबा हुआ। यह घटना उसके बारहवें जन्मदिन के दो दिन बाद हुई थी। घर में ऑफिस से आए भूरे—मटमैले रंग का कोट पहने लोगों का ताँता लगा था। वे हाथ मिलाते हुए इतनी जोर से दबाते थे कि उसे दर्द होने लगता था। वे सभी तनाव और दिल के दौरे जैसी बातें कर रहे थे जो उसकी समझ से परे थी। उसकी माँ आँखों में आँसू भरे हुए लोगों से मज़ाक में कह रही थी कि वह स्टॉक मार्केट का पता अपने पति के हाथों की नब्ज देखकर ही कर लेती थी ... जैसे उनकी धड़कन उसका अपना स्टॉक मार्केट की ख़बर देने वाला टिकर हो।

लैंग्डन को याद आया कि किस तरह एक बार जब उसके पिता ज़िंदा थे तो उसकी माँ उनसे अ राम करने और ज़िंदगी में थोड़ा आनंद लेने की विनती कर रही थी। उसी साल क्रिसमस के दौरान लैंग्डन ने अपने पिता के लिए तरल शीशे में हवा के बुलबुले से बनाया गया गुलाब का फूल लाया था। लैंग्डन ने इससे खूबसूरत चीज़ अपनी ज़िंदगी में नहीं देखी थी। शीशे के बने इस फूल के अंदर जिस तरह से रोशनी ठहर जाती थी और सामने की दीवार पर इंद्रधनुष की छाया फैल जाती थी, वह अद्भुत लगता था। 'बहुत खूबसूरत।' यह कह कर उसके पिता ने लैंग्डन के माथे को चूम लिया था। 'इसे किसी सुरक्षित जगह पर रख देते हैं।' यह कहते हुए पिताजी ने गुलाब के फूल को अपने लिविंग रूम के सबसे अंधेरे कोने में रखी अलमारी के धूल भरे शेल्फ पर रख दिया था। कुछ दिनों के बाद लैंग्डन ने एक स्टूल पर चढ़कर उस फूल को उतारा और वापस दुकान में लौटा आया। पिताजी को इस बात का पता भी नहीं चला कि अब फूल वहाँ नहीं था।

लिफ्ट से आवाज़ आयी तो लैंग्डन इतिहास की स्मृतियों से वर्तमान में वापस आया। अब विट्टोरिया और कोलर उसके सामने थे। वे लिफ्ट में घुस रहे थे। लैंग्डन लिफ्ट के खुले हुए दरवाज़े के बाहर दुविधा में था।

'कोई समस्या तो नहीं?' कोलर की आवाज़ में चिंता से अधिक चिड़चिड़ाहट झलक रही थी।

'नहीं, बिल्कुल नहीं,' यह कहते हुए लैंग्डन अनमने ढंग से सँकरे लिफ्ट की ओर बढ़ा। वह लिफ्ट का तभी इस्तेमाल करता था जब कोई चारा नहीं होता था वह सीढ़ियों की खुली जगह का इस्तेमाल पसंद करता था।

'डॉक्टर वेट्रा का लैब ज़मीन के अंदर है,' कोलर बोला।

बहुत अच्छा। लैंग्डन ने लिफ्ट में घुसते हुए सोचा। उसे लिफ्ट के गहरे गड्ढे से आ

रही बर्फीली हवा का अहसास हुआ। दरवाज़ा बंद हुआ और लिफ्ट नीचे उतरने लगा।

'छठी मंजिल,' कोलर की आवाज़ किसी खोखले मशीन से आती हुई लग रही थी।

लैंग्डन लिफ्ट के गड्ढे के अंदर फैले हुए घटाटोप अंधेरे की कल्पना कर रहा था। इस सोच को दिमाग़ में आने से रोकने के लिए वह लिफ्ट के डिस्प्ले के बदलते रंगों को देख रहा था। उसे अजीब लगा कि लिफ्ट के डिस्प्ले पर केवल दो स्टॉप थे—ग्राउंड और LHC.

'LHC का क्या मतलब है?' लैंग्डन ने पूछा। वह कोशिश कर रहा था कि उसकी घबड़ाहट लोगों पर ज़ाहिर न हो।

'Large Hadron Collider,' कोलर ने पूरा नाम बताया। 'पार्टिकल एक्सेलरेटर।'

पार्टिकल एक्सेलरेटर? लैंग्डन इस शब्द से थोड़ा बहुत परिचित था। उसने सबसे पहले इस शब्द के बारे में अपने दोस्तों के साथ डिनर करते हुए कैंब्रिज के डंस्टर हाउस में सुना था। उसका एक भौतिक—विज्ञानी दोस्त बॉब ब्राउनेल एक रात बड़े गुस्से में उसके यहाँ रात का खाना खाने पहुँचा था।

'हरामियों ने इसे कैंसिल कर दिया!' ब्राउनेल ने खीझते हुए कहा था।

'क्या कैंसिल कर दिया?' सभी ने एक साथ पूछा।

'SSC को।'

'SSC क्या?'

'दि सुपरकंडक्टिंग सुपर कोलाइडर!'

'मुझे नहीं पता था कि हार्वर्ड यह कोलाइडर बना रहा था।' किसी ने कंधे उचकाते हुए कहा था।

'हार्वर्ड नहीं,' उसने चिहुंकते हुए कहा। 'अमेरिका। यह दुनिया का सबसे शक्तिशाली पार्टिकल एक्सेलरेटर होने वाला था। इस सदी के सबसे महत्वपूर्ण वैज्ञानिक प्रोजेक्टों में एक। दो अरब डॉलर खर्च करने के बाद सीनेट इस प्रोजेक्ट को बंद करने का फैसला करती है। बाइबल बेल्ट के दलालों का सत्यानाश हो!'

गुस्सा शांत होने के बाद ब्राउनेल ने बताया कि पार्टिकल एक्सेलरेटर का मतलब होता है एक बहुत बड़ा गोलाकार ट्यूब जिसके अंदर अणुओं को बनाने वाले कणों को डालकर बहुत तेज़ गति से चलाया जाता है। ट्यूब के अंदर लगे हुए चुंबक तेजी से बंद और चालू किए जाते हैं । इससे ये कण आपस में टकराते हैं और तेज़ रफ्तार से चलने लगते हैं। पूरी रफ्तार में इस ट्यूब के भीतर घूमते कणों की गति एक लाख अस्सी हज़ार मील प्रति सेकेंड की हो जाती है।

'लेकिन यह तो तकरीबन प्रकाश की गति के बराबर है,' एक प्रोफेसर पूछा।

'बिलकुल सही,' ब्राउनेल ने कहा। उसने बताया कि दोनों कणों को विपरीत दिशाओं

में अत्यंत तेज़ गति से चला कर वैज्ञानिक उन्हें आपस में टकराते हैं। इससे ये कण अपने घटक कणों में टूट जाते हैं जिससे कि प्रकृति के सबसे मौलिक कणों के दर्शन होते हैं। कणों का तेज़ गति से आपस में टकराना हमें इस ब्रह्मांड के मूल अवयवों को समझने में मदद करता है।

चार्ल्स प्रैट को हार्वर्ड का अपना विशिष्ट कवि कहा जाता था। वह चुपचाप रहने वाला व्यक्ति था। वह इस बात से ज़्यादा प्रभावित नहीं दिख रहा था। 'मुझे तो यह पाषाण काल की तकनीक की तरह लगती है जैसे कोई घड़ियों को आपस में टकराकर उनके अंदर के पुर्जों को समझने की कोशिश कर रहा हो।' प्रैट ने अपनी बात रखी।

ब्राउनेल ने अपना कांटा-छुरी प्लेट में पटक दिया और कमरे से बाहर निकल गया।

यानी कि CERN का अपना पार्टिकल एक्सेलरेटर है। लिफ्ट के नीचे आते हुए लैंग्डन सोच रहा था। *कणों को आपस में टकराने के लिए बना गोल ट्यूब।* वह सोच रहा था कि पता नहीं इसे धरती के अंदर क्यों बनाया गया।

लिफ्ट के धम्म से ज़मीन पर टकराते ही लैंग्डन ने पैरों के नीचे ज़मीन का अनुभव किया। उसने राहत की साँस ली। लेकिन जैसे ही लिफ्ट का दरवाज़ा खुला, राहत का अहसास ग़ायब हो गया। एक बार फिर लैंग्डन किसी बिलकुल अनजानी दुनिया में था।

बाएँ और दाएँ, दोनों तरफ अनंत दूरी तक एक गलियारा फैला हुआ था। सीमेंट की बनी, चिकनी सुरंग। उसकी चौड़ाई इतनी थी कि अट्ठारह पहियों वाला ट्रक भी उससे आसानी से निकल सकता था। वे जहाँ खड़े थे वहाँ काफी रोशनी थी लेकिन आगे घुप्प अंधेरा छाया हुआ था। अंधेरे छोर से सीली हवा का झोंका आ रहा था जिससे पता चल रहा था कि वे धरती के अंदर किसी गहरी जगह में हैं। वह असहज महसूस कर रहा था। लैंग्डन अपने सर के ऊपर धूल-मिट्टी और पत्थर का बोझ महसूस कर पा रहा था। एक पल के लिए उसे लगा कि वह नौ साल का बच्चा था और अंधेरा उसे पीछे धकेल रहा था, पाँच घंटे के भयानक अंधकार के भीतर जिसकी याद उसके अंदर अब भी खौफ पैदा करती थी। उसने इस डर से लड़ने के लिए अपनी मुट्ठियाँ भींच ली।

लिफ्ट से निकलते हुए विट्टोरिया अब भी चुप थी। वह बिलकुल निडर अंधेरे में अकेले आगे आगे चल रही थी। ऊपर चमक रही रोशनी उसे रास्ता दिखा रही थी जिसके प्रभाव से डर पैदा कर रहा था। लैंग्डन को लग रहा था कि जैसे वह सुरंग ज़िंदा थी और उसके हर अगले कदम का पूर्वानुमान लगा पा रही थी। लैंग्डन और कोलर विट्टोरिया से थोड़ा हटकर उसके पीछे-पीछे चल रहे थे। उनके आगे बढ़ते ही पीछे की बत्ती अपने आप बंद हो जाती थी।

'पार्टिकल एक्सेलरेटर इसी सुरंग के भीतर कहीं है?' लैंग्डन ने जल्दी जल्दी पूछा।

'वो उस जगह पर है,' कोलर ने अपनी बायीं तरफ इशारा किया। वहाँ पॉलिश किया हुआ क्रोम का एक ट्यूब सुरंग की दीवार के साथ साथ बना हुआ था।

लैंग्डन ने थोड़ा विस्मित होकर ट्यूब की ओर देखा। 'यही एक्सेलेरेटर है?' लैंग्डन ने जो कल्पना की थी एक्सेलेरेटर वैसा बिलकुल नहीं दिखाई दे रहा था। ट्यूब बिलकुल सीधा था। उसकी मोटाई तीन मीटर के करीब थी। आगे जहाँ तक नज़र जाती थी, ट्यूब दिखाई दे रहा था और फिर उसके आगे अंधेरे में ग़ायब हो गया था। 'देखने से तो यह किसी हाई—टेक नाले की तरह लगता है।' लैंग्डन मन ही मन सोच रहा था। 'मुझे लगता था कि पार्टिकल एक्सेलरेटर गोल होते हैं।

'यह एक्सेलेरेटर गोल ही है लेकिन सीधा दिखाई देता है जो एक तरह का नज़रों का धोखा, यानी ऑप्टिकल इल्युजन है। इस सुरंग की परिधि इतनी बड़ी है कि उसका घुमाव आँखों को नज़र नहीं आता—ठीक उसी तरह जैसे धरती गोल है लेकिन दिखती नहीं,' कोलर ने कहा।

लैंग्डन का दिमाग़ चकरा गया। *यह गोलाकार है?* लेकिन...यह काफी बड़ा होगा।

'LHC दुनिया की सबसे बड़ी मशीन है।'

लैंग्डन थोड़ा अकचका गया। उसे CERN के ड्राइवर की याद आयी जो धरती के भीतर दबे हुए किसी बहुत बड़ी मशीन के बारे में बता रहा था। लेकिन...

'इसका व्यास आठ किलोमीटर से भी ज़्यादा है ... और लंबाई सत्ताईस किलोमीटर।'

लैंग्डन का सिर घूम गया। 'सत्ताईस किलोमीटर लंबा?' वह निदेशक को घूर रहा था। फिर वह घूम कर सामने फैले हुए अंधेरे सुरंग को देखने लगा। 'यह सुरंग सत्ताईस किलोमीटर यानी सोलह मील से भी ज़्यादा लंबी है?'

कोलर ने सिर हिलाया। 'इसे बिलकुल गोल आकार में खोदकर बनाया गया है। यहाँ से चलकर यह सुरंग फ्रांस तक है और फिर उसी जगह वापस आ जाता है। पूरी गति में आने के बाद कण इस ट्यूब में टकराने के पहले प्रति सेकेंड दस हज़ार चक्कर लगाते हैं।'

दूर-दूर तक फैली सुरंग को देखते हुए लैंग्डन की टाँगें जैसे रबड़ की बन गई थी। 'आप कह रहे हैं कि CERN ने इन सूक्ष्म कणों को आपस में टकराने के लिए लाखों टन मिट्टी खोदकर बाहर निकाला?'

'कभी-कभी सत्य की खोज के लिए हमें पर्वतों को भी अपनी जगह से हिलाना होता है।' कोलर ने अपने कंधे उचकाते हुए कहा।

16

CERN से सैकड़ों मील दूर, कहीं वॉकी-टॉकी पर आवाज़ आई। 'ठीक है। मैं बड़े हॉल में हूँ।'

वीडियो स्क्रीन पर नज़र रखने वाले टेक्नीशियन ने सामने ट्रांसमीटर का बटन दबाया। 'आप कैमरा #86 ढूँढ़ रहे हैं। यह सबसे आखिरी छोर पर है।'

रेडियो पर काफी देर तक चुप्पी छायी रही। इंतज़ार कर रहे टेकनीशियन के माथे पर हल्का सा पसीना उभर आया। आखिरकार उसके रेडियो से फिर आवाज़ आई।

'वहाँ पर कैमरा नहीं है। वैसे मैं उस जगह को देख पा रहा हूँ जहाँ कैमरा लगा था। किसी ने ज़रूर इसे हटाया होगा।' दूसरी ओर से आवाज़ आयी।

टेक्नीशियन ने गहरी साँस ली। 'शुक्रिया। एक सेकेंड के लिए लाइन पर बने रहिएगा।'

उसने आह भरी और अपने सामने फैले हुए वीडियो स्क्रीनों को देखने लगा। इस कांप्लेक्स का एक बड़ा हिस्सा जनता के लिए खुला था और यहाँ से पहले भी वायरलेस कैमरे ग़ायब हुए थे। प्रायः हँसी मज़ाक में कुछ लोग सोवेनियर के तौर पर इन्हें निकाल लेते थे। लेकिन जैसे ही कैमरा इस स्थान से दूर जाता वह वायरलेस के काम करने की सीमा से बाहर हो जाता और इससे मिलने वाले सिग्नल बंद हो जाता। टेक्नीशियन को कुछ समझ में नहीं आ रहा था। वह मॉनिटर को देखे जा रहा था। कैमरा #86 से अब भी एक बिलकुल साफ तस्वीर दिखाई दे रही थी।

अगर कैमरे की चोरी हुई होती तो फिर इससे सिग्नल कैसे मिलता? वह उधेड़बुन में था। इसकी सिर्फ एक व्याख्या थी। उसे पता था कि कैमरा अब भी इसी इमारत के अंदर था और किसी ने सिर्फ इसकी जगह बदल दी थी। लेकिन किसने? और आखिर क्यों?

वह काफी देर तक मॉनिटर को देखता रहा। इसके बाद उसने अपना वॉकी-टॉकी उठाया। 'सीढ़ियों को घेरने वाली दीवार में क्या कोई ताखा है या सामान रखने के लिए बनाई गई कोई अंधेरी जगह, लकड़ी की अलमारी जैसी चीज?'

दूसरी ओर से जवाब दे रहा व्यक्ति खुद दुविधा में पड़ा था। 'नहीं। लेकिन तुम ये क्यों पूछ रहे हो?'

टेक्नीशियन खीझ कर बोला, 'चलो। कोई बात नहीं। शुक्रिया।' उसने अपना वॉकी-टॉकी बंद कर दिया और अपने होंठ भींच कर बैठ गया।

वीडियो कैमरा छोटे आकार का था। इस कंपाउंड में 32 पास-पास बनी इमारतें थीं जो आधे मील की दूरी में फैली हुई थी। इसके चारों तरफ कड़ा पहरा था। टेक्नीशियन जानता था कि यह वायरलेस कैमरा #86 इस कंपाउंड में किसी भी जगह से तस्वीरें भेज सकता था। उसे सिर्फ इतना पता चल रहा था कि कैमरा किसी अंधेरी जगह में रखा हुआ है। लेकिन इससे कुछ ख़ास मतलब नहीं निकलता था। इस कांप्लेक्स के अंदर न जाने कितनी अंधेरी जगहें थी—इमारत की देखरेख और साफ—सफाई के लिए बने ताखे, गरम करने के लिए बने पाइप, फूल—पत्तियों के लिए बना शेड, शयन कक्ष की अलमारियाँ और ज़मीन के अंदर बने ढेर सारे सुरंग। कैमरा #86 को ढूँढ़ने में कई सप्ताह लग सकते थे।

लेकिन यह मेरे लिए सबसे छोटी समस्या है, उसने सोचा।

कैमरे कहाँ है उससे भी बड़ा एक सवाल उसके सामने था। टेक्नीशियन कैमरे से आ रही तस्वीर को बार बार देख रहा था। यह किसी स्थिर चीज़ की तस्वीर थी। लग रहा था कि कोई अत्याधुनिक यंत्र हो जिसे टेक्नीशियन ने कभी नहीं देखा था। उसने इलेक्ट्रॉनिक डिस्प्ले के निचले हिस्से की तरफ देखा जहाँ बत्ती बार बार जल-बुझ रही थी।

गार्ड को वैसे तो तनाव वाली स्थितियों से सामना करने के लिए खूब रगड़ कर ट्रेनिंग दी गई थी लेकिन उसे लग रहा था कि उसके दिल की धड़कन तेज़ हो रही थी। वह खुद को नहीं घबराने की सलाह दे रहा था। वह सोच रहा था कि इसका कुछ न कुछ तो कारण होगा। वो चीज़ आकार में इतनी छोटी थी कि इससे किसी बड़े खतरे की संभावना नहीं लगती थी। फिर भी कांप्लेक्स के भीतर इस चीज़ के होने से परेशान होना लाजमी था। यह दरअसल काफी परेशान करने वाली बात थी।

आखिर आज ही के दिन ये होना था, वह सोच रहा था।

उसका मालिक सुरक्षा को सबसे अधिक महत्व देता था लेकिन आज जैसी सुरक्षा व्यवस्था उसने पिछले बारह सालों में कभी नहीं देखी थी। उस छोटी सी चीज़ को बार बार देखते हुए टेक्नीशियन आने वाले तूफान की सनसनाहट सुन सकता था।

वह पसीने से तरबतर था। उसने अपने ऊपर के अधिकारी को फोन मिलाया।

17

बहुत कम ही बच्चों को याद रहता होगा कि वे अपने पिता से पहली बार कब मिले थे, लेकिन विट्टोरिया को याद था। उस समय उसकी उम्र आठ साल की थी। वह *ओरफानोट्रोफियो डि सिएना* में थी जहाँ वो हमेशा से रहती आयी थी। यह फ्लोरेंस के पास बना एक कैथोलिक अनाथालय था। उसके माता-पिता ने उसे यहाँ छोड़ दिया था जिनसे वह कभी नहीं मिली थी। उस दिन बारिश हो रही थी। वहाँ की नन ने उसे दो बार खाने के लिए बुलाया, लेकिन उसने दिखाया जैसे उसने आवाज़ सुनी ही नहीं। वह बाहर आंगन में लेटी हुई आसमान से गिरती बारिश की बूंदों को देख रही थी और अपने शरीर पर गिरता हुआ महसूस कर रही थी। वह अनुमान लगा रही थी अगली बूंद कहाँ गिरेगी। नन ने उसे फिर से आवाज़ दी और हिदायत दी कि उसे निमोनिया हो सकता है। इसके बाद उस जिद्दी बच्ची के अंदर प्रकृति के बारे में जानने की जिज्ञासा कम हो जाएगी, नन ने चेतावनी जैसी दी।

मैं आपकी आवाज़ नहीं सुन रही, विट्टोरिया ने सोचा।

एक नवयुवक पादरी उसे बुलाने बाहर आया। तबतक वह पूरी तरह भीग चुकी थी। वह उसे नहीं जानती थी। वह अनाथालय में नया नया आया था। विट्टोरिया इंतज़ार कर

रही थी कि वह उसे घसीट कर अंदर ले जाएगा। लेकिन उसने ऐसा नहीं किया बल्कि आश्चर्य की बात थी कि वह उसकी बगल में लेट गया। उसकी पोशाक गड्ढे में जमे पानी से भीग गई।

'लोग कहते हैं कि तुम बहुत सवाल करती हो,' उस नवयुवक पादरी ने कहा।

विट्टोरिया के चेहरे पर नाराजगी का भाव था, 'सवाल पूछना गलत होता है?'

वह हँस पड़ा, 'लगता है वे सच कह रहे थे।'

'आप यहाँ क्या कर रहे हैं?'

'वही जो तुम कर रही हो ... सोच रहा हूँ कि बारिश की बूंदे क्यों गिरती हैं।'

'मैं ये नहीं सोच रही कि बूंदे क्यों गिरती हैं। ये तो मैं पहले से जानती हूँ।'

पादरी ने उसकी ओर आश्चर्य से देखा, 'तुम्हें यह पहले से पता है?'

'सिस्टर फ्रैंसिस्का कहती हैं बारिश की बूंदे परियों के आँसू होते हैं जो हमारे पापों को धोने के लिए गिरते हैं।'

'वाह।' उसने आश्चर्यचकित होते हुए कहा। 'तो यही इसकी व्याख्या है।'

'नहीं। यह इसकी व्याख्या नहीं है।' लड़की ने छूटते ही कहा। 'बारिश की बूंदे नीचे गिरती हैं क्योंकि हर चीज़ नीचे गिरती है। हर चीज। सिर्फ बारिश की बूंदे ही नहीं।'

पादरी ने अब सर खुजाया। वह थोड़ा विस्मित लग रहा था। 'हाँ, तुम ठीक कह रही हो बच्ची। हरेक चीज़ नीचे गिरती है। इसके पीछे गुरुत्वाकर्षण की शक्ति काम करती है।'

'कौन सी शक्ति?'

पादरी ने उसकी ओर आश्चर्य भरी नज़रों से देखा। 'तुमने गुरुत्वाकर्षण के बारे में नहीं सुना है।'

'नहीं।'

पादरी ने उदास होकर अपना कंधा उचकाया, 'ये तो बहुत ही बुरी बात है। गुरुत्वाकर्षण से बहुत सारी बातों की व्याख्या की जा सकती है।'

विट्टोरिया उठ कर बैठ गई। 'गुरुत्वाकर्षण क्या होता है, मुझे बताइए।' उसने जोर देकर पूछा।

पादरी ने उसकी तरफ देखकर आँख मारा। 'अगर मैं तुम्हें खाने के दौरान बताऊं तो कैसा रहेगा?'

उस युवा पादरी का नाम लियोनार्डो वेट्रा था। हालाँकि उसे यूनिवर्सिटी के दिनों में भौतिक-विज्ञान की पढ़ाई के लिए कई पुरस्कार मिल चुके थे लेकिन उसने अपने अंदर की किसी दूसरी आवाज़ को सुनकर सेमिनरी में जाकर पादरी बनने का फैसला किया था। नन और चर्च के कानूनों की अकेलेपन से भरी दुनिया के अंदर रहते हुए वेट्रा और विट्टोरिया एक दूसरे के सबसे गहरे दोस्त बन गए। विट्टोरिया लियोनार्डो को हँसाती तो लियोनार्डो ने

उसे अपना शिष्य बना लिया। वह उसे बताता कि इंद्रधनुष और नदियों जैसी खूबसूरत चीजों की बहुत सारी व्याख्याएँ की जा सकती थी। वह उसे प्रकाश, ग्रह, तारे और प्रकृति की दूसरी चीजों के बारे में विज्ञान और ईश्वर दोनों के नज़रिए से बताता। विट्टोरिया सहज रूप से मेधावी थी और उसके अंदर जानने की गहरी इच्छा थी। इसके कारण वह एक बेहतरीन छात्र के रूप में बड़ी होने लगी। लियोनार्डो अपनी बेटी की तरह उसकी सुरक्षा करता।

विट्टोरिया भी खुश थी। उसे पिता का सुख कभी नहीं मिला था। आज तक उसके सवालों का जवाब वयस्क लोगों ने झिड़कियों से दिया था लेकिन किताबें दिखाते हुए लियोनार्डो उसके साथ घंटों समय बिताता। वह विट्टोरिया से उसके विचारों के बारे में भी पूछता। विट्टोरिया ईश्वर से प्रार्थना करती कि लियोनार्डो उसके साथ हमेशा रहे। लेकिन एक दिन उसके मन में बैठा डर सच साबित हो गया। फादर लियोनार्डो ने उससे कहा कि वह अनाथालय छोड़कर जा रहा है।

'मैं स्विट्जरलैंड जा रहा हूँ,' लियोनार्डो ने कहा। 'मुझे जेनेवा विश्वविद्यालय में भौतिक विज्ञान की पढ़ाई करने के लिए वजीफा मिला है।'

'भौतिक-विज्ञान?' विट्टोरिया ने रोते हुए पूछा। 'मुझे लगा था कि आप ईश्वर से प्यार करते हैं।'

'हाँ। मैं ईश्वर से बहुत प्यार करता हूँ। इसीलिए मैं दैवी नियमों का अध्ययन करना चाहता हूँ। ईश्वर ने अपनी सबसे बेहतरीन कृति के निर्माण के लिए ही भौतिक विज्ञान के नियमों का कैनवस बनाया है।'

विट्टोरिया टूट गई। लेकिन फादर लियोनार्डो के पास उसे बताने के लिए कुछ और भी ख़बरें थी। उसने विट्टोरिया को बताया कि उसने अपने ऊपर के अधिकारियों से बात की है। वे इस बात के लिए राजी हो गए हैं कि फादर लियोनार्डो उसे गोद ले लें।

'अगर मैं तुम्हें गोद लेकर अपनी बेटी बना लूँ तो क्या तुम्हें अच्छा लगेगा?' लियोनार्डो ने पूछा।

'गोद लेने का क्या मतलब होता है?' विट्टोरिया ने पूछा।

फादर लियोनार्डो ने उसे गोद लेने का अर्थ समझाया।

विट्टोरिया उसके गले से लिपटकर पाँच मिनट तक रोती थी। उसकी आँखों से खुशी के आँसू निकलते रहे। 'हाँ। बिल्कुल हाँ।'

लियोनार्डो ने उसे बताया कि उसे स्विट्जरलैंड में अपने घर की व्यवस्था के लिए कुछ दिनों के लिए जाना होगा। लेकिन उसने वादा किया कि वह उसे छः महीने के अंदर अपने पास बुला लेगा। यह विट्टोरिया की ज़िंदगी का सबसे लंबा इंतज़ार था लेकिन लियोनार्डो ने अपना वादा पूरा किया। अपने नौवें जन्मदिन के पाँच दिन पहले विट्टोरिया जेनेवा आ गई। वह दिन में जेनेवा इंटरनेशनल स्कूल में पढ़ाई करती थी और रात में अपने पिता से ज्ञान ग्रहण करती थी।

तीन साल बाद लियोनार्डो वेट्रा को CERN ने अपने यहाँ काम करने के लिए बुला लिया। विट्टोरिया और लियोनार्डो एक स्वप्नलोक में आ गए थे जिसकी कल्पना तक विट्टोरिया ने अपने बचपन में नहीं की थी।

LHC की सुरंग से गुजरते हुए विट्टोरिया वेट्रा का शरीर जैसे सुन्न हो गया था। उसने LHC के अंदर अपनी धुंधली सी छाया देखी तो उसे अपने पिता की उपस्थिति का अहसास हुआ। वैसे तो विट्टोरिया ज़्यादातर प्रकृति के साथ लयबद्ध होकर शांत अवस्था में रहती थी लेकिन अचानक, बिलकुल अचानक उसे हर चीज़ अर्थहीन लगने लगी। उसे पिछले तीन घंटे जैसे सपने की तरह लग रहे थे।

बेलियारिक टापू पर जिस समय कोलर का फोन आया उस समय सुबह के दस बज रहे थे। *तुम्हारे पिता की हत्या हो गई है। तुरंत घर वापस आओ।* गोताखोरी वाली छोटी नाव पर वैसे तो गर्मी थी लेकिन यह सुनकर विट्टोरिया अंदर से कांप गई। इस ख़बर ने उसे जितना दुखी किया था कोलर की संवेदनहीन आवाज़ से भी वह उतनी ही दुखी हुई थी।

अब वह घर वापस आ गई थी लेकिन कैसा घर? बारह साल की उम्र से जिस CERN में वह रहती आयी थी, आज वह जगह उसे अजनबी लग रही थी। जिस व्यक्ति ने उस जगह में जादू पैदा किया था, यानी उसके पिता, अब वे नहीं थे।

उसने अपने को गहरी साँस लेने की सलाह दी, लेकिन इससे उसका मन शांत नहीं हुआ। उसके दिमाग़ में सवाल तेजी से चक्कर काट रहे थे।

उसके पिता की हत्या किसने की? क्यों? यह अमेरिकी 'विशेषज्ञ' कौन था? कोलर लैब देखने की ज़िद क्यों कर रहा था?

कोलर ने कहा था कि इस बात के प्रमाण हैं कि उसके पिता की हत्या का संबंध उसके प्रोजेक्ट से है। *कैसा प्रमाण? किसी को पता नहीं था कि हम लोग किस प्रोजेक्ट पर काम कर रहे थे! और अगर किसी को पता चल भी गया तो वे इसके लिए उसकी हत्या क्यों करेंगे?*

LHC सुरंग से अपने पिता के लैब की ओर जाते हुए विट्टोरिया को लगा कि वह अपने पिता की सबसे बड़ी उपलब्धि से पर्दा उठाने वाली है लेकिन वे वहाँ नहीं होंगे। उसने इस क्षण की बहुत अलग तरीके से कल्पना की थी। उसने सोचा था कि ऐसे मौके पर उसके पिता CERN के सबसे बड़े वैज्ञानिकों को अपने लैब में बुलाते, उन्हें अपनी खोज दिखाते और उन्हें हक्का बक्का होते हुए देखते। इसके बाद पितार होने के गौरव से भरकर वे लोगों को बताते कि किस तरह विट्टोरिया की सोच के कारण ही यह खोज संभव हो पाया, कि उनकी बेटी इस खोज का अभिन्न अंग है। विट्टोरिया का गला भर आया। *हम दोनों इस पल का साथ-साथ आनंद उठाने वाले थे।* लेकिन आज वह अकेली थी। कोई सहकर्मी नहीं। साथ थे तो एक अजनबी अमेरिकी और मैक्सीमिलियन कोलर।

मैक्सीमिलियन कोलर। डेर कोनिश।

विट्टोरिया बचपन से ही इस इंसान को नापसंद करती थी। हालाँकि बाद में चलकर वह उसकी नैसर्गिक प्रतिभा का सम्मान करने लगी थी लेकिन उसका शुष्क आचरण उसे अमानवीय लगता था, उसके पिता के गर्मजोशी से भरे व्यवहार के ठीक विपरीत। कोलर विज्ञान का अध्ययन इसकी शुद्ध तार्किकता के लिए करता था तो उसके पिता इसके आध्यात्मिक भाव के लिए। अजीब बात थी कि इसके बावजूद दोनों के बीच एक तरह का परस्पर सम्मान था। किसी ने उसे बताया था कि महान प्रतिभा दूसरी महान प्रतिभा को बिना शर्त स्वीकार करती है।

महान प्रतिभा, मेरे पिता ... अब इस दुनिया में नहीं रहे ... वह सोच रही थी।

लियोनार्डो वेट्रा के लैब तक जाने वाला लंबा गलियारा सफेद टाइल का बना था। इसे जीवाणु मुक्त भी रखा गया था। लैंग्डन को लगा जैसे वह धरती के अंदर बने किसी पागलखाने में जा रहा हो। गलियारे के दोनों ओर दर्जनों तस्वीरें टंगी थी—बिना रंग वाली, फ्रेम में मढ़ी हुई। वैसे तो लैंग्डन ने अपनी सारी ज़िंदगी तस्वीरों के अध्ययन में बितायी थी लेकिन ये तस्वीरें उसे बिलकुल समझ में नहीं आ रही थी। उन्हें देखकर लगता था जैसे गोल—गोल घेरों और लकीरों की बेतरतीब श्रृंखलाओं के नेगेटिव टंगे हों। मॉडर्न आर्ट? उसने अनुमान लगाने की कोशिश की। *जैक्सन पोलॉक ऑन ऐंफीटामाइन्स?*

'स्कैटर प्लॉट' विट्टोरिया ने इन तस्वीरों में लैंग्डन की रुचि को देखते हुए बताया। 'कणों के आपस में टकराने की प्रक्रिया का कंप्यूटर पर चित्रण। उसे जेड-पार्टकिल कहते हैं,' उसने धुंधली सी एक रेखा की ओर इशारा करते हुए बताया जो अंधेरे में मुश्किल से दिखाई दे रहा था। 'मेरे पिता ने पाँच साल पहले इसकी खोज की थी। यह विशुद्ध ऊर्जा है—इसमें कोई वजन नहीं होता। शायद यह दुनिया को बनाने वाले कणों में सबसे छोटा कण है। पदार्थ दरअसल और कुछ नहीं फंसी हुई ऊर्जा है।'

पदार्थ ऊर्जा है? लैंग्डन ने अपना सिर एक तरफ झुकाया। *सुनने में जेन दर्शन की तरह लगता है।* उसने तस्वीर में दिख रही छोटी सी लकीर की तरफ देखा। वह विचार करने लगा कि जब वह हार्वर्ड में अपने सहकर्मियों को बताएगा कि उसने पिछला सप्ताहांत लार्ज हैड्रन कोलाइडर के अंदर ज़ेड पार्टिकल को निहारने में बिताया है तो वे क्या सोचेंगे।

अब वे स्टील से बने लैब के विशाल दरवाज़े के पास पहुँच रहे थे। कोलर बोला, 'विट्टोरिया, मुझे ये बताना चाहिए कि मैं आज सुबह तुम्हारे पिता को देखने यहाँ आया था।'

थोड़ा शर्माते हुए विट्टोरिया ने कहा, 'अच्छा, आप यहाँ आए थे?'

'हाँ। और मुझे आश्चर्य हुआ कि उसने CERN में प्रयोग किए जाने वाले कीपैड सिक्योरिटी की जगह कुछ और ही लगाया हुआ था।' यह बोलते हुए कोलर ने दरवाज़े में लगे किसी जटिल इलेक्ट्रॉनिक यंत्र की ओर इशारा किया।

'माफी चाहूंगी।' विट्टोरिया ने कहा। 'आप जानते हैं कि निजता के बारे में उनकी सोच कैसी थी। वे नहीं चाहते थे कि हम दोनों के अलावा कोई अन्य व्यक्ति यहाँ पहुँच पाए।'

'पहले दरवाज़ा खोलो।' कोलर ने कहा।

विट्टोरिया काफी देर तक खड़ी रही। इसके बाद उसने गहरी साँस ली और दीवार पर टंगे सुरक्षा यंत्र की तरफ बढ़ी।

आगे जो कुछ हुआ, लैंग्डन उसके लिए तैयार नहीं था।

विट्टोरिया ने यंत्र के पास पहुँचकर अपनी दाहिनी आँख को बाहर निकले लेंस के ठीक सामने लाया जो देखने में टेलिस्कोप जैसा लग रहा था। इसके बाद उसने एक बटन दबाया। मशीन के भीतर से क्लिक की आवाज़ आई। रोशनी का एक बीम आने जाने लगा मानो उसकी आँख की पुतली को फोटोकॉपी मशीन की तरह स्कैन कर रहा हो।

'इसे रेटिना स्कैन कहते हैं।' विट्टोरिया ने बताया। 'यह सिक्योरिटी कभी धोखा नहीं देती। यह सिर्फ दो लोगों के रेटिना देखकर काम करता है—मेरा और मेरे पिता का।'

रॉबर्ट लैंग्डन हतप्रभ होकर इस रहस्योद्घाटन को सुन रहा था। लियोनार्डो वेट्रा की विकृत लाश की छवि पूरे विस्तार के साथ उसकी आँखों के सामने तैर रही थी—ख़ून से सना चेहरा, सामने घूरती एक आँख और दूसरे आँख का खाली कोटर। वह सामने दिखाई दे रहे सच को झुठलाने की कोशिश कर रहा था लेकिन तभी उसने सामने देखा ... स्कैनर के सामने सफेद टाइल वाले फर्श पर ... लाल रंग के बूंदों के हल्के निशान। सूखा हुआ ख़ून।

शुक्र था कि विट्टोरिया ने इसे नहीं देखा।

लोहे का दरवाज़ा सरक कर खुला और विट्टोरिया अंदर दाखिल हो गई।

कोलर लगातार लैंग्डन को घूर रहा था। उसका संदेश साफ ज़ाहिर हो रहा था—*मैंने कहा था न कि वेट्रा की ग़ायब आँख का कुछ बड़ा मतलब है।*

18

औरत के दोनों हाथ बंधे हुए थे, उसकी हथेलियाँ अब बैंगनी लग रही थीं। पिटाई के कारण उनमें सूजन थी। महोगनी जैसी चमड़ी वाला हैसेसिन उसकी बगल में लेटा था। वह खाली होकर अपने नग्न पुरस्कार की खूबसूरती को निहार रहा था। वह सोच रहा था कि कहीं वह दिखावे के लिए तो नहीं सो रही। शायद वह अपने काम से बचने के लिए नाटक कर रही हो!

उसे फर्क नहीं पड़ता। उसे अपने काम का यथेष्ट पुरस्कार मिल चुका था। संतुष्ट होकर वह बिस्तर पर बैठ गया।

उसके देश में औरतों को सामान समझा जाता था। कमजोर। मज़े लेने का साधन। जानवरों की तरह खरीद-बिक्री करने के लायक चीज। और वे भी अपनी कीमत समझती थी। लेकिन यहाँ यूरोप में औरतें दिखाती थी कि वे कितनी ताकतवर और आज़ाद हैं। इससे उसे हैरत भी होती थी और उसके अंदर उत्तेजना भी पैदा होती थी। उन्हें शारीरिक तौर पर अपने कब्जे में करने में उसे बहुत मज़ा आता था।

अब, उसके लिंग-स्थान में संतुष्टि का अहसास हो चुका था लेकिन हैसेसिन को लगा कि उसके अंदर दोबारा भूख पैदा हो रही थी। पिछली रात उसने हत्या की थी, मारने के बाद उसने लाश को विकृत भी किया था और उसके लिए हत्या किसी नशे से कम मज़ेदार नहीं थी। ऐसी हर वारदात के बाद उसे तात्कालिक संतोष मिल जाता था लेकिन अगली वारदात को अंजाम देने के लिए उसकी भूख और भी तेज़ हो जाती थी। इस बार का मज़ा अब कमजोर हो चुका था। भूख फिर से वापस आ गई थी।

उसने बगल में सो रही औरत का मुआयना किया। उसकी गर्दन पर अपनी हथेली फिराते हुए उसने फिर उत्तेजना का अनुभव किया कि वह उसकी ज़िन्दगी एक क्षण में समाप्त कर सकता है। इसका कोई महत्व थोड़े ही था? वह तो मनुष्य से नीची प्रजाति की चीज़ थी, मज़े लेने के लिए एक औजार बस। उसकी मजबूत उँगलियाँ औरत के गले को घेर रही थी और उसकी हल्की नब्ज का मज़ा ले रही थी। तभी, अपनी इच्छा को दबाते हुए उसने अपना हाथ हटा लिया। अभी काम बाकी था। उसे अपनी इच्छाओं की पूर्ति से बड़े किसी दूसरे मकसद को पूरा करना था।

बिस्तर से उतरते हुए वह अपने काम के बारे में सोच रहा था। उसे अपने काम पर गर्व हो रहा था जिसे वह पूरा करने जा रहा था। वह अब भी जानुस नाम के उस व्यक्ति के प्रभाव का अनुमान नहीं लगा पा रहा था जो एक प्राचीन ब्रदरहुड का नेता था। उल्लास की बात थी कि ब्रदरहुड ने उसे इस काम के लिए चुना था। उन्हें शायद किसी तरह उसकी नफरत और हुनर के बारे में जानकारी मिली थी। कैसे मिली थी, यह उसे कभी पता नहीं चलने वाला था। *उनकी जड़ें बहुत गहरी फैली हुई थी।*

अब उन्होंने उसके लिए सबसे बड़े सम्मान का काम सौंपा था। वह उनके हाथ और उनकी आवाज़ बनने जा रहा था। उनका एसैसिन और संदेशवाहक। वही जिसे उसके लोग मलक अल-हक़ यानी सत्य का देवदूत—एंजेल ऑफ ट्रुथ कहते थे।

19

वेट्रा का लैब भविष्य में काफी आगे की चीज़ थी—फ्यूचरिस्टिक।

पूरी तरह से सफेद इस लैब की हर दीवार पर कंप्यूटर और विशेष ढंग के इलेक्ट्रॉनिक यंत्र लगे हुए थे। देखने से यह किसी अस्पताल का ऑपरेशन थियेटर जैसा

लगता था। लैंग्डन सोच रहा था कि पता नहीं इस जगह कौन से राज छुपे हैं जिन्हें जानने के लिए किसी ने वेट्रा की आँख निकाल ली ताकि वह इस लैब के अंदर आ सके।

अंदर आते हुए कोलर थोड़ा असहज लग रहा था। उसकी आँखें कमरे के अंदर चुपचाप आने वाले घुसपैठिए के निशान ढूँढ़ रही थी। विट्टोरिया भी धीरे-धीरे चल रही थी मानो पिता की अनुपस्थिति में यह लैब उसके लिए अनजानी जगह बन गई हो।

तुरंत ही लैंग्डन की नज़र कमरे के बीचोबीच पड़ी जहाँ फर्श पर कई छोटे-छोटे खंभे दिखाई दे रहे थे। छोटे आकार के पत्थर से बने इन बाड़ों जैसी आकृतियों की संख्या एक दर्जन के करीब थी। पॉलिश किए हुए स्टील के ये खंभे कमरे के बीचोबीच गोल आकार में बने थे। उनकी ऊँचाई करीब तीन फीट थी। इन्हें देखकर लैंग्डन को कीमती पत्थरों के लिए म्यूजियमों के अंदर बनायी गई आकृतियों की याद आ गई। लेकिन ज़ाहिर था कि ये छोटे छोटे खंभे कीमती पत्थरों की सुरक्षा के लिए नहीं बनाए गए थे। हर खंभे के ऊपर एक टेनिस बॉल के आकार का पारदर्शी टिन का मोटा सा कैन रखा था। लग रहा था कि वे खाली थे।

कोलर उन डिब्बों को देखकर अचंभे में था। उसने थोड़ी देर के लिए उनसे अपना ध्यान हटाने का फैसला किया। विट्टोरिया की ओर मुड़कर उसने सवाल किया, 'किसी चीज़ की चोरी तो नहीं हुई है?'

'चोरी? रेटिना स्कैन तो सिर्फ हम दो लोगों को ही अंदर आने की इजाज़त देता है।' उसने तर्क दिया।

'देख लो चारों तरफ।'

विट्टोरिया ने गहरी साँस ली और कमरे का मुआयना करने लगी। उसने अपने कंधे उचकाते हुए कहा, 'हर चीज़ बिलकुल उसी तरह रखी है जैसे मेरे पिता रखते थे—व्यवस्थित अराजकता।'

लैंग्डन को लगा कि कोलर अपने विकल्पों के बारे में विचार कर रहा है कि विट्टोरिया को किस हद तक बातें बताई जाएं। ऐसा लग रहा था कि तत्काल उसने कुछ नहीं बताने का फैसला किया था। वह अपना व्हीलचेयर कमरे के बीच में ले आया और खाली से दिख रहे रहस्यमय डिब्बों का मुआयना शुरू कर दिया।

'मुझे लगता है कि अब हमारे लिए गोपनीयता बनाए रखना महंगा पड़ेगा।' कोलर आखिरकार बोला।

विट्टोरिया ने सहमति में अपना सिर हिलाया। वह अचानक भावुक हो गई। ऐसा लगा मानो कि यहाँ आकर यादों का बवंडर खुल गया हो।

थोड़ा वक्त तो दो उसे, लैंग्डन सोच रहा था।

विट्टोरिया ने आँखें बंद कर गहरी साँस ली। ऐसा लगा जैसे वह रहस्य की बात बताने के पहले खुद को तैयार कर रही थी। उसने फिर साँस ली, फिर दुबारा, एक बार फिर ...

लैंग्डन उसे देख रहा था। अचानक विट्टोरिया को देखकर वह चिंतित हो गया। *क्या उसकी तबीयत ठीक थी?* उसने कोलर की ओर नज़र दौड़ायी। उसके ऊपर इस बात का कोई असर नहीं दिखाई दे रहा था। लगता था वह विट्टोरिया को ऐसा करते हुए पहले भी देख चुका था। दस सेकंड के बाद विट्टोरिया ने आँखें खोली।

लैंग्डन को विट्टोरिया में अचानक आयी तब्दीली को देखकर यकीन नहीं हुआ। वेट्रा विट्टोरिया पूरी तरह बदल चुकी थी। उसके भरे भरे होंठ अब तनाव मुक्त लग रहे थे। उसकी आँखें नर्म और स्वीकार करने की मुद्रा में दिखाई दे रही थी। लगता था कि उसने अपने शरीर की हर मांसपेशी को नयी परिस्थिति को स्वीकार करने के लिए मना लिया था। लग रहा था जैसे उसने शिकायत और शोक को किसी गहरी शीतलता में डुबो दिया था।

'कहाँ से शुरु करूँ...' उसकी आवाज़ में जरा भी बेचैनी या परेशानी नहीं दिखाई दे रही थी।

'शुरू से ही शुरू करो।' कोलर ने कहा, 'अपने पिता के प्रयोगों के बारे में हमें बताओ।'

'विज्ञान की गलतियों को धर्म के द्वारा ठीक करना मेरे पिता का सपना था,' विट्टोरिया ने कहा। 'उन्हें लगता था कि विज्ञान और धर्म एक दूसरे के साथ चल सकते थे। ये दोनों एक ही सत्य तक पहुँचने के दो अलग अलग रास्ते थे,' वह रुकी। लगा जैसे उसे यकीन नहीं हो रहा था कि वह क्या बताने जा रही है। 'और हाल ही में उन्होंने इसे दिखाने का एक रास्ता ढूँढ़ निकाला था।'

कोलर कुछ नहीं बोला।

'उन्होंने एक प्रयोग की परिकल्पना की। उन्हें उम्मीद थी कि विज्ञान और धर्म के इतिहास के सबसे कड़वे संघर्ष को यह प्रयोग ख़त्म कर देगा।'

लैंग्डन अनुमान लगाने की कोशिश कर रहा था कि वह विज्ञान और धर्म के किस संघर्ष की बात कर रही है क्योंकि ऐसे बहुत से संघर्ष थे।

'संसार की उत्पत्ति का सिद्धांत—क्रिएशनिज्म,' विट्टोरिया ने स्पष्ट किया। 'संसार कैसे अस्तित्व में आया उसके बारे में धर्म और विज्ञान के बीच चलने वाला संघर्ष।'

अच्छा। वो बहस। लैंग्डन ने सोचा।

'सब को पता है कि बाइबल में कहा गया है कि ईश्वर ने संसार की सृष्टि की।' उसने विस्तार में बताना शुरू किया। 'ईश्वर ने कहा कि दुनिया में प्रकाश हो और हर तरफ रोशनी छा गई। हम जो कुछ देख रहे हैं वह सब उसी शून्यता से पैदा हुआ है। दुर्भाग्यवश भौतिक विज्ञान के एक मूलभूत सिद्धांत के अनुसार पदार्थ की सृष्टि शून्य से नहीं हो सकती।'

लैंग्डन इस अनिर्णीत बहस के बारे में जानता था। आधुनिक भौतिक विज्ञान के स्वीकृत नियम यह स्वीकार नहीं करते कि ईश्वर ने शून्य से इस संसार की सृष्टि कर

डाली। इन्हीलिए वैज्ञानिकों के अनुसार संसार की सृष्टि का धार्मिक सिद्धांत *जेनेसिस* कोरी बकवास है।

'मिस्टर लैंग्डन, आप को तो बिग बैंग सिद्धांत के बारे में पता होगा?' विट्टोरिया ने लैंग्डन कि ओर मुड़कर पूछा।

लैंग्डन ने कंधे उचकाते हुए कहा, 'हाँ, थोड़ा बहुत।' उसे पता था कि बिग बैंग सिद्धांत इस ब्रह्मांड की सृष्टि के बारे में वैज्ञानिक रूप से स्वीकृत मॉडल था। वह इस सिद्धांत को पूरी तरह समझता तो नहीं था लेकिन उसे पता था कि इस सिद्धांत के अनुसार किसी काल में ऊर्जा के एक अत्यंत संघनित बिंदु में बहुत बड़ा विस्फोट हुआ जिसके कारण वह फैलने लगा जिससे इस ब्रह्मांड की सृष्टि हुई। या इसी तरह की कुछ व्याख्या।

विट्टोरिया ने बोलना जारी रखा। '1927 में जब कैथोलिक चर्च ने बिग बैंग सिद्धांत को सामने रखा...'

'माफ कीजिएगा। आप कह रही हैं कि बिग बैंग एक कैथोलिक परिकल्पना थी?'

विट्टोरिया को इस सवाल से हैरत हो रही थी। 'बिलकुल। इस सिद्धांत को सबसे पहले 1927 में एक कैथोलिक पादरी जॉर्जेज लेमाट्रे ने परिकल्पित किया था।'

'लेकिन, मेरी जानकारी के अनुसार...' वह थोड़ा हिचकिचा कर बोल रहा था, 'बिग बैंग सिद्धांत का प्रतिपादन हार्वर्ड के खगोल वैज्ञानिक एडविन हबल ने किया था?'

कोलर की आँखें लाल हो गई। 'फिर वही अमेरिकी वैज्ञानिकों वाली अकड़। हबल ने इसे 1929 में प्रकाशित किया, लेमाट्रे के दो साल बाद।'

लैंग्डन के चेहरे पर खीझ दिखाई दे रही थी। *मैंने हबल टेलिस्कोप का नाम सुना है सर, मैंने तो कभी लेमाट्रे टेलिस्कोप का नाम नहीं सुना है!*

'मिस्टर कोलर सही कह रहे हैं। इस परिकल्पना का जन्म लेमाट्रे ने दिया था। हबल ने सिर्फ ठोस आंकड़े जुटा कर इस बात की पुष्टि की थी कि बिग बैंग वैज्ञानिक रूप से संभावित घटना है।'

'अच्छा, ये बात है।' लैंग्डन सोच रहा था कि हार्वर्ड के खगोल-विज्ञान विभाग के हबल-कट्टरपंथियों के मुँह से किसी भाषण में तो उसने कभी लेमाट्रे का नाम तक नहीं सुना था।

'जब लेमाट्रे ने बिग-बैंग सिद्धांत का पहली बार प्रतिपादन किया तो वैज्ञानिकों ने इसे बकवास बताया।' विट्टोरिया बताने लगी, 'विज्ञान के अनुसार शून्य से पदार्थ की सृष्टि संभ्व नहीं थी। इसीलिए जब हबल ने वैज्ञानिक ढंग से यह साबित कर दिया कि बिग-बैंग की परिकल्पना बिलकुल सही थी तो चर्च ने अपनी जीत का दावा किया। चर्च ने घोषणा की कि यह बाइबल की वैज्ञानिक सत्यता का प्रमाण था। दैवी सत्य।'

लैंग्डन विट्टोरिया की बातें ध्यान से सुन रहा था।

'ज़ाहिर था कि वैज्ञानिकों को चर्च के द्वारा उनकी खोज का इस्तेमाल धर्म के प्रचार के लिए किया जाना पसंद नहीं आया। इसलिए उन्होंने बिग-बैंग सिद्धांत से सभी धार्मिक अर्थों को हटाकर इसे एक गणितीय जामा पहना दिया। अब वे दावा कर सकते थे कि यह उनके द्वारा खोजा गया सिद्धांत है। लेकिन दुर्भाग्य से आज भी उन गणितीय समीकरणों के भीतर गंभीर कमियाँ हैं जिनके बारे में चर्च उन्हें याद दिलाता रहता है।'

कोलर ने हुँकारी भरी, 'दि सिंगुलैरिटी', उसने यह शब्द बड़ी हिकारत के साथ बोला मानो यह उसकी ज़िंदगी का सबसे दुखदायी पहलू हो।

'हाँ, सिंगुलैरिटी।' विट्टोरिया ने कहा। 'ब्रह्मांड की सृष्टि का पल। काल की शुरुआत का पल—टाइम ज़ीरो।' वह लैंग्डन की ओर देख रही थी। 'आज भी विज्ञान सृष्टि के इस प्रथम क्षण को नहीं समझ पाया है। हमारे समीकरणों से ब्रह्मांड की उत्पत्ति के प्रारंभिक क्षणों की तो ठीक से व्याख्या हो जाती है लेकिन जब हम पीछे जाते हैं और टाइम ज़ीरो पर पहुँचते हैं तो अचानक हमारा गणित भड़भड़ा कर ढह जाता है और हर चीज़ पूरी तरह अर्थहीन लगने लगती है।'

'बिल्कुल सही,'कोलर ने कहा। उसकी आवाज़ से चिड़चिड़ापन झलक रहा था। 'और चर्च इस कमी को सृष्टि की प्रक्रिया में ईश्वर के हाथ होने का प्रमाण मानता है। यही न? मुद्दे पर बात करो।'

विट्टोरिया के चेहरा अचानक भावशून्य हो गया। 'मेरे कहने का अर्थ है कि मेरे पिता बिग-बैंग में ईश्वर का हाथ होने में विश्वास करते थे। वे मानते थे कि भले ही विज्ञान आज सृष्टि के इस दैवी क्षण को स्वीकार नहीं कर रहा है लेकिन कभी न कभी वो इसे जरूर स्वीकार करेगा।' यह कहते हुए उसने एक छपे हुए कागज की ओर इशारा किया जो उसके पिता के काम करने की जगह पर चिपकाया हुआ था। 'मैं जब भी संदेह ज़ाहिर करती थी तो मेरे पिता मुझे ये दिखाया करते थे।' उसके चेहरे पर उदासी थी।

लैंग्डन कागज पर लिखे संदेश को पढ़ने लगा—

विज्ञान और धर्म एक दूसरे के विरोधी नहीं हैं।

विज्ञान इसे नहीं समझता क्योंकि अभी उसकी उम्र बहुत छोटी है।

मेरे पिता विज्ञान का स्तर ऊँचा उठाना चाहते थे,' विट्टोरिया ने कहा। 'जहाँ विज्ञान ईश्वर की अवधारणा का समर्थन करता।' उसने अपने लंबे बालों पर हाथ फेरा। वह अब भी उदास दिखाई दे रही थी। 'उन्होंने कुछ ऐसा करने की ठान रखी थी जिसे करने की तकनीक आज तक किसी के पास नहीं थी।' वह थोड़ा रुकी। लगा जैसे कि वह सोच रही हो कि अगला शब्द किस तरह बोला जाए। 'उन्होंने एक प्रयोग का खाका बनाया था जिससे प्रमाणित होता कि जेनेसिस संभव था।'

जेनेसिस को साबित करना? लैंग्डन हैरानी में था। *ईश्वर ने कहा कि प्रकाश हो और हर तरफ प्रकाश फैल गया? शून्य से सृष्टि?*

कोलर की आँखें लगातार घूर रही थी। 'माफी चाहूँगा।'

'मेरे पिता ने शून्य से एक ब्रह्मांड की सृष्टि की थी—बिलकुल शून्य से।'

कोलर ने अचानक अपना सर उसकी ओर घुमाते हुए कहा, 'क्या?'

'और भी अच्छे ढंग से कहें तो उन्होंने बिग-बैंग की फिर से रचना की।'

लगा जैसे कोलर वहीं उछल कर खड़ा हो जाएगा।

कोलर तो पूरी तरह खो चुका था। *ब्रह्मांड की सृष्टि? बिग-बैंग की दुबारा रचना?*

'हाँ, यह काम बहुत ही छोटे पैमाने पर किया गया।' विट्टोरिया अब थोड़ा जल्दी जल्दी बोल रही थी। 'यह प्रक्रिया आश्चर्यजनक रूप से सरल थी। उन्होंने एक्सेलेरेटर ट्यूब के अंदर दो बहुत ही पतले पार्टिकल बीम को दो अलग-अलग दिशाओं में तेजी से गुजरने दिया। जब तेजी से चल रहे ये दोनों पार्टिकल बीम आपस में टकराए तो उनकी सारी ऊर्जा एक छोटे से बिंदु में संघनित हो गई। इससे ऊर्जा का एक विशाल घनत्व पैदा हुआ।' विट्टोरिया कई तरह के आंकड़े बताने लगी जिसे सुनकर निदेशक की आँखें फटी की फटी रह गई।

लैंग्डन समझने की कोशिश कर रहा था। *यानी की लियोनार्डो वेट्रा ऊर्जा के उस संघनित बिंदु को प्रयोगशाला में बनाने की कोशिश कर रहा था जिससे ब्रह्मांड की सृष्टि हुई है।*

'इसके परिणाम आश्चर्यजनक थे।' विट्टोरिया बोली। 'इसका प्रकाशन होने के बाद आधुनिक भौतिक-विज्ञान की जड़ें हिल जाएगी।' अब वह धीमी आवाज़ में बोल रही थी लग रहा था कि वह इस बड़ी सूचना के महत्व को आत्मसात करने की कोशिश कर रही थी। 'बिना किसी पूर्व सूचना के एक्सेलेरेटर ट्यूब के अंदर ऊर्जा के इस संघनित बिंदु के स्थान पर शून्य से पदार्थ के कण पैदा होने लगे।'

कोलर ने कोई प्रतिक्रिया ज़ाहिर नहीं की। वह बस घूरता रहा।

'शून्य से अचानक पैदा होने वाला पदार्थ।' विट्टोरिया ने अपनी बात दोहराई। 'अणुओं से भी छोटे कणों के द्वारा पैदा की गई अविश्वसनीय आतिशबाजी। लघु आकार में स्वरूप लेता ब्रह्मांड। मेरे पिता ने यह साबित कर दिखाया कि शून्य से पदार्थ की सृष्टि संभव है। साथ ही साथ इससे यह भी साबित हुआ कि बिग-बैंग और जेनेसिस दोनों की व्याख्या करने के लिए हमें सिर्फ ऊर्जा के एक विशाल स्रोत की उपस्थिति को स्वीकार करना होगा।'

'तुम्हारा मतलब है ईश्वर?' कोलर ने जानना चाहा।

'ईश्वर, बुद्ध, परम-शक्ति, योहोवा, सिंगुलैरिटी, युनिटी प्वाइंट—आप उसे जो चाहें कहें—मतलब एक ही होता है। विज्ञान और धर्म उसी सत्य को स्वीकार करते हैं—विशुद्ध ऊर्जा ही सृष्टि का जनक है।'

आखिर में कोलर बोला। उसकी आवाज़ में गंभीरता थी। 'विट्टोरिया, मैं समझ नहीं पा रहा हूँ कि मैं इसके बारे में क्या कहूं। तुम कह रही हो कि तुम्हारे पिता ने पदार्थ की सृष्टि की—शून्य से?'

'हाँ।' विट्टोरिया ने कैनिस्टरों की तरफ इशारे करते हुए कहा। 'इसका सबूत वहाँ है। इन डिब्बों में उन पदार्थों के नमूने रखे हैं जिन्हें मेरे पिता ने बनाया था।'

कोलर ने हल्के से खांसी की। वह धीरे धीरे उन डिब्बों की ओर बढ़ा। ऐसा लग रहा था मानो कोई जानवर किसी ऐसी चीज़ का चक्कर लगा रहा था जिसे वह सही नहीं मानता था। 'शायद मैंने तुम्हारी बात ठीक से नहीं सुनी। तुम्हें कैसे लगता है कि कोई व्यक्ति यह मान लेगा कि इन डिब्बों में उन पदार्थों के कण रखे हैं जिन्हें तुम्हारे पिता ने बनाया है? वे कण तो कहीं से भी आ सकते हैं।' कोलर ने अपना संदेह ज़ाहिर किया।

'दरअसल, वे ऐसा नहीं कर सकते।' विट्टोरिया के बोलने में आत्मविश्वास झलक रहा था। 'ये कण अपने आप में विशिष्ट हैं। इस तरह के पदार्थ धरती पर कहीं नहीं पाए जाते। इसलिए बिना बनाए उनका होना संभव नहीं।'

कोलर के चेहरे का भाव और भी गहरा हो गया। 'एक ख़ास ढंग का पदार्थ कहने का क्या अर्थ है तुम्हारा? दुनिया में एक ही प्रकार का पदार्थ होता है और ... ' कोलर यह कहते कहते रुक गया।

विट्टोरिया के चेहरे पर विजयी भाव दिखाई दे रहा था। 'निदेशक महोदय, आपने इसके बारे में खुद व्याख्यान दिए हैं। ब्रह्मांड में दो तरह के पदार्थ पाए जाते हैं यह एक वैज्ञानिक तथ्य है।' अब विट्टोरिया लैंग्डन की तरफ मुड़कर बोल रही थी—'मिस्टर लैंग्डन, बाइबल में सृष्टि के बारे में क्या कहा गया है? ईश्वर ने किस चीज़ की सृष्टि की?

लैंग्डन को अजीब लग रहा था। वह समझ नहीं पा रहा था कि इस बात का संबंध किस चीज़ से है। 'ईश्वर ने ... अंधकार और प्रकाश, स्वर्ग और नर्क की रचना की।'

'बिलकुल सही,' विट्टोरिया ने कहा। 'ईश्वर ने हर चीज़ के साथ उसकी ठीक उल्टी चीज़ भी बनायी। बिलकुल एक जैसी। पूर्ण संतुलन।' वह एक बार फिर कोलर की ओर मुखातिब थी। 'निदेशक महोदय, विज्ञान का भी वही दावा है जो धर्म का। दोनों कहते हैं कि बिग-बैंग ने इस दुनिया में प्रत्येक चीज़ के साथ उसके विलोम की भी रचना की।'

'इसमें पदार्थ भी शामिल है,' कोलर ने बिल्कुल धीमी आवाज़ में कहा जैसे खुद से बात कर रहा हो।

विट्टोरिया ने सिर हिलाया। 'और जब मेरे पिता ने यह प्रयोग किया तो जैसी की अपेक्षा थी, दो तरह के पदार्थ पैदा हुए।'

लैंग्डन इस बात का मतलब समझने की कोशिश कर रहा था। *लियोनार्डो वेट्रा ने पदार्थ के विलोम की रचना की?*

कोलर गुस्से में लग रहा था। 'तुम जिस पदार्थ की बात कर रही हो वह ब्रह्मांड में सिर्फ दूसरी जगहों पर पाया जाता है। धरती पर तो बिलकुल ही नहीं। शायद हमारी आकाशगंगा में भी नहीं!'

'आपने बिलकुल सही कहा।' विट्टोरिया ने जवाब दिया। 'यही इस बात का प्रमाण है कि इन डिब्बों में रखे गए पदार्थों का निर्माण किया गया है।'

कोलर का चेहरा सख्त हो गया। 'विट्टोरिया, मैं नहीं समझता कि तुम ये कहना चाहती हो कि उन डिब्बों में इन पदार्थों के नमूने रखे हुए हैं?'

'हाँ। मैं बिलकुल यही कह रही हूँ।' वह गौरव से भरी हुई उन डिब्बों को देख रही थी। 'निदेशक, आप इस दुनिया के पहले प्रति—पदार्थ यानी एंटीमैटर का नमूना देख रहे हैं।'

20

अंधेरी सुरंग से गुज़रते हुए हैसेसिन फेज टू के बारे में सोच रहा था।

उसके हाथ में जो टॉर्च थी उसमें ज़रूरत से ज़्यादा रोशनी थी। उसे इसकी जानकारी थी लेकिन यह सिर्फ समां बांधने के लिए था। समां बांधना ही तो सबसे बड़ा काम था। उसने सीखा था कि भय ही उसका सबसे बड़ा सहयोगी है। भय जितनी जल्दी लोगों को पंगु बना देता है उतना युद्ध में इस्तेमाल किया जाने वाला कोई भी हथियार नहीं कर सकता।

उसके बदले हुए वेश की तारीफ करने के लिए सुरंग के भीतर कोई आईना नहीं था लेकिन अपनी हवा में लहराती पोशाक को देखकर वह अनुमान लगा सकता था कि उसने कमाल का वेश बना रखा है। आसपास के परिवेश में घुलमिल जाना इस षड़यंत्र का हिस्सा था—इस कुत्सित योजना का एक अभिन्न अंग। उसने कभी सपने में भी नहीं सोचा था कि वह इस तरह का किरदार कभी निभाएगा।

इस सुरंग के दूसरे छोर पर जिस काम को अंजाम देना था, दो सप्ताह पहले उसे यह काम असंभव लगता। आत्मघाती मिशन। शेर की मांद में घुसना। लेकिन जानुस ने असंभव की परिभाषा बदल दी थी।

पिछले दो सप्ताह के अंदर जानुस ने हैसेसिन के साथ कई गुप्त सूचनाएँ साझा की थी। इस सुरंग के बारे में दी गई जानकारी भी उनमें से एक थी। प्राचीन सुरंग लेकिन आसानी से गुजरने के लायक।

जैसे जैसे वह दुश्मन के करीब आ रहा था, हैसेसिन सोच रहा था कि अंदर जो परिस्थिति उसका इंतज़ार कर रही थी क्या वह उतनी ही आसान होगी जितना जानुस ने कहा था? जानुस ने उसे आश्वस्त किया था कि सुरंग के अंदर कोई व्यक्ति उसके लिए सारी व्यवस्था कर देगा। *सुरंग के अंदर। अविश्वसनीय।* वह इसके बारे में जितना सोचता, उतना ही उसे यकीन होता जाता कि यह बच्चों का खेल है।

सुरंग के छोर तक पहुँचते हुए वह खुद से अरबी में बात कर रहा था—*वहाद... टिनटैन . . थालाथा...अरबा...एक दो तीन चार...*

21

'मुझे लगता है कि आपने एंटीमैटर के बारे में सुना है, मिस्टर लैंग्डन।' विट्टोरिया लैंग्डन को परख रही थी। उसकी काली चमड़ी सफेद लैब के ठीक विपरीत रंग की जान पड़ती थी।

लैंग्डन ने नज़रें ऊपर करते हुए थोड़ी हिचकिचाहट के साथ कहा, 'हाँ, थोड़ा बहुत।'

विट्टोरिया के चेहरे पर हल्की सी हंसी छा गई, 'आप स्टार-ट्रेक देखते हैं?'

लैंग्डन शरमा गया। 'हाँ, मेरे छात्रों को स्टार-ट्रेक देखने में मज़ा आता है,' उसने सकपकाते हुए कहा। 'USS एंटरप्राइज तो एंटीमैटर से ही चलता है न?'

उसने सहमति ज़ाहिर की। 'अच्छी विज्ञान कथाओं, साइंस फिक्शन की जड़ें अच्छे विज्ञान में होती हैं।'

'यानी एंटीमैटर वास्तविक है?'

'यह प्रकृति का एक तथ्य है। हर चीज़ का एक विलोम होता है। प्रोटॉन के लिए इलेक्ट्रॉन। अप-क्वार्क के सामने डाउन-क्वार्क। अणुओं से छोटे कणों यानी सब-एटॉमिक स्तर पर एक तरह की वैश्विक समरूपता पायी जाती है। पदार्थ के यांग के लिए प्रति-पदार्थ यानी एंटीमैटर यिन की भूमिका निभाता है। भौतिक समीकरण के संतुलन के लिए यह आवश्यक है।'

लैंग्डन गैलीलियो के द्वैध में विश्वास के बारे में सोच रहा था।

'वैज्ञानिकों को 1918 से ही पता है कि बिग-बैंग में दो तरह के पदार्थों की सृष्टि हुई थी,' विट्टोरिया बोली। 'एक पदार्थ, यानी मैटर है जो हम इस धरती पर देखते हैं, जिनसे पत्थर, पेड़, लोग वगैरह बने होते हैं। दूसरा इसका विलोम होता है जो हर तरह से मैटर के जैसा ही होता है, बस इसके अंदर कणों का आवेश उल्टा होता है।'

कोलर इस तरह बोल रहा था मानो वह किसी धुंध से बाहर निकल कर आ रहा हो। उसकी आवाज़ थोड़ी कमजोर लग रही थी। 'लेकिन एंटीमैटर को रखने में बड़ी तकनीकी समस्याओं का सामना करना पड़ता है। न्यूट्रलाइजेशन कैसे संभव होगा?'

'मेरे पिता ने एक तरह का यंत्र बनाया जिसे *रिवर्स पोलैरिटी वैक्यूम* कहते हैं। यह एक्सेलेरेटर से एंटीमैटर पोजिट्रॉन को उनके नष्ट होने के पहले ही खींच लेता है।

कोलर ने खीझ ज़ाहिर किया। 'मगर वैक्यूम तो मैटर को भी बाहर खींच लेगा। इन दोनों कणों को एक दूसरे से अलग करने का कोई तरीका नहीं।'

'उन्होंने इसके लिए चुंबकीय क्षेत्र का इस्तेमाल किया। चुंबकीय क्षेत्र में मैटर दाहिनी ओर मुड़ जाता है तो एंटीमैटर बायीं तरफ। वे दोनों एक दूसरे के बिल्कुल विपरीत होते हैं।'

इस बात को सुनते ही लगा कि कोलर के मन पर छाया संदेह का बादल छंटने लगा। वह आश्चर्यचकित होकर विट्टोरिया को देखने लगा और अचानक ही जोर जोर से खांसने लगा। 'अविश्वसनीय।' उसने अपना मुँह पोछते हुए कहा। 'लेकिन फिर भी...', ऐसा लगा कि वह अपनी शंकाओं को थोड़ी देर और ज़िंदा रखना चाहता था, 'अगर वैक्यूम काम करे भी तो ये डिब्बे तो मैटर के बने होते हैं। एंटीमैटर को मैटर के बने डिब्बे के अंदर नहीं रखा जा सकता। एंटीमैटर तुरंत मैटर के साथ प्रतिक्रिया करेगा...'

'नमूना डिब्बे को नहीं छूता है।' विट्टोरिया बोली। उसने प्रश्न का पूर्वानुमान लगा लिया था। 'एंटीमैटर डिब्बे के भीतर खाली जगह में तैरता रहता है। इन डिब्बों को एंटीमैटर ट्रैप कहते हैं क्योंकि वे एंटीमैटर को डिब्बों के बीच वाली जगह में रोक कर रखते हैं जहाँ वे इसके किनारे और पेंदे से सुरक्षित दूरी पर रहते हैं।'

'बीच वाली जगह में लटके रहते हैं?' मगर कैसे?'

'दो आपस में काट रहे चुंबकीय क्षेत्रों के बीच। यहाँ देखिए।'

विट्टोरिया ने कमरे के दूसरी तरफ जाकर एक बड़ा सा इलेक्ट्रॉनिक यंत्र निकाला। इसे देखकर लैंग्डन को 'कार्टून रे गन' की याद आयी जिसमें तोप की तरह एक लंबी नली होती है जिसके ऊपर देखने के लिए गोल घेरा बना होता है। नीचे इलेक्ट्रॉनिक यंत्रों से संबंधित तार वगैरह लटके रहते हैं। विट्टोरिया ने देखने वाले घेरे को डिब्बों की सीध में लाया और इसमें बने झांकने के लिए बने आइपीस से अंदर देखा। फिर उसने कुछ घुंडियाँ घुमायी। इसके बाद वह पीछे हट गई। उसने कोलर को इसमें झांकने के लिए बुलाया।

कोलर को तो जैसे काटो तो ख़ून नहीं। 'तुमने तो इसमें इतना एंटीमैटर जमा किया है कि उसे आँखों से देखा जा सकता है।'

'पाँच हज़ार नैनोग्राम।' विट्टोरिया ने कहा। 'तरल प्लाज्मा जिसमें लाखों पॉजिट्रॉन हैं।'

'लाखों? लेकिन आज तक तो बहुत थोड़े से इन कणों को कहीं भी लोग खोज पाए हैं।'

'जेनॉन।' विट्टोरिया ने सपाट आवाज़ में कहा। 'मेरे पिता ने पार्टिकल बीम को एक ज़ेनॉन जेट के बीच से तेजी से गुजारा जिसकी वजह से इससे इलेक्ट्रॉन बाहर निकल आया। इस प्रयोग की तकनीक को उन्होंने गुप्त रखा था लेकिन इस प्रक्रिया में एक्सेलेरेटर के अंदर केवल इलेक्ट्रॉन को डाला जाता था।'

लैंग्डन को बातें समझ में नहीं आ रही थी। वह सोच रहा था कि ये लोग अंग्रेजी में बात कर रहे हैं या किसी दूसरी भाषा में।

कोलर रुका। उसकी भौंहों के बीच की रेखाएँ थोड़ी गहरी हो गई। अचानक उसने तेजी से साँस लिया। वह धम्म से गिर गया। लगा जैसे उसे किसी ने गोली मार दी हो। 'तकनीकी रूप से यह करने के बाद...'

विट्टोरिया ने सर हिलाया, 'भी बहुत कुछ बचा रहेगा।'

कोलर एक बार फिर अपने सामने रखे डिब्बों को देखने लगा। लग रहा था कि उसके मन में अब भी अनिश्चितता की स्थिति बनी हुई थी। वह अपने व्हीलचेयर में बैठ गया और व्यूअर से अंदर की ओर देखने लगा। वह काफी देर तक बिना बोले देखने की कोशिश करता रहा। अंत में जब वह बैठा तो उसके माथे पर पसीना था। उसके चेहरे पर पड़ी रेखाएँ अब ग़ायब हो चुकी थी। उसकी आवाज़ जैसे फुसफुसाहट में बदल चुकी थी। 'हे भगवान, तुमने तो सचमुच यह कर दिखाया।'

विट्टोरिया ने सिर हिलाया, 'इसका श्रेय मेरे पिता को जाता है।'

'मुझे समझ में नहीं आ रहा कि मैं क्या बोलूं।'

विट्टोरिया लैंग्डन की ओर मुड़ी। डिब्बे के अंदर झांकने के लिए बनाए गए उस यंत्र की ओर इशारा करते हुए उसने पूछा, 'आप भी देखना चाहेंगे?'

लैंग्डन अनुमान नहीं लगा पा रहा था कि वह क्या देखने वाला है। वह आगे बढ़ा। दो फुट की दूरी से वह डिब्बा खाली लग रहा था। उसके अंदर जो कुछ भी था उसका आकार बहुत ही सूक्ष्म था। लैंग्डन ने व्यूअर पर अपनी आँखें टिकाई। अंदर की चीज़ को फोकस पर आने में थोड़ा सा वक्त लगा।

फिर उसे वो चीज़ नज़र आयी।

उसने सोचा था कि वह चीज़ बर्तन के पेंदे पर होगी लेकिन दरअसल वह बीच हवा में लटक रही थी। ऐसा लग रहा था कि नीले रंग की पारे जैसी कोई चीज़ चमक रही हो। आसमान में जादू से तैरती चीज, वह तरल पदार्थ आसमान में इधर उधर लुढ़कती दिखाई दे रही थी। उन बूंदों की सतह पर धातु जैसी तरंगें थिरक रही थी। आसमान में लटकी बूंदों को देखकर लैंग्डन को उस वीडियो की याद आ गई जिसमें शून्य गुरुत्वाकर्षण के अंदर पानी की बूंद दिखाई गई थी। हालाँकि वह जानता था कि वह बुलबुला बहुत छोटा था जिसे केवल माइक्रोस्कोप से ही देखा जा सकता था लेकिन आसमान में लटके उस प्लाज्मा के छोटे गोले में बन रहे उतार-चढ़ाव के निशान उसे साफ दिखाई दे रहे थे।

'यह आसमान में तैर रहा है।' उसने कहा।

'ये तो अच्छी बात है। एंटीमैटर पूरी तरह अस्थायी होता है। ऊर्जा की दृष्टि से एंटीमैटर पदार्थ की ठीक विपरीत छवि है। इसलिए वे जैसे ही एक दूसरे के संपर्क में आते हैं, एक दूसरे को ख़त्म कर देते हैं। मैटर और एंटीमैटर को एक दूसरे से अलग रखना एक चुनौती भरा काम है क्योंकि धरती पर हर चीज़ पदार्थ यानी मैटर से ही बनी होती है। एंटीमैटर के इन नमूनों को इस तरह रखना होता है कि ये किसी पदार्थ को स्पर्श न करें, हवा को भी नहीं।' विट्टोरिया ने कहा।

लैंग्डन विस्मित था। *शून्य में काम करने की बात।*

'एंटीमैटर को फंसाने के लिए जाल का डिजाइन तुम्हारे पिता ने बनाया था?' कोलर ने उसे बीच में टोकते हुए पूछा। वह अपनी उँगलियाँ उनमें से एक डिब्बे के नीचे फिरा रहा था।

'दरअसल, ये डिजाइन मैंने बनाए हैं।' विट्टोरिया बोली।

कोलर ने उसकी ओर देखा।

विट्टोरिया की आवाज़ में लेशमात्र का अहंकार नहीं दिखाई दे रहा था। 'मेरे पिता ने एंटीमैटर के पहले कण का निर्माण किया लेकिन वे समझ नहीं पा रहे थे कि इन्हें इकट्ठा कैसे करें। मैंने उन्हें इस डिजाइन की सलाह दी। नैनोकंपोजिट खोल से बने इन डिब्बों के भीतर बाहर से हवा नहीं आ सकती। इसके दोनों सिरों पर इलेक्ट्रो-मैग्नेट लगे हैं।'

'लगता है तुम्हारे अंदर भी पिता की प्रतिभा का प्रभाव है।'

'नहीं। ऐसा नहीं है। मैंने इसे प्रकृति से उधार लिया है। पुर्तगाल के लोग मछली मारने के लिए नेमाटोसिस्टिक चार्ज का इस्तेमाल करते हैं। यहाँ भी उसी सिद्धांत का प्रयोग किया गया है। हर डिब्बे के दोनों छोर पर एक-एक इलेक्ट्रोमैग्नेट हैं। उनके चुंबकीय क्षेत्र डिब्बे के बीच में मिलते हैं और एंटीमैटर को वहीं थाम कर रखते हैं और एंटीमैटर के कण बीच आसमान में लटके रहते हैं।'

लैंग्डन फिर से डिब्बों को देखने लगा। आसमान में तैरते एंटीमैटर, बिना किसी को छुए आसमान में लटके हुए। कोलर ठीक कह रहा था। यह विशिष्ट प्रतिभा वाले व्यक्ति के लिए ही संभव है।

'इन चुम्बकों को ऊर्जा कहाँ से मिलती है?' कोलर ने सवाल किया।

विट्टोरिया ने खंभों की तरफ इशारा करते हुए कहा, 'ट्रैप के नीचे पिलर से। डिब्बों को एक डॉकिंग पोर्ट में सिल दिया गया है जो उन्हें लगातार चार्ज करता रहता है ताकि चुंबक हमेशा काम करते रहें।

'और अगर कभी वे चार्ज नहीं कर पाएँ तो?'

'ज़ाहिर है कि एंटीमैटर अपनी लटकी हुई स्थिति में नहीं रहेगा। वह ट्रैप के पेंदे में गिर जाएगा और नष्ट हो जाएगा।'

'नष्ट हो जाएगा', यह शब्द लैंग्डन को अच्छा नहीं लगा।

विट्टोरिया को इस बात से कोई फर्क नहीं पड़ा। 'हाँ, यदि एंटीमैटर और मैटर एक दूसरे के संपर्क में आते हैं तो दोनों तुरंत नष्ट हो जाते हैं। भौतिक-विज्ञानी इसे सर्वनाश या एनाइलेशन कहते हैं।

लैंग्डन ने सिर हिलाया, 'अच्छा।'

'यह प्रकृति में घटने वाली सरलतम प्रतिक्रिया है। मैटर और एंटीमैटर के कण जब आपस में मिलते हैं तो एक नया कण बनता है जिसे फोटोन कहते हैं। फोटोन को आप प्रकाश का एक बहुत ही छोटा कण कह सकते हैं।'

विट्टोरिया ने अपना कंधा उचकाया। 'यह तो इस बात पर निर्भर करता है कि आप बहुत ही छोटा कण किसे कहते हैं। आइए, मैं आपको दिखाती हूँ।' वह डिब्बों के पास जाकर उन्हें चार्ज करने वाले सॉकेट से अलग करने लगी।

अचानक बिना किसी चेतावनी के कोलर जोर से चिल्लाया। वह काफी घबड़ाया हुआ लग रहा था। उसने कूद कर विट्टोरिया का हाथ चार्ज करने वाले सॉकेट से दूर हटा दिया। 'विट्टोरिया, तुम पागल हो क्या?'

22

यकीन नहीं हो रहा था लेकिन एक पल के लिए कोलर अपने दोनों नाकाम पैरों पर खड़ा था। उसका चेहरा डर से ज़र्द हो चुका था। 'विट्टोरिया, तुम उस डिब्बे को नहीं हटा सकती।'

लैंग्डन चुपचाप देख रहा था। उसे समझ में नहीं आ रहा था कि कोलर अचानक इतना क्यों घबरा गया।

'पाँच सौ नैनोग्राम।' कोलर ने कहा। 'अगर तुमने चुंबकीय क्षेत्र को समाप्त कर दिया तो...'

'निदेशक महोदय', विट्टोरिया ने कहा, 'यह पूरी तरह सुरक्षित है। हर डिब्बे के साथ एक बैकअप बैटरी लगी है जिसे फेलसेफ कहते हैं। चार्जर से हटाते ही बैकअप बैटरी काम करने लगती है। अगर मैं डिब्बे को वहाँ से हटा भी लूँ तब भी नमूना आसमान में ही लटका रहेगा।'

कोलर थोड़ा अनिश्चय की स्थित में था। इसके बाद वह थोड़ा हिचकिचाते हुए अपने व्हीलचेयर पर बैठ गया।

विट्टोरिया ने कहा। 'जब डिब्बे को रिचार्जर से हटा लिया जाता है तो बैटरी खुद ब खुद चालू हो जाती है। यह चौबीस घंटे तक काम कर सकती हैं, ठीक गैस के रिजर्व भंडार की तरह।' वह लैंग्डन की तरफ मुड़कर देखने लगी मानो उसकी असुविधाजनक हालत का अंदाजा लगा रही हो। 'मिस्टर लैंग्डन, एंटीमैटर में कुछ असाधारण विशेषताएँ होती हैं। इसकी वजह से ये बहुत ही ख़तरनाक होते हैं। ऐसा अनुमान किया जाता है कि एंटीमैटर के दस मिलीग्राम यानी रेत के दाने के बराबर नमूने में रॉकेट में इस्तेमाल की जाने वाली दो सौ मीट्रिक टन फ्यूल के बराबर ऊर्जा होती है।'

लैंग्डन का सर फिर से चकरा रहा था।

'यह भविष्य में दुनिया के लिए ऊर्जा का स्रोत है जो नाभिकीय ऊर्जा से हज़ार गुना अधिक शक्तिशाली है। शत प्रतिशत कारगर। इसमें कोई कचरा नहीं पैदा होता। न विकिरण का ख़तरा, न प्रदूषण की समस्या। कुछ ग्राम एंटीमैटर एक बड़े शहर के लिए पूरे सप्ताह बिजली पैदा कर सकता है।'

कुछ ग्राम? लैंग्डन परेशान होकर चबूतरे से पीछे हट गया।

'घबराने की बात नहीं। ये नमूने बहुत ही कम हैं, ग्राम के लाखवें हिस्से से भी कम। तुलनात्मक रूप से पूरी तरह सुरक्षित।' विट्टोरिया ने कहा। वह दुबारा डिब्बों के करीब पहुँच गई। उसने डिब्बों को उमेठ कर डॉकिंग प्लेटफॉर्म से निकाल लिया।

कोलर थोड़ा सा हिला लेकिन उसने कोई रोकटोक नहीं की। डिब्बे जैसे ही अपने ट्रैप से बाहर निकले तेज़ बीप की आवाज़ सुनाई दी। ट्रैप के निचले हिस्से में लगा LED डिस्प्ले भी चमक उठा। लाल रंग की लिखावट जलने बुझने लगी और चौबीस घंटे की उल्टी गिनती शुरू हो गई।

24.00.00 ...

23.59.59 ...

23.59.58 ...

लैंग्डन उलटी गिनती को देख रहा था। उसे लगा कि यह टाइम बम जैसी कोई चीज़ है। वह थोड़ा परेशान हो उठा।

'बैटरी पूरे चौबीस घंटे काम करने के बाद बंद होगी।' विट्टोरिया ने बताया। 'ट्रैप को दुबारा पोडियम पर रखते ही यह फिर से चार्ज होने लगेगा। ऐसी व्यवस्था सुरक्षा को ध्यान में रखकर की गई है। साथ ही साथ इसे कहीं भी ले जाने में भी सुविधा होती है।'

'ले जाने?' कोलर को लगा कि बिजली का झटका लगा हो। 'तुम इसे लेकर लैब से बाहर भी जाती हो।'

'नहीं। लेकिन एक जगह से दूसरे जगह ले जाने से इसके अध्ययन में सुविधा होती है।'

विट्टोरिया लैंग्डन और कोलर को लेकर कमरे के दूसरे छोर पर गई। उसने पर्दा हटाया। सामने एक खिड़की थी जिसके आगे एक बड़ा सा कमरा था। उस कमरे की दीवारें, छत और फर्श पूरी तरह स्टील से ढंके हुए थे। कमरे को देखकर लैंग्डन को तेल ले जाने वाले बड़े मालवाहक जहाज़ टैंक की याद आ गई जिसमें बैठकर वह एक बार हंटा बॉडी चाफीटी का अध्ययन करने पापुआ न्यू गिनी गया था।

'यह एनाइलेशन टैंक है।' विट्टोरिया ने कहा।

'क्या तुम सचमुच एनाइलेशन को देखती हो?'

'मेरे पिता बिगबैंग के विज्ञान से बहुत प्रभावित थे जिसमें पदार्थ की एक बहुत ही छोटी सी मात्रा से बहुत बड़े परिमाण में ऊर्जा का निर्माण हो सकता है।' विट्टोरिया ने खिड़की के नीचे बने स्टील के एक दराज को खोला। उसने ट्रैप को दराज में रखकर उसे बंद कर दिया। इसके बाद उसने दराज के बगल में लगे एक लीवर को खींचा। अगले ही पल ट्रैप शीशे के दूसरी ओर चला गया। यह गोल घेरा बनाते हुए आसानी से कमरे के स्टील के बने फर्श पर लुढ़कता हुआ बीच में जाकर रुक गया।

विट्टोरिया के चेहरे पर मुस्कुराहट छा गई। 'अब आप मैटर और एंटीमैटर के टकराने की पहली घटना देखने वाले हैं। ग्राम के दस लाखवें हिस्से से भी छोटा। बहुत ही छोटा सा नमूना।'

लैंग्डन विशाल आकार के टैंक के फर्श पर पड़े एंटीमैटर ट्रैप को देख रहा था। कोलर भी अनिश्चित नज़रों से खिड़की की ओर देख रहा था।

'सामान्य तौर पर हमें बैटरी के समाप्त होने के लिए चौबीस घंटे का इंतज़ार करना पड़ता।' विट्टोरिया बता रही थी, 'लेकिन इस चेंबर के अंदर चुंबक है जो ट्रैप की ताकत को ख़त्म कर एंटीमैटर को बाहर खींच सकता है। और जब मैटर तथा एंटीमैटर एक दूसरे को स्पर्श करते हैं तो...'

'एनाइलेशन...महाविनाश...' कोलर ने फुसफुसाकर बोला।

'एक बात और।' विट्टोरिया ने कहा। 'एंटीमैटर से विशुद्ध ऊर्जा बाहर आती है। पदार्थ का शत-प्रतिशत फोटोन में परिवर्तन। इसलिए नमूने को ओर हमें सीधे सीधे नहीं देखना चाहिए। अपनी आँखें ढक लीजिए।'

लैंग्डन को अटपटा लग रहा था। उसे लगा कि विट्टोरिया अब बातों को नाटकीय बना रही थी। *डिब्बों की ओर सीधे मत देखिए ?* एंटीमैटर वाला यंत्र कम से कम तीस गज की दूरी पर था, काले रंग में रंगे टिंटेड प्लेक्सी-ग्लास की बहुत ही मोटी दीवार के उस पार। और डिब्बे के अंदर जो नमूना था उसका आकार भी इतना छोटा था कि उसे नंगी आँखों से नहीं देखा जा सकता था। फिर भी आँखें ढंकने को कह रही है? आखिर उस छोटे से कण से कितनी ऊर्जा निकल सकती है ...

विट्टोरिया ने बटन दबाया।

तुरंत, लैंग्डन को दिखाई देना बंद हो गया। डिब्बे के भीतर तेज़ रोशनी का एक बिंदु चमका और विस्फोट के साथ प्रकाश की तेज़ किरण चारों तरफ फैल गई। उसके सामने की खिड़की से प्रकाश की किरण के टकराने की तेज़ आवाज़ सुनाई दी। स्टील के उस मजबूत बक्से में हुए धमाके से लैंग्डन को पीछे की तरफ धक्का लगा। एक क्षण के लिए भयंकर तेज़ रोशनी दिखाई दी जो तुरंत अंदर की ओर वापस चली गई। लगा जैसे यह रोशनी अपने अंदर सिमट कर एक बहुत ही छोटे से कण में समाकर शून्य में गुम हो गई थी। लैंग्डन ने कराहते हुए पलकें खोली। उसकी आँखों की रोशनी धीरे-धीरे वापस आई। उसने धुआँ-धुआँ हो रहे चेंबर के अंदर आँखें मलते हुए झाँका। फर्श पर रखा डिब्बा पूरी तरह ग़ायब हो चुका था, धुआँ बन चुका था। लेशमात्र भी कुछ नहीं बचा था।

उसने घनघोर आश्चर्य के साथ कहा, हे भगवान।

विट्टोरिया ने उदास होकर सर हिलाया। 'ठीक यही बात मेरे पिता ने कही थी।'

23

कोलर आश्चर्यचकित होकर एनाइलेशन चेंबर को देख रहा था और अभी की घटना के बारे में सोच रहा था। रॉबर्ट लैंग्डन उसके साथ खड़ा था। वह और भी ज़्यादा अचंभित था।

'मैं अपने पिता को देखना चाहती हूँ।' विट्टोरिया ने मांग की। 'मैंने आपको अपना लैब दिखा दिया। अब मुझे अपने पिता को देखना है।'

कोलर धीरे धीरे मुड़ा। ऐसा लगा जैसे उसने विट्टोरिया की बात सुनी ही नहीं। 'विट्टोरिया, तुमने इतने लंबे समय तक क्यों इंतज़ार किया? तुम दोनों को इस खोज के बारे में मुझे तुरंत बताना चाहिए था।'

विट्टोरिया कोलर को घूर रही थी। *कितनी वजहें मैं आपको बताऊं?* 'निदेशक, हम इसके बारे में बाद में बहस कर सकते हैं। अभी मैं अपने पिता को देखना चाहती हूँ।'

'तुम जानती हो कि इस टेक्नोलॉजी का क्या मतलब है?'

'बिलकुल।' विट्टोरिया ने छूटते ही जवाब दिया। 'CERN के लिए आमदनी। ढेर सारा पैसा। अब मैं ... '

'तो क्या इसी वजह से तुमने इसे गुप्त रखा?' कोलर ने पूछा। साफ लग रहा था कि वह विट्टोरिया को उकसाना चाहता था। 'क्योंकि तुम्हें डर था कि मैं और बोर्ड इस टेक्नोलॉजी के लाइसेंस को बेचने की सिफारिश करेंगे?'

'हाँ। इसे लाइसेंस किया जाना ठीक रहेगा।' विट्टोरिया ने तड़ाक से जवाब दिया। उसे लग रहा था कि वह बहस में घसीटी जा रही है। 'एंटीमैटर एक महत्वपूर्ण तकनीक है। लेकिन यह ख़तरनाक भी है। मैं और मेरे पिता इसे और भी सुरक्षित बनाने के लिए इस प्रक्रिया को और भी परिष्कृत करना चाहते थे।'

'दूसरे शब्दों में कहें तो तुम्हें बोर्ड ऑफ डायरेक्टर्स पर भरोसा नहीं था कि वे पैसे के लिए विवेकपूर्ण विज्ञान को तरजीह नहीं देंगे।'

कोलर के बोलने के रूखे तरीके से विट्टोरिया को आश्चर्य हुआ। 'इसके अंदर कुछ और बाते थी। मेरे पिता चाहते थे कि एंटीमैटर के बारे में सही परिप्रेक्ष्य में बताया जाए।'

'यानी?'

आपको क्या लगता है कि मैं क्या कहना चाहती हूँ? 'ऊर्जा से पदार्थ? शून्य से सृष्टि? यह इस बात का प्रमाण है कि जेनेसिस को वैज्ञानिक ढंग से साबित किया जा सकता है।'

'तो वे नहीं चाहते थे कि उनके खोज का धार्मिक पहलू व्यावसायिक जरूरतों के साये में ढक जाए।'

'हाँ। एक ढंग से यह कहना सही होगा।'

'और तुम?'

इस मामले में विट्टोरिया की रुचि अपने पिता से विपरीत थी। किसी भी नए ऊर्जा स्रोत की सफलता के लिए उसका व्यावसायिक उपयोग आवश्यक है। हालाँकि ऊर्जा के दक्ष और प्रदूषणमुक्त साधन के रूप में एंटीमैटर टेक्नोलॉजी की असीम संभावनाएँ थी लेकिन अगर इसे समय से पहले लोगों के सामने लाया गया तो नाभिकीय ऊर्जा और सौर ऊर्जा की तरह इसे भी राजनीति और पब्लिक रिलेशंस कंपनियों के षड़यंत्र का शिकार

होना पड़ सकता था। सुरक्षित होने के पहले ही नाभिकीय ऊर्जा का प्रसार शुरू हो गया था और दुर्घटनाएँ होने लगी थी। इसी तरह सौर ऊर्जा भी अपनी सक्षमता साबित करने के पहले ही चारों तरफ फैल चुकी थी और इस वजह से लोगों को घाटा होने लगा। दोनों ही तकनीकों को बदनामी झेलनी पड़ी और वे असफल साबित हुई।

विट्टोरिया ने कहा, 'मेरा उद्देश्य विज्ञान और धर्म को मिलाने जैसा उदात्त नहीं था।'

'तो पर्यावरण?' कोलर ने आत्मविश्वास से भरकर कहा।

'अनंत ऊर्जा। धरती को खोदकर खदानों को बनाने की ज़रूरत नहीं। कोई प्रदूषण नहीं। विकिरण का कोई ख़तरा नहीं। एंटीमैटर टेक्नोलॉजी इस धरती को बचा सकती है।'

'या बर्बाद कर सकती है,' कोलर ने चुटकी लेते हुए कहा। 'यह इस बात पर निर्भर करता है कि इसका इस्तेमाल कौन कर रहा है और किस मकसद के लिए कर रहा है।' विट्टोरिया को लगा कि कोलर के विकलांग शरीर से अजीब ठंडापन चारों तरफ फैल रहा था। 'इसके बारे में और किन लोगों को जानकारी थी?'

'किसी को नहीं।' विट्टोरिया बोली, 'मैंने तो आपको पहले भी बताया।'

'तो फिर तुम्हें अपने पिता की हत्या की क्या वजह लगती है।'

विट्टोरिया को लगा कि उसकी मांसपेशियों में खिंचाव हो रहा है। 'मुझे इसका कोई अनुमान नहीं। आप जानते हैं कि यहाँ CERN में भी उनके दुश्मन हैं लेकिन उनका एंटीमैटर टेक्नोलॉजी से कुछ लेना देना नहीं है। हम दोनों ने एक दूसरे को सामने रखकर कसम खायी थी कि कुछ महीनों तक हम इसे अपने तक सीमित रखेंगे, जब तक कि हम इसके लिए पूरी तरह से तैयार नहीं हों।'

'और तुमको यकीन है कि तुम्हारे पिता ने चुप रहने का वादा निभाया होगा?'

अब विट्टोरिया को तेज़ गुस्सा आ रहा था। 'मेरे पिता इससे कठोर वादों को निभा चुके थे।'

'और तुमने इसके बारे में किसी को नहीं बताया?'

'बिल्कुल नहीं।'

कोलर ने गहरी साँस ली। वह थोड़ा रुका। लगा जैसे वह उचित शब्द की तलाश कर रहा हो। 'मान लो किसी को पता चल गया हो। और मान लो कि किसी को इस लैब में घुसने की तरकीब मिल गई हो। तो तुम्हारे अनुसार वह किस चीज़ की तलाश करेगा? क्या तुम्हारे पिता के नोट्स इसी लैब में रहते थे? इस प्रक्रिया के बारे में बताने वाले दस्तावेज और कागजात?'

'निदेशक महोदय, मैंने बहुत देर से अपना धैर्य बनाए रखा है। अब मुझे जवाब चाहिए। आप यहाँ किसी के घुसने के बारे में बातें करते रहिए लेकिन आपने देखा कि

रेटिना स्कैन के बिना यह मुमकिन नहीं। मेरे पिता गोपनीयता और सुरक्षा के बारे में बहुत सावधान थे।'

'मेरी बात को थोड़े धैर्य से सुनो।' कोलर ने नाराज होते हुए कहा। विट्टोरिया ने इस प्रतिक्रिया का अनुमान नहीं लगाया था। 'यहाँ से कौन सी चीज़ ग़ायब हो सकती है?'

'मुझे इसके बारे में कोई अनुमान नहीं है।' विट्टोरिया ने गुस्से से लैब में चारों तरफ नज़र दौड़ायी। एंटीमैटर के सभी नमूने अपनी जगह पर हैं। उसके पिता के काम करने वाली जगह पर कोई छेड़छाड़ नहीं नज़र आ रही थी। 'अंदर कोई नहीं आया है।' उसने घोषणा की। 'यहाँ ऊपर हर चीज़ दुरुस्त दिखाई दे रही है।'

कोलर को आश्चर्य हो रहा था। 'ऊपर?'

विट्टोरिया के मुँह से यह बात बिना सोचे समझे निकल गई थी। 'हाँ, यहाँ ऊपरी लैब में भी।'

'तुम नीचे वाला लैब भी इस्तेमाल कर रही हो?'

'हाँ। मैं उसका इस्तेमाल सामान वगैरह रखने के लिए करती हूँ।'

कोलर ने अपना व्हीलचेयर उसकी तरफ खिसकाया। वह खांस रहा था। 'तुम खतरनाक चीजों—हैजमैट चेंबर का इस्तेमाल सामान रखने वाली जगह के तौर पर कर रही थी? क्या रखती थी तुम वहाँ?'

'खतरनाक सामान—हैज़ार्डस मटेरियल। और क्या।' विट्टोरिया का धैर्य जवाब दे रहा था। 'एंटीमैटर।'

कोलर अपने व्हीलचेयर के हत्थों को पकड़ कर खड़ा हो गया। 'वहाँ पर कुछ दूसरे तरह के नमूने भी रखे हुए हैं। आखिर तुमने मुझे बताया क्यों नहीं?'

'अभी तो बताया मैंने।' विट्टोरिया ने गुस्से में कहा। 'आपने मुझे कुछ बताने का मौका ही कब दिया?'

'हमें उन नमूनों की भी जाँच करनी होगी।' कोलर ने कहा, 'अभी।'

'नमूनों नहीं नमूना।' विट्टोरिया ने कोलर को ठीक करते हुए कहा। 'वहाँ पर बस एक ही नमूना था। किसी को कभी...'

'बस एक?' कोलर थोड़ा हिचकिचाते हुए बोला। 'लेकिन वह ऊपर है क्यों नहीं?'

'मेरे पिता उसे सावधानी के तौर पर नींव के नीचे रखना चाहते थे। यह दूसरे नमूनों से बड़ा है।'

लैंग्डन और कोलर के चेहरों पर दिखाई दे रही परेशानी विट्टोरिया से छुपी नहीं रह सकी। कोलर ने फिर से अपना व्हीलचेयर विट्टोरिया की ओर खिसकाया। 'तुमने पाँच सौ नैनोग्राम से भी बड़ा नमूना बनाया था?'

'यह ज़रूरी था,' विट्टोरिया ने अपना बचाव करते हुए कहा। 'हमें यह साबित करता था कि इनपुट/ईल्ड की सीमाओं को सुरक्षित ढंग से पार किया जा सकता था।'

उसे मालूम था कि ऊर्जा के नए स्रोतों के साथ सबसे बड़ी समस्या थी इनपुट और ईल्ड के अनुपात की यानी लागत बनाम नतीजे का सवाल। एक ख़ास मात्रा में ऊर्जा हासिल करने के लिए हमें कितना खर्च करना पड़ेगा। एक बैरल तेल के लिए समुद्र के बीच कुआँ खोदना घाटे का सौदा है। लेकिन यदि उसी तेल के कुएँ से थोड़ा अधिक खर्च करने पर लाखों बैरल तेल मिलने लगा तो आपका व्यवसाय चल निकलता है। एंटीमैटर के साथ भी यही बात थी। सोलह किलोमीटर लंबे इलेक्ट्रोमैग्नेट से एक छोटा सा एंटीमैटर कण प्राप्त करने में जितनी ऊर्जा खर्च होती है उतनी ऊर्जा उस एंटीमैटर कण से पैदा नहीं की जा सकती। एंटीमैटर से ऊर्जा प्राप्त करने की तकनीक को इस्तेमाल के लायक बनाने के लिए आवश्यक है कि हम बड़े आकार के एंटीमैटर नमूने बना पाएं।

विट्टोरिया के पिता बड़े आकार का एंटीमैटर का नमूना नहीं बनाना चाहते थे लेकिन विट्टोरिया उन के ऊपर इसके लिए दबाव देती रही। उसका तर्क था कि अगर एंटीमैटर तकनीक को लोगों के बीच स्वीकार करने के लायक बनाना है तो उन्हें दो बातें साबित करनी होंगी। पहले कि बड़ी मात्रा में एंटीमैटर पैदा करने की सस्ती तकनीक संभव थी और दूसरा कि इन नमूनों को सुरक्षित ढंग से इकट्ठा किया जा सकता है। अंत में उसकी जीत हुई। अपने निर्णय को दरकिनार कर, उन्होंने विट्टोरिया के प्रस्ताव को स्वीकार कर लिया। लेकिन इसके साथ ही उन्होंने इसकी गोपनीयता और सुरक्षा के लिए कुछ कड़ी शर्तें रखी। उन्होंने इस बात पर जिद किया कि एंटीमैटर नमूने को खतरनाक पदार्थों को रखने के लिए बनाए गए विशेष कक्ष हैज-मैट में रखा जाए। ग्रेनाइट का बना यह गड्ढा ज़मीन के पचहत्तर फीट नीचे बना था। नमूने को गोपनीय रखा जाएगा जिसके बारे में सिर्फ उन दोनों को ही जानकारी होगी।

कोलर की आवाज़ में तनाव था। उसने विट्टोरिया से पूछा, 'तुम दोनों ने मिलकर एंटीमैटर का कितना बड़ा नमूना बनाया था?'

विट्टोरिया को अपने अंदर एक अजीब सी खुशी का अनुभव हुआ। उसे पता था कि नमूने का आकार सुनकर महान मैक्सीमिलियन कोलर भी अचंभित हुए बिना नहीं रहेगा। वह ज़मीन के अंदर गड़े एंटीमैटर नमूने के आकार की कल्पना करने लगी। अद्भुत दृश्य। एक ट्रैप के अंदर नंगी आँखों से दिखाई दे रहा एंटीमैटर का एक छोटा सा नमूना शून्य में चक्कर काट रहा था। यह कोई अति-सूक्ष्म नमूना नहीं था जिसे केवल माइक्रोस्कोप से ही देखा जा सकता था। यह BB आकार की बूंद के बराबर नमूना था।

विट्टोरिया ने गहरी साँस लेकर कहा, 'एक ग्राम का चौथाई हिस्सा।'

कोलर का चेहरा जर्द हो गया। 'क्या?' यह बोलते बोलते उसे खाँसी आ गई। 'एक ग्राम का चौथाई हिस्सा? यानी कि पाँच किलोटन के बराबर!'

किलोटन। विट्टोरिया को इस शब्द से नफरत थी। वह और उसके पिता इस शब्द का इस्तेमाल कभी नहीं करते थे। एक किलोटन 1000 मीट्रिक टन टीएनटी के बराबर

होता है। किलोटन का इस्तेमाल हथियार के संदर्भ में किया जाता है। पे लोड। विध्वंसक शक्ति। वे दोनों हमेशा इलेक्ट्रॉन वोल्ट और जूल की शब्दावली का इस्तेमाल करते थे—रचनात्मक ऊर्जा से संबंधित शब्द।

'इतना एंटीमैटर तो आधे मील के दायरे में आने वाली हर चीज़ को नष्ट कर सकती है,' कोलर ने आश्चर्य से कहा।

'हाँ, अगर एक साथ उसे एनाइलेट किया जाए तो।' विट्टोरिया ने छूटते ही जवाब दिया। 'लेकिन ऐसा कोई नहीं करेगा।'

'हाँ, अगर उसे इतनी समझदारी हो और तुम्हारा विद्युत-स्रोत काम करना बंद नहीं करे तो।' यह कहते हुए कोलर लिफ्ट की तरफ चल पड़ा।

'यही वजह थी कि मेरे पिता ने इसे हैज-मैट कक्ष में रखा था जहाँ विशेष सुरक्षा व्यवस्था थी।'

कोलर ने आशा भरी नज़रों से उसकी ओर देखा, 'तो हैज-मैट में तुमने अतिरिक्त सुरक्षा का इंतजाम कर रखा था?'

'हाँ। वहाँ भी एक और रेटिना स्कैन सुरक्षा व्यवस्था थी।'

कोलर के मुँह से सिर्फ दो शब्द निकले, 'नीचे चलें।'

सामान ले जाने वाली लिफ्ट चट्टान के टुकड़े की तरह तेजी से नीचे जा रही थी।

धरती के नीचे पचहत्तर फीट गहराई में।

विट्टोरिया को यकीन था कि लिफ्ट के नीचे उतरते हुए दोनों लोग डरे हुए थे। कोलर का प्रायः भावशून्य चेहरा तनावग्रस्त लग रहा था। विट्टोरिया सोच रही थी, *मैं जानती हूँ कि एंटीमैटर का ये नमूना आकार में बहुत बड़ा है लेकिन हमने इसे सुरक्षित रखने के लिए पुख्ता इंतज़ाम किए हैं।*

वे बिल्कुल नीचे पहुँच चुके थे।

लिफ्ट का दरवाज़ा खुला। विट्टोरिया कॉरिडॉर में आगे आगे चल रही थी। कॉरिडोर में बहुत कम रोशनी थी। इसके आखिरी छोर पर एक बड़ा सा स्टील का दरवाज़ा था जिसपर लिखा था HAZ—MAT. दरवाज़े को खोलने के लिए ऊपर वाले लैब जैसा ही रेटिना स्कैन यंत्र यहाँ भी लगा था। वह सावधानी से दरवाज़े के पास गई और लेंस के अंदर झांका।

अचानक वह पीछे हट गई। अंदर कुछ गड़बड़ था। जो लेंस हमेशा साफ सुथरा रहता था, आज उस पर कुछ छीटे दिख रहे थे जो देखने में ख़ून के छीटे लग रहे थे। उसे समझ में नहीं आ रहा था कि क्या मामला है। वह उन दोनों की तरफ मुड़ी लेकिन उसके सामने कोलर और लैंग्डन का भावशून्य चेहरा दिखाई दिया। कोलर और लैंग्डन के चेहरे का रंग उड़ा हुआ था। उनकी नज़र विट्टोरिया के पैरों के पास दरवाज़े पर टिकी थी

विट्टोरिया की नज़रें भी उसी दिशा में देख रही थी जिधर वे दोनों लोग देख रहे थे।

नहीं...लैंग्डन के मुँह से चीख निकल गई। उसने तेजी से विट्टोरिया को अपनी ओर खींचने के लिए हाथ बढ़ाया लेकिन तब तक देर हो चुकी थी।

विट्टोरिया की नज़रें फर्श पर पड़े सामान पर पड़ी। यह बिल्कुल अनजानी चीज़ भी थी और विट्टोरिया की ख़ास अपनी चीज़ भी।

एक पल में सब कुछ घटित हुआ।

उसे, भयंकर हादसे का अहसास हुआ जिसके बारे में उसे पता था। ज़मीन पर कचरे के टुकड़े की तरह पड़ी किसी के आँख की पुतली उसे घूर रही थी। उस आँख की पुतली को वह कहीं भी पहचान सकती थी।

24

सुरक्षा का काम देखने वाले टेक्नीशियन की साँस अटकी हुई थी। उसका कमांडर उसके कंधे पर झुका हुआ सामने लगे वीडियो मॉनीटरों की जाँच कर रहा था। एक मिनट का समय बीता।

टेक्नीशियन मन ही मन सोच रहा था कि कमांडर की चुप्पी की वजह समझी जा सकती थी। कमांडर अपने काम के लिए निर्धारित निर्देशों का सख्ती से पालन करता था। दुनिया के सबसे सम्मानित सुरक्षा-दल का नेतृत्व करने वाले व्यक्ति के लिए यह लाजमी था कि वह बिना समझे अपने मुँह से एक भी शब्द नहीं बोले।

लेकिन वह क्या सोच रहा है?

मॉनिटर पर एक डिब्बे जैसी चीज़ दिखाई दे रही थी जिसकी दीवारें पारदर्शी थी। यह देखना तो आसान था। लेकिन बाकी चीजें मुश्किल थी।

डिब्बे के अंदर लग रहा था कि किसी स्पेशल इफेक्ट की वजह से पिघले हुए धातु की एक बूंद हवा में जैसे तैर रही थी। वह बूंद डिजिटल LED की लाल रोशनी के जलने बुझने के साथ ही कभी दिखाई देती तो कभी ग़ायब हो जाती। इसे देखकर टेक्नीशियन के शरीर में झुरझुरी फैल गई।

'थोड़ा सा कंट्रास्ट कम कर दो।' कमांडर ने आग्रह किया। इसे सुनकर टेक्नीशियन चौंक गया।

टेक्नीशियन ने उसकी बात मान ली। अब मॉनिटर पर दिखने वाली तस्वीर थोड़ी धुंधली लग रही थी। कमांडर मॉनिटर पर झुककर गौर से उसे देखने लगा। डिब्बे के पेंदे पर बहुत धुंधली सी कोई चीज़ नज़र आ रही थी।

टेक्नीशियन भी अपने कमांडर की नज़रों के साथ अपनी नज़र दौड़ा रहा था। LED

के साथ बहुत ही धुंधले अक्षरों में कुछ लिखा था। जलती बुझती रोशनी के बीच चार अक्षरों वाला कोई संक्षिप्त नाम।

'यहीं रुको।' कमांडर ने कहा। 'कुछ बोलने की ज़रूरत नहीं। इसे मैं देखूंगा।'

25

हैज मैट। पचास मीटर ज़मीन के नीचे।

विट्टोरिया और वेट्रा हड़बड़ा कर आगे बढ़े। लगा कि वे दोनों रेटिना स्कैन पर गिर पड़ेंगे। उसने देख लिया कि अमेरिकी विशेषज्ञ उसे थामने के लिए तेजी से आगे बढ़ा। उसने विट्टोरिया को सहारा दिया। विट्टोरिया का वजन उसके ऊपर था। ज़मीन पर पड़ी उसके पिता की आँख उसे घूर रही थी। उसे लग रहा था कि उसके फेफड़ों से सारी हवा बाहर निकल चुकी थी। *उन्होंने उनकी आँखें निकाल ली।* उसे लगा जैसे कि उसकी दुनिया हिल गई हो। कोलर भी बिल्कुल उससे सटकर खड़ा था। वह कुछ बोल रहा था। लैंग्डन उसे रास्ता दिखा रहा था। रेटिना स्कैन में झांकते हुए उसे लग रहा था जैसे वह कोई सपना देख रही हो। यंत्र से बीप की आवाज़ आयी।

दरवाज़ा सरक कर खुल गया।

उसके दिमाग पर अब भी फर्श पर पड़ी उसके पिता की आँखों का डर हावी था। लेकिन सामने उससे भी बड़ी डरावनी चीज़ उसका इंतज़ार कर रही थी। अपनी धुंधलाती आँखों से उसने जैसे ही कमरे के अंदर झांका, उसे दुःस्वप्न का दूसरा हिस्सा नज़र आया। उसने देखा कि रिचार्ज करने वाला अकेला पोडियम खाली था।

डिब्बा ग़ायब था। उसके पिता की आँखें एंटीमैटर के इसी बक्से को चुराने के लिए निकाली गई थी। ये बात इतनी तेजी से उसके दिमाग में आयी कि वो इसके महत्व को पूरी तरह समझ नहीं पा रही थी। सब कुछ उल्टा हो रहा था। जो नमूना ये साबित करने वाला था कि एंटीमैटर ऊर्जा का सुरक्षित और व्यावहारिक दृष्टि से उपयोगी साधन था उसी की चोरी हो गई थी। *लेकिन किसी को तो जरूर पता था कि ऐसा नमूना कहीं मौजूद है।* लेकिन सच से आँख चुराना संभव नहीं था। किसी न किसी को इस बात का पता चल चुका था। विट्टोरिया सोच नहीं पा रही थी कि वह कौन हो सकता है। लोग कहते थे कि कोलर को CERN में हो रही हर बात की जानकारी थी लेकिन ज़ाहिर था कि उसे भी इस प्रोजेक्ट के बारे में पता नहीं था।

उसके पिता अब इस दुनिया में नहीं थे। अपनी महान प्रतिभा के कारण उनकी हत्या हुई थी।

पिता की मौत का ग़म विट्टोरिया के हृदय को साल रहा था। इसके साथ ही उसकी चेतना में एक और भाव जाग्रत हो रहा था जो उससे भी अधिक तकलीफदेह था। वह

खुद को निचोड़ा हुआ महसूस कर रही थी। वह भाव उसके अंदर गहरा घाव पैदा कर रहा था। उसे लग रहा था कि यह उसी की गलती थी। वह अपनी गलती के अहसास को रोक नहीं पा रही थी और यह भाव लगातार उसके अंदर उमड़ घुमड़ रहा था। विट्टोरिया जानती थी कि उसी ने अपने पिता को बड़े आकार का नमूना बनाने के लिए मजबूर किया था, हालाँकि उनका निर्णय अधिक सही था। और आज उसी की वजह से उनकी हत्या हुई थी।

एक ग्राम का चौथाई...

किसी भी दूसरी टेक्नोलॉजी की तरह, जैसे कि बारूद, आग, इंजन वगैरह, गलत हाथों में पड़ने पर एंटीमैटर खतरनाक हो सकता था। बहुत खतरनाक। एंटीमैटर एक शक्तिशाली हथियार था जिसे रोक पाना काफी मुश्किल का काम था। CERN के रिचार्जिंग स्टेशन से हटने के बाद वह डिब्बा बिना ब्रेक वाली ट्रेन की तरह बन जाएगा जिसे रोक पाना मुश्किल होगा।

और जब वक्त हाथ से निकल जाएगा तो...

चौंधियाने वाला प्रकाश। बादल के फटने की भयंकर ध्वनि। चारों तरफ खुद ब खुद फैलने वाला आग का रेला। तेज़ रोशनी और ज़मीन में बना बड़ा सा खाली गड्ढा।

पिता के शांत—सौम्य मेधा का इस्तेमाल विनाश के लिए किए जाने की बात उसके ख़ून में ज़हर की तरह घूम रही थी। आतंकवादियों के लिए एंटीमैटर सबसे शक्तिशाली हथियार साबित हो सकता था। इसके अंदर धातु का कोई इस्तेमाल नहीं हुआ था इसलिए मेटल—डिटेक्टर में इसका पता नहीं चल सकता था। इसके अंदर किसी रसायन का प्रयोग नहीं किया गया था इसलिए सूंघ कर विस्फोटक का पता लगाने वाले कुत्तों को भी कुछ पता नहीं चलता। इसके भीतर कोई फ्यूज नहीं था जिसे हटाकर इसे निष्क्रिय किया जा सकता था। उल्टी गिनती शुरू हो चुकी थी ...

लैंग्डन भी नहीं समझ पा रहा था कि इस स्थिति में क्या किया जा सकता है। उसने अपना रुमाल निकाला और फर्श पर पड़े वेट्रा की आँख को ढक दिया। अब विट्टोरिया खाली पड़े हैज-मैट चेंबर के दरवाज़े के साथ खड़ी थी। उसके चेहरे पर गहरी उदासी और परेशानी दिखाई दे रही थी। लैंग्डन उसकी ओर बढ़ा लेकिन कोलर ने उसे रोक दिया।

'मिस्टर लैंग्डन' कोलर का चेहरा पूरी तरह से भावशून्य था। उसने लैंग्डन को वहाँ से हट कर अपने पास आने को कहा। नहीं चाहते हुए भी लैंग्डन विट्टोरिया को अकेला छोड़ कोलर के पास आ गया। 'आप तो विशेषज्ञ हैं।' कोलर ने तेजी से फुसफुसाते हुए कहा। 'मैं जानना चाहता हूँ कि ये हरामी इल्युमिनाटी एंटीमैटर लेकर क्या करना चाहते हैं?'

लैंग्डन सोचने की कोशिश कर रहा था। चारों तरफ अफरा तफरी मची थी लेकिन लैंग्डन तार्किक ढंग से सोचने की कोशिश में लगा था। अकादमिक तौर पर इस संभावना को खारिज करना। कोलर अब भी अनुमान लगा रहा था। 'इल्युमिनाटी अब समाप्त हो

चुके हैं, कोलर साहब। मैं अपनी बात पर अडिग हूँ। इस अपराध में कोई भी शामिल हो सकता है जैसे CERN में काम करने वाला कोई व्यक्ति जिसे मिस्टर वेट्रा की खोज के बारे में पता चल गया हो और जिस लगता हो कि इस तरह के शोध का जारी रहना खतरनाक है।'

कोलर यह सुनकर स्तब्ध रह गया। 'आप को लगता है कि किसी ने यह अपराध विवेक की आवाज़ को संतुष्ट करने के लिए किया है? बकवास। लियोनार्डो के हत्यारे को सिर्फ एंटीमैटर की तलाश थी। इसमें मुझे कोई संदेह नहीं कि वे इसका आगे कुछ इस्तेमाल करना चाहते हैं।'

'आपका मतलब किसी तरह की आतंकवादी कार्रवाई?'

'ज़ाहिर है।'

'लेकिन इल्युमिनाटी आतंकवादी नहीं थे।'

'ये बात लियोनार्डो वेट्रा को बताइएगा।'

लैंग्डन को इस बात में सचाई की कड़वाहट लगी। लियोनार्डो वेट्रा के सीने पर इल्युमिनाटी का निशान दागा गया था। कहाँ से आया ये निशान? इस बात की संभावना बहुत कम थी कि कोई व्यक्ति सिर्फ दूसरे को फंसाने के लिए इस पवित्र निशान का इस्तेमाल करेगा। इसकी कुछ दूसरी वजह जरूर रही होगी।

लैंग्डन दुबारा एक असंभव स्थिति के बारे में विचार करने लगा। अगर इल्युमिनाटी अब भी सक्रिय हैं और उन्होंने ही एंटीमैटर की चोरी की है तो इसके पीछे उनकी मंशा क्या रही होगी? उनका निशाना कौन रहा होगा? उसके दिमाग़ ने तुरंत जवाब सुझाया जिसे उसी तेजी से लैंग्डन ने खारिज भी कर दिया। यह सच है कि इल्युमिनाटी के सामने उनका दुश्मन दिखाई दे रहा था लेकिन उसके खिलाफ बड़े पैमाने पर आतंकवादी हमले की बात सोचना उनके लिए असंभव था। यह उनके स्वभाव और तौर तरीकों से मेल नहीं खाता था। हाँ, इल्युमिनाटी ने हत्याएँ की थी लेकिन उन्होंने व्यक्तियों की हत्या की थी जिनका चुनाव वे काफी सोच समझ कर करते थे। वे बड़े पैमाने पर हत्याएँ नहीं करते थे। लैंग्डन रुक कर सोचने लगा। फिर उसके दिमाग़ में विचार आया कि एंटीमैटर की खोज एक महान वैज्ञानिक उपलब्धि थी। इसका उपयोग लोगों को पल भर के अंदर धुएँ के बादल में बदलने के लिए किया जाना एक तरह का अद्भुत नजारा पेश करेगा।

उसने इस तरह के अधकचरे विचार को स्वीकार करने से इंकार कर दिया। 'इसमें आतंकवाद के अलावा भी एक दूसरी तार्किक व्याख्या संभव है।'

कोलर आँखें फाड़कर उसकी ओर देख रहा था। वह उसकी बात सुनने की प्रतीक्षा कर रहा था।

लैंग्डन ने बोलने के पहले अपनी बात को ठोस स्वरूप देना चाहा। इल्युमिनाटी अपने आर्थिक संसाधनों के बलबूते पर अत्यंत शक्तिशाली हुआ करते थे। उनका बैंकों पर

कब्जा था। उनके पास सोने का भंडार था। कहा जाता था कि दुनिया का सबसे कीमती पत्थर इल्युमिनाटी हीरा भी उनके पास था। इस अद्भुत हीरे का आकार बहुत बड़ा था और बनावट हर तरह से पूर्ण। 'पैसा। एंटीमैटर की चोरी पैसे के लिए की गई हो यह संभव है।' लैंग्डन ने कहा।

कोलर को यह सुनकर यकीन नहीं हो रहा था। 'पैसे के लिए? एंटीमैटर के एक बूंद को कोई इंसान कहाँ बेचने जाएगा?'

'नमूने को नहीं।' लैंग्डन ने उसकी बात को काटते हुए कहा। 'इसकी टेक्नोलॉजी। एंटीमैटर टेक्नोलॉजी किसी खजाने से कम कीमती नही। हो सकता है किसी ने इस नमूने को इसकी व्याख्या और शोध के लिए चुराया हो।'

'औद्योगिक चोरी?' लेकिन उस डिब्बे की आयु तभी तक है जब तक बैटरी काम करना बंद नहीं कर देती यानी चौबीस घंटे। शोध करने वाले को कुछ पता चले उसके पहले उसके शरीर की धज्जियाँ उड़ जाएगी।'

'वे इसे फटने के पहले रिचार्ज कर सकते हैं। वे इस में काम करने के लायक रिचार्ज करने वाला CERN जैसा ही पोडियम बना सकते हैं।'

'चौबीस घंटे में?' कोलर ने चुनौती देने के अंदाज में कहा। 'अगर उन्होंने पोडियम का खाका भी चुरा लिया तब भी उस तरह का रिचार्जर बनाने में उन्हें महीनों लगेंगे, घंटे नहीं।'

'हाँ। वे सही कह रहे हैं।' विट्टोरिया की आवाज़ कमज़ोर लग रही थी।

दोनों लोग मुड़े। विट्टोरिया उनकी ओर आ रही थी। उसकी चाल में वैसी ही थरथराहट थी जैसी उसकी आवाज़ में।

'वे बिल्कुल सही कह रहे हैं। इतने कम समय में रिचार्जर बना पाना संभव नहीं। रिचार्जर और डिब्बे के बीच संपर्क स्थापित करने वाली प्रणाली बनाने में ही कई सप्ताह लग जाएंगे। फ्लक्स, फिल्टर, सर्वो—क्वायल, पावर कंडीशनिंग एलॉय सब को इस स्थान विशेष की ऊर्जा अवस्थिति के साथ तालमेल बिठाने में बहुत समय लगेगा।'

लैंग्डन की त्योरियाँ चढ़ गई। उसे बात समझ में आ रही थी। एंटीमैटर ट्रैप ऐसी आसान चीज़ नहीं थी जो जब चाहे प्लग की तरह दीवार में लगे सॉकेट में डाली जा सकती थी। CERN से बाहर निकलने के बाद एंटीमैटर चौबीस घंटे की यात्रा पर निकल जाने वाला था जिसके अंत में उसे कहीं पता-ठिकाना मिलना संभव नहीं था।

फिर तो एक ही निष्कर्ष बचता था—बहुत ही डरावना।

'हमें इंटरपोल को बुलाना चाहिए।' विट्टोरिया ने कहा। उसे अपनी ही आवाज़ कहीं दूर से आती हुई सुनाई दे रही थी। 'हमें इसकी जाँच के लिए उपयुक्त संस्था को ख़बर करनी चाहिए। तुरंत।'

'बिल्कुल नहीं।' कोलर ने असहमति में सिर हिलाते हुए कहा।

यह सुनकर विट्टोरिया सन्न रह गई। 'नहीं? क्या मतलब है आपका?'

'तुमने और तुम्हारे पिता ने मुझे अजीब पशोपेश वाली स्थिति में डाल दिया है।'

'निदेशक महोदय। हमें मदद की ज़रूरत है। हमें उस ट्रैप को ढूँढ़ कर यहाँ वापस आना लाना होगा वरना लोग घायल हो सकते हैं। यह हमारी जिम्मेदारी है।'

'हमारी जिम्मेदारी है कि हम इस मसले के बारे में सोचें।' कोलर की आवाज़ और भी सख्त हो गई थी। 'CERN के लिए इस मामले के गंभीर परिणाम हो सकते हैं।'

'आपको CERN की प्रतिष्ठा की चिंता हो रही है? आप जानते हैं कि वह डिब्बा शहरी इलाके में कितनी बड़ी तबाही बरपा सकता है? इसके धमाके का असर आधे मील की गोलाई में हो सकता है। शहर के नौ ब्लॉक तबाह हो सकते हैं।'

'शायद तुम्हें और तुम्हारे पिता को एंटीमैटर का नमूना बनाने के पहले इसके बारे में सोचना चाहिए था।'

विट्टोरिया को लगा जैसे किसी ने उस पर चाकू से हमला किया हो। 'लेकिन हमने तो हर तरह की सावधानी बरती थी।'

'ज़ाहिर है कि वह काफी नहीं था।'

'लेकिन किसी को भी एंटीमैटर के बारे में पता नहीं था।' यह बोलते हुए उसे लगा कि यह बेमतलब का तर्क था। स्पष्ट था कि किसी को इस बात की जानकारी थी। किसी ने इस बात का पता लगा लिया था।

विट्टोरिया ने किसी को इसके बारे में नहीं बताया था। इसके बाद तो सिर्फ दो संभावनाएँ बचती थी। क्या उसके पिता ने उसे बिना बताए किसी दूसरे पर भरोसा कर लिया? लेकिन ये बात भी जंचती नहीं थी क्योंकि उसके पिता ने ही तो इस बात को गोपनीय रखने के लिए दोनों को क़सम खिलाई थी। दूसरी संभावना थी कि उन दोनों पर नज़र रखी जा रही थी। शायद मोबाइल फोन की मॉनिटरिंग। उसे याद था कि अपनी यात्राओं के दौरान एक दो बार उसने मोबाइल फोन पर बात की थी। क्या उस दौरान उसने ज़रूरत से ज़्यादा तो नहीं बोल दिया था? यह संभव था। फिर ईमेल भी तो था। लेकिन वे काफी सावधानी रखते थे। CERN की सुरक्षा व्यवस्था? क्या उन्हें बिना बताए उन पर नज़र रखी जा रही थी? वह समझती थी कि इनमें से किसी बात का अब कोई मतलब नहीं था। जो होना था वो हो चुका था। मेरे पिता मर चुके थे।

इस विचार ने उसे कुछ करने को प्रेरित किया। उसने शॉर्ट की जेब से अपना मोबाइल निकाला।

कोलर तेजी से उसकी ओर आया। वह जोर जोर से खांस रहा था। गुस्से में उसकी आँखें लाल थी। 'तुम किसे फोन कर रही हो?'

'CERN के टेलीफोन एक्सचेंज को। वे हमारी बात इंटरपोल से करवा सकते हैं।'

'सोचो' कोलर अचानक उसके आगे आकर रुक गया। उसकी आवांज़ भर्राई हुई थी। 'क्या तुम सचमुच इतनी नासमझ हो? वह डिब्बा अब तक दुनिया के किसी भी कोने

में पहुँच सकता है। दुनिया की कोई भी गुप्तचर संस्था उसे इतने कम समय में नहीं ढूँढ़ सकती।'

'तो हमें कुछ नहीं करना चाहिए?' विट्टोरिया को एक बीमार आदमी को चुनौती देने में बुरा लग रहा था। लेकिन अब उन दोनों के बीच इतनी दूरी आ चुकी थी कि उसे लग रहा था कि वह कोलर को जानती तक नहीं थी।

'हम होशियारी से काम लेते हैं।' कोलर ने कहा। 'पुलिस वगैरह को ख़बर देकर हम CERN की प्रतिष्ठा पर आंच नहीं आने देंगे। वे इस मामले में कोई मदद नहीं कर सकते। अभी तो बिल्कुल नहीं, बिना सोचे समझे नहीं।'

विट्टोरिया समझ रही थी कि कोलर की बातें तार्किक थी लेकिन इस तर्क के पीछे नैतिक दायित्व का पूरा अभाव था। उसके पिता नैतिक दायित्व के लिए जीते थे— सुचिंतित विज्ञान, दायित्व, मनुष्य की अच्छाई में स्वाभाविक तौर पर भरोसा। विट्टोरिया भी इनमें यकीन करती थी लेकिन वह इन्हें कर्म सिद्धांत के आधार पर देखती थी। कोलर से दूसरी तरफ मुड़कर उसने अपना फोन झटके से खोल दिया।

'तुम ऐसा नहीं कर सकती।' कोलर ने कहा।

'तो फिर मुझे रोकने की कोशिश करके देखिए।'

कोलर वहीं रुका रहा।

अगले ही पल विट्टोरिया को समझ में आ गया कि कोलर आगे क्यों नहीं बढ़ा था। धरती के नीचे इतनी गहराई में उसका मोबाइल फोन काम नहीं कर रहा था।

वह गुस्से में लिफ्ट की ओर जाने लगी।

26

हैसेसिन पत्थर की सुरंग के आखिरी सिरे पर खड़ा था। उसके टॉर्च से अब भी तेज़ रोशनी निकल रही थी। सुरंग के अंदर का धुआं, काई और बंद हवा की बदबू के साथ घुलमिल गया था। उसके चारों तरफ चुप्पी छाई थी। आगे का रास्ता लोहे के दरवाज़े से बंद था। वह दरवाज़ा भी सुरंग की तरह ही प्राचीन लग रहा था। जंग खाया लेकिन अब भी मजबूत। वह भरोसा करते हुए अंधेरे में इंतज़ार कर रहा था।

अब करीब करीब समय हो चुका था।

जानुस ने कहा था कि अंदर से आकर कोई दरवाज़ा खोलेगा। हैसेसिन को इस धोखे पर आश्चर्य हो रहा था। वह अपना काम पूरा करने के लिए उस दरवाज़े के सामने रात भर इंतज़ार कर सकता था लेकिन उसे लगा कि इसकी ज़रूरत नहीं थी। वह पक्के इरादे वाले लोगों के लिए काम कर रहा था।

कुछ ही मिनट बाद दरवाज़े की दूसरी तरफ भारी भरकम चाभियों की खड़खड़ाहट सुनाई दी। एक साथ कई ताले खुलने से लोहे के ऊपर लोहे के टकराने की आवाज़ सुनाई दी। एक के बाद एक तीन बड़े बड़े ताले खुले। तालों से आती आवाज़ से लग रहा था जैसे उन्हें बरसों से नहीं खोला गया। आखिरकार तीनों ताले खुल गए।

चारों तरफ फिर से सन्नाटा छा गया।

हैसेसिन को पाँच मिनट इंतज़ार करने को कहा गया था। वह धैर्यपूर्वक इंतज़ार करता रहा। इसके बाद उसने दरवाज़े को धक्का दिया। लग रहा था कि उसके शरीर के भीतर बिजली दौड़ रही हो। बड़ा सा दरवाज़ा खुल चुका था।

27

'विट्टोरिया, मैं इसकी इजाज़त नहीं दूंगा।' लग रहा था कि कोलर को साँस लेने में मेहनत करनी पड़ रही है। हैज-मैट लिफ्ट के ऊपर चढ़ते हुए उसकी परेशानी और भी बढ़ती हुई लग रही थी।

विट्टोरिया ने उसकी बात को अनसुना कर दिया। वह इत्मीनान चाहती थी। अब उसे ये जगह अनजानी लग रही थी। वह इस जगह पर कुछ अपना ढूँढ़ रही थी। वह जानती थी कि यह संभव नहीं था। अभी तो उसे बस अपनी तकलीफ को भुला कर कुछ करना था। फोन।

रॉबर्ट लैंग्डन उसकी बगल में हमेशा की तरह चुपचाप खड़ा था। विट्टोरिया ने अब यह सोचना बंद कर दिया था कि यह अनजान इंसान कौन था। विशेषज्ञ? क्या कोलर थोड़े सहानुभूतिपूर्ण शब्द का इस्तेमाल नहीं कर सकता था? *मिस्टर लैंग्डन हमें तुम्हारे पिता के कातिल की खोज करने में मदद करेंगे।* लैंग्डन तो इस काम में कोई मदद नहीं कर रहा था। उसकी गर्मजोशी और भलमनसाहत ज़ाहिर थी लेकिन वह कुछ छुपा रहा था। वे दोनों उससे कुछ छुपा रहे थे।

कोलर फिर चालू हो गया। 'CERN के निदेशक के नाते विज्ञान के भविष्य के बारे में मेरी कुछ जिम्मेदारियाँ हैं। अगर तुम इसे तूल देकर अंतर्राष्ट्रीय मुद्दा बनाना चाहती हो और इससे CERN का नुकसान होता है...'

'विज्ञान का भविष्य?' विट्टोरिया ने पलटकर पूछा। 'क्या आप अपनी जिम्मेदारी से बचने के लिए यह भी कहने को तैयार हैं कि एंटीमैटर को CERN से कोई लेना देना नहीं है? क्या आप उन लोगों के लिए किसी तरह की जिम्मेदारी नहीं लेना चाहते जिनकी ज़िंदगी हमारी वजह से खतरे में पड़ चुकी है?'

'हमलोग नहीं। तुम और तुम्हारे पिता की वजह से।' कोलर ने जवाब दिया।

विट्टोरिया ने अपनी नज़रें फेर ली।

'और जहाँ तक ज़िंदगी को खतरे में डालने का सवाल है तो यह सब कुछ ज़िंदगी के बारे में ही है।' कोलर ने कहा। 'तुम जानती हो कि एंटीमैटर टेक्नोलॉजी का पूरे संसार में जीवन पर बड़ा असर पड़ने वाला है। अगर इस कांड के कारण CERN दिवालिया होता है तो हम सबका नुकसान होगा। मनुष्य का भविष्य CERN जैसी संस्थाओं के हाथ में है, तुम्हारे और तुम्हारे पिता जैसे वैज्ञानिकों के हाथ में है जो आने वाले कल की समस्याओं के समाधान के लिए काम कर रहे हैं।'

विट्टोरिया पहले भी कोलर के विज्ञान भगवान है वाले भाषण सुन चुकी थी। वह इसमें भरोसा नहीं करती थी। दुनिया भर की आधी समस्याओं की जड़ में खुद विज्ञान था। 'विकास' ही धरती माँ का सबसे बड़ा कैंसर था।

'वैज्ञानिक प्रगति के अंदर कई खतरे भी शामिल होते हैं।' कोलर ने अपनी बात आगे बढ़ाते हुए कहा। 'ऐसा हमेशा ही रहा है। अंतरिक्ष कार्यक्रम, जेनेटिक शोध, चिकित्सा विज्ञान सब गलतियाँ करते हैं। विज्ञान को अपनी गलतियों के बावजूद खुद को किसी भी कीमत पर ज़िंदा रखना होगा। यह सब के लिए ज़रूरी है।'

कोलर की नैतिक मुद्दों को वैज्ञानिक दृष्टि से तटस्थ होकर देख पाने की क्षमता से विट्टोरिया आश्चर्यचकित थी। उसका दिमाग़ उसके हृदय से बिल्कुल अलग काम करता था। 'आपको लगता है कि इस धरती के भविष्य के लिए CERN इतना आवश्यक है कि इसे हर तरह की नैतिक चिंता से अपने आप को मुक्त रखना चाहिए।'

'मेरे साथ नैतिकता पर बहस मत करो। तुमने जब एंटीमैटर का नमूना बनाया उसी समय तुमने नैतिकता की एक सीमा का उल्लंघन किया। आज पूरा संस्थान दांव पर लगा है। मैं यहाँ काम कर रहे तीन हज़ार से ज़्यादा वैज्ञानिकों की नौकरी बचाने की ही कोशिश नहीं कर रहा बल्कि तुम्हारे पिता की प्रतिष्ठा को भी बचाने की कोशिश कर रहा हूँ। उनके बारे में सोचो। तुम्हारे पिता जैसे लोगों के लिए यह उचित नहीं होगा कि लोग उन्हें सामूहिक संहार की क्षमता वाले हथियारों के जनक के रूप में जाने।'

विट्टोरिया को लगा कि कोलर का तीर निशाने पर लगा है। *मैंने ही अपने पिता को वह नमूना बनाने के लिए मनाया था। यह मेरी ही गलती है।*

दरवाज़ा खुला। कोलर अब भी बोल रहा था। विट्टोरिया लिफ्ट से बाहर निकली। उसने अपना फोन निकाला। वह फिर से फोन करने की कोशिश करने लगी।

फोन में अब भी डायल टोन नहीं था। उफ! वह दरवाज़े की तरफ बढ़ी।

'विट्टोरिया रुको।' निदेशक अब हांफ सा रहा था जैसे उसे दमे का दौरा पड़ा हो। वह उसकी ओर तेजी से आ रहा था। 'थोड़ा रुको। हमें बात करनी होगी।'

'बास्ता डि पार्लेयर' उसने इटैलियन में उससे बात बंद करने को कहा।

'अपने पिता के बारे में सोचो।' कोलर उससे आग्रह करने के लहजे में बोल रहा था। 'ऐसी परिस्थिति में वे क्या करते?'

वह चलती रही।

'विट्टोरिया, मैंने तुम्हारे साथ पूरी ईमानदारी से बर्ताव नहीं किया है।'

विट्टोरिया को लगा कि उसके पैर धीमे हो रहे हैं।

'पता नहीं मैं क्या सोच रहा था।' कोलर ने कहा। 'मैं तुम्हें बचाने की कोशिश कर रहा था। बताओ कि तुम क्या चाहती हो। हम दोनों को यहाँ मिलकर काम करना है।'

अब तक वह लैब की आधी दूरी तय कर चुकी थी। कोलर की बात सुनकर वह रुकी लेकिन उसने पीछे मुड़कर नहीं देखा। 'मैं एंटीमैटर का पता लगाना चाहती हूँ। मैं जानना चाहती हूँ कि मेरे पिता की हत्या किसने की।' वह इंतज़ार कर रही थी।

कोलर ने गहरी साँस ली। 'माफ करना, लेकिन हमें मालूम है कि तुम्हारे पिता का कातिल कौन है।'

यह सुनकर विट्टोरिया पीछे मुड़ी, 'क्या कहा आपने?'

'मैं समझ नहीं पा रहा था कि मैं तुम्हें ये बात कैसे बताऊं। काफी मुश्किल बात है...'

'आपको पता है कि मेरे पिता का हत्यारा कौन है?'

'हम इसके बारे में बहुत कुछ अनुमान लगा सकते हैं। क़ातिल ने सबूत के तौर पर कुछ चीजें पीछे छोड़ी हैं। इसी वजह से मैंने मिस्टर लैंग्डन को यहाँ बुलाया है। जो समूह इस कत्ल का दावा कर रहा है उसके बारे में लैंग्डन काफी कुछ जानते हैं।'

'समूह? आतंकवादी समूह?'

'विट्टोरिया, उन्होंने चौथाई ग्राम एंटीमैटर की चोरी की है।'

विट्टोरिया ने कमरे की दूसरी तरफ खड़े लैंग्डन की तरफ देखा। अब उसे हर बात का मतलब समझ में आ रहा था। *तो ये वजह थी इतनी गोपनीयता रखने की।* उसे आश्चर्य हो रहा था कि उसे ये बात पहले क्यों नहीं समझ में आयी। कोलर ने तो अधिकारियों को बुलाया ही था। अब यह बिल्कुल स्पष्ट था। लैंग्डन अमेरिकी था, पूरी तरह, परंपरावादी, तेज़—तर्रार। वह और कौन हो सकता था? विट्टोरिया को शुरू में ही अनुमान लगा लेना चाहिए था। लैंग्डन की तरफ मुड़ते हुए उसके हृदय में उम्मीद की एक नयी किरण जगी थी।

'मिस्टर लैंग्डन, मैं अपने पिता के कातिल का नाम जानना चाहती हूँ। मैं जानना चाहती हूँ कि क्या आपकी एजेंसी एंटीमैटर का पता लगा पाएगी।'

लैंग्डन हक्का बक्का था, 'मेरी एजेंसी?'

'मैं समझती हूँ आप अमेरिकी खुफिया संस्था के लिए काम करते हैं।'

'दरअसल...नहीं।'

कोलर ने बातचीत के बीच में टोका। 'मिस्टर लैंग्डन हार्वर्ड विश्वविद्यालय में कला का इतिहास पढ़ाते हैं।'

विट्टोरिया को लगा कि उसके सिर पर किसी ने ठंडा पानी डाल दिया हो। 'कला के शिक्षक।'

'वह संप्रदायों के संकेत-विज्ञान के जानकार हैं।' कोलर ने गहरी साँस ली। 'विट्टोरिया, हमें ऐसा लगता है कि तुम्हारे पिता की हत्या शैतान की पूजा करने वाले किसी संप्रदाय ने की है।'

विट्टोरिया को कोलर की बात सुनाई दी लेकिन वह उसका मतलब नहीं समझ पाई।

'इस हत्या की जिम्मेदारी लेने वाला समूह खुद को इल्युमिनाटी कहता है।'

विट्टोरिया ने एक बार कोलर की तरफ देखा फिर लैंग्डन की तरफ देखा। उसे लग रहा था कि उसके साथ कोई भद्दा सा मज़ाक हो रहा था। 'इल्युमिनाटी?' उसने जानने के लिए पूछा, 'जो बावेरियन इल्युमिनाटी में होता है?'

कोलर चौंक गया। 'तुमने इसके बारे में सुना है?'

विट्टोरिया खिन्न हो रही थी। 'बावेरियन इल्युमिनाटी—न्यू वर्ल्ड ऑर्डर। स्टीव जैकसन कंप्यूटर गेम्स। यहाँ के आधे से अधिक कंप्यूटर में काम करने वाले लोग इंटरनेट पर यह खेल खेलते रहते हैं।' उसकी आवाज़ भर्रा गई। 'लेकिन मेरी समझ में नहीं आ रहा कि…'

कोलर ने लैंग्डन की तरफ दुविधा भरी नज़रों से देखा।

लैंग्डन ने सिर हिलाया। 'हाँ, यह खेल बहुत प्रचलित है जिसमें प्राचीन काल का एक ब्रदरहुड दुनिया पर कब्जा कर लेता है। अर्ध-ऐतिहासिक सा खेल। मुझे पता नहीं था कि यूरोप में भी यह प्रचलित है।'

विट्टोरिया को कुछ समझ में नहीं आ रहा था। 'आप कैसी बातें कर रहे हैं? इल्युमिनाटी? यह तो एक कंप्यूटर गेम है।'

'विट्टोरिया', कोलर बोला। 'इल्युमिनाटी समूह ने तुम्हारे पिता की हत्या की जिम्मेदारी ली है।'

विट्टोरिया पूरी ताकत से अपने आँसू रोकने की कोशिश कर रही थी। उसने किसी तरह अपने को समझाया और हालात के बारे में तर्क से सोचने लगी। लेकिन वह जितना ही सोचने की कोशिश कर रही थी वह उतनी ही दुविधा में पड़ती जा रही थी। उसके पिता का कत्ल हुआ था। CERN की सुरक्षा व्यवस्था में बड़ी सेंध लगी थी। कहीं एक बम फटने वाला था जिसके लिए वह जिम्मेदार थी। और निदेशक ने कला के एक प्रोफेसर को शैतान की पूजा करने वाले किसी काल्पनिक समूह का पता लगाने का जिम्मा दिया था।

विट्टोरिया अचानक खुद को बुरी तरह से अकेला अनुभव कर रही थी। वह जाने के लिए मुड़ी लेकिन कोलर ने उसका रास्ता रोक लिया। उसने कुछ निकालने के लिए जेब में हाथ डाला। उसने एक तुड़ा मुड़ा फैक्स कागज़ उसे पकड़ा दिया।

विट्टोरिया उस कागज़ को देखकर दहशत से कांप गई।

'उन्होंने वेट्रा को दागा', कोलर ने कहा। 'उन्होंने उसकी छाती पर यह बदनुमा निशान दाग कर बनाया, ब्रांड किया।'

28

सेक्रेटरी सिल्वी बॉडेलॉक बिल्कुल घबड़ायी हुई थी। वह निदेशक के खाली दफ्तर के बाहर बेचैनी से टहल रही थी। *कहाँ हैं निदेशक? मैं अब क्या करूं?*

आज का दिन अजीब गुजरा था। वैसे तो मैक्सीमिलियन कोलर के लिए काम करते हुए कोई भी दिन अजीब हो सकता था लेकिन आज कोलर कुछ अलग ही मूड में था।

'लियोनार्डो वेट्रा का पता लगाओ।' ऑफिस पहुँचते ही कोलर ने सिल्वी को आदेश दिया था।

आज्ञा का पालन करते हुए सिल्वी ने लियोनार्डो वेट्रा को पेज किया, फोन लगाया और ईमेल डाला।

कुछ जवाब नहीं।

इसलिए कोलर हड़बड़ी में निकला था। लगा जैसे वह वेट्रा को ढूँढ़ने खुद जा रहा था। कुछ घंटों के बाद जब वह अपने व्हीलचेयर को सरकाते हुए वापस लौटा तो साफ लग रहा था कि उसकी तबीयत ठीक नहीं थी। वैसे वो हमेशा ही बीमार सा दिखता था लेकिन उस दिन वह कुछ ज़्यादा ही बीमार लग रहा था। वह अपने ऑफिस में बंद हो गया। सिल्वी सुन सकती थी कि वह लगातार अपने मॉडेम, फोन, फैक्स और बातचीत में लगा रहा। फिर वह अपने व्हीलचेयर पर सवार होकर बाहर निकला तो अभी तक वापस नहीं आया था।

शुरू में तो सिल्वी इसे कोलर का एक और नाटक समझ कर इस पर ध्यान नहीं देना चाहती थी लेकिन जब वह अपनी सुइयाँ लेने के समय तक वापस नहीं लौटा तो वह चिंतित होने लगी। निदेशक की शारीरिक अवस्था ऐसी थी कि उसे लगातार इलाज की ज़रूरत रहती थी। जब भी उसने अपने शरीर के साथ जोर जबर्दस्ती की कोशिश की थी तो उसके परिणाम अच्छे नहीं हुए थे—साँस लेने में तकलीफ, खांसी वगैरह जिसके बाद अस्पताल से लोग उसके पास दौड़ कर आते थे। कभी कभी सिल्वी को लगता था कि कोलर मरने की तमन्ना रखता था।

उसने सोचा कि कोलर को वह पेजर पर दवा के बारे में याद दिला दे लेकिन उसे मालूम था कि कोलर किसी की दयालुता लेना पसंद नहीं करता था। पिछले सप्ताह वहाँ आए एक वैज्ञानिक ने कोलर के प्रति ज़रूरत से ज़्यादा दयालुता दिखाई तो वह इतना नाराज हुआ कि उसने उसके सिर पर एक क्लिपबोर्ड उठाकर फेंक दिया। गुस्से में महाराज कोलर की फुर्ती देखते ही बनती थी।

लेकिन इस समय सिल्वी के दिमाग़ में कोलर के स्वास्थ्य की चिंता पीछे हो गई थी। उसके सामने कहीं बड़ी दुविधा खड़ी थी। CERN के टेलीफोन एक्सचेंज से थोड़ी ही देर पहले फोन आया था कि निदेशक के लिए कोई जरूरी फोन आया है।

'वे अभी उपलब्ध नहीं हैं।' सिल्वी ने कहा।

फिर टेलिफोन ऑपरेटर ने उसे बताया कि वह फोन किसका था।

सिल्वी ने हंसकर उसकी बात टाल दी थी। 'तुम मज़ाक कर रहे हो?' दूसरी तरफ से आयी आवाज़ को सुनकर वह सन्न रह गई। 'और तुम्हारी कॉलर आईडी इस बात को पुख्ता कर रही है?' सिल्वी नाराज लहजे में बोल रही थी। 'ठीक है। क्या तुम पूछ सकते हो कि...' यह बोलते हुए उसने गहरी साँस ली। 'चलो। इसकी ज़रूरत नहीं है। तुम उसे होल्ड पर रखो। मैं निदेशक का पता लगाने की कोशिश करती हूँ। ठीक है। मैं समझ रही हूँ। मैं जल्दी ढूँढ़ने की कोशिश करूंगी।'

लेकिन सिल्वी निदेशक को नहीं ढूँढ़ पाई। उसने कोलर के मोबाइल पर तीन बार फोन किया। हर बार उसे एक ही मैसेज सुनाई दिया, 'आप जिस मोबाइल से बात करने की कोशिश कर रहे हैं वह अभी पहुँच से बाहर है।'

'आउट ऑफ रेंज?' ये कैसे संभव है? इतनी देर में वे कितनी दूरी तक जा सकते हैं? यह सोचते हुए सिल्वी ने कोलर के बीपर को दो बार डायल किया। कोई जवाब नहीं। वे ऐसा तो कभी नहीं करते थे। उसने उनके मोबाइल कंप्यूटर पर भी ईमेल किया था। कोई परिणाम नहीं। लगता था कि वे इस धरती से कहीं ग़ायब हो गए हैं।

तो फिर मैं क्या करूं? सिल्वी उधेड़बुन में पड़ गई।

सिल्वी जानती थी कि CERN के पूरे कैंपस में ढूँढ़ने के अलावा निदेशक का ध्यान अपनी ओर खींचने का एक ही तरीका था। यह तरीका कोलर को पसंद नहीं आता लेकिन फोन पर जो व्यक्ति उनसे बात करना चाहता था उसे देर तक इंतज़ार करवाना उचित नहीं था।

उसे अपनी ही हिम्मत पर हैरानी हो रही थी। आखिर उसने फैसला कर लिया। वह कोलर के ऑफिस में घुसी और पीछे की दीवार पर टंगे धातु के एक बक्से के पास गई। उसने बक्से का ढक्कन खोला और अंदर बने तरह तरह के कंट्रोल पर नज़र दौड़ाने लगी। उसे अपने काम का बटन नज़र आ गया।

गहरी साँस लेकर उसने माइक्रोफोन उठा लिया।

29

विट्टोरिया को याद नहीं आ रहा था कि वह मुख्य लिफ्ट में कैसे पहुँची थी। लेकिन वे अब मुख्य लिफ्ट के सामने थे। लिफ्ट ऊपर जा रही थी, कोलर उनके पीछे था।

उसे साँस लेने में परेशानी हो रही थी। लैंग्डन की चिंता से भरी नज़र उसके आर पार भूत की तरह गुजर गई। उसने विट्टोरिया के हाथ से तुड़ा मुड़ा हुआ फैक्स लेकर वापस अपनी जेब में रख लिया था। अब विट्टोरिया उस फैक्स को नहीं देख पा रही थी लेकिन उस पर बनी तस्वीर अब भी उसकी स्मृति को कुरेद रही थी।

लिफ्ट ऊपर जा रही थी। विट्टोरिया की दुनिया जैसे अंधकार के गर्त में गोते लगा रही थी। *पापा।* वह अपने मन में उन्हें याद कर रही थी। पल भर के लिए मन की दुनिया में पापा उसके साथ थे। नौ साल की विट्टोरिया, फूलों से भरी किसी वादी में ढलान पर लुढ़क रही थी, ऊपर स्विट्ज़रलैंड का आसमान चक्कर काट रहा था।

पापा! पापा!

लियोनार्डो वेट्रा उसके बगल में खड़ा हंस रहा था। उसका चेहरा खुशी से दमक रहा था। 'क्या हुआ मेरी गुड़िया?'

'पापा', उसने खिलखिलाते हुए कहा और उसके करीब चिपक गई। 'आप मुझसे पूछ रहे हैं कि क्या हुआ?'

'लेकिन मेरी बिटिया, तुम तो खुश नज़र आ रही हो। फिर मैं तुमसे क्यूं पूछूं कि क्या हुआ?'

'पूछिए तो।'

उसने कंधे उचकाए, 'क्या बात है विट्टोरिया? What's the matter, Vittoria?'

वह फिर से खिलखिला कर हंस पड़ी। 'मैटर क्या है? हर चीज मैटर है! पत्थर! पेड़! परमाणु! बल्कि एंट इटर भी! हर चीज ही मैटर है!'

विट्टोरिया ने अंग्रेजी के शब्दों के साथ खिलवाड़ करते हुए उसे दूसरा अर्थ दे दिया था।

वेट्रा हंस पड़ा। 'तुमने शब्दों के साथ अच्छा खेल किया है। बहुत होशियार हैं मेरी नन्ही आइंस्टीन।'

विट्टोरिया ने शरारत में नाराजगी ज़ाहिर करते हुए कहा, 'उसके बाल अजीब हैं। मैंने उनकी तस्वीर देखी है।'

'लेकिन उनका दिमाग़ बहुत तेज़ है। मैंने तुम्हें बताया था कि उन्होंने क्या साबित किया है?'

डर से उसकी आँखें फैल गई। 'डैड, नहीं। आपने वादा किया था बताने का।'

'$E=MC^2$' उसने विट्टोरिया को गुदगुदाते हुए कहा। '$E=MC^2$'

'नहीं। मुझे गणित से नफरत है। मैंने आपको बताया है।'

'ये तो अच्छी बात है। लड़कियों को वैसे गणित पढ़ने की इजाज़त नहीं होती है।'

विट्टोरिया सकपका कर बोली, 'उन्हें गणित पढ़ने की इजाज़त नहीं है?'

'बिल्कुल नहीं। ये सभी जानते हैं। लड़कियाँ गुड्डे-गुड़ियों से खेलती हैं। लड़के गणित पढ़ते हैं। मुझे तो छोटी बच्चियों से गणित के बारे में बात करने से भी मनाही है।'

'क्या? लेकिन यह तो गलत है!'

'नियम तो आखिर नियम होते हैं। छोटी लड़कियों के लिए गणित नहीं।'

विट्टोरिया इस बात से घबरायी हुई लग रही थी। 'लेकिन गुड़ियों से खेलने में मैं बोर हो जाती हूँ।'

'सॉरी। लेकिन मैं अगर तुम्हें गणित के बारे में बताऊं और मुझे कोई देख ले तो...' यह बोलते हुए वेट्रा ने घबरा कर सुनसान पहाड़ी के चारों तरफ नज़र दौड़ायी।

विट्टोरिया उसकी नज़रों के पीछे-पीछे अपनी नज़रें दौड़ा रही थी। उसने फुसफुसाते हुए कहा, 'ठीक है। मुझे चुपचाप बताइए।'

लिफ्ट की हलचल से वह थोड़ी चौंकी। विट्टोरिया ने अपनी आँखें खोली। वह जा चुका था।

वास्तविकता सामने थी। सचाई की कंपकंपा देने वाली ठंड ने उसे घेर रखा था। उसने लैंग्डन की ओर देखा। उसकी आँखों में सच्ची सहानुभूति उसे दैवी प्रेम की गर्माहट दे रही थी, ख़ासकर कोलर की ठंडी डरावनी उपस्थिति के सामने।

विट्टोरिया के दिमाग़ में अब एक ही बात बार बार आ रही थी जिससे वह परेशान थी।

एंटीमैटर कहाँ है?

इसका भयानक जवाब बस एक पल दूर था।

30

मैक्सीमिलियन कोलर। कृपया आप अपने ऑफिस से तुरंत बात करें।

लिफ्ट का दरवाज़ा मुख्य इमारत के भीतरी हिस्से में खुला। चिलचिलाती धूप लैंग्डन की आँखों में पसर गई। ऊपर लगे इंटरकॉम फोन से आ रही आवाज़ बंद भी नहीं हुई थी कि कोलर के व्हीलचेयर में लगे प्रत्येक इलेक्ट्रॉनिक यंत्र से तरह तरह की आवाज़ें आने लगी। उसका पेजर, फोन, ईमेल। कोलर ने नीचे जलती बुझती रोशनी की तरफ हैरान होकर देखा। अब निदेशक का पता चल चुका था और वह इलेक्ट्रॉनिक संदेशों के दायरे में था।

'निदेशक कोलर। कृपया अपने ऑफिस से बात करें।'

सार्वजनिक लाउडस्पीकर पर अपना नाम सुनकर कोलर चौंक गया।

उसने नज़रें ऊपर उठाकर देखा। वह गुस्से में था। वह अचानक चिंतित हो गया। लैंग्डन और विट्टोरिया की आँखें कोलर से मिली। तीनों बिल्कुल स्थिर थे मानो उनके बीच तनाव की जगह किसी आशंका ने ले ली थी जिसने उन्हें एक सूत्र में बांध रखा था।

कोलर ने व्हीलचेयर के हत्थे से अपना मोबाइल फोन निकाला। खांसी के झोंके को रोकते हुए उसने कोई नंबर डायल किया। विट्टोरिया और लैंग्डन इंतज़ार कर रहे थे।

'मैं निदेशक कोलर बोल रहा हूँ। ; उसने हांफते हुए कहा। 'हाँ, मैं धरती के अंदर वाले कक्ष में था, रेंज से बाहर।' वह फोन पर आ रही आवाज़ सुन रहा था। उसकी भूरी आँखें पसरी जा रही थी। 'कौन? ठीक है मेरी बात करवाओ।' थोड़ी देर सन्नाटा छाया रहा। 'हेलो। मैं मैक्सीमिलियन कोलर बोल रहा हूँ—CERN का निदेशक। आप कौन बोल रहे हैं?'

विट्टोरिया और लैंग्डन कोलर को बात करते हुए चुपचाप सुन रहे थे।

'फोन पर इसके बारे में बात करना ठीक नहीं होगा। मैं वहाँ तुरंत पहुँच रहा हूँ।' आखिर कोलर ने कहा। वह एक बार फिर खांस रहा था। 'मुझसे लियोनार्डो दा विंची एयरपोर्ट पर मिलो। चालीस मिनट में।' अब लग रहा था कि कोलर को साँस लेने में बहुत परेशानी हो रही थी। उसे जोर से खांसी का दौरा आया़ और वह मुश्किल से अपनी बात पूरी कर पाया। 'डिब्बे का तुरंत पता लगाओ ... मैं पहुँच रहा हूँ।' यह कहते हुए उसने अपना फोन बंद कर दिया।

विट्टोरिया दौड़ कर कोलर के पास पहुँच गई लेकिन कोलर अब बोलने की स्थिति में नहीं था। विट्टोरिया ने अपना मोबाइल निकालकर CERN के अस्पताल को फोन लगाया। लैंग्डन यह सब देख रहा था। उसे लग रहा था कि वह समुद्र में तूफान के समय किनारे पर लगा जहाज़ हो जो उद्वेलित तो हो रहा था लेकिन तटस्थ था।

मुझसे लियोनार्डो दा विंची एयरपोर्ट पर मिलो। कोलर के शब्द हवा में गूंज रहे थे।

सुबह से जिस तरह लैंग्डन का दिमाग़ अनिश्चितता से घिरा था, एक पल में वह साफ हो चुका था। भयानक दुविधा के बीच खड़े लैंग्डन को लगा जैसे उसके अंदर कोई दरवाज़ा खुल गया था...मानो कोई रहस्यमय दहलीज उसने पार कर ली हो। एंबीग्राम। पादरी या वैज्ञानिक जिसका कत्ल हो चुका है। एंटीमैटर। और अब ... निशान। लियोनार्डो दा विंची एयरपोर्ट का केवल एक मतलब हो सकता था। अचानक उसे यह अहसास हुआ कि उसने एक नयी ज़मीन में पैर रखा है। वह आस्तिक बन चुका था।

पाँच किलोटन। लेट देयर बी लाइट।

सादे कपड़े पहने तेजी से बरामदे को पार करते हुए दो स्वास्थ्यकर्मी वहाँ पहुँच चुके थे। वे कोलर के शरीर पर झुके और उन्होंने उसे ऑक्सीजन मास्क पहना दिया। हॉल में काम कर रहे वैज्ञानिक रुक कर यह दृश्य देखने लगे।

कोलर ने दो गहरी साँसें ली और मास्क को एक तरफ खिसका दिया। उसे अब भी साँस लेने में दिक्कत हो रही थी। उसने विट्टोरिया और लैंग्डन की तरफ देखा। उसके मुँह से निकला,'रोम।'

'रोम?' विट्टोरिया ने सवाल पूछा। 'एंटीमैटर रोम में है? किसने फोन किया था?'

कोलर का चेहरा विकृत लग रहा था, उसकी भूरी आँखों में पानी भरा हुआ था। 'स्विस...' यह बोलते बोलते उसका दम फूल गया। स्वास्थ्य कर्मियों ने फिर से उसके

चेहरे पर मास्क डाल दिया। वे कोलर को ले जाने की तैयारी में थे कि उसने लैंग्डन का हाथ पकड़ लिया।

लैंग्डन ने सिर हिलाया। उसे पता था।

'जाओ...', कोलर अपने मास्क के अंदर से बोला। 'जाओ ... मुझे फोन करना...' इतने में स्वास्थ्यकर्मी उसे लेकर जाने लगे।

विट्टोरिया वहीं खड़ी थी मानो ज़मीन में धंस गई हो। वह कोलर को जाते हुए देख रही थी। वह लैंग्डन की तरफ मुड़कर बोली, 'रोम? लेकिन वह स्विट्ज़रलैंड के बारे में क्या कह रहे थे?'

लैंग्डन ने उसके कंधे पर अपना हाथ रखा और बिल्कुल फुसफुसाती सी आवाज़ में कहा, 'स्विस गार्ड। वेटिकन के ख़ास सुरक्षाकर्मी।'

31

X33 स्पेस—प्लेन आसमान में उड़ रहा था। अब यह गोल घेरा बनाता हुआ दक्षिण दिशा की ओर बढ़ रहा था। जहाज़ के अंदर लैंग्डन चुपचाप बैठा था। पिछले पंद्रह मिनट जैसे उसकी स्मृति में धुंधली छाया की तरह लग रहे थे। विट्टोरिया को इल्युमिनाटी और वेटिकन के खिलाफ उनके संकल्प की विस्तार से व्याख्या बताने के बाद उसे परिस्थिति की गंभीरता का अनुमान लग रहा था।

कैसे चक्कर में पड़ गया मैं? लैंग्डन सोच रहा था। 'मुझे जब मौका मिला था मुझे तभी जाना चाहिए था। लेकिन अपने हृदय की गहराइयों में उसे पता था कि उसे आज तक मौका ही नहीं मिला था।

लैंग्डन का तार्किक मस्तिष्क उससे बोस्टन वापस लौटने के लिए कह रहा था। फिर भी शैक्षणिक उत्सुकता की वजह से व्यावहारिक बुद्धि मात खा गई थी। इल्युमिनाटी के समाप्त हो जाने के बारे में उसने आज तक जो कुछ भी जानकारी हासिल की थी, एक झटके में वह सब उसे बकवास लग रही थी। उसके दिमाग़ का एक भाग सबूत मांग रहा था। ठोस सबूत। उसके सामने विवेक का भी सवाल खड़ा था। कोलर बीमार था और विट्टोरिया की हालत वह देख सकता था। ऐसी स्थिति में लैंग्डन जानता था कि अगर इल्युमिनाटी के बारे में उसका ज्ञान इस मामले में किसी भी तरह मदद कर सकता तो यह उसका नैतिक दायित्व बनता था।

हालाँकि बात इससे कहीं अधिक थी। वैसे तो लैंग्डन खुद इसे स्वीकार करने में शर्मिंदगी महसूस कर रहा था लेकिन एंटीमैटर के पाए जाने की ख़बर सुनकर वेटिकन में लोगों के मारे जाने के खतरे से अधिक वह किसी और ही बात से परेशान था।

कला।

दुनिय का सबसे बड़ा कला संग्रह टाइम-बम के फटने की प्रतीक्षा कर रहा था। वेटिकन संग्रहालय के 1407 कमरों में दुनिया भर की 60,000 अमूल्य कलाकृतियाँ रखी हुई थी जिनमें माइकेल एंजेलो, दा विंची, बर्निनी और बोटीसेली जैसे लोगों के बनाए चित्र शामिल थे। लैंग्डन अनुमान लगाने की कोशिश कर रहा था कि क्या आवश्यक होने पर इन कलाकृतियों को बाहर निकाला जा सकता है या नहीं। उसे मालूम था कि यह मुमकिन नहीं था। इन कलाकृतियों में से अनेक मूर्तियाँ थी जिनका वजन कई टन था। कहने की ज़रूरत नहीं थी कि इन बहुमूल्य धरोहरों में तो कई इमारतें थीं—सिस्टीन का गिरजाघर, सेंट पीटर बेसिलिका, म्युजिओ वैटिकानो में माइकल एंजेलो द्वारा निर्मित गोल सीढ़ी। ये सभी इंसान की सृजनात्मक प्रतिभा के बेमिसाल उदाहरण थे। लैंग्डन अनुमान लगा रहा था कि डिब्बे में विस्फोट होने में कितना सनय बचा था।

'साथ आने के लिए शुक्रिया।' विट्टोरिया ने अपनी सधी हुई आवाज़ में कहा।

लैंग्डन ने अपने ख्वाबों से बाहर आकर विट्टोरिया की ओर देखा। वह जहाज़ में कुर्सियों के गलियारे के दूसरी ओर बैठी थी। केबिन की फ्लुरोसेंट रोशनी के बावजूद उसके चेहरे पर शांति का भाव नज़र आ रहा था—जैसे उस पर पूर्णता की चमक दिखाई दे रही हो उसकी साँसें गहरी चल रही थी मानो अपने को बचाने का भाव उसके अंदर जग चुका हो। लग रहा था कि उसके हृदय में न्याय और बदले की भावना एक साथ चल रही थी जिसके पीछे बेटी का प्यार काम कर रहा था।

विट्टोरिया को शॉर्ट और बिना बाजू वाले टॉप बदलने का समय नहीं मिला था। जहाज़ कि ठंड की वजह से उसके हल्के पीले-भूरे पैरों के रोंगटे खड़े थे। सहज भाव से लैंग्डन ने अपना जैकेट उतारकर विट्टोरिया की ओर बढ़ा दिया।

'अमेरिकी शिष्टाचार?' उसने लैंग्डन के हाथों से जैकेट ले लिया और आँखों ही आँखों में उसे धन्यवाद दिया।

उड़ान के दौरान हवा में थोड़ी हलचल थी जिससे विमान में थरथराहट महसूस हुई। लैंग्डन को अचानक बहुत तेज़ गुस्सा आया। केबिन में खिड़की नहीं थी जिसकी वजह से उसे घुटन महसूस हो रही थी। वह कल्पना कर रहा था कि वह खुली जगह पर है। यह सोचते हुए उसे अजीब सा लगा था। जब यह घटना घटी थी उस समय वह खुले मैदान में था। *दनघोंटू अंधकार।* वह इस स्मृति को अपने दिमाग़ से दूर करने की कोशिश कर रहा था। *प्राचीन इतिहास।*

विट्टोरिया उसे देख रही थी। 'आप ईश्वर में विश्वास करते हैं, मिस्टर लैंग्डन?'

यह सवाल सुनकर वह चौंक गया। विट्टोरिया ने जिस गंभीरता से यह सवाल पूछा था वह उस सवाल से भी ज़्यादा असरदार था। *क्या मैं ईश्वर में विश्वास करता हूँ?* वह यात्रा के दौरान हल्की फुल्की बात में समय बिताने की उम्मीद कर रहा था।

एक आध्यात्मिक गुत्थी। लैंग्डन ने सोचा। मेरे दोस्त इसी नाम से मुझे पुकारते हैं। लैंग्डन ने वर्षों तक धर्म की पढ़ाई की थी लेकिन वह धार्मिक नहीं था। वह आस्था की शक्ति में विश्वास करता था। उसे चर्च की उदारता और धर्म के अंदर लोगों को ताकत देने की संभावना में भी यकीन था। इस सबके बावजूद आस्तिक होने के लिए जिस तरह अविश्वास या संदेह को त्यागने की ज़रूरत होली थी वह उसके पढ़े लिखे दिमाग़ के लिए बहुत बड़ी बाधा नज़र आती थी। 'मैं ईश्वर में विश्वास करना चाहता हूँ।' उसे अपनी आवाज़ सुनाई दी।

'तो फिर आप विश्वास करते क्यों नहीं?' विट्टोरिया की आवाज़ में किसी तरह की चुनौती या उसे तोलने का भाव नहीं था।

वह हल्के से मुस्कुराया। 'दरअसल, यह इतना आसान नहीं है। आस्था रखने के लिए बहुत बड़े विश्वास की ज़रूरत होती है, चमत्कार की संभावना को मानसिक स्तर पर स्वीकार करने की ज़रूरत होती है। इसमें बिना बाप के संतान के पैदा होने और दैवी हस्तक्षेप जैसी चीजों पर भी यकीन करना होता है। इन सबके लिए एक ही तरह की चीज़ आवश्यक है और उसकी सजा भी एक जैसी होती है। उनका दावा है कि इन नियम-कायदों का पालन नहीं करने वाले लोग नर्क जाते हैं। मैं ऐसे ईश्वर की कल्पना नहीं कर सकता जो इस तरह से शासन करता है।'

'मुझे उम्मीद है कि आप अपने छात्रों को सवालों से इस तरह बच कर निकलने का मौका नहीं देते होंगे।'

लैंग्डन को इस टिप्पणी की उम्मीद नहीं थी। 'क्या?

'मिस्टर लैंग्डन, मैंने आपसे ये नहीं पूछा कि इंसान ईश्वर के बारे में क्या कहता है। मैंने आपसे पूछा कि क्या आप ईश्वर में यकीन करते हैं। इन दोनों बातों में अंतर है। पवित्र धर्म ग्रंथों में कहानियाँ हैं, पौराणिक कथाएँ और इतिहास जो मानव को जीवन का अर्थ समझने में सहायता करते हैं। मैं साहित्य के बारे में निर्णय देने के लिए आपसे नहीं कह रही। मैं पूछ रही हूँ कि आप ईश्वर में विश्वास करते हैं या नहीं। जब आप खुले आसमान में तारों भरे आसमान के नीचे लेटते हैं तो क्या आपको कुछ दैवी अनुभव होता है? क्या आप को अपने अंदर ऐसा लगता है कि आप ईश्वर के हाथों से बनी रचना को देख रहे हैं?'

लैंग्डन ने इस पर विचार करने के लिए काफी समय लगाया।

'मैं आपके अंदर झांकने की कोशिश कर रही हूँ...' विट्टोरिया ने थोड़े संकोच से कहा।

'नहीं, मैं तो बस...'

'बेशक, आप अपने क्लास में आस्था के सवाल पर बहस करते होंगे।'

'हमेशा।'

'और मुझे लगता है कि बहस के लिए आप ठीक उल्टा तर्क पेश करते होंगे।'

लैंग्डन मुस्कुराया। 'लगता है कि आप भी शिक्षक हैं।'

'नहीं, मैं शिक्षक नहीं हूँ लेकिन मैंने गुरु से बहुत कुछ सीखा है। मेरे पिता मोबियस स्ट्रिप के भी दोनों पक्षों को सामने रख कर बहस कर सकते थे।'

लैंग्डन हंसा। वह कागज को मोड़कर बनाए गए मोबियस स्ट्रिप की कल्पना करने लगा जिसमें केवल एक सतह होता है। लैंग्डन ने सबसे पहले एक सतह वाली आकृति को एम.सी.एश्चर की कलाकृतियों में देखा था।

'मैं आपसे एक सवाल पूछूं, मिस वेट्रा।'

'आप मुझे विट्टोरिया कह सकते हैं। मिस वेट्रा सुनकर मुझे लगता है कि मैं बूढ़ी हो गई हूँ।'

उसने गहरी साँस ली। उसे अपनी उम्र का अहसास हुआ। 'विट्टोरिया, मैं रॉबर्ट हूँ।'

'तुमने एक सवाल पूछा था।'

'हाँ। एक वैज्ञानिक के तौर पर और कैथोलिक पादरी की बेटी के तौर पर मैं जानना चाहती हूँ कि आप धर्म के बारे में क्या सोचते हैं।'

विट्टोरिया रुकी। उसने अपनी आँखों के आगे आ गए बाल को हटाया। 'धर्म भाषा या पोशाक की तरह होता है। हम जिन चीजों को देखते हुए बड़े होते हैं हम उन्हें पसंद करने लगते हैं। हालाँकि, आखिरकार हम सभी एक ही बात कह रहे होते हैं कि जीवन का कुछ अर्थ होता है, कि हम अपने निर्माता के शुक्रगुज़ार हैं।'

लैंग्डन को अजीब लग रहा था। 'यानी कि तुम कह रही हो कि हम ईसाई हैं या मुसलमान हैं यह सिर्फ इसी बात पर निर्भर होता है कि हम कहाँ पैदा हुए हैं।'

'यह तो ज़ाहिर है। दुनिया भर के धर्मो को देखने से यही बात पता चलती है।'

'यानी कि आस्था महज एक संयोग है।'

'नहीं। आस्था सर्वव्यापी है। इसे समझने के हमारे तरीके महज संयोग से निर्धारित होते हैं। कुछ लोग ईसा मसीह की प्रार्थना करते हैं, कुछ लोग मक्का जाते हैं, कुछ लोग अणु-परमाणु का अध्ययन करते हैं। अंततः हम सभी सत्य की खोज में लगे हैं जो हम सबसे बड़ा है।'

लैंग्डन सोच रहा था कि काश उसके छात्र भी इतनी ही स्पष्टता के साथ अपनी बात कह पाते। बल्कि, वह अपने बारे में सोच रहा था कि काश वह अपनी बात इतनी स्पष्टता से कह पाता। 'हाँ, ईश्वर, क्या तुम ईश्वर में विश्वास करती हो?'

विट्टोरिया काफी देर तक चुप रही। 'विज्ञान मुझे कहता है कि ईश्वर का अस्तित्व होना चाहिए। लेकिन मेरा मन कहता है कि मैं ईश्वर को कभी नहीं समझ पाऊंगी। मेरा हृदय कहता है कि मैं ईश्वर को समझने के लिए बनी ही नहीं हूँ।'

वाह, कितने संक्षेप में उसने अपनी बात कही...लैंग्डन सोचने लगा। 'यानी कि तुम मानती हो कि ईश्वर एक ऐसा पुरुष है जिसे जिसे हम कभी नहीं समझ पाएंगे।'

'पुरुष नहीं, स्त्री।' उसने मुस्कुराते हुए कहा। 'इस मामले में आपके यहाँ के आदिम अमेरिकियों की समझ सही थी।'

'हाँ, वे धरती को माँ के रूप में देखते थे।' लैंग्डन ने मुस्कुराते हुए सहमति व्यक्त की।

'गैया। प्रकृति एक जीवित प्राणी की तरह होती है। हम सभी अलग अलग उद्देश्यों से बने इसकी कोशिकाएँ हैं। इसके बावजूद हम सभी एक दूसरे से जुड़े हैं। एक दूसरे का सहयोग कर रहे हैं। संपूर्ण प्रकृति के साथ सहयोग कर रहे हैं।'

उसकी ओर देखते हुए लैंग्डन के हृदय में ऐसे भाव उठ रहे थे जिसका उसने लंबे समय से अनुभव नहीं किया था। उसकी आँखों में एक अजीब सी आकर्षक स्पष्टता थी... आवाज़ में शुद्धता थी। वह उसकी ओर आकर्षित हो रहा था।'

'मिस्टर लैंग्डन, मैं आपसे कुछ पूछना चाहती हूँ।'

'रॉबर्ट कहो।' लैंग्डन ने उसे टोका। 'मिस्टर लैंग्डन सुनकर मुझे लगता है कि मैं बहुत बूढ़ा हो गया हूँ।'

'रॉबर्ट, अगर आप बुरा न मानें तो क्या मैं जान सकती हूँ कि आप इल्युमिनाटी से कैसे जुड़े?'

लैंग्डन ने पुरानी बातों को याद करते हुए कहा, 'दरअसल, पैसे के लिए।'

विट्टोरिया थोड़ी उदास हो गई। 'पैसा? कंसल्टिंग के काम के लिए?'

लैंग्डन हंसने लगा। वह सोचने लगा कि पैसा सुनकर किसी को कैसा लगा होगा। 'नहीं, पैसे के लिए यानी करेंसी के काम से।' उसने अपनी पतलून की जेब से कुछ नोट निकाला। उसके हाथ में एक डॉलर का नोट आया। 'मुझे जब पता चला कि एक डॉलर के नोट में इल्युमिनाटी से संबंधित अनेक संकेत छुपे हैं तो मैं इसके अध्ययन के लिए आकर्षित हुआ।'

विट्टोरिया ने आँखें सिकोड़ कर लैंग्डन की ओर देखा। उसे समझ में नहीं आ रहा था कि उसकी बातों को मज़ाक समझे या गंभीरता से ले।

लैंग्डन ने उसके हाथ में एक डॉलर का नोट दिया। 'इसके पीछे की तरफ देखो। बायीं ओर छपे बड़े सील पर नज़र डालो।'

विट्टोरिया ने नोट को पलटा। 'आप पिरामिड की बात कर रहे हैं?'

'हाँ। पिरामिड। तुम जानती हो कि पिरामिड का अमेरिका के इतिहास से क्या संबंध है?'

विट्टोरिया ने कंधे उचकाए।

'बिल्कुल सही। इनके बीच कोई संबंध नहीं है।' लैंग्डन ने कहा।

'तो फिर पिरामिड को आपके इस महान सील का केंद्रीय संकेत क्यों बनाया गया है?'

'इसके पीछे इतिहास का एक डरावना पन्ना है।' लैंग्डन ने कहा। 'पिरामिड रहस्यवादियों का एक विशेष संकेत है। यह ऊपर की तरफ जाकर मिलने का संकेत है, प्रकाश के अंतिम स्रोत में जाकर मिलने का संकेत। उसके ऊपर देखो क्या बना है?'

विट्टोरिया ने डॉलर का अध्ययन किया। 'त्रिभुज के भीतर एक आँख।'

'इसे ट्रिनैक्रिया कहते हैं। क्या तुमने त्रिभुज के बीच में ऐसी आँख कहीं देखी है?'

विट्टोरिया थोड़ी देर के लिए चुप हो गई। 'हाँ, देखा तो है लेकिन पक्के यकीन के साथ नहीं कह सकती।'

'दुनिया भर में मेसनों के रहने की जगह, मेसनिक लॉजेज में यह निशान पाया जाता है।'

'यह निशान मेसनों से जुड़ा है?'

'दरअसल नहीं। यह इल्युमिनाटी का प्रतीक चिह्न है। इसे वे *शाइनिंग डेल्टा* कहते थे। ज्ञान के प्रकाश से संचालित परिवर्तन का आह्वान। आँख इस बात का प्रतीक है कि इल्युमिनाटी कहीं भी घुस कर चीजों को देख सकने की क्षमता रखते हैं। चमकीले त्रिकोण का मतलब है ज्ञान की प्राप्ति, बुद्धत्व की प्राप्ति। और त्रिभुज ग्रीक अक्षर डेल्टा भी है जिसका उपयोग गणित में ...'

'बदलाव, परिवर्तन को दिखाने के लिए किया जाता है।'

लैंग्डन मुस्कुराया। 'मैं भूल गया था कि मैं एक वैज्ञानिक से बात कर रहा हूँ।'

'यानी आपके कहने का मतलब है कि यह सील ज्ञानयुक्त, सभी को देख सकने की क्षमता वाले परिवर्तन का आह्वान करता है।'

'कुछ लोग इसे नयी वैश्विक व्यवस्था भी कहते हैं।'

विट्टोरिया यह सुनकर अचंभित लग रही थी। उसने फिर से एक डॉलर के नोट पर नज़र दौड़ायी। 'पिरामिड के नीचे लिखा है...novus...ordo...'

'Novus Ordo Seculorum'. लैंग्डन ने कहा 'इसका अर्थ होता है नयी साँसारिक व्यवस्था—न्यू सेकुलर ऑर्डर।'

'सेकुलर यानी अ-धार्मिक, गैर-धार्मिक?'

'गैर-धार्मिक। यह पंक्ति इल्युमिनाटी के उद्देश्य को तो ज़ाहिर करती ही है, साथ ही यह उसकी बगल में लिखे वाक्य से भी पूरी तरह विपरीत है—हम ईश्वर में आस्था रखते हैं...In God We Trust.

विट्टोरिया परेशान हो रही थी। 'लेकिन इस तरह का संकेत दुनिया के सबसे ताकतवर करेंसी के ऊपर कैसे लिखा गया?'

'अधिकांश विद्वान मानते हैं कि यह उपराष्ट्रपति हेनरी वैलेस के कारण संभव हुआ था। वह ऊँचे दरजे का मेसनथा। इसमें कोई संदेह नहीं कि उनके संबंध इल्युमिनाटी से थे। हो सकता है कि वे उसके सदस्य हों या फिर अनजाने में उससे जुड़े हों, यह किसी को पता नहीं। लेकिन वैलेस ने ही इस डिजाइन के बारे में राष्ट्रपति को मनाया था।'

'कैसे? राष्ट्रपति इसके लिए क्यों सहमत होते?'

'उस समय फ्रैंकलिन डी. रूजवेल्ट राष्ट्रपति थे। वैलेस ने उनसे इतना कहा कि Novus Ordo Seculorum का मतलब होता है New Deal.'

विट्टोरिया को इस बात पर यकीन नहीं हो रहा था। 'और रूजवेल्ट ने नोट छपने के पहले इन संकेतों के बारे में पता करने के लिए नहीं कहा?'

'इसकी ज़रूरत ही नहीं थी। वे दोनों भाई की तरह थे।'

'भाई?'

'अपने इतिहास की किताबों को फिर से पढ़ो।' लैंग्डन ने मुस्कुराते हुए कहा। 'फ्रैंकलिन डी. रूजवेल्ट स्वयं एक जाने माने मेसन थे।'

32

X33 रोम के लियोनार्डो दा विंची हवाई अड्डे के ऊपर चक्कर काट रहा था। लैंग्डन ने अपनी साँसें रोक रखी थी। विट्टोरिया उसके सामने आँखें बंद किए बैठी थी। लग रहा था कि वह परिस्थिति को नियंत्रण में लाने के लिए जप कर रही हो। जहाज़ नीचे उतरा और एक निजी हैंगर की तरफ चल पड़ा।

'धीमी फ्लाइट के लिए क्षमा चाहता हूँ।' पायलट ने कॉकपिट से निकलते हुए माफी मांगी। 'आबादी वाले इलाकों के ऊपर उड़ने में शोर संबंधी कुछ नियमों की वजह से मुझे उसकी रफ्तार कम करनी पड़ी।'

लैंग्डन ने घड़ी की ओर देखा। वे सैंतीस मिनट तक उड़ान में रहे थे।

पायलट ने बाहरी दरवाज़ा खोलकर पूछा, 'कोई मुझे बताएगा कि आखिर हो क्या रहा है?'

विट्टोरिया और लैंग्डन ने कोई जवाब नहीं दिया।

'ठीक है।' उसने अंगीठी लेते हुए कहा। 'मैं कॉकपिट में बैठ कर एयरकंडीशनिंग चालू रख कर गाने सुन रहा हूँ। मैं और गार्थ बस दो लोग होंगे कॉकपिट में।'

बाहर हैंगर में ढलती दोपहरी का तेज़ सूरज चमक रहा था। लैंग्डन ने अपना ट्वीड जैकेट खोलकर कंधे पर रख लिया था। विट्टोरिया ने आसमान की ओर देखकर गहरी साँस ली। लगा जैसे सूरज की रोशनी से उसे कुछ रहस्यमय शक्ति प्राप्त हो रही थी जिसके अंदर पालन करने की क्षमता है।

भूमध्यसागरीय इलाका... लैंग्डन मन ही मन आनंदित हो रहा था। उसे अब पसीना आ रहा था।

'आपकी उम्र अब कार्टून देखने की उम्र से थोड़ी ज़्यादा हो चुकी है।' विट्टोरिया ने आँख बंद कर रखी थी।

'मैं समझा नहीं?'

'आपकी घड़ी। मैंने जहाज़ में देखा था।'

लैंग्डन थोड़ा झेंप गया। उसे अपनी घड़ी के बचाव में तर्क देने की आदत थी। मिकी माउस की कलेक्टर्स आयटम घड़ी उसे बचपन में माता-पिता की ओर से उपहार में मिली थी। वैसे तो इस घड़ी में मिकी हाथ फैलाकर जिस तरह समय बता रहा था उसे देखकर अजीब सी बेवकूफी का अनुभव होता था लेकिन लैंग्डन ने आज तक सिर्फ यही घड़ी पहनी थी। वाटरप्रूफ और अंधेरे में चमकने के कारण तैरने या रात के वक्त कॉलेज के अंधेरे रास्तों से गुजरने के लिए यही घड़ी मुनासिब थी। उसके छात्र जब इस घड़ी को देखकर फैशन के बारे में उसके ख्यालों के बारे में पूछते तो वह कहता कि ये घड़ी उसे दिल से हमेशा जवान बने रहने की प्रेरणा देता है।

'छः बज रहे हैं।' लैंग्डन ने कहा।

विट्टोरिया ने सिर हिलाया। उसकी आँखें अब भी बंद थी, 'मुझे लगता है कि हमारी गाड़ी आ चुकी है।'

लैंग्डन ने दूर से आती एक आवाज़ सुनी। उसने सर उठाकर देखा तो सामने से एक हेलीकॉप्टर आ रहा था। उसका दिल बैठने लगा। हेलीकॉप्टर अब रनवे पर उतर रहा था। लैंग्डन ने एक बार हेलीकॉप्टर की सवारी की थी जब वह एंडीज के पाल्पा घाटी में नाज़का में रेत पर बनी कलाकृतियों को देखने गया था। उसे हेलीकॉप्टर में सवारी करना जरा भी अच्छा नहीं लगा था। आसमान में उड़ता जूते का डिब्बा। सुबह से स्पेस प्लेन में सवारी करने के बाद उसे उम्मीद थी कि वेटिकन उनके लिए कार भेजेगा।

लेकिन ऐसा नहीं हुआ।

हेलीकॉप्टर थोड़ी देर आसमान में चक्कर काटता रहा, फिर थोड़ा धीमा हुआ और उनके सामने रनवे पर उतर गया। हेलीकॉप्टर सफेद रंग का था और उसके दोनों तरफ एक शासकीय चिह्न जैसा बना हुआ था—दो चाभियों का गुच्छा जो पोप के मुकुट और शील्ड को काट रहा था। वह इस चिह्न को अच्छी तरह से पहचानता था। यह वेटिकन का परंपरागत चिह्न था—वेटिकन के पवित्र सरकार का प्रतीक चिह्न यानी सेंट पीटर का प्राचीन सिंहासन।

पवित्र हेलीकॉप्टर, जहाज़ को ज़मीन पर उतरते देखकर लैंग्डन ने दबी आवाज़ में कहा। उसे याद नहीं रहा था कि पोप को हवाई अड्डे, मीटिंग या गैंडलफो में गरमियों के महीने के लिए बने विशेष महल में ले जाने के लिए हेलीकॉप्टर भी था। लैंग्डन को वैसे कार में जाना पसंद था।

कॉकपिट से कूद कर पायलट हवाई पट्टी को तेजी से पार करता हुआ उनकी तरफ आ रहा था।

अब विट्टोरिया के परेशान होने की बारी थी, 'वो हमारा पायलट है?'

लैंग्डन ने उसकी चिंता से सहमति जताई। 'हेलीकॉप्टर से चला जाए या नहीं, अब यही सवाल है।'

पायलट को देखकर लग रहा था कि वह शेक्सपीयर के किसी नाटक में शामिल होने के लिए तैयार होकर आया था। उसने एक ढीला-ढाला, घुटनों तक आता कुरते जैसी पोशाक पहनी हुई थी जिस पर पर नीले-सुनहले रंग की चमकीली धारी बनी थी। उसने इस मेल खाती पतलून भी पहन रखी थी। उसने पैर में काले रंग की चपटी सी कोई चीज़ डाल रखी थी जो चप्पल जैसी लगती थी। तुर्रा तो उसने काली धारी वाली एक बेरेट टोपी भी पहन रखी थी।

'स्विस रक्षाकर्मियों की परंपरागत पोशाक।' लैंग्डन ने बताया। 'इसका डिजाइन माइकेल एंजेलो ने बनाया था।' जब वह आदमी थोड़ा नजदीक पहुँचा तो लैंग्डन ने मुँह बिचकाते हुए कहा, 'कहना पड़ेगा कि माइकेल एंजेलो की यह कृति उतनी अच्छी नहीं बनी है।'

पायलट के भौंडे ड्रेस के बावजूद, लैंग्डन को लगा कि पायलट अपने काम में सिद्धहस्त है। वह उनकी तरफ उसी शिष्टाचार और अदब के साथ बढ़ रहा था जैसे अमेरिकी मरीन सिपाही करते हैं। लैंग्डन ने कई बार पढ़ा था कि इस विशिष्ट स्विस सुरक्षा-दस्ते में शामिल होने के लिए बहुत ही कड़ी शर्तें होती हैं। इनमें भरती होने वाले लोगों को स्विट्जरलैंड के चार कैथोलिक कैंटन्स का सदस्य होना आवश्यक होता है। उनकी उम्र उन्नीस से तीस साल के बीच होनी चाहिए। कद कम से कम 5 फुट 6 इंच। अविवाहित। उन्हें स्विस फौज प्रशिक्षण देती है। दुनिया भर में इसे सबसे वफ़ादार और खतरनाक शाही सुरक्षा दस्ता माना जाता है। दूसरे देश इसे हसरत भरी नज़रों से देखते हैं।

'आप CERN से हैं?' गार्ड ने पूछा। वह उनके पहले ही वहाँ पहुँच चुका था। उसकी आवाज़ सख्त थी।

'जी हां।' लैंग्डन ने जवाब दिया।

'आप बहुत कम समय में यहाँ पहुँच गए।' उसने X33 की ओर रहस्यमय दृष्टि से देखते हुए कहा। फिर उसने विट्टोरिया की ओर मुड़ते हुए कहा, 'आपके पास कुछ दूसरे कपड़े भी हैं क्या?'

'मैं समझी नहीं?'

उसने विट्टोरिया के पैरों की तरफ इशारा करते हुए कहा, 'वेटिकन सिटी के अंदर शॉर्ट पैंट पहनने की इजाज़त नहीं है।'

लैंग्डन ने विट्टोरिया के पैरों की तरफ झेंपते हुए देखा। वह इसके बारे में भूल चुका था। वेटिकन सिटी में घुटने के ऊपर खुले बदन किसी को जाने की इजाज़त नहीं थी चाहे वो औरत हो या मर्द। यह रिवाज ईश्वर के अपने शहर के लिए सम्मान ज़ाहिर करने का तरीका माना जाता था।

'मेरे पास बस यही कपड़े हैं। मैं जल्दबाजी में यहाँ आई हूँ।'

गार्ड ने सहमति में सर हिलाया। वह इस बात से खुश नज़र नहीं आ रहा था। फिर उसने लैंग्डन की तरफ मुड़कर पूछा, 'आपके पास कोई हथियार तो नहीं है?

'हथियार? लैंग्डन सोच रहा था कि उसके पास तो अंडरवियर का दूसरा जोड़ा तक नहीं था। उसने अपना सिर हिलाकर ना कहा।

सुरक्षा अधिकारी झुक कर लैंग्डन के शरीर को थपथपा कर सुरक्षा जाँच कर रहा था। वह उसके जुराबों को देख रहा था। लैंग्डन को लग रहा था कि वह व्यक्ति लोगों पर आसानी से यकीन कर लेता है। गार्ड का हाथ पैरों से ऊपर की तरफ आता हुए उसके अंडकोष के बहुत नजदीक आकर रुका। फिर उसने लैंग्डन की छाती और कंधों को थपथपाकर जाँच की। वह संतुष्ट था कि लैंग्डन के पास कोई हथियार नहीं था। अब गार्ड विट्टोरिया की ओर मुड़ा। उसने उसके पैर और धड़ पर नज़र डाली।

विट्टोरिया दहाड़ी, 'ऐसा सोचना भी नहीं।'

गार्ड ने भी विट्टोरिया की ओर सख्ती से देखा। वह विट्टोरिया को डराना चाह रहा था। लेकिन विट्टोरिया पर कोई असर नहीं हुआ।

'वो क्या है?' गार्ड ने विट्टोरिया के सामने वाली जेब में हल्के से चौकोर उभाड़ की ओर इशारा करते हुए पूछा।

विट्टोरिया ने एक बहुत ही पतला सा मोबाइल फोन जेब से बाहर निकाला। गार्ड ने उसे अपने हाथों में लेकर उसका बटन दबाया और डायल-टोन का इंतज़ार करने लगा। जब वह संतुष्ट हो गया कि यह फोन ही था तो उसने इसे विट्टोरिया को वापस कर दिया। विट्टोरिया ने उसे वापस अपनी जेब में रख लिया।

'मेहरबानी करके पीछे मुड़िये।' गार्ड बोला।

विट्टोरिया ने उसकी बात मानते हुए अपने हाथ फैला दिए और पीछे मुड़ गई।

गार्ड ने उसका सावधानी से मुआयना किया। लैंग्डन पहले ही आश्वस्त था कि विट्टोरिया के चुस्त शॉर्ट और ब्लाउज में कहीं ऐसा उभार नहीं दिखाई दे रहा था जो अस्वाभाविक लगे। ज़ाहिर था कि गार्ड भी इसी निष्कर्ष पर पहुँचा।

'धन्यवाद। आप इस तरफ से जा सकते हैं।'

उनके नजदीक आते ही स्विस गार्ड हेलीकॉप्टर का इंजन न्यूट्रल हो गया। पहले विट्टोरिया हेलीकॉप्टर में घुसी। ऐसा लग रहा था जैसे कोई अनुभवी व्यक्ति हेलीकॉप्टर में घुस रहा हो। तेजी से घूम रही पंखियों के नीचे से गुजरते हुए भी वह झुकी नहीं। लैंग्डन एक पल के लिए सकते में आ गया।

'कार मिलने की कोई उम्मीद नहीं।' लैंग्डन ने थोड़े से मज़ाक के लहजे में स्विस गार्ड से चिल्ला कर पूछा जो पायलट की सीट की ओर बढ़ रहा था।

उसने कोई जवाब नहीं दिया।

लैंग्डन को पता था कि रोम के पागल ड्राइवरों से भरी सड़कों पर सफर करने की तुलना में हेलीकॉप्टर से यात्रा करना ज़्यादा सुरक्षित था। घूमती पंखियों को सावधानी से पार करता हुआ वह हेलीकॉप्टर में सवार हो गया।

गार्ड ने जैसे ही इंजन चालू किया विट्टोरिया ने चिल्ला कर उससे पूछा, 'डिब्बों का पता लगा लिया है आपने?'

गार्ड ने अपनी गर्दन घुमाते हुए पूछा, क्या? ज़ाहिर था कि उसे विट्टोरिया का सवाल समझ में नहीं आ रहा था।

'डिब्बे। आपने CERN को डिब्बों के बारे में फोन किया था।'

उस व्यक्ति ने अपने कंधे उचकाए। 'मुझे नहीं पता आप किस चीज़ के बारे में बात कर रही हैं। हम लोग आज दिन भर बहुत व्यस्त रहे हैं। मेरे कमांडर ने मुझे आपको लाने का आदेश दिया था। मुझे इसके अलावा कोई जानकारी नहीं है।'

विट्टोरिया ने लैंग्डन की ओर परेशान नज़रों से देखा।

'अपने सीट बेल्ट लगा लीजिए।' यह कहते हुए पायलट ने इंजन चालू कर दिया।

लैंग्डन ने अपना सीट-बेल्ट कस लिया। उसे लग रहा था कि हेलीकॉप्टर का छोटा सा पिछला हिस्सा उसे दबोच रहा था। इसके बाद तेज़ आवाज़ के साथ हेलीकॉप्टर ऊपर उठ गया और तेजी से उत्तर दिशा में रोम की तरफ चल पड़ा।

रोम—दुनिया की राजधानी जहाँ कभी सीजर राज करता था। जहाँ सेंट पीटर को फांसी दी गई थी। आधुनिक सभ्यता का केंद्र। और उसके ठीक बीचो बीच एक बम जो कभी भी फट सकता था।

33

ऊपर से रोम किसी चक्रव्यूह की तरह लगता है। मकानों, फव्वारों और खंडहरों के चारों तरफ पसरी हुई सर्पिल सड़कों का एक जाल।

वेटिकन का हेलीकॉप्टर नीची उड़ान भरता हुआ उत्तर पश्चिमी दिशा में उड़ रहा था। नीचे सड़कों पर ट्रैफिक जाम के कारण आसमान में स्थायी धुंध छाई हुई थी। लैंग्डन नीचे हर दिशा में जा रही मोटरसाइकिलों, सैलानियों को सफर करवा रहे बसों, छोटी आकार के फिएट सेडान कारों की कतारों के कभी नहीं थमने वाले काफिले को देख रहा था। उसे असंतुलित जीवन के लिए होपी लोगों द्वारा इस्तेमाल किया जाने वाला शब्द कोयानीस्कात्सी याद आ रहा था।

विट्टोरिया चुपचाप उसकी बगल वाली सीट पर बैठी थी। उसके चेहरे पर एक प्रतिबद्धता झलक रही थी।

हेलीकॉप्टर तेजी से नीचे की ओर आया।

लैंग्डन के पेट में मरोड़ उठा। वह दूर आसमान को देख रहा था। उसकी नज़रों के सामने रोम के कोलिसियम का खंडहर दिखाई दे रहा था। लैंग्डन को हमेशा लगता था कि कोलिसियम विश्व इतिहास की एक अजीब विडंबना थी। आज इसे मानव सभ्यता और

संस्कृति की विकास प्रक्रिया के एक सम्मानित प्रतीक के रूप में मान्यता प्राप्त थी लेकिन सदियों पहले इस स्टेडियम को अमानवीय कृत्यों की प्रदर्शनस्थली के रूप में तैयार किया गया था। इस जगह पर भूखे शेर कैदियों को चीथड़े करते थे। गुलामों की फौज मौत से लड़ती थी। दूर दूर के अनजाने मुल्कों से लूट कर लाई गई औरतों के साथ सामूहिक बलात्कार किया जाता था। इसी जगह पर सार्वजनिक तौर पर लोगों के सिर कलम किए जाते थे और लोगों के लिंग को काटकर उन्हें नपुंसक बनाया जाता था। यही कोलिसियम हार्वर्ड के फुटबॉल स्टेडियम, जिसे सोल्जर्स फील्ड कहा जाता है, के स्थापत्य का नमूना भी था। हार्वर्ड के इसी फुटबॉल स्टेडियम में पतझड़ के मौसम में हर साल उन अमानवीय तमाशों का आयोजन किया जाता था। इस दौरान जब हार्वर्ड के समर्थक येल के खिलाफ खिलाफ पागलों की तरह चीखते चिल्लाते थे तो लगता था कि वे ख़ून के प्यासे हों। लैंग्डन को यह बात अजीब विडंबना लगती थी तो कभी उसे ये भी लगता था कि शायद यह उपयुक्त ही था।

हेलीकॉप्टर उत्तर दिशा में चला जा रहा था। लैंग्डन ने चुपचाप नीचे रोमन फोरम पर नज़र डाली। रोमन फोरम ईसाई धर्म के पहले के रोम का हृदय—स्थल माना जाता था। वहाँ के टूटते फूटते खंभों को देखकर लगता था जैसे कब्र के ऊपर लगी पत्थर की पट्टी नीचे गिर गई हो लेकिन कब्रिस्तान ने किसी तरह अपने आप को चारों तरफ फैले महानगर में समाने से रोक लिया हो।

पश्चिम की ओर टाइबर नदी का चौड़ा घाट शहर के चारों तरफ विशाल अंगूठी की तरह लिपटा दिखाई देता था। आसमान से देखकर भी लैंग्डन कह सकता था कि वहाँ पानी काफी गहरा था। नदी की उफनती धारा तेज़ बारिश में बह कर आए गाद के कारण भूरे—धूसर रंग की दिखाई दे रही थी।

'बिल्कुल सीधे।' पायलट ने हेलीकॉप्टर को और ऊपर ले जाते हुए कहा।

लैंग्डन और विट्टोरिया ने बाहर झांक कर देखा। सामने सेंट बेसिलिका के विशाल गुंबद को देखकर लग रहा था जैसे कोई पहाड़ सुबह की धुंध को दो फांक कर रहा हो।

'माइकल एंजेलो की यह कृति अच्छी है।' लैंग्डन ने विट्टोरिया को कहा।

लैंग्डन ने सेंट पीटर्स को कभी आसमान से नहीं देखा था। दोपहर की धूप में संगमरमर का बना इसका सामने का हिस्सा चमक रहा था। संतों, शहीदों और देवदूतों तथा परियों की 140 मूर्तियों से सजी हुई यह विशाल संरचना फुटबॉल के दो मैदानों के बराबर चौड़ी और छः मैदानों के बराबर लंबी थी। सेंट पीटर्स गिरजाघर के अंदर साठ हज़ार से भी अधिक श्रद्धालुओं के बैठने की गुंजाइश थी जो वेटिकन सिटी की आबादी का सौ गुना थी। वैसे भी वेटिकन दुनिया का सबसे छोटा देश है।

लेकिन आश्चर्य की बात थी कि इतना बड़ा महलनुमा स्थान भी इसके सामने बने चौराहों, जिन्हें इतालवी में पिआज्जा कहते हैं, को छोटा नहीं कर पा रहा था। ये चौराहे

ग्रेनाइट के बने विशाल प्रांगण जैसे दिखाई दे रहे थे। सेंट पीटर्स चौराहा भीड़भाड़ वाले रोम के बीचो बीच बनी विशाल आकार की खुली जगह थी जो ऐतिहासिक सेंट्रल पार्क की तरह दिखाई देती थी। सेंट पीटर्स बेसिलिका के सामने बड़ा सा अंडाकार मैदान था जिसमें 284 खंभे चार गोलाकार घेरों में बाहर की तरफ फैलते हुए दिखाई दे रहे थे। बाहर की ओर फैल रहे इन गोलाकार घेरों का आकार आगे की तरफ कम होता जा रहा था। स्थापत्य की दृष्टि से यह तकनीक पिआज्जा को और भी भव्य बना रही थी।

अपने सामने फैले हुए भव्य मकबरे को देखते हुए लैंग्डन सोच रहा था कि अगर सेंट पीटर आज यहाँ होते तो वे क्या सोच रहे होते। सेंट पीटर की निर्मम तरीके से हत्या हुई थी। उन्हें इसी स्थान पर सलीब पर उल्टा लटका दिया गया था। वे अब इस गिरजाघर के मुख्य गुंबद के ठीक नीचे पाँचवें तल पर एक मकबरे में दफन थे। इस मकबरे को दुनिया के सबसे पवित्र मकबरों में गिना जाता था।

'वेटिकन सिटी', पायलट के शब्दों में स्वागत का भाव बिल्कुल नहीं दिखाई दे रहा था।

लैंग्डन सामने बने पत्थर के अभेद्य किलों को देख रहा था जो इमारतों के इस प्रांगण को घेरे हुए थे। आध्यात्मिक दुनिया के रहस्यों, शक्ति और गोपनीय तथ्यों को सुरक्षित रखने के लिए यह एक अजीब सी साँसारिक व्यवस्था लग रही थी।

'वहाँ, उस जगह।' विट्टोरिया ने आगे की ओर इशारा किया।

लैंग्डन ने सामने नज़र दौड़ायी। पिआज्जा का पिछला हिस्सा गाड़ियों की पार्किंग वाली जगह की तरह लग रहा था जिसमें दर्जनों ट्रेलर ट्रक खड़े थे। हर ट्रक के ऊपर बड़े बड़े सैटेलाइट डिश आसमान की ओर मुँह बाए खड़े थे। इन डिशों पर जाने पहचाने नाम लिखे थे:

TELEVISOR EUROPEA
VIDEO ITALIA
BBC
UNITED PRESS INTERNATIONAL

लैंग्डन अचानक दुविधा में पड़ गया। वह सोचने लगा कि कहीं एंटीमैटर वाली ख़बर लोगों तक पहुँच तो नहीं गई।

विट्टोरिया भी अचानक तनाव में दिखाई दे रही थी। 'यहाँ पर प्रेस के लोग कैसे पहुँच गए? क्या हो रहा है?'

पायलट ने पीछे मुड़कर इन दोनों को अजीब सी नज़रों से देखा। 'क्या हो रहा है? आपको पता नहीं है क्या?'

'नहीं।' विट्टोरिया ने छूटते ही जवाब दिया। उसकी आवाज़ भारी और लहजा तीखा था।

'इल कन्क्लावो' पायलट बोला। 'एक घंटे में इस जगह को पूरी तरह सील कर दिया जाएगा। पूरी दुनिया इसे देख रही है।'

इल—कनक्लावो।

यह शब्द सुनकर लैंग्डन के कानों में एक पुरानी ध्वनि गूंज गई जिसकी याद आते ही उसके पेट में मरोड़ आने लगा। इल कनक्लावो यानी वेटिकन सम्मेलन। वह इसे कैसे भूल सकता था? हाल ही में ख़बरों में इसकी चर्चा थी।

पंद्रह साल तक लोकप्रियता के साथ गद्दीनशीन रहने के बाद पंद्रह दिन पहले पोप की मौत हो गई थी। दुनिया के हर अखबार में ख़बर छपी थी कि किस तरह नींद में ही पोप जानलेवा दौरे के शिकार हुए थे। अचानक और अनपेक्षित इस दौरे के बारे में कई लोग कानाफूसी कर रहे थे। लेकिन वेटिकन की परंपरा के अनुरूप पोप की मृत्यु के पंद्रह दिन बाद वेटिकन ने इस सम्मेलन *इल कनक्लावो* का आयोजन किया था। नए पोप के चुनाव के लिए किए जा रहे इस पवित्र आयोजन में दुनिया भर से ईसाई धर्म के सबसे ताकतवर 165 कार्डिनल यहाँ जमा हुए थे।

इस धरती पर उपस्थित हर कार्डिनल आज रोम में है। हेलीकॉप्टर सेंट पीटर बेसिलिका के ऊपर से गुजर रहा था तो लैंग्डन के दिमाग़ में यही ख्याल घूम रहा था। वेटिकन सिटी का विशाल अंदरूनी हिस्सा नीचे पसरा हुआ था। *रोमन कैथोलिक चर्च का पूरा शासक समुदाय टाइम बम के ऊपर बैठा है।*

34

कार्डिनल मोर्टाटी सिस्टीन गिरजाघर की शानदार छत को देख कर शांतिपूर्वक मनन कर रहे थे। चित्रों से सजी हुई दीवारें दुनिया के कोने कोने से आए कार्डिनलों की आवाजों से गूंज रही थी। सभास्थल में मोमबत्ती की रोशनी फैली हुई थी। वहाँ जमा कार्डिनल एक दूसरे से सटकर उत्साहपूर्वक बातचीत में मशगूल थे। उनकी बातचीत कई भाषाओं में हो रही थी लेकिन अंग्रेजी, इटालियन और स्पैनिश सबको समझ में आती थी।

गिरजाघर में आने वाली रोशनी हमेशा दैवी आभा से युक्त लगती है। अंधेरे को चीरती हुई सूरज की तिरछी रोशनी एक तरफ से काले किए हुए शीशे को पार करती हुई सीधे स्वर्ग से आती हुई लगती थी। लेकिन आज ऐसा नहीं लग रहा था। परंपरा के अनुसार आज गिरजाघर की सभी खिड़कियों को गोपनीयता बनाए रखने के लिए काले पर्दे से ढक दिया गया था। ऐसा करने के पीछे मकसद था कि बाहर से कोई व्यक्ति अंदर किसी तरह का संकेत नहीं भेज सके या लोग बाहर से किसी तरह का संवाद नहीं कर सकें। इसकी वजह से अंदर घुप्प अंधेरा छाया था जिसे वहाँ जलायी गई मोमबत्ती की रोशनी ही कम कर रही

थी। मोमबत्ती की रोशनी को देखकर लग रहा था मानो एक आभा दीप्तमान हो रही हो जो अपने संपर्क में आने वाली हर चीज़ को पवित्र कर रही हो, उन्हें भुतहा बना रही हो ... संतों की तरह।

मोर्टाटी सोच रहा था कि यह उसके लिए कितने सौभाग्य की बात थी कि वह इस पवित्र घटना का गवाह था। अस्सी वर्ष से अधिक उम्र के कार्डिनलों को इस चुनाव में भाग लेने का अधिकार नहीं था और वे इस सम्मेलन में शामिल नहीं थे। लेकिन मोर्टाटी की उम्र उन्नासी वर्ष की थी। वह वहाँ उपस्थित कार्डिनलों में सबसे वरिष्ठ था और उसे इस कार्रवाई को संचालित करने का जिम्मा दिया गया था।

परंपरा के अनुसार सम्मेलन के दो घंटे पहले कार्डिनल यहाँ जमा होते थे। इन दो घंटों में वे अपने पुराने दोस्तों के साथ गपशप करते और पुरानी यादें ताजा करते। सात बजे शाम को पुराने पोप का ख़ास सहायक सभास्थल पर पहुँच कर प्रार्थना के साथ कार्यक्रम की शुरुआत करने वाला था। इसके बाद वह वहाँ से चला जाता। फिर स्विस गार्ड सभी दरवाजों को पूरी तरह सील कर कार्डिनलों को अंदर बंद कर देते। इसके बाद दुनिया का सबसे प्राचीन और गोपनीय राजनीतिक अनुष्ठान शुरू होने वाला था। कार्डिनल नए पोप के चुनाव के बाद ही वहाँ से बाहर निकल सकते थे।

अंग्रेजी में इस सभा को कॉन्क्लेव कहते हैं। यह शब्द ही अपने आप में गोपनीयता से भरा है। इसका शाब्दिक अर्थ है चाबी से बंद किया हुआ। कार्डिनलों को बाहर की दुनिया से किसी तरह के संपर्क की कोई इजाज़त नहीं थी। कोई फोन नहीं। कोई संदेश नहीं। दरवाज़े के पार किसी व्यक्ति से फुसफुसाहट की भी इजाज़त नहीं। यह सम्मेलन एक तरह के शून्य में पूरा होता था जिसे बाहरी किसी शक्ति से प्रभावित होने की इजाज़त नहीं थी। यह सब सिर्फ सुनिश्चित करने के लिए था कि उनकी आँखों के सामने ईश्वर के सिवा और कोई नहीं उपस्थित हो।

लेकिन गिरजाघर की दीवार के बाहर मीडिया इंतज़ार कर रही थी। वह इस बात का अंदाजा लगाने की कोशिश कर रही थी कि दुनिया भर में फैले एक अरब से भी ज़्यादा कैथोलिक ईसाइयों के शासक के रूप में किस कार्डिनल का चुनाव होगा। इन सम्मेलनों के अंदर राजनीतिक गहमागहमी और उठापटक का माहौल रहता था। सदियों से चली आ रही यह प्रक्रिया काफी खतरनाक हो चली थी। इन पवित्र दीवारों के बीच होने वाले कॉन्क्लेव के दौरान ज़हर खिलाने से लेकर मारपीट और ख़ून जैसे वारदात हो चुके थे। मोर्टाटी सोच रहा था कि वह प्राचीन इतिहास का हिस्सा है। उसे लग रहा था कि आज रात होने वाली सभा एकता और आनंद से भरपूर होगी और शायद जल्द ही समाप्त भी हो जाएगी।

कम से कम इतना तो कह ही सकते हैं कि वह ऐसा अनुमान कर रहा था।

लेकिन अचानक एक अप्रत्याशित घटना घटी। रहस्यमय तरीके से गिरजाघर के भीतर से चार कार्डिनल गायब पाए गए। मोर्टाटी को पता था कि वेटिकन सिटी से बाहर

निकलने वाले हर दरवाज़े पर पहरा था और गायब कार्डिनल ज़्यादा दूर नहीं जा सकते थे। लेकिन अब शुरुआत में होने वाली प्रार्थना में केवल एक घंटे से भी कम समय बचा था। वह परेशान था। आखिर जो चार कार्डिनल लापता थे वे कोई साधारण कार्डिनल नहीं बल्कि ख़ास कार्डिनल थे।

वे चुनिंदा चार कार्डिनल—प्रेफेराटी।

इस सम्मेलन के संचालक के तौर पर मोर्टाटी अपने लोगों से स्विस गार्डों को लापता कार्डिनलों का पता लगाने का संदेश भेज चुका था लेकिन उसे कोई ख़बर नहीं मिली थी। दूसरे कार्डिनलों को भी अब इन चार लोगों के लापता होने की दिमाग़ चकराने वाली जानकारी मिल चुकी थी। लोगों के बीच चिंता फैल रही थी और लोग इसके बारे में खुसर-फुसर कर रहे थे। उपस्थित कार्डिनलों में से इन्हीं चार लोगों को सबसे पहले मीटिंग में उपस्थित होना था। कार्डिनल मोर्टाटी को फिक्र सताने लगी थी कि शाम लंबी होने वाली थी।

उसे बिल्कुल पता नहीं था।

35

सुरक्षा और शोरगुल को कम करने की दृष्टि से वेटिकन का हेलीपैड वेटिकन सिटी के उत्तर-पश्चिमी छोर पर बना है। यह सेंट पीटर बेसिलिका से जितनी दूर हो सकता है उतनी दूर बनाया गया है।

ज़मीन पर उतरते हुए पायलट ने आवाज़ लगायी—धरती। उसने बाहर निकलकर लैंग्डन और विट्टोरिया के लिए खिसकने वाला दरवाज़ा खोला।

पहले लैंग्डन हेलीकॉप्टर से बाहर निकला। फिर वह विट्टोरिया की मदद के लिए आगे आया लेकिन तब तक वह बिल्कुल आसानी से नीचे उतर चुकी थी। उसके शरीर की हर मांसपेशी बस एक ही मकसद के लिए तैयार दिखाई दे रही थी—भयानक विध्वंस हो उसके पहले एंटीमैटर को ढूँढ़ निकालना।

पायलट ने कॉकपिट वाली खिड़की के ऊपर सूरज की रोशनी से बचने के लिए एक परदा जैसा डाल दिया। इसके बाद उसने बिजली से चलने वाले सामान्य से बड़े एक गोल्फ-कार्ट में लैंग्डन और विट्टोरिया को बैठा दिया। कार्ट उन्हें लेकर धीरे धीरे देश के पश्चिमी सरहद के साथ साथ आगे बढ़ा जा रहा था। पचास फुट ऊँची इस दीवार को तोपभी कुछ नहीं बिगाड़ सकता। दीवार के भीतरी हिस्से में पचास मीटर के अंतराल पर स्विस गार्ड सावधान की मुद्रा में खड़े होकर अंदर के हिस्से पर नज़र रखे हुए थे। गोल्फ—गाड़ी तेजी से दाहिनी ओर मुड़कर वाया ओसरवेटारियो की ओर मुड़ गई। रास्ता दिखाने वाले निर्देश हर तरफ लिखे थे:

PALAZZIO GOVERNATORIO
COLLEGIO ETHIOPIANA
BASILICA SAN PIETRO
CAPELLA SISTINA

वे करीने से सजी एक सड़क पर तेजी से चले जा रहे थे। गाड़ी ने एक इमारत को पार किया जिस पर लिखा था—रेडियो वैटिकाना। लैंग्डन को यह जानकर आश्चर्य हुआ कि दुनिया भर में सबसे ज़्यादा सुने जाने वाले रेडियो कार्यक्रम रेडियो वैटिकाना का मुख्य केंद्र यही था। यह रेडियो स्टेशन दुनिया भर में फैले लाखों श्रोताओं को ईश्वर की वाणी सुनाता था।

सावधान। बगल वाली एक सड़क की ओर मुड़ते हुए पायलट ने आवाज़ लगायी।

गोल्फ-गाड़ी जब उस सड़क पर पहुँची तो लैंग्डन को सामने दिख रहे नजारे पर विश्वास नहीं हुआ। वह सोचने लगा कि शायद इसी जगह को जार्डिनी वैटिकानी यानी वेटिकन का दिल कहा जाता है। ठीक सामने सेंट पीटर गिरजाघर का पिछला हिस्सा दिखाई दे रहा था। लैंग्डन को लगा कि शायद यह नजारा बहुत कम ही लोग देख पाते होंगे। दाहिनी तरफ पैलेस ऑफ दि ट्राइब्यूनल यानी पोप के रहने की जगह दिखाई दे रही थी। अपनी बेमिसाल बरोक नक्काशी में यह वर्साई को टक्कर दे रही थी। गवर्न्टराटो की सादी लेकिन विशाल इमारत अब पीछे छूट चुकी थी। यह इमारत वेटिकन का प्रशासनिक केंद्र था। आगे बायीं ओर वेटिकन म्यूजियम का विशाल चौकोर भवन दिखाई दे रहा था। लैंग्डन जानता था कि इस बार म्यूजियम देखने के लिए उसके पास समय नहीं था।

'लोग कहाँ हैं?' सुनसान पड़े लॉन और पगडंडियों को देखकर विट्टोरिया ने पूछा।

गार्ड ने फौजी शैली की अपनी घड़ी की ओर देखा। फूली हुई आस्तीन के नीचे यह घड़ी अजीब लग रही थी। 'कार्डिनल सिस्टीन गिरजाघर में मीटिंग में व्यस्त हैं। कॉन्क्लेव एक घंटे में शुरू ही रहा है।'

लैंग्डन ने सिर हिलाया। उसे हल्की सी स्मृति थी कि मीटिंग के पहले कार्डिनल सिस्टीन गिरजाघर के अंदर दो घंटे शांत अवस्था में चिंतन मनन करते हैं और दुनिया के दूसरे हिस्सों से आने वाले अपने दूसरे साथी कार्डिनलों के साथ बातचीत करते हैं। इस समय का उपयोग वे लोगों के साथ पुरानी दोस्ती को फिर से ज़िंदा करने और चुनाव के दौरान तनाव को कम करने के लिए किया करते थे। 'और बाकी के लोग और कर्मचारी?'

'उन्हें गोपनीयता और सुरक्षा की दृष्टि से मीटिंग की अवधि के लिए शहर से बाहर भेज दिया गया है।'

'और मीटिंग कब समाप्त होने वाली है।'

गार्ड ने कंधे उचकाए। 'भगवान जाने।' ये शब्द आज बिल्कुल सटीक लग रहे थे।

गार्ड ने सेंट पीटर्स गिरजाघर के ठीक पीछे गोल्फ—गाड़ी लगा दी। इसके बाद वह लैंग्डन और विट्टोरिया को लेकर गिरजाघर के पिछले हिस्से के सामने बने संगमरमर के चौराहे की तरफ चल पड़ा। रास्ता पत्थर का बना था। चौराहे को पार करने के बाद वे सेंट पीटर्स बेसिलिका की पिछली दीवार के पास पहुँच चुके थे। वे एक तिकोने से आंगन को पार कर वाया बेलवेड्रे के पार पहुँचे जहाँ बहुत सारी इमारतें पास पास बनी थी। लैंग्डन ने कला इतिहास के दौरान इतनी इटालियन तो सीख ही ली थी कि वह वेटिकन प्रिंटिंग हाउस, दि टेपेस्ट्री रेस्टोरेशन लैब, पोस्ट ऑफिस मैनेजमेंट तथा सेंट ऐन चर्च जैसे नामों को दर्शाने वाली पट्टियों को आसानी से पढ़ पा रहा था। एक और छोटे से चौराहे को पार करने के बाद वे अपने गंतव्य स्थान पर पहुँच गए।

स्विस गार्ड का दफ्तर इल कोर्पो डि विजिलांजा के नजदीक था। यह स्थान सेंट पीटर्स गिरजाघर के ठीक उत्तर-पूर्वी हिस्से में बना हुआ है। ऑफिस चौकोर और पत्थर का बना था। इसके प्रवेशद्वार के दोनों ओर पत्थर की बनी मूर्तियों की तरह दो गार्ड पहरा दे रहे थे।

लैंग्डन को मानना पड़ा कि ये दोनों गार्ड उतने हास्यास्पद नहीं दिख रहे थे। वे दोनों नीली-सुनहली वर्दी पहने हुए थे और दोनों के हाथों में वेटिकन की परंपरागत लंबी तलवार थी। आठ फुट लंबे इस तलवार की धार अत्यंत तेज़ थी। किंवदंती थी कि इन्हीं तलवारों से पंद्रहवीं सदी में ईसाई धर्म योद्धाओं यानी क्रुसेड के लिए लड़ने वाले ईसाइयों की जान बचाने के लिए न जाने कितने मुसलमानों का गर्दन काटी जा चुकी थी।

लैंग्डन और विट्टोरिया अब उनके नजदीक पहुँच चुके थे। इसी समय दोनों गार्डों ने आगे बढ़कर अपनी तलवार टेढ़ी करते हुए उनका रास्ता रोक लिया। उनमें से एक ने साथ चल रहे पायलट की ओर थोड़ी दुविधा से देखा। उसने विट्टोरिया के शॉर्ट की ओर इशारा करते हुए इतालवी भाषा में कहा—पतलून।

पायलट ने उन्हें हाथ से हटने का इशारा करते हुए इतालवी में कहा कि कमांडर उनसे तुरंत मिलना चाहते हैं।

गार्डों के चेहरे पर नाराजगी दिखी लेकिन उन्होंने दोनों को जाने का रास्ता दे दिया।

अंदर की हवा ठंडी थी। प्रशासनिक सुरक्षा का ये दफ्तर लैंग्डन की कल्पना से कुछ अलग दिखाई दे रहा था। इमारत के अंदर बेहतरीन नक्काशी थी और इसकी सजावट भी देखने लायक थी। गलियारों में लगे पेंटिंग ऐसे थे जिन्हें अपनी मुख्य गैलरी में स्थान देने के लिए दुनिया का कोई भी संग्रहालय लालायित रहता।

पायलट ने तीखे ढलान वाली सीढ़ियों की तरफ इशारा किया जो नीचे की तरफ जा रही थी—'नीचे चलिए।'

लैंग्डन और विट्टोरिया सफेद संगमरमर की सीढ़ियों से नीचे उतर रहे थे। सीढ़ियों के दोनों तरफ नग्न पुरुष की दो मूर्तियाँ थी। दोनों मूर्तियों की नग्नता को ढकने के लिए अंजीर के पत्ते की कलाकृति बनायी गई थी जो मूर्ति की सफेदी से थोड़ी कम थी।

लैंग्डन सोच रहा था—नपुंसक बनाने की महान कृति।

पुनर्जागरण काल की कला की यह सबसे भयंकर त्रासदियों में शामिल थी। सन् 1857 में पोप पायस IX ने फैसला किया कि मर्द की बिल्कुल सजीव दिखने वाली मूर्तियाँ इंसान के अंदर वासना को जागृत कर सकती हैं। इसलिए पोप ने एक छेनी और हथौड़ा उठाया और वेटिकन सिटी के अंदर बनी सभी पुरुष मूर्तियों के लिंग को काटकर हटा दिया। इस तरह उसने माइकल एंजेलो, ब्रैमांटे और बर्निनी जैसे महान कलाकारों की कलाकृतियों को विकृत कर दिया। बाद में प्लास्टिक के बने अंजीर के पत्तों से उन स्थानों को ढकने की कोशिश की गई। इस तरह सैकड़ों कलाकृतियों को खराब किया गया था। लैंग्डन सोचता था कि पता नहीं शायद कहीं पर संगमरमर के लिंगों को जमा कर के रखा गया हो।

'यहाँ।' गार्ड ने घोषणा की।

वे अब नीचे जा रही सीढ़ियों के अंतिम पायदान पर पहुँच चुके थे। आगे स्टील का एक भारी दरवाज़ा था और रास्ता बंद था। गार्ड ने एक कोड नंबर दबाया। दरवाज़ा खुल गया। लैंग्डन और विट्टोरिया अंदर घुसे।

दहलीज के आगे कत्लेआम का नजारा दिखाई दे रहा था।

36

स्विस गार्ड का ऑफिस।

लैंग्डन दहलीज के आगे खड़ा सदियों की टकराहट को देख रहा था। मिले जुले माध्यम से बनी। एक तरफ तो पुनर्जागरण काल का पुस्तकालय जिस में किताबों को रखने के लिए नक्काशीदार अलमारियाँ बनी थी, फर्श पर पूरब के देशों में बने कालीन बिछे थे और रंग-बिरंगे तस्वीरों वाले परदे टंगे थे। साथ ही कमरे में अत्याधुनिक यंत्र सुसज्जित थे जैसे कि कंप्यूटरों की कतार, फैक्स, वेटिकन का इलेक्ट्रॉनिक नक्शा और टीवी जिस पर सीएनएन चल रहा था। रंग बिरंगे पतलून पहने लोग कंप्यूटर पर तेजी से कुछ लिख रहे थे। वे अपने हेडफोन में कुछ सुन रहे थे। हेडफोन भी समय से आगे की शैली का लग रहा था।

'यहाँ इंतज़ार करिए।' गार्ड ने कहा।

लैंग्डन और विट्टोरिया इंतज़ार करने लगे। गार्ड कमरे को पार कर एक बहुत ही लंबे, दुबले पतले व्यक्ति से बात करने लगा जिसने गहरे नीले रंग की फौजी वर्दी पहन रखी

थी। वह मोबाइल फोन पर बात कर रहा था। वह इस तरह सीधा तन कर खड़ा था कि वह पीछे की तरफ झुका हुआ दिखाई दे रहा था। गार्ड ने उस व्यक्ति से कुछ कहा और उसने विट्टोरिया और लैंग्डन की ओर उड़ती हुई नज़र डाली। उसने सर हिलाया और अपनी पीठ उन लोगों की तरफ कर फोन पर बात करता रहा।

गार्ड ने उनके पास वापस आकर कहा, 'कमांडर ओलिवेटी आपसे मुखातिब होने वाले हैं।'

'शुक्रिया।'

गार्ड वापस सीढ़ियों की ओर चल पड़ा।

लैंग्डन कमरे के दूसरे किनारे पर खड़े कमांडर ओलिवेटी को गौर से देख रहा था। उसे लगा कि वह किसी देश की फौज के सर्वोच्च अधिकारी के सामने खड़ा था। विट्टोरिया और लैंग्डन वहाँ इंतज़ार करते हुए वहाँ घट रही घटनाओं को देख रहे थे। चमकीली वर्दियों में गार्ड तेजी से इधर उधर जा रहे थे और इतालवी में कुछ आदेश दे रहे थे।

'सामने देख।' गार्ड टेलीफोन पर जोर से बोला।

'प्रोबास्ती म्यूजियम?' दूसरे ने पूछा।

लैंग्डन को यह समझने में ज़्यादा परेशानी नहीं हुई कि सुरक्षा केंद्र के लोग किसी चीज़ की बेसब्री से तलाश कर रहे थे। इतना समझने के लिए लैंग्डन को इतालवी का विद्वान होना ज़रूरी नहीं था। यह अच्छी ख़बर थी। लेकिन बुरी ख़बर ये थी कि उन्हें अब तक एंटीमैटर का सुराग नहीं मिला था।

'तुम ठीक हो?' लैंग्डन ने विट्टोरिया से पूछा।

उसके चेहरे पर एक थकी मुस्कान तैर गई। उसने अपने कंधे उचकाए।

आखिरकार कमांडर ने फोन पर अपनी बातचीत ख़त्म की और इन दोनों की तरफ बढ़ा। ऐसा लग रहा था जैसे हर कदम के साथ उसका कद बड़ा होता जा रहा था। लैंग्डन खुद लंबा था और उसे अपनी गर्दन उठाकर किसी से बात करने की आदत नहीं थी लेकिन कमांडर ओलिवेटी से बात करने के लिए यह आवश्यक था। लैंग्डन को तुरंत अंदाजा हो गया कि कमांडर ने कई तूफान झेले थे। उसका चेहरा सख्त और परिपक्व लगता था। उसके काले बाल फौजी शैली में कटे थे। उसकी आँखों में दृढ़—निश्चय दिखाई दे रहा था जो लंबे समय तक कठिन प्रशिक्षण के बाद ही हासिल करना संभव था। उसकी चाल बिल्कुल सधी हुई और खड़े होने का तरीका लोहे की छड़ की तरह सीधा था। उसके कान के पीछे छुपा हुआ ईयरपीस देखकर लगता था जैसे वह अमेरिकी गुप्तचर सेवा का अधिकारी हो, न कि स्विस गार्ड।

कमांडर ने उन दोनों से अंग्रेजी में बातचीत करना शुरू किया जिस पर इतालवी का असर साफ दिखाई दे रहा था। इतने लंबे चौड़े व्यक्ति के लिहाज से उसकी आवाज़ बहुत ठहरी हुई और शांत लग रही थी, बस फुसफुसाहट जैसी। बातचीत में फौजी पैनापन था।

'गुड आफ्टरनून। मैं कमांडर ओलिवेटी, स्विस गार्ड का मुख्य कमांडर। मैंने ही आपके निदेशक को फोन किया था।'

विट्टोरिया ऊपर की ओर देख रही थी। 'हम लोगों से मिलने का समय निकालने के लिए शुक्रिया।'

कमांडर ने कोई जवाब नहीं दिया। उसने उन्हें अपने साथ चलने का इशारा किया। वे इलेक्ट्रॉनिक उपकरणों के बीच से गुजरते हुए दीवार के साथ बने एक चैंबर के पास पहुँचे जिसमें एक दरवाज़ा था। 'अंदर आइए।' उसने उन लोगों के लिए दरवाज़ा खोलते हुए कहा।

दरवाज़ा पार करने के बाद लैंग्डन और विट्टोरिया कंट्रोल रूम में पहुँचे। वहाँ अंधेरा फैला हुआ था। एक तरफ की दीवार पर वीडियो मॉनिटर लगे थे जिस पर उस परिसर के विभिन्न हिस्सों से सफेद—काली तस्वीरें आ जा रही थी। एक नौजवान गार्ड उन तस्वीरों को गौर से देख रहा था।

'बाहर।' ओलिवेटी ने हुक्म दिया।

गार्ड ने अपना सामान उठाया और बाहर चला गया।

ओलिवेटी एक स्क्रीन के पास जाकर उसकी ओर इशारा करने लगा। फिर वह अतिथियों की ओर मुड़ा। 'यह तस्वीर वेटिकन सिटी के अंदर किसी गुप्त जगह पर लगे कैमरे से आ रही है। मैं इसके बारे में समझना चाहता हूँ।'

लैंग्डन और विट्टोरिया ने मॉनिटर पर आ रही तस्वीर पर नज़र डाली। दोनों ने एक साथ गहरी साँस ली। तस्वीर बिल्कुल साफ थी। उन्हें अब कोई संदेह नहीं बचा था। तस्वीर में CERN का एंटीमैटर वाला डिब्बा दिखाई दे रहा था। इसके अंदर धातु जैसी चमक वाली एक तरल बूंद खतरनाक ढंग से लटकी दिखाई दे रही थी जो LED डिजिटल घड़ी की रोशनी में चमक रही थी। डिब्बे के आसपास के क्षेत्र में घुप्प अंधेरा था। ऐसा लग रहा था जैसे एंटीमैटर किसी अलमारी के भीतर या अंधेरे कमरे में रखा हुआ हो। मॉनिटर के ऊपर LIVE FEED—CAMERA#86 लिखा था जो अंधेरे में चमक रहा था।

विट्टोरिया ने डिब्बे के ऊपर चमक रहे अंक को पढ़ा जिससे पता चल रहा था कि अब छह घंटे से भी कम समय बचा था। उसने यह बात फुसफुसाकर लैंग्डन को बतायी। उसके चेहरे पर तनाव था।

लैंग्डन ने अपनी घड़ी को ओर देखते हुए कहा, 'तो हमारे पास ...' वह बोलते बोलते रुक गया। उसकी आंत में जैसे मरोड़ उठ रहा था।

'दोपहर रात तक का समय।' विट्टोरिया ने परेशान होते हुए कहा।

दोपहर रात, नाटकीय परिस्थिति, लैंग्डन मन ही मन सोच रहा था। ज़ाहिर था कि जिसने भी कल रात इस डिब्बे को चुराया था उसने समय का पूरा हिसाब किताब लगा

रखा था। उसके मन में गहरी आशंका भर गई। उसे लगा कि वह उसी जगह पर मौजूद है जहाँ यह घटना होने वाली थी—ग्राउंड ज़ीरो।

ओलिवेटी की फुसफुसाहट अब और भी तीखी हो गई थी। लगता था जैसे कोई फुफकार रहा हो। 'ये चीज़ क्या आपके संस्थान की संपत्ति है?'

विट्टोरिया ने सिर हिलाया, 'जी हां। इसे हमारे यहाँ से ही चुराया गया है। इसके अंदर एक बहुत ही ज्वलनशील चीज़ है जिसे एंटीमैटर कहते हैं।'

ओलिवेटी पर इस बात का कोई असर नहीं हुआ। 'मैं ज्वलनशील पदार्थों से काफी परिचित हूँ, मिस वेट्रा। लेकिन मैंने आज तक एंटीमैटर के बारे में नहीं सुना है।'

'यह एक नयी तकनीक है। हमें इसका तुरंत पता लगाना होगा या फिर वेटिकन सिटी को खाली करवाना होगा।'

ओलिवेटी ने धीरे धीरे आँखें बंद की और फिर उन्हें खोला। ऐसा लग रहा था कि विट्टोरिया पर ध्यान केंद्रित करने से शायद वह बात बदल जाए जो अभी उसके कानों में गई थी। 'खाली कराना? आपको पता है कि आज शाम यहाँ क्या हो रहा है?'

'जी हां। और आपके कार्डिनलों की जान खतरे में है। हमारे पास करीब छह घंटे का समय है। क्या आपने इन डिब्बों को खोजने में कोई प्रगति की है?'

'हमने अभी इसकी तलाश शुरू नहीं की है।' ओलिवेटी ने अपना सिर हिलाते हुए कहा।

विट्टोरिया की आवाज़ भर्रा गई। 'क्या? लेकिन हमने तो आपके गार्डों को खोई हुई चीज़ के बारे में तलाशी शुरू करने की बात करते हुए सुना...'

'हाँ। वे तलाशी कर रहे हैं लेकिन आपके एंटीमैटर के लिए नहीं। मेरे लोग कुछ ऐसी चीज़ ढूँढ़ रहे हैं जिनसे आपका कोई वास्ता नहीं है।'

विट्टोरिया की आवाज़ कांप रही थी। 'आपने अभी तक एंटीमैटर वाले डिब्बे को ढूँढ़ना भी शुरू नहीं किया है?'

ऐसा लगा कि ओलिवेटी की पुतलियाँ उसके सर के अंदर घुसी जा रही थी। उसका चेहरा कीड़े मकोड़े जैसा भावशून्य दिखाई दे रहा था। 'मिस वेट्रा, क्या आप सच कह रही हैं? मैं आपको कुछ बताना चाहता हूँ। आपके संस्थान के निदेशक ने हमें इसके बारे में कुछ भी बताने से इंकार कर दिया। उन्होंने फोन पर मुझे सिर्फ इतना बताया कि मुझे इसकी तुरंत तलाश करनी होगी। हम लोग बुरी तरह व्यस्त चल रहे हैं। जब तक मुझे कुछ तथ्यों के बारे में जानकारी नहीं मिलेगी, मेरे पास इतनी फुर्सत नहीं कि मैं इस काम में अपने लोगों को लगा पाऊं।'

'अभी तो बस एक ही काम आवश्यक है, सर।' विट्टोरिया ने कहा, 'कि अगले छह घंटे में यह यंत्र इस पूरे इलाके को नेस्तनाबूद कर देने वाला है।'

ओलिवेटी मूर्तिवत खड़ा था। 'मिस वेट्रा, आपको मैं कुछ बताना चाहता हूँ।' उसकी आवाज़ में अहंकार झलक रहा था। 'वेटिकन सिटी देखने में भले ही पुरानी

लगती है लेकिन इसमें प्रवेश करने की हर जगह पर, चाहे वो जगह निजी हो या सार्वजनिक, अत्याधुनिक सेंसर लगे हैं जिनकी खोज विज्ञान आज तक कर पाया है। अगर कोई व्यक्ति किसी भी तरह के ज्वलनशील या विस्फोटक पदार्थ के साथ वेटिकन सिटी में घुसने की कोशिश करता है तो ये सेंसर तुरंत उसका पता लगा लेंगे। हमारे पास अमेरिका के डीईए विभाग द्वारा विकसित रेडियो आइसोटोप स्कैनर हैं, जो हल्की से हल्की गंध के आधार पर ज्वलनशील पदार्थों और जहरीली चीजों का पता लगा सकते हैं। हमारे पास सबसे आधुनिक मेटल डिटेक्टर और एक्स—रे स्कैनर भी हैं।'

'बहुत शानदार।' विट्टोरिया ने ओलिवेटी की शांत शैली में उसका जवाब दिया। 'दुर्भाग्य से, एंटीमैटर रेडियोएक्टिव नहीं होता है। इसकी रासायनिक प्रकृति शुद्ध हाइड्रोजन से मिलती है। डिब्बा भी प्लास्टिक का बना है। आपके किसी यंत्र से उनका पता नहीं चल सकता।'

'लेकिन इस यंत्र के अंदर ऊर्जा का स्रोत तो है।' ओलिवेटी ने LED के बार बार जलते बुझते बल्ब की ओर दिखाते हुए कहा। 'निकेल कैडमियम के छोटे से छोटे अंश का भी इस यंत्र में पता चल जाता...'

'इसकी बैटरी भी प्लास्टिक की बनी है।'

अब ओलिवेट्टी का धैर्य जवाब देने लगा था, 'प्लास्टिक की बैटरी?'

'पॉलीमर जेल एलेक्ट्रोलाइट, टेफ्लोन से बनी।'

ओलिवेट्टी उसकी ओर थोड़ा झुक गया। उसका लंबा कद अब और भी हावी हो रहा था। 'मैडम, वेटिकन को हर महीने बम से उड़ाने की दर्जनों धमकियाँ मिलती रहती हैं। मैं खुद यहाँ के सुरक्षा में लगे स्विस गार्डों को विस्फोटकों की आधुनिक टेक्नोलॉजी के बारे में ट्रेनिंग देता रहता हूँ। मैं अच्छी तरह जानता हूँ कि आप जिस पैमाने पर तबाही की बात कर रही हूँ उसके लिए दुनिया में अभी तक कोई ऐसा विस्फोटक नहीं बना है। हाँ, अगर आप परमाणु बम की बात कर रही हैं जिसके केंद्र में बेसबॉल के आकार का विस्फोटक भरा हुआ है तो बात अलग है।'

विट्टोरिया ने उसकी ओर तीखी नज़रों से देखा। 'प्रकृति में ऐसे अनेक रहस्य हैं जिनके बारे में अभी लोगों को पता नहीं चला है।'

ओलिवेट्टी और आगे झुक गया। 'क्या मैं पूछ सकता हूँ कि आप हैं कौन? CERN में आप किस पद पर काम करती हैं?'

'मैं वहाँ पर वरिष्ठ शोधकर्ता के तौर पर काम करती हूँ। मुझे इस संकट से निपटने के लिए वेटिकन से बात करने की जिम्मेदारी दी गई है।'

'अशिष्टता के लिए माफी चाहूंगा लेकिन अगर यह सचमुच संकट की बात है तो मैं आपसे क्यों बात कर रहा हूँ, आपके संस्थान के निदेशक से क्यों नहीं? और वेटिकन का अपमान करने के लिए शॉर्ट पैंट पहन कर यहाँ आने की वजह क्या मैं जान सकता हूँ?'

लैंग्डन के दिल में गुस्से का उबाल आ रहा था जो हल्की सी गुर्राहट में ज़ाहिर हो रहा था। उसे यकीन नहीं हो रहा था कि ऐसी परिस्थिति में भी कोई आदमी पोशाक के बारे में सोच सकता था। फिर उसने सोचा कि अगर पत्थरों के बने लिंग वेटिकन के निवासियों के दिल में कामुक भावनाएँ पैदा कर सकते हैं तो शॉर्ट पैंट पहनी विट्टोरिया से राष्ट्रीय सुरक्षा को ख़तरा होना कोई बड़ी बात नहीं थी।

'कमांडर ओलिवेट्टी,' लैंग्डन ने हालात को संभालने के नज़रिए से कहा, 'मेरा नाम रॉबर्ट लैंग्डन है। मैं अमेरिका में धार्मिक अध्ययन का प्रोफेसर हूँ और मैं CERN से नहीं जुड़ा हूँ। मैंने एंटीमैटर के बारे में प्रयोग को देखा है और आपको यकीन दिलाता हूँ कि मिस विट्टोरिया ने जो कहा है कि यह बहुत ही खतरनाक है वह बिल्कुल सच है। हम पूरे विश्वास के साथ कह सकते हैं कि यहाँ चल रहे सम्मेलन में गड़बड़ी पैदा करने के उद्देश्य से ही किसी धर्म-विरोधी समुदाय ने इसे आपके इलाके में लाकर रख दिया है।' ऐसा लग रहा था कि लैंग्डन एंटीमैटर के साथ एक दूसरे बम को फटने से रोकने की कोशिश कर रहा था।

ओलिवेट्टी लैंग्डन की ओर मुड़कर देखने लगा। 'शॉर्ट पहनी हुई एक औरत मुझे समझा रही है कि एक बूंद पानी जैसी कोई चीज़ वेटिकन शहर को नेस्तनाबूद कर देगी। उसके साथ एक अमेरिकी प्रोफेसर मुझे बता रहा है कि कोई धर्मविरोधी संप्रदाय हमारे ऊपर हमला करने वाला है। मैं समझ नहीं पा रहा कि मुझसे क्या करने की उम्मीद की जा रही है?'

'वो डिब्बा तुरंत खोजिए। बिना किसी देरी के, तुरंत।' विट्टोरिया बोली।

'नामुमकिन। एंटीमैटर वाला वह यंत्र कहीं भी हो सकता है। वेटिकन सिटी बहुत बड़ा है।'

'आपके कैमरों में जीपीएस सुविधा नहीं है?'

'प्रायः उनकी चोरी नहीं होती। ग़ायब हुए इस कैमरे को ढूँढ़ने में कई दिन लग सकते हैं।'

'हमारे पास कई दिन का समय नहीं है, सिर्फ छः घंटे हैं हमारे पास।' विट्टोरिया ने जोर देकर कहा।

'और छह घंटे के बाद क्या, मिस विट्टोरिया?' अचानक ओलिवेट्टी की आवाज़ तेज़ हो गई। उसने स्क्रीन पर दिख रही तस्वीर की ओर इशारा करते हुए कहा, 'जब तक उनकी उल्टी गिनती पूरी नहीं हो जाती? जब तक वेटिकन सिटी पूरी तरह ख़त्म नहीं हो जाता? यकीन मानिए, मेरी सुरक्षा व्यवस्था के साथ खिलवाड़ करने वाले लोगों को मैं नहीं बख्शता। न ही मैं ये पसंद करता हूँ कि मेरे शहर के अंदर अचानक कोई यंत्र प्रकट हो जाए। मैं चिंतित हूँ। चिंतित होना मेरी जिम्मेदारी है। लेकिन आपने मुझे जो कुछ भी कहा है वो मुझे मंजूर नहीं है।'

लैंग्डन ने उसके चुप होने का इंतज़ार नहीं किया। 'आपने इल्युमिनाटी के बारे में सुना है?'

कमांडर का सख्त आवरण अचानक ढीला हो गया। उसकी आँख जर्द हो गई। लग रहा था जैसे कोई शार्क हमला करने के लिए तैयार हो रहा हो। 'मैं चेतावनी दे रहा हूँ। मेरे पास ऐसी बातों के लिए वक्त नहीं है।'

'यानी आपने इल्युमिनाटी के बारे में सुना है?'

ओलिवेट्टी की आँखें अंगारे सी दहक रही थी। 'मैंने कैथोलिक चर्च की सुरक्षा की कसम खायी है। बेशक मैंने इल्युमिनाटी के बारे में सुना है। उनके समाप्त हुए दशकों बीत चुके हैं।'

लैंग्डन ने अपने पॉकेट में हाथ डालकर लियोनार्डो वेट्रा के दागे हुए शरीर का फैक्स बाहर निकाला और उसे ओलिवेट्टी को दे दिया।

ओलिवेट्टी तस्वीर को देख रहा था तभी लैंग्डन ने कहा, "मैंने इल्युमिनाटी का गहन अध्ययन किया है। मुझे भी यह यकीन करने में मुश्किल हो रही है कि इल्युमिनाटी अब भी सक्रिय हैं। लेकिन मुझे पता है कि इल्युमिनाटी वेटिकन सिटी के खिलाफ रहे हैं। साथ ही इस निशान को देखकर मुझे अपनी सोच बदलनी पड़ी है।'

'कंप्यूटर से बनायी झूठी धमकी है यह।' ओलिवेटी ने लैंग्डन को फैक्स वापस करते हुए कहा।

लैंग्डन ओलिवेटी को अविश्वास की नज़रों से देख रहा था। 'झूठी धमकी? देखिए इस ब्रांड में किस तरह से चारों तरफ से समरूपता दिखाई दे रही है। कम से कम आपको तो इसकी विश्वसनीयता पर भरोसा होना चाहिए था...'

'आपकी बातों में विश्वसनीयता की ही तो कमी है। शायद मिस वेट्रा ने आपको नहीं बताया है कि CERN के वैज्ञानिक दशकों से वेटिकन की नीतियों की आलोचना करते रहे हैं। वे बार बार हमारे पास दरख्वास्त भेजते हैं कि हमें सृष्टि के सिद्धांत क्रिएशनिज्म को वापस ले लेना चाहिए, गैलीलियो और कोपरनिकस के साथ हुए व्यवहार के लिए माफी मांगनी चाहिए, खतरनाक और अनैतिक शोध कार्यों के खिलाफ जारी हमारे फतवों को वापस लेना चाहिए वगैरह वगैरह। आपको किस बात की संभावना अधिक लगती है कि चार सौ साल पुराना एक शैतानी संप्रदाय किसी महाविनाशकारी विस्फोटक हथियार के साथ फिर से पैदा हो गया है या कि CERN के किसी व्यक्ति ने वेटिकन के इस पवित्र आयोजन में व्यवधान डालने के लिए शरारत के मकसद से यह खेल किया है?'

'वह तस्वीर मेरे पिता की है जिनकी हत्या की गई है। आपको लगता है कि मैं ऐसी बात मज़ाक के लिए कह रही हूँ।' विट्टोरिया गुस्से से उबल रही थी।

'ये मुझे नहीं मालूम, मिस विट्टोरिया। हाँ, मैं इतना जानता हूँ कि जब तक मुझे अपने सवालों के समझ में आने वाले जवाब नहीं मिलेंगे तबतक मैं किसी तरह की चेतावनी नहीं जारी करूंगा। सुरक्षा और उससे संबंधित निर्णय मेरे कर्तव्य हैं ताकि यहाँ हो रहे आध्यात्मिकआयोजन को ठीक ढंग से पूरा किया जा सके। यह आज के दिन और भी आवश्यक है।'

'कम से कम इस आयोजन को स्थगित तो किया जा सकता है?'

'स्थगित?' यह बोलते हुए ओलिवेट्टी का थोबड़ा लटक गया। 'ऐसी उद्दंडता! यह सम्मेलन किसी अमेरिकी बेसबॉल के खेल की तरह नहीं है जिसे बारिश की वजह से स्थगित किया जा सकता है। यह एक पवित्र आयोजन है जिसके साथ सख्ती से पालन किए जाने वाले कायदे कानून और परंपराएँ जुड़ी हैं। इस आयोजन में चुने जाने वाले धर्म प्रमुख को दुनिया भर के एक अरब से भी अधिक कैथोलिक देख रहे हैं। साथ ही दुनिया भर की मीडिया भी बाहर जमा है। इस आयोजन से संबंधित कायदे पवित्र नियमों से निर्धारित होते हैं जिन्हें बदला नहीं जा सकता। सन् 1179 से चल रहे इन आयोजनों को भूकंप, अकाल, यहाँ तक कि प्लेग भी नहीं रोक पाए हैं। मेरा यकीन मानिए कि किसी वैज्ञानिक के कत्ल या पता नहीं कौन सी चीज़ है उस पानी जैसी बूंद में, उसकी वजह से इसे स्थगित नहीं किया जा सकता।'

'मुझे इस कार्यक्रम का संचालन कर रहे व्यक्ति के पास ले चलिए।' विट्टोरिया ने कमांडर से कहा।

'आप उस व्यक्ति से ही बात कर रही हैं।' ओलिवेट्टी की आँखों से आग बरस रहा था।

'नहीं। मुझे किसी पादरी से मिलना है।'

ओलिवेट्टी के माथे की नसें खिंच गई। 'सभी पादरी अंदर चले गए हैं। वेटिकन सिटी में स्विस गार्ड के अलावा इस समय सिर्फ कार्डिनल मौजूद हैं और वे सभी सिस्टीन गिरजाघर के अंदर हैं।'

'और चैंबरलेन कहाँ हैं?' लैंग्डन ने सपाट ढंग से पूछा।

'कौन?'

'दिवंगत पोप के व्यक्तिगत सहायक—चेम्बरलेन।' लैंग्डन ने आत्मविश्वास के साथ इस शब्द को दोहराया। वह मन ही मन प्रार्थना कर रहा था कि उसकी याद्दाश्त सही हो। उसे पोप की मृत्यु के बाद वेटिकन के अधिकारियों के बीच प्रचलित एक अजीब सी परंपरा के बारे में याद आ रहा था। लैंग्डन की याद्दाश्त अगर सही थी तो पोप की मौत के बाद और नए पोप के चुनाव के पहले सारे अधिकार तात्कालिक तौर पर उनके व्यक्तिगत सहायक यानी चेम्बरलेन के पास चले जाते थे। चेम्बरलेन दरअसल दफ्तर के सहायक के स्तर का व्यक्ति होता था जो नए पोप के चुनाव के लिए आयोजित कार्डिनलों की सभा से संबंधित कामकाज देखता था। 'मुझे लगता है कि अभी सारे कामकाज चेम्बरलेन ही देखते हैं।'

ओलिवेट्टी ने अपनी आँखें सिकुड़ाते हुए कहा, 'इल केमरलेग्नो । केमरलेग्नो महज एक पादरी हैं। बल्कि उसे तो अभी आधिकारिक तौर पर पादरी का भी ओहदा नहीं दिया गया है। वह पोप का कामकाज देखने वाला नौकर भर है।'

'लेकिन अभी वो यहीं है और आप उनके मातहत काम करते हैं?'

ओलिवेट्टी ने अपने दोनों हाथ छाती पर मोड़ लिए। 'मिस्टर लैंग्डन, यह सही है कि वेटिकन के नियमों के अनुसार इस सम्मेलन के दौरान केमरलेग्नो मुख्य कार्यकारी अधिकारी का काम देखते हैं लेकिन यह सिर्फ इसलिए किया जाता है कि पोप के चुनाव में किसी तरह का पक्षपात नहीं हो क्योंकि वह खुद इस पद के योग्य नहीं माना जाता है। यह वैसा ही है जैसे कि आपके राष्ट्रपति की मृत्यु के बाद अस्थाई रूप से उनका कोई सहयोगी उनके कार्यालय का कामकाज देखता है। केमरलेग्नो की उम्र अभी कम है। सुरक्षा या बाकी मामलों के बारे में भी उसकी समझ बहुत कम है। व्यावहारिक तौर पर इस समय मेरे पास ही सभी कामों की जिम्मेदारी है।'

'हमें उनके पास ले चलिए।' विट्टोरिया बोली।

'असंभव। पोप के चुनाव के लिए आयोजित सम्मेलन चालीस मिनट में शुरु होने वाला है। केमरलेग्नो पोप के ऑफिस में सम्मेलन की तैयारी में लगे हैं। इस समय सुरक्षा संबंधी बातों से उन्हें परेशान करने का मेरा कोई इरादा है।'

विट्टोरिया कुछ बोलने ही वाली थी कि तभी किसी ने दरवाज़ा खटखटाया। ओलिवेट्टी ने दरवाज़ा खोला।

बाहर पूरी वर्दी में सज धज कर एक गार्ड खड़ा था। वह अपनी घड़ी की ओर इशारा कर रहा था। 'कमांडेंट, समय हो गया।' उसने इतालवी में कहा।

ओलिवेट्टी ने भी अपनी घड़ी पर नज़र डाली और सहमति में सर हिलाया। वह लैंग्डन और विट्टोरिया की ओर मुड़ा। उसे देखकर ऐसा लग रहा था जैसे कोई जज अपराधी को सजा सुनाने वाला हो। 'मेरे पीछे आइए।' वह उन दोनों को लेकर मॉनिटरिंग रूम से बाहर सुरक्षा केंद्र की पिछली दीवार पर बने छोटे से खोखे की ओर चल पड़ा। 'मेरा दफ्तर।' ओलिवेट्टी ने उन्हें अंदर बैठने कहा। कमरा बिल्कुल मामूली दिख रहा था—टेबल पर बिखरे सामान, फाइलों को रखने की अलमारी, समेटकर रखने वाली कुर्सियां, वाटर कूलर वगैरह। 'मैं दस मिनट में वापस आ रहा हूँ। आप इस दौरान तय कर सकते हैं कि आगे की कार्रवाई आप किस तरह पूरा करना चाहेंगे।'

विट्टोरिया को गुस्सा आ रहा था। वह बोली,'आप इस तरह नहीं जा सकते। वह डिब्बा...'

'मेरे पास इस तरह के काम के लिए समय नहीं है। शायद मुझे आपको सम्मेलन की समाप्ति तक के लिए हिरासत में लेना होगा। उसके बाद मेरे पास समय होगा।'

गार्ड ने फिर अपनी घड़ी की ओर इशारा किया, 'कमांडेंट, समय हो चुका है।'

ओलिवेट्टी ने सहमति में सर हिलाया और गार्ड के साथ चल पड़ा।

'कमांडेंट, आप चर्च की जाँच के लिए जा रहे हैं?' विट्टोरिया ने सवाल किया।

ओलिवेट्टी मुड़ा। उसकी आँखों से अंगारे बरस रहे थे। 'हम इलेक्ट्रॉनिक बग के लिए तलाशी लेते हैं। यह सुरक्षा के लिए जरूरी होता है।' फिर उसने विट्टोरिया की टांगों की तरफ देखते हुए कहा, 'मुझे नहीं लगता कि आप ये बात समझ पाएंगी।'

यह कहते हुए उसने जोर से दरवाज़ा बंद कर दिया जिसकी वजह से वहाँ लगा कांच झनझना उठा। उसने बड़े ही सहज तरीके से चाबी निकाली और दरवाज़े को बंद कर वहाँ से चलता बना।

'बेवकूफ। तुम हमें यहाँ इस तरह नहीं रख सकते।' विट्टोरिया जोर से चिल्लायी।

लैंग्डन ने शीशे से देखा कि ओलिवेट्टी गार्ड से कुछ कह रहा था जिसे सुनकर गार्ड ने सिर हिलाया। ओलिवेट्टी के बाहर निकलते ही गार्ड तेजी से मुड़ा। उसने अपनी बांहे सीने पर तिरछी कर रखी और तन कर बंद दरवाज़े के आगे खड़ा हो गया। उसकी कमर पर टंगा हथियार लैंग्डन को नज़र आ रहा था।

बिल्कुल पक्का। लैंग्डन सोच रहा था। साला एक दम पक्का।

37

विट्टोरिया ओलिवेट्टी के बंद कमरे के बाहर खड़े स्विस गार्ड को घूर रही थी। संतरी भी उसे घूर रहा था। उसकी रंग-बिरंगी वर्दी उसके सख्त हाव भाव से मेल नहीं खा रही थी।

विट्टोरिया सोच रही थी कि यह तो सब गुड़-गोबर हो गया। पाजामा पहने एक हथियारबंद व्यक्ति ने उन्हें कैद में बंद कर दिया था।

लैंग्डन चुप था। विट्टोरिया सोच रही थी कि वह अपने हार्वर्ड वाले दिमाग़ का इस्तेमाल कर उन्हें छुड़ाने की जुगत लगा रहा होगा। लेकिन उसके चेहरे को देखकर लग रहा था कि वह सोचने से ज़्यादा परेशान हो रहा था। उसे बुरा लग रहा था कि उसने लैंग्डन को संकट में डाल दिया था।

विट्टोरिया को पहले तो लगा कि उसे अपने मोबाइल से कोलर को फोन करना चाहिए लेकिन वह जानती थी कि ऐसा करना बेवकूफी होगा। पहली संभावना तो यह थी कि गार्ड अंदर आकर उसके हाथ से मोबाइल छीन लेता। दूसरे, अगर कोलर अपने स्वाभाविक ढंग से बर्ताव करता तो वह बात करने में शारीरिक रूप से अक्षम अवस्था में होता। हालाँकि इससे कोई फर्क नहीं पड़ने वाला था क्योंकि ओलिवेट्टी अभी किसी की भी बात सुनने के मूड में नहीं लग रहा था।

याद करो। इस समस्या का समाधान क्या होगा, उसे याद करो। विट्टोरिया खुद से कह रही थी।

ये किसी बौद्ध दार्शनिक की सुझाई तकनीक थी जो अभी विट्टोरिया को याद आयी थी। अगर सामने कोई असंभव सी चुनौती खड़ी हो तो उसका हल खोजने की बजाय अपने दिमाग़ को बस इसे याद करने को कहना कि इसका कोई समाधान उपलब्ध है। इस तकनीक से हताशा के कारण पैदा होने वाले भाव को दूर करना संभव हो पाता था।

विट्टोरिया इस तकनीक का इस्तेमाल वैज्ञानिक गुत्थियों को सुलझाने में करती थी, ऐसी गुत्थियाँ जिनके बारे में अधिकांश लोग मानते थे कि उनका हल ढूँढ़ना संभव नहीं था।

लेकिन इस समय याद करने की उसकी तकनीक बेअसर साबित हो रही थी। इसीलिए वह संभावनाओं और अपनी जरूरतों पर विचार करने लगी। उसे लग रहा था कि वेटिकन में किसी न किसी को सावधान करना ज़रूरी था। वहाँ कोई उसकी बात को महत्व दे, यह आवश्यक था। लेकिन आखिर ऐसा व्यक्ति कौन हो सकता था? केमरलेग्नो? लेकिन कैसे? उसे लग रहा था कि उसे किसी ने शीशे के बक्से में डाल कर फेंक दिया है और बक्से में बस एक दरवाज़ा है।

औजार, साधन। वह खुद को कुछ कह रही थी। *कोई न कोई साधन हमेशा मौजूद होता है। अपने आसपास की परिस्थिति पर फिर से नज़र डालो।*

उसने आदतन अपने कंधे ढीले कर लिए, आँखों से तनाव कम कर लिया और तीन बार गहरी साँस ली। वह अनुभव कर रही थी कि उसकी हृदय गति धीमी हो रही थी और उसकी मांसपेशियों में तनाव भी घट रहा था। उसके दिमाग़ में उथल पुथल करने वाली घबराहट भी कुछ कम हो रही थी। *ठीक है,* उसने सोचा, *अपने दिमाग़ को आजाद छोड़ दो। इन हालातों में भी अच्छा क्या है? मेरी ताकत क्या है?*

शांत अवस्था में विट्टोरिया वेट्रा का विश्लेषण में प्रवीण दिमाग़ ताकतवर बन जाता था। कुछ ही सेकेंडों में उसे लगा कि दरअसल उन्हें यहाँ कैद किया जाना ही उनके बाहर निकलने का रास्ता है।

'मैं किसी को एक फोन कर रही हूँ।' उसने अचानक कहा।

लैंग्डन ने सिर उठाकर उसकी ओर देखा। 'मैं तुमसे कोलर को फोन करने के लिए कहने ही वाला था लेकिन...'

'कोलर को नहीं, किसी और को।'

'किसे?'

'केमरलेग्नो को।'

लैंग्डन को समझ में नहीं आया कि वह क्या कह रही थी। 'तुम चेम्बरलेन को फोन कर रही हो? लेकिन कैसे?'

'ओलिवेट्टी ने कहा था कि केमरलेग्नो पोप के दफ्तर में है।'

'ठीक है। तुम्हारे पास पोप का निजी नंबर है?'

'नहीं। मैं अपने मोबाइल से फोन नहीं कर रही हूँ।' उसने ओलिवेट्टी की मेज़ पर रखे हाइटेक फोन सिस्टम की ओर इशारा करते हुए कहा। इसपर कई स्पीड-डायल नंबर लिखे थे। 'सुरक्षा प्रमुख के पास पोप के दफ्तर से सीधे बात करने के लिए नंबर जरूर होगा।'

'लेकिन सामने वो पहलवान भी तो है जिसके हाथ में बंदूक है। वो हमसे केवल छः फुट की दूरी पर है।'

'और हम लोग अंदर बंद हैं।'

'हाँ, मुझे यह पता था।'

'मेरा मतलब है कि गार्ड भी *बाहर* बंद है। यह ओलिवेट्टी का निजी दफ्तर है और मुझे नहीं लगता कि किसी दूसरे के पास इसकी चाबी होगी।'

लैंग्डन बाहर खड़े गार्ड को देखने लगा। 'शीशे की दीवार इतनी पतली सी है और उसने इतना बड़ी बंदूक थाम रखी है।'

'वो क्या करेगा? फोन का इस्तेमाल करने के जुर्म में हमें गोली मार देगा?'

'भगवान ही जाने। यह अजीब सी जगह है और जिस तरह से घटनाएँ हो रही हैं उससे...'

'या फिर हम अगले पाँच घंटे अड़तालीस मिनट वेटिकन की इस जेल में बिताएं। कम से कम जब एंटीमैटर विस्फोट करेगा तो हम अगली सीट से नजारा तो ले पाएंगे।'

लैंग्डन का चेहरा पीला पड़ गया। 'लेकिन जैसे ही तुम फोन उठाओगी कि गार्ड ओलिवेट्टी को तुरंत ख़बर करेगा। और फिर इस फोन पर बीस बटन हैं। मुझे तो फोन पर कुछ निशान जैसा नहीं दिखाई दे रहा जिससे पता चल सके। तुम एक एक कर इस उम्मीद से बटन दबाओगी कि किसी न किसी नंबर में सफलता तो मिलेगी।'

'नहीं।' विट्टोरिया ने फोन की तरफ बढ़ते हुए कहा, 'सिर्फ एक बटन।' विट्टोरिया ने आगे बढ़कर फोन का सबसे पहला बटन दबाया। 'नंबर एक। मैं आपकी जेब में पड़े एक इल्युमिनाटी नोट की शर्त लगाती हूँ कि यही पोप के दफ्तर का नंबर है। स्विस गार्ड के कमांडर के लिए इससे अधिक महत्वपूर्ण चीज़ क्या हो सकती है?'

लैंग्डन के पास जवाब देने के लिए समय नहीं था। बाहर खड़ा संतरी शीशे की दीवार को अपनी बंदूक के पिछले हिस्से से खटखटा रहा था। उसने विट्टोरिया को फोन रखने के लिए इशारा किया।

विट्टोरिया ने गार्ड को कनखी मारी। गार्ड को लगा जैसे आग लग गई हो।

लैंग्डन दरवाज़े से दूर हो गया। उसने विट्टोरिया की ओर मुड़कर कहा, 'उम्मीद करता हूँ कि तुम्हारा अंदाजा सही हो। संतरी कुछ ज़्यादा खुश नहीं नज़र आ रहा।'

'उफ।' रिसीवर से आ रही आवाज़ को सुनते हुए विट्टोरिया ने कहा। 'रिकॉर्डिंग की आवाज़ सुनाई दे रही है।'

'रिकॉर्डिंग?' लैंग्डन ने पूछा। 'पोप के पास आंसरिंग मशीन है।'

'ये नंबर पोप के दफ्तर का नहीं था।' विट्टोरिया ने फोन रखते हुए कहा। 'ये फोन नंबर वेटिकन की रसोई का साप्ताहिक मेन्यू बता रहा था।'

लैंग्डन ने बाहर खड़े संतरी की तरफ धीरे से मुस्कुरा कर देखा। वह गुस्से में देख रहा था और वॉकी टॉकी पर ओलिवेट्टी से बात कर रहा था।

38

वेटिकन का टेलिफोन एक्सचेंज इसके संचार केंद्र में स्थित है यह वेटिकन पोस्ट ऑफिस के ठीक पीछे है। इस छोटे से कमरे में आठ लाइन वाला एक कोरेलको 141 स्विच बोर्ड लगा हुआ है। इस दफ्तर में रोज तकरीबन दो हज़ार फोन कॉल आते जाते हैं जिनमें से अधिकांश खुद ब खुद रिकॉर्डिंग करने वाले यंत्र की ओर भेज दिए जाते हैं।

आज की रात वहाँ काम कर रहा एकमात्र व्यक्ति चुपचाप कैफीन मिली हुई चाय पी रहा था। उसे इस बात पर गर्व हो रहा था कि आज की रात वेटिकन के अंदर आने वाले कुछ कर्मचारियों में वह भी शामिल है। हाँ, ये बात जरूर थी कि बाहर से उस पर नज़र रखने वाले स्विस गार्डों की उपस्थिति के कारण उसके गौरव में थोड़ी सी कमी हो रही थी। ऑपरेटर सोच रहा था, *बाथरूम जाने में भी पहरेदार साथ जाता है, पवित्र सम्मेलन के नाम पर हम कैसे कैसे अपमान सहते हैं।*

अच्छी बात थी कि आज कम टेलीफोन कॉल आ रहे थे। या शायद ये इतनी अच्छी बात नहीं थी, उसने सोचा। वेटिकन के मामले में दुनिया की दिलचस्पी पिछले कुछ दिनों में कम हुई थी। प्रेस में चर्चाएँ कम हो गई थी और पागल लोग भी अब उतना फोन नहीं करते थे। प्रेस ऑफिस को उम्मीद थी कि आज के कार्यक्रम के दौरान उत्सव का माहौल रहेगा। वैसे सेंट पीटर्स का चौराहा प्रेस की ट्रकों से भरा था लेकिन सचाई थी कि उनमें से ज़्यादातर ट्रक इटली और यूरोप के वहाँ फंसे हुए ट्रक थे। यह दुखद था। दुनिया भर में जिन्हें देखा जाता है वैसे बस थोड़े से नेटवर्क ही वहाँ उपस्थित थे जिनमें उनके दोयम दर्जे के पत्रकारों को भेजा गया था।

ऑपरेटर ने अपने मग को जोर से पकड़ते हुए सोचा कि पता नहीं आज की रात कितनी लंबी होगी। उसे लगा कि शायद आधी रात का वक्त हो चला था। आजकल सम्मेलन शुरु होने के पहले ही अंदर के लोगों को पता चल जाता था कि किस व्यक्ति के पोप चुने जाने की संभावना अधिक थी। इसलिए पोप को चुनने की प्रक्रिया तीन चार घंटे चलने वाले दिखावे या कर्मकांड से ज़्यादा अहमियत नहीं रखती थी जिसमें चुनाव जैसी कोई बात नहीं थी। बेशक आखिरी वक्त में मतभेद पैदा होने पर यह प्रक्रिया सुबह तक के लिए खिंच सकती थी या उससे भी आगे चल सकती थी। सन 1831 में हुआ सम्मेलन चौवन दिनों तक चला था। लेकिन आज ऐसा नहीं होने वाला था, ऑपरेटर ने खुद को कहा। ऐसी अफवाह थी कि इस सम्मेलन में बस खानापूरी होने वाली थी।

अचानक स्विच बोर्ड के भीतरी हिस्से में घंटी बजी। आवाज़ सुनते ही ऑपरेटर के सोचने का सिलसिला टूट गया। उसने बार बार जलती बुझती लाल बत्ती को देखा और

अपना माथा खुजलाने लगा। उसे यह थोड़ी सी अजीब बात लगी कि आज की रात कोई व्यक्ति ऑपरेटर की सूचना के लिए जीरो लाइन को डायल कर रहा था। वह सोचने लगा कि अंदर कौन हो सकता है।

'वेटिकन सिटी, बोलिए।' उसने यह बोलते हुए फोन का चोंगा उठाया।

दूसरी ओर से धाराप्रवाह इतालवी में कोई बोल रहा था। ऑपरेटर को थोड़ा सा ऐसा लगा कि दूसरी ओर से आ रही आवाज़ स्विस गार्डों जैसी थी जिसमें धाराप्रवाह इतालवी पर फ्रांसीसी-स्विस प्रभाव ज़ाहिर हो रहा था। लेकिन उसे पक्का यकीन था कि फोन करने वाला व्यक्ति स्विस गार्ड नहीं था।

औरत की आवाज़ सुनकर ऑपरेटर चौक कर खड़ा हो गया। उसकी चाय छलकने ही वाली थी। उसने फोन लाइन पर तीखी निगाह डाली। उससे समझदारी में कोई गलती नहीं थी। अंदर के एक्सटेंशन से आवाज़ आ रही थी। कोई अंदर से बात कर रहा था। *जरूर कोई न कोई गलती* हुई है, वह सोचने लगा। *आज की रात वेटिकन के अंदर औरत?*

औरत तेजी से बोल रही थी। उसके बोलने में गुस्सा ज़ाहिर हो रहा था। ऑपरेटर अपने लंबे अनुभव से जानता था कि पागल लोग किस तरह बात करते हैं। बात करने वाली औरत पागल नहीं लग रही थी। उसकी आवाज़ में बेचैनी थी लेकिन उसकी बात सोची समझी लग रही थी। शांत और प्रभावी। उसे हैरत हो रही थी लेकिन उसने औरत की बात को धैर्यपूर्वक सुना।

'केमरलेग्नो?' ऑपरेटर ने पूछा। उसे अब भी समझ में नहीं आ रहा था कि ये फोन कॉल कहाँ से किया जा रहा था। 'शायद मेरे लिए उनसे बात करवा पाना मुमकिन नहीं हो पाएगा...हां, मुझे पता है कि वे पोप के दफ्तर में हैं...लेकिन आप कौन बोल रही हैं? और आप उन्हें किस चीज़ के बारे में सावधान करना चाहती हैं?' फोन पर बात करते करते उसकी घबराहट बढ़ती जा रही थी। *क्या कहा, सभी लोग खतरे में है? लेकिन कैसे? मगर आप कहाँ से बात कर रही हैं?'* शायद मुझे स्विस *गार्ड से...'* यह बोलते बोलते ऑपरेटर रुक गया। 'क्या कहा आपने, कहाँ से बोल रही हैं? कहाँ से?'

वह स्तब्ध होकर फोन सुन रहा था। फिर उसने एक फैसला किया। 'आप फोन पर बने रहिए।' उसने औरत को रुकने का आग्रह करते हुए सीधे कमांडर ओलिवेट्टी के दफ्तर में उनके फोन पर नंबर लगाया। *यह तो कतई संभव नहीं कि वह औरत...*

दूसरी ओर तुरंत किसी ने फोन उठाया।

'मेहरबानी करके तुरंत मेरी बात करवाओ।' उस औरत की परिचित आवाज़ में खीज थी।

स्विस गार्ड के सुरक्षा केंद्र का दरवाज़ा आवाज़ के साथ खुला। कमांडर रॉकेट की तेजी

के साथ अंदर दाखिल हुआ तो स्विस गार्ड किनारे हट गए। अपने दफ्तर की ओर मुड़ते हुए ओलिवेट्टी को यकीन हो गया कि उसके सुरक्षाकर्मियों ने उसे जो भी सूचना वॉकी-टॉकी पर दी थी वो शत प्रतिशत सही थी। विट्टोरिया वेट्रा उसकी मेज़ के साथ खड़ी थी और कमांडर के निजी फोन पर किसी से बात कर रही थी।

किस कमीने की हरकत है यह...अभी सबक सिखाता हूँ ... कमांडर ओलिवेट्टी मन ही मन गुस्से में सोच रहा था।

वह गुस्से से आगबबूला था। उसने दरवाज़े में चाबी डाली। दरवाज़ा धड़ाम से खुल गया। 'ये क्या कर रही हो तुम?'

विट्टोरिया ने उस पर कोई ध्यान नहीं दिया और फोन पर बात करती रही, 'हाँ, और मैं चेतावनी देना चाहूंगी...'

ओलिवेट्टी ने उसके हाथ से रिसीवर छीन लिया और अपने कान के पास ले जाकर बोला, *कौन है ये बेवकूफ।*

एक पल के लिए ओलिवेट्टी का तना हुआ शरीर जैसे ढीला पड़ गया। 'जी, केमरलेग्नो...मैंने उसे यहाँ पर बंद कर रखा है ... जरूर ... जी...जी...' वह फोन सुन रहा था। 'जी सर, मैं उन्हें लेकर अभी हाजिर हो रहा हूँ।'

39

पोप का महल कई इमारतों का एक समूह है जो सिस्टीन गिरजाघर में स्थित है। यह वेटिकन सिटी के उत्तर पूर्वी भाग में बना है। यहाँ से सेंट पीटर का चौराहा साफ नज़र आता है। इस महल के भीतर पोप के रहने की जगह भी है और उनका दफ्तर भी।

कमांडर ओलिवेट्टी विट्टोरिया और लैंग्डन को लेकर लंबे से कॉरिडोर से जा रहा था। इस दौरान वे दोनों बिल्कुल चुप थे। कमांडर के गर्दन की नसें गुस्से से फड़क रही थी। तीन सीढ़ियों को पार करने के बाद वे बड़े से हॉल में पहुँचे जहाँ हल्की सी रोशनी थी।

दीवारों पर बनी तरह तरह की बेहतरीन कलाकृतियों को देखकर लैंग्डन को विश्वास नहीं हो रहा था—ताजा बने इंसानों के धड़, बेल बूटों की सजावट और ऐसी ही बेशकीमती कलाकृतियाँ जिनकी कीमत हजारों डॉलरों से भी अधिक होगी। हॉल का दो तिहाई हिस्सा पार करने के बाद वे संगमरमर के बने एक फव्वारे के पास पहुँचे। वहाँ ओलिवेट्टी दीवार के साथ बने एक छोटे से कमरे की ओर मुड़ गया और तेजी से सामने बने दरवाज़े के पास तेजी से पहुँच गया। लैंग्डन ने इतना बड़ा दरवाज़ा अपनी ज़िंदगी में कभी नहीं देखा था।

'पोप का दफ्तर' कमांडर ने घोषणा की और विट्टोरिया की तरफ गुस्से से देखा। विट्टोरिया पर इसका कोई असर नहीं हुआ। वह ओलिवेट्टी को पीछे छोड़ कर दरवाज़े के पास पहुँच गई और जोर से दरवाज़ा खटखटाया।

'अंदर आइए।' किसी ने कमरे के अंदर से आवाज़ दी।

दरवाज़ा खुला। लैंग्डन की आँखें चौंधिया गई। सामने से सूरज की तेज़ रोशनी आ रही थी। आहिस्ता आहिस्ता सामने बैठे आदमी का चेहरा उसे दिखाई दिया।

पोप का दफ्तर मानो दफ्तर नहीं बॉलरूम था। चारों तरफ लाल संगमरमर की फर्श थी। दीवारों पर चमकदार तस्वीरें—फ्रेस्को बने थे। छत के अंदर बड़ा सा झूमर लटक रहा था। उसके आगे मेहराबदार खिड़कियाँ धूप में नहाए सेंट पीटर के चौराहे का बेहतरीन नजारा पेश कर रही थी।

क्या बात है। इसे कहते हैं नजारा दिखाने वाला कमरा, लैंग्डन सोचने लगा।

हॉल के आखिरी छोर पर नक्काशीदार टेबुल थी। वहाँ बैठा व्यक्ति बड़ी तेजी से कुछ लिख रहा था। 'अंदर आइए।' उसने दुबारा आवाज़ दी और अपना कागज-कलम किनारे रख दिया।

ओलिवेट्टी आगे आगे रास्ता दिखा रहा था। उसकी चाल में फौजी धमक थी। उसने करीब करीब माफी मांगने के लहजे में कहा, *मैं इन्हें नहीं...*

उस आदमी ने ओलिवेट्टी को बीच में ही रोक दिया। वह खड़ा होकर अपनी नज़रों से दोनों आगंतुकों को परखने की कोशिश करने लगा।

लैंग्डन के दिमाग़ में केमरलेंग्रो की छवि एक कमजोर, बूढ़े, संतनुमा व्यक्ति की थी जो वेटिकन में इधर उधर दिखाई दे जाते थे। लेकिन सामने दिखाई दे रहा इंसान उसकी अपेक्षा से अलग था। उसके गले में कोई माला-मनका वगैरह नहीं था। न ही उसने कोई भारी भरकम लबादानुमा पोशाक ही पहन रखी थी। उसने बिल्कुल साधारण सी काले रंग का शरीर से चिपका हुआ चोगा पहन रखा था जो प्रायः पादरी पहना करते हैं। इस पोशाक में उसकी ताकतवर कदकाठी और भी उभड़ रही थी। उसकी उम्र तीस-चालीस साल के बीच की होगी। वेटिकन के हिसाब से वह अभी बच्चा ही लग रहा था। उसका चेहरा बहुत ही खूबसूरत था जिसे देखकर थोड़ी हैरानी होती थी। उसका बाल खुरदरा और भूरे रंग का था। उसकी नीली आँखों में चमक थी मानो इस ब्रह्मांड का रहस्य उनमें छुपा हो। लेकिन जब वह व्यक्ति इनके नजदीक आय़ा तो लैंग्डन को उसकी आँखों में गहरी थकावट की छाया दिखाई दी। ऐसा लग रहा था कि इन आँखों ने पिछले पंद्रह दिनों में दुनिया की कठिनतम परिस्थितियों को झेला है।

'मुझे कार्लो वेंट्रेस्का कहते हैं।' उसने सधी हुई अंग्रेजी में कहा। 'दिवंगत पोप का व्यक्तिगत सहायक।' उसकी आवाज़ सहज और दयापूर्ण लग रही थी। उसके बोलने में इतालवी भाषा का बहुत ही हल्का सा प्रभाव झलक रहा था।

'विट्टोरिया वेट्रा।' उसने यह कहते हुए अपना हाथ आगे बढ़ाया। 'हमसे मुलाकात करने के लिए शुक्रिया।'

केमरलेग्नो को विट्टोरिया से हाथ मिलाते देखकर ओलिवेट्टी के शरीर में ऐंठन हो रही थी।

'ये रॉबर्ट लैंग्डन हैं।' विट्टोरिया ने कहा। 'ये हार्वर्ड विश्वविद्यालय में धर्म का इतिहास पढ़ाते हैं।'

'फादर।' लैंग्डन ने इतालवी शैली में बोला। उसने अपना सर झुकाते हुए हाथ आगे बढ़ाया।

'नहीं, नहीं।' केमरलेग्नो ने लैंग्डन को ऊपर उठाते हुए जोर देकर कहा। 'पूज्य पोप के दफ्तर में होने के कारण मुझे पूज्य न बनाइए। मैं तो बस एक साधारण सा पादरी हूँ, व्यक्तिगत सहायक जो ज़रूरत की वजह से यह काम कर रहा हूँ।'

लैंग्डन सीधा खड़ा हो गया।

'कृपा करके सभी लोग बैठ जाएं।' उसने अपनी टेबल के चारों तरफ कुछ कुर्सियाँ लगाई। लैंग्डन और विट्टोरिया बैठ गए। ओलिवेट्टी को खड़ा रहना ही पसंद आ रहा था।

केमरलेग्नो टेबुल पर बैठ गया। उसने अपने हाथ मोड़कर गहरी साँस ली और आगंतुकों की ओर देखने लगा।

'महोदय।' ओलिवेट्टी ने बोलना शुरू किया। 'इस महिला की पोशाक ... मेरी गलती की वजह से...मैं...'

'मुझे उसकी पोशाक से कोई मतलब नहीं।' केमरलेग्नो ने जवाब दिया। उसकी आवाज़ में थकान और परेशानी ज़ाहिर हो रही थी। 'जब वेटिकन का टेलीफोन ऑपरेटर सम्मेलन शुरु होने के आधे घंटे पहले मुझे ख़बर करता है कि कोई औरत तुम्हारे निजी दफ्तर से मुझे फोन कर बताना चाहती है कि सुरक्षा संबंधी कोई बड़ा ख़तरा आने वाला है जिसके बारे में मुझे जानकारी नहीं है तो मुझे इस बात से मतलब है।'

ओलिवेट्टी तन कर खड़ा था। उसकी पीठ इस तरह टेढ़ी हो रही थी मानो किसी फौजी की सख्त पूछताछ चल रही हो।

लैंग्डन को लग रहा था कि केमरलेग्नो की उपस्थिति उसे सम्मोहित कर रही थी। कम उम्र का और थका थका सा दिखने के बावजूद पादरी किसी मिथकीय नायक सा लग रहा था जिसके व्यक्तित्व से करिश्मा और अधिकार झलक रहा था।

'श्रीमान।' ओलिवेट्टी की आवाज़ विनम्रता पूर्ण थी लेकिन लग रहा था कि वह अपनी बात पर अड़ा हुआ था। 'आपको सुरक्षा संबंधी मामलों के लिए परेशान होने की ज़रूरत नहीं है। आपके पास और भी कई जिम्मेदारियाँ हैं।'

'मुझे अपनी जिम्मेदारियों का बखूबी पता है। मुझे यह भी पता है कि इस समय कार्यवाहक अधिकारी के तौर पर इस सम्मेलन में आए हर व्यक्ति की सुरक्षा और देखरेख मेरा कर्तव्य है। वैसे हो क्या रहा है?'

'हालात काबू में हैं।'

'ऐसा लगता तो नहीं।'

'फादर।' लैंग्डन ने बीच में ही उन्हें टोकते हुए अपनी जेब से मुड़ा तुड़ा फैक्स का कागज निकालकर केमरलेग्नो को दे दिया।

कमांडर ओलिवेट्टी आगे बढ़ा। लग रहा था कि वह इसे रोकने की कोशिश कर रहा था। 'फादर, आप इस मसले में खुद को परेशान मत कीजिए।'

केमरलेग्नो ओलिवेट्टी की बातों को नज़रअंदाज करते हुए फैक्स अपने हाथ में लेकर देर तक उसे देखता रहा। लियोनार्डो वेट्रा की लाश की तस्वीर को देखते हुए उसने आश्चर्य से भरकर साँस ली और पूछा, 'ये क्या है?'

'ये मेरे पिता हैं।' विट्टोरिया ने कहा। उसकी आवाज़ कांप रही थी। 'वे एक पादरी थे और वैज्ञानिक भी। कल रात उनकी हत्या हो गई।'

केमरलेग्नो का चेहरा अचानक मुरझा गया। उसने विट्टोरिया की ओर देखा। 'मेरी बच्ची, मुझे बेहद अफसोस है।' उसने अपने सीने पर सलीब का निशान बनाया और फिर से फैक्स को देखने लगा। उसकी आँखों में घृणा का गुबार उठ रहा था। 'किसने किया होगा ऐसा काम...और उसकी छाती पर जलने का निशान...' केमरलेग्नो थोड़ा रुका और कागज को अपनी आँखों के और भी नजदीक लाकर देखने लगा।

'इसमें इल्युमिनाटी लिखा है।' लैंग्डन ने कहा। 'आप इस नाम से तो अवश्य ही परिचित होंगे।'

केमरलेग्नो के चेहरे पर अजीब सा भाव प्रकट हुआ। 'हाँ, मैंने ये नाम सुना है लेकिन...'

'इल्युमिनाटी ने लियोनार्डो वेट्रा की हत्या इसलिए की ताकि वे एक नयी तकनीक को चुरा सकें जिस पर वे...'

'श्रीमान।' ओलिवेट्टी बीच में बोल उठा। 'ये बकवास है। इल्युमिनाटी ? साफ लग रहा है कि किसी ने बस बेवकूफ बनाने के लिए यह प्रपंच रचा है।'

ऐसा लगा जैसे केमरलेग्नो ओलिवेट्टी की बातों को तवज्जो दे रहा हो। इसका बाद वह लैंग्डन की तरफ मुड़कर उसकी ओर इतनी तीखी नज़रों से देखने लगा कि लैंग्डन की साँसें अटक गई। 'मिस्टर लैंग्डन, मैंने अपनी ज़िंदगी कैथोलिक चर्च में बितायी है। मैं इल्युमिनाटी की कहानी से परिचित हूँ। और मुझे शरीर के दागने वाली, ब्रांड करने वाली किंवदंती भी पता है। फिर भी मैं आपको चेतावनी देना चाहता हूँ कि मैं वर्तमान में जीने वाला व्यक्ति हूँ। ईसाई धर्म को दुश्मनों की कमी नहीं कि यह काल्पनिक भूतों को कब्र से उखाड़ने की कोशिश करेगा।'

'यह चिह्न विश्वसनीय है।' लैंग्डन ने कहा। उसे लगा कि वह ज़रूरत से ज़्यादा सुरक्षात्मक लहजे में बोल रहा था। उसने आगे बढ़कर फैक्स को अच्छे से दिखाने के लिए उसे थोड़ा टेढ़ा किया।

केमरलेग्नो ने जब देखा कि वह ब्रांड चारों तरफ से बिल्कुल एक जैसा दिखाई दे रहा है तो वह चुप हो गया।

'आधुनिक कंप्यूटर भी इस तरह की एकरूपता वाले शब्द का एंबीग्राम बनाने में सफल नहीं हो पाए हैं।' लैंग्डन ने कहा।

केमरलेग्नो ने अपने हाथ मोड़ लिए और काफी देर तक उसके मुँह से एक भी शब्द नहीं निकला। 'इल्युमिनाटी तो समाप्त हो चुके हैं।' उसने आखिरकार कहा। 'बहुत पहले। यह एक ऐतिहासिक तथ्य है।'

लैंग्डन ने अपना सिर हिलाया। 'कल तक मैं भी आपकी बात से सहमत था।'

'कल तक ?'

'आज की घटनाओं के पहले। मुझे लगता है कि अपने पुरानी कसम को पूरा करने के लिए इल्युमिनाटी एक बार फिर सामने आए हैं।'

'माफ कीजिएगा। इतिहास की जानकारी मुझे कम है। यह कौन सी पुरानी कसम है?'

लैंग्डन ने गहरी साँस ली। 'वेटिकन सिटी को नष्ट करने की कसम।'

'वेटिकन सिटी को नष्ट करने की कसम?' केमरलेग्नो के चेहरे पर डर से ज़्यादा अचंभे का भाव था। 'लेकिन यह तो मुमकिन ही नहीं।'

विट्टोरिया ने अपना सिर हिलाया। 'माफ कीजिएगा लेकिन हमारे पास इससे भी बुरी ख़बर है।'

40

'क्या यह सच है?' केमरलेग्नो ने विट्टोरिया से नज़र हटाकर ओलिवेट्टी की ओर देखा। उसके आँखों में आश्चर्य का भाव दिखाई दे रहा था।

'श्रीमान।' ओलिवेट्टी ने उसे आश्वस्त करने के लहजे में कहना शुरु किया, 'मैं मानता हूँ कि यहाँ एक तरह का यंत्र ज़रूर है जो हमारे सुरक्षा कैमरे में नज़र आ रहा है। लेकिन इसके बारे में मिस वेट्रा जिस तरह की खतरनाक बातें कह रही हैं उसके बारे में मैं शायद ...]'

'एक मिनट रुकना।' केमरलेग्नो ने कहा। 'ये कौन सी चीज़ दिखाई दे रही है?'

'जी, महोदय। यह वायरलेस कैमरा संख्या #86 पर नज़र आ रहा है।'

'तो फिर अब तक तुमने इसे बरामद क्यों नहीं किया है?' केमरलेग्नो की आवाज़ में अब गुस्सा झलक रहा था।

'ये बहुत मुश्किल है महोदय।' अपनी बात कहते हुए ओलिवेट्टी सीधा खड़ा हो गया।

केमरलेग्नो ओलिवेट्टी की बात सुनने लगा। विट्टोरिया उसकी बढ़ती हुई चिंता को भांप रही थी। 'क्या तुम्हें पक्का यकीन है कि यह वेटिकन सिटी के अंदर है?' केमरलेग्नो ने पूछा। 'हो सकता है कि कोई व्यक्ति कैमरा बाहर लेकर चला गया हो और वहाँ से ये तस्वीरें ट्रांसमिट कर रहा हो।'

'असंभव।' ओलिवेट्टी ने कहा। 'संचार व्यवस्था की सुरक्षा के लिए हमारी बाहरी दीवारों इस तरह सील किया गया है कि इससे होकर इलेक्ट्रॉनिक सिगनल अंदर नहीं आ सकते। और मैं मिस वेट्रा से विनम्रतापूर्वक कहना चाहूंगा कि वे जिस बूंद की बात कर रही हैं वह बहुत ही छोटी है। वह शायद उतना बड़ा विस्फोटक नहीं हो सकता जितना वो कह रही हैं।'

अब विट्टोरिया का धैर्य जाता रहा। 'उस बूंद में इतनी ताकत है कि पूरा का पूरा वेटिकन सिटी ध्वस्त हो सकता है। मैंने आपको जो भी बताया आपने उसे सुना भी था या नहीं?'

'मैडम, विस्फोटकों के बारे में मुझे काफी बड़ा अनुभव है।' उसकी आवाज़ पत्थर की तरह ठोस लग रही थी।

'आपका अनुभव पुराना पड़ चुका है।' विट्टोरिया ने उसी की तरह हमलावर होते हुए कहा। 'मेरी पोशाक जिसे देखकर आप परेशान हो रहे हैं, भले जैसी भी हो, लेकिन मैं दुनिया के सबसे विकसित नाभिकीय शोध संस्थान में वरिष्ठ वैज्ञानिक के पद पर काम कर रही हूँ। मैंने खुद वह एंटीमैटर ट्रैप बनाया है जिसकी वजह से वह बूंद अभी विनाशलीला नहीं कर पा रही है। और मैं आपको चेतावनी दे रही हूँ कि अगले छह घंटे के अंदर अगर आपने वह डिब्बा खोजकर नहीं निकाला तो आपके सुरक्षा गार्डों को अगली सदी में ज़मीन में बने एक बड़े गड्ढे के अलावा बचाने के लिए कुछ नहीं मिलेगा।'

ओलिवेट्टी केमरलेग्नो के पास खिसक आया। उसकी आँखों में गुस्से की आग जल रही थी। 'महोदय, मैं इस तमाशे को आगे और चलता हुआ नहीं देख सकता। किसी ने आपके समय को बर्बाद करने के लिए यह प्रपंच रचा है। इल्युमिनाटी। एक बूंद जो पूरे वेटिकन को नेस्तनाबूद कर देगी?'

'चुप हो जाओ।' केमरलेग्नो ने आदेश दिया। उसने धीरे से ये बात कही थी लेकिन लगा जैसे पूरे कमरे में उसकी आवाज़ गूंज रही थी। इसके बाद सन्नाटा छा गया। उसने धीमे आवाज़ में बोलना जारी रखा, 'खतरनाक हो या नहीं हो, इल्युमिनाटी इसमें शामिल हों या नहीं हो। ये चाहे जो कुछ भी है, इसे वेटिकन सिटी के भीतर नहीं होना चाहिए, और इस सम्मेलन के दौरान तो किसी भी हालत में नहीं। इसे तुरंत ढूँढ़ कर हटाना होगा। इसकी खोज के लिए तुरंत इंतजाम करवाओ।'

ओलिवेट्टी अपनी जिद पर अड़ा रहा। 'श्रीमान, हम अगर अपने सभी सुरक्षाकर्मियों को भी इसकी खोज में लगा दें तो भी इस कैमरे को खोजने में कई दिन लग सकते हैं।

और, मिस वेट्रा से बात करने के बाद मैंने अपने एक सुरक्षाकर्मी को बैलिस्टिक के सबसे बड़े जानकार से एंटीमैटर के बारे में बात करने को कहा। लेकिन मुझे इसके बारे में कहीं कोई उल्लेख नहीं मिला। कुछ भी नहीं।'

भोंदू गधा। विट्टोरिया ने मन ही मन सोचा। *बैलिस्टिक्स के जानकार? लगता है तुमने एनसाइक्लोपीडिया में ढूँढ़ने की कोशिश की होगी।*

ओलिवेट्टी अब भी बोले जा रहा था। 'महोदय, अगर आप मुझे वेटिकन सिटी में हर जगह जाकर इसे ढूँढ़ने कह रहे हैं तो मुझे इस पर एतराज है।'

'कमांडर।' केमरलेग्नो की आवाज़ में गुस्सा साफ ज़ाहिर हो रहा था। 'मैं तुम्हें बताना चाहूंगा कि तुम जब मुझसे बात कर रहे हो तो इस कुर्सी से बात कर रहे हो। मुझे अहसास है कि तुम मेरे ओहदे को गंभीरता से नहीं लेते हो लेकिन कानूनन मैं इस वक्त इस जगह का कार्यकारी अधिकारी हूँ। अगर मेरी जानकारी सही है तो इस वक्त कार्डिनल सिस्टीन गिरजाघर में सुरक्षित हैं और सम्मेलन शुरु होने के पहले तुम्हारी सुरक्षा संबंधी जिम्मेदारियाँ काफी कम हैं। मेरी समझ में नहीं आ रहा कि तुम इस यंत्र को ढूँढ़ने से क्यों हिचकिचा रहे हो। अगर मेरी समझदारी में कोई कमी नहीं है तो मुझे लगता है कि तुम इस सम्मेलन के लिए जानबूझ कर ख़तरा पैदा कर रहे हो।'

ओलिवेट्टी हिकारत की दृष्टि से ये बातें सुन रहा था। 'आप ये कहने की जुर्रत कैसे कर सकते हैं! मैंने बारह सालों से पोप की सेवा की है। उसके पहले वाले पोप की चौदह साल तक। और सन् 1438 से ही स्विस गार्ड...'

ओलिवेट्टी के बेल्ट पर लगा वॉकी टॉकी जोर जोर से बजने लगा और उसकी आवाज़ दब गई, 'कमांडर?'

ओलिवेट्टी ने तेजी से अपना वॉकी टॉकी बेल्ट से निकाला, 'मैं अभी व्यस्त हूँ। मुझे परेशान नहीं करो।'

'माफ कीजिएगा।' स्विस गार्ड ने रेडियो पर कहा। 'मैं संचार केंद्र से बोल रहा हूँ। मुझे लगा कि आप को बताना आवश्यक है कि अभी अभी हमें कहीं बम होने की धमकी मिली है।'

ओलिवेट्टी ने उसकी बात पर ध्यान नहीं दिया। तो फिर इससे निबटो। इसे ढूँढ़ने के लिए निर्धारित तरीके का इस्तेमाल करो और दर्ज करो।'

'जी, हम वही कर रहे हैं श्रीमान, लेकिन बम की धमकी देने वाले ने फोन पर ...' यह बोलते बोलते गार्ड रुक गया। 'मैं आपको परेशान नहीं करता कमांडर लेकिन फोन करने वाले ने उसी चीज़ का नाम लिया जिसके बारे में जानकारी इकट्ठा करने के लिए आपने कहा था—एंटीमैटर।'

कमरे में मौजूद सभी लोगों ने एक दूसरे को आश्चर्यचकित होकर देखा।

'उसने किस चीज़ के बारे में कहा?' ओलिवेट्टी हकलाने लगा।

'एंटीमैटर, सर। जब हम उसे ढूँढ़ने की कोशिश कर रहे थे तो मैंने उसके दावे के बारे में कुछ और पता करने की कोशिश की। एंटीमैटर के बारे में जो जानकारी मिली है, सच कहूं तो वह काफी भयानक है।'

'मुझे जहाँ तक याद है तुमने कहा था कि बैलिस्टिक्स के विशेषज्ञ ने एंटीमैटर के बारे में किसी भी जानकारी से इनकार किया था?'

'मैंने यह जानकारी ऑनलाइन इकट्ठा की।'

हे भगवान। विट्टोरिया ने मन ही मन सोचा।

'यह एक बहुत ही भयंकर विस्फोटक पदार्थ है।' गार्ड ने कहा। 'यह कहना तो मुश्किल है कि ये जानकारी कितनी सही है लेकिन इसमें कहा गया है कि एक पाउंड एंटीमैटर सौ न्यूक्लियर बमों के बराबर विस्फोटक क्षमता रखता है।'

यह सुनते ही ओलिवेट्टी की सिट्टी पिट्टी गुम हो गई। लगा जैसे उसके ऊपर कोई पहाड़ टूट पड़ा हो। विट्टोरिया के चेहरे पर विजय का भाव था लेकिन केमरलेग्नो के चेहरे पर तैरते भय के सामने वह फीका पड़ रहा था।

'क्या तुमने पता लगाने की कोशिश की कि फोन कहाँ से किया गया था?' ओलिवेट्टी हकला रहा था।

'नहीं। मोबाइल से कॉल आय़ी थी जो पूरी तरह से इनक्रिप्टेड था। SAT लाइनें आपस में मिली जुली होती हैं इसलिए त्रिकोणमितीय तरीके से पता लगाना मुमकिन नहीं। IF सिग्नेचर से पता चलता है कि उसने कहीं रोम से ही फोन किया है लेकिन उसका ठीक ठीक पता लगाना संभव नहीं।'

'उसने क्या फिरौती भी मांगी है?' ओलिवेट्टी ने पूछा। उसकी आवाज़ शांत थी।

'नहीं सर। उसने सिर्फ यह चेतावनी दी कि परिसर के अंदर एंटीमैटर छिपाया गया है। उसे यह जानकर आश्चर्य हो रहा था कि हमें इसकी जानकारी नहीं है। उसने पूछा कि मैंने इसे अब तक देखा है या नहीं? आपने मुझसे एंटीमैटर के बारे में चर्चा की थी इसलिए मैंने सोचा कि आपको बताना उचित होगा।'

'तुमने बिल्कुल सही किया।' ओलिवेट्टी ने कहा। 'मैं एक मिनट में आ रहा हूँ। इस बीच अगर उसका दुबारा कॉल आए तो मुझे तुरंत बताना।'

वॉकी टॉकी पर एक क्षण के लिए चुप्पी छा गई। 'फोन करने वाला अब भी लाइन पर है श्रीमान।'

लगा जैसे कि ओलिवेट्टी को बिजली का झटका लग गया हो, 'लाइन चालू है?'

'जी सर। हम पिछले दस मिनट से पता करने की कोशिश कर रहे हैं कि वह कहाँ से फोन कर रहा है लेकिन हमारे हाथ इधर उधर की घड़घड़ाहट के अलावा कुछ नहीं आ रहा। शायद उसे पता है कि हम उसका कुछ नहीं बिगाड़ सकते इसलिए वह कह रहा है कि जब तक उसकी बात केमरलेग्नो से नहीं कराई जाएगी तबतक वह फोन नहीं रखेगा।'

'ठीक है। तुम उसका फोन इधर लगाओ। अभी।' केमरलेग्नो ने आदेश दिया।

ओलिवेट्टी बोला, 'फादर, नहीं। प्रशिक्षित स्विस गार्ड इस काम को बेहतर ढंग से कर पाएंगे।'

'अभी फोन लगाओ।'

ओलिवेट्टी ने फोन केमरलेग्नो को लगाने का आदेश दिया।

अगले ही क्षण केमरलेग्नो वेंट्रेस्का के डेस्क पर रखे फोन की घंटी बजने लगी। केमरलेग्नो ने फोन के स्पीकर को दबाया। 'भगवान के लिए तुम अपने को क्या समझते हो?'

41

केमरलेग्नो के स्पीकर फोन से आ रही आवाज में एक रूखापन और संवेदनशून्यता झलक रही थी। साफ ज़ाहिर हो रहा था कि फोन करने वाला व्यक्ति अहंकार से भरा हुआ था। कमरे में मौजूद हर व्यक्ति फोन पर चल रही बात सुन रहा था।

लैंग्डन उसकी आवाज़ से अंदाजा लगाने की कोशिश कर रहा था कि वह व्यक्ति कहाँ का है। *शायद मध्य पूर्व का व्यक्ति?*

'मैं एक प्राचीन पंथ, ब्रदरहुड का संदेशवाहक हूँ।' एक अजनबी शैली में फोन से आवाज़ आ रही थी। 'एक ऐसा ब्रदरहुड जिसके खिलाफ आपने सदियों से अन्याय किया है। मैं इल्युमिनाटी का दूत हूँ।'

लैंग्डन की मांसपेशियों में खिंचाव हो रहा था। उसके मन में बचा खुचा संदेह भी अब दूर हो चुका था। एक पल के लिए फिर उसके अंदर एक अजीब सी सनसनी, भय और साथ ही विशेषाधिकार का अहसास पैदा हुआ जैसा आज सुबह एंबीग्राम देखने के बाद उसके दिल में हुआ था।

'तुम क्या चाहते हो?' केमरलेग्नो ने उससे जानना चाहा।

'मैं विज्ञान के लोगों का प्रतिनिधि हूँ। ऐसे लोग जो तुम्हारी तरह प्रश्नों के उत्तर ढूँढ़ रहे हैं। मनुष्य की नियति से संबंधित सवाल, जीवन का उद्देश्य, उसे बनाने वाले के बारे में सवालों के जवाब।'

'तुम चाहे जो भी हो' केमरलेग्नो ने कहा, 'मैं...'

'चुप रहिए।' अच्छा होगा अगर आप चुपचाप मेरी बात सुनें। दो हज़ार सालों से चर्च ने सत्य की खोज का अधिकार अपने पास रखा है। आपने अपने विरोधियों को महाविनाश की धमकी देकर बर्बाद कर दिया है। आपने सत्य को तोड़—मरोड़कर स्वार्थ के लिए इस्तेमाल किया है। जिन लोगों की खोज आपकी राजनीति के अनुरूप नहीं है, आपने उनकी हत्या करवाई है। आपको आश्चर्य नहीं होना चाहिए कि आप दुनिया भर के विवेकपूर्ण और ज्ञानी लोगों के निशाने पर हैं।

'ज्ञानी और विवेकपूर्ण लोग अपना मकसद पूरा करने के लिए ब्लैकमेल का इस्तेमाल नहीं करते।'

'ब्लैकमेल?' फोन करने वाला हंस रहा था। 'मैं कोई ब्लैकमेल नहीं कर रहा। हमारी कोई मांग नहीं है। वेटिकन के खात्मे के बारे में कोई बातचीत नहीं हो सकती। हम लोग इस दिन की प्रतीक्षा सौ सालों से कर रहे थे। आज आधी रात को तुम्हारा शहर बर्बाद हो जाएगा। तुम इस से बच नहीं सकते।'

ओलिवेट्टी तेजी से स्पीकर फोन की तरफ बढ़ा। 'इस शहर में घुस पाना नामुमकिन है। तुम्हारे लिए इस शहर के अंदर विस्फोटक रखना शायद संभव नहीं हुआ होगा।'

'तुम बेवकूफ स्विस गार्ड की तरह बोल रहे हो। हो सकता है तुम उनके बड़े अधिकारी हो। तुम्हें तो पता होगा कि सदियों से इल्युमिनाटी दुनिया भर के बड़े बड़े संगठनों के अंदर घुस चुके हैं। क्या तुम्हें सचमुच लगता है कि वेटिकन को कुछ नहीं हो सकता?'

जीसस, लैंग्डन भगवान को याद करने लगा। *उनके साथ जरूर अंदर का कोई आदमी मिला हुआ है।* यह सबको पता था कि घुसपैठ इल्युमिनाटी की ताकत की एक ख़ास पहचान थी। उन्होंने मेसनों के बीच घुसपैठ की थी, बड़े बड़े बैंकिंग संगठनों में उनके लोग घुसे थे, सरकार में भी उनकी घुसपैठ थी। इसीलिए चर्चिल ने कहा था कि जिस तरह इल्युमिनाटी ब्रिटेन की संसद में घुसे हुए थे अगर उसी तरह उसके जासूस नाजियों के बीच घुसपैठ कर पाते तो शायद युद्ध एक महीने में समाप्त हो गया होता।

'साफ लग रहा है कि वह हमें गफलत में डालना चाहता है।' ओलिवेट्टी चिहुंक उठा। 'तुम्हारी पहुँच इतनी दूर तक नहीं हो सकती।'

'क्यों? इसलिए क्योंकि तुम्हारे स्विस गार्ड चौकन्ने हैं? क्योंकि वे तुम्हारी निजी दुनिया के चप्पे चप्पे पर नज़र रखते हैं? स्विस गार्ड अगर खुद इसमें शामिल हों तो? वे क्या इंसान नहीं? क्या तुम्हें सचमुच ऐसा लगता है कि वे पानी पर चल सकने वाले लोगों के बारे में गढ़ी कहानियों के लिए अपनी जान देने को तैयार होते हैं ? खुद से पूछ कर देखो कि आखिरकार वो डिब्बा तुम्हारे शहर के अंदर आया कैसे? तुम्हारे सबसे कीमती चार लोग आज दोपहर से कैसे ग़ायब हैं?'

'हमारे लोग?' ओलिवेट्टी के चेहरे पर शिकन दिखाई दिया। 'तुम कहना क्या चाहते हो?'

'एक, दो, तीन, चार। तुम्हें उनके ग़ायब होने के बारे में अब तक कोई ख़बर नहीं है?'

'क्या बेवकूफी की बातें कर रहे हो...' ओलिवेट्टी बोलते बोलते रुक गया। उसकी आँखें फैल गई मानों किसी ने उसके पेट में जोर का मुक्का मारा हो।

'अब सूरज की रोशनी दिखाई दे रही है।' फोन करने वाले ने कहा। 'मैं उनके नाम पढ़कर बताऊं?'

'ये क्या चल रहा है?' केमरलेग्नो बिल्कुल हतप्रभ लग रहा था।

फोन करने वाला हंस रहा था। 'तुम्हारे अफसर ने अब तक तुम्हें बताया नहीं है? घोर पाप। लेकिन आश्चर्य की बात नहीं। उफ, इतना अहंकार। मैं समझ सकता हूँ कि तुम्हें यह सूचना देना कितना अपमानजनक लग रहा होगा कि जिन लोगों की सुरक्षा की तुमने कसम खायी थी उनमें से चार ग़ायब हो गए हैं ...'

'तुम्हें कहाँ से यह सूचना मिली।' ओलिवेट्टी का गुस्सा फूट पड़ा।

'केमरलेग्नो, अपने कमांडर से पूछिए कि क्या आपके सभी कार्डिनल सिस्टीन गिरजाघर के अंदर मौजूद हैं?'

केमरलेग्नो ओलिवेट्टी की तरफ मुड़ा। उसकी नीली आँखें जवाब मांग रही थी।

'हुज़ूर।' ओलिवेट्टी ने केमरलेग्नो के कान में फुसफुसाते हुए कहा, 'ये सच है कि हमारे चार कार्डिनल अब तक सिस्टीन गिरजाघर में नहीं पहुँचे हैं लेकिन इसमें घबराने की कोई बात नहीं। आज सुबह सभी लोग अपने निवास स्थान को पहुँच चुके थे। इसलिए हम निश्चिंत हैं कि वे वेटिकन सिटी के अंदर सुरक्षित हैं। कुछ ही घंटे पहले आपने उनके साथ चाय पी थी। वे सम्मेलन के पहले होने वाले कार्यक्रम के लिए अब तक नहीं पहुँचे हैं। हम उन्हें ढूँढ़ रहे हैं लेकिन मुझे पक्का यकीन है कि उन्हें समय का ख्याल नहीं रहा होगा और वे कहीं इधर उधर मजे में होंगे।'

'यहीं कहीं मजे में होंगे।' अब केमरलेग्नो की आवाज़ से शांति का भाव ग़ायब हो चुका था। 'उन्हें एक घंटे पहले ही चर्च के अंदर होना चाहिए था। ;

लैंग्डन ने विट्टोरिया की तरफ मुस्कुराते हुए नज़र दौड़ायी। *गुमशुदा कार्डिनल? तो नीचे वे उन्हीं की तलाश में व्यस्त हैं?*

'हमारी सूची', फोन करने वाले ने कहा, 'आपको इस सूची के नाम सुनकर और भी यकीन हो जाएगा। इसमें शामिल हैं पेरिस के कार्डिनल लामास, बार्सिलोना के कार्डिनल गुइदेरा, फ्रैंकफर्ट के कार्डिनल एबनर...'

हरेक नाम के बाद लग रहा था ओलिवेट्टी का कद छोटा होता जा रहा था।

फोन करने वाला व्यक्ति थोड़ा रुका। लग रहा था जैसे आखिरी नाम बताने में उसे ज़्यादा ही मज़ा आ रहा था। 'और इटली से कार्डिनल बैजिया।'

केमरलेग्नो यह सुनकर ढीला पड़ गया जैसे नाव समुद्र में डूबने के पहले डगमगा रही हो। उसका चोगा फूल गया और वह अपनी कुर्सी पर धम्म से बैठ गया। 'ये हमारे ख़ास लोग हैं, प्रेफेराती।' उसने फुसफुसाते हुए कहा, 'पोप बनने के लिए बैजिया सहित इन चारों की सबसे अधिक संभावना है...यह कैसे संभव हो सकता है?'

लैंग्डन को पोप के चुनाव की आधुनिक शैली के बारे में काफी जानकारी थी। इसलिए वह केमरलेग्नो के चेहरे पर दिख रही हताशा को समझ सकता था। तकनीकी दृष्टि से आठ साल के अनुभव वाला कोई भी कार्डिनल पोप चुना जा सकता था लेकिन गिने चुने लोगों को ही इस गहन प्रतिस्पर्धी चुनाव प्रक्रिया में दो तिहाई लोगों के बीच इतनी प्रतिष्ठा हासिल

थी कि वे पोप के तौर पर चुने जा सकते। उन चुनिंदा लोगों को इतालवी में प्रेफेराती कहते थे। और उनमें से सभी लापता थे।

केमरलेग्नो के चेहरे से पसीना चू रहा था। 'तुम इन लोगों के साथ क्या करने वाले हो?'

'आपको क्या लगता है कि मैं उनके साथ क्या करने वाला हूँ? मैं हैसेसिनों की संतति हूँ।'

लैंग्डन के शरीर में झुरझुरी हो रही थी। वह इस नाम से बखूबी परिचित था। चर्च ने पिछले जमाने में कई दुश्मन पैदा किए थे—हैसेसिन, नाइट्स टेंपलार, वेटिकन के द्वारा जिन फौजों को खदेड़ खदेड़ कर मारा गया था या उनके साथ धोखा किया गया था।

'कार्डिनलों को छोड़ दो।' केमरलेग्नो ने कहा। 'क्या ईश्वर के शहर को बर्बाद करने की धमकी देना ही काफी नहीं?'

'कार्डिनलों के बारे में सोचना छोड़ दो। वे अब तुम्हारे हाथ से जा चुके हैं। हाँ, इतना आश्वासन दे सकता हूँ कि लोग उनकी मौत को याद जरूर रखेंगे ... लाखों लोग। यही तो शहीदों का सपना होता है। मैंने उन्हें मीडिया की आँखों का तारा बना दूंगा—एक एक करके। दोपहर रात तक इल्युमिनाटी पर सबकी नज़रें होंगी। अगर कोई देख ही नहीं रहा हो तो फिर दुनिया को बदलने से क्या फायदा? सार्वजनिक हत्याओं के खौफ का अपना ही नशा होता है। है न? तुमने तो यह बहुत पहले ही साबित कर दिया है...चर्च द्वारा अपने विरोधियों को दी जानी वाली खौफनाक सजाएं—इनक्विजिशन, टेंपलार नाइटों को दी जाने वाली प्रताड़नाएँ, ईसाई धर्मयुद्ध।' वह रुका। 'और हाँ, *ला पर्गा* तो है ही।'

केमरलेग्नो बिल्कुल चुप था।

'क्या तुम्हें *ला पर्गा* के बारे में कुछ भी याद नहीं?' फोन करने वाले ने सवाल किया। 'अच्छा, याद भी कैसे होगा, तुम तो उस समय बच्चे थे। वैसे भी, पादरी अच्छे इतिहासकार नहीं होते। शायद, इतिहास उन्हें शर्मिंदा जो करता है।'

'ला पर्गा,' लैंग्डन को अपनी बुदबुदाहट खुद सुनाई दे रही थी। 'सन् 1688। चर्च ने चार इल्युमिनाटी वैज्ञानिकों को सलीब के निशान से दागा था ताकि उन्हें अपने पापों से मुक्ति दी जा सके।'

'यह किसकी आवाज़ है?' फोन पर बात कर रहे व्यक्ति ने सवाल किया। वह चिंतित कम और हैरान अधिक लग रहा था। 'वहाँ और कौन है?'

लैंग्डन को कंपकंपी छूट रही थी। 'मेरा नाम जानना ज़रूरी नहीं।' उसने जवाब दिया। वह कोशिश कर रहा था कि उसकी आवाज़ में कंपन नहीं सुनाई दे। किसी जीवित इल्युमिनाटी से बात करना उसे असहज बना रहा था मानो ...वह जॉर्ज वाशिंगटन से बात कर रहा हो। 'मैं शिक्षा के क्षेत्र से ताल्लुक रखता हूँ जिसने तुम्हारे संप्रदाय के इतिहास का अध्ययन किया है।'

'वाह, क्या बात है।' दूसरी ओर से आवाज़ आयी। 'मुझे जानकर खुशी हुई कि आज भी ऐसे लोग हैं जो हमारे ऊपर हुए अत्याचारों को याद रखते हैं।'

'ज़्यादातर लोगों को लगता है कि तुम लोग अब ज़िंदा नहीं हो।'

'इस गलतफहमी को बढ़ाने के लिए हमारे ब्रदरहुड के लोगों ने बहुत मेहनत की है। तुम्हें *ला—पर्गा* के बारे में और क्या जानकारी है?'

लैंग्डन थोड़ा हिचकिचाया। *मैं इसके बारे में और क्या जानता हूँ? यही कि यह पूरी तरह से एक प्रकार का पागलपन है। मैं इसके बारे में बस यही जानता हूँ।* लोहे की गर्म सलाखों से दागे जाने के बाद उन वैज्ञानिकों को मौत के घाट उतार दिया गया। इसके बाद उनकी लाशों को रोम के चारों तरफ सार्वजनिक स्थानों फेंक दिया गया ताकि दूसरे वैज्ञानिकों को इल्युमिनाटी में शामिल होने से डराया जा सके।'

'बिल्कुल ठीक। इस लिए हम भी वही करेंगे—जैसे को तैसा। तुम इसे अपने भाइयों की हत्या का प्रतीकात्मक बदला मान सकते हो। तुम्हारे चारों कार्डिनल मारे जाएंगे। आज रात आठ बजे के बाद हर घंटे पर एक। दोपहर रात होते होते दुनिया भर में मज़ा आ जाएगा।'

लैंग्डन फोन की तरफ बढ़ा। 'क्या तुम भी इन चारों लोगों को लोहे की गर्म सलाखों से दाग कर मारना चाहते हो?'

'इतिहास अपने को दुहराता है। है न ? बेशक हम यह काम चर्च की तुलना में ज़्यादा नफासत और बहादुरी के साथ करेंगे। उन्होंने हमारे भाइयों को चुपचाप मारा था। जब आसपास कोई नहीं दिखाई दे रहा था तो उनकी लाशों को भी चुपचाप कहीं छोड़ आए थे । यह कितना कायरतापूर्ण लगता है।'

'तुम क्या कहना चाहते हो?' लैंग्डन ने सवाल किया। 'कि तुम इन लोगों को सार्वजनिक तौर पर दाग कर उनकी हत्या करोगे?'

'बहुत सही। हालाँकि ये इस बात पर निर्भर करता है कि तुम सार्वजनिक किसे कहते हो। मुझे लगता है कि आजकल ज़्यादा लोग तो चर्च जाते नहीं।'

लैंग्डन ने बात को पक्के तौर पर समझने के लिए कहा, 'तो तुम उन्हें चर्च के अंदर मारने वाले हो?'

'ये हमारी दयालुता की पहचान होगी। हम ईश्वर की मदद करना चाहते हैं कि उनकी आत्मा को वे जल्दी से जल्दी स्वर्ग में ले जा सकें। मुझे यह जंचता है। हाँ, मैं समझता हूँ कि प्रेस को यह सब बहुत अच्छा लगेगा।'

'तुम बकवास कर रहे हो।' ओलिवेट्टी ने कहा। उसकी आवाज़ फिर से गंभीर और नियंत्रित हो गई थी। 'चर्च के अंदर किसी की हत्या कर तुम बच जाओ ऐसा संभव नहीं।'

'बकवास? हम तुम्हारे स्विस गार्डों के बीच इस तरह आते जाते हैं जैसे भूत। तुम्हारे घर के भीतर से चार कार्डिनलों को लापता कर देना, तुम्हारे सबसे पवित्र पूजा स्थल के

बीचो बीच भयानक विस्फोटक रख देना ... ये सब तुम्हें बकवास लगता है? जैसे जैसे ये हत्याएँ होंगी और मारे जाने वालों की लाशें मिलेंगीं, मीडिया का जमावड़ा लगेगा। दोपहर रात होते होते पूरी दुनिया को इल्युमिनाटी के मकसद के बारे में पता चल जाएगा।'

'और हम अगर हर चर्च में अपने सिपाही तैनात कर दें तो?' ओलिवेट्टी ने पूछा।

फोन करने वाले ने ठहाका लगाया। 'मुझे लगता है कि तुम्हारा धर्म इतना बड़ा है कि यह काम तुम्हारे लिए मुश्किल होगा। इधर हाल फिलहाल में तुमने क्या गिनती नहीं की है? रोम के अंदर चार सौ से भी अधिक कैथोलिक चर्च हैं। कैथेड्रल, चैपेल, टेबरनेकल्स, एबेज, मठ, कॉन्वेंट, धार्मिक स्कूल वगैरह वगैरह...'

'नब्बे मिनट के अंदर यह सब शुरू होने वाला है।' फोन करने वाले ने अपनी आखिरी बात बताने के लहजे में कहा। 'हर घंटे एक। मौत का एक गणितीय फार्मूला। अच्छा, अब मुझे जाना होगा।'

'रुको।' लैंग्डन ने उसे रोकते हुए कहा। 'मुझे ये बताओ कि तुम इन लोगों को किस तरह के निशान से दागने वाले हो?'

हत्यारा यह सुनकर थोड़ा अचंभित सा लग रहा था। 'मुझे अनुमान है कि तुम जानते हो कि हम किस तरह के निशान का इस्तेमाल करेंगे। या हो सकता है तुम इसमें यकीन नहीं करते हो। जो भी हो, तुम जल्द ही ये देख लोगे। तुम्हें सबूत मिल जाएगा कि प्राचीन कथाएँ सच हैं।'

लैंग्डन को लगा जैसे उसका माथा सुन्न हो गया था। उसे बखूबी मालूम था कि वह आदमी किस बात का दावा कर रहा था। लैंग्डन लियोनार्डो वेट्रा की छाती पर बनाए गए निशान को याद कर रहा था। इल्युमिनाटी की कहानियों में पाँच तरह के निशानों की बात आती थी। *अब चार तरह के निशान बचे थे*, लैंग्डन सोच रहा था, *और चार कार्डिनल भी ग़ायब थे*।

'मैंने शपथ ले रखी है कि आज की रात एक नए पोप का चुनाव पूरा होगा।' केमरलेग्नो ने कहा।

'केमरलेग्नो।' फोन की दूसरी ओर से आवाज़ आयी। 'दुनिया को एक नए पोप की ज़रूरत नहीं है। आज दोपहर रात के बाद उसके साम्राज्य में खंडहरों के सिवा राज करने के लिए कुछ नहीं बचेगा। कैथोलिक चर्च का विनाश हो चुका है। धरती पर तुम्हारा अंत आ चुका है।'

हर तरफ सन्नाटा फैल गया।

केमरलेग्नो वाकयी उदास दिखाई दे रहा था। 'तुम गलत रास्ते पर हो। चर्च ईंट-पत्थर से बढ़कर होता है। तुम दो हज़ार साल पुराने धर्म को ऐसे समाप्त नहीं कर सकते... चाहे वह कोई भी धर्म क्यों न हो। तुम इस धरती पर दिखने वाले धार्मिक चिह्नों को नष्ट कर आस्था को समाप्त नहीं कर सकते। वेटिकन सिटी के बिना भी कैथोलिक चर्च का अस्तित्व बना रहेगा।'

'वाह, क्या पवित्र झूठ! लेकिन आखिर झूठ ही है ये। हम दोनों को पता है कि सचाई क्या है। मुझे बताओ कि वेटिकन सिटी को इस तरह चारों तरफ मोटी मोटी दीवारों से घेर कर क्यों रखा गया है?'

'ईश्वर के लोग खतरनाक दुनिया में रहते हैं।' केमरलेग्नो ने जवाब दिया।

'तुम्हारी क्या उम्र हो रही है? वेटिकन को किले की तरह रखा जाता है क्योंकि इसकी आधी संपत्ति इन्हीं दीवारों के बीच पायी जाती है—जैसे कि दुर्लभ कलाकृतियां, मूर्तियां, बहुमूल्य जवाहरात, अनमोल किताबें और फिर सोने—चांदी का भंडार और बेशुमार ज़मीन जायदाद के कागजात भी वेटिकन बैंक के खजाने में रखे हुए हैं। अंदर की जानकारी रखने वाले लोगों का मानना है कि इन सब की कीमत 48.5 अरब डॉलर से कम नहीं होगी। तुम इस विशाल खजाने के ऊपर कुंडली मार कर बैठे हो। कल ये सब खाक में मिल जाएगा जैसे किसी ने अपनी सारी संपत्ति उड़ा दी हो। तुम दिवालिया हो चुके होगे। पादरी-पुजारी भी फोकट में काम नहीं करता।'

यह बात इतनी सच थी कि ओलिवेट्टी और केमरलेग्नो दोनों का चेहरा सफेद पड़ गया था। लैंग्डन को समझ में नहीं आ रहा था कि कौन सी बात अधिक आश्चर्यजनक थी—कि कैथोलिक चर्च के पास इतना पैसा था या कि इल्युमिनाटी को ये सब बातें पता थी।

केमरलेग्नो ने गहरी साँस ली। 'पैसा नहीं बल्कि आस्था चर्च की ताकत है।'

'और झूठ।' फोन करने वाले ने कहा। 'पिछले साल तुमने दुनिया भर में अपने लड़खड़ाते हुए चर्च के संगठनों को संभालने के लिए 18.3 करोड़ डॉलर खर्च किए। चर्च में आने वाले लोगों की संख्या आज से कम कभी नहीं थी—पिछले दशक की तुलना में छियालीस प्रतिशत कम। सात साल पहले की तुलना में आज चंदे की रकम आधी भी नहीं बची है। सेमिनरी में आने वाले लोगों की संख्या लगातार कम होती जा रही है। तुम मानोगे नहीं लेकिन तुम्हारा चर्च आखिरी साँसे गिन रहा है। इसे तुम धूम-धड़ाके के साथ मौत को गले लगाने का अवसर मान सकते हो।'

ओलिवेट्टी आगे बढ़ा। अब वह कम आक्रामक मुद्रा में लग रहा था। शायद अब उसे वास्तविकता का भान हो गया था। ऐसा लग रहा था कि वह किसी तरह इस परिस्थिति से बाहर निकलने का रास्ता ढूँढ़ रहा था। किसी भी तरह। 'और अगर उस सोने चांदी का एक हिस्सा तुम्हारे मकसद के काम आ जाए तो?'

'हम दोनों का अपमान मत करो।'

'हमारे पास पैसा है। '

'हमारे पास भी है। तुम्हारी कल्पना से कहीं ज़्यादा।'

लैंग्डन इल्युमिनाटी के पास धन के बारे में लगाए जाने वाले अनुमान के बारे में सोचने लगा। उसे बावेरिया में रहने वाले स्टोन मेसनों, रॉथशील्ड, बिल्डरबर्जर और कहानियों में सुनाई देने वाले इल्युमिनाटी हीरे की बातें याद आ रही थी।

'मैं तुमसे विनती करता हूँ।' केमरलेग्नो ने विषय बदलते हुए कहा। उसकी आवाज़ में याचना का स्वर था। 'उन्हें छोड़ दो। वे बुजुर्ग हैं। वे...'

'वे कुंवारी कन्याओं की बलि के जैसे हैं।' फोन करने वाले ने ठहाका लगाया। 'मुझे बताओ कि क्या तुम्हें सचमुच लगता है कि वे कुंवारे हैं? मरने के समय क्या ये नन्हे मेमने मिमियाएंगे? विज्ञान की वेदी पर कुंवारों की बलि।' उसने इतालवी में मज़ाक के लहजे में कहा।

केमरलेग्नो देर तक चुप रहा। 'वे आस्थावान लोग हैं। वह मरने से नहीं डरते।' उसने अंततः अपना मुँह खोला।

फोन करने वाला तंज के लहजे में हंसा। 'लियोनार्डो वेट्रा भी आस्थावान व्यक्ति था और इसके बावजूद कल रात मैंने उसकी आँखों में खौफ देखा था, खौफ जिसे मैंने बाहर निकाल लिया।'

विट्टोरिया अब तक चुप थी। यह सुनते ही वह उछल कर खड़ी हो गई। उसका शरीर नफरत से तना हुआ था। 'गधे। वो मेरा बाप था।'

फोन के स्पीकर से खड़खड़ाने की आवाज़ आयी। 'तुम्हारा बाप? ये क्या हो रहा है? वेट्रा को बेटी? तुम्हें पता होना चाहिए कि मरते वक्त तुम्हारा बाप कैसे एक बच्चे की तरह रो रहा था। दयनीय। सचमुच वह दया का पात्र था।'

विट्टोरिया चक्कर खा रही थी, मानो उन शब्दों ने उसे जोर का धक्का दिया हो। लैंग्डन उसे थामने के लिए आगे बढ़ा लेकिन वह खुद संभल गई और उसने फोन पर अपनी काली गहरी आँखें जमा दी। 'मैं अपनी कसम खाती हूँ। आज की रात बीतने के पहले मैं तुम्हें ढूँढ़ निकालूंगी।' उसकी आवाज़ में लेजर जैसी धार दिखाई दे रही थी। 'और जब मैं तुम्हें ढूँढ़ निकालूंगी तो...'

फोन करने वाला उद्दंड तरीके से हंसा। 'हिम्मत वाली औरत। मैं जोश में आ गया हूँ। शायद रात बीतने के पहले मैं तुम्हें ढूँढ़ लूं और जब तुम मुझे मिलोगी तो...'

फोन करने वाले के शब्द छुरी की तरह हवा में तैर रहे थे। फिर वह चला गया।

42

अपने काले लिबास में कार्डिनल मोर्टाटी को पसीना आ रहा था। सिस्टीन गिरजाघर अब भाप की भट्ठी की तरह गर्म हो गया था। सम्मेलन अगले बीस मिनट में शुरू होने वाला था लेकिन अब तक चार लापता कार्डिनलों का कोई अता पता नहीं था। उनकी अनुपस्थिति में लोग तो पहले आहिस्ता आहिस्ता कानाफूसी कर रहे थे लेकिन अब यह सिलसिला जोर शोर से हो रही शिकायतों में तब्दील हो चुका था।

मोर्टाटी कल्पना नहीं कर पा रहा था कि वे कार्डिनल कहाँ गुम हो गए हैं। *शायद वे केमरलेग्नो के साथ हैं?* उसे पता था कि केमरलेग्नो ने आज दोपहर विशिष्ट कार्डिनलों यानी प्रेफेराती को परंपरागत रूप से पिलाए जाने वाले चाय का आयोजन किया था। लेकिन इसे तो कई घंटे बीत चुके थे। *क्या वे बीमार थे? उन्होंने कुछ ऐसा वैसा खाया तो नहीं?* मोर्टाटी को इस बात पर यकीन नहीं हो रहा था। ये विशिष्ट कार्डिनल मरने के वक्त भी यहाँ आने से चूक नहीं सकते थे। कार्डिनलों की ज़िंदगी में ऐसा मौका शायद एक बार आता था। प्रायः उनकी ज़िंदगी में पोप बनने की संभावना कभी नहीं आती थी। वेटिकन के कानून के मुताबिक वोट के दौरान उन्हें सिस्टीन गिरजाघर के अंदर होना आवश्यक था। इसके बिना वे पोप चुने जाने के योग्य नहीं माने जाते थे।

वैसे तो चार लोगों को इन विशिष्ट कार्डिनलों में शामिल किया गया था जिनमें से एक को पोप चुना जाना था लेकिन सबको पता था कि अगला पोप कौन बनने वाला था। पिछले पंद्रह दिनों में फोन और फैक्सों की बाढ़ आयी हुई थी जिसमें संभावित उम्मीदवार के बारे में बातें हो रही थी। परंपरा के अनुसार चार कार्डिनलों को विशिष्ट दर्जा देकर रखा गया था क्योंकि उनमें से सभी पोप बनने की अघोषित योग्यता रखते थे:

वे इतालवी, स्पैनिश और अंग्रेजी भाषाओं के जानकार हों।

वे किसी बदनामी वाले कांड में शामिल न रहे हों।

उनकी उम्र पैंसठ से अस्सी के बीच हो।

ज़ाहिर था कि इन विशिष्ट कार्डिनलों में से एक की हैसियत बाकी लोगों से ऊँची हो चुकी थी जिसे इस सम्मेलन में पोप चुना जाना था। आज की रात वह व्यक्ति था मिलान का पादरी एल्डो बैजिया। बैजिया के ऊपर आज तक किसी तरह का धब्बा नहीं लगा था। उसकी अभिव्यक्ति क्षमता बेजोड़ थी और वह आध्यात्मिक विषयों के सार को बेहतरीन तरीके से संप्रेषित कर सकता था। अपने इन गुणों की वजह से उसके पोप चुने जाने की संभावना सबसे अधिक थी।

लेकिन अभी वह था कहाँ? मोर्टाटी चिंता में डूबा था।

मोर्टाटी विशेष रूप से चिंतित था क्योंकि इस सम्मेलन के देखरेख की जिम्मेदारी उसके कंधों पर थी। एक सप्ताह पहले कार्डिनलों के समूह ने उसे सर्वसम्मति से उसे इस सम्मेलन के संचालक के रूप में चुना था जिसे *दि ग्रेट इलेक्टर* की पदवी दी जाती थी। वैसे केमरलेग्नो चर्च का सबसे ऊँचा अधिकारी होता है लेकिन वह एक महज पादरी के ओहदे पर होता है। उसे चुनाव की जटिल प्रक्रिया के बारे में बहुत थोड़ी सी जानकारी होती है। इसलिए कार्डिनलों के बीच से एक व्यक्ति को सिस्टीन गिरजाघर के अंदर चुनाव की प्रक्रिया की देखरेख के लिए चुना जाता था।

कार्डिनल प्रायः उससे मज़ाक किया करते थे कि दि ग्रेट इलेक्टर के तौर पर चुना जाना ईसाइयत के अंदर सबसे क्रूर मज़ाक था। जिस व्यक्ति को यह ओहदा दिया

जाता था वह पोप के पद के लिए उम्मीदवार नहीं बन सकता था। इसके अलावा चुनाव सही तरीके से संपन्न करवाने के लिए सम्मेलन शुरू होने के पहले उसे कई दिनों तक इस सम्मेलन को आयोजित करने के प्राचीन तौर तरीकों के सूक्ष्म बिंदुओं को समझने के लिए *युनिवर्साई डोमिनिची ग्रेगिस* के पन्नों को चाटना होता था ।

लेकिन मोर्टाटी को इन बातों से कोई तकलीफ नहीं थी। उसे मालूम था कि वही इस काम के लिए स्वाभाविक तौर पर योग्य था। वह एक वरिष्ठ कार्डिनल तो था ही, वह स्वर्गवासी पोप का भी विश्वासपात्र था जिसकी वजह से उसके सम्मान में इजाफा होता था। वैसे तकनीकी रूप से मोर्टाटी अब भी पोप बनने की योग्यता रखता था लेकिन उम्र की वजह से अब उसे इस पद के लिए गंभीर उम्मीदवार नहीं माना जाता था। पोप का चुनाव करने वाले कार्डिनलों के समूह के भीतर अघोषित तौर पर यह माना जाता था कि उन्नासी साल की उम्र में अब वह पोप के लिए निर्धारित कठिन श्रम वाली दिनचर्या का पालन करने की स्थिति में नहीं था। पोप को सप्ताह में सातों दिन प्रायः चौदह घंटे रोज काम करना पड़ता था। प्रायः काम के बोझ के कारण वे औसतन 6.3 साल के अंदर मर जाते थे। कार्डिनलों के बीच यह मज़ाक प्रचलित था कि पोप चुने जाने का मतलब था स्वर्ग की यात्रा सबसे तेज़ गति से करने का मौका मिलना।

कई लोग मानते थे कि अगर मोर्टाटी इतने उदार सोच का नहीं होता तो वह अपनी युवावस्था में पोप बन सकता था। पोप बनने की इच्छा रखने वाले के लिए तीन पवित्र सिद्धांतों को मानना आवश्यक था—रूढ़िवादी होना, रूढ़िवादी होना, रूढ़िवादी होना।

मोर्टाटी को हमेशा इस बात पर सुखद आश्चर्य होता था कि स्वर्गवासी पोप ने, भगवान उनकी आत्मा को शांति दे, पोप की गद्दी पर बैठने के बाद हमेशा आश्चर्यजनक तौर पर उदारवादी दृष्टिकोण का परिचय दिया था। शायद उन्होंने जब देखा कि आधुनिक दुनिया चर्च से दूर जा रही थी तो उन्हें अपनी तरफ वापस लाने के लिए उन्होंने कई कदम उठाए थे। उन्होंने विज्ञान के बारे में चर्च के नज़रिए को नरम किया था। उन्होंने तो कई वैज्ञानिक उद्देश्यों के लिए आर्थिक सहयोग भी दिया था। दुर्भाग्यवश यह एक तरह की राजनीतिक आत्महत्या जैसी बात थी। रूढ़िवादी कैथोलिकों ने पोप को सठियाया हुआ घोषित कर दिया। वहीं दूसरी तरफ वैज्ञानिक समुदाय के शुद्धतावादी लोग मानते थे कि पोप चर्च को प्रभाव को उस तरफ ले जाना चाहते थे जहाँ उसका स्थान नहीं था।

'तो आखिर वे थे कहाँ?'

मोर्टाटी पलटा।

घबड़ाया हुआ एक कार्डिनल उसके कंधे पर थपकी दे रहा था, 'आपको तो पता होगा कि वे लोग कहाँ हैं?

मोर्टाटी ने दिखाने की कोशिश की कि वह बहुत ज़्यादा चिंतित नहीं है। 'शायद वे लोग अब भी केमरलेग्नो के साथ हैं।'

'इस समय? यह तो परंपरा के बिल्कुल खिलाफ होगा।' कार्डिनल ने अविश्वास के लहजे में कंधे झटके। 'हो सकता है कि केमरलेग्नो को समय का अंदाजा न रहा हो।'

मोर्टाटी को इस बात पर बिल्कुल विश्वास नहीं हो रहा था लेकिन वह कुछ नहीं बोला। उसे अच्छी तरह मालूम था कि ज़्यादातर कार्डिनल केमरलेग्नो को ज़्यादा महत्व नहीं देते थे। वे समझते थे कि केमरलेग्नो की उम्र बहुत कम थी और वह पोप के इतना करीबी होने के लायक नहीं था। मोर्टाटी को शक था कि कार्डिनल ईर्ष्या के कारण उसे पसंद नहीं करते थे। दरअसल मोर्टाटी उस नौजवान का प्रशंसक था। वह मन ही मन स्वर्गवासी पोप की तारीफ करता था कि उन्होंने अपने सहयोगी के तौर पर उसे नियुक्त किया था। केमरलेग्नो की आँखों में झांकने पर मोर्टाटी को केवल आस्था दिखाई देती थी। दूसरे कई कार्डिनलों के विपरीत केमरलेग्नो चर्च और आस्था को टुच्ची राजनीति से ऊपर रखता था। वह सचमुच ईश्वर में श्रद्धा रखने वाला व्यक्ति था।

अपने पूरे कार्यकाल के दौरान केमरलेग्नो की अटूट भक्ति की दास्तान मिथक के रूप में याद की जाती थी। कई लोग इसे उसके बचपन में घटित एक चमत्कारी घटना का परिणाम मानते थे। यह एक ऐसी घटना थी जो किसी भी मनुष्य के दिमाग़ पर स्थायी छाप छोड़ती। *चमत्कार और इसकी अद्भुत प्रकृति*, मोर्टाटी सोच रहा था। उसे लगता कि काश उसके बचपन में भी ऐसी कोई चमत्कारिक घटना घटती जो उसके अंदर वैसी ही अटूट आस्था पैदा कर पाती।

मोर्टाटी को पता था कि दुर्भाग्यवश केमरलेग्नो अपने बुढ़ापे में पोप नहीं बन पाएगा। पोप बनने के लिए एक तरह की राजनीतिक महत्वाकांक्षा की ज़रूरत होती है जिसकी युवा केमरलेग्नो में बिल्कुल कमी थी। पोप ने उसे कई बार अच्छी जगह पर पादरी बनाने का प्रस्ताव दिया था लेकिन उसने कभी स्वीकार नहीं किया। वह कहता था कि वह साधारण हैसियत में रहकर ही चर्च की सेवा करना चाहता था।

'अब क्या होगा?' कार्डिनल ने दुबारा उसे थपकाते हुए पूछा।

'मैं माफी चाहूंगा।' यह कहते हुए मोर्टाटी ने नज़रें ऊपर की।

'उन्होंने देर कर दी है। अब हमें क्या करना होगा?'

'हम क्या कर सकते हैं। बस इंतज़ार करेंगे और ऊपर वाले पर भरोसा रखेंगे।'

मोर्टाटी के जवाब से कार्डिनल बिल्कुल संतुष्ट नहीं हुए। वे वहीं अपनी जगह पर बैठ गए।

मोर्टाटी एक क्षण के लिए रुका। वह अपने माथे पर छलक आए पसीने की बूंदें पोछ रहा था और कुछ साफ साफ सोचने की कोशिश कर रहा था। हाँ, *यही तो सवाल है कि अब हमें करना क्या है?* वह सामने रखे सलीब के उस पार बने माइकेल एंजेलो के बनाए हुए प्रसिद्ध भित्तिचित्र यानी फ्रेस्को को देख रहा था। 'दि लास्ट जजमेंट' पेंटिंग को देखते हुए उसकी चिंता में कोई कमी नहीं हुई थी। सब कुछ भयानक दिख रहा था।

ईसा मसीह की बावन फुट ऊँची तस्वीर जिसमें दिखाया गया था कि वे मानवता को दो हिस्सों में बांट रहे हैं—पापी और पुण्यात्मा और पापियों को नर्क में धकेल रहे हैं। तस्वीर में घायल शरीर से निकलते मांस के लोथड़े, आग में जलती लाशें और माइकेल एंजेलो के एक विरोधी को भी दिखाया गया था जिसके कान गधे जैसे थे और वह नर्क में बैठा हुआ था। गाय दि मोपासां ने कभी लिखा था कि पेंटिंग को देखकर ऐसा लगता था कि इसे किसी निपट मूर्ख व्यक्ति ने कुश्ती के तमाशे के लिए तैयार किया हो।

कार्डिनल मोर्टाटी के पास सहमत होने के अलावा कोई चारा नहीं था।

43

लैंगडन पोप की बुलेटप्रूफ खिड़की के पास निस्तब्ध खड़ा सेंट पीटर्स के चौराहे पर मीडिया की चहल पहल को देख रहा था। डरावने फोन कॉल की वजह से उसे अफाड़े जैसा महसूस हो रहा था, लग रहा था कि उसका पेट फूल गया हो। वह अपने आप में नहीं था।

इल्युमिनाटी आज वैसे ही दिखाई दे रहे थे जैसे इतिहास के किसी भूले बिसरे कुएँ से निकल कर कोई सांप अपने पुराने दुश्मन के चारों तरफ लिपट गया हो। कोई फिरौती नहीं। समझौते के लिए किसी तरह की बातचीत नहीं। सीधे राक्षसों की तरह। दबोचते हुए। चार सौ साल पुराना बदला। ऐसा लग रहा था कि सैकड़ों सालों तक प्रताड़ित होने के बाद विज्ञान ने पलट कर वार किया था।

केमरलेग्नो अपनी मेज़ पर खड़ा था। वह सूनी आँखों से फोन को घूर रहा था। सबसे पहले ओलिवेट्टी ने चुप्पी तोड़ी। 'कार्लो।' उसने केमरलेग्नो को उसके पहले नाम से बुलाया। इस समय वह अफसर से अधिक थके हुए एक दोस्त जैसा लग रहा था। 'छब्बीस सालों से मैंने इस दफ्तर की सुरक्षा के लिए अपने जान की बाजी लगाई है। ऐसा लगता है कि आज की रात मैं पूरी तरह से बेइज्जत हो चुका हूँ।'

'हम दोनों ईश्वर की अलग अलग तरीकों से सेवा करते हैं। लेकिन सेवा से हमेशा इज्जत मिलती है।' केमरलेग्नो ने अपना सर हिलाते हुए कहा।

'मैं कल्पना भी नहीं कर सकता कि...ऐसी घटनाएँ ... ऐसी परिस्थिति...' ओलिवेट्टी भावुक हो रहा था।

'तुम समझ रहे हो कि अब हमारे पास एक ही रास्ता है। मेरे ऊपर यहाँ आए हुए कार्डिनलों की सुरक्षा की जिम्मेदारी है।'

'माफ कीजिएगा श्रीमान, वह मेरी जिम्मेदारी थी।'

'तो फिर तुम्हारे लोग कार्डिनलों को तुरंत यहाँ से सुरक्षित बाहर निकालने की जिम्मेदारी लेंगे।'

'जी श्रीमान।'

'हम दूसरे विकल्पों को बाद में देखेंगे...उस यंत्र की खोज, लापता कार्डिनलों और उनका अपहरण करने वाले लोगों का पता लगाना। लेकिन सबसे पहले इन कार्डिनलों को हमें सुरक्षित स्थान पर ले जाना होगा। आदमी की जान की कीमत सबसे बड़ी होती है। ये लोग इस चर्च के आधार स्तंभ हैं।'

'यानी आपकी सलाह है कि हमें इस सम्मेलन को तत्काल स्थगित करना होगा?'

'इसके अलावा हमारे पास चारा क्या है?'

'और नए पोप के चुनाव के बारे में आपकी जिम्मेदारी का क्या होगा?'

नौजवान केमरलेग्नो गहरी साँस लेकर खिड़की की ओर मुड़ गया। वह सामने पसरे हुए रोम को देखने लगा। 'महामहिम पोप ने मुझसे एक बार कहा था पोप हमेशा दो दुनिया के बीच पिसता रहता है...वास्तविक दुनिया और दैवी दुनिया। उन्होंने चेतावनी दी थी कि जो चर्च वास्तविकता की अनदेखी करेगा वह दैवी सुख का आनंद उठाने के लिए ज़िंदा नहीं बचेगा।' अचानक उसकी आवाज़ अपनी उम्र से अधिक परिपक्व लग रही थी। 'आज हमें वास्तविक दुनिया का सामना करना होगा। इसे नज़रअंदाज करना बेवकूफी होगी। अहंकार और परंपरा के नाम पर हम अपनी तर्कशक्ति को छोड़ नहीं सकते।'

ओलिवेट्टी ने अपना सिर हिलाया। वह काफी प्रभावित लग रहा था, 'मैंने आपको कम करके आंका था, श्रीमान।'

ऐसा लगा कि केमरलेग्नो ने उसकी बात नहीं सुनी। वह खिड़की से बाहर दूर कहीं देख रहा था।

'मैं खुल कर बात करूंगा श्रीमान। वास्तविक संसार मेरा संसार है। इसकी बदसूरती और गंदगी से मुझे रोज दो दो हाथ करने होते हैं ताकि दूसरे लोग निश्चिंत होकर अधिक पवित्र चीजों पर अपना ध्यान केंद्रित कर सकें। मैं आपको वर्तमान परिस्थिति के बारे में कुछ सलाह देना चाहता हूँ। मुझे इसी के लिए प्रशिक्षित किया गया है। आपकी अंतरात्मा की आवाज़ मूल्यवान हो सकती है लेकिन तत्काल उसके परिणाम खतरनाक हो सकते हैं।'

केमरलेग्नो मुड़ा।

ओलिवेट्टी ने गहरी साँस ली। 'कार्डिनलों को सिस्टीन गिरजाघर से बाहर निकालने की योजना इस समय के हिसाब से सबसे खराब विकल्प है।'

यह सुनकर केमरलेग्नो नाराज नहीं हुआ। उसने हैरानी के साथ पूछा, 'तुम्हारी क्या सलाह है?'

'हम कार्डिनलों को अभी कुछ नहीं बताएंगे। सभास्थल को हम सील कर देते हैं। हमें ऐसा करने से दूसरे विकल्पों को आजमाने का वक्त मिल जाएगा।'

यह सुनकर केमरलेग्नो थोड़ा परेशान हो गया। 'तुम्हारे कहने का मतलब है कि हम सभी कार्डिनलों को एक टाइम बम के ऊपर रख कर छोड़ दें?'

'जी श्रीमान। बस इस वक्त के लिए। बाद में अगर ज़रूरत हुई तो हम उन्हें बाहर निकालने की भी व्यवस्था कर सकते हैं।'

केमरलेग्नो ने अपना सर हिलाया। 'पोप के चुनाव के आयोजन को शुरू होने से पहले ही स्थगित कर देना अपने आप में जाँच का विषय बनता है लेकिन दरवाज़े बंद होने के बाद कुछ नहीं किया जा सकता। सम्मेलन के नियमों के अनुसार...'

'वास्तविकता की दुनिया श्रीमान। आज की रात आप वास्तविकता की दुनिया में हैं। ध्यान से सुनिए।' अब ओलिवेट्टी ज़मीनी हकीकत को जानने वाले अफसर की दक्षता के साथ बात कर रहा था। 'एक सौ पैंसठ कार्डिनलों को बिना किसी तैयारी और सुरक्षा के रोम के अंदर ले जाना बेवकूफी होगी। बूढ़ा इंसान इसकी वजह से घबराहट और अफरातफरी का शिकार हो सकता है। सीधे सीधे कहें तो इस महीने अगर किसी को दौरा पड़ा तो वही काफी है...'

जानलेवा दौरा। कमांडर की बात सुनकर लैंग्डन को हार्वर्ड की पत्रिका में छपने वाले एक हेडलाइन की याद आ गई—पोप को दौरा, नींद में मौत।

'इसके अलावा' ओलिवेट्टी ने कहा, 'सिस्टीन का गिरजाघर एक तरह का किला है। हालाँकि हम इस बात का ज़्यादा प्रचार नहीं करते लेकिन यह इमारत बहुत सुरक्षित ढंग से बनायी गई है। यह किसी भी तरह के मिसाइल के हमले को झेल सकती है। इलेक्ट्रॉनिक उपकरणों और चुपचाप लोगों की बातचीत सुनने वाले बग आदि का पता लगाने के लिए सम्मेलन की तैयारी के तौर पर हमने आज ही चर्च के चप्पे चप्पे को छाना है। इस गिरजाघर के अंदर कोई ख़तरा नहीं है। यह बिल्कुल सुरक्षित है। मुझे पक्का यकीन है कि इसके अंदर एंटीमैटर भी नहीं है। इन लोगों के लिए इससे अधिक सुरक्षित जगह कोई और नहीं हो सकती। अगर ज़रूरत पड़ी तो हम आपातकालीन तौर पर इन्हें बाहर निकालने के बारे में बाद में सोच सकते हैं।'

ओलिवेट्टी की बात सुनकर लैंग्डन काफी प्रभावित हुआ। ओलिवेट्टी का भावशून्य लेकिन तेज़ तर्रार तर्क उसे कोलर की याद दिला रहा था।

'कमांडर।' विट्टोरिया बोली। उसकी आवाज़ में तनाव झलक रहा था। 'इसके अलावा भी कुछ चिंताजनक बातें हैं। आज तक किसी ने इस मात्रा में एंटीमैटर नहीं बनाया है। धमाका कितनी दूरी तक असर करेगा मैं उसके बारे में बस अनुमान लगा सकती हूँ। रोम के आसपास के कुछ इलाकों को भी ख़तरा हो सकता है। अगर वह डिब्बा बीच वाली किसी जगह या ज़मीन के अंदर किसी इमारत में है तो बाहर की दीवारों पर शायद ज़्यादा असर नहीं होगा लेकिन अगर वह डिब्बा शहर के किनारे किसी जगह पर रखा गया है जैसे कि इस इमारत में, उदाहरण के लिए तो...' उसने खिड़की के बाहर सेंट पीटर के चौराहे पर जमा भीड़ भाड़ की ओर डरती हुई नज़रों से देखा।

'मैं दुनिया के प्रति अपनी जिम्मेदारियों से पूरी तरह वाकिफ हूँ।' ओलिवेट्टी ने जवाब दिया। 'और इसके कारण स्थितियाँ बदतर नहीं हो रहीं। मैं पिछले दो दशकों से इस मठ की सुरक्षा की जिम्मेदारी उठा रहा हूँ। मैं कतई नहीं चाहता कि वह विस्फोटक यहाँ पर फटे।'

केमरलेग्नो वेंट्रेस्का ने सर ऊपर उठाया,' तुम्हें लगता है कि तुम इसे ढूँढ़ निकालोगे?'

'मुझे अपने विकल्पों के बारे में अपने खुफिया विशेषज्ञों से बात करनी होगी। यह संभव है कि अगर हम वेटिकन सिटी की बिजली बंद कर दें तो हम परिवेश में फैले हुए रेडियो फ्रीक्वेंसी को समाप्त कर सकते हैं। इससे हमें उस डिब्बे के चुंबकीय क्षेत्र के बारे में रीडिंग लेने के लिए साफ सुथरा परिवेश मिल सकता है।'

विट्टोरिया ओलिवेट्टी की बात से आश्चर्यचकित भी हुई और प्रभावित भी, 'तुम वेटिकन सिटी को ब्लैक-आउट करना चाहते हो?'

'शायद। हालाँकि मुझे नहीं मालूम कि यह संभव होगा कि नहीं। लेकिन मुझे लगता है कि हमें इस विकल्प पर जरूर विचार करना चाहिए।'

'कार्डिनलों को वैसे जरूर लगेगा कि पता नहीं क्या हो रहा है।' विट्टोरिया ने कहा।

ओलिवेट्टी ने अपना सिर हिलाया। 'ये सम्मेलन मोमबत्ती की रोशनी में आयोजित किए जाते हैं। कार्डिनलों को कभी पता ही नहीं चलेगा कि आखिर हुआ क्या। सम्मेलन समाप्त होने के बाद मैं शहर की सरहद पर कुछ गार्डों को छोड़कर बाकी सभी को तलाश में लगा दूंगा। पाँच घंटे में सौ लोग काफी बड़े इलाके को छान मारेंगे।'

'चार घंटे।' विट्टोरिया ने उसे सही करते हुए कहा। 'मुझे वह डिब्बा लेकर वापस CERN जाना होगा। अगर बैटरी को चार्ज नहीं किया गया तो हम विस्फोट को नहीं रोक पाएंगे।'

'क्या यहाँ पर रिचार्ज करना संभव नहीं?'

विट्टोरिया ने अपना सिर हिलाया। 'चार्ज करने की प्रक्रिया जटिल है। अगर यह संभव होता तो मैं यहाँ चार्ज करने का यंत्र लेकर आती।'

'तो फिर चार घंटे बचे हैं।' ओलिवेट्टी ने चिड़चिड़ाहट के स्वर में कहा। 'फिर भी हमारे पास काफी समय है। घबराने से कोई फायदा नहीं होता। महोदय, आपके पास दस मिनट का समय है। आप गिरजाघर जाकर सम्मेलन को पूरा करवा लें। इस बीच मेरे लोगों को तैयारी का वक्त मिल जाएगा। जब ऐन वक्त नजदीक आएगा तो हम अपने आवश्यक फैसले लेंगे।'

लैंग्डन सोच रहा था कि पता नहीं ओलिवेट्टी उस खतरनाक समय के कितना पहले तक इसे खींचेगा।

केमरलेग्नो के चेहरे पर परेशानी की छाया दिखाई दे रही थी। 'लेकिन कार्डिनल का समुदाय उन चार विशिष्ट कार्डिनलों के बारे में पूछेगा, ख़ासकर बैजिया के बारे में, कि वे कहाँ हैं।'

'फिर आपको कुछ और विकल्प सोचना पड़ेगा, महानुभाव। आप कह सकते हैं कि आपने उन चारों कार्डिनलों को चाय के साथ कुछ खाने दिया जो उन्हें पचा नहीं।'

केमरलेग्नो खिन्न लग रहा था। 'सिस्टीन गिरजाघर के सलीब के सामने खड़े होकर कार्डिनलों से झूठ बोलना?'

'उन्हीं की सुरक्षा के लिए। सफेद झूठ। आपका काम शांति बनाए रखना होगा।' यह कहकर ओलिवेट्टी दरवाज़े की ओर बढ़ गया। 'अब माफी चाहूंगा, मुझे कुछ काम करना है।'

'कमांडेंट।' केमरलेग्नो ने विनम्रता से आग्रह किया, 'हम लापता कार्डिनलों के मामले से इस तरह पल्ला नहीं झाड़ सकते।'

ओलिवेट्टी दरवाज़े के पास जाकर रुक गया। 'बैजिया और दूसरे कार्डिनलों पर अभी हमारा कोई वश नहीं। सब की भलाई इसी में है कि हम अभी उनके बारे में नहीं सोचें। फौज की भाषा में इसे ट्राएज कहते हैं।'

'आपका मतलब है उन्हें हम उनके हाल पर छोड़ दें।'

अब उसकी आवाज़ सख्त हो गई थी। 'श्रीमान, अगर दुनिया में उन चारों कार्डिनलों को ढूँढ़ने का कोई भी उपाय मौजूद होता तो मैं अपनी जान देने को तैयार था। फिर भी...' उसने कमरे के सामने की खिड़की की ओर इशारा किया जहाँ ढलती शाम में सूरज की रोशनी रोम शहर में दूर दूर तक फैले घरों से टकरा कर वापस आ रही थी। 'पचास लाख की आबादी के शहर में तलाश कर पाना मेरे बस की बात नहीं। मैं अंतरात्मा की शांति के नाम पर बेवजह अपना कीमती समय बर्बाद नहीं करूंगा। मुझे माफ कीजिएगा।'

अचानक विट्टोरिया बोल उठी, 'लेकिन अगर हम कातिल को पकड़ लें तो क्या आप उससे बात उगलवा सकते हैं?'

ओलिवेट्टी उसकी बात सुनकर नाक भौं सिकोड़ रहा था। 'सिपाहियों के लिए संत की ज़िंदगी जीना मुमकिन नहीं, मिस वेट्रा। यकीन मानिए, मैं उस व्यक्ति को पकड़ने के लिए आपके निजी कारणों को समझ सकता हूँ।'

'यह सिर्फ निजी वजह नहीं है।' वेट्रा बोली। 'कातिल को पता है कि वह एंटीमैटर और वे लापता कार्डिनल कहाँ हैं। अगर हम किसी तरह उनका पता लगा सकते तो...'

'उनके हाथों की कठपुतली बन जाते?' ओलिवेट्टी ने कहा। 'मेरा यकीन मानिए, वेटिकन सिटी की सारी सुरक्षा को हटाकर हम सैकड़ों चर्चों को उनकी मर्जी पर छोड़ दें, इल्युमिनाटी समझ रहे हैं कि हम ऐसा ही करेंगे ... यानी अपने कीमती समय की बर्बादी जो हमें उन्हें ढूँढ़ने में लगाना चाहिए। शायद इससे भी बुरा होगा अगर हम वेटिकन बैंक को पूरी तरह असुरक्षित छोड़ दें। बाकी बचे कार्डिनलों की तो बात ही छोड़ दें।'

ये बात सब की समझ में आ गई थी।

'रोम की पुलिस के इस्तेमाल के बारे में आपकी राय है?' केमरलेग्नो ने पूछा। 'हम पूरे शहर को इस संकट के बारे में आगाह कर सकते हैं। कार्डिनलों को ढूँढ़ने में हम उनकी मदद ले सकते हैं।'

'यह गलती को दोहराना होगा।' ओलिवेट्टी ने कहा। 'आप जानते हैं कि रोम के गुप्त क्रांतिकारी दलों यानी *कार्बोनेरी* के सदस्य हमारे बारे में क्या सोचते हैं। हमें उनसे आधी अधूरी सहायता मिलेगी, वो भी अनमने तरीके से। इसके बदले वे हमारे संकट के बारे में दुनिया भर के मीडिया के सामने ढिंढोरा पीटेंगे। वैसे भी बहुत जल्द हमें मीडिया से भी निपटने की तैयारी करनी होगी।'

मैं तुम्हारे कार्डिनलों को मीडिया की दुनिया का चहेता बना दूंगा लैंग्डन सोचने लगा। वह कातिल की बातों को याद कर रहा था। *पहले कार्डिनल की लाश रात आठ बजे दिखाई देगी। इसके बाद हर घंटे पर एक। प्रेस को बहुत मज़ा आएगा।*

केमरलेग्नो फिर बोलने लगे, उनकी आवाज़ में गुस्से का पुट दिखाई दे रहा था। 'कमांडर, क्या हम सही तरीके से सोचकर उन लापता कार्डिनलों के बारे में कुछ नहीं कर सकते?'

ओलिवेट्टी ने केमरलेग्नो की आँखों में आँखें डालकर देखा। 'महोदय, बस हम सेंट फ्रांसिस की प्रार्थना कर सकते हैं। आपको याद है न?'

युवा पादरी ने दर्द भरी आवाज़ में सिर्फ एक वाक्य कहा, 'भगवान हमें उन चीजों को बर्दाश्त करने की ताकत दें जिन्हें बदलना संभव नहीं।'

'यकीन मानिए।' ओलिवेट्टी ने कहा। 'ये वैसी ही परिस्थिति है।' यह बोलकर वह चला गया।

44

बीबीसी का मुख्य दफ्तर लंदन के पिकाडेली सर्कस के ठीक पश्चिमी छोर पर है। स्विच बोर्ड फोन बजते ही जूनियर संपादक ने फोन उठाया।

'बीबीसी', बोलते हुए उसने अपने डनहिल सिगरेट को रगड़कर बुझाया।

फोन पर कोई व्यक्ति भारी आवाज़ में बोल रहा था। लग रहा था कि बोलने वाला व्यक्ति किसी मध्यपूर्वी देश का है। 'मैं आपको बिल्कुल ताजा ख़बर देना चाहता हूँ। शायद आपके नेटवर्क को इस ख़बर में रुचि होगी।'

संपादक ने कलम और सादा कागज बाहर निकाला, 'कौन सी ख़बर?'

'पोप के चुनाव के बारे में।'

उसे थोड़ी सी कोफ्त हुई। कल ही बीबीसी ने इसके बारे में शुरुआती ख़बर छापी थी

जिसे लोगों ने कुछ ख़ास तवज्जो नहीं दी थी। लगता था कि लोगों को वेटिकन सिटी की ख़बरों में कोई ख़ास दिलचस्पी नहीं थी। 'इस ख़बर में ख़ास क्या है?'

'क्या रोम में इस ख़बर की कवरेज के लिए आपकी टेलीविजन टीम गई है?'

'हाँ, मुझे लगता है कि गई है।'

'मुझे उनसे सीधे सीधे बात करनी है।'

'माफ कीजिएगा लेकिन मैं बिना इस बारे में जाने समझे आपको फोन नंबर नहीं दे सकती।'

'सम्मेलन के ऊपर कुछ ख़तरा है। मैं इससे ज़्यादा कुछ नहीं बता सकता।'

संपादक लिखने लगी। 'आपका नाम।'

'नाम से कुछ फर्क नहीं पड़ता।'

संपादक को यह सुनकर कोई आश्चर्य नहीं हुआ। 'और आपके पास इस दावे का कोई सबूत?'

'हाँ, है।'

'मैं आपकी सूचना को लिख लूंगी लेकिन हमारे कायदे के अनुसार हम अपने रिपोर्टरों का नंबर नहीं दे सकते जब तक कि...'

'ठीक है। मैं दूसरे नेटवर्क को फोन कर लूंगा। वक्त देने के लिए धन्यवाद। गुड बाय।'

'एक मिनट रुकिए।' जूनियर एडिटर ने उसे होल्ड पर रहने का आग्रह किया।

फोन करने वाले को होल्ड पर रखकर संपादक ने अपनी गर्दन सीधी की। बेवजह परेशान करने वाले फोन कॉल की पहचान करने की तकनीक शत-प्रतिशत नतीजा तो नहीं देती थी लेकिन बीबीसी ने उपयोगी और परेशान करने वाले कॉल के बीच अंतर करने के लिए दो तरीके निर्धारित किए थे। यह फोन कॉल दोनों तरीकों से सही लग रही थी। कॉल करने वाले व्यक्ति ने अपना नाम बताने से इनकार किया था और वह फोन बंद करने की जल्दी में लग रहा था। छुटभैये पत्रकार और सिरफिरे लोग प्रायः अपनी बात सुनाने के लिए आरजू विनती किया करते हैं।

उसके लिए सहूलियत की बात थी कि रिपोर्टर हमेशा डरे रहते थे कि कोई बड़ी ख़बर उनसे छूटे नहीं । इसीलिए कभी कभार इस तरह के सिरफिरे फोन सुनने से वे ज़्यादा परेशान नहीं होते थे। रिपोर्टर के पाँच मिनट बर्बाद हो जाने से कुछ फर्क नहीं पड़ता था लेकिन किसी बड़ी ख़बर को चूक जाना माफी के लायक नहीं माना जाता था।

उसने जम्हाई लेते हुए अपने कंप्यूटर की ओर देखा और रिपोर्टर का नाम ढूँढ़ने के लिए लिखा, 'वेटिकन सिटी।' उसने कंप्यूटर स्क्रीन पर वेटिकन सिटी भेजे गए रिपोर्टर का नाम देखा। बीबीसी ने हाल में ही उसे सनसनीखेज ख़बर छापने वाले टैबलॉयड अखबार से बहाल किया था। उसे बीबीसी के कुछ मामूली किस्म की ख़बरों के कवरेज

का काम दिया गया था। संपादकीय विभाग की नज़र में वह सबसे नीचे की पायदान पर माना जाता था।

शायद अपने दस सेकंड के वीडियो स्पॉट को रिकॉर्ड करने के लिए रात भर इंतज़ार करते करते अब तक ऊब चुका होगा। बोरियत को दूर करने के लिए वह जरूर उसका शुक्रगुजार होगा।

बीबीस के कंटेंट संपादक ने वेटिकन सिटी भेजे गए रिपोर्टर का नंबर कागज पर लिखा। फिर उसने दूसरी सिगरेट सुलगाते हुए फोन करने वाले व्यक्ति को रिपोर्टर का नंबर लिखा दिया।

45

'इससे काम नहीं चलेगा।' पोप के दफ्तर में इधर उधर टहलते हुए विट्टोरिया बोली। वह थोड़ी परेशान लग रही थी। उसने केमरलेग्नो की तरफ देखा, 'स्विस गार्ड अगर इलेक्ट्रॉनिक सिग्नलों की पहचान कर भी पाएंगे तो उन्हें उस एंटीमैटर वाले डिब्बे से आने वाले संकेतों को पहचानने के लिए ठीक उसके ऊपर होना पड़ेगा। और यह भी तभी मुमकिन होगा जब उस डिब्बे का पता चल जाए और उसके आसपास कोई रुकावट या बाधा नहीं हो। मान लीजिए कि उसे धातु के बने बक्से में बंद कर किसी ने आपके मैदान के आसपास ही ज़मीन में गाड़ दिया हो तो? या ऊपर किसी पाइप के अंदर छिपा दिया हो? इस स्थिति में उसे ढूँढ़ निकालना बिल्कुल संभव नहीं होगा। और अगर स्विस गार्ड के अंदर ही कोई घुसपैठिया छुपा हो तो? हम कैसे कह सकते हैं कि डिब्बे की खोज पूरी ईमानदारी से की जाएगी?'

केमरलेग्नो के चेहरे का रंग उतरा हुआ लग रहा था। 'आप क्या सुझाव देती हैं, मिस वेट्रा।'

विट्टोरिया को गुस्सा आ रहा था। *बात तो बिल्कुल स्पष्ट थी।* 'मेरी सलाह है कि आप को तुरंत सावधानी के तौर पर कुछ उपाय करने चाहिए। हम विपरीत परिस्थितियों के बावजूद उम्मीद कर सकते हैं कि हमारी खोज कामयाब होगी। लेकिन इसके साथ ही, खिड़की के बाहर झांकिए। आप को बाहर लोग दिखाई दे रहे हैं? मुख्य चौराहे के आगे बने मकान दिखाई दे रहे हैं? मीडिया की गाड़ियाँ दिखाई दे रही हैं? सैलानी? मुमकिन है कि ये सभी विस्फोट की चपेट में आ जाएं। आपको तुरंत कार्रवाई करनी होगी।'

केमरलेग्नो ने भावहीन तरीके से सर हिलाया।

विट्टोरिया परेशान लग रही थी। ओलिवेट्टी ने लोगों के दिमाग़ में भर दिया था कि हमारे पास काफी वक्त था। लेकिन विट्टोरिया को पता था कि वेटिकन की इस स्थिति के

बारे में जैसे ही लोगों को पता चलेगा कि मिनटों में आसपास के इलाके में तमाशबीनों की भीड़ इकट्ठा हो जाएगी। उसने स्विस संसद के बाहर एक बार ऐसा ही नजारा देखा था जब कुछ लोगों को बंधक बना लिया गया था और बम होने की अफवाह भी उड़ी थी। उस दिन इमारत के चारों ओर हजारों लोग तमाशा देखने के लिए इकट्ठा हो गए थे। पुलिस उन्हें बार बार खतरे की चेतावनी दे रही थी लेकिन भीड़ घटनास्थल के पास आती जा रही थी। इंसानों को इंसान की त्रासदी देखने में सबसे ज़्यादा मज़ा आता है।

'महोदय।' विट्टोरिया ने आग्रह के लहजे में कहा। 'मेरे पिता का कातिल यहीं कहीं आस पास छुपा हुआ है। मेरे शरीर का हर तंतु उसे ढूँढ़ कर मारने के लिए बेसब्र है लेकिन मैं आपके दफ्तर में खड़ी हूँ क्योंकि आपके प्रति मेरी कुछ जिम्मेदारी है। आपके लिए और दूसरों के लिए भी। लोगों की जान खतरे में है, श्रीमान। आप मेरी बात सुन रहे हैं?'

केमरलेग्नो ने कोई जवाब नहीं दिया।

विट्टोरिया अपने दिल को तेजी से धड़कता सुन पा रही थी। *स्विस गार्ड उस मरदूद फोन करने वाले व्यक्ति का पता क्यों नहीं लगा पाए? इल्युमिनाटी हत्यारा ही इस पूरे फसाद की जड़ है। उसे पता है कि एंटीमैटर कहाँ छुपाया गया है। उफ, उसे यह भी पता है कि कार्डिनलों को कहाँ छुपाया गया है। हत्यारे को पकड़ते ही हर मसले का समाधान हो जाएगा।*

विट्टोरिया को लगा कि वह अपने आपा खो रही है। उसे एक अनजाने से तनाव का अहसास हो रहा था जो उसे कभी कभार बचपन में होता था जब वह अनाथालय में रहती थी। एक ऐसी हताशा जिससे निपटने का तरीका उसके पास नहीं था। *तुम्हारे पास इससे निपटने का उपाय है, तुम्हारे पास हमेशा कुछ न कुछ उपाय होता है।* विट्टोरिया खुद को समझाने की कोशिश कर रही थी। लेकिन इसका कोई फायदा होता नज़र नहीं आ रहा था। उसकी चिंताएँ उस पर हावी हो रही थी। उसका दम घुट रहा था। वह शोधकर्ता थी और समस्याओं का समाधान करना जानती थी। लेकिन इस मुश्किल का कोई हल नहीं था। *तुम्हें किन आंकड़ों की ज़रूरत है? तुम चाहती क्या हो?* उसने खुद से सवाल पूछा और गहरी साँस लेने की कोशिश की। ज़िंदगी में पहली बार वह ऐसा नहीं कर पायी। उसका दम घुट रहा था।

लैंग्डन के सिर में दर्द हो रहा था। उसे लग रहा था कि वह तर्क की सीमा के परे जा रहा था। वह विट्टोरिया और केमरलेग्नो को देख रहा था लेकिन उसकी आँखों के सामने घिनौनी तस्वीरें घूम रही थीं—धमाके, मीडिया के लोगों का जमावड़ा, कैमरे के चालू होने का आवाज़, चार लाशें जिस पर निशान गुदे हुए थे।

शैतान...लुसिफर...रोशनी लाने वाला...सैटन...

उसने सर को झटक कर इन डरावनी तस्वीरों को अपने दिमाग़ से हटाने की कोशिश की। *सोची समझी हुई दहशतगर्दी और अव्यवस्था।* वह रैडक्लिफ में अपने द्वारा आयोजित एक सेमिनार के बारे में सोचने लगा। उस समय वह प्राचीन रोम के सैनिकों

के बीच प्रचलित सांकेतिक व्यवस्था पर काम कर रहा था। उस समय के बाद आज तक उसने ऐसे आतंकी नहीं देखे थे।

प्रोफेसर ने लेक्चर देते हुए कहा था, 'आतंकवाद का सिर्फ एक मकसद होता है। बताइए कौन सा?'

'निरपराध लोगों की हत्या।' एक छात्र ने जवाब दिया।

'गलत। मौत तो आतंकवाद का एक छोटा सा परिणाम है।'

'शक्ति-प्रदर्शन?'

'नहीं। यह तो सबसे लचर तर्क है।'

'लोगों के दिलों में खौफ पैदा करना?'

'बिल्कुल सही। इससे कम शब्दों में आतंकवाद के मकसद को नहीं बताया जा सकता। आसान शब्दों में कहें तो आतंकवाद का उद्देश्य है आतंक और भय का माहौल पैदा करना। डर की वजह से व्यवस्था और शासन में लोगों का भरोसा कम होता है। इससे दुश्मन अंदर से कमजोर हो जाता है और लोगों में अशांति फैल जाती है। लोगों के मन में यह भ्रम तोड़ने के लिए इस्तेमाल किया जाने वाला हथियार की व्यवस्था अडिग है। ऐसा होते ही लोगों का भरोसा टूट जाता है।'

विश्वास का टूटना, भरोसा ख़त्म होना...

तो क्या यह सब कुछ इसी के लिए किया जा रहा है? लैंग्डन कल्पना कर रहा था कि दुनिया भर के ईसाइयों को कैसा लगेगा जब कार्डिनलों की लाशों को कुत्तों की तरह क्षत विक्षत कर फेंक दिया जाएगा? अगर ईश्वर में विश्वास दीक्षा प्राप्त पादरियों की रक्षा शैतान से नहीं कर पायी तो हमारे जैसे दूसरे लोगों को कौन पूछता है? लैंग्डन के सर के भीतर धम धम की आवाज़ बढ़ती जा रही थी। हल्की हल्की आवाजें एक दूसरे के साथ रस्साकशी कर रही थी।

आस्था आपकी सुरक्षा नहीं कर सकती। दवाइयाँ और एयरबैग आपकी जान बचाते हैं। ईश्वर आपकी हिफाजत नहीं करते। बुद्धिमानी रक्षा करती है। ज्ञान की रोशनी। अपना भरोसा ऐसी चीजों में रखिए जिनका ठोस परिणाम दिखाई देता है। कितने दिन बीत गए जब कोई इंसान पानी पर पैदल चला था? आधुनिक काल विज्ञान चमत्कार दिखाता है जैसे कि कंप्यूटर, टीका, स्पेस—स्टेशन ... बल्कि सृष्टि से संबंधित दैवी चमत्कार भी। शून्य से पदार्थ की उत्पत्ति ... प्रयोगशाला के भीतर। आज ईश्वर की ज़रूरत ही किसे है? नहीं, विज्ञान ही ईश्वर है।

हत्यारे की आवाज़ लैंग्डन के कानों में गूंज रही थी। आधी रात के समय...एक के बाद एक होने वाली मौत...विज्ञान की बलिवेदी पर दी जाने वाली पवित्र बलि।

अचानक, आवाजें बंद हो गई, ठीक वैसे ही जैसे गोली चलते ही भीड़ छंट जाती है।

रॉबर्ट लैंग्डन धम्म से नीचे बैठ गया। उसकी कुर्सी पीछे की तरफ संगमरमर के फर्श पर गिर गई।

विट्टोरिया और केमरलेग्नो उछल गए।

'मैं नहीं देख पाया।' लैंग्डन ने फुसफुसाते हुए कहा। वह हतप्रभ था। 'ये ठीक मेरी आँखों के सामने घटित हुआ।'

'क्या नहीं देख पाए?' विट्टोरिया ने सवाल किया।

लैंग्डन पादरी की तरफ मुड़ा।

फादर, पिछले तीन साल से मैं वेटिकन के अभिलेखागार में जाने की इजाज़त मांग रहा हूँ। मुझे सात बार इसके लिए मना किया जा चुका है।

'माफ कीजिएगा मिस्टर लैंग्डन, लेकिन अभी इस तरह की शिकायतों का वक्त नहीं है।'

'मुझे वेटिकन अभिलेखागार में जाने की इजाज़त तुरंत चाहिए। चार लापता कार्डिनल। मुमकिन है कि मैं पता कर पाऊं कि वे कहाँ मारे जाने वाले हैं।'

विट्टोरिया बिना पलक झपकाए देख रही थी। उसे लग रहा था कि उसने कुछ गलत सुना है।

केमरलेग्नो परेशान दिख रहे थे। उन्हें लग रहा था कि किसी ने उनके साथ भद्दा मज़ाक किया है। 'आप को लगता है कि मैं यकीन कर लूंगा कि यह सूचना हमारे अभिलेखागार में उपलब्ध है?'

'मैं ये वादा नहीं कर सकता कि मैं समय रहते हुए यह जानकारी इकट्ठा कर पाऊंगा लेकिन अगर मुझे अंदर जाने की इजाज़त दें तो...'

'मिस्टर लैंग्डन, मुझे चार मिनट में सिस्टीन गिरजाघर में पहुँचना है। अभिलेखागार वेटिकन सिटी के दूसरे छोर पर है।'

'आप ये बात गंभीरता से कह रहे हैं, है न?' विट्टोरिया ने बीच में टोकते हुए कहा। वह लैंग्डन की आँखों में आँखें डालकर बात कर रही थी मानो उसकी बातों की गंभीरता का जायज़ा ले रही हो।

'ये वक्त मज़ाक का नहीं।' लैंग्डन ने कहा।

विट्टोरिया पादरी की ओर मुड़ी। 'फादर, अगर इस बात की संभावना है कि हम उस स्थान का पता लगा लें जहाँ कार्डिनलों की हत्या की जाने वाली है तो हम वहाँ पहुँचने की कोशिश कर सकते हैं और...'

'लेकिन अभिलेखागार?' केमरलेग्नो अपनी बात पर अड़े थे। 'वहाँ इसके बारे में कोई सुराग कैसे मिल सकता है?'

'इसे बताने में जितना समय लगेगा उतना समय अब हमारे पास नहीं है।' लैंग्डन ने कहा। 'लेकिन अगर मेरी बात सही निकली तो हम इस सूचना का इस्तेमाल हैसेसिन को पकड़ने में कर सकते हैं।'

केमरलेग्नो इस तरह देख रहे थे मानो वो चाहकर भी इस बात पर यकीन नहीं कर पा रहे हों। 'ईसाई धर्म के सबसे पवित्र दस्तावेज उस अभिलेखागार में रखे हैं। वे इतने कीमती और महत्वपूर्ण हैं कि मुझे भी उन्हें देखने का अधिकार नहीं है।'

'मुझे ये पता है।'

'वहाँ जाने की इजाज़त तभी मिल सकती है जब अभिलेखागार के अधीक्षक और वेटिकन के पुस्तकालयों के शीर्ष अधिकारियों का बोर्ड इसकी लिखित अनुमति दे।'

'या फिर पोप की अनुमति से। आपके यहाँ से मिलने वाली हर चिट्ठी जिसमें मुझे अभिलेखागार में जाने से मना किया गया था, उसमें ये बात लिखी है।' लैंग्डन ने कहा।

केमरलेग्नो ने सहमति में सर हिलाया।

'उद्दंडता के लिए माफी चाहता हूँ लेकिन अगर मैं ठीक समझ रहा हूँ तो पोप की आज्ञा इसी दफ्तर से मिलती है। जहाँ तक मैं समझता हूँ आज की रात पोप के काम का जिम्मा आपके पास है। परिस्थितियों को देखते हुए...' लैंग्डन ने विनती के स्वर में कहा।

केमरलेग्नो ने अपनी जेब से एक घड़ी निकाली और उसे देखने लगा। 'मिस्टर लैंग्डन, आज की रात मैं इस चर्च की रक्षा के लिए अपनी जान की बाजी तक लगाने को तैयार हूँ।'

लैंग्डन को उनकी बातों में सिर्फ सचाई नज़र आ रही थी।

'क्या आपको सचमुच लगता है कि वो दस्तावेज वहाँ है? और उस दस्तावेज के आधार पर हम उन चार कार्डिनलों का पता लगा पाएंगे?' केमरलेग्नो ने उसे टोकते हुए कहा।

'मुझे अगर इस बात पर यकीन नहीं होता तो मैं इतनी बार उस अभिलेखागार में जाने की इजाज़त नहीं मांगता। एक शिक्षक को मिलने वाली तनख्वाह से यूं ही इटली आना मुश्किल होता है। आपके पास उपलब्ध ये दस्तावेज प्राचीन...'

'माफ कीजिएगा। इस समय मेरा दिमाग़ इससे अधिक जानकारी अपने अंदर नहीं समेट सकता। क्या आप जानते हैं कि ये गुप्त अभिलेखागार कहाँ हैं?'

लैंग्डन को जैसे उत्तेजना का करंट लगा। 'सांता अना गेट के ठीक पीछे।'

'वाह। ज़्यादातर विद्वान मानते हैं कि यह रास्ता सेंट पीटर के सिंहासन के पीछे किसी गुप्त दरवाज़े से होकर जाता है।'

'नहीं। वो जगह तो *आर्काइवो डेला रेवरेंडा डी फैब्रीका डी एस. पीएट्रो* को जाता है। यह एक आम गलतफहमी है।'

'पुस्तकालय का एक प्रतिनिधि अभिलेखागार में जाने वाले व्यक्ति के साथ हमेशा रहता है। आज की रात पुस्तकालय का काम देख रहे सभी लोग वापस जा चुके हैं। आप वहाँ बेरोकटोक जाने के लिए इजाज़त मांग रहे हैं। हमारे कार्डिनलों को भी वहाँ इस तरह अकेले जाने की इजाज़त नहीं है।'

'मैं आपके बहुमूल्य धरोहर को सर्वोच्च आदर और सावधानी के साथ देखूंगा। आपके पुस्तकालय के अधिकारियों को तनिक भी इस बात का भान नहीं होगा कि मैं अंदर गया था।'

दूर से सेंट पीटर गिरजाघर के घंटे की आवाज़ सुनाई दे रही थी। केमरलेग्नो ने अपनी जेब घड़ी में समय देखा। 'अब मुझे जाना होगा। वे एक क्षण के लिए असहज हो कर

लैंग्डन को देखने लगे। 'अभिलेखागार में एक स्विस गार्ड आपसे मिलेगा। मिस्टर लैंग्डन, मैं आप पर भरोसा कर रहा हूँ । अब आप जाइए।'

लैंग्डन के पास बोलने के लिए शब्द नहीं बचे थे।

युवा पादरी के चारों तरफ अब जैसे एक डरावना सा आवरण छाया हुआ लग रहा था। उसने आगे बढ़कर लैंग्डन का कंधा दबाया। लैंग्डन को अंदाजा नहीं था कि वह इतनी ताकत से कंधा दबा सकता है। 'मैं चाहता हूँ कि आप जिस चीज़ की तलाश कर रहे हैं वो आपको हासिल हो और जल्द।'

46

वेटिकन के गुप्त अभिलेखागार, बोर्जिया के प्रांगण के आखिरी छोर पर बने हैं जो सांता अना के दरवाज़े के ठीक सामने पहाड़ी पर स्थित हैं। इस अभिलेखागार में बीस हज़ार से भी अधिक दस्तावेज हैं। ऐसा किंवदंती है कि इनमें लियोनार्डो दा विंची की लापता डायरियाँ और पवित्र बाइबल की अप्रकाशित प्रतियाँ भी रखी हुई हैं।

लैंग्डन सुनसान पड़े विआ डेला फोंडामेंटा से होते हुए तेजी से अभिलेखागार की तरफ बढ़ा जा रहा था लेकिन उसे अब भी यह विश्वास नहीं हो रहा था कि उसे अंदर जाने दिया जाएगा। विट्टोरिया उसके साथ साथ आराम से कदम से कदम मिलाते हुए चल रही थी। हवा में हौले हौले लहराते उसके बालों से अखरोट की भीनी भीनी खुशबू आ रही थी जिसे लैंग्डन अपनी साँसों के द्वारा अंदर ले रहा था। उसे लग रहा था कि उसका दिमाग़ भटक रहा था और वह उसे नियंत्रण में लाने की कोशिश कर रहा था।

विट्टोरिया बोली, 'क्या आप मुझे बताएंगे कि आप किस चीज़ की तलाश कर रहे हैं?'

'एक छोटी सी किताब जिसे लिखने वाले का नाम गैलीलियो है।'

उसे यह जानकर आश्चर्य हुआ। 'मज़ाक मत कीजिए। इस किताब में है क्या?'

'इस किताब के अंदर एक चीज़ है जिसे इल सिग्नो कहते हैं।'

'यानी निशान?'

'हाँ, निशान, संकेत, इशारा ... जो भी कहें, यह आपके अनुवाद पर निर्भर करता है।'

'निशान लेकिन किसका?'

लैंग्डन की चाल तेज़ हो गई थी। 'एक गुप्त स्थान। गैलीलियो के इल्युमिनाटी वेटिकन से अपनी रक्षा करना चाहते थे इसलिए उन्होंने आपस में मिलने के लिए यहीं रोम में एक अत्यंत ही गोपनीय स्थान चुना था। उसे वे चर्च ऑफ इल्यूमिनेशन कहते थे।'

'शैतानी से भरी जगह का नाम चर्च रखना बड़े ही हिम्मत का काम है।'

लैंग्डन ने अपना सिर हिलाया। 'गैलीलियो के इल्युमिनाटी किसी भी तरह से शैतान नहीं

थे। वे वैज्ञानिक थे जो पुनर्जागरण काल में गहरी श्रद्धा रखते थे। उनके लिए मिलने का यह गुप्त स्थान सिर्फ इसलिए ज़रूरी था क्योंकि वे वहाँ उन विषयों पर सुरक्षित तरीके से चर्चा करना चाहते थे जिसकी चर्च इजाज़त नहीं देता था। हालाँकि हम जानते हैं कि वे उस गुप्त स्थान पर मिलते थे लेकिन आज तक ये पता नहीं चल पाया कि वह गुप्त स्थान दरअसल है कहाँ।'

'लगता है इल्युमिनाटी गोपनीयता बरतना जानते थे।'

'बिलकुल। दरअसल वे अपने लोगों के अलावा किसी को भी उस गुप्त स्थान के बारे में नहीं बताते थे। इस गोपनीयता के कारण वे सुरक्षित रह पाए लेकिन इसके चलते नए सदस्यों को अपने समूह में शामिल करने में मुश्किल भी आती थी।'

'अगर वे अपने काम के बारे में प्रचार-प्रसार नहीं करते तो फिर नए सदस्य भी नहीं बनते।' विट्टोरिया ने कहा। उसका पैर और दिमाग़ दोनों समान गति से चल रहा था।

'बिलकुल। सन् 1630 के आसपास गैलीलियो के ब्रदरहुड के बारे में लोगों पता लगना शुरु हो गया। इसके बाद दुनिया भर के वैज्ञानिक चुपचाप तीर्थयात्रा की तरह रोम आने लगे। उन्हें उम्मीद रहती थी कि उन्हें भी इल्युमिनाटी के बीच जगह मिल पाएगी जिसकी बदौलत वे गैलीलियो के टेलिस्कोप को देख पाएंगे और उनके विचार सुन पाएंगे। दुर्भाग्यवश, इल्युमिनाटी की गोपनीयता के कारण रोम आने वाले वैज्ञानिकों को पता ही नहीं चल पाता कि उन्हें मीटिंग के लिए कहाँ जाना है या किन लोगों से बात करना सुरक्षित है। इल्युमिनाटी नए लोगों को शामिल करना चाहते थे लेकिन वे अपना पता-ठिकाना आम कर अपनी गोपनीयता को भंग करने का ख़तरा नहीं उठा सकते थे।'

विट्टोरिया के चेहरे पर खीज दिखाई दे रहा था। 'लगता है एक ऐसी स्थिति थी जिसका कोई समाधान नहीं था।'

'बिल्कुल ठीक। आगे अंधा कुआँ तो पीछे गहरी खाई जैसी हालत।'

'तो फिर उन्होंने क्या किया?'

'वे वैज्ञानिक थे। उन्होंने समस्या का अध्ययन किया और उसका समाधान निकाला। बेहतरीन समाधान। हर तरीके से लाजवाब। इल्युमिनाटी ने अपने ढंग का एक नायाब मानचित्र बनाया जो वैज्ञानिकों को उनके गुप्त स्थान पर पहुँचने में मदद करता था।'

'मानचित्र? यह तो लापरवाही हुई। अगर वह मानचित्र किसी गलत आदमी के हाथ में पड़ जाता तो?' विट्टोरिया ने संदेह जताया।

'नहीं। ऐसा संभव नहीं था।' लैंग्डन बोला। 'उस मानचित्र की कोई प्रति कहीं थी ही नहीं। वो किसी कागज पर बनाया हुआ नक्शा नहीं था। यह बहुत विशाल आकार का था। सारे शहर में फैले प्रकाश की एक लकीर के जैसा।'

विट्टोरिया की चाल और भी धीमी हो गई। 'यानी पगडंडियों पर बने तीर के निशान?'

'एक अर्थ में हां लेकिन यह काम बड़े ही सूक्ष्म तरीके से किया गया था। इस नक्शे को बनाने के लिए शहर के विभिन्न सार्वजनिक स्थानों पर बड़ी सावधानी से छिपाए गए

कुछ संकेतात्मक निशान बनाए गए थे। एक निशान से दूसरे निशान पर फिर उसके आगे जो अंततः इल्युमिनाटी के गोपनीय स्थान पर जाता था।'

विट्टोरिया ने उसकी ओर अविश्वास से देखा। 'खजाने की खोज जैसा लगता है।'

लैंग्डन मुस्कुराया। 'एक तरीके से कहें तो आप की बात ठीक है। इल्युमिनाटी संकेतों की इस श्रृंखला को प्रकाश पथ या पाथ ऑफ इल्यूमिनेशन कहते थे। जो भी व्यक्ति ब्रदरहुड में शामिल होना चाहता था उसे इसके साथ साथ आखिर तक चलना होता था। यह एक तरह की परीक्षा थी।'

'लेकिन अगर वेटिकन इल्युमिनाटी को पकड़ना चाहे...' विट्टोरिया अपना तर्क दे रही थी। 'तो वे भी सीधे उन निशानों के पीछे चलकर वहाँ पहुँच सकते थे?'

'नहीं। वह रास्ता गुप्त होता था। एक पहेली की तरह। उसे इस तरह बनाया जाता था कि सिर्फ कुछ लोगों को यह क्षमता होती थी कि वे उन निशानों को पहचान कर गुप्त स्थान पर बने इल्युमिनाटी चर्च को ढूँढ़ सकें। इल्युमिनाटी इसे एक तरह की दीक्षा समझते थे। यह सिर्फ सुरक्षा संबंधी उपाय नहीं था बल्कि इससे वे उन वैज्ञानिकों का भी पता लगा लेते थे जो सचमुच विशेष प्रतिभा के धनी होते थे।'

'मुझे इस बात पर यकीन नहीं। सन् 1600 के दौरान इन धार्मिक लोगों में दुनिया के सबसे अधिक पढ़े लिखे लोग शामिल थे। अगर ये संकेत सार्वजनिक स्थानों पर बने होते थे तो वेटिकन के लोगों में कुछ ऐसे अवश्य होते जो उनके बारे में पता लगे।'

'बेशक।' लैंग्डन ने कहा। 'अगर उन्हें उन निशानों के बारे में पता होता तो। लेकिन उन्हें इसकी कोई जानकारी थी ही नहीं। और इल्युमिनाटी ने उन्हें इस तरह बनाया था कि पादरी समुदाय के लोगों को कभी इस बात का अंदाजा ही नहीं लग सकता था कि वे संकेत हैं क्या। वे जिस तकनीक का इस्तेमाल करते थे उसे संकेत विज्ञान की भाषा में *डिस्सिमुलेशन* कहते हैं।'

'छुपाने की कला, कैमॉफ्लाज।'

लैंग्डन इससे बहुत प्रभावित हुआ। 'तुम्हें इसके बारे में पता है।'

'डिस्सिमुलासिओन।' वे बोली। 'प्रकृति के द्वारा इस्तेमाल किया जाने वाली सबसे बेहतरीन सुरक्षा तकनीक। समुद्री घास में तैरती हुई ट्रंपेट मछली को देखने की कभी कोशिश कीजिए तो इसका पता लगेगा।'

'हाँ। इल्युमिनाटी ने भी इसी तरह की तकनीक का इस्तेमाल किया था।' लैंग्डन ने कहा। 'उन्होंने जिस तरह के संकेत चिह्नों का प्रयोग किया वे प्राचीन रोम की पृष्ठभूमि में दिखाई नहीं देते थे। वे ऐंबीग्राम या किसी वैज्ञानिक संकेत का प्रयोग नहीं करना चाहते थे क्योंकि वो आसानी से लोगों को दिखाई दे जाता। इसलिए उन्होंने एक इल्युमिनाटी कलाकार को बुलाया, वही अनाम प्रतिभासंपन्न कलाकार जिसने उनके लिए ऐंबीग्राम वाले संकेत चिह्न बनाए थे। उन्होंने उसे चार मूर्तियाँ बनाने का जिम्मा सौंपा।'

'इल्युमिनाटी मूर्तियां?'

'हाँ। इन मूर्तियों के लिए दो कड़ी शर्तें रखी गई थी। पहली कि ये कलाकृतियाँ रोम की दूसरी कलाकृतियों जैसी ही दिखाई देनी चाहिए, इस तरह की कलाकृति जिनके बारे में वेटिकन को कभी संदेह नहीं हो कि ये इल्युमिनाटी ने बनवायी हैं।'

'धार्मिक कला।'

लैंग्डन ने अपना सिर हिलाया। उसे हल्की सी उत्तेजना का अनुभव हो रहा था। अब वह थोड़ा जल्दी जल्दी बोल रहा था। 'और दूसरी शर्त थी उन चारों मूर्तियों की एक निश्चित विषयवस्तु होनी चाहिए। हर कलाकृति विज्ञान के चार तत्वों में से एक एक के लिए एक सूक्ष्म श्रद्धांजलि जैसी होनी चाहिए।'

'चार तत्व?' विट्टोरिया बोली। 'तत्वों की संख्या तो सौ से अधिक है।'

'नहीं। सन् 1600 में तत्वों की संख्या इतनी नहीं थी।' लैंग्डन ने उसे याद दिलाया। 'एल्केमी में विश्वास रखने वाला हर व्यक्ति मानता था कि यह ब्रह्मांड केवल चार तत्वों से बना होता है—धरती, हवा, आग और पानी।'

शुरुआती दौर में बने सलीब के निशान दरअसल इन्हीं चार तत्वों का प्रतिनिधित्व करते थे। सलीब के चार हिस्से धरती, हवा, आग और पानी को दर्शाते थे। उस जमाने में इसके अलावा धरती, हवा, आग और पानी का प्रतिनिधित्व करने वाली दर्जनों सांकेतिक थीं जैसे कि पाइथागोरस का जीवन चक्र, चीनी होंग फान, युंग ने जिसकी चर्चा की है पुरुष और स्त्री का मूल—प्रतिरूप, राशि चक्र के चारों कोने। मुसलमान भी इन चार प्राचीन तत्वों को श्रद्धा की दृष्टि से देखते थे, हालाँकि इस्लाम में उन्हें वर्ग, बादल, बिजली और तरंग के नाम से जाना जाता था।' लेकिन लैंग्डन को इन संकेतों का आधुनिक प्रयोग रोंगटे खड़े करने वाला लगता था, यानी मेसनों के द्वारा पूर्ण—दीक्षा में प्रयोग किए जाने वाले चार रहस्यपूर्ण श्रृंखलाएं—धरती, हवा, आग और पानी।

विट्टोरिया यह सुनते हुए मंत्रमुग्ध हो रही थी। 'यानी कि उस इल्युमिनाटी कलाकार ने चार कलाकृतियाँ बनायी जो दरअसल धरती, हवा, आग और पानी के लिए श्रद्धांजलि के रूप में तैयार की गई थी।'

'बिल्कुल।' लैंग्डन ने कहा और तेजी से विया सेंटीनेल की तरफ मुड़ गया। 'ये कलाकृतियाँ रोम में चारों तरफ फैली हुई दूसरी कलाकृतियों के साथ पूरी तरह घुलमिल जाती थी। इल्युमिनाटी इन कलाकृतियों को ख़ास ख़ास चर्चों को चुपचाप तोहफे के तौर पर देते थे। इसके बाद वे अपने राजनीतिक प्रभाव का इस्तेमाल कर इन कलाकृतियों को रोम के भीतर सावधानी से चुने गए उन चर्चों के अंदर स्थापित करवा देते थे। ज़ाहिर है कि इनमें से हरेक कलाकृति एक तरह के संकेत का काम करती थी जो सूक्ष्म तरीके से अगले चर्च का ठिकाना ज़ाहिर करती थी जहाँ दूसरा संकेत चिह्न रखा रहता था। यह एक तरह से धार्मिक कलाकृतियों के आवरण में सुरागों की एक श्रृंखला का काम करती थी। इल्युमिनाटी में शामिल होने के लिए इच्छुक व्यक्ति अगर धरती को इंगित करने वाले

प्रतीक के सहारे पहले चर्च में पहुँच जाता था तो वह इसके सहारे हवा वाले संकेत, फिर पानी और अंत में चर्च ऑफ इल्युमिनेशन तक पहुँच जाता था।'

विट्टोरिया के दिमाग़ में चीजें गड्डमड्ड होती जा रही थी। 'और इसका ताल्लुक इल्युमिनाटी हत्यारे को पकड़ने से कैसे स्थापित होता है?'

अपने तुरुप के पत्ते को फेंकते हुए लैंग्डन मुस्कुराया। 'हाँ, इल्युमिनाटी इन चारों गिरजाघरों को एक ख़ास नाम से पुकारते थे—दि अल्टार्स ऑफ साइंस यानी विज्ञान की बलिवेदी।

विट्टोरिया ने हल्की सी नाराजगी दिखाई। 'माफ कीजिएगा, लेकिन इसका कोई मतलब नहीं निकल रहा...' यह बोलते हुए वह थोड़ी रुकी, '*ला अल्तार दि साइंजा?*' यह बोलकर वह चिहुंक उठी। 'इल्युमिनाटी हत्यारे ने चेतावनी दी थी कि कार्डिनलों की हत्या विज्ञान की वेदी पर दी जाने वाली बलियाँ होगी।'

लैंग्डन उसकी ओर देखकर मुस्कुराया। 'चार कार्डिनल। चार चर्च। विज्ञान की चार बलिवेदियां।'

वह पूरी तरह हैरान लग रही थी। 'आप कह रहे हैं कि वे चार गिरजाघर जहाँ कार्डिनलों की बलि चढ़ाई जाएगी वे वही गिरजाघर हैं जो प्राचीन पाथ ऑफ इल्यूमिनेशन को दर्शाते हैं?'

'हाँ, मुझे भी यही लगता है।'

'लेकिन हत्यारे ने हमारे लिए ये सुराग क्यों छोड़ा है?'

'क्यों नहीं?' लैंग्डन ने जवाब दिया। 'इन कलाकृतियों के बारे में बहुत ही कम इतिहासकारों को पता है। उससे भी कम लोग यह विश्वास करते हैं कि उनका अस्तित्व है। पिछले चार सौ वर्षों से उनका पता ठिकाना गुप्त रहा है। इसमें संदेह नहीं कि इल्युमिनाटी को लगा कि अगले पाँच घंटों तक भी ये जानकारी गुप्त बनी रहेगी। इसके अलावा, यह भी एक तथ्य है कि इल्युमिनाटी को अब उनके *पाथ ऑफ इल्यूमिनेशन* की कोई ज़रूरत नहीं है। उनके मिलने जुलने का गुप्त स्थान बहुत पहले ही नष्ट हो चुका है। वे आधुनिक दुनिया में रहते हैं। वे बैंकों के बोर्डरूम, खाने पीने के लिए बने क्लबों, निजी गोल्फ मैदानों में एक दूसरे से मिलते हैं। आज की रात वे अपने रहस्य को दुनिया के सामने लाना चाहते हैं। ये उनका क्षण है। महान उद्घाटन का वक्त।'

लैंग्डन को डर था कि इल्युमिनाटी जब इस को लोगों के सामने लाएंगे तो उसमें एक ख़ास तरह की समरूपता होगी जिसके बारे में उसने अभी चर्चा नहीं की थी। चार ब्रांड। हत्यारे ने कसम खाई थी कि हर कार्डिनल को अलग अलग निशान से दागा जाएगा। उसने कहा था कि *प्राचीन कथाओं के प्रमाण सच* हैं। एंबीग्राम जैसे चार ब्रांडों की कहानियाँ तब से सुनी जाती थी जब से इल्युमिनाटी का धरती पर अस्तित्व है—धरती, हवा, आग और पानी। चार शब्द जिन्हें पूर्ण समरूपता के साथ निरूपित किया जाना था ठीक उसी तरह जैसे इल्युमिनाटी शब्द लिखा जाता है। हर कार्डिनल को विज्ञान

के इस प्राचीन स्वरुप से दागा जाना था। इतिहासकारों के बीच इस बात पर विवाद था कि ये शब्द अंग्रेजी में लिखे जाएंगे या इतालवी में। अंग्रेजी में लिखना इल्युमिनाटी के लिए उनकी स्वाभाविक भाषा से एक तरह का अकारण भटकाव होता और इल्युमिनाटी कोई भी काम बेवजह नहीं करते।

लैंग्डन अभिलेखागार वाली इमारत में पहुँचने के पहले ईंट की बनी पगडंडी की ओर मुड़ा। उसके दिमाग़ में वीभत्स तस्वीरें घूम रही थी। इल्युमिनाटी की योजना का स्वरूप अपनी पूरी सहज विकरालता में धीरे धीरे ज़ाहिर हो रहा था। ब्रदरहुड ने प्रतिज्ञा की थी कि वे तबतक चुप रहेंगे जब तक वे अपने अंदर इतनी ताकत और प्रभाव नहीं पैदा कर लेते कि वे निडर होकर सबके सामने आ सकें और दिन के उजाले में अपने उद्देश्य के लिए लड़ सकें। अब इल्युमिनाटी का मतलब लुकाछिपी का खेल नहीं था। अब वे अपनी ताकत दिखाना चाहते थे और षड़यंत्र के बारे में प्रचलित मिथकों को तथ्य साबित करना चाहते थे। आज की रात दुनिया भर के सामने अपने विज्ञापन का तमाशा दिखाने की रात थी।

विट्टोरिया बोली, 'हमारे साथ चलने वाला व्यक्ति पहुँच गया।' लैंग्डन ने सामने देखा। स्विस गार्ड आगे बने लॉन से निकलकर तेजी से सामने बने दरवाज़े में घुस रहे थे।

गार्ड की नज़र जैसे ही इन लोगों पर पड़ी वह रुक गया। वह उन्हें घूर कर देखने लगा। उसे लग रहा था जैसे वह कोई सपना देख रहा हो। बिना कुछ बोले उसने अपना वॉकी टॉकी निकाला और बात करने लगा। साफ लग रहा था कि उसे जो आदेश दिया जा रहा था उसपर उसे यकीन नहीं हो रहा था। गार्ड फोन पर किसी व्यक्ति से बड़ी बेचैनी से बात कर रहा था। उधर से गुस्से में जो जवाब मिल रहा था वह लैंग्डन को साफ साफ समझ में नहीं आ रहा था। लेकिन वह उसका आशय समझ रहा था। गार्ड अब ढीला पड़ गया। उसने वॉकी टॉकी किनारे रख दिया और उनकी ओर असंतुष्ट नज़रों से देखने लगा।

गार्ड उनको इमारत के अंदर बिना कुछ बोले ले जाने लगा। उन्होंने स्टील के चार दरवाज़े पार किए। दो जगह पर उन्हें पासवर्ड डालना पड़ा। एक लंबी सी सीढ़ी को पार करते हुए वे फोएर में पहुँचे जहाँ उन्हें दो पासवर्ड को मिलाकर ताला खोलना पड़ा। अनेक हाइटेक इलेक्ट्रॉनिक दरवाजों से गुजरते हुए उन्होंने एक बड़ा हॉल पार किया जिसके आखिरी छोर पर बलूत के बने बड़े बड़े दो दरवाजों को एक साथ जोड़कर बनाया हुआ दरवाज़ा उनके सामने था। गार्ड वहाँ रुक गया। उसने उन्हें ऊपर से नीचे तक देखा। कुछ बुदबुदाते हुए उसने दीवार में बने धातु के ताखे को खोला। उसके अंदर हाथ डालकर उसने कुछ पासवर्ड दबाया। खड़खड़ाहट की आवाज़ के साथ ही कुंडी खुल गया।

गार्ड उनकी तरफ मुड़ा। वह पहली बार उनसे बात कर रहा था। 'अभिलेखागार दरवाज़े के उस पार है। मुझे यहाँ तक आपके साथ आने को कहा गया है। इसके बाद मुझे वापस जाकर किसी और चीज़ के बारे में बात करनी है।'

'आप जा रहे हैं?' विट्टोरिया ने पूछा।

'स्विस गार्डों को गुप्त अभिलेखागार तक जाने की इजाज़त नहीं है। आप यहाँ तक पहुँच पाए क्योंकि हमारे कमांडर को सीधे केमरलेग्नो ने इसके लिए आदेश दिया।'

'लेकिन हम फिर वापस कैसे जाएंगे?'

'इसमें एक दिशा से ही सुरक्षा के इंतजाम की व्यवस्था की गई है। वापस आने में आपको कोई परेशानी नहीं होगी।' इतनी बात पूरी होने के बाद गार्ड मुड़ा और हॉल से बाहर निकल गया।

विट्टोरिया ने कुछ टिप्पणी की लेकिन लैंग्डन को कुछ सुनाई नहीं दिया। उसका ध्यान पूरी तरह सामने के दो दरवाजों को मिलाकर बनाए गए दरवाज़े पर केंद्रित था। वह मन ही मन सोच रहा था कि पता नहीं आगे कैसे कैसे रहस्य छुपे हैं।

47

हालाँकि केमरलेग्नो कार्लो वेंट्रेस्का को पता था कि वक्त कम था लेकिन वह धीरे धीरे चल रहे थे। कार्यक्रम के शुरुआत में होने वाली प्रार्थना के पहले उन्हें अपने विचारों को व्यवस्थित करने के लिए एकांत समय चाहिए था। इतना कुछ हो रहा था। उत्तरी हिस्से के नीरव एकांत से गुजरते हुए केमरलेग्नो के दिमाग़ पर पिछले पंद्रह दिनों की घटनाएँ किसी बोझ की तरह लग रही थी।

उन्होंने अपने धर्म-निर्दिष्ट कर्तव्यों का अक्षरशः पालन किया था।

वेटिकन की परंपराओं के अनुसार, पोप की मृत्यु के बाद केमरलेग्नो ने खुद उनकी मृत्यु की घोषणा की थी। इस प्रक्रिया के दौरान उन्होंने पोप के गर्दन की धमनी पर उँगलियाँ रखी और उनके साँस को सुनने की कोशिश की। इसके बाद उन्होंने तीन बार पोप का नाम लेकर पुकारा। कानून के अनुसार शव—परीक्षा नहीं होती थी। इसके बाद उन्होंने पोप के शयन कक्ष को सील कर दिया, उनके मछुआरों वाली अंगूठी को नष्ट कर दिया और मुहर बनाने के लिए इस्तेमाल किए जाने वाले खांचे को तोड़ने के बाद उनके अंतिम संस्कार की तैयारी शुरु की।

सम्मेलन, वे सोच रहे थे, *यही आखिरी अड़चन था*। ईसाइयत की यह सबसे पुरानी परंपरा थी। आजकल लोगों को इसके परिणाम के बारे में पहले से ही पता रहता था इसलिए इस प्रक्रिया को लोग महत्वहीन कह कर इसकी आलोचना करते थे। इसे आडंबर अधिक और चुनाव कम माना जाता था। लेकिन केमरलेग्नो को मालूम था कि ऐसा सोचना सही नहीं था। सम्मेलन का अर्थ चुनाव नहीं होता था। सत्ता के हस्तांतरण

की यह एक प्राचीन, रहस्यवादी परंपरा थी। अनंत काल से चल रही इस परंपरा की गोपनीयता कुछ अलग ही थी...। इसमें कागज के मुड़े हुए टुकड़े, वोट के लिए इस्तेमाल की जाने वाली पर्चियों को जलाना, प्राचीन काल के रसायनों को मिलाना, धुएँ का इस्तेमाल कर संकेत भेजना जैसी चीज़ें शामिल थी।

ग्रेगरी XIII के गलियारे से गुजरते हुए केमरलेग्नो जब नजदीक पहुँचे तो वे कार्डिनल मोर्टाटी के बारे में सोच रहे थे कि कहीं वे अब भी डरे हुए तो नहीं थे। मोर्टाटी को यह मालूम था कि चुनिंदा कार्डिनल लापता हैं। उनके बिना मतदान की प्रक्रिया रात भर चल सकती थी। केमरलेग्नो ने खुद को समझाते हुए कहा कि 'ग्रेट इलेक्टर' के ओहदे पर मोर्टाटी का चुनाव उचित था। मोर्टाटी आज़ाद ख्यालों के व्यक्ति थे। वे अपनी बात कहने से हिचकिचाते नहीं थे। आज की रात एक अच्छे नेतृत्वकर्ता की सबसे अधिक ज़रूरत थी।

शाही सीढ़ियों के आखिरी पायदान पर पांव रखते हुए केमरलेग्नो को लग रहा था जैसे वह किसी गहरी खाई के मुहाने पर खड़े थे। इतनी ऊँचाई से भी उन्हें सिस्टीन गिरजाघर के अंदर से उमड़ती घुमड़ती आवाजें साफ सुनाई दे रही थी जहाँ 165 कार्डिनल बेचैनी से बातचीत कर रहे थे।

एक सौ इकसठ कार्डिनल, उन्होंने अपने को ठीक करते हुए कहा।

एक पल के लिए केमरलेग्नो को लगा कि वह खाई में गिर रहे हैं, तेजी से नर्क की ओर, चारों तरफ लोगों के चीखने चिल्लाने की आवाज़, उन्हें घेरती हुई आग की लपटें, आकाश से बरसते पत्थर और ख़ून।

और फिर सन्नाटा।

बच्चे ने जागने के बाद पाया कि वह स्वर्ग में था। उसके चारों तरफ हर चीज़ सफेद थी। आँखों को अंधा करने वाली तेज़ रोशनी, विशुद्ध। वैसे कुछ लोग कहेंगे कि दस साल का बच्चा शायद स्वर्ग को नहीं समझ सकता लेकिन बालक कार्लो वेंट्रेस्का स्वर्ग को बखूबी समझ सकता था। वह अभी सीधे स्वर्ग में था। और कहाँ हो सकता था वो? इस धरती पर बिताए अपने दस साल के छोटे समय के दौरान कार्लो ने ईश्वर की भव्यता का अनुभव किया था—पाइप ऑर्गन की गूंजती आवाज़, गगनचुंबी गुंबदें, गाने के दौरान सुनाई देती ऊँची आवाज, शीशे पर बनाई गई कलाकृतियां, चमचमाते सोने और पीतल। कार्लो की माँ मारिया उसे रोज चर्च लाती थी। चर्च कार्लो का घर था।

'हम लोग रोज प्रार्थना के लिए चर्च क्यों आते हैं?' कार्लो ने बिना ज़्यादा सोचे समझे पूछा।

'क्योंकि मैंने ईश्वर से वादा किया था कि मैं रोज चर्च आऊँगी।' उसने जवाब दिया। 'और ईश्वर से किया गया वादा सभी वादों से बड़ा होता है। ईश्वर से किया गया वादा कभी तोड़ना मत।'

कार्लो ने वादा किया कि वह ईश्वर से किए गए वादे को कभी नहीं तोड़ेगा। वह दुनिया में किसी भी चीज़ से ज़्यादा अपनी माँ से प्यार करता था। वही उसकी पवित्र देवी थी। कभी कभी वह अपनी माँ को मारिया बेनेडेट्टा कहकर पुकारता था—मदर मेरी, हालाँकि उसे यह पसंद नहीं था। वो जब प्रार्थना के लिए झुकती तो कार्लो भी उसके साथ झुकता, मां के देह की मीठी खुशबू उसके अंदर समाती। जब वह माला फेरती तो उसकी प्रार्थना के हौले हौले स्वर उसे सुनाई देते। *मदर मेरी की जय हो... ईश्वर की माता...हम पापियों के लिए प्रार्थना करो...आज भी और हमारी मृत्यु के समय भी...*

'मेरे पिता कहाँ हैं?' कार्लो पूछता, हालाँकि उसे पता था कि वे उसके जन्म के पहले ही मर चुके थे।

'ईश्वर ही अब तुम्हारे पिता हैं।' उसका हमेशा यही जवाब होता। 'तुम चर्च की संतान हो।'

कार्लो को यह बात बहुत पसंद थी।

'तुम्हें जब भी डर लगे, याद रखना अब ईश्वर ही तुम्हारे पिता हैं। वो तुम्हारी निगरानी रखेंगे, हमेशा। ईश्वर ने तुम्हारे लिए बड़े बड़े काम सोच रखे हैं, कार्लो।' उसकी माँ बोलती। बच्चे को पता था कि वह सच बोल रही है। उसे अपने ख़ून में ईश्वर का अहसास होने लगा था।

ख़ून...

आकाश से बरसता ख़ून!

चुप्पी। और फिर स्वर्ग।

उसका स्वर्ग। आँखों को चौंधियाने वाली रोशनी के बंद होते ही कार्लो को पता चल गया था कि पालेर्मो के बाहर बना सांता क्लारा हॉस्पिटल का गहन चिकित्सा कक्ष ही उसका स्वर्ग था। जिस गिरजाघर में कार्लो अपनी माँ के साथ छुट्टियों के दौरान प्रार्थना के लिए गया था वहाँ हुए आतंकी बम हमले में वह गिरजाघर पूरी तरह नष्ट हो गया था। हमले में सिर्फ कार्लो की ही जान बची थी। उसकी माँ समेत सैंतीस लोग मारे गए थे। कार्लो के ज़िंदा बच जाने को अखबारों ने सेंट फ्रांसिस के चमत्कार का नाम दिया था। किसी अनजान वजह से धमाके के ठीक पहले कार्लो अपनी माँ के बगल से उठकर एक सुरक्षित ताखे में जाकर सामने बनी कलाकृति की बारीकियाँ को देखने में मशगूल हो गया था जिसमें सेंट फ्रांसिस की कहानी कही गई थी।

ईश्वर ने मुझे वहाँ बुलाया था, वे मुझे बचाना चाहते थे, कार्लो ने निश्चय किया।

कार्लो दर्द से बेचैन था। वह अपनी आँखों के सामने अब भी माँ को देख रहा था जो चर्च की बेंच पर झुकी हुई उसकी ओर हवाई चुंबन भेज रही थी और तभी कान फोड़ने वाला धमाका सुनाई दिया। उसका भीनी भीनी खुशबू वाला शरीर चीथड़े हो गया। वह

अब भी उस शैतान का अनुभव कर सकता था। ख़ून की बरसात हो रही थी। उसके माँ का ख़ून, पवित्र मारिया!

ईश्वर हमेशा तुम पर नज़र रखेंगे और तुम्हारी रक्षा करेंगे, उसकी माँ ने कहा था।

लेकिन अभी ईश्वर कहाँ थे!

तभी, माँ की कही बातों की साँसारिक अभिव्यक्ति की तरह एक पादरी हॉस्पिटल में पहुँचा। वह कोई साधारण पादरी नहीं था। वे बिशप थे। उन्होंने कार्लो के ऊपर झुक कर प्रार्थना की। सेंट फ्रांसिस का चमत्कार। जब कार्लो स्वस्थ हो गया तो उन्होंने अपने गिरजाघर से सटे हुए एक छोटे से मठ में उसके रहने का इंतजाम करवाया। कार्लो वहीं रहकर मठ के दूसरे छात्रों के साथ पढ़ाई करने लगा। वह पूजा—अनुष्ठान के कामों में अपने नए संरक्षक की मदद करने लगा—अल्टार ब्वॉय। बिशप ने उसे पब्लिक स्कूल में जाने की सलाह दी लेकिन कार्लो राजी नहीं हुआ। वह अपने नए घर में बेहद खुश था। अब वह सचमुच ईश्वर के घर में रह रहा था।

हर रात कार्लो अपनी माँ के लिए प्रार्थना करता था।

ईश्वर ने किसी उद्देश्य से मेरी रक्षा की, वह सोचता, *लेकिन आखिर किस मकसद से?*

कार्लो जब सोलह साल का हुआ तो इटली के कानून के अनुसार उसे फौज में दो साल के प्रशिक्षण के लिए जाना था। बिशप ने उससे कहा कि अगर वह सेमिनरी में शामिल हो जाएगा तो उसे फौजी प्रशिक्षण से छूट मिल सकती है। कार्लो ने कहा कि वह सेमिनरी में शामिल होना चाहता था लेकिन पहले वह शैतान को समझना चाहता था।

बिशप को उसकी बात समझ में नहीं आई।

कार्लो ने उससे कहा कि अगर वह चर्च में रहकर शैतान से लड़ते हुए ज़िंदगी बिताना चाहता था तो पहले उसे शैतान को समझना ज़रूरी था। इसके लिए फौज से बेहतर दूसरी कोई जगह नहीं हो सकती थी। फौज में बंदूक और बम का इस्तेमाल होता था। *बम ने ही मेरी प्यारी माँ की जान ली।*

बिशप ने उसे समझाने की कोशिश की लेकिन वह अपना मन बना चुका था।

'सावधान रहना मेरे बच्चे।'बिशप ने कहा था, 'और याद रखना कि लौटने के बाद चर्च तुम्हारा इंतज़ार करेगा।'

फौज में कार्लो ने दो साल भयंकर यातना में बिताए। अपनी युवावस्था में कार्लोस का समय शांति और चिंतन में व्यतीत होता था। लेकिन फौज में शांति और चिंतन के लिए कोई वक्त नहीं मिलता था। हमेशा शोरगुल। हर तरफ बड़ी बड़ी मशीनें। शांति का एक पल भी नहीं। वैसे बैरक में रहने वाले सिपाही हर सप्ताह प्रार्थना के लिए चर्च जाते थे लेकिन अपने साथियों में कार्लो को कहीं भी ईश्वर का आभास नहीं दिखाई देता था। उनके दिमाग़ में इतनी अव्यवस्था भरी थी कि ईश्वर का अनुभव कर पाना उनके लिए मुमकिन नहीं था।

कार्लो को इस नयी ज़िंदगी से नफरत थी और वह घर वापस जाना चाहता था। लेकिन वह इस जगह अपना वक्त पूरा करने के लिए प्रतिबद्ध था। शैतान को समझना उसके लिए अब भी बाकी था। उसने बंदूक चलाने से मना कर दिया था इसलिए फौज में उसे चिकित्सा सुविधा के लिए इस्तेमाल किया जाने वाला हेलीकॉप्टर चलाना सिखाया गया। कार्लोस को हेलीकॉप्टर के शोरगुल और उसकी बदबू से नफरत थी लेकिन कम से कम उसे आसमान में उड़ने और स्वर्ग में रह रही अपनी माँ से नज़दीक रहने का मौका तो मिलता था। जब उसे बताया गया कि हेलीकॉप्टर उड़ाने के प्रशिक्षण में पैराशूट से कूदने की ट्रेनिंग भी शामिल थी तो कार्लो काफी डर गया। लेकिन उसके पास कोई विकल्प नहीं था।

ईश्वर मेरी रक्षा करेगा, उसने अपने को समझाया।

कार्लो जब पहली बार पैराशूट से कूदा तो यह उसकी ज़िंदगी का सबसे आनंददायक अनुभव था। उसे लगा था कि जैसे वह ईश्वर के साथ आसमान में उड़ रहा हो। उड़ान के दौरान अनुभव की जाने वाली शांति, उड़ने का अहसास... धरती की तरफ आते हुए आसमान में तैर रहे सफेद बादलों के बीच दिखाई देने वाला अपनी माँ का चेहरा... कार्लो को इससे अधिक आनंद कभी नहीं महसूस हुआ था। *ईश्वर ने तुम्हारे लिए कुछ सोच रखा है, कार्लो।* फौज के प्रशिक्षण से लौटकर कार्लो सेमिनरी में शामिल हो गया।

यह तेईस साल पुरानी बात थी।

अब, केमरलेग्नो के तौर पर कार्लो वेंट्रेस्का शाही सीढ़ियों पर चढ़ता हुआ उन असाधारण घटनाओं के बारे में सोच रहा था जिसकी वजह से उसकी ज़िंदगी आज इस मोड़ पर आ चुकी थी।

डर को मन से निकाल दो और आज की रात ईश्वर को समर्पित कर दो, उसने खुद को समझाया।

अब उसे सिस्टीन गिरजाघर का पीतल का बना विशाल दरवाज़ा दिखाई दे रहा था जहाँ चार स्विस गार्ड मुस्तैद थे। उन्होंने दरवाज़े की कुंडी खोल उसे पीछे खिसकाया। अंदर घुसते ही हर व्यक्ति की नज़र उसकी ओर घूम गई। केमरलेग्नो काली पोशाक पर लाल पट्टे डाले लोगों को एकटक देख रहा था। वह समझ चुका था कि ईश्वर ने उसके लिए क्या योजना बनाई है। चर्च का भविष्य उसके हाथों में था।

केमरलेग्नो ने सलीब का निशान बनाया और अंदर दाखिल हो गया।

48

बीबीसी का पत्रकार गुंटर ग्लिक सेंट पीटर्स चौराहे के पूर्वी छोर पर खड़े अपने नेटवर्क वैन के भीतर पसीने से तरबतर बैठा था। वह मन ही मन अपने संपादक

को गाली दे रहा था जिसने उसे वहाँ काम पर भेजा था। वैसे काम पर लगने के बाद पहले महीने की रिपोर्ट में ग्लिक को खूब प्रशंसा मिली थी और उसे विश्वसनीय, तेजतर्रार और संपर्कों के मामले में समृद्ध बताया गया था। लेकिन इसके बाद उसे वेटिकन सिटी में पोप के बारे में ख़बरें लाने के काम पर लगाया गया था। वह खुद को समझा रहा था कि बीबीसी के लिए रिपोर्टिंग करना *ब्रिटिश टैटलर* जैसे अखबार के लिए काम करने से कहीं ज़्यादा विश्वसनीयता का काम था लेकिन उसे फिर भी ये काम रिपोर्टिंग का काम नहीं लग रहा था।

ग्लिक को दी गई जिम्मेदारी बिल्कुल साधारण थी। कह सकते हैं मजेदार ढंग से मामूली। यहाँ जमा हुए बुड्ढे अपने बीच से एक दूसरे बुड्ढे को अपना मुखिया चुनने वाले थे। उसकी जिम्मेदारी थी कि चुनाव के बाद वह पीछे वेटिकन की तस्वीर की साथ पंद्रह सेकंड की लाइव रिपोर्टिंग बीबीसी को भेजे। तबतक उसे यहीं इंतज़ार करना था।

वाह. अद्भुत।

ग्लिक को यकीन नहीं हो रहा था कि बीबीसी अब भी इस तरह की बकवास चीजों के कवरेज के लिए अपने रिपोर्टर भेजता था। *मुझे तो आज की रात यहाँ कोई भी अमेरिकी नेटवर्क नहीं दिखाई दे रहा।* इसका कारण है कि बड़े पत्रकार इसके लिए सही तरीका अपनाते हैं। वे सीएनएन देखते हैं। उसका सार-संक्षेप बनाते हैं और फिर 'लाइव' रिपोर्ट के लिए ब्लू स्क्रीन के सामने खड़े होकर रिपोर्ट बनाते हैं। फिर वे उसके ऊपर पहले से उपलब्ध स्टॉक-वीडियो डाल कर रिपोर्ट को एकदम असली दिखाने की कोशिश करते हैं। एमएसएनबीसी ने तो स्टूडियो के अंदर ही बारिश और हवा की आवाज़ पैदा करने वाली मशीनों का इस्तेमाल किया ताकि ऐसा लगे कि बिल्कुल उसी स्थान से रिपोर्टिंग की जा रही है। आजकल दर्शकों को सच की ज़रूरत नहीं, वे मनोरंजन खोजते हैं।

ग्लिक गाड़ी के शीशे से बाहर देख रहा था और उसका मन और भी खिन्न होता जा रहा था। वेटिकन सिटी की शाही पहाड़ी उसे याद दिला रही थी कि अगर इंसान अपना दिमाग़ इस्तेमाल करे तो वह क्या नहीं कर सकता।

'मैंने अपनी ज़िंदगी में क्या हासिल किया है?' वह जोर जोर से बुदबुदा रहा था। 'कुछ भी नहीं।'

'तो फिर छोड़ दो।' उसके पीछे से किसी औरत की आवाज़ आयी।

ग्लिक उछल गया। वह भूल गया था कि वह यहाँ अकेला नहीं था। वह पीछे की सीट की तरफ मुड़ा जहाँ पर कैमरे का काम करने वाली महिला चिनिता मैक्री चुपचाप अपने चश्मे को साफ कर रही थी। वह हमेशा अपना चश्मा ही साफ करती रहती थी। चिनिता काले—नस्ल की थी हालाँकि वह अपने को अफ्रीकी—अमेरिकी कहलाना पसंद करती थी। थोड़ी सी मोटी चिनिता काम में बेहद होशियार थी। और वह किसी को ये बात भूलने भी नहीं देती थी। वह थोड़ी सी अजीब थी लेकिन ग्लिक उसे पसंद करता था। अभी उसके साथ रहकर ग्लिक अपना काम निकाल सकता था।

'क्या बात है गुंथ?' चिनिता ने पूछा।

'हम यहाँ क्या कर रहे हैं?'

'एक मजेदार कार्यक्रम को देख रहे हैं।' उसने अपने चश्मे को चमकाना जारी रखा।

'अंधेरे कमरे में बंद बुड्ढों को देखना तुम्हें मजेदार काम लगता है?'

'तुम्हें पहले से ही पता है कि तुम नर्क में जाने वाले हो। है कि नहीं?'

'जा चुका हूँ।'

'मुझसे बात करो।' चिनिता उसकी माँ की तरह बात कर रही थी।

'मुझे लगता है कि मैं अपने काम की छाप छोड़ना चाहता हूँ।'

'तुम ब्रिटिश टैटलर के लिए काम करते थे।'

'हाँ, लेकिन उस काम का कोई महत्व नहीं था।'

'बेकार की बातें मत करो। मैंने सुना है कि तुमने महारानी और दूसरे ग्रहों के जीवों, एलियंस, के बीच के सेक्स-संबंधों के बारे में एक धांसू लेख लिखा था।'

'शुक्रिया।'

'मेरी बात सुनो। मुझे लगता है कि चीजें बेहतर हो रही हैं। आज की रात तुम टेलीविजन पर पंद्रह सेकंड का इतिहास बनाने वाले हो।'

ग्लिक गुर्राया। उसे न्यूज एंकर की आवाज़ सुनाई दे रही थी। 'शुक्रिया गुंटर। बेहतरीन रिपोर्ट।' इसके बाद एंकर अपनी आँखें गोल गोल घुमाते हुए मौसम के बारे में ख़बरें सुनाने लगेगा। 'मुझे एंकर के काम के लिए कोशिश करनी चाहिए थी।'

मैक्री हंसी। 'बिना किसी अनुभव के? और अपनी दाढ़ी देखी है? भूल जाओ।'

ग्लिक ने अपनी टुड्ढी पर उगी लाल रंग की दाढ़ी पर हाथ फिराया। 'मुझे लगता है कि इसकी वजह से मैं होशियार नज़र आता हूँ।'

तभी वैन के मोबाइल फोन की घंटी बजी। लग रहा था जैसे घंटी ने ग्लिक की असफलताओं पर एक बार फिर रोक लगा दी थी। 'शायद संपादकीय विभाग का फोन हो।' अचानक उसकी उम्मीद जग गई थी। 'तुम्हें लगता है कि वे लाइव—अपडेट चाह रहे हैं?'

'इस ख़बर के बारे में?' मैक्री हंसा। 'तुम हमेशा सपने देखती रहती हो।'

ग्लिक ने एक बेहतरीन एंकर की तरह फोन का जवाब दिया, 'गुंटर ग्लिक, बीबीसी, वेटिकन सिटी से लाइव।'

फोन की दूसरी तरफ से आ रही आवाज़ से लग रहा था कि अरबी नस्ल का कोई आदमी बात कर रहा हो। 'ध्यान से सुनो। मैं तुम्हारी ज़िंदगी बदलने वाला हूँ।'

49

लैंगडन और विट्टोरिया अब दोहरे दरवाज़े के बाहर खड़े थे जिसके उस पार गुप्त अभिलेखागार का भीतरी कक्ष था। उस गलियारे की दीवारें गलीचों से सजी थी, फर्श संगमरमर के थे, नक्काशीदार छत पर बने ताखों से सुरक्षा कैमरे नीचे देख रहे थे। लैंग्डन इसे 'ऊसर पुनर्जागरण' कहता था। अंदर वाले गोलाकार मेहराब के साथ छोटे से पीतल की पट्टी पर लिखा था:

आर्काइवो वैटिकानो

क्यूराटोर, पाद्रे जैकी टोमासो।

फादर जैकी टोमासो। लैंग्डन अभिलेखागार के क्यूरेटर के नाम से परिचित था। उसे न जाने कितनी बार क्यूरेटर ने मनाही की चिट्ठी भेजी थी—'मिस्टर लैंग्डन, मुझे आपको दुख के साथ सूचित करना पड़ रहा है कि आप को इसकी इजाज़त नहीं दी जा सकती...'

खेद। मेरी बला से। जिस दिन से जैकी टोमासो इस ओहदे पर काबिज हुआ था एक भी गैर-कैथोलिक अमेरिकी विद्वान को वेटिकन के इस गुप्त अभिलेखागार में प्रवेश की अनुमति नहीं दी गई थी। इतिहासकार उसे मज़ाक में अभिभावक कहते थे। जैकी टोमासो दुनिया का सबसे सख्त पुस्तकालयाध्यक्ष था।

दरवाज़े को धक्का देकर अभिलेखागार के ख़ास भीतरी हिस्से में घुसते हुए लैंग्डन को लग रहा था जैसे फादर जैकी पूरी फौजी वर्दी में बैठे होंगे, उनके सिर पर हेलमेट होगा और वे हाथ में बजूका लिए पुस्तकालय की सुरक्षा में तैनात होंगे। लेकिन वो जगह खाली थी।

चुप्पी। हल्की हल्की रोशनी।

वेटिकन का अभिलेखागार। उसकी ज़िंदगी की एक हसरत।

लैंग्डन को उस पवित्र कक्ष पर नज़र डालते ही सबसे पहले शर्मिंदगी की अनुभव हुआ। उसे लगा कि वह एक अपरिपक्व रूमानी व्यक्ति है। बरसों से उसने इस कमरे के बारे में जो तस्वीर अपने मन में बना रखी थी वह कितनी गलत थी। वह अपनी कल्पना में सोचता था कि इस स्थान पर अलमारियों में धूल से भरी फटी चिटी किताबों का अंबार लगा होगा। उसने सोच रखा था कि इस स्थान पर पादरी मोमबत्ती की रोशनी में शीशे की कलाकृति वाली खिड़कियों के किनारे बैठकर बही खाते में किताबों का नाम दर्ज कर रहे होंगे, संत-साधु दस्तावेजों के अध्ययन में डूबे होंगे...

लेकिन यहाँ ऐसा कुछ भी नज़र नहीं आ रहा था।

पहली नज़र में कमरे को देखकर लग रहा था जैसे किसी हवाई अड्डे का अंधेरा हैंगर हो जिसमें किसी ने दर्जन भर रैकेट बॉल कोर्ट बना दिया हो। लैंग्डन बेशक जानता

था कि शीशे के दरवाजों वाली अलमारियों में क्या था। उन्हें देखकर उसे कोई आश्चर्य नहीं हुआ। उमस और गर्मी की वजह से प्राचीन काल के कागज और चमड़े खराब हो रहे थे और उनकी अच्छी देखरेख के लिए उन्हें इसी तरह के ख़ास अलमारियों में रखा जाना आवश्यक था। ये अलमारियाँ ऐसे बक्से की तरह थीं जिनमें हवा और वातावरण में मौजूद अम्लीय तत्व बिल्कुल अंदर नहीं जा सकते थे। लैंग्डन इस तरह के हर्मिटिक तहखानों में कई बार जा चुका था लेकिन वहाँ जाकर वह हमेशा परेशान हो जाता था। किसी ऐसे बक्से में घुसने का अनुभव जिसमें हवा के आने जाने की कोई संभावना नहीं हो और जिसमें ऑक्सीजन का प्रवेश वहाँ के लाइब्रेरियन की दया पर निर्भर करता हो।

बक्सेनुमा उन कक्षों के अंदर घुप्प अंधेरा था, कुछ भुतहा सा। हर कक्ष के आखिर में गुंबदनुमा हल्की सी रोशनी दिखाई देती थी। इस अंधेरे के भीतर लैंग्डन को भूत-पिशाच का अनुभव हो रहा था। ऊँची ऊँची अलमारियाँ यहाँ से वहाँ तक पसरी थी जिनके अंदर इतिहास भरा हुआ था। यह सचमुच अपने आप में किताबों का एक अद्भुत खजाना था।

विट्टोरिया भी आश्चर्यचकित हो रही थी। वह उसके बगल में खड़ी पारदर्शी विशाल घनों को देख रही थी।

वक्त बहुत कम था। लैंग्डन ने वक्त नहीं बर्बाद करते हुए जिल्द चढ़े एक इनसाइक्लोपीडिया को देखना शुरू किया जिसमें इस पुस्तकालय में रखी पुस्तकों की सूची दी गई थी। उसे बस वहाँ रखे थोड़े से कंप्यूटर के मॉनिटरों से आ रही हल्की सी रोशनी दिखाई दे रही थी। 'ऐसा लगता है कि उनके पास बिब्लियॉन है। किताबों की सूची को उन्होंने कंप्यूटर में डाल रखा है।'

यह सुनकर विट्टोरिया को कुछ उम्मीद जगी। 'फिर तो जल्दी काम हो जाएगा।'

लैंग्डन ने सोचा काश वह विट्टोरिया की आशावादिता से सहमत हो पाता। लेकिन उसे लगा कि यह एक बुरी ख़बर थी। वह एक कंप्यूटर टर्मिनल के पास जाकर कुछ टाइप करने लगा। उसका अंदेशा सही निकला। 'किताबों की सूची रखने का पुराना तरीका ही बेहतर था।'

'क्यों?'

लैंग्डन मॉनिटर से थोड़ा दूर हट गया। 'क्योंकि असली किताबों को देखने के लिए पासवर्ड की ज़रूरत नहीं होती। मुझे नहीं लगता कि भौतिक विज्ञानी जन्मजात हैकर होते हैं।'

विट्टोरिया ने अपना सिर हिलाया, 'मैं बस सीपियों को खोल सकती हूँ।'

लैंग्डन ने गहरी साँस ली और थोड़े से पारदर्शी उन बक्सेनुमा कक्षों में सजे किताबों के ढेर की तरफ देखा। वह सबसे नजदीक वाले बक्से के पास गया और उसने आँखें सिकोड़ कर अंदर झांका जहाँ बहुत धीमी सी रोशनी आ रही थी। शीशे के अंदर कुछ अजीब सी आकृतियाँ दिखाई दे रही थी जिन्हें देखकर लैंग्डन को लगा कि वे किताबों को रखने वाली अलमारियां, पुराने चमड़े को रखने के लिए बने बिन और जाँच परख के लिए बनायी गई

टेबुलों जैसी कुछ चीजें थी। वह हर खाने के अंत में जल रही सूचक बत्ती को देख रहा था। दूसरे पुस्तकालयों की तरह यहाँ भी उन टैब्स में उस खाने के अंदर रखी किताबों के बारे में जानकारी दी गई थी। वह पारदर्शी शीशे के आर पार देखता हुआ उन पर लिखी इबारत पढ रहा था।

पीएर्तो इल एरीमीतो...ले क्रोशिएट...अर्बानो इल ... लेवांत...

'उनके ऊपर नाम लिखा है, लेबल।' वह चलते चलते बोल रहा था। 'लेकिन यह वर्णमाला के क्रम में उद्धृत नहीं है।' उसे इस बात से आश्चर्य नहीं हो रहा था क्योंकि पुराने अभिलेखागारों में शायद ही कभी वर्णमाला के क्रम से दस्तावेजों को रखा जाता था क्योंकि उनमें से अनेक दस्तावेजों के लेखकों के नाम का पता ही नहीं होता था। दस्तावेजों के शीर्षक या नाम से भी काम नहीं चलता था क्योंकि बहुत सारे ऐतिहासिक दस्तावेजों के कोई नाम नहीं होते। वे बस किसी पुराने चमड़े के ऊपर या पेड़ों की छाल पर लिखे होते हैं जो अब तक टूट फूट चुके होते हैं। अधिकांश दस्तावेजों को कालक्रम के हिसाब से सजाकर रखा जाता है। परेशानी की बात थी कि यहाँ रखे दस्तावेज कालखंड के हिसाब से भी व्यवस्थित नहीं लग रहे थे।

लैंग्डन को लग रहा था कि कीमती वक्त बीता जा रहा है। 'लगता है कि वेटिकन में दस्तावेजों को रखने की अपनी ही कोई प्रणाली है।'

'यह तो आश्चर्य की बात है।'

उसने दस्तावेजों पर लगे लेबलों को फिर से पढ़ना शुरू किया। ये दस्तावेज कई सदियों से संबंधित थे लेकिन उसने देखा कि उनमें उद्धृत शब्द—कुंजियां, कीवर्ड, आपस में जुड़ी हुई थी। 'मुझे लगता है कि इन्हें विषय-वस्तु के आधार पर सजाया गया है।'

'विषय-वस्तु के आधार पर?' विट्टोरिया ने पूछा। उसके बोलने से लग रहा था जैसे किसी बात से असहमत वैज्ञानिक अपनी बात कह रहा हो। 'यह तो कारगर प्रणाली नहीं लगती।'

शायद मैंने इतनी चालाकी से बनायी गई कैटलॉगिंग व्यवस्था कभी नहीं देखी है, लैंग्डन मन ही मन सोच रहा था। वह हमेशा अपने छात्रों से कहता था कि उन्हें किसी कलात्मक युग के व्यापक रंग परिकल्पना और विषय-वस्तु के बारे में सोचना चाहिए न कि किसी ख़ास कलाकृति के कालखंड जैसी छोटे छोटे विवरणों के बारे में। उसे लग रहा था कि वेटिकन के अभिलेखागार में भी इसी सोच के आधार पर कैटलॉग बनाया गया था। *उस युग की सामान्य पहचान के आधार पर...*

'इस बक्से के अंदर रखी हर चीज, सदियों पुराने दस्तावेज, सभी धर्मयुद्ध यानी क्रुसेड से संबंधित हैं। यही इस बक्से की विषय-वस्तु है।' लैंग्डन के अंदर अब थोड़ा सा आत्मविश्वास जग रहा था। उसे समझ में आ रहा था कि वहाँ रखी हर चीज़ उसी विषय-वस्तु से संबंधित थी चाहे वे *ऐतिहासिक विवरण हों, चिट्ठियाँ हों, कलाकृतियाँ हों,*

सामाजिक राजनीतिक आंकड़े हों या आधुनिक विश्लेषण। हर संबंधित चीज़ एक जगह रखी गई थी ताकि इस विषय को अधिक गहराई से समझने में सहूलियत हो। अद्भुत।

विट्टोरिया के चेहरे पर चिढ़ दिखाई दे रहा था। 'लेकिन एक ही आंकड़ा कई विषय-वस्तुओं से एक ही साथ संबंधित हो सकता है।'

'यही वजह है कि इन्हें विशेष संकेत चिह्नों के द्वारा अलग अलग विषय वस्तुओं से जोड़ा गया है —क्रॉस रेफरेंसिंग।' लैंग्डन ने दस्तावेजों के बीच में खोंसे हुए रंग बिरंगे प्लास्टिक की बनी छोटी तख्तियों की तरफ इशारा करते हुए कहा। 'ये तख्तियाँ इन प्राथमिक विषय-वस्तुओं से जुड़ी दूसरी कम महत्वपूर्ण सूचनाओं के स्थान के बारे में बताती हैं।'

'अच्छा।' उसने बात को आगे नहीं बढ़ाने के लहजे में कहा। वह कमर पर हाथ रख कर सामने पसरे विशाल अभिलेखागार को देख रही थी। इसके बाद उसने लैंग्डन की ओर देखकर पूछा, 'तो प्रोफेसर साहब, हम गैलीलियो से संबंधित जिस चीज़ को ढूँढ़ रहे हैं उसका नाम क्या है?

लैंग्डन अपनी हँसी रोक नहीं पाया। उसे अब भी यकीन नहीं हो रहा था कि वह इस स्थान पर खड़ा था। *वो चीज़ यहीं पर कहीं है, इसी अंधेरे में कहीं यह हमारा इंतज़ार कर रही है,* लैंग्डन सोच रहा था।

'मेरे पीछे-पीछे आओ।' लैंग्डन ने कहा। वह अलमारियों के बीच बने पहले गलियारे में प्लास्टिक की उन तख्तियों को पढ़ता हुआ आगे बढ़ रहा था। 'याद है न मैंने तुम्हें पाथ ऑफ इल्यूमिनेशन के बारे में बताया था कि किस तरह इल्युमिनाटी अपने नए सदस्यों की भर्ती के लिए एक विस्तृत परीक्षा लेते थे?'

'वही खजाने का खोज वाली बात?' विट्टोरिया ने लैंग्डन के साथ चलते हुए जवाब दिया।

'इल्युमिनाटी के सामने यह चुनौती थी कि उन निशानों को अपने स्थान पर रखने के बाद वे वैज्ञानिक समुदाय को इस बात की जानकारी कैसे देते कि यह रास्ता दरअसल मौजूद है।'

'बिल्कुल तर्कसंगत बात। वरना लोग उसकी तलाश में आगे ही नहीं आते।' विट्टोरिया ने कहा।

'और हाँ, अगर उन्हें यह मालूम भी होता कि ऐसा कोई रास्ता मौजूद है तो भी उन्हें यह पता नहीं चल पाता कि वह रास्ता शुरू कहाँ से होता है। रोम इतना विशाल है।'

'जी हां।'

अब लैंग्डन अभिलेखागार के अंदर की अलमारियों के बीच के दूसरे गलियारे से गुजर रहा था। वह बात करते हुए मेजों को देख रहा था। 'करीब पंद्रह साल पहले, सोरबोन के कुछ इतिहासकारों के साथ मिलकर मैंने अनेक इल्युमिनाटी चिट्ठियों का पता लगाया जिनमें *सेगनो* यानी उस संकेत के बारे में उल्लेख आया है।'

'अच्छा, वही संकेत जिसमें बताया गया है कि रास्ता कहाँ से शुरू होता है और कहाँ ख़त्म होता है।'

'हाँ। और उसी समय से इल्युमिनाटी पर काम करने वाले विद्वान, जिनमें मैं भी शामिल हूँ, उन्होंने उस संकेत यानी *सेगनो* के बारे में अन्य कई उद्धरणों का भी पता लगाया है। अब लोग यह मानते हैं कि गैलीलियो ने बड़ी संख्या में इसे वैज्ञानिक समुदाय के लोगों के बीच बंटवाया था जिसके बारे में वेटिकन को कभी पता ही नहीं चल पाया।'

'कैसे?'

'हम इसके बारे में पक्के तौर पर नहीं जानते लेकिन शायद छपे हुए लेखों के द्वारा। गैलीलियो ने अनेक वर्षों में ढेर सारी किताबें और लघु-पुस्तिकाएँ प्रकाशित की थी।'

'जिस पर वेटिकन की नज़र पड़ी होगी। यह काफी खतरनाक लगता है।'

'बिल्कुल ठीक। फिर भी *सेगनो* को लोगों के बीच बांटा गया था।'

'लेकिन किसी को अब तक *सेगनो* मिला नहीं है।'

'नहीं। लेकिन अजीब बात है कि जहाँ कहीं भी सेगनो की चर्चा आयी है जैसे कि मेसनों की डायरियों में, पुरानी वैज्ञानिक पत्र-पत्रिकाओं में, इल्युमिनाटी की चिट्ठियों में, हर जगह उन्हें बस किसी संख्या से निर्दिष्ट किया गया है।'

'666'

लैंग्डन मुस्कुराया। 'दरअसल यह संख्या है 503'

'इसका मतलब क्या है?'

'हम लोगों को आज तक इसका पता नहीं लग पाया। मैं इस संख्या से इतना मुग्ध था कि मैंने इसका अर्थ समझने की हर कोशिश की—संख्या विज्ञान, मानचित्र, अक्षांश आदि सभी तरीकों का इस्तेमाल करते हुए।' अब तक लैंग्डन गलियारे के आखिरी छोर तक पहुँच चुका था। वह कोने पर एक तरफ मुड़ा और तेजी से सामने रखे प्लास्टिक के छोटे छोटे संकेतकों को पढ़ने लगा। 'बहुत सालों तक इस गुत्थी को समझने के लिए सिर्फ इतनी जानकारी थी कि संख्या 503 पाँच से शुरू होती है जो इल्युमिनाटी के लिए एक पवित्र संख्या है।' यह बोलकर वह रुक गया।

'मुझे लगता है कि शायद आपको इसके बारे में हाल फिलहाल में कुछ जानकारी मिली है जिसकी वजह से हम आज यहाँ आए हैं।'

'बिल्कुल सही।' लैंग्डन ने कहा। उसे एक पल के लिए अपने ऊपर गौरव हो रहा था जो अपने आप में एक दुर्लभ बात थी। 'क्या तुम्हें गैलीलियो की किताब डायलोगो के बारे में पता है?'

'बिलकुल। वैज्ञानिकों के बीच तो यह किताब बेहद लोकप्रिय है।'

लैंग्डन ने सोचा था कि विट्टोरिया इसके लिए किसी दूसरे शब्द का इस्तेमाल करेगी लेकिन वह विट्टोरिया के कहने का मतलब समझ गया था। सन 1630 के शुरुआती दौर

में गैलीलियो ने कोपरनिकस के सूर्य—केंद्रित मॉडल से अपनी सहमति जताते हुए एक किताब छपवानी चाही थी लेकिन वेटिकन इस किताब को प्रकाशित करने की अनुमति नहीं दे रहा था। चर्च की शर्त थी कि वह किताब को तभी प्रकाशित करने की अनुमति देगा जब गैलीलियो एक ऐसे मॉडल के लिए ठोस तर्क उसमें शामिल करेगा जिसमें पृथ्वी को इस ब्रह्मांड का केंद्र साबित किया गया हो। गैलीलियो को पता था कि यह बात गलत है। लेकिन गैलीलियो के पास चर्च की बात मानने के सिवा कोई चारा नहीं था कि वह एक ऐसी किताब छपवाएँ जिसमें सही और गलत दोनों तरह के मॉडलों को बराबर महत्व दिया गया हो।

'जैसा कि शायद तुमको पता हो,' लैंग्डन ने कहा, 'गैलीलियो के द्वारा किए गए समझौते के बावजूद डायलोगो को धर्म विरोधी करार दिया गया और वेटिकन ने उन्हें घर के अंदर नज़रबंद कर दिया।'

'कोई भी अच्छा काम नहीं जिसके लिए लोगों को सजा नहीं मिलती।'

लैंग्डन मुस्कुराया। 'बिल्कुल सही। लेकिन गैलीलियो अपनी जिद पर अड़ा रहा। घर के अंदर नज़रबंद होने के बावजूद उसने गुपचुप तरीके से एक पुस्तक की पांडुलिपि तैयार की जिसके बारे में लोगों को ज़्यादा पता नहीं है। कई लोग उस किताब को ही *डायलोगो* समझ लेते हैं। इस किताब का नाम है *डिस्कोर्सी*।

विट्टोरिया ने सिर हिलाया। 'मैंने इस किताब के बारे में सुना है। *डिस्कोर्सेस ऑन दि टाइड्स*।'

लैंग्डन अचानक रुक गया। उसे हैरत हो रही थी कि विट्टोरिया ने ग्रह—नक्षत्रों की गति और समुद्री ज्वार भाटा पर उनके प्रभाव के बारे में इस अनजान सी किताब के बारे में सुन रखा था।

'सुनिए। आप एक ऐसे इतालवी समुद्र वैज्ञानिक से बात कर रहे हैं जिसके पिता गैलीलियो की पूजा करते थे।'

लैंग्डन हंसने लगा। लेकिन वे लोग डिस्कोर्सी को नहीं खोज रहे थे। लैंग्डन ने बताया कि घर के अंदर नज़रबंदी के दौरान गैलीलियो ने सिर्फ डिस्कोर्सी ही नहीं लिखी थी। इतिहासकारों का मानना है कि उन्होंने एक और भी किताब लिखी थी डायग्रामा जिसके बारे में बहुत कम लोगों को पता है।

'*डायग्रामा डेला वेरिता*', लैंग्डन ने कहा। '*डायग्राम ऑफ ट्रुथ*'

'मैंने कभी इसके बारे में नहीं सुना है।'

'मुझे इस बात से कोई आश्चर्य नहीं हो रहा। डायग्रामा गैलीलियो की सबसे गोपनीय किताब है जिसमें वे उन वैज्ञानिक तथ्यों के बारे में लिखते हैं जिन्हें वे सच मानते थे लेकिन जिसे लोगों को बताने की उन्हें इजाज़त नहीं थी। गैलीलियो की दूसरी कुछ किताबों की तरह डायग्रामा को भी उनके किसी दोस्त ने गुप्त तरीके से हॉलैंड ले जाकर छपवाया। यह किताब यूरोप के उन वैज्ञानिकों के बीच बेतरह प्रचलित हो गई जो छुप छुप कर अपना

काम कर रहे थे। जब वेटिकन को इस बात का पता चला तो उन्होंने किताबों को जलाना शुरू कर दिया।

यह सुनकर विट्टोरिया को अजीब सा लगा। 'आपको लगता है कि डायग्रामा के अंदर कोई सुराग है? दि सेग्नो? पाथ ऑफ इल्यूमिनेशन के बारे में कोई सूचना?'

'गैलीलियो ने डायग्रामा का इस्तेमाल कर अपनी बात बाहर तक पहुँचायी थी। मैं यह पक्के यकीन के साथ कह सकता हूँ।' अब तक लैंग्डन अलमारियों की तीसरी पंक्ति के पास पहुँच चुका था। वह अब भी दस्तावेजों के बीच फंसाए हुए प्लास्टिक की छोटी छोटी तख्तियों को पढ़ रहा था। 'अभिलेखों पर काम करने वाले लोग सालों से उस पुस्तिका की खोज में लगे हैं। लेकिन वेटिकन द्वारा किताबों की होली जलाए जाने और पुस्तिका के स्थायित्व संख्या के कम होने की वजह से यह किताब धरती से ग़ायब हो गई है।'

'स्थायित्व संख्या?'

'स्थायित्व। अभिलेख विशेषज्ञ दस्तावेजों के संभावित स्थायित्व के आधार पर उन्हें एक से दस के पैमाने पर अंक देते हैं जिससे पता चलता है कि वे दस्तावेज कितने दिनों तक सुरक्षित रह सकते हैं। डायग्रामा को सेज पापायरस पर छापा गया था जो टिशू पेपर की तरह होता है। ऐसे दस्तावेज सौ साल के भीतर ही नष्ट हो जाते हैं।'

'इसे किसी मजबूत कागज पर क्यों नहीं छापा गया?'

'गैलीलियो के कहने पर। वे अपने अनुयायियों को बचाना चाहते थे। अगर कोई वैज्ञानिक इस किताब के साथ पकड़ा जाता तो वह इसे पानी में फेंक सकता था जहाँ यह किताब तुरंत गल जाती। सबूत को ख़त्म करने की दृष्टि से यह बहुत सटीक था लेकिन अभिलेखागार में काम करने के लिए बेहद तकलीफदेह। ऐसा माना जाता है कि 18वीं सदी के बाद इस किताब की केवल एक प्रति बची है।'

'एक?' एक क्षण के लिए विट्टोरिया चौंक गई और कमरे में इधर उधर नज़र दौड़ाने लगी। 'और किताब की वह प्रति यहाँ है?'

'हाँ, उस किताब को वेटिकन ने गैलीलियो की मौत के बाद नीदरलैंड से बरामद करवाया था। मैं इसे देखने के लिए सालों से अपनी अर्जी भेज रहा हूँ। ख़ासकर उस समय से जब मुझे पता चला कि इसके अंदर क्या है।'

मानो लैंग्डन के दिमाग़ को उसने पढ़ लिया हो, विट्टोरिया गलियारे में आगे बढ़ी और बगल में रखी अलमारियों को देखने लगी जिससे कि उनके काम की गति दोगुनी हो गई।

'शुक्रिया।' लैंग्डन ने कहा। 'तुम उन संदर्भ चिह्नों पर ख़ास कर नज़र रखना जिस पर गैलीलियो, विज्ञान, वैज्ञानिक जैसे शब्द लिखे हों। तुम्हें देखते ही समझ में आ जाएगा।'

'ठीक है। लेकिन आपने अब तक मुझे नहीं बताया कि आप को ये कैसे पता चला कि डायग्रामा के भीतर वो सुराग मौजूद है। इसका संबंध जरूर ही उस संख्या से है जो इल्युमिनाटी की चिट्ठियों में आपको प्रायः दिखाई देता था। 503?'

लैंग्डन मुस्कुराया। 'हाँ। इसे समझने में मुझे थोड़ा वक्त लगा। लेकिन मुझे आखिरकार समझ में आ गया कि 503 एक तरह का सीधा सादा कोड है जो डायग्रामा की तरफ इशारा करता है।'

एक पल के लिए लैंग्डन उस लम्हे में वापस चला गया जब उसे अचानक इस बात का रहस्योद्घाटन हुआ था—16 अगस्त। दो साल पहले। वह अपने सहकर्मी के बेटे की शादी में किसी तालाब के किनारे खड़ा था। बारात नाव पर सवार होकर एक ख़ास प्रवेशद्वार की तरफ जा रही थी और मशक बाजे वालों की धुन पानी पर थिरक रही थी। नाव फूलों और मालाओं से सजा था। इस नाव के मस्तूल पर बड़े गौरव से रोमन अंक में लिखा था—DCII.

इस निशान को देखकर लैंग्डन को थोड़ा आश्चर्य हुआ। उसने दूल्हे के पिता से पूछा, 'ये 602 क्या है?'

'602'

लैंग्डन ने नाव की तरफ इशारा किया, '602 को रोमन संख्या पद्धति में DCII लिखा जाता है।'

वह आदमी हंसने लगा। 'यह कोई रोमन संख्या नहीं है। यह इस नाव का नाम है।'

'DCII?'

उसने अपना सर हिलाते हुए कहा, 'दि डिक ऐंड कोनी II'

लैंग्डन झेंप गया। डिक और कोनी वर—वधू का नाम था। ज़ाहिर था कि इस नाव का नाम इस अवसर पर वर—वधू को सम्मान देने के लिए DCII रखा गया था। 'फिर DCI को क्या हुआ?'

उस आदमी ने लगभग गुर्राते हुए कहा, 'कल रिहर्सल के दौरान वह डूब गया।'

लैंग्डन हंसने लगा। 'ओह, सुनकर दुख हुआ।' उसने यह कहते हुए नाव पर दोबारा नज़र डाली। वह सोचने लगा, DCII. जैसे कि बहुत ही छोटे आकार का QEII. एक ही पल के बाद अचानक उसे कुछ समझ में आया।

अब लैंग्डन विट्टोरिया की ओर मुड़ा। 'मैंने जैसा कहा कि 503 एक कोड है। यह इल्युमिनाटी के द्वारा इस्तेमाल किया जाने वाला एक तरह का धोखा है। इसका इस्तेमाल कर वे दरअसल उस रोमन अंक को छुपाना चाहते थे। रोमन अंक में 503 को लिखा जाता है...'

'DIII'

लैंग्डन ने उसकी ओर देखा। 'तुमने वाकई बहुत जल्दी जवाब दिया। अब ये मत बताना कि तुम भी इल्युमिनाटा हो।'

वह हंसने लगी। 'मैं अपने शोध कार्य में खुले समुद्र से संबंधित वर्गीकरण के लिए रोमन संख्याओं का इस्तेमाल करती हूँ।'

बेशक। लैंग्डन ने सोचा कि हम सभी इसका इस्तेमाल करते हैं।

विट्टोरिया ने आगे झुक कर कहा, 'तो फिर DIII का क्या मतलब है?'

'DI, DII तथा DIII बहुत प्राचीन शब्द—संक्षेप हैं। इनका इस्तेमाल प्राचीन काल के वैज्ञानिक गैलीलियो के उन तीन किताबों के बीच अंतर करने के लिए किया करते थे जिनमें प्रायः लोग उलझ जाते थे।'

विट्टोरिया ने गहरी साँस ली। 'डियालोगो...डिस्कोर्सी...डायग्रामा'

'डी वन, डी टू और डी थ्री। सभी वैज्ञानिक और विवादास्पद। 503 का मतलब है डायग्रामा। गैलीलियो की तीसरी किताब।'

विट्टोरिया थोड़ी परेशान लग रही थी। 'लेकिन एक बात मैं अब भी नहीं समझ पायी। अगर यह सेग्नो, सुराग, पाथ ऑफ इल्यूमिनेशन का इश्तेहार गैलीलियो के डायग्रामा में दिया हुआ था तो वेटिकन को इसकी जानकारी क्यों नहीं हुई जबकि उन्हें वह किताब मिल चुकी थी?'

'हाँ, उन्होंने वह किताब देखी होगी लेकिन उन्होंने इस बात पर ध्यान नहीं दिया होगा। तुमको इल्युमिनाटी निशानों के बारे में तो याद है न? सामने दिखने वाली चीजों को छुपा देने की तकनीक। इंद्रजाल। सेग्नो को भी इसी तरह छुपाया गया था—आँखों के सामने रहने के बावजूद। जो लोग इसके बारे में नहीं जानते उनकी आँखों के सामने होने के बावजूद पूरी तरह लापता। और जो लोग इसे ढूँढ़ने में नहीं लगे होते थे उनके लिए भी यह ग़ायब जैसा ही था।'

'यानी।'

'यानी गैलीलियो ने इसे बहुत अच्छी तरह छुपाया था। ऐतिहासिक दस्तावेजों के अनुसार सेग्नो को बताने के लिए इल्युमिनाटी जिस भाषा का इस्तेमाल करते थे उसे वे शुद्ध भाषा यानी लिंगुआ प्यूरा कहते थे।'

'लिंगुआ प्यूरा—शुद्ध भाषा।'

'हाँ।'

'गणित?'

'ऐसा मेरा अनुमान है। देखने से तो बिल्कुल यही ज़ाहिर होता है। गैलीलियो आखिरकार एक वैज्ञानिक था और वह वैज्ञानिकों के लिए ही लिखता था। सुराग के लिए गणित की भाषा का इस्तेमाल करना तर्कसंगत था। उस पुस्तिका का नाम डायग्रामा है इसलिए गणितीय रेखाचित्र का भी इस कूट भाषा में शायद इस्तेमाल किया गया होगा।'

यह सुनकर विट्टोरिया के आत्मविश्वास में कुछ ज़्यादा इजाफा नहीं हुआ। 'मुझे लगता है कि शायद गैलीलियो ने किसी गणितीय कोड का निर्माण किया होगा जो ईसाई पुजारियों की समझ में नहीं आया होगा।'

'तुम्हारी बात सुनकर मुझे नहीं लगता कि तुम इस विचार से सहमत हो।'

'नहीं। ख़ासकर इसलिए क्योंकि आप इससे सहमत नहीं हैं। अगर आपको DIII के बारे में पक्का यकीन था तो आपने इसे प्रकाशित क्यों नहीं करवाया? अगर आपने ऐसा

किया होता तो जिस किसी भी व्यक्ति को इस अभिलेखागार में आने की इजाज़त मिलती वह यहाँ आकर बहुत पहले डायग्रामा को ढूँढ़ चुका होता।'

'मैं इसे छपवाना नहीं चाहता हूँ।' लैंग्डन ने कहा। 'मैंने इस सूचना को हासिल करने के लिए बहुत मेहनत की थी और ...' वह बोलते बोलते रुक गया। लगता था कि वह किसी बात पर झेंप रहा था।

'आपको नाम चाहिए था।'

लैंग्डन को अंदर से शर्मिंदगी महसूस हुई। 'एक हिसाब से कहें तो शायद ...'

'इतना संकोच करने की ज़रूरत नहीं। आप एक वैज्ञानिक से बात कर रहे हैं। अपने लेख छपवाइए या फिर आप कहीं के नहीं रहेंगे। हम CERN में इसके लिए कहते हैं अपनी बात साबित करो या दम घुट कर मरो।'

'इसका संबंध सिर्फ इस बात से नहीं था कि मैं ऐसा करने वाला पहला व्यक्ति होता। मुझे इस बात का डर था कि अगर डायग्रामा के अंदर की सूचना गलत लोगों को मिल जाती तो यह ग़ायब हो जाता।'

'वेटिकन में पाए जाने वाले गलत किस्म के लोग?'

'मैं ये नहीं कह रहा कि वे गलत लोग हैं लेकिन चर्च ने हमेशा ही इल्युमिनाटी के खतरे को कम करके आंका है। सन 1900 के आसपास तो वेटिकन यहाँ तक कहने लगा था कि इल्युमिनाटी बस कुछ लोगों का दिमागी फितूर भर है। पुजारियों को लगता था कि ईसाइयों को शायद यह जानने की कोई ज़रूरत नहीं थी कि उनके बैंकों, राजनीति और विश्वविद्यालयों के भीतर ही एक ताकतवर ईसाई—विरोधी आंदोलन की गहरी घुसपैठ थी।' उसने अपने को याद दिलाते हुए कहा कि यह वाक्य वर्तमान काल में बोला जाना चाहिए—घुसपैठ है।

'तो आपको लगता था कि वेटिकन इल्युमिनाटी के खतरे के बारे में किसी भी सबूत को दफनाने में देरी नहीं करता।'

'हाँ। यह बिल्कुल संभव था। कोई भी ख़तरा—वास्तविक या काल्पनिक, चर्च की ताकत में लोगों के विश्वास को कम करता है।'

'एक और सवाल।' विट्टोरिया थोड़ा रुकी और उसकी ओर ऐसे देखने लगी जैसे वह किसी दूसरे ग्रह से आया हुआ जीव हो। 'क्या आप गंभीरता से यह बात कह रहे हैं?'

लैंग्डन रुक गया। 'तुम्हारे कहने का क्या मतलब है।'

'मेरे कहने का मतलब है कि क्या आज के दिन लोगों की जान बचाने के लिए यही आपकी योजना है?'

लैंग्डन ठीक से समझ नहीं पा रहा था कि उसकी आँखों में मजेदार दया का भाव था यह भयंकर डर का। 'तुम्हारे कहने का मतलब है डायग्रामा को खोजने की बात?'

'नहीं। मेरे कहने का मतलब है अगले चार घंटों में डायग्रामा को खोजना, चार सौ

साल पुराने संकेत चिह्न सेग्नो को ढूँढ़ना और एक अति—प्राचीन कला का सुरागों के आधार पर पता लगाना जिसे इतिहास के सबसे प्रतिभासंपन्न वैज्ञानिक ही समझ पाए थे—ये सब अगले चार घंटों में कर पाना संभव होगा?'

लैंग्डन ने अपने कंधे उचकाए। 'मैं किसी भी दूसरे सुझाव का स्वागत करने को तैयार हूँ।'

50

रॉबर्ट लैंग्डन अभिलेखागार के 9 नंबर की अलमारी के सामने खड़ा होकर उसकी दराजों पर लिखे लेबल को पढ़ रहा था।

ब्राही...क्लैवियस...कोपरनिकस...केपलर...न्यूटन...

उसने दुबारा सभी नामों को पढ़ा। उसे कुछ असहज लग रहा था। *यहाँ पर वैज्ञानिकों का नाम है लेकिन इसमें गैलीलियो कहा हैं?*

वह विट्टोरिया की ओर मुड़ा। वह सामने किसी दूसरी अलमारी में दस्तावेजों को देख रही थी। 'मैंने सही विषय वस्तु ढूँढ़ लिया लेकिन इसमें गैलीलियो का नाम गायब है।'

'नहीं। उनका नाम ग़ायब नहीं है।' विट्टोरिया ने थोड़ी नाराजगी दिखाते हुए कहा सामने की दूसरी अलमारी की ओर इशारा किया। 'वो वहाँ हैं। लेकिन उम्मीद करती हूँ कि आप अपना चश्मा लेकर आए होंगे क्योंकि पूरी अलमारी उन्हीं के नाम की है।'

लैंग्डन उस ओर दौड़ पड़ा। विट्टोरिया ठीक कह रही थी। दस नंबर की अलमारी में हर संकेतक पर वही कीवर्ड लिखा था।

IL PROCESO GALILEANO

लैंग्डन धीरे से सीटी बजा रहा था। उसे अब समझ में आ चुका था कि गैलीलियो की अपनी अलग अलमारी क्यों थी। दस्तावेजों से भरी अलमारी के शीशे से अंदर झांकते हुए लैंग्डन गैलीलियो के बारे में सोच रहा था। वेटिकन के इतिहास में सबसे लंबी चलने वाली और महंगी कानूनी कार्रवाई चौदह साल तक चली और जिसमें साठ करोड़ लीरा खर्च हुआ। इससे संबंधित हर चीज़ यहाँ थी।

'यहाँ कुछ कानूनी दस्तावेज रखे हुए हैं।'

'मुझे लगता है कि पिछली कुछ सदियों में वकीलों की सोच में कोई फर्क नहीं आया है।'

'और न ही शार्कों में।'

लैंग्डन अब एक बड़े से बक्से जैसी जगह के पास खड़ा था जिसके किनारे एक बड़ा सा पीले रंग का बटन लगा हुआ था। उसने बटन दबाया तो अंदर कई बत्तियों से एक

साथ हल्की हल्की आवाज़ आने लगी। ये बत्तियाँ गहरे लाल रंग की थी जिसके कारण घनाकार स्थान गुलाबी रंग से नहाया लग रहा था। इसके अंदर ऊँचे ऊँचे दराज लगे हुए थे।

'हे भगवान, हम लोग यहाँ काम करने के लिए आए हैं या धूप सेकने।' विट्टोरिया हैरान होकर बोली।

'चमड़े पर की गई लिखावट हल्की पड़ जाती है इसलिए इन बक्सों के अंदर हमेशा गहरे रंग की रोशनी का इंतजाम किया जाता है।'

'आप यहाँ पागल हो सकते हैं।'

हां, पागल से भी कुछ ज़्यादा, लैंग्डन सोच रहा था। अब वह उस कक्ष के साथ बने एकमात्र प्रवेशद्वार की तरफ बढ़ रहा था। 'जल्दी से सावधानी के तौर पर एक बात बता देता हूँ। ऑक्सीजन से ऑक्सीकरण की प्रक्रिया में मदद मिलती है इसलिए इन कक्षों के भीतर बहुत कम ऑक्सीजन रखा जाता है। इनमें आंशिक तौर पर वायु-शून्य अवस्था में रखा जाता है। इसलिए साँस लेने में तुम्हें थोड़ी परेशानी हो सकती है।'

'अच्छा, अगर बूढ़े कार्डिनलों को इसके अंदर कोई दिक्कत नहीं होती है तो मुझे...'

बिल्कुल सही, लैंग्डन सोच रहा था। *भगवान करें हम भी उनकी तरह ही खुशनसीब हों।*

कक्ष का प्रवेशद्वार गोल गोल घूमने वाले इलेक्ट्रॉनिक दरवाज़े से बना था। लैंग्डन ने देखा कि दरवाज़े की भीतरी चौखट पर चार बटन लगे थे जिनमें से एक एक अंदर के छोटे कक्षों की पहुँच के भीतर था। जैसे ही बटन को दबाया जाता मोटर से चलने वाले दरवाजों के गीयर हरकत में आ जाते। आधी गोलाई में घूम कर ये दरवाज़े रुक जाते। अंदर के परिवेश को बनाए रखने के लिए यह सामान्य तौर पर अपनाया जाने वाला तरीका था।

'मेरे अंदर जाने के बाद' लैंग्डन ने कहा, 'बटन दबाकर अंदर आ जाना और मेरे पीछे-पीछे चलना। अंदर की आर्द्रता केवल आठ प्रतिशत है। इसलिए हो सकता है तुम्हारा गला सूखे। तैयार रहना।'

लैंग्डन ने घूमने वाले कक्ष के अंदर दाखिल होकर बटन दबाया। दरवाज़े से एक तेज़ आवाज़ आयी और यह घूमने लगा। लैंग्डन भी दरवाज़े की गति के साथ घूमते हुए अंदर जाने पर लगने वाले धक्के के लिए खुद को तैयार कर रहा था। इस तरह के वायुरुद्ध कक्ष के अंदर जाने पर कुछ सेकेंडों के लिए हमेशा ऐसा अनुभव होता है। पूरी तरह से बंद इस तरह के कक्ष में जाना ठीक वैसा ही अनुभव था जैसे समुद्र तल से कोई व्यक्ति एक क्षण में बीस हज़ार फीट अंदर भेज दिया जाए। मितली और चक्कर आना आम बात थी। दो बार देखना, दोहरी तैयारी, उसने अपने को अभिलेखागार में काम करने वाले लोगों के मंत्र की याद दिलाई। लैंग्डन को लग रहा था कि उसके कान फट जाएंगे। हवा के झोंके के साथ दरवाज़े का घूमना बंद हो गया।

अब वह अंदर था।

अंदर घुसते ही सबसे पहले उसने अनुभव किया कि वहाँ हवा उसकी अपेक्षा से भी कम थी। उसे लगा कि वेटिकन अपने अभिलेखागारों को दूसरी जगहों की तुलना में काफी अधिक महत्व देता है। लैंग्डन ने साँस बंद करने पर शरीर के अंदर स्वतः चालू होने वाली प्रक्रिया को रोकने के लिए अपनी छाती को आराम की मुद्रा में लाने की कोशिश की लेकिन उसकी धमनियाँ फैल रही थी। फिर भी, तनाव का अनुभव जल्द ही ख़त्म हो गया। *डॉल्फिन बनो*, वह सोचने लगा। वह अपनी तैराकी के बारे में याद करने लगा जब वह पचास चक्कर लगाया करता था। आज यह काम आ रहा था। अब वह थोड़ी आसानी से साँस ले पा रहा था। उसने वॉल्ट पर नज़र दौड़ायी। वॉल्ट की दीवारें पारदर्शी थी लेकिन उसे अपने पुराने तनाव का अनुभव हो रहा था। *मैं बक्से के अंदर* हूँ, वह सोच रहा था। *ख़ून की तरह गहरे लाल रंग के बक्से के अंदर।*

उसके पीछे दरवाज़े से भनभनाहट की आवाज़ आई। लैंग्डन ने देखा विट्टोरिया अंदर आ रही थी। अंदर आते ही उसकी आँखों से पानी आने लगा और वह जोर जोर से साँस लेने लगी।

'एक मिनट में सब सामान्य हो जाएगा।' लैंग्डन ने कहा। 'अगर तुम्हें चक्कर आ रहा हो तो झुक जाओ।'

'मुझे लग रहा है...जैसे मैं पानी के अंदर स्कूबा डाइविंग कर रही हूँ लेकिन गैस का मिश्रण सही अनुपात में नहीं है...' विट्टोरिया की साँस फूल रही थी।

लैंग्डन उसके सहज होने का इंतज़ार करने लगा। उसे पता था कि वह बिल्कुल ठीक हो जाएगी। विट्टोरिया का स्वास्थ्य बेहतरीन था। अब उन पुराने दिनों वाली बात नहीं थी जब वह रैडक्लिफ की एक कमजोर छात्र थी जिसे वाइडनर के वायुरुद्ध वॉल्ट से बाहर निकालने में उसे मदद करनी पड़ी थी। इस यात्रा के अंत में लैंग्डन को एक बूढ़ी औरत के मुँह में अपने मुँह से हवा डालनी पड़ी थी जिसने गलती से अपना नकली दाँत तकरीबन निगल लिया था।

'अब ठीक लग रहा है?' उसने पूछा।

विट्टोरिया ने हामी भरी।

'मैंने तुम्हारे उस स्पेस प्लेन में सवारी की थी इसलिए मुझे लगा कि मेरे ऊपर तुम्हारा कर्ज है।'

यह सुनकर विट्टोरिया के चेहरे पर हंसी आ गई—*बिल्कुल सही।*

दरवाज़े के साथ बने एक ताखे से लैंग्डन ने सफेद रंग के कुछ दस्ताने बाहर निकाले।

'औपचारिक कार्यक्रम?' विट्टोरिया ने पूछा।

'उँगलियों में भी अम्ल होता है—फिंगर एसिड। हम दस्तावेजों को बिना दस्तानों के नहीं देख सकते। तुम्हें दस्ताने पहनने होंगे।'

विट्टोरिया ने दस्ताने पहन लिए, 'हमें इसमें कितना समय लगेगा?'

लैंग्डन ने अपने मिकी माउस वाली घड़ी पर नज़र डाली, 'अभी तो बस सात बजे हैं।'

'हमें एक घंटे के अंदर इसे ढूँढ़ना होगा।'

'दरअसल हमारे पास इतना समय नहीं है।' लैंग्डन ने ऊपर बने एक पाइप की ओर इशारा करते हुए कहा। 'प्रायः जब भी कोई आदमी इस वॉल्ट के अंदर आता है तो अभिलेखागार के क्यूरेटर इसमें ऑक्सीजन भेजने वाली पाइप को चालू कर देता है, लेकिन आज ऐसा नहीं है। बीस मिनट के अंदर हम दोनों के गले सूख रहे होंगे।'

लाल रोशनी में विट्टोरिया का चेहरा पीला पड़ गया।

लैंग्डन ने मुस्कुराते हुए अपने दस्ताने की सिलवटें ठीक की, 'या तो अपनी बात साबित करो या फिर घुट घुट कर मरो। मिस वेट्रा, मिकी की सुइयाँ चल रही हैं।'

51

बीबीसी रिपोर्टर गुंटर ग्लिक अपने हाथ में पकड़े फोन को दस सेकंड तक देखता रहा और फिर उसने फोन बंद कर दिया।

वैन के पिछली सीट से चिनिता मैक्री उसे देख रही थी। 'क्या हुआ? किसका फोन था?'

ग्लिक मुड़ा। उसकी हालत उस बच्चे जैसी लग रही थी जिसे क्रिसमस का उपहार मिला हो लेकिन वह जानता हो कि यह उसके लिए नहीं था। 'मुझे किसी ने एक सुराग दिया है। वेटिकन के अंदर कुछ चल रहा है।'

'इसे महासम्मेलन कहते हैं—कॉन्क्लेव।' चिनिता बोली। 'वाह, कैसा महान सुराग है ये!'

'नहीं। कुछ और बात है। बहुत बड़ी कोई बात।' वह सोच रहा था कि फोन करने वाले ने उसे जो कुछ भी बताया था क्या वह सच था। ग्लिक को यह सोच कर शर्मिंदगी हो रही थी कि वह इसके सच होने की मन ही मन कामना कर रहा था। 'अगर मैं कहूं कि तुम्हारे कार्डिनलों का अपहरण हो चुका है और अलग अलग गिरजाघरों में आज रात उनकी हत्या होने वाली है तो यह सुनकर तुम्हें कैसा लगेगा?'

'मुझे लगता है कि दफ्तर में किसी ने तुम्हारे साथ भद्दा मज़ाक किया है।'

'और अगर मैं तुम्हें उस जगह का पता ठिकाना बताऊं जहाँ पहली हत्या होने वाली है तो तुम्हें कैसा लगेगा?'

'मैं जानना चाहती हूँ कि फोन पर तुमसे किस से बात की है?'

'उसने नहीं बताया।'

'क्योंकि वह गोबर का लोंदा है।'

ग्लिक को इस बात का पहले से अंदाजा था कि ग्लिक की प्रतिक्रिया कैसी होगी। लेकिन उसे यह मालूम नहीं था कि ब्रिटिश टैटलर में काम करते हुए दस साल तक झूठे और पागल लोगों से निपटना ही उसका धंधा था। फोन करने वाला व्यक्ति न तो झूठा लग रहा था न ही पागल। वह बिल्कुल ठंडे दिमाग़ से सोचने वाला कोई व्यक्ति लग रहा था। बात तार्किक थी। '*मैं तुम्हें आठ बजे के ठीक पहले फोन करूंगा*', उस व्यक्ति ने उसे सूचित किया था। '*और बताऊंगा कि पहली हत्या कहाँ होने वाली है। तुम जो तस्वीरें रिकॉर्ड करोगे वो तुम्हें मशहूर बना देंगी।*' जब ग्लिक ने उससे पूछा कि यह सूचना वह उसे क्यों दे रहा है तो उसकी आवाज़ उतनी ही भावशून्य थी जैसा कि उसका मध्य पूर्व के देशों जैसा बोलने का लहजा। *मीडिया अराजकतावादियों का दाहिना हाथ होती है।*

'उसने मुझे कुछ और भी बताया।' ग्लिक बोला।

'क्या? कि एल्विस प्रेस्ली को नया पोप चुन लिया गया है?'

'बीबीसी के डेटाबेस में जरा देखने का कष्ट करोगी? मैं जानना चाहता हूँ कि इन लोगों के बारे में हमने और कौन सी ख़बरें की हैं।' अब उसके अंदर एड्रिनेलिन का स्तर ऊँचा हो रहा था।

'किन लोगों के बारे में?'

'मेरी बात मान लो, कृपया।'

मैक्री ने गहरी साँस ली और बीबीसी डेटाबेस में सर्च करने लगी। 'इसमें बस एक मिनट का समय लगेगा।'

ग्लिक के दिमाग़ में तरह तरह के विचार आ रहे थे। 'फोन करने वाला जानना चाहता था कि क्या हमारे साथ कैमरामैन भी है।'

'वीडियोग्राफर।'

'और क्या हम इस ख़बर को लाइव दिखा सकते थे। ;

'एक दशमलव पाँच तीन सात मेगाहर्ज। इसका क्या मतलब है।' डेटाबेस से बीप की आवाज़ आयी। 'हाँ, अब हम डेटाबेस के अंदर हैं। बोलो तुम किसके बारे में सर्च करना चाहते हो।'

ग्लिक ने उसे कीवर्ड बताया।

मैक्री पीछे मुड़ी। उसने घूरते हुए कहा, 'मैं पक्के यकीन के साथ कह सकती हूँ कि तुम मज़ाक कर रहे हो।'

52

लैंगडन की उम्मीद के खिलाफ अभिलेखागार के अंदर रखे वॉल्ट 10 के अंदर कागजातों को व्यवस्थित तरीके से नहीं रखा गया था। उसमें डायग्रामा की पांडुलिपि

गैलीलियो की दूसरी इसी तरह की रचनाओं के साथ नहीं रखी गई थी। कंप्यूटरीकृत बिबलियोन और संदर्भों को ढूँढ़ने के लिए किसी तकनीक के बिना लैंग्डन और विट्टोरिया को समझ में नहीं आ रहा था कि आगे क्या करें।

'तुम्हें विश्वास है कि डायग्रामा यहीं पर रखा हुआ है?'

'यकीनन। *उफिशियो डेला प्रोपगैंडा डेले फीड* में दोनों जगह इस का उल्लेख आया है।'

'ठीक है। अगर तुम्हें पक्का यकीन है तो।' वह बाँईं तरफ मुड़ी जबकि लैंग्डन दाईं तरफ गया।

लैंग्डन ने एक एक कर ढूँढ़ना शुरू किया। उसे इस खजाने में रखी चीजों को पढ़ने से खुद को रोकने के लिए बड़े आत्मसंयम का इस्तेमाल करना पड़ रहा था। यह एक विशाल संग्रह था। दि एसेयर...दि स्टारी मैंसेंजर...दि सपोर्ट लेटर्स...लेटर टु दि ग्रैंड डचेस क्रिस्टिना...अपोलोजिया प्रो गैलीलियो...और न जाने ऐसे कितने ही दस्तावेज।

आखिरकार वॉल्ट के पिछले हिस्से में वो खजाना मिल गया जिसकी उन्हें तलाश थी। उसकी तेज़ आवाज़ सुनाई दी, 'डायाग्राम डेला वेरिता।'

लैंग्डन उस लाल रंग की हल्की रोशनी को चीरते हुए उसकी तरफ दौड़ा—'कहाँ?'

विट्टोरिया ने हाथ से उस तरफ इशारा किया। लैंग्डन को तुरंत समझ में आ गया कि उन्हें यह दस्तावेज पहले क्यों नहीं मिल पाया था। इस पांडुलिपि को एक फोलियो बिन के अंदर रखा गया था न कि अलमारी की दराजों के ऊपर। खुले पन्नों को एक जगह रखने के लिए फोलियो बिन का इस्तेमाल किया जाता था। फोलियो बिन के सामने लगे लेबल को देखने के बाद इस बात में कोई शक नहीं थी कि इसके अंदर कौन सी चीज़ रखी हुई है।

डायग्रामा डेला वेरिता
गैलीलिया गैलिलाई, 1639

लैंग्डन घुटनों के बल बैठ गया। उसका दिल तेजी से धड़क रहा था। 'डायग्रामा।' उसके चेहरे पर मुस्कुराहट फैल गई थी। 'उम्दा काम। मुझे इस फोलियो बिन को बाहर निकालने में मदद करो।'

'इसमें कोई ताला नहीं लगा है।' विट्टोरिया के कहने में आश्चर्य का भाव ज़ाहिर हो रहा था क्योंकि वहाँ सिर्फ एक छिटकिनी से इस दस्तावेज को अंदर बंद किया गया था।

'कभी नहीं । दस्तावेजों को कभी कभी जल्दी बाहर निकालने की ज़रूरत हो सकती है जैसे की आग लगने पर या बाढ़ आने पर।'

'तो फिर इसे खोलें?'

लैंग्डन को ज़्यादा कुछ कहने की ज़रूरत नहीं थी। अपने शैक्षणिक जीवन का सपना आज उसके सामने था। चेंबर के अंदर हवा ख़त्म हो रही थी। वह बिल्कुल देर नहीं करना चाहता था। उसने छिटकिनी खिसका कर ढक्कन ऊपर उठा दिया। अंदर, फोलियो बिन की तलहटी में काले रंग का बत्तख की चमड़ी का बना एक छोटा सा झोला रखा था।

दस्तावेजों को सुरक्षित रखने के लिए ज़रूरी था कि झोला किसी ऐसी चीज़ से बना हो जो साँस ले सके। लैंग्डन ने अपने दोनों हाथ अंदर डालकर उस झोले को क्षैतिज रखते हुए उसे बिन से बाहर निकाला।

'मैं तो खजाने की उम्मीद कर रही थी। यह तो तकिए के खोल जैसी चीज़ है।' विट्टोरिया ने कहा।

'मेरे पीछे-पीछे आओ।' लैंग्डन ने कहा। वह उस झोले को इस तरह अपने आगे रखते हुए चल रहा था मानो कोई अत्यंत पवित्र चीज़ उठाकर ले जा रहा हो। लैंग्डन जब वॉल्ट के बीच वाले हिस्से में पहुँचा तो उसे अभिलेख सामग्री की जाँच के लिए बनाए गए शीशे के टेबल जैसी चीज़ दिखाई दी। हालाँकि इसे वॉल्ट के बीचों बीच इसलिए बनाया गया था कि दस्तावेजों को लेकर लोगों को कम से कम दूर तक चलना पड़े लेकिन शोधकर्ता इस बात के भी कायल थे कि आसपास रखी अलमारियों के कारण काम की गोपनीयता की रक्षा होती थी। दुनिया के ऐसे ही बेहतरीन वॉल्टों के अंदर की जाने वाली खोजें लोगों के व्यावसायिक करियर को बनाने में मदद करती थी। अधिकांश शिक्षाविद इस बात को पसंद नहीं करते थे कि उनके प्रतिस्पर्धी शीशे के आर पार यह देख पाए कि वे क्या काम कर रहे थे।

लैंग्डन ने मेज़ पर उस थैले को रखते हुए उसके मुँह को खोल दिया। विट्टोरिया पास खड़ी रही। अभिलेखागार में काम करने के लिए बने यंत्रों के ट्रे में से लैंग्डन ने फेल्ट पैड पिंसर ढूँढ़ कर निकाला जिसे अभिलेखागार विशेषज्ञ फिंगर सिंबाल कहते हैं। यह दरअसल बड़े आकार का चिमटा होता है जिसके दोनों तरफ चिपटी गोल चकरी लगी रहती है। लैंग्डन की उत्तेजना बढ़ रही थी। ऐसा लग रहा था कि वह फिर से अपने केंब्रिज के दिनों में वापस चला गया है जहाँ वह परीक्षा की कॉपियों पर अंक डाल रहा हो। उसने गहरी साँस लेते हुए थैले का मुँह खोल दिया। दस्ताने के अंदर उसकी उँगलियों में कंपकंपाहट हो रही थी। उसने चिमटे को अंदर डाला।

'इतने परेशान मत होइए। इसके अंदर कागज ही तो है, प्लूटोनियम नहीं।' विट्टोरिया बोली।

लैंग्डन थैले के अंदर बहुत सावधानी से चिमटे को डालकर कागजों को पलट रहा था। वह कम से कम ताकत का इस्तेमाल कर रहा था। इसके बाद उसने चिमटे से कागज को पकड़ा और धीरे से थैले को सरकने दिया। यह अभिलेखागार में काम करने वाले लोगों का ख़ास तरीका था ताकि अंदर रखे कागजातों पर ज़्यादा असर न हो। जब तक वे कागजात थैले से बाहर नहीं निकले और कागजातों को पढ़ने के लिए टेबल के नीचे लगी बत्ती जली नहीं, लैंग्डन की साँस अटकी रही।

विट्टोरिया अब जैसे भूत की तरह खड़ी यह सब देख रही थी। उसके ऊपर टेबल के अंदर जल रही रोशनी शीशे से छन-छन कर पड़ रही थी। 'छोटे छोटे पन्ने।' उसकी आवाज़ में गहरे सम्मान की ध्वनि थी।

लैंग्डन ने सिर हिलाया। उनके सामने पड़े दस्तावेजों का ढेर किसी छोटे से पेपर बैक उपन्यास के खुले पन्नों की तरह लग रहा था। लैंग्डन ने देखा कि सबसे ऊपर का पन्ना स्याही वाली कलम से लिखा हुआ था जिस पर नक्काशी की हुई थी। इस पृष्ठ पर किताब का शीर्षक, तारीख और गैलीलियो का नाम उनकी अपनी हस्तलिपि में लिखा हुआ था।

उस समय लैंग्डन संकीर्ण जगह, अपनी गहरी थकान और यहाँ आने के पीछे काम कर रही भयावह परिस्थिति, सब कुछ भूल गया। वह बस आश्चर्यचकित भाव से कागजों के ढेर को देख रहा था। इतिहास के साथ करीबी साक्षात्कार के समय लैंग्डन हमेशा गहरे आदर के भाव से अभिभूत होकर शिथिल हो जाता था। उसे अभी ठीक ऐसा ही अनुभव हो रहा था जब उसने मोनालिसा की तस्वीर पर रंगों की कूचियाँ देखी थी।

धुंधले पड़ रहे, हल्के पीले रंग के पापायरस को देख कर लैंग्डन के दिमाग़ में इस दस्तावेज की उम्र और विश्वसनीयता के बारे में कोई संदेह नहीं रह गया था। इतना पुराना होने के बावजूद कागज बिल्कुल दुरुस्त अवस्था में था। *रंग थोड़ा हल्का पड़ गया था। पापायरस कागज भी थोड़ा सा फटने जैसे हो रहा था लेकिन कुल मिलाकर यह दस्तावेज बहुत ही अच्छी अवस्था में था।* वह किताब के ऊपर हाथ से बनी नक्काशी का अध्ययन कर रहा था। अंदर आर्द्रता की कमी के कारण उसकी आँखें चुंधिया रही थी। विट्टोरिया चुपचाप थी।

'मुझे एक चिमटा दो।' लैंग्डन ने सामने रखी तश्तरी की ओर इशारा किया जिसमें अभिलेखागार में काम करने के लिए तरह तरह के औजार रखे हुए थे। विट्टोरिया ने चिमटा उसे थमा दिया। लैंग्डन ने चिमटा हाथ में लिया। चिमटा अच्छा था। उसने अपना हाथ चेहरे पर फिराया ताकि हाथ में बिजली का स्टैटिक चार्ज समाप्त हो जाए। इसके बाद उसने बड़ी ही सावधानी से चिमटे का एक हाथ किताब के मुखपृष्ठ के नीचे डालकर पन्ना पलटा।

पहला पन्ना भी हाथ से लिखा था। बहुत ही छोटे अक्षरों में ख़ास सजावटी तरीके से की गई लिखावट को पढ़ना काफी मुश्किल था। लैंग्डन को तुरंत नज़र आया कि पेज पर कोई रेखाचित्र या संख्या नहीं लिखी थी। यह एक लेख था।

'हीलियोसेंट्रीसिटी' विट्टोरिया ने पहले पन्ने पर लिखे शब्द का अंग्रेजी में अनुवाद करते हुए कहा। उसने बाकी लिखावट पर नज़र डाली। 'ऐसा लगता है कि गैलीलियो हमेशा के लिए धरती के ब्रह्मांड का केंद्र होने के सिद्धांत को त्याग रहे हैं। हालाँकि यह प्राचीन इतालवी में लिखा है और मैं इसके अनुवाद की गारंटी नहीं दे सकती।'

'इसको छोड़ो। हम लोग गणित की खोज कर रहे हैं, शुद्ध भाषा।' लैंग्डन ने चिमटे से दूसरा पन्ना पलटते हुए कहा। दूसरा लेख। इसमें भी गणित या रेखाचित्र नज़र नहीं आ रहा। दस्ताने के अंदर लैंग्डन के हाथ में पसीना आ रहा था।

'ग्रहों की गति।' विट्टोरिया ने शीर्षक का अनुवाद करते हुए कहा।

लैंग्डन खीझ रहा था। और कोई वक्त होता तो इसे पढ़ने में उसे कितना मज़ा आता। नासा ने ग्रहों की परिभ्रमण कक्षाओं के बारे में अपने अति शक्तिशाली टेलीस्कोप की मदद से जो मॉडल बनाया है वह करीब करीब हूबहू गैलीलियो की भविष्यवाणी से मिलता है।

'कोई गणित नहीं। गैलीलियो इस जगह पर प्रतिगामी गतियों और अंडाकार कक्षाओं जैसी चीजों के बारे में बात कर रहे हैं।' विट्टोरिया ने कहा।

अंडाकार परिभ्रमण कक्षाएं। लैंग्डन को याद आया कि गैलीलियो की कानूनी समस्याएँ तभी शुरू हुई थी जब उन्होंने ग्रहों के परिभ्रमण कक्ष को अंडाकार बताया था। वेटिकन वृत्ताकार संरचनाओं को सर्वश्रेष्ठ मानता था। वह इस बात पर अड़ा था कि ग्रहों की परिभ्रमण कक्षाएँ गोलाकार ही हो सकती हैं। लेकिन गैलीलियो के इल्युमिनाटी अंडाकार स्वरूप को भी उतना ही पूर्ण मानते थे और वे इसके दो केंद्रकों की गणितीय द्वैधता को बहुत ही सम्मान की दृष्टि से देखते थे। इल्युमिनाटी की अंडाकार संरचनाएँ आधुनिक मेसोनिक ट्रेसिंग बोर्ड और फुटिंग इनले आज भी प्रमुखता से दिखाई देती हैं।

'आगे।' विट्टोरिया बोली।

लैंग्डन ने पन्ना उलटाया।

'चांद की कलाएं—लूनर फेजेज और समुद्र में उठने वाला ज्वार भाटा। इसमें भी कोई अंक या रेखाचित्र नहीं। 'विट्टोरिया ने कहा।

लैंग्डन ने फिर पन्ना उलटाया। कुछ भी नहीं। उसने करीब दर्जन भर पन्ने पलट कर देख लिया। कुछ भी नहीं।

'मैं सोचता था कि यह इंसान गणितज्ञ है। लेकिन इसमें तो सिर्फ शब्द ही शब्द हैं।' विट्टोरिया ने कहा।

लैंग्डन को लगा कि उसकी छाती में हवा की कमी हो रही है। उसकी उम्मीदें भी कमजोर होती जा रही थी। कागज का गट्ठर अब छोटा होता जा रहा था।

'यहाँ कुछ भी नहीं मिला।' विट्टोरिया बोली। 'कोई गणित नहीं। कुछ तारीखें, कुछ मामूली संख्याएं। ऐसा कुछ भी नहीं जिसमें कुछ सुराग छिपा हुआ लगे।'

लैंग्डन ने आखिरी पन्ना उलटाया। यहाँ भी कुछ नहीं। बस एक लेख। उसने गहरी साँस ली।

'छोटी किताब।' विट्टोरिया ने खीझते हुए कहा।

लैंग्डन ने अपना सिर हिलाया।

'मर्डा...गू जैसा कि हम रोम में कहते हैं।'

गू...बिल्कुल ठीक। लैंग्डन ने सोचा। शीशे में उसकी अपनी छवि जैसे उसका मज़ाक उड़ाती हुई लग रही थी। ठीक वैसे ही जैसे आज सुबह खिड़की से उसे घूर कर

देखती छवि। बुढ़ाता भूत। 'कुछ तो बात है।' उसने कहा। अपनी भर्राई हुई आवाज़ से उसे खुद आश्चर्य हो रहा था। 'वह सुराग, सेग्नो, यहीं कहीं है, मुझे ये पता है।'

'शायद DIII के बारे में आप गलत सोच रहे थे।'

लैंग्डन ने उसकी तरफ मुड़कर उसे घूरा।

'ठीक है। DIII बिल्कुल ठीक है। लेकिन हो सकता है कि सुराग गणितीय नहीं हो।' उसने सहमति जताते हुए कहा।

'शुद्ध भाषा। इसका मतलब और क्या हो सकता है?'

'कला?'

'लेकिन इस किताब में कोई रेखाचित्र या तस्वीर नहीं है।'

'मैं सिर्फ इतना जानता हूँ कि शुद्ध भाषा—लिंगुआ प्यूरा—का मतलब इतालवी के अलावा कुछ दूसरा हो सकता है। गणित ज़्यादा तार्किक लगता है।'

'हाँ, मैं इससे सहमत हूँ।'

लैंग्डन इतनी आसानी से हार नहीं मानने वाला था। 'ये संख्याएँ जरूर हाथ से लिखी गई होंगी। गणित को शब्दों में अभिव्यक्त किया गया होगा, समीकरणों में नहीं।'

'सभी पृष्ठों को पढ़ने में तो समय लगेगा।'

'हमारे पास यही तो नहीं है। हमें इस काम को आपस में बांटना होगा।' लैंग्डन ने कागज के गट्ठर को शुरू से उलटाना प्रारंभ किया। 'मुझे इतनी इतालवी आती है कि मैं अंकों को पहचान सकूं।' उसने चिमटे से कागज के ढेर को दो हिस्सों में बांट दिया जैसे लोग ताश के पत्तों को करते हैं। इसके बाद उसने आधे दर्जन पन्ने विट्टोरिया के आगे रख दिए। 'ये इसी में कहीं न कहीं हैं। मुझे इसका पक्का यकीन है।'

विट्टोरिया ने आगे बढ़कर हाथ से पहला पन्ना उलटाया।

'चिमटा।' लैंग्डन ने तश्तरी से एक यंत्र उसके हाथ में पकड़ाते हुए कहा। 'चिमटे का इस्तेमाल करो।'

'मैंने दस्ताने पहन रखे हैं।' उसने नाराज होते हुए कहा। 'इससे इन कागजों का कितना नुकसान होगा?'

'मेहरबानी करके चिमटे का इस्तेमाल करो।'

विट्टोरिया ने चिमटा उठाया। 'आप भी वही अनुभव कर रहे हैं जो मैं?'

'तनाव?'

'नहीं। साँस फूलना।'

बेशक लैंग्डन को भी अब साँस फूलने का अनुभव हो रहा था। हवा उसके अनुमान से जल्दी कम होती जा रही थी। उसे मालूम था कि उन्हें जल्दी करना होगा। अभिलेखागार में आने वाली समस्याएँ उसके लिए नयी नहीं थी। लेकिन प्रायः उनके समाधान के लिए उसके पास कुछ मिनटों का वक्त होता था। बिना एक भी शब्द बोले, लैंग्डन अपने सामने

रखे कागजातों के ढेर से पहले पन्ने का अनुवाद करने लगा।

सामने तो आओ... दुष्ट... सामने आओ...

53

रोम की धरती के अंदर किसी जगह एक स्याह साया सुरंग के अंदर बनी पत्थर की सीढ़ियों पर शिकार की तलाश में जैसे घूम रहा था। इस प्राचीन रास्ते में सिर्फ मशालों से रोशनी हो रही थी। इसकी वजह से अंदर की हवा गर्म थी और उसमें एक भारीपन का अहसास हो रहा था। आगे कुछ वयस्क लोग घबड़ाहट भरी आवाज़ में किसी को बुला रहे थे लेकिन उनकी आवाज़ उस छोटी सी जगह में गूंज कर गुम हो जा रही थी।

वह कोने पर जैसे ही मुड़ा उसे वे चारों लोग ठीक वैसी ही अवस्था में दिखाई दिए जिस अवस्था में वह उन्हें छोड़ कर गया था। चार बूढ़े लोग, डरे सहमे, पत्थर की एक छोटी सी कोठरी में जंग लगी लोहे की सलाखों के पीछे बंद।

इनमें से एक आदमी ने उससे फ्रेंच में पूछा, 'तुम हम लोगों से क्या चाहते हो?'

दूसरे ने जर्मन ने पूछा, 'हमें जाने दो।'

तीसरे ने स्पेन में बोली जाने वाली अंग्रेजी के लहजे में सवाल किया, 'तुम्हें पता है कि हम कौन हैं?'

'चुप।' कर्कश आवाज़ ने आदेश दिया। इस शब्द में एक तरह का आखिरी निर्णय दिखाई दे रहा था।

चौथा कैदी इतालवी था। वह चुपचाप कुछ सोच रहा था। उसने अपने अपहरणकर्ता की स्याह आँखों में झांक कर देखा तो उसे साफ लगा कि वह नर्क का दर्शन कर रहा है। भगवान ही हमारी मदद कर सकते हैं, वह सोचने लगा।

हत्यारे ने अपनी घड़ी पर नज़र डाली। अब वह उन कैदियों की ओर देख रहा था। 'ठीक है तो अब बताओ कि पहले मेरे साथ कौन चलेगा।'

54

अभिलेखागार के वॉल्ट संख्या 10 में रॉबर्ट लैंग्डन अपने सामने रखे दस्तावेजों की लिखावट को देखते हुए इतालवी में बार बार गिनती कर रहा था—मिल्ले... सेंटी... युनो... डुओ... ट्रे... सिनकुआँता... मुझे कोई संख्या मिलनी चाहिए। कुछ भी...

वह जिस फोलिओ को देख रहा था उसके आखिर में पहुँचने के बाद वह चिमटे से दूसरा पन्ना पलटने लगा। उसने पन्ने से चिमटे को सटाने की कोशिश की तो उसका हाथ

कांप गया। वह चिमटे को पकड़ने में परेशानी का अनुभव कर रहा था। कुछ ही मिनट के बाद जब उसने नीचे की तरफ नज़र डाली तो उसे अहसास हुआ कि उसने चिमटा छोड़ दिया है और वह हाथ से ही पन्ने उलटा रहा है। ओफ ... उसने सोचा। उसे लग रहा था कि उसने कोई अपराध कर दिया हो। ऑक्सीजन की कमी के कारण उसकी सोच प्रभावित हो रही थी। *लगता है कि मैं अभिलेखागार में काम करने वाले लोगों के नर्क में जल कर ख़त्म हो जाऊंगा।*

'वक्त होने ही वाला है।' विट्टोरिया ने जब देखा कि लैंग्डन हाथ से ही पन्नों को पलटा रहा है तो उसकी साँस अटकी रह गई। उसने भी अपना चिमटा नीचे गिरा दिया और हाथ से ही पन्नों को पलटने लगी।

'कोई सफलता?'

विट्टोरिया ने अपना सिर हिलाया। 'ऐसा कुछ भी नहीं जो पूर्णतः गणितीय लगता हो। मैं सरसरी तौर पर नज़र दौड़ा रही हूँ लेकिन इनमें से कोई भी सुराग जैसा नहीं लगता।'

लैंग्डन कागजों के अपने ढेर का अनुवाद करने में लगा हुआ था। उसकी परेशानी बढ़ती जा रही थी। इतालवी भाषा के बारे में उसकी जानकारी बहुत सतही थी। छोटे छोटो अक्षरों में की गई लिखावट और पुराने जमाने की भाषा के कारण काम और भी धीमा हो रहा था। लैंग्डन के पहले विट्टोरिया ने अपने कागज के पुलिंदे का काम पूरा कर लिया। दुबारा कागजों को पलटाते हुए वह दुखी लग रही थी। वह कागजातों को गौर से देखने के फिर से झुक कर उन पर नज़र डाल रही थी।

जब लैंग्डन ने अपना आखिरी पन्ना ख़त्म किया तो उसने फुसफुसाते हुए गाली दी और विट्टोरिया की तरफ देखने लगा। वह अपनी आँखें सिकोड़ कर अपने कागज के गट्ठर में कुछ देख रही थी। 'क्या देख रही हो?', उसने पूछा।

विट्टोरिया ने आँखें ऊपर नहीं की। 'तुम्हारे कागजों के कोई फुटनोट भी था?'

'नहीं, मुझे तो ऐसा कुछ भी नज़र नहीं आया।'

'इस पेज पर एक फुटनोट है जो कागज के मुड़ने की वजह से दिखाई नहीं दे रहा।'

लैंग्डन कोशिश करने लगा कि वह उस चीज़ को देख सके जिसे विट्टोरिया देख रही थी। लेकिन उसे सिर्फ पेज के ऊपरी हिस्से में दाहिनी तरफ कोने में पृष्ठ संख्या दिखाई दे रही थी। फोलियो 5। इस संयोग को समझ पाने में उस एक पल का समय लगा लेकिन इसके बाद भी वह साफ साफ इसका मतलब नहीं समझ पा रहा था। फोलियो 5, पाँच पायथागोरस, पेंटाग्राम, इल्युमिनाटी । लैंग्डन उधेड़बुन में था कि क्या इल्युमिनाटी पृष्ठ पाँच को ही अपने सुराग छुपाने के लिए इस्तेमाल करते। चारों तरफ फैली हल्की लाल धुंध के बीच उसे उम्मीद की एक किरण दिखाई दे रही थी। 'क्या फुटनोट गणित से संबंधित है?'

विट्टोरिया ने अपना सिर हिलाया। 'कुछ शब्द लिखे हैं। एक पंक्ति। बहुत ही छोटी छपाई जिसे पढ़ पाना करीब करीब असंभव है।'

उसकी उम्मीद कम हो गई। 'सुराग गणितीय होगा ... विशुद्ध भाषा।'

'हाँ, मैं जानती हूँ।' उसने थोड़ा सा हिचकिचाते हुए कहा। 'लेकिन मुझे लगता है कि आप इसे सुनना चाहेंगे।' लैंग्डन को उसकी आवाज़ में उत्तेजना का अनुभव हुआ।

'बताओ।'

कागज के नजदीक जाकर देखते हुए विट्टोरिया ने पढ़ना शुरू किया, 'दि पाथ ऑफ लाइट इज लेड, दि सेक्रेड टेस्ट।'

लैंग्डन ने जैसा अनुमान किया था ये शब्द उस तरह के नहीं थे। 'माफ करना।'

विट्टोरिया ने पंक्ति दुहरायी, 'दि पाथ ऑफ लाइट इज लेड, दि सेक्रेड टेस्ट।'

'इसमें यही लिखा है। पाथ ऑफ लाइट।'

इन शब्दों का प्रभाव जैसे जैसे लैंग्डन पर ज़ाहिर हो रहा था, उसकी बेहोशी जैसी अवस्था में मानो एक पल के लिए स्पष्टता आ गई थी। दि पाथ ऑफ लाइट इज लेड, दि सेक्रेड टेस्ट। उसे ये समझ में नहीं आ रहा था कि इन शब्दों से उसे कैसे मदद मिलेगी लेकिन ये पाथ ऑफ इल्यूमिनेशन के बारे में उतनी ही स्पष्टता से इशारा कर रहा था जितना संभव था। पाथ ऑफ लाइट। सेक्रेड टेस्ट। उसे लग रहा था कि उसका दिमाग़ उस गाड़ी के इंजन की तरह काम कर रहा था जिसमें गलत किस्म का ईंधन डाल दिया गया हो। 'क्या अनुवाद के बारे में तुम पूरी तरह आश्वस्त हो?'

विट्टोरिया थोड़ा हिचकिचायी। 'दरअसल... 'उसने लैंग्डन की ओर अजीब नज़रों से देखा। 'तकनीकी तौर पर यह अनुवाद नहीं है। ये पंक्ति अंग्रेजी में लिखी गई है।'

एक पल के लिए लैंग्डन को लगा कि कमरे के अंदर की ध्वनि व्यवस्था के कारण उसके सुनने की शक्ति पर असर पड़ा है। 'अंग्रेजी?'

विट्टोरिया ने कागज उसकी ओर खिसका दिया। लैंग्डन ने कागज के निचले सिरे पर बहुत ही छोटे अक्षरों में लिखे वाक्य को पढ़ा। 'दि पाथ ऑफ लाइट इज लेड। दि सेक्रेड टेस्ट। इतालवी भाषा में लिखी किताब के अंदर अंग्रेजी का क्या अर्थ हो सकता है?'

विट्टोरिया ने अपने कंधे उचकाए। वह भी जैसे नशे में लग रही थी। 'हो सकता है लिंगुआ प्यूरा से उनका मतलब अंग्रेजी रहा हो? अंग्रेजी को तो विज्ञान की अंतर्राष्ट्रीय भाषा माना जाता है। CERN में हम सभी अंग्रेजी ही तो बोलते हैं।'

'लेकिन यह सन 1600 की बात है।' लैंग्डन ने अपना तर्क दिया। 'उस समय इटली में कोई भी व्यक्ति अंग्रेजी नहीं बोलता था।' यह बोलते बोलते वह थोड़ा सा रुका क्योंकि वह कहने वाला था, 'पादरी और चर्च के लोग भी नहीं।' लैंग्डन का अकादमिक दिमाग़ तेजी से काम कर रहा था। वह अब तेजी से बोल रहा था, 'सन् 1600 में अंग्रेजी एक ऐसी भाषा थी जिसे वेटिकन ने तब तक अपनाया नहीं था। वे इतालवी, लैटिन, जर्मन, यहाँ तक कि स्पेनी

और फ्रेंच में काम करते थे लेकिन अंग्रेजी को वेटिकन के अंदर पूरी तरह से विदेशी समझा जाता था। वे अंग्रेजी को एक प्रदूषित, उच्छृंखल सोच वाले लोगों की भाषा मानते थे जिसका इस्तेमाल दुनियादारी में डूबे शेक्सपियर और चॉशर जैसे लोग करते थे।' लैंग्डन के दिमाग़ में तभी ये इल्युमिनाटी के ब्रांड में शामिल धरती, हवा, आग और पानी की याद आयी। ऐसी किंवदंती थी कि ये ब्रांड अंग्रेजी में थे। इसे याद करते हुए लैंग्डन को अजीब सा लगा।

'यानी तुम्हारा कहना है कि गैलीलियो अंग्रेजी को विशुद्ध भाषा इसलिए मानते थे क्योंकि यही एक ऐसी भाषा थी जिस पर वेटिकन का नियंत्रण नहीं था।'

'हाँ। या हो सकता है कि इस सुराग को अंग्रेजी में लिख कर गैलीलियो बड़े ही सूक्ष्म तरीके से कोशिश कर रहे थे कि इसे वेटिकन के लोग नहीं पढ़ सकें।'

'लेकिन यह तो सुराग भी नहीं है।' विट्टोरिया ने अपना तर्क दिया। 'दि पाथ ऑफ लाइट इज लेड, दि सेक्रेड टेस्ट। इसका तो कुछ मतलब ही नहीं निकलता।'

लैंग्डन ने सोचा कि वह ठीक कह रही थी। इस पंक्ति से तो कुछ भी हासिल नहीं हो रहा था। लेकिन अपने मन में इस पंक्ति को दोहराते हुए एक अजीब सा तथ्य उसके दिमाग़ में कौंध गया। *ये तो कुछ अजीब सी बात है*, उसने सोचा, *लेकिन इसकी संभावना क्या हो सकती है?*

'हमें यहाँ से बाहर निकलना चाहिए', विट्टोरिया बोली। उसकी आवाज़ फट रही थी।

लैंग्डन उसकी बात नहीं सुन रहा था। *दि पाथ ऑफ लाइट इज लेड, दि सेक्रेड टेस्ट।* 'यह इयांबिक पैंटामीटर की एक पंक्ति है।' वह शब्दों के अलग अलग भाग को गिनते हुए अचानक बोल उठा। 'पाँच शब्द खंड जिसमें एक बार शब्दों पर जोर दिया जाता है तो एक बार नहीं।'

विट्टोरिया को कुछ समझ में नहीं आ रहा था। 'इयांबिक यानी...'

एक पल के लिए लैंग्डन को लगा कि वह शनिवार की सुबह अपने फिलिप्स एक्सेटर एकेडमी के अंदर अंग्रेजी क्लास में बैठा हुआ था। *धरती का नर्क।* स्कूल के बेसबॉल हीरो पीटर ग्रीयर को शेक्सपीयर के इयाम्बिक पैरामीटर वाली पंक्तियों में दोहों की संख्या याद करने में मुश्किल हो रही थी। उनके प्रोफेसर, बिसेल, जोश में रहने वाले स्कूल टीचर की तरह थे। वे टेबल पर जोर से मुक्का मारते हुए चिल्लाए, 'पेंटामीटर ग्रीयर! घर की थाली याद करो। पेंटागन। पाँच किनारों वाली संरचना। पेंटा। पेंटा। पेंटा। हे भगवान!'

पाँच दोहे, लैंग्डन ने सोचा। हर दोहे में नियम के अनुसार दो शब्दखंड। उसे यकीन नहीं हो रहा था कि अपने पूरे व्यावसायिक जीवन में वह इस संबंध को समझ नहीं पाया था। इयांबिक पैरामीटर एक तरह का समरूप मीटर होता है जो इल्युमिनाटी की पवित्र संख्याओं 5 और 2 पर आधारित होता है।

तुम नजदीक पहुँच रहे हो! लैंग्डन ने खुद से कहा। वह इस बात को अपने दिमाग़ से निकालने की कोशिश कर रहा था। *एक बेमतलब संयोग।* लेकिन यह बात कहीं उसके

दिमाग़ में अटक गई थी। पाँच...पाइथागोरस के लिए और पेंटाग्राम। दो...वस्तुओं की द्वैधता के लिए।

कुछ ही क्षण बाद एक अजीब सी संवेदना उसके पैरों से गुजरती हुई नीचे तक चली गई। *ला लिंगुआ प्यूरा?* इयांबिक पैरामीटर को इसकी सरलता की वजह से 'शुद्ध काव्य' या 'शुद्ध मीटर' कहा जाता था। क्या इल्युमिनाटी इसी विशुद्ध भाषा के बारे में संकेत दे रहे थे? *दि पाथ ऑफ लाइट इज लेड, दि सेक्रेड टेस्ट...*

'ओह हो।' विट्टोरिया बोली।

लैंग्डन अपनी कुर्सी खिसका कर उसके पास आ गया और विट्टोरिया को पन्ने पलटाते हुए देखने लगा। उसे लग रहा था जैसे उसकी आंत में कोई गांठ बन रही हो। *दुबारा नहीं।* 'ये पंक्तियाँ एंबीग्राम हों ऐसा तो हो नहीं सकता।'

'नहीं, यह एंबीग्राम नहीं है लेकिन ...' वह कागजों को पलटती रही। हर पन्ने को वह 90 डिग्री के कोण पर ले जाकर देख रही थी।

'तो फिर यह क्या है?'

विट्टोरिया ने अपना सर ऊपर उठाया। 'सिर्फ यही पंक्ति नहीं है।'

'दूसरी भी है?'

'कागज के किनारे वाले हिस्से में हर पेज पर अलग अलग पंक्तियाँ हैं। ऊपर, नीचे, बाएं, दाएं। मुझे लगता है कि यह कोई कविता है।'

'चार पंक्तियां।' लैंग्डन की उत्तेजना बढ़ रही थी। गैलीलियो कवि था? 'मुझे देखने दो!'

विट्टोरिया ने पन्ने से अपना हाथ नहीं हटाया। वह पेज पलटती रही। 'मेरी नज़र इन पंक्तियों पर पहले नहीं गई थी क्योंकि ये किनारों पर लिखे हुए हैं।' उसने आखिरी पंक्ति पर हाथ रखते हुए कहा। 'अच्छा, तुम्हें एक बात पता है? ये पंक्तियाँ गैलीलियो ने लिखी भी नहीं हैं।'

'क्या!'

'कविता पर जॉन मिल्टन के दस्तखत हैं।'

'जॉन मिल्टन?' प्रभावशाली अंग्रेजी कवि जिन्होंने पैराडाइज लॉस्ट लिखा है। वे गैलीलियो के समकालीन थे और बड़े विद्वान भी जिन्हें षड्यंत्र सिद्धांत में यकीन करने वाले लोग इल्युमिनाटी संदिग्धों की सूची में सबसे ऊपर रखते थे। मिल्टन और गैलीलियो के बीच इल्युमिनाटी संबंधों की दंतकथाएँ लैंग्डन को सच लगती थी। मिल्टन ने सन 1638 में रोम की तीर्थयात्रा की थी जिसके ढेर सारे दस्तावेजी प्रमाण मिलते हैं। उन्होंने यह यात्रा 'ज्ञानी लोगों—इनलाइटेंड मेन' से मिलने के लिए की थी। इस यात्रा के दौरान उन्होंने गैलीलियो से भी मुलाकात की थी जो उस समय घर के अंदर नज़रबंद थे। इस मुलाकात को पुनर्जागरण काल की कई कलाकृतियों में दर्शाया गया है जैसे कि एनीबेल गैटी की प्रसिद्ध कलाकृति

गैलीलियो और मिल्टन। यह कलाकृति आज भी फ्लोरेंस के आईएमएसएस म्यूजियम में टंगी है।

'मिल्टन गैलीलियो को जानते थे, है न?' विट्टोरिया ने दस्तावेजों के फोलियो को लैंग्डन की ओर खिसकाते हुए कहा। 'हो सकता है कि उन्होंने गैलीलियो को खुश करने के लिए यह कविता लिखी हो?'

जिल्दबंद दस्तावेजों को अपने हाथ में लेते हुए लैंग्डन ने अपने दाँत भींच लिए। इसे सीधा मेज़ पर रखते हुए उसने सबसे ऊपर लिखी पंक्ति को पढ़ा। फिर उसने पेज को 90 डिग्री पर घुमाते हुए दाहिनी तरफ के किनारे पर लिखी पंक्ति पढ़ी। फिर कागज को घुमा कर नीचे लिखी पंक्ति पढ़ी और इसी तरह कागज को घुमाते हुए बायीं तरफ की पंक्ति पढ़ी। इस तरह कागज पूरा एक चक्कर घूम गया। कुल चार पंक्तियाँ थीं। विट्टोरिया ने जो पंक्ति सबसे पहले देखी थी वह दरअसल तीसरी पंक्ति थी। लैंग्डन पूरी तरह स्तब्ध था। इस अवस्था में उसने चारों पंक्तियों को दुबारा पढ़ा—घड़ी के घूमने की दिशा में कागज को घुमाते हुए सबसे पहले ऊपर, फिर दाहिने, फिर नीचे और अंत में बाएं। पूरा होने के बाद उसने गहरी साँस ली। अब उसे कोई शक नहीं रह गया था। 'तुमने इसे ढूँढ़ निकाला, मिस वेट्रा।'

वह दबे दबे से अंदाज में मुस्कुरायी। 'तो क्या अब हम भगवान के लिए इस जगह से बाहर निकल सकते हैं?'

'मुझे इन पंक्तियों की नकल करनी है। मुझे कागज और पेंसिल चाहिए।'

विट्टोरिया ने अपना सिर हिलाया। 'इसे भूल जाइए प्रोफेसर। कातिब बनने के लिए वक्त नहीं है। मिकी टिक टिक कर रही है।' उसने लैंग्डन के हाथ से कागज ले लिया और दरवाज़े की ओर बढ़ गई।

लैंग्डन खड़ा हो गया। 'तुम इसे बाहर नहीं ले जा सकती। यह...'

लेकिन तब तक विट्टोरिया बाहर निकल चुकी थी।

55

विट्टोरिया और लैंग्डन गुप्त अभिलेखागार से जैसे धमाके के साथ बाहर आए। ताजी हवा के अंदर जाते ही उन्हें लगा जैसे किसी ने नशीली दवा खिला दी हो। उसकी नसों पर उभरे नीले निशान बहुत जल्द ग़ायब हो गए। लेकिन उसका अपराध बोध ख़त्म नहीं हुआ। वह अभी अभी दुनिया के सबसे ख़ास अभिलेखागारों में शामिल एक जगह से ऐतिहासिक महत्व की एक बेशकीमती चीज़ को चुराने में शामिल हुआ था। केमरलेग्नो ने कहा था, *मैं अपना भरोसा तुम्हारे हवाले कर रहा हूँ।*

'जल्दी कीजिए।' विट्टोरिया ने कहा। वह फोलियो अब भी उसके हाथ में था। वह तेजी से चलती हुई विया बोर्गिया से होकर ओलिवेट्टी के दफ्तर की ओर जा रही थी।

'अगर इस पपायरस में जरा भी पानी चला गया तो...'

'शांत हो जाइए। हम एक बार उस चीज़ का पता लगा लें फिर हम पवित्र फोलियो संख्या 5 उन्हें वापस कर देंगे।'

लैंग्डन उसके साथ चलने की कोशिश में अब तेजी से कदम बढ़ा रहा था। अपने को अपराधी समझने के अलावा वह अब भी इस दस्तावेज के विस्मयकारी परिणामों के बारे में सोच रहा था। जॉन मिल्टन एक इल्युमिनाटी थे। उन्होंने फोलियो 5 में प्रकाशित करने के लिए गैलीलियो के वास्ते कविता लिखी ... वेटिकन की आँखों से दूर।'

अभिलेखागार के आंगन से बाहर निकलते हुए विट्टोरिया ने लैंग्डन के आगे फोलियो को फैलाते हुए पूछा, 'आपको लगता है कि आप इसका मतलब निकाल पाएंगे? या हमने बेवजह इतनी मगजमारी की?'

लैंग्डन ने सावधानी से दस्तावेज अपने हाथों में ले लिया। उसने बिना किसी हिचकिचाहट के उस फोलियो को अपने ट्वीड जैकेट की ऊपरी जेब में डाल दिया ताकि इसे सूरज की रोशनी और आर्द्रता से बचाया जा सके। 'मैं इसका गुत्थी सुलझा चुका हूँ।'

'क्या?' यह कहते कहते विट्टोरिया रुक गई।

लैंग्डन चलता रहा।

विट्टोरिया ने उसके साथ चलने के लिए अपने कदम तेज़ कर लिए। 'आपने इसे बस एक बार पढ़ा। मैं समझती थी कि यह एक मुश्किल गुत्थी है।'

लैंग्डन जानता था कि वह सही कह रही है। लेकिन यह सच था कि उसने एक बार में ही सेग्नो का अर्थ समझ लिया था। यह इयांबिक पारामीटर का एक सटीक उदाहरण था और विज्ञान की पहली वेदी ने अपनी निष्कलंक स्पष्टता में खुद को उद्घाटित किया था। वह काम करने के प्यूरिटन प्रणाली का अनुयायी था। उसे अब भी अपने पिता की आवाज़ सुनाई दे रही थी जो पुराने किस्म के न्यू इंगलैंड मंत्रो में उससे कह रहे थे—अगर इसे पूरा करने में तुम्हें तकलीफ और मुश्किलों का सामना नहीं करना पड़ा तो समझो तुम सही नहीं हो। लैंग्डन को उम्मीद थी कि यह कहावत गलत साबित होगी। 'मैंने इसका अर्थ ढूँढ़ निकाला।' लैंग्डन बोला। अब वह और तेजी से चल रहा था। 'मैं जानता हूँ कि पहली हत्या किस जगह पर होने वाली है। हमें ओलिवेट्टी को सावधान करना होगा।'

विट्टोरिया उसके और नज़दीक आ गई। 'आपको यह कैसे पता हो सकता है? मुझे उस चीज़ को फिर से देखने दीजिए।' एक तेज़ तर्रार मुक्केबाज की तरह उसने अपने नाजुक हाथ उसकी जेब में डालकर फोलियो बाहर निकाल लिया।

'सावधानी से।' लैंग्डन ने कहा।' तुम यह नहीं ...'

विट्टोरिया ने उसकी बात पर कोई ध्यान नहीं दिया। फोलियो अपने हाथ में लेकर वह उसके साथ साथ चलने लगी। शाम की धुंधली रोशनी में वह कागजात के किनारों पर नज़र डाल रही थी। वह जब जोर जोर से उसे पढ़ रही थी तो लैंग्डन ने उससे फोलियो वापस लेने की कोशिश की। लेकिन विट्टोरिया को ख़ास अंदाज में अपने कदमों से मिलाकर पूरे सुरतान के साथ उन शब्दों को पढ़ते हुए देखकर वह ठगा सा रह गया।

एक पल के लिए सुर में उन शब्दों के उच्चारण को सुनकर लैंग्डन जैसे समय के किसी दूसरे कालखंड में चला गया। उसे लग रहा था कि वह भी गैलीलियो का समकालीन कोई व्यक्ति था जो उस कविता को पहली बार सुन रहा था। उसे मालूम था कि यह कविता एक तरह की परीक्षा थी, एक मानचित्र , एक सुराग जो विज्ञान की चार वेदियों का रहस्योद्घाटन करने वाला था...वो चार निशान जो रोम में बने गुप्त रास्ते को रोशन कर रहे थे। ये पंक्तियाँ विट्टोरिया के होंठों से संगीत की तरह निकल रही थी।

धरती पर बने सैंटी की कब्र में बने शैतानी छेद से शुरु होकर,
रोम के आर पार, उद्घाटित होते हैं रहस्यमयी तत्व
दि पाथ ऑफ लाइट इज लेड, दि सेक्रेड टेस्ट
इस महान कार्य में देवदूत करेंगे तुम्हारी सहायता

विट्टोरिया ने इसे दो बार पढ़ा और फिर चुप हो गई। ऐसा लग रहा था जैसे वह इन प्राचीन शब्दों को अपने आप गुंजायमान होने देना चाहती थी।

धरती पर बने सैंटी के कब्र ...लैंग्डन इस पंक्ति को अपने दिमाग़ में दोहरा रहा था। कविता इसके बारे में बिल्कुल स्पष्ट थी। दि पाथ ऑफ इल्युमिनेशन सैंटी की कब्र से शुरू होता था। वहाँ से शुरू होकर रोम के आर पार, चिह्न रास्ता दिखाते थे।

धरती पर बने सैंटी की कब्र में बने शैतानी छेद से शुरु होकर,
रोम के आर पार, उद्घाटित होते हैं रहस्यमयी तत्व

रहस्यमयी तत्व। ये भी स्पष्ट था। पृथ्वी, हवा, आग और पानी। विज्ञान के तत्व। इल्युमिनाटी के चार निशान जो धार्मिक मूर्तियों की शक्ल में छुपाए गए थे।

'पहला निशान' विट्टोरिया ने कहा, 'लगता है यह सैंटी की कब्र के पास कोई जगह है।'

लैंग्डन मुस्कुराया, 'मैंने कहा था न कि यह कोई मुश्किल गुत्थी नहीं है।'

'फिर सैंटी कौन है?' उसने पूछा, वह अचानक उत्तेजित दिख रही थी। 'और उसका मकबरा कहाँ है?'

लैंग्डन मन ही मन हंसा। उसे आश्चर्य हो रहा था कि सैंटी के बारे में कितने कम लोग जानते थे। सैंटी पुनर्जागरण काल के सबसे मशहूर कलाकार के नाम का अंतिम भाग था। उसका नाम विश्व प्रसिद्ध था ... बचपन में ही अपनी प्रतिभा का लोहा मनवाने वाला इंसान जो पच्चीस साल की उम्र में पोप जूलियस II के लिए तस्वीरें बनाने के लिए

बुलाया जाने लगा था। जब महज अड़तीस साल की उम्र में उसकी मृत्यु हुई तो वह अपने पीछे दुनिया के सबसे बड़े भित्तिचित्रों का खजाना छोड़कर गया। कला की दुनिया में उसकी बहुत बड़ी हस्ती थी। अपने सिर्फ पहले नाम से जाना जाना उन बिड़ले ही लोगों को नसीब होता है जो सचमुच शोहरत का ऊँचा मुकाम तय करते हैं जैसे कि नेपोलियन, गैलीलियो और जीसस। हाँ, इसमें वे देवता जैसे कलाकार भी शामिल थे जिनकी हार्वर्ड के छात्रावासों से आ रही आवाज़ वह रोज सुना करता था जैसे स्टिंग, मैडोना, जेवेल और वह कलाकार जिसे पहले लोग प्रिंस के नाम से जानते थे जिसने बाद में अपना नाम एक संकेत  में बदल लिया था। इसकी वजह से लैंग्डन उसे 'टाउ क्रॉस विद इंटरसेक्टिंग हर्माफ्रोडिक आँख' के नाम से बुलाता था।

'सैंटी', लैंग्डन ने कहा, 'पुनर्जागरण काल के महान चित्रकार रफेल के नाम का पहला भाग था।'

विट्टोरिया को यह जानकर आश्चर्य हुआ, 'रफेल यानी वही रफेल न?'

'हाँ, वही और केवल वही रफेल।' लैंग्डन तेजी से स्विस गार्ड के ऑफिस की तरफ बढ़ता जा रहा था।

'यानी रास्ता रफेल की कब्र से शुरू होता है?'

'हाँ, यही इसका सही मतलब है।' लैंग्डन ने तेजी से चलते हुए जवाब दिया। 'इल्युमिनाटी महान चित्रकारों और मूर्तिकारों को अपने प्रकाशित पथ का माननीय सदस्य मानते थे। हो सकता है कि इल्युमिनाटी ने रफेल की कब्र को एक तरह से श्रद्धांजलि के तौर पर चुना हो।' लैंग्डन को पता था कि दूसरे कई धार्मिक कलाकारों की तरह रफेल भी संदिग्ध तौर पर एक नास्तिक था।

विट्टोरिया ने सावधानी से फोलियो वापस लैंग्डन की जेब में डाल दिया। 'तो फिर उसे कहाँ दफन किया गया था?'

लैंग्डन ने गहरी साँस ली। 'तुम्हें शायद यकीन न हो लेकिन रफेल को पैंथियन में दफनाया गया था।'

विट्टोरिया को विश्वास नहीं हो रहा था, 'पैंथियन में?'

'पैंथियन में रफेल की कब्र', लैंग्डन को मानना पड़ा कि उसने कभी यह सोचा नहीं था कि पहला संकेत—चिह्न पैंथियन में मिलेगा। शायद उसने अनुमान किया होता कि विज्ञान की पहली वेदी कहीं दूर स्थित चर्च में होगा, जो थोड़ा सूक्ष्म होता। सन् 1600 में भी अपने विशाल छिद्रदार गुंबदों वाला पैंथियन रोम के सबसे मशहूर स्थानों में गिना जाता था।

'क्या पैंथियन को चर्च मानते हैं?' विट्टोरिया ने सवाल किया।

'रोम का सबसे पुराना कैथोलिक चर्च।'

विट्टोरिया ने अपना सिर हिलाया।'लेकिन क्या आपको लगता है कि पहले कार्डिनल

की हत्या पैंथियन में होगी? वह तो रोम के सबसे भीड़भाड़ वाले पर्यटन स्थलों में से एक है।'

लैंग्डन ने अपने कंधे उचकाए। 'इल्युमिनाटी ने कहा था कि वे चाहते हैं कि सारी दुनिया इस नजारे को देखे। पैंथियन में कार्डिनल की हत्या अवश्य ही कुछ लोगों की आँखें खोलेगा।'

'लेकिन वह व्यक्ति कैसे पैंथियन में किसी की हत्या करने के बाद बिना किसी की नज़र में आए भाग पाएगा। यह तो नामुमकिन है।'

'हाँ, उतना ही नामुमकिन जितना वेटिकन सिटी से चार कार्डिनलों का अपहरण। कविता की पंक्तियाँ बिल्कुल स्पष्ट हैं।'

'और आप कितने यकीन के साथ कह सकते हैं कि रफेल की कब्र पैंथियन में है?'

'मैंने उसकी कब्र को कई बार देखा है।'

विट्टोरिया ने सिर हिलाया। वह अब भी परेशान लग रही थी। 'क्या समय हो रहा है?'

लैंग्डन ने घड़ी पर नज़र डाली, 'साढ़े सात'

'क्या पैंथियन यहाँ से काफी दूर है?'

'शायद एक मील। हमारे पास समय है।'

'कविता में कहा है *धरती पर* बनी सैंटी की कब्र। क्या इसका आप कोई अर्थ निकालते हैं?'

लैंग्डन सेंटिनल के आंगन को तिरछे तिरछे पार करता हुआ तेजी से चला जा रहा था। 'धरती पर बनी कब्र? भौतिक कब्र? रोम में शायद पैंथियन से अधिक भौतिक और कोई चीज़ नहीं। इसका नाम वहाँ के मूल धर्म से निकला है जिसे पैंथेइज्म कहते हैं—यानी कि सभी देवताओं की पूजा जिसमें मूर्तिपूजकों की देवी धरती माता भी शामिल है।'

स्थापत्य कला के छात्र के रूप में लैंग्डन को यह जानकर आश्चर्य हुआ था कि पैंथियन के मुख्य चैंबर की लंबाई चौड़ाई दरअसल गइया देवी यानी धरती माता के प्रति श्रद्धांजलि थी। लंबाई और चौड़ाई का अनुपात इतना सटीक था कि विशाल आकार का गोला इस इमारत के अंदर पूरी तरह समा जाता और इसके अंदर एक मिलीमीटर से भी कम जगह बचती।

'ठीक है।' विट्टोरिया ने कहा। अब वह थोड़ी आश्वस्त लग रही थी। 'और कब्र में बने शैतानी छेद का क्या मतलब होगा? *सैंटी की कब्र में बने शैतानी* छेद *से शुरू होकर...*'

लैंग्डन इस के बारे में पूरी तरह से आश्वस्त नहीं था। 'शैतानी गुफा का मतलब ओकुलस होना चाहिए,' उसने अनुमान लगाते हुए कहा। 'पैंथियन की छत पर बना मशहूर गोलाकार छेद।'

'लेकिन यह तो एक गिरजाघर है।' विट्टोरिया उसके साथ आराम से चल रही थी। 'आखिर वे उस छेद को शैतानी गुफा क्यों कहेंगे?'

दरअसल लैंग्डन भी इसी के बारे में सोच रहा था। उसने कभी शैतानी गुफा ... डीमन्स होल ... यह शब्द सुना नहीं था। लेकिन उसे पैंथियन के बारे में सोलहवीं सदी में की गई आलोचना याद आ रही थी जो इस संदर्भ में बिल्कुल सटीक लग रही थी। सम्मानित बेडे ने कहीं लिखा था कि पैंथियन की छत में बना छेद शैतानों ने बनाया था। जब बोनिफेस IV ने इसे पवित्र किया था तो शैतानों ने यहाँ से भागने के लिए इस छेद को बनाया था।

अब वे एक छोटे से आंगन में पहुँच चुके थे। विट्टोरिया ने सवाल किया, 'इल्युमिनाटी ने सैंटी नाम का इस्तेमाल क्यों किया जबकि वे रफेल के नाम से जाने जाते थे?'

'तुम बहुत ज़्यादा सवाल पूछती हो।'

'मेरे पिताजी भी यही कहते थे।'

'इसके दो कारण हो सकते हैं। पहला तो ये कि रफेल में कई शब्द—खंड हैं। इसके कारण कविता का इयांबिक पेंटामीटर चौपट हो जाता।'

'ये खूब जंचता नहीं।'

लैंग्डन सहमत था। 'ठीक है। तो फिर हो सकता है कि सैंटी शब्द का इस्तेमाल उन्होंने इसलिए किया होगा क्योंकि इसके बारे में बहुत कम लोगों को पता था। केवल विद्वान लोग ही समझ पाते कि इसका इस्तेमाल रफेल के लिए किया गया है।'

विट्टोरिया को यह बात भी खूब नहीं जंची। 'मुझे पक्का यकीन है कि रफेल जब ज़िंदा होंगे उस समय उनके नाम का आखिरी हिस्सा मशहूर रहा होगा।'

'आश्चर्य की बात है कि ऐसा नहीं था। एक नाम से पहचाना जाना उस समय बड़े लोगों की निशानी मानी जाती थी। रफेल अपने आखिरी नाम का बिल्कुल इस्तेमाल नहीं करते थे जैसा कि आजकल के पॉप स्टार करते हैं। उदाहरण के लिए मैडोना को ही लो। वह अपने नाम का आखिरी हिस्सा कभी इस्तेमाल नहीं करता है...सिकोने।'

'आपको मैडोना के नाम का दूसरा भाग मालूम है?' विट्टोरिया ने आश्चर्यचकित होकर पूछा।

लैंग्डन को यह उदाहरण देना बुरा लग रहा था। दस हज़ार किशोरों के साथ रहकर दिमाग़ में आखिर कितना कचरा भर जाता है।

वे आखिरी दरवाज़े को पार कर स्विस गार्ड के दफ्तर पहुँचने ही वाले थे कि बिना किसी चेतावनी के उनके सामने एक रुकावट आ खड़ी हुई।

'रुको।' पीछे से एक आवाज़ गूंजी।

लैंग्डन और विट्टोरिया ने मुड़कर देखा तो पता चला कि वे राइफल की नली के सामने खड़े थे।

'सावधान।' विट्टोरिया ने एक कदम पीछे होकर कहा। 'इसे देखो...'

'आगे मत बढ़ना।' गार्ड चिल्लाया। उसने अपनी बंदूक का घोड़ा दागने के लिए तैयार कर लिया।

'सिपाही।' आंगन के दूसरे छोर से किसी ने आदेश दिया। सुरक्षा केंद्र से ओलिवेट्टी बाहर आ रहा था। 'जाने दो उन्हें।'

गार्ड को कुछ समझ में नहीं आ रहा था। 'लेकिन सर, उसके साथ एक औरत है।'

'अंदर जाओ।' वह गार्ड पर चिल्लाया।

'श्रीमान, मैं ऐसा नहीं कर सकता।'

'तुरंत। तुम्हारे लिए नया आदेश है। कैप्टन रोचर सिपाहियों से दो मिनट में बात करने वाले हैं। हम तलाशी शुरू करने वाले हैं।'

गार्ड का दिमाग़ चकरा रहा था। वह तेजी से सुरक्षा केंद्र के अंदर चला गया। ओलिवेट्टी तेजी से लैंग्डन की ओर आया। अकड़ा हुआ और गुस्से में। 'हमारा सबसे गुप्त अभिलेखागार। मुझे कुछ स्पष्टीकरण चाहिए।'

'हमारे पास अच्छी ख़बर है।' लैंग्डन ने कहा।

ओलिवेट्टी की आँख सिकुड़ गई। 'हाँ, इस ख़बर को तो अच्छा होना ही पड़ेगा।'

56

बिना नंबर प्लेट वाली चार अल्फा रोमियो 155 T—Sparks गाड़ियाँ विया डे कोरोनारी से तेजी से गुजर रही थी तो लग रहा था जैसे युद्धक विमान रनवे पर दौड़ रहे हों। इन गाड़ियों में एक दर्जन स्विस गार्ड सवार थे जिनके पास सेमी-ऑटोमेटिक चेर्ची—पार्डिनी बंदूकें थी। उनके पास नर्व गैस का डिब्बा थो जो थोड़ी दूरी में काम करता था। इसके साथ ही लंबी दूरी तक मार करने वाली स्टन गन भी उनके पास थे। तीन ख़ास शार्पशूटर्स के पास लेजर साइटेड रायफल भी थे।

आगे वाली कार के पैसेंजर सीट पर ओलिवेट्टी बैठा था। वह पीछे बैठे विट्टोरिया और लैंग्डन की तरफ मुड़ा। उसकी आँखों में गुस्सा भरा था। 'आपने वादा किया था कि आप हमें ठोस वजह बताएंगे लेकिन ये आप मुझे क्या बता रहे हैं?'

लैंग्डन को छोटी सी कार में जगह की कमी का अनुभव हो रहा था। 'मै आपकी परेशानी समझ सकता हूँ...'

'नहीं, आप नहीं समझ सकते।' ओलिवेट्टी अपनी आवाज़ कभी ऊँची नहीं करता था लेकिन उसकी तीव्रता तीन गुणी हो गई थी। 'मैंने इस महासम्मेलन के दौरान वेटिकन सिटी से अपने एक दर्जन लोगों को हटा दिया है। और ये सब मैंने पैंथियन की तलाश के लिए

किया है जिसके पीछे दो अमरीकी लोगों का आश्वासन है जिन्हें मैं पहले कभी नहीं मिला और जिन्होंने चार सौ साल पुरानी कविता की व्याख्या के आधार पर यह सुराग तैयार किया है। मैंने भी इस एंटीमैटर की खोज नीचे के अधिकारियों के जिम्मे लगा दिया है।'

लैंग्डन का मन हुआ कि वह अपनी जेब से फोलियो 5 निकालकर उसे ओलिवेट्टी के मुँह पर दे मारे। 'मै सिर्फ इतना जानता हूँ कि हमारे पास उपलब्ध सूचना रफेल की कब्र की ओर इशारा करती है जो पैंथियन के भीतर है।'

गाड़ी चला रहे अफसर ने सर हिलाते हुए कहा, 'कमांडर, वे बिल्कुल ठीक कह रहे हैं। मैं और मेरी पत्नी...'

'तुम गाड़ी चलाओ।' ओलिवेट्टी को गुस्सा आ गया। वह लैंग्डन की ओर मुड़ा। 'हत्यारे के लिए इतनी भीड़ भाड़ वाली जगह पर कत्ल को अंजाम देना और बिना किसी को दिखाई दिए निकल जाना कैसे संभव हो सकता है?'

'मुझे नहीं मालूम।' लैंग्डन ने कहा। 'लेकिन इल्युमिनाटी बड़े ही साधन संपन्न हैं। वे CERN और वेटिकन सिटी दोनों जगह सेंध लगाने में कामयाब रहे हैं। यह बस संयोग की बात है कि हमें पता चल गया है कि वे पहली हत्या कहाँ करने वाले हैं। पैंथियन ही आपके लिए एक मौका है जहाँ आप इन्हें पकड़ने की कोशिश कर सकते हैं।'

'और भी विरोधाभासी।' ओलिवेट्टी ने कहा। 'एकमात्र मौका? मुझे लगा कि वहाँ से कोई रास्ता निकलता है, कई निशानों की श्रृंखला। अगर पैंथियन ही वह जगह है तो हम वहाँ से उन संकेतों को देखते हुए रास्ते पर आगे बढ़ सकते हैं। हमें इन लोगों को पकड़ने के चार अवसर मिलेंगे।'

'मैंने ऐसी उम्मीद की थी, और एक सदी पहले ऐसा ही होता।' लैंग्डन ने कहा।

लैंग्डन को जब इस बात का पता चला कि पैंथियन ही विज्ञान की पहली वेदी है तो वह क्षण उसके लिए खट्टे-मीठे अनुभव का क्षण था। जो लोग इतिहास का पीछा करते हैं, उनके साथ इतिहास भी भद्दा मज़ाक करता है। चार सौ सालों के बाद भी पाथ ऑफ इल्युमिनेशन पहले जैसा ही होगा, सभी मूर्तियाँ अपने स्थान पर होंगी यह सोचना कुछ दूर की कौड़ी लग रही थी। लेकिन लैंग्डन को अपने अंदर कहीं न कहीं लग रहा था कि इस रास्ते पर आगे बढ़ते हुए वह आखिर में इल्युमिनाटी के पवित्र गुप्त स्थान पर पहुँच जाएगा। दुर्भाग्यवश, उसे पता चला कि ऐसा नहीं होने वाला था। 'वेटिकन ने पैंथियन से सभी मूर्तियाँ हटाकर सन 1800 के आखिरी सालों में उन्हें नष्ट करवा दिया था।'

विट्टोरिया को जैसे यह सुनकर धक्का लगा था, 'क्यों?'

'वे मूर्तिपूजकों के ओलंपियन देवताओं की मूर्तियाँ थी। दुर्भाग्यवश इसका मतलब था कि पहला निशान अब उपलब्ध नहीं था और इसके साथ ही...'

'कोई उम्मीद?' विट्टोरिया ने कहा, 'कि हम दूसरे पहचान चिह्नों की सहायता से पाथ ऑफ इल्यूमिनेशन को ढूँढ़ सकेंगे?'

लैंग्डन ने अपना सिर हिलाया। 'हमारे पास बस एक उपाय है—पैंथियन। इसके बाद पाथ ऑफ इल्यूमिनेशन का सुराग ख़त्म हो जाता है।'

ओलिवेट्टी ने उनकी ओर थोड़ी देर तक घूर कर देखा। फिर वह मुड़कर सामने देखने लगा। 'रोको।' वह ड्राइवर पर चिल्लाया।

ड्राइवर ने गाड़ी को किनारे लेकर रोक दिया। तीन और अल्फा रोमियो उसके पीछे आकर ठक्क से रुके। स्विस गार्ड का दस्ता रुक गया।

'आप क्या कर रहे हैं?' विट्टोरिया ने सवाल किया।

'अपना काम।' ओलिवेट्टी ने अपनी सीट में थोड़ा सा सरकते हुए कहा। 'मिस्टर लैंग्डन, जब आपने मुझसे कहा कि आप रास्ते में मुझे सारी बातें समझाएंगे तो मुझे लगा था कि पैंथियन पहुँचकर मुझे मालूम हो जाएगा कि हमारे लोग यहाँ क्यों तैनात किए जा रहे हैं। लेकिन ऐसा नहीं है। मैं अपने महत्वपूर्ण काम को छोड़कर यहाँ आया हूँ। और मुझे नहीं लगता है कि आपके सिद्धांत में कोई दम है जिसमें आपने पहले बलिदान और प्राचीन कविता जैसी बातें डाल रखी हैं। मेरा विवेक मुझे आगे इस काम को जारी रखने की इजाज़त नहीं दे रहा। मैं इस मिशन को तुरंत वापस ले रहा हूँ।' उसने अपना वॉकी-टॉकी निकालकर उसे चालू कर दिया।

विट्टोरिया ने अपनी सीट से आगे बढ़कर उसका हाथ पकड़ लिया। 'आप ऐसा नहीं कर सकते।'

ओलिवेट्टी ने अपना वॉकी टॉकी पटक दिया और उसकी ओर जलती नज़रों से देखने लगा। 'आप कभी पैंथियन के अंदर गई हैं, मिस वेट्रा?'

'नहीं, लेकिन मैं...'

'मैं आपको इसके बारे में कुछ जानकारी देता हूँ। पैंथियन के अंदर सिर्फ एक कमरा है। गोल कमरा जो पत्थर और सीमेंट का बना है। इसमें अंदर जाने के लिए एक ही दरवाज़ा है। कोई खिड़की नहीं। एक छोटा सा प्रवेश द्वार। उस प्रवेश द्वार पर हमेशा रोम पुलिस के कम से कम चार हथियारबंद लोग तैनात रहते हैं। उनका काम इस जगह को दीवारों पर लिखने वाले, ईसाइयत विरोधी आतंकवादियों और जिप्सी टूरिस्ट जैसे गंदे लोगों से बचाना है।'

'आप कहना क्या चाहते हैं?'

'मैं कहना क्या चाहता हूँ?' ओलिवेट्टी ने अपने हाथों से गाड़ी के सीट को जकड़ लिया। 'मेरा कहना है कि आपने अभी अभी मुझे जो बताया है वैसा होना नामुमकिन है। क्या आप मुझे एक ऐसी परिस्थिति बता सकते हैं जब कि पैंथियन के अंदर कोई व्यक्ति कार्डिनल की हत्या कर पाएगा? पहले तो बंधक को गार्डों से बचाते हुए पैंथियन के अंदर ले जाना कैसे संभव होगा? उनकी हत्या कर भागने की बात तो दूर रही।' यह कहते हुए ओलिवेट्टी झुका। उसकी साँसों से आ रही कॉफी की गंध सीधे लैंग्डन के चेहरे से टकरा रही थी। 'एक भी संभावित तरीका बताइए कि यह कैसे मुमकिन होगा?'

लैंग्डन को लगा जैसे वह छोटी सी कार उसे चारों ओर से जकड़ रही है। *मुझे नहीं पता। मैं हत्यारा नहीं हूँ। मुझे नहीं पता कि वह ये सब कैसे अंजाम देगा। मैं सिर्फ इतना जानता हूँ कि...*

'एक संभावना...' विट्टोरिया बीच में बोल उठी। उसकी आवाज़ बिल्कुल स्थिर थी। 'मान लीजिए कि हत्यारा हेलीकॉप्टर से आता है और ऊपर से ही चीखते चिल्लाते हुए उस कार्डिनल को छत में बने छेद से नीचे फेंक देता है जिसके शरीर पर उसने लोहे की गर्म सलाखों से निशान बना दिया है। कार्डिनल संगमरमर के फर्श पर गिरता है और वहीं मर जाता है।'

कार के अंदर बैठा हर आदमी मुड़कर विट्टोरिया की ओर देखने लगा। लैंग्डन को समझ में नहीं आ रहा था कि वह क्या सोचे। *तुम्हारी कल्पना बड़ी ही वीभत्स है लेकिन तुमने बहुत जल्दी सोच लिया।*

ओलिवेट्टी को गुस्सा आ रहा था। 'मानता हूँ कि यह मुमकिन है लेकिन संभावित तो कतई नहीं।'

'या फिर हत्यारा कार्डिनल को नशा खिला देता है।' विट्टोरिया बोली। 'उसे पैंथियन में व्हीलचेयर पर बिठाकर लाता है जैसे कोई बूढ़ा सैलानी वहाँ आता है। वह उसे लेकर अंदर आता है और गला काट देता है। इसके बाद वह बाहर निकल जाता है।'

यह सुनकर ओलिवेट्टी थोड़ा चौंका।

सही कह रही है...लैंग्डन ने सोचा।

'या फिर हत्यारा...' विट्टोरिया बोली।

'मैंने सुन ली तुम्हारी बात। बहुत हो गया, बस। उसने एक गहरी साँस ली। किसी ने तेजी से कार के शीशे को ठकठकाया। सब लोग उछल गए। ठकठकाने वाला व्यक्ति दूसरी गाड़ी में बैठा सिपाही था। ओलिवेट्टी ने अपनी कार का शीशा नीचे किया।

'सब ठीक तो है कमांडर?' सिपाही रोजमर्रा की पोशाक में था। उसने अपने डेनिम शर्ट के हत्थे को ऊपर मोड़ा तो काले रंग की क्रोनोग्राफ फौजी घड़ी दिखाई दी। 'सात चालीस, कमांडर। हमें वहाँ जाकर अपने जगह पर तैनात होने में वक्त लगेगा।'

ओलिवेट्टी ने अनमने ढंग से अपना सिर हिलाया लेकिन थोड़ी देर तक वह चुप रहा। वह गाड़ी के डैशबोर्ड पर उँगली घुमाने लगा जिसके कारण धूल में उसकी उँगलियों के निशान उभर आए। गाड़ी के किनारे वाले शीशे से उसने पीछे बैठे लैंग्डन पर नज़र दौड़ाई। लैंग्डन को लगा जैसे कोई उसकी माप तौल कर रहा हो। अंततः ओलिवेट्टी गार्ड की ओर मुड़ा। उसकी आवाज़ में एक अनमना सा भाव ज़ाहिर हो रहा था। 'मैं चाहता हूँ कि हम लोग अलग अलग रास्तों से वहाँ पहुँचे। हमलोगों की कार पिआज्ज़ा डेला रोटंडा डेल्गी ओरफानी, पिआज्ज़ा सेंट इग्नाशिओ तथा सेंट इयुस्टाशिओ के रास्ते पहुँचेगी। वे कम से कम दो ब्लॉक पहले रुकेंगी। पार्क करने के बाद वहाँ रुक कर मेरे आदेश का इंतज़ार करना। तीन मिनट।'

'बिल्कुल ठीक सर।' सिपाही यह बोलकर अपनी कार में वापस चला गया।

लैंग्डन ने विट्टोरिया की ओर प्रशंसा की नज़रों से देखा। उसने भी मुस्कुरा कर लैंग्डन की ओर देखा। एक पल को लैंग्डन को लगा कि उन दोनों के बीच कोई ऐसा बंधन था जिसकी उसे उम्मीद नहीं थी—एक तरह का चुंबकीय धागा जो उन दोनों को जोड़ता था।

कमांडर अपनी सीट में मुड़ा। उसने लैंग्डन से कहा, 'मिस्टर लैंग्डन, ऐसा नहीं हो कि हमें असफलता का मुँह देखना पड़े।'

लैंग्डन असहज ढंग से मुस्कुराया, *ऐसा कैसे हो सकता है?*

57

CERN निदेशक मैक्सीमिलियन कोलर ने अपनी आँखें खोली। उस समय उसकी धमनियों और फेफड़ों को फैलाने वाली दवाएँ क्रोमोलीन और ल्युकोट्रीन उसकी नसों में ठंढक पैदा कर रही थी। वह फिर से सामान्य रूप से साँस ले पा रहा था। वह CERN के स्वास्थ्य केंद्र के निजी कक्ष में भर्ती था। उसका व्हीलचेयर उसके बिस्तर के पास था। उसने कागजनुमा पोशाक का जायज़ा लिया जिसमें उसे मानो लपेट कर रखा गया था। उसके कपड़े बिस्तर के पास रखी हुई कुर्सी पर मोड़ कर रखे हुए थे। वह करीब एक मिनट तक बहुत ध्यान से कुछ सुनता रहा। इसके बाद वह बिना कोई आवाज़ किए खुद को बिस्तर के किनारे घसीट कर ले आया। उसने अपने कपड़े उठाए। अपने मुर्दा पैरों को किसी तरह संभालते हुए उसने कपड़े पहने। फिर वह अपने शरीर को घसीट कर व्हीलचेयर पर बैठ गया।

खांसी को दबाते हुए वह दरवाज़े तक पहुँच गया। वह हाथ से व्हीलचेयर चला रहा था और सावधान था कि मोटर नहीं चले। दरवाज़े पर आकर उसने बाहर देखा। हॉल खाली था।

मैक्सीमिलियन कोलर चुपचाप अस्पताल से बाहर निकल आया।

58

सा*त बजकर छियालीस मिनट तीस...मार्क* वॉकी टॉकी में बोलते हुए भी ओलिवेट्टी की आवाज़ फुसफुसाहट से ज़्यादा तेज़ नहीं होती थी।

अल्फा रोमियो की पिछली सीट पर बैठे हुए हैरिस ट्वीड में लैंग्डन को पसीना आ रहा था। अल्फा रोमियो पैंथियन से तीन ब्लॉक पहले पिआज्जा डे ला कनकॉर्ड के पास रुकी

हुई थी। विट्टोरिया उसकी बगल में बैठी थी। वह बिल्कुल ध्यान से ओलिवेट्टी को देख रही थी जो अपने आखिरी आदेश लोगों को भेजने में व्यस्त था।

'लोगों की तैनाती आठ बिंदुओं वाले घेरे में होगी' कमांडर ने कहा। 'घेरा पूरा होगा, प्रवेश बिंदु पर जोर होगा। संभव है टार्गेट आपको देख कर पहचान ले इसलिए कोशिश करनी है कि हमारे दिखने की संभावना कम से कम हो। ताकत का इस्तेमाल इतना ही करना है कि मौत न हो। हमें किसी की ज़रूरत होगी जो छत पर नज़र रखे। टारगेट को पकड़ना मुख्य काम होगा, ऐसेट उसके बाद।'

'दुबारा बोल रहा हूँ। इस काम में टार्गेट की जान नहीं जानी चाहिए। हमें टारगेट ज़िंदा चाहिए। जाओ।' ओलिवेट्टी ने यह कहते हुए अपना वॉकी टॉकी बंद कर दिया।

विट्टोरिया सन्न रह गई। उसे गुस्सा आ रहा था। 'कमांडर, क्या अंदर कोई नहीं जा रहा?'

ओलिवेट्टी मुड़ा, 'अंदर?'

'हाँ, पैंथियन के अंदर जहाँ ये सब कुछ घटित होने वाला है?'

'सावधान।' ओलिवेट्टी ने कहा। उसकी आँखें जैसे पत्थर की तरह जमी हुई थी। 'अगर हमारे लोगों में उसने अपनी घुसपैठ बना ली है तो हमारे लोगों को देखते ही वे पहचान लिए जाएंगे। तुम्हारे सहकर्मी ने मुझे अभी अभी बताया है कि टारगेट को पकड़ने का यह हमारे लिए आखिरी मौका होगा। मैं अपने लोगों को अंदर भेजकर किसी को भी डरा कर सावधान नहीं करना चाहता।'

'लेकिन अगर हत्यारा अंदर ही हो तो?'

ओलिवेट्टी ने अपनी घड़ी पर नज़र दौड़ायी। 'टारगेट ने साफ साफ कहा था—आठ बजे। हमारे पास पंद्रह मिनट का समय है।'

'उसने कहा था कि वह कार्डिनल की हत्या आठ बजे करेगा लेकिन हो सकता है कि वह किसी तरह अंदर पहुँच चुका हो। अगर आपके लोग टारगेट को बाहर आता हुआ देख लें लेकिन उन्हें पता नहीं हो कि वह कौन है तो? किसी को यह देखना होगा कि अंदर सब कुछ ठीक ठाक है।'

'इस समय यह बहुत ही खतरनाक होगा।'

'नहीं, अगर कोई ऐसा व्यक्ति अंदर जाए जिसे पहचाना नहीं जा सकता हो।'

'ऐसे लोगों को वेश बदलने में समय लगेगा और...'

'मैं अपने बारे में कह रही थी...'

लैंग्डन मुड़कर विट्टोरिया को घूरने लगा।

ओलिवेट्टी ने अपना सिर हिलाया। 'कतई नहीं।'

'उसने मेरे पिता की हत्या की है।'

'बिल्कुल ठीक। इसलिए हो सकता है वह तुम्हें पहचानता हो।'

'आपने फोन पर उसकी बात सुनी। उसे बिल्कुल नहीं पता कि लियोनार्डो वेट्रा को बेटी भी थी। मैं पूरे यकीन के साथ कह सकती हूँ कि वह मेरी शक्ल कतई नहीं पहचानता। मैं सैलानी की तरह अंदर जा सकती हूँ। अगर मुझे कोई संदिग्ध चीज़ दिखाई देगी तो मैं बाहर चौराहे पर आकर आप के लोगों को अंदर आने का इशारा कर दूंगी।'

'माफ करना। मैं ऐसा नहीं कर सकता।'

'कमांडेंट।' ओलिवेट्टी के वॉकी टॉकी पर आवाज़ आयी। 'हम लोग उत्तरी स्थान पर हैं लेकिन सामने एक फव्वारा है जिसकी वजह से हम सामने की चीजें नहीं देख पा रहे। जब तक हम पिआज्जा में नहीं खड़े होंगे हम लोग प्रवेश—द्वार पर नज़र नहीं रख सकते। आपका क्या आदेश है? हमें अंधे की तरह खड़ा रहना है या फिर खतरे को झेलना है?'

विट्टोरिया की सहन शक्ति समाप्त हो रही थी। 'बहुत हो गया। अब मैं जा रही हूँ।' उसने कार का दरवाज़ा खोला और बाहर निकल आयी।

ओलिवेट्टी ने अपना वॉकी टॉकी वहीं गिरा दिया और विट्टोरिया के आगे आकर खड़ा हो गया।

लैंग्डन भी बाहर आ गया। *आखिर वह कर क्या रही है?*

ओलिवेट्टी विट्टोरिया का रास्ता रोक कर खड़ा हो गया। 'मिस वेट्रा, अनुमान लगाने की आपकी शक्ति बहुत अच्छी है लेकिन मैं किसी गैर-सुरक्षाकर्मी को इस काम में दखल देने की इजाज़त नहीं दे सकता।'

'दखलंदाजी? आप अंधेरे में तीर मार रहे हैं। मुझे मदद करने दीजिए।'

'अंदर कोई व्यक्ति मुझे ख़बर देता रहे ये मुझे मंजूर है लेकिन...'

'लेकिन क्या?' विट्टोरिया ने सवाल पूछा। 'क्या इसलिए कि मैं एक औरत हूँ?'

ओलिवेट्टी ने कोई जवाब नहीं दिया।

'अच्छा होगा कि आप ऐसा नहीं कहने वाले थे। कमांडर, क्योंकि आप अच्छी तरह जानते हैं कि यह अच्छी योजना है और अगर आप दकियानूसी मर्दवादी बातें...'

'हमें अपना काम करने दो।'

'मुझे मदद करने दीजिए।'

'यह बहुत ही खतरनाक होगा। तुम्हारे साथ हमारा कोई संपर्क नहीं रहेगा। मैं तुम्हें वॉकी टॉकी लेकर अंदर नहीं जाने दे सकता क्योंकि इससे तुम तुरंत पहचान में आ जाओगी।'

विट्टोरिया ने अपने शर्ट की जेब में हाथ डालकर मोबाइल फोन बाहर निकाला। 'ढेरों सैलानी मोबाइल फोन लेकर आते हैं।'

ओलिवेट्टी नाराज हो रहा था।

विट्टोरिया ने फोन को खोला और किसी को कॉल करने के जैसा अभिनय किया। 'हाय, हनी, मैं पैंथियन में खड़ी हूँ। तुम्हें भी यह जगह देखनी चाहिए!' उसने अपना फोन

बंद किया और घूर कर ओलिवेट्टी को देखने लगी। 'किसको पता चलेगा? इसमें कोई ख़तरा नहीं। मैं आपकी आँखों का काम करूंगी।' उसने ओलिवेट्टी के बेल्ट में लगे फोन की तरफ इशारा करते हुए कहा, 'आपका फोन नंबर क्या है?'

ओलिवेट्टी ने कोई जवाब नहीं दिया।

ड्राइवर यह सब देख रहा था। ऐसा लग रहा था कि उसके कुछ अपने खयाल थे। वह गाड़ी से उतरा और कमांडर को एक तरफ ले जाकर उससे कुछ कहने लगा। वे दोनों करीब दस सेकेंड तक फुसफुसा कर बात करते रहे। आखिरकार ओलिवेट्टी ने अपना सिर हिलाया और वापस लौट आया। 'इस नंबर को प्रोग्राम कर लो।' यह कहते हुए वह नंबर बताने लगा।

विट्टोरिया ने नंबर अपने फोन में डाल लिया।

'अब इस नंबर पर कॉल करो।'

विट्टोरिया ने ऑटो डायल दबाया। ओलिवेट्टी का फोन बजने लगा। उसने फोन उठाया और रिसीवर में बोला, 'इमारत के अंदर जाओ मिस वेट्रा। चारों तरफ नज़र दौड़ाओ, फिर बाहर आ जाओ। बाहर आकर मुझे फोन कर बताओ कि तुमने वहाँ क्या देखा।'

विट्टोरिया ने अपना फोन बंद कर लिया। 'थैंक्यू सर।'

लैंग्डन को अचानक लगा कि उसे वेट्रा को बचाना चाहिए। यह बिल्कुल अनपेक्षित था। 'एक मिनट रुको।' उसने ओलिवेट्टी को कहा। 'आप उसे अकेले अंदर भेज रहे हैं?'

विट्टोरिया ने उसकी तरफ नाराजगी से देखा। 'रॉबर्ट, मुझे कुछ नहीं होगा।'

स्विस गार्ड ड्राइवर फिर ओलिवेट्टी से बात कर रहा था।

'यह खतरनाक है।' लैंग्डन ने विट्टोरिया से कहा।

'ये ठीक कह रहे हैं।' ओलिवेट्टी ने कहा। 'हमारे सबसे बेहतरीन लोग भी अकेले काम नहीं करते। मेरे सहयोगी ने मुझे अभी अभी बताया है कि अगर तुम दोनों एक साथ अंदर जाओ तो तुम लोगों को पहचानना और भी मुश्किल होगा।'

हम दोनों? लैंग्डन थोड़ा सा हिचकिचा रहा था। दर*असल मैं कह रहा था कि...*

'आप दोनों जब एक साथ अंदर जाएंगे तो ऐसा लगेगा कि कोई जोड़ा छुट्टियाँ मनाने आया है। आप दोनों एक दूसरे की सहायता भी कर पाएंगे। मुझे यह ज़्यादा सही लग रहा है।' ओलिवेट्टी ने कहा।

विट्टोरिया ने अपने कंधे उचकाए। 'ठीक है। लेकिन हमें जल्दी जाना होगा।'

लैंग्डन ने दबी दबी आवाज़ में कहा, सही चाल है, काउब्वॉय।

ओलिवेट्टी ने सामने सड़क की तरफ इशारा किया। 'सबसे पहले विया डेगली ओरफानी आएगा। वहाँ से बाएँ मुड़ना। यह सीधे तुम्हें पैंथियन ले जाएगा। दो मिनट का रास्ता, अधिक से अधिक। मैं वहाँ रहकर अपने लोगों को निर्देश दूंगा और तुम्हारे कॉल

का इंतज़ार करूंगा। मैं चाहता हूँ कि तुम दोनों सुरक्षित ढंग से अंदर जाओ।' उसने अपनी पिस्तौल निकाली। 'क्या तुममें से कोई पिस्तौल चलाना जानता है?'

लैंग्डन की छाती जोर जोर से धड़क रही थी। *हमें बंदूक की ज़रूरत नहीं।*

विट्टोरिया ने अपना हाथ आगे बढ़ाया। 'मैं लहरों पर हिलकोरे खाती नाव पर बैठकर चालीस मीटर की दूरी से हवा में उछलते हुए सोंस पर निशाना लगा सकती हूँ।'

'बहुत अच्छा।' ओलिवेट्टी ने उसे बंदूक थमा दी। 'तुम्हें इसे छुपाकर ले जाना होगा।'

विट्टोरिया ने अपने शॉर्ट की ओर देखा। फिर उसने लैंग्डन पर नज़र डाली।

ओह, तुम ऐसा नहीं करोगी। लैंग्डन ने सोचा। लेकिन विट्टोरिया ने तेजी से उसका जैकेट खोलकर उसके सामने वाली जेब में अंदर की तरफ बंदूक रख दी। उसे लगा जैसे किसी ने उसकी जेब में पत्थर रख दिया हो। उसे सिर्फ इस बात का संतोष था कि डायग्रामा उसकी दूसरी जेब में था।

'हमें बिल्कुल खतरनाक नहीं लग रहे।' विट्टोरिया बोली। 'हम जा रहे हैं। उसने लैंग्डन की बांह पकड़ी और रास्ते पर चल पड़ी।

ड्राइवर ने आवाज़ लगायी। 'बांह में बांह डालकर चलना ठीक है। याद रखना कि तुम लोग सैलानी हो। जिनकी अभी शादी हुई है, ऐसा भी लगे तो अच्छा है। हाथ में हाथ डालकर चलने से ऐसा लगेगा।'

जब वे मोड़ पर पहुँचे तो लैंग्डन को लगा कि विट्टोरिया के चेहरे पर हल्की सी हंसी तैर रही थी।

59

स्विस गार्डों का 'स्टेजिंग रूम' कोर्पो डि विजिलांजा बैरक के पास है। इस स्थान का इस्तेमाल मुख्य रूप से पोप के कार्यक्रमों तथा वेटिकन के सार्वजनिक कार्यक्रमों की सुरक्षा व्यवस्था के लिए किया जाता है। लेकिन आज इसका उपयोग किसी दूसरे काम के लिए किया जा रहा था।

वहाँ पर उपस्थित सुरक्षाकर्मियों को कैप्टन इलियास रोचर संबोधित कर रहा था। वह इस स्विसगार्ड में दूसरा सर्वोच्च अधिकारी था। उसकी छाती बिल्कुल सपाट और चेहरा जैसे मिट्टी के लोंदे की तरह मुलायम दिखाई देता था। वह कैप्टनों वाली नीली वरदी पहने हुआ था लेकिन उसमें उसकी अपनी ख़ास अदा भी दिखाई दे रही थी—लाल रंग की सिपाहियों वाली टोपी उसके सर पर तिरछी टंगी हुई थी। उसकी आवाज़ में गजब की खनक थी जो उसके लंबे चौड़े व्यक्तित्व से मेल नहीं खाती थी। वह जब बोलता था तो उसकी आवाज़ में किसी वाद्ययंत्र जैसी स्पष्टता झलकती थी। बोलने में इतनी स्पष्ट ध्वनि

के बावजूद रोचर की आँखें थोड़ी मटमैली दिखती थीं जैसे कि रात में काम करने वाले कुछ स्तनपायी जीवों के होते हैं। उसके लोग रोचर को ओरसो बुलाते थे, भालू, ग्रिजली बेयर। वे कभी कभी मज़ाक में कहते थे कि रोचर एक ऐसा भालू है जो जहरीले वाइपर सांप की छाया में चलता है। कमांडर ओलिवेट्टी वाइपर था। रोचर भी उतना ही जहरीला था जितना कि वाइपर लेकिन आप उसे कम से कम आते हुए देख सकते थे।

रोचर के लोग सावधान की मुद्रा में तैनात थे। किसी भी व्यक्ति की मांसपेशियों में जरा भी हरकत नहीं हो रही थी हालाँकि उन्हें अभी अभी जो ख़बर मिली थी उसके मुताबिक उनका रक्तचाप कुछ हज़ार प्वाइंट ऊपर जरूर बढ़ गया था।

नया नया भर्ती हुआ लेफ्टिनेंट चार्टरैंड पीछे वाले कमरे में था और सोच रहा था कि कितना अच्छा होता अगर वह उन 99 प्रतिशत लोगों में शामिल होता जिनका चयन इस काम के लिए नहीं हो पाया था। बीस साल की उम्र में लेफ्टिनेंट चार्टरैंड इस सुरक्षा दस्ते में शामिल होने वाला सबसे कम उम्र का व्यक्ति था। वह सिर्फ तीन महीने पहले वेटिकन आया था। बाकी लोगों की तरह चार्टरैंड ने भी स्विस आर्मी की ट्रेनिंग ली थी और उसके बाद दो साल तक बर्न में ख़ास ट्रेनिंग भी जिसके बाद उसे रोम के बाहर बैरकों में आयोजित गुप्त तथा अत्यंत कठिन परीक्षा प्रोवा में शामिल होने की इजाज़त मिली थी। लेकिन ट्रेनिंग के दौरान वह इस तरह के संकट के लिए तैयार नहीं किया गया था।

शुरु शुरु में चार्टरैंड को लगा कि ब्रीफिंग किसी अजीब से ट्रेनिंग कार्यक्रम का हिस्सा था। *भविष्य के हथियार? प्राचीन संप्रदाय? कार्डिनलों का अपहरण?* इसके बाद रोचर ने उन्हें उस हथियार का वीडियो दिखाया था। ज़ाहिर था कि यह किसी ट्रेनिंग का हिस्सा नहीं था।

'हम लोग कुछ चुनिंदा जगहों पर बिजली काट देंगे।' रोचर कह रहा था, 'ताकि बाहर से किसी तरह का चुंबकीय प्रभाव नहीं आ पाए। हम चार चार लोगों की टोली में निकलेंगे। देखने के लिए हम इंफ्रारेड चश्मे पहनेंगे। हम जासूसी वाली कार्रवाई परंपरागत बग—स्वीपर्स की सहायता से की जाएगी जिन्हें तीन ओम फ्लक्स फील्ड से कम रेंज के लिए तैयार किया जाएगा। कोई सवाल?'

नहीं।

चार्टरैंड का दिमाग़ भारी हो रहा था। 'अगर हम समय पर इसे नहीं ढूँढ़ नहीं पाए तो?' उसने सवाल पूछा। पूछते ही उसे लगा कि उसे यह सवाल नहीं पूछना चाहिए।

भालू ने अपनी लाल टोपी के अंदर से उसकी ओर देखा। फिर उसने वहाँ इकट्ठा हुए लोगों को एक गंभीर सलामी के साथ विदा किया। 'भगवान आपकी रक्षा करें।'

60

पैंथियन से दो ब्लॉक पहले लैंग्डन और विट्टोरिया टैक्सी की एक कतार को पार करते हुए पैदल चले आ रहे थे। टैक्सियों के ड्राइवर सामने की सीट पर सो रहे थे। इस 'अमर' शहर के अंदर सोने का समय भी अनादि काल से चला आ रहा था। सार्वजनिक स्थानों पर झपकी लेते लोगों को आप यहाँ हर तरफ देख सकते थे। यह प्राचीन स्पेन में खाने के बाद झपकी लेने की परंपरा का ही एक रूप था।

लैंग्डन अपने मन को एकाग्र करने की कोशिश कर रहा था लेकिन परिस्थिति इतनी विचित्र थी उसके बारे में तर्कपूर्ण ढंग से सोच पाना संभव नहीं था। छह घंटे पहले वह कैंब्रिज में गहरी नींद में सोया था। अब वह यूरोप में था जहाँ वह प्राचीन दैत्यों के एक अविश्वसनीय संघर्ष का हिस्सा बना हुआ था। उसकी हैरिस ट्वीड की जेब में सेमी ऑटोमेटिक हथियार रखा था और उसने एक ऐसी औरत का हाथ अपने हाथ में ले रखा था जिससे उसका थोड़ी ही देर पहले परिचय हुआ था।

उसने विट्टोरिया की तरफ देखा। वह आगे देखने में मशगूल थी। उसकी पकड़ में एक मजबूती थी—एक आज़ाद और पक्के इरादे वाली औरत की मजबूती। उसकी उँगलियाँ लैंग्डन की उँगलियों से जिस तरह लिपटी थी उसमें एक तरह की सहज स्वीकृति झलक रही थी। कोई दुविधा नहीं। लैंग्डन को लग रहा था कि उसका आकर्षण बढ़ता जा रहा था। ज़मीन पर रहो, उसने अपने को समझाया।

विट्टोरिया शायद उसकी परेशानी को समझ रही थी। 'रिलैक्स', वह बिना मुड़े बोली। 'हमें नव-विवाहित जोड़े की तरह दिखना है।'

'मैं बिल्कुल आराम से हूँ।'

'आप मेरे हाथों को निचोड़ रहे हैं।'

लैंग्डन शरमा गया। उसने अपनी पकड़ ढीली कर दी।

'अपनी आँखों से साँस लीजिए।'

'मैं समझा नहीं।'

'इससे मांसपेशियों का तनाव दूर होता है। इस प्राणायाम कहते हैं।'

'पिरान्हा?'

'मछली नहीं। प्राणायाम। खैर छोड़िए।'

वे कोने पर जैसे ही पिआज्जा डेला रोटंडा की ओर मुड़े तो सामने पैंथियन नज़र आने लगा। लैंग्डन हमेशा इसका प्रशंसक था, आश्चर्य मिश्रित प्रशंसा। पैंथियन, सभी देवताओं का निवास। मूर्तिपूजकों के देवता। प्रकृति और धरती के देवता। बाहर से देखने पर पैंथियन उसे थोड़ा उसकी स्मृति से बड़ा दिखाई दे रहा था। ऊँचे ऊँचे खंभे और तिकोने

पोर्टिको जैसे पीछे खड़े गुंबद को छिपा रहे थे। फिर भी प्रवेशद्वार पर मोटे मोटे अक्षरों में लिखे शिलालेख को देखकर उसे भरोसा हो रहा था कि वह सही जगह पर पहुँचा है। M AGRIPPA L F COS TERTIUM FECIT. लैंग्डन ने इसका हमेशा की तरह मज़े लेकर अनुवाद किया—मार्कस अग्रिप्पा, तीसरी बार कंसुल, उन्होंने इसका निर्माण किया।

वाह क्या विनम्रता है, उसने सोचा। इसके बाद वह आसपास की जगह को देखने लगा। थोड़े से सैलानी अपने वीडियो कैमरों के साथ इधर उधर घूम रहे थे। कुछ लोग वहाँ बैठकर ला टाज्जा डि ओरो के बाहरी कैफे में बैठकर रोम के सबसे बेहतरीन आइस्ड कॉफी का आनंद ले रहे थे। पैंथियन के प्रवेश द्वार के ठीक बाहर, रोम के चार हथियारबंद सिपाही वैसे ही तैनात थे जैसा कि ओलिवेट्टी ने बताया था।

'काफी शांति लगती है।' विट्टोरिया ने कहा।

लैंग्डन ने सिर हिलाया लेकिन वह अंदर से परेशान अनुभव कर रहा था। जब वह खुद यहाँ खड़ा था तो उसे पूरी परिस्थिति वास्तविकता से परे लग रही थी। हालाँकि विट्टोरिया को अपनी बात पर पूरा यकीन था लेकिन लैंग्डन को लग रहा था कि उसने सभी की जान दांव पर लगा दी है। इल्युमिनाटी कविता उसके मन में उमड़ घुमड़ रही थी। *धरती पर बने सैंटी की कब्र में बने शैतानी छेद से शुरू होकर...* हां, उसने अपने आप को कहा। यही वह जगह है। सैंटी की कब्र। वह यहाँ पर कई बार आ चुका है, पैंथियन की छत में बने गोल छेदे ऑकुलस के नीचे और महान रफेल की कब्र के सामने वह कितनी बार खड़ा हो चुका है।

'क्या वक्त हो रहा है?'

लैंग्डन ने अपनी घड़ी देखी। 'सात बजकर पचास मिनट। खेल शुरु होने में दस मिनट।'

'उम्मीद करनी चाहिए कि ये लोग अच्छे हैं।' विट्टोरिया ने कहा। वह पैंथियन में दाखिल हो रहे सैलानियों की तरफ नज़र डालते हुए बोली। 'अगर गुंबद के अंदर कुछ भी होता है तो हम सभी निशाने पर होंगे।'

लैंग्डन ने गहरी साँस ली। वे अब प्रवेशद्वार की तरफ जा रहे थे। उसकी जेब में पड़ी बंदूक भारी महसूस हो रही थी। वह सोच रहा था कि अगर पुलिस वालों ने उसकी तलाशी ली और उन्हें बंदूक मिली तो क्या होगा। लेकिन पुलिस वालों ने उसपर नज़र भी नहीं डाली। ऐसा लग रहा था कि उनका भेष बदलकर जाना काम कर रहा था।

लैंग्डन ने फुसफुसाकर विट्टोरिया को कहा, 'नशे की गोली वाली बंदूक के अलावा तुमने ज़िंदगी में कोई और हथियार भी चलाया है?'

'आपको मेरे ऊपर भरोसा नहीं?'

'भरोसा? मैं तो मुश्किल से तुम्हें जानता भर हूँ।'

विट्टोरिया थोड़ा नाराज हुई। 'और कहाँ मैं सोच रही थी कि हम लोग नवविवाहित दंपत्ति हैं।'

61

पैंथियन के अंदर हवा ठंडी और नम थी। उस पर इतिहास का वजन हावी था। विशाल छत इस तरह लग रहा था जैसे उसमें कोई वजन ही नहीं हो। 141 फीट चौड़ी छत बिना किसी सहारे के तनी थी। यह चौड़ाई सेंट पीटर्स से भी बड़ी थी। हमेशा की तरह इस विशाल कमरे के अंदर घुसते ही लैंग्डन को अपने अंदर एक सनसनाहट का अनुभव हुआ। यह सचमुच कला और इंजीनियरिंग का एक बेजोड़ संगम था। उनके ऊपर मशहूर गोलाकार छेद शाम की हल्की रोशनी में चमक रहा था। दि ओकुलस, शैतानी गुफा... लैंग्डन सोचने लगा।

वे पहुँच चुके थे।

लैंग्डन की आँख बाहर की ओर ढलान वाली छत की गोलाई से लेकर खंभों पर टिकी दीवारों से होते हुए अपने पैरों के नीचे संगमरमर के फर्श को तोल रही थी। लोगों के पैरों की हल्की हल्की आवाज़ और सैलानियों की धीमी बातचीत गुंबद से टकरा कर गूंज रही थी। लैंग्डन ने वहाँ यूं ही इधर उधर टहल रहे करीब दर्जन भर सैलानियों पर नज़र दौड़ायी। *तुम यहाँ हो?*

'ये जगह तो काफी शांत लगती है' विट्टोरिया ने कहा। उसने अब भी लैंग्डन का हाथ पकड़ रखा था।

लैंग्डन ने सिर हिलाया।

'रफेल की कब्र कहाँ है?'

लैंग्डन ने एक पल के लिए सोचा, वह खुद को संतुलित रखने की कोशिश कर रहा था। उसने कमरे की परिधि पर नज़र दौड़ाई। मजार। वेदी। खंभे। ताखे। उसने गुंबद के पार एक नक्काशीदार जगह की ओर इशारा किया जो थोड़ा सा बाईं तरफ था, 'मुझे लगता है कि रफेल वाली जगह वहाँ है।'

विट्टोरिया ने बाकी कमरे पर नज़र दौड़ायी। 'मुझे तो यहाँ कोई भी हत्यारे जैसा नहीं दिखाई दे रहा जो कार्डिनल की हत्या करने वाला है। क्या हमें आसपास तलाश करनी चाहिए?'

लैंग्डन ने सिर हिलाया। 'यहाँ पर केवल एक ऐसी जगह है जहाँ कोई छिप सकता है। अच्छा होगा अगर हम राइंट्रांड को एक बार देख लें।'

'भीतरी भाग—रिसेस?'

'हाँ। दीवार के साथ बने रिसेसेज।'

उस स्थान पर दीवार के अंदर बने हुए कब्रों के साथ साथ अर्द्धवृत्ताकार कई ताखे भी थे। ये ताखे बहुत बड़े तो नहीं थे लेकिन इतने बड़े ज़रूर थे कि इसके साथ साथ कोई व्यक्ति अंधेरे में छुप सकता था। लैंग्डन को इस बात का दुख था कि इन ताखों में किसी समय ओलंपिया के देवताओं की मूर्तियाँ रखी थीं लेकिन मूर्तिपूजक संप्रदायों की इन कलाकृतियों को उस समय नष्ट कर दिया गया जब वेटिकन ने पैंथियन को ईसाई चर्च में बदल दिया था। जब उसने महसूस किया कि वह विज्ञान की पहली वेदी के सामने खड़ा था तो उसे अंदर से दर्द का झोंका महसूस हुआ। लेकिन इसे बताने वाला पहला संकेत चिह्न अब ग़ायब हो चुका था। वह उस मूर्ति के बारे में कल्पना कर रहा था और सोच रहा था कि वह किस दिशा में संकेत कर रही होगी। लैंग्डन इल्युमिनाटी पहचान चिह्न को खोजने से अधिक आनंददायक किसी दूसरी वस्तु की कल्पना नहीं कर सकता था। एक ऐसी मूर्ति जो चुपचाप पाथ ऑफ इल्यूमिनेशन का रास्ता दिखाती थी। वह फिर से सोचने लगा कि वह गुमनाम इल्युमिनाटी मूर्तिकार कौन था जिसने वो मूर्ति बनायी होगा।

'मैं बाईं तरफ वाले गोलार्द्ध से आऊँगी।' विट्टोरिया बोली। उसने बाईं तरफ इशारा किया। 'आप दाहिनी तरफ जाइए। आपसे 180 डिग्री पर मिलती हूँ।'

लैंग्डन के होंठों पर तनाव भरी मुस्कान फैल गई।

विट्टोरिया जब उससे दूर चली गई तो लैंग्डन के दिमाग़ में परिस्थिति की गंभीरता का असर होने लगा। वह जब दाहिनी तरफ मुड़कर आगे बढ़ा तो उसे लगा कि उसके सर के आसपास हत्यारे की फुसफुसाहट गूंज रही थी। आठ बजे। विज्ञान की वेदी पर इकलौती बलि। मौत का गणितीय क्रम। आठ, नौ, दस, ग्यारह...और फिर दोपहर रात। लैंग्डन ने अपनी घड़ी देखी—सात बजकर बावन मिनट। आठ मिनट।

पहले ताखे की तरफ बढ़ते हुए उसने इटली के एक कैथोलिक राजा की कब्र को पार किया। ताबूत दीवार के साथ ठीक से मेल नहीं खा रही था जैसा कि रोम में कई जगह दिखाई देता है। कुछ सैलानी इस बात से हैरान हो रहे थे। लैंग्डन इस की व्याख्या करने के लिए वहाँ नहीं रुका। औपचारिक रूप से बनाई गई ईसाई कब्रें इमारत की बनावट से कई बार मेल नहीं खाती थीं क्योंकि उन्हें पूर्व की दिशा में लिटाकर रखा जाता था। यह एक प्राचीन अंधविश्वास था जिसके बारे में लैंग्डन ने संकेत—विज्ञान की 212 कक्षा में चर्चा की थी।

जब लैंग्डन ने इसकी व्याख्या प्रस्तुत की थी तो सामने एक छात्रा ने कहा, 'यह तो बिल्कुल मेल नहीं खा रहा। ईसाई क्यों चाहेंगे कि उनकी कब्र उगते सूरज की दिशा में हो? हम ईसाइयत के बारे में बात कर रहे हैं, सूर्य की पूजा के बारे में नहीं।'

लैंग्डन मुस्कुराया। वह ब्लैकबोर्ड के सामने चहलकदमी करते हुए सेब खा रहा था। 'मिस्टर हिजरॉट!' वह चिल्लाया।

पीछे बैठा एक नवयुवक ऊंघ रहा था। उसने हड़बड़ाकर कहा, 'क्या? आप मुझसे पूछ रहे हैं?'

लैंग्डन ने दीवार पर लगे पुनर्जागरण काल के एक पोस्टर की ओर इशारा किया 'भगवान के आगे घुटनों के बल झुका वह व्यक्ति कौन है?'

'...शायद कोई संत?'

'बहुत अच्छा। और तुम्हें कैसे पता चला कि वह संत है?'

'उसके चारों तरफ एक आभामंडल, हैलो बना हुआ है।'

'बहुत अच्छे। तो फिर सुनहले आभामंडल से तुम्हें किस चीज़ की याद आती है?'

हिजरॉट के चेहरे पर मुस्कुराहट फैल गई। 'हाँ। मिस्र की चीजें जिनके बारे में हमने पिछले टर्म में पढ़ाई की थी। वो सूरज की चकरी वाली चीज...'

'शुक्रिया मिस्टर हिजरॉट। आप आप फिर से सो सकते हैं।' लैंग्डन फिर क्लास की ओर मुखातिब हुआ। 'आभामंडल, ईसाइयत के कई दूसरे प्रतीकों की तरह प्राचीन मिस्र के सूर्यपूजकों के धर्म से लिया गया था। ईसाई धर्म में सूर्य पूजा के उदाहरण भरे पड़े हैं।'

'माफ कीजिए।' सामने बैठी लड़की ने सवाल किया। 'मैं रोज चर्च जाती हूँ लेकिन मुझे कहीं भी सूर्य पूजा जैसी चीज़ नहीं दिखाई देती।'

'अच्छा? पच्चीस दिसंबर को किस चीज़ का उत्सव मनाया जाता है?'

'क्रिसमस। ईसा मसीह का जन्मदिन।'

'लेकिन बाइबल के अनुसार ईसा मसीह का जन्म मार्च में हुआ था। तो फिर हम उनका जन्मदिन दिसंबर में क्यों मनाते हैं?'

चुप्पी।

लैंग्डन मुस्कुराया। 'मेरे दोस्तों, पच्चीस दिसंबर मूर्तिपूजकों के संप्रदाय में *सोल इनविक्टस* यानी अजेय सूर्य के लिए मनाया जाने वाला छुट्टी का दिन है जो जाड़े के महीने के बड़े दिन को दर्शाता है। यह साल भर में खुशी का दिन है जब सूरज वापस आता है और दिन बड़े होने लगते हैं।'

लैंग्डन ने सेब का एक टुकड़ा मुँह में लिया।

'दूसरों पर विजय हासिल करने वाले धर्म प्रायः ऐसी छुट्टियों को अपना लेते है ताकि बदलाव से वहाँ के लोगों को ज़्यादा धक्का नहीं लगे। इसे ट्रांसम्युटेशन कहते हैं। इससे लोगों को नए धर्म से तालमेल बिठाने में सहायता मिलती है। पूजा-अर्चना करने वाले लोग उसी दिन पूजा पाठ करते हैं, उन्हीं जगहों पर प्रार्थना के लिए जाते हैं, उसी तरह के प्रतीकों का इस्तेमाल करते हैं, बस उनके देवता बदल जाते हैं।'

अब सामने बैठी लड़की को गुस्सा आ गया। 'आपके कहने का मतलब है कि ईसाई धर्म बस सूर्य पूजा का ही थोड़ा बदला सा स्वरूप है?'

'नहीं। बिल्कुल नहीं। ईसाई धर्म ने सिर्फ सूर्य पूजा से ही चीजें उधार नहीं ली। ईसाई

धर्म में संत बनाने की परंपरा—कैननाइजेशन—प्राचीन युमेरस कर्मकांड से ली गई है। ईश्वर का भोग लगाने की परंपरा—होली कम्यूनियन—एजटेक से ली गई है। यहाँ तक कि यह मान्यता कि ईसा मसीह ने हमारे पापों के लिए मृत्यु का आलिंगन किया, यह भी ईसाई धर्म के अलावा दूसरे धर्मों में पाया जाता है। क्वेजालकोट की प्राचीनतम परंपराओं में दूसरों को पाप मुक्त करने के लिए एक युवक के आत्म—बलिदान की कहानी आती है।'

लड़की की आँखें दहक रही थी, 'तो क्या ईसाई धर्म में कुछ भी मौलिक नहीं?'

'किसी भी संगठित धर्म के अंदर बहुत ही कम चीजें मौलिक होती हैं। धर्म का जन्म कहीं भी बिल्कुल शून्य से नहीं होता। वे एक दूसरे से पैदा होती हैं। आधुनिक धर्म एक तरह का कोलाज होती हैं, दैवी सत्ता को समझने के लिए मनुष्य की कोशिशों का एक जगह पर इकट्ठा किया हुआ ऐतिहासिक दस्तावेज।'

'अच्छा...थोड़ी रुकिए।' हिजरॉट कुछ कहना चाह रहा था। लग रहा था कि वह अब जग चुका है। 'मुझे ईसाई धर्म के अंदर मौजूद एक मौलिक चीज़ के बारे में पता है। ईसाई धर्म में ईश्वर की छवि के बारे में आप का क्या मानना है? ईसाई धर्म कभी अपने ईश्वर की छवि सूर्य देवता के रूप में नहीं बनाता या एजटेक लोगों की या दूसरी अजीब चीजों की नकल नहीं करता। यह हमेशा ईश्वर को सफेद दाढ़ी वाले बूढ़े आदमी की शक्ल में दिखाता है। इसलिए ईश्वर की हमारी छवि मौलिक है। है कि नहीं?'

लैंग्डन मुस्कुराया। 'शुरू शुरू में ईसाई धर्म को अपनाने वाले लोगों ने अपने पुराने देवताओं को छोड़ा—मूर्तिपूजा में यकीन रखने वाले संप्रदायों के देवता, रोम के देवता, यूनानी, सूर्य—उपासना, मिथरेक जो कोई भी, तो उन्होंने चर्च से पूछा कि उनके नए ईसाई धर्म के देवता कैसे दिखाई देते हैं? चर्च ने चतुराई का परिचय देते हुए लिखित इतिहास के सबसे डरावने और ताकतवर और मशहूर चेहरे को चुना।'

हिजरॉट को यकीन नहीं हो रहा था। 'लंबी, सफेद दाढ़ी वाला एक बूढ़ा आदमी?'

लैंग्डन ने दीवार पर बने प्राचीन देवताओं की तस्वीरों की श्रृंखला की तरफ इशारा किया। सबसे ऊपर एक बूढ़े इंसान की तस्वीर थी जिसकी दाढ़ी लंबी और सफेद थी। 'क्या ईसाई धर्म के ईश्वर जियुस ऐसे नहीं दिखते?'

क्लास बिल्कुल समय पर ख़त्म हुआ।

'गुड इवनिंग।' किसी की आवाज़ आयी।

लैंग्डन उछल गया। अब वह पैंथियन में वापस आ चुका था। उसने मुड़कर देखा तो उसे एक बुज़ुर्ग सा आदमी दिखाई दिया जिसने नीले रंग की अंगोछे जैसी पोशाक ओढ़ रखी थी। उसकी छाती पर सलीब झूल रहा था। वह व्यक्ति लैंग्डन की ओर देखकर मुस्कुराया। उसके दाँत भूरे रंग के थे।

'आप अंग्रेज हैं, हैं न?' उस व्यक्ति की आवाज़ से साफ लग रहा था कि वह इटली के टस्कानी इलाके से आता था।

लैंग्डन को समझ में नहीं आया कि वह क्या बोले। 'नहीं, दरअसल मैं अमेरिका से हूँ।'

वह व्यक्ति थोड़ा झेंप गया। 'अच्छा। मुझे माफ कीजिएगा। आपने इतने सलीके से कपड़े पहन रखे थे कि मुझे लगा...माफी चाहूंगा।'

'क्या मैं आपकी कोई सहायता कर सकता हूँ?' लैंग्डन ने पूछा। उसका दिल जोर जोर से धड़क रहा था।

'दरअसल मुझे लगा कि क्या मैं आपकी कोई सहायता कर सकता हूँ। मैं सिसरो का रहने वाला हूँ।' यह बोलकर उस व्यक्ति ने बड़े ही शान से सिसरो शहर के द्वारा उसे दिए गए बैज की ओर इशारा किया। रोम की आपकी यात्रा को आनंददायक बनाना मेरा कर्तव्य है।'

आनंददायक बनाना? लैंग्डन को पूरी तरह लग रहा था कि रोम की यह यात्रा पहले से ही *काफी मजेदार* थी।

'आप को देखने से लगता है कि आप एक विशिष्ट व्यक्ति हैं।' गाइड ने चापलूसी भरे अंदाज में कहा। 'आप दूसरों से कहीं अधिक संस्कृति में रुचि रखते हैं। शायद इस इमारत के इतिहास के बारे में मैं आपको कुछ अद्भुत बातें बता सकता हूँ।'

लैंग्डन विनम्रतापूर्वक मुस्कुराया। 'आपका शुक्रिया। लेकिन मैं खुद कला के इतिहास का जानकार हूँ।'

'वाह। उस व्यक्ति की आँखें चमक उठी। उसे लगा जैसे कोई खजाना मिल गया हो। 'तब तो आपको यहाँ बहुत आनंद आएगा।'

'मुझे लगता है कि मैं...'

'पैंथियन...' उस व्यक्ति ने घोषणा की और अपने रटे रटाए वाक्यों को दोहराने लगा। '... को मार्कस अग्रिप्पा ने ईसा पूर्व 27 में बनवाया था।'

'हाँ।' लैंग्डन ने बीच में उसे रोकते हुए बोला, 'और हैड्रियन ने 119 ई. में इसका पुनर्निर्माण करवाया।'

'सन 1960 तक यह दुनिया का स्वतंत्र रूप से खड़ा रहने वाला सबसे बड़ा गुंबद था। इसके बाद न्यू ओर्लियंस का सुपरडोम बना जो इससे भी बड़ा है।'

लैंग्डन परेशान हो रहा था। यह आदमी चुप होने का नाम ही नहीं ले रहा था।

'और पाँचवी सदी के किसी धर्मशास्त्री ने इस गुंबद को शैतान का घर कहा था। उसने चेतावनी दी थी कि इसकी छत में बना हुआ छेद शैतान के अंदर आने का दरवाज़ा है।'

लैंग्डन ने उससे अपनी नज़रें हटा ली। उसकी नज़र आकाश की ओर गुंबद में बने उस छेद, ऑकुलस, की ओर देख रही थी। उसे विट्टोरिया की बात याद आ रही थी और उसके दिमाग़ में एक छवि कौंध गई...एक कार्डिनल जिसके शरीर पर गर्म सलाखों से निशान बनाया हुआ है ऑकुलस के रास्ते से संगमरमर के फर्श पर गिरता है। *ये तो*

मीडिया के लिए अच्छा मसाला होगा। लैंग्डन पैंथियन के अंदर मीडिया के लोगों की तलाश कर रहा था। वहाँ कोई नहीं दिखा। उसने गहरी साँस ली। यह एक बेमतलब का विचार था। इस तरह के तमाशे को अंजाम देने के लिए जितनी चीजों की ज़रूरत होती उसे सोच पाना मुश्किल था।

लैंग्डन अपने निरीक्षण का काम जारी रखने के लिए आगे बढ़ा लेकिन बड़बड़ाहट किसी पागल प्रेमी की तरह उसका पीछा नहीं छोड़ रही थी। लैंग्डन मन ही मन सोच रहा था, इससे मुझे याद आता है कि उत्साही कला इतिहासज्ञ से अधिक बुरा कुछ नहीं हो सकता।

कमरे के दूसरे छोर पर विट्टोरिया अपनी अलग खोज में डूबी हुई थी। अपने पिता की ख़बर सुनने के बाद वह पहली बार अकेली थी। उसे लग रहा था कि पिछले आठ घंटों की भयानक सच्चाई उसे चारों तरफ से दबोच रही थी। उसके पिता की बर्बर तरीके से अचानक हत्या कर दी गई थी। उनकी बनाई चीज़ को विकृत कर दिया गया था और अब वह आतंकवादियों के हाथ में एक हथियार की तरह इस्तेमाल किया जा रहा था। यह बात भी उसके लिए उतनी ही तकलीफदेह थी। विट्टोरिया अपराधबोध से दबी जा रही थी कि उसकी बनायी एक चीज़ के कारण एंटीमैटर को एक जगह से दूसरे जगह तक ले जाना संभव हो पाया था यानी वह डिब्बा जो वेटिकन के भीतर कहीं विस्फोट के लिए उलटी गिनती में शामिल था। उसके पिता सत्य की सरलता में यकीन करते थे। इसे बचाने के लिए वह इस उथल पुथल के पीछे एक षड्यंत्रकारी की भूमिका में आ गई थी।

यह एक अजीब बात थी कि आज के दिन उसे सिर्फ एक चीज़ सही लग रही थी— उसकी ज़िंदगी में एक अजनबी व्यक्ति की उपस्थिति। रॉबर्ट लैंग्डन। उसकी आँखों में उसे अपने लिए एक अजीब सी पनाह मिलती हुई लगती थी, समंदर की समरस ध्वनि की तरह जिसे वह आज सुबह पीछे छोड़ आयी थी। उसे खुशी थी कि आज वह यहाँ था। लैंग्डन उसके लिए न केवल उम्मीद और शक्ति का स्रोत था बल्कि उसने अपनी तीव्र मेधा के बल पर यह संभव किया था कि उसके पिता के हत्यारे को ढूँढ़ने का एक अवसर अभी सामने उपस्थित था।

विट्टोरिया ने गहरी साँस ली। उसने पैंथियन के चारों तरफ अपनी खोज जारी रखी। बदले की भावना ने जिस तरह की अप्रत्याशित छवियाँ उसके मन के अंदर उकेरी थी उसकी वजह से वह परेशान थी। वह जीवन से प्यार करती थी, भले ही उसका कैसा भी स्वरूप हो लेकिन वह चाहती थी कि उसके पिता के हत्यारे को मौत मिले। सुंदर कर्मों की कोई भी सीख आज उसे थप्पड़ मारने वाले के सामने अपना दूसरा गाल बढ़ाने के लिए तैयार नहीं कर सकती थी। वह अंदर से परेशान थी और उसकी नसों में जैसे बिजली की धारा बह रही थी। उसके अंदर बह रहे इतालवी ख़ून में आज कुछ दूसरी ही चीज़ प्रवाहित हो रही थी जिसका अनुभव उसने पहले कभी नहीं किया था। सिसली के उसके

पूर्वज जैसे फुसफुसाकर उसे कह रहे थे कि उसे अपने परिवार के सम्मान की रक्षा के लिए क्रूर न्याय का सहारा लेना ही होगा। बदला, विट्टोरिया ने सोचा। आज पहली बार उसे इस शब्द का मतलब समझ में आ रहा था।

बदले की भावना उसके अंदर उत्तेजना भर रही थी। वह रफेल संती की कब्र की ओर बढ़ रही थी। इतनी दूरी से भी वह कह सकती थी कि वह किसी विशिष्ट व्यक्ति की कब्र थी। दूसरों से अलग। ताबूत की सुरक्षा के लिए उस पर शीशे का एक ढक्कन डाला गया था। कब्र को दीवार के साथ घुसाकर बनाया गया था। बाहर से वह ताबूत के सामने का हिस्सा देख पा रही थी।

रफेल संती, 1483—1520

विट्टोरिया ने कब्र का अध्ययन किया और फिर रफेल की मजार के साथ रखी तख्ती पर लिखा एक पंक्ति का विवरण पढ़ा।

उसने वह विवरण दुबारा पढ़ा।

और एक बार फिर से।

अगले ही पल वह भयभीत होकर दौड़ती हुई लैंग्डन को पुकार रही थी, 'रॉबर्ट, रॉबर्ट।'

62

पैंथियन के इस तरफ लैंग्डन की गति उस गाइड की वजह से थोड़ी धीमी पड़ रही थी जो उसके पीछे-पीछे चल रहा था। इस वक्त जब लैंग्डन अंतिम ताखे पर नज़र डाल रहा था तब भी उसकी बकबक जारी थी।

'आपको ये ताखे शायद बड़े मज़ेदार लग रहे हैं!' गाइड ने कहा। वह बहुत ख़ुश नज़र आ रहा था। 'क्या आपको पता था कि दीवारों की तिरछी होती जाने वाली मोटाई के कारण ही गुंबद भारहीन दिखाई देता है?'

लैंग्डन ने सिर हिलाया। उसने उसका कहा एक भी शब्द नहीं सुना था। वह दूसरे ताखे के निरीक्षण की तैयारी कर रहा था। तभी किसी ने उसे पीछे से पकड़ लिया। विट्टोरिया। उसकी साँस फूल रही थी और वह उसकी बांह पकड़ कर पीछे खींच रही थी। उसके चेहरे पर फैले डर को देखकर लैंग्डन को लगा कि उसे कोई लाश दिख गई है। उसे अचानक डर लगने लगा।

'अच्छा, आपकी बीबी।' गाइड ने कहा। ज़ाहिर था कि एक और अतिथि को देखकर वह बहुत ही खुश था। उसके शॉर्ट पैंट और पहाड़ों पर चढ़ने वाले जूतों को देखकर उसने कहा, 'अब मैं यकीन के साथ कह सकता हूँ कि आप अमरीकी हैं।'

विट्टोरिया की आँखें सिकुड़ गई। 'मैं इतालवी हूँ।'

गाइड की मुस्कुराहट थोड़ी हल्की पड़ गई। 'अच्छा।'

'रॉबर्ट।' विट्टोरिया ने फुसफुसाते हुए कहा। वह कोशिश कर रही थी कि उसकी पीठ उस गाइड की तरफ हो। 'गैलीलियो के डायग्रामा को मैं देखना चाहती हूँ।'

'डायग्रामा?' गाइड बोला। वह पीछे की तरफ आने लगा। 'कमाल है। तुम दोनों अपने इतिहास को अच्छी तरह से जानते हो। दुर्भाग्यवश यह दस्तावेज अब उपलब्ध नहीं है। इसे वेटिकन अभिलेखागार के भीतर गुप्त जगह पर रखा गया है...'

'माफ कीजिएगा।' लैंग्डन बोला। उसे विट्टोरिया के डर की वजह समझ में नहीं आ रही थी। वह उसे एक तरफ ले गया। उसने अपनी जेब में हाथ डालकर सावधानी से डायग्रामा किताब निकाली। 'हो क्या रहा है?'

'इस पृष्ठ पर कौन सी तारीख लिखी है।' विट्टोरिया ने उससे सवाल किया। वह कागज पर नज़र दौड़ा रही थी।

गाइड एक बार फिर उनके नजदीक पहुँच गया। उसने फोलियो को देखा। उसका मुँह खुला का खुला रह गया। 'दरअसल यह वह...नहीं...'

'सैलानियों के लिए बनायी गई नकल वाली किताब।' लैंग्डन ने तेजी से कहा। 'आपकी सहायता के लिए शुक्रिया लेकिन मैं और मेरी पत्नी अकेले में कुछ बात करना चाहते हैं।'

गाइड पीछे हट गया लेकिन उसकी नज़र उस किताब पर जमी रही।

'तारीख?' विट्टोरिया ने लैंग्डन के सामने अपना सवाल दोहराया। 'गैलीलियो ने इसे कब प्रकाशित किया था?'

विट्टोरिया ने संख्या पढ़ी, 1639।

'हाँ, माजरा क्या है?'

विट्टोरिया की आँखों में आशंकाओं का ज्वार उठ रहा था। 'हमारे सामने बड़ी समस्या है। बड़ी समस्या। ये दोनों तारीखें अलग अलग हैं।'

'कौन सी तारीखें अलग अलग हैं?'

'रफेल की कब्र। उसे यहाँ 1759 में दफनाया गया था, डायग्रामा के प्रकाशित होने के एक सदी बाद।'

लैंग्डन उसे घूर कर देख रहा था। वह उसकी बातों का अर्थ समझने की कोशिश कर रहा था। 'नहीं।' उसने जवाब दिया। 'रफेल की मृत्यु 1520 में हुई थी, डायग्रामा के प्रकाशन के बहुत पहले।'

'हाँ, ये ठीक है लेकिन उसे यहाँ बहुत बाद में दफनाया गया।'

लैंग्डन खोया खोया सा लग रहा था। 'तुम कहना क्या चाहती हो?'

'मैंने अभी अभी पढ़ा है। राफेल की लाश को पैंथियन के अंदर 1758 में लाया गया था। कुछ महान इतालवी व्यक्तियों को श्रद्धांजलि देने के लिए आयोजित ऐतिहासिक कार्यक्रम में ऐसा किया गया।'

उसकी बात का अर्थ जब लैंग्डन को समझ में आया तो उसे लगा कि उसके पांवों के नीचे की ज़मीन खिसक गई थी।

‘जब वह कविता लिखी गई थी उस समय रफेल की कब्र कहीं दूसरी जगह थी। उस समय पैंथियन का रफेल से कोई लेना देना नहीं था।’ विट्टोरिया बोली।

लैंग्डन की साँस अटक गई थी। ‘फिर तो इसका मतलब हुआ कि...’

‘बिलकुल। इसका मतलब है कि हम गलत जगह पर आए हैं।’

लैंग्डन जैसे अपने ही जगह पर झूलने लगा था। *असंभव...मुझे पक्का यकीन था...*

विट्टोरिया दौड़कर गाइड के पास गई। उसने उसे पकड़ कर अपनी तरफ खींचते हुए सवाल किया, ‘माफ कीजिएगा, सन 1600 के करीब रफेल की लाश को कहाँ दफनाया गया था?’

‘अर...अरबिनो।’ वह हकलाते हुए बोला। वह हक्का बक्का लग रहा था। ‘उसका जन्म स्थान।’

‘असंभव।’ लैंग्डन ने खुद से खीझते हुए कहा। ‘इल्युमिनाटी के विज्ञान की वेदी यहीं रोम में थी। मैं पूरे यकीन के साथ जानता हूँ।’

‘इल्युमिनाटी?’ गाइड की साँस जैसे फूल रही थी। वह लैंग्डन के हाथ में पकड़े दस्तावेज की तरफ देख रहा था। ‘आप लोग हैं कौन भला?’

अब विट्टोरिया ने कमान अपने हाथ में ले ली। ‘हम लोग सैंटी की कब्र की तलाश कर रहे हैं जो रोम में है। क्या आप हमें ये बताने में सहायता कर सकते हैं कि ये कहाँ है?’

गाइड थोड़ा परेशान लग रहा था। ‘रफेल की रोम में एकमात्र कब्र यहीं पर है।’

लैंग्डन सोचने की कोशिश कर रहा था लेकिन उसका दिमाग़ काम नहीं कर रहा था। अगर सन 1655 में रफेल की कब्र रोम में नहीं थी तो फिर कविता में किसके बारे में कहा जा रहा था? *धरती पर बने सैंटी की कब्र में बने शैतानी छेद से शुरू होकर? आखिर क्या है ये गुत्थी। सोचो।*

‘क्या सैंटी नाम का कोई दूसरा कलाकार भी था?’ विट्टोरिया ने पूछा।

गाइड ने अपना कंधा उचकाया, ‘नहीं, मेरी जानकारी में तो नहीं।’

‘कोई भी मशहूर व्यक्ति चाहे वह वैज्ञानिक हो, या कवि, या खगोलशास्त्री जिसका नाम सैंटी था?’

ऐसा लग रहा था कि गाइड अब वहाँ से जाना चाहता था। ‘नहीं मैडम। मैं सिर्फ एक सैंटी का नाम जानता हूँ, रफेल दि आर्किटेक्ट।’

‘आर्किटेक्ट?’ विट्टोरिया ने पूछा। ‘मैं समझती थी कि वह चित्रकार थे।’

‘बेशक, वे चित्रकार और आर्किटेक्ट दोनों थे। वे सभी दोनों थे जैसे कि माइकल एंजेलो, दा विंची और रफेल।’

लैंग्डन को समझ में नहीं आ रहा था कि ये उस गाइड की बातों का असर था या कि

वहाँ बने नक्काशीपूर्ण मकबरों का कि उसके दिमाग़ में ये बात कौंध गई। लेकिन इससे कोई फर्क नहीं पड़ता है। यह खयाल उसके दिमाग़ में आया। सैंटी आर्किटेक्ट थे। यहाँ से आगे की बात आसानी से एक के बाद एक खांचे में बैठती गई। पुनर्जागरण काल के आर्किटेक्ट सिर्फ दो वजह से जीते थे—बड़े-बड़े गिरजाघर बना कर ईश्वर का महिमामंडन करने के लिए और बड़े बड़े लोगों के लिए मकबरे बना कर। सैंटी का मकबरा। क्या यह संभव है? उसके दिमाग़ में तरह तरह की छवियाँ तेजी से आ जा रही थी।

दा विंची। मोना लीसा।

मोने की वाटर लिलिज।

सैंटी का धरती पर बना मकबरा ... सैंटीज अर्थली टूंब।

'सैंटी ने मकबरे का डिजाइन बनाया था?' लैंग्डन ने पूछा।.

विट्टोरिया मुड़ी, 'क्या?'

'इस संदर्भ का इशारा रफेल की कब्र से नहीं बल्कि उस मकबरे से है जिसका नक्शा उसने तैयार किया था।'

'आप क्या बात कर रहे हैं?'

मैंने उस सुराग का अर्थ गलत समझा था। उस में रफेल के कब्र की ओर इशारा नहीं किया गया है बल्कि किसी दूसरे व्यक्ति की कब्र की बात कही गई है जिसका डिजाइन रफेल ने बनाया था। मुझे विश्वास नहीं हो रहा कि मुझसे ऐसी गलती कैसे हुई। पुनर्जागरण काल और बरोक रोम में आधे से भी अधिक मूर्तियाँ मजार और कब्र से संबंधित हैं।' लैंग्डन यह रहस्योद्घाटन करते हुए मुस्कुराया। 'रफेल ने ऐसे सैकड़ों मजारों का खाका तैयार किया होगा।'

विट्टोरिया यह सुनकर खुश नहीं हुई, 'सैकड़ों?'

लैंग्डन की मुस्कान ग़ायब हो चुकी थी, 'उफ।'

'उनमें से किसी को धरती पर बना, *अर्थली* कह सकते हैं, प्रोफेसर?'

लैंग्डन को अचानक अपने अंदर कमी का अहसास हो रहा था। उसे रफेल के काम के बारे में बहुत कम जानकारी थी। इसकी वजह से वह थोड़ा शर्मिंदा महसूस कर रहा था। माइकेल एंजेलो की बात होती तो वह कुछ सहायता कर सकता था लेकिन रफेल के काम ने उसे कभी आकर्षित नहीं किया था। लैंग्डन रफेल के एक दो काम का नाम गिना सकता था जो कुछ ज़्यादा मशहूर थे लेकिन वह ठीक से ये नहीं बता सकता था कि वे कैसे दिखते हैं।

लैंग्डन की हिचकिचाहट को भांप कर विट्टोरिया गाइड की तरफ मुड़ी जो अब धीरे धीरे उनसे दूर खिसक रहा था। उसने उसकी बांह पकड़ कर अपनी ओर खींच लिया। 'मुझे एक मजार के बारे में जानकारी चाहिए जिसे रफेल ने डिजाइन किया था। ऐसी कब्र जिसे धरती से संबंधित यानी *अर्थली* कह सकते हैं।'

गाइड अब परेशान दिखाई दे रहा था, 'रफेल की बनाई मजार? मुझे इसके बारे में कोई जानकारी नहीं है। उसने ढेरो कब्रों की डिजाइन तैयार की है। शायद आप रफेल के बनाए गिरजाघर की बात कर रही हैं, मजार की नहीं। आर्किटेक्ट प्रायः मजार के साथ ही गिरजाघर भी बनाया करते थे।'

लैंग्डन को समझ में आ गया कि गाइड सही कह रहा था।

'क्या रफेल के बनाए किसी चर्च या मजार को *अर्थली* माना जाता है?'

उस व्यक्ति ने अपने कंधे उचका कर अनभिज्ञता ज़ाहिर की, 'माफ कीजिए मैं आपकी बात समझ नहीं पा रहा हूँ। *अर्थली* कहने से कुछ समझ में नहीं आता। आपको इसका कोई मतलब समझ में आता है क्या?'

विट्टोरिया ने उसका हाथ पकड़े रखा और फोलियो की सबसे ऊपरी पंक्ति पढ़ने लगी, '*धरती पर बने सैंटी की कब्र में बने शैतानी छेद से शुरू होकर*...इसका कोई अर्थ आप निकाल सकते हैं?'

'नहीं। कुछ भी नहीं।'

लैंग्डन ने अचानक ऊपर की तरफ देखा। थोड़ी देर के लिए वह इस पंक्ति के दूसरे हिस्से को भूल गया था—*शैतानी छेद ?* 'हाँ, शैतानी छेद। यही चीज़ है। क्या रफेल के बनाए किसी गिरजाघर में ऑकुलस जैसी चीज़ यानी छत में बना बड़ा सा छेद है?'

गाइड ने अपना सिर हिलाया। 'मेरी नज़र में तो पैंथियन सबसे अलग है।' वह थोड़ा सा रुका, 'लेकिन...'

'लेकिन क्या?' विट्टोरिया और लैंग्डन एक साथ बोल पड़े।

अब गाइड ने अपना सर टेढ़ा किया और थोड़ा सा उनके नजदीक आ गया। 'शैतानी छेद?' वह अपने आप में बुदबुदा रहा था और दाँत खोद रहा था। 'शैतानी छेद...यानी...ब्यूको डियावोलो?'

विट्टोरिया ने सिर हिलाया, 'बिल्कुल यही।'

गाइड हल्के से मुस्कुराया। 'एक ऐसा शब्द है जिसे मैंने काफी दिनों से नहीं सुना है। अगर मुझसे गलती नहीं हो रही हो तो ब्यूको डियावोलो का अर्थ होता है तहखाना।'

'तहखाना?' लैंग्डन ने पूछा।

'हाँ। लेकिन एक ख़ास तरह का तहखाना। मुझे लगता है कि शैतानी छेद का मतलब कब्र के अंदर एक ऐसे बहुत बड़ी गुफा जैसी चीज़ है जो चर्च में पायी जाती है ... किसी दूसरी कब्र के नीचे।'

'यानी मृत व्यक्ति की हड्डियों को संग्रहीत करने के लिए बनाया गया कोई दूसरा तहखाना?' लैंग्डन ने जानने के लिए पूछा। उसे तुरंत समझ में आ गया था कि गाइड क्या कहने की कोशिश कर रहा था।

गाइड काफी प्रभावित लग रहा था। 'हाँ, मैं भी इसी शब्द की तलाश कर रहा था।'

लैंग्डन ने इस पर विचार किया। अस्थियों को रखने के लिए बनाए जाने वाले ये तहखाने पादरियों के सामने उपस्थित एक दुविधा का आसान समाधान था। जब चर्च अपने विशिष्ट व्यक्तियों का सम्मान करने के लिए उन्हें इन जगहों के अंदर दफनाने का इंतजाम करता था तो प्रायः परिवार वाले मांग करते कि परिवार के दूसरे सदस्यों को भी एक साथ दफनाया जाए। लेकिन अगर चर्च के पास इतनी जगह या इतना पैसा नहीं होता कि वे पूरे परिवार के लिए मज़ार बनवाएँ तो वे कभी कभी इस तरह के तहखाने बनवाते थे जिन्हें *ओसुअरी एनेक्स* कहा जाता था। यह कब्र के पास ज़मीन में एक छेद जैसा होता था जहाँ परिवार के कम विशिष्ट व्यक्तियों को दफनाया जाता था। इसके बाद उस छेद को पुनर्जागरण काल के मैनहोल कवर जैसी चीज़ से ढंक दिया जाता था। हालाँकि यह काफी सुविधाजनक था लेकिन *ओसुअरी एनेक्सों* का प्रयोग धीरे धीरे कम होता गया क्योंकि इसमें से आने वाली बदबू प्रायः गिरजाघर के अंदर तक चली जाती थी। *शैतानी* छेद। लैंग्डन ने सोचा। उसने कभी इस शब्द के बारे में नहीं सुना था। इस संदर्भ में यह अजीब सा शब्द बिल्कुल सटीक था।

लैंग्डन का दिल अब तेजी से धड़क रहा था। *धरती पर बने सैंटी की कब्र में बने शैतानी छेद से शुरू होकर।* ऐसा लग रहा था कि बस एक सवाल पूछना बचा था। 'क्या रफेल ने कोई ऐसा मकबरा डिजाइन किया था जिसमें ऐसा कोई शैतानी छेद—डीमंस होल—पाया जाता है?'

गाइड ने अपना सिर खुजाते हुए कहा, 'माफ कीजिएगा, दरअसल, मैं सिर्फ एक ऐसी जगह के बारे में जानता हूँ।'

सिर्फ एक? लैंग्डन को इससे बेहतर जवाब की उम्मीद नहीं थी।

'कहाँ?' विट्टोरिया ने करीब करीब चिल्लाते हुए पूछा।

गाइड उनकी ओर अजीब नज़रों से देख रहा था। 'इसे चिगी गिरजाघर कहते हैं। अगोस्तिनो चिगी और उसके भाई की मज़ार जो कला और विज्ञान के धनाढ्य सरपरस्त थे।'

'विज्ञान?' लैंग्डन ने कहा। विट्टोरिया और लैंग्डन एक दूसरे को देख रहे थे।

'कहाँ?' विट्टोरिया ने फिर से पूछा।

गाइड ने उसके सवाल पर कोई ध्यान नहीं दिया। वह उनकी सेवा करने के लिए ज़्यादा तत्पर था। 'ये मजार धरती से जुड़ा—*अर्थी*—है कि नहीं ये मैं नहीं जानता लेकिन इतना जरूर है कि यह...कुछ अलग है।'

'अलग?' कैसे?' लैंग्डन ने पूछा।

'उस स्थान की स्थापत्य संरचना से उसका मेल नहीं खाता। रफेल तो केवल आर्किटेक्ट थे। अंदर की सजावट किसी दूसरे मूर्तिकार ने की थी। मुझे उसका नाम याद नहीं।'

लैंग्डन अब पूरे ध्यान से उसकी बात सुन रहा था। शायद कोई गुमनाम इल्युमिनाटी कलाकार होगा।

'जिस किसी ने अंदर की साज—सज्जा की उसका सौंदर्य—बोध अच्छा नहीं था।' गाइड ने कहा। 'भगवान ही जाने कि वो कौन सा व्यक्ति होगा जो पिरामिड के नीचे दफ़न होना पसंद करेगा।'

लैंग्डन को अपने सुने पर यकीन नहीं हो रहा था, 'पिरामिड? गिरजाघर में पिरामिड है?'

'हाँ। कितना वीभत्स। है कि नहीं?' गाइड ने नाराजगी व्यक्त करते हुए कहा।

विट्टोरिया ने गाइड का हाथ जोर से पकड़ लिया। 'सर, ये चिगी गिरजाघर कहाँ है?'

'यहाँ से एक मील उत्तर। सांता मारिया डेल पोपोलो का चर्च।'

विट्टोरिया की जान में जान आयी। 'शुक्रिया। अब हम...'

'रुकिए। मेरे मन में एक बात आयी है। मैं भी कितना बड़ा बेवकूफ हूँ।' गाइड ने कहा।

विट्टोरिया रुक गई। 'अब ये नहीं कहिएगा कि आपसे गलती हुई है।'

उसने अपना सिर हिलाया। 'नहीं। लेकिन मेरे दिमाग़ में ये बात पहले आनी चाहिए थी। चिगी गिरजाघर को पहले इस नाम से नहीं जाना जाता था। इसे *केपेला डेला टेरा* कहते थे।'

'ज़मीन का चर्च?' लैंग्डन ने पूछा।

'नहीं।' विट्टोरिया ने दरवाज़े की तरफ बढ़ते हुए कहा। 'धरती का चर्च।'

पिआज्ज़ा डेला रोटंडा की ओर बढ़ते हुए विट्टोरिया ने अपना मोबाइल फोन बाहर निकाल लिया। 'कमांडर ओलिवेट्टी, हम लोग गलत जगह पर आए हैं।'

ओलिवेट्टी हक्का बक्का रह गया। 'गलत जगह? तुम कहना क्या चाहती हो?'

'विज्ञान की पहली वेदी चिगी गिरजाघर में है।'

'कहाँ?' ओलिवेट्टी को अब गुस्सा आ रहा था। 'लेकिन मिस्टर लैंग्डन ने तो कहा था...'

'सांता मारिया डेल पोपोलो। एक मील उत्तर की दिशा में। अपने लोगों को वहाँ भेजिए। हमारे पास चार मिनट का समय है।'

'लेकिन मेरे लोग तो यहाँ पर मोर्चा संभाल कर बैठे हैं। शायद यह मेरे लिए संभव...'

'चलिए।' विट्टोरिया ने यह कह कर फोन रख दिया।

उसके पीछे लैंग्डन पैंथियन से बाहर आया। वह पूरी तरह परेशान दिखाई दे रहा था।

वह लैंग्डन का हाथ पकड़ कर टैक्सियों की कतार की ओर ले जाने लगी जो मोड़ पर खड़ी थी। लगता था कि इन टैक्सियों में कोई ड्राइवर नहीं था। उसने एक टैक्सी के हुड

को ठकठकाया। अंदर सोया ड्राइवर हड़बड़ा कर उठा। विट्टोरिया ने झटके से दरवाज़ा खोला और लैंग्डन को अंदर धकेल दिया। उसके पीछे वह खुद भी गाड़ी में बैठ गई।

'सांता मारिया डेल पोपोलो।' उसने हुक्म दिया। 'ठीक है।'

आधी बेहोशी और आधे घबराहट में ड्राइवर ने गाड़ी का एक्सेलेरेटर दबाया। गाड़ी तेजी से सड़क पर दौड़ पड़ी।

63

गुंथर ग्लिक ने अब चिनिता मैक्री से कंप्यूटर का कंट्रोल अपने हाथ में ले लिया था। चिनिता अब बीबीसी के छोटे से वैन के पिछले हिस्से में उकड़ू होकर खड़ी थी और ग्लिक के पीछे से झांक रही थी।

'मैंने तुमसे कहा था।' ग्लिक ने कुछ टाइप करते हुए कहा। 'इन लोगों के बारे में ख़बरें सिर्फ *ब्रिटिश टैट्लर* ही नहीं छापता।'

मैक्री नजदीक आकर देखने लगी। ग्लिक सही कह रहा था। बीबीसी के डेटाबेस में दिखाई दे रहा था कि पिछले दस साल के अंदर इल्युमिनाटी ब्रदरहुड से संबंधित छह ख़बरें बीबीसी ने अपने विशिष्ट नेटवर्क पर प्रसारित की थी। *ठीक है मुझ पर कालिख पोत दो*, वह सोच रही थी। 'किन पत्रकारों ने ये ख़बरें चलाई थी?' मैक्री ने पूछा। 'श्लॉक जॉक्स?'

'बीबीसी श्लॉक जॉक्स जैसों की भर्ती नहीं करता।'

'लेकिन उन्होंने तुम्हें तो भर्ती किया?'

ग्लिक ने नाराजगी ज़ाहिर की। 'पता नहीं तुम्हें हर चीज़ पर इतना शक क्यों होता है। इल्युमिनाटी के बारे में इतिहास में जगह जगह पर चर्चा मिलती है।'

'सो तो डायनों, भूत प्रेतों, यूएफओ और लोच नेस मॉन्स्टर के बारे में भी...'

ग्लिक ख़बरों की सूची पढ़ रहा था। 'तुमने कभी विंस्टन चर्चिल का नाम सुना है?'

'दिमाग़ में घंटी तो बजती है।'

'बीबीसी ने चर्चिल के जीवन के बारे में इतिहास से संबंधित ख़बर छापी थी। वैसे वह कट्टर कैथोलिक था। क्या तुम्हें पता है कि 1920 में चर्चिल ने एक वक्तव्य जारी किया था जिसमें इल्युमिनाटी की भर्त्सना की गई थी और उन्होंने ब्रिटेन के लोगों को नैतिकता के खिलाफ दुनिया भर में चल रहे षड्यंत्र से आगाह किया था।'

मैक्री को पूरी तरह विश्वास नहीं हो रहा था, 'इसे कहाँ प्रकाशित किया गया था? ब्रिटिश टैट्लर में?'

मैक्री मुस्कुराया। 'लंदन हेरल्ड। 8 फरवरी 1920।'

'यह मुमकिन नहीं।'

'फिर अपनी आँखें खोलकर देखो।'

मैक्री ने उस क्लिप को नजदीक से देखा। लंदन हेरल्ड। 8 फरवरी 1920। मुझे बिल्कुल पता नहीं था। 'वैसे चर्चिल थोड़ा पागल था।'

'वह अकेले नहीं था।' ग्लिक ने आगे पढ़ते हुए कहा। 'ऐसा लगता है कि वुडरो विल्सन ने 1921 में रेडियो पर तीन बार चेतावनी दी थी कि अमेरिका की बैंकिंग व्यवस्था पर इल्युमिनाटी का नियंत्रण बढ़ता जा रहा था। क्या तुम रेडियो पर उनके भाषण का उद्धरण देखना चाहोगी?'

'नहीं। इसकी ज़रूरत नहीं है।'

ग्लिक ने फिर भी उसे एक उद्धरण दिखाया। 'उन्होंने कहा...एक ऐसी शक्ति है जो इतनी संगठित है, इतनी पूर्ण है, इतनी व्यापक है कि खुल कर उसकी आलोचना करने की हिम्मत किसी को नहीं।'

'मैंने इसके बारे में कभी कुछ नहीं सुना है।'

'शायद इसलिए कि 1921 में तुम नन्हें बच्चे होगे।'

'वाह। क्या मजेदार बात कही है तुमने।' मैक्री ने मज़ाक का मज़ा लेते हुए कहा। वह जानती थी कि अब उसकी उम्र हो रही थी। तैंतालीस की उम्र में उसके घने काले बालों में अब सफेदी झांकने लगी थी। बालों को रंगना उसकी शान के खिलाफ था। उसकी माँ दक्षिणी इलाके थी। वह बैप्टिस्ट संप्रदाय को मानती थी। उसने उसे संतोष और आत्म—सम्मान की घुट्टी पिलाई थी। 'इस बात को कभी मत छुपाना कि तुम काले नस्ल की औरत हो। जिस दिन तुमने ऐसा किया, समझो उसी दिन तुम मर गई। शान से जियो, खूब मुस्कुराओ और लोगों को परेशान रहने दो कि तुम्हारी हंसी का राज क्या है।'

'सेसिल रोड्स के बारे में तुमने सुना है?' ग्लिक ने पूछा।

'ब्रिटेन का धनी व्यक्ति?' मैक्री ने ऊपर की तरफ नज़रें करते हुए कहा।

'हाँ। जिसने रोड्स स्कॉलरशिप की स्थापना की है।'

'अच्छा। मुझे नहीं पता था।'

'इल्युमिनाटी ।'

'बीएस।'

'बीबीसी, दरअसल। 16 नवंबर 1984।'

'हमने लिखा था कि सेसिल रोड्स भी इल्युमिनाटी थे?'

'हाँ। बिल्कुल। हमारे नेटवर्क के अनुसार, रोड्स स्कॉलरशिप की स्थापना कई सौ साल पहले दुनिया के सबसे प्रतिभावान लोगों को इल्युमिनाटी संप्रदाय में शामिल करने के लिए की गई थी।'

'ये बकवास है। मेरे चाचा रोड्स स्कॉलर थे।'

ग्लिक ने आँख मारते हुए कहा, 'वैसे बिल क्लिंटन भी थे।'

मैक्री अब पागल होती जा रही थी। उसे ढीले ढाले और सनसनी फैलानी वाली रिपोर्टिंग कभी अच्छी नहीं लगती थी। फिर भी उसे पता था कि बीबीसी पर शोध और विश्वसनीयता की परीक्षा के बाद ही किसी भी ख़बर को प्रसारित किया जाता था।

'शायद ये ख़बर तुम्हें याद हो।' ग्लिक ने कहा। 'बीबीसी, 5 मार्च 1998। संसदीय समिति के अध्यक्ष क्रिस मुलिन ने ब्रिटेन की संसद के उन सभी सदस्यों को अपनी वफ़ादारी की कसम खाने को कहा था जो मेसन थे।'

मैक्री को यह याद था। इस आदेश के अंदर बाद में पुलिस और न्यायाधीशों को भी शामिल किया गया था। 'इसकी फिर से ज़रूरत क्यों पड़ी थी।'

ग्लिक ने पढ़ा, 'इस बात की आशंका थी कि मेसनों के अंदर गुप्त समूह राजनीतिक और वित्तीय व्यवस्था पर काफी प्रभाव रखते थे।'

'ये सही है।'

'इससे काफी सनसनी फैली थी। संसद के अंदर मेसन इससे बहुत नाराज हुए थे। उन्हें इसका हक था। अधिकांश लोग मेसनों के साथ इसलिए शामिल हुए थे क्योंकि वे अपना संपर्क क्षेत्र बढ़ाना चाहते थे या लोक कल्याण के कामों में शामिल होना चाहते थे। वे बिल्कुल निर्दोष लोग थे। उन्हें इस संप्रदाय के ऐतिहासिक संपर्कों के बारे में कुछ भी पता नहीं था।'

'कथित संपर्कों।'

'हाँ, जो भी हो।' ग्लिक ने लेख पर सरसरी नज़र डाली। 'इसे देखो। इसमें इल्युमिनाटी के गैलीलियो, फ्रांस के गुरेंटेस, स्पेन के एलमब्राडो से जुड़े होने की बात कही गई है। यहाँ तक कि कार्ल मार्क्स और रूसी क्रांति से भी।'

'इतिहास को अपने आप को फिर से लिखने का तरीका मालूम होता है।'

'ठीक है। तुम हाल फिलहाल की कुछ चीजें देखना चाहती हो? इस पर नज़र डालो। वॉल स्ट्रीट जर्नल के हाल के अंक में इल्युमिनाटी की चर्चा की गई है।'

यह सुनकर मैक्री के कान खड़े हो गए, 'दि जर्नल?'

'अनुमान लगाओ कि आज की तारीख में अमेरिका में सबसे लोकप्रिय कंप्यूटर गेम कौन सा है?'

'पिन द टेल ऑन पामेला एंडरसन।'

'काफी करीब। इसे इल्युमिनाटी—न्यू वर्ल्ड ऑर्डर कहते हैं।'

मैक्री ने उसके कंधे के ऊपर से उचक कर लेख को देखा। 'स्टीव जैक्सन गेम में एक बहुत ही लोकप्रिय हुआ...एक अर्द्ध—ऐतिहासिक साहसिक कथा जिसमें बावरिया के एक प्राचीन शैतानी ब्रदरहुड के बारे में बताया गया है जो दुनिया पर कब्जा करना चाहता है। तुम इसे ऑनलाइन ढूँढ़ सकती हो...' मैक्री ने ऊपर देखा। उसकी तबीयत खराब लग रही था। 'इन इल्युमिनाटी को ईसाई धर्म से क्या शिकायत है?'

'सिर्फ ईसाई धर्म से ही नहीं।' ग्लिक ने कहा। 'सभी धर्मों से।' ग्लिक ने अपनी गर्दन टेढ़ी की ओर मुस्कुराया। 'हालाँकि अभी जो फोन आया था उससे लगता था कि उनके दिल में वेटिकन के लिए एक ख़ास जगह है।'

'ओफ, छोड़ो भी। तुम्हें नहीं लगता कि जिस व्यक्ति ने फोन किया था वह दरअसल वो नहीं है जिसका वह दावा कर रहा था?'

'इल्युमिनाटी का संदेशवाहक। कार्डिनलों की हत्या के लिए तैयार।' ग्लिक मुस्कुराया। 'मुझे बेशक उम्मीद है।'

64

लैंग्डन और विट्टोरिया की टैक्सी ने विया डेला स्क्रोफा तक की एक मील की दौड़ एक मिनट से थोड़े से अधिक वक्त में पूरी कर ली। आठ बजने के ठीक पहले वे पिआज्जा डेल पोपोलो के दक्षिणी भाग में पहुँच गए। उनके पास इतालवी लीरा नहीं था इसलिए उन्होंने ड्राइवर को डॉलर में पैसा चुकाया जो किराए की राशि से काफी अधिक था। लैंग्डन और विट्टोरिया कूद कर गाड़ी से बाहर आए। पिआज्जा में शांति थी बस थोड़े से स्थानीय लोग वहाँ के लोकप्रिय रोसाटी कैफे में बैठकर हंस रहे थे। यह जगह इटली के साहित्य प्रेमियों के बीच काफी पसंद की जाती थी। हवा में कॉफी और पेस्ट्री की खुशबू तैर रही थी।

पैंथियन के बारे में अपनी गलती का सदमा अब भी लैंग्डन के दिमाग़ से नहीं उतरा था। इस चौराहे पर उड़ती नज़र डालते ही उसकी छठी इंद्रिय में सनसनी चालू हो गई थी। इस चौराहे पर इल्युमिनाटी से संबंधित अनेक सूक्ष्म संकेत बिखरे पड़े थे। यह स्थान एक दम दीर्घवृत्ताकार, अंडाकार रूप में बना था। इसके ठीक बीचो बीच एक बहुत बड़ा मिस्री शैली का पत्थर का चौकोर ऊँचा खंभा बना था जिसका सबसे ऊपरी सिरा पिरामिड की तरह लग रहा था। औपनिवेशिक काल में रोम की लूट के प्रतीक के रूप में ये चौकोर मीनारें पूरे रोम में बिखरी पड़ी थी। प्रतीक विज्ञान के जानने वाले लोग इसे 'ऊँचे पिरामिड' के नाम से जानते थे। यानी कि पवित्र पिरामिड का आकाश में घुसता हुआ स्वरूप।

लैंग्डन की आँखें पत्थर की इस आकृति को नीचे से ऊपर की तरफ देख रही थी तभी उसकी पृष्ठभूमि में किसी चीज़ ने उसका ध्यान अपनी ओर खींचा। वह इससे भी अधिक विलक्षण चीज़ थी।

'हम बिल्कुल सही जगह पर पहुँचे हैं।' उसने शांत भाव से कहा। वह अचानक काफी थका हुआ महसूस कर रहा था। 'उसे देखो' लैंग्डन ने पिआज्जा के दूर वाले छोर पर बने पत्थर के ऊँचे विशालकाय मेहराब पोर्टा डेल पोपोलो की ओर इशारा किया। यह अर्ध—

गोलाकार आकृति सदियों से पिआज्जा के सामने खड़ी थी। इस मेहराब के ठीक बीचो बीच सबसे ऊँचे स्थान पर एक प्रतीकात्मक लिखावट थी। 'जानी पहचानी लगती है?'

विट्टोरिया ने उस विशाल लिखावट पर नज़र डाली। 'पत्थरों के त्रिभुजाकार ढेर पर बना एक चमकदार सितारा?'

लैंग्डन ने अपना सिर हिलाया। 'पिरामिड के ऊपर रोशनी—इल्युमिनेशन—का एक स्रोत।'

विट्टोरिया की आँखें अचानक फैल गई। 'जैसे कि अमेरिका की महान मुहर।'

'बिलकुल। एक डॉलर पर छपा मेसनों वाला संकेत चित्र।'

विट्टोरिया ने गहरी साँस ली और पिआज्जा पर नज़र दौड़ाने लगी। 'लेकिन आखिर वो चर्च है कहाँ?'

सांता मेरिया डेल पोपोलो का चर्च गलत जगह पर रखे हुए जंगी जहाज़ की तरह लग रहा था। पिआज्जा के दक्षिण-पूर्वी कोने पर पहाड़ी की तलहटी में टेढ़ा सा। ग्यारहवीं सदी में बनी पत्थर की चोंच और भी बेढंगी लग रही थी क्योंकि सामने बने मचान का टावर इसके सामने के हिस्से को ढंके हुए था।

वे तेजी से उस इमारत की तरफ बढ़ रहे थे। लैंग्डन के दिमाग़ में चल रहे विचार गड्डमड्ड हो रहे थे। उसने आश्चर्य के साथ चर्च की तरफ देखा। क्या इसके अंदर सचमुच अभी एक हत्या होने वाली है? वह सोच रहा था कि ओलिवेट्टी जल्द से जल्द यहाँ पहुँच जाए। उसे अपनी जेब में रखी बंदूक अजीब सी लग रही थी।

चर्च के सामने बनी सीढ़ियाँ टेढ़ी, पंखे की शक्ल में बनी थी जो लोगों का स्वागत करती लग रही थी। अभी यह अजीब सा लग रहा था क्योंकि वे सभी मचान की वजह से ढकी थी। मकान बनाने वाले औजार भी वहाँ रखे थे। साथ ही इतालवी में यह चेतावनी भी लिखी थी—मकान बनाने का इलाका। प्रवेश निषेध।

लैंग्डन को समझ में आ गया था कि निर्माण कार्य के लिए बंद चर्च के अंदर हत्यारे को पूरी तरह से गोपनीयता उपलब्ध होगी। पैंथियन की तरह नहीं। यहाँ किसी तरह के तमाशे की ज़रूरत नहीं थी। सिर्फ अंदर जाने का रास्ता ढूँढ़ना था।

विट्टोरिया बिना हिचकिचाए वहाँ रखे सामानों के बीच से चुपचाप सीढ़ियों पर ऊपर चढ़ने लगी।

'विट्टोरिया' लैंग्डन ने उसे सावधान करते हुए कहा, 'अगर वो अब भी वहाँ होगा तो...'

लगा जैसे विट्टोरिया ने उसकी बात सुनी ही नहीं। वह मुख्य पोर्टिको से ऊपर जाकर चर्च के एकमात्र लकड़ी के दरवाज़े के पास जाकर रुक गई। लैंग्डन तेजी से उसके पीछे-पीछे वहीं पहुँच गया। वह कुछ बोलता उसके पहले ही विट्टोरिया ने दरवाज़े के हैंडल को पकड़ कर खींच लिया। लैंग्डन ने अपनी साँस रोक रखी थी। दरवाज़ा टस से मस नहीं हुआ।

'यहाँ जरूर ही कोई दूसरा दरवाज़ा होगा।' विट्टोरिया ने कहा।

'शायद।' लैंग्डन ने साँस छोड़ते हुए कहा। 'लेकिन ओलिवेट्टी एक मिनट में यहाँ पहुँच जाएगा। अंदर जाना बहुत ही खतरनाक होगा। हम लोग यहीं रहकर चर्च पर नज़र रखते हैं जब तक कि...'

विट्टोरिया मुड़ी। उसकी आँखों से अंगारे बरस रहे थे। 'अगर अंदर जाने का कोई दूसरा रास्ता है तो बाहर आने का भी दूसरा रास्ता होगा। अगर वह आदमी यहाँ से ग़ायब हो जाएगा तो फिर हमारा काम गुड़—गोबर हो जाएगा।' उसने इतालवी में कहा।

लैंग्डन को इतनी इतालवी आती थी कि वह समझ गया कि विट्टोरिया सही कह रही थी।

चर्च की दाहिनी तरफ बना गलियारा संकरा और अंधेरा था। इसके दोनों तरफ ऊँची दीवार थी। वहाँ से पेशाब की बदबू आ रही थी। यह रोम जैसे शहर के लिए आम बात थी क्योंकि यहाँ पर बारों की संख्या पेशाबघर से कम से कम बीस गुणा अधिक थी।

लैंग्डन और विट्टोरिया इस बदबूदार अंधेरे में तेजी से आगे बढ़ रहे थे। वे करीब पंद्रह गज अंदर गए होंगे कि विट्टोरिया ने लैंग्डन के हाथ को अपनी ओर खींच कर किसी चीज़ की ओर इशारा किया।

लैंग्डन ने भी इसे देखा। सामने एक भारी कब्जों पर टिका हुआ एक साधारण सा लकड़ी का दरवाज़ा था दिख रहा था। लैंग्डन ने इसे देख कर पहचान लिया कि यह पादरियों के अंदर जाने के लिए बना ख़ास दरवाज़ा था जिसे पोर्टा सैक्रा कहते थे। इन प्रवेश द्वारों का इस्तेमाल बहुत पहले ही बंद हो चुका था क्योंकि इन पर हावी हो रही दूसरी इमारतें और ज़मीन की कमी के कारण बगल से जाने वाले ये प्रवेश द्वार बस असुविधाजनक गलियारे ही रह गए थे।

विट्टोरिया तेजी से दरवाज़े के नजदीक पहुँची। वह दरवाज़े की घुंडी को घूर रही थी। उसे कुछ समझ में नहीं आ रहा था। लैंग्डन भी उसके पीछे-पीछे पहुँचा। उसकी नज़र भी डोनट के आकार में बने छल्ले पर पड़ी जो उसी जगह टंगा था जहाँ पर दरवाज़े की कुंडी होनी चाहिए थी।

'एनलस।' उसने फुसफुसाकर कहा। लैंग्डन ने आगे बढ़कर चुपचाप छल्ले को अपने हाथ में उठा कर उसे अपनी ओर खींचा। इसके एक आवाज़ आयी। विट्टोरिया खिसक गई। वह अचानक असहज लग रही थी। चुपचाप लैंग्डन ने छल्ले को घड़ी की सुई की दिशा में घुमाया। छल्ला 360 डिग्री घूम गया। वह कहीं नहीं रुका। लैंग्डन ने खीझ कर उसे दूसरी दिशा में घुमाया लेकिन इससे भी कुछ नहीं हुआ।

विट्टोरिया ने गलियारे के बचे हिस्से की तरफ देखा। 'आपको लगता है कि कोई दूसरा प्रवेश द्वार होगा?'

लैंग्डन को इस बात पर संदेह था। पुनर्जागरण काल के अधिकांश गिरजाघरों को इस तरह बनाया गया था कि वे शहर पर हमले के दौरान किले का काम भी कर सकें।

उनमें कम से कम प्रवेश द्वार बनाए जाते थे। 'अगर इसमें कोई दूसरा प्रवेश द्वार है तो शायद यह पिछली दीवार के पास छुपा कर बनाया गया होगा। वह प्रवेश द्वार से अधिक पलायन द्वार के तौर पर इस्तेमाल किया जाता होगा।'

विट्टोरिया ने तब तक चलना शुरू कर दिया था।

लैंग्डन भी गली में आगे की तरफ बढ़ रहा था। उसके दोनों तरफ दीवारें आकाश को छू रही थी। तभी कहीं पर घंटी की आवाज़ सुनाई दी—आठ बज चुके थे।

विट्टोरिया ने जब पहली बार लैंग्डन को बुलाया तो उसे उसकी आवाज़ नहीं सुनाई दी। वह शीशे की खिड़की के पास रुक कर अंदर झांकने की कोशिश कर रहा था। शीशे पर चित्रकारी की हुई थी। खिड़की लोहे की सलाखों से बंद था।

'रॉबर्ट।' उसकी आवाज़ जैसे जोर से निकली फुसफुसाहट लग रही थी।

लैंग्डन ने ऊपर की तरफ देखा। विट्टोरिया गली के आखिरी छोर पर पहुँच गई थी। वह चर्च के पिछले हिस्से की तरफ अपने हाथ से इशारा कर रही थी। लैंग्डन अनमने ढंग से धीमी रफ्तार में उसकी तरफ दौड़ने लगा। पीछे की दीवार के साथ पत्थर का एक चबूतरा बाहर की तरफ निकला हुआ था जो इसके पीछे बने छोटे से ताखे को छुपाए हुए था। यह एक संकरे रास्ते की तरह था जो सीधे चर्च की बुनियाद की तरफ जा रहा था।

'प्रवेश द्वार?' विट्टोरिया ने पूछा।

लैंग्डन ने सिर हिलाया। *दरअसल बाहर निकलने का रास्ता लेकिन हम यहाँ तकनीकी बहस में नहीं फंसेंगे।*

विट्टोरिया ने झुक कर उस सुरंग के अंदर झांका। 'एक बार हम दरवाज़े को देख लेते हैं कि यह खुलता है या नहीं।'

लैंग्डन इसके विरोध में अपना मुँह खोलने ही वाला था कि विट्टोरिया ने उसका हाथ पकड़ कर उसे प्रवेश द्वार जैसी सुराख के अंदर खींच लिया।

'रुको।' लैंग्डन ने कहा।

वह बेसब्र होकर उसकी ओर मुड़ी।

लैंग्डन ने गहरी साँस लेकर कहा, 'पहले मैं अंदर जाऊंगा।'

विट्टोरिया इस बात से आश्चर्यचकित थी। 'मर्दों वाली शान?'

'सुंदरता से पहले उम्र को तरजीह।'

'ये क्या तारीफ में कहा गया था?'

लैंग्डन मुस्कुराया और उसे पीछे छोड़ कर अंधेरे में घुस गया। 'सीढ़ियों पर सावधानी से।'

वह अंधेरे में धीरे धीरे आगे बढ़ रहा था। उसने एक हाथ से दीवार को थाम रखा था। पत्थर उसकी उँगलियों के ऊपर नुकीले लग रहे थे। एक पल के लिए लैंग्डन ने डेडिलस के प्राचीन मिथक को याद किया कि किस तरह लड़का अपना एक हाथ दीवार से सटा कर मिनोटर के चक्रव्यूह में आगे बढ़ा था। अगर वह दीवार से अपना हाथ नहीं हटाता तो

उसे अपने आखिरी गंतव्य का पता जरूर चल जाता। लैंग्डन आगे बढ़ रहा था। यकीन के साथ नहीं कहा जा सकता कि वह अंतिम गंतव्य तक पहुँचना चाहता भी था कि नहीं।

आगे की ओर सुरंग थोड़ी संकरी हो रही थी। लैंग्डन ने अपनी चाल धीमी कर दी। उसे अनुभव हुआ कि विट्टोरिया ठीक उसके पीछे चल रही थी। दीवार के बायीं तरफ मुड़ने के बात सुरंग एक अर्ध—वृत्ताकार ताखे में जाकर खुलती थी। अजीब सी बात थी कि वहाँ हल्की सी रोशनी दिखाई दे रही थी। उस धीमी रोशनी में लैंग्डन को लकड़ी के एक बड़े से दरवाज़े की बाहरी रूपरेखा दिखाई दी।

'ओह हो।' वह बोला।

'बंद?'

'बंद था।'

'था?' तबतक विट्टोरिया उसके पास पहुँच चुकी थी।

लैंग्डन ने इशारा किया। अंदर से आती रोशनी में दिखाई दे रहा था कि दरवाज़ा खुला था। इसके कब्जे को लोहे की सलाखों से तोड़ा गया था। सलाख अब भी लकड़ी के दरवाज़े में धंसी हुई थी।

थोड़ी देर के लिए वे दोनों चुपचाप वहीं खड़े रहे। फिर अंधेरे में ही लैंग्डन को लगा कि विट्टोरिया उसकी छाती को टटोल रही थी और उसका हाथ जैकेट के अंदर सरक रहा था।

'परेशान मत होइए प्रोफेसर।' उसने कहा। 'मैं बस बंदूक बाहर निकाल रही थी।'

उसी समय वेटिकन म्यूजियम के अंदर स्विस गार्डों का एक दस्ता चारों तरफ फैल चुका था। म्यूजियम के अंदर अंधेरा था और गार्डों ने अमेरिकी मरीन सिपाहियों के द्वारा दिए गए इंफ्रारेड चश्मे पहन रखे थे। इन चश्मों के अंदर से हर चीज़ डरावनी हरे रंग की दिखाई देती थी। हरेक गार्ड ने हेडफोन लगा रखा था जो एंटीना जैसे एक डिटेक्टर से जुड़ा था जो एक ख़ास लय के साथ सामने झूल रहा था। ये वही यंत्र था जिसका इस्तेमाल उन्होंने दो सप्ताह पहले वेटिकन के अंदर छुपाकर रखे गए इलेक्ट्रॉनिक यंत्रों को ढूँढ़ने के लिए किया था। वे बेहद क्रमबद्ध तरीके से आगे बढ़ रहे थे। वे मूर्तियों और ताखों के पीछे, दराजों और कुर्सी, टेबल तथा फर्नीचर के भीतर तलाश कर रहे थे। हलके से चुंबकीय क्षेत्र के संपर्क में आते ही इस एंटीना से आवाज़ आने लगती थी।

लेकिन आज की रात उनके यंत्रों में कुछ भी रीडिंग नहीं दिखाई दे रहा था।

65

कम रोशनी के कारण सांता मारिया डेल पोपोलो का भीतरी हिस्सा एक धुंधली गुफा जैसा दिख रहा था। यह गिरजाघर से ज़्यादा धरती के अंदर अधबना सबवे

स्टेशन लग रहा था। चर्च के केंद्रीय भाग में टूटे फूटे फर्श, उखड़ी ईंटों, कंकड़ मिट्टी के ढेर, घर बनाने के तरह तरह का सामान बिखरे पड़े था। फर्श में जगह जगह विशाल खंभे खड़े थे जो मेहराबदार छत का बोझ उठा रहे थे। हवा में चित्रित शीशे से छन कर आती रोशनी में धूल उड़ती नज़र आ रही थी। लैंग्डन विट्टोरिया के साथ एक बहुत दूर तक फैले हुए पिंटुरिशियो भित्तिचित्र के नीचे खड़ा होकर ध्वस्त तीर्थ स्थल को देख रहा था।

कहीं कोई हलचल नहीं हो रही थी। नीरव शांति।

विट्टोरिया दोनों हाथ से अपने आगे बंदूक को ताने हुई थी। लैंग्डन ने घड़ी पर नज़र दौड़ाई—आठ बजकर चार मिनट। *यहाँ होना पागलपन* है, वह सोच रहा था। *यह बहुत ही खतरनाक है।* फिर भी उसे पता था कि अगर हत्यारे अंदर हैं तो वे जिस दरवाज़े से चाहें बाहर निकल सकते थे। बंदूक लेकर यहाँ खड़े रहने से कोई फर्क नहीं पड़ने वाला था। उसे अंदर पकड़ने के सिवा कोई दूसरा चारा नहीं था…अगर वह अब भी अंदर हो तो। लैंग्डन को अपनी गलती के कारण अपराधबोध सता रहा था। इसकी वजह से पैंथियन का मौका सबके हाथों से जाता रहा था। अब वह सावधानी की मांग किस मुँह से करता? उसी की वजह से लोग इस खतरनाक स्थिति में फंसे थे।

चर्च पर निगाह दौड़ाते हुए विट्टोरिया परेशान लग रही थी। 'तो' विट्टोरिया ने पूछा, 'वो चिगी गिरजाघर कहाँ है?'

लैंग्डन ने कैथेड्रल के पिछले हिस्से में फैले हुए भुतहा अंधकार पर नज़र डाली और उसकी बाहरी दीवारों का अध्ययन करने लगा। लोगों की सामान्य जानकारी के विपरीत, पुनर्जागरण काल के गिरजाघरों के अंदर कई चैपल हुआ करते थे। विशाल गिरजाघर जैसे कि नोटर डेम के भीतर तो दर्जनों चर्च थे। चैपलों को कमरा कहने से अच्छा था उन्हें खाई या खंदक कहना। इन अर्ध-वृत्ताकार ताखों के भीतर चर्च की बाहरी दीवार से सटी कब्रें होती थी।

बुरी ख़बर, लैंग्डन ने सोचा। वह चारों दीवारों में बने आलों को देख रहा था। वहाँ कुल मिलाकर आठ चैपल थे। हालाँकि आठ बहुत बड़ी संख्या नहीं होती लेकिन सभी आठ खुले स्थानों को बड़े बड़े पॉलीयुरीथीन के पारदर्शी पदों से ढंक दिया गया था क्योंकि अंदर काम चल रहा था। परदे ताखों के अंदर बनी कब्रों पर धूल पड़ने से रोकते थे।

'उन आठों ताखों में से, जिन पर पर्दा डला है, कोई भी चिगी हो सकता है।' लैंग्डन ने कहा। 'हरेक को अंदर जाकर बिना देखे कहना संभव नहीं कि कौन सा चिगी है। इसीलिए बेहतर होगा कि हम ओलिवेट्टी के लिए इंतज़ार करें।'

'बांयी तरफ वाला दूसरा मेहराबदार आला कहाँ है?' उसने पूछा।

लैंग्डन ने उसका अध्ययन किया। स्थापत्य कला के बारे में उसकी जानकारी से वह प्रभावित था। 'दूसरा मेहराबदार आला?'

विट्टोरिया ने उसके पीछे की दीवार की तरफ इशारा किया। पत्थर में एक नक्काशीदार टाइल धंसा हुआ था। इसमें भी वैसा ही प्रतीक चिह्न बना था जैसा उन्होंने बाहर देखा

था—चमकदार सितारे के नीचे पिरामिड। इसके साथ धूल से ढंकी हुई पट्टिका पर लिखा था:

एलेक्जेंडर चिगी का राज्य चिह्न
जिसकी मजार
कैथेड्रल के बायीं तरफ वाले दूसरे मेहराबदार आले में है।

लैंग्डन ने सिर हिलाया। चिगी का राज्य चिह्न *पिरामिड और सितारा* था? वह सोचने लगा कि धनाढ्य संरक्षक चिगी कहीं खुद तो एक इल्युमिनाटी नहीं था। उसने विट्टोरिया की ओर देखकर सर हिलाया। 'अच्छी कलाकारी। अच्छी चित्रकारी।'

'क्या?'

'छोड़ो...कोई बात नहीं।'

कुछ ही गज की दूरी पर किसी धातु के बने सामान के फर्श पर गिरने की आवाज़ सुनाई दी। इसकी झन्नाहट पूरे चर्च में फैल गई। लैंग्डन ने विट्टोरिया को एक खंभे के पीछे खींच लिया। इसी बीच विट्टोरिया ने अपनी बंदूक निकालकर सामने तान रखी थी। सन्नाटा। वे इंतज़ार करने लगे। फिर से आवाज़ सुनाई दी जैसे किसी के चलने से कपड़ों से आती आवाज। लैंग्डन ने अपनी साँसें रोक लीं। *हमें यहाँ बिल्कुल ही नहीं आना चाहिए था।* आवाज़ अब करीब आ रही थी। कभी कम कभी ज़्यादा जैसे कोई लंगड़ा व्यक्ति चल रहा हो। तभी खंभे के निचले भाग के पास कोई चीज़ नज़र आयी।

'रंडी का बच्चा।' विट्टोरिया ने दबी जुबान में गाली दी और उछलकर पीछे हट गई। लैंग्डन भी उसके साथ पीछे आ गया।

एक विशाल चूहा खंभे के साथ कागज में लिपटे हुए आधे खाए हुए सैंडविच को घसीट रहा था। इन लोगों पर नज़र पड़ते ही चूहा रुक गया। वह काफी देर तक विट्टोरिया की बंदूक की नोक देखता रहा। फिर जैसे बेफिक्र होकर वह अपना सामान घसीटकर चर्च के भीतरी हिस्से की ओर चल पड़ा।

'कुतिया की औलाद...' लैंग्डन ने गाली दी। उसका दिल तेजी से धड़क रहा था।

विट्टोरिया ने बंदूक नीची कर ली। जल्दी ही वह शांत चित्त अवस्था में वापस आ गई। लैंग्डन ने खंभे के बगल से नज़र दौड़ाई। उसे फर्श पर एक टिफिन दिखाई दिया जो वहाँ काम करने वाले किसी राजमिस्त्री ने वहाँ छोड़ दिया था। शायद चूहे ने किसी ऊँची जगह पर रखे इस टिफिन के डिब्बे को नीचे गिरा दिया था।

लैंग्डन ने बेसिलिका पर नज़र दौड़ाई और फुसफुसाती आवाज़ में बोला, 'अगर वह व्यक्ति यहीं है तो उसने जरूर यह सब सुना होगा। तुम क्या ओलिवेट्टी का इंतज़ार नहीं करना चाहती?'

'दूसरा मेहराबदार आला' विट्टोरिया ने दोहराया। 'कहाँ है ये जगह?'

लैंग्डन अनमने ढंग से मुड़ा और अपने को संभालने की कोशिश करने लगा। कैथेड्रल से संबंधित शब्द मंच पर दिए जाने वाले दिशा निर्देशों की तरह होते हैं—सहज रूप से अपने अर्थ के ठीक उलट। वह मुख्य वेदी के सामने था। स्टेज सेंटर। फिर उसने अपने अंगूठे से कंधों के ऊपर पीछे की तरफ इशारा किया।

वे दोनों मुड़कर उस दिशा में देखने लगे। उन्होंने अनुमान लगाया कि उनकी दाहिनी तरफ अंदर की तरफ बने चार मेहराबदार ताखों में से शायद तीसरा चिगी का गिरजाघर होगा। अच्छी बात ये थी कि लैंग्डन और विट्टोरिया दोनों ही उस समय चर्च की सही दिशा में थे। लेकिन बुरी ख़बर ये थी कि वे गलत छोर पर थे। उन्हें कैथेड्रल की पूरी लंबाई को पार कर तीन गिरजाघरों को लांघ कर उस पार जाना होगा। ये तीनों गिरजाघर भी चिगी की तरह दिखाई देते थे और वे पारदर्शी प्लास्टिक की चादर से ढंके थे।

'रुको।' लैंग्डन ने कहा। 'पहले मैं जाऊंगा।'

'इसे भूल जाइए।'

'मेरी वजह से ही पैंथियन में सब गड़बड़ हुई।'

वह मुड़ी। 'लेकिन बंदूक मेरे पास है।'

लैंग्डन को उसकी आँखों में उसकी सोच साफ साफ दिखाई दे रही थी... *मैंने अपना पिता खोया है। मैंने ही बड़े पैमाने पर विनाश करने की क्षमता रखने वाला हथियार बनाया है। उस आदमी के घुटने तोड़ने का हक मेरा है...*

लैंग्डन समझ गया कि बहस करने से कोई फायदा नहीं होने वाला है। उसने विट्टोरिया को जाने दिया। वह उसके साथ साथ चल रहा था, सावधानी से, बेसिलिका के पूर्वी किनारे पर। उन्होंने जब प्लास्टिक की चादर से ढंके पहले मेहराबदार ताखे को पार किया तो लैंग्डन को अपने पूरे शरीर में तनाव का अहसास हो रहा था जैसे कि वह किसी वास्तविकता से परे गेम शो में शामिल हो। *मैं तीसरे नंबर के पर्दे पर नज़र रखूंगा,* उसने सोचा।

चर्च में किसी तरह की आवाज़ नहीं सुनाई दे रही थी। पत्थर की मोटी मोटी दीवारें बाहर की आवाजों को अंदर नहीं आने दे रही थी। वे एक के बाद एक गिरजाघर को पार करते हुए जैसे जैसे आगे बढ़ रहे थे कि धुंधली इंसान जैसी आकृतियाँ भूत की तरह प्लास्टिक के परदे के पीछे हिलती डुलती नज़र आ रही थी। नक्काशीदार संगमरमर, लैंग्डन ने खुद से कहा। उसे उम्मीद थी कि वह ठीक सोच रहा है। अब आठ बजकर छः मिनट हो चुके थे। पता नहीं हत्यारा समय का पाबंद था और लैंग्डन तथा विट्टोरिया के भीतर घुसने के पहले ही बाहर जा चुका था? या कि वह अब भी अंदर ही था? लैंग्डन को समझ में नहीं आ रहा था कि वह किस परिस्थिति को पसंद करेगा।

अब वे दूसरे मेहराबदार ताखे को पार कर चुके थे। धीरे धीरे अंधेरे में डूब रहे कैथेड्रल में डरावना माहौल था। लग रहा था कि रात तेजी से बढ़ी चली आ रही थी। नक्काशीदार शीशे वाली खिड़कियों की वजह से रात और भी तेजी से हावी होती लग रही थी। वे जैसे आगे

बढ़े तभी उनके बगल वाला प्लास्टिक का परदा अचानक फूल गया। ऐसा लगा जैसे उसमें अचानक कहीं से हवा का झोंका घुस आया हो। लैंग्डन हैरान हो रहा था कि शायद किसी ने कहीं दरवाज़ा तो नहीं खोला।

तीसरा ताखा उनके सामने था। विट्टोरिया ने अपनी चाल धीमी कर दी। उसने सामने बंदूक तान रखी थी। वह अपने सिर से ताखे के बगल वाली मूठ की तरफ इशारा कर रही थी। ग्रेनाइट के पत्थर पर दो शब्द लिखे थे:

कैपेला चिगी।

लैंग्डन ने सिर हिलाया। बिना कोई आवाज़ किए वे द्वार के किनारे पहुँच गए और एक बड़े खंभे के पीछे खड़े हो गए। विट्टोरिया ने प्लास्टिक के पीछे एक कोने वाली जगह पर अपनी बंदूक टिका ली। फिर उसने लैंग्डन को परदा खींचने का इशारा किया।

प्रार्थना शुरू करने का अब समय आ गया है, वह सोचने लगा। बेमन से वह उसके कंधे के ऊपर से उचक कर जितनी सावधानी संभव थी उतनी सावधानी से प्लास्टिक को एक तरफ खींचने लगा। प्लास्टिक एक इंच खिसका और जोर से खड़खड़ाने की आवाज़ सुनाई दी। वे दोनों अपनी जगह पर जम गए। चुप्पी। एक पल के बाद विट्टोरिया आगे झुकी और एक छोटे से छेद में झांकने लगी। लैंग्डन उसके कंधों के ऊपर से झांक रहा था।

थोड़ी देर के लिए दोनों की साँसें थम गई।

'ख़ाली।' विट्टोरिया आखिरकार बोली। उसने अपनी बंदूक नीचे कर दी। 'हम लोगों ने बहुत देर कर दी।'

लैंग्डन ने उसकी बात नहीं सुनी। वह हतप्रभ था। एक पल के लिए वह दूसरी दुनिया में खो गया था। उसने अपनी ज़िंदगी में कभी ऐसे गिरजाघर की कल्पना भी नहीं की थी। पूरा का पूरा चिगी गिरजाघर अखरोटी संगमरमर से बना था। उसकी खूबसूरती को देखकर साँसें रुक जाती थी। लैंग्डन की प्रशिक्षित आँखों ने जी भर कर इसे देखा। लैंग्डन समझ रहा था कि यह धरती से जुड़ा—अर्थी—गिरजाघर था। ऐसा लग रहा था कि गैलीलियो और इल्युमिनाटी ने इसे ख़ास कर अपने लिए डिजाइन किया था।

ऊपर गुंबद पर चमचमाते सितारे और सात आकाशीय नक्षत्र चमक रहे थे। उनके नीचे राशिमंडल के बारह निशान दिखाई दे रहे थे जो मूर्तिपूजक संप्रदायों से संबंधित थे और धरती से जुड़े नक्षत्र विज्ञान के संकेत। राशिमंडल भी सीधे सीधे धरती से जुड़ा था जैसे कि जल, आकाश, अग्नि। इसका हरेक चौथाई हिस्सा शक्ति, बुद्धि, साहस और भावना का प्रतिनिधित्व करता था। धरती शक्ति का प्रतीक है, लैंग्डन ने सोचा।

दीवार के अगले छोर पर लैंग्डन को धरती पर समय के साथ बदलने वाले चार मौसमों को समर्पित चीजें दिखाई दे रही थी। लेकिन सबसे अधिक आश्चर्यजनक चीज़ थी वे दो

संरचनाएँ जो पूरे कमरे पर हावी थी। लैंग्डन चुपचाप आश्चर्य से भर कर उन्हें निहार रहा था। *यह संभव नहीं,* वह सोच रहा था। *यह तो कतई मुमकिन नहीं।* लेकिन सामने सच दिखाई दे रहा था। गिरजाघर के दोनों किनारों पर एक दूसरे से बिल्कुल समरूप दस फीट ऊँचे संगमरमर के दो पिरामिड दिखाई दे रहे थे।

'मुझे कार्डिनल नहीं दिखाई दे रहे।' विट्टोरिया ने फुसफुसा कर कहा। 'और न ही हत्यारे।' उसने प्लास्टिक को एक किनारे खीच कर हटा दिया और आगे बढ़ गई।

लैंग्डन की आँखें पिरामिड पर जमी हुई थी। ईसाई धर्म के गिरजाघर के भीतर इन पिरामिडों का क्या मतलब? इतना ही नहीं, कुछ और भी था। उसे विश्वास नहीं हो रहा था। हरेक पिरामिड के बीचो बीच उसके पिछले हिस्से में सोने के तमगे टंके हुए थे। ऐसे तमगे लैंग्डन ने अपनी ज़िंदगी में पहले कभी नहीं देखे थे। बिल्कुल अंडाकार। गुंबद के ऊपर डूबते हुए सूरज की रोशनी में आग में तपाए हुए ये गोलाकार तमगे चमक रहे थे। *गैलीलियो के परावलय? पिरामिड? सितारों के गुंबद?* इस कमरे में इल्युमिनाटी से संबंधित जितनी महत्वपूर्ण चीजें थी उसकी कल्पना भी लैंग्डन ने कभी नहीं की थी।

'रॉबर्ट।' विट्टोरिया की अचानक आवाज़ सुनाई दी। उसकी आवाज़ फट रही थी। 'देखो।'

लैंग्डन मुड़ा। उसकी आँखों के सामने जो चीज़ दिखाई दे रही थी वह वास्तविकता को फिर से उसके सामने ज़ाहिर कर रही थी। 'हे भगवान।' वह चीख कर पीछे हट गया।

फर्श में एक नर कंकाल उनकी ओर देख कर मुस्कुरा रहा था। संगमरमर में महीन कारीगरी से बना एक चित्र जो आसमान में उड़ती मौत—डेथ इन फ्लाइट—को दिखा रहा था। इस नर कंकाल के हाथ में एक टैबलेट था जिस पर वही पिरामिड और सितारे दिख रहे थे जिसे उन्होंने बाहर देखा था। लेकिन लैंग्डन इस तस्वीर को देखकर नहीं डरा था। दरअसल संगमरमर पर बना यह चित्र एक गोलाकार पत्थर के ऊपर बना था—कुपरमेंटो—जिसे फर्श से गटर के मैनहोल की तरह उठाया गया था। अब यह मैनहोल के ढक्कन जैसी चीज़ फर्श में अंदर घुसने के लिए बने अंधेरे गड्ढे की बगल में रखी हुई थी।

'शैतानी गड्ढा—डीमन्स होल।' लैंग्डन की साँस अटकी हुई थी। वह छत को देखने में इस तरह मशगूल हो गया था कि फर्श पर उसकी नज़र ही नहीं पड़ी थी। वह अनमने ढंग से गड्ढे की ओर बढ़ा। उससे आ रही बदबू नाक फाड़ने वाली लग रही थी।

विट्टोरिया ने अपने नाक पर हाथ रखा। 'कैसी बदबू।'

'सड़ रही चीजों से आने वाली बदबू।' लैंग्डन ने कहा। 'गल रही हड्डियों से आने वाली दुर्गंध।' उसने अपनी आस्तीन से नाक ढंक ली थी। वह उस गड्ढे के ऊपर झुक कर नीचे देख रहा था। अंधकार। 'मुझे कुछ नहीं दिखाई दे रहा।'

'क्या नीचे कोई होगा?'

'कहना संभव नहीं।'

विट्टोरिया ने उस छेद के दूसरे छोर की तरफ इशारा किया जहाँ लकड़ी की एक सड़ी गली सीढ़ी अंदर की ओर जा रही थी।

लैंग्डन ने अपना सिर हिलाया, 'नर्क के जैसा।'

'हो सकता है कि कारीगरी के सामानों के बीच कोई फ्लैशलाइट भी रखा हो।' लग रहा था कि बदबू से दूर हटने के लिए वह कोई बहाना ढूँढ़ रही थी।

'मैं देखता हूँ।'

'सावधान।' लैंग्डन ने उसे चेताया। 'हम पक्के यकीन के साथ नहीं कह सकते कि हैसेसिन...'

लेकिन तब तक विट्टोरिया जा चुकी थी।

जिद्दी औरत, लैंग्डन ने सोचा।

जब वह गड्ढे की तरफ मुड़ा तो उससे आ रही बदबू के कारण उसका सर चकरा गया। उसने अपनी साँस रोक कर गड्ढे के अंदर अंधकार में झांका। धीरे धीरे उसकी आँखें अंधेरे में जमी तो उसे अंदर कुछ धुंधली आकृतियाँ दिखी। ऐसा लगता था कि गड्ढे आगे एक चेंबर में खुलता था। डीमंस होल—शैतानी गड्ढा। वह सोच रहा था कि पता नहीं चिगियों की कितनी पीढ़ियों को इसके अंदर बिना कोई इज्जत बख्शे ठूंस दिया गया था। लैंग्डन अपनी आँखें मूंद कर इंतज़ार करने लगा। वह कोशिश कर रहा था कि उसकी पुतलियाँ फैल जाएँ ताकि वह अंधेरे में आसानी से देख सके। जब उसने दुबारा अपनी आँखें खोली तो उसे एक धुंधली सी आकृति दिखाई दी जो नीचे इधर उधर हिल डुल रही थी। लैंग्डन को सिहरन हो रही थी लेकिन उसने बाहर निकलने की स्वाभाविक इच्छा को दबा दिया। *क्या मुझे कोई चीज़ दिखाई दे रही है? क्या वह कोई लाश है?* आकृति अब ग़ायब हो चुकी थी। लैंग्डन ने फिर अपनी आँखें मूंद ली और इंतज़ार करने लगा। उसके सामने दिखाई देने वाली छवि की व्याख्या करना असंभव था।

उसे चक्कर आने लगा और उसकी सोच अंधकार में बहकने लगी। *बस कुछ ही सेकंडों की बात है।* वह ठीक से समझ नहीं पा रहा था कि अंदर से आ रही बदबू की वजह से या सर झुका कर रखने की वजह से ऐसा हो रहा था लेकिन उसे मितली आ रही थी। अंत में जब उसने अपनी आँखें फिर से खोली तो सामने दिखाई दे रही आकृति के बारे में वह कुछ समझ नहीं पा रहा था।

अब वह एक संदूक जैसी जगह को देख रहा था जिससे डरावनी नीली रोशनी आ रही थी। हल्की सी फुफकारने की आवाज़ भी उसके कानों में आ रही थी। शाफ्ट की सीधी खड़ी दीवार पर रोशनी झिलमिला रही थी। तभी उसके ऊपर एक लंबी छाया आ गई। लैंग्डन घबराकर उछल गया।

'बाहर देखो।' किसी ने उसके पीछे से आवाज़ लगायी।

जब तक लैंग्डन पीछे मुड़ता उसे अपनी पीठ पर तेज़ दर्द का अनुभव हुआ। वह

तेजी से मुड़ा तो उसने देखा कि विट्टोरिया उसकी पीठ के ऊपर से एक जलती मशाल हटा रही थी। इसमें जल रही आग की लपटों से सांय सांय की आवाज़ आ रही थी और गिरजाघर में हर तरफ रोशनी फैल रही थी।

लैंग्डन ने अपनी गर्दन पकड़ते हुए कहा, 'ये क्या कर रही हो तुम?'

'मैं आपको रोशनी दिखाने की कोशिश कर रही थी कि तभी आप पीछे मुड़ गए।' वह बोली।

लैंग्डन उसके हाथ में पकड़ी मशाल को घूर कर देख रहा था।

लैंग्डन अपनी गर्दन रगड़ते हुए बोला, 'मुझे तुम्हारे आने की आवाज़ नहीं सुनाई दी।'

विट्टोरिया ने मशाल उसके हाथ में दे दी। उस तहखाने से आ रही बदबू से उसके नथुने फड़फड़ा रहे थे। 'क्या ये बदबू वाली गैस ज्वलनशील है?'

'हमें उम्मीद करनी चाहिए कि ऐसा नहीं हो।'

वह अपने हाथ में टॉर्च लेकर धीरे धीरे उस गड्ढे की तरफ बढ़ने लगा। सावधानी से वह गड्ढे के किनारे वाले हिस्से की ओर बढ़ा और उसने मशाल की रोशनी गड्ढे की तरफ कर दी। गड्ढे की दीवारों पर रोशनी छा गई। वह गड्ढे की दीवार पर इस तरह रोशनी डाल रहा था कि वह किनारे से लेकर अंदर तक के हिस्से को देख पाए। तहखाना गोलाकार था और उसका व्यास करीब बीस फीट था। तीस फीट अंदर गड्ढे की तलहटी दिखाई दी। वहाँ अंधेरा था और सीलन छाई थी। फिर लैंग्डन को लाश दिखाई दी।

उसकी स्वाभाविक प्रतिक्रिया थी कि वह पीछे हट गया। 'वह यहाँ है।' लैंग्डन ने कहा। उसने अपने को मोड़ने की कोशिश की। गड्ढे की सतह पर लाश एक धुंधली सी छाया बना रही थी। 'मुझे लगता है कि उसे नंगा कर दिया गया है।' लैंग्डन के दिमाग़ में लियोनार्डो वेट्रा की नंगी लाश कौंध गई।

'क्या ये लाश उन कार्डिनलों में से किसी की है?'

लैंग्डन को इसके बारे में कुछ पता नहीं था। लेकिन वह कल्पना भी नहीं कर सकता था कि वहाँ दूसरे किस व्यक्ति की लाश हो सकती थी। उसने धुंधली सी दिख रही लाश को गौर से देखने की कोशिश की। कोई हरकत नहीं। कोई गति नहीं। बेजान। लेकिन... लैंग्डन थोड़ा हिचकिचाया। लाश जिस तरह रखी गई थी वह अजीब सा लग रहा था। ऐसा लग रहा था कि...

लैंग्डन ने आवाज़ दी, हेलो...?

'आपको लगता है कि वह ज़िंदा है?'

नीचे से कोई जवाब नहीं आया।

'उसमें कोई हरकत नहीं है लेकिन...' लैंग्डन बोला, 'ऐसा लगता है कि...' नहीं, नामुमकिन।

'क्या लग रहा है...' अब विट्टोरिया भी गड्ढे के किनारे से नीचे झांक रही थी।

लैंग्डन ने अपनी आँखें सिकोड़ते हुए गड्ढे में झांका, 'ऐसा लगता है कि वह खड़ा हो।'

विट्टोरिया अपनी साँस रोक कर गड्ढे के किनारे झुक गई। वह इसे ठीक से देखने की कोशिश कर रही थी। एक पल के बाद वह वापस अपने जगह पर आ गई, 'आप बिल्कुल ठीक कह रहे हैं। वह खड़ा है। हो सकता है कि वह ज़िंदा हो और उसे मदद की ज़रूरत हो।' उसने गड्ढे के अंदर आवाज़ दी।

'हेलो, क्या आप मेरी आवाज़ सुन रहे हैं?' उसने इतालवी भाषा में पूछा।

काई से भरे गड्ढे की तलहटी से कोई आवाज़ नहीं आयी। बस चुप्पी।

विट्टोरिया टूटी फूटी लकड़ी की सीढ़ी की ओर बढ़ी। 'मैं अंदर जा रही हूँ।'

लैंग्डन ने उसकी बांह पकड़ ली। 'नहीं। इसमें ख़तरा है। मैं जाऊंगा।'

इस बार विट्टोरिया ने कोई बहस नहीं की।

66

चिनिता मैक्री गुस्से में पागल हो रही थी। वह बीबीसी वैन की पैसेंजर वाली जगह पर बैठी थी। वैन विया टोमासेली के एक किनारे पर खड़ी थी। गुंटर ग्लिक रोम के नक्शे को देख रहा था। उसे जैसे कुछ समझ में नहीं आ रहा था। जैसी की उसे आशंका थी, उस रहस्यमय व्यक्ति ने फिर से फोन किया। इस बार उसके पास सूचना थी।

'पिआज्जा डेल पोपोलो।' ग्लिक ने जिद करते हुए कहा। 'हम उसी जगह की तलाश कर रहे हैं। वहाँ पर एक चर्च है। उसके अंदर सबूत है।'

'सबूत।' चिनिता ने अपने चश्मे को रगड़ना बंद कर दिया। वह ग्लिक की ओर मुड़ी। 'इस बात का सबूत की एक कार्डिनल की हत्या कर दी गई है?'

'उसने यही कहा।'

'तुम जो भी सुनते हो उस पर यकीन कर लेते हो।' चिनिता के मन में हो रहा था कि काश चीजें उसके हाथ में होती। वह ऐसा प्रायः सोचा करती थी। लेकिन विडियोग्राफर तो पागल रिपोर्टरों की मर्जी के हिसाब से काम करते थे जिनके लिए उन्हें तस्वीरें उतारनी होती थी। अगर गुंटर ग्लिक फोन पर मिले किसी सुराग के पीछे जाना चाहता था तो मैक्री बस जंजीर में बंधे उसके कुत्ते की तरह थी।

उसने ग्लिक की ओर देखा। वह ड्राइवर की सीट पर बैठा था। उसके जबड़े बिल्कुल जमे हुए थे। इसके माँ बाप जरूर ही हताश निराश मसखरे होंगे कि उन्होंने इस गुंटर ग्लिक जैसा नाम दिया, मैक्री ने मन ही मन फैसला किया। यही वजह थी कि यह इंसान कुछ साबित कर दिखाने के लिए तुला है। अपनी उबाऊ गंभीरता और कुछ कर दिखाने की बेताबी के बावजूद ग्लिक बहुत प्यारा था। किसी चिपचिपे अंग्रेज की तरह आकर्षक जिसमें कोई घमंड नहीं। जैसे कि ह्यू ग्रांट को कई गुणा बढ़ा चढ़ा दिया जाए।

'क्या हमें सेंट पीटर्स वापस नहीं चलना चाहिए?' मैक्री ने यथासंभव धैर्यपूर्वक पूछा। 'हम इस रहस्यमय चर्च के बारे में बाद में पता कर लेंगे। सम्मेलन एक घंटे पहले शुरू हो चुका है। अगर कार्डिनलों ने कोई फैसला कर लिया और हम कहीं दूसरी जगह चले गए तो क्या होगा?'

ऐसा लगा कि ग्लिक ने उसकी बात सुनी ही नहीं। 'मुझे लगता है कि हमें यहाँ से दाहिने जाना होगा, यहाँ।' उसने नक्शे को पलट कर उसे फिर से पढ़ना शुरू किया। 'हाँ, अगर हम यहाँ से दाहिने मुड़ते हैं ... फिर उसके बाद तुरंत बाएं...' वह सामने दिखाई दे रही संकरी गली में घुस रहा था।

'वो देखो।' मैक्री चिल्लायी। वह वीडियो टेक्नीशियन थी और उसकी आँखें तेज़ थी। सौभाग्यवश, ग्लिक भी काफी तेज़ और चौकन्ना था। उसने तुरंत ब्रेक पर पैर दिया और चौराहे में घुसने के पहले रुक गया। उसके सामने से चार अल्फा रोमियो अचानक कहीं से दिखाई दिए थे और पलक झपकते ही कहीं ग़ायब हो गए। वे कारें आगे गई और सड़क पर घिसटी। उनकी गति कम हुई और अगले ब्लॉक से वे बाईं तरफ मुड़ गई। चारों कार ठीक उसी रास्ते पर जा रहे थे जिस पर ग्लिक ने जाने की योजना बनाई थी।

'पागल।' मैक्री चिल्लाई।

ग्लिक बहुत घबराया हुआ लग रहा था। 'तुमने देखा?'

'हाँ, मैंने देखा। उन्होंने तो करीब करीब हमारी जान ही ले ली थी।'

'नहीं। मैं कार की बात कर रहा था।' ग्लिक ने कहा। उसकी आवाज़ में उत्तेजना थी। 'वे सभी एक जैसी कारें थी।'

'यानी वे सभी पागल थे, बिना किसी सोच समझ वाले।'

'कारें भरी हुई थी।'

'इससे क्या?'

'एक जैसी चार कारें। हर कार में चार लोग।'

'तुमने कभी कार—पूलिंग का नाम नहीं सुना है?'

'इटली में? ग्लिक ने फिर से चौराहे पर नज़र डाली। 'उन्हें अनलेडेड गैस के बारे में भी पता नहीं।' उसने गाड़ी के एक्सेलेरेटर को दबाया और उन कारों के पीछे अपनी गाड़ी लेकर दौड़ पड़ा।

मैक्री को अपनी सीट पर पीछे की ओर धक्का लगा। 'ये क्या कर रहे हो तुम?'

ग्लिक गाड़ी को उस सड़क पर तेजी से दौड़ाता हुआ आगे बढ़ा। वह अल्फा रोमियो कार की बायीं तरफ रुक गया। 'मुझे कहीं न कहीं ऐसा लग रहा है कि इस वक्त सिर्फ हम दोनों लोग ही उस चर्च की तरफ नहीं जा रहे।'

67

वे धीरे धीरे नीचे उतर रहे थे।

लैंग्डन सीढ़ी के एक एक पायदान पर पैर रखते हुए नीचे उतर रहा था। पुरानी सीढ़ी से आवाज़ आ रही थी। वह चिगी गिरजाघर में धीरे धीरे ज़मीन के अंदर नीचे जा रहा था। *शैतानी गड्ढे के अंदर*, वह मन ही मन सोच रहा था। उसका मुँह बगल वाली दीवार की तरफ था और उसकी पीठ चेंबर की ओर। वह सोच रहा था कि पता नहीं आज के दिन कितने और अंधेरा, संकरी जगहों से उसे गुजरना पड़ेगा। उसके हर कदम पर सीढ़ी जैसे कराह रही थी। सड़ती लाशों और सीलन के कारण पैदा हो रही बदबू की वजह से उसे साँस लेना मुश्किल हो रहा था। लैंग्डन परेशान हो रहा था कि पता नहीं ओलिवेट्टी कहाँ है।

ऊपर विट्टोरिया के शरीर की रूपरेखा दिखाई दे रही थी। वह हाथ में मशाल लेकर लैंग्डन को रोशनी दिखा रही थी। जैसे जैसे वह गड्ढे में अंदर उतर रहा था ऊपर से आ रही नीले रंग की रोशनी मद्धिम पड़ती जा रही थी। हाँ, बदबू और भी तेज़ होती जा रही थी।

बारह पायदान उतरने के बाद ऐसा हुआ। लैंग्डन का पैर एक ऐसी जगह पर टकराया जहाँ सड़ने गलने के कारण फिसलन थी। वह लड़खड़ा गया। उसने आगे झुक कर सीढ़ी को अपने हाथों से कस कर पकड़ लिया ताकि वह गड्ढे के भीतर गिरने से खुद को बचा सके। अपनी बांह पर लगी खरोचों को कोसते हुए उसने अपने शरीर को फिर से सीढ़ी पर थाम लिया और नीचे उतरने लगा।

तीन पायदान नीचे आने के बाद एक बार वह फिर से लड़खड़ाया। लेकिन इस बार सीढ़ी के पायदान के कारण समस्या पैदा नहीं हुई थी। उस के ऊपर अचानक घबराहट हावी हो गई थी। उसने दीवार में बने एक ताखे को पार किया और तभी उसके सामने नरमुंडों का ढेर दिखाई दिया। जब उसकी साँस वापस आयी तो उसने मुड़कर चारों तरफ देखा। उसे वहाँ दीवार के भीतर ताखे जैसी खुली जगह दिखाई दी। लाश को दफनाने के लिए बनाए गए ताखे। इन सबमें नरकंकाल भरे थे। टिमटिमाती रोशनी में लग रहा था कि किसी ने नरमुंडों के अंदर बने चक्षुकोटरों और छाती की हड्डियों के ढांचे का कोलाज बनाया था।

मशाल की रोशनी में नर कंकाल, वह शुष्क तरीके से मुस्कुराया। उसे याद आया कि संयोगवश पिछले ही महीने उसे ऐसी ही परिस्थिति का सामना करना पड़ा था। *हड्डियों और शोलों के साथ बितायी शाम।* न्यूयॉर्क म्यूजियम ऑफ आर्कियोलॉजी में आयोजित कैंडल—लाइट डिनर जिसमें सैलमन फ्लैम्बे ने ब्रोंटोसॉरस के हड्डियों के ढांचे के सामने बैठकर खाना खाया था। वह उस कार्यक्रम रेबेका स्ट्रॉस के आमंत्रण पर शामिल हुआ था। रेबेका कभी फैशन मॉडल रही थी और आजकल दि टाइम्स के लिए कला आलोचक

के तौर पर काम कर रही थी। काले मलमल में लिपटी, सिगरेट और कृत्रिम तरीके से बड़े किए गए स्तन। इसके बाद उसने लैंग्डन को दो बार फोन किया था लेकिन लैंग्डन ने उसके फोन का जवाब नहीं दिया था। सुसंकृत मनुष्य के आचरण के खिलाफ। वह परेशान हो रहा था और मन ही मन सोच रहा था कि पता नहीं इस बदबूदार गड्ढे में रेबेका स्ट्रॉस कितनी देर रह पाती।

लैंग्डन को तसल्ली हुई जब सीढ़ी के आखिरी पायदान से नीचे उतरते हुए उसे नीचे दलदली ज़मीन का अहसास हुआ। उसके जूते के नीचे की ज़मीन गीली लग रही थी। उसने खुद को दिलासा दिया कि गड्ढे की दीवारें उसके ऊपर नहीं गिरेंगी और वह नीचे उतर गया। गड्ढा गोलाकार था जिसका व्यास करीब बीस फीट था। वह अपनी आस्तीन से नाक ढंक कर साँस ले रहा था। उसने अपनी नज़र लाश पर डाली। अंधेरे में धुंधली सी छाया दिखाई दे रही थी। सफेद, मांसल रूपरेखा। उसका चेहरा दूसरी ओर था। बिल्कुल गतिहीन। चुप्पी।

गड्ढे के अंधकार में अपने पांव बढ़ाते हुए लैंग्डन समझने की कोशिश कर रहा था कि उसके सामने क्या चीज़ थी। उस व्यक्ति की पीठ लैंग्डन की तरफ थी। लैंग्डन को उसका चेहरा नहीं दिखाई दे रहा था। लेकिन इसमें कोई शक नहीं था कि वह खड़ा था।

'हेलो।' लैंग्डन ने अपनी आस्तीन के अंदर से किसी तरह दबी सी आवाज़ लगाई। कोई प्रतिक्रिया नहीं। जब वह नजदीक आया तो उसे लगा कि उस आदमी का कद बहुत छोटा था। बहुत ही छोटा।

'क्या हो रहा है?' विट्टोरिया ने ऊपर से रोशनी की दिशा को बदलते हुए आवाज़ लगायी।

लैंग्डन उस शरीर की तरफ बढ़ा। *उम्मीद करता हूँ, उसकी खातिर।* अब वह उस शरीर से कुछ फीट की दूरी पर था। उसने उसकी उल्टी हुई पुतलियों की तरफ देखा। वे बाहर निकली हुई थी, नीली और ख़ून की तरह लाल। लैंग्डन उसकी साँसें सुनने के लिए झुका लेकिन अचानक पीछे हो गया। 'भगवान के लिए ... ।'

'क्या?'

लैंग्डन की जैसे घिग्घी बंध गई थी। 'वह मर चुका है। मैंने अभी उसकी मौत की वजह को देखा है।' यह भयानक दृश्य था। उस व्यक्ति के मुँह को खोलकर उसमें कीचड़ भर दिया गया था। 'किसी ने उसके मुँह में मुट्ठी भर धूल डाल दिया। उसकी साँस रुक गई।'

'धूल यानी की मिट्टी, धरती ?' विट्टोरिया ने कहा।

लैंग्डन ने इस पर दुबारा सोचा। पृथ्वी। वह करीब करीब भूल चुका था। ब्रांड— धरती, आकाश, आग, पानी। हत्यारे ने धमकी दी थी कि वह हरेक शिकार को विज्ञान के इन मूलभूत तत्वों में से एक एक की मदद से मारेगा। इसमें पहला तत्व था धरती। *सैंटी*

के धरती पर बनी कब्र से शुरू होकर... अंदर की बदबूदार गैस से लैंग्डन का सिर चकरा रहा था। वह घूम कर उस लाश के आगे आया। इस दौरान उसके अंदर के संकेत विज्ञानी ने उसे जोर जोर से मिथकीय एंबीग्राम बनाने की चुनौती दी। *धरती? कैसे?* लेकिन एक ही पल के बाद वह उसके सामने उपस्थित था। सदियों से चली आ रही इल्युमिनाटी की दंतकथाएँ उसके दिमाग़ में उमड़ने घुमड़ने लगी। कार्डिनल के सीने पर बना निशान काला पड़ गया था और उससे कुछ रिस रहा था। मांस बिल्कुल काला पड़ गया था। ला लिंगुआ प्यूरा—पवित्र भाषा...

लैंग्डन ने उसके शरीर पर दागे हुए ब्रांड पर नज़र डाली। कमरा जैसे चक्कर काटने लगा।

'अर्थ यानी धरती।' वह फुसफुसाकर बोला। उसने अपना सर एक तरफ झुका कर उस संकेत चिह्न को दूसरी तरफ से पढ़ा। 'अर्थ।'

फिर उसके ऊपर भय का एक झोंका हावी हुआ। उसे एक आखिरी बात समझ में आई। *तीन और होंगे यहाँ।*

68

सिस्टीन के चैपल में मोमबत्ती की हल्की रोशनी के बावजूद कार्डिनल मोर्टाटी परेशान थे। औपचारिक रूप से सम्मेलन शुरु हो चुका था। इसकी शुरुआत बड़े ही अपशकुनी ढंग से हुई थी।

आधे घंटे पहले निर्धारित समय पर केमरलेग्नो कार्लो वेंट्रेस्का ने गिरजाघर में प्रवेश किया। वे सामने वाली वेदी के पास गए और शुरुआती प्रार्थना की। फिर उन्होंने अपने हाथ खोले और फिर उनसे जिस साफगोई से बात की वैसा मोर्टाटी ने सिस्टीन की वेदी के सामने पहली बार सुना था।

'आप सभी को पता है' केमरलेग्नो ने कहा, 'कि हमारे चार ख़ास कार्डिनल इस वक्त सम्मेलन में उपस्थित नहीं हैं। मैं दिवंगत स्वर्गीय पोप के नाम से आप सभी से निवेदन करता हूँ कि आप कार्रवाई शुरू करें, जैसा कि आपको करना चाहिए। आप अपना

विश्वास और उद्देश्य अटल रखें। आपकी आँखों के सामने ईश्वर के सिवा कुछ भी न हो।' यह कहकर वह वापस जाने के लिए मुड़े।

'लेकिन।' एक कार्डिनल बोल उठा, 'वो लोग हैं कहाँ?'

केमरलेग्नो रुके। 'ईमानदारी से कहूं तो मुझे ये पता नहीं।'

'वे कब वापस लौटेंगे?'

'ईमानदारी से मैं यह भी नहीं जानता।'

'क्या वे सकुशल हैं?'

'मैं ये ईमानदारी से नहीं कह सकता।'

'क्या वे वापस लौटेंगे?'

लंबी चुप्पी।

'भरोसा रखिए।' केमरलेग्नो ने कहा। फिर वह कमरे से बाहर निकल आए।

परंपरा के अनुसार सिस्टीन गिरजाघर के दरवाजों को सील कर दिया गया था। इसके बाहर दो मोटी जंजीरें लटकी हुई थी। आगे के हॉल में चार स्विस गार्ड पहरे पर तैनात थे। मोर्टाटी को पता था कि ये दरवाज़े अब तभी खुल सकते थे जब अंदर कोई इतना बीमार हो गया हो कि उसकी मौत होने वाली हो या फिर वे चार विशिष्ट चुनिंदा कार्डिनल वहाँ वापस आ जाएं। मोर्टाटी प्रार्थना कर रहा था कि बाद वाली बात ही सच हो। हालाँकि उसके अंदर ये बात हजम नहीं हो रही थी।

कार्रवाई को हमें आगे बढ़ाना ही होगा, मोर्टाटी ने फैसला किया। उसे केमरलेग्नो की बातों से बल मिला था। इसलिए उसने मतदान करवाने की घोषणा की। आखिर चारा भी क्या था।

वोट शुरु होने के पहले इसकी तैयारी से संबंधित अनुष्ठान में करीब तीस मिनट का वक्त लगा। हरेक कार्डिनल अपनी वरिष्ठता के क्रम में मुख्य वेदी के पास आकर वोट देने की प्रक्रिया पूरा कर रहा था। मोर्टाटी मुख्य वेदी के पास खड़े यह सब देख रहे थे।

अब आखिरी कार्डिनल वेदी के पास पहुँच कर उसके सामने घुटनों के बल झुका हुआ था।

'मैं अपने निर्णायक, ईसा मसीह को गवाह मान कर, ईश्वर के सामने यह घोषणा करता हूँ कि मेरा वोट उसी को दिया जाएगा जिसके बारे में मैं सोचता हूँ कि उसे चुना जाना चाहिए।' दूसरे कार्डिनलों की तरह उस कार्डिनल ने भी दोहराया।

कार्डिनल खड़ा हो गया। उसने अपना बैलट अपने सर के ऊपर लहराया ताकि वह सभी को दिखाई दे। फिर उसने बैलट को वेदी के सामने नीचे लाया जहाँ एक बड़ी सी प्याली के ऊपर एक तश्तरी रखी हुई थी। उसने बैलट को तश्तरी पर रख दिया। फिर उसने तश्तरी को उठाकर बैलट को प्याली में गिरा दिया। तश्तरी का इस्तेमाल इसलिए किया जाता था कि कोई व्यक्ति चुपचाप एक से अधिक बैलट न गिरा दे।

अपना बैलट प्याली में डालने के बाद उसने प्याली के ऊपर तश्तरी रख दी। उसने झुक कर सलीब को नमस्कार किया और अपनी सीट पर वापस आ गया।

आखिरी बैलट गिराया ज़ा चुका था।

अब मोर्टाटी के काम की बारी थी।

प्याली के ऊपर तश्तरी को रखकर मोर्टाटी ने बैलटों को अच्छी तरह से मिला दिया। फिर उसने तश्तरी हटा दी और प्याली के अंदर से एक बैलट निकाल लिया। उसने बैलट खोला। बैलट ठीक दो इंच चौड़ा था। उसने सबको सुनाते हुए उसे पढ़ना शुरु कर दिया।

'इलिजो इल सम्मम पोंटीफिसेम...' उसने घोषणा की। वह हर बैलट के ऊपर लिखे शब्दों को पढ़ रहा था—मैं पादरियों में सबसे शीर्षस्थ का चुनाव करता हूँ। इसके बाद वह उस व्यक्ति की घोषणा करता था जिसका नाम बैलट के निचले हिस्से में लिखा होता। नाम पढ़ने के बाद वह धागा लगी सुई से बैलट के बीच ठीक उस जगह छेद करता, जहाँ इलिजो लिखा होता। इस दौरान वह बहुत सावधानी रखता और धागे में बैलट को पिरोता जाता। फिर एक नोटबुक में वह वोट को लिख लेता।

उसने फिर से यही प्रक्रिया दोहराई। उसने प्याली से एक बैलट उठाया। फिर उसे सबको सुनाकर पढ़ा। बैलट को धागे में पिरोया और नोटबुक में वोट को दर्ज किया। तुरंत उसे समझ में आया कि उसका पहला वोट बेकार जाएगा। लोग किसी एक नाम पर सहमत नहीं हो रहे थे। सात बैलटों में सात कार्डिनलों का नाम लिखा था। जैसा कि स्वाभाविक था, हर बैलट पर हाथ की लिखावट ब्लॉक प्रिंटिंग या नक्काशीदार लिखाई से अलग दिखाई दे रही थी। मतदान की गोपनीयता बेमतलब लग रही थी क्योंकि हर कार्डिनल ने पोप के तौर पर अपने नाम का ही चुनाव किया था। वे खुद को वोट दे रहे थे। मोर्टाटी समझ रहा था कि इस चालाकी का आत्म-केंद्रित महत्वाकांक्षा से कुछ लेना देना नहीं था। यह एक तरह की सुरक्षात्मक गतिविधि थी, खुद को बचाने की कोशिश। एक तरह से चुनाव को रोकने की कोशिश ताकि किसी भी कार्डिनल को जीत के लायक वोट नहीं मिल सकें ताकि फिर से चुनाव करवाना लाजमी हो जाए।

कार्डिनल अपने चुने हुए विशिष्ट कार्डिनलों के लिए इंतज़ार कर रहे थे...

आखिरी बैलट निकाल कर उसकी गिनती हो जाने के बाद मोर्टाटी ने घोषणा की कि मतदान असफल हो गया था।

उसने धागे के छोर को बांध दिया जिसमें सभी बैलट गुंथे हुए थे। माला तैयार हो गई थी। उसने इस माला को चांदी की एक तश्तरी पर रख दिया। इसमें उसने ज़रूरी रसायन को मिलाया और उस तश्तरी को लेकर अपने पीछे की चिमनी की ओर चला गया। उसने बैलटों में आग लगा दी। बैलटों के जलने से रसायन के कारण काला धुआं हवा में फैल गया। धुआं एक पाइप से होकर छत में बने छेद से होता हुआ बाहर निकल गया ताकि

गिरजाघर के बाहर खड़े लोग इसे देख सकें। कार्डिनल मोर्टाटी ने अपना पहला संकेत दुनिया के लिए भेज दिया था।

एक बार वोट की प्रक्रिया पूरी। पोप का चुनाव नहीं हो पाया।

69

धुएँ से लैंग्डन की साँस करीब करीब बंद हो चुकी थी। वह किसी तरह सीढ़ी पर चढ़ कर गड्ढे से बाहर आने लगा जहाँ से रोशनी आ रही थी। ऊपर उसे आवाजें सुनाई दे रही थी लेकिन उसे कुछ पता नहीं चल रहा था। उसका सिर गर्म सलाखों से दागे हुए कार्डिनल की लाश को याद कर चकरा रहा था।

धरती...धरती।...

वह जब ऊपर आने की कोशिश कर रहा था तो उसे लगा कि उसे देखने में परेशानी हो रही है। उसे लगा जैसे उस पर बेहोशी छा रही हो। ऊपर पहुँचने की दो सीढ़ियाँ पहले उसने अपना संतुलन खो दिया। उसने उचक कर गड्ढे के सिरे को पकड़ना चाहा लेकिन यह उसकी पकड़ से काफी दूर था। सीढ़ी से उसका हाथ छूट गया और वह औंधे मुँह अंधेरे में गिरने गिरने को हो गया। उसने बांह के नीचे तेज़ दर्द का अनुभव किया और अचानक लैंग्डन हवा में था। वह गड्ढे के ऊपर हवा में तेजी से अपने पैर झुला रहा था।

दो स्विस गार्डों ने अपने मजबूत हाथ उसकी कांख के अंदर डाल कर उसे ऊपर की ओर खींच लिया। एक क्षण के बाद लैंग्डन का सिर उस शैतानी छेद से बाहर आया। उसे घुटन हो रही थी और उसका साँस लेना मुश्किल हो रहा था। स्विस सुरक्षाकर्मियों ने उसे खींच कर गड्ढे के मुँह से बाहर निकाला और फर्श पर लिटा दिया। वह पीठ के बल ठंडे संगमरमर के फर्श पर लेटा हुआ था।

थोड़ी देर के लिए लैंग्डन को समझ में नहीं आया कि वह कहाँ है। उसे ऊपर तारे दिखाई दे रहे थे, चक्कर काटते ग्रह उपग्रह नज़र आ रहे थे। धुंधली आकृतियाँ उसके आस पास से गुजर रही थी। लोग जोर जोर से चिल्ला रहे थे। उसने उठकर बैठने की कोशिश की। वह पत्थर के बने पिरामिड की तलहटी में बैठा था। । चर्च के भीतर किसी की गुस्से से भरी तीखी आवाज़ सुनाई दी जो लैंग्डन की जानी पहचानी आवाज़ थी और फिर लैंग्डन समझ गया।

ओलिवेट्टी विट्टोरिया पर चिल्ला रहा था। 'तुमने पहले इस बात का अनुमान क्यों नहीं लगाया?'

विट्टोरिया हालातों के बारे में उसे समझाने की कोशिश कर रही थी।

ओलिवेट्टी उसे बीच में रोक कर अपने लोगों को कुछ हुक्म देने लगा। 'उस लाश को यहाँ से हटाओ। इमारत की तलाशी लो।'

लैंग्डन बैठने की कोशिश कर रहा था। चिगी चैपल में स्विस गार्ड भरे हुए थे। गिरजाघर में घुसने के साथ ही दरवाज़े पर जो प्लास्टिक का पर्दा जैसे डला था उसे हटा दिया गया था। लैंग्डन के फेफड़ों में खुली हवा जा रही थी। जब उसे धीरे धीरे होश आया तो उसने देखा कि विट्टोरिया उसकी ओर आ रही थी। वह झुकी। उसका चेहरा परियों की तरह दिखाई दे रहा था।

'आप ठीक हैं?' विट्टोरिया उसकी नब्ज देखने लगी। अपनी त्वचा पर उसके हाथ नाजुक लग रहे थे।

'शुक्रिया।' लैंग्डन अब ठीक से बैठ चुका था। 'ओलिवेट्टी पागल है।'

विट्टोरिया ने सिर हिलाया। 'उसे नाराज होने का हक है। हमने उसका खेल खराब कर दिया।'

'तुम्हारे कहने का मतलब *मैंने* गड़बड़ की।'

'तो फिर प्रायश्चित करो। उसे अगली बार पकड़ कर दिखाओ।'

अगली बार? लैंग्डन को लगा कि यह क्रूर वक्तव्य था। *दूसरी बार मौका नहीं आने वाला। हमने मौका खो दिया है।*

विट्टोरिया ने लैंग्डन की घड़ी पर नज़र दौड़ायी। 'मिकी कह रहा है कि हमारे पास चालीस मिनट का वक्त है। अब अपना दिमाग़ लगाओ कि दूसरा निशान कहाँ है?'

'मैंने तुम्हें बताया न विट्टोरिया कि वे मूर्तियाँ ग़ायब हो चुकी हैं। दि पाथ ऑफ इल्यूमिनेशन इज...' यह बोलते बोलते लैंग्डन रुक गया।

विट्टोरिया धीमे-धीमे मुस्कुरा रही थी।

अचानक लैंग्डन लड़खड़ाते हुए अपने पैरों पर खड़ा होने की कोशिश करने लगा। वह गोल गोल घूम कर अपने चारों तरफ बनी कलाकृतियों, पिरामिड, सितारे, ग्रह—उपग्रह, अंडाकार कक्षाएं, देखने लगा। अचानक उसकी स्मृति जैसे वापस हो गई। *यही विज्ञान की पहली वेदी है। पैंथियन नहीं।* उसे एकदम से समझ में आ गया कि कैसे यह गिरजाघर इल्युमिनाटियों की ख़ास जगह थी, विश्व—प्रसिद्ध पैंथियन की तुलना में कई गुणा ज़्यादा सूक्ष्म और चुनिंदा। चिगी मुख्य स्थानों से दूर बना एक ताखे जैसा था, जैसे दीवार में बनी छेद, विज्ञान के महान संरक्षकों के प्रति श्रद्धांजलि जिसमें धरती से संबंधित प्रतीकों की भरमार थी। बिल्कुल पूर्ण।

लैंग्डन ने खुद को दीवार से टिकाकर संतुलित किया और विशाल आकार के पिरामिडों की आकृतियों को घूरने लगा। विट्टोरिया बिल्कुल ठीक कह रही थी। अगर यह गिरजाघर विज्ञान की पहली वेदी थी तो इसके अंदर इल्युमिनाटी मूर्तियाँ भी जरूर होंगी जो पहले संकेत चिह्न का काम करती होंगी। लैंग्डन के अंदर उम्मीद की एक नयी किरण जग गई। उसे लगा कि अब भी कुछ हो सकता था। अगर वह संकेत—चिह्न यहीं कहीं है तो वे उसके सहारे विज्ञान की दूसरी वेदी तक पहुँच सकते थे। फिर हत्यारे को पकड़ने का एक और मौका उन्हें मिल सकता था।

विट्टोरिया और नजदीक आ गई। 'मैंने पता कर लिया है कि वह अज्ञात इल्युमिनाटी मूर्तिकार कौन था।'

लैंग्डन का सर उसकी ओर घूम गया, 'क्या कहा तुमने?'

'अब हमें सिर्फ इतना पता लगाना है कि यहाँ पर वह कौन सी मूर्ति है जो...'

'जरा रुकना। तुम्हें पता है कि वह इल्युमिनाटी मूर्तिकार कौन था?' उसने इसका पता लगाने के लिए कई साल लगाए थे।

विट्टोरिया मुस्कुरायी। 'बर्निनी।' वह चुप हो गई। 'दि बर्निनी।'

लैंग्डन तुरंत समझ गया कि विट्टोरिया की जानकारी गलत थी। बर्निनी का इस मूर्ति का मूर्तिकार होना कतई संभव नहीं था। गियान लोरेंजो बर्निनी इतिहास का दूसरा सबसे मशहूर मूर्तिकार था। उसकी प्रसिद्धि से बढ़ कर सिर्फ माइकेल एंजेलो की प्रसिद्धि थी। सन 1600 के दौरान बर्निनी ने जितनी मूर्तियाँ बनायी उतनी किसी दूसरे मूर्तिकार ने नहीं बनायी थी। दुर्भाग्यवश, वे जिस आदमी की तलाश कर रहे थे वह एक अनजान, गुमनाम व्यक्ति था।

विट्टोरिया थोड़ी नाराज हुई, 'आपको इससे कुछ खुशी नहीं हुई।'

'वह व्यक्ति बर्निनी नहीं हो सकता।'

'क्यों? बर्निनी गैलीलियो का समकालीन था। वह एक अत्यंत प्रतिभावान मूर्तिकार था।'

'वह एक मशहूर इंसान था और कैथलिक।'

'हाँ।' विट्टोरिया ने कहा। 'बिल्कुल गैलीलियो की तरह।'

'नहीं।' लैंग्डन ने उसकी बात काटते हुए कहा। 'गैलीलियो की तरह बिल्कुल नहीं। गैलीलियो वेटिकन की आँखों में कांटे की तरह चुभता था। बर्निनी वेटिकन का चहेता व्यक्ति था। उसे वेटिकन की कला की देखरेख करने वाला अधिकारी बनाया गया था। वह करीब करीब अपनी पूरी ज़िंदगी वेटिकन के अंदर ही रहा।

'हाँ, बिल्कुल विश्वसनीय नकाब। इल्युमिनाटी की घुसपैठ।'

लैंग्डन खीझ रहा था। 'विट्टोरिया, इल्युमिनाटी के सदस्य अपने गुप्त कलाकार को अज्ञात कलाकार *इल मेस्ट्रो इग्नोटो* के नाम से पुकारते थे।'

'हाँ। और उन्हें इस बात का पता नहीं था। आप मेसनों की गोपनीयता के बारे में सोचिए। केवल ऊपरी तबके के लोगों को ही पूरी तरह सचाई का पता होता था। गैलीलियो के लिए संभव था कि वह बर्निनी का नाम इल्युमिनाटी के ज़्यादातर सदस्यों से छुपा कर रखते, बर्निनी की सुरक्षा के लिए। इस तरह वेटिकन को कभी पता नहीं चलता।'

लैंग्डन इस बात से सहमत नहीं था लेकिन उसे मानना पड़ा कि विट्टोरिया की बात में एक अजीब सा दम है। इल्युमिनाटी गुप्त सूचनाओं को खांचों में छिपाकर रखने के लिए जाने जाते थे। वे केवल अपने ऊपरी तबके के सदस्यों को ही इसकी जानकारी देते थे।

यह उनकी गोपनीयता को बरकरार रखने का आधार—स्तंभ था। बहुत कम लोगों को पूरी बात की जानकारी होती थी।

'और बर्निनी के इल्युमिनाटी से संबंध...' विट्टोरिया ने मुस्कुराते हुए कहा 'इस बात की व्याख्या करते हैं कि उसने उन दो पिरामिडों को क्यों बनाया।'

लैंग्डन उन दो विशाल आकार के पिरामिडों की ओर मुड़ा और उसने अपना सिर हिलाया। 'बर्निनी धार्मिक मूर्तिकार था। यह कतई मुमकिन नहीं कि उसने वे दोनों पिरामिड बनाए थे।'

विट्टोरिया ने अपने कंधे उचकाए। 'अपने पीछे बने संकेत को देखकर क्या आप ऐसा कह सकते हैं?'

लैंग्डन ने पट्टिका की ओर देखा :

चिगी गिरजाघर की कला।

इसका स्थापत्य हालाँकि राफेल ने बनाया है

लेकिन अंदर के सभी अलंकरण गियान लोरेंजो बर्निनी के बनाए हैं।

लैंग्डन ने पट्टिका को दो बार पढ़ा लेकिन उसे फिर भी विश्वास नहीं हो रहा था। गियान लोरेंजो बर्निनी वर्जिन मेरी, परियों, देवदूतों, पैगंबरों और पोप की सुंदर मूर्तियाँ बनाने के लिए मशहूर था। उसे पिरामिड बनाने की क्या पड़ी थी?

लैंग्डन ने बड़े बड़े स्मारकों की ओर देखा। उसका दिमाग़ बिल्कुल काम नहीं कर रहा था। दो पिरामिड। दोनों में चमकदार, अंडाकार तमगे। ये कुल मिलाकर उतनी ही गैर-ईसाई चीजें थी जितनी की वे मूर्तियाँ हो सकती थी। पिरामिड, ऊपर सितारे, नक्षत्रों की निशानी। *अंदर की सभी अलंकरण गियान लोरेंजो बर्निनी के बनाए हैं।* अगर यह सच है तो इसका मतलब है कि विट्टोरिया की बात सही है, लैंग्डन सोच रहा था। साफ लग रहा था कि बर्निनी इल्युमिनाटी का अज्ञात कलाकार था। इस गिरजाघर के भीतर किसी दूसरे व्यक्ति ने कलाकृतियाँ नहीं बनायी थी। यह बात इतनी तेजी से लैंग्डन के दिमाग़ में आयी कि वह चकरा गया।

बर्निनी इल्युमिनाटी समुदाय का सदस्य था।

बर्निनी ने इल्युमिनाटी एंबीग्राम बनाए।

बर्निनी ने ही पाथ ऑफ इल्यूमिनेशन का निर्माण किया।

लैंग्डन बड़ी मुश्किल से बोल पा रहा था। क्या यह मुमकिन था कि इस छोटे से चिगी गिरजाघर में विश्व प्रसिद्ध बर्निनी ने वो मूर्ति रखी जो रोम में उस तरफ इशारा कर रही थी जहाँ विज्ञान की अगली वेदी थी?

'मैंने कभी सोचा भी न होता कि वह व्यक्ति बर्निनी था।' लैंग्डन ने कहा।

'इस मशहूर वेटिकन कलाकार के अलावा किस दूसरे व्यक्ति के लिए यह मुमकिन था कि वह अपनी कलाकृति रोम के ख़ास ख़ास गिरजाघरों में रख देता और पाथ ऑफ इल्यूमिनेशन का निर्माण करता? किसी ऐरे-गैरे कलाकार के लिए तो यह संभव नहीं था।'

लैंग्डन ने इस पर विचार किया। उसने पिरामिडों की ओर देखा। वह सोचने लगा कि कहीं इनमें से ही कोई तो वह संकेत चिह्न नहीं है या हो सकता है कि दोनों हों। 'ये दोनों पिरामिड एक दूसरे की विपरीत दिशा में रखे गए हैं।' लैंग्डन ने कहा। वह समझ नहीं पा रहा था कि इसका क्या मतलब होता है। 'वे बिल्कुल एक जैसे हैं इसलिए मैं कह नहीं सकता कि उनमें से कौन...'

'मुझे नहीं लगता कि हम जिस चीज़ की तलाश कर रहे हैं वह हमें इन पिरामिडों में मिलेगा।'

'लेकिन यहाँ रखी कलाकृतियाँ तो यही दोनों हैं?'

विट्टोरिया ने उसे बीच में रोक दिया। वह लैंग्डन को ओलिवेट्टी और उसके गार्डों की तरफ दिखाने लगी जो शैतानी गड्ढे के पास इकट्ठा थे।

लैंग्डन दूसरी तरफ बनी दीवार को देखने लगा जिधर वह अपने हाथों से इशारा कर रही थी। पहले उसे कुछ नज़र नहीं आया। फिर कोई व्यक्ति हिला और अचानक वह लैंग्डन को दिखाई दिया। सफेद संगमरमर। हाथ। धड़। और फिर मूर्ति जैसा चेहरा। ताखे के भीतर से आधा अधूरा दिखाई देता। एक दूसरे से लिपटी हुई आदमकद दो मूर्तियां। लैंग्डन की धड़कन तेज़ हो गई। वह पिरामिड और शैतानी गड्ढे के बारे में सोचने में इतना मशगूल था कि उसने इस मूर्ति पर ध्यान ही नहीं दिया था। वह लोगों की भीड़ को पार करता हुआ कमरे के दूसरे ओर गया। नजदीक आने पर लैंग्डन को अहसास हुआ कि यह कलाकृति बर्निनी के अलावा दूसरा कोई बना ही नहीं सकता था। कलात्मक अभिव्यक्ति की तीव्रता, चेहरे पर महीन काम, लहराती पोशाक, सब कुछ सफेद संगमरमर से बना, जो कि वेटिकन के पैसों से ही खरीदना संभव हो सकता था। लैंग्डन जब इन दोनों मूर्तियों के ठीक सामने आकर खड़ा हुआ तभी उसने इन मूर्तियों को पहचाना। उसने दोनों चेहरों को घूर कर देखा और गहरी साँस ली।

'वे कौन लोग हैं' विट्टोरिया ने विनम्रता से सवाल पूछा। वह अब लैंग्डन के पीछे खड़ी थी।

लैंग्डन हतप्रभ सा खड़ा था। 'हबाकुक और देवदूत।' उसने कहा। उसकी आवाज़ मुश्किल से सुनाई दे रही थी। यह बर्निनी की एक काफी जानी पहचानी कलाकृति थी जिसे कला के इतिहास में कई जगहों पर शामिल किया गया था। लैंग्डन भूल चुका था कि ये कलाकृतियाँ यहाँ थी।

'हबाकुक?'

'हाँ। वही पैगंबर जिसने धरती पर महाप्रलय की भविष्यवाणी की थी।'

विट्टोरिया कुछ परेशान लग रही थी। 'आपको लगता है कि यही वह संकेत चिह्न है?'

लैंग्डन ने आश्चर्यचकित होकर सर हिलाया। अपनी ज़िंदगी में उसे अपनी बात पर इतना यकीन कभी नहीं हुआ था। यही पहला इल्युमिनाटी संकेत चिह्न है। बेशक। वैसे लैंग्डन ने सोचा था कि संकेत चिह्न वाली मूर्ति किसी तरह उस रास्ते की तरफ 'इशारा' कर

रही होगी लेकिन वह इसे शाब्दिक तौर पर नहीं ले रहा था। हबाकुक और देवदूत, दोनों के हाथ आगे की ओर फैले हुए थे और वे कहीं दूर इशारा कर रहे थे।

अचानक लैंग्डन मुस्कुराने लगा। 'यह उतना भी सूक्ष्म नहीं है, क्या?'

विट्टोरिया उत्तेजित लग रही थी लेकिन थोड़ी चकरायी हुई भी। 'मैं देख रही हूँ कि वे दूर कहीं इशारा कर रहे हैं लेकिन वे एक दूसरे की विपरीत दिशा में इशारा कर रहे हैं। देवदूत एक तरफ इशारा कर रहो हैं तो पैगंबर दूसरी तरफ।'

लैंग्डन मुस्कुराया। यह सच था। हालाँकि दोनों मूर्तियाँ दूर कहीं इशारा कर रही थी लेकिन वे बिल्कुल उल्टी दिशा में दिखा रही थी। लेकिन लैंग्डन इस गुत्थी को हल कर चुका था। वह ऊर्जा से भर कर दरवाज़े की तरफ दौड़ा।

'आप कहाँ जा रहे हैं?' विट्टोरिया चिल्लायी।

'इमारत से बाहर।' बाहर की तरफ भागते हुए लैंग्डन को लगा कि उसके पैरों में पंख लग गए हों। 'मुझे देखना है कि ये दोनों मूर्तियाँ किस दिशा में इशारा कर रही हैं।'

'रुकिए। आप कैसे समझेंगे कि किस उँगली की दिशा में हमें आगे जाना है?'

'कविता। उसकी आखिरी पंक्ति।' उसने पीछे मुड़कर विट्टोरिया को कहा।

'इस महान कार्य में देवदूत करेंगे तुम्हारी सहायता।' उसने देवदूत की आगे की तरफ इशारा करती उँगलियों पर नज़र डाली।

अचानक उसकी आँखों में पानी भर आया। 'लगता है कि मेरा खराब वक्त आने वाला है!'

70

गुंथर ग्लिक और चिनिता मैक्री पार्क किए हुए बीबीसी के वैन में पिआज्जा डेल पोपोलो के आखिरी छोर पर बैठे हुए थे। वे वहाँ पर अल्फा रोमियो के पहुँचने के थोड़ी देर बाद पहुँचे थे। उन्हें वहाँ पर एक अकल्पनीय घटना क्रम दिखाई दिया। चिनिता को अब भी समझ में नहीं आ रहा था कि ये सब क्या हो रहा था। लेकिन उसका कैमरा चालू था।

वे जैसे ही वहाँ पहुँचे तो उन्होंने देखा कि अल्फा रोमियो से बाहर आकर जवानों की एक बड़ी टोली ने चर्च को घेर लिया था। कुछ ने अपने हथियार निकाले हुए थे। उनमें से एक व्यक्ति जो थोड़ा उम्रदराज और सीधा तना दिखाई दे रहा था, एक टीम को लेकर चर्च के सामने की सीढ़ियों पर जा रहा था। सिपाहियों ने बंदूकें निकाल ली थी और सामने के दरवाजों के ताले गोलियाँ मारकर खोल रहे थे। मैक्री को कुछ सुनाई नहीं दिया। उसने अनुमान लगाया कि उनकी बंदूकों में साइलेंसर लगे थे। फिर सिपाही अंदर घुस गए।

चिनिता ने सलाह दी थी कि वे चुपचाप कार में बैठ कर वीडियो बनाते रहें। बंदूक आखिर बंदूक होती है और उन्हें अपनी वैन से सब कुछ साफ साफ नज़र आ रहा था। ग्लिक ने इस पर कुछ नहीं बोला था। अब, पिआज्जा के सामने लोग चर्च से भीतर

बाहर आ जा रहे थे। वे एक दूसरे पर चिल्ला रहे थे। चिनिता ने अपना कैमरा उन लोगों की तरफ मोड़ लिया जो आसपास के इलाके की तलाशी ले रहे थे। वे सभी सादी वर्दी में थे लेकिन उनके चलने में फौजियों वाली सुनिश्चितता थी। 'कौन हैं वे लोग?' उसने पूछा।

'मुझे क्या पता।' ग्लिक की नज़रें उसी तरफ जमी हुई थी। 'तुम सब रिकॉर्ड कर रही हो?'

'हरेक फ्रेम।'

ग्लिक की आवाज़ में इत्मीनान झलक रहा था। 'तुम्हें अब भी लगता है कि हमें पोप वाले कार्यक्रम को देखने के लिए जाना चाहिए?'

चिनिता को समझ में नहीं आ रहा था कि उसे क्या कहना चाहिए। ज़ाहिर था कि यहाँ कुछ चल रहा था लेकिन उसने पत्रकारिता में इतना समय बिताया था कि उसे समझ में आ रहा था कि कई मजेदार घटनाओं के पीछे बड़ी हल्की फुल्की व्याख्या होती है। 'हो सकता है कि यहाँ कुछ न हो रहा हो।' उसने कहा। 'हो सकता है कि इन लोगों को भी वही ख़बर मिली हो जो तुम्हें मिली है और वे लोग इस जगह की तलाशी ले रहे हैं। मुमकिन है कि यह झूठी चेतावनी हो।'

ग्लिक ने उसका हाथ पकड़ लिया। 'वहाँ देखो। फोकस करो।' उसने चर्च की ओर इशारा किया।

चिनिता ने तुरंत अपना कैमरा सबसे ऊपर वाली सीढ़ी की तरफ घुमा दिया। 'वहाँ देखो।' वह बोली। उसने चर्च से बाहर निकल रहे लोगों की तरफ कैमरा घुमा दिया।

'खूबसूरत पोशाक में कौन व्यक्ति है?'

चिनिता ने क्लोज अप लेना शुरू किया। 'मैंने उसे पहले कभी नहीं देखा है।' उसने कैमरे को ठीक उस आदमी के चेहरे पर जमा दिया और मुस्कुराने लगी। 'लेकिन उसे दुबारा देखने में मुझे कोई परेशानी नहीं होगी।'

रॉबर्ट लैंग्डन चर्च से निकल कर सीढ़ियों से तेजी से नीचे उतर रहा था और पिआज्जा के मध्य में आ रहा था। अब अंधेरा छाने लगा था। दक्षिणी रोम में वसंत के महीने का सूरज ढल रहा था। सूरज आसपास की इमारतों से नीचे जा चुका था और चौराहे पर छाया फैल चुकी थी।

'ओके बर्निनी।' उसने अपने आप से कहा । 'तुम्हारा देवदूत किस तरफ इशारा कर रहा है?'

उसने मुड़कर चर्च पर नज़र डाली जहाँ से वह अभी बाहर निकला था। उसने चिगी चैपल के भीतरी हिस्से की कल्पना की। साथ ही इसके अंदर बनी एंजेल की मूर्ति की भी। वह बिना किसी हिचकिचाहट के पश्चिम दिशा की ओर मुड़ गया। डूबता हुआ सूरज उसके ठीक सामने था। वक्त को जैसे पंख लग गए थे।

'दक्षिण पश्चिम।' उसने कहा। उसकी दृष्टिरेखा को बाधित कर रही दुकानों और मकानों से उसे कोफ्त हो रही थी। 'दूसरा संकेत चिह्न वहाँ है।'

लैंग्डन इटली के कला इतिहास के बारे में सोचने में अपना दिमाग खपा रहा था। वैसे वह बर्निनी के काम से परिचित था लेकिन उसे पता था कि उस मूर्तिकार ने इतनी कलाकृतियाँ बनायी थी कि किसी गैर-विशेषज्ञ के लिए इन सभी को जानना मुश्किल था। फिर भी पहले पहचान चिह्न, हब्बाकुक और देवदूत की तुलनात्मक प्रसिद्धि को देखते हुए लैंग्डन उम्मीद कर रहा था कि दूसरे पहचान चिह्न को भी वह अपनी स्मृति से परख लेगा।

धरती, हवा, आग, पानी...वह सोच रहा था। धरती को उसने ढूँढ़ लिया था—धरती वाले चर्च के भीतर—हब्बाकुक, वही पैंगंबर जिसने धरती के महाविनाश की भविष्यवाणी की थी।

अगली बारी हवा की है। लैंग्डन खुद को समझा रहा था। *बर्निनी की बनाई कोई मूर्ति जिसका ताल्लुक पानी से हो!* उसका दिमाग़ एकदम खाली लग रहा था। फिर भी उसे अपने अंदर ऊर्जा का अहसास हो रहा था। मैं *पाथ ऑफ इल्यूमिनेशन के रास्ते में हूँ। वह अब भी सुरक्षित है।*

लैंग्डन दक्षिण पश्चिम की ओर देख रहा था। वह सामने की रुकावटों को चीरता हुआ आसमान में दिखाई दे रही किसी सीढ़ी या चर्च के टावर की तलाश कर रहा था। उसे नक्शे की ज़रूरत थी। अगर वे इस बात का पता कर लेते कि यहाँ से दक्षिण—पश्चिम की दिशा में कौन से चर्च हैं तो शायद उनमें से कोई इसकी स्मृति को कुरेद कर जगा देता। हवा, वह अपने दिमाग़ पर जोर दे रहा था। हवा। बर्निनी। मूर्ति। सोचो!

लैंग्डन मुड़ा और वापस कैथेड्रल की सीढ़ियाँ चढ़ने लगा। चबूतरे के नीचे उसे विट्टोरिया और ओलिवेट्टी मिले।

'दक्षिण पश्चिम। दूसरा चर्च यहाँ से दक्षिण पश्चिम दिशा में है।' लैंग्डन ने हांफते हुए कहा।

ओलिवेट्टी की फुसफुसाहट बिल्कुल ठंडी थी। 'इस बार तुम पक्के यकीन से कह रहे हो?'

लैंग्डन ने उसकी बात का जवाब नहीं दिया। 'हमें नक्शे की ज़रूरत है। ऐसा नक्शा जिसमें रोम के सभी चर्चों को दिखाया गया हो।'

कमांडर ने उसे एक पल के लिए गौर से देखा, उसके हाव भाव में कोई परिवर्तन नहीं आया था।

लैंग्डन ने अपनी घड़ी देखी। 'हमारे पास बस आधे घंटे का समय है।'

ओलिवेट्टी लैंग्डन को पार करता हुआ सीढ़ियों से उतर कर अपनी कार की ओर जाने लगा जो कैथेड्रल के ठीक सामने लगी हुई थी। लैंग्डन उम्मीद कर रहा था कि वह नक्शे के लिए जा रहा था।

विट्टोरिया उत्तेजित लग रही थी। 'यानी ऐंजेल दक्षिण-पश्चिम की ओर इशारा कर रहा है? पता नहीं दक्षिण पश्चिम दिशा में कौन से चर्च हैं?'

'मुझे इन इमारतों के उस पार कुछ भी नहीं दिखाई दे रहा।' लैंग्डन फिर से चौराहे की दिशा में मुड़ गया। 'और मैं रोम के चर्चों के बारे में भी ठीक से नहीं जानता...' वह रुका।

विट्टोरिया भौंचक्की थी। 'क्या?'

लैंग्डन ने पिआज्जा की तरफ फिर से देखा। चर्च की सीढ़ियाँ चढ़ने के बाद अब वह ऊँचाई पर था। अब वह बेहतर ढंग से देख सकता था। लेकिन उसे अब भी कुछ नज़र नहीं आ रहा था। लेकिन उसने अनुमान लगाया कि वह सही दिशा में जा रहा था। उसकी आँखें सामने लगे टूटे फूटे मचान को नीचे से ऊपर की तरफ देख रही थी। मचान लगभग छः मंजिल की ऊँचाई तक लगा हुआ था और करीब करीब चर्च की खिड़की तक पहुँच रहा था जो चौराहे के आसपास की दूसरी इमारतों से कहीं ऊँचा था। उसे तुरंत पता चल गया कि उसे किस तरफ जाना था।

* * *

चौराहे के उस पार चिनिता मैक्री और गुंटर ग्लिक बीबीसी वैन के विंडशील्ड के साथ चिपक कर बैठे थे।

'तुम्हें वह दिखाई दे रहा है?' गुंटर ने पूछा।

मैक्री ने मचान की सीढ़ियाँ चढ़ रहे व्यक्ति की तरफ कैमरा और अच्छी तरह फोकस कर लिया। 'अगर मुझसे पूछो तो उसने इतनी अच्छी पोशाक पहन रखी है कि स्पाइडरमैन का किरदार उसके लिए नहीं जंच रहा।'

'और वो मिस स्पाइडी कौन है?'

चिनिता ने मचान के नीचे खड़ी आकर्षक औरत की ओर देखा। 'दावे के साथ कह सकती हूँ कि तुम उसका पता लगाना चाहोगे।'

'मुझे लगता है कि मुझे संपादकीय विभाग को फोन करना चाहिए।'

'नहीं। अभी नहीं। थोड़ी देर देखते हैं। हमारे पास कुछ दिखाने के लिए हो जाए उसके बाद हम उन्हें बता सकते हैं कि हमने सम्मेलन के कवरेज को छोड़ दिया है।'

'क्या तुम्हें सचमुच लगता है किसी ने वहाँ पर उन बुड्ढों में से किसी को मार दिया है?'

चिनिता ने धीरे से अपने मुँह से आवाज़ निकाली, 'तुम बेशक नर्क में जाओगे।'

'और मैं साथ में पुलित्जर ले कर जाऊंगा।'

71

लैंग्डन जैसे-जैसे मचान पर ऊपर चढ़ रहा था यह उतना ही अस्थिर लग रहा था। लेकिन ऊपर जाकर उसे रोम का बेहतर नज़ारा दिखाई दे रहा था। वह ऊपर चढ़ता रहा।

वह जब ऊपरी पायदान पर पहुँचा तो उसकी साँसें उम्मीद से ज़्यादा चढ़ रही थी। सबसे ऊपरी पायदान पर पहुँच कर उसने प्लास्टर झाड़ा और खड़ा हो गया। ऊँचाई से उसे कोई परेशानी नहीं हो रही थी। बल्कि वह इससे उत्साहित हो रहा था।

वहाँ से दिख रहा नजारा अद्भुत था। उसके सामने रोम की लाल खपड़ैल वाली छतें फैली हुई थी। इन्हें देख कर लग रहा था जैसे किसी समंदर में आग लगी हो। रोम लाल सूरज की रोशनी में चमक रहा था। उस स्थान से लैंग्डन ने ज़िंदगी में पहली बार रोम के प्रदूषण और ट्रैफिक के पार जाकर इसकी प्राचीन जड़ों को देखा था—सिट्टा डि डियो—ईश्वर का शहर।

डूबते सूरज की रोशनी में लैंग्डन ने छतों पर नज़र दौड़ायी। वह किसी चर्च के घंटाघर या मीनार को ढूँढ़ने की कोशिश करने लगा। लेकिन क्षितिज में दूर दूर तक उसे कुछ भी नहीं दिखाई दे रहा था। वह सोच रहा था कि रोम में तो सैकड़ों चर्च हैं। *कम से कम एक गिरजाघर तो यहाँ से दक्षिण—पश्चिम दिशा में होगा ही। अगर चर्च अब भी दिखाई दे रहा होगा, फिर उसने खुद को याद दिलाते हुए कहा, ओह, अगर चर्च अब भी अपनी जगह पर खड़ा होगा तो...!*

वह अपनी आँखों पर जोर देकर फिर से तलाश करने लगा। उसे यह तो पता था कि सभी गिरजाघरों में बाहर दिखाई देने वाला घंटाघर या मीनार नहीं होता, ख़ासकर छोटे और दूर दराज में बने गुमनाम किस्म के गिरजाघरों में। यह भी एक तथ्य था कि सन 1600 के बाद रोम में बहुत कुछ बदल चुका था जब कानूनन चर्च ही सबसे ऊँची इमारत होती थी। अब लैंग्डन के सामने अपार्टमेंट की इमारतें, बहुमंजिले घर और टीवी टावर दिखाई दे रहे थे।

दूसरी बार भी लैंग्डन की आँखें क्षितिज के पार पहुँच गई लेकिन उसे कुछ दिखाई नहीं दिया। रोम के इस छोर से उस छोर तक दूर दूर तक उसे एक भी घंटाघर या मीनार नहीं दिखाई दिया। दूर, रोम के आखिरी छोर पर उसे माइकेल एंजेलो का विशाल गुंबद दिखाई दे रहा था जो सूरज की रोशनी को रोक रहा था। सेंट पीटर का बेसिलिका। वेटिकन सिटी। लैंग्डन सोचने लगा कि पता नहीं कार्डिनलों की क्या हालत होगी और क्या स्विस गार्डों को एंटीमैटर की खोज में सफलता मिली होगी। उसे अंदर से ऐसा लग रहा था कि उन्हें सफलता नहीं मिली है और न मिलने वाली है।

उसके दिमाग़ के भीतर कविता फिर से उमड़ घुमड़ रही थी। वह उस कविता की एक एक पंक्ति पर फिर से विचार करने लगा। *धरती पर बने सैंटी की कब्र में बने शैतानी छेद से शुरू होकर... ।* उन्हें सैंटी की कब्र तो मिल गई थी। *रोम में खुलती हैं रहस्यमय तत्वों की परत...* वे रहस्यमय तत्व थे धरती, हवा, आग और पानी। *रोशनी का रास्ता है बना, पवित्र जाँच* । दि पाथ ऑफ इल्यूमिनेशन जो बर्निनी की मूर्तियों से बना है। *इस महान कार्य में देवदूत करेंगे तुम्हारी सहायता...*

देवदूत दक्षिण पश्चिम की ओर इशारा कर रहे थे।

'सामने की सीढ़ियां।' ग्लिक ने चिहुंक कर कहा। वह बीबीसी के वैन के विंडशील्ड के भीतर से इशारा कर रहा था। 'कुछ चल रहा है!'

मैक्री ने अपना शॉट वापस मुख्य द्वार की तरफ कर दिया। कुछ न कुछ जरूर चल रहा था। बिल्कुल निचली सीढ़ी के पास, फौजी की तरह दिख रहे आदमी अल्फा रोमियो में से किसी को खींच कर सीढ़ी के पास ले आया और इसका ट्रंक खोलने लगा। फिर वह चौराहे पर नज़रें दौड़ाने लगा जैसे कि वहाँ खड़े लोगों को देख रहा हो। एक पल के लिए मैक्री को लगा कि उस व्यक्ति ने उन्हें देख लिया था लेकिन उसकी आँखें अब भी इधर उधर किसी की तलाश कर रही थी। ऐसा लगा कि वह व्यक्ति अब संतुष्ट हो गया था। इसके बाद उसने वॉकी टॉकी निकाल कर किसी से बात करना शुरू कर दिया।

तुरंत ऐसा लगा कि चर्च के अंदर से फौज बाहर निकल आयी। सिपाही सबसे ऊपरी सीढ़ी पर उसी तरह पंक्ति में खड़े हो गए जैसे अमेरिकी फुटबॉल टीम झुंड से हटने के बाद पंक्ति में खड़ी होती है। वे मानवीय दीवार की तरह नीचे उतरने लगे। उनके पीछे, दीवार से पूरी तरह छुपे हुए, चार सिपाही कुछ लेकर आ रहे थे। कोई भारी चीज। अजीब सी।

ग्लिक डैशबोर्ड पर आगे झुका। 'क्या वे चर्च के भीतर से कुछ चुराकर बाहर ला रहे हैं?'

चिनिता शॉट को और करीब से लेने लगी। वह टेलीफोटो लेंस का इस्तेमाल कर दीवार की तरह खड़े लोगों को करीब से देखने लगी। वह उनके बीच कोई खाली जगह तलाश रही थी। *एक सेकेंड के लिए, बस एक फ्रेम, बस मुझे इतना ही चाहिए... ...* वह कामना कर रही थी। लेकिन वे सभी लोग बिल्कुल एक साथ आगे बढ़ रहे थे। लेकिन मैक्री अपनी कोशिश में लगी रही और उसे इसका फल मिला। जब सिपाही उस चीज़ को उठाकर ट्रंक में डालने की कोशिश कर रहे थे तो मैक्री को अपने लिए थोड़ी सी खाली जगह मिल गई। आश्चर्य की बात थी कि उनमें से बुजुर्ग व्यक्ति से गलती हुई थी। बस एक पल के लिए लेकिन उसके लिए इतना ही काफी था। मैक्री को अपना फ्रेम मिल गया था। दरअसल यह दस फ्रेम के बराबर था।

'संपादकीय विभाग को फोन लगाओ।' चिनिता ने कहा। 'हमें एक लाश दिखाई दे रही है।'

बहुत दूर, CERN में मैक्सीमिलियन कोलर अपने व्हीलचेयर को लेकर लियोनार्डो वेट्रा के अध्ययन कक्ष में पहुँच चुका था। एकदम मशीनी दक्षता के साथ वह वेट्रा की फाइलों को उलटने पलटने लगा। उसे जब वहाँ अपने काम की चीज़ नहीं मिली तो वह वेट्रा के बेडरूम में चला गया। उसके बिस्तर के साथ वाले टेबल की ऊपरी दराज बंद थी। कोलर ने रसोई में इस्तेमाल होने वाले चाकू से उसे खोल दिया।

इसके भीतर कोलर को वो चीज़ मिल गई जिसकी उसके तलाश थी।

72

लैंग्डन मचान से झूलकर अचानक ज़मीन पर गिर गया। उसने अपने कपड़ों से प्लास्टर की धूल हटाई। विट्टोरिया उसका स्वागत करने के लिए वहाँ मौजूद थी।

'सफलता नहीं मिली?' उसने पूछा।

लैंग्डन ने सिर हिलाया।

'उन्होंने कार्डिनल को ट्रंक में डाल दिया।'

लैंग्डन पार्क किए कार की तरफ देखने लगा जहाँ ओलिवेट्टी और उसके लोग अपने सामने कोई मानचित्र फैला कर देख रहे थे। 'वे क्या दक्षिण पश्चिम की तलाश कर रहे हैं?'

उसने सर हिलाया। 'यहाँ कोई चर्च नहीं। यहाँ से सबसे पहले तुम्हें सेंट पीटर का गिरजाघर मिलता है।'

लैंग्डन ने हुँकारी भरी। अंततः दोनों किसी बात पर सहमत हुए थे। वह ओलिवेट्टी की तरफ बढ़ा। सिपाहियों ने एक तरफ हट कर उन्हें जाने का रास्ता दिया।

ओलिवेट्टी ने इनकी ओर देखा। 'कुछ नहीं। लेकिन इसमें सभी चर्च नहीं दिखाए गए हैं। सिर्फ बड़े बड़े चर्च दिखाए गए हैं। करीब पचास ऐसे चर्च।'

'हम लोग अभी कहाँ हैं?'

ओलिवेट्टी ने पिआज्जा डेल पोपोलो की तरफ दिखाया और ठीक दक्षिण पश्चिम की तरफ एक सीधी लकीर खींची। यह रेखा रोम के मुख्य गिरजाघरों से काफी हट कर जा रही थी जिन्हें काले चौकोर आकार से दिखाया गया था। दुर्भाग्यवश, रोम के पुराने चर्च ही यहाँ के प्रमुख चर्च थे जिन्हें सन 1600 के दौरान बनाया गया था।

'मुझे कुछ फैसले लेने होंगे।' ओलिवेट्टी ने कहा। 'क्या आप इस दिशा के बारे में पूरी तरह आश्वस्त हैं?'

लैंग्डन ने एंजेल के आगे की तरफ दिखा रही उँगलियों की तस्वीर मन में बनाई। उसके अंदर फिर से बेताबी छा रही थी। 'बिल्कुल सर। पक्का।'

ओलिवेट्टी ने कंधे उचकाए और एक बार फिर सीधी लकीर खींचने लगा। रास्ता कोला डि रिजो से होता हुआ पिआज्जा डेल रिसोरजिमेंटो को पार कर रहा था और आगे मार्गेरिता पुल से मिल रहा था। इसके रास्ते में कोई भी चर्च नहीं दिखाई दे रहा था जब तक कि अंत में यह सेंट पीटर के चौराहे पर जाकर अचानक ख़त्म नहीं हो रहा था।

'सेंट पीटर के साथ क्या समस्या है?' एक सिपाही ने पूछा। उसकी बायीं आँख के नीचे घाव का गहरा निशान था। 'यह भी गिरजाघर है।'

लैंग्डन ने अपना सिर हिलाया। 'हम किसी सार्वजनिक स्थान को ढूँढ़ रहे हैं। यह अभी बिल्कुल सार्वजनिक स्थान जैसा नहीं लग रहा है।'

'लेकिन लकीर तो सेंट पीटर के चौराहे से होकर गुजर रही है।' विट्टोरिया ने लैंग्डन के कंधों के पीछे से अपनी बात जोड़ी। 'चौराहा सार्वजनिक स्थान होता है।'

लैंग्डन ने इसके बारे में पहले ही सोच लिया था। 'लेकिन वहाँ कोई मूर्ति नहीं।'

'वहाँ ठीक बीचो बीच एक बड़ी सी चट्टान तो है?'

वह ठीक कह रही थी। सेंट पीटर्स के चौराहे पर मिस्र से लायी एक बड़ी सी चट्टान थी। लैंग्डन ने अपने सामने चौराहे पर रखे उस चट्टान को देखा। ऊँचा पिरामिड। अजीब सा संयोग था, उसने सोचा। फिर उसने इस ख्याल को अपने दिमाग़ से बाहर झटक दिया। 'वेटिकन में रखी चट्टान को बर्निनी ने नहीं बनाया है। इसे कैलीगुला ने यहाँ लाया था। इसका हवा से कोई लेना देना नहीं है।'

एक दूसरी समस्या भी थी। 'कविता में कहा गया था कि ये तत्व पूरे रोम में बिखरे पड़े हैं। सेंट पीटर्स चौराहा वेटिकन सिटी में है, रोम में नहीं।'

'ये इसपर निर्भर करता है कि आप यह सवाल किससे कर रहे हैं।' गार्ड बोला।

लैंग्डन ने उसकी ओर देखा, 'क्या?'

'इसके बारे में हमेशा विवाद रहा है। ज़्यादातर मानचित्रों में सेंट पीटर्स के चौराहे को वेटिकन सिटी के हिस्से के तौर पर दिखाया जाता है। लेकिन यह चूंकि दीवार से घिरे शहर के बाहर है इसलिए रोम के अधिकारी सदियों से दावा करते रहे हैं कि यह रोम का हिस्सा है।

'तुम मज़ाक कर रहे हो।' लैंग्डन ने कहा। उसे इस बात की जानकारी नहीं थी।

'मैंने इसके बारे में सिर्फ इसलिए बताया क्योंकि कमांडर ओलिवेट्टी और मिस वेट्रा किसी मूर्ति के बारे में बात कर रहे थे जिसका संबंध हवा से है।'

लैंग्डन की आँखें आश्चर्य से फैल गई। 'और तुम्हें सेंट पीटर के चौराहे पर ऐसी मूर्ति के बारे में पता है?'

'पूरी तरह तो नहीं। यह वैसे तो मूर्ति नहीं है। शायद यह काम की बात नहीं है।'

'हमें इसकी बात सुननी चाहिए।' ओलिवेट्टी ने कहा।

गार्ड ने कंधे उचकाए। 'मैं इसके बारे में सिर्फ इस वजह से जानता हूँ क्योंकि मैं प्रायः इस चौराहे पर ही ड्यूटी करता हूँ। मैं सेंट पीटर के चौराहे का चप्पा चप्पा जानता हूँ।'

'वह मूर्ति, कैसी दिखती है वह मूर्ति?' लैंग्डन सोच रहा था कि क्या इल्युमिनाटी को इतनी हिम्मत थी कि वे अपना दूसरा संकेत चिह्न सेंट पीटर गिरजाघर के ठीक बाहर लगाते।

'मैं यहाँ रोज गश्त लगाता हूँ।' गार्ड ने कहा। 'यह बिल्कुल बीचो बीच खड़ा है, ठीक उसी जगह जहाँ वह रेखा जा रही है। इसलिए मेरा ध्यान उधर गया। जैसा कि मैंने कहा, यह दरअसल कोई मूर्ति नहीं है बल्कि एक पट्टी है।'

ओलिवेट्टी पागल हो रहा था, 'पट्टी?'

'जी सर।' चौराहे पर धंसी हुई संगमरमर की पट्टी। उस चट्टान के ठीक निचले हिस्से के पास। लेकिन यह पट्टी चौकोर नहीं है। यह अंडाकार पट्टी है। और इस पट्टी पर धूल उड़ाती हवा की तस्वीर बनी हुई है।' वह रुका। 'हवा, मुझे लगता है। अगर इसके बारे में आप वैज्ञानिक दृष्टि से विचार करें तो।'

लैंग्डन उस नौजवान सिपाही की तरफ आश्चर्य से भर कर देखने लगा। 'थोड़ी सी तसल्ली—रिलीफ।' वह अचानक बोल पड़ा।

सभी लोग उसे देखने लगे।

'रिलीफ।' लैंग्डन ने कहा। 'मूर्ति के दूसरे भाग को रिलीफ कहते हैं।' *मूर्तिकला का मतलब होता है किसी चीज़ को गोल आकार में ढालना और रिलीफ में भी।* उसने यह परिभाषा चॉकबोर्ड पर सालों साल लिखी थी। दरअसल दो विमाओं में बनी मूर्तियों को रिलीफ कहते हैं जैसे कि अमरीकी पेनी पर बनी अब्राहम लिंकन की तस्वीर। चिगी गिरजाघर में बर्निनी के बनाए तमगे भी रिलीफ के बेहतरीन उदाहरण हैं।

'बैसोरिलीवो?' गार्ड ने पूछा। वह रिलीफ के लिए इतालवी शब्द का प्रयोग कर रहा था।

'हाँ, बास—रिलीफ।' लैंग्डन ने अपने उँगलियों से कार के हुड को हल्के से थपकी दी। 'मैं इस तरह नहीं सोच रहा था! तुम सेंट पीटर के चौराहे पर जिस टाइल की बात कर रहे हो उसे वेस्ट पोनेन्टे कहते हैं—पश्चिमी हवा। इसे रेस्पिरो डि डियो के नाम से भी जाना जाता है।'

'ईश्वर की साँस?'

'हाँ। हवा। इसे उसी शिल्पकार ने बनाया जिसने यहाँ का मौलिक काम किया है। फिर इसे यहाँ रख दिया गया।'

विट्टोरिया थोड़ी चकरायी लग रही थी। 'लेकिन मैं सोचती थी कि माइकेल एंजेलो ने सेंट पीटर गिरजाघर को डिजाइन किया है।'

'हाँ । बेसिलिका को।' लैंग्डन चिहुंक कर बोला। उसकी आवाज़ में विजय का भाव दिखाई दे रहा था। 'लेकिन सेंट पीटर का चौराहा बर्निनी ने डिजाइन किया था।'

अल्फा रोमियो का काफिला पिज्ज़ा डेल पोपोलो से जब तेजी से बाहर निकला तो सभी लोग जल्दबाजी में थे। किसी ने इस बात पर ध्यान नहीं दिया कि बीबीसी की वैन उनके साथ ही चल पड़ी थी।

73

गुंटर ग्लिक ने बीबीसी वैन के एक्सेलेरेटर को पूरी तरह दबा रखा था। वह ट्रैफिक के बीच तेजी से निकलता हुआ उन चारों अल्फा रोमियो के पीछे भाग रहा था जो

टाइबर नदी को पार कर पोंटे मार्गेरिटा की तरफ बढ़ रहे थे। अगर कोई दूसरा अवसर होता तो ग्लिक उनसे दूरी बनाए रखता लेकिन आज तो उनके पीछे-पीछे चलना ही मुश्किल हो रहा था। अल्फा रोमियो जैसे उड़े जा रहे थे।

मैक्री वैन के पिछले भाग में अपने काम करने के स्थान पर बैठी हुई थी। वह लंदन से बात कर रही थी। उसने फोन रखा और ट्रैफिक के शोर को काटते हुए जोर से ग्लिक को आवाज़ लगायी। 'तुम्हें अच्छी ख़बर चाहिए कि बुरी ख़बर?'

ग्लिक झल्ला गया। अपने होम ऑफिस से बात करना कभी आसान नहीं होता था। 'बुरी ख़बर।'

'संपादकीय विभाग गुस्से में है कि हमने अपनी जगह छोड़ दी।'

'आश्चर्य।'

'उन्हें ये भी लगता है कि तुम्हें सुराग देने वाला व्यक्ति झूठा है।'

'बेशक।'

'और बॉस ने मुझे चेतावनी दी की तुम निरे बेवकूफ हो।'

ग्लिक के चेहरे पर चिढ़ दिखाई दे रहा था। 'बहुत अच्छा। और अच्छी ख़बर?'

'हमने जो फुटेज भेजा है उसे वे देखने के लिए तैयार हो गए हैं।'

ग्लिक के चेहरे पर चिढ़ का भाव दूर हो गया था और हल्की सी मुस्कुराहट दिखाई दे रही थी। मुझे लगता है कि हमें जल्द ही पता चल जाएगा कि असली बेवकूफ कौन है। 'तुरंत भेज दो।'

'जब तक हम रुकेंगे नहीं और हम एक निश्चित सेल नहीं मिलेगा, हम फुटेज नहीं भेज सकते।'

ग्लिक ने वैन को तेजी से विया कोल डि रिएंजो की तरफ मोड़ दिया। 'अभी रुकना संभव नहीं।' वह तेजी से बाईं ओर मुड़ा और पिआज्जा रिसोरजिमेंटो से होता हुआ अल्फा रोमियो का पीछा करने लगा।'

मैक्री अपने कंप्यूटर से संबंधित यंत्रों को किसी तरह पीछे संभाल रही थी क्योंकि हर चीज़ इधर उधर फिसल रही थी। 'मेरा ट्रांसमिटर तोड़ दो। फिर हमें पैदल फुटेज लंदन को पहुँचाना होगा।'

'जम कर बैठी रहो। मुझे कहीं से ऐसा लग रहा है कि हम अपनी जगह पर पहुँचने ही वाले हैं।'

मैक्री ने सिर उठाकर देखा, 'कहाँ?'

ग्लिक अब सामने दिख रहे जाने पहचाने गुंबद को देख रहा था। वह मुस्कुराया। 'ठीक वहीं जहाँ से हम चले थे।'

चारों अल्फा रोमियो सेंट पीटर चौराहे के ट्रैफिक में बड़े आराम से आगे बढ़ रहे थे। वे आपस में बंट गए और पिआज्जा के घेरे में बढ़ने लगे। वे अलग अलग स्थानों पर

अपने लोगों को उतार रहे थे। गाड़ी से बाहर आने वाले लोग सैलानियों की भीड़ और मीडिया की गाड़ियों के बीच ग़ायब हो जा रहे थे जो चौराहे के एक छोर पर पार्क थे। कुछ गार्ड कोलोनेड में बने ढेरों खंभों की भीड़ में घुस रहे थे। वे भी अपने आसपास के परिवेश में जैसे ग़ायब हो जा रहे थे। लैंग्डन को कार के सामने वाले शीशे से यह सब देखते हुए लग रहा था जैसे कि सेंट पीटर की गर्दन के चारों तरफ फंदा कसता जा रहा था।

ओलिवेट्टी ने जिन लोगों को अभी तुरंत काम पर लगाया था उसके अलावा कमांडर ने वेटिकन को फोन कर और भी गुप्त गार्ड उस जगह पर भेजने को कहा था जहाँ पर बर्निनी का वेस्ट पोनेन्टे स्थित था। सेंट पीटर के चौराहे के लंबे चौड़े खुले स्थान को देखते हुए लैंग्डन के दिमाग़ में वही पुराना सवाल उमड़ घुमड़ रहा था। *इल्युमिनाटी हत्यारा यहाँ से भाग कर जाएगा कैसे? इतनी भीड़ भाड़ में सबकी आँखों के सामने वह कार्डिनल की हत्या कैसे कर पाएगा?* लैंग्डन ने अपनी मिकी माउस घड़ी पर नज़र डाली। शाम के 8:54 बज रहे थे। छह मिनट।

सामने की सीट पर बैठा ओलिवेट्टी लैंग्डन और विट्टोरिया की ओर मुड़ा। 'मैं चाहता हूँ कि तुम दोनों उस बर्निनी की दीवार, चट्टान जो भी है वो, उसके ठीक सामने खड़े रहो। वही पहले वाली कहानी। तुम दोनों सैलानी हो। अगर कुछ दिखाई दे तो फोन का इस्तेमाल करना।'

लैंग्डन कुछ बोल पाता उसके पहले विट्टोरिया उसका हाथ पकड़ कर उसे कार से बाहर खींच रही थी।

सेंट पीटर के गिरजाघर के पीछे वसंत का सूरज डूब रहा था। चौराहे पर बड़ी बड़ी परछाइयाँ फैल रही थी। लैंग्डन विट्टोरिया के साथ जब उस ठंढे, काली छाया के भीतर जा रहा था तो उसे लग रहा था जैसे कुछ अपशकुन होने वाला था। भीड़ के बीच से गुजरते हुए लैंग्डन वहाँ के हर इंसान का चेहरा परखने की कोशिश कर रहा था। वह सोच रहा था कि हत्यारा इन्हीं लोगों के बीच है। विट्टोरिया का हाथ गरम लग रहा था।

वे जब सेंट पीटर के चौराहे के खुले हिस्से को पार कर सामने फैले बर्निनी के पिआज्जा के पास पहुँचे तो उन्हें ठीक वैसा ही महसूस हुआ जैसा कि उस कलाकार को इसे बनाने के वक्त कहा गया था—यहाँ आने वाले व्यक्ति को इस स्थान की भव्यता का अनुभव हो। लैंग्डन बेशक उस समय इसकी भव्यता और विशालता से अभिभूत अनुभव कर रहा था। विनम्र और भूखा, उसे अनुभव हुआ। उसे आश्चर्य हुआ कि ऐसे वक्त में उसके दिमाग़ में इतनी छोटी सी बात क्यों आई।

'चौकोर स्तंभ की ओर।' विट्टोरिया ने पूछा।

लैंग्डन ने सिर हिलाया। वह पिआज्जा की ओर बायीं तरफ मुड़ गया।

'समय?' विट्टोरिया ने पूछा। वह तेजी से लेकिन घूमने फिरने के अंदाज में चल रही थी।

'पाँच मिनट...'

विट्टोरिया चुप रही। लेकिन लैंग्डन को लगा कि उसकी पकड़ थोड़ी और कस गई थी। बंदूक अब भी उसके पास थी। उसे उम्मीद थी कि विट्टोरिया उससे बंदूक अपने इस्तेमाल के लिए नहीं मांगेगी। वह इस बात की कल्पना भी नहीं कर सकता था कि सेंट पीटर चौराहे पर वह बंदूक निकाल कर किसी हत्यारे के घुटनों को चकनाचूर करेगी और दुनिया भर से आया मीडिया इस नजारे को देखेगा। फिर भी, यह घटना उतनी सनसनीखेज नहीं होगी जितनी कि यहाँ पर होने वाली कार्डिनल की हत्या और उसके शरीर को लोहे की सलाखों से दागना—ब्रांडिंग।

हवा, लैंग्डन ने सोचा। विज्ञान का दूसरा तत्व। वह ब्रांड के बारे में सोचने लगा। हत्या का तरीका। फिर वह अपने पैरों के नीचे दूर-दूर तक फैले ग्रेनाइट पत्थरों को देखने लगा। सेंट पीटर का चौराहा, एक खुला रेगिस्तान जिसे स्विस गार्डों ने घेर रखा था। लैंग्डन सोच नहीं पा रहा था कि अगर हैसेनिन ने ऐसा कुछ करने की हिम्मत की तो कि वह बच कर कैसे निकल पाएगा।

पिआज्जा के ठीक बीच में कैलीगुला द्वारा लाया गया 350 टन का मिस्री चौकोर खंभा रखा हुआ था। पिरामिड के आकार वाले इस खंभे की ऊँचाई 81 फीट थी। सबसे ऊपर पोपले लोहे का एक सलीब टंगा था। यह इतना ऊँचा था कि इसमें डूबते सूरज की आखिरी किरण चमक रही थी। सलीब ऐसे चमक रहा था जैसे कोई जादू हो रहा हो। कहते हैं कि इस सलीब में उस सलीब के कुछ हिस्से थे जिस पर ईसा मसीह को सूली पर चढ़ाया गया था।

इस चौकोर खंभे के दोनों तरफ दो फव्वारे एकदम समरूप ढंग से बने थे। कला के इतिहासकार जानते थे कि ये फव्वारे बर्निनी के अंडाकार पिआज्जा के फोकल केंद्र थे। लेकिन वास्तुकला की दृष्टि से यह थोड़ा अटपटा था जिसपर आज के पहले लैंग्डन का ध्यान नहीं गया था। ऐसा लग रहा था जैसे अचानक रोम में हर तरफ अंडाकार आकृतियां, पिरामिड और अजीबोगरीब ज्यामितीय संरचनाएँ भर गई थी।

वे उस चौकोर खंभे के पास नजदीक पहुँचने वाले थे कि विट्टोरिया की चाल धीमी हो गई। उसने गहरी साँस ली। ऐसा लग रहा था कि वह लैंग्डन को भी आराम से चलने के लिए प्रेरित कर रही थी। लैंग्डन ने भी तनाव मुक्त होने के लिए अपने कंधे झुका दिए और भिंचे हुए जबड़ों को ढीला छोड़ दिया।

दुनिया के सबसे बड़े चर्च के बाहर, चौकोर खंभे के आसपास कहीं बहादुरी से विज्ञान की दूसरी वेदी को रखा गया था यानी बर्निनी के वेस्ट पोनेन्टे को। यह एक अंडाकार चट्टान था जो सेंट पीटर गिरजाघर के चौराहे पर रखा हुआ था।

गुंटर ग्लिक सेंट पीटर के गिरजाघर के आसपास बने खंभों के पीछे से चीजों का मुआयना कर रहा था। कोई दूसरा दिन होता तो ट्वीड जैकेट पहने पुरुष और खाकी शॉर्ट पहनी औरत पर उसका कतई ध्यान नहीं जाता। वे चौराहे का आनंद उठाते किसी भी

सैलानी की तरह लग रहे थे। लेकिन आज का दिन कुछ अलग था। आज तो फोन पर सुराग मिलने, लाशों, रोम की सड़कों पर सरपट भागती बिना नंबर प्लेट वाली कारों और ट्वीड जैकेट पहन कर मचान पर चढ़ रहे व्यक्तियों का दिन था जो पता नहीं क्या ढूँढ़ रहे थे। ग्लिक उनके साथ ही रहने वाला था।

उसने चौराहे के उस पार नज़र डाली और उसे मैक्री नज़र आयी। वह ठीक उसी जगह पर थी जहाँ उसने उसे जाने को कहा था—उस जोड़े के दूसरी तरफ, उन्हीं के आसपास मंडराते हुए। मैक्री अपना वीडियो कैमरा यूं ही लटका कर घूम रही थी। हालाँकि वह कोशिश कर रही थी कि उसे देख कर लगे जैसे वह मीडिया का काम करने वाली थी जो अब अपने काम से ऊब रही थी लेकिन वह लोगों में कुछ अलग सी दिख रही थी जो ग्लिक को पसंद नहीं आ रहा था। दूर वाले कोने पर और कोई भी रिपोर्टर नहीं था। उसके कैमरे पर लिखा बीबीसी सैलानियों की नज़र को आकर्षित कर रहा था।

मैक्री ने कार के ट्रंक में रखी नंगी लाश की जो वीडियो बनाई थी वह इस समय वैन के पिछले हिस्से में रखे वीसीआर ट्रांसमीटर पर दिखाई दे रहा था। ग्लिक को पता था कि ये वीडियो उसके सर के ऊपर से होकर लंदन पहुँच रहा था। वह अनुमान लगाने की कोशिश कर रहा था कि आखिर संपादकीय विभाग के लोग इसके बारे में क्या सोच रहे होंगे।

वह सोच रहा था कि सादी वर्दी में तैनात फौजियों के वहाँ पहुँचने के पहले अगर वह और मैक्री लाश के पास पहुँच जाते तो अच्छा होता। उसे पता था कि यही फौजी अब पिआज्जा को घेर कर चारों तरफ तैनात हो चुके थे। कुछ बड़ा होने वाला था।

मीडिया अराजकता का दाहिनी हाथ है, हत्यारे ने कहा था। ग्लिक सोच रहा था कि कहीं इस बड़ी ख़बर का मौका उसके हाथ से निकल तो नहीं गया। वह दूर खड़े दूसरे मीडिया वैनों की तरफ देखने लगा। उसने देखा कि मैक्री पिआज्जा में उस रहस्यमय जोड़े का पीछा कर रही थी। ग्लिक को अंदर से ऐसा लगा कि खेल अभी बाकी था।

74

अपने निर्धारित स्थान पर पहुँचने के दस गज पहले लैंग्डन को वह चीज़ नज़र आयी जिसकी उसे तलाश थी। वहाँ मौजूद सैलानियों की भीड़ के बीच बर्निनी का सफेद संगमरमर का बना *वेस्ट पोनेन्टे* पिआज्जा के दूसरे धूसर ग्रेनाइट के घनों के सामने अलग सा दिखाई दे रहा था। ऐसा लगा जैसे विट्टोरिया ने भी इसे देख लिया था। उसके हाथ तन गए।

'आराम से।' लैंग्डन ने फुसफुसा कर कहा। 'अपने पिरान्हा वाले तरीके का इस्तेमाल करो।'

विट्टोरिया ने अपनी पकड़ ढीली कर दी।

जब वे नजदीक पहुँचे तो उन्हें हर चीज़ अपशकुनी ढंग से सामान्य लगी। सैलानी वहाँ मटरगश्ती कर रहे थे, नन पिआज्ज़ा के किनारे बैठकर गप्पें मार रही थी, चौकोर खंभे के ठीक नीचे एक लड़की कबूतरों को दाना खिला रही थी।

लैंग्डन ने घड़ी देखने से खुद को रोका। उसे पता था कि वक्त हो चुका था।

अंडाकार चट्टान अब उनके पैरों के नीचे था। विट्टोरिया और लैंग्डन धीमे होकर रुक गए। उन्होंने कोई आतुरता नहीं दिखाई। वे दिखाना चाहते थे कि दो सैलानी किसी ऐसी जगह पर पहुँचे हों जिसमें उन्हें कोई ख़ास रुचि नहीं है।

'वेस्ट पोनेन्टे।' विट्टोरिया ने उस पत्थर पर उद्धृत लिखावट को देख कर कहा।

लैंग्डन संगमरमर के रिलीफ को घूर रहा था। उसे अचानक लग रहा था कि वह इसके बारे में कुछ नहीं जानता। उसकी कला संबंधी किताबों में, रोम की उसकी अनगिनत यात्राओं में वेस्ट पोनेन्टे के महत्व के बारे में उसे पहले कोई अहसास नहीं हुआ था।

आज के पहले।

रिलीफ अंडाकार था, करीब तीन फीट लंबा। उसके ऊपर चेहरे की एक हल्की सी रूपरेखा बनी थी जो पश्चिमी हवा को दर्शा रही थी। इसका स्वरूप देवदूतों जैसा था। बर्निनी ने देवदूत के मुँह से निकल रही हवा के एक ताकतवर झोंके को दर्शाया था जो वेटिकन की तरफ जा रहा था ... *ईश्वर की साँस*। यह दूसरे तत्व हवा के प्रति बर्निनी की श्रद्धांजलि थी—देवदूत के होंठों से निकलती एक सूक्ष्म हवा। इसे देखते हुए लैंग्डन को इस रिलीफ के गहरे अर्थ के बारे में अंदाजा हुआ। बर्निनी ने हवा को पाँच झोंकों में दर्शाया था ... पाँच। इतना ही नहीं, इस तमगे के दोनों तरफ दो चमकते सितारे बने थे। लैंग्डन गैलीलियो के बारे में सोचने लगा। दो तारे, पाँच झोंके, अंडाकार आकृतियां, समरूपता ... वह अंदर से खाली महसूस कर रहा था। उसके सिर में दर्द हो रहा था।

विट्टोरिया करीब करीब उसी समय फिर से चलने लगी। वह लैंग्डन को रिलीफ से दूर ले जा रही थी। 'मुझे लगता है कि कोई हमारा पीछा कर रहा है।'

लैंग्डन ने अपना सिर उठाकर पूछा, 'कहाँ?'

विट्टोरिया कम से कम तीस गज आगे जाकर बोली। उसने वेटिकन की तरफ इशारा किया मानो वह उसके गुंबद पर उसे कुछ दिखा रही हो। 'एक व्यक्ति चौराहे से लगातार हमारे पीछे चल रहा है।' विट्टोरिया ने यूं ही पीछे की तरफ देखा। 'वह अब भी हमारे पीछे है। चलते रहो।'

'तुम्हें लगता है कि वो हैसेसिन है?'

विट्टोरिया ने अपना सिर हिलाया। 'अगर इल्युमिनाटी बीबीसी कैमरे के साथ औरतों को अगर इस काम पर नहीं लगाते हों तो नहीं।'

जब सेंट पीटर के गिरजाघर से घंटियों की कानफोड़ू आवाज़ सुनाई देने लगी तो लैंग्डन और विट्टोरिया दोनों एक साथ कूद गए। वक्त हो चुका था। वे रिपोर्टर से दूर जाने

के लिए वेस्ट पोनेन्टे से इस तरफ आए थे लेकिन वे दुबारा रिलीफ की तरफ वापस जा रहे थे।

घंटियों की आवाज़ के बावजूद वह इलाका पूरी तरह से शांत दिखाई दे रहा था। चौकोर खंभे के ठीक नीचे एक बेघरबार जैसा दिख रहा आदमी धुत्त होकर पड़ा था। छोटी सी लड़की कबूतर को खाना खिला रही थी। लैंग्डन सोच रहा था कि कहीं रिपोर्टर को देखकर हत्यारा डर से भाग तो नहीं गया। शायद ऐसा संभव नहीं, हत्यारे के वादे को याद करते हुए उसने फैसला किया। *मैं तुम्हारे कार्डिनलों को मीडिया का ख़ास चहेता बना दूंगा।*

घंटी की नवीं आवाज़ बंद होते ही चौराहे पर फिर एक शांत चुप्पी फैल गई।

तभी वह छोटी लड़की ज़ोर-ज़ोर से चीखने लगी।

75

चीखती चिल्लाती लड़की के पास सबसे पहले लैंग्डन पहुँचा।

बुरी तरह डरी हुई लड़की जैसे अपनी जगह पर जम गई थी। वह चौकोर खंभे के निचले हिस्से की तरफ इशारा कर रही थी जहाँ फटे पुराने कपड़ों में भिखारी सा दिख रहा आदमी सीढ़ियों के पास लुघड़ा हुआ था। वह जो शराब के नशे में धुत्त लग रहा था। उस आदमी की हालत दयनीय लग रही थी। लग रहा था कि वह रोम के बेघर लोगों में से कोई इंसान था। तेल में चुपड़े सफेद बाल उसके चेहरे पर गिर रहे थे। उसका पूरा शरीर जैसे किसी गंदे चीथड़े में लिपटा हुआ था। लड़की जोर जोर से चीखती हुई भीड़ के अंदर गुम हो गई।

लैंग्डन तेजी से उस भिखारीनुमा आदमी की तरफ दौड़ा लेकिन उसे अपने अंदर डर की सनसनाहट का अनुभव हो रहा था। उसके चीथड़ों में एक गहरे रंग का दाग दिखाई दे रहा था जो लगातार फैलता जा रहा था। ताजा, बहता हुआ ख़ून।

और तभी लगा जैसे सब कुछ एक साथ घटित हो गया।

अचानक वह बूढ़ा आदमी हड़बड़ा कर गिर गया। वह चकरा कर आगे गिरा। लैंग्डन तेजी से आगे बढ़ा लेकिन तब तक देर हो चुकी थी। वह आदमी आगे को गिरा और सीढ़ियों से लुढ़कता हुआ नीचे फर्श पर औंधे मुँह गिर गया। उसके शरीर में कोई हरकत नहीं हो रही थी।

लैंग्डन घुटनों के बल बैठ गया। विट्टोरिया उसके बगल में पहुँच चुकी थी। भीड़ जमा होने लगी थी।

विट्टोरिया ने उसके गले पर पीछे से अपनी उँगलियाँ रखी। 'नाड़ी चल रही है।' उसने ऐलान किया। 'उसे दूसरी तरफ लिटाओ।'

तबतक लैंग्डन भी हरकत में आ चुका था। उसने कंधे पकड़ कर उस आदमी को दूसरी तरफ लिटा दिया। ऐसा करते हुए उसके शरीर पर से कपड़ा इस तरह से हटने लगा जैसे किसी के शरीर से मरा हुआ मांस बाहर निकलता हो। वह आदमी अब पीठ के बल लेटा हुआ था, बिना किसी हरकत के। उसकी छाती के बीचों बीच एक बड़े से हिस्सा में जला हुआ मांस दिखाई दे रहा था।

विट्टोरिया ने गहरी साँस ली और पीछे हट गई।

लैंग्डन को लगा जैसे लकवा मार गया हो। अंदर से उल्टी आने और घबराहट का मिला जुला भाव उस पर हावी हो रहा था। उस संकेत की सरलता भयावह थी—

'एयर' विट्टोरिया की आवाज़ भरभरा गई। 'ये वही ...है।'

तभी न जाने कहाँ से स्विस गार्ड वहाँ आ गए। वे जोर जोर से कोई हुक्म दे रहे थे। किसी अनजान हत्यारे के पीछे भाग रहे थे।

पास में खड़े एक सैलानी ने बतायी कि थोड़ी ही देर पहले एक काले आदमी ने इस गरीब, खांसते हुए, बेघर व्यक्ति के प्रति चौराहे के उस पर सहानुभूति दिखाई थी...वह इस अपाहिज व्यक्ति के साथ थोड़ी देर के लिए सीढ़ियों पर भी बैठा था और उसके बाद भीड़ में गुम हो गया था।

विट्टोरिया ने बाकी कपड़ा उस आदमी के शरीर से फाड़ कर हटा दिया। उसके शरीर पर घाव के दो गहरे निशान थे जो सलाखों से दागे हुए हिस्से के दोनों तरफ बने हुए थे, छातियों की हड्डी के ठीक नीचे। उसने उस आदमी के सर को थोड़ा पीछे कर मुँह में मुँह डालकर उसकी साँस फिर से चालू करने की कोशिश शुरू कर दी। इसके बाद जो कुछ हुआ उसे देखने के लिए लैंग्डन तैयार नहीं था। जैसे ही विट्टोरिया ने उसके मुँह में फूंक मारी उसकी छाती के दोनों तरफ के हिस्से से सनसनाहट की आवाज़ आया और ख़ून का फव्वारा हवा में फूट पड़ा जैसे कि व्हेल की पीठ पर बने छेद में दिखाई देता है। नमकीन तरल पदार्थ सीधे लैंग्डन के चेहरे पर जाकर लगा।

विट्टोरिया रुक गई। वह बहुत घबराई हुई लग रही थी। 'उसके फेफड़ों में ...' वह हकलाती हुई बोली, 'छेद हो गया है।'

लैंग्डन ने अपना चेहरा पोंछा और उस छेद की ओर देखने लगा। छेद से आवाज़ आ रही थी। कार्डिनल के फेफड़े बर्बाद हो चुके थे। वह मर चुका था।

स्विस गार्डों के आने के पहले विट्टोरिया ने उसके शरीर को ढंक दिया।

लैंग्डन हक्का बक्का होकर वहीं खड़ा था। विट्टोरिया उसे देख रही थी। जो औरत उनका पीछा कर रही थी वह ठीक उनके पीछे झुकी हुई थी। उसने अपने कंधे पर बीबीसी का वीडियो कैमरा रखा हुआ था जो चालू था और अपना काम कर रहा था। लैंग्डन और उसकी आँखें मिली और उसे समझ में आ गया कि उस औरत को सब समझ में आ गया है। अचानक, बिल्ली की तरह वह तेजी से गायब हो गई।

76

चिनिता मैक्री भागी जा रही थी। उसे अपनी ज़िंदगी की सबसे बड़ी ख़बर मिल चुकी थी।

सेंट पीटर के चौराहे में लोगों की भीड़ को चीरते हुए मैक्री आगे बढ़ रही थी। उसे अपना वीडियो कैमरा एंकर जैसा लग रहा था। उसे लग रहा था जैसे हर व्यक्ति उसकी उल्टी दिशा में जा रहा था—हल्ले हंगामे की दिशा में। मैक्री उस जगह से जितना हो सके दूर जाने की कोशिश कर रही थी। ट्वीड जैकेट वाले व्यक्ति ने उसे देख लिया था। अब उसे लग रहा था जैसे दूसरे लोग उसके पीछे आ रहे थे। ऐसे लोग जिन्हें वह देख नहीं पा रही थी, वे उसे चारों तरफ से घेरे जा रहे थे।

मैक्री ने जिन तस्वीरों को अभी कैमरे में कैद किया था उन्हें याद कर वह अब भी डरी हुई थी। वो कल्पना कर रही थी कि मृतक कहीं वही तो नहीं जिसके बारे में वह अनुमान लगा रही थी। ग्लिक को फोन करने वाला रहस्यमय व्यक्ति अब थोड़ा कम पागल लग रहा था।

वह तेजी से बीबीसी के वैन की तरफ बढ़ रही थी तभी उसे सामने भीड़ के बीच से एक नौजवान हाजिर हुआ जिसे देखकर साफ ज़ाहिर होता था कि वह फौजी है। उनकी आँखें मिली और वे दोनों रुक गए। बिजली की तेजी से उसने अपना वॉकी टॉकी निकाला और किसी से बात करने लगा। फिर वह उसकी तरफ बढ़ा। मैक्री तेजी से भीड़ में गुम हो गई। उसकी छाती जोर जोर से धड़क रही थी।

हाथों और पैरों के झुंड के बीच से वह लड़खड़ाती हुई आगे बढ़ी। उसने इस्तेमाल किए हुए वीडियो कैसेट को अपने कैमरे से निकाल लिया। सेलुलोज का बना हुआ सोना, उसने यह सोचते हुए टेप को अपनी पीठ की तरफ बेल्ट के अंदर डाल दिया और अपने कोट से ढंक दिया। पहली बार उसे अच्छा लगा कि उसका वजन ज़्यादा था। *ग्लिक तुम कहाँ हो ... !*

उसकी बायीं तरफ फिर एक फौजी दिखाई दिया। वह उसकी तरफ आ रहा था। मैक्री को पता था कि उसके पास ज़्यादा वक्त नहीं था। वह फिर से भीड़ के अंदर घुस

गई। उसने अपने झोले से खाली वीडियो कैसेट निकाल कर उसे कैमरे के अंदर डाल दिया। फिर वह प्रार्थना करने लगी।

वह बीबीसी वैन से करीब तीस गज की दूरी पर थी जब दो लोग ठीक उसके सामने दिखाई दिए। उन्होंने अपनी बांहें मोड़ रखी थी। वह कहीं नहीं जा रही थी।

'फिल्म।' उनमें से एक व्यक्ति तेज़ आवाज़ में बोला। 'अभी।'

मैक्री पीछे हट गई। उसने कैमरे को बचाने की मुद्रा में उसे अपने हाथों से घेर लिया। 'सवाल ही नहीं उठता।'

उनमें से एक ने अपना जैकेट एक तरफ हटाया। अंदर हथियार दिखाई दे रहा था।

'तो फिर मुझे गोली मार दो।' मैक्री ने कहा। अपनी आवाज़ की निर्भीकता से वह खुद अचंभित थी।

'फिल्म।' पहले ने अपनी बात दोहराई।

भगवान के लिए ग्लिक कहाँ है? मैक्री अपना पैर पटकते हुए पूरी ताकत के साथ चिल्लाई। 'मैं बीबीसी के साथ काम करने वाली वीडियोग्राफर हूँ। फ्री प्रेस कानून की धारा 12 के अनुसार यह फिल्म ब्रिटिश ब्रॉडकास्टिंग कॉरपोरेशन की संपत्ति है।'

उन लोगों पर इस बात का कोई असर नहीं हुआ। बंदूक वाला व्यक्ति उसकी ओर एक कदम बढ़ा। 'मैं स्विस गार्ड का लेफ्टिनेंट हूँ। दैवी सिद्धांत के अनुसार मैं उस संपत्ति की रक्षा करने वाला हूँ जिस पर तुम खड़ी हो। हमें तुम्हारी चीजों को जब्त करने और तलाशी लेने का अधिकार है।'

उनके चारों तरफ अब भीड़ जमा हो रही थी।

मैक्री चिल्लाई, 'मैं लंदन में बैठे अपने संपादकों से बात किए बिना किसी भी हालत में तुम्हें इस कैमरे में बंद फिल्में नहीं दूंगी। मेरी सलाह है कि...'

गार्डों ने इस खेल को ख़त्म कर दिया। उनमें से एक ने उसके हाथ से कैमरा छीन लिया। दूसरे ने उसका हाथ पकड़ कर उसे वेटिकन की दिशा में मरोड़ दिया। 'शुक्रिया' यह बोलते हुए वह मैक्री को बांह से पकड़ भीड़ के बीच घसीटते हुए आगे बढ़ गया।

मैक्री मन ही मन भगवान को याद कर रही थी कि वे टेप के लिए उसकी तलाशी न लें। अगर वह किसी तरह लंबे समय तक इस फिल्म को सुरक्षित रख सकी तो...

अचानक कुछ ऐसा हुआ जिसकी कल्पना भी नहीं की जा सकती थी। भीड़ में शामिल कोई व्यक्ति उसके कोट के अंदर हाथ डाल कर कुछ टटोलने की कोशिश कर रहा था। मैक्री को लगा कि किसी ने उसके बेल्ट से वीडियो कैसेट जबर्दस्ती निकाल ली थी। वह मुड़ी लेकिन उसने अपने मुँह से निकलती बात को अंदर ही दबा लिया। उसके पीछे हांफते हुए गुंटर ग्लिक ने उसे आँख मारी और भीड़ में ग़ायब हो गया।

77

रॉबर्ट लैंग्डन लड़खड़ाता हुआ पोप के दफ्तर से लगे हुए उनके निजी शौचालय में घुसा। उसने अपने चेहरे और होंठों पर लगा ख़ून पोछा। यह ख़ून उसका नहीं था। यह कार्डिनल लामासे का ख़ून था जिसकी अभी अभी वेटिकन के बाहर भीड़ भाड़ वाली जगह पर खौफनाक मौत हुई थी। *विज्ञान की वेदी पर इकलौती बलि*। अब तक हैसेनिन ने अपनी धमकी पर पूरी तरह अमल किया था।

आईने में देखते हुए लैंग्डन अपने को शक्तिहीन अनुभव कर रहा था। उसकी आँखें भिची हुई थी और उसके चेहरे पर दाढ़ी उगने से वह काला दिखाई दे रहा था। जिस कमरे में वह खड़ा था वो शानदार और वैभवपूर्ण दिखाई दे रहा था—काले संगमरमर से बना, जिसमें लगे नलके वगैरह सोने के थे। वहाँ सूती तौलिया और हाथ धोने के लिए खुशबूदार साबुन भी रखा हुआ था।

लैंग्डन कोशिश कर रहा था कि वह अपने दिमाग़ से उस ख़ूनी ब्रांड की याद को निकाल दे जिसे उसने अभी अभी देखा था। लेकिन वह छवि उसके दिमाग़ में जैसे चिपक गई थी। और उसे पता था कि ऐसी दो घटनाएँ और भी होने वाली थी।

दरवाज़े के बाहर, ऐसा लग रहा था जैसे ओलिवेट्टी, केमरलेग्नो और कैप्टन रोचर आगे की कार्रवाई के बारे में बहस कर रहे थे। ऐसा लग रहा था कि एंटीमैटर की खोज में अब तक कुछ भी हाथ नहीं आया था। या तो गार्डों को वह डिब्बा नज़र नहीं आया था या फिर घुसपैठिया ओलिवेट्टी की कल्पना से कहीं अधिक वेटिकन के अंदर घुस आया था।

लैंग्डन ने अपना हाथ और चेहरा सुखाया। फिर वह मुड़कर पेशाब करने की जगह ढूँढ़ने लगा। उसे कोई ऐसी जगह नज़र नहीं आयी बस एक तश्तरी सी चीज़ दिखाई दे रही थी। उसने ढक्कन उठाया।

वह उस जगह पर खड़ा था। उसके अंदर का तनाव कम हो रहा था। थकावट के कारण उसके शरीर के भीतर कंपकंपी सी हो रही थी। उसके हृदय के अंदर न जाने कितनी तरह की भावनाएँ उमड़ घुमड़ रही थी जिनका एक दूसरे से कुछ लेना देना नहीं था। वह थका हुआ था। बिना खाए पिए सोने, पाथ ऑफ इल्यूमिनेशन पर चलते हुए, दो नृशंस हत्याओं के मनोसंताप से ग्रस्त। इस नाटक के संभावित परिणाम को सोच कर लैंग्डन के अंदर का डर और भी गहरा होता जा रहा था।

सोचो, वह खुद से बोला। उसका दिमाग़ पूरी तरह शून्य था।

फ्लश चलते ही उसके दिमाग़ में एक अप्रत्याशित सा खयाल आया। यह पोप का शौचालय है । *मैंने पोप के शौचालय में अभी-अभी पेशाब किया है*। उसे हंसी आनी ही थी। *पवित्र सिंहासन*।

78

लंदन में बीबीसी के एक टेक्नीशियन ने सैटेलाइट रिसीवर से एक वीडियो कैसेट बाहर निकाला और कंट्रोल रूम की ओर दौड़ पड़ी। वह सीधे मुख्य संपादक के दफ्तर में घुसी, उसके वीसीआर में कैसेट डाला और प्ले का बटन दबा दिया।

जैसे ही टेप चालू हुआ उसने मुख्य संपादक को वेटिकन में बैठे गुंटर ग्लिक से अपनी बातचीत के बारे में बताया। इसके अलावा बीबीसी के फोटो-आर्काइव से उसे सेंट पीटर चौराहे पर मारे जाने वाले व्यक्ति की पक्की पहचान हासिल हो गई थी।

जब मुख्य संपादक अपने दफ्तर से बाहर निकला तो वह अपनी ख़ास घंटी बजा रहा था। संपादकीय विभाग में अचानक सब कुछ थम गया।

'लाइव इन फाइव।' उसकी आवाज़ गूंजी। 'ऑन एयर टैलेंट टु प्रेप। मीडिया कोऑर्डिनेटर्स, मै चाहता हूँ कि आपके सारे संपर्क सूत्र लाइन पर हों। हमें एक ख़बर मिली है जिसे हम बेच रहे हैं। और हमारे पास फिल्म है।'

बाजार का काम संभालने वाले लोगों ने अपने रोलोडेक्स थाम लिए।

'फिल्म के बारे में कुछ जानकारी?' उनमें से एक चिल्लाया।

'काट छांट कर तीस सेकेंड।'

'इसमें क्या दिखाया गया है?'

'हत्या का जीता जागता वीडियो।'

बाजार का काम देखने वाले कोऑर्डिनेटर उत्साहित दिख रहे थे। 'इस्तेमाल और लाइसेंसिंग की फीस?'

'दस लाख अमेरिकी डॉलर प्रति।'

अचानक सब की नज़रें उसकी ओर गई, 'क्या?'

'आप लोगों ने मुझे सुना। मैं भोजन श्रृंखला में सबसे ऊपर वाले जीव की तलाश में हूँ। सीएनएन, एमएसएनबीसी, फिर तीनों सबसे बड़े वाले। उन्हें आप प्रीव्यू दिखाने का प्रस्ताव दे सकते हैं। उन्हें पाँच मिनट का समय दे सकते हैं। उसके बाद बीबीसी इसका प्रसारण करेगा।'

'आखिर हुआ क्या है?' किसी ने सवाल पूछा। 'क्या किसी ने प्रधानमंत्री की चमड़ी उधेड़ ली है, ज़िंदा।'

मुख्य संपादक ने अपना सिर हिलाया। 'उससे भी कहीं अच्छा।'

ठीक उसी समय रोम में किसी जगह हैसेसिन आराम कुर्सी में लेटा हुआ चैन का एक पल बिता रहा था। वह अपने बेहतरीन चेंबर की प्रशंसा कर रहा था। *मैं चर्च ऑफ इल्यूमिनेशन में बैठा हूँ*, वह सोच रहा था। इल्युमिनाटी की मांद। उसे यकीन नहीं हो रहा था कि इतनी सदियाँ बीतने के बाद भी यह जगह अब भी मौजूद थी।

कर्तव्य के भाव से उसने बीबीसी के उसी रिपोर्टर को फोन लगाया जिससे उसने पहले बात की थी। अब वक्त हो चुका था। दुनिया ने अब तक यह सबसे खौफनाक ख़बर नहीं सुनी थी।

79

विट्टोरिया वेट्रा गिलास में रखा पानी धीरे-धीरे पी रही थी और स्विस गार्डो ने चाय के लिए जो बिस्कुट रखा था उसे तोड़ तोड़ कर अनमने ढंग से खा रही थी। वह जानती थी कि वह खा सकती थी लेकिन उसे भूख नहीं थी। पोप के दफ्तर में अब काफी गहमागहमी थी। लोगों की बातचीत में तनाव झलक रहा था जिसका असर वहाँ के माहौल पर पड़ रहा था। कैप्टन रोचर, कमांडर ओलिवेट्टी और आधा दर्जन गार्ड नुकसान का जायज़ा ले रहे थे और अगले कदम की योजना बना रहे थे।

लैंग्डन पास में खड़ा होकर सेंट पीटर के चौराहे को निहार रहा था। उसके चेहरे पर निराशा दिखाई दे रही थी। विट्टोरिया उसके पास आयी। 'कुछ सोचा?'

उसने अपना सिर हिलाया।

'बिस्कुट?'

खाने की बात सुनकर उसका मिजाज थोड़ा हल्का हुआ। 'अरे हां। शुक्रिया।' उसने खूब चाव से खाया।

उनके पीछे चल रही बातचीत अचानक बंद हो गई जब स्विस गार्ड केमरलेग्नो वेंट्रेस्का को दरवाज़े से अंदर लेकर आए। अगर पहले चेम्बरलेन के चेहरे का रंग उतरा दिख रहा था तो अब लग रहा था कि उसके शरीर में ख़ून ही नहीं था।

'क्या हुआ?' केमरलेग्नो ने ओलिवेट्टी से पूछा। केमरलेग्नो के चेहरे पर तैर रहे भाव से लग रहा था कि उसे पहले ही बुरी ख़बर मिल चुकी थी।

ओलिवेट्टी की औपचारिक रिपोर्ट सुनकर ऐसा लग रहा था जैसे कोई युद्ध के मैदान में घायलों और मरने वालों की सूची पढ़ रहा हो। उसने सपाट अंदाज में तथ्यों की जानकारी दी। 'आठ बजे के ठीक बाद सांता मेरिया डेल पोपोलो चर्च के भीतर कार्डिनल एबनर की लाश मिली। उन्हें दम घोट कर मारा गया था। उनके शरीर पर EARTH का एंबीग्राम सलाखों से दाग कर ब्रांड किया गया था। कार्डिनल लामासे की हत्या दस मिनट पहले सेंट पीटर के चौराहे पर की गई। उनकी मौत छाती में किए गए सुराख की वजह से हुई। उन्हें AIR शब्द से ब्रांड किया गया जो एंबीग्राम की तरह लिखा गया था। दोनों घटनाओं को अंजाम देने वाले हत्यारे भागने में कामयाब हुए।'

केमरलेग्नो कमरे की दूसरी तरफ जाकर पोप की डेस्क के पीछे बैठ गए। उन्होंने अपना सिर नीचे कर लिया था।

'लेकिन कार्डिनल गुइडेरा और बैजिया अब तक ज़िंदा हैं।'

अचानक केमरलेग्नो ने अपना सिर ऊपर किया। उनके चेहरे पर तकलीफ ज़ाहिर हो रही थी। 'हमारे लिए यही सांत्वना है? कमांडर, दो कार्डिनलों की हत्या हो चुकी है। और बाकी दोनों भी ज़्यादा देर तक ज़िंदा नहीं बचने वाले अगर आपने उन्हें नहीं ढूँढ़ निकाला तो।'

'हम उनका पता लगा लेंगे।' ओलिवेट्टी ने आश्वासन दिया। 'मुझे उम्मीद है।'

'उम्मीद? अब तक तो हमें नाकामयाबी के अलावा कुछ भी हासिल नहीं हुआ है।'

'ये सही नहीं है श्रीमान। हमने दो लड़ाइयों में शिकस्त खायी है लेकिन हम जंग जीतने वाले हैं। इल्युमिनाटी ने सोचा था कि आज शाम की घटना को वे मीडिया में तमाशे के तौर पर पेश करेंगे। लेकिन अभी तक हमने उनकी योजना को कामयाब नहीं होने दिया है। दोनों कार्डिनलों की लाशों को हमने बिना किसी घटना के बरामद कर लिया है। इसके अलावा...' ओलिवेट्टी अपनी बात जारी रख रहा था। 'कैप्टन रोचर ने मुझे बताया है कि एंटीमैटर की तलाश में भी उन्हें काफी सफलता मिल रही है।'

लाल टोपी पहने हुए कैप्टन रोचर आगे बढ़ा। विट्टोरिया को लगा कि दूसरे गार्डों की तुलना में उस में अधिक मानवीयता दिखाई दे रही थी। वह चुस्त लग रहा था लेकिन कठोर और अड़ियल नहीं। रोचर की आवाज़ भावुक थी और इसमें वायलिन जैसी खनक थी। 'मुझे उम्मीद है श्रीमान कि एक घंटे के अंदर हमें वह डिब्बा मिल जाएगा।'

'कैप्टेन।' केमरलेग्नो ने कहा। 'अगर मैं आशावान नहीं दिख रहा तो मुझे माफ कीजिएगा लेकिन मुझे लगता था कि वेटिकन सिटी की तलाशी में हमें जितना समय लगेगा उतना समय हमारे पास नहीं है।'

'जी। पूरी तलाशी में। लेकिन परिस्थितियों का जायज़ा लेने के बाद मैं आश्वस्त हूँ कि एंटीमैटर वाला डिब्बा हमारे व्हाइट ज़ोन में ही कहीं है, यानी वेटिकन के वे इलाके जहाँ सैलानियों को जाने की इजाज़त है जैसे कि म्यूजियम और सेंट पीटर का बेसिलिका। हमने उन इलाकों की बिजली बंद कर दी है और हमारी स्कैनिंग जारी है।'

'आप वेटिकन सिटी के एक छोटे से हिस्से की ही तलाशी लेना चाहते हैं?'

'जी श्रीमान। इस बात की संभावना बहुत कम है कि घुसपैठिया वेटिकन सिटी के अंदरूनी हिस्सों में दाखिल होने में कामयाब होगा। जो सुरक्षा कैमरा ग़ायब हुआ वह भी एक म्यूजियम की सीढ़ियों के पास लगा था। इससे ज़ाहिर होता है कि घुसपैठिए को सिर्फ कुछ ही जगहों पर घुसने का अवसर मिला है। इसलिए वह कैमरे और एंटीमैटर वाले डिब्बे को किसी सार्वजनिक स्थान पर ही रख पाया होगा। हम लोग इन्हीं स्थानों पर अपनी खोज केंद्रित कर रहे हैं।'

'लेकिन घुसपैठिए ने हमारे चार कार्डिनलों का अपहरण किया है। इस का मतलब होता है कि उसकी घुसपैठ हमारे अनुमान से कहीं अधिक है।'

'नहीं। ऐसा ज़रूरी नहीं। हमें याद रखना चाहिए कि इन कार्डिनलों ने आज काफी समय वेटिकन के म्यूजियम और सेंट पीटर के बेसिलिका में बिताया था। वे इन स्थानों का आनंद उठा रहे थे क्योंकि वहाँ आज सैलानी नहीं थे। मुमकिन है कि उन कार्डिनलों को इन्हीं जगहों से अगवा किया गया होगा।'

'लेकिन उन्हें हमारी चारदीवारी से बाहर कैसे ले जाया गया?'

'हम इसके बारे में पता करने की कोशिश कर रहे हैं।'

'अच्छा।' केमरलेग्नो ने गहरी साँस ली और खड़ा हो गया। वह ओलिवेट्टी के पास गया। 'कमांडर, मैं लोगों को बाहर निकालने के बारे में आपकी आपात योजना के बारे में जानना चाहता हूँ।'

'हम अब भी उसे अंतिम स्वरूप देने में लगे हैं, श्रीमान। इसी दौरान मुझे भरोसा है कि कैप्टन रोचर उस डिब्बे को ढूँढ़ निकालेंगे।'

रोचर ने फौजी अंदाज में ज़मीन पर अपने जूतों से आवाज़ निकाली मानो वह ओलिवेट्टी की बात से सहमत हो और उसकी तारीफ कर रहा हो। 'मेरे लोगों ने व्हाइट जोन के दो तिहाई हिस्सों को छान मारा है। हमारा आत्मविश्वास ऊँचा है।'

केमरलेग्नो को उनके आत्मविश्वास पर कुछ ख़ास भरोसा नहीं हो रहा था।

ठीक उसी समय एक गार्ड अंदर आया। उसकी आँख के नीचे कटे का निशान था। उसके हाथ में एक क्लिप-बोर्ड और नक्शा था। वह लैंग्डन की तरफ बढ़ा। 'मिस्टर लैंग्डन? आपने वेस्ट पोनेन्टे के बारे में जो सूचना मांगी थी वह मेरे पास है।'

लैंग्डन ने बिस्कुट गटकते हुए कहा, 'अच्छा। मुझे देखने दो।'

दूसरे लोगों ने अपनी बातचीत जारी रखी। विट्टोरिया, लैंग्डन और गार्ड के साथ पोप की मेज़ पर नक्शे को फैलाकर उसका अध्ययन करने लगे।

सिपाही ने सेंट पीटर के गिरजाघर की ओर इशारा किया। 'हम यहाँ हैं। वेस्ट पोनेन्टे के साँस की मध्य रेखा ठीक पूरब की ओर जा रही है, वेटिकन सिटी से बाहर की तरफ।' गार्ड ने अपनी उँगलियों से सेंट पीटर के चौराहे से टाइबर नदी होते हुए एक रेखा बनायी जो सीधे पुराने रोम के हृदय स्थल को पहुँचती थी। इस रेखा पर करीब बीस कैथोलिक चर्च हैं।'

लैंग्डन धम्म से बैठ गया। 'बीस?'

'हो सकता है इससे भी ज़्यादा।'

'क्या इनमें से कोई भी चर्च सीधे इस रेखा पर स्थित है?'

'दूसरों की तुलना में अन्य थोड़े नजदीक दिखते हैं।' गार्ड ने कहा। 'लेकिन वेस्ट पोनेन्टे की दिशा को बिल्कुल उसी तरह नक्शे पर दिखाने में थोड़ा इधर उधर होना संभव है।'

लैंग्डन ने सेंट पीटर के चौराहे की तरफ एक पल के लिए नज़र दौड़ाई। फिर उसकी त्यौरियाँ चढ़ गई। वह अपनी टुड्डियों पर उँगलियाँ बजाने लगा। 'आग के बारे में क्या

सोचना है? क्या उनमें से किसी में बर्निनी की कलाकृति है जिसका आग से कोई ताल्लुक हो?'

चुप्पी।

'चौकोर खंभों के बारे में तुम क्या कहते हो?' उसने सवाल किया। 'क्या चौकोर खंभे के पास कोई चर्च है?'

गार्ड नक्शे को देखने लगा।

विट्टोरिया को लैंग्डन की आँखों में आशा की किरण दिखाई दी। वह समझ रही थी कि लैंग्डन के दिमाग़ में क्या चल रहा है। *वो बिल्कुल सही कह रहा है।* पहले दोनों निशान पिआज्जा के पास मिले जहाँ पर चौकोर खंभे हैं। हो सकता है कि चौकोर खंभों में ही कोई थीम हो? गगनचुंबी पिरामिड जो पाथ ऑफ इल्युमिनाटी को दर्शाती हैं? विट्टोरिया इसके बारे में जितना सोचती थी उसे उतना ही ज़्यादा यह सही लगता था...रोम के आसमान में दिखाई दे रहा चार प्रकाश स्तंभ जो विज्ञान की वेदी का प्रतीक है।

'यह दूर की कौड़ी लगता है।' लैंग्डन ने कहा। 'लेकिन मैं जानता हूँ कि रोम के कई चौकोर खंभों को बर्निनी के समय बनाया गया या एक स्थान से दूसरे स्थान पर लाया गया। इसमें कोई संदेह नहीं कि उन्हें इन स्थानों पर रखने में उसका हाथ था।'

'या...' विट्टोरिया ने लैंग्डन की बात को आगे बढ़ाया। 'बर्निनी ने इन संकेतकों को उस समय मौजूद चौकोर खंभों के पास रख दिया हो।'

लैंग्डन ने सिर हिलाया। 'बिल्कुल सही।'

'बुरी ख़बर।' गार्ड बोला। 'इस रेखा के ऊपर कोई भी चौकोर खंभा नहीं है।' उसने अपनी उँगलियाँ नक्शे पर घुमायी। 'आसपास भी नहीं। कुछ भी नहीं।'

लैंग्डन ने निराशा भरी साँस छोड़ी।

विट्टोरिया के कंधे लटक गए। उसे लग रहा था कि एक अच्छा सूत्र पकड़ में आया है। लेकिन अब लग रहा था कि यह इतना आसान नहीं जितना उन्होंने सोचा था। वह आशावान बने रहने की कोशिश कर रही थी। 'रॉबर्ट, सोचिए। आपको जरूर ही बर्निनी की किसी मूर्ति के बारे में पता होगा जिसका ताल्लुक आग से है। कुछ भी।'

'यकीन मानो, मैं इस के बारे में सोच रहा था। बर्निनी ने ढेर सारे काम किए हैं। सैकड़ों काम। मैं उम्मीद कर रहा था कि वेस्ट पोनेन्टे किसी एक चर्च की तरफ हमें ले जाएगा। ऐसा कुछ जिससे हमारी घंटी बज जाए।'

'फुओको' उसने जोर देकर कहा 'आग। बर्निनी की कोई रचना दिमाग़ में नहीं आती।'

लैंग्डन ने अपने कंधे उचकाए। 'बर्निनी के फायरवर्क्स बड़े मशहूर हैं। लेकिन वे मूर्तियाँ नहीं हैं। और वे जर्मनी के लाइपजिग में हैं।'

विट्टोरिया कुढ़ रही थी। 'और आपको पूरा यकीन है कि ब्रेथ, साँस, उसी दिशा की ओर इशारा कर रही है?'

'विट्टोरिया, तुमने रिलीफ को देखा है। उसका डिजाइन पूरी तरह से समरूप था। दिशा के बारे में सिर्फ उसकी साँसों से ही अंदाजा मिल रहा था।'

विट्टोरिया जानती थी कि वह सही कह रहा था।

'और इसके आगे, वेस्ट पोनेन्टे हवा को निर्दिष्ट करता है इसलिए साँस की दिशा में ढूँढ़ना प्रतीक की दृष्टि से भी उचित लगता है।' उसने अपनी बात में जोड़ा।

विट्टोरिया ने सिर हिलाया। *यानी कि हम साँस के पीछे-पीछे जाएं। लेकिन कहाँ?*

ओलिवेट्टी आगे आया। 'आपको क्या पता चला?'

'ढेरों चर्च।' सिपाही बोला। 'दो दर्जन या उससे भी अधिक। मुझे लगता है कि हम हर चर्च में अपने चार आदमी लगा सकते हैं।'

'भूल जाओ।' ओलिवेट्टी ने कहा। 'हम दो बार उस आदमी को पकड़ नहीं पाए जबकि हमें पता था कि वो कहाँ मिलने वाला है। इतने बड़े पैमाने पर तलाशी का मतलब होगा कि हम वेटिकन सिटी को असुरक्षित छोड़ दें और खोज का काम बंद कर दें।'

'हमें एक संदर्भ-ग्रंथ की ज़रूरत होगी।' विट्टोरिया ने कहा। 'जिसमें बर्निनी के काम का पूरा लेखा जोखा हो। अगर हम उसके शीर्षक को एक बार खंगाल पाएँ तो शायद कुछ सामने आ जाए।

'मुझे नहीं पता।' लैंग्डन ने कहा । 'कि यह संरचना बर्निनी ने ख़ास कर इल्युमिनाटी के लिए बनायी थी । हो सकता है कि यह कोई अज्ञात कलाकृति हो। संभव है कि संदर्भ-ग्रंथ में इसके बारे में कोई उल्लेख नहीं हो।'

विट्टोरिया यह मानने को तैयार नहीं थी। 'दूसरी दो मूर्तियाँ तो मशहूर थी। आपने उन दोनों के बारे में पहले से सुना था।'

लैंग्डन ने अपने कंधे उचकाए। 'हाँ।'

'अगर हम संदर्भ-ग्रंथ में आग को ढूँढ़ें तो हो सकता है कि हमें उस मूर्ति का पता चल जाए जो सही दिशा में रखी है।'

लैंग्डन एक बार इसे आजमाने की बात से सहमत लग रहा था। वह ओलिवेट्टी की ओर मुड़ा। 'मुझे बर्निनी की बनाई सभी कलाकृतियों की सूची चाहिए। शायद आप लोगों के पास बर्निनी की कलाकृतियों के बारे में कोई कॉफी टेबल किताब नहीं है। है क्या?'

'कॉफी टेबल किताब?' ओलिवेट्टी ने यह शब्द शायद पहली बार सुना था।

'कोई बात नहीं। कोई भी सूची। वेटिकन म्यूजियम के बारे में क्या कहना है आपका? वहाँ अवश्य ही बर्निनी के बारे में संदर्भ मिल सकता है।'

जिस गार्ड के चेहरे पर धब्बा था वह नाराज लग रहा था। 'म्यूजियम में बिजली नहीं है। और रिकॉर्ड रूम विशाल है। बिना किसी स्टाफ के वहाँ...'

'बर्निनी की जिस कलाकृति को हम ढूँढ़ रहे हैं 'ओलिवेट्टी बीच में बोल पड़ा। 'वह उसी समय बनाया गया होगा जब वह वेटिकन में नौकरी कर रहा था?'

'बेशक।' लैंग्डन ने कहा। 'उसने अपना पूरा व्यावसायिक जीवन तकरीबन यहीं बिताया था। और गैलीलियो से संघर्ष के दौरान तो अवश्य ही।'

ओलिवेट्टी ने सिर हिलाया। 'तो फिर एक दूसरा संदर्भ भी है।'

विट्टोरिया के दिल में आशा का हल्का सा संचार हुआ। 'कहाँ?'

कमांडर ने कोई जवाब नहीं दिया। उसने अपने गार्ड को एक तरफ बुलाया और फुसफुसा कर उससे कुछ कहने लगा। लग रहा था कि गार्ड दुविधा में था लेकिन वह आज्ञाकारिता के भाव से सर हिला रहा था। जब ओलिवेट्टी ने अपनी बात पूरी कर दी तो गार्ड लैंग्डन की ओर मुड़ा।

'कृपया इस तरफ आइए, मिस्टर लैंग्डन। नौ बजकर पंद्रह मिनट हो चुके हैं। हमें जल्दी करना होगा।'

लैंग्डन और गार्ड दरवाज़े की ओर बढ़ गए।

विट्टोरिया उनके पीछे भागी। 'मैं उनकी मदद करूंगी।'

ओलिवेट्टी ने उसकी बांह पकड़ ली। 'नहीं मिस वेट्रा। मुझे आपसे कुछ बात करनी है।' उसकी पकड़ में अधिकार झलक रहा था।

लैंग्डन और गार्ड वहाँ से चले गए। विट्टोरिया को एक तरफ ले जाते हुए ओलिवेट्टी का चेहरा काठ की तरह शुष्क लग रहा था। लेकिन ओलिवेट्टी चाहे वेट्रा को जो भी कहना चाहता था उसे इस काम का मौका नहीं मिला। उसके वॉकी टॉकी से तेज़ आवाज़ आयी। *'कमान्डेन्टे।'*

कमरे में उपस्थित हर व्यक्ति उसकी ओर मुड़ कर देखने लगा।

ट्रांसमीटर से आ रही आवाज़ गंभीर थी। 'मुझे लगता है कि आप को टीवी चालू करना चाहिए।'

80

दो घंटे पहले जब लैंग्डन वेटिकन के गुप्त अभिलेखागार से बाहर निकला था तो उसने कल्पना भी नहीं की थी कि उसे यहाँ दोबारा आना पड़ेगा। अब, वेटिकन गार्ड के साथ पूरे रास्ते तेज़ चलते हुए वह एक बार फिर वेटिकन के अभिलेखागार के अंदर था। वह लैंग्डन को उन कतारों में रखी पारदर्शी छोटे छोटे घन जैसी संदूकों के पास ले आया। वहाँ पर फैली हुई चुप्पी इस बार कहीं अधिक डरावनी लग रही थी। गार्ड ने जब इस चुप्पी को तोड़ा तो लैंग्डन ने उसका शुक्रिया अदा किया।

'मुझे लगता है यहाँ।' गार्ड ने कहा। वह लैंग्डन को लेकर एक चेंबर के पास आ गया था जहाँ छोटे छोटे वॉल्ट दीवार के साथ लगाकर रखे हुए थे। गार्ड ने वॉल्ट पर लिखे शीर्षक पर नज़र डाली और उनमें से एक की तरफ इशारा किया। 'हाँ, यही है। कमांडर ने इसी जगह के बारे में बताया था।'

लैंग्डन ने शीर्षक को पढ़ा। ATTIVI VATICANI वेटिकन की संपदा? उसने अंदर रखे दस्तावेजों की सूची पढ़ी। ज़मीन जायदाद ... वेटिकन बैंक...प्राचीन वस्तुएं...सूची लंबी थी।

'वेटिकन की संपत्तियों का लेखा जोखा।' गार्ड ने कहा।

लैंग्डन ने क्यूबिकल की तरफ देखा। हे भगवान। अंधेरे में भी वह कह सकता था कि संदूक भरा हुआ था।

'कमांडर ने बताया था कि बर्निनी ने वेटिकन के लिए काम करते हुए जो कुछ भी बनाया होगा उसे यहाँ की संपत्ति के तौर पर इसमें दर्ज किया गया होगा।'

लैंग्डन ने सिर हिलाया। उसे लगा कि मुमकिन है कमांडर की सोच में सफलता की संभावना छुपी हो। बर्निनी के काल में वेटिकन की छत्रछाया में रहकर कलाकार जो कुछ भी बनाता था वह कानूनन वेटिकन की संपत्ति मानी जाती थी। यह सामंतशाही व्यवस्था की तरह था, सरपरस्ती वाली व्यवस्था की तरह नहीं। लेकिन बड़े बड़े कलाकार अच्छी तरह जीवन यापन करते थे और उन्हें शिकायत करने की ज़रूरत महसूस नहीं होती थी। 'वेटिकन के बाहर के चर्चों में रखी कलाकृतियाँ भी उनमें शामिल हैं।'

सिपाही ने उसकी तरफ अजीब ढंग से देखा। 'बिलकुल। रोम का हर चर्च वेटिकन की संपत्ति है।'

लैंग्डन अपने हाथ में रखी सूची को देख रहा था। इसमें बीस के करीब उन सभी चर्चों के नाम शामिल थे जो वेस्ट पोनेन्टे की साँस की दिशा में खींची गई सीधी रेखा में दिखाई देते थे। इन्हीं में से एक के अंदर विज्ञान की तीसरी वेदी भी थी। लैंग्डन को उम्मीद थी कि वह बचे हुए समय में उसे ढूँढ़ पाएगा। अगर हालात अलग होते तो वह इन सभी चर्चों के अंदर जा कर खुद उनकी तलाश करता। लेकिन आज उसके पास केवल बीस मिनट का समय था जिसके भीतर उसे उस चर्च को ढूँढ़ना था जिसमें बर्निनी की बनाई आग को श्रद्धांजलि वाली कलाकृति रखी थी।

लैंग्डन वॉल्ट के घूमने वाले इलेक्ट्रॉनिक दरवाज़े के पास गया। गार्ड उसके साथ नहीं गया। लैंग्डन को हल्की सी हिचकिचाहट हुई। वह मुस्कुराया। 'हवा ठीक है। थोड़ी सी हल्की लेकिन साँस लेने के लायक।'

'मुझे हुक्म दिया गया है कि मैं आपको यहाँ पर छोड़ वापस आ जाऊं।'

'तुम जा रहे हो?'

'जी। स्विस गार्डों को अभिलेखागार के अंदर जाने की इजाज़त नहीं है। आपके साथ यहाँ तक आकर मैं प्रोटोकॉल तोड़ रहा हूँ। कमांडर ने मुझे इस बात की हिदायत दी थी।

'प्रोटोकॉल तोड़ रहे हो?' *तुम्हें कुछ पता भी है कि आज रात यहाँ क्या हो रहा है?* 'पता नहीं तुम्हारा वो कमांडर किस की तरफ है।'

गार्ड के चेहरे से दोस्ताना हावभाव ग़ायब हो गया। उसकी आँखों के नीचे बने निशान में हरकत हुई। गार्ड उसे घूर कर देख रहा था। वह अब खुद ओलिवेट्टी की तरह लग रहा था।

'मैं माफी चाहूंगा।' लैंग्डन को अपने कहे पर पछतावा हो रहा था। 'मुझे थोड़ी मदद की ज़रूरत हो सकती है।'

गार्ड ने पलकें नहीं झपकायी। 'मुझे हुक्म मानना सिखाया गया है। बहस नहीं। आप को अपने काम की चीज़ जैसे ही मिले, तुरंत कमांडर से संपर्क कीजिए।'

लैंग्डन उद्विग्न हो गया। 'लेकिन वे मिलेंगे कहाँ?'

गार्ड ने अपना वॉकी टॉकी निकालकर पास के टेबल पर रख दिया। 'चैनल एक।' फिर वह अंधेरे में ग़ायब हो गया।

81

पोप के दफ्तर में रखा टीवी हिताची कंपनी का बहुत बड़े आकार का सेट था जो उनकी मेज़ की विपरीत दिशा में दीवार में बने ताखे के अंदर रखा हुआ था। टीवी कैबिनेट के दरवाज़े अब खोल दिए गए थे और सभी लोग इसके आसपास जमा थे। विट्टोरिया और भी नजदीक आ गई। टीवी स्क्रीन चालू होते ही एक महिला रिपोर्टर दिखाई दी। उसके सुनहरे बाल थे और उसकी आँखें बतख जैसी थी।

'एमएसएनबीसी न्यूज के लिए', उसने बोलना शुरू किया 'मैं केली होरान जोंस, वेटिकन सिटी से लाइव बोल रही हूँ।' उसके पीछे सेंट पीटर के बेसिलिका का रात का दृश्य दिखाई दे रहा था। बेसिलिका की सभी बत्तियाँ जल रही थी।

'तुम लाइव नहीं हो।' रोचर गुस्से में बोला। 'यह स्टॉक फुटेज है। बेसिलिका में सारी बत्तियाँ अभी बंद हैं।'

ओलिवेट्टी ने हल्की सी सीटी बजाकर उसे चुप रहने को कहा।

रिपोर्टर ने ख़बर चालू रखी। वह तनाव में लग रही थी। 'आज शाम वेटिकन के चुनाव में चौंकाने वाला घटनाक्रम। हमें ख़बर मिली है कि चुनाव में हिस्सा ले रहे दो कार्डिनलों की रोम में नृशंस हत्या कर दी गई है।'

ओलिवेट्टी ने फुसफुसाते हुए गाली दी।

रिपोर्टर अब भी स्क्रीन पर थी कि तभी दरवाज़े पर हांफता हुआ एक गार्ड दिखाई दिया। 'कमांडर, केंद्रीय स्विच बोर्ड दिखा रहा है कि हमारी हर लाइन पर कॉल आ रही है। वे हमारी औपचारिक प्रतिक्रिया के बारे में जानना चाहते हैं।'

'लाइन काट दो।' ओलिवेट्टी ने कहा। वह टीवी पर लगातार नज़रें गड़ाए हुए था।

गार्ड को समझ में नहीं आ रहा था। 'लेकिन कमांडर...'

'जाओ।'

गार्ड तेजी से बाहर निकल गया।

विट्टोरिया को लगा कि केमरलेग्नो कुछ कहना चाहते थे लेकिन उन्होंने अपने को रोक लिया था। वे ओलिवेट्टी को कड़ी नज़रों से देर तक घूरते रहे और फिर टेलीविजन देखने लगे।

अब एमएसएनबीसी पर टेप दिखाया जा रहा था। स्विस गार्ड सांता मारिया डेल पोपोलो के बाहर कार्डिनल एबनर की लाश को सीढ़ियों से नीचे ला रहे थे और अल्फा रोमियो के अंदर डाल रहे थे। टेप फ्रीज हो गया और कार के ट्रंक में रखने के पहले कार्डिनल की नंगी लाश दिखाई दी।

'आखिर किसने ये फुटेज रिकॉर्ड किया है।' ओलिवेट्टी ने जानना चाहा।

एमएसएनबीसी रिपोर्टर की ख़बर चालू थी। 'ऐसा माना जा रहा है कि ये जर्मनी के फ्रैंकफर्ट के कार्डिनल एबनर की लाश है। चर्च से लाश को बाहर लाने वाले लोगों के बारे में कहा जा रहा है कि वे वेटिकन स्विस गार्ड के लोग हैं।' रिपोर्टर पूरी कोशिश कर रही थी कि वह इस घटना से जितना आवश्यक था उतनी विचलित दिखे। अब वे उसके चेहरे को क्लोज-अप में दिखा रहे थे। वह और भी गंभीर हो गई। 'इस वक्त एमएसएनबीसी अपने दर्शकों को सावधानी के तौर पर बताना चाहती है कि हम जो तस्वीरें देखने वाले हैं वे काफी परेशान करने वाली हैं और ये सभी दर्शकों के लिए उपयुक्त नहीं हैं।'

टीवी स्टेशन की दर्शकों के प्रति दिखाई जा रही इस नकली सहानुभूति पर विट्टोरिया भुनभुना रही थी। उसे पता था कि मीडिया लोगों को अपने कार्यक्रम की तरफ आकर्षित करने के लिए इस घोषणा का इस्तेमाल करती है। इस पंक्ति को सुनने के बाद कोई भी इंसान चैनल नहीं बदलता है।

रिपोर्टर ने अपनी बात को और भी मज़बूती से पेश किया। 'ये दृश्य कुछ लोगों के लिए दिल दहलाने वाले हो सकते हैं।'

'कौन सा दृश्य?' ओलिवेट्टी ने सवाल किया। 'अभी अभी जो दृश्य दिखाया...'

इसके बाद के दृश्य में एक जोड़े को सेंट पीटर चौराहे पर दिखाया गया था जो भीड़ में आगे बढ़ रहे थे। विट्टोरिया को तुरंत पता चल गया कि यह जोड़ा वह और लैंग्डन थे। टीवी स्क्रीन के कोने में लिखा था—सौजन्य बीबीसी। कहीं घंटी बज रही थी।

'नहीं...' विट्टोरिया ज़ोर से चिल्ला उठी। 'नहीं।'

केमरलेग्नो परेशान लग रहे थे। वे ओलिवेट्टी की तरफ मुड़े। 'मुझे लगा कि आपने कहा था कि आपने वो टेप छीन लिया था।'

तभी टीवी पर एक बच्चे के चीखने चिल्लाने की आवाज़ सुनाई दे रही थी। कैमरा एक छोटी सी बच्ची की तरफ घूमा जो किसी बेघर, बेचारे आदमी की ओर इशारा कर रही थी।

तभी अचानक फ्रेम में रॉबर्ट लैंग्डन दिखाई दिया जो बच्ची की मदद करने की कोशिश कर रहा था। शॉट अब और नजदीक से दृश्य दिखा रहा था।

पोप के दफ्तर में सभी लोग भयानक दहशत के बीच इस नाटक की परतों को आँखों के सामने खुलता हुआ देख रहे थे। कार्डिनल की लाश औंधे मुँह सामने पटरी पर गिरी। विट्टोरिया चिल्ला कर लोगों को बुला रही थी। ख़ून दिखाई दे रहा था। ब्रांड। मुँह में मुँह डालकर साँस वापस लाने की दहला देने वाली लेकिन नाकाम कोशिश।

'इन चौकाने वाले दृश्यों को अभी थोड़ी देर पहले वेटिकन के बाहर रिकॉर्ड किया गया है। हमारे सूत्रों का कहना है कि ये लाश फ्रांस के कार्डिनल लामासे की लाश है। वे इस तरह की पोशाक क्यों पहने हुए थे और वे सम्मेलन में क्यों शामिल नहीं हुए थे यह रहस्य के घेरे में है। अब तक वेटिकन ने इसके बारे में किसी तरह की टिप्पणी से इनकार किया है।' टेप फिर से चालू हो गया।

'टिप्पणी देने से मना कर दिया?' रोचर ने कहा। 'हमें एक मिनट का समय दीजिए।'

रिपोर्टर का बोलना जारी था। उसकी भौंहे ख़बर की गंभीरता के अनुसार सिकुड़ रही थी। 'हालाँकि एमएसएनबीसी को अब तक इस हमले के मकसद के बारे में कोई जानकारी नहीं मिली है लेकिन हमारे सूत्र बताते हैं कि इन हत्याओं की जिम्मेदारी जिस सनूह ने ली है वे अपने को इल्युमिनाटी के नाम से पुकारते हैं।'

ओलिवेट्टी बरस पड़ा। 'क्या?'

'... इल्युमिनाटी के बारे में ज़्यादा जानने के लिए आप हमारे वेबसाइट को देख सकते हैं।'

'असंभव।' ओलिवेट्टी ने घोषणा की। उसने चैनल बदल दिया।

इस चैनल पर स्पेनी मूल का पुरुष रिपोर्टर था... 'एक शैतानी संप्रदाय जिसे इल्युमिनाटी कहते हैं। कुछ इतिहासकारों का मानना है कि...'

ओलिवेट्टी रिमोट को यूं ही इधर उधर दबाने लगा। हर चैनल लाइव अपडेट दिखा रहा था। ज़्यादातर अंग्रेजी में थे।

'...स्विस गार्ड आज शाम चर्च से लाश को हटाते हुए। ऐसा समझा जाता है कि लाश एक कार्डिनल की है...'

'...बेसिलिका और म्यूजियम की बत्तियाँ बंद कर दी गई हैं जिसके आधार पर लोग अनुमान लगा रहे हैं कि...'

'... हम षड़यंत्र विशेषज्ञ टाइलर टिंगले से इस खौफनाक पंथ के फिर से सामने आने के बारे में...'

'... दो और हत्याओं की योजना के बारे में अफवाहें...'

'... अब सवाल उठता है कि क्या कार्डिनल बैजिया, जिन्हें पोप के पद का मजबूत दावेदार माना जाता है, भी गायब लोगों में शामिल हैं...'

विट्टोरिया दूसरी तरफ देखने लगी। चीजें इतनी तेजी से हो रही थी। खिड़की के बाहर अंधेरा गहरा हो रहा था। ऐसा लग रहा था जैसे मानवीय त्रासदी के आकर्षण से खिंचे लोग वेटिकन सिटी की तरफ चले आ रहे थे। चौराहे पर लोगों की भीड़ पल-पल बढ़ती जा रही थी। पैदल चल रहे लोग उनकी ओर चले आ रहे थे जबकि मीडिया का एक नया दस्ता अपने वैन से सामान उतार कर सेंट पीटर के चौराहे पर कब्जे की घोषणा कर रहा था।

ओलिवेट्टी ने अपना रिमोट कंट्रोल नीचे रख दिया और केमरलेग्नो की ओर मुड़ा। 'महाशय, मैं समझ नहीं पा रहा हूँ कि ये सब कैसे हुआ। हमने कैमरे के भीतर से टेप बाहर निकाल लिया था।'

थोड़ी देर के लिए केमरलेग्नो स्तब्ध हो गए, बिल्कुल चुप।

किसी के मुँह से आवाज़ नहीं निकल रही थी। स्विस गार्ड सावधान की मुद्रा में तन कर खड़े थे।

'ऐसा लगता है।' आखिरकार केमरलेग्नो बोले। वे इतने विचलित लग रहे थे कि गुस्सा उनके लिए संभव नहीं था। 'कि हम लोगों ने इस संकट का सामना उतनी अच्छी तरह से नहीं किया जितना कि मुझे भरोसा दिलाया गया था।' वे खिड़की से बाहर देखने लगे जहाँ लोगों की भीड़ जमा हो रही थी। 'मुझे लोगों को संबोधित करना होगा।'

ओलिवेट्टी ने सिर हिलाया। 'नहीं श्रीमान। इल्युमिनाटी यही चाहते हैं कि आप उनकी बात की पुष्टि कर दें, उन्हें और ताकत दें। हमें चुप रहना चाहिए।'

'और ये लोग?' केमरलेग्नो ने खिड़की से बाहर इशारा किया। 'थोड़ी देर में हजारों लोग जमा हो जाएंगे। फिर लाखों। इस नाटक को जारी रखने का मतलब होगा उन्हें खतरे में डालना। मुझे उन्हें चेतावनी देनी होगी। इसके बाद हमें अपने कार्डिनलों को बाहर निकालना होगा।'

'हमारे पास अब भी वक्त है। हमें कैप्टन रोचर को एंटीमैटर ढूँढ़ने देना चाहिए।'

केमरलेग्नो मुड़े। 'क्या आप मुझे हुक्म देने की कोशिश कर रहे हैं?'

'नहीं। मैं आपको सलाह दे रहा हूँ। अगर आप बाहर खड़े लोगों के बारे में चिंतित हैं तो हम गैस लीक के बारे में घोषणा कर आसपास के इलाके को खाली करवा सकते हैं। लेकिन यह स्वीकार करना कि हमारे लोगों का अपहरण हुआ है खतरनाक होगा।'

'कमांडर, मैं सिर्फ एक बार यह कहना चाहता हूँ कि मैं इस दफ्तर और धर्मोपदेशक के मंच का इस्तेमाल दुनिया के सामने झूठ बोलने के लिए नहीं करूंगा। मैं अगर कोई घोषणा करूंगा तो वह केवल सत्य होगा।'

'सत्य? कि वेटिकन सिटी को नष्ट करने के लिए शैतानी आतंकवादियों ने धमकी दी है? इससे हमारी स्थिति और भी खराब होती है।'

केमरलेग्नो ने घूर कर देखा। 'अब हमारी इससे ज़्यादा कमजोर स्थिति क्या हो सकती है?'

अचानक रोचर चिल्लाया। उसने रिमोट छीनकर टीवी की आवाज़ तेज़ कर दी। सब लोग उसकी तरफ मुड़कर देखने लगे।

एमएसएनबीसी पर बोल रही महिला अब सचमुच घबड़ायी हुई लग रही थी। उसकी बगल में स्क्रीन पर स्वर्गीय पोप की तस्वीर दिखाई जा रही थी। 'नयी ख़बर ... । अभी बीबीसी से मिली ताजा ख़बर।' उसने कैमरे के किनारे की तरफ देखा मानो पूछ रही हो कि उसे क्या सचमुच इस की घोषणा करनी है। ऐसा लगा कि इस बात के बारे में पुष्टि होने के बाद वह दर्शकों की तरफ मुड़ी। उसके चेहरे पर डर का भाव था। 'इल्युमिनाटी ने अभी अभी इस हत्या की जिम्मेदारी ली है...' वह हिचकिचा रही थी। 'उन्होंने पंद्रह दिन पहले हुई पोप की मृत्यु की जिम्मेदारी भी ली है।'

केमरलेग्नो का चेहरा उतर गया।

रोचर के हाथ से रिमोट कंट्रोल गिर गया।

विट्टोरिया का दिमाग़ इस सूचना को मुश्किल से पचा पा रहा था।

'वेटिकन के कानून के अनुसार' महिला का बोलना जारी था, 'पोप की शव—परीक्षा नहीं होती इसलिए पोप की हत्या के बारे में इल्युमिनाटी के दावे को सत्यापित नहीं किया जा सकता। इसके बावजूद इल्युमिनाटी दावा कर रहा है कि स्वर्गीय पोप की मृत्यु दौरे की वजह से नहीं हुई है जैसा कि वेटिकन ने बताया था। उनकी मौत ज़हर देने के कारण हुई है।'

कमरे में फिर से सन्नाटा छा गया।

ओलिवेट्टी को गुस्सा आ गया । 'पागलपन। सरासर झूठ।'

रोचर फिर से चैनल बदलने लगा था। प्लेग की तरह यह ख़बर हर चैनल पर पसर चुकी थी। हरेक के पास वही ख़बर थी। सुर्खियों में सनसनीखेज दिखने की प्रतिस्पर्धा चल रही थी:

वेटिकन में हत्या

पोप को ज़हर दिया गया

शैतान का ईश्वर के घर में प्रवेश।

केमरलेग्नो दूसरी तरफ देखने लगे। 'ईश्वर हमारी मदद करें।'

रोचर जब चैनल बदल रहा था तो बीबीसी का एक स्टेशन टीवी स्क्रीन पर दिखाई दिया। '... ने मुझे सांता मारिया डे पोपोलो में होने वाली हत्या के बारे में पहले सूचना दी थी...'

'रुको।' केमरलेग्नो ने कहा। 'पीछे जाओ।'

रोचर पीछे गया। स्क्रीन पर एक मोटा-तगड़ा आदमी बीबीसी की न्यूज डेस्क पर दिखाई दे रहा था। उसके कंधे के ऊपर एक अजीब से इंसान की तस्वीर लगी थी जिसकी दाढ़ी का रंग लाल था। इस तस्वीर के नीचे लिखा था—गुंटर ग्लिक—वेटिकन सिटी

से लाइव। हमारे वीडियोग्राफर ने चिगी चैपल से कार्डिनल की लाश हटाने का फुटेज रिकॉर्ड किया था।

'मैं अपने दर्शकों के लिए दोहराना चाहता हूँ,' लंदन से टीवी न्यूज एंकर कह रहा था, 'बीबीसी रिपोर्टर ने ही सबसे पहले ये ख़बर दी। वह तथाकथित इल्युमिनाटी हत्यारे से फोन पर दो बार संपर्क कर चुका है। गुंटर, क्या आप बता रहे हैं कि थोड़ी देर पहले हत्यारे ने आपको फोन किया था और इल्युमिनाटी का कोई ख़ास संदेश आप तक पहुँचाया था?'

'हाँ, उसने बताया था।'

'और उनका संवाद था कि पोप की मृत्यु में इल्युमिनाटी का हाथ था?' एंकर के बोलने से लग रहा था कि उसे इस बात पर यकीन नहीं हो रहा था।

'बिल्कुल ठीक। फोन करने वाले ने मुझे बताया कि पोप की मौत किसी दौरे की वजह से नहीं हुई थी जैसा कि वेटिकन पहले सोच रहा था। बल्कि उन्हें इल्युमिनाटी ने ज़हर देकर मारा है।'

पोप के दफ्तर में सभी लोग जम से गए थे।

'ज़हर देकर हत्या?' एंकर ने जानना चाहा। 'लेकिन कैसे...?'

'उन लोगों ने इसके बारे में विस्तार से कुछ भी नहीं बताया।' ग्लिक ने कहा । 'उन्होंने सिर्फ इतना बताया कि उन्होंने पोप की हत्या एक दवा से की थी जिसे...' स्क्रीन पर कागज की हल्की सी खड़खड़ाहट सुनाई दी, 'जिसे हेपरिन के नाम से जानते हैं।'

केमरलेग्नो, ओलिवेट्टी और रोचर ने एक दूसरे की ओर हैरानी से देखा।

'हेपरिन?' रोचर ने पूछा, वह घबड़ाया हुआ था। 'लेकिन यह दवा तो...'

केमरलेग्नो बोल पड़ा 'पोप को दी जाने वाली दवा।'

विट्टोरिया सन्न रह गई। 'पोप हेपरिन ले रहे थे?'

उन्हें ख़ून संबंधी बीमारी थ्रोंबोफ्लेबाइटिस थी।' केमरलेग्नो ने कहा। 'वे दिन में एक बार इसकी सुई लेते थे।'

रोचर हक्का बक्का लग रहा था। 'लेकिन हेपरिन तो ज़हर नहीं है। फिर इल्युमिनाटी ये दावा कैसे कर रहे हैं कि...'

'अगर इसकी मात्रा सही नहीं हो तो हेपरिन जानलेवा हो सकता है।' विट्टोरिया ने व्याख्या की। 'यह ख़ून को जमने से रोकने की प्रभावशाली दवा है। जरूरत से ज़्यादा इसकी मात्रा लेने पर शरीर के अंदर काफी ज़्यादा रक्तस्राव हो सकता है और ब्रेन-हेमरेज, दिमाग़ का दौरा पड़ सकता है।'

ओलिवेट्टी उसकी ओर शंका की नज़र से देख रहा था। 'लेकिन तुम्हें इसके बारे में कैसे पता है?'

'समुद्री जीव जंतुओं पर काम करने वाले वैज्ञानिक, मरीन बायोलॉजिस्ट, समुद्र में पाए जाने वाले स्तनपायी जानवरों को पकड़ने के बाद उन्हें ये दवा देते हैं। कई जानवर

इस दवा की वजह से मर जाते हैं।' वह रुकी। 'ज़रूरत से अधिक माला में इंसान को हेपरिन देने से उसी तरह के लक्षण दिखाई देते हैं जैसा कि स्ट्रोक की वजह से होता है ... खासकर उस स्थिति में जब शव—परीक्षा नहीं की जाती है।'

केमरलेग्नो अब बुरी तरह परेशान दिखाई दे रहे थे।

'श्री मान।' ओलिवेट्टी ने कहा, 'साफ लग रहा है कि इल्युमिनाटी ये सब अपने विज्ञापन के लिए कर रहे हैं। कोई व्यक्ति पोप को ज़रूरत से ज़्यादा दवा दे ऐसा संभव नहीं। उनके पास जाने की किसी को इजाज़त नहीं थी। और अगर हम इसके चक्कर में आकर उसके दावे को खारिज करने की कोशिश करें तो भी हम ये कैसे कर पाएंगे? कानूनन पोप की शव परीक्षा नहीं हो सकती। शव परीक्षण करने पर भी हमें कुछ पता नहीं चलेगा। हमें उनके शरीर में हेपरिन मिलेगा क्योंकि वे रोज हेपरिन की सुई लेते थे।'

'सही।' केमरलेग्नो की आवाज़ तेज़ हो गई । 'फिर भी मुझे एक बात परेशान कर रही है। बाहर किसी को पता नहीं था कि पोप ये दवा ले रहे थे।'

सन्नाटा।

'अगर उन्हें ज़रूरत से ज़्यादा हेपरिन दी गई थी तो उनके शरीर में इसके लक्षण दिखाई देंगे।' विट्टोरिया ने कहा।

ओलिवेट्टी तेजी से विट्टोरिया की तरफ मुड़ा। 'मिस वेट्रा, हो सकता है कि आपने मेरी बात नहीं सुनी हो। वेटिकन के कानून के अनुसार पोप की शव परीक्षा नहीं हो सकती। हम लोग पोप के पार्थिव शरीर को काट छांट कर सिर्फ इसलिए अपवित्न नहीं कर सकते क्योंकि दुश्मन ने मज़ाक उड़ाने के लिए कोई दावा किया है।'

विट्टोरिया शर्मिंदगी महसूस कर रही थी। 'मेरे कहने का ये मतलब नहीं था...' वह कोशिश कर रही थी कि उसकी बातें अपमानजनक नहीं लगे। 'मैं ये कतई नहीं कह रही थी कि पोप के पार्थिव शरीर को कब्र से बाहर निकाला जाए...' वह हिचकिचा रही थी। हालाँकि रॉबर्ट ने उसे चिगी गिरजाघर में जो कुछ कहा था वो बात उसकी दिमाग़ में बिजली की तरह कौंध गई। उसने कहा था कि पोप के ताबूत को हमेशा ज़मीन के ऊपर रखा जाता है और उसे कभी सीमेंट से बंद नहीं किया जाता। यह परंपरा फराओ के समय प्रचलित परंपरा से प्रभावित थी। ऐसा माना जाता था कि ताबूत को सील करने और ज़मीन के अंदर गाड़ने से मृतक की आत्मा अंदर दबी रह जाती थी। गुरुत्वाकर्षण ही सीमेंट के तौर पर इस्तेमाल की जाती थी। ताबूत के दरवाज़े सैकड़ों पाउंड भारी होते थे। तकनीकी तौर पर, उसे लग रहा था, यह संभव था कि ...

'किस तरह के लक्षण?' अचानक केमरलेग्नो ने पूछा।

विट्टोरिया को लगा कि उसका दिल जोर जोर से धड़क रहा था। 'ज़रूरत से ज़्यादा माला में दवा देने पर मुँह के भीतरी हिस्सों—ओरल म्यूकोसा—से ख़ून का रिसाव हो सकता है।'

'ओरल क्या?'

'ऐसे व्यक्ति के मसूड़ों से ख़ून का रिसाव हो सकता है। मृत्यु के बाद, ख़ून जम जाता है और मुँह के अंदर काले रंग का दिखाई देता है।' विट्टोरिया ने एक बार लंदन के किसी एक्वेरियम में ली गई किलर व्हेल के जोड़े की तस्वीर देखी थी जिसे गलती से उसके ट्रेनर ने ज़रूरत से अधिक मात्रा में दवा दे दी थी। मृतक व्हेल का शरीर पानी की टंकी में तैर रहा था, उनके मुँह खुले थे और उनका जीभ कोयले की तरह बिल्कुल काला दिखाई दे रहा था।

केमरलेग्नो ने कोई जवाब नहीं दिया। वे मुड़कर खिड़की के बाहर देखने लगे।

रोचर की आवाज़ से उम्मीद का स्वर ग़ायब हो चुका था। 'महोदय, अगर ज़हर देकर मारने के बारे में किया गया दावा सच है...'

'यह सच नहीं है।' ओलिवेट्टी ने घोषणा की। 'पोप के पास बाहर के किसी व्यक्ति को जाने की इजाज़त नहीं थी।'

'अगर यह दावा सही है,' रोचर ने अपनी बात दोहराई, 'और हमारे पवित्र पिता को ज़हर दिया गया है तो एंटीमैटर संबंधी हमारी खोज पर इसका गहरा असर पड़ेगा। तथाकथित हत्या का अर्थ है कि वेटिकन सिटी के अंदर उसकी घुसपैठ हमारी कल्पना से कहीं अधिक गहरी है। फिर व्हाइट जोन की तलाश से काम नहीं चलेगा। अगर हम इस तरह से घुसपैठ के शिकार हैं तो समय पर एंटीमैटर वाला डिब्बा मिल पाना मुश्किल है।'

ओलिवेट्टी ने अपने कैप्टन की ओर गुस्से से देखा। 'कैप्टेन, मैं तुम्हें बताता हूँ कि आगे क्या होने वाला है।'

'नहीं।' केमरलेग्नो ने कहा। वे तेजी से मुड़े। 'मैं बताऊंगा कि आगे क्या होने वाला है।' वे सीधे ओलिवेट्टी की ओर देख रहे थे। 'बात बहुत आगे बढ़ चुकी है। बीस मिनट के अंदर मैं सम्मेलन को समाप्त कर वेटिकन सिटी को खाली करवाने के बारे में फैसला लूंगा। मेरा निर्णय आखिरी होगा। समझ में आ रही है मेरी बात?'

ओलिवेट्टी ने पलकें नहीं झपकायी, न ही उसने कुछ बोला।

अब केमरलेग्नो काफी जोरदार ढंग से बोल रहे थे। लग रहा था कि उन्हें अपने अंदर के किसी स्रोत से ऊर्जा मिल रही थी। 'कैप्टेन रोचर, आप व्हाइट जोन की तलाशी पूरी करेंगे और काम पूरा होने के बाद सीधे मुझे ख़बर करेंगे।'

रोचर ने सिर हिलाया और ओलिवेट्टी की ओर असहज दृष्टि डाली।

इसके बाद केमरलेग्नो ने दोनों गार्डों को बाहर जाने का इशारा किया। 'मैं बीबीसी रिपोर्टर मिस्टर ग्लिक से इस दफ्तर में तुरंत मिलना चाहता हूँ। अगर इल्युमिनाटी उनके संपर्क में हैं तो हो सकता है वह हमारी कुछ सहायता कर पाएं। जाओ।'

दोनों सिपाही ग़ायब हो गए।

अब केमरलेग्नो बाकी गार्डों की ओर मुखातिब होकर बोले। 'सज्जनों, मैं आज की शाम और मौतें नहीं होने दे सकता। दस बजे तक आप बाकी दो लापता कार्डिनलों का

पता लगाएंगे और हत्या के लिए जिम्मेदार शैतानों को पकड़ेंगे। आप मेरी बात समझ रहे हैं?'

'लेकिन महोदय,' ओलिवेट्टी बहस करने लगा, 'हमें कुछ भी पता नहीं कि...'

'मिस्टर लैंग्डन इस पर काम कर रहे हैं। वे योग्य व्यक्ति मालूम होते हैं। मुझे भरोसा है।'

यह बोलकर केमरलेग्नो दरवाज़े की तरफ चल दिए। उनकी चाल में एक अलग दृढ़ता झलक रही थी। बाहर जाते हुए उन्होंने तीन गार्डों की तरफ इशारा किया 'आप तीन मेरे साथ चलिए। तुरंत।'

गार्ड उनके पीछे चल दिए।

दरवाज़े के पास केमरलेग्नो रुके। वे विट्टोरिया की तरफ मुड़े 'मिस वेट्रा, आप भी। कृपया मेरे साथ चलिए।'

विट्टोरिया हिचकिचा रही थी। 'हम कहाँ जा रहे हैं?'

वे दरवाज़े से बाहर निकल गए। 'एक पुराने दोस्त से मिलने।'

82

CERN में सेक्रेटरी सिल्वी बॉडेलॉक भूख से परेशान थी। वह घर जाना चाहती थी। उसके दुर्भाग्य से, कोलर अस्पताल से ज़िंदा बच आया था। उसने फोन कर हुक्म दिया था, आग्रह नहीं, कि सिल्वी को आज शाम देर तक रुकना होगा। कोई व्याख्या नहीं।

बरसों से काम करते हुए सिल्वी ने कोलर के मिजाज में आने वाले उतार चढ़ाव और झक्कीपन को नज़रअंदाज करना सीख लिया था जैसे कि उसकी चुप्पी वाले इलाज, अपने व्हील चेयर में लगे पोर्टा—वीडियो का इस्तेमाल कर चुपचाप मीटिंगों को रिकॉर्ड करने की प्रवृत्ति वगैरह। वह मन ही मन उम्मीद करती थी कि एक दिन CERN के मनोरंजन केंद्र में बने निशानेबाजी केंद्र में अपनी साप्ताहिक यात्रा के दौरान वह खुद को गोली मार लेगा, लेकिन वह एक अच्छा निशानेबाज था।

इस वक्त सिल्वी अपनी मेज़ पर अकेली थी। उसके पेट में गुड़गुड़ाहट हो रही थी। कोलर अब तक वापस नहीं आया था। न ही उसने आज शाम के लिए अलग से कोई काम दिया था। उफ, बिना काम के यहाँ भूखे बोर होना उसे मंजूर नहीं, उसने फैसला किया। उसने कोलर के लिए एक नोट लिखा और वहाँ के स्टाफ के लिए बने भोजन कक्ष की ओर कुछ खाने के लिए चली गई।

वह वहाँ कभी पहुँच ही नहीं पायी।

वह जब CERN के मनोरंजन केंद्र सुइट्स डे लोइसिर को पार कर रही थी। वहाँ लंबे से हॉल के साथ अनेक कमरे थे जिनमें टीवी लगे थे। उसने देखा कि वहाँ लोगों की भीड़ लगी हुई थी जो अपना खाना छोड़ कर समाचार देखने वहाँ जमा थे। कुछ बड़ी घटना हुई थी। सिल्वी पहले कमरे में घुसी। इसमें कम उम्र वाले लोगों की भीड़ लगी थी—नौजवान कंप्यूटर प्रोग्रामरों की भीड़। जब उसकी नज़र टीवी की सुर्खियों पर पड़ी तो वह सन्न रह गई।

वेटिकन में आतंक।

सिल्वी रिपोर्ट सुनने लगी। उसे अपने कानों पर यकीन नहीं हो रहा था। प्राचीन काल का कोई समुदाय, ब्रदरहुड, कार्डिनलों की हत्या कर रहा था? इससे क्या साबित हो रहा था? उनकी नफरत? उनका प्रभुत्व? उनकी बेवकूफी?

लेकिन आश्चर्य की बात थी कि इस कमरे में माहौल भारी या गमगीन नहीं दिखाई दे रहा था।

दो नौजवान तकनीकी विशेषज्ञ अपना टी शर्ट लहराते हुए जा रहे थे जिस पर बिल गेट्स की तस्वीर बनी थी और लिखा था, 'GEEK SHALL INHERIT THE EARTH!'

'इल्युमिनाटी', उनमें से एक व्यक्ति चिल्लाया। 'मैंने कहा था न कि ये लोग वास्तविक हैं।'

'असंभव। मैं तो सोचता था कि ये बस एक गेम है।'

'उन्होंने पोप को मार दिया। कमाल। पोप को!'

'हे भगवान। पता नहीं इसके लिए तुम्हें कितने पॉइंट मिलेंगे।'

वे खिलखिलाते हुए तेजी से बाहर चले गए।

सिल्वी यह देखकर आश्चर्य में डूब गई ।

सिल्वी कैथोलिक थी और वैज्ञानिकों के बीच काम करते हुए वह कभी कभार धर्म—विरोधी बातचीत सहन कर लेती थी लेकिन चर्च को हुए नुकसान पर ये बच्चे जिस तरह जश्न मना रहे थे और खुशी में पागल हो रहे थे ... । कोई इंसान इतना बेगैरत कैसे हो सकता है! इतनी नफरत क्यों?

सिल्वी के लिए चर्च हमेशा एक अलग स्थान रखता था...मैत्री और आत्म—चिंतन की जगह। कभी कभार एक ऐसी जगह जहाँ वह दूसरों का ध्यान बिना अपनी ओर खींचे जोर जोर से गा सकती थी। चर्च उसकी ज़िंदगी के ख़ास मुकामों से जुड़ा था—अंतिम संस्कार, शादी, नामकरण, छुट्टियाँ और इसके बदले में वह कुछ मांगता नहीं था। लोग अपनी इच्छा से चाहें तो चंदा या दान दे सकते थे। उसके बच्चे हर सप्ताह रविवारीय स्कूल से ऊँचा होकर निकलते थे। उनके हृदय में दूसरों की मदद और सहानुभूति का भाव भरा होता था। इसमें बुरा क्या था?

उसे हमेशा इस बात पर आश्चर्य होता था कि CERN में काम करने वाले तथाकथित अत्यंत प्रतिभावान लोगों को चर्च का महत्व समझ में क्यों नहीं आता था। क्या उन्हें

सचमुच ऐसा लगता था कि क्वार्क और मेसन सामान्य लोगों को प्रेरित कर सकते थे? क्या दैवी शक्ति में विश्वास की जगह गणितीय समीकरण ले सकते थे?

स्तब्ध स्थिति में सिल्वी हॉल के अंदर दूसरे लाउंजों को पार करती हुई आगे बढ़ रही थी। सभी टीवी वाले कमरों में लोग खचाखच भरे थे। अब वह कोलर को वेटिकन से आए फोन कॉल के बारे में सोच रही थी। संयोग? शायद। वेटिकन से बीच-बीच में CERN को औपचारिक फोन आता था जब वह इसके शोध की आलोचना करते हुए कोई तीखा बयान जारी करता। थोड़ी ही दिन पहले CERN के द्वारा नैनो टेक्नोलॉजी के क्षेत्र में हुए महत्वपूर्ण शोध के बारे में फोन आया था। चर्च नैनो टेक्नोलॉजी के क्षेत्र में शोध की आलोचना करता था क्योंकि इसका संबंध जीन—इंजीनियरिंग से था। CERN इसकी कभी परवाह नहीं करता था। प्रायः हमेशा वेटिकन की आलोचना के थोड़ी ही देर बाद टेक्नोलॉजी में निवेश करने वाली कंपनियाँ इस नयी खोज के लाइसेंस के लिए CERN को फोन करते। 'प्रेस में बदनामी जैसी कोई चीज़ नहीं होती।' कोलर हमेशा कहता।

सिल्वी उधेड़बुन में थी कि उसे इस ख़बर को बताने के लिए कोलर को पेज करना चाहिएं कि नहीं , भले ही वह कहीं भी क्यों न हो। क्या उसे इस बात की परवाह थी? क्या उसने यह ख़बर सुनी? हाँ, जरूर सुनी होगी। शायद वह पूरी रिपोर्ट को अपने व्हीलचेयर पर लगे कैमकॉर्डर पर रिकॉर्ड कर रहा होगा और इस साल पहली बार मुस्कुरा रहा होगा।

हॉल के बीच से गुजरते हुए सिल्वी एक लाउंज के पास पहुँची जहाँ थोड़ा उदासी का माहौल था, करीब करीब गमगीन सा। यहाँ पर CERN के सबसे बुजुर्ग और इज्जतदार वैज्ञानिक ख़बर को सुन रहे थे। सिल्वी जब कमरे में घुसी तो उन्होंने उसकी ओर देखा तक नहीं।

CERN के दूसरे छोर पर लियोनार्डो वेट्रा के बेहद ठंडे अपार्टमेंट के अंदर मैक्सीमिलियन कोलर ने चमड़े की जिल्द वाला वह जर्नल पूरा पढ़ लिया था जिसे उसने वेट्रा के बिस्तर के बगल वाली टेबल से निकाला था। अब वह टेलीविजन पर आ रही ख़बर को देख रहा था। थोड़ी देर के बाद उसने वेट्रा के जर्नल को वापस रख दिया। टीवी बंद कर दिया और अपार्टमेंट से बाहर निकल आया।

दूर, वेटिकन सिटी के अंदर कार्डिनल मोर्टाटी सिस्टीन गिरजाघर के अंदर बैलटों से भरी तश्तरी फिर से चिमनी में डालने जा रहा था। उसने बैलटों को जलाया तो काला धुआं निकला।

दो बार वोट दिए गए लेकिन पोप का फैसला नहीं हो पाया।

83

सेंट पीटर के बेसिलिका में फैले गहरे अंधेरे के सामने फ्लैश—लाइट की कोई बिसात नहीं थी। ऊपर फैला खालीपन सितारों से खाली रात की तरह नीचे आ रहा था और

विट्टोरिया को लग रहा था कि उसके चारों तरफ किसी सूने समुद्र की तरह खालीपन पसरता जा रहा था। वह स्विस गार्ड के साथ नजदीक होकर चल रही थी और केमरलेग्नो आगे चले जा रहे थे। ऊपर कहीं से कबूतर की आवाज़ सुनाई दी और वह फड़फड़ा कर दूर चला गया।

ऐसा लगा जैसे केमरलेग्नो को उसकी परेशानी का अंदाजा लग गया था। वह थोड़ा रुके और उन्होंने उसके कंधे पर हाथ रखा। ऐसा लगा जैसे उनके छूते ही वेट्रा के शरीर में कहीं से ताकत का प्रवेश हो गया हो, मानो उस व्यक्ति ने जादू ने उसके अंदर शांति डाल दी हो जो अभी उस काम के लिए आवश्यक था जो वे करने के लिए जा रहे थे।

हम क्या करने जा रहे हैं? वह सोच रही थी। *यह पागलपन है।*

फिर भी, विट्टोरिया को पता था कि यह काम चाहे कितना भी अपवित्र और भयानक क्यों न हो, इसे पूरा करना ही होगा। केमरलेग्नो जो गंभीर फैसला लेने वाले थे उसके लिए कुछ सूचनाएँ आवश्यक थी। वेटिकन के ख़ास कब्रिस्तान में रखे ताबूत में बंद सूचनाएँ। वह उहापोह में थी कि उसे क्या पता चलने वाला था। *क्या इल्युमिनाटी ने पोप की हत्या की थी? क्या उनकी ताकत की पहुँच इतनी दूर तक है? क्या मैं पोप की पहली शव परीक्षा करने जा रही हूँ?*

विट्टोरिया को यह एक विडंबना लग रही थी कि इस अंधेरे चर्च में उसे रात में विशाल समुद्री मछली बराकुडा के साथ तैरने से भी ज़्यादा डर लग रहा था। प्रकृति उसकी शरणस्थली थी। वह प्रकृति को समझती थी। लेकिन मनुष्य और आत्मा के बीच की बातें उसे अबूझ लगती थी। रात के अंधेरे में हत्यारी मछलियों का जमा होना उसकी आँखों के सामने बाहर जमा हो रही मीडिया के जैसा लगता था। टीवी पर लोहे की सलाखों से दागे गए ब्रांडेड लाशें उसे अपने पिता की लाश की याद दिला रही थी और हत्यारे की कर्कश हंसी। हत्यारा यहीं पर कहीं था। विट्टोरिया का गुस्सा उसके डर पर हावी हो रहा था।

वे एक खंभे को पार कर आगे बढ़े, जिसकी मोटाई उसकी कल्पना से भी मोटे रेडवुड से अधिक थी। विट्टोरिया को आगे नारंगी रंग की रोशनी दिखाई दी। ऐसा लग रहा था कि रोशनी बेसिलिका के बीचों बीच फर्श के अंदर से आ रही थी। जब वे नजदीक पहुँचे तो उसे समझ में आया कि वह क्या देख रही थी। यह मुख्य वेदी के नीचे बनी मशहूर धंसी हुई गर्भगृह की जगह थी, वही ख़ास शानदार जगह जहाँ वेटिकन के सबसे पवित्र धरोहरों को रखा जाता था। जब वे उस गड्ढेनुमा जगह के पास बने दरवाज़े के करीब पहुँचे तो विट्टोरिया को सुनहले रंग का ताबूत दिखाई दिया जिस पर ढेरों दिए जल रहे थे।

'सेंट पीटर की हड्डियां?' उसने सवाल किया, हालाँकि उसे पता था कि ये सेंट पीटर की हड्डियाँ ही थी। सेंट पीटर में आने वाले हर व्यक्ति को पता होता था कि उस सुनहले ताबूत में क्या था।

'दरअसल नहीं।' केमरलेग्नो बोले। 'यह एक आम गलतफहमी है। यहाँ पर हड्डियाँ नहीं रखी हैं। इस बक्से के अंदर पैलियम रखा है, बुने हुए दुपट्टे जो पोप नए चुने कार्डिनलों को प्रदान करते हैं।'

'लेकिन मैंने सोचा था कि...'

'जैसा कि सभी सोचते हैं। गाइड बुक में लिखा है कि यह सेंट पीटर का मकबरा है। लेकिन उनकी असली कब्र हमसे दो मंजिल नीचे है, धरती में दफन। वेटिकन ने चालीस के दशक में इसकी खुदाई करवाई थी। वहाँ किसी को जाने की इजाज़त नहीं है।'

विट्टोरिया स्तब्ध हो गई। वे इस रोशन जगह से आगे अंधेरे की ओर बढ़ रहे थे। विट्टोरिया को वे कहानियाँ याद आ रही थी जिनमें हज़ार मील की यात्रा कर तीर्थयात्री इस सुनहले ताबूत को देखने आते थे और वे सोचते कि वे सेंट पीटर के साथ हैं। 'क्या वेटिकन को यह बात लोगों को नहीं बतानी चाहिए?'

'दैवी शक्तियों के साथ संपर्क की बात सुनकर हम सभी को लाभ होता है...अगर यह काल्पनिक हो तब भी।'

वैज्ञानिक के रूप में विट्टोरिया इस तर्क के सामने बहस नहीं कर सकती थी। उसने प्लेसीबो प्रभाव के बारे में इतने सारे अध्ययन देखे थे। प्लेसीबो यानी एस्प्रिन की गोली से ठीक होने वाले कैंसर के रोगी जिन्हें यकीन था कि वे किसी जादुई दवा का प्रयोग कर रहे हैं। *आखिर आस्था किसे कहते हैं?*

'वेटिकन सिटी के अंदर हम ठीक से बदलाव नहीं कर पाते हैं।' केमरलेग्नो ने कहा। अपनी पुरानी गलतियों को स्वीकार करना, आधुनिकता को स्वीकार करना, ये चीजें हम ऐतिहासिक रूप से नकारते रहे हैं। महान दिवंगत पोप इसे बदलने की कोशिश कर रहे थे।' वह रुके। 'आधुनिक दुनिया से संपर्क बढ़ाना। ईश्वर के नए रास्तों की तलाश।'

विट्टोरिया ने अंधेरे में सर हिलाया। 'जैसे कि विज्ञान?'

'ईमानदारी से कहूं तो विज्ञान का इससे कोई ताल्लुक नही है, अप्रासंगिक।'

'अप्रासंगिक?' विट्टोरिया विज्ञान की व्याख्या करने के लिए बहुत सारे शब्दों के बारे में सोच सकती थी लेकिन आधुनिक विश्व में इसके लिए 'अप्रासंगिक' शब्द इसमें शामिल नहीं था।

'विज्ञान बीमारियों का इलाज कर सकता है या विज्ञान जान ले सकता है। यह विज्ञान का प्रयोग कर रहे व्यक्ति की आत्मा पर निर्भर करता है। मेरी रुचि उसी आत्मा में है।'

'आपने अपनी आत्मा की आवाज़ कब सुनी?'

'जन्म के पहले।'

विट्टोरिया ने उनकी ओर देखा।

'माफ कीजिएगा। मुझे हमेशा यह सवाल कुछ अजीब सा लगता है। मेरे कहने का मतलब है कि मुझे हमेशा से पता था कि मैं ईश्वर की सेवा करूंगा। मैं जिस दिन से सोचने के लायक हुआ तभी से। लेकिन जब मैं नौजवान था और फौज में काम कर रहा था दरअसल उसी दौरान मुझे अपनी ज़िंदगी का मकसद समझ में आया।'

विट्टोरिया को इस बात पर हैरत हो रही थी। 'आप फौज में थे?'

'दो साल। मैंने हथियार चलाने से मना कर दिया इसलिए उन्होंने मुझे पायलट बनने पर मजबूर किया। मेडेवैक हेलिकॉप्टर। दरअसल मैं अब भी कभी कभार हेलीकॉप्टर उड़ाता हूँ।'

विट्टोरिया नौजवान पादरी को हेलीकॉप्टर उड़ाते हुए कल्पना कर रही थी। आश्चर्य की बात है कि वह आसानी से केमरलेग्नो को हेलीकॉप्टर कंट्रोल के पीछे बैठे कल्पना कर पा रही थी। केमरलेग्नो वेंट्रेस्का के पास जिस तरह का साहस था वह उनकी आस्था को और भी मजबूत कर रहा था, धुंधला नहीं। 'क्या आपने कभी पोप को हवाई यात्रा कराई थी?'

'भगवान के लिए नहीं। हम लोग इस कीमती सामान की जिम्मेदारी पेशेवर लोगों के हाथों में छोड़ देते थे। पोप मुझे हेलीकॉप्टर लेकर हमारी छुट्टियाँ मनाने की जगह गैंडलफो जाने की इजाज़त देते थे।' वह रुके। वे विट्टोरिया की ओर देख रहे थे। 'मिस वेट्रा, आपकी मदद के लिए शुक्रिया। आपके पिताजी के बारे में सुनकर मुझे बहुत दुख हुआ। सचमुच।'

'शुक्रिया।'

'मैं अपने पिता को कभी नहीं जानती थी। वे मेरे पैदा होने के पहले ही गुजर गए थे। दस साल की उम्र में मेरी माँ भी गुजर गई।'

विट्टोरिया ने सिर ऊपर किया। 'आप अनाथ थे?' अचानक उसे अपनेपन का अहसास हुआ।

'मैं एक हादसे में ज़िंदा बच गया। उस हादसे में मेरी माँ चली गई।'

'आपका पालन पोषण किसने किया?'

'ईश्वर ने।' केमरलेग्नो ने कहा। 'ईश्वर ने शब्दशः मेरे लिए दूसरा पिता भेज दिया। अस्पताल में मेरे बिस्तर के पास पालेरमो के एक बिशप आए और उन्होंने मुझे अपने साथ कर लिया। उस समय मुझे कोई आश्चर्य नहीं हुआ। मैं छोटा था लेकिन मुझे ईश्वर के कृपापूर्ण हाथ का अपने ऊपर अनुभव हुआ। बिशप के आने से सिर्फ इस बात की पुष्टि हुई जिसकी मुझे आशंका थी, कि शायद ईश्वर ने मुझे अपनी सेवा के लिए चुना है।'

'आपको लगा कि ईश्वर ने आपको इसके लिए चुना है?'

'हाँ, मुझे ऐसा लगा और अब भी लगता है।' केमरलेग्नो की आवाज़ में चालाकी का कोई भाव नहीं था, केवल कृतज्ञता। 'मैं बिशप की छत्रछाया में कई सालों तक काम करता रहा। आखिरकार वे कार्डिनल बन गए। फिर भी उन्होंने मुझे कभी नहीं भुलाया। वही मेरे पिता हैं जिन्हें मैं आज भी याद करता हूँ।' फ्लैशलाइट की रोशनी केमरलेग्नो के चेहरे पर पड़ी। उसे उनकी आँखों में सूनापन दिखाई दिया।

वे लोग एक बड़े से खंभे के पास पहुँच गए। उनके हाथ की रोशनी फर्श में बने एक छेद को दिखा रही थी। विट्टोरिया ने नीचे शून्य में जा रही सीढ़ियों पर नज़र डाली। अचानक उसे वापस मुड़ने का मन हो रहा था। गार्ड केमरलेग्नो को सीढ़ियों से नीचे उतरने में मदद कर रहे थे। फिर उन्होंने उसकी भी मदद की।

'उनका क्या हुआ?' उसने सीढ़ियों से नीचे उतरते हुए पूछा। वह आवाज़ को स्थिर रखने की कोशिश कर रही थी। 'जिस कार्डिनल ने आपको अपने साथ लाया था।'

'वे कार्डिनलों के समुदाय को छोड़ कर किसी दूसरे पद पर चले गए।'

विट्टोरिया आश्चर्यचकित थी।

'और फिर, मुझे दुख के साथ कहना पड़ता है कि वे गुजर गए।'

'मेरी हार्दिक संवेदना।' विट्टोरिया ने इतालवी में कहा। 'हाल फिलहाल ?'

केमरलेग्नो मुड़े। उनके चेहरे पर पड़ रही छाया उनके तकलीफ की अभिव्यक्ति को और भी गहरा बना रही थी। 'ठीक पंद्रह दिन पहले। अब हम उन्हें देखने जा रहे हैं।'

84

अभिलेखागार के वॉल्ट के अंदर गर्म रोशनी चमक रही थी। यह उस वॉल्ट की तुलना में काफी छोटा वॉल्ट था जिसके अंदर पहले लैंग्डन गया था। *कम हवा, कम समय।* वह सोच रहा था कि अच्छा होता अगर उसने ओलिवेट्टी से हवा को बाहर भीतर करने वाले पंखे को चलाने कहा होता।

लैंग्डन ने तेजी से उस हिस्से को ढूँढ़ लिया जिसमें *बेल्ले आर्टि* के कैटलॉग रखे थे। इसे नहीं देखना मुमकिन नहीं था। ये करीब आठ गट्ठरों में भरा हुआ था। दुनिया भर के लाखों निजी कलाकृतियों पर कैथोलिक चर्च का मालिकाना हक था।

लैंग्डन शेल्फ पर नज़र दौड़ा कर गिआन लोरेंजो बर्निनी को ढूँढ़ने लगा। उसने पहले गट्ठर के बीचों बीच थोड़ा नीचे देखना शुरू किया, करीब करीब उस जगह पर जहाँ उसे लगा कि 'B' शुरु हो रहा होगा। थोड़ी देर तो उसे बहुत घबराहट हुई कि वह लेजर वहाँ मिलने वाला नहीं था लेकिन जल्दी ही उसे पता चल गया कि इन लेजरों को वर्णक्रम से सजाकर नहीं रखा गया था। यह और भी बड़ी मुश्किल थी। *मुझे आश्चर्य क्यों नहीं हो रहा?*

आखिर में जब लैंग्डन इस संग्रह के शुरुआत में गया और सीढ़ियों से ऊपर चढ़ कर सबसे ऊपरी शेल्फ को देखने लगा तब उसे पता चला कि इस वॉल्ट में कागजातों को किस हिसाब से रखा गया है। ऊपर के ताखे में उसे सबसे मोटे लेजर दिखाई दिए जो वहाँ किसी तरह टिके हुए थे। ये लेजर पुनर्जागरण काल के महान कलाकारों के बारे में थे जैसे कि माइकेल एंजेलो, राफेल, दा विंची, बोटिसेल्ली। लैंग्डन को अब समझ में आया कि वेटिकन संपत्ति नाम के वॉल्ट में लेजरों को उन कलाकारों की कृतियों की कुल कीमत के हिसाब से सजाया गया था। राफेल और माइकेल एंजेलो के बीच लैंग्डन को बर्निनी का लेजर नज़र आया। यह पाँच इंच से भी ज़्यादा मोटा था।

अब तक उसकी साँस फूलने लगी थी। वह मुश्किल से संभलने वाले गट्ठरों को थामने की कोशिश करता हुआ सीढ़ी से नीचे उतरने लगा। फिर एक बच्चे की तरह, जिसके हाथ में कॉमिक वाली किताब होती है, वह ज़मीन पर लेट गया। उसने जिल्द खोल दी।

किताब पर कपड़े की जिल्द चढ़ी थी और वह काफी मजबूत थी। लेजर में हाथ से इतालवी भाषा में लिखावट थी। हर पृष्ठ पर एक कलाकृति के बारे में लिखा था, संक्षिप्त विवरण, तारीख, स्थान, सामानों की कीमत और कभी कभार उस कलाकृति का एक मोटे तौर पर बनाया गया स्केच। लैंग्डन पन्नों को तेजी से पढ़ने लगा ... करीब आठ सौ पन्ने। बर्निनी व्यस्त व्यक्ति था।

लैंग्डन जब कला का युवा छात्र था तो वह सोचता था कि एक कलाकार अपनी ज़िंदगी में इतनी सारी कलाकृतियाँ कैसे बना सकता था। बाद में उसे यह जानकर बहुत निराशा हुई कि बड़े बड़े कलाकार दरअसल बहुत कम ही कलाकृतियाँ खुद बनाते हैं। वे स्टूडियो चलाते थे जिसमें युवा कलाकारों को उनके डिजाइन के आधार पर कलाकृतियाँ बनाने का प्रशिक्षण दिया जाता था। बर्निनी जैसे मूर्तिकार मिट्टी की छोटी छोटी मूर्तियाँ बनाते थे और दूसरों को किराए पर रखकर उनसे संगमरमर की बड़ी बड़ी मूर्तियाँ बनवाते थे। लैंग्डन को पता था कि अगर उन्हें ये सारा काम खुद करना होता तो वे आज भी काम करते हुए दिखाई दे जाते।

'सूचीपत्र, इंडेक्स।' वह जोर से बोला। वह अपने दिमाग़ के जालों को साफ करने की कोशिश कर रहा था। वह किताब के पिछले भाग को उलट कर देखने लगा। वह उस उस जगह देखना चाहता था जहाँ F शुरू होता था। यानी वे कृतियाँ जिनके नाम में fuoco यानी आग लिखा हो। लेकिन F से शुरु होने वाली कलाकृतियों के नाम एक स्थान पर नहीं थे। लैंग्डन ने मन ही मन गाली दी। 'पता नहीं इन लोगों को वर्णक्रम से चीजों को व्यवस्थित करने में क्या परेशानी होती थी?'

ऐसा लग रहा था कि इस कैटलॉग में शामिल कलाकृतियों को समय के हिसाब से सजाया गया था। जिस क्रम में बर्निनी ने उन्हें बनाया था उसी क्रम में एक एक करके। हर चीज़ तारीख के हिसाब से दिखाई गई थी। इससे तो कुछ फायदा नहीं होने वाला था।

इस सूची को देखते हुए लैंग्डन के दिमाग़ में एक और दुखी करने वाला खयाल आया। वह जिस मूर्ति की खोज कर रहा था मुमकिन था कि उसके लिए आग शब्द का इस्तेमाल किया ही नहीं गया हो। पिछली दो कृतियों यानी हब्बाकुक तथा एंजेल और वेस्ट पोनेन्टे में धरती या हवा के बारे में कुछ भी नहीं लिखा हुआ था।

उसने लेजर को यूं ही एक दो मिनट तक इधर उधर उलटाया पलटा। उसे उम्मीद थी कि कोई रेखाचित्र वगैरह उसकी नज़र में आ जाएगा। लेकिन ऐसा कुछ भी नहीं हुआ। उसने दर्जनों ऐसी अनजान कलाकृतियों को देखा जिसके बारे में वह पहले से कुछ नहीं

जानता था। उसने उन कलाकृतियाँ का भी उल्लेख पाया जिनके बारे में वह पहले से जानता था जैसे कि डैनियल ऐंड दि लायन, अपोलो ऐंड डैफनी और कम से कम आधे दर्जन फव्वारे। फव्वारों को देखते ही एक पल के लिए उसका दिमाग़ कहीं और चला गया। पानी। वह सोचने लगा कि कहीं विज्ञान की चौथी वेदी पानी तो नहीं था। फव्वारों को पानी के लिए सबसे उत्कृष्ट श्रद्धांजलि कहा जा सकता था। लैंग्डन उम्मीद कर रहा था कि पानी पर विचार करने के पहले वे लोग हत्यारे को पकड़ने में कामयाब हो पाएंगे। । बर्निनी ने रोम में दर्जनों फव्वारे बनाए थे। इनमें से अधिकांश गिरजाघरों के सामने बने थे।

लैंग्डन इस मसले पर सोचने लगा। आग। किताब के पन्ने पलटाते हुए उसे विट्टोरिया के शब्दों से प्रोत्साहन मिल रहा था। *आप पहली दो मूर्तियों से परिचित हैं ... आप शायद इस मूर्ति को भी जानते हैं।* वह एक बार फिर से सूचीपत्र पर नज़र दौड़ाने लगा और सुपरिचित नामों को ढूँढ़ने लगा। कुछ परिचित नाम थे लेकिन किसी को भी देखकर उसके दिमाग़ की घंटी नहीं बजी। लैंग्डन को लगने लगा कि वह काम पूरा करने के पहले ही बेहोश हो जाएगा। इसलिए अपने सुचिंतित निर्णय के विपरीत जाते हुए उसने किताबों को वॉल्ट के बाहर ले जाने का फैसला किया। यह तो बस एक खाता—बही है, उसने खुद को समझाया। *मैं गैलीलियो की किसी मौलिक कृति को थोड़े ही बाहर ले जा रहा हूँ।* लैंग्डन को अपने कोट की अगली जेब में रखे फोलियो की याद आ गई। उसने अपने को याद दिलाया कि वहाँ से वापस जाने के पहले वह इसे लौटा देगा।

अब वह जल्दी अपना काम पूरा करने की कोशिश कर रहा था। उसने झुक कर किताब के उस खंड को उठाया। लेकिन इसे उठाते हुए किसी चीज़ पर उसकी नज़र अटक गई। हालाँकि पूरी किताब में जगह जगह तरह तरह के निशान बने थे लेकिन इनमें से एक पर उसकी नज़र अटक गई। वह कुछ अजीब सा लग रहा था।

उस निशान के साथ लिखा था कि बर्निनी की प्रसिद्ध कृति *दि एक्सटेसी ऑफ सेंट टेरेसा* को उद्घाटन के तुरंत बाद वेटिकन में उसके मूल स्थान से हटाकर कहीं और लगा दिया गया था। लेकिन इस तथ्य ने लैंग्डन का ध्यान अपनी ओर नहीं खींचा था। वह इस मूर्ति के उतार चढ़ाव से भरे इतिहास परिचित था। वैसे कुछ लोग इसे महान कलाकृति मानते थे लेकिन पोप अरबन VIII ने *दि एक्सटेसी ऑफ सेंट टेरेसा* को वेटिकन में लगाने से मना कर दिया था क्योंकि वे उसे कामुक दृष्टि से उत्तेजक मानते थे। इस कलाकृति को शहर के बाहर किसी अनजान से चर्च में रख दिया गया था। लैंग्डन की नज़र इस बात पर पड़ी कि यह कलाकृति उसकी सूची में शामिल पाँच चर्चों में से एक में रखी हुई थी। इससे भी ज़्यादा महत्वपूर्ण बात ये थी कि नोट में लिखा था कि इसे कलाकार के सलाह के अनुसार वहाँ रखवाया गया था—*suggerimento del artista.*

कलाकार की सलाह के मुताबिक? लैंग्डन चकरा गया। बर्निनी ने अपनी इस विशिष्ट कलाकृति को किसी अनजान जगह में रखने की सलाह दी थी इसका कुछ मतलब नहीं

निकलता था। हर कलाकार अपनी कलाकृति को किसी महत्वपूर्ण जगह पर रखना चाहता है, न कि किसी अनजानी सी जगह पर।

लैंग्डन थोड़ा हिचकिचाया। *हां अगर...*

वह इस संभावना पर सोचने से भी घबरा रहा था। क्या यह मुमकिन था? क्या बर्निनी ने जान बूझ कर इस तरह की कामोत्तजक मूर्ति बनाई थी कि मजबूर होकर वेटिकन को इसे कहीं दूर दराज की जगह में छुपाना पड़ा होगा? हो सकता है कि बर्निनी ने खुद इस जगह का सुझाव दिया होगा। संभव है कि वेस्ट पोनेन्टे की साँस की सीधी रेखा में पड़ने वाले दूर दराज के किसी गिरजाघर में?

लैंग्डन की उत्तेजना बढ़ती जा रही थी। तभी इस मूर्ति के साथ उसके थोड़े से परिचय ने उसके अंदर यह भाव पैदा किया कि इसका आग से कोई संबंध नहीं। जिस किसी ने वह मूर्ति देखी उसे देखते ही पता चल सकता था कि यह मूर्ति वैज्ञानिक कतई नहीं थी। हां इसे पोर्नोग्राफी से जुड़ा कहा जा सकता था। एक अंग्रेज समालोचक ने इस मूर्ति की भर्त्सना करते हुए कहा था कि दि *एक्सटेसी ऑफ सेंट टेरेसा* 'ईसाई चर्च में रखा जाने वाला सबसे अनुपयुक्त आभूषण' था। लैंग्डन बेशक इस विवाद के बारे में जानता था। वैसे मूर्ति को बेहतरीन ढंग से बनाया गया था लेकिन इसमें सेंट टेरेसा को पीठ के बल अंगूठा टेढ़ा होने वाले चरम कामुक आनंद की स्थिति में दिखाया गया था। ऐसी चीजें वेटिकन में नहीं रखी जाती थी।

लैंग्डन जल्दी जल्दी इस कृति के बारे में लेजर में दिए गए वर्णन को पढ़ने लगा। जब उसने स्केच को देखा तो उसे अचानक उम्मीद दिखाई दी जिसकी उसने अपेक्षा नहीं की थी। स्केच के अंदर सेंट टेरेसा अपने आप में आनंद में डूबी दिखाई दे रही थी लेकिन मूर्ति में कोई एक और था जिसके बारे में लैंग्डन भूल चुका था कि वह भी उस तस्वीर में है।

एक देवदूत। एंजेल।

अचानक इतिहास का वह घटिया वाकया फिर हाजिर हो गया...

ईसाई नन सेंट टेरेसा को उस समय संत की उपाधि दी गई थी जब उसने दावा किया था कि एक देवदूत उसकी नींद में आया था। बाद में आलोचकों का कहना था कि एंजेल से उसकी मुलाकात आध्यात्मिकता की बजाय कामुकता से प्रेरित थी। लेजर के नीचे लैंग्डन को एक परिचित पंक्ति दिखाई दी। सेंट टेरेसा के अपने शब्दों ने कल्पना के लिए कुछ भी नहीं छोड़ा था:

...उसका विशाल सुनहला भाला...आग से भरा...मेरे अंदर कई बार समा गया...मेरी अंतड़ियों तक घुस गया ... ऐसी मिठास, आत्यंतिक, जिसे समाप्त करना कोई भी, कभी नहीं चाहेगा।

लैंग्डन मुस्कुराया। *अगर ये सेक्स के बारे में प्रतीकात्मक कथन नहीं है तो क्या है?* वह लेजर में इस कृति के बारे में दिए गए विवरण को पढ़कर भी मुस्कुरा रहा था। हालाँकि

पैराग्राफ इतालवी में लिखा था लेकिन इसमें संभोग—फुक्को—कम से कम आधे दर्जन बार आया था।

...एंजेल का भाला जिसकी नोक आग की बनी थी...

...एंजेल के सर से आग की लपटें निकल रही थी...

...स्त्री कामोत्तेजना की आग से जल रही थी...

लैंग्डन इस बात से पूरी तरह सहमत नहीं था लेकिन उसने स्केच पर एक बार फिर से नज़र डाली। एंजेल की आग से धधकती बरछी मशाल की तरह खड़ी थी, रास्ता दिखाती हुई। इस महान कार्य में देवदूत करेंगे तुम्हारी सहायता। बर्निनी ने जिस तरह के एंजेल को चुना था वह भी काफी महत्वपूर्ण था। लैंग्डन को समझ में आया कि इस एंजेल को सेराफिम यानी देवदूत कहते थे। सेराफिम का शाब्दिक अर्थ होता है—आग से बना।

रॉबर्ट लैंग्डन उस तरह का आदमी नहीं था जो पुष्टिकरण के लिए ऊपर की ओर देखता था लेकिन जब उसने उस चर्च का नाम पढ़ा जहाँ वह मूर्ति अब रखी हुई थी तो उसे लगा कि वह आस्तिक बन जाएगा।

सांता मेरिया डेला विट्टोरिया ।

विट्टोरिया, उसने सोचा। उसके चेहरे पर मुस्कुराहट तैर रही थी। खूबसूरत।

अपने पैरों पर खड़े होते हुए लैंग्डन को चक्कर आ रहा था। उसने सीढ़ी के ऊपर की तरफ देखा। वह सोच रहा था कि क्या उसे किताब को उसकी जगह पर वापस रख देना चाहिए। जाने दो, उसने सोचा। फादर जैक़ी ये कर लेंगे। उसने किताब को बंद कर शेल्फ के नीचे छोड़ दिया।

लेकिन बाहर के दरवाज़े तक पहुँचते पहुँचते उसके सौभाग्य का भंडार ख़त्म हो चुका था।

बिना चेतावनी दिए वॉल्ट के अंदर से एक दुख में डूबी आह आई। रोशनी कम हो गई और बाहर जाने के लिए बना बटन बुझ गया। तभी, मर रहे किसी भयानक पशु की तरह अभिलेखागार की पूरी इमारत अंधकार में डूब गई। किसी ने बिजली काट दी थी।

85

वेटिकन में बनी पवित्र गुफाएँ सेंट पीटर बेसिलिका के मुख्य तल के नीचे बनी हैं। इन्हीं स्थानों पर मृतक पोप को दफनाया जाता है।

विट्टोरिया गोल घुमावदार सीढ़ियों के निचले हिस्से में पहुँच चुकी थी। अब उसने सुरंग में प्रवेश किया। अंधेरी सुरंग को देखकर उसे CERN के लार्ज हैड्रॉन कोलाइडर की याद आयी—अंधेरा और ठंडा। वहाँ अभी सिर्फ स्विस गार्डों के फ्लैश-लाइट की

रोशनी दिखाई दे रही थी। सुरंग के अंदर निश्चित तौर पर भौतिक दुनिया से अलग अनुभव हो रहा था। दोनों ओर की दीवारों में खाली ताखे बने थे। रोशनी जहाँ तक जा सकती थी वहाँ तक घिरौचियों में धंसे ताबूत दिखाई दे रहे थे।

उसके अंदर एक बर्फीली ठंढ घुस रही थी। बेहद ठंढा, वह खुद को कह रही थी। उसे पता था कि ये बात बस एक हद तक ही सही थी। उसे कहीं से लग रहा था कि उन पर नज़र रखी जा रही थी, किसी हाड़मांस के मनुष्य के द्वारा नहीं बल्कि अंधेरे में मौजूद प्रेतात्माओं के द्वारा। हर मकबरे के ऊपर पूरे लिबास में पोप की आदमकद अनुकृति रखी हुई थी। मृत अवस्था में, दोनों हाथ छाती पर रखे। ऐसा लग रहा था कि उनका लेटा हुआ शरीर उन मकबरों के भीतर से निकल रहा था और संगमरमर के ढक्कन पर ऊपर की तरफ दवाब दे रहा था मानो कि वे पार्थिव बंधनों को तोड़कर निकल जाना चाहते हों। फ्लैश लाइटों की हुजूम आगे बढ़ रहा था और पोप के शरीर की छाया कभी दीवार पर दिखती तो कभी ग़ायब हो जाती। कभी लंबी होती तो कभी ग़ायब हो जाती ये छायाएँ जैसे भुतहा नाच कर रही थी।

साथ साथ चल रहे लोगों के बीच चुप्पी छा गई थी। विट्टोरिया को समझ में नहीं आ रहा था कि ऐसा उस स्थान के प्रति सम्मान दिखाने के लिए था या लोगों के अंदर डर के कारण। विट्टोरिया को केमरलेग्नो की बात याद आ रही थी जो उन्होंने उस कार्डिनल के बारे में कही थी जिन्होंने फौज से उनकी रक्षा की थी। वैसे अब विट्टोरिया को बाकी कहानी समझ में आ चुकी थी। जिस कार्डिनल ने केमरलेग्नो को अपनी छत्रछाया में लिया था वही आगे चलकर पोप बने और अपने इस नौजवान शिष्य को अपने निजी सहायक, चेंबरलेन, के रुप में वेटिकन ले कर आए।

इससे काफी चीजों की व्याख्या हो जाती है, विट्टोरिया ने सोचा। दूसरों के अंदर के भावों को समझने की विट्टोरिया के पास हमेशा से अच्छी क्षमता थी। केमरलेग्नो के बारे में उसे एक बात सुबह से ही परेशान कर रही थी। उनसे मिलकर विट्टोरिया को लगा था कि केमरलेग्नो के दिल में कुछ ऐसा कष्ट छिपा था जो उनके सामने उपस्थित संकट से भी कहीं अधिक गहरा और निजी था। बाहर दिखाई दे रही पवित्र शांति के पीछे उसे व्यक्तिगत प्रेतों से परेशान एक इंसान दिखाई दे रहा था। अब उसे पता चल गया था कि उसका सोचना सही था। वह वेटिकन के इतिहास में सबसे बड़े संकट का सामना तो कर रहे थे, वो भी अपने मार्गदर्शक और मित्र के बिना, जैसे कोई अकेला हवाई जहाज़ उड़ा रहा हो।

अब गार्डों की चाल धीमी हो रही थी। लग रहा था जैसे उन्हें अंधेरे में ठीक से पता नहीं चल रहा था कि सबसे हाल में मरे पोप को कहाँ दफनाया गया था। केमरलेग्नो पूरे विश्वास के साथ आगे बढ़ रहे थे। वे संगमरमर की एक कब्र के पास रुके जो दूसरों की तुलना में अधिक चमक रहा था। कब्र के ऊपर स्वर्गीय पोप की एक तस्वीर बनी हुई

थी। विट्टोरिया ने जब टीवी पर देखी तस्वीरों से मिला कर उसे पहचाना तो उसके अंदर भय की बिजली दौर गई। *हमलोग क्या कर रहे हैं?*

'मुझे मालूम है कि हमारे पास ज़्यादा वक्त नहीं है।' केमरलेग्नो ने कहा। 'फिर भी मैं आप सबसे एक क्षण प्रार्थना करने का आग्रह करूंगा।'

स्विस गार्डों ने अपनी जगह पर सर झुका लिया। विट्टोरिया ने भी यही किया। चुप्पी के बीच उसका दिल जोर जोर से धड़क रहा था। केमरलेग्नो कब्र के सामने झुक कर इतालवी में प्रार्थना करने लगे। प्रार्थना के शब्दों को सुनते हुए विट्टोरिया के अंदर का गम आँखों से आँसू के रूप में छलक पड़ा ... अपने पथ प्रदर्शक के लिए निकले आँसू ... उसके पवित्र पिता। केमरलेग्नो के शब्द उनके पिता के लिए जितने उपयुक्त थे विट्टोरिया के पिता के लिए भी वे उतने ही उपयुक्त थे।

'परमपिता, पथ—प्रदर्शक, मित्र।' केमरलेग्नो की आवाज़ उस घेरे में हौले हौले गूंज रही थी। 'आपने मुझे बचपन में बताया था कि मेरे हृदय की आवाज़ ईश्वर की आवाज़ थी। आपने मुझे कहा था कि मुझे उसकी आज्ञा माननी चाहिए भले ही उसके लिए मुझे कितने ही तकलीफ क्यों न झेलने पड़े। मैं आज उस आवाज़ को सुन रहा हूँ जो मुझे असंभव कार्य करने को कह रही है। मुझे शक्ति दीजिए। मुझे क्षमा का वर दीजिए। मैं जो कर रहा हूँ वह उन्हीं के नाम पर कर रहा हूँ जिनमें आपका भरोसा था। आमीन।'

'आमीन।' गार्ड एक स्वर से बोले।

आमीन, पिता, विट्टोरिया ने अपने आँख पोछते हुए कहा।

केमरलेग्नो धीरे धीरे खड़े हो गए और कब्र से दूर हट गए। 'ढक्कन हटाओ।'

स्विस गार्ड हिचकिचाए। 'महोदय।' उनमें से एक बोला, 'कानूनन हम आपकी आज्ञा मानने को बाध्य हैं।' वह रुका। 'आप जो कहेंगे हम वही करेंगे।'

केमरलेग्नो ने उस व्यक्ति के मन की बात पढ़ ली थी। 'एक वक्त आएगी जब मैं आप लोगों को इस परिस्थिति में डालने के लिए आप सब से क्षमा याचना करूंगा। आज मैं आपसे आज्ञाकारिता की अपेक्षा रखता हूँ। वेटिकन के कानून इस चर्च की रक्षा के लिए बनाए गए हैं। उसी भावना के तहत मैं आप लोगों को उन नियमों को तोड़ने कह रहा हूँ।'

वहाँ एक पल के लिए चुप्पी छा गई। सबसे आगे वाले गार्ड ने हुक्म दिया। तीनों लोगों ने अपने फ्लैशलाइट ज़मीन पर रख दिए। उनकी छाया ऊपर दिखाई दे रही थी। नीचे से आ रही रोशनी के बीच वे लोग कब्र की ओर बढ़ रहे थे। उन्होंने कब्र के सर की तरफ अपने हाथ संगमरमर के ढक्कन पर रखे और पांव ज़मीन पर। वे धक्का देने को तैयार थे। इशारा मिलने पर उस भारी भरकम विशाल ढक्कन पर उन्होंने एक साथ जोर लगाया। लेकिन ढक्कन टस से मस नहीं हुआ। विट्टोरिया उम्मीद कर रही थी कि ढक्कन इतना भारी हो कि वह हिले नहीं। उसे सोच कर डर लग रहा था कि पता नहीं अंदर क्या दिखाई देगा।

'दुबारा।' केमरलेग्नो ने अपनी पोशाक का हत्था समेटते हुए कहा। वह भी दूसरों के साथ ढक्कन खोलने में साथ देने को तैयार हो रहे थे। 'दुबारा।' सबके मुँह से एक साथ आवाज़ आयी।

विट्टोरिया भी काम में हाथ बंटाने के लिए आगे आने की सोच रही थी कि तभी ढक्कन आगे की तरफ खिसकने लगा। लोगों ने एक बार फिर जोर लगाया और पत्थर पर पत्थर के सरकने की आवाज़ सुनाई दी जो किसी प्राचीन ध्वनि से लग रही थी। ढक्कन कब्र के ऊपरी भाग पर एक कोण पर घूमा और आगे अटक गया। पोप का अलंकृत सर अब ताखे के अंदर घुस गया था और उनके पैर हॉल की ओर फैले हुए थे।

सब लोग पीछे हट गए।

अनमने ढंग से एक गार्ड ने झुक कर अपना फ्लैश लाइट उठाया। फिर उसने कब्र की ओर रोशनी की। रोशनी एक पल के लिए जैसे कांप गई लेकिन गार्ड ने इसे स्थिर कर दिया। दूसरे गार्ड भी एक एक कर इकट्ठा हो गए। अंधेरे में भी विट्टोरिया को लग रहा था जैसे वे डर कर पीछे हो रहे थे। एक एक कर उन्होंने अपनी छाती पर सलीब का निशान बनाया।

ताबूत के अंदर झांकते ही केमरलेग्नो कांप गए। उनके कंधे ढीले पड़ गए मानो उनपर कोई भारी वजन हो। वे थोड़ी देर वहाँ खड़े रहे और फिर मुड़ गए।

विट्टोरिया को डर था कि लाश के मुँह को जोर लगा कर खोलना होगा क्योंकि मरने के बाद लाशें अकड़ जाती हैं। उसने सोचा था कि उसे जीभ देखने के लिए जबड़ों को तोड़ना न पड़े। लेकिन इस की ज़रूरत नहीं थी। लाश के गाल अंदर धंस गए थे। पोप का मुँह पूरा खुला था।

उनका जीभ बिल्कुल काला था, मौत की तरह काला।

86

रोशनी नहीं। आवाज़ नहीं।

गुप्त अभिलेखागार में घुप्प अंधेरा छाया था।

लैंग्डन को अब लगा कि डर बहुत ही शक्तिशाली प्रेरक का काम करता है। उसे साँस लेने में दिक्कत हो रही थी फिर भी वह अंधेरे में टटोलते हुए घूमने वाले दरवाज़े की तरफ बढ़ रहा था। उसने दीवार पर लगे बटन को ढूँढ़ लिया और अपनी हथेलियों से उसे जोर से दबाने लगा। कुछ असर नहीं हुआ। उसने फिर कोशिश की। दरवाज़ा बिल्कुल प्राणहीन था।

वह अंधे की तरह चारों तरफ घूम कर पुकारने लगा लेकिन उसकी आवाज़ जैसे घिघियाहट की तरह निकल रही थी। हालात की भयावहता उसे जकड़ रही थी। उसकी

छाती ऑक्सीजन के लिए बेचैन हो रही थी और उसके हृदय में एड्रीनलीन का प्रवाह दो गुणा होता जा रहा था। उसे महसूस हुआ जैसे किसी ने उसके पेट में जोर का मुक्का मारा हो।

जब उसने अपने शरीर से धक्का मार कर दरवाज़े को खोलने की कोशिश की तो एक क्षण को लगा जैसे दरवाजों में कुछ गति हुई थी। उसने तारों को निहारते हुए फिर धक्का दिया। अब उसे लगा जैसे पूरा कमरा ही घूम रहा था, सिर्फ दरवाज़ा ही नहीं। वह लड़खड़ाते हुए चक्करदार सीढ़ी के नीचे जोर से गिरा। किताबों की एक अलमारी से टकरा कर उसके घुटने छिल गए। गाली देते हुए वह खड़ा हुआ और सीढ़ी को टटोलने लगा।

उसे सीढ़ी मिल गई। उसने सोचा था कि यह भारी लकड़ी या लोहे की बनी होगी लेकिन सीढ़ी एल्यूमीनियम की थी। उसने सीढ़ी को सीधा हथौड़े की तरह पकड़ा। फिर वह अंधेरे में शीशे की दीवार की तरफ दौड़ पड़ा। दीवार उसके अनुमान से नज़दीक थी। सीढ़ी इससे सीधे जाकर टकराई और वापस हो गई। टकराने की धीमी आवाज़ से लैंग्डन समझ गया कि एल्युमिनियम की सीढ़ी से इस दीवार को तोड़ना संभव नहीं था।

जब उसने सेमी—ऑटोमेटिक के बारे में सोचा तो उसकी उम्मीद अचानक जगी और फिर ग़ायब हो गई। हथियार वहाँ नहीं था। ओलिवेट्टी ने पोप के दफ्तर में उससे बंदूक वापस ले ली थी। उसने कहा था कि केमरलेग्नो के सामने वह किसी को भरी बंदूक के साथ देखना पसंद नहीं करता। उस समय तो इस बात में दम लग रहा था।

लैंग्डन ने फिर से आवाज़ लगायी। इस बार आवाज़ और भी कमजोर थी।

फिर उसे याद आया कि गार्ड बाहरी वॉल्ट के पास मेज़ पर वॉकी टॉकी छोड़ कर गया था। उफ, *मैं उसे लेकर अंदर क्यों नहीं आया!* उसकी आँखों के आगे बैंगनी सितारे नाच रहे थे। लैंग्डन ने जोर लगा कर सोचने की कोशिश की। *तुम पहले भी इस तरह फंस चुके हो,* उसने अपने आप से कहा। *इससे भी खराब परिस्थिति से बाहर आए हो। तुम बच्चे थे लेकिन तुमने उपाय ढूँढ़ निकाला।* अंधकार अपना दबाव बढ़ाता जा रहा था। *सोचो!*

लैंग्डन फर्श पर झुक गया। वह पीठ के बल लेट गया और दोनों हाथ बगल में कर लिए। सबसे पहले अपने ऊपर नियंत्रण हासिल करना होगा।

आराम से। ताकत बचाते हुए।

अब लैंग्डन का दिल गुरुत्वाकर्षण के खिलाफ काम नहीं कर रहा था। उसकी रफ्तार कम हो रही थी। तैराकों को जब एक के बाद एक तैराकी प्रतियोगिता में शामिल होना पड़ता है तो वे इस तकनीक का इस्तेमाल अपने ख़ून में ऑक्सीजन की मात्रा बढ़ाने के लिए करते हैं।

यहाँ काफी हवा है, उसने खुद से कहा। काफी। अब सोचो। उसने इंतज़ार किया। उसे थोड़ी सी उम्मीद थी कि बिजली किसी भी क्षण वापस आ सकती है। लेकिन बिजली वापस नहीं आयी। वहाँ लेट कर जब वह थोड़ा बेहतर ढंग से साँस ले पा रहा था तो उसके अंदर एक डराने वाला विचार आया। उसे शांति का अनुभव हुआ। वह इससे लड़ रहा था।

तुम आगे बढ़ो। धत। लेकिन किस तरफ...

लैंग्डन की कलाई पर मिकी माउस मजे से चमक रहा था जैसे उसे अंधेरे में मज़ा आ रहा हो—9:33 PM. *आग* में आधे घंटे का समय बचा था। लैंग्डन को लगा कि यह बहुत लंबा समय था। उसका दिमाग़ बाहर निकलने की तकनीक ढूँढ़ने की बजाय अचानक व्याख्या ढूँढ़ रहा था। *बत्ती किसने बंद की? क्या रोचर अपनी तलाशी का दायरा बढ़ा रहा है? क्या ओलिवेट्टी ने रोचर को यह नहीं बताया होगा कि मैं यहाँ हूँ !* लैंग्डन जानता था कि इस वक्त इन बातों का कोई महत्व नहीं था।

लैंग्डन जितना अपना मुँह खोल सकता था उतना खोल कर गहरी से गहरी साँस लेने लगा। उसने अपना सिर एक तरफ झुका लिया। हर साँस पहले वाली साँस से कम जलन पैदा कर रही थी। उसका माथा अब साफ सोच पा रहा था। उसने अपनी चिंतन को दिशा देते हुए दिमाग़ के पुर्जे को चलाना शुरू किया।

शीशे की दीवार, उसने खुद से कहा। *लेकिन इतनी मोटी दीवारें,* उफ।

वह सोच रहा था कि पता नहीं यहाँ कोई ऐसी किताब भी होगी जिसे स्टील के मोटे, आग का असर नहीं होने वाले कैबिनेट में बंद करके रखा गया होगा। लैंग्डन ने ऐसे कैबिनट दूसरे अभिलेखागारों में देखा था लेकिन यहाँ उसे ऐसा कुछ नहीं दिखाई दे रहा था। इसके अलावा अंधेरे में इन्हें ढूँढ़ने में समय लगता। इसके बाद भी इन हालातों में पता नहीं उसे ऐसी किताब मिलती भी या नहीं।

परीक्षण टेबल कैसा रहेगा? लैंग्डन को पता था कि इस वॉल्ट के पास भी दूसरे वॉल्ट की तरह अलमारियों के बीचों बीच एक परीक्षण टेबल रखा हुआ था। *लेकिन इससे क्या ?* उसे पता था कि वह इसे उठा नहीं सकता था। अगर वह इसे घसीटने की कोशिश करता तो भी ज़्यादा दूर नहीं ले जा सकता। अलमारी में किताबें ठूस ठूस कर भरी थी और दोनों अलमारियों के बीच गलियारा भी संकरा था।

गलियारा बहुत संकरा था...

अचानक, लैंग्डन को पता चल गया।

वह कूद कर अपने पैरों पर खड़ा हो गया। उसका सिर चकरा रहा था। अंधेरे में वह किसी चीज़ का सहारा ढूँढ़ रहा था। उसके हाथ से एक अलमारी टकराई। एक पल रुक कर उसने अपनी ताकत को इकट्ठा किया। उसे अपनी पूरी ताकत की ज़रूरत थी।

किताबों की अलमारी से अटक कर उसने अपने पैर जमाए और जोर का धक्का दिया। *अगर मैं किसी तरह इस अलमारी को गिरा पाऊं।* लेकिन अलमारी मैं बहुत थोड़ी सी हरकत हुई। उसने फिर से अपने को दूसरी अलमारी से अटका कर धक्का दिया। उसके पैर ज़मीन पर फिसल कर गिर गए। अलमारी चरमरायी लेकिन आगे नहीं हुई।

उसे अटकाने के लिए किसी चीज़ की ज़रूरत थी।

वह फिर से शीशे की दीवार की तरफ बढ़ा। उसने एक हाथ से सहारा लेकर वॉल्ट के आखिरी छोर की तरफ बढ़ना शुरू किया। अचानक वह पीछे की दीवार के पास पहुँच

कर उससे टकराया। उसके कंधे में चोट आयी। गाली देते हुए वह अलमारी के पीछे से घूम कर आगे आया और आँख की ऊँचाई में उसने अलमारी को कस कर पकड़ लिया। इसके बाद उसने अपने पीछे शीशे पर एक पैर रखा और दूसरा नीचे वाले खटालों पर। वह ऊपर चढ़ने लगा। उसके आसपास किताबें नीचे गिरने लगी। अंधेरे में कागज के फड़फड़ाने की आवाज़ सुनाई दे रही थी। उसने परवाह नहीं की। अभिलेखागार के शिष्टाचार से कहीं अधिक अभी ज़िंदा रहना आवश्यक था। उसे लगा कि अंधेरे की वजह से संतुलन बनाना मुश्किल हो रहा था। उसने आँखें बंद कर ली। वह अपने दिमाग़ को आँखों से आने वाले प्रभावों से बचाने की कोशिश कर रहा था। अब उसकी गति तेज़ हो गई थी। जैसे जैसे वह ऊँचाई पर जा रहा था हवा पतली होती जा रही थी। वह ऊपर के ताखों की तरफ बढ़ने की कोशिश कर रहा था। वह किताबों पर पैर रख रहा था और संतुलन बनाकर ऊपर जाने का कोशिश कर रहा था। तभी पहाड़ पर चढ़ने वाले लोगों की तरह उसने सबसे ऊपरी ताखे को पकड़ लिया। अपने पैरों को पीछे की ओर फैलाकर उसने शीशे की दीवार पर डाल दिए। अब वह बिल्कुल लेटने की मुद्रा में था।

अभी या कभी नहीं, रॉबर्ट। उसे कोई आवाज़ कुछ कह रही थी। हार्वर्ड जिम के लेग प्रेस की तरह...

उसने अपनी पूरी ताकत के साथ अपने पैर पीछे की दीवार में टिका दिए। अपने हाथों और छाती को किताबों के ताखे पर उसने मजबूती से जमाया और जोर का धक्का लगाया। कुछ भी नहीं हुआ।

वह हवा के लिए संघर्ष कर रहा था। उसने फिर से अपनी जगह बनायी और पैरों को फैला कर दुबारा कोशिश की। अलमारी बहुत हल्के से आगे बढ़ी। उसने फिर से धक्का दिया। इस बार अलमारी एक या दो इंच आगे बढ़ी और फिर पीछे आ गई। लैंग्डन ने इस गति का लाभ उठाया। उसने गहरी साँस ली, लेकिन उसे लगा जैसे उस हवा में कोई ऑक्सीजन नहीं हो। वह हांफ रहा था। इस बार अलमारी और आगे खिसक गई।

झूले की तरह, उसने खुद से कहा। *उसी लय-ताल में लगे रहो। थोड़ा और।*

लैंग्डन अलमारी को बार बार झुलाने लगा। हर धक्के के बाद उसके पैर दूर तक जा रहे थे। उसके पैरों की पेशियों में जलन हो रहा था। वह दर्द को दबाने की कोशिश कर रहा था। पेंडुलम में गति आ चुकी थी। तीन धक्के और, उसने अपने आप से कहा।

लेकिन दो ही धक्के की ज़रूरत पड़ी।

एक पल के लिए उसे भारहीन अनिश्चितता का अहसास हुआ। फिर अलमारी के ताखों से किताबों के गिरने की आवाज़ सुनाई दी। लैंग्डन और अलमारी आगे की तरफ गिर रहे थे।

ज़मीन पर पहुँचने के आधे रास्ते में अलमारी सामने की दूसरी अलमारी से टकरायी। लैंग्डन उस पर लटका रहा। उसने अपना पूरा वजन आगे की तरफ दे रखा था। वह दूसरी अलमारी का इस्तेमाल गिराने के लिए कर रहा था। थोड़ी देर के लिए लगा जैसे स्थिर

भय चारों तरफ फैल गया हो। और फिर वजन के कारण दूसरी अलमारी झुकने लगी। लैंग्डन फिर से गिर रहा था।

विशाल डोमिनो की तरह एक के बाद एक अलमारियाँ भरभरा कर गिरने लगी। धातु पर धातु गिर रहे थे, किताबें हर जगह गिर रही थी। लैंग्डन अपनी झुकी हुई अलमारी को किसी तरह पकड़े हुए था लेकिन यह भी नीचे झुकी जा रही थी। वह सोच रहा था कि पता नहीं कितनी अलमारियाँ वहाँ थी। उनका वजन कितना होगा। दूसरे किनारे पर शीशा काफी मोटा था...

लैंग्डन की अलमारी करीब करीब ज़मीन पर गिर चुकी थी। तभी उसे वो आवाज़ सुनाई दी जिसकी उसे प्रतीक्षा थी—एक अलग ढंग के टकराने की आवाज। दूर। वॉल्ट के आखिर में। शीशे पर धातु के गिरने से होने वाली आवाज। उसके पास वाला वॉल्ट हिल रहा था और लैंग्डन को पता था कि आखिरी अलमारी ने दूसरी अलमारियों के वजन के कारण शीशे पर जोर का धक्का लगाया था। इसके बाद जो आवाज़ सुनाई दी उससे बुरी आवाज़ लैंग्डन ने कभी नहीं सुनी थी।

चुप्पी।

शीशे के टूटने की कोई आवाज़ नहीं सुनाई दी। अलमारियों के दरवाज़े पर गिरने की वजह से धम्म की आवाज़ आयी और अलमारी का वजन शीशे के दरवाज़े से अटक कर रह गया। वह किताबों के ढेर पर आँखें फाड़ फाड़ कर यह सब देख रहा था। कहीं दूर चरमराने जैसी आवाज़ सुनाई दी। लैंग्डन अपनी साँस रोक कर उस आवाज़ को सुनना चाहता लेकिन अब उसके पास साँस नहीं बची थी।

एक सेकंड। दो...

अब वह बेहोशी की कगार पर था। उसे दूर कहीं एक आवाज़ सुनाई दी, शीशे से टकरा कर बाहर की ओर जाती हुई आवाज। अचानक तोप की तरह शीशा फट गया। लैंग्डन के नीचे अलमारी फर्श पर गिर गई।

रेगिस्तान में स्वागत योग्य बारिश की बूंदों की तरह शीशे के टुकड़े अंधेरे में खनक रहे थे। सनसनाती हुई हवा अंदर को आ रही थी।

तीस सेकेंड बाद वेटिकन की सुरंग में विट्टोरिया एक लाश के सामने खड़ी थी जब वॉकी टॉकी पर आती इलेक्ट्रॉनिक चिहुंक ने वहाँ की शांति भंग की। वॉकी टॉकी पर सुनाई दे रही आवाज़ से लग रहा था कि बोलने वाले इंसान की साँसें फूल रही थी। 'मैं रॉबर्ट लैंग्डन बोल रहा हूँ। क्या आप मुझे सुन रहे हैं?'

विट्टोरिया ने नज़रें ऊपर उठायी। रॉबर्ट! उसे यकीन नहीं हो रहा था कि किस शिद्दत से वह उसे अपने पास देखना चाहती थी।

गार्डों ने एक दूसरे की तरफ हैरत भरी नज़रों से देखा। एक ने अपनी बेल्ट से रेडियो निकाला। 'मिस्टर लैंग्डन आप चैनल तीन पर हैं। कमांडर आपका इंतज़ार चैनल एक पर कर रहे हैं।'

'मुझे पता है कि वे चैनल एक पर हैं। मेरी बला से। मैं उनसे बात नहीं करना चाहता। मैं केमरलेग्नो से बात करना चाहता हूँ। अभी। कोई उन्हें मेरे लिए ढूँढ़ कर ला सकता है क्या?'

गुप्त अभिलेखागार की दुनिया से अनजान जगह में लैंग्डन के चारों तरफ टूटे शीशे फैले थे और वह साँस स्थिर करने की कोशिश कर रहा था। उसे अपने बायें हाथ पर गर्म तरल पदार्थ बहता हुआ लगा। उसे मालूम था कि वहाँ से ख़ून बह रहा था। केमरलेग्नो ने तुरंत जवाब दिया। लैंग्डन को आश्चर्य हो रहा था।

'मैं केमरलेग्नो वेंट्रेस्का बोल रहा हूँ। माजरा क्या है?'

लैंग्डन ने बटन दबाया। उसका दिल अब भी तेजी से धड़क रहा था। 'मुझे लगता है कि किसी ने मुझे अभी अभी मारने की कोशिश की।'

लाइन पर चुप्पी।

लैंग्डन ने अपने को शांत करने की कोशिश की। 'मुझे यह भी पता चल गया है कि अगली हत्या कहाँ होने वाली है।'

इस बार जो आवाज़ सुनाई दी वह केमरलेग्नो की नहीं बल्कि कमांडर ओलिवेट्टी की आवाज़ थी। 'मिस्टर लैंग्डन। अब एक शब्द भी मत बोलना।'

87

लैंग्डन की घड़ी में रात के 9:41 बजे थे। घड़ी ख़ून से सनी थी। वह बगीचे की दूसरी तरफ बने स्विस गार्ड सुरक्षा केंद्र के बाहर फव्वारे की ओर दौड़ता हुआ जा रहा था। उसके हाथ से ख़ून का बहना बंद हो चुका था। उसकी हालत जितना बाहर से लगता था उससे कहीं अधिक खराब थी। वह जैसे ही वहाँ पहुँचा ऐसा लगा जैसे सब लोग वहाँ एक साथ इकट्ठे हो गए—ओलिवेट्टी, रोचर, केमरलेग्नो, विट्टोरिया और थोड़ी संख्या में गार्ड।

विट्टोरिया दौड़ कर उसके पास गई। 'रॉबर्ट, आप घायल हैं।'

लैंग्डन कुछ जवाब दे पाता उसके पहले ही ओलिवेट्टी बोल पड़ा, 'मिस्टर लैंग्डन, आपको ठीक देखकर मेरी चिंता दूर हुई। अभिलेखागार में वॉकी टॉकी के सिग्नल एक दूसरे से गड्डमड्ड हो रहे थे। मैं माफी चाहूंगा।'

'सिग्नल गड्डमड्ड हो रहे थे? तुम्हें सब पता है।' लैंग्डन ने सवालिया लहजे में पूछा।

'ये मेरी गलती थी।' रोचर आगे आकर बोला। उसके बोलने में पछतावा झलक रहा था। 'मुझे बिल्कुल पता नहीं था कि आप अभिलेखागार के भीतर थे। व्हाइट जोन के कुछ इलाके उस इमारत वाली बिजली की लाइन से जुड़े हैं। हम अपने खोज का दायरा बढ़ा रहे थे। मैंने ही बिजली काटी थी। अगर मुझे पता होता कि...'

'रॉबर्ट।' विट्टोरिया लैंग्डन का घायल हाथ अपने हाथों में लेकर देख रही थी। 'पोप को ज़हर दिया गया था। उन्हें इल्युमिनाटी ने मारा है।'

लैंग्डन ने उसकी बात सुनी लेकिन उसके दिमाग़ पर कोई असर नहीं हुआ। वह भरा हुआ था। अभी उसे सिर्फ विट्टोरिया के गर्म हाथों का अहसास हो रहा था।

केमरलेग्नो ने अपनी वर्दी से रेशम का एक रुमाल निकालकर लैंग्डन की ओर खुद साफ करने के लिए बढ़ाया। उसने कुछ भी बोला नहीं। उसकी नीली आँखों में जैसे एक नयी आग भरी हुई थी।

'रॉबर्ट।' विट्टोरिया ने जोर देकर कहा। 'आपने कहा कि आप को पता चल गया है कि अगले कार्डिनल की हत्या कहाँ होने वाली है?'

लैंग्डन अस्थिर लग रहा था। 'मुझे पता है। यह...'

'नहीं, मिस्टर लैंग्डन।' ओलिवेट्टी ने उसे रोका। 'जब मैंने वॉकी टॉकी पर आपको एक भी शब्द बोलने से मना किया था तो इसकी कुछ वजह थी।' वह वहाँ पर खड़े स्विस गार्डों की तरफ मुड़ा। 'माफ कीजिएगा...'

सभी सिपाही सुरक्षा केंद्र की ओर चले गए। किसी तरह के मान-अपमान का भाव नहीं । बस आज्ञा पालन।

ओलिवेट्टी वहाँ बचे लोगों की तरफ मुड़ा। 'यह कहते हुए मुझे हार्दिक तकलीफ हो रही है कि हमारे पोप की हत्या एक ऐसा काम है जो इस चारदीवारी के अंदर रहने वाले लोगों की मदद के बिना किया जाना संभव नहीं था। सबकी भलाई इसी में है कि हम किसी पर भरोसा नहीं करें। हमारे गार्डों पर भी नहीं।' यह बोलते हुए लग रहा था कि उसे तकलीफ हो रही थी।

रोचर चिंतित लग रहा था। 'अंदर के लोगों के शामिल होने का मतलब...'

'हाँ।' ओलिवेट्टी बोला। 'तुम्हारी तलाशी की विश्वसनीयता संदेह के दायरे में है। लेकिन ये दांव हमें लगाना ही होगा। तलाशी जारी रखो।'

ऐसा लगा जैसे रोचर कुछ कहना चाह रहा हो लेकिन कुछ सोचकर वह बाहर निकल गया।

केमरलेग्नो ने गहरी साँस ली। उन्होंने अभी तक एक शब्द भी नहीं बोला था। लैंग्डन को अब उस इंसान के अंदर एक नया निश्चय दिखाई दे रहा था जैसे उसने कोई एक महत्वपूर्ण पड़ाव पार कर लिया हो।

'कमांडर?' केमरलेग्नो के बोलने से उसके हाव भाव का पता नहीं चल रहा था। 'मैं सम्मेलन को समाप्त करने की घोषणा करने जा रहा हूँ।'

ओलिवेट्टी ने अपने होंठ जोर से दबा लिए। वह दुखी लग रहा था। 'मेरी सलाह है कि यह ठीक नहीं होगा। हमारे पास अब भी दो घंटे बीस मिनट का समय है।'

'दिल की धड़कन।'

ओलिवेट्टी की आवाज़ में अब चुनौती का स्वर था। 'आप क्या करना चाहते हैं? अपने आप अकेले कार्डिनलों को वहाँ से बाहर निकलना?'

'मुझे ईश्वर ने जो भी शक्ति दी है उसका इस्तेमाल कर चर्च की रक्षा करना। मैं इसे कैसे पूरा करूंगा इससे अब आपका कोई वास्ता नहीं है।'

ओलिवेट्टी सीधा खड़ा हो गया। 'आप चाहे जो भी करना चाहते हों...' वह रुका। 'मुझे आपको रोकने का कोई अधिकार नहीं है। ख़ास कर सुरक्षा के सर्वोच्च अधिकारी के तौर पर हाल में मेरी नाकामयाबी के बाद। मैं सिर्फ आपसे इंतज़ार करने की गुजारिश कर रहा हूँ। बीस मिनट इंतज़ार कीजिए, जब तक दस नहीं बज जाते। अगर मिस्टर लैंग्डन की सूचना सही है तो मेरे पास कातिल को पकड़ने का एक मौका और भी है। प्रोटोकॉल और अवसर के अनुरूप शिष्टाचार के साथ कार्यक्रम चला पाने की अब भी संभावना है।'

'शिष्टाचार?' केमरलेग्नो के मुँह से दबी दबी सी हंसी बाहर निकली। 'शिष्टाचार की संभावना हम कब का पीछे छोड़ चुके हैं। कमांडर, अगर आपने गौर नहीं किया है तो समझ लीजिए कि यह एक युद्ध है।'

सुरक्षा केंद्र से एक गार्ड उपस्थित हुआ। उसने केमरलेग्नो की तरफ मुखातिब होकर कहा, 'महाशय, मुझे अभी सूचना मिली है कि बीबीसी के रिपोर्टर मिस्टर ग्लिक को हिरासत में ले लिया गया है।'

केमरलेग्नो ने सर हिलाया। 'उसे और कैमरे पर काम करने वाली महिला से मुझे सिस्टीन गिरजाघर के बाहर मुलाकात करवाओ।'

ओलिवेट्टी की आँखें फैल गई। 'ये आप क्या कर रहे हैं?'

'बीस मिनट कमांडर। मैं आपको बस इतना ही समय दे रहा हूँ।' यह बोलते हुए वे निकल गए।

इस बार जब ओलिवेट्टी की अल्फा रोमियो कार वेटिकन सिटी से बाहर निकली तो उसके पीछे बिना नंबर प्लेट वाली एक भी गाड़ी नहीं थी। पिछली सीट पर विट्टोरिया कार के ग्लोव बॉक्स में रखे अपने प्राथमिक चिकित्सा वाले बक्से से पट्टी निकाल कर लैंग्डन के हाथों पर बांध रही थी।

ओलिवेट्टी सीधे आगे की तरफ घूर रहा था। 'अच्छा मिस्टर लैंग्डन, अब हम कहाँ जा रहे हैं?'

88

ओलिवेट्टी की कार में लगा साइरन जोर-जोर से बज रहा था लेकिन लग रहा था जैसे उसके अल्फा रोमियो पर किसी की नज़र नहीं जा रही थी। यह तेजी से पुल के उस पार पुराने रोम की तरफ दौड़ी चली जा रही थी। ट्रैफिक उल्टी दिशा वेटिकन की ओर जा रहा था। ऐसा लग रहा था जैसे पोप का दफ्तर रोम का सबसे मनोरंजक स्थान बन चुका था।

लैंग्डन पीछे की सीट पर बैठा था। उसके दिमाग़ में तरह तरह के सवाल उठ रहे थे। वह हत्यारे के बारे में सोच रहा था। क्या वे लोग उसे इस बार पकड़ पाएंगे, क्या उन्हें वो सारी बातें बताएगा जो वे जानना चाहते थे, क्या अब तक देर हो चुकी थी? केमरलेग्नो सेंट पीटर के चौराहे पर जमा भीड़ को कब ये बताएंगे कि उनकी जान खतरे में है? वॉल्ट के अंदर हुई घटना अब भी उसके दिमाग़ में चल रही थी। गलती।

चर्च ऑफ सांता मारिया डेला विट्टोरिया की ओर अपने अल्फा रोमियो से जाते हुए ओलिवेट्टी ने एक बार भी ब्रेक पर पैर नहीं डाला। लैंग्डन को पता था और कोई दूसरा दिन होता तो उसके ऊपर भय हावी होता लेकिन इस समय लग रहा था कि उस पर दर्द कम करने की दवा डाल दी गई थी। सिर्फ उसके हाथ में हो रहे दर्द से उसे अपने होने का अनुभव हो रहा था।

गाड़ी में सायरन की आवाज़ चालू हो गई थी । *उसे बताने का इससे अच्छा और क्या तरीका हो सकता है,* लैंग्डन सोच रहा था। फिर भी वे अविश्वसनीय तेजी से वहाँ पहुँच रहे थे। उसने अंदाजा लगाया कि नजदीक पहुँचने पर ओलिवेट्टी सायरन की आवाज़ बंद कर देगा।

उसे अब थोड़ा सा सोचने का वक्त मिला था। पोप की हत्या की ख़बर जब उसके दिमाग़ में घुसी तो लैंग्डन को इस पर हल्का सा आश्चर्य हो रहा था। यह एक अकल्पनीय बात थी। फिर भी यह बिल्कुल तर्क से जुड़ती हुई लग रही थी। घुसपैठ हमेशा इल्युमिनाटी की ताकत रही थी—सत्ता केंद्रों को अंदर से प्रभावित करना। वैसे पहले भी पोप की हत्याएँ हुई थी। धोखेबाजी की अनगिनत अफवाहों के बारे में लोग सुनते थे लेकिन शव परीक्षा नहीं होने के कारण इसकी कभी पुष्टि नहीं हुई थी। हाल फिलहाल तक। कुछ ही दिन पहले शिक्षाविदों को पोप सेलेस्टीन V की कब्र का एक्स-रे लेने की इजाज़त दी गई थी। कहा जाता था कि उनकी मौत अपने पदलोलुप उत्तराधिकारी बोनीफेस VIII के हाथों हुई थी। शोधकर्ताओं को उम्मीद थी कि एक्स-रे से इस घटना के बारे में थोड़ी जानकारी मिल पाएगी जैसे कि टूटी हुई कोई हड्डी। एक्स-रे में दिखाई दिया कि पोप के सर में दस इंच लंबी कील ठुकी हुई थी। ये हैरत की बात थी।

लैंग्डन अब उन ख़बरों के बारे में सोच रहा था जिसकी कतरनें साथ में काम करने वाले इल्युमिनाटी में रुचि रखने वाले दोस्तों ने उसे कई साल पहले भिजवायी थी। पहले उसे लगा कि ये कतरनें बस चुहल के लिए भेजी गई थी। इसलिए उसने हार्वर्ड के माइक्रोफिश विभाग में जाकर इन कतरनों की पुष्टि की थी। वे सब वहाँ मौजूद थी। अब वह इन्हें एक उदाहरण के तौर पर अपने बुलेटिन बोर्ड के साथ रखता था कि किस तरह प्रतिष्ठित मीडिया संस्थान भी इल्युमिनाटी के बारे में अपने विभ्रम का शिकार होते हैं। अचानक उसे लगा कि मीडिया की सोच में उतना विभ्रम नहीं है जितना वह समझता था।

वह उन लेखों को स्पष्टता से अपने मस्तिष्क में देख सकता था...

ब्रिटिश ब्रॉडकास्टिंग कॉरपोरेशन

14 जून 1998

पोप जॉन पॉल 1 जो 1978 में मरे थे वे P2 मेसनिक लॉज षड्यंत्र के शिकार हुए थे...गुप्त संस्था P2 ने जॉन पॉल 1 की हत्या का फैसला उस समय किया था जब वे अमेरिका के आर्कबिशप पॉल मारसिंकस को वेटिकन बैंक के अध्यक्ष के पद से हटाने का फैसला कर चुके थे। बैंक मेसनिक लॉज के साथ वित्तीय घोटालों में संलिप्त पाया गया था।

दि न्यूयॉर्क टाइम्स

24 अगस्त 1998

स्वर्गीय जॉन पॉल 1 सोते समय अपनी दिन वाली कमीज क्यों पहने हुए थे? क्या कमीज फटी हुई थी? सवाल यहीं ख़त्म नहीं होते। किसी भी तरह की मेडिकल जाँच नहीं की गई। कार्डिनल विलोट ने शवपरीक्षा से इस आधार पर मना कर दिया कि आज तक किसी पोप की शव परीक्षा नहीं हुई थी। और जॉन पॉल की दवाइयाँ उनके बिस्तर के किनारे से रहस्यमय तरीके से ग़ायब हो गई थी जैसे की उनके चश्मे, चप्पल और उनका अंतिम वसीयतनामा।

लंदन डेली मेल

27 अगस्त 1998

षड्यंत्र जिसे शक्तिशाली, निष्ठुर और गैर-कानूनी मेसनिक लॉज ने बनाया था। इसकी जड़ें वेटिकन के अंदर तक फैली हुई थी।

विट्टोरिया की जेब में रखा मोबाइल बजने लगा। इसका अच्छा परिणाम ये हुआ कि लैंग्डन के दिमाग़ से ये स्मृतियाँ हट गई।

विट्टोरिया ने फोन उठाया। उसे ठीक से समझ में नहीं आ रहा था कि उसे किसने फोन किया था। लैंग्डन कुछ फीट की दूरी पर था फिर भी उसने फोन पर आ रही लेजर जैसी तीखी आवाज़ को पहचान लिया।

'विट्टोरिया?' मैं मैक्सीमिलियन कोलर बोल रहा हूँ। तुम्हें एंटीमैटर अब तक मिला है या नहीं ?'

'मैक्स। आप ठीक तो हैं?'

'मैंने ख़बर देखी। इसमें CERN या एंटीमैटर के बारे में कुछ भी नहीं कहा गया था। यह अच्छी बात है। क्या चल रहा है?'

'हम अभी तक वो डिब्बा नहीं ढूँढ़ पाए हैं। परिस्थितियाँ काफी उलझी हुई हैं। रॉबर्ट लैंग्डन बहुत ही मददगार रहे हैं। हमें कार्डिनलों के हत्यारों के बारे में कुछ सुराग मिले हैं। अभी हम उसी तरफ...'

'मिस वेट्रा।' ओलिवेट्टी बीच में ही बोल पड़ा। 'आप ने बहुत बता दिया है।'

उसने रिसीवर को ढंक दिया। वह बिल्कुल नाराज दिख रही थी। 'कमांडर, मैं CERN के कमांडर से बात कर रही हूँ। बेशक उन्हें हक है कि...'

'हक है...' ओलिवेट्टी ने तेजी से कहा, 'कि वे यहाँ आकर हालातों से निपटते। आप एक खुले सेलुलर लाइन पर बात कर रही हैं। आपने बहुत कुछ बोल दिया।'

विट्टोरिया ने गहरी साँस ली। 'मैक्स।'

'मेरे पास तुम्हारे लिए कुछ सूचना है।' मैक्स बोला। 'तुम्हारे पिता के बारे में...मुझे पता है कि उन्होंने एंटीमैटर के बारे में किसे बताया था।'

विट्टोरिया के चेहरे पर भाव बदल गया। 'मैक्स, मेरे पिता ने मुझे कहा था कि उन्होंने इसके बारे में किसी को नहीं बताया था।'

'मुझे लगता है विट्टोरिया कि तुम्हारे पिता ने किसी को इसके बारे में बताया था। मुझे कुछ सुरक्षा दस्तावेजों की जाँच करनी होगी। मैं जल्द ही तुम से संपर्क करूंगा।' फोन कट गया।

विट्टोरिया जर्द दिखाई दे रही थी। उसने फोन वापस अपनी जेब में रख लिया।

'तुम ठीक तो हो?' लैंग्डन ने पूछा।

विट्टोरिया ने सिर हिलाया। उसकी कांप रही उँगलियाँ उसके झूठ की पोल खोल रही थी।

'वह चर्च पिआज्जा बार्बेरिनी में है।' ओलिवेट्टी ने कहा। उसने सायरन बंद कर दिया और घड़ी की ओर देखा। 'हमारे पास नौ मिनट हैं।'

जब लैंग्डन को सबसे पहले तीसरे संकेत चिह्न के स्थान के बारे में पता चला तो उसके दिमाग़ में एक घंटी बजी थी। पिआज्जा बार्बेरिनी। ये नाम कुछ जाना पहचाना लगता है लेकिन उसे याद नहीं आ रहा था। अब लैंग्डन को समझ में आ रहा था कि इसका ताल्लुक किस चीज़ से था। इस पिआज्जा के साथ एक विवादास्पद सबवे बनाने की घटना जुड़ी हुई थी। बीस साल पहले इस जगह पर सबवे टर्मिनल बनाने के मुद्दे पर कला इतिहासकारों ने आपत्ति दर्ज की थी। उन्हें डर था कि पिआज्जा बर्निनी के नीचे खुदाई करने से इसके ठीक बीचोबीच स्थित कई टन भारी चौकोर पत्थर का बना खंभा, ओबेलिस्क, ढह जाएगा। शहर की व्यवस्था करने वाले लोगों ने इस खंभे को वहाँ से हटाकर उसकी जगह एक छोटा सा फव्वारा लगा दिया था जिसे ट्रिटोन कहते हैं।

अब लैंग्डन को समझ में आया कि बर्निनी के जमाने में पिआज्जा बार्बेरिनी में एक चौकोर खंभा होता था। उसके मन में जो भी थोड़ा बहुत संदेह था कि यह स्थान तीसरे

सूचक चिह्न से संबंधित नहीं है, अब वह हवा हो चुका था।

पिआज्जा से एक ब्लॉक आगे ओलिवेट्टी एक गली की ओर मुड़ा। वह आधी दूरी तक गाड़ी ले गया और अचानक रुक गया। उसने अपना सूट जैकेट निकाल दिया। आस्तीन को ऊपर चढ़ा दिया और अपनी बंदूक भर कर तैयार हो गया।

'हम आपके पहचाने जाने का ख़तरा नहीं उठा सकते।' उसने कहा। 'आप दोनों टीवी पर थे। मैं चाहता हूँ कि आप दोनों पिआज्जा के दूसरी तरफ रहें, नज़रों से दूर। आप सामने के दरवाज़े पर नज़र रखेंगे। मैं पीछे की ओर जा रहा हूँ।' उसने पहले वाली पिस्तौल निकाल कर लैंग्डन को दे दी। 'अगर कोई ज़रूरत हो तो...'

लैंग्डन के चेहरे पर नाराजगी दिखाई दी। आज उसे दूसरी बार पिस्तौल थमायी गई थी। उसने पिस्तौल अपनी जैकेट के सामने वाली भीतरी जेब में रख ली। ऐसा करते हुए उसे याद आया कि वह डायग्रामा फोलियो अब भी साथ लेकर चल रहा था। उसे यकीन नहीं हो रहा था कि वह उसे वापस रखना भूल गया था। उसकी आँखों के सामने वेटिकन के क्यूरेटर की छवि घूम रही थी जो यह जानकर गुस्से से आग बबूला हो रहा था कि यह बेशकीमती सामान रोम में इधर उधर पर्यटकों वाली किताब की तरह घुमाया जा रहा था। इसके बाद लैंग्डन अभिलेखागार के अंदर पसरे हुए शीशे के टुकड़ों और दस्तावेजों के बारे में सोचने लगा जिन्हें वह पीछे छोड़ आया था। क्यूरेटर के सामने और भी समस्याएँ थी। *अगर अभिलेखागार आज की रात बच जाए तो...*

ओलिवेट्टी ने कार से उतर कर पीछे इशारा किया। 'पिआज्जा उस तरफ है। अपनी आँखें खुली रखो और कोशिश करो कि तुम्हें कोई देख न पाए।' उसने फोन को अपने बेल्ट पर पटका। 'मिसेज वेट्रा। हम लोग एक बार अपने ऑटो डायल को फिर से देख लें।'

विट्टोरिया ने अपना फोन निकाल कर ऑटो डायल का नंबर दबाया जिसे ओलिवेट्टी ने पैंथियन में सेट किया था। ओलिवेट्टी का फोन उसकी बेल्ट पर थरथराने लगा क्योंकि उसने उसे वायब्रेट मोड में डाल रखा था।

कमांडर ने सिर हिलाया। 'बहुत अच्छे। अगर तुम्हें कुछ भी नज़र आए तो मुझे बताओ।' उसने अपने हथियार का घोड़ा दागने की स्थिति में लाकर रख लिया। 'मैं अंदर इंतज़ार करूंगा। विधर्मी मेरा शिकार है।'

उसी समय वहीं पास कहीं एक दूसरे मोबाइल फोन की घंटी बज रही थी।

हैसेसिन ने जवाब दिया, 'बोलो।'

'मैं बोल रहा हूँ। जानुस।' दूसरी तरफ से आवाज़ आयी।

हैसेसिन मुस्कुराया। 'हेलो मास्टर।'

'हो सकता है तुम्हारी जगह का पता चल गया हो। कोई तुम्हें रोकने के लिए आ रहा है।'

'अब उन्हें बहुत देर हो चुकी है। मैंने यहाँ सारा इंतजाम कर लिया है।'

'बहुत अच्छा। वहाँ से ज़िंदा निकलने की कोशिश करना। अभी और भी काम करने हैं।'

'मेरे रास्ते में जो आएगा वह मारा जाएगा।'

'जो तुम्हारे रास्ते में हैं वे सभी जानकार हैं।'

'तुम अमरीकी स्कॉलर के बारे में बात कर रहे हो?'

'तुम्हें उसके बारे में पहले से पता है?'

हैसेसिन हल्के से हंसा। 'ठंडे दिमाग़ का लेकिन भोंदू। उसने मुझसे पहले फोन पर बात की थी। उसके साथ एक औरत है जो उसके ठीक विपरीत जान पड़ती है।' लियोनार्डो वेट्रा की बेटी के तेज़ गुस्से को याद कर हत्यारे को एक तीव्र उत्तेजना का अनुभव हुआ।

फोन लाइन पर थोड़ी देर के लिए कोई आवाज़ नहीं सुनाई दी। पहली बार हैसेसिन को अपने इल्युमिनाटी मालिक के अंदर उहापोह दिखाई दे रहा था। आखिर जानुस बोला, 'अगर आवश्यक हो तो दोनों का सफाया कर दो।'

हत्यारा मुस्कुराया। 'समझिए काम हो गया।' काम पूरा होने की उम्मीद से उसके बदन में झुरझुरी फैल गई। *हालाँकि मैं उस औरत को तोहफे के तौर पर रखूंगा।*

89

सेंट पीटर के चौराहे पर युद्ध शुरू हो चुका था।

पिआज्जा में अफरा तफरी मची हुई थी। मीडिया की गाड़ियाँ अपनी जगहों पर तेजी से जा रही थी जैसे हमला करने वाली गाड़ियाँ अपने जगह पर कब्जा कर रही हों। युद्ध के लिए हथियार निकाल रहे सिपाहियों की तरह रिपोर्टर उन्नत तकनीक वाले इलेक्ट्रॉनिक यंत्र निकाल रहे थे। चौराहे के किनारे किनारे हर जगह टीवी नेटवर्क अच्छी जगह पर कब्जा करने के लिए धक्का मुक्की कर रहे थे। वे मीडिया के युद्ध में अपने सबसे नए हथियार फ्लैट स्क्रीन डिस्प्ले तैनात करने लिए प्रतिस्पर्धा कर रहे थे।

फ्लैट स्क्रीन डिसप्ले विशाल आकार के वीडियो स्क्रीन होते थे जिन्हें ट्रक या आसानी से इधर उधर ले जाने वाले मचान के ऊपर टिकाया जा सकता था। ये स्क्रीन नेटवर्क के लिए बिलबोर्ड विज्ञापन का काम करते थे। वे घटना के कवरेज को फिल्म की तरह प्रसारित करते थे। अगर स्क्रीन अच्छी जगह पर लगा होता, यानी जहाँ पर घटना हो रही थी, तो प्रतिस्पर्धी नेटवर्कों को घटना का प्रसारण करते हुए विरोधी चैनल के लोगो का भी प्रसारण करना पड़ता।

चौराहा बहुत तेजी से मल्टीमीडिया तमाशे के साथ ही सार्वजनिक मेले की तरह बनता जा रहा था जिसमें लोग बेतहाशा भरे जा रहे थे। वहाँ हर तरफ से लोग जमा हो रहे थे। वैसे

तो इस चौराहे पर जगह की कोई कमी नहीं थी लेकिन अब यहाँ पर खाली जगह कीमती सामान की तरह होती जा रही थी। लोग बड़े बड़े फ्लैट स्क्रीन के आगे इकट्ठा हो रहे थे और लाइव रिपोर्टिंग को सुनकर आश्चर्य मिश्रित उत्तेजना में डूबे जा रहे थे।

वहाँ से केवल सौ गज दूर सेंट पीटर के बेसिलिका के अंदर की दुनिया बिल्कुल शांत थी। लेफ्टिनेंट चार्टरैंड और तीन अन्य सुरक्षाकर्मी अंधेरे में आगे बढ़ रहे थे। उन्होंने इंफ्रारेड चश्मे पहन रखे थे। वे गिरजाघर के बीच वाले हिस्से में अपने डिटेक्टर्स को आगे कर बढ़े जा रहे थे। वेटिकन सिटी के सार्वजनिक स्थानों की तलाशी के बाद अब तक कुछ भी नहीं मिला था।

'यहाँ पर अपने चश्मे उतार लो।' एक वरिष्ठ सुरक्षाकर्मी ने कहा।

चार्टरैंड तब तक अपना चश्मा उतारने लगा था। वे अब पैलियम के गड्ढे के नजदीक पहुँच चुके थे। यह गिरजाघर के बीचो बीच एक धंसा हुआ सा क्षेत्र था। इसमें निन्यानवे दीपों से रोशनी हो रही थी। इंफ्रारेड को बढ़ा कर दिखाने वाले चश्मे के कारण उनकी आँखें जल सकती थी।

चश्मे उतार कर चार्टरैंड को बहुत अच्छा लगा। गड्ढे जैसी जगह में अंदर उतरते हुए उसने अपनी गर्दन सीधी की। वह कमरा बहुत ही खूबसूरत था ... सुनहला और चमकदार। वह आज तक इसके अंदर नहीं उतरा था।

चार्टरैंड को ऐसा लग रहा था कि जब से वह वेटिकन सिटी में आया था उसे हर रोज यहाँ के किसी नए रहस्य के बारे में जानकारी मिल रही थी। तेल कि ये दिये भी इन्हीं में से एक थे। ये निन्यानवे दिये हमेशा जलते रहते थे। यह एक परंपरा थी। यहाँ के पादरी बड़ी सावधानी से पवित्र तेल को इसमें भरते रहते थे ताकि कोई दिया बुझे नहीं। कहा जाता था कि ये प्रलय काल तक जलते रहेंगे।

या कम से आज आधी रात तक, चार्टरैंड ने सोचा। उसका मुँह फिर से सूख रहा था।

चार्टरैंड ने अपने डिटेक्टर को तेल के दियों के ऊपर घुमाया। यहाँ कुछ नहीं छुपाया गया था। उसे कोई आश्चर्य नहीं हुआ। वीडियो फीड के अनुसार वह डिब्बा किसी अंधेरी जगह में छुपाया गया था।

इस जगह से आगे बढ़ते हुए उसे लोहे की सलाखों का एक ढक्कन नज़र आया जो फर्श में बने एक गड्ढे को ढंक रहा था। गड्ढा सीधी नीचे को जाती संकरी सीढ़ी से जुड़ा था। उसने कहानियाँ सुनी थी कि इसके अंदर क्या है। शुक्र था कि उन्हें अंदर जाने की ज़रूरत नहीं थी। रोचर ने साफ साफ हुक्म दिया था। केवल सार्वजनिक स्थानों की तलाश करो, व्हाइट जोन की नहीं।

'ये कैसी गंध है?' लोहे के जालीदार ढक्कन से दूर होते हुए उसने पूछा। गड्ढे के अंदर से मदमस्त करने वाली मीठी खुशबू आ रही थी।

'दीयों से आ रही गंध।' उनमें से एक ने कहा।

चार्टरैंड को बहुत आश्चर्य हुआ। 'मुझे तो यह कोलोन की गंध लग रही है, किरासन की नहीं।'

'यह गंध किरासन की नहीं है। ये दीये पोप की वेदी के पास थे इसलिए वे एक ख़ास मिश्रण का इस्तेमाल करते हैं जिसमें इथेनॉल, चीनी, ब्यूटेन और इत्र का इस्तेमाल किया जाता है।'

'ब्यूटेन?' चार्टरैंड दीयों की तरफ असहज भाव से देख रहा था।

गार्ड ने सर हिलाया। 'इसे बाहर नहीं गिरने देना। इसकी खुशबू तो स्वर्गिक होती है लेकिन जब जलता है तो नर्क की तरह।'

गार्डों ने अब तक पैलियम के गड्ढे की जाँच का काम पूरा कर लिया था। वे दुबारा बेसिलिका की तरफ जा रहे थे। तभी उनकी वॉकी टॉकी से आवाज़ आयी।

यह ताजा जानकारी थी। गार्ड ख़बर सुनकर चौंक गए।

ऐसा लग रहा था कि कुछ परेशान करने वाली घटनाएँ हुई थी जिन्हें फोन या वॉकी टॉकी पर नहीं बताया जा सकता था। लेकिन केमरलेग्नो ने परंपरा के खिलाफ सम्मेलन के अंदर जाकर कार्डिनलों के सामने कुछ कहने का फैसला किया था। ऐसा इतिहास में पहले कभी नहीं हुआ था। चार्टरैंड को यह भी पता चला कि इसके पहले वेटिकन में नये ढंग का नाभिकीय अस्त्र भी कभी नहीं रखा गया था।

चार्टरैंड को यह जानकर तसल्ली हुई कि पोप ने चीजों को अपने हाथ में ले लिया है। वेटिकन के भीतर केमरलेग्नो के प्रति चार्टरैंड सबसे अधिक श्रद्धा का भाव रखता था। कुछ सुरक्षाकर्मी केमरलेग्नो को धर्मांध व्यक्ति मानते थे जो पागलपन की हद तक ईश्वर से प्यार करता था। लेकिन वे भी इस बात से सहमत थे कि जब ईश्वर के दुश्मनों के साथ लड़ाई का वक्त आएगा तो केमरलेग्नो ही ऐसा व्यक्ति था जो उनकी आँखों में आँखें डाल कर उनसे मुकाबला कर सकता था।

इस सप्ताह सम्मेलन की तैयारी के दौरान गार्डों को कई बार केमरलेग्नो से मिलने का मौका मिला था। हरेक व्यक्ति को लगता था कि वह थोड़ा सा रुखड़ा आचरण करते हैं। उनकी हरियाली भरी आँखें सामान्य से कहीं अधिक तीव्र दिखाई देती थी। कोई आश्चर्य नहीं कि उन सभी का कहना था कि केमरलेग्नो ही इस पवित्र सम्मेलन के आयोजन के लिए जिम्मेदार थे लेकिन उन्हें अपने पथ—प्रदर्शक की मौत के तुरंत बाद यह सब करना पड़ रहा था।

चार्टरैंड को वेटिकन में आए उस समय कुछ ही महीने हुए थे जब उसने कहानी सुनी थी कि किस तरह केमरलेग्नो के बचपन में ही उनकी माँ बम धमाके में उनकी आँखों के सामने चीथड़े—चीथड़े हो गई थी। *चर्च में रखा गया बम ...और एक बार फिर से वही सब फिर हो रहा था।* दुख की बात थी कि चर्च में बम रखने वाले लोगों को वहाँ के अधिकारी कभी पकड़ नहीं पाए। वे सिर्फ इतना कह पाए कि शायद किसी ईसाई विरोधी नफरती समूह ने यह किया था। केस ठंडे बस्ते में चला गया। इसलिए कोई आश्चर्य नहीं कि केमरलेग्नो को उदासीनता से नफरत थी।

कुछ महीने पहले एक शांत दोपहरी में वेटिकन सिटी के भीतर जब वे मैदान को पार कर इस तरफ आ रहे थे तो चार्टरैंड की अचानक केमरलेग्नो से मुलाकात हो गई। केमरलेग्नो को लगा कि चार्टरैंड कोई नया गार्ड था। उन्होंने उसे अपने साथ टहलने के लिए बुला लिया। उन्होंने किसी ख़ास मुद्दे पर बातचीत नहीं की मगर केमरलेग्नो ने चार्टरैंड को अपने साथ बिल्कुल सहज बना दिया।

'फादर,' चार्टरैंड ने कहा, 'क्या मैं आपसे एक अजीब सा सवाल पूछ सकता हूँ?'

केमरलेग्नो ने मुस्कुराते हुए जवाब दिया, 'अगर तुम मुझे भी अजीब सा जवाब देने की इजाज़त दो।'

चार्टरैंड हंसने लगा। 'मैं जितने पादरियों को जानता हूँ मैंने सबसे यह सवाल पूछा है और इसके बावजूद मैं इसे नहीं समझ पाया हूँ।'

'तुम किस चीज़ से परेशान हो?' केमरलेग्नो आगे आगे छोटे छोटे लेकिन तेज़ कदमों से बढ़े जा रहे थे। उनका लिबास चलने की वजह से आगे लहरा रहा था। उनके काले, क्रीप के सोल वाले जूते बिल्कुल फिट बैठ रहे थे। चार्टरैंड ने सोचा, ये जूते मनुष्य के मूल तत्व के प्रतिबिंब की तरह थे...आधुनिक लेकिन विनम्र, और घिसने के निशान दिखाने वाला।

चार्टरैंड ने गहरी साँस ली, 'मैं सर्वशक्तिमान—दयानिधि वाली बात नहीं समझ पाता हूँ।'

केमरलेग्नो मुस्कुराए। 'लगता है आजकल तुम धर्मग्रंथ पढ़ रहे हो।'

'मैं कोशिश करता हूँ।'

'तुम दुविधाग्रस्त हो क्योंकि बाइबल में ईश्वर को सर्वशक्तिमान और दयालु कहा गया है।'

'बिलकुल।'

'सर्वशक्तिमान—दयालु का सरल अर्थ ये है कि ईश्वर सर्वशक्तिमान और सदिच्छा वाले हैं।'

'मुझे यह विचार समझ में आता है लेकिन मुझे यह विरोधाभासी लगता है।'

'हाँ, मनुष्य के कष्ट के कारण इसमें विरोधाभास दिखाई देता है। भूख, युद्ध, बीमारी...'

'बिल्कुल सही।' चार्टरैंड जानता था कि केमरलेग्नो उसकी बात समझ पाएंगे। 'इस दुनिया में इतनी खराब चीजें होती हैं। मनुष्य के तकलीफ जैसे इस बात को प्रमाणित करते हैं कि ईश्वर एक साथ सर्वशक्तिमान और सदिच्छा पूर्ण नहीं हो सकते। अगर वे हमें प्यार करते हैं और उनमें हमारी परिस्थिति को बदल पाने की क्षमता है तो वह दुख का निवारण करेंगे, है कि नहीं?'

केमरलेग्नो नाराज दिखे, 'क्या वे ऐसा करेंगे?'

चार्टरैंड असहज अनुभव कर रहा था। शायद उसने अपनी सीमा लांघ दी थी। क्या यह उन धार्मिक सवालों में शामिल था जिन्हें पूछने की इजाज़त नहीं होती? 'ठीक है ... अगर ईश्वर हमसे प्यार करते हैं तो वे हमारी रक्षा कर सकते हैं, उन्हें करना ही होगा। ऐसा लगता है कि वे या तो सर्वशक्तिमान और हमारे प्रति बेपरवाह हैं या दयालु लेकिन मदद करने में असमर्थ।'

'क्या तुम्हारे बच्चे हैं लेफ्टिनेंट?'

चार्टरैंड शरमा गया। 'नहीं महाशय।'

'मान लो कि तुम्हें आठ साल का एक बेटा है...क्या तुम उससे प्यार करोगे?'

'बिलकुल।'

'क्या तुम उसे दुखों से दूर रखने के लिए तुम्हारी शक्ति से जो भी संभव है वो सब करोगे?'

'बिलकुल।'

'क्या तुम उसे स्केटबोर्ड का इस्तेमाल करने दोगे?'

चार्टरैंड ने इस बात पर गहराई से सोचा। ये अजीब बात थी कि केमरलेग्नो हमेशा चीजों के बारे में ताजा जानकारी रखते थे जो आम पुजारियों—पादरियों में नहीं मिलती थी। 'मुझे लगता है कि हां।' चार्टरैंड ने कहा। 'मैं उसे स्केटबोर्ड जरूर दूंगा लेकिन उसे सावधानी बरतने की हिदायत दूंगा।'

'यानी कि उस बच्चे के पिता के तौर पर तुम उसे कुछ ज़रूरी सलाह दोगे, अच्छी सलाह दोगे और फिर उसे गलती करने के लिए छोड़ दोगे?'

'मैं उसके पीछे-पीछे नहीं दौड़ूंगा और न ही उसे ज़रूरत से ज़्यादा लाड़-प्यार दिखाऊंगा, अगर आप मुझसे ये जानना चाहते हैं।' 'लेकिन अगर वह स्केटबोर्ड से फिसल कर अपने घुटने छिलवा ले तो?'

'वह भविष्य में ज़्यादा सावधान रहना सीखेगा।'

केमरलेग्नो ने सर हिलाया, 'बिल्कुल ठीक।'

90

लैंग्डन और विट्टोरिया पिआज्जा बार्बेरिनी के पश्चिमी किनारे पर एक छोटी सी गली से उस पार नज़र रख रहे थे। गिरजाघर उनकी दूसरी तरफ था। चौराहे के उस पार कई इमारतों की धुंधली छाया दिखाई दे रही थी जिसके पीछे चर्च का गुंबद था। रात होने के साथ ही मौसम ठंडा हो रहा था जो अच्छा अहसास दे रहा था लेकिन लैंग्डन को आश्चर्य हो रहा था कि चौराहा वीरान था। ऊपर खुली खिड़कियों से आ रही टेलीविजन की तेज़ आवाज़ से लैंग्डन को पता चला कि लोग कहाँ ग़ायब हो गए हैं।

'अभी तक वेटिकन ने इस पर कोई टिप्पणी नहीं दी है...इल्युमिनाटी ने दो कार्डिनल की हत्या कर दी है...रोम के अंदर शैतान की उपस्थिति...घुसपैठ की और भी ख़बरें मिल रही हैं।'

ख़बर जंगल के आग की तरह फैल गई थी। दुनिया भर की तरह रोम भी एकाग्र होकर इन ख़बरों को देख रहा था। लैंग्डन सोच रहा था कि पता नहीं वे इस बेलगाम गाड़ी को रोक पाएंगे या नहीं। पिआज्जा का मुआयना करते हुए लैंग्डन इंतज़ार कर रहा था। उसने देखा कि चारों तरफ नयी इमारतों की घुसपैठ के बावजूद पिआज्जा आश्चर्यजनक ढंग से अंडाकार दिखाई दे रहा था। काफी ऊँचाई पर एक शानदार होटल दिख रहा था जिसकी छत पर एक नियोन साइन चमक रहा था। होटल बीते हुए जमाने के किसी हीरो के लिए बने मकबरे की तरह लग रहा था। विट्टोरिया पहले ही लैंग्डन को इसे दिखा चुकी थी। नियन साइन इस वक्त के लिए डरावने ढंग से उपयुक्त लग रहा था—

होटल बर्निनी।

'दस में पाँच।' विट्टोरिया बोली। उसकी बिल्ली जैसी आँखें चौराहे का हर तरफ से मुआयना कर रही थीं। अपनी बात पूरी करते ही उसने लैंग्डन का हाथ पकड़ कर अंधेरे की ओर खींच लिया। वह चौराहे के केंद्र की तरफ इशारा कर रही थी।

लैंग्डन उसी तरफ देखने लगा। देखते ही वह जैसे अकड़ गया।

उनके सामने स्ट्रीट लैंप के नीचे दो काले साये दिखाई दे रहे थे। दोनों ने पादरियों जैसी वर्दी पहन रखी थी, उनका सर काले रंग के मैंटल से ढका था जो कैथोलिक विधवाएँ परंपरागत ढंग से सिर पर रखती थी। लैंग्डन को शायद लगता कि वे महिलाएँ थीं लेकिन अंधेरे में पक्के तौर पर कुछ कहना मुमकिन नहीं था। उनमें से एक बुजुर्ग दिख रहा था और उसे चलने में तकलीफ हो रही थी। वह झुक कर चल रहा था। दूसरे की कद काठी बड़ी थी और वह उसकी मदद कर रहा था।

'मुझे बंदूक दीजिए।' विट्टोरिया ने कहा।

'नहीं, तुम इस तरह...'

बिल्ली की तेजी से विट्टोरिया ने उसकी जेब में हाथ डाला और बाहर निकाला। उसके हाथ में बंदूक चमक रही थी। इसके बाद बिना किसी तरह का शोर किए, मानो उसके पैर पत्थर से बने सड़क पर पड़ ही नहीं रहे हों, वह चौराहे की दूसरी तरफ से घूम कर उन दोनों लोगों के पीछे पहुँच गई। लैंग्डन जहाँ का तहां खड़ा होकर विट्टोरिया के ग़ायब होने को देखता रहा। फिर, खुद को गाली देता हुआ वह तेजी से उसके पीछे हो लिया।

वे दोनों लोग धीमी चाल में चल रहे थे। आधे मिनट से भी कम वक्त में लैंग्डन और विट्टोरिया उनके पीछे पहुँच चुके थे। वे उसे पीछे से घेर चुके थे। विट्टोरिया ने बंदूक को छिपाने के लिए सामने दोनों हाथ यूं ही मोड़ रखे थे। बंदूक नज़र नहीं आ रही थी लेकिन

ज़रूरत पड़ने पर वह तुरंत उसे बाहर निकाल सकती थी। जैसे जैसे दूरी कम हो रही थी ऐसा लग रहा था जैसे वह और भी तेजी से उड़ी चली जा रही थी। लैंग्डन को उसके साथ साथ चलने में मुश्किल हो रही थी। जब उसके जूते पत्थर से टकराए और पत्थर लुढ़कने लगा तो विट्टोरिया ने उसकी ओर तिरछी नज़र से घूरा। लेकिन उन दोनों लोगों ने वह आवाज़ नहीं सुनी थी। वे आपस में बात कर रहे थे।

तीस फीट की दूरी पर अब लैंग्डन को आवाजें सुनाई दे रही थी। शब्द स्पष्ट नहीं थे लेकिन फुसफुसाहट सुनाई दे रही थी। उसके साथ साथ विट्टोरिया की चाल हर कदम के साथ तेज़ होती जा रही थी। उसके सामने मुड़े हाथ ढीले हो रहे थे और अब बंदूक की झलक दिखाई दे रही थी। बीस फीट। अब आवाजें थोड़ी स्पष्ट सुनाई दे रही थी। एक की आवाज़ दूसरे से अधिक स्पष्ट थी। गुस्से में, बड़बड़ाते। लैंग्डन को लगा कि ये आवाज़ किसी बूढ़ी औरत की आवाज़ थी। शुष्क। ठीक से पता नहीं चल रहा था कि आवाज़ औरत की है या मर्द की। वह उनकी बात सुनने की कोशिश करने लगा। लेकिन एक दूसरी आवाज़ रात में गूंज उठी।

'माफ कीजिएगा।' विट्टोरिया की दोस्ताना आवाज़ ने चौराहे को जैसे रोशन कर दिया।

लबादा ओढ़े वे दोनों लोग जब रुके और पीछे मुड़ने लगे तो लैंग्डन तनाव में आ गया। विट्टोरिया उनकी तरफ तेजी से बढ़ी जा रही थी, टकराने के लिए आमादा। उन्हें प्रतिकार का वक्त नहीं मिलने वाला था। लैंग्डन ने अनुभव किया कि अब उसके पैर आगे नहीं बढ़ रहे थे। पीछे से उसने देखा कि विट्टोरिया के हाथ ढीले पड़ रहे हैं और वो अपने बंधे हुए हाथ खोल रही थी और बंदूक सामने दिखाई दे रही थी। तभी अपने पीछे लैंग्डन को स्ट्रीट लैंप की रोशनी में एक चेहरा दिखाई दिया। उसके पैरों में भय की सनसनाहट दौड़ गई। वह तेजी से आगे आया, 'नहीं, विट्टोरिया, नहीं।'

लेकिन शायद विट्टोरिया उससे सेकंड के एक छोटे हिस्से से आगे थी। विट्टोरिया ने बिल्कुल सहज फुर्ती से अपने हाथ उठा लिए और बंदूक फिर से ग़ायब हो गई। वह अपने को इस तरह थामे हुई थी जैसे औरतें ठंडी रातों में करती हैं। वह लड़खड़ाता हुआ लबादे पहने उन दोनों लोगों से करीब करीब टकराता हुआ उसके पास पहुँचा।

'गुड इवनिंग' विट्टोरिया के मुँह से घबराहट में निकला और वह पीछे हो गई।

लैंग्डन की चिंता कम हुई। उसने चैन की साँस ली। दो बुजुर्ग महिलाएँ उसके आगे खड़ी थीं। वे नाराज होकर अपने लबादे के नीचे से उन्हें देख रही थी। उनमें से एक इतनी बुज़ुर्ग थी कि उसके लिए खड़ा होना मुश्किल हो रहा था। दूसरी उसकी मदद कर रही थी। दोनों के हाथों में माला थी। वे अचानक आए इस व्यवधान से अचंभित थी।

विट्टोरिया मुस्कुरायी, हालाँकि वह अंदर से हिली हुई थी। 'सांता मारिया डेला विट्टोरिया चर्च कहाँ है?' उसने इतालवी में सवाल किया।

दोनों औरतों ने एक साथ बड़ी सी इमारत के धुंधले से साये की तरफ इशारा किया जो नीचे जा रही सड़क पर उसी दिशा में थी जिधर विट्टोरिया जा रही थी। 'वहीं पर।'

'धन्यवाद।' लैंग्डन ने इतालवी में जवाब दिया। उसने अपने हाथों को विट्टोरिया के कंधों पर डालकर उसे हल्के से अपनी ओर खींचा। उसे विश्वास नहीं हो रहा था कि वे दो बूढ़ी औरतों पर हमला करने ही वाले थे।

'अभी आप अंदर नहीं जा सकते।' एक औरत ने उन्हें आगाह किया। 'चर्च बंद हो चुका है।'

'जल्दी बंद हो गया?' विट्टोरिया को आश्चर्य हो रहा था। 'वजह?'

दोनों औरतों ने तुरंत उसे वजह बताना शुरु कर दिया। वे गुस्से में लग रही थी। लैंग्डन को गुस्से में बोली जा रही इतालवी थोड़ी बहुत ही समझ में आ रही थी। ऐसा लग रहा था कि वे महिलाएँ पंद्रह मिनट पहले चर्च के अंदर जाकर संकट की इस घड़ी में वेटिकन के लिए प्रार्थना कर रही थी। उसी समय कुछ लोग वहाँ आए और उन्होंने बताया कि चर्च आज जल्दी बंद हो रहा है।

'क्या आप उन लोगों को जानती हैं?' विट्टोरिया ने उनसे फिर इतालवी में पूछा।

महिलाओं ने सिर हिलाया। *वे असभ्य बाहरी लोग लग रहे थे।* उन्होंने बताया। और उन लोगों ने चर्च के अंदर से लोगों को जबर्दस्ती बाहर निकाल दिया था जिसमें चर्च का नौजवान पुजारी और सफाई करने वाला व्यक्ति भी था जिन्होंने कहा कि वे पुलिस को बुला रहे हैं। लेकिन वहाँ जबरदस्ती घुस आया आदमी उन पर हंसता रहा। उसने कहा कि देखो पुलिस को कैमरे के साथ आने कहना।

कैमरे के साथ? लैंग्डन को आश्चर्य हो रहा था।

महिलाएँ गुस्से में बुदबुदा रही थी। वे उन लोगों को इतालवी में *बार—अराबो* यानी बर्बर कह रही थी। फिर वे गुस्से में फुफकारती अपने रास्ते पर चली गई।

'बार—अराबो' लैंग्डन ने विट्टोरिया से पूछा। 'बर्बर लोग?'

अचानक लगा कि विट्टोरिया का शरीर तना हुआ दिखा। 'नहीं। बार—अराबो को गाली के तौर पर इस्तेमाल किया जाता है। इसका मतलब होता है अराबो यानी...अरब।'

लैंग्डन के अंदर सिहरन हुई। वह चर्च के ढांचे की ओर देखने लगा। उस तरफ देखते हुए उसे चर्च के रंगीन शीशे की खिड़की के अंदर कुछ दिखाई दिया। उसे देखकर उसके अंदर भय की लहर दौड़ गई।

इस बात से बेख़बर, विट्टोरिया ने अपना मोबाइल फोन निकालकर ऑटो—डायल दबाया। 'मैं ओलिवेट्टी को आगाह कर रही हूँ।'

लैंग्डन जैसे गूंगा हो गया था। उसने आगे बढ़कर उसका हाथ छुआ। उसने कांपते हाथों से चर्च की ओर इशारा किया।

विट्टोरिया धक से रह गई।

इमारत के भीतर शीशे की रंगीन खिड़की से शैतानी आँखों की तरह लगातार तेज़ होती आग की लपट दिखाई दे रही थी।

लैंग्डन और विट्टोरिया दौड़ते हुए सांता मारिया डेला विट्टोरिया चर्च के मुख्य प्रवेश द्वार के पास पहुँचे। चर्च का लकड़ी का बना दरवाज़ा बंद था। विट्टोरिया ने ओलिवेट्टी की सेमी ऑटोमेटिक बंदूक से दरवाज़े पर तीन गोलियाँ दागी। इसकी पुरानी कुंडी टूट गई।

चर्च के अंदर मुख्य पूजा स्थल के पीछे कोई कमरा—एंटे रुम—नहीं बना था। इसलिए जैसे ही लैंग्डन और विट्टोरिया ने दरवाज़ा खोला तो अंदर गर्भगृह का पूरा क्षेत्र उन्हें नज़र आने लगा। उन्हें सामने जो दिखाई दे रहा था वह कतई अकल्पनीय और अजीबोगरीब था। इसे देखकर लैंग्डन को अपनी आँखें एक बार बंद कर खोलनी पड़ी ताकि उसका दिमाग़ इसे ठीक से समझ पाए।

चर्च बरोक शैली में शानदार ढंग से बना था। इसकी दीवारों और वेदी पर सोने का शानदार काम किया हुआ था। इसके बीचोबीच मुख्य गुंबद के ठीक नीचे चर्च में बैठने के लिए रखी मेजों को एक के ऊपर एक काफी ऊँचाई तक जमा कर दिया गया था जो चिता की तरह जल रही थी। इसकी लपटें गुंबद को छू रही थी। लैंग्डन ने जब ऊपर जाती लपटों पर नज़र डाली तो उसे इस दृश्य का भयानक स्वरूप समझ में आया।

ऊपर की तरफ ऊँचाई में दाहिनी और बायीं ओर से दो रस्सियाँ लटक रही थी जिनका इस्तेमाल प्रार्थना के दौरान उपस्थित लोगों के ऊपर जलते हुए धूप-अगर वाले बर्तन को झुलाने के लिए किया जाता है। लेकिन इन रस्सियों में इस समय धूप-अगर वाला बर्तन नहीं लटकाया हुआ था। न ही वे झूल रहे थे। उन्हें किसी और मकसद के लिए इस्तेमाल किया जा रहा था...

इन रस्सियों से एक इंसान लटक रहा था। नंगा। उसकी दोनों कलाइयों को विपरीत दिशाओं में टंगी रस्सियों से बांध दिया गया था। उस व्यक्ति को इस तरह लटका गया था मानों अब उसका शरीर चीरा जाने वाला हो। उसके हाथ इस तरह फैले हुए थे जैसे चिड़िया के डैने। ऐसा लग रहा था मानो उसे किसी अदृश्य सलीब से लटका दिया गया था जो चर्च के भीतर तैर रहा था।

लैंग्डन ने जब ऊपर की तरफ देखा तो उसे जैसे लकवा मार गया। अगले ही पल उसे इससे भी वीभत्स दृश्य दिखाई दिया। वह बूढ़ा आदमी ज़िंदा था। उसने अपना सिर उठाया। एक जोड़ी आँखें नीचे चुपचाप मदद की गुहार लगा रही थी। उसकी छाती पर गर्म सलाखों से दाग कर एक प्रतीक चिह्न जैसा बनाया गया था। उसे ब्रांड किया गया था। लैंग्डन उस निशान को ठीक से नहीं देख पा रहा था लेकिन उसे पूरी तरह पता था कि वह निशान क्या है। आग की लपटें अब ऊपर जा रही थी और उस व्यक्ति की टांगों को छू रही थी। दर्द के कारण उसके मुँह से चीख निकल रही थी। उसका शरीर कांप रहा था।

लैंग्डन को लगा जैसे कोई अज्ञात शक्ति उसे प्रेरित कर रही थी। उसका शरीर अचानक हरकत में आ गया। वह गिरजाघर के बीच में बने मुख्य गलियारे को पार करता हुआ आग की लपटों की तरफ दौड़ा। उसकी छाती में धुआं भर रहा था। धधकती लकड़ियों के ढेर से से दस फीट की दूरी पर तेजी से दौड़ते हुए लैंग्डन को लपटों से आ रही तेज़ गर्मी का अनुभव हुआ। उसके चेहरे की चमड़ी जल रही थी। वह पीछे हो गया। उसने अपनी आँखें बंद कर ली और धम्म से फर्श पर गिर गया। वह दुबारा खड़ा हुआ और तेजी से आगे बढ़ा। गर्मी से बचने के लिए उसने गर्मी से बचने के लिए अपने हाथ से चेहरे को ढंक लिया था।

उसे तुरंत समझ में आ गया कि आग में बहुत ज़्यादा गर्मी थी।

वह पीछे आकर गिरजाघर की दीवारों पर नज़र दौड़ाने लगा। *भारी भरकम दरी जैसी कोई चीज,* वह सोचने लगा। *अगर मैं किसी तरह ढंक पाता...* लेकिन उसे पता था कि यहाँ पर दरी नहीं मिल सकती थी। *यह बरोक गिरजाघर है रॉबर्ट, कोई जर्मन किला नहीं। सोचो!* वह फिर से ऊपर लटके आदमी की तरफ देखने लगा।

धुएँ और आग की लपट गुंबद की ओर लहरा लहरा कर जा रही थी। धूप-अगर वाले बर्तन को लटकाने के लिए इस्तेमाल की जाने वाली रस्सी उस आदमी की कलाइयों को दोनों तरफ खींचती हुई छत की ओर जा रही थी जहाँ वह चर्च के दोनों ओर धातु के बने छल्ले से नीचे की ओर आ रही थी। लैंग्डन ने इन छल्लों में एक की तरफ देखा। ये काफी ऊँचाई पर था लेकिन लैंग्डन को पता था कि अगर वह किसी तरह वहाँ पहुँच कर इन रस्सियों में एक को ढीला कर पाता तो रस्सियों का तनाव कम हो जाता और ऊपर टंगा हुआ व्यक्ति आग से दूर हो जाता।

आग से अचानक खड़खड़ाहट की आवाज़ सुनाई दी और लपटें ऊँची हो गई। लैंग्डन को ऊपर से आती एक चीख सुनाई दी। उस आदमी के पांव की चमड़ी जल रही थी। कार्डिनल ज़िंदा जलाए जा रहे थे। लैंग्डन ने अपनी नज़रें धातु के बने छल्लों पर टिकायी और उसकी तरफ दौड़ पड़ा।

चर्च के पिछवाड़े में विट्टोरिया मेज़ के पिछले हिस्से को पकड़ कर होश में आने की कोशिश कर रही थी। ऊपर का नजारा भयंकर था। उसने अपनी नज़रें वहाँ से हटा ली। *कुछ करो!* वह सोच रही थी कि ओलिवेट्टी कहाँ है। क्या उसने हैसेसिन को देख लिया है? क्या उसने उसे पकड़ लिया है? अब वे लोग कहाँ हैं? विट्टोरिया लैंग्डन की मदद के लिए आगे बढ़ी। लेकिन तभी एक आवाज़ ने उसे रोक दिया।

आग की लपटों से आ रही आवाज़ तेज़ होती जा रही थी लेकिन इसके साथ साथ कहीं से एक और आवाज़ आ रही थी। धातु से पैदा होने वाली कंपन की ध्वनि, थरथराहट। कहीं आसपास। बार बार सुनाई दे रही थरथराहट की ध्वनि उसकी बायीं

ओर रखे मेज़ के दूसरे छोर से आ रही थी। तेज़ कंपकंपाहट वाली आवाज़ फोन की घंटी की तरह लग रही थी लेकिन पथरीली और कर्कश। उसने अपनी बंदूक कस कर पकड़ ली और मेजों को पार कर आगे बढ़ने लगी। आवाज़ तेज़ होती जा रही थी। कभी चालू होती तो कभी बंद होती। बार बार सुनाई दे रही थरथराहट की आवाज।

गलियारे के आखिरी छोर पर पहुँचने पर उसे लगा कि ये आवाज़ वहाँ रखी मेजों के अंतिम छोर पर कहीं फर्श से आ रही थी। वह आगे बढ़ रही थी। उसने अपनी दाहिनी हाथ में बंदूक तान रखी थी। तभी उसे लगा कि उसने बाएँ हाथ में भी कुछ पकड़ रखा है—मोबाइल फोन। डर के मारे वह भूल गई थी कि बाहर उसने कमांडर से बात करने के लिए ऑटो—डायल दबाया था जिसकी वजह से उसके फोन की साइलेंट वाइब्रेशन वाली सेटिंग चालू हो गई थी। विट्टोरिया फोन को कान के पास ले गई। यह अब भी बज रहा था। कमांडर ने फोन का जवाब ही नहीं दिया था। अचानक उसका डर तेज़ होने लगा। विट्टोरिया को लगा कि उसे मालूम था कि ये आवाज़ कहाँ से आ रही थी। वह कांपती हुई आगे बढ़ी।

अपने सामने जीवन-विहीन चीज़ को देखकर विट्टोरिया को लगा जैसे पूरा का पूरा चर्च उसके पैरों के नीचे धंसता जा रहा था। उसके शरीर से किसी तरह का तरल पदार्थ नहीं बह रहा था। उसके मांस पर किसी तरह के हमले के निशान नहीं दिखाई दे रहे थे। बस कमांडर के सर की ज्यामिति बिगड़ी हुई दिखाई दे रही थी। उसका सर सीधे 180 डिग्री के कोण पर उल्टी दिशा में मरोड़ दिया गया था। विट्टोरिया मुश्किल से अपने पिता के विकृत लाश की छवि अपनी आँखों से दूर कर पा रही थी।

कमांडर के बेल्ट में लगा फोन ज़मीन पर गिरा हुआ था। ठंडे संगमरमर के फर्श पर उससे लगातार कंपकंपाहट की आवाज़ आ रही थी। विट्टोरिया ने अपना फोन काट दिया और उस फोन की थरथराहट वाली आवाज़ भी बंद हो गई। इस चुप्पी के दौरान विट्टोरिया को एक नयी आवाज़ सुनाई दी। उसके ठीक पीछे किसी के साँस लेने की आवाज।

वह बंदूक हाथ में लिए मुड़ने लगी लेकिन उसे पता था कि तबतक देर हो चुकी थी। उसे लगा कि उसके सिर के ऊपर से लेकर तलवों तक लेजर बीम की तरह गरम कोई चीज़ गुजर गई हो। हत्यारे ने अपनी कोहनी से उसकी गर्दन पर जोर से हमला किया था।

'अब तुम मेरी हो।'

फिर अंधेरा छा गया।

गिरजाघर के मुख्य पूजा स्थल का दूसरा छोर। बायीं तरफ के दीवार पर लैंगडन एक प्रार्थना वाली मेज़ पर किसी तरह अपना संतुलन बनाकर ऊपर लगे धातु के छल्ले की तरफ जाने की कोशिश कर रहा था। रस्सी अब भी उससे कम से कम छह फीट की ऊँचाई पर थी। इस तरह के छल्ले गिरजाघरों में आम तौर पर पाए जाते थे। लोगों की छेड़छाड़ से बचाने के लिए उन्हें ऊँचाई पर लगाया जाता था। लैंगडन को पता था कि

पादरी वहाँ तक पहुँचने के लिए लकड़ी की एक सीढ़ी का इस्तेमाल करते थे जिसे पिओली कहते थे। साफ था कि हत्यारे ने चर्च की सीढ़ी का इस्तेमाल कर उस व्यक्ति को ऊपर टांगा था। *फिर आखिर वो सीढ़ी गई कहाँ?* लैंग्डन ने नीचे की ओर देखा। वह फर्श पर सीढ़ी की तलाश कर रहा था। उसे हल्की सी स्मृति थी कि उसने सीढ़ी को आस पास ही कहीं देखा था। *लेकिन कहाँ?* एक क्षण बाद उसका दिल बैठ गया। उसे याद आया कि उसने सीढ़ी को कहाँ देखा था। वह धधकती आग की ओर मुड़ा। धधकती ज्वाला में सबसे ऊपर वही सीढ़ी दिखाई दे रही थी और उससे लपटें निकल रही थी।

निराशा में डूबा हुआ लैंग्डन अपने ऊँचे प्लेटफॉर्म से चर्च में हर तरफ नज़र दौड़ाने लगा। वह किसी ऐसी चीज़ की तलाश कर रहा था जो उसे धातु के छल्ले तक पहुँचने में मदद कर सके। अपनी नज़रों से गिरजाघर को तलाशते हुए उसे अचानक कुछ याद आया।

आखिर विट्टोरिया कहाँ है ? वह ग़ायब हो गई थी। *क्या वह मदद के लिए गई थी ?* लैंग्डन ने जोर से उसका नाम पुकारा लेकिन उसे कोई जवाब नहीं मिला। *और ओलिवेट्टी कहाँ है ?*

ऊपर से कराहने की तेज़ आवाज़ सुनाई दी। लैंग्डन को लगा कि अब तक बहुत देर हो चुकी थी। उसने ऊपर धीरे धीरे भुने जाते हुए इंसान की तरफ नज़र डाली। लैंग्डन के दिमाग़ में बस अब एक चीज़ घूम रहा था—पानी। ढेर सारा पानी। *आग बुझानी थी। कम से कम उसकी लौ तो कम करनी थी।* 'मुझे पानी चाहिए।' वह जोर से चिल्लाया।

'अब उसकी बारी है।' चर्च के पिछले हिस्से से कोई गुर्राया।

लैंग्डन मुड़ा। वह प्रार्थना वाली मेज़ से गिरने गिरने को था।

बगल वाले गलियारे से उसकी तरफ एक काले रंग की राक्षसी आकृति बढ़ी आ रही थी। आग की धधक के बीच भी उसकी काली आँखें दहक रही थी। लैंग्डन ने उसके हाथ में रखी बंदूक को पहचान लिया था। यह वही बंदूक थी जो उसकी जैकेट के जेब में थी ... वही बंदूक जो विट्टोरिया ने अंदर घुसते वक्त अपने हाथों में ले ली थी।

लैंग्डन के अंदर डर का बवंडर तारी हो रहा था मानो तरह तरह के डर एक साथ जमा हो रहे हों। उसे सबसे पहले विट्टोरिया की याद आयी। इस जानवर ने उसके साथ क्या किया? क्या वह घायल है? या इससे भी ज़्यादा कुछ? उसी पल लैंग्डन को लगा कि उसके ऊपर टंगे आदमी की चीख तेज़ हो गई थी। कार्डिनल मरने वाला था। उसकी मदद करना अब असंभव था। फिर, जैसे ही हैसेसिन ने बंदूक को लैंग्डन के सीने पर ताना, लैंग्डन का डर अंदर की ओर मुड़ गया, उसकी ज्ञानेंद्रियाँ दबाव में आ गई। जैसे ही गोली चली बिना सोचे समझे उसने प्रतिक्रिया की। बेंच से जैसे उड़ता हुआ लैंग्डन अपने हाथ फैलाकर सीधे चर्च की प्रार्थना वाली मेजों की तरफ कूद पड़ा।

वह मेज़ पर अपनी कल्पना से भी अधिक जोर से गिरा। वह फर्श पर लुघड़ने लगा। संगमरमर ने उसके गिरने को ठंडी स्टील जैसी इनायत से स्वीकार किया। उसकी दायीं

ओर कदमों की आहट नजदीक आ रही थी। लैंग्डन ने अपना शरीर चर्च के सामने की तरफ मोड़ लिया और जान बचाने के लिए मेजों के नीचे सरक कर घुसने लगा।

चैपेल के फर्श से ऊपर कार्डिनल गुइडेरा अपनी चेतन अवस्था के अंतिम तकलीफदेह पल गिन रहे थे। वह अपने नंगे बदन के पार जब नीचे की ओर देख रहे थे तो उन्होंने देखा कि उनके पैरों की चमड़ी आग की ज्वाला से जल कर नीचे गिर रही थी। मैं नर्क में हूँ, उन्होंने सोचा। ईश्वर, *आपने मेरा साथ क्यों छोड़ दिया?* उन्हें पता था कि यह नर्क ही था क्योंकि वह अपनी छाती पर बने ब्रांड को ऊपर से नीचे की तरफ देख रहे थे ... और इसके बावजूद, शैतान का जादू देखिए, इस शब्द का मतलब साफ दिखाई दे रहा था—

92

ती न बार बैलट देने की प्रक्रिया पूरी हो चुकी थी लेकिन फिर भी पोप का चुना जाना बाकी था।

सिस्टीन गिरजाघर के भीतर कार्डिनल मोर्टाटी चमत्कार के लिए प्रार्थना कर रहे थे। उम्मीदवार हमारे पास भिजवाओ! सचमुच बहुत देर हो चुकी थी। अगर एक उम्मीदवार लापता होता तो मोर्टाटी को ये बात समझ में आ सकती थी लेकिन चार के चार ! अब उनके पास कोई विकल्प नहीं बचा था। इन परिस्थितियों में दो तिहाई बहुमत प्राप्त कर पाना भगवान भरोसे ही था।

बाहरी दरवाज़े की कुंडी खड़खड़ायी और दरवाज़ा धीरे से खुलने लगा। मोर्टाटी और वहाँ उपस्थित सभी कार्डिनल एक साथ दरवाज़े की ओर देखने लगे। मोर्टाटी को पता था कि इस तरह दरवाज़ा खुलने का एक ही मतलब हो सकता था। कानून के अनुसार चर्च का दरवाज़ा सिर्फ दो परिस्थितियों में खोला जा सकता था—किसी अत्यंत बीमार व्यक्ति को बाहर ले जाने के लिए या कार्डिनलों को अंदर लाने के लिए।

विशिष्ट कार्डिनल—प्रेफराटी—आ रहे हैं !

मोर्टाटी के दिल में खुशी का ज्वार आया। अब सम्मेलन बच गया।

लेकिन जब दरवाज़ा खुला तो वहाँ मौजूद लोगों के मुँह से एक साथ जो आवाज़ निकली वह खुशी की अभिव्यक्ति नहीं थी। उस आदमी को अंदर आता देख कर मोर्टाटी

को अपनी आँखों पर भरोसा नहीं हो रहा था। उसे धक्का लगा। वेटिकन के इतिहास में पहली बार केमरलेग्नो सभा स्थल को बंद करने के बाद सम्मेलन स्थल की पवित्र दहलीज को पार कर अंदर प्रवेश कर रहा था।

वह क्या सोच रहे हैं?

केमरलेग्नो वेदी के पास पहुँचे और हतप्रभ कार्डिनलों की ओर मुड़ कर उन्हें कुछ कहने लगे। 'महानुभाव,' वे बोले, 'जितना संभव था मैंने उतनी देर तक प्रतीक्षा कर ली। कुछ ऐसी बात है जिसे जानने का हक आपको है।'

93

लैंग्डन को कुछ पता नहीं था कि वह कहाँ जा रहा है। शरीर की स्वतःस्फूर्त गति उसे ख़तरे से दूर लेकर जा रही थी। मेज़ों के नीचे घिसट कर चलने के कारण उसकी कोहनी और घुटने में जलन हो रही थी। फिर भी वह घिसटता रहा। कहीं से कोई आवाज़ जैसे उसे बाईं ओर चलने को कह रही थी। *अगर तुम मुख्य गलियारे तक पहुँच जाओगे तो तुम बाहर जाने के रास्ते से निकल सकते हो।* उसे पता था कि यह मुमकिन नहीं था। *मुख्य गलियारे तक पहुँचने के रास्ते में आग की ज्वाला दीवार बनकर खड़ी थी।* उसका दिमाग़ विकल्पों की तलाश कर रहा था और लैंग्डन बिना कुछ देखे आगे बढ़ा जा रहा था। उसकी दाहिनी तरफ कदमों की आवाज़ नजदीक आती जा रही थी।

जिस समय यह सब घटित हुआ, लैंग्डन बिल्कुल तैयार नहीं था। उसका अनुमान था कि मेज़ों के अंदर घिसटते हुए उसे कम से कम दस फीट आगे जाना होगा तब कहीं वह बाहर जाने वाले दरवाज़े के पास पहुँच पाएगा। लेकिन उसका अनुमान गलत था। बिना किसी चेतावनी के उसके ऊपर का आवरण हट गया। वह एक क्षण के लिए जम गया क्योंकि चर्च के अगले भाग में उसका आधा शरीर अब दिखाई दे रहा था। इस जगह से, उसकी बाईं तरफ दीवार में बने ताखे के अंदर एक विशाल चीज़ दिखाई दे रही थी जिसके लिए वह यहाँ आया था। वह इसके बारे में पूरी तरह से भूल चुका था। बर्निनी की बनाई मूर्ति *एक्सटेसी ऑफ सेंट टेरेसा* को देखकर ऐसा लग रहा था जैसे किसी ने पोर्नोग्राफी वाली तस्वीर चिपका रखी हो...पीठ के बल लेटी संत, आनंद में डूब कर थोड़ी टेढ़ी हुई, मुँह से निकल रही आह और उसके ऊपर एक एंजेल, देवदूत अपने आग के भाले को दिखाता ...

लैंग्डन के सर के ऊपर मेज़ पर बंदूक की गोली की आवाज़ सुनाई दी। उसे लगा कि उसका शरीर दरवाज़े से तेजी से बाहर निकलते धावक की तरह उठा। उसे सिर्फ एड्रीनलीन की ऊर्जा मिल रही थी और उसे खुद पता नहीं चल रहा था कि वह क्या कर

रहा है। शरीर को झुकाए हुए, गरदन नीची किए वह अपनी दायीं तरफ चर्च के सामने की ओर दौड़ा चला जा रहा था। उसके पीछे बंदूक चल रही थी। लैंग्डन एक बार फिर गिरजाघर के संगमरमर के बने फर्श पर अनियंत्रित ढंग से फिसलने लगा और दाहिनी दीवार की तरफ बने एक ताखे की रेलिंग से टकराकर गिर गया।

वहीं जाकर उसकी नज़र उस के ऊपर पड़ी। चर्च के पिछले हिस्से में लुंज पुंज पड़ी हुई। विट्टोरिया! उसके नंगे पैर पीछे की तरफ मुड़े हुए थे लैंग्डन को लगा कि उसकी साँस चल रही थी। उसके पास मदद करने के लिए वक्त नहीं था।

उसी वक्त दूर बायीं ओर से हत्यारा मेजों को पार करता हुआ तेजी से उसकी ओर बढ़ रहा था। लैंग्डन को तुरंत पता चल गया कि मामला अब ख़त्म हो चुका था। हत्यारे ने बंदूक उठायी और लैंग्डन ने वही किया जो वह कर सकता था। वह अपने शरीर को जंगले के ऊपर से तेजी से लुढ़काते हुए ताखे में घुस गया। वह जैसे ही दूसरी तरफ फर्श पर गिरा कि संगमरमर के रेलिंग के ऊपर गोलियों की बौछार शुरु हो गई।

लैंग्डन अपने को उस जानवर की तरह समझ रहा था जिसे शिकारी ने घेर लिया हो। वह अर्द्धवृत्ताकार ताखे के भीतर घुसता गया। उसके सामने ताखे में रखी चीज़ बिल्कुल उस समय के हालात के अनुकूल लग रही थी—एक ताबूत। *शायद मेरे लिए।* लैंग्डन ने सोचा। ताबूत भी ठीक उसके लिए बनी मालूम हो रही थी। छोटे आकार के इस संगमरमर के ताबूत में किसी तरह की नक्काशी नहीं थी। इसे स्कैटोला कहते हैं। कम खर्च में अंतिम संस्कार। ताबूत को फर्श से ऊपर उठाने के लिए संगमरमर की दो पट्टियों का इस्तेमाल किया गया था। लैंग्डन इनके नीचे घुसने की जगह को देख रहा था। वह सोच रहा था कि क्या वह इसके अंदर घुस पाएगा।

कदमों की आहट उसके पीछे सुनाई दे रही थी।

अब उसके सामने कोई विकल्प नहीं था। लैंग्डन ज़मीन पर लेट गया और ताबूत की तरफ घिसटने लगा। उसने संगमरमर के दोनों चट्टानों को अपने दोनों हाथों से पकड़ रखा था। वह ब्रेस्टस्ट्रोक तैराक की तरह अपने शरीर को उस खाली जगह के अंदर घुसाने की कोशिश कर रहा था। बंदूक की गोली चली।

बंदूक की तेज़ आवाज़ के साथ लैंग्डन को एक ऐसा अनुभव हुआ जो उसे पहले कभी नहीं हुआ था। उसकी चमड़ी को छूते हुए बंदूक की गोली गुजरी। हवा में एक सनसनाहट सुनाई दी, जैसे कोड़े के फटकारने से आने वाली आवाज। वह मुश्किल से बंदूक की गोली से बचा था। गोली संगमरमर में जाकर टकरायी और धूल का एक झोंका उठा। उसका ख़ून तेजी से दौड़ रहा था। उसने शरीर को मोड़ा और ताबूत के नीचे जाकर छिप गया। संगमरमर के फर्श के नीचे सरक कर वह ताबूत के नीचे से होता हुआ दूसरी तरफ पहुँच गया।

आगे रास्ता बंद था।

अब लैंग्डन उस ताखे की पिछली दीवार के सामने मुँह किए खड़ा था। उसे अब कोई शक नहीं था कि ताबूत के पीछे की यही छोटी सी जगह उसकी भी कब्र बनने वाली थी। और बहुत जल्द उसकी सोच यकीन में बदल गई जब उसे ताबूत के नीचे की खाली जगह में बंदूक की नली दिखाई पड़ी। हैसेसिन ने बंदूक को फर्श के समांतर रख कर उसे लैंग्डन के शरीर के बीचो बीच तान रखा था।

निशान चूकने का सवाल ही नहीं था।

अपनी जान बचाने के लिए लैंग्डन को अचानक कोई अबूझ सी ताकत आ गई। उसने पेट के बल अपने शरीर को ताबूत के समांतर मोड़ा। चेहरा नीचे की ओर किया और अपनी हथेलियों को फर्श पर जमा दिया। अभिलेखागार में टूटे शीशे से बने घाव में तेज़ दर्द हो रहा था। दर्द की फिक्र किए बिना उसने जोर लगाया। बंदूक की गोली चलते ही उसने अपने शरीर को अजीब सी दंड-बैठक की मुद्रा में लाकर ऊपर की तरफ उछाला। वह गोली चलने से पैदा हो रहे तेज़ धक्के का अनुभव कर रहा था। उसके नीचे से गुजरती हुई गोली ने पीछे लगे पत्थर के जालीदार टाइलों को चकनाचूर कर दिया। अपनी आँखें बंद कर थकावट से बेहाल लैंग्डन धमाके बंद होने का इंतज़ार करने लगा।

और धमाके बंद हो गए।

बंदूक की गोली की आवाज़ की जगह उसे खाली चेंबर से आने वाली ठंडी क्लिक क्लिक की आवाज़ सुनाई दे रही थी।

लैंग्डन ने धीरे से आँखें खोली, मानो उसे डर हो कि पलकों से आवाज़ न निकले। वह दर्द से कांप रहा था और दर्द सहने की कोशिश में लगा था। वह बिल्ली की तरह मुड़ा हुआ था। उसे साँस लेने में भी डर लग रहा था। उसके कान के पर्दे गोली की आवाज़ से सुन्न हो चुके थे। लेकिन वह हत्यारे के वहाँ से जाने के बारे में अंदाजा लगाने की कोशिश कर रहा था। वह विट्टोरिया के बारे में सोच रहा था और उसकी मदद करने के लिए बेचैन हो रहा था।

इसके बाद सुनाई देने वाली आवाज़ कानफाड़ू थी। यह मुश्किल से इंसान की आवाज़ लग रही थी। जैसे अंदर से आ रही चिंघाड़ने की आवाज।

लैंग्डन के सर के ऊपर रखा ताबूत जैसे एक किनारे से उठता हुआ लग रहा था। लैंग्डन ज़मीन पर गिर पड़ा। भारी, वजनदार पत्थर उसकी तरफ लुढ़कते हुए आ रहे थे। गुरुत्वाकर्षण ने घर्षण पर जीत हासिल कर ली थी। सबसे पहले ताबूत का ढक्कन गिरा। वह ताबूत से फिसल कर उसकी बगल में फर्श पर गिरा। इसका बाद ताबूत संगमरमर की चट्टान से फिसल कर लैंग्डन के सामने औंधे गिर गया जिस पर वह टिका हुआ था।

ताबूत को गिरता देख कर लैंग्डन को लगा कि वह या तो नीचे बने गड्ढे में ही दफन हो जाएगा या फिर इससे टूटकर गिरने वाले पत्थर से दब कर मर जाएगा। अपने हाथ और

पैर को अंदर समेट कर लैंग्डन ने शरीर को बिल्कुल छोटा बना लिया और अपने हाथों को झटक कर किनारे कर लिया। वह आँखें बंद कर दबने के लिए तैयार था।

जब वह वक्त आया तो उसके चारों तरफ फर्श कांप उठा। ऊपरी हिस्सा उसके सिर से कुछ ही मिलीमीटर की दूरी पर आकर गिरा। उसके दाँत कांप गए। लैंग्डन को भय था कि उसका दाहिना हाथ जरूर ही दब जाएगा लेकिन चमत्कार था कि उसका हाथ बच गया। उसने आँखें खोली तो उसे रोशनी की किरण दिखाई दी। ताबूत का दाहिना हाशिया पूरी तरह फर्श पर नहीं गिरा था और वह अब भी टेक के सहारे खड़ा था। लेकिन अपने ठीक ऊपर लैंग्डन को लगा जैसे वह शब्दशः मौत को देख रहा हो।

ताबूत का मूल निवासी उसके ऊपर लटक रहा था। वह अब तक ज़्यादातर सड़ती हुई लाशों की तरह ताबूत की तलहटी में निवास कर रहा था। नर कंकाल थोड़ी देर तक असमंजस में पड़े प्रेमी की तरह आसमान में लटका रहा और फिर चिपचिपाहट भरी आवाज़ के साथ वह गुरुत्वाकर्षण के प्रभाव में छूट कर नीचे आने लगा। लाश उसका आलिंगन करने तेजी से नीचे आ रही थी और लैंग्डन की आँख और मुँह में सड़ी गली हड्डियों और धूल की बारिश हो रही थी।

जबतक लैंग्डन किसी तरह संभल पाता, ताबूत के नीचे की खाली जगह से एक हाथ उसकी तरफ बढ़ा आ रहा था। वह लाश के बीच से भूखे अजगर की तरह आगे आ रहा था। वह इधर उधर तबतक टटोलता रहा जब तक उसे लैंग्डन की गर्दन नहीं मिल गई। उसने गर्दन जकड़ ली। लैंग्डन लोहे की तरह मजबूत उन हाथों को अपने से दूर करने की कोशिश कर रहा था जो उसकी गर्दन को दबाए जा रहा था। लेकिन उसे लगा कि उसका बायाँ आस्तीन ताबूत के किनारे वाले हिस्से में फंसा हुआ था। उसका एक हाथ ही खाली था और वह हारती हुई बाजी खेल रहा था।

लैंग्डन को जितनी जगह उपलब्ध थी उसमें उसने अपने पैर मोड़ लिए। वह पैर से अपने ऊपर ताबूत के निचले भाग की तलाश कर रहा था जो उसने ढूँढ़ लिया। उसने शरीर को मोड़कर अपने पैर जमा लिए। उसकी गर्दन को जकड़े हाथ की पकड़ और भी सख्त हो गई। लैंग्डन ने आँखें बंद कर ली। उसने अपने पैरों को दीवार गिराने की मशीन की तरह इस्तेमाल किया। ताबूत थोड़ा सा हिला, बहुत कम लेकिन काम के लायक नहीं।

हल्की सी घरघराहट के साथ ताबूत अपनी टेक से फिसल कर फर्श पर गिर पड़ा। ताबूत की किनारी हत्यारे के हाथ पर गिरी और कराहने की दबी दबी सी आवाज़ सुनाई दी। हाथ ने लैंग्डन की गर्दन को छोड़ दिया। वह अंधेरे में छटपटाता हुआ कराह रहा था। आखिर जब हत्यारा अपना हाथ बाहर निकालने में कामयाब हुआ तो ताबूत सपाट संगमरमर के फर्श पर धम्म से गिर पड़ा।

फिर से घुप्प अंधेरा।

और चुप्पी।

औंधे पड़े ताबूत के बाहरी हिस्से में किसी तरह की बेचैन थपथपाहट नहीं सुनाई दे रही थी। कोई अंदर आने की कोशिश भी नहीं कर रहा था। कुछ भी नहीं। हड्डियों के ढेर के बीच लैंग्डन ज़मीन पर लेटा हुआ अपने ऊपर हावी हो रहे अंधकार से लड़ रहा था। वह विट्टोरिया के बारे में सोचने लगा।

विट्टोरिया। क्या तुम ज़िंदा हो ?

अगर लैंग्डन को सच्चाई का पता होता, जिस भयंकर त्रासदी के बारे में विट्टोरिया को जल्द ही पता चलने वाला था, तो वह शायद उसके लिए मौत ही मांगता।

94

सिस्टीन चैपल में अपने हतप्रभ सहयोगियों के साथ बैठे कार्डिनल मोर्टाटी जो सुन रहे थे उसे वे समझने की कोशिश कर रहे थे। उनके सामने सिर्फ मोमबत्ती की रोशनी के बीच केमरलेग्नो ने नफरत और धोखे की जो कहानी सुनाई थी उसे सुनकर मोर्टाटी कांप रहे थे। केमरलेग्नो ने अपहृत कार्डिनलों के बारे में बताया, लोहे की गर्म सलाखों से दागे हुए कार्डिनलों की कहानी बतायी, उन कार्डिनलों के बारे में बताया जिनकी हत्या हो चुकी थी। उन्होंने प्राचीन इल्युमिनाटी के बारे में बताया जिनके नाम से भुलाए गए डर ताजा हो उठते थे। उन्होंने उनके फिर से मजबूत होने और चर्च से बदला लेने के निश्चय के बारे में बताया। दर्द भरी आवाज़ में केमरलेग्नो ने स्वर्गीय पोप के बारे में बताया जो इल्युमिनाटी के द्वारा ज़हर दिए जाने से मरे थे। आखिरकार फुसफुसाहट जैसी तेज़ आवाज़ में उन्होंने खतरनाक नयी टेक्नोलॉजी एंटीमैटर के बारे में बताया जिसकी वजह से अगले दो घंटे के भीतर पूरे वेटिकन सिटी के नष्ट होने का ख़तरा था।

जब केमरलेग्नो ने अपनी बात पूरी कर ली तो ऐसा लगा जैसे शैतान ने कमरे के अंदर से सारी हवा सोख ली हो। कोई भी व्यक्ति हिल नहीं पा रहा था। केमरलेग्नो के शब्द जैसे अंधकार में लटके हुए थे।

मोर्टाटी को अब केवल एक ही आवाज़ सुनाई दे रही थी—पीछे चल रहे टीवी कैमरे की मशीनी भनभनाहट। आज के पहले पोप को चुनने के लिए आयोजित किसी भी सम्मेलन के दौरान टीवी कैमरे की इजाज़त नहीं दी गई थी लेकिन केमरलेग्नो ने इसके लिए आदेश दिया था। कार्डिनलों को यह देखकर बड़ा आश्चर्य हुआ जब केमरलेग्नो अपने साथ बीबीसी के दो रिपोर्टरों को लेकर अंदर आए जिनमें से एक महिला थी और एक पुरुष। उन्होंने घोषणा की कि ये उनके गंभीर वक्तव्य को दुनिया भर में प्रसारित करेंगे।

अब वे सीधे कैमरे को देख कर बात कर रहे थे। केमरलेग्नो आगे आए। 'इल्युमिनाटियों को और विज्ञान वाले लोगों को' बोलते हुए केमरलेग्नो की आवाज़ भारी हो रही थी, 'मैं कहना चाहूंगा,' कि आपने युद्ध जीत लिया है।'

चुप्पी अब चैपल के हर कोने तक फैल चुकी थी। मोर्टाटी को तेजी से धड़कते अपने ही दिल की आवाज़ सुनाई दे रही थी।

'यह चक्र लंबे समय से घूम रहा था,' केमरलेग्नो ने कहा, 'आपकी जीत को कोई रोक नहीं सकता था। आज के पहले यह बात पहले कभी इतनी स्पष्ट नहीं थी। अब विज्ञान ही नया भगवान है।'

ये क्या बोल रहे हैं? मोर्टाटी सोच रहा था। *ये पागल तो नहीं हो गए? सारी दुनिया इस सुन रही है।*

'चिकित्सा विज्ञान, इलेक्ट्रॉनिक संचार, अंतरिक्ष यात्रा, जीन में परिवर्तन...हम इन चमत्कारों के बारे में अपने बच्चों को बताते हैं। इन चमत्कारों के हवाले हम इस बात का प्रमाण प्रस्तुत करते हैं कि विज्ञान हमारे सवालों का जवाब पेश करेगा। बिना पुरुष के संयोग के गर्भ-धारण करने के बारे में प्रचलित प्राचीन कथाएं, जलती झाड़ियों और समुद्र के जल का फट कर रास्ता बनाना जैसी कहानियाँ आज समय के अनुकूल नहीं। ईश्वर की अवधारणा अब पुरानी हो चुकी है। विज्ञान ने यह युद्ध जीत लिया है। हम हार स्वीकार करते हैं।'

गिरजाघर के भीतर दुविधा और अचंभे की लहर फैल गई।

'लेकिन विज्ञान की जीत', केमरलेग्नो ने कहना जारी रखा, उनकी आवाज़ तेज़ हो रही थी 'की कीमत हम सभी ने चुकायी है। और यह कीमत काफी ऊँची है।'

चुप्पी।

'यह सच है कि विज्ञान ने हमारे बीमारियों से होने वाली तकलीफ को कम किया है, हमारे श्रम को कम किया है और मनोरंजन के लिए तरह तरह के यंत्र और सुविधाएँ उपलब्ध करवायी हैं। लेकिन इसने हमारी दुनिया को विस्मय के भाव से शून्य कर दिया है। हमारी चेतना अब वेवलेंथ और फ्रिक्वेंसी में बदल कर रह गई है। इस ब्रह्मांड की जटिलता गणितीय समीकरणों में सिमट कर रह गई है। मनुष्य के रूप में अपनी नज़रों में हमारी कीमत नष्ट हो चुकी है। विज्ञान घोषणा करता है कि हमारी धरती और इसके निवासी एक सर्वोच्च व्यवस्था के महत्वहीन टुकड़े की तरह हैं। एक वैश्विक दुर्घटना।' वह रुके। 'यहाँ तक कि जो टेक्नोलॉजी हम जोड़ने का दावा करती है वही हमें विभाजित कर रही है। हम सभी इस दुनिया से इलेक्ट्रॉनिक तरीके से जुड़े हैं लेकिन फिर भी अकेला महसूस करते हैं। हमारे चारों तरफ हिंसा, विभेद, अलगाव और धोखेबाजी की लगातार बमबारी हो रही है। संशय को पुण्य कार्य में गिना जाता है। निराशावाद और सबूत मांगना ज्ञानी मस्तिष्क की पहचान बन गई है। फिर इसमें कैसा आश्चर्य कि आज मनुष्य अपने को जितना अवसादपूर्ण और हारा हुआ अनुभव करता है उतना मानव इतिहास में पहले कभी नहीं था। क्या विज्ञान की दृष्टि में कोई भी चीज़ पवित्र मानी जा सकती है? विज्ञान अजन्मे भ्रूण की जाँच कर सवालों के जवाब ढूँढ़ता है। विज्ञान हमारे डीएनए को बदलने

की भी कोशिश कर रहा है। यह ईश्वर की बनायी सृष्टि को लगातार छोटे छोटे टुकड़ों में खंडित कर अर्थ ढूँढ़ने की कोशिश कर रहा है पर...बदले में इसे मिल रहे हैं और भी सवाल।'

मोर्टाटी विस्मित होकर सुन रहा था। केमरलेग्नो की बात अब सम्मोहन का काम कर रही थी। उसकी शारीरिक गति और आवाज में जो ऊर्जा थी वैसी वेटिकन की वेदी पर मोर्टाटी ने पहले कभी नहीं सुनी थी। इस इंसान की आवाज़ में दृढ़-विश्वास और गहरी उदासी एक साथ झलक रही थी।

'धर्म और विज्ञान के बीच प्राचीन लड़ाई अब ख़त्म हो चुकी है।' केमरलेग्नो ने कहा। 'आप जीत चुके हैं। लेकिन आपने ईमानदारी से जीत नहीं हासिल की है। आपने जवाब देकर जीत नहीं हासिल की है। आपने समाज को इस तरह झकझोर कर विजय हासिल की है कि जिन सत्यों को अपना आदर्श मानते थे वे आज किसी काम के नहीं लगते। धर्म इस के साथ साथ नहीं चल पा रहा है। विज्ञान बहुत तेजी से प्रगति कर रहा है। यह विषाणु की तरह खुद को खाकर आगे बढ़ रहा है। हर नयी खोज अगली खोज के दरवाज़े खोलती है। मानवता को पहिए से कार की दूरी तय करने में हजारों साल लगे लेकिन कार से अंतरिक्ष तक जाने में बस कुछ ही दशक। अब हम वैज्ञानिक प्रगति को सप्ताहों में मापते हैं। हम नियंत्रण खो रहे हैं। हमारे मतभेद गहरे होते जा रहे हैं। जैसे जैसे धर्म पीछे छूटता जा रहा है हम एक तरह के आध्यात्मिक सूनेपन में धंसते जा रहे हैं। हम अर्थ ढूँढ़ने के लिए बिलख रहे हैं। और मेरा यकीन मानिए, हम रो रहे हैं। हम यूएफओ देखते हैं, चैनलिंग करते हैं, आत्मा से संपर्क करने की कोशिश करते हैं, मृत्यु के बाद होने वाले अनुभवों को देखना चाहते हैं, तरह तरह की दिमागी कोशिश करते हैं। इस तरह के पागलपन भरे विचारों के पीछे एक तरह का वैज्ञानिक आवरण काम करता है लेकिन वे बेशर्मी की हद तक तर्कहीन हैं। वे आधुनिक आत्मा की कराह हैं जो निहायत अकेला और पीड़ित है। वह अपने ही ज्ञान से और टेक्नोलॉजी से अलग किसी भी चीज़ में अर्थ ढूँढ़ पाने में असमर्थता की वजह से पंगु हो चुका है।'

मोर्टाटी को अनुभव हो रहा था कि वह अपनी सीट पर आगे की तरफ झुकता जा रहा है। मोर्टाटी, वहाँ जमा हुए कार्डिनल और दुनिया भर के दूसरे लोग इस पादरी के एक एक शब्द को ध्यान से सुन रहे थे। केमरलेग्नो के बोलने में किसी तरह का चमत्कार या कड़ुआहट नहीं थी। उसने एक बार भी धर्मग्रंथों या ईसा मसीह का हवाला नहीं दिया था। वह आधुनिक शब्दावली में बोल रहा था, सादगी से भरा हुआ और शुद्ध। ऐसा लग रहा था जैसे उसके शब्द तो ईश्वरीय थे लेकिन भाषा आधुनिक ... जिसमें वे प्राचीन काल के संदेश सुना रहे थे। उस वक्त मोर्टाटी को पता चला कि आखिर पोप इस व्यक्ति को क्यों इतना पसंद करते थे। उदासीनता और निराशावादिता से भरी दुनिया में जहाँ टेक्नोलॉजी

को भगवान माना जाता है केमरलेग्नो जैसे लोग, यथार्थवादी लोग जो हमारी आत्मा को उनकी तरह संबोधित कर सकते थे, बस ऐसे ही लोगों से चर्च को उम्मीद थी।

अब केमरलेग्नो और भी जोरदार तरीके से बोल रहे थे। 'आप कहते हैं कि विज्ञान हमारी रक्षा करेगा। मैं कहता हूँ विज्ञान ने हमें बर्बाद किया है। गैलीलियो के जमाने से लेकर आज तक चर्च ने विज्ञान की अनवरत यात्रा को धीमा करने की कोशिश की है। कभी-कभी गलत रास्ते पर चलकर भी। लेकिन इसकी भावना हमेशा पवित्र रही है। इसके बावजूद मनुष्य के लिए इन प्रलोभनों से बचना संभव नहीं। मैं आपको आगाह करता हूँ कि आप अपने चारों तरफ नज़र दौड़ाएं। विज्ञान ने अपना वादा पूरा नहीं किया है। दक्षता और सरलता के वादे ने हमें प्रदूषण और अव्यवस्था दी है। आज हम एक विखंडित और उच्छृंखल प्रजाति बन चुके हैं जो विनाश के रास्ते पर चल रहा है।'

केमरलेग्नो काफी देर तक चुप रहे। अब उन्होंने कैमरे पर अपनी नज़रें जमा दी थी।

'यह विज्ञान नाम का भगवान कौन है? ये कैसा भगवान है जो अपने लोगों को शक्ति तो देता है लेकिन उसके इस्तेमाल के लिए नैतिक रूपरेखा प्रदान नहीं करता। ये कैसा भगवान है जो अपने बच्चे को आग तो देता है लेकिन इसके खतरों से उसे आगाह नहीं करता? विज्ञान की भाषा में अच्छे और बुरे की कोई पहचान नहीं। विज्ञान की पाठ्य पुस्तकें हमें नाभिकीय प्रतिक्रिया तो सिखाती है लेकिन इसमें ऐसा कोई अध्याय नहीं जो हमें यह बताता हो कि ये अच्छा है या बुरा।

'मैं विज्ञान से कहता हूँ कि चर्च थक चुका है। हम आपके द्वारा निर्धारित दिशा-निर्देशों का पालन करते करते थक चुके हैं। आप के अनवरत चल रही छोटी छोटी सफलताओं की चाहत और मुनाफे को लगातार बड़े से बड़ा करने की कोशिश के सामने संतुलन की आवाज़ बनने की कोशिश में हमारे संसाधन समाप्त हो रहे हैं। हम आप से यह नहीं पूछ रहे कि आप अपने ऊपर नियंत्रण क्यों नहीं रखेंगे बल्कि हम पूछते हैं कि आप अपने ऊपर नियंत्रण कैसे रखेंगे? आप लोगों की दुनिया इतनी तेज़ गति से आगे बढ़ी जा रही है कि अगर आप अपने कर्मों के परिणाम के बारे में सोचने के लिए क्षण भर भी रुकेंगे तो आपसे तेज़ कोई दूसरा पलक झपकते आपसे आगे निकल जाएगा। इसलिए आप बढ़ते रहते हैं। आप व्यापक संहार के नए नए हथियार बनाते जाते हैं लेकिन पोप दुनिया भर में घूम घूम कर नेताओं से नियंत्रण बनाए रखने की गुहार लगाते रहते हैं। आप जीवों की प्रतिकृति बनाने में, क्लोनिंग करने में, लगे हैं लेकिन चर्च इसके नैतिक परिणामों के बारे में लोगों को आगाह करता है। आप लोगों को फोन, वीडियो स्क्रीन और कंप्यूटर पर संपर्क बनाने कहते हैं लेकिन चर्च अपने दरवाज़े खोलकर लोगों को याद दिलाता है कि हम आमने सामने लोगों से मिलें, जिसके लिए हम बने हैं। आप जीवन बचाने के लिए शोध कार्य के नाम पर अजन्मे शिशुओं की भी हत्या करते हैं। और यहाँ भी चर्च इस तर्क में निहित कमजोरी के बारे में बताता है।

'और आप हमेशा घोषणा करते हैं कि चर्च नासमझ है। लेकिन बताइए ज़्यादा नासमझ कौन है? जो व्यक्ति बिजली कड़कने की परिभाषा नहीं दे सकता वो या जो इसकी विस्मयकारी ताकत का सम्मान नहीं करता वो? यह चर्च आपके साथ संवाद करना चाहता है। हम हर व्यक्ति से संवाद करना चाहते हैं। और हम आपके जितना करीब आकर संवाद करना चाहते हैं आप हमें उतनी ही दूर धकेलना चाहते हैं। आप कहते हैं कि हमें ईश्वर के अस्तित्व का प्रमाण दिखाओ। मैं कहता हूँ आप अपने टेलिस्कोपों को स्वर्ग की तरफ मोड़ें और मुझे बताएँ कि यह कैसे संभव है कि ईश्वर नहीं हैं?' केमरलेग्नो की आँखों में आँसू भर आए थे। 'आप पूछते हैं कि ईश्वर दिखते कैसे हैं। मैं कहता हूँ कि यह सवाल पैदा कहाँ से होता है? इन सभी सवालों के जवाब एक ही हैं। क्या आप अपने विज्ञान में ईश्वर को नहीं देखते? आप उनकी उपस्थिति से कैसे इंकार कर सकते हैं? आप कहते हैं कि गुरुत्वाकर्षण में थोड़ा सा भी परिवर्तन या परमाणु भार में बदलाव हमारे ब्रह्मांड को नक्षत्रीय पिंडों के इस खूबसूरत महासमुद्र की जगह एक जीवन विहीन धुंध में बदल देता। और इसके बावजूद आप इसके भीतर ईश्वर का हाथ नहीं देख पाते? क्या यह यकीन करना अधिक आसान है कि ताश की अरबों पत्तियों में से हमने सटीक पत्ती चुन कर निकाल ली? क्या हम नैतिक रूप से इतने गिर चुके हैं कि हमें गणितीय ढंग से असंभव चीजों में अधिक भरोसा है न कि हमसे बड़ी किसी शक्ति में?'

'आप ईश्वर में विश्वास करें या नहीं', केमरलेग्नो की आवाज़ अब चिंतन के कारण भारी हो रही थी, 'आपको इसमें यकीन करना ही होगा। एक जीव समूह के रूप में जब हम अपने से बड़ी किसी शक्ति के अस्तित्व से इनकार करते हैं तो हम अपनी जिम्मेदारी से मुँह मोड़ रहे होते हैं। आस्था, हर तरह की आस्था, हमें बताती है कि दुनिया में कुछ ऐसी चीजें हैं जो हमारी समझ के परे हैं, एक ऐसी चीज़ जिसके प्रति हमारी जिम्मेवारी है...आस्था हमें एक दूसरे के प्रति जवाबदेह बनाती है, अपने प्रति जवाबदेह बनाती है और एक उच्चतर सत्य के प्रति भी। धर्म में खामियाँ हैं क्योंकि मनुष्य में खामियाँ हैं। अगर बाहर की दुनिया भी इस चर्च को उसी ढंग से देख पाती जैसा कि मैं देखता हूँ, यानी इसकी चहारदिवारियों के अनुष्ठानों को पीछे छोड़ कर...तो उन्हें आधुनिक काल का एक चमत्कार दिखाई देगा...अपूर्ण, सामान्य लोगों की एक जमात जो इस बेलगाम होती जा रही दुनिया में बस सहानुभूति का स्वर बनना चाहते हैं।'

केमरलेग्नो ने कार्डिनलों के समूह की ओर इशारा किया और बीबीसी के कैमरा सहज रूप से उसी दिशा में मुड़ गया। कैमरा वहाँ उपस्थित लोगों को घूम कर दिखा रहा था।

'क्या हम पुराने पड़ चुके हैं?' केमरलेग्नो ने पूछा। 'क्या ये लोग डायनोसोर हैं? और मैं? क्या दुनिया को सचमुच गरीबों, कमजोरों, पीड़ितों और अजन्मे बच्चों के लिए बोलने वालों की ज़रूरत है? क्या हमें ऐसे लोगों को ज़रूरत है, भले ही उनमें खामियाँ हैं, जो

अपना जीवन हमसे विनती करने में बिता देते हैं कि हम नैतिकता को न भूलें और अपना रास्ता न भूलें?'

मोर्टाटी को अब समझ में आया कि केमरलेग्नो, सोच समझ कर या बिना सोचे समझे, एक बेहतरीन चाल चल रहे हैं। कार्डिनलों को दिखाकर वह चर्च को मानवीय बना रहे हैं। वेटिकन सिटी अब सिर्फ एक इमारत नहीं था, यह एक व्यक्ति था, केमरलेग्नो की तरह का व्यक्ति जिसने अच्छाई की सेवा में अपनी ज़िंदगी बितायी है।

'आज की रात हम एक गहरी खाई के मुहाने पर खड़े हैं।' केमरलेग्नो ने कहा। 'हममें से किसी को भी निष्ठुर होने की इजाज़त नहीं है। आप इस विपदा को चाहे जो नाम दें, शैतान, भ्रष्टाचार या अनैतिकता, नीच शक्ति ज़िंदा है और हर रोज ताकतवर हो रही है। इसे नज़रअंदाज नहीं कीजिए।' केमरलेग्नो ने अपनी आवाज़ नीची कर ली। अब वह जैसे केवल फुसफुसा रहे थे। कैमरा और भी करीब आ गया था। 'यह ताकत बड़ी जरूर है लेकिन इतनी बड़ी नहीं कि हम इसे हरा नहीं सकते। अच्छाई जीत सकती है। अपने हृदय की आवाज़ सुनिए। ईश्वर की आवाज़ सुनिए। हम एक साथ मिलकर गहरी खाई के मुहाने से वापस लौट सकते हैं।'

अब मोर्टाटी को समझ में आ गया था। यही वजह थी। सम्मेलन के नियमों को तोड़ा गया था लेकिन यही एक रास्ता बचा था। मदद के लिए यह एक नाटकीय और आखिरी कोशिश थी। केमरलेग्नो एक साथ अपने दोस्त और दुश्मन दोनों से संवाद कर रहे थे। दोस्त और दुश्मन दोनों से ही वह इस पागलपन को बंद करने की विनती कर रहे थे। बेशक उनकी बात सुनकर कोई न कोई आगे आएगा जिसे इस पूरे घटनाक्रम के पागलपन का अहसास होगा।

केमरलेग्नो वेदी पर झुक गए, 'मेरे साथ प्रार्थना कीजिए।'

वहाँ जमा कार्डिनल अपने घुटनों के बल बैठ कर केमरलेग्नो के साथ प्रार्थना करने लगे। सेंट पीटर गिरजाघर के बाहर और दुनिया भर में...आश्चर्यचकित दुनिया उनके साथ प्रार्थना के लिए झुक गई।

95

हैसेसिन ने अपनी बेहोश ट्रॉफी को वैन के पिछले हिस्से में लिटा दिया और थोड़ी देर तक उसके शरीर की खूबसूरती को निहारता रहा। वह जिस तरह की औरतों को पैसे से खरीद कर लाता था वो उतनी खूबसूरत तो नहीं थी लेकिन उसके अंदर एक तरह की पशुओं जैसी ताकत थी जो उसे उत्तेजित कर रही थी। उसके शरीर में कांति थी और उस पर पसीने की बूंदें चमक रही थी। उसके शरीर से कस्तूरी की खुशबू आ रही थी।

हैसेसिन अपने जीत के माल की तारीफ करते हुए हाथ में हो रहे तेज़ दर्द को नज़रअंदाज कर रहा था। ताबूत के गिरने से उसकी बांह पर लगी खरोंच में दर्द हो रहा था लेकिन घाव गहरा नहीं था, ख़ासकर उसके बदले में मिले मुआवजे की तुलना में तो बहुत ही कम। उसे यह जानकर खुशी हो रही थी कि जिस अमेरिकी ने उसे चोट पहुँचायी थी वो शायद अब तक मर चुका था।

अपने निःशक्त कैदी को जी भर कर देखते हुए हैसेसिन की आँखों के सामने आगे होने वाली घटनाओं का खाका तैर रहा था। उसने उसकी कमीज के अंदर हाथ डाला। ब्रा के नीचे उसका स्तन परिपूर्ण लग रहा था। *हाँ,* वह हंसा। *तुम बेहद हकदार हो।* उसी वक्त उसका उपभोग करने की तीव्र इच्छा को दबाते हुए उसने दरवाज़े को बंद किया और अंधेरी रात में गाड़ी से बाहर निकल गया।

मीडिया को इस हत्या के बारे में आगाह करने की कोई ज़रूरत नहीं थी...उसके लिए आग की लपटें ही यह काम कर देगी।

CERN में सिल्वी केमरलेग्नो के भाषण को मुग्ध होकर सुन रही थी। उसे कैथोलिक होने पर इतना गौरव पहले कभी नहीं हुआ था न ही CERN में काम करने पर इतनी शर्मिंदगी। जब वह मनोरंजन कक्ष से बाहर निकली तो टीवी वाले हर कमरे में मनहूसियत और मातम का माहौल छाया हुआ था। कोलर के दफ्तर में पहुँचते ही उसने पाया कि वहाँ रखे सातों फोन घनघना रहे थे। मीडिया से आने वाले टेलिफोन कॉल कभी कोलर तक नहीं आते थे इसलिए फोन बजने का एक ही मतलब हो सकता था।

गेल्ड। पैसे के लिए की जाने वाली कॉल।

एंटीमैटर टेक्नोलॉजी के लिए कुछ लोग पहले से इच्छुक थे।

वेटिकन के अंदर गुंटर ग्लिक जैसे सातवें आसमान पर था। वह सिस्टीन चैपल से निकल कर केमरलेग्नो के पीछे-पीछे चल रहा था। ग्लिक और मैक्री ने इस दशक का सबसे महत्वपूर्ण टीवी प्रसारण किया था। क्या बेहतरीन प्रसारण था। केमरलेग्नो ने मंत्रमुग्ध करने वाली बातें की थी।

अब वे हॉलवे में आ चुके थे। केमरलेग्नो ग्लिक और मैक्री की तरफ मुड़े। 'मैंने स्विस गार्डों को आपके लिए फोटो जमा करने को कहा है। ये तस्वीरें देख कर आपको खुशी नहीं होगी। जलने की वीभत्स तस्वीरें। काली जीभ। लेकिन मैं चाहता हूँ कि आप इसे दुनिया को दिखाएं।

ग्लिक ने सोचा कि शायद वेटिकन सिटी के अंदर हमेशा क्रिसमस ही मनाया जाता है। वे चाहते हैं कि मैं मृत पोप की ख़ास तस्वीरें प्रसारित करूं। 'क्या आप पक्के तौर पर यह कह रहे हैं?' ग्लिक ने अपनी उत्तेजना को नियंत्रण में रखते हुए केमरलेग्नो से सवाल किया।

केमरलेग्नो ने सर हिलाया। 'स्विस गार्ड आप को एंटीमैटर के डिब्बे के बारे में भी एक लाइव वीडियो फीड दिखाएंगे जब कि इसकी उलटी गिनती चल रही है।'

ग्लिक आँखें फाड़ कर देख रहा था। क्रिसमस। क्रिसमस!

'इल्युमिनाटी को पता चलने वाला है कि उन्होंने अपनी ताकत के बारे में ज़रूरत से ज़्यादा अनुमान लगाया था।' केमरलेग्नो ने घोषणा की।

96

किसी शैतानी संगीत में दोहराए जाने वाले मुखड़े की तरह घुटन भरा अंधकार वापस आ गया था।

रोशनी नहीं। हवा नहीं। बाहर निकलने का रास्ता नहीं।

लैंग्डन उलटे हुए ताबूत के नीचे दबा था और उसका दिमाग़ जैसे गहरी खाई के ऐन किनारे घूम रहा था। वह कोशिश कर रहा था कि चारों तरफ से उसे पर दबाव बना रहे स्थान को से हटकर वह किसी दूसरी चीज़ के बारे में सोचे। लैंग्डन अपने दिमाग़ को तार्किक प्रक्रिया वाली चीज़ जैसे गणित, संगीत वगैरह की ओर मोड़ने की कोशिश कर रहा था। लेकिन उसका दिमाग़ शांत नहीं हो पा रहा था। *मैं यहाँ से हिल नहीं पा रहा। मैं साँस नहीं ले पा रहा।*

तसल्ली की बात थी कि उसके जैकेट की आस्तीन ताबूत के गिरने के दौरान उखड़ गई थी। अब वह दोनों हाथों का इस्तेमाल कर सकता था। इसके बावजूद जब उसने उस छोटी सी जगह के ऊपरी छत जैसे हिस्से को धक्का देने की कोशिश की तो वह जस का तस रहा। अजीब बात थी कि वह सोचने लगा कि उसकी आस्तीन फंसी होती तो अच्छा रहता। कम से कम हवा आने के लिए थोड़ी जगह तो बनी रहती।

लैंग्डन जब छत की ओर धक्का देने की कोशिश कर रहा था तो उसकी आस्तीन नीचे गिर गई और उसे अपने एक पुराने दोस्त की धुंधली सी छवि दिखाई दी—मिकी। हल्के हरे रंग का कार्टून जैसा स्वरूप उसका मज़ाक उड़ाता हुआ लग रहा था।

लैंग्डन अंधेरे में रोशनी की किसी संभावना को ढूँढ़ने की कोशिश कर रहा था लेकिन ताबूत का ढक्कन ज़मीन से चिपका हुआ था। उफ, इटली के पूर्णतावादी। वह उन्हें कोस रहा था। क्योंकि कला में जिस पूर्णता को वह अपने छात्रों से सम्मान करने कहता था उसी की वजह से आज उसकी जान आफत में थी। ताबूत की किनारियाँ त्रुटिहीन, आमने सामने बनी रेखाएँ बिल्कुल समांतर और सबसे मजबूत और बिना किसी जोड़ वाले *कर्रारा* संगमरमर से बनी।

पूरी तरह से दुरुस्त कारीगरी दमघोंटू हो सकती है।

'अरे, इस चीज़ को ऊपर उठाओ।' उसने चिल्ला कर कहा। वह हड्डियों के जाल के बीच और भी ताकत लगा रहा था। ताबूत थोड़ा सा हिला। उसने अपने जबड़े भींचे

और जोर से साँसें ली। बक्सा चट्टान की तरह लग रहा था लेकिन इस बार वह चौथाई इंच खिसका। हल्की सी रोशनी उसके चारों तरफ फैल गई। और फिर ताबूत नीचे लुढ़क गया। लैंग्डन अंधकार में पड़ा हांफ रहा था। उसने पहले की तरह अपने पैरों का इस्तेमाल कर उसे उठाना चाहा लेकिन अब ताबूत सीधे ज़मीन पर गिर चुका था। अब उसे अपने घुटने मोड़ने की भी जगह नहीं मिल रही थी।

संकीर्ण जगह में घिरने के कारण उसके अंदर डर पैदा हो गया था। उसे लग रहा था जैसे ताबूत उसे चारों तरफ से दबाता जा रहा था। वह दबने की वजह से आधी बेहोशी की हालत में था। वह अपनी बेहोशी के खिलाफ हर तरह की बुद्धि और तर्क का इस्तेमाल कर रहा था।

'ताबूत।' वह चिल्लाया। वह कोशिश कर रहा था कि उसकी आवाज़ में जितना संभव हो उतना अकादमिक ऊसरपन दिखाई दे। लेकिन आज विद्वता भी उसकी दुश्मन बनी लग रही थी। *ताबूत को सैक्रोफेगस कहते हैं जो ग्रीक भाषा के शब्द सार्क्स से आता है जिसका मतलब होता है मांस। फेगिन का मतलब होता है खाना। मैं एक बक्से में बंद हूँ जिसे मांस को खाने के लिए ही बनाया गया है।*

उसके दिमाग में हड्डियों की तस्वीर घूम रही थी जिनके ऊपर का मांस किसी ने खा लिया था। उसे याद आ रहा था कि वह लाश के अवशेषों के बीच घिरा हुआ था। इसे सोच कर उसे सिहरन हो आयी। उसे उल्टी करने का मन हो रहा था। लेकिन उसे कुछ सूझा।

ताबूत के आसपास ढूँढ़ते हुए उसके हाथ एक हड्डी लगी। उसने हड्डी का एक सिरा ताबूत और फर्श के बीच की जगह में डाल दिया। दूसरे हाथ को उसने ऊपर की तरफ टिका कर जोर लगाया। बक्सा टस से मस नहीं हुआ। जरा सा भी नहीं। उसने फिर कोशिश की। थोड़ी देर के लिए लगा कि बक्से में कंपन हुआ लेकिन इससे ज़्यादा कुछ नहीं।

लाश की बदबू और ऑक्सीजन की कमी की वजह से उसकी ताकत कम हो रही थी। लैंग्डन को लगा कि वह बस एक बार और कोशिश कर सकता था। उसे यह भी लगा कि उसे अपने दोनों हाथों का इस्तेमाल करना होगा।

उसने हड्डी के संकरे भाग को दरार में डाला। फिर उसने अपने कंधे को हड्डी के नीचे सही जगह पर टिकाया। उसने सावधानी से अपना दोनों हाथ इस तरह ऊपर उठाया कि हड्डी अपनी जगह से हिले डुले नहीं। संकीर्ण स्थान की वजह से उसे साँस लेने में दिक्कत हो रही थी। उसे अचानक डर का एक झोंका आया। आज दूसरी बार वह बिना हवा वाली जगह में फंसा था। जोर से चिल्लाते हुए लैंग्डन ने ऊपर की ओर एक बार पूरी ताकत लगाई। ताबूत एक पल के लिए फर्श से हिला लेकिन ज़्यादा देर तक नहीं। उसने जिस हड्डी के टुकड़े को अपने कंधे से टिका रखा था वह फिसल कर चौड़ी हो रही दरार में फंस गया। जब ताबूत फिर से ज़मीन पर गिरा तो हड्डी चकनाचूर हो गई। लेकिन इस बार

लैंग्डन ने देखा कि ताबूत ऊपर उठा हुआ था। ढक्कन के नीचे रोशनी की एक हल्की सी किरण दिखाई दे रही थी।

लैंग्डन थकावट के मारे ज़मीन पर गिर गया। वह उम्मीद कर रहा था कि उसका गला दबाने जैसा अहसास थोड़ी देर में ख़त्म हो जाएगा। लेकिन वक्त के साथ उसकी घुटन बढ़ती जा रही थी। दरार से जो भी हवा आ रही थी उसका पता नहीं चल रहा था। लैंग्डन सोच रहा था कि ज़िंदा बचने के लिए उतनी हवा काफी होगी कि नहीं। और अगर होगी तो कितनी देर तक ? अगर वह मर गया तो किसको पता चलेगा कि वह इसके भीतर है?

उसके हाथ जैसे पत्थर की तरह भारी हो गए थे लेकिन उसने घड़ी पर नज़र डाली— रात के 10:12 बज रहे थे। अपनी कांपती उँगलियों से उसने एक आखिरी कोशिश की। उसने छोटे से डायल को घुमा कर एक बटन दबाया।

उसके ऊपर जैसे जैसे बेहोशी छा रही थी और दीवारें उसके ऊपर दबाव बढ़ाती जा रही थी तो लैंग्डन को लगा कि पुराना डर उस पर फिर से कब्जा जमा रहा है। पहले की तरह उसने कल्पना की कि वह एक खुले मैदान में है। लेकिन इस से कुछ फायदा नहीं हुआ। बचपन से जिस दुःस्वप्न ने उसे परेशान किया था वह फिर से वापस आ गया...

बच्चा सोच रहा था *कि यहाँ दिखाई दे रहे फूल पेंटिंग की तरह हैं। बच्चा हंसते हुए घास के मैदान में दौड़ रहा था। वह सोच रहा था कि अगर उसके माँ बाप साथ होते तो कितना अच्छा होता। लेकिन उसके माँ बाप कैंप लगाने में व्यस्त थे।*

'ज़्यादा दूर मत जाना।' उसकी माँ ने कहा था।

उसने दिखाया मानो उसने माँ की बात नहीं सुनी और जंगल की ओर बढ़ता गया।

इस बेहतरीन मैदान में टहलते हुए लड़के को पत्थरों का एक ढेर दिखाई दिया। उसे लगा कि यह किसी पुराने घर की बुनियाद रही होगी। वह उसके पास नहीं जाएगा। उसे ज़्यादा अच्छी तरह मालूम था। इसके अलावा, उसकी आँखें दूसरी तरफ भी आकर्षित हो रही थी—ख़ास तरह का ऑर्किड—लेडीज स्लिपर। यह न्यू हैंपशर में सबसे खूबसूरत और दुर्लभ फूल था। उसने इसे अब तक सिर्फ किताबों में देखा था।

ख़ुश होकर वह फूल की ओर बढ़ा। वह झुका। उसके पैरों के नीचे की ज़मीन गीली और खोखली लग रही थी। उसे लगा कि फूल ने अपने लिए थोड़ी अधिक उर्वर जगह ढूँढ़ ली थी। यह उस जगह पर उगा था जहाँ पर लकड़ियाँ सड़ रही थी।

इस उपहार को घर ले जाने के बारे में सोच सोच वह बहुत खुश हो रहा था। वह फूल को उठाने आगे बढ़ा ... उसकी उँगलियाँ फूल के डंठल की ओर बढ़ी।

लेकिन वह वहाँ पर कभी नहीं पहुँच पाया।

भरभराकर ज़मीन नीचे धंस गई।

वह गिरा। तीन सेकेंड का वह समय भयावह था। बच्चे को पता चल गया कि वह मरने वाला है। नीचे गिरते हुए वह ज़मीन से जोर से टकराने का इंतज़ार करने लगा। लेकिन जब वह ज़मीन पर पहुँचा तो उसे सिर्फ नरमी का अनुभव हुआ, दर्द बिल्कुल नहीं।

और ठंड।

वह सबसे पहले पतली सी अंधेरी जगह से गुजरता हुआ किसी तरल सतह से टकराया। अनियंत्रित ढंग से पलटी खाता हुआ वह दीवारों को टटोल रहा था जो उसे चारों तरफ से दबोचती जा रही थी। किसी तरह वह अपने सहज ज्ञान के बल पर वह सतह पर आ गया।

रोशनी।

बेहोशी। उसके ऊपर मीलों तक, उसे ऐसा लग रहा था।

उसका हाथ पानी को पकड़ने की कोशिश कर रहा था, गड्ढे की दीवार को ढूँढ़ रहा था जिन्हें वह पकड़ पाता। लेकिन वहाँ चिकने पत्थर के सिवा कुछ नहीं था। वह एक कुएँ में गिर गया था जिस का अब इस्तेमाल नहीं होता था। वह मदद के लिए चिल्ला रहा था लेकिन उसकी आवाज़ गड्ढे में कैद होकर रह गई थी। वह बार बार चिल्ला रहा था। उसके ऊपर कुएँ का जीर्णशीर्ण मुँह अस्पष्ट होता जा रहा था।

रात हो गई।

समय के साथ वक्त भी अंधकार के बीच विकृत होता जा रहा था। गड्ढे के अंदर पानी में चलते हुए उसका शरीर सुन्न होता जा रहा था। उसे लग रहा था जैसे गड्ढे की दीवारें उसके ऊपर ढह पड़ेगी और वह ज़िंदा दफन हो जाएगा। उसके हाथ में थकावट की वजह से दर्द हो रहा था। एकाध बार उसे कुछ आवाज़ सुनाई दी। उसने जोर से चिल्ला कर आवाज़ लगायी लेकिन उसकी गर्दन से आवाज़ बाहर नहीं आ रही थी ... जैसा सपने में होता है।

जैसे जैसे रात बीत रही थी, गड्ढे की गहराई बढ़ती जा रही थी। दीवारें धीरे धीरे अंदर की ओर चिपकती जा रही थी। लड़का दीवारों को बाहर की ओर धकेलने की कोशिश कर रहा था। वह थक गया था और अब हार मानने वाला था। लेकिन उसे लग रहा था कि पानी उसे ऊपर की ओर धकेल रहा है, जलाने वाला उसके डर को कम कर रहा है और वह बेहोश हो गया।

बचाव टीम जब तक वहाँ पहुँची तब तक वह मुश्किल से होश में था। वह पाँच घंटे से पानी में था। दो दिन के बाद बोस्टन ग्लोब ने पहले पन्ने पर ख़बर छापी जिसका शीर्षक था, 'नन्हा तैराक जिसने संभव कर दिखाया।'

97

हैसेसिन जब अपनी वैन लेकर टाइबर नदी के सामने बने पत्थर की विशाल आकृति के पास पहुँचा तो वह मुस्कुरा रहा था। वह अपने तोहफे को पत्थर की बनी सुरंग

में गोल गोल घूमता हुआ ऊपर, और ऊपर ले जा रहा था। उसे तसल्ली थी कि उसका तोहफा वजन में हल्का था।

वह दरवाज़े पर पहुँच चुका था।

चर्च ऑफ इल्यूमिनेशन, वह गदगद हो रहा था। *प्राचीन इल्युमिनाटी के मिलने की जगह। किसने कल्पना की होगी कि ये जगह यहाँ पर है ?*

अंदर जाकर उसने उसे एक गद्देदार दीवान पर लिटा दिया। इसके बाद उसने माहिर व्यक्ति की तरह उसके हाथ पीठ के पीछे बांध दिए और पैरों में रस्सी डाल दी। उसे पता था कि वह अपनी ख्वाहिश तभी पूरी कर पाएगा जब उसका आखिरी काम पूरा हो जाएगा। *जल।*

फिर भी उसने सोचा कि थोड़ा सा मज़ा तो ले लूं। उसके बगल में झुक कर वह उसकी जांघों पर अपना हाथ फिराने लगा। जांघ चिकनी थी। ऊपर। उसकी काली उँगलियाँ उसके शॉर्ट्स की किनारियों को सहलाती ऊपर और ऊपर जा रही थी।

वह रुक गया। *धैर्य,* उसने खुद को समझाया। वह कामोत्तेजित हो चुका था। *अभी काम करना बाकी है।*

वह थोड़ी देर के लिए उस चेंबर की पत्थर की बनी ऊँची बालकनी पर चला गया। शाम की हवा ने उसके जोश को थोड़ा ठंडा किया। काफी नीचे टाइबर नदी गरज रही थी। उसने अपनी नज़रें उठाकर सेंट पीटर के गिरजाघर को देखा जो वहाँ से पौना मील दूर था। मीडिया की सैकड़ों बत्तियों के बीच वह नग्न रूप में चमक रहा था।

'तुम्हारा अंतिम वक्त आ चुका है।' वह ज़ोर से बोला। उसकी आँखों के सामने धर्मयुद्ध, क्रूसेड, के दौरान मारे गए हजारों मुसलमानों की छवि घूम गई। 'आधी रात को तुम अपने भगवान से मिलने वाले हो।'

उसके पीछे, औरत के शरीर में हरकत हुई। हैसेसिन पीछे मुड़ा। उसने सोचा कि औरत को होश में आने देते हैं। उसके लिए औरत की आँखों में दहशत देखने से ज़्यादा कामोत्तेजक चीज़ और कुछ भी नहीं थी।

लेकिन उसने विवेक से काम लिया। जब तक वो बाहर होगा तब तक उसका बेहोश रहना ही ठीक होगा। हालाँकि वह बंधी हुई थी और उसके लिए भागना संभव नहीं था, फिर भी हैसेसिन नहीं चाहता था कि जब वह लौट कर आए तो वो उसे थकी हुई मिले। *मैं चाहता हूँ कि तुम्हारी ताकत बची रहे...मेरे लिए।*

उसके सर को हल्के से उठाकर उसने अपनी हथेली उसके गर्दन के पास, खोपड़ी के ठीक नीचे बने गड्ढे जैसी जगह में टिका दी। इसी बीच वाली जगह, क्राउन, का इस्तेमाल उसने अनगिनत बार इस्तेमाल किया था। पूरी ताकत के साथ उसने अपना अंगूठा उस जगह की मुलायम हड्डी में धंसा दिया। अंदर धंसती हड्डी को वह अपने अंगूठे पर अनुभव कर सकता था। औरत तुरंत निढाल हो गई। *बीस मिनट,* उसने सोचा। ऐसे शानदार दिन

के अंत में वो दिल को झंकृत करने वाली चीज़ होगी। उसे मज़ा देने के बाद जब वह इस प्रक्रिया में मर जाएगी तो वह बालकनी में खड़ा होकर वेटिकन की आतिशबाजी देखेगा।

अपने तोहफे को पलंग पर बेहोश छोड़ कर हैसेसिन नीचे एक सुरंग में चला गया जहाँ सिर्फ मशाल की रोशनी दिखाई दे रही थी। आखिरी काम। वह टेबल के पास पहुँचा जहाँ उसके लिए धातु की बनी विभिन्न पवित्र आकृतियाँ रखी हुई थी।

जल। यही आखिरी काम था।

दीवार से एक मशाल निकाल कर वह उसके छोर को गर्म करने लगा। आज वह तीन बार यह काम कर चुका था। जब धातु का सिरा तप कर बिल्कुल सफेद हो गया तो वह इसे लेकर कालकोठरी में चला गया।

अंदर , एक बुजुर्ग व्यक्ति खड़ा था, अकेला और चुपचाप।

'कार्डिनल बैजिया।' हत्यारे ने फुफकारते हुए कहा। 'क्या आपने अपनी प्रार्थना पूरी कर ली?'

उस इतालवी की आँखें निर्भीक दिखाई दे रही थी। 'सिर्फ तुम्हारी आत्मा के लिए।'

98

पॉम्पिएरी के छः आग बुझाने वाले लोगों ने हैलोन गैस का इस्तेमाल कर सांता मेरिया डेला विट्टोरिया चर्च में लगी आग को बुझा दिया। पानी का इस्तेमाल सस्ता होता लेकिन इससे निकलने वाली भाप गिरजाघर में बने भित्तिचित्रों को खराब कर देती। आखिर पॉम्पिएरी को वेटिकन की सभी इमारतों में जल्दी और अच्छे तरीके से आग बुझाने के लिए एक मोटी रकम देता था।

अपने काम की वजह से पॉम्पिएरी करीब करीब रोज ही दुर्घटनाएँ देखा करते थे लेकिन इस चर्च में जिस तरह की हत्या उन्होंने देखी वे उसे कभी नहीं भूल सकते थे। इस हत्या में सलीब पर भी चढ़ाया गया था, फांसी भी लगायी गई थी और वेदी पर जलाया भी गया था। यह दृश्य गोथिक दुःस्वप्न से कम नहीं था।

दुर्भाग्यवश, हमेशा की तरह मीडिया आग बुझाने वालों से पहले ही पहुँच चुका था। पॉम्पिएरी चर्च को खाली करवा पाते उसके पहले ही उन्होंने ढेर सारे वीडियो बना लिए थे। जब अग्निशमन दल के लोगों ने रस्सी काटकर कत्ल किए गए व्यक्ति को नीचे ज़मीन पर लिटाया तो इसमें कोई संदेह नहीं रहा कि वह कौन था।

'कार्डिनल गुइडेरा,' किसी ने फुसफुसाते हुए कहा। 'बार्सीलोना वाले।'

मारा गया व्यक्ति नंगा था। उसके शरीर का निचला हिस्सा काले—गहरे लाल रंग का दिखाई दे रहा था। जांघों के बीच बने गहरे घावों से ख़ून बह रहा था। उसकी पिंडली

की हड्डी दिखाई दे रही थी। आग बुझाने वाले दस्ते के एक सदस्य को उल्टी आ गई। दूसरा साँस लेने के लिए बाहर चला गया।

लेकिन सबसे भयंकर दृश्य था कार्डिनल की छाती पर लोहे की गर्म सलाखों से बनाया गया निशान। दस्ते का मुखिया घबड़ाहट में लाश के चारों तरफ घूम रहा था। यह काम शैतान ने खुद किया है, वह इतालवी में बुदबुदा रहा था। उसने बचपन से पहली बार अपने शरीर के ऊपर क्रॉस का निशान बनाया।

'एक लाश और।' कोई चिल्लाया। फायर ब्रिगेड के किसी सदस्य को एक और लाश दिखाई दी।

दूसरे आदमी को फायर ब्रिगेड की टीम के मुखिया ने तुरंत पहचान लिया। कानून व्यवस्था देखने में शामिल किसी व्यक्ति को स्विस गार्ड के सख्त स्वभाव वाले कप्तान के प्रति जरा भी सहानुभूति नहीं थी। फायर ब्रिगेड की टीम के मुखिया ने वेटिकन को फोन मिलाया लेकिन सभी लाइनें व्यस्त थी। उसे पता था कि इससे कोई फर्क नहीं पड़ने वाला था। थोड़ी ही देर में स्विस गार्ड टीवी पर इस ख़बर को देख लेंगे।

टीम का मुखिया वहाँ हुए नुकसान का मुआयना कर रहा था और अंदाजा लगाने की कोशिश कर रहा था कि उस जगह पर क्या हुआ होगा। तभी उसे एक ताखे के अंदर बंदूक की गोलियों से छलनी एक ताबूत नज़र आया। ताबूत अपने टेक से लुढ़क कर नीचे गिर गया था और औंधे मुँह पड़ा था। देखने से साफ लग रहा था कि यहाँ संघर्ष हुआ था। चारों तरफ बेतरतीबी से चीजें फैली थी। *इसे देखने का काम पुलिस और वेटिकन अधिकारियों का है*, मुखिया ने सोचा और दूसरी तरफ मुड़ गया।

ताबूत से दूसरी तरफ मुड़ते ही वह रुक गया। उसे ताबूत से आ रही एक आवाज़ सुनाई दी। इस आवाज़ को कोई भी फायरमैन सुनना पसंद नहीं करता था।

'बम।' वह चिल्लाया। 'जल्दी भागो।'

बम को निष्क्रिय करने वाली टीम जब वहाँ पहुँची और उन्होंने ताबूत को उलटाया तो उन्हें इसके अंदर से आ रही आवाज़ के स्रोत का पता चला। वे अचंभे में उसे घूरते रहे।

'डॉक्टर।' अंततः उनमें से एक चिल्लाया।

99

'ओलिवेट्टी की कोई ख़बर?' केमरलेग्नो ने पूछा। वे बिल्कुल थके लग रहे थे। रोचर उन्हें सिस्टीन चैपल से वापस पोप के दफ्तर वापस ला रहा था।

'नहीं, महोदय। मुझे किसी अनिष्ट की आशंका हो रही है।'

जब वे पोप के दफ्तर पहुँचे तो केमरलेग्नो की आवाज़ भारी लग रही थी। 'कैप्टन, आज की रात मैं इससे ज़्यादा कुछ भी नहीं कर सकता। मुझे लगता है कि मैंने बहुत ज़्यादा काम कर लिया है। मैं प्रार्थना करने के लिए दफ्तर जा रहा हूँ। मुझे कोई परेशान न करे। बाकी सब ईश्वर के हाथों में है।'

'जी महोदय।'

'काफी समय हो चुका है, कैप्टन। डिब्बे की खोज करो।'

'हमारी खोज जारी है।' रोचर ने घबराते हुए कहा। 'हथियार को बहुत अच्छी तरह कहीं छिपाया गया है।'

केमरलेग्नो ने अपनी पलकें झपकायी जैसे उन्होंने इसके बारे में सोचा ही नहीं था। 'हाँ। ठीक 11.15 बजे रात में अगर चर्च पर ख़तरा बना रहे तो तुम कार्डिनलों को वहाँ से बाहर निकालने की व्यवस्था करोगे। मैं उनकी सुरक्षा तुम्हारे हाथों में सौंप रहा हूँ। मैं तुमसे सिर्फ एक बात कहना चाहता हूँ। वे लोग यहाँ से सम्मानपूर्वक निकाले जाएं। उन्हें सेंट पीटर्स के चौराहे पर ले जाना और दुनिया के साथ मिलकर खड़े होना। मैं नहीं चाहता कि इस चर्च की आखिरी तस्वीर के तौर पर लोग डरे हुए बूढ़े लोगों को देखें जो चोरी चुपके पिछले दरवाज़े से भागने की कोशिश कर रहे हों।'

'बिल्कुल ठीक, महोदय। और आप? क्या मैं आपको लेने भी 11.15 बजे आ जाऊं?'

'उसकी कोई ज़रूरत नहीं होगी।'

'महोदय?'

'आज की रात दफ्तर कुछ ज़्यादा ही ठंडा लग रहा है। मुझे कंपकंपी हो रही है।'

'बिजली वाला हीटर काम नहीं कर रहा। मैं आपके लिए लकड़ी जलाता हूँ।'

केमरलेग्नो मुस्कुराए। वे थके हुए लग रहे थे। 'बहुत शुक्रिया।'

रोचर केमरलेग्नो को उसी जगह पर छोड़ कर बाहर आ गया जहाँ वे लकड़ी की आग के सामने मदर मेरी की एक छोटी सी मूर्ति की प्रार्थना कर रहे थे। डरावना दृश्य था। जलती-बुझती रोशनी के आगे प्रार्थना की मुद्रा में बैठा एक काला साया। रोचर जब हॉल से बाहर निकल रहा था तो एक गार्ड दौड़ता हुआ उसके पास पहुँचा। मोमबत्ती की रोशनी में भी रोचर ने लेफ्टिनेंट चार्टरैंड को पहचान लिया। नौजवान, हरा और उत्सुक।

'कैप्टन।' चार्टरैंड ने मोबाइल फोन आगे करते हुए कहा, 'मुझे लगता है कि केमरलेग्नो के भाषण का असर हुआ है। फोन पर कोई व्यक्ति कह रहा है कि उसके पास कुछ उपयोगी जानकारी है जिससे हमारी मदद हो सकती है। उसने वेटिकन के एक प्राइवेट एक्सटेंशन पर फोन किया था। मुझे पता नहीं कि उसे नंबर कहाँ से मिला।'

रोजर रुका। 'क्या?'

'वह केवल बड़े ओहदे वाले अधिकारी से ही बात करने को तैयार है।'

'ओलिवेट्टी की कोई ख़बर?'

'नहीं सर।'

उसने फोन का रिसीवर अपने हाथ में ले लिया। 'मैं कैप्टन रोचर बोल रहा हूँ। मैं यहाँ एक आला दर्जे का अफसर हूँ।'

'रोचर।' फोन से आवाज़ आई। 'मैं पहले तुमको बताता हूँ कि मैं कौन हूँ। फिर मैं बताऊंगा कि तुम्हें इसके बाद क्या करना है।'

फोन करने वाले ने जब अपनी बात पूरी कर ली और फोन रख दिया तो रोचर स्तब्ध था। उसे अब पता चल गया था कि उसे कौन हुक्म दे रहा था।

दूसरी तरफ CERN में सिल्वी बॉडेलॉक कोलर के वॉइस मेल पर लाइसेंसिंग के बारे में आ रही पूछताछ को एक जगह इकट्ठा करने में परेशान थी। जब निदेशक की मेज़ पर प्राइवेट लाइन की घंटी बजी तो सिल्वी उछल गई। इस नंबर की जानकारी किसी को नहीं थी। उसने फोन उठाया।

'बोलिए।'

'मिस बॉडेलॉक।' मैं निदेशक कोलर बोल रहा हूँ। मेरे पायलट से संपर्क करो। मेरा जेट पाँच मिनट के अंदर तैयार रहना चाहिए।'

100

भित्तिचित्रों से सजे हुए बरोक गुंबद के नीचे जब रॉबर्ट लैंग्डन की आँखें खुली तो उसे कतई अंदाजा नहीं था कि वह कहाँ था और कितनी देर से बेहोश पड़ा था। ऊपर धुआं उड़ता दिखाई दे रहा था। उसका मुँह किसी चीज़ से ढंका था। ऑक्सीजन मास्क। उसने उसे खींच कर हटा दिया। कमरे के अंदर भयंकर बदबू पसरी हुई थी—जलते हुए मांस की गंध।

लैंग्डन सिर में तेज़ दर्द के कारण दुहरा हुआ जा रहा था। वह बैठने की कोशिश करने लगा। सफेद कपड़ों में एक आदमी उसकी बगल में झुका हुआ था।

'आराम से।' उस आदमी ने लैंग्डन को पीठ के बल लिटाते हुए कहा, 'मैं चिकित्सा सहायक—पारा-मेडिक हूँ।'

लैंग्डन ज़मीन पर गिर गया। उसका सर वैसे ही चक्कर दे रहा था जैसे कि ऊपर दिखाई दे रहा धुआं। *आखिर हुआ क्या?* उसके दिमाग़ के अंदर डर धुंध की तरह फैलता जा रहा था।

'बचाव टीम।' पारामेडिक ने कहा, 'माउस...रक्षक।'

लैंग्डन अब और भी उलझा हुआ महसूस कर रहा था। माउस रक्षक?

उस आदमी ने लैंग्डन की कलाई पर बंधे मिकी माउस घड़ी की ओर इशारा किया। अब लैंग्डन के दिमाग़ में बातें स्पष्ट हो रही थी। उसे याद आया कि उसने अपनी घड़ी में अलार्म लगाया था। वह शून्य भाव से अपनी घड़ी की ओर देखने लगा और समय पर गौर किया—रात के 10:28।

वह हड़बड़ा कर बैठ गया।

और फिर उसे याद आ गया।

लैंग्डन मुख्य वेदी के पास फायर ब्रिगेड के मुखिया और उसके कुछ लोगों के साथ बैठा था। वे उससे तरह तरह के सवाल पूछ रहे थे। लैंग्डन कुछ नहीं सुन रहा था। उसके दिमाग़ में अपने ही कुछ सवाल थे। उसके पूरे शरीर में दर्द हो रहा था लेकिन उसे पता था कि उसे बहुत जल्दी कुछ न कुछ करना होगा।

चर्च की दूसरी तरफ से एक पॉम्पियरो लैंग्डन के पास पहुँचा। 'मैंने फिर से मुआयना कर लिया सर। वहाँ पर सिर्फ कार्डिनल गुइडेरा और स्विस गार्ड के कमांडर की लाश मिली है। वहाँ पर किसी औरत के बारे में कुछ पता नहीं चल रहा है।'

'शुक्रिया।' लैंग्डन ने कहा। वह खुद नहीं समझ पा रहा था कि वह चिंतामुक्त महसूस कर रहा था या बुरी तरह डरा हुआ। उसे पता था कि उसने विट्टोरिया को ज़मीन पर बेहोश गिरा हुआ देखा था। अब वह ग़ायब थी। उसे जो व्याख्या समझ में आ रही थी वह तसल्ली देने वाली व्याख्या नहीं थी। हत्यारा फोन पर नफासत से बात नहीं कर रहा था। जोश वाली औरत। मेरी कामाग्नि भड़क गई है। शायद इस रात के बीतने के पहले, मैं तुम्हें ढूँढ़ लूंगा और जब मैं तुम्हें ढूँढ़ लूंगा तो...'

लैंग्डन ने अपने चारों तरफ देखा। 'स्विस गार्ड कहाँ हैं?'

'उनसे अभी तक कोई संपर्क नहीं हो पाया है। वेटिकन की लाइनें पूरी तरह से व्यस्त हैं।'

लैंग्डन खुद को हारा हुआ और अकेला महसूस कर रहा था। ओलिवेट्टी मर चुका था। विट्टोरिया का अता पता नहीं था। उसकी ज़िंदगी का आधा घंटा पलक झपकते ग़ायब हो चुका था।

बाहर लैंग्डन को बड़ी संख्या में जमा मीडिया की आवाज़ सुनाई दे रही थी। उसे लग रहा था कि अगर अब तक नहीं दिखाया गया होगा तो बहुत जल्द तीसरे कार्डिनल की नृशंस हत्या का फुटेज दिखाया जाएगा। लैंग्डन को उम्मीद थी कि केमरलेग्नो ने काफी देर पहले सबसे खराब संभावना का अंदाजा लगाकर कुछ कार्रवाई की होगी। *वेटिकन को खाली करवाओ। बहुत खेल तमाशा हो चुका। हम हार गए।*

लैंग्डन को अचानक लगा कि उसके दिमाग़ से वे सभी उत्प्रेरक तत्व, जैसे कि वेटिकन को बचाने में सहायता करना, चारों कार्डिनलों की जान बचाना, जिस ब्रदरहुड का उसने सालों तक अध्ययन किया था उसे आमने सामने देखना, उसके दिमाग़ से ग़ायब हो गए थे। वे युद्ध हार चुके थे। अब एक नयी मजबूरी उसके दिल में पैदा हो गई थी। मामूली। अप्रिय। आदिम।

विट्टोरिया को ढूँढ़ो।

उसे अपने अंदर एक ऐसा खालीपन महसूस हो रहा था जिसकी उसने उम्मीद नहीं की थी। उसने सुना था कि गंभीर परिस्थितियाँ दो लोगों को इस तरह जोड़ सकती थी जैसा कि दशकों तक साथ रहने पर भी संभव नहीं हो पाता था। अब उसे इस पर यकीन हो रहा था। विट्टोरिया की अनुपस्थिति में उसे कुछ ऐसा अहसास हो रहा था जो उसे बरसों में नहीं हुआ था। अकेलापन। इस दर्द ने उसे ताकत दी।

अपने दिमाग़ से बाकी सभी चीजों को हटाते हुए लैंग्डन ने अपना ध्यान केंद्रित किया। वह प्रार्थना कर रहा था कि हैसेसिन मौज मस्ती के पहले काम पूरा करना पसंद करेगा। नहीं तो लैंग्डन को पता था कि अब तक बहुत देर हो चुकी थी। *नहीं,* उसने अपने आप से कहा, *तुम्हारे पास वक्त है*। विट्टोरिया को कैद करने वाले को अभी बहुत कुछ करना था। उसे हमेशा के लिए ग़ायब होने के पहले एक बार सामने आना था।

विज्ञान की आखिरी वेदी, लैंग्डन ने सोचा। हत्यारे को एक आखिरी काम पूरा करना था। पृथ्वी। हवा। आग। पानी।

उसने अपनी घड़ी की ओर देखा। तीस मिनट। लैंग्डन फायर ब्रिगेड के लोगों को पार करता हुआ बर्निनी के एक्सटेसी ऑफ सेंट टेरेसा की तरफ जाने लगा। इस बार बर्निनी के सुझाए निशान की तरफ देखते हुए उसे किसी तरह का संदेह नहीं था कि उसे किस चीज़ की तलाश थी।

इस महान कार्य में देवदूत करेंगे तुम्हारी सहायता...

लेटे हुए संत के ठीक ऊपर, सुनहरी लौ की पृष्ठभूमि में बर्निनी का देवदूत दिखाई दे रहा था। देवदूत के हाथों में एक नुकीली आग की बरछी थी। लैंग्डन की आँखें बरछी की मूंठ के पीछे-पीछे जा रही थी जो आगे चलकर चर्च की दाहिनी ओर मुड़ी हुई थी। उसकी आँख के सामने दीवार दिखाई दे रही थी। उसने बरछी की नोक की दिशा में नज़र दौड़ाई। वहाँ कुछ भी नहीं दिखाई दे रहा था। बेशक, लैंग्डन जानता था कि बरछी दीवार के पार कहीं दूर की तरफ इशारा कर रही थी, रात की ओर, रोम के उस पार किसी स्थान की ओर।

'वह कौन सी दिशा है?' लैंग्डन ने फायर ब्रिगेड के मुखिया की तरफ मुड़ कर पूछा। उसकी आवाज़ में एक नया आत्मविश्वास झलक रहा था।

'दिशा?' लैंग्डन जिस तरफ दिखा रहा था फायर ब्रिगेड प्रमुख उस तरफ देखने लगा। वह कुछ चकराया हुआ लग रहा था। 'पता नहीं...शायद पश्चिम दिशा।'

'उस दिशा में कौन कौन से चर्च हैं?'

अब तो फायर ब्रिगेड प्रमुख और भी ज़्यादा हैरान हो रहा था। 'दर्जनों। लेकिन क्यों?'

लैंग्डन की त्योरियाँ चढ़ गई। बेशक इस तरह के दर्जनों चर्च थे। 'मुझे तुरंत इस शहर का एक नक्शा चाहिए।'

फायर ब्रिगेड प्रमुख ने तुरंत किसी को फायर ट्रक से नक्शा लाने के लिए दौड़ाया। लैंग्डन मूर्ति की तरफ मुड़ा। धरती ... हवा...आग...विट्टोरिया।

आखिरी पहचान चिह्न पानी है, उसने खुद से कहा। बर्निनी का पानी जो किसी चर्च में कहीं पर है । इसे ढूँढ़ना भूसे के ढेर में सुई ढूँढ़ने के समान है। उसने अपने दिमाग़ पर जोर डाला और बर्निनी की बनायी हर कृति के बारे में याद करने लगा। *मुझे जल को दी गई श्रद्धांजलि ढूँढ़नी है।*

लैंग्डन को बर्निनी की बनायी मूर्ति ट्रिटन याद आयी। ट्रिटन ग्रीक मिथक में समुद्र की देवी कही जाती थी। फिर उसे याद आया कि यह मूर्ति इसी चर्च के बाहर बने चौराहे पर लगी है लेकिन उसकी दिशा बिल्कुल विपरीत थी। वह अपने दिमाग़ पर कुछ सोचने के लिए जोर डालने लगा। बर्निनी ने पानी के महिमामंडन के लिए कौन सी कलाकृति बनायी होगी? नेप्चून और प्लूटो? दुर्भाग्यवश वह मूर्ति लंदन के विक्टोरिया और अल्बर्ट म्यूजियम में थी।

'महोदय।' एक फायरमैन दौड़ता हुआ उसके पास नक्शा लेकर आया।

लैंग्डन ने उसे शुक्रिया कहा और वहीं वेदी पर नक्शे को फैलाकर उसे देखने लगा। उसे तुरंत समझ में आ गया कि उसने सही आदमी से नक्शा लाने को कहा था। अग्निशमन विभाग का रोम का नक्शा जितना विस्तृत था उतना लैंग्डन ने कभी नहीं देखा था। 'हम अभी कहाँ हैं?'

'पिआज्जा बार्बेरिनी के ठीक बाहर।' उस आदमी ने कहा।

लैंग्डन ने देवदूत के भाले की ओर फिर से देखकर अपना दिशा ज्ञान ठीक करना चाहा। फायर ब्रिगेड प्रमुख ने ठीक अंदाजा लगाया था। नक्शे के अनुसार भाला पश्चिम की ओर दिखा रहा था। लैंग्डन ने अपने स्थान से पश्चिम की ओर नक्शे पर एक लकीर खींची। उसकी उम्मीद उसी वक्त डूबने लगी। ऐसा लग रहा था कि उसकी उँगली जितने इंच आगे बढ़ रही थी उतने छोटे छोटे काले रंग के सलीब के निशान यानी चर्च नक्शे पर दिखाई दे रहे थे। शहर में गिरजाघरों की भरमार थी। आखिरकार लैंग्डन की उँगलियाँ गिरजाघरों को पार कर अब रोम के बाहरी इलाके में पहुँच गई थी। उसने गहरी साँस छोड़ी और नक्शे से अपनी उँगलियों को हटा लिया। उफ।

पूर रोम का मुआयना करते हुए लैंग्डन की नज़रें उन तीन गिरजाघरों पर पड़ी जहाँ तीन कार्डिनलों की हत्या की गई थी। चिगी चैपल...सेंट पीटर का गिरजाघर यहाँ...

अपने सामने पसरे गिरजाघरों को देखते हुए लैंग्डन को उनके स्थान के बारे में एक अजीब सी चीज़ नज़र आयी। उसने सोचा था कि ये गिरजाघर नक्शे पर बेतरतीब ढंग से बिखरे दिखाई देंगे लेकिन ऐसा बिल्कुल नहीं था। वैसे इसकी संभावना नहीं थी लेकिन ये चर्च सलीके से पूरे शहर में फैले एक त्रिभुज की तरह दिखाई दे रहे थे। लैंग्डन ने दुबारा इस पर नज़र डाली। नहीं यह उसकी कल्पना नहीं थी। 'कलम।' लैंग्डन ने इतालवी में बिना ऊपर की तरफ सर उठाए बोला।

किसी ने उसके हाथ में कलम पकड़ाई।

लैंग्डन ने तीनों चर्चों के ऊपर गोल घेरा बनाया। उसकी धड़कन तेज़ हो गई थी। उसने अपने निशान को तीन बार जाँचा परखा। बिल्कुल समरेख त्रिभुज।

लैंग्डन के दिमाग़ में सबसे पहले डॉलर के नोट पर बने ग्रेट सील की याद आयी— महान त्रिभुज जिसके भीतर सबको देखने वाली आँख बनी होती है। लेकिन इससे कुछ मतलब नहीं निकल रहा था। उसने बस तीन बिंदुओं पर निशान बनाया था। इसमें कुल चार होने चाहिए थे।

तो फिर आखिर पानी कहाँ है ? लैंग्डन को पता था कि चाहे वह कहीं भी चौथा निशान बनाएगा, त्रिभुज नष्ट हो जाएगा। समरूपता को बनाए रखने का एक ही तरीका था कि चौथे निशान की जगह त्रिभुज के भीरत कहीं रखी जाए, उसके केंद्र में। उसने नक्शे पर उस बिंदु पर नज़र डाली। कुछ भी नहीं। लेकिन यह सोच उसे परेशान कर रही थी। विज्ञान के इन चारों तत्वों को बराबर माना जाता था। जल को विशेष स्थान प्राप्त नहीं था। यह दूसरों की तुलना में ठीक बीचों बीच नहीं हो सकता था।

फिर भी उसके अंदर की आवाज़ कह रही थी कि समरूपता की व्यवस्था यूं ही नहीं बनाई गई थी। *मैं पूरी तस्वीर अभी नहीं देख रहा हूँ।* बस एक विकल्प बचा था। वे चार बिंदु त्रिभुज नहीं बल्कि कोई दूसरी आकृति बनाते थे।

लैंग्डन ने नक्शे पर नज़र डाली। वर्गाकार आकृति, शायद? वैसे वर्गाकार आकृति का कोई संकेतात्मक महत्व नहीं होता था लेकिन वे कम से कम समरूप तो होते थे। लैंग्डन ने नक्शे पर उनमें से एक बिंदु पर उँगली रखी जो त्रिभुज को वर्गाकार आकृति में बदल सकता था। उसे तुरंत पता चल गया कि पूरी तरह से वर्गाकार आकृति संभव नहीं थी। मूल त्रिभुज के कोण तिरछे थे और उनसे सिर्फ विकृत चतुर्भुज ही बन सकता था।

त्रिभुज के आसपास जब वह दूसरी संभावित आकृतियों की तलाश कर रहा था तो एक अजीब बात हुई। उसने देखा कि देवदूत की बरछी की दिशा में उसने पहले जो लकीर खींची थी वह इन संभावित आकृतियों में एक आकृति के बीच से गुजर रही थी। लैंग्डन ने हैरान होकर उस बिंदु पर गोल निशान बना दिया। अब वह नक्शे पर रोशनाई से बनाए चार निशानों को देख रहा था जो थोड़े अटपटे लेकिन पतंग जैसे आकार का दिखाई दे रहा था, हीरे की तरह।

उसे चिड़चिड़ाहट हो रही थी। हीरे इल्युमिनाटी के प्रतीक चिह्नों में शामिल नहीं थे। वह ठहरा और फिर...

एक पल के लिए लैंग्डन इल्युमिनाटियों के मशहूर हीरे के बारे में सोचने लगा। यह सोचना, बेशक हास्यास्पद था। उसने इस ख्याल को दिमाग़ से निकाल दिया। और फिर यह हीरा आयताकार था, पतंग की तरह। यह किसी भी हालत में समरूपता का उदाहरण नहीं हो सकता था जिसके लिए इल्युमिनाटी हीरा मशहूर था।

जब वह अपने आखिरी निशान को देखने के लिए नक्शे पर झुका तो उसे आश्चर्य हुआ कि चौथा निशान रोम के मशहूर चौराहे पिआज्ज़ा नवोना के ठीक बीच से गुजर रहा था। उसे पता था कि उस चौराहे पर एक मशहूर चर्च था लेकिन उसने पहले ही अपनी उँगलियाँ उस चौराहे पर डाली थी और वहाँ मौजूद चर्च के बारे में विचार किया था। उसकी जानकारी के मुताबिक वहाँ बर्निनी की बनाई कोई भी मूर्ति नहीं थी। इस चर्च को *सेंट एग्नेस इन एगनी* कहा जाता था जो सेंट एग्नेस के नाम पर बना था। सेंट एग्नेस एक बेहद खूबसूरत किशोरी थी जिसने आजीवन यौन यातना सहन करना स्वीकार किया था लेकिन अपने धर्म का त्याग नहीं किया था।

इस चर्च में जरूर कुछ न कुछ होना चाहिए ! लैंग्डन अपने दिमाग़ पर जोर डाल रहा था और चर्च के भीतरी हिस्से की कल्पना कर रहा था। वह चर्च के अंदर बर्निनी की बनाई किसी कलाकृति की कल्पना नहीं कर पा रहा था जिसका संबंध पानी से हो। नक्शे पर उभरी आकृति भी उसे परेशान कर रही थी। हीरा। यह इतना सटीक था कि इसे महज संयोग कहना संभव नहीं था। लेकिन इससे कुछ अर्थ निकालना भी संभव नहीं हो पा रहा था। पतंग? लैंग्डन सोच रहा था कि कहीं उससे गलती तो नहीं हो रही थी। *मैं किस चीज़ को भूल रहा हूँ?*

इस सवाल का जवाब पाने में उसे तीस सेकेंड लगे लेकिन इसका जवाब पाकर लैंग्डन को जो खुशी हुई वैसी खुशी उसे अपनी अकादमिक ज़िंदगी में पहले कभी नहीं हुई थी।

इल्युमिनाटी प्रतिभा, वह सोच रहा था, *कभी ख़त्म नहीं होने वाली।*

वह जिस आकृति को देख रहा था वह किसी भी हालत में हीरा नहीं हो सकता था। यह हीरे की तरह सिर्फ इसलिए दिखाई दे रहा था क्योंकि लैंग्डन ने आसपास के बिंदुओं को भी जोड़ दिया था। इल्युमिनाटी विलोम में विश्वास करते थे। उसने जब आमने सामने के कोनों को कलम से मिलाना शुरू किया तो उसकी उँगलियाँ कांप रही थी। उसके सामने अब एक विशाल सलीब का निशान बना था। *यह तो सलीब है।* विज्ञान के चार तत्व अब उसके सामने पसरे दिखाई दे रहे थे...रोम में बिखरे हुए जैसे पूरे शहर में फैला क्रॉस का निशान।

इस आकृति को देखते हुए उसके दिमाग़ में कविता की एक पंक्ति कौंध गई...जैसे नए चेहरे वाला कोई पुराना दोस्त।

'रोम के आर पार, उद्घाटित होते हैं रहस्यमयी तत्व...'

धुंध छटने लगी थी। लैंग्डन ने देखा कि यह जवाब रात भर उसके सामने था! इल्युमिनाटी कविता उसे बता रही थी कि वेदियाँ किस तरह व्यवस्थित थी। सलीब!

'Cross Rome the mystic elements unfold! ... *रोम में खुलती हैं रहस्यमय तत्वों की परत...*'

इसमें बड़ी ही होशियारी से शब्दों के साथ खेला गया था। लैंग्डन को पहले लगा था कि `Cross का मतलब across था। उसे लगा था कि कविता के तुक को बनाए रखने के लिए इस तरह का प्रयोग किया गया था लेकिन इसके अंदर तो बहुत कुछ छुपा हुआ था। एक और भी छुपा हुआ सुराग।

लैंग्डन ने समझ लिया कि नक्शे पर बना क्रॉस का निशान इल्युमिनाटी की आखिरी द्वैधता का प्रतीक था। यह विज्ञान के तत्वों के द्वारा बना धार्मिक प्रतीक था। गैलीलियो का पाथ ऑफ इल्यूमिनेशन विज्ञान और ईश्वर दोनों के प्रति समर्पित श्रद्धांजलि थी।

पहेली की बाकी गुत्थियाँ भी अपने आप सुलझ गईं।

पिआज्जा नवोना।

नवोना चौराहे के ठीक केंद्र में सेंट एग्नेस के चर्च के बाहर बर्निनी ने अपनी सबसे मशहूर कलाकृतियों में एक का निर्माण किया था। रोम आने वाला हर व्यक्ति इसे देखना चाहता था।

दि फाउंटेन ऑफ दि फोर रिवर्स।

पानी को दी गई दोषरहित श्रद्धांजलि। बर्निनी की बनायी इस कलाकृति में प्राचीन काल की चार नदियों—नील, गंगा, डैन्यूब और रियो प्लाटा को श्रद्धांजलि दी गई थी।

पानी। लैंग्डन सोच रहा था। आखिरी पहचान चिह्न। बिल्कुल उचित।

इससे भी ज़्यादा अच्छी बात, लैंग्डन ने सोचा, सोने पे सुहागा, ये थी कि बर्निनी के फव्वारे के ऊपर एक विशाल चौकोर शिलाखंड रखा हुआ था।

लैंग्डन ने अग्निशमन दस्ते के लोगों को हक्का बक्का छोड़ ओलिवेट्टी की लाश की दिशा में चर्च के अंदर दौड़ लगायी।

10: 31 बजे रात, उसने सोचा, अभी काफी समय है। आज दिन में पहली बार ऐसा हुआ था कि लैंग्डन को लगा कि वह समय से आगे चल रहा था।

ओलिवेट्टी की बगल में झुक कर लैंग्डन ने लोगों की नज़रें बचाते हुए कमांडर का सेमी ऑटोमेटिक वॉकी टॉकी चुपचाप उठा लिया। वह प्रार्थना की मेज़ों के कारण ओट में था। लैंग्डन को पता था कि उसे मदद की ज़रूरत होगी लेकिन अभी उसका वक्त नहीं आया था। विज्ञान की आखिरी वेदी को अभी थोड़ी देर और परदे के पीछे रहना था। पिआज्जा नवोना की ओर तेजी से सायरन बजाती हुई दमकल विभाग की गाड़ियाँ और मीडिया के वैनों की भीड़ से अभी कोई फायदा नहीं होने वाला था।

मीडिया की नज़रों से बचता हुआ लैंग्डन चुपचाप दरवाज़े से बाहर निकल गया। मीडिया की भीड़ उस वक्त चर्च के अंदर घुस रही थी। उसने पिआज्जा बार्बेरिनी को पार किया। एक अंधेरी जगह पर पहुँच कर उसने वॉकी टॉकी चालू किया। उसने वेटिकन सिटी से बात करनी चाही लेकिन उसे घों घों की आवाज़ के सिवा कुछ सुनाई नहीं दे रहा था। वह या तो वॉकी टॉकी की सीमा से बाहर था या उसे किसी तरह के कोड की ज़रूरत थी जो

उसे पता नहीं था। लैंग्डन ने वॉकी टॉकी के डायल और बटन वगैरह को इधर उधर घुमा कर ठीक करना चाहा लेकिन इससे कुछ फायदा नहीं हुआ। अचानक उसे लगा कि मदद पाने की उसकी कोशिश कामयाब नहीं होने वाली थी। वह मुड़कर इधर उधर पे फोन की तलाश करने लगा। पे फोन कहीं नहीं दिख रहा था। वेटिकन की लाइनें वैसे ही व्यस्त थी।

वह अकेला था।

अब उसका आत्म-विश्वास कम होता जा रहा था। लैंग्डन एक क्षण के लिए खड़ा होकर अपनी दयनीय अवस्था पर विचार करने लगा। हड्डियों के चूरे में डूबा, घायल, बेहद थका हुआ और भूखा। l

लैंग्डन ने मुड़कर चर्च की ओर देखा। उसके गुंबद से धुआं उठता दिखाई दे रहा था। गुंबद मीडिया और दमकल ट्रकों की रोशनी से चमक रहा था। वह दुविधा में था कि उसे वापस जाकर सहायता मांगनी चाहिए या नहीं। लेकिन अंतरात्मा कह रही थी कि मदद, ख़ासकर अप्रशिक्षित लोगों से मिलने वाली मदद, बोझ साबित होगी। अगर हैसेसिन हमलोगों को आता हुआ देख लेगा...वह विट्टोरिया के बारे में सोचने लगा। वह समझ चुका था कि उसे कैद करने वाले से मिलने का यह उसका आखिरी मौका था।

वह पिआज्जा नवोना के बारे में सोचने लगा। वहाँ पहुँचने के लिए उसके पास पर्याप्त समय था और वहाँ जाकर वह कोशिश कर सकता था। उसने टैक्सी के लिए चारों तरफ नज़रें दौड़ाई। लेकिन सड़कें करीब करीब वीरान थी। लगता था कि टैक्सी वालों ने भी अपना काम धाम छोड़ कर टीवी देखने का फैसला कर लिया था। वहाँ से पिआज्जा नवोना केवल एक मील की दूरी पर था। लेकिन पैदल जाकर वह अपना समय बर्बाद नहीं करना चाहता था। उसने चर्च की ओर नज़र डाली और किसी से गाड़ी उधार मांगने के बारे में सोचने लगा।

दमकल वाली ट्रक? प्रेस वैन? थोड़ी गंभीरता रखो।

अपने विकल्पों पर विचार करते हुए और समय बीतता देखकर लैंग्डन ने फैसला किया। उसने जेब से बंदूक निकाली और कुछ ऐसा किया जो उसके व्यक्तित्व से कोसों दूर था। उसे लगा कि उसकी आत्मा पर शैतान के कब्जा कर लिया था। वह दौड़कर एक सिट्रोन सेडान की तरफ गया जो सड़क के किनारे लगी थी। लैंग्डन ने ड्राइवर की खुली खिड़की से बंदूक दिखाते हुए इतालवी में बोला, 'बाहर।'

कांपता हुआ वह आदमी बाहर आ गया।

लैंग्डन कूद कर ड्राइवर की सीट पर बैठ गया और गाड़ी लेकर तेजी से निकल गया।

101

स्विस गार्ड के दफ्तर के अंदर एक छोटे से कमरे में गुंटर ग्लिक एक बेंच पर बैठा हुआ था। वह जितने भगवानों को याद कर सकता था सबसे प्रार्थना कर रहा था।

हे *भगवान ऐसा न कि यह सपना हो।* यह उसकी ज़िंदगी के लिए एक ख़बरिया उपलब्धि थी—स्कूप। किसी की भी ज़िंदगी का स्कूप। दुनिया का हर रिपोर्टर आज चाहता था कि वह भी काश ग्लिक होता। *तुम जगे हो न,* वह खुद से पूछ रहा था। *और तुम आज स्टार हो। डैन राथर अभी रो रहा होगा।*

मैक्री उसके साथ थी। वह थोड़ी सी भौचक्की लग रही थी। ग्लिक उसे दोष नहीं दे रहा था। केमरलेग्नो के भाषण का एक्सक्लूसिव दिखाने के अलावा उन दोनों ने दुनिया को कार्डिनल और पोप की वीभत्स तस्वीरें दिखाई थी...वो जीभ! साथ ही एंटीमैटर के डिब्बे के काउंट डाउन की लाइव तस्वीरें भी।

बेशक यह सब केमरलेग्नो की आज्ञा से ही संभव हो पाया था। इसलिए स्विस गार्ड के कमरे में बैठाए जाने के पीछे ये वजह नहीं हो सकती थी। ग्लिक ने इस कवरेज में अपनी तरफ से जो जोड़ा था वह इन लोगों को अच्छा नहीं लगा था। ग्लिक जानता था कि उसने जिस बातचीत के आधार पर अपनी रिपोर्ट बनायी थी वह उसके लिए नहीं था लेकिन यह उसके लिए गौरव का क्षण था। ग्लिक का दूसरा स्कूप।

'आखिरी वक्त में पेश आने वाला परोपकारी।' साथ वाली बेंच पर बैठी मैक्री ने हिकारत भरे लहजे में कहा। वह इस बात से कुछ ख़ास प्रभावित नहीं लग रही थी।

ग्लिक मुस्कुराया, 'बेहतरीन, है कि नहीं?'

'बेहतरीन बेवकूफी।'

ग्लिक समझ रहा था कि उसे ईर्ष्या हो रही है। केमरलेग्नो के भाषण के बाद संयोगवश ग्लिक सही समय पर सही जगह पर मौजूद था। उसने रोचर को अपने लोगों को नया आदेश देता हुआ सुना था। शायद रोचर को किसी रहस्यमय व्यक्ति ने फोन किया था जिसके बारे में रोचर का दावा था कि उसके पास वर्तमान संकट के बारे में कुछ अहम जानकारियाँ थी। रोचर इस तरह बात कर रहा था जैसे वह व्यक्ति इनकी मदद करने वाला था। वह अपने सुरक्षाकर्मियों को नए मेहमान के आगमन के बारे में आगाह कर रहा था।

वैसे यह बात निजी तौर पर कही गई थी लेकिन ग्लिक ने वैसा ही आचरण किया जैसा किसी रिपोर्टर को करना चाहिए—बेशर्मी के साथ। उसने मैक्री को एक अंधेरे कोने में जाकर अपना रिमोट कैमरा चालू करने को बोला और ख़बर भेज दी।

'ईश्वर के अपने शहर में चौंकाने वाली नई घटनाएँ।' उसने बात को प्रभावी बनाने के लिए अपनी आँखें सिकोड़ कर ऐलान किया। उसके बाद उसने कहा कि एक रहस्यमय अतिथि वेटिकन सिटी की रक्षा करने वहाँ पहुँचने वाला था। आखिरी वक्त में मदद करने वाला फरिश्ता, ग्लिक ने उसे यही नाम दिया था। उस गुमनाम आदमी के लिए यही सटीक नाम था जो आखिरी वक्त में एक अच्छा काम करने आ रहा था। दूसरे चैनलों ने भी इस आकर्षक साउंड बाइट को तरजीह दी और एक बार फिर ग्लिक अमर हो गया।

मेरी प्रतिभा लाजवाब है, वह अपने मुँह मियाँ मिट्ठू बन रहा था। *अभी अभी पीटर जेनिंग पुल से नीचे कूद गया।*

ग्लिक इतने पर नहीं रुका। जब दुनिया की निगाहें उस पर डटी थी तो वह अपनी ओर से एक षड्यंत्र योजना को हवा देने से चूका नहीं।

'तुमने हम सबों को फंसा दिया।' मैक्री बोली। 'तुमने सब पर्दाफाश कर दिया।'

'तुम क्या कहना चाहती हो। मैंने कितना महान काम किया है!'

मैक्री हैरत से उसकी ओर देख रही थी। 'पूर्व राष्ट्रपति जॉर्ज बुश भी इल्युमिनाटी थे?'

ग्लिक मुस्कुराया। अब इससे स्पष्ट क्या हो सकता था। जॉर्ज बुश 33 डिग्री के मेसन थे जिसके बारे में ढेरों दस्तावेजी प्रमाण हैं। जब वे सीआईए के प्रमुख थे तो संस्था ने इल्युमिनाटी के बारे में जाँच को प्रमाण के अभाव में बंद कर दिया था। वे सारे भाषण जिसमें वे *प्रकाश के हजारों बिंदुओं* और *नयी वैश्विक व्यवस्था* के बारे में बात करते हैं उनका तो इल्युमिनाटी से सीधा ताल्लुक बनता है।

'और CERN के बारे में कही गई उनकी बात?' मैक्री ने उसे डांटते हुए कहा। 'तुम्हारे दरवाज़े के बाहर कल वकीलों की एक लंबी जमात खड़ी होगी।'

'CERN? मज़ाक छोड़ो। यह तो साफ ज़ाहिर है। इसके बारे में जरा सोचो। सन् 1950 में धरती से इल्युमिनाटी ग़ायब होते हैं और उसी समय CERN की स्थापना होती है। दुनिया भर के सबसे ज्ञानी लोगों के लिए CERN स्वर्ग के समान है। बेशुमार प्राइवेट फंडिंग। उन्होंने एक ऐसा हथियार बनाया जो चर्च को बर्बाद कर सकता है और उफ!... हथियार गुम हो गया।'

'तो तुम दुनिया को बताना चाहते हो कि CERN इल्युमिनाटी का नया ठिकाना है।'

'बिलकुल। ब्रदरहुड समाप्त नहीं हुआ था। इल्युमिनाटी को कहीं जाना था और उनके छिपने के लिए CERN एक बेहतरीन जगह है। मैं यह नहीं कह रहा की CERN के अंदर हर व्यक्ति इल्युमिनाटी है। शायद यह एक विशाल मेसनिक लॉज के जैसा है जहाँ पर ज़्यादातर लोग निर्दोष हैं लेकिन इसके शीर्ष पर स्थित लोग...'

'क्या तुमने कभी मानहानि के बारे में सुना है, ग्लिक, और इसके लिए दिया जाने वाला मुआवजा?'

'और तुमने कभी असली पत्रकारिता के बारे में सुना है!'

'पत्रकारिता? तुम हवा से गोबर निकाल रहे थे। मैंने कैमरा बंद कर दिया होता। और CERN के कॉरपोरेट लोगो के बारे में तुम क्या बकवास कर रहे थे? शैतानी प्रतीक विद्या। तुम्हारा दिमाग़ खराब हो गया है।'

ग्लिक मुस्कुराया। अब मैक्री की जलन साफ दिखाई दे रही थी। CERN के लोगो के बारे में दी गई ख़बर तो सबसे बड़ा स्कूप था। केमरलेग्नो के भाषण के बाद सभी चैनल CERN और एंटीमैटर के बारे में बात कर रहे थे। कुछ चैनल तो CERN के कॉरपोरेट

लोगो को पृष्ठभूमि की तरह इस्तेमाल कर रहे थे। लोगो सामान्य लग रहा था जिसमें एक दूसरे को काटते हुए दो वृत्त दो पार्टिकल एक्सेलरेटर को निर्दिष्ट कर रहे थे और उन्हें छूकर गुजरती हुई पाँच रेखाएँ पार्टिकल इंजेक्शन ट्यूब को दिखा रही थी। दुनिया भर की आँखें इन लोगो पर जमी हुई थी लेकिन केवल ग्लिक, जो खुद को एक संकेत—विज्ञान का ज्ञाता मानता था, को ही सबसे पहले इसमें छिपा इल्युमिनाटी नज़र आया था।

'तुम संकेत-विज्ञान के विद्वान नहीं हो।' मैक्री ने उसे झिड़कते हुए कहा। 'बस भाग्य ने तुम्हारा साथ दिया। संकेत विज्ञान को तुम्हें हार्वर्ड वाले उस व्यक्ति के लिए छोड़ देना चाहिए था।'

'हार्वर्ड वाला व्यक्ति इसे नहीं समझ पाया।'

इन लोगो के अंदर इल्युमिनाटी का महत्व बिल्कुल साफ दिखाई देता है!

वह अंदर ही अंदर बेहद खुश था। हालाँकि CERN में अनेक एक्सेलेरेटर थे लेकिन लोगो पर सिर्फ दो को दिखाया गया था। *दो इल्युमिनाटी के लिए द्वैध की संख्या है।* हालाँकि अधिकांश एक्सेलेरेटर में केवल एक इंजेक्शन ट्यूब होता है लेकिन लोगो पर पाँच दिखाया गया है। *पाँच इल्युमिनाटी पेंटाग्राम की संख्या है।* इसके बाद आती है सबसे धमाकेदार बात। ग्लिक ने बताया कि लोगो पर बड़े आकार में 6 लिखा गया है जो एक रेखा और वृत्त का इस्तेमाल कर लिखा गया है। जब लोगो को घुमाते हैं तो एक दूसरा 6 भी प्रकट होता है ... फिर तीसरा। लोगो पर तीन 6 दिखाई देते हैं! 666! शैतान की संख्या। राक्षस की पहचान।

ग्लिक महान प्रतिभाशाली था।

मैक्री उसे जैसे गोली मारने को तैयार बैठी थी।

ग्लिक जानता था कि ईर्ष्या की भावना थोड़ी देर में ख़त्म हो जाएगी। अब उसका दिमाग़ किसी दूसरे ख्याल में डूबा था। अगर CERN इल्युमिनाटियों का केंद्रीय स्थान था तो क्या वे अपने बदनाम इल्युमिनाटी हीरे को भी वहीं रखते थे? ग्लिक ने इसके बारे में इंटरनेट पर पढ़ रखा था। 'दोष रहित हीरा जो प्राचीन तत्वों से बना था। इसकी पूर्णता को देखकर किसी को भी हैरानी हो सकती थी।'

ग्लिक सोच रहा था कि कहीं ऐसा तो नहीं कि इल्युमिनाटी हीरे का पता ठिकाना उसके द्वारा आज रात खोजे जाने वाले रहस्यों में शामिल होने वाला था।

102

पिआज्जा नवोना। फाउंटेन ऑफ दि फोर रिवर्स।

रोम की रातें, रेगिस्तानी रातों की तरह, आश्चर्यजनक ढंग से ठंडी होती हैं, भले ही दिन कितना ही गर्म क्यों ने रहा हो। इस समय लैंग्डन पिआज्जा नवोना के छोर

पर दुबका हुआ अपनी जैकेट को शरीर पर लपेट रहा था। दूर से लगातार सुनाई देती बेमतलब ट्रैफिक की आवाज़ की तरह ख़बरिया चैनलों का शोरगुल चारों तरफ फैला हुआ था। उसने अपनी घड़ी को देखा। पंद्रह मिनट। उसे आराम करने के लिए कुछ पल मिले थे उसके लिए वह शुक्रगुजार था।

पिआज्जा सुनसान था। बर्निनी की बेहतरीन कलाकृति उसके सामने चमक रही थी। उस में जैसे एक डरावना जादू था। फव्वारे के निचले भाग में जमे पानी से झाग निकल रही थी जो जादुई धुंध की तरह ऊपर की ओर जा रही थी। पानी के नीचे से रोशनी ऊपर जा रही थी। लैंग्डन को हवा में एक ठंडी बिजली का अहसास हो रहा था।

फव्वारे की सबसे आकर्षक विशेषता उसकी ऊँचाई थी। उसकी बीच वाला हिस्सा बीस फीट से ज़्यादा ऊँचा था। ट्रैवरनाइन संगमरमर से बना एक उबड़ खाबड़ पहाड़ जिसमें ढेरों छेद बने थे जिनसे पानी बाहर निकल रहा था। यह पहाड़ मूर्तिपूजक समुदाय की तस्वीरों और चिह्नों से अटा पड़ा था। इसके ऊपर एक चौकोर खंभा बना था जो करीब चालीस फीट ऊँचा था। लैंग्डन ने अपनी नज़रों को ऊपर तक जाने दिया। पत्थर के खंभे के सबसे ऊपरी हिस्से पर आसमान में एक हल्की सी छाया दिखाई दे रही थी, एक अकेला कबूतर वहाँ चुपचाप बैठा था।

लैंग्डन क्रॉस के बारे में सोच रहा था। रोम में बिखरे संकेत-चिह्नों के बारे में सोच कर उसे अब भी आश्चर्य हो रहा था। बर्निनी की कलाकृति फाउंटेन ऑफ दि फोर रिवर्स विज्ञान की आखिरी वेदी थी। कुछ ही घंटे पहले लैंग्डन पैंथियन में खड़ा होकर सोच रहा था कि पाथ ऑफ इल्युमिनाटी अब समाप्त हो चुका था और वह यहाँ तक कभी नहीं पहुँच पाएगा। सचाई थी कि पूरा का पूरा रास्ता अब भी मौजूद था। धरती, हवा, आग, पानी। लैंग्डन ने शुरू से लेकर अंत तक उनका पीछा किया था।

अभी अंतिम स्थान पर पहुँचना बाकी है, लैंग्डन ने खुद को याद दिलाया। इस रास्ते में रुकने के पाँच स्थान थे, चार नहीं। चौथे संकेत चिह्न के तौर पर यह फव्वारा उसकी अंतिम मंजिल को जाती थी—इल्युमिनाटियों का गुप्त स्थान—दि चर्च ऑफ इल्यूमिनेशन। लैंग्डन सोच रहा था कि पता नहीं वह स्थान अब भी मौजूद था कि नहीं। क्या हैसेसिन विट्टोरिया को लेकर उसी गुप्त स्थान पर गया था?

लैंग्डन फव्वारे में बनी आकृतियों को देख रहा था। वह एक ऐसा सुराग ढूँढ़ रहा था जो उसे गुप्त स्थान के बारे में जानकारी देता। *इस महान कार्य में देवदूत करेंगे तुम्हारी सहायता...*। अचानक उसी समय उसे एक परेशान करने वाला खयाल आया। इस फव्वारे में तो देवदूत कहीं नहीं था। लैंग्डन जहाँ खड़ा था वहाँ से उसे साफ पता चल रहा था कि इस फव्वारे में किसी देवदूत की तस्वीर या आकृति नहीं थी। न ही पहले उसने ऐसा देखा था। दि फाउंटेन ऑफ दि फोर रिवर्स मूर्तिपूजकों से संबंधित कलाकृति थी। उस पर उकेरी तस्वीरें भी साँसारिक वस्तुओं की तस्वीरें थी जैसे कि इंसान, जानवर, यहाँ तक अजीब से बने एक आर्माडिलो की भी। यहाँ देवदूत की तस्वीर बेढंगी लगेगी।

मैं गलत जगह पर तो नहीं हूँ? लैंग्डन चारों पत्थर के खंभों से बनी सलीब की आकृति पर विचार करने लगा। उसने अपनी मुट्ठी कस कर बंद कर ली। यह फव्वारा बिल्कुल सही जगह बता रहा है।

उस समय रात के 10: 46 ही हो रहे थे जब गली से निकल कर एक वैन पिआज्जा की दूसरी तरफ जाकर खड़ा हुआ। लैंग्डन की नज़र इस पर नहीं गई होती अगर उसने यह नहीं देखा होता कि वैन की हेडलाइट बंद थी। लग रहा था जैसे कोई शार्क चांदनी रात में समुद्र की निगरानी करने निकला हो। वैन पिआज्जा के चारों तरफ चक्कर काट रहा था।

लैंग्डन झुक गया। वह सेंट एग्रेस इन एगनी चर्च को जा रही विशाल सीढ़ियों के पीछे अंधेरी जगह में दुबक कर खड़ा था। वह पिआज्जा की तरफ देखने लगा, उसकी धड़कन तेज़ हो गई थी।

दो चक्कर लगाने के बाद वैन बर्निनी के फव्वारे की तरफ मुड़ी। वह फव्वारे का पानी जमा होने वाली तश्तरीनुमा जगह के सामने पहुँची। फिर इसके किनारे से आगे बढ़ते हुए यह उस स्थान पर पहुँची जहाँ ढेरों फव्वारे थे। गाड़ी का खिसका कर खुलने वाला दरवाज़ा पानी की सतह से बस कुछ इंच की दूरी पर था।

धुंध ऊपर उठ रही थी।

लैंग्डन के दिल में लगा जैसे कुछ अशुभ होने वाला है। क्या हैसेसिन समय से पहले वहाँ पहुँच गया था। लैंग्डन ने कल्पना की थी कि हैसेसिन अपने आखिरी शिकार को लेकर पैदल ही पिआज्जा पहुँचेगा जैसा कि उसने सेंट पीटर्स में किया था और लैंग्डन को उसे आमने सामने देख पाने का मौका मिला था। लेकिन अगर हैसेसिन वैन में यहाँ पहुँचा था तो खेल बदल चुका था।

अचानक वैन के बगल वाला दरवाज़ा खुला।

वैन के फर्श पर दर्द में कराहता एक नंगा आदमी लेटा हुआ था। वह आदमी लंबी जंजीरों में लिपटा हुआ था। वह जंजीर को खींचने की कोशिश कर रहा था लेकिन जंजीरें बहुत भारी थी। एक जंजीर उस आदमी के मुँह पर इस तरह बांधी गई थी जैसे घोड़ों के मुँह को बांधा जाता है। मदद के लिए उसकी आवाज़ वहीं दब कर ख़त्म हो जा रही थी। तभी लैंग्डन को एक दुसरे इंसान की छाया दिखाई दी जो जंजीरों में बंधे कैदी के पीछे चल रहा था। ऐसा लग रहा था कि वह आखिरी तैयारी कर रहा था।

लैंग्डन को पता था कि उसके पास बस कुछ सेकंड का समय था।

उसने अपनी जैकेट से बंदूक निकाल ली और जैकेट को ज़मीन पर गिरा दिया। वह नहीं चाहता था कि ट्वीड जैकेट उसके काम में बाधा डाले। न ही वो गैलीलियो के डायग्रामा को लेकर पानी के नजदीक जाना चाहता था। इस जगह पर किताब सुरक्षित थी और इसके भींगने का ख़तरा नहीं था।

लैंग्डन तेजी से अपनी दाहिनी ओर चल पड़ा। वह फव्वारे के किनारे किनारे चलता हुआ वैन के ठीक पीछे जाकर खड़ा हो गया। फव्वारे का बीच वाला विशाल हिस्सा उसकी

दृष्टि को बाधित कर रहा था। वहाँ से वह सीधे उस तरफ दौड़ा जहाँ पानी फव्वारे के चारों तरफ जमा हो रहा था। उसे उम्मीद थी कि फव्वारे से गिरने वाले पानी की आवाज़ में उसके कदमों की आहट दब जाएगी। वह फव्वारे के पास पहुँचा। फिर वह उसकी किनारी को फांद कर झागदार पानी के कुंड में कूद गया।

वहाँ कमर भर पानी था जो बर्फ की तरह ठंडा था। लैंग्डन अपने दाँत भींच कर पानी में चलने लगा। पानी की तलहटी में फिसलन थी जो लोगों के द्वारा अच्छे भाग्य के लिए फेंके गए सिक्कों के कारण और भी फिसलन वाला बन गया था। लैंग्डन को लगा कि सिर्फ भाग्य की मदद से सफलता नहीं मिलने वाली थी। उसके चारों तरफ फव्वारे के कारण पैदा हुई धुंध फैली थी। वह समझ नहीं पा रहा था कि उसके हाथ में रखी बंदूक डर से कांप रही थी या फिर ठंड की वजह से।

वह फव्वारे के भीतरी हिस्से में पहुँच कर बायीं तरफ मुड़ गया। वह मुश्किल से पानी को काटता हुआ संगमरमर की मूर्तियों के पीछे छिपता हुआ आगे बढ़ रहा था। संगमरमर के बने एक विशाल घोड़े के पीछे छिपकर लैंग्डन ने झांका। वैन उससे महज पंद्रह फीट की दूरी पर था। हैसेसिन वैन के फर्श पर झुका हुआ था। उसने अपने हाथ जंजीरों में बंधे कार्डिनल की देह पर रखा हुआ था। वह वैन के खुले दरवाज़े से फव्वारे के पानी में उसे देखने के लिए तैयार था।

लैंग्डन कमर भर पानी में था। उसने बंदूक उठाई और धुंध से बाहर आ गया। उसे लग रहा था जैसे वह पानी वाला काउब्वॉय था जो अपने आखिरी कारनामे को अंजाम देने जा रहा था। 'आगे मत बढ़ना।' उसकी आवाज़ बंदूक से भी अधिक स्थिर थी।

हैसेसिन ने नज़रें ऊपर की। एक पल के लिए वह हक्का बक्का रह गया जैसे वह किसी भूत को देख रहा हो। फिर उसके होंठों पर एक शैतानी हंसी फैल गई। उसने आत्मसमर्पण की मुद्रा में अपने हाथ ऊपर उठा दिए। 'ठीक है, जैसा तुम कहो।'

'वैन से बाहर निकलो।'

'तुम गीले हो।'

'तुम समय से पहले आए हो।'

'मैं अपने पुरस्कार के पास जल्दी वापस जाना चाहता हूँ।'

लैंग्डन ने बंदूक तान दी। 'मुझे गोली चलाने में कतई हिचकिचाहट नहीं होगी।'

'तुम्हें हिचकिचाहट हो रही है।'

लैंग्डन को लगा जैसे बंदूक के घोड़े पर उसकी उँगलियाँ कसती जा रही थी। कार्डिनल के शरीर में अब कोई हरकत नहीं हो रही थी। वह पूरी तरह थका हुआ लग रहा था, मरणासन्न। 'उसे खोलो।'

'उसे भूल जाओ। तुम यहाँ उस औरत के लिए आए हो। दिखावा मत करो।'

लैंग्डन के मन में आया कि वह किस्सा अभी ख़त्म कर दे लेकिन उसने अपने ऊपर नियंत्रण रखा। 'वो कहाँ है?'

'किसी सुरक्षित जगह में। मेरे लौटने का इंतज़ार करती।'

वह ज़िंदा है यह जानकर लैंग्डन के अंदर उम्मीद की किरण जगी। 'चर्च ऑफ इल्यूमिनेशन के अंदर?'

हत्यारा मुस्कुराया। 'तुम उस जगह को कभी नहीं ढूँढ़ पाओगे।'

लैंग्डन को विश्वास नहीं हो रहा था। वो गुप्त जगह अब भी मौजूद है। उसने बंदूक को निशाने पर तान दिया। 'कहाँ?'

'यह स्थान सदियों से गुप्त रहा है। मुझे भी इसके बारे में हाल में ही बताया गया है। मैं भरोसा तोड़ने से मरना ज़्यादा पसंद करूंगा।'

'मैं तुम्हारे बिना भी उस जगह को ढूँढ़ सकता हूँ।'

'ये तो अकड़ वाली बात हुई।'

लैंग्डन ने फव्वारे की ओर दिखाते हुए कहा, 'मैं यहाँ तक आ पहुँचा हूँ।'

'यहाँ तक बहुत से लोग आ चुके हैं। आखिरी कदम सबसे मुश्किल होता है।'

लैंग्डन और नजदीक आ गया। पानी के अंदर उसका पैर मुश्किल से स्थिर हो रहा था। अपने हाथों को सिर के पास उठाए हुए वैने के पीछे बैठे हैसेसिन के चेहरे पर विलक्षण शांति दिखाई दे रही थी। लैंग्डन ने उसकी छाती पर निशाना साधा और सोचने लगा कि अच्छा हो कि गोली मार कर इसका किस्सा यहीं ख़त्म कर दिया जाए। *नहीं। उसे पता है कि विट्टोरिया कहाँ है। उसे पता है कि एंटीमैटर कहाँ छिपा कर रखा गया है। मुझे जानकारी चाहिए।*

अंधेरे वैन के अंदर से हैसेसिन अपने हमलावर को देख कर एक तरह की मजेदार दया का अनुभव कर रहा था। इसमें कोई संदेह नहीं था कि अमेरिकी बहादुर था। उसने यह साबित कर दिखाया था। लेकिन उसे प्रशिक्षण प्राप्त नहीं था। यह भी उसने दिखा दिया था। हुनर के बिना बहादुरी आत्महत्या का सबब बन सकती है। जान बचाने के कुछ तरीके होते हैं, प्राचीन नियम। और यह अमेरिकी व्यक्ति उन सभी नियमों को तोड़ रहा था।

तुम मजबूत स्थिति में थे—अप्रत्याशित होने के कारण। लेकिन तुमने इसे खो दिया।

अमेरिकी व्यक्ति तय नहीं कर पा रहा था। वह शायद अपनी मदद के लिए किसी के आने की उम्मीद कर रहा था। या शायद हैसेसिन की जुबान फिसलने की उम्मीद ताकि उसे ख़ास जानकारी मिल सके।

जब तक शिकार शक्तिहीन न हो तब तक उससे पूछताछ नहीं करो। मुश्किल स्थिति में पड़ा दुश्मन खतरनाक होता है।

अमेरिकी व्यक्ति फिर से बात कर रहा था। जानने की कोशिश। चालाकी।

हत्यारा तकरीबन जोर से हंसा। *यह तुम्हारे हॉलीवुड की फिल्म नहीं है... यहाँ आखिरी गोलीबारी के पहले बंदूक की नोक के आगे लंबी बहस नहीं चलने वाली। अंत नजदीक आ चुका है। अभी।*

लैंग्डन की नज़रों से अपनी नज़रें हटाए बिना हत्यारा धीरे धीरे अपने हाथ वैन की छत की तब तक बढ़ाता रहा जब तक उसे अपनी मनचाही चीज़ नहीं मिल गई। बिल्कुल सामने देखते हुए उसने उस चीज़ को पकड़ लिया।

और फिर उसने अपना खेल कर दिया।

लैंग्डन ने इस तरह की गति की बिल्कुल उम्मीद नहीं की थी। थोड़ी देर के लिए लैंग्डन को लगा जैसे भौतिक विज्ञान के नियम समाप्त हो गए हैं। हत्यारा हवा में इस तरह लटका था जैसे उसमें कोई वजन नहीं हो। उसके पैर तेजी से निकले और उसका जूता कार्डिनल की बगल में जोर से लगा। जंजीरों में बंधा कार्डिनल का शरीर छपाक से दरवाज़े के बाहर पानी में गिर गया। पानी का एक तेज़ फव्वारा ऊपर उठा।

लैंग्डन के चेहरे पर पानी का तेज़ छींटा पड़ा। लैंग्डन को परिस्थिति समझने में थोड़ा समय लगा। हत्यारा वैन के एक रोल बार को पकड़ कर बाहर की तरफ झूल गया था। अब हैसेसिन उसकी तरफ तैरता हुआ आ रहा था। पानी में उठे फव्वारे को पार करता, पैर आगे की तरफ।

लैंग्डन ने घोड़ा दबा दिया और साइलेंसर ने गोली दाग दी। बुलेट हैसेसिन के बाएँ पैर के अंगूठे को चीरता हुआ फट गया। तभी लैंग्डन को लगा कि हैसेसिन के जूते की एड़ी उसकी छाती पर जोर से पड़ी। वह लात के धक्के से पीछे हो गया।

दोनों लोग पानी और ख़ून में छप-छपा रहे थे।

बर्फ की तरह ठंडा तरल पदार्थ जब लैंग्डन के पूरे शरीर पर फैल गया तो सबसे पहले उसे दर्द का अनुभव हुआ। जान बचाने की याद उसे बाद में आयी। उसने देखा कि अब उसके पास हथियार नहीं था। वह उसके हाथ से गिर चुका था। वह पानी में डूबकर उसकी फिसलन भरी सतह पर बंदूक की तलाश करने लगा। उसके हाथ में कुछ धातु आया—एक मुट्ठी सिक्का। उसने सिक्का पानी में गिरा दिया। वह आँख खोल कर पानी की तलहटी को देखने लगा। उसके चारों तरफ पानी घिरनी की तरह चक्कर काट रहा था जैसा कि बिल्कुल ठंडे जकूजी में होता है।

साँस लेने की स्वाभाविक इच्छा के बावजूद वह पानी के अंदर डूबा रहा। वह लगातार गतिशील था। उसे पता नहीं था कि अगला हमला किस तरफ से होने वाला था। उसे बंदूक खोजनी थी। वह बेचैनी से सामने टटोल रहा था।

तुम मजबूत स्थिति में हो, लैंग्डन ने खुद को कहा। *तुम अपने तत्व में हो।* भीगी हुई टर्टल—नेक में भी लैंग्डन तैराक की तरह फुर्तीला था। *पानी तुम्हारा तत्व है।*

जब दूसरी बार लैंग्डन के हाथ से धातु टकराया तो उसे पूरा विश्वास हो गया कि भाग्य उसका साथ दे रहा है। इस बार उसकी मुट्ठी में सिक्के नहीं आए थे। उसने उसे पकड़ कर अपनी ओर खींचने की कोशिश की। लेकिन उसने पाया कि वह पानी के अंदर सरक रहा था। वह चीज़ वहीं की वहीं रुकी हुई थी।

लैंग्डन समझ गया कि उसके हाथ में जो चीज़ आयी थी वह जंजीर थी जो कार्डिनल को पानी में अंदर डुबाए हुई थी। कार्डिनल छटपटा रहे थे। लैंग्डन थोड़ी देर के लिए वहीं पर टिका रहा। फव्वारे की फर्श से भयभीत चेहरा उसकी तरफ देख रहा था। इसकी वजह से वह बिल्कुल गति-शून्य हो गया था।

उस व्यक्ति की आँखों में ज़िंदगी की निशानी देखकर लैंग्डन नीचे गया। उसने जंजीर को पकड़ कर उसे ऊपर खींचना चाहा। कार्डिनल का शरीर धीरे धीरे ऊपर आ रहा था। लैंग्डन ने और जोर लगाया। जब कार्डिनल का मुँह पानी से बाहर आया तो बुजुर्ग व्यक्ति ने बेचैनी से भरी हुई जोर जोर से साँसें लेने की कोशिश की। तभी अचानक जोर से उसका शरीर एक ओर लुढ़क गया। लैंग्डन के हाथ से जंजीर फिसल गई। पत्थर की तरह बैजिया फिर से अंदर डूब गया और फेन भरे पानी के भीतर ग़ायब हो गया।

लैंग्डन ने अंदर डुबकी लगाई। पानी की धुंधली तरलता में उसकी आँखें खुली थी। उसने कार्डिनल को ढूँढ़ लिया। लैंग्डन ने उसे कस कर पकड़ लिया। बैजिया की छाती पर लिपटी जंजीरें अपने स्थान से हट गई। उसे क्रूरता की एक और मिसाल दिखाई दी... सलाखों से दागे गए मांस पर लिखा

एक क्षण बाद उसे दो जूते दिखाई दिए। एक से ख़ून निकल रहा था।

103

वाटर पोलो के खिलाड़ी के तौर पर लैंग्डन पानी के भीतर कई लड़ाइयाँ लड़ चुका था। वाटर पोलो के तालाब के अंदर रेफरियों की नज़रों से दूर खिलाड़ियों के बीच जिस तरह की प्रतिस्पर्धात्मक निर्दयता पायी जाती थी उसकी तुलना कुश्ती के भद्दे मुकाबलों से की जा सकती थी। लैंग्डन ने अपने हतोत्साहित प्रतिद्वंद्वियों से लात खायी थी, उन्होंने उसे नोचा था, पानी के अंदर दबोच कर रखा था और एक बार तो दाँत से भी काटा था। लेकिन लैंग्डन उन सब से बच कर निकल जाता था।

अब बर्निनी के फव्वारे के नीचे ठंडे पानी में छटपटाते हुए लैंग्डन को पता था कि वह हार्वर्ड के पूल से बहुत दूर था। यह लड़ाई खेल नहीं बल्कि ज़िंदगी की लड़ाई थी। वे दूसरी बार लड़ रहे थे। यहाँ कोई रेफरी नहीं था। दुबारा मैच भी नहीं होने वाला था। इसमें रत्ती भर भी संदेह नहीं था कि उसे जो हाथ फव्वारे की बेसिन की तलहटी में ले जाने की कोशिश कर रहा था वह उसे मारना चाहता था।

स्वाभाविक प्रतिक्रिया की वजह से लैंग्डन टारपीडो की तरह मुड़ा। *पकड़ से बाहर निकलो।* लेकिन पकड़ ने उसे फिर अंदर की ओर दबा दिया। हमलावर मजबूत स्थिति में था जैसा वाटर—पोलो के किसी सुरक्षात्मक खिलाड़ी के लिए संभव नहीं था। उसके दोनों पैर ज़मीन पर थे। लैंग्डन ने अपने शरीर को तोड़ मरोड़ कर पैर ज़मीन पर जमाने की कोशिश की। हैसेसिन उसके एक हाथ को जोर से पकड़े हुए था लेकिन इसके बावजूद उसकी पकड़ मजबूत थी।

अब लैंग्डन समझ चुका था कि उसके लिए ऊपर आ पाना मुमकिन नहीं था। उसने वही किया जो उसे लगा कि वह कर सकता था। उसने पानी से ऊपर आने की कोशिश बंद कर दी। अगर उत्तर दिशा में जाना संभव नहीं हो तो पूरब की ओर जाओ। अपनी बची खुची ताकत को इकट्ठा कर लैंग्डन ने डॉल्फिन की तरह अपनी टांगो को जोर से धक्का दिया और अपने हाथ को बटरफ्लाई तैराकी की मुद्रा में अपने पीछे कर लिया। उसका शरीर लड़खड़ाते हुए आगे की ओर बढ़ा।

हैसेसिन इस दिशा में परिवर्तन के लिए तैयार नहीं था। बगल की दिशा में लैंग्डन की गति के कारण हमलावर का हाथ एक तरफ खिंच गया और वह लड़खड़ा गया। उसकी पकड़ कमजोर पड़ गई और लैंग्डन ने फिर जोर से लात मारी। ऐसा लगा जैसे जहाज़ को बांधने वाली रस्सी टूट गई थी। लैंग्डन अब आजाद था। लैंग्डन ने अपने फेफड़ों से हवा बाहर निकालते हुए ऊपर आने की कोशिश की। वह केवल एक बार साँस ले पाया। जोरदार ताकत के साथ हैसेसिन फिर उसके ऊपर चढ़ आया। उसकी हथेलियाँ लैंग्डन के कंधे पर थी और वह पूरी ताकत से उसे नीचे दबा रहा था। लैंग्डन अपने पैर ज़मीन पर जमाने के लिए छटपटा रहा था लेकिन हैसेसिन के पैरों ने उसे फिर नीचे गिरा दिया।

वह फिर से पानी के अंदर था।

पानी के अंदर तड़पते लैंग्डन की छाती में जलन हो रही थी। इस बार उसकी कोशिशों से कोई फायदा नहीं हो रहा था। पानी के बुलबुलों के बीच लैंग्डन तलहटी में बंदूक तलाशने की कोशिश कर रहा था। हर चीज़ धुंधली दिखाई दे रही थी। यहाँ पर बुलबुले ज़्यादा सघन थे। हत्यारा उसे और भी अंदर डुबाने की कोशिश कर रहा था। उसकी आँखों के आगे बहुत तेज़ रोशनी की एक धार दिखाई दी। झरने की तलहटी में एक स्पॉटलाइट कसा हुआ था। लैंग्डन ने अपना हाथ आगे बढ़ा कर उस डिब्बे को पकड़ लिया। डिब्बा गरम था। लैंग्डन ने अपने को छुड़ाने की कोशिश की लेकिन वह स्पॉटलाइट कब्जे से बंधा हुआ था। वह उसके हाथ में घूमने लगा। उसकी पकड़ ढीली हो गई।

हैसेसिन ने उसे और भी अंदर डुबो दिया।

तभी लैंग्डन की नज़र उस पर पड़ी। सिक्कों के बीच से उसके चेहरे के ठीक नीचे। पतले, काले सिलिंडर जैसी चीज। ओलिवेट्टी के बंदूक का साइलेंसर। लैंग्डन ने अपना हाथ आगे बढ़ाया और उसकी उँगलियाँ सिलिंडर के चारों तरफ लिपट गई। लेकिन उसे

धातु जैसा अनुभव नहीं हुआ। ये प्लास्टिक से बनी कोई चीज़ थी। उसने जब इसे अपनी ओर खींचा तो एक लचीले रबर की नली उसकी ओर छपर छपर करती हुई आई जैसे नकली सांप। यह करीब दो फीट लंबी थी और इसके छोर पर बुलबुलों की तेज़ धार निकल रही थी। लैंग्डन को बंदूक नहीं मिल पायी थी। उसके हाथ में जो चीज़ आयी थी वो फव्वारे के लिए बुलबुले बनाने वाला यंत्र था।

कुछ फीट आगे, कार्डिनल बैजिया को लग रहा था कि उसकी आत्मा शरीर से बाहर निकलने की कोशिश कर रही थी। वैसे तो उन्होंने ज़िंदगी भर इस क्षण की तैयारी की थी लेकिन उन्होंने कल्पना नहीं की थी कि उनका अंत इस तरह आएगा। उनका भौतिक शरीर तकलीफ से बेचैन था ... जलाया हुआ, घायल और किसी भारी वजन से पानी के भीतर डुबोया हुआ। उन्होंने खुद को याद दिलाया कि उनकी यातना ईसा मसीह की यातना के सामने कुछ भी नहीं थी।

वे हमारे पापों के लिए मरे थे...

बैजिया को नजदीक में चल रहे संघर्ष की आवाज़ सुनाई दे रही थी। उनके लिए यह बर्दाश्त कर पाना मुश्किल था। उन्हें कैद करने वाला आदमी एक और व्यक्ति की जान लेने वाला था ... एक ऐसा व्यक्ति जिसकी आँखें दयावान थी, जिसने उनकी मदद करने की कोशिश की थी।

दर्द बढ़ रहा था। बैजिया अपनी पीठ के बल लेटे हुए पानी के अंदर से अपने ऊपर फैले काले आकाश को देख रहे थे। एक पल के लिए उन्हें लगा कि वे तारों को देख रहे हैं।

वक्त हो चुका था।

अपने भय और संदेह को एक झटके में दूर हटाते हुए बैजिया ने अपना मुँह खोला और साँस बाहर फेंकी। उन्हें मालूम था कि यह उनकी आखिरी साँस हो सकती है। उन्होंने देखा कि उनकी आत्मा बुलबुले के साथ स्वर्ग की ओर जा रही थी। पारदर्शी बुलबुले दिखाई दे रहे थे। फिर स्वाभाविक शारीरिक प्रतिक्रिया के तौर पर उन्होंने जोर से साँस ली। पानी उनकी बगल में बर्फीले चाकू की तरह गिर रहा था। दर्द थोड़ी देर तक रहा।

फिर...शांति।

हैसेसिन ने अपने पैर में हो रही जलन की परवाह नहीं करते हुए अमेरिकी को डुबाने पर ध्यान केंद्रित रखा जो अब भी उसके नीचे उफनते पानी के अंदर दबा हुआ था। पूरी तरह समाप्त करो। उसने अपनी पकड़ और भी मजबूत कर ली। उसे पता था कि इस बार रॉबर्ट लैंग्डन की जान नहीं बचने वाली थी। जैसा कि उसने अनुमान किया था, उसके शिकार का संघर्ष कम होता गया।

अचानक लैंग्डन का शरीर कठोर हो गया। वह जोर जोर से कांपने लगा।

हां, हैसेसिन सोच रहा था। मृत्यु के ठीक पहले होने वाली अकड़न—रिगर, जब पानी फेफड़ों में पहली बार घुसता है। उसे पता था कि रिगर करीब पाँच सेकेंड तक चलता है।

यह छः सेकेंड तक चला।

इसके बाद जैसी कि हैसेसिन ने उम्मीद की थी, उसके शिकार का शरीर बिल्कुल ढीला पड़ गया। एक बड़े बैलून की तरह जिसकी हवा निकल गई हो, लैंग्डन शिथिल हो गया। खेल ख़त्म हो चुका था। हैसेसिन उसे अगले तीस सेकंड तक पानी के अंदर दबाए रहा ताकि पानी उसकी छातियों के नस नस में घुस जाए। फिर उसने लैंग्डन के शरीर को आहिस्ता आहिस्ता अपने आप पानी की तलहटी में डूबने के लिए छोड़ दिया। आखिर में हैसेसिन ने अपना हाथ हटा लिया। मीडिया को फाउंटेन ऑफ दि फोर रिवर्स के अंदर दो दो आश्चर्यजनक चीजें मिलेंगी।

'ताब्बान।' हैसेसिन गाली देते हुए फव्वारे से बाहर निकला। वह अपने अंगूठे को देख रहा था जिससे ख़ून बह रहा था। जूते के सामने का हिस्सा चूर चूर हो गया था और उसके बड़े वाला अंगूठा कट गया था। उसे अपनी लापरवाही पर गुस्सा आ रहा था। उसने अपनी पैंट से कपड़ा फाड़ कर अंगूठे में बांध दिया। उसके पैर में तेज़ दर्द उठा। 'इब्न—अल कल्ब।' उसने अपने होंठ भींच कर कपड़े को अंगूठे के और भीतर ठूंस दिया। ख़ून का रिसना कम हो गया और अब बस बूंद बूंद ख़ून टपक रहा था।

अब उसने अपना ध्यान दर्द से हटाकर मजे की तरफ लगाया। वह वैन में बैठ गया। रोम में उसका काम पूरा हो चुका था। उसे पता था कि तकलीफ को कम करने के लिए उसे क्या करना होगा। विट्टोरिया वेट्रा बंधी हुई उसका इंतज़ार कर रही थी। हैसेसिन भींगा हुआ था और उसे ठंड लग रही थी फिर भी उसने शरीर में तनाव का अनुभव किया।

मैंने अपना ईनाम मेहनत से हासिल किया है।

शहर के दूसरे छोर पर विट्टोरिया को जब होश आया तो वह तकलीफ में थी। वह पीठ के बल पड़ी थी। उसकी मांसपेशियाँ पत्थर की तरह कठोर लग रही थी। कठोर। भुरभुरी। उसने जब हिलने डुलने की कोशिश की तो उसे कंधों में तेज़ दर्द का अनुभव हुआ। उसे यह समझने में थोड़ा वक्त लगा कि उसके हाथ पीठ के पीछे बंधे हुए थे। शुरुआत में उसे कुछ समझ में नहीं आया। क्या मैं सपना देख रही हूँ? लेकिन जब उसने अपना सर उठाने की कोशिश की तो गर्दन के निचले हिस्से में दर्द से उसे पता चला कि वह जगी हुई है।

भ्रांति अब डर में बदल रही थी। उसने अपने चारों तरफ नज़र दौड़ायी। वह एक उबड़ खाबड़ पत्थर के कमरे में थी जो काफी बड़ा और फर्नीचर से सुसज्जित था। वहाँ मशालों से रोशनी हो रही थी। लग रहा था जैसे यह लोगों के मिलने जुलने की कोई प्राचीन जगह हो। आसपास पुराने किस्म के बेंच गोलाकार ढंग से सजे हुए थे।

विट्टोरिया को अपनी त्वचा पर कहीं से हवा के आने का अनुभव हुआ। पास ही एक बड़ा सा दरवाज़ा—डबल डोर—खुला हुआ था। उसके आगे बालकनी थी। छज्जे के बीच खाली जगह से विट्टोरिया को पूरे यकीन से लगा जैसे वह वेटिकन को देख रही थी।

104

रॉबर्ट लैंग्डन *फाउंटेन ऑफ दि फोर रिवर्स* की तलहटी में सिक्कों के बिछावन पर लेटा हुआ था। उसके मुँह में अब भी प्लास्टिक वाली नली लिपटी हुई थी। इस नली से पानी के अंदर झाग पैदा करने के लिए जो हवा पंप से अंदर डाली जा रही थी वह गंदी हो चुकी थी। लैंग्डन का गला जल रहा था। लेकिन उसे कोई शिकायत नहीं थी। वह ज़िंदा था।

उसे ठीक से पता नहीं था कि पानी में डूबते हुए आदमी की नकल उसने कितनी अच्छी तरह की थी लेकिन ज़िंदगी भर पानी के आसपास रहने के कारण लैंग्डन ने कई कहानियाँ जरूर सुनी थी। उसने जितना संभव था उतनी बेहतर नकल करने की कोशिश की थी। अंत में उसने अपने फेफड़ों से पूरी की पूरी हवा बाहर निकाल दी थी और साँस लेना बंद कर दिया था ताकि उसकी मांसपेशियाँ शरीर को लेकर तलहटी में डूब जाएं।

शुक्र था कि हैसेसिन को इस पर विश्वास हो गया और वह चला गया।

जितनी देर तक संभव था लैंग्डन उतनी देर तक फव्वारे की तलहटी में लेट कर इंतज़ार करता रहा। अब उसकी साँस बंद होने ही वाली थी। वह सोच रहा था कि पता नहीं हैसेसिन अब भी वहीं था या चला गया। ट्यूब से बदबूदार साँस लेने के बाद लैंग्डन अंदर ही अंदर तैर कर इसके बीच वाले हिस्से में पहुँच गया जो थोड़ा उभड़ा हुआ और चिकना था। वह चुपचाप इसके सहारे नज़रों से दूर रह कर ऊपर को आने लगा। उसके सामने खड़ी संगमरमर की विशाल प्रतिमाएँ उसे छुपने में मदद कर रही थी।

वैन जा चुकी थी।

लैंग्डन को बस इतना ही देखना था। एक गहरी साँस लेकर लैंग्डन तेजी से उस तरफ मुड़ा जहाँ कार्डिनल बैजिया को डुबोया गया था। लैंग्डन को पता था कि अब तक वे बेहोश हो चुके होंगे और उनके ज़िंदा बच पाने की उम्मीद बहुत कम होगी। लेकिन वह कोशिश करना चाहता था। उसे जब कार्डिनल बैजिया का शरीर मिला तो उसने उसके दोनों तरफ अपने पैर जमा दिए। वह नीचे झुका और कार्डिनल के शरीर में लिपटी जंजीरों को पकड़ लिया। फिर लैंग्डन उसे खींचने लगा। जब कार्डिनल का शरीर पानी से बाहर आया तो लैंग्डन ने देखा कि उनकी पुतलियाँ उल्टी हुई थी और बाहर निकल गई थी। यह शुभ संकेत नहीं था। उनकी ने साँस चल रही थी और न नाड़ी।

लैंग्डन जानता था कि वह उनके शरीर को फव्वारे की किनारियों के ऊपर खींच कर नहीं ला पाएगा। लैंग्डन कार्डिनल बैजिया को पानी में तैराते हुए फव्वारे के बीच में बने संगमरमर के टीले के पास ले आया जिसकी पेंदी में एक खोह जैसा बना था। वहीं पर एक तिरछी सी ताखे जैसी बनावट थी। लैंग्डन ने उस नंगे शरीर को ताखे पर जितना ऊपर हो सकता था उतना ऊपर ले जाकर लिटा दिया। लेकिन काफी ऊपर नहीं।

फिर वह अपने काम पर लग गया। वह पेट के अंदर से पानी निकालने के लिए कार्डिनल की छाती को दबाने लगा जो जंजीरों से बंधा हुआ था। फिर उसने बंद हुई साँसों को चालू करने के लिए सीपीआर की प्रक्रिया शुरू की। वह धीरे धीरे गिन रहा था। आराम से। वह तेजी से और जल्दी जल्दी हवा डाल कर धड़कन चालू करने से बचना चाह रहा था। लैंग्डन ने तीन मिनट तक बुजुर्ग व्यक्ति की साँस वापस लाने की कोशिश चालू रखी। पाँच मिनट के बाद लैंग्डन ने समझ लिया कि अब कोई फायदा नहीं होने वाला था।

विशिष्ट कार्डिनल। जो पोप बनने वाला था अब वह उसके सामने मृत पड़ा हुआ था।

लेकिन अब भी, पानी में आधा-अधूरा डूबे हुए ताखे पर रखे कार्डिनल बैजिया के शरीर से एक शांत गरिमा प्रतिबिंबित हो रही थी। पानी उनकी छाती पर आहिस्ता आहिस्ता थपेड़े ले रहा था। लग रहा था जैसे उसे पछतावा हो रहा हो और वह उस व्यक्ति का आखिरी हत्यारा हो। जैसे कि वह चमड़ी को दाग कर अपने नाम से बनाए घाव को साफ करने की कोशिश कर रहा हो।

लैंग्डन ने धीरे से अपनी हथेलियाँ उनकी आँखों पर फिरायी और ऊपर की ओर घूमी हुई पुतलियों को बंद कर दिया। ऐसा करते हुए उसे अपने अंदर से एक थकी हुई कंपकंपाहट का अनुभव हुआ। फिर कई वर्षों में पहली बार लैंग्डन रो पड़ा।

105

पानी के अंदर मृत कार्डिनल से दूर जाते हुए भावनाओं का बोझ धीरे-धीरे कम हो रहा था। थकावट से चूर फव्वारे में अकेले खड़े लैंग्डन को लग रहा था जैसे वह बेहोश होने वाला था। लेकिन उसे लगा जैसे कि उसके अंदर एक नयी ज़रूरत पैदा हो गई थी। इससे इंकार नहीं किया जा सकता था, बेचैनी से भरा। उसे लगा कि उसकी मांसपेशियाँ एक नयी ऊर्जा से भर कर सख्त हो रही थी। उसका दिमाग़ उसके दिल के दर्द को झटक कर पहले घटी घटनाओं को भुला देना चाहता था और सामने उपस्थित एक मात्र काम पर केंद्रित होना चाहता था।

इल्युमिनाटी की मांद का पता करो। विट्टोरिया की मदद करो।

लैंग्डन अब बर्निनी के फव्वारे के पहाड़ी वाले हिस्से पर ध्यान केंद्रित कर रहा था। उसने उम्मीद की डोर पकड़ कर इल्युमिनाटी के आखिरी निशान की खोज शुरू कर दी। उसे पता था कि इन्हीं गड्डमड्ड आकृतियों के बीच कोई सुराग छुपा था जो उसे इल्युमिनाटी की मांद का रास्ता बता सकता था। लैंग्डन ने जब फव्वारे पर नज़र दौड़ाई तो उसकी उम्मीद पर पानी फिर गया। उस संभावित निशान के बारे में लग रहा था कि फव्वारे से निकल रहे पानी की गुड़गुड़ाहट उसका मज़ाक उड़ा रही थी। इस महान कार्य में देवदूत करेंगे तुम्हारी सहायता...लैंग्डन अपने सामने बनी मूर्तियों पर नज़र गड़ा कर देख रहा

था। *यह फव्वारा मूर्तिपूजकों का है। इसमें तो देवदूतों का कोई अता पता नहीं दिखाई दे रहा!*

जब लैंग्डन ने बीच की जगह को बिना किसी नतीजे के देख लिया तो उसकी नज़र स्वाभाविक तौर पर सामने खड़े ऊँचे पत्थर के खंभे पर गई। *चार निशान जो रोम में एक विशाल क्रॉस की शक्ल में बिखरे हैं,* लैंग्डन ने सोचा।

पत्थर के चौकोर खंभे पर उभरी चित्रलिपि को देखते हुए लैंग्डन सोच रहा था कि कहीं मिस्र के इन प्रतीकों में ही तो कोई सुराग नहीं छुपा था। उसने तुरंत यह ख्याल अपने दिमाग़ से निकाल दिया। ये चित्रलिपियाँ बर्निनी से सैकड़ों साल पहले लिखी गई थी। इन्हें रोजेटा स्टोन की खोज होने तक पढ़ा भी नहीं जा सका था। फिर भी लैंग्डन ने कोशिश जारी रखी। हो सकता है कि बर्निनी ने कुछ संकेताक्षर अलग से लिखे हों जो इन सारी चित्रलिपियों के बीच दिखाई नहीं दे रही हो।

उसे उम्मीद की किरण दिखाई दी। लैंग्डन ने फव्वारे का एक और चक्कर लगाया और और चौकोर खंभे के चारों सतहों का अध्ययन करने लगा। इसमें उसे दो मिनट का समय लगा। जब वह आखिरी सतह के पास पहुँचा तो उसकी उम्मीद पूरी तरह से ख़त्म हो गई। चित्रलिपि के बीच कुछ भी ऐसा नहीं नज़र आ रहा था जो बाद में जोड़ा गया हो। देवदूत तो कतई नहीं दिखे।

लैंग्डन ने घड़ी पर नज़र डाली। ठीक ग्यारह बजे थे। वह समझ नहीं पा रहा था कि समय के पंख लगे थे या यह घिसट रहा था। फव्वारे के चारों तरफ चक्कर लगाते हुए उसके दिमाग़ में विट्टोरिया और हैसेसिन की डरावनी छवि बार बार आ रही थी। उसने एक चक्कर और लगाया। उसकी हताशा बढ़ती जा रही थी। वह थक चुका था और हारा हुआ महसूस कर रहा था। लैंग्डन को लगा जैसे वह बेहोश होने वाला था। उसने सर को पीछे झटक कर रात के अंधेरे में चिल्लाया।

आवाज़ उसके गले में ही अटकी रह गई।

लैंग्डन पत्थर के चौकोर खंभे के ऊपरी हिस्से की तरफ देख रहा था। इसके शिखर पर रखी चीज़ को उसने पहले भी देखा था लेकिन उसने इस पर ध्यान नहीं दिया था। लेकिन इस बार उसकी नज़र वहाँ जाकर रुक गई। वो किसी देवदूत की मूर्ति नहीं थी। दूर दूर तक नहीं। उसने तो इसे बर्निनी के फव्वारे का हिस्सा भी नहीं समझा था। उसे यह जीवित प्राणी लगा था। शहर की गंदगी को साफ करने वाला पक्षी जो ऊँचे मीनार के शीर्ष पर बैठा था।

कबूतर।

लैंग्डन ने आँखें सिकोड़ कर आसमान की ओर देखा। चारों तरफ फैले धुंध से उसे देखने में परेशानी हो रही थी। कबूतर था शायद? तारों की पृष्ठभूमि में इसका सर और चोंच साफ साफ दिखाई दे रहा था। लेकिन लैंग्डन के यहाँ आने के बाद चिड़िया एक बार भी अपनी जगह से नहीं हटी थी, नीचे चली लड़ाई के बावजूद। चिड़िया उसी जगह पर

थी जहाँ चौराहे में घुसते समय लैंग्डन ने उसे देखा था। वह चौकोर खंभे पर बैठी पश्चिम की ओर देख रही थी।

थोड़ी देर तक चिड़िया की ओर देखने के बाद लैंग्डन ने फव्वारे के अंदर हाथ डुबा कर एक मुट्ठी सिक्के निकाल लिए। उसने सिक्कों को ऊपर की तरफ फेंका। वे ग्रेनाइट के बने खंभे के ऊपरी भाग में जाकर बिखर गए लेकिन चिड़िया में कोई गति नहीं हुई। उसने दुबारा कोशिश की। इस बार एक सिक्का निशाने पर लगा। धातु पर धातु के गिरने से एक हल्की सी आवाज़ चौराहे में फैल गई।

कंबख्त कबूतर पीतल का बना था।

तुम्हें देवदूत की तलाश है, कबूतर की नहीं, अंदर से एक आवाज़ ने उसे याद दिलाया। लेकिन तब तक देर हो चुकी थी। लैंग्डन ने कबूतर का तात्पर्य समझ लिया था। उसे समझ में आ चुका था कि चिड़िया कबूतर नहीं थी।

यह पंडुक था।

उसे खुद ही ठीक से समझ में नहीं आ रहा था कि वह क्या कर रहा है लेकिन लैंग्डन दौड़ते हुए फव्वारे के केंद्र में पहुँच गया और उस पहाड़ी जैसी आकृति के ऊपर चढ़ने लगा। वह उसके विशाल हाथ-पैरों पर चढ़ता हुआ ऊपर चला जा रहा था। आधा रास्ता तय करने के बाद जब धुंध कम हुई तो उसे चिड़िया का सर स्पष्ट दिखाई दिया।

अब उसे कोई संदेह नहीं था कि यह पंडुक की मूर्ति थी। चिड़िया के काले रंग से धोखा हो रहा था लेकिन इसकी वजह रोम का प्रदूषण थी जिसने पीतल को मैला कर दिया था। अचानक उसे इसका महत्व समझ में आया। आज दिन में उसने पैंथियन में पंडुकों का एक जोड़ा देखा था। पंडुकों के जोड़े का कोई मतलब नहीं निकल रहा था। लेकिन यह पंडुक अकेला था।

मूर्तिपूजकों की परंपरा में अकेला पंडुक शांति का प्रतीक देवदूत माना जाता है।

इस सच को जानते ही जैसे लैंग्डन को बाकी दूरी तय करने की ऊर्जा मिल गई थी। बर्निनी ने देवदूत के बदले मूर्तिपूजकों की परंपरा में देवदूत के प्रतीक को चुना था ताकि वह उसे फव्वारे के बीच छुपा सके। *इस महान कार्य में देवदूत करेंगे तुम्हारी सहायता... पंडुक ही देवदूत है।* लैंग्डन इल्युमिनाटी के आखिरी पहचान चिह्न के तौर पर चौकोर खंभे के ऊपर रखी इस चीज़ से ऊँची किसी जगह की कल्पना नहीं कर सकता था।

चिड़िया पश्चिम की तरफ देख रही थी। लैंग्डन ने इसकी दृष्टि की सीध में देखने की कोशिश की लेकिन मकानों के उस पार देखना संभव नहीं था। वह और ऊपर चढ़ा। अचानक उसकी याद्दाश्त में न्यासा के सेंट ग्रेगरी का एक कथन कौंध गया। *आत्मा जैसे जैसे प्रकाशवान बनती है... यह पंडुक के आकार में बदलती जाती है।*

लैंग्डन आकाश की ओर बढ़ा जा रहा था। पंडुक की तरफ। अब वह करीब करीब उड़ रहा था। अब वह उस चबूतरे पर पहुँच चुका था जहाँ से चौकोर खंभा शुरू होता था। इससे ऊपर जाना संभव नहीं था। चारों तरफ नज़र दौड़ाते ही वह समझ गया कि अब इसकी ज़रूरत नहीं थी। उसके सामने पूरे रोम का नजारा हाजिर था। अद्भुत नजारा था।

उसकी बायीं तरफ सेंट पीटर के चौराहे पर मीडिया की बेतरतीब रोशनी फैली हुई थी। उसके दाहिने तरफ सैंटा मारिया डेला विट्टोरिया के गुंबद से धुआं निकल रहा था। उसके सामने कुछ दूरी पर पिआज्जा डेल पोपोलो था। उसके नीचे चौथा और आखिरी स्थान। पत्थर के चौकोर खंभों से बना क्रॉस का निशान।

कांपते हुए लैंग्डन ने अपने सर के ऊपर बने पंडुक की ओर देखा। वह सही दिशा की ओर मुड़ गया और फिर आसमान में अपनी नज़र दौड़ाने लगा।

एक पल में उसने देख लिया।

इतना साफ। इतना स्पष्ट। इतना सरल कि किसी की उस पर नज़र नहीं जा सकती।

उस ओर देखते हुए लैंग्डन को यकीन नहीं हो रहा था कि इल्युमिनाटी के छिपने की यह जगह, उनकी मांद, इतने वर्षों तक गुप्त रह सकती थी। नदी के उस पार उसके सामने दिखाई दे रहे पत्थर की विशाल आकृति पर नज़र डालते हुए ऐसा लग रहा था जैसे शहर कहीं दूर चला जा रहा हो। यह इमारत रोम की दूसरी इमारतों की तरह ही मशहूर थी। यह इमारत वेटिकन से तिरछी रेखा में टाइबर नदी के किनारे बनी थी। इस इमारत का ज्यामितीय स्वरूप अजीब था—गोलाकार महल जो चौकोर किले के भीतर बना था। इसकी दीवारों के बाहर पूरी इमारत को घेरे हुए पेंटाग्राम के आकार में एक बगीचा बना हुआ था।

सामने दिखाई दे रही प्राचीन, पत्थर से बनी प्राचीर हल्के हल्के फ्लड लाइट से प्रकाशित थी। महल के ऊपर पीतल का एक विशाल देवदूत बना था। देवदूत की तलवार नीचे महल के ठीक केंद्र की ओर इशारा कर रही थी। इससे भी ज़्यादा, महल के मुख्य प्रवेश द्वार की ओर मशहूर *ब्रिजेज ऑफ एंजेल्स* दिखाई दे रहा था ... एक नाटकीय प्रवेशद्वार जिस पर विशाल आकार के बारह देवदूतों की मूर्तियाँ बनी थी जिसे और किसी ने नहीं बल्कि बर्निनी ने बनाया था।

लैंग्डन को एक और विस्मयकारी रहस्योद्घाटन हुआ। उसने अनुभव किया कि शहर भर में फैले चौकोर खंभों से बने क्रॉस इस महल को बिल्कुल इल्युमिनाटी ढंग से इंगित कर रहे थे। क्रॉस का मध्यवर्ती हिस्सा महल के पुल के ठीक बीचो बीच गुजर रहा था और इसे दो बराबर हिस्सों में बांट रहा था।

लैंग्डन ने अपना ट्वीड कोट उठाया। वह उसे अपने भीगे बदन से दूर रख रहा था। वह जाकर चुरायी हुई सेडान कार में जाकर बैठ गया। उसने भीगे जूते से एक्सेलेरेटर दबाया और रात में तेजी से निकल पड़ा।

106

अब 11:07 बज चुके थे। रोम की रात में लैंग्डन की गाड़ी दौड़ी चली जा रही थी। नदी के समांतर बने लुंगोतेवेरे टोर डि नोना के किनारे चलते हुए दाहिनी तरफ

लैंग्डन को अपनी मंजिल दिखाई दे रही थी जो पहाड़ की तरह धरती से निकलता लग रहा था।

कैसल सेंट एंजेलो। देवदूत का महल।

बिना किसी चेतावनी के संकरे ब्रिज ऑफ एंजेल्स पार करते ही अचानक पोंटे सेंट एंजेलो दिखाई दिया। लैंग्डन ने तुरंत ब्रेक पर पैर जमाया और गाड़ी घिसटती हुई रुक गई। वह समय रहते वापस लौट गया लेकिन पुल पर बैरिकेड लगा हुआ था। उसकी गाड़ी करीब दस फीट घिसटती हुई छोटे छोटे सीमेंट के पिलरों से जाकर टकराई जो रास्ता रोकने के लिए लगाए गए थे। गाड़ी के अचानक रुकने से लैंग्डन आगे को झुक गया। वह हांफ रहा था। उसे कंपकंपी भी हो रही थी। उसे याद नहीं रहा कि ब्रिज ऑफ एंजेल्स को सुरक्षित रखने के लिए इसे केवल पैदल चलने वालों के लिए ही खुला रखा गया था।

घबड़ाया हुआ लैंग्डन चिपटी हुई कार से लड़खड़ाता हुआ बाहर निकला। वह सोच रहा था कि काश उसने दूसरा रास्ता चुना होता। उसे फव्वारे की वजह से बहुत ठंड लग रही थी। उसने अपने भीगी हुई कमीज के ऊपर हैरिस ट्वीड डाल ली। उसने हैरिस ट्वीड के दोहरे अस्तर के लिए इसे धन्यवाद दिया। डायग्रामा फोलियो के भीगने का ख़तरा नहीं था। उसके सामने पुल के उस पार पत्थर का किला पहाड़ की तरह दिखाई दे रहा था। वह थका हुआ और कमजोर महसूस कर रहा था। उसने लंगड़ाते हुए दौड़ना शुरू किया।

उसके दोनों तरफ पहरेदारों की तरह खड़े बर्निनी के देवदूत पीछे छूटते जा रहे थे और उसे अपनी अंतिम मंजिल की ओर जैसे धकेल रहे थे। *इस महान कार्य में देवदूत करेंगे तुम्हारी सहायता...* जैसे जैसे वह आगे बढ़ रहा था महल जैसे सामने आता दिखाई दे रहा था, एक ऐसी चोटी की तरह जिसे लांघना मुमकिन नहीं हो। यह उसे सेंट पीटर्स से भी ज़्यादा डरावना लग रहा था। वह किले की तरफ तेजी से जा रहा था, जैसे धुआं उसे ताकत दे रहा हो। वह किले के बीच में बनी गोलाकार आकृति को देख रहा था। यह आकाश में बने एक बहुत बड़े आकार के देवदूत की ओर जा रही थी जिसके हाथ में तलवार थी।

किला सुनसान दिखाई दे रहा था।

लैंग्डन को पता था कि वेटिकन सदियों से इस महल का इस्तेमाल एक मकबरे, किले या पोप के छिपने की जगह के तौर पर कर रहा था। इसका इस्तेमाल चर्च के दुश्मनों को कैद में रखने और म्यूजियम के तौर पर भी किया जाता था। इस किले में कुछ दूसरे लोग भी रहते थे जैसे कि इल्युमिनाटी। यह जानकर अंदर से एक अजीब सा डर लगता था। वैसे तो यह महल और किला वेटिकन की संपत्ति थी लेकिन इसका इस्तेमाल कभी कभार ही होता था। बर्निनी ने कई सालों इस पर काम करते हुए इसमें कई नई चीजें जोड़ी थी। ऐसी मान्यता थी कि इस इमारत में गुप्त प्रवेश द्वारों, गलियारों और छिपने की जगहों

का जाल बना हुआ था। लैंग्डन को पूरा यकीन था कि देवदूत और पंचकोना पार्क दोनों बर्निनी की बनाई हुई थी।

महल के विशाल दोहरे दरवाज़े पर पहुँच कर लैंग्डन ने उस पर जोर का धक्का लगाया। आश्चर्य नहीं कि यह टस से मस नहीं हुआ। लोहे की बनी कुंडियाँ आँखों की सीध में बनी थी। लैंग्डन ने इसकी परवाह नहीं की। वह पीछे हटकर बाहरी दीवार के ऊपरी हिस्से को देखने लगा। इन दीवारों ने बर्बरों, विधर्मियों और मूरों को अंदर घुसने से रोका था। उसे लगा कि अंदर घुस पाने की संभावना बहुत कम थी।

विट्टोरिया, लैंग्डन सोचने लगा, *क्या तुम अंदर हो?*

लैंग्डन बाहरी दीवार के चारों तरफ घूम कर देखने लगा। अंदर जाने का कोई न कोई दूसरा रास्ता तो होगा!

पश्चिम के तरफ बने दूसरे परकोटे को पार करते हुए लैंग्डन हांफते हुए लुंगोतेवेरे एंजेलो के दूसरी तरफ बने पार्किंग के लिए बनी एक छोटी सी जगह में पहुँचा। यहाँ उसे महल में घुसने का दूसरा दरवाज़ा दिखाई दिया जो खोलने और बंद करने वाले पुल की तरह लग रहा था। इसे उठाकर बंद कर दिया गया था। लैंग्डन ने फिर ऊपर की ओर घूरना शुरू किया।

महल के अंदर सिर्फ बाहर की तरफ लगी फ्लड लाइट ही दिखाई दे रही थी जो सामने के हिस्से पर रोशनी डाल रही थी। अंदर की सभी छोटी-छोटी खिड़कियों में अंधेरा था। लैंग्डन और ऊपर की तरफ देखने लगा। बीच में बने टावर के शिखर पर, करीब सौ फीट ऊपर, देवदूत की तलवार के ठीक नीचे, एक बालकनी निकली हुई दिखाई दे रही थी। संगमरमर के छज्जे पर हल्की सी रोशनी दिखाई दे रही थी। ऐसा लग रहा था जैसे उसकी दूसरी ओर बने कमरे में मशाल की रोशनी जल रही हो। लैंग्डन ठहरा। उसका भीगे हुए शरीर में अचानक कंपकंपी होने लगी। कोई साया? वह चुपचाप इंतज़ार करने लगा। उसे फिर वही दिखाई दिया। उसकी रीढ़ की हड्डी में तेज़ दर्द हुआ। *वहाँ कोई है !*

'विट्टोरिया।' वह चिल्लाया, वह अपने पर नियंत्रण नहीं रख पा रहा था। लेकिन उसकी आवाज़ पीछे गरजती हुई टाइबर नदी में खो गई। वह गोल गोल चक्कर लगाने लगा। वह सोच रहा था कि कमबख्त स्विस गार्ड कहाँ मर गए। पता नहीं उसके संदेश को उन्होंने देखा भी कि नहीं।

पार्किंग वाली जगह के दूसरे छोर पर मीडिया का एक ट्रक पार्क किया हुआ था। लैंग्डन उसकी तरफ दौड़ पड़ा। वहाँ पर तोंद वाला एक व्यक्ति हेडफोन लगाकर लीवर को ठीक करता हुआ बैठा था। लैंग्डन ने ट्रक की बगल में ठकठकाया। लैंग्डन के भीगे कपड़ों को देखकर वह आदमी उछल गया। उसने तुरंत अपना हेडफोन हटा लिया।

'दोस्त, क्या परेशानी है तुम्हें?' बोलने के लहजे से वह आस्ट्रेलिया का लग रहा था।

'मुझे तुम्हारा फोन चाहिए।' लैंग्डन बेचैन हो रहा था।

उस आदमी ने कंधे उचकाते हुए कहा, 'डायल टोन ही नहीं है। मैं पूरी रात कोशिश में लगा हूँ। सारे सर्किट व्यस्त हैं।'

लैंग्डन ने तेज़ आवाज़ में बोला, 'तुमने क्या इस तरफ जाते हुए किसी को देखा है?' वह खोलने-बंद करने वाले ड्रॉ ब्रिज की तरफ इशारा कर रहा था।

'हाँ, दरअसल एक काली वैन रात भर अंदर बाहर आती-जाती रही है।'

लैंग्डन को लगा जैसे उसके पेट में किसी ने जोर से ईंट दे मारी हो।

'हरामी का नसीब अच्छा है।' ऑस्ट्रेलियाई व्यक्ति ने टावर की ओर देखते हुए कहा। वहाँ से वेटिकन नहीं दिखाई देने पर अपनी नाराजगी ज़ाहिर करते हुए उसने कहा, 'उस जगह के ऊपर में मैं दावे के साथ कह सकता हूँ कि नजारा बेजोड़ होगा। मैं सेंट पीटर्स के ट्रैफिक को पार नहीं कर पाया इसलिए यहीं से शूटिंग कर रहा हूँ।'

लैंग्डन कुछ नहीं सुन रहा था। वह विकल्पों के बारे में सोच रहा था।

'तुम क्या कहते हो? वो अंतिम वक्त में मदद करने वाले *एलेवेंथ ऑवर सेमरिटन* वाली बात क्या सच्ची है?' ऑस्ट्रेलियाई व्यक्ति ने पूछा।

लैंग्डन मुड़ा, 'क्या कहा?'

'तुमने सुना नहीं? स्विस गार्ड के कैप्टन को किसी ने फोन किया जिसका दावा है कि उसे कुछ ख़ास जानकारी है। वह आदमी अभी पहुँच रहा है। मैं सिर्फ इतना जानता हूँ कि अगर वह कुछ कर पाया तो ...रेटिंग्स को देखो।' वह आदमी हंसा।

लैंग्डन फिर से दुविधा में पड़ गया। कोई दयालु व्यक्ति मदद के लिए हवाई जहाज़ से पहुँच रहा है। क्या उस आदमी को पता तो नहीं कि एंटीमैटर कहाँ है? तो फिर उसने सीधे स्विस गार्ड को फोन करके बताया क्यों नहीं ? वह खुद क्यों आ रहा है ? कुछ तो अजीब था लेकिन लैंग्डन को इसके बारे में सोचने का वक्त नहीं था।

'अच्छा।' ऑस्ट्रेलियाई व्यक्ति ने कहा, 'तुम वही व्यक्ति तो नहीं हो जिसे मैंने टीवी पर देखा था? वही जो सेंट पीटर के चौराहे पर कार्डिनल की मदद करने की कोशिश कर रहा था।'

लैंग्डन ने कोई जवाब नहीं दिया। उसकी नज़र ट्रक के ऊपर लगी चीज़ पर टिकी हुई थी—सैटेलाइट डिश जो मुड़ कर छोटा हो जाने वाली एक सीढ़ी जैसी चीज़ पर टंगा हुआ था। लैंग्डन ने फिर से महल की ओर देखा। बाहरी दीवार करीब पचास फीट ऊँची थी। भीतरी दीवार और भी अधिक ऊँची थी। सुरक्षा कवच। यहाँ से अंदर के सबसे ऊँचे भाग पर पहुँचना असंभव लग रहा था। लेकिन अगर वह पहली दीवार को पार कर पाता तो...

लैंग्डन तेजी से उस पत्रकार की ओर मुड़ा। उसने सैटेलाइट डिश की सीढ़ी की ओर दिखाते हुए पूछा, 'यह कितनी ऊँचाई तक जा सकता है?'

उसकी समझ में कुछ नहीं आ रहा था, 'क्यों? करीब पंद्रह मीटर तक।'

'मेहरबानी कर के ट्रक को दीवार के पास लगाओ। मुझे तुम्हारी मदद चाहिए।'

'तुम क्या बात कर रहे हो?'

लैंग्डन ने उसे अपनी बात समझाई।

ऑस्ट्रेलियाई व्यक्ति की आँख फटी की फटी रह गई। 'तुम पागल हो क्या? ये दो लाख डॉलर कीमत की टेलिस्कोपिक एक्सटेंशन है, कोई सीढ़ी नहीं।'

'तुम्हें रेटिंग चाहिए न? मेरे पास ऐसी सूचना है जिससे तुम्हारा दिन बन जाएगा।' लैंग्डन व्यग्र हो रहा था।

'दो लाख डॉलर के बराबर की सूचना?'

लैंग्डन ने उसे बताया कि इस मदद के बदले में वह कैसी सूचना उसे देने वाला है।

नब्बे सेकेंड बाद रॉबर्ट लैंग्डन सैटेलाइट एक्सटेंशन के सबसे ऊँचे हिस्से को पकड़ कर ज़मीन से करीब पचास फीट की ऊँचाई पर हवा में झूल रहा था। उसने आगे झुक कर पहले परकोटे को पकड़ लिया और किसी तरह घिसट कर दीवार पर चढ़ गया। इसके बाद वह किले के भीतरी बुर्ज पर पहुँच गया।

'अब अपना वादा पूरा करो।' नीचे से ऑस्ट्रेलियाई व्यक्ति ने आवाज़ लगाई। 'कहाँ है वह?'

लैंग्डन को यह ख़बर बताते हुए अपराधबोध हो रहा था। लेकिन सौदा तो सौदा होता है। फिर, हैसेसिन तो मीडिया को जरूर इसके बारे में खुद बताता। 'पिआज्जा नवोना।' लैंग्डन ने चिल्ला कर बताया। 'वह फव्वारे के अंदर है।'

आस्ट्रेलियाई व्यक्ति ने अपने सैटेलाइट डिश नीचे कर लिया और अपनी ज़िंदगी की सबसे बड़ी ख़बर, स्कूप, की तलाश में निकल पड़ा।

शहर से काफी ऊँचाई पर पत्थर के एक कमरे में हैसेसिन ने गीला जूता खोला और अपने घायल अंगूठे पर पट्टी बांधी। उसे दर्द हो रहा था लेकिन इतना नहीं कि वह मजे नहीं ले सकता था।

वह अपने पुरस्कार की तरफ मुड़ा।

वह कमरे के एक कोने में थी। एक मामूली सी दीवान पर पीठ के बल लेटी हुई। उसके दोनों हाथ पीठ के पीछे बंधे थे। मुँह में कपड़ा ठूंसा हुआ था। हैसेसिन उस की ओर बढ़ा। अब वह जग चुकी थी। यह बात उसे अच्छी लगी। आश्चर्य की बात थी कि उसकी आँखों में भय की जगह आग दिखाई दे रही थी।

डर भी वापस आएगा।

107

रॉबर्ट लैंग्डन किले के बाहरी परकोटे को तेजी से पार कर रहा था। वह फ्लैश लाइटों का शुक्रगुजार था। दीवार को पार करते हुए नीचे का आंगन उसे प्राचीन काल की

युद्ध कला से संबंधित म्यूजियम की तरह लग रहा था—गुलेल, संगमरमर के बने तोप के गोलों का ढेर और तरह तरह के डरावने यंत्र वगैरह। दिन के समय किले का एक हिस्सा सैलानियों के लिए खुला रहता था और आंगन को एक हद तक अपने पुराने स्वरूप में संरक्षित किया गया था।

लैंग्डन की आँखें आंगन को पार कर किले के बीच वाले हिस्से को देख रही थी। 107 फीट ऊँचा गोलाकार गढ़ ऊपर बने पीतल के देवदूत को छू रहा था। ऊपर बनी बालकनी के अंदर से अब भी रोशनी दिखाई दे रही थी। लैंग्डन पुकारना चाहता था लेकिन उसे पता था कि ऐसा नहीं करना चाहिए। उसे अंदर घुसने का रास्ता ढूँढ़ना होगा।

उसने घड़ी देखी—रात के 11:12 बजे थे।

लैंग्डन भीतरी दीवार के साथ बने पत्थर के ढालवां रास्ते पर तेजी से दौड़ता हुआ आंगन में उतर गया। ज़मीन पर आते ही वह परछाइयों के बीच छुपते हुए घड़ी के घूमने की दिशा में किले की ओर बढ़ा। उसने तीन पोर्टिको पार किया लेकिन वे सभी स्थायी रूप से बंद थे। *हैसेसिन अंदर घुसा कैसे?* लैंग्डन आगे बढ़ता रहा। उसने दो आधुनिक दिख रहे दरवाजों को पार किया लेकिन उनमें बाहर से ताला लगा हुआ था। *यहाँ नहीं* । वह दौड़ता रहा।

लैंग्डन ने तकरीबन पूरी इमारत का चक्कर लगा लिया था तभी उसे अपने सामने बजरी से बना एक ड्राइव वे दिखाई दिया जो आंगन के बीचों बीच जा रहा था। किले की बाहरी दीवार के पास एक जगह उसे दरवाज़े वाले ड्रॉ—ब्रिज का पिछला हिस्सा दिखाई दिया जो बाहर की ओर जा रहा था। ड्राइव वे का दूसरा छोर किले के अंदर जा कर कहीं गुम हो रहा था। लग रहा था कि ड्राइव वे किसी सुरंग में जा रहा था—जो बीच वाले हिस्से में बड़े गड्ढे की तरह लगता था। सुरंग। लैंग्डन ने इस किले के सुरंग के बारे में सुना था जो एक विशाल ढालवां रास्ते, रैंप, की तरह था। यह किले के अंदर गोल गोल घूमता हुआ आगे जाता था। इसका इस्तेमाल घोड़े पर सवार कमांडर ऊपर से तेजी से नीचे आने के लिए करते थे। *हैसेसिन गाड़ी चलाकर ऊपर गया।* सुरंग के मुँह पर बना दरवाज़ा ऊँचा उठा हुआ था। लैंग्डन अंदर घुस गया। सुरंग की ओर दौड़ कर जाते हुए लैंग्डन को बेइंतहा खुशी हो रही थी। लेकिन प्रवेश द्वार के पास पहुँचते ही उसका उत्साह ठंढा पड़ गया।

सुरंग नीचे जा रही थी।

गलत दिशा में। सुरंग का यह भाग नीचे की ओर जा रहा था, ऊपर की तरफ नहीं।

लैंग्डन उस अंधेरे गड्ढे के मुहाने पर खड़ा था जो घूम घूम कर धरती के भीतर अनंत गहराइयों में जा रही थी। लैंग्डन दुविधा में पड़ा ऊपर बालकनी को ओर देख रहा था। वह यकीन के साथ कह सकता था कि उसने ऊपर किसी को चलते हुए देखा। *फैसला करो।* उसके पास विकल्प नहीं था। वह सुरंग में तेजी से नीचे उतरने लगा।

दूसरी तरफ, हैसेसिन अपने शिकार के ऊपर झुका हुआ था। उसने उसकी बांह पर अपना हाथ फिराया। उसकी त्वचा आइसक्रीम की तरह ठंडी थी। उसके बदन के भीतर

छिपे खजाने को ढूँढ़ने के खयाल से उसके ऊपर नशा जैसा छा रहा था। पता नहीं वह कितने ढंग से उसका भोग कर सकता था? हैसेसिन को पता था कि इस औरत पर उसका हक था। उसने जानुस की अच्छे ढंग से सेवा की थी। उसके लिए वह जंग की सौगात थी। अपना काम पूरा करने के बाद वह उसे दीवान से नीचे घसीट कर अपने घुटनों पर बैठने को मजबूर करेगा। इसके बाद वह फिर उसकी सेवा करेगी। अंतिम समर्पण। फिर, अपने चरम आनंद की अवस्था में वह उसका गला काट देगा।

गायत असदा । वे इसे चरम आनंद कहते थे।

इसके बाद वह गौरव में डूब कर बालकनी से इल्युमिनाटी की विजय का आनंद उठाएगा। एक ऐसा बदला जिसके बारे में कितने लोगों ने इतने लंबे वक्त से सोच रखा था।

लैंग्डन नीचे जा रहा था। सुरंग के भीतर अंधकार बढ़ता जा रहा था।

एक बार पूरा गोल घूम जाने के बाद रोशनी बिल्कुल ख़त्म हो गई। सुरंग अब समतल दिखाई दे रही थी। लैंग्डन की चाल धीमी हो गई। अपने पैरों की आहट से वह समझ गया कि अब वह किसी बड़े से कक्ष में आ चुका था। सामने अंधेरे के बीच उसे लगा जैसे हल्की सी रोशनी दिखाई दे रही हो...हल्की सी रोशनी के बीच धुंधली छाया। वह आगे बढ़ा। उसने हाथ आगे कर लिए थे। उसे चिकनी सतह का अनुभव हुआ। शीशे और क्रोम की बनी सतह। कोई गाड़ी खड़ी थी। उसने उसकी सतह पर हाथ फिराया जहाँ उसे दरवाज़े का अहसास हुआ। उसने दरवाज़ा खोल दिया।

गाड़ी का भीतरी डोम लाइट चमक रहा था। वह थोड़ा सा पीछे हट गया और उसने उस काली वैन को तुरंत पहचान लिया। उसके अंदर नफरत का गुबार पैदा हुआ। उसने एक पल के लिए गाड़ी को घूरा फिर अंदर घुस गया। उसे उम्मीद थी कि अंदर कोई हथियार रखा होगा जो वह फव्वारे में खोई बंदूक की जगह इस्तेमाल कर पाएगा। लेकिन उसे कोई हथियार नहीं मिला। हाँ, उसे विट्टोरिया का मोबाइल फोन जरूर मिला। इसे देखकर लैंग्डन के अंदर डर पैदा हो गया। वह प्रार्थना कर रहा था कि कहीं उससे देरी तो नहीं हो गई।

हाथ बढ़ाकर उसने वैन के हेडलाइट को चालू कर दिया। रोशनी से कमरा जैसे अपने अस्तित्व में आ गया। मामूली से चेंबर में गहरी छाया। लैंग्डन ने अनुमान लगाया कि इस कमरे का इस्तेमाल पहले घोड़ों और बारूद रखने के लिए किया जाता होगा। इसके आगे भी रास्ता बंद था।

बाहर का रास्ता नहीं । मैं गलत रास्ते पर आ गया।

उम्मीद के आखिरी छोर पर पहुँच कर लैंग्डन वैन से कूद कर बाहर आ गया और अपने चारों तरफ दीवारों पर नज़र दौड़ाने लगा। कोई दरवाज़ा नहीं , किवाड़ नहीं। वह सुरंग के प्रवेश द्वार पर बने देवदूत के बारे में सोचने लगा कि कहीं यह एक संयोग भर तो

नहीं था। *नहीं।* वह हत्यारे की फव्वारे के पास कही बात के बारे में सोचने लगा। वह चर्च ऑफ इल्यूमिनेशन में है ... मेरे वापस आने का इंतज़ार करती हुई। अब लैंग्डन इतनी दूर आ चुका था कि वापस लौटना मुमकिन नहीं था। उसकी छाती जोर जोर से धड़क रही थी। निराशा और नफरत के कारण उसकी ज्ञानेंद्रियाँ शिथिल पड़ रही थी।

लैंग्डन ने जब फर्श पर ख़ून देखा तो उसे सबसे पहले विट्टोरिया का खयाल आया। लेकिन जब उसने ज़मीन पर पड़े निशान पर नज़र डाली तो उसे समझ में आ गया कि ये ख़ून से सने पैरों के निशान थे। ख़ून के धब्बे सिर्फ बाएँ पैर की तरफ थे। *हैसेसिन।*

लैंग्डन पैरों के निशान के साथ कमरे के कोने की तरफ बढ़ा। उसकी पसरी हुई परछाई अब हल्की पड़ रही थी। हर कदम के साथ उसका हैरत बढ़ता जा रहा था। पैरों के ख़ूनी धब्बे कमरे के एक कोने में जाकर ग़ायब हो जा रहे थे।

जब लैंग्डन कोने के पास पहुँचा तो उसे अपनी आँखों पर यकीन नहीं हुआ। यहाँ पर रखा ग्रेनाइट पत्थर का टुकड़ा बाकी पत्थरों की तरह चौकोर नहीं था। वह एक अन्य पहचान चिह्न को देख रहा था। वहाँ रखे पत्थर को एक पूर्ण पेंटाग्राम की शक्ल दी गई थी। इसके कोने कमरे के कोने की ओर इंगित थे। एक दूसरे में घुसी दीवारों के बीच पत्थर में बना एक छोटा सा छेद बाहर निकलने के लिए दरवाज़े का काम कर रहा था। लैंग्डन उससे बाहर निकल आया। वह अब गलियारे में था। उसके सामने लकड़ी का एक बैरियर था जो कभी सुरंग का मुँह बंद करने के लिए इस्तेमाल किया जाता था।

इसके आगे रोशनी दिखाई दे रही थी।

लैंग्डन अब दौड़ रहा था। वह लकड़ी के बैरियर के ऊपर कूदकर रोशनी की दिशा में जा रहा था। गलियारा दूसरे कमरे में खुल रहा था जो आकार में बड़ा था। वहाँ दीवार पर एक मशाल जल रही थी। लैंग्डन किले के उस हिस्से में था जहाँ बिजली नहीं थी। इस जगह को सैलानी कभी नहीं देख पाते थे। दिन की रोशनी में यह कमरा डरावना दिखता होगा लेकिन मशाल की रोशनी में तो यह और भी भयंकर लग रहा था।

इल *प्रिजिओने।* जेल की कोठरी।

वहाँ पर करीब एक दर्जन छोटे छोटे जेल के कमरे बने थे जिन पर लगी लोहे की सलाखें जंग के कारण गल चुकी थी। लेकिन एक बड़ा कमरा अब भी सुरक्षित था। इसकी फर्श पर लैंग्डन को कुछ ऐसा दिखाई पड़ा जिसे देखकर उसका दिल धक्क से रह गया। काली वर्दी और लाल दुपट्टे फर्श पर बिखरे थे। *यहीं पर कार्डिनलों को रखा गया था।*

सेल के पास दीवार में एक लोहे का दरवाज़ा बना था जो खुला हुआ था। इसकी दूसरी तरफ लैंग्डन को एक रास्ता जैसा दिखाई दे रहा था। वह उस ओर दौड़ा। लेकिन वहाँ पहुँचने के पहले ही लैंग्डन रुक गया। ख़ून के धब्बे उस रास्ते की ओर नहीं जा रहे थे। जब उसने मेहराब पर लिखे शब्द को देखा तो उसे सब समझ में आ गया।

इल *पसेटो।* छोटा रास्ता।

वह हक्का बक्का रह गया। उसने इस सुरंग के बारे में कई बार सुना था लेकिन उसे पता नहीं था कि इसमें घुसने का रास्ता कहाँ है। इल पसेटो—छोटा रास्ता—एक संकरी सी सुरंग थी। तीन चौथाई मील लंबी यह सुरंग सेंट एंजेलो के किले और वेटिकन के बीच बनी थी। वेटिकन पर कब्जे के दौरान पोप इस रास्ते का इस्तेमाल वेटिकन से बच कर निकलने के लिए करते थे। कुछ कम पवित्र पोप इस रास्ते का प्रयोग अपनी माशूकाओं से मिलने के लिए या दुश्मनों की प्रताड़ना देखने के लिए भी किया करते थे।

कहा जाता था कि आजकल इस सुरंग के दोनों छोरों पर ताला जड़ दिया गया है जिसे खोलना किसी के लिए संभव नहीं। इसकी चाबियाँ वेटिकन के किसी वॉल्ट में रखी हुई थी। लैंग्डन को अचानक लगा कि उसे इस बात का पता चल गया था कि इल्युमिनाटी किस तरह वेटिकन से अंदर बाहर आ जा रहे थे। वह उस भितरघाती व्यक्ति के बारे में सोचने लगा जिसने चर्च को धोखा दिया था और चाबियाँ किसी को सौंप दी थी। ओलिवेट्टी? स्विस गार्डों में से कोई? वैसे अब इसका कोई महत्व नहीं था।

फर्श पर ख़ून के धब्बे जेलखाने की दूसरी तरफ जा रहे थे। लैंग्डन उसके पीछे-पीछे चल पड़ा। सामने एक जंग लगा दरवाज़ा दिखाई दे रहा था जिस पर जंजीरें डली हुई थी। ताला खुला हुआ था और दरवाज़ा भी पूरी तरह खुला था। दरवाज़े के आगे सीधी खड़ी गोलाई में ऊपर जाती सीढ़ियाँ बनी थी। यहाँ भी फर्श पर एक पेंटाग्राम वाला ब्लॉक दिखाई दे रहा था। लैंग्डन इसे देर तक देखता रहा। वह कांप रहा था। वह सोच रहा था कि क्या बर्निनी ने खुद अपने हाथ में छेनी-हथौड़ी लेकर इसे बनाया होगा।

ऊपर मेहराब छोटे छोटे बाल देवदूतों की तस्वीर से सजा था। बस।

ख़ून का निशान सीढ़ियों से ऊपर की तरफ जा रहा था।

ऊपर चढ़ने के पहले लैंग्डन को पता था कि उसे हथियार की ज़रूरत होगी, किसी भी तरह का हथियार। उसे एक कोठरी के पास चार फीट लंबा लोहे का एक टुकड़ा मिला जिसका सिरा धारदार और दो हिस्सों में बंटा था। वैसे यह बहुत ही ज़्यादा भारी था लेकिन उस समय इस से बेहतर कोई हथियार मिलना संभव नहीं था। उसे उम्मीद थी कि अप्रत्याशित होने की वजह से और हैसेसिन के घायल होने के कारण पलड़ा उसकी तरफ झुका होगा। लेकिन सबसे बड़ी बात थी कि वह उम्मीद कर रहा था कि उसे देर नहीं हुई होगी।

गोलाकार सीढ़ियाँ घिसी हुई थी और ऊपर की तरफ सीधी खड़ी जा रही थी। लैंग्डन ऊपर जाने लगा। वह आवाज़ पर कान लगाए हुए था। कुछ भी नहीं। जैसे जैसे वह ऊपर की ओर चढ़ा, जेल वाले इलाके से आ रही रोशनी कम होती गई। वह पूर्ण अंधकार में सीढ़ियाँ चढ़ रहा था। उसने एक हाथ से दीवार को पकड़ रखा था। और भी ऊपर। अंधेरे में उसे गैलीलियो का प्रेत दिखाई दे रहा था जो उसके साथ सीढ़ियाँ चढ़ रहा था। लग रहा था जैसे वह विज्ञान के बारे में अपने नज़रिए को दूसरे वैज्ञानिकों और धार्मिक व्यक्तियों के साथ साझा करना चाहता था।

इल्युमिनाटी के छुपने की इस जगह के बारे में लैंग्डन अब भी सदमे में था। इल्युमिनाटी के मिलने की जगह उस इमारत में थी जिस पर वेटिकन का अधिकार था। इसमें कोई शक नहीं कि जब वेटिकन के गार्ड तहखानों और जाने-माने वैज्ञानिकों के घरों में तलाशी ले रहे होते थे तो इल्युमिनाटी यहाँ बैठक कर रहे होते—वेटिकन की नाक के नीचे। यह एकदम सटीक जगह थी। इस जगह की मरम्मत का जिम्मा बर्निनी के पास था इसलिए वह यहाँ पर बेरोकटोक आ सकता था। वह इसके स्वरूप में अपनी ज़रूरत के मुताबिक बिना किसी सवाल जवाब के बदलाव ला सकता था। पता नहीं बर्निनी ने कितने गुप्त प्रवेश द्वार बनाए थे। कितने सूक्ष्म निर्देशक प्रतीक इस तरफ इशारा कर रहे होंगे।

चर्च ऑफ इल्यूमिनेशन। लैंग्डन को पता था कि अब वह मंजिल के करीब था।

सीढ़ियाँ अब संकरी हो रही थी। लैंग्डन को लगा जैसे वह रास्ता उसे दबोच रहा था। अंधेरे में इतिहास के साये उसके कानों में कुछ फुसफुसा रहे थे लेकिन वह आगे बढ़ता रहा। जब उसे क्षैतिज रोशनी की किरण सामने दिखाई दी तो उसे लगा कि वह किसी चबूतरे से कुछ सीढ़ियाँ पहले था। वहाँ पर दरवाज़े की चौखट से आने वाली रोशनी उसके सामने दिखाई दे रही थी। वह चुपचाप ऊपर चढ़ता गया।

लैंग्डन को कुछ अंदाजा नहीं था कि वह इस समय महल के किस हिस्से में था। लेकिन उसे पता था कि वह इतनी ऊँचाई तक आ चुका था जहाँ से शीर्ष स्थान काफी नजदीक था। उसने महल के शिखर पर बने विशाल देवदूत की कल्पना की। उसे लगा कि वह सीधे उसके ऊपर था।

मेरा ध्यान रखना देवदूत। वह डरा हुआ, मन ही मन सोच रहा था। उसने लोहे की छड़ को पकड़ रखा था। फिर वह चुपचाप दरवाज़े को तलाशने लगा।

दीवान पर विट्टोरिया के हाथ में दर्द हो रहा था। उसे जब पता चला कि उसके हाथ पीछे की ओर बंधे हुए हैं तो उसने सोचा कि वह उसे ढीला कर अपने हाथ छुड़ा सकती थी। लेकिन उसे इसका समय नहीं मिला। शैतान वापस आ गया था। अब वह उसके ऊपर झुका था। उसकी छाती खुली थी जो ताकतवर दिखाई दे रही थी और उस पर उन लड़ाइयों के निशान दिखाई दे रहे थे जिनमें वह शामिल हुआ था। उसकी आँखें जैसे दो छोटे छोटे छेद की तरह दिखाई दे रही थी जो उसके शरीर को घूर रही थी। विट्टोरिया ने महसूस किया कि वह उन चीजों के बारे में कल्पना कर रहा था जिसके बारे में उसने पहले से सोच रखा था। आहिस्ता से उसने अपने भीगे हुए बेल्ट को उतार कर ज़मीन पर गिरा दिया।

विट्टोरिया के अंदर नफरत से भरा भय पैदा हुआ। उसने अपनी आँखें बंद कर ली। उसने जब अपनी आँखें खोलीं तो हैसेसिन ने स्विचब्लेड वाला चाकू हाथ में ले रखा था। उसने झटके से इसे खोलकर उसके चेहरे के सामने तान दिया।

विट्टोरिया को अपना घबड़ाया हुआ चेहरा स्टील में दिखाई दिया।

हैसेसिन चाकू की धार को उल्टा कर उसे विट्टोरिया के पेट पर चलाने लगा। ठंडे धातु के कारण उसे सिहरन होने लगी। नफरत भरी नज़रों से घूर कर वह चाकू को उसके शॉर्ट के निचले हिस्से में कमर के पास ले आया। विट्टोरिया ने गहरी साँस ली। वह चाकू को धीरे धीरे खतरनाक ढंग से आगे पीछे कर रहा था...नीचे। फिर वह आगे की ओर झुका। उसकी गर्म साँसें विट्टोरिया के कान में फुसफुसा रही थी।

'इसी चाकू ने तुम्हारे पिता की आँख निकाली थी।'

विट्टोरिया को तभी लग गया कि वह ख़ून कर सकता था।

हैसेसिन ने फिर से चाकू को उल्टा कर लिया। वह विट्टोरिया के खाकी शॉर्ट के कपड़े को नीचे से ऊपर की तरफ चीरने लगा। अचानक वह रुका और ऊपर की तरफ देखने लगा। कमरे में कोई था।

'उससे दूर हट जाओ।' दरवाज़े के पास से एक एक भारी आवाज़ गुर्रा रही थी।

विट्टोरिया बोलने वाले को नहीं देख पायी लेकिन उसने आवाज़ को पहचान लिया था। *रॉबर्ट! वह ज़िंदा है!*

हैसेसिन ने इस तरह देखा जैसे उसे कोई भूत नज़र आ गया हो। 'मिस्टर लैंग्डन, जरूर कोई देवता तुम्हारी सुरक्षा कर रहा है।'

108

लैंग्डन को अपने आसपास के माहौल का जायज़ा लेने में बस पल भर का वक्त लगा। वह समझ गया कि वह किसी पवित्र स्थल पर है। अंडाकार कमरे में की गई नक्काशी वैसे तो पुरानी और हल्की पड़ गई थी लेकिन उसमें ढेरों जाने पहचाने प्रतीक चिह्न दिखाई दे रहे थे। पेंटाग्राम के टाइल्स। ग्रह-उपग्रह के भित्तिचित्र। पंडुक। पिरामिड।

दि चर्च ऑफ इल्युमिनेशन। सादा और शुद्ध। वह पहुँच चुका था।

उसके ठीक सामने, बालकनी के दरवाज़े के सामने हैसेसिन खड़ा था। उसकी छाती खुली थी। वह विट्टोरिया के ऊपर खड़ा था जो बंधी हुई पड़ी थी लेकिन बिल्कुल ज़िंदा। उसे देखकर लैंग्डन को तसल्ली हुई। एक पल के लिए दोनों की आँखें मिली और भावनाओं का सैलाब आ गया—कृतज्ञता, हताशा और पछतावा।

'तो हमारी दुबारा मुलाकात हो रही है।' हैसेसिन ने कहा। उसने लैंग्डन के हाथ में रखे लोहे की सलाखों की तरफ देखा और जोर से हंसा। 'और इस दफा तुम ये लेकर मेरे पास आए हो।'

'उसे खोल दो।'

हैसेसिन ने विट्टोरिया की गर्दन पर चाकू रख दिया। 'मैं उसे मार डालूंगा।'

लैंग्डन को कोई संदेह नहीं था कि हैसेसिन ऐसा कर सकता था। उसने ज़बरदस्ती अपनी आवाज़ में शांति का स्वर बनाए रखा। 'मैं समझता हूँ कि वह इसका स्वागत करेगी...अगर हम विकल्प को देखें तो।'

हैसेसिन इस अपमान पर मुस्कुराया। 'तुम बिल्कुल ठीक कह रहे हो।

लैंग्डन जंग खायी लोहे की सलाख हाथ में लेकर आगे बढ़ा। उसने उसके टूटे हुए हिस्से से हैसेसिन पर निशाना साधा। उसके घायल हाथ में दर्द हो रहा था। 'उसे छोड़ दो।'

एक क्षण के लिए लगा जैसे हैसेसिन इस पर विचार कर रहा था। उसने गहरी साँस छोड़ी और कंधे ढीले कर लिए। साफ लग रहा था जैसे वह आत्मसमर्पण के लिए तैयार हो रहा था लेकिन तभी अचानक हैसेसिन के हाथों में एक तेज़ गति हुई। उसकी काली मांसपेशियाँ दिखाई दी और अचानक हवा में एक चाकू तेजी से लैंग्डन की छाती की तरफ आया।

पता नहीं थकावट के कारण या शरीर की स्वाभाविक प्रतिक्रिया की वजह से, लैंग्डन के घुटने उसी समय मुड़ गए। चाकू उसकी बाईं कनपटी के पास से निकलती हुई पास में फर्श पर गिर गया। हैसेसिन पर इसका कोई असर नहीं हुआ। वह लैंग्डन को देखकर मुस्कुराया जो अब घुटने के बल खड़ा था और उसके हाथ में लोहे की सलाख थी। हत्यारा विट्टोरिया से दूर हट गया और तेजी से शिकारी शेर की तरह लैंग्डन पर झपटा।

लैंग्डन जब लोहे के सरिए को लेकर खड़ा होने की कोशिश कर रहा था तो उसका भीगा हुआ टर्टलनेक और पैंट अचानक उसे रुकावट की तरह लगा। आधे कपड़े पहना हुआ हैसेसिन काफी तेजी से काम कर सकता था। उसके पैर का घाव उसे कतई धीमा नहीं कर पा रहा था। लैंग्डन को लगा जैसे वह आदमी दर्द का आदी था। ज़िंदगी में पहली बार लैंग्डन को लगा कि काश उसके हाथ में एक बड़ी बंदूक होती।

हैसेसिन धीरे धीरे घूम रहा था। लग रहा था जैसे उसे मज़ा आ रहा हो। वह हमेशा इतनी दूरी पर रहता था कि उसे पकड़ पाना संभव नहीं था। वह ज़मीन पर पड़े चाकू के पास आना चाह रहा था। लैंग्डन ने उसे बीच में रोक लिया। फिर हैसेसिन विट्टोरिया की तरफ मुड़ गया। लैंग्डन ने उसे फिर रोक दिया।

'अब भी वक्त बचा है।' लैंग्डन ने हिम्मत करके बोला। 'मुझे बता दो कि डिब्बा कहाँ रखा है। वेटिकन तुम्हें इल्युमिनाटी से कहीं ज़्यादा पैसे देगा।'

'तुम बेवकूफ हो।'

लैंग्डन ने सरिया उसकी तरफ घुमाया। हैसेसिन ने खुद को बचा लिया। वह घूम कर एक मेज़ की तरफ जाने लगा। उसने हथियार हाथ में पकड़ा हुआ था। वह हैसेसिन को एक कोने में दबाना चाहता था। इस कमबख्त कमरे में कोना भी नहीं है। अजीब बात थी कि हैसेसिन न तो हमला करने में रुचि दिखा रहा था न भागने में। वह बस लैंग्डन के खेल में शरीक हो रहा था। इत्मीनान से इंतज़ार करता हुआ।

किसका इंतज़ार? हत्यारा गोल गोल घूमता रहा। वह अपनी जगह बनाने में माहिर था। लग रहा था जैसे कभी ख़त्म न होने वाला शतरंज का खेल चल रहा हो। लैंग्डन के हाथ में पकड़ा हथियार भारी होता जा रहा था और अचानक उसे समझ में आ गया कि हैसेसिन किस चीज़ का इंतज़ार कर रहा था। *वह मुझे थकाने की कोशिश कर रहा है।* यह तरकीब काम भी कर रही थी। लैंग्डन पर अचानक थकान हावी हो रही थी। अब केवल एड्रीनेलिन उसे सतर्क रखने में कामयाब नहीं हो रहा था। उसे मालूम था कि उसे कुछ करना होगा।

ऐसा लगा जैसे हैसेसिन ने लैंग्डन के दिमाग़ में चल रही बात को पढ़ लिया था। वह फिर से अपनी जगह बदल कर जैसे कमरे के बीच में रखे टेबल के पास आना चाह रहा था। लैंग्डन समझ रहा था कि टेबल पर जरूर कुछ था। मशाल की रोशनी में कुछ चमक दिखाई दे रही थी। हथियार? लैंग्डन अपनी आँखें हैसेसिन पर गड़ाए हुए था। वह टेबल के पास आ गया। जब हैसेसिन ने उसकी ओर मासूम सी लंबी नज़र डाली तो लैंग्डन ने इस स्पष्ट प्रलोभन से खुद को रोकने की कोशिश की। लेकिन स्वाभाविक प्रतिक्रिया उस पर हावी हो गई। उसने एक नज़र डाली। लेकिन तब तक नुकसान हो चुका था।

वहाँ कोई हथियार नहीं रखा था। उस दृश्य ने एक पल भर के लिए उसकी नज़रों को बांध लिया था।

टेबल पर एक मामूली सी तांबे की तिजोरी रखी थी। इसके ऊपर कसकुट का हरा रंग पड़ा था। तिजोरी पेंटाग्राम थी। उसका ढक्कन खुला था। उसके अंदर पाँच गद्देदार खानों में पाँच ब्रांड रखे थे। ये ब्रांड लोहे के बने थे—दागने के लिए इस्तेमाल किए जाने वाले यंत्र जिनमें लकड़ी की मूठ लगी थी। लैंग्डन को समझने में कोई दुविधा नहीं हुई कि वे क्या कह रहे थे।

इल्युमिनाटी, धरती, हवा, आग और पानी।

लैंग्डन ने तुरंत अपना सिर पीछे किया। उसे डर था कि हैसेसिन झपट्टा मार सकता था। उसने ऐसा नहीं किया। हत्यारा इंतज़ार कर रहा था। लग रहा था जैसे इस खेल से उसे ताजगी मिल रही थी। लैंग्डन अपने को एकाग्रचित्त बनाने की कोशिश कर रहा था। उसने सरिए को आगे की तरफ फिराते हुए फिर से अपने प्रतिद्वंद्वी से आँखें मिलाई। लेकिन तिजोरी में रखी वस्तुओं की छवि उसके दिमाग़ से नहीं हट पा रही थी। हालाँकि वे ब्रांड अपने आप में विस्मयकारी थे, ऐसी चीजें जिनके होने के बारे में इल्युमिनाटी के विद्वान भी यकीन नहीं करते थे, लेकिन तिजोरी में इसके अलावा भी कुछ था जिसे देखकर अंदर से अनिष्ट की आशंका पैदा होती थी। हैसेसिन ने जब अपना स्थान बदलने की एक बार फिर कोशिश की तो लैंग्डन ने दोबारा उस तिजोरी पर नज़र डाली।

हे भगवान।

तिजोरी के भीतर वे पाँचों ब्रांड किनारों की तरफ बने खाने में रखे थे लेकिन इसके बीच में एक और खाना बना हुआ था जो खाली था। लेकिन साफ पता चल रहा था कि

इसमें किसी और ब्रांड के रखने का इंतजाम किया गया था। ऐसा ब्रांड जो दूसरे सभी से बड़ा था। बिल्कुल वर्गाकार।

हमला पलक झपकते हुआ था।

हैसेसिन उसपर ठीक वैसे ही झपटा जैसे चिड़िया अपने शिकार पर हमला करती है। उसने बड़ी ही होशियारी से लैंग्डन का ध्यान भटका दिया था। लैंग्डन ने बचने की कोशिश की लेकिन सरिया उसके हाथ में पेड़ के तने की तरह भारी लग रहा था। बचाव की उसकी कोशिश बहुत धीमी थी। हैसेसिन ने खुद को बचा लिया। लैंग्डन ने जब सरिये को वापस अपनी तरफ लाना चाहा तो हैसेसिन ने तेजी से अपना हाथ बढ़ा कर इसे पकड़ लिया। उसकी पकड़ बहुत मजबूत थी। घायल हाथ का उसपर कोई प्रभाव नहीं दिखाई दे रहा था। दोनों लोग ताकत के साथ गुत्थम गुत्था हो रहे थे। लैंग्डन को लगा कि सरिया उसके हाथ से छिन गया। उसकी हथेलियों में तेज़ दर्द हुआ। एक पल के बाद लैंग्डन हथियार की टूटी हुई नोंक को देख रहा था। शिकारी खुद शिकार बन गया था।

लैंग्डन को लगा जैसे उसे किसी तूफान ने धक्का दिया हो। हैसेसिन गोल-गोल चक्कर लगा रहा था। अब वह मुस्कुरा रहा था। उसने लैंग्डन को दीवार में चिपका दिया था। 'तुम्हारी अमेरिकी भाषा में वो कौन सी कहावत है—जिसमें बिल्ली और उत्सुकता के बारे में कहा गया है—क्यूरियोसिटी एंड दि कैट?'

लैंग्डन को अब अपना ध्यान एकाग्रचित्त करना मुश्किल हो रहा था। वह अपनी लापरवाही को कोस रहा था। कोई मतलब नहीं निकल रहा था। *छठा इल्युमिनाटी ब्रांड।* हताशा में उसके मुँह से निकला, 'मैंने इस छठे इल्युमिनाटी ब्रांड के बारे में कभी नहीं पढ़ा है।'

'मुझे लगता है कि तुमने इसके बारे में पढ़ा है।' यह बोलते हुए हत्यारा लैंग्डन को अंडाकार दीवार की तरफ धकेल रहा था।

लैंग्डन को कुछ याद नहीं आ रहा था। उसने इसके बारे में कुछ नहीं पढ़ा था। इल्युमिनाटी के पाँच ब्रांड होते थे। वह पीछे हट गया और कमरे में किसी हथियार की तलाश करने लगा।

'प्राचीन तत्वों का संपूर्ण एकीकरण।' हैसेसिन बोला। 'आखिरी ब्रांड इन सबमें उत्कृष्ट है। लेकिन मुझे लगता है कि तुम इसे कभी नहीं देख पाओगे।'

लैंग्डन को लगा कि थोड़ी ही देर में वह कुछ भी नहीं देख पाएगा। वह पीछे हटते हुए कमरे में विकल्प की तलाश करता रहा। 'और तुमने वो आखिरी ब्रांड देख लिया है?' लैंग्डन ने समय पाने के लिए बात आगे बढ़ाई।

'एक दिन जब मैं अपने को साबित कर पाऊंगा तो शायद वे मुझे सम्मानित करेंगे।' वह लैंग्डन की ओर झपटा, जैसे उसे इस खेल में मज़ा आ रहा हो।

लैंग्डन फिर पीछे हट गया। उसे लग रहा था कि हैसेसिन उसे दीवार के साथ किसी अज्ञात जगह पर ले जाने की कोशिश कर रहा था। लेकिन कहाँ? लैंग्डन पीछे मुड़ कर देखने की स्थिति में नहीं था। 'वो ब्रांड कहाँ है?' उसने हैसेसिन से जवाब मांगा।

'यहाँ नहीं। शायद जानुस ही एक व्यक्ति है जिसे इसके बारे में जानकारी है।'

'जानुस?' लैंग्डन इस नाम से परिचित नहीं था।

'इल्युमिनाटी का नेता। वह बहुत जल्द पहुँचने वाला है।'

'इल्युमिनाटी का नेता यहाँ आने वाला है?'

'आखिरी ब्रांडिंग का काम पूरा करने।'

लैंग्डन ने विट्टोरिया की तरफ डरी हुई नज़रों से देखा। अजीब बात थी कि वह बिल्कुल शांत दिखाई दे रही थी। उसकी आँखें आसपास की दुनिया से बेख़बर बंद। उसके फेफड़े धीरे धीरे साँसें ले रहे थे, गहरी साँसें। क्या वो आखिरी शिकार थी? क्या मैं आखिरी शिकार हूँ?

हैसेसिन ने लैंग्डन की आँखों में झांकते हुए कहा, 'ऐसी चालाकी। तुम दोनों कुछ भी नहीं हो। तुम मरोगे तो जरूर, इसमें कोई शक नहीं। लेकिन मैं जिस आखिरी शिकार की बात कर रहा हूँ वह सचमुच एक खतरनाक दुश्मन है।'

लैंग्डन हैसेसिन के शब्दों का अर्थ समझने की कोशिश कर रहा था। खतरनाक दुश्मन? सभी वरिष्ठ कार्डिनल मारे जा चुके थे। पोप मर चुका था। इल्युमिनाटी ने उन सबको समाप्त कर दिया था। लैंग्डन को हैसेसिन की आँखों में अपने सवाल का जवाब मिला।

केमरलेग्नो।

इस गंभीर संकट के दौरान केमरलेग्नो वेंट्रेस्का ही दुनिया के लिए उम्मीद की एक किरण थे। आज की रात केमरलेग्नो ने इल्युमिनाटी को नीचा दिखाने का जितना बड़ा काम किया था उतना दशकों से चल रही षड्यंत्रों के बारे में प्रचलित सिद्धांतों ने नहीं। ज़ाहिर था कि उन्हें इसकी कीमत चुकानी थी। वही इल्युमिनाटी का आखिरी निशाना था।

'तुम उनके पास कभी नहीं पहुँच पाओगे।' लैंग्डन ने उसे चुनौती दी।

'मैं नहीं।' हैसेसिन ने जवाब दिया। उसने लैंग्डन को दीवार के और भी नजदीक धकेल दिया। 'यह सम्मान तो सिर्फ जानुस के लिए सुरक्षित है।'

'इल्युमिनाटी नेता खुद केमरलेग्नो को ब्रांड करना चाहता है?'

'शक्तिशाली होने के अपने फायदे हैं।'

लैंग्डन चकरा गया। अभी वेटिकन में सिर्फ एक व्यक्ति आने वाला था जिसे मीडिया के लोग एलेवेंथ ऑवर सेमेरिटन कह रहे थे। जिसके बारे में रोचर ने कहा था कि उसके पास कुछ ऐसी ख़बर है जिस से लोगों की जान बचायी जा सकती है...

लैंग्डन रुक गया। हे भगवान!

हैसेसिन के चेहरे पर मज़ाक उड़ाने वाली हंसी छा गई। वह लैंग्डन की बीमार लोगों जैसी स्थिति का आनंद उठा रहा था। 'मैं भी सोच रहा था कि आखिर जानुस अंदर कैसे प्रवेश करेगा। फिर मैंने वैन में रेडियो पर किसी एलेवेंथ ऑवर सेमेरिटन के बारे में सुना।' वह मुस्कुराया। 'वेटिकन जानुस का खुले दिल से स्वागत करेगा।'

लैंग्डन यह सुनकर जैसे पीछे की तरफ गिर गया। *जानुस ही वह मददगार सेमेरिटन है !* ऐसी चालाकी की तो कल्पना भी नहीं की जा सकती थी। इल्युमिनाटी के नेता को केमरलेग्नो के कमरे तक शाही सुरक्षा के साथ ले जाया जाएगा। *लेकिन जानुस ने रोचर को बेवकूफ बनाया कैसे ? कहीं खुद रोचर ही तो इसमें शामिल नहीं है ?* लैंग्डन के शरीर में सिहरन हो गई। गुप्त अभिलेखागार में जब उसका दम घुट रहा था तभी से वह रोचर पर पूरी तरह यकीन नहीं कर पा रहा था।

अचानक हैसेसिन उसकी तरफ लपका। लैंग्डन के बगल में खरोंच लगी।

लैंग्डन कूद कर पीछे हो गया। उसका पारा चढ़ गया। 'जानुस ज़िंदा बच कर नहीं जा पाएगा।'

हैसेसिन ने अपना कंधा उचकाया। 'ज़िंदगी के कुछ मकसद शहादत के लायक होते हैं।'

लैंग्डन समझ गया कि हत्यारा अपने इरादे में गंभीर था। जानुस आत्मघाती कार्यक्रम सोच कर वेटिकन आ रहा था? इज्जत का सवाल? एक क्षण के लिए लैंग्डन के दिमाग़ में इस भयानक चक्र का खाका एक बारगी घूम गया। इल्युमिनाटी का षड्यंत्र अब पूरा होने वाला था। जिस पादरी को इल्युमिनाटी ने पोप को मारकर अनजाने ही गद्दी पर बिठाने में मदद की थी वही उनका लायक दुश्मन बन चुका था। बदले की आखिरी कार्रवाई के तौर पर इल्युमिनाटी उसे नष्ट करने वाले थे।

अचानक लैंग्डन को लगा कि उसके पीछे की दीवार ग़ायब हो गई थी। उसे लगा कि कहीं से ठंडी हवा का झोंका अंदर आ रहा था और वह रात के अंधेरे में गिर पड़ा। बालकनी। अब उसे समझ में आ गया कि हैसेसिन के दिमाग में क्या चल रहा था।

लैंग्डन को तुरंत अपने पीछे खाई का अनुभव हुआ। सौ फीट नीचे आंगन में गिरना। ऊपर चढ़ते समय उसने इसे देखा था। हैसेसिन ने बिल्कुल समय बर्बाद नहीं किया। तेजी से वह उस पर झपटा। भाला लैंग्डन के शरीर के ठीक बीच वाले हिस्से की तरफ आ रहा था। लैंग्डन पीछे हो गया और भाले की नोक सिर्फ उसकी कमीज को छू पायी। एक बार फिर भाला उसकी तरफ आया। लैंग्डन और भी पीछे हट गया। अब वह रेलिंग से बिल्कुल सटा हुआ था। अगले हमले में उसकी जान जाने वाली थी। यह सोचकर लैंग्डन ने कुछ अजीब सा किया। वह अचानक एक तरफ मुड़ा और उसने भाले को पकड़ लिया। उसकी हथेलियों में तेज़ दर्द हुआ। लेकिन लैंग्डन उसे पकड़े रहा।

हैसेसिन पर कोई असर नहीं हो रहा था। वे थोड़ी देर के लिए एक दूसरे के आमने सामने खड़े होकर एक दूसरे पर जोर आजमाइश करते रहे। हैसेसिन की सड़ांध भरी साँस लैंग्डन के नथुने में जा रही थी। सरिया हाथ से फिसल रहा था। हैसेसिन बहुत ताकतवर था। हताशा की हालत में लैंग्डन ने आखिरी दाँव खेला। उसने अपना पैर आगे बढ़ाया। उसका संतुलन बमुश्किल बचा था। वह अपने पैर से हैसेसिन के घायल अंगूठे को दबाना

चाहता था। लेकिन हैसेसिन माहिर था। उसने अपनी कमजोरी को बचाते हुए जगह बदल ली।

लैंग्डन अपना आखिरी दांव चल चुका था। उसे पता था कि वह बाजी हार चुका था।

हैसेसिन का हाथ तेजी से ऊपर की ओर गया और उसने लैंग्डन को रेलिंग के और भी करीब धकेल दिया। लैंग्डन को अब अपने पीछे सिर्फ खाली जगह का अनुभव हो रहा था। रेलिंग उसकी चूतड़ से सट रही थी। हैसेसिन ने सरिए को तिरछा करते हुए सीधा लैंग्डन की छाती में घुसेड़ दिया। लैंग्डन की पीठ आसमान में लटक गई।

'माअस्सलाम,' हैसेसिन ने मज़ाक उड़ाते हुए कहा, 'अलविदा।'

हैसेसिन की निर्दयी आँखों ने लैंग्डन को घूरते हुए उसे आखिरी धक्का दिया। लैंग्डन का गुरुत्व केंद्र बदल गया और उसका पैर ज़मीन से उखड़ गया। दूसरी तरफ उलटते हुए लैंग्डन के पास बचने की एक उम्मीद बाकी थी। उसने रेलिंग की छड़ को पकड़ लिया। उसका बायाँ हाथ फिसल गया लेकिन उसके दाहिने हाथ की पकड़ बनी रही। वह अपने पैर और एक हाथ के सहारे रेलिंग से उल्टा लटक रहा था। वह किसी तरह इस स्थिति में बने रहने की कोशिश कर रहा था।

उसके ऊपर झुकते हुए हैसेसिन ने सरिए को सर तक ऊँचा उठाया। वह उसे जोर से उसके ऊपर पटकना चाहता था। सरिया जब तेजी से उसकी ओर आ रहा था तो लैंग्डन की आँखों के सामने एक दृश्य प्रकट हुआ। शायद यह आसन्न मृत्यु का डर था या कुछ और लेकिन उस क्षण उसे लगा कि हैसेसिन के सर के चारों तरफ एक प्रकाश पुंज छाया हुआ था। ऐसा लगा जैसे शून्य से उसके पीछे रोशनी का एक पुंज आ रहा था जैसे आग का गोला आ रहा हो।

सरिया अब तक आधी दूरी तक ही नीचे आ पाया था कि यह हैसेसिन के हाथ से गिर गया। वह दर्द से चीख उठा।

लोहे का सरिया लैंग्डन की बगल से छिटक कर अंधेरी रात में ग़ायब हो गया। हैसेसिन उससे दूर जाकर गिरा। लैंग्डन ने देखा कि हत्यारे की गरदन पर एक जलती हुई मशाल आकर गिरी। लैंग्डन अपने को ऊपर खींचकर लाया। उसे विट्टोरिया नज़र आयी। उसकी आँखें दहक रही थी। अब वह हैसेसिन के सामने थी।

विट्टोरिया ने अपने आगे लाकर एक मशाल घुमाया। मशाल की रोशनी में उसकी बदले की भावना दहकती हुई दिखाई दे रही थी। वह कैसे अपने को छुड़ा पायी इसके बारे में न तो लैंग्डन को जानकारी थी न ही वह जानना चाहता था। वह रेलिंग को पकड़ ऊपर आने की कोशिश करने लगा।

लड़ाई छोटी होने वाली थी। हैसेसिन खतरनाक प्रतिद्वंदी था। गुस्से से चीखता हुआ वह विट्टोरिया की ओर झपटा। उसने बचने की कोशिश की लेकिन वह उस पर चढ़ चुका था। उसने मशाल पकड़ ली थी। अब वह मशाल उससे छीनने ही वाला था। लैंग्डन ने इंतज़ार नहीं किया। रेलिंग से कूद कर अंदर की तरफ आते हुए उसने हैसेसिन की पीठ पर मशाल से बने घाव पर जोर से मुक्का मारा।

उसकी चीख वेटिकन तक पहुँच रही थी।

एक पल के लिए हैसेसिन अपनी जगह पर जम गया। दर्द की वजह से उसकी पीठ टेढ़ी हो गई थी। उसने अपने हाथ से मशाल को छोड़ दिया और विट्टोरिया ने इसे जोर से उसके चेहरे पर दे मारा। उसकी बाईं आँख के मांस के जलने से हल्की सी आवाज़ आ रही थी। उसने अपना हाथ चेहरे की तरफ किया और जोर से चिल्लाया।

'आँख के बदले आँख।' विट्टोरिया फुफकार रही थी। इस बार उसने मशाल को चमगादड़ की तरह घुमाया। जब मशाल हैसेसिन को लगा तो वह रेलिंग के पीछे की ओर गिर गया। लैंग्डन और विट्टोरिया दोनों ने एक साथ हैसेसिन पर हमला किया। दोनों हांफ रहे थे और मिलकर धक्का दे रहे थे। हैसेसिन का शरीर रेलिंग से रात के अंधेर में नीचे गिर पड़ा। कोई चीख नहीं सुनाई दी। सिर्फ वह पसरे पंख वाले गिद्ध की तरह जब ज़मीन पर फैले संगमरमर के बने तोप के गोलों पर गिरा तो उसकी रीढ़ की हड्डी टूटने की आवाज़ सुनाई दी।

लैंग्डन मुड़ा और विट्टोरिया की ओर आश्चर्य भरी नज़रों से देखने लगा। खुली हुई रस्सियाँ उसके शरीर के बीच वाले हिस्से और कंधों से लटक रही थी। उसकी आँख ज्वालामुखी की तरह धधक रही थी।

'हुडिनी को योग आता था।'

109

इसी बीच सेंट पीटर्स के चौराहे पर दीवार की तरह खड़े स्विस गार्ड जोर जोर से हुक्म दे रहे थे। वे लोगों को सुरक्षित दूरी तक पहुँचाने के लिए उन्हें बाहर की तरफ धक्का दे रहे थे। लेकिन इस से कोई फायदा नहीं हो रहा था। भीड़ इतनी ज़्यादा थी और लग रहा था कि लोगों को अपनी सुरक्षा से ज़्यादा वेटिकन की बर्बादी को देखने में रुचि थी। चौराहे पर लगे विशाल मीडिया स्क्रीन अब एंटीमैटर के डिब्बे के फटने की उलटी गिनती को लाइव दिखाने में लगे थे। यह फीड, केमरलेग्नो की कृपा से, उन्हें सीधे स्विस गार्ड के सिक्योरिटी मॉनिटर से मिल रहा था। दुर्भाग्यवश, डिब्बे का लाइव फीड भी भीड़ को कम कर पाने में मददगार साबित नहीं हो पा रहा था। चौराहे में जमा लोग डिब्बे के अंदर टंगी बूंद को देखकर सोच रहे थे कि ये उतना खतरनाक नहीं था जितना उन्होंने सोचा था। वे अब उल्टी गिनती वाली घड़ी को भी देख पा रहे थे। विस्फोट होने में अब पैंतालीस मिनट से थोड़ा कम समय बचा था। अभी वहाँ रुककर इसे देखने के लिए काफी समय था।

फिर भी स्विस गार्ड में सहमति थी कि दुनिया भर के लोगों को सच से अवगत कराने और मीडिया को इल्युमिनाटी की धोखाधड़ी के वास्तविक दृश्य दिखाने के बारे में केमरलेग्नो का यह साहसपूर्ण फैसला एक चतुराईपूर्ण चाल थी। इसमें कोई शक नहीं कि इल्युमिनाटी ये उम्मीद कर रहे थे कि वेटिकन अपने पुराने तरीके से संकट के समय में

चुपचाप बैठा रहेगा। लेकिन आज की रात नहीं। केमरलेग्नो कार्लो वेंट्रेस्का ने अपने को ताकतवर दुश्मन साबित किया था।

सिस्टीन चैपल के अंदर कार्डिनल मोर्टाटी की बेचैनी बढ़ती जा रही थी। अब रात के सवा ग्यारह बज चुके थे। कई कार्डिनल अब भी प्रार्थना कर रहे थे लेकिन बाकी लोग बाहर निकलने वाले रास्ते के पास इकट्ठा थे। वे इस वक्त परेशान थे। कुछ कार्डिनल दरवाज़े को हथेलियों से जोर जोर से पीटने लगे।

दरवाज़े के बाहर लेफ्टिनेंट चार्टरैंड ने दरवाज़ा पीटने की आवाज़ सुनी लेकिन उसे समझ में नहीं आ रहा था कि उसे क्या करना चाहिए। उसने अपनी घड़ी देखी। समय हो चुका था। कैप्टन रोचर ने सख्त आदेश दे रखा था कि जब तक वह नहीं कहे कार्डिनलों को बाहर नहीं आने देना था। दरवाजा पीटने की आवाज़ तेज़ होती जा रही थी। चार्टरैंड असहज हो रहा था। वह सोच रहा था कि कहीं कैप्टन भूल तो नहीं गया। उस रहस्यमय फोन के बाद कैप्टन कुछ अजीब ढंग से आचरण कर रहा था।

चार्टरैंड ने वॉकी-टॉकी बाहर निकाला। 'कैप्टन? मैं चार्टरैंड बोल रहा हूँ। अब समय बीत चुका है। क्या मैं सिस्टीन का दरवाज़ा खोल दूं?'

'वो दरवाज़ा बंद रहेगा। मुझे लगता है कि मैंने इसके बारे में पहले ही आदेश दे रखा है।'

'जी। मैं तो बस ...'

'हमारे अतिथि बहुत जल्द पहुँचने वाले हैं। कुछ लोगों को लेकर ऊपर जाओ और पोप के दफ्तर के बाहर पहरा दो। केमरलेग्नो को कहीं भी बाहर नहीं जाने देना है।'

'माफी चाहता हूँ सर...'

'तुम्हारी समझ में कौन सी बात नहीं आ रही है लेफ्टिनेंट?'

'कुछ भी नहीं सर। मैं रास्ते में हूँ।'

ऊपर पोप के दफ्तर में, केमरलेग्नो चुपचाप ध्यान की अवस्था में आग को देख रहे थे। *मुझे शक्ति दीजिए ईश्वर। चमत्कार कीजिए।* उन्होंने कोयले से राख हटायी और सोचने लगे कि पता नहीं ये आग रात भर चलेगी या नहीं।

110

रात के ग्यारह बजकर तेईस मिनट।

विट्टोरिया सेंट एंजेलो किले की बालकनी पर खड़ी कांप रही थी। वह रोम को घूर रही थी। उसकी आँखें आँसू से नम थी। वह रॉबर्ट लैंग्डन को बांहों में भर लेने के लिए बेचैन थी लेकिन वह ऐसा नहीं कर पा रही थी। लग रहा था कि उसके शरीर में

किसी ने बेहोशी की दवा डाल दी हो। उसने फिर से अपने को संभाला और हालात का जायज़ा लिया। उसके पिता का हत्यारा मरकर नीचे पसरा हुआ था। वह भी करीब करीब शिकार बन चुकी थी।

जब लैंग्डन ने अपना हाथ उसके कंधे पर रखा तो गरमाहट ने जैसे जादुई ढंग से बर्फ पिघला दी। उसका शरीर कांपकर जीवंत हो उठा। धुंध छट गई और वह मुड़ी। रॉबर्ट बहुत ही बुरी स्थिति में लग रहा था—भीगा हुआ और बुरी तरह उलझा हुआ। साफ ज़ाहिर हो रहा था कि वह उसे बचाने के लिए नर्क से होकर आ रहा था।

'शुक्रिया।' उसने फुसफुसाते हुए कहा।

लैंग्डन ने थकी हुई मुस्कुराहट से उसका जवाब दिया और उसे याद दिलाया कि शुक्रिया पाने की वो हकदार थी। अपने कंधों को तोड़-मरोड़ पाने की क्षमता के कारण उन दोनों की जान बच पायी थी। विट्टोरिया ने अपनी आँखें पोछी। वह उसके साथ हमेशा के लिए खड़ी रह सकती थी। लेकिन अवकाश का वक्त क्षणिक था।

'हमें यहाँ से निकलना होगा।' लैंग्डन ने कहा।

विट्टोरिया का दिमाग़ कहीं और था। वह बाहर वेटिकन को देख रही थी। दुनिया का सबसे छोटा देश असहज रूप से इतना करीब दिखाई दे रहा था। मीडिया की रोशनी में सफेद चमक से आच्छादित। उसे यह देखकर धक्का लगा कि सेंट पीटर्स चौराहे पर अब भी लोगों का जमावड़ा लगा था। ऐसा लगता था कि स्विस गार्ड लोगों को केवल बेसिलिका के सामने वाले इलाके से करीब सौ-डेढ़ सौ फीट पीछे ही धकेल पाए थे। यह पूरे चौराहे का एक तिहाई से भी कम हिस्सा था। लोगों की भीड़ अब कम जगह पर जमा थी। दूर सुरक्षित स्थान पर खड़े लोग बेहतर नजारे के लिए नजदीक आने की कोशिश कर रहे थे। दूसरे लोग बीच में फंसे हुए थे। *वे बहुत नजदीक हैं।* विट्टोरिया ने सोचा। *बहुत ही ज़्यादा नजदीक।*

'मैं अंदर जा रहा हूँ।' लैंग्डन ने सपाट स्वर में कहा।

विट्टोरिया ने अविश्वास से उसकी ओर देखा, 'वेटिकन के अंदर?'

लैंग्डन ने उसे सेमेरिटन के बारे में बताया कि किस तरह यह एक षड्यंत्र का हिस्सा था। इल्युमिनाटी का नेता जिसका नाम जानुस था खुद केमरलेग्नो को ब्रांड करने के लिए आ रहा था। इल्युमिनाटी अपने आधिपत्य की घोषणा के तौर पर अंतिम काम करने वाले थे।

'वेटिकन सिटी में किसी को इसका पता नहीं है।' लैंग्डन ने कहा। 'मुझे उनसे संपर्क स्थापित करने का कोई जरिया नहीं है और वो आदमी किसी भी क्षण पहुँच सकता है। उसके अंदर घुसने के पहले मुझे गार्डों को सावधान करना होगा।'

'लेकिन आप भीड़ को पार कर कभी अंदर नहीं घुस पाएंगे।'

लैंग्डन की आवाज़ में आत्मविश्वास था। 'एक उपाय है। मेरा यकीन मानो।'

विट्टोरिया को एक बार फिर लगा कि इतिहासकार के पास कुछ ऐसी जानकारी है जो उसके पास नहीं है। 'मैं चल रही हूँ।'

'नहीं। दोनों लोगों को ख़तरा झेलने की क्या ज़रूरत है ?'

'मुझे उन लोगों को बाहर निकालने का रास्ता ढूँढ़ना है। वे बहुत बड़े खतरे में हैं।'

तभी वे जिस बालकनी पर खड़े थे वह हिलने लगी। एक भयंकर थरथराहट से पूरा महल हिल गया। इसके बाद सेंट पीटर्स की दिशा से एक सफेद रोशनी उठी जिसने उनकी आँखों को चुंधिया दिया। विट्टोरिया के दिमाग़ में सिर्फ एक बात चल रही थी। हे *भगवान। एंटीमैटर समय से पहले फट गया।*

लेकिन विस्फोट की जगह भीड़ से स्वागत की ध्वनि उठने लगी। विट्टोरिया ने आँखें सिकोड़ कर सफेद रोशनी को देखा। मीडिया वालों की बहुत सी रोशनी अब उनके ऊपर डाली जा रही थी। हर आदमी अब उनकी ओर मुड़ गया था। लोग उनकी ओर इशारा करते हुए जोर जोर से चिल्ला रहे थे। आवाजें तेज़ होती जा रही थी। चौराहे से आती आवाजें अचानक उत्साहपूर्ण लग रही थी।

लैंग्डन भौचक्का हो रहा था। 'आखिर माजरा क्या है...'

ऊपर आसमान में तेज़ गड़गड़ाहट हो रही थी।

टावर के पीछे से बिना किसी पूर्व सूचना के पोप का हेलीकॉप्टर आ रहा था। यह उनसे पचास फीट ऊपर से गुज़र रहा था और वेटिकन सिटी की तरफ जा रहा था। मीडिया की रोशनी में जगमग हेलीकॉप्टर उनके ऊपर से जब गुजर रहा था तो महल में थरथराहट हो रही थी। लैंग्डन और विट्टोरिया एक बार फिर अंधेरे में थे।

विट्टोरिया को यह सोचकर बेचैनी हो रही थी कि समय उनके हाथ से निकल चुका था। विशाल मशीन सेंट पीटर के चौराहे पर उतर रहा था जिसकी वजह से धूल का एक गुबार उठ रहा था। हेलीकॉप्टर चौराहे के खुले हिस्से में उतरा जो भीड़ और बेसिलिका के बीच की जगह थी। हेलीकॉप्टर बेसिलिका की सीढ़ी के ठीक पास जाकर रुका।

'अंदर जाने की बात हो रही है।' विट्टोरिया ने कहा। सफेद संगमरमर के सामने उसे एक आदमी की बहुत छोटी सी आकृति दिखाई दे रही थी जो वेटिकन के भीतर से वहाँ पहुँचा था। वह हेलीकॉप्टर की ओर जा रहा था। वह उस व्यक्ति को शायद कभी नहीं पहचान पाती अगर उसकी नज़र उसकी लाल टोपी पर नहीं जाती। 'रेड कार्पेट स्वागत। वो रोचर है।'

लैंग्डन ने रेलिंग पर जोर से मुक्का मारा। 'उसे किसी को सावधान करना होगा।' वह जाने के लिए मुड़ा।

विट्टोरिया ने उसका हाथ पकड़ लिया। 'रुकिए।' उसे कुछ और भी दिखाई दिया था। कुछ ऐसी चीज़ जिस पर उसकी आँखों को भरोसा नहीं हो रहा था। कांपती उँगलियों से उसने हेलीकॉप्टर की ओर इशारा किया। इतनी दूरी के बावजूद शक की कोई गुंजाइश

नहीं थी। हेलीकॉप्टर की सीढ़ी से एक दूसरा व्यक्ति नीचे उतर रहा था ... उसकी चाल इतनी अजीब थी कि वह केवल एक व्यक्ति हो सकता था। हालाँकि वह व्यक्ति बैठा हुआ था वह खाली चौराहे के बीच तेजी से गुजर रहा था। उसका नियंत्रण और तेज़ गति देखने लायक थी।

इलेक्ट्रिक सिंहासन पर बैठा राजा।

वह व्यक्ति मैक्सीमिलियन कोलर था।

111

उस बुर्ज के हॉलवे की शान शौकत को देखकर कोलर की तबीयत जैसे खराब हो रही थी। छत में लगा सोने का पत्तर ही शायद एक साल के लिए कैंसर पर शोध का खर्चा पूरा कर सकता था। रोचर कोलर को लेकर विकलांगों के लिए बने रैंप से होकर घुमावदार रास्ते से पोप के महल की ओर ले जा रहा था।

'एलिवेटर नहीं?' कोलर ने सवाल किया।

'बिजली नहीं है।' रोचर ने आसपास जलती हुई मोमबत्तियों और अंधेरी इमारत की ओर दिखाते हुए कहा। 'ढूँढ़ने के हमारे तरीकों का एक हिस्सा।'

'तरीके जो नाकामयाब रहे।'

रोचर ने सिर हिलाया।

कोचर फिर से खांसने लगा। वह जानता था कि संभव है कि यह उसकी आखिरी खांसी होगी। यह कुल मिलाकर उतनी बुरी सोच नहीं थी।

जब वे सबसे ऊपरी मंजिल पर पहुँचे और हॉलवे से होकर पोप के दफ्तर की ओर जाने लगे तो चार स्विस गार्ड दौड़ते हुए उनकी ओर आए। वे परेशान दिखाई दे रहे थे। 'कैप्टन, आप यहाँ क्या कर रहे हैं? मुझे लगा कि इस आदमी के पास कोई ऐसी सूचना है जो...'

'वो सिर्फ केमरलेग्नो से बात करना चाहता है।'

गार्ड पीछे हट गए। उन्हें कुछ शक हो रहा था।

'केमरलेग्नो को बता दो।' रोचर ने जोर देकर कहा। 'कि CERN के निदेशक मैक्सीमिलियन कोलर उनसे तुरंत मिलना चाहते हैं।'

'जी सर।' एक गार्ड केमरलेग्नो के दफ्तर की तरफ भागा। बाकी लोग वहीं डटे रहे। वे रोचर को परख रहे थे जो परेशान लग रहा था। 'बस एक मिनट कैप्टन। हम आपके अतिथि के बारे में उन्हें सूचित कर रहे हैं।'

लेकिन कोलर नहीं रुका। वह तेजी से मुड़ा और अपनी कुर्सी को सिपाहियों की बगल से निकाल कर आगे बढ़ गया।

गार्ड मुड़े और कदमताल करते हुए उसके सामने आ गए। 'रुकिए। सर । रुकिए।'

कोलर को उनके लिए नफरत हो रही थी। दुनिया का सबसे विशिष्ट सुरक्षा बल भी अपाहिजों को देखकर दया की भावना नहीं रोक पाता था। *अगर कोलर स्वस्थ इंसान होता तो गार्ड उनसे निपट लेते। अपाहिज शक्तिहीन होते हैं। कोलर सोच रहा था। या दुनिया ऐसा सोचती है।*

कोलर को पता था कि वह जिस काम से आया था उसे पूरा करने के लिए वक्त बहुत कम था। उसे यह भी पता था कि हो सकता है आज की रात यहीं उसकी मौत भी हो जाए। लेकिन उसे आश्चर्य हो रहा था कि वह इन बातों को कितनी कम तवज्जो दे रहा था। वह मौत की कीमत अदा करने को तैयार था। उसने ज़िंदगी में बहुत कुछ सहा था और अब वह केमरलेग्नो वेंट्रेस्का जैसे आदमी के कारण अपने काम को नष्ट होने नहीं देना चाहता था।

'महोदय।' गार्ड चिल्ला कर आगे बढ़े। वे हॉलवे के सामने एक पंक्ति में उसका रास्ता रोककर खड़े हो गए। 'आपको रुकना ही होगा।' उनमें से एक ने अपने बगल से हथियार निकाल करे कोलर पर तान दिया।

कोलर रुक गया।

रोचर ने दखल दिया, उसके चेहरे पर पछतावे का भाव दिख रहा था। 'मिस्टर कोलर, कृपया रुक जाइए। ज़्यादा वक्त नहीं लगेगा। पोप के दफ्तर में बिना बताए कोई प्रवेश नहीं करता।'

कोलर रोचर की आँखों को पढ़ रहा था। उसे लगा कि रुकने के अलावा कोई चारा नहीं था। ठीक है, कोलर ने सोचा, मैं इंतज़ार करूंगा।

सुरक्षाकर्मियों ने, कह सकते हैं, बड़े ही निर्दय तरीके से, कोलर को आदमकद नक्काशीदार आईने के सामने रोका था। अपने विकृत शरीर को देखकर कोलर को नफरत हो रही थी। उसके अंदर पहले से दबा हुआ गुस्सा ऊपर आ गया। इससे वह ताकतवर महसूस कर रहा था। अब वह दुश्मनों के बीच था। इन्हीं लोगों ने उसका आत्मसम्मान छीना था। यही थे वे लोग। इन्हीं लोगों की वजह से वह आज तक औरत के स्पर्श का अनुभव नहीं कर सका था, कभी किसी सम्मान को ग्रहण करने के लिए तन कर खड़ा नहीं हो सका था। *इन लोगों के पास कौन सा सच है? कैसा प्रमाण है इनके पास, छी। दंतकथाओं की एक पुरानी किताब ? चमत्कार का वादा? विज्ञान तो हमारे लिए रोज ही नए चमत्कार करता है !*

कोलर ने एक पल के लिए अपनी पथरीली आँखों में झांका। *आज की रात मैं धर्म के हाथों मारा जा सकता हूँ,* उसने सोचा। *लेकिन ऐसा पहली बार नहीं होगा।*

एक पल के लिए वह फिर से ग्यारह वर्ष का हो गया जो फ्रैंकफर्ट के अपने मकान में मां-बाप के बिस्तर में लेटा हुआ था। उसके नीचे बिछी चादर यूरोप के सबसे अच्छे कपड़े का

बनी थी लेकिन यह पसीने में भीगा था। बालक मैक्स को लग रहा था जैसे वह आग में जल रहा था। उसके शरीर में अकल्पनीय दर्द हो रहा था। उसके बिस्तर के बगल में उसके मां-बाप घुटनों के बल बैठे हुए थे। वे पिछले दो दिनों से इसी तरह बैठे हुए थे। वे प्रार्थना कर रहे थे।

पीछे की तरफ फ्रैंकफर्ट के तीन सबसे अच्छे डॉक्टर खड़े थे।

'मैं आपसे फिर से विचार करने का निवेदन करता हूँ।' एक डॉक्टर ने कहा। 'बच्चे को देखिए। उसका बुखार चढ़ता जा रहा है। वह बहुत तकलीफ में है। और खतरे में भी।'

लेकिन बोलने के पहले ही मैक्स को पता था कि उसकी माँ का क्या जवाब होगा, 'ईश्वर उसकी रक्षा करेंगे।'

हां, मैक्स ने सोचा, *ईश्वर मेरी रक्षा करेंगे।* अपनी माँ की आवाज़ में झलक रही आस्था से उसे भी शक्ति मिल रही थी। *ईश्वर मेरी रक्षा करेंगे।*

एक घंटे बाद मैक्स को लगा जैसे उसके पूरे शरीर को किसी कार से कुचला जा रहा है। वह रोने के लिए साँस भी नहीं ले पा रहा था।

'आपका बच्चा बहुत तकलीफ में है।' दूसरे डॉक्टर ने कहा। 'कम से कम मुझे उसका दर्द कम करने की इजाज़त दीजिए। मेरे थैले में एक मामूली सी सुई है जिससे...'

'कृपा करके चुप रहिए।' मैक्स के पिता ने डॉक्टर को चुप करा दिया। उनकी आँखें बंद रही। वह बस प्रार्थना करते रहे।

'पिताजी, प्लीज।' मैक्स चिल्लाना चाहता था। 'उन्हें मेरे दर्द को कम करने दीजिए।' लेकिन उसकी आवाज़ खांसी के एक झोंके में दब गई।

एक घंटे बाद, दर्द और बढ़ चुका था।

'आपका बेटा लकवे का शिकार हो सकता है।' उनमें से एक डॉक्टर ने डांटकर कहा। 'मर भी सकता है। हमारे पास दवाइयाँ हैं जिनसे फायदा हो सकता है।'

श्रीमान और श्रीमती कोलर इसकी अनुमति नहीं देने वाले थे। वे दवाइयों में भरोसा नहीं करते थे। ईश्वर की बड़ी योजना में हस्तक्षेप करने वाले वे कौन होते हैं? वे और भी मन से प्रार्थना करने लगे। आखिर ईश्वर ने हमें इस बच्चे की सौगात दी है तो वे हमारे बच्चे को वापस क्यों बुलाएंगे? उसकी माँ ने मैक्स की कान में फुसफुसाकर मजबूत बने रहने को कहा। उसने समझाया कि ईश्वर उसकी परीक्षा ले रहे हैं...जैसा कि बाइबल में अब्राहम की कहानी में बताया गया है ... उसके विश्वास की परीक्षा।

मैक्स आस्था बनाए रखने की कोशिश कर रहा था लेकिन दर्द भयंकर था।

'मैं यह नहीं देख सकता।' अंत में एक डॉक्टर से नहीं रहा गया और वह तेजी से कमरे से बाहर निकल गया।

सुबह होते होते मैक्स तकरीबन बेहोश हो चुका था। उसके शरीर की हर पेशी में भयंकर यातना हो रही थी। *ईसा मसीह कहाँ हैं?* वह सोचने लगा। *क्या वे मुझे प्यार नहीं करते?* मैक्स को लगा कि उसके शरीर से प्राण निकल रहा था।

उसकी माँ बिस्तर से लगकर सो रही थी। उसके हाथ अब भी उसे पकड़े हुए थे। मैक्स के पिता कमरे की दूसरी तरफ खिड़की के पास खड़े होकर प्रातः काल को देख रहे थे। वे ध्यानमग्न लग रहे थे। मैक्स उन्हें धीमी आवाज़ में ईश्वर से दया के लिए प्रार्थनाएँ बुदबुदाते हुए सुन पा रहा था।

यही वह वक्त था जब मैक्स को लगा कि उसके ऊपर कोई साया मंडरा रहा था। देवदूत। मैक्स मुश्किल से देख पा रहा था। उसकी आँखें सूज कर बंद हो चुकी थी। साए ने उसके कान में फुसफुसाते हुए कुछ कहा लेकिन यह आवाज़ देवदूत की नहीं थी। मैक्स ने पहचान लिया कि यह डॉक्टर की आवाज़ थी...वही डॉक्टर जो पिछले दो दिनों से कोने में बैठा था। वह वहाँ से एक बार भी नहीं हिला था और मैक्स के माता-पिता से इंग्लैंड से आयी किसी नई दवा के इस्तेमाल की इजाज़त मांग रहा था।

'मैं अपने आप को कभी माफ नहीं कर पाऊंगा।' डॉक्टर ने धीमी आवाज़ में कहा। 'अगर मैंने ये नहीं किया।' इसके बाद डॉक्टर ने मैक्स के दुबले पतले हाथ को अपने हाथ में लिया। 'काश मैं यह पहले कर पाता।'

मैक्स को अपनी बांह पर सुई चुभने का अनुभव हुआ। दर्द की वजह से वह इसका मुश्किल से अनुभव कर पा रहा था।

इसके बाद डॉक्टर ने अपना सामान धीरे से समेटा। जाने के पहले उसने मैक्स के माथे पर अपना हाथ रखा। 'यह तुम्हारी ज़िंदगी बचाएगा। मुझे दवाओं की ताकत में पूरा विश्वास है।'

कुछ ही मिनटों में मैक्स को लगा जैसे उसकी नसों से कोई जादुई रूह प्रवाहित हो रही हो। उसकी गर्मी उसके पूरे शरीर में फैल गई और दर्द कम हो गया। अंत में, कई दिनों के बाद, मैक्स को नींद आ गई।

जब बुखार उतरा तो उसके माता-पिता ने ईश्वर के चमत्कार की घोषणा की। लेकिन जब ये पता चला कि उनका बेटा अपाहिज हो चुका है तो वे हतोत्साहित हो गए। वे व्हीलचेयर पर अपने बेटे को लेकर चर्च गए और उन्होंने पुजारी से उसे सलाह देने का आग्रह किया।

'यह तो बस ईश्वर की कृपा थी,' पुजारी ने उनसे कहा, 'कि इस बच्चे की जान बच गई।'

मैक्स कुछ नहीं बोला। वह सुनता रहा।

'लेकिन मेरा बेटा अब चल नहीं सकता।' श्रीमती कोलर रो रही थी।

पुजारी ने उदासी से अपना सर हिलाते हुए कहा, 'हाँ। ऐसा लगता है कि ईश्वर ने उसे पूरा विश्वास नहीं रखने के लिए सजा दी है।'

***

'मिस्टर कोलर?' स्विस गार्ड आगे आकर पूछ रहा था। 'केमरलेग्नो ने कहा है कि वे आपको मुलाकात की इजाज़त दे रहे हैं।'

कोलर ने हुँकारी भरी और तेजी से हॉल में आगे बढ़ गया।

'आपके आने से वे आश्चर्यचकित हैं।' गार्ड ने कहा।

'हाँ। मुझे यकीन है।' कोलर आगे बढ़ता रहा। 'मैं उनसे अकेले में मुलाकात करना चाहूंगा।'

'असंभव।' गार्ड ने कहा। 'कोई भी...'

'लेफ्टिनेंट।' रोचर उसपर चिल्लाकर बोला। 'मुलाकात वैसे ही होगी जैसा मिस्टर कोलर चाहते हैं।'

गार्ड अविश्वास भरी नज़रों से उसे घूरने लगा।

पोप के दफ्तर के बाहर रोचर ने अपने गार्डों को अंदर जाने से पहले कोलर की तलाशी लेने की इजाज़त दी। व्हीलचेयर में लगे अनेक इलेक्ट्रॉनिक यंत्रों के कारण उनके मेटल डिटेक्टर कुछ काम नहीं कर पा रहे थे। गार्डों ने उसकी तलाशी ली लेकिन विकलांगता की वजह से वे ठीक से तलाशी लेने में संकोच कर रहे थे। उसकी कुर्सी में चिपकी हुई बंदूक को वे कभी तलाश नहीं पाए। न ही वे दूसरी चीजें ही बाहर रखवा पाए...वो चीज़ जिसके बारे में कोलर को पता था, जो आज घटनाक्रम को अविस्मरणीय तौर पर अंतिम स्वरूप देने वाला था।

कोलर जब पोप के दफ्तर में पहुँचा तो केमरलेग्नो वेंट्रेस्का अकेले थे। वे बुझ रही आग की बगल में बैठकर प्रार्थना कर रहे थे। उन्होंने अपनी आँखें नहीं खोली।

'मिस्टर कोलर।' केमरलेग्नो ने कहा। 'क्या आप मुझे शहीद बनाने आए हैं?'

112

इस दौरान, इल पैसेटो नाम की संकरी सुरंग लैंग्डन और विट्टोरिया के आगे फैली हुई थी जिसके अंदर से वे वेटिकन सिटी की तरफ तेजी से चले जा रहे थे। लैंग्डन के हाथ में रखी मशाल मुश्किल से कुछ फीट की दूरी तक रोशनी दे पा रही थी। दोनों तरफ दीवारें पास पास बनी थी। छत नीची थी। हवा में सीलन की बू आ रही थी। लैंग्डन अंधकार में तेजी से आगे बढ़ता जा रहा था और विट्टोरिया ठीक उसके पीछे-पीछे आ रही थी।

सेंट एंजेलो के किले से बाहर निकलते हुए सुरंग में काफी तीखा ढलान था। यह ऊपर की ओर पत्थर के बने एक बुर्ज के निचले हिस्से से मिल रही थी जो रोमन नहर की तरह लगती थी। वहाँ जाकर सुरंग समतल हो रही थी और वेटिकन की ओर इसका गुप्त रास्ता शुरू हो रहा था।

सुरंग में दौड़ते हुए लैंग्डन के दिमाग़ में तरह तरह की छवियाँ एक दूसरे में घुल मिल रही थी—कोलर, जानुस, हैसेसिन, रोचर, छठा ब्रांड? तुमने छठे ब्रांड के बारे में जरूर

सुना होगा, हत्यारे ने कहा था। सबसे उत्कृष्ट। लैंग्डन को पूरा यकीन था कि उसने पहले इसका नाम नहीं सुना था। षड्यंत्र सिद्धांत की दंतकथाओं में भी लैंग्डन को छठे ब्रांड की बात कभी नहीं सुनाई दी थी। वास्तविक या काल्पनिक। सोने के विशाल भंडार और अद्भुत पूर्णता वाले इल्युमिनाटी हीरे के बारे में तो उसने सुना था लेकिन छठे ब्रांड के बारे में नहीं।

'कोलर जानुस नहीं हो सकता।' विट्टोरिया ने नहर के अंदर वाले भाग में दौड़ते हुए ऐलान किया। 'यह मुमकिन नहीं।'

असंभव एक शब्द था जो आज की रात लैंग्डन इस्तेमाल करना बंद कर चुका था। 'मुझे नहीं पता।' लैंग्डन दौड़ते हुए चिल्लाया। 'कोलर को एक बड़ी शिकायत है और उसका प्रभाव भी काफी बड़ा है।'

'इस संकट के कारण CERN की छवि राक्षस जैसी बन गई है। मैक्स CERN की छवि को खराब करने वाला कोई भी काम नहीं कर सकता।'

एक हिसाब से लैंग्डन को लगता था कि CERN की छवि को आज धक्का लगा था क्योंकि इल्युमिनाटी ने इस को सार्वजनिक तमाशे में बदल दिया था। इसके बावजूद उसे ये भी लगता था कि इससे CERN की छवि को कुछ नुकसान नहीं पहुँचा है। चर्च के द्वारा आलोचना CERN के लिए नयी बात नहीं थी। बल्कि लैंग्डन इसके बारे में जितना अधिक सोच रहा था उसे उतना लग रहा था कि इस संकट से दरअसल CERN को फायदा हो सकता है। अगर खेल विज्ञापन का है तो एंटीमैटर आज के खेल का जैकपॉट विजेता था। पूरी धरती पर इसकी बात हो रही थी।

'तुम्हें पता है कि प्रोमोटर पी टी बारनम ने क्या कहा था,' लैंग्डन ने सर को पीछे मोड़ते हुए कहा। 'मुझे इस बात से कोई मतलब नहीं कि मेरे बारे में तुम क्या कहते हो, बस मेरे नाम का हिज्जे सही होना चाहिए।' मैं दावे के साथ कह सकता हूँ कि लोग चुपचाप एंटीमैटर टेक्नोलॉजी के लाइसेंस के लिए लाइन में लग रहे होंगे। और आज की रात जब वे इसकी असली ताकत देखेंगे तो इसके बाद...'

'बकवास।' विट्टोरिया ने कहा। 'वैज्ञानिक उपलब्धियों के विज्ञापन का मतलब विनाशकारी शक्ति का प्रदर्शन नहीं होता। एंटीमैटर के लिए यह बहुत ही बुरी बात होगी, मेरा यकीन मानिए।'

लैंग्डन की मशाल अब बुझने वाली थी। 'तो हो सकता है कि ये और भी सरल बात हो। मुमकिन है कि कोलर ने सोचा होगा कि वेटिकन एंटीमैटर को गुप्त रखेगा क्योंकि वह नहीं चाहेगा कि इस हथियार के अस्तित्व की घोषणा कर वह इल्युमिनाटी को ताकत दे। कोलर को उम्मीद होगी कि वेटिकन अपनी चिर परिचित शैली में इसके बारे में मुँह नहीं खोलेगा लेकिन केमरलेग्नो ने खेल के नियम बदल दिए।'

सुरंग से गुजरते हुए विट्टोरिया चुप थी।

अचानक यह परिस्थिति लैंग्डन को ज़्यादा तर्कपूर्ण लगने लगी। 'हाँ, कोलर ने केमरलेग्नो की प्रतिक्रिया के बारे में कभी सोचा ही नहीं। केमरलेग्नो ने वेटिकन की गोपनीयता वाली परंपरा को तोड़ते हुए इस संकट के बारे में सार्वजनिक घोषणा कर दी। वह पूरी तरह ईमानदार थे। उसने एंटीमैटर को टीवी पर ला दिया, भगवान के लिए! यह एक अद्भुत चाल थी जिसकी कल्पना भी कोलर ने नहीं की थी। और सबसे विचित्र बात तो ये कि इल्युमिनाटी का दांव उल्टा पड़ा। इसने केमरलेग्नो के रूप में चर्च को एक नया नेता दिया। और अब कोलर उसे मारने के लिए आ रहा था!'

'मैक्स हरामी है।' विट्टोरिया ने घोषणा की। 'लेकिन वह हत्यारा नहीं है। और वह मेरे पिता की हत्या में कभी शामिल नहीं रहा होगा।'

लैंग्डन के दिमाग़ में कोलर ने इस बात का जवाब दिया। लियोनार्डो *को CERN के कई शुद्धतावादी खतरनाक मानते थे। विज्ञान और ईश्वर को मिलाने की कोशिश विज्ञान की दृष्टि में सबसे बड़ा पाप है।* 'हो सकता है कि कोलर को कई सप्ताह पहले एंटीमैटर प्रोजेक्ट के बारे में पता चल गया हो और वह इसके धार्मिक परिणामों को पसंद नहीं कर रहा हो।'

'यानी कि उसने इसी लिए मेरे पिता की हत्या की? बकवास। इसके अलावा, मैक्स कोलर को कभी इस प्रोजेक्ट के बारे में पता नहीं चल सकता था।'

'जब तुम चली गई थी तो हो सकता है कि तुम्हारे पिता ने हिम्मत हार दी हो और कोलर से मशविरे के लिए संपर्क किया हो। तुमने खुद ही कहा था कि तुम्हारे पिता इतने खतरनाक पदार्थ के नैतिक परिणामों को लेकर चिंतित थे।'

'मैक्सीमिलियन कोलर से नैतिक मामलों में दिशानिर्देश मांगना?' विट्टोरिया गुस्से में बोली, 'मुझे नहीं लगता।'

सुरंग अब थोड़ी सी पश्चिम दिशा की ओर मुड़ रही थी। वे जितनी तेजी से दौड़ रहे थे लैंग्डन की मशाल उतनी ही मद्धिम होती जा रही थी। उसे डर हो रहा था कि अगर मशाल बुझ जाएगी तो पता नही ये जगह कैसी दिखाई देगी।

'इसके अलावा,' विट्टोरिया ने अपनी बात को जारी रखी, 'अगर इस सबके पीछे कोलर का हाथ है तो उसने आज सुबह आप से मदद मांगने के लिए फोन क्यों किया होता?'

लैंग्डन ने इसके बारे में पहले ही सोच लिया था। 'मुझे बुलाकर कोलर ने अपनी भूमिका को छिपा लिया। उसने पक्का कर लिया कि इस संकट की घड़ी में उस पर कुछ नहीं करने का आरोप नहीं लगेगा। उसे कभी उम्मीद नहीं रही होगी कि हम इस हद तक पहुँच जाएंगे।'

कोलर के द्वारा इस्तेमाल किए जाने के खयाल से लैंग्डन को गुस्सा आ रहा था। इस काम में लैंग्डन के शामिल होने से इल्युमिनाटी को एक हद तक विश्वसनीयता मिली थी। मीडिया ने उसके ओहदे और उसके प्रकाशित लेखों के बारे में रात भर चर्चा की थी। भले

ही यह कितना भी हास्यास्पद क्यों न लगे, हार्वर्ड के एक प्रोफेसर की वेटिकन में उपस्थिति ने इस आपातकाल को भय के कारण पैदा हुए मतिभ्रम कहे जाने से ऊपर उठाकर दुनिया भर में संशयवादियों को इस बात के प्रति आश्वस्त कर दिया कि इल्युमिनाटी ब्रदरहुड न केवल एक ऐतिहासिक सत्य है बल्कि एक शक्तिशाली उपस्थिति भी।

'बीबीसी का वह रिपोर्टर सोचता है कि CERN इल्युमिनाटी के छिपने की जगह है।' लैंग्डन ने कहा।

'क्या?' विट्टोरिया उसके पीछे लड़खड़ाई। वह उठ कर फिर से दौड़ने लगी। 'उसने ये कहा?'

'हाँ, प्रसारण के दौरान। उसने CERN की तुलना मेसनिक लॉजेज से की। एक मासूम संगठन जो अनजाने में ही इल्युमिनाटी ब्रदरहुड को अपने अंदर पनाह दे रहा था।'

'हे भगवान, इससे तो CERN बर्बाद हो जाएगा।'

लैंग्डन को इस बात पर ज़्यादा भरोसा नहीं था। जो भी हो, यह सिद्धांत अब उतना काल्पनिक नहीं लग रहा था। CERN वैज्ञानिकों के लिए स्वर्ग के समान था। एक दर्जन देशों के वैज्ञानिकों के लिए यह घर जैसा था। उनके लिए निजी तौर पर दिए जाने वाले पैसों का अनंत स्रोत उपलब्ध था और मैक्सीमिलियन कोलर उनका निदेशक था।

कोलर जानुस है।

'अगर इसमें कोलर शामिल नहीं है,' लैंग्डन ने चुनौती के स्वर में कहा, 'तो फिर वह यहाँ क्या कर रहा है?'

'शायद इस पागलपन को रोकने की कोशिश। अपना समर्थन दिखाने के लिए। मुमकिन है कि वह सचमुच मददगार—समरिटन की भूमिका में हो। उसे शायद पता चला हो कि इस एंटीमैटर प्रोजेक्ट के बारे में किन लोगों को जानकारी थी और वह ये सूचना साझा करने आया हो।'

'हत्यारे ने कहा था कि वह केमरलेग्नो को दागने, ब्रांड करने आ रहा है।'

'अपने दिल की बात सुनो! यह एक आत्मघाती मिशन होने वाला है। मैक्स इस से ज़िंदा बचकर नहीं निकल पाएगा।'

लैंग्डन ने इस पर विचार किया। हो सकता है कि *यही बात सच हो।*

आगे लोहे के दरवाज़े का खाका दिखाई दे रहा था जो सुरंग में आगे बढ़ने का रास्ता बंद कर रहा था। लैंग्डन का दिल जैसे अचानक बंद हो गया। लेकिन जब वे नजदीक पहुँचे तो उन्होंने देखा कि उस पर लटका प्राचीन ताला खुला हुआ था। दरवाज़ा आराम से खुल गया।

लैंग्डन ने चैन की साँस ली। जैसी कि उसे आशंका थी, यह सुरंग हाल फिलहाल तक इस्तेमाल में थी, जैसे कि आज। अब उसे कोई संदेह नहीं था कि चारों कार्डिनलों को इसी रास्ते से चुपचाप निकाल कर लाया गया था।

वे दौड़ते रहे। लैंग्डन को अब अपनी बायीं तरफ गहमागहमी की आवाजें सुनाई दे रही थी। ये सेंट पीटर्स चौराहा था। अब वे नजदीक पहुँच रहे थे।

अब उनके सामने एक और दरवाज़ा था, पहले वाले से थोड़ा भारी। यह भी खुला था। सेंट पीटर चौराहे की आवाज़ अब उनके पीछे धीमी पड़ गई थी। लैंग्डन ने अनुमान किया कि वे वेटिकन सिटी की बाहरी दीवार को पार कर चुके हैं। वो सोच रहा था कि पता नहीं वेटिकन के अंदर कहाँ जाकर यह सुरंग खुलती है। बगीचे में? बेसिलिका में? पोप के निवास स्थान में?

अचानक, बिना किसी पूर्व सूचना के सुरंग ख़त्म हो गई।

उनके आगे खड़ा विशाल लोहे का दरवाज़ा मोटी दीवार की तरह उनका रास्ता रोक कर खड़ा था। उसकी मशाल बुझने वाली थी लेकिन वह साफ साफ देख सकता था कि दरवाज़ा बिल्कुल चिकना था—कोई कुंडी, हैंडल या छिटकिनी या कब्जा नहीं।

उसके अंदर जोर से डर का बगूला उठा। आर्किटेक्टों की भाषा में इस तरह के दरवाज़े को शेंजा शिआवे यानी एक तरफ खुलने वाला पोर्टल कहा जाता था जिसका इस्तेमाल सुरक्षा की दृष्टि से किया जाता था। इसे सिर्फ एक ओर से, यानी दूसरी तरफ से खोला जा सकता था। लैंग्डन की उम्मीद पर पानी फिर गया था ... और उसके हाथ में रखी मशाल भी बुझ गई थी।

उसने घड़ी की ओर देखा। मिकी चमक रहा था।

रात के 11:29 बजे थे।

हताशा से भरकर लैंग्डन जोर से चीखा और उसने मशाल को जोर से पटक दिया। वह दरवाज़े को जोर जोर से पीटने लगा।

113

कुछ तो गड़बड़ थी।

लेफ्टिनेंट चार्टरैंड पोप के दफ्तर के बाहर खड़ा था। उसने अपने साथ खड़े सिपाही को देखकर समझ लिया कि उसकी तरह सिपाही भी परेशान था। रोचर ने कहा था कि जिस निजी मुलाकात के दौरान वे रक्षक के रूप में खड़े थे वह वेटिकन को बर्बाद होने से बचा सकता था। इसलिए चार्टरैंड समझ नहीं पा रहा था कि उसके मन में सुरक्षा वाली ये खुदबुदी क्यों हो रही थी। और रोचर भी कुछ अजीब ढंग से पेश आ रहा था।

निश्चित तौर पर कुछ तो गलत हो रहा था।

कैप्टन रोचर चार्टरैंड की दाहिनी तरफ खड़ा था और बिल्कुल सामने देख रहा था। उसकी तीखी नज़र अस्वाभाविक रूप से खोयी खोयी सी लग रही थी। चार्टरैंड कैप्टन को

भी मुश्किल से पहचान रहा था। पिछले एक घंटे में रोचर कुछ अलग सा लग रहा था। उसके फैसले का कोई अर्थ नहीं निकल रहा था।

इस मीटिंग के दौरान किसी को अंदर होना चाहिए ! चार्टरैंड ने सोचा। उसने अंदर *जाकर छिटकिनी बंद करते हुए मैक्सीमिलियन कोलर को सुना था।* रोचर ने इसकी इजाज़त क्यों दी थी?

लेकिन चार्टरैंड को और भी कई बातें परेशान कर रही थी। कार्डिनल। वे अब भी सिस्टीन गिरजाघर में बंद थे। यह तो बिल्कुल पागलपन वाली बात थी। केमरलेग्नो ने उन्हें पंद्रह मिनट पहले ही वहाँ से निकालने के लिए कहा था। रोचर ने इस फैसले को पलट दिया था और केमरलेग्नो को ख़बर भी नहीं दी। चार्टरैंड ने अपनी चिंता ज़ाहिर की तो रोचर उसका सिर काटने पर उतारू हो गया। स्विस गार्ड हुक्म के पदानुक्रम पर कभी सवाल नहीं उठाते थे। हुक्म देने वालों में जो सबसे ऊपर होता था उसपर स्विस गार्ड कभी सवाल नहीं उठाते थे। और अब रोचर सर्वोच्च पद पर था।

आधा घंटा। हॉल में फैली मोमबत्ती की हल्की रोशनी में अपने स्विस क्रोनोमीटर पर नज़र बचाकर समय देखते हुए रोचर ने सोचा, *कृपया जल्दी कीजिए।*

चार्टरैंड सोच रहा था कि काश वह दरवाज़े के उस पार हो रही घटनाओं को देख पाता। फिर भी उसको मालूम था कि इस परिस्थिति से केमरलेग्नो के अलावा कोई दूसरा इतने अच्छे ढंग से नहीं निपट सकता था। आज की रात उनकी परीक्षा हो चुकी थी जिसमें वे जरा भी विचलित नहीं हुए थे। उन्होंने समस्या की आँख में आँख डालकर उसका सामना किया था—ईमानदारी और साफगोई से, दूसरों के लिए उदाहरण के रूप में प्रस्तुत होकर। चार्टरैंड को अभी अपने कैथोलिक होने पर गौरव हो रहा था। इल्युमिनाटी ने केमरलेग्नो वेंट्रेस्का को चुनौती देकर गलती की थी।

ठीक उसी समय चार्टरैंड के दिमाग़ में चल रही सोच को अचानक एक आवाज़ सुनकर धक्का लगा। कोई दरवाज़ा पीट रहा था जिसकी आवाज़ नीचे के हॉल से आ रही थी। दरवाज़ा पीटने की आवाज़ धीमी और कहीं दूर से आती लग रही थी, लेकिन आवाज़ लगातार सुनाई दे रही थी। रोचर ने ऊपर की तरफ देखा। कैप्टन चार्टरैंड की तरफ मुड़ा और उसने हॉल की तरफ इशारा किया। चार्टरैंड समझ गया। वह अपना फ्लैशलाइट चालू कर तहकीकात के लिए चल पड़ा।

दरवाज़ा पीटने की आवाज़ अब और तेज़ हो गई थी। चार्टरैंड कॉरिडोर में तीस गज की दूरी पर दौड़ता हुआ पहुँचा तो उसे एक चौराहे जैसी जगह दिखी। लग रहा था जैसे दरवाज़ा पीटने की आवाज़ साला क्लीमेंटीना के उस तरफ से आ रही थी। चार्टरैंड हैरत में था। वहाँ पर केवल एक कमरा था—पोप का निजी पुस्तकालय। उनकी मृत्यु के बाद इस पुस्तकालय को बंद रखा गया था। उसके अंदर तो कोई आदमी हो नहीं सकता था!

चार्टरैंड तेजी से दूसरे कॉरिडोर से आगे बढ़ा और कोने की तरफ मुड़ कर तेजी से लाइब्रेरी के दरवाज़े की ओर गया। वहाँ पर बना लकड़ी का पोर्टिको काफी छोटा

था लेकिन अंधेरे में यह कठोर संतरी की तरह खड़ा लगता था। दरवाज़ा पीटने की आवाज़ उसी तरफ कहीं अंदर से आ रही थी। चार्टरैंड हिचकिचाया। वह कभी इस निजी पुस्तकालय के अंदर नहीं गया था। बहुत कम लोग ही इसके अंदर गए थे। पोप को साथ लिए बिना किसी को इसके अंदर आने की इजाज़त नहीं मिलती थी।

हिचकिचाते हुए चार्टरैंड ने दरवाज़े के पास जाकर कुंडी घुमायी। उसने जैसा सोचा था, दरवाज़ा बंद था। वह दरवाज़े पर अपना कान लगाकर सुनने की कोशिश करने लगा। दरवाज़ा पीटने की आवाज़ अब जोर से सुनाई दे रही थी। फिर उसने कुछ और सुना। *आवाजें। कोई पुकार रहा था।*

वह आवाज़ नहीं समझ पा रहा था लेकिन उनमें साफ पता चल रहा था कि ये डरी हुई आवाजें हैं। क्या पुस्तकालय के अंदर कोई फंसा हुआ है? क्या स्विस गार्डों ने इमारत को ठीक से खाली नहीं करवाया था? चार्टरैंड दुविधा में था कि उसे वापस जाकर रोचर से संपर्क करना चाहिए या नहीं। *छोड़ो इसे।* चार्टरैंड को निर्णय लेना सिखाया गया था और वह अभी फैसला लेने वाला था। उसने अपने बगल से बंदूक निकाली और दरवाज़े की कुंडी पर गोली दाग दी। लकड़ी चूर चूर हो गया और दरवाज़ा खुल गया।

दहलीज के उस पार उसे अंधकार के अलावा कुछ नहीं दिखाई दे रहा था। उसने अपना फ्लैशलाइट चमकाया। कमरा चौकोर था और उसमें पूरब के देशों की कालीन बिछी थी। शाहबलूत की लकड़ी की बनी ऊँची ऊँची अलमारियाँ किताबों से अटी पड़ी थी। कमरे में सिले हुए चमड़े का एक सोफा और संगमरमर की एक भट्ठी थी। चार्टरैंड ने इस जगह के बारे में कहानियाँ सुनी थी—तीन हज़ार पुरानी किताबों के साथ साथ आधुनिक काल की सैकड़ों पत्र पत्रिकाएं, जो भी पोप चाहते। कॉफी टेबल पर विज्ञान और राजनीति से संबंधित पत्र-पत्रिकाएँ रखी हुई थी।

दरवाज़े का पीटना अब साफ सुनाई दे रहा था। चार्टरैंड ने कमरे में आवाज़ की दिशा में अपना फ्लैशलाइट घुमाया। दूर वाली दीवार पर बैठने की जगह से आगे लोहे का एक विशाल दरवाज़ा था। देखने में यह एक मजबूत वॉल्ट जैसा लगता था जिसे तोड़ पाना संभव नहीं था। इस पर चार बड़े बड़े ताले लगे थे। ताले के ठीक बीच में छोटे अक्षरों में कुछ लिखा था जिसे देखकर चार्टरैंड के होश उड़ गए।

इल पैसेटो।

चार्टरैंड उसे घूरने लगा। पोप के बाहर निकलने का गुप्त दरवाजा। चार्टरैंड ने बेशक इल पैसेटो के बारे में सुन रखा था। उसने यह भी अफवाह सुनी थी कि इसका दरवाज़ा पोप की निजी लाइब्रेरी से जाता है। लेकिन इस सुरंग का इस्तेमाल तो युगों से नहीं हुआ था। *दूसरी तरफ से आखिर कौन दरवाज़ा पीट रहा होगा?*

चार्टरैंड ने अपने फ्लैशलाइट से दरवाज़े पर हल्की सी थपकी दी। दूसरी ओर से दबी दबी से आवाज़ सुनाई दे रही था। दरवाज़ा पीटना बंद हो गया और उधर से कोई

व्यक्ति ज़ोर जोर से चिल्लाने लगा। दरवाज़े के इस पार से उसे आवाज़ साफ साफ सुनाई नहीं दे रही थी।

'कोलर...झूठ...केमरलेग्रो।'

'कौन बोल रहा है?' चार्टरैंड ने चिल्ला कर पूछा।

'... बर्ट लैंग्डन ...विट्टोरिया वेट...'

चार्टरैंड को समझ में आ गया लेकिन वह पशोपेश में था। *मैंने तो समझा था कि तुम दोनों मर चुके हो!*

'... दरवाजा।' दूसरी तरफ से आवाज़ आयी। 'खोलो ... ।'

चार्टरैंड ने लोहे के दरवाज़े की तरफ देखा और वह समझ गया कि इसके अंदर जाने के लिए उसे डायनामाइट की ज़रूरत होगी। 'असंभव, बहुत मोटा दरवाज़ा है।' उसने चिल्ला कर जवाब दिया।

'मीटिंग को रोको...लेग्रो...ख़तरा।'

घबड़ाहट के खतरों के बारे में अपनी ट्रेनिंग के बावजूद आखिर के शब्दों को सुनकर वह डर से कांप गया। क्या उसने ठीक ठीक सुना था? उसका दिल तेजी से धड़क रहा था। वह दफ्तर की ओर जाने के लिए तेजी से मुड़ा। मुड़ते ही वह अचानक रुक गया। उसकी नज़र दरवाज़े पर पड़ी ...वहाँ कुछ ऐसा था जो दरवाज़े के उस पार से आ रही आवाजों से भी ज़्यादा चौंकाने वाला था। सभी दरवाजों के तालों से चाभियाँ लटक रही थी। चार्टरैंड इसे घूरने लगा। क्या चाबी यहीं थी? उसे विश्वास नहीं हो रहा था। इस दरवाज़े की चाभियों को तिजोरी में कहीं होना चाहिए था। इस रास्ते का इस्तेमाल तो सदियों से नहीं हुआ था!

चार्टरैंड ने अपना फ्लैशलाइट ज़मीन पर फेंक दिया। उसने पहली चाबी घुमायी। पुराना और जंग खाया होने के बावजूद ताले-चाबी ने काम किया। किसी ने इसे हाल में ही खोला था। चार्टरैंड ने दूसरी चाबी घुमायी। फिर तीसरी और जब चौथी चाबी घूमी तो चार्टरैंड ने दरवाज़े को खींचा। लोहे का पट्टा आवाज़ करता हुआ खुल गया। उसने अपना फ्लैशलाइट उठाया और सुरंग में रोशनी दिखाने लगा। 1

रॉबर्ट लैंग्डन और विट्टोरिया वेट्रा जब लड़खड़ाते हुए लाइब्रेरी में घुसे तो वे भूत की तरह दिखाई दे रहे थे। वे दोनों थके हुए और परेशान लग रहे थे लेकिन वे बखूबी ज़िंदा थे।

'ये क्या है?' चार्टरैंड ने पूछा। 'तुम लोग कहाँ से आ रहे हो?'

'मैक्स कोलर कहाँ है?' लैंग्डन ने सवाल किया।

चार्टरैंड ने इशारा किया, 'केमरलेग्रो के साथ ख़ास मीटिंग में।'

लैंग्डन और विट्टोरिया उसे धक्का देते हुए अंधेरे हॉल में आगे की तरफ दौड़े। चार्टरैंड मुड़ा और स्वाभाविक रूप से उसने अपनी बंदूक उनकी पीठ पर तान दी। फिर उसने

बंदूक को नीचे किया और उनके साथ दौड़ने लगा। ऐसा लगा कि रोचर ने उन्हें आते हुए सुन लिया क्योंकि वे जब पोप के दफ्तर के बाहर पहुँचे तबतक रोचर दरवाज़े के सामने सुरक्षात्मक मुद्रा में अपने पैर फैलाकर उनपर बंदूक ताने खड़ा था। 'रुको।'

'केमरलेग्नो खतरे में हैं।' लैंग्डन चिल्लाया। उसने आत्मसमर्पण की मुद्रा में अपने हाथ ऊपर कर लिए और रुक गया। 'दरवाज़ा खोलो। मैक्सीमिलियन कोलर केमरलेग्नो की हत्या करने वाला है।'

रोचर गुस्से में लग रहा था।

'दरवाज़ा खोलो।' विट्टोरिया बोली। 'जल्दी।'

लेकिन तब तक देर हो चुकी थी।

पोप के दफ्तर के अंदर से दिल दहलाने वाली चीख सुनाई दी। यह केमरलेग्नो की आवाज़ थी।

114

संघर्ष कुछ ही सेकंड चला।

चार्टरैंड ने जब रोचर को लांघ कर गोली से पोप के दफ्तर के दरवाज़े की कुंडी खोली तो उस समय तक केमरलेग्नो वेंट्रेस्का चीख रहे थे। गार्ड तेजी से अंदर घुसे। लैंग्डन और विट्टोरिया दौड़ते हुए उनके पीछे आए।

उनके सामने का दृश्य भयानक था।

चेंबर में सिर्फ मोमबत्ती की रोशनी थी और भट्ठी बुझने वाली थी। कोलर भट्ठी के पास था और अजीब ढंग से अपने व्हीलचेयर के साथ खड़ा था। उसने केमरलेग्नो की ओर पिस्तौल तान रखी थी जो उसके पैरों के पास ज़मीन पर गिरे हुए थे। वे दर्द से छटपटा रहे थे। केमरलेग्नो की पोशाक फटी हुई थी। उनकी खुली छाती जलकर काली हो गई थी। कमरे की दूसरी तरफ से लैंग्डन निशान को ठीक से नहीं देख पाया लेकिन एक बड़ा सा चौकोर ब्रांड कोलर के पास ज़मीन पर पड़ा था। उसका धातु अब भी लाल दहक रहा था।

दो स्विस गार्डों ने बिना किसी हिचकिचाहट के गोली चला दी जो सीधे कोलर के सीने में जाकर लगी। वह पीछे की ओर गिरा। कोलर अपने व्हीलचेयर में गिर गया। उसकी छाती से ख़ून बलबला कर निकल रहा था। बंदूक उसके हाथ से फिसल कर फर्श पर गिर गई।

अचंभित होकर लैंग्डन दरवाज़े के पास खड़ा था।

विट्टोरिया को जैसे लकवा मार गया था। 'मैक्स...' वह फुसफुसा कर बोली।

केमरलेग्नो अब भी फर्श पर छटपटा रहे थे। वे रोचर की तरफ लुघड़ कर आए। उनकी आवाज़ में जैसे समाधिमग्न व्यक्ति के अंदर से आने वाले डर का भाव झलक रहा

था जैसा कि पुराने जमाने में डायनों को मारने के दौरान होता था। उन्होंने अपनी बीच वाली उँगली रोचर की तरफ दिखाते हुए एक ही शब्द कहा, 'इल्युमिनाटस।'

'अब हरामी।' रोचर उसकी तरफ दौड़ा। 'पाखंडी हरामजादे...'

अब चार्टरैंड की बारी थी। उसने भी सहज प्रवृत्ति से काम करते हुए रोचर की पीठ में तीन गोलियाँ दाग दी। दूसरे गार्ड ने ब्रांड को ऊपर से नीचे की तरफ देखा और डर से गश खाकर पीछे हट गया। उसकी आँखों में डर दिखाई दे रहा था। चार्टरैंड भी उस प्रतीक चिह्न को देखकर उतना ही घबड़ाया हुआ था। उसने केमरलेग्नो की फटी हुई पोशाक को जले हुए भाग के ऊपर खींच दिया ताकि ये दिखाई न दे।

कमरे में एक तरफ से दूसरी तरफ जाते हुए लैंग्डन पर जैसे बेहोशी छा रही थी। पागलपन और हिंसा की धुंध के बीच लैंग्डन सामने दिखाई दे रही चीजों का अर्थ समझने की कोशिश कर रहा था। एक अपाहिज वैज्ञानिक अपना सांकेतिक आधिपत्य दिखाने के लिए अंतिम कार्रवाई के तौर पर वेटिकन सिटी पहुँचता है और चर्च के सर्वोच्च अधिकारी को गर्म सलाखों से ब्रांड कर देता है। कुछ चीजें शहादत देने के लायक होती हैं, हैसेसिन ने कहा था। लैंग्डन सोच रहा था कि एक विकलांग व्यक्ति किस तरह केमरलेग्नो को पछाड़ सकता था। लेकिन कोलर के पास बंदूक थी। *अब इससे कोई फर्क नहीं पड़ता कि उसने ये सब कैसे किया। कोलर ने अपना मिशन पूरा किया।*

लैंग्डन उस वीभत्स दृश्य की तरफ बढ़ा। लोग केमरलेग्नो की देखभाल में लगे थे और लैंग्डन खुद को कोलर के व्हीलचेयर के पास ज़मीन पर पड़े धुआं निकलते ब्रांड के पास खिंचता हुआ महसूस कर रहा था। छठा ब्रांड। जैसे जैसे कोलर नजदीक पहुँच रहा था उसकी दुविधा बढ़ती जा रही थी। देखने में ब्रांड पूरी तरह से वर्गाकार लगता था। काफी बड़ा। स्पष्ट था कि इसे इल्युमिनाटी की मांद के बीचो बीच पवित्र स्थान पर रखे संदूक से लाया गया था। छठा और आखिरी ब्रांड, हैसेसिन ने कहा था। सबसे शानदार।

लैंग्डन कोलर की बगल में झुक कर उस चीज़ को देखने लगा। धातु अब भी काफी गर्म था। लैंग्डन ने लकड़ी की मूंठ को पकड़ कर उसे उठाया। उसे ठीक ठीक पता नहीं था कि वह क्या देखने की उम्मीद कर रहा था। लेकिन उसने इसे देखने की उम्मीद तो बिल्कुल नहीं की थी :

लैंग्डन इसे देर तक घूरता रहा। हैरान। इसका कोई मतलब नहीं निकल रहा था। इसे देखकर गार्ड डर के मारे इतनी जोर से क्यों चिल्लाए थे? यह बेमतलब की लकीरों से बनी एक वर्गाकार आकृति थी। सबसे शानदार? हाथ में इसे घुमाते हुए लैंग्डन इतना कह सकता था कि यह पूरी तरह समरूप था लेकिन इसमें अर्थहीन आकृतियाँ बनी थी।

उसके कंधे पर किसी ने हाथ रखा तो लैंग्डन ने ऊपर मुड़कर देखा। उसने सोचा था कि शायद विट्टोरिया होगी। लेकिन हाथ ख़ून में सना था। मैक्सीमिलियन कोलर व्हीलचेयर से अपना हाथ आगे बढ़ा रहा था।

लैंग्डन ने ब्रांड को ज़मीन पर गिरा दिया और लड़खड़ाते हुए खड़ा हो गया। कोलर अब भी ज़िंदा है।

अपने व्हीलचेयर में धंसा हुआ, मरणासन्न निदेशक अब भी बहुत धीमे-धीमे साँस ले रहा था। वह बीच-बीच में मुँह खोल कर तेज़ साँस लेने की कोशिश कर रहा था। कोलर की आँखें जब लैंग्डन से मिली तो उसे वही पथरीली नज़र दिखाई दी जिसने उसका उस दिन सुबह CERN में स्वागत किया था। मौत के करीब वे आँखें और भी कठोर दिखाई दे रही थी। उन आँखों में नफरत और दुश्मनी साफ साफ झलक रही थी।

वैज्ञानिक के शरीर में कंपन हुआ। लैंग्डन ने महसूस किया कि वह हिलने डुलने की कोशिश कर रहा था। कमरे में अन्य लोग केमरलेग्नो की देखभाल में लगे थे। लैंग्डन ने उन्हें पुकारना चाहा लेकिन वह ऐसा नहीं कर पाया। वह जीवन के इन अंतिम क्षणों में कोलर के शरीर से निकल रही तीव्रता को देखकर स्तब्ध था। निदेशक ने बहुत कोशिश कर अपना हाथ उठाया और व्हीलचेयर के हत्थे से एक छोटा सा यंत्र बाहर निकाला। यह माचिस की डिबिया के आकार की कोई चीज़ थी। उसने कांपते हाथों से इसे बाहर निकाला। एक पल के लिए लैंग्डन को लगा कि कोलर के हाथ में कोई हथियार है लेकिन यह कुछ और चीज़ थी।

'दे देना...' कोलर के आखिरी शब्द जैसे उबलते पानी से निकलती आवाज़ की तरह थे। 'इसे मीडिया को दे... 'कोलर निढाल होकर गिर गया और वह यंत्र उसकी गोद में गिर गया।

अचंभित लैंग्डन उस यंत्र को देखने लगा जो एक तरह का इलेक्ट्रॉनिक यंत्र था। इसके ऊपर SONY RUVI लिखा था। लैंग्डन ने पहचान लिया कि यह नया, बहुत ही छोटे आकार का हाथ में लेकर काम करने वाला कैमकॉर्डर था। *क्या हिम्मत थी इस इंसान में !* उसने सोचा। शायद कोलर ने अपना आखिरी आत्महत्या वाला संदेश इसमें रिकॉर्ड किया था जो वह मीडिया को प्रसारण के लिए देना चाहता था। ... बेशक विज्ञान के महत्व के बारे में कोई उपदेश या धर्म की खराबियों के बारे में कुछ। लैंग्डन ने सोचा कि उसने इस आदमी के लिए आज की रात काफी काम कर दिया था। चार्टरैंड जब तक कोलर के कैमकॉर्डर को देख पाता, लैंग्डन ने उसे अपने जैकेट की सबसे भीतर वाली जेब में डाल दिया। कोलर का आखिरी संदेश नर्क में सड़ेगा।

केमरलेग्नो की आवाज़ से चुप्पी टूटी। वह बैठने की कोशिश कर रहे थे। 'कार्डिनल...' वे हांफते हुए चार्टरैंड से बोले।

'वे अब भी सिस्टीन गिरजाघर में हैं।' चार्टरैंड ने बताया। 'कैप्टन रोचर ने आदेश दिया था।'

'बाहर निकालो। जल्दी। सभी को।'

चार्टरेंड ने एक गार्ड को कार्डिनलों को बाहर निकालने के लिए दौड़ाया।

केमरलेग्नो दर्द से कराह रहे थे। 'हेलिकॉप्टर...सामने ...मुझे अस्पताल ले चलो।
'

115

सेंट पीटर के चौराहे पर स्विस गार्ड पायलट वेटिकन के पार्क किए हुए हेलीकॉप्टर के कॉकपिट में बैठा कनपटी रगड़ रहा था। उसके सामने चौराहे में शोर शराबा इतना ज़्यादा था कि उसके हेलीकॉप्टर के पंखियों की आवाज़ इसमें दब गई थी। यह कोई मोमबत्ती जलाकर श्रद्धांजलि देने वाली सभा नहीं थी। उसे आश्चर्य हो रहा था कि अब तक वहाँ दंगा-फसाद क्यों नहीं हुआ था।

आधी रात होने में अब केवल पच्चीस मिनट बचे थे लेकिन लोग अब भी वहाँ पर ठुसे हुए थे। कुछ लोग प्रार्थना कर रहे थे तो कुछ लोग चर्च के लिए रो रहे थे। दूसरे लोग गालियाँ दे रहे थे और कह रहे थे कि चर्च इसका हकदार था। कुछ और लोग बाइबल की कयामत के दिन वाली पंक्तियाँ दोहरा रहे थे।

मीडिया की रोशनी उसके विंडशील्ड से टकरा रही थी। पायलट के सिर में दर्द हो रहा था। वह आँखें सिकोड़ कर बाहर शोरगुल कर रही भीड़ को देखने लगा। भीड़ के ऊपर झंडे लहराते दिखाई दे रहे थे।

एंटीमैटर ही एंटी-क्राइस्ट है।

साइंटिस्ट= सैटेनिस्ट

अब कहाँ है तुम्हारा ईश्वर?

पायलट कराह रहा था। उसका सर दर्द बढ़ता जा रहा था। उसके मन में एक बार आया कि वह विंडशील्ड पर लगे विनाइल के परदे को खींचकर ओढ़ ले ताकि उसे यह सब देखना न पड़े लेकिन उसे पता था कि कुछ ही मिनटों में उसे उड़ान भरनी थी। लेफ्टिनेंट चार्टरेंड ने उसे रेडियो से भयंकर ख़बर दी थी। केमरलेग्नो पर मैक्सीमिलियन कोलर ने हमला किया था और वे गंभीर रूप से घायल थे। चार्टरेंड, अमेरिकी और वो औरत केमरलेग्नो को लेकर बाहर आ रहे थे ताकि उन्हें वहाँ से निकाल कर अस्पताल ले जा सके।

पायलट को लगा कि वह खुद इस हमले के लिए जिम्मेदार है। उसने अपने दिल की बात पर आचरण नहीं करने के लिए खुद को दुत्कारा। आज उसने जब हवाई अड्डे से कोलर को लाया था तो उसे उसकी मुर्दा आँखों में कुछ दिखाई दिया था। वह ठीक से समझ नहीं पाया लेकिन उसे वह अच्छा नहीं लगा था। वैसे अब इसका कोई महत्व नहीं

था। रोचर उस वक्त सर्वेसर्वा था और रोचर ने कहा था कि यही वह आदमी है। ज़ाहिर था कि रोचर की बात गलत थी।

भीड़ से एक नई आवाज़ आनी शुरू हो गई। पायलट ने देखा कि कार्डिनलों की एक पंक्ति वेटिकन से शांत भाव से निकल कर सेंट पीटर चौराहे की तरफ आ रही थी। कार्डिनलों के चेहरे पर ग्राउंड जीरो से निकलने के कारण पैदा हुए संतोष के भाव के ऊपर अब चर्च के बाहर चल रही गहमागहमी और उथल पुथल के कारण आश्चर्य का भाव तारी हो गया था।

भीड़ से आ रही आवाज़ एक बार फिर तेज़ हो गई थी। पायलट के सिर में दर्द हो रहा था। उसे एस्पिरिन की ज़रूरत थी। शायद तीन की। वह दवा खाकर हेलीकॉप्टर नहीं उड़ाना चाहता था लेकिन थोड़े से एस्पिरिन से उतनी दिक्कत नहीं होगी जितनी की इस भयानक सिरदर्द से। उसने प्राथमिक उपचार वाले बक्से की ओर हाथ बढ़ाया जिसमें तरह तरह के नक्शे और मैनुअल रखे थे। यह बक्सा सामने की दोनों सीटों के बीच कसा हुआ था। जब उसने बक्से को खोलने की कोशिश की तो उसे पता चला कि उसमें ताला बंद था। उसने चाबी के लिए नज़र दौड़ायी लेकिन हार कर चुप हो गया। ऐसा लग रहा था जैसे आज की रात उसके लिए भाग्यशाली रात नहीं थी। वह फिर से अपनी कनपटियाँ रगड़ने लगा।

अंधेर बेसिलिका के अंदर लैंग्डन, विट्टोरिया और दो गार्ड हांफते हुए मुख्य निकास द्वार की तरफ तेजी से जा रहे थे। दूसरी कोई भी बेहतर चीज़ नहीं मिलने के कारण वे घायल केमरलेग्नो को पतले से टेबल पर लेकर जा रहे थे। वे गतिहीन शरीर को स्ट्रेचर की तरह बीच में रखने की कोशिश कर रहे थे। दरवाज़े के बाहर अनियंत्रित भीड़ की हल्की सी आवाज़ अब सुनाई दे रही थी। केमरलेग्नो बेहोशी की चौखट पर दस्तक दे रहे थे।

समय कम पड़ता जा रहा था।

116

लैंग्डन जब सेंट पीटर बेसिलिका से दूसरों के साथ बाहर निकला तो रात के 11:39 बज चुके थे। उसकी आँख में चुभने वाली रोशनी पड़ी। मीडिया की रोशनी सफेद संगमरमर से उसी तरह टकराकर परावर्तित हो रही थी जैसे कि बर्फीले टुंड्रा में सूरज की रोशनी। लैंग्डन ने अपनी आँखें सिकोड़ी और विशालकाय खंभों के पीछे शरण लेने की कोशिश करने लगा। लेकिन रोशनी हर तरफ से आ रही थी। उनके सामने कई वीडियो स्क्रीन एक साथ आसमान में दिखाई दे रहे थे।

उन भव्य सीढ़ियों के ऊपर खड़े होकर, जो नीचे पिआज्जा तक जा रही थी, लैंग्डन को लग रहा था जैसे वह दुनिया के सबसे बड़े स्टेज पर बेमन से खड़ा प्रतिभागी हो।

चमकती रोशनी से कहीं दूर लैंग्डन ने इंतज़ार कर रहे हेलीकॉप्टर और लाखों लोगों की आवाजें सुनी। उनकी बायीं तरफ कार्डिनलों की जमात को चौराहे पर लाया जा रहा था। वे सीढ़ियों पर दिखाई दे रहे नजारे के कारण परेशान होकर रुक गए।

'अब सावधानी से।' चार्टरैंड ने आग्रह के स्वर में कहा। वे लोग जब हेलीकॉप्टर की ओर जाने के लिए सीढ़ियों से उतर रहे थे तो उसने पूरी तरह उन पर अपना ध्यान टिकाया हुआ था।

लैंग्डन को लगा जैसे वे लोग पानी के अंदर चल रहे थे। केमरलेग्नो और टेबुल के वजन के कारण उसके हाथ में दर्द हो रहा था। वह सोच रहा था कि यह परिस्थिति और भी कम सम्मानजनक कैसे हो सकती थी। तभी उसे जवाब नज़र आ गया। बीबीसी के दोनों रिपोर्टर चौराहे की खुली जगह को पार करके प्रेस वाले इलाके में जा रहे थे। भीड़ से उठने वाली आवाज़ को सुनकर वे पलटे। ग्लिक और मैक्री अब उनकी ओर दौड़ कर आ रहे थे। मैक्री ने अपना कैमरा ऊँचा कर लिया था और रिकॉर्डिंग चल रही थी। *देखो गिद्ध पहुँच रहे हैं।* लैंग्डन ने सोचा।

'रुको।' चार्टरैंड ने उन्हें चिल्ला कर रुकने कहा। 'पीछे हटो।'

लेकिन रिपोर्टर आगे बढ़ते रहे। लैंग्डन ने अनुमान लगाया कि बीबीसी की इस लाइव फीड को प्रसारित करने में दूसरे चैनलों को करीब छह सेकंड का समय लगेगा। उसका अनुमान गलत था। इसमें बस दो सेकेंड लगे। ऐसा लगा जैसे वे सभी किसी तरह की विश्वव्यापी चेतना से आपस में जुड़े हों। पिआज्जा में हर मीडिया स्क्रीन उल्टी गिनती दिखा रही घड़ियों और वेटिकन के विशेषज्ञों को हटाकर इन्हीं तस्वीरों को दिखाने लगा—हिलती डुलती तस्वीरें जो वेटिकन की सीढ़ियों पर ऊपर जाने का दृश्य दिखा रही थी। अब लैंग्डन की नज़र जिस तरफ जाती उधर उसे केमरलेग्नो का निश्चेष्ट शरीर बहुरंगे क्लोज अप में दिखाई देता।

ये गलत है ! लैंग्डन ने सोचा। वह सीढ़ियों से उतरकर इसे रोकना चाहता था लेकिन ऐसा संभव नहीं था। वैसे भी इससे कोई फायदा नहीं होने वाला था। ऐसा भीड़ से उठ रही आवाज़ के कारण हुआ या रात की ठंडी हवा की वजह से, ये तो लैंग्डन को कभी पता नहीं चल पाया, लेकिन उसी क्षण कुछ ऐसा घटित हुआ जिसकी कल्पना भी नहीं की जा सकती थी।

किसी दुःस्वप्न से जगने वाले आदमी की तरह केमरलेग्नो की आँखें खुली और वे तन कर बैठ गए। लैंग्डन और दूसरे लोगों को इसका पूर्वानुमान नहीं था इसलिए वजन के कारण वे थोड़ा सा लड़खड़ाए। टेबल के आगे का हिस्सा थोड़ा झुक गया। केमरलेग्नो फिसलने लगे। उन्होंने टेबल को ज़मीन पर रखकर उन्हें संभालने की कोशिश की लेकिन तब तक काफी देर हो चुकी थी। केमरलेग्नो आगे से फिसल गए। लेकिन आश्चर्य की बात थी कि वे नीचे नहीं गिरे। उनका पैर संगमरमर पर पड़ा और वे डोलते हुए खड़े हो गए। वे एक क्षण के लिए खड़े रहे। वे बदहवास दिख रहे थे और तभी, इसके पहले कि कोई उन्हें रोक पाता, वे आगे झुके और सीढ़ियों से मैक्री की ओर लुढ़क गए।

'नहीं।' लैंग्डन चीखा।

केमरलेग्नो को संभालने के लिए चार्टरैंड तेजी से आगे बढ़ा। लेकिन केमरलेग्नो उस पर नाराज होकर बोले, *मुझे छोड़ दो।* उनकी आँखें लाल थी।

चार्टरैंड उछल कर पीछे हो गया।

दृश्य बद से बदतर होता गया। केमरलेग्नो की फटी हुई पोशाक जिसे चार्टरैंड ने सिर्फ उनकी छाती पर रख दिया था, नीचे खिसक रही थी। एक क्षण के लिए लैंग्डन को लगा कि शायद कपड़ा अपनी जगह पर टिका रहेगा लेकिन वह पल बीत गया। केमरलेग्नो का लबादा खिसक कर नीचे कमर के पास आ चुका था।

भीड़ से आह की आवाज़ उठी। ऐसा लगा जैसे एक क्षण में ही यह आवाज़ वहाँ से निकल कर दुनिया भर में फैल गई हो। कैमरे चालू हो गए, फ्लैश बल्ब चमकने लगे। मीडिया के परदे पर हर जगह केमरलेग्नो की खुली और ब्रांड की हुई छाती दिखाई जा रही थी। बड़ी बड़ी तस्वीरें, पूरे दर्दनाक विस्तार के साथ। मीडिया के कुछ परदे तो इस तस्वीर को रोककर उसे 180 डिग्री पर घुमा कर भी दिखा रहे थे।

इल्युमिनाटी की सबसे बड़ी जीत।

लैंग्डन परदे पर ब्रांड को घूर रहा था। वैसे तो यह चौकोर ब्रांड का ही एक चित्र था जिसे उसने थोड़ी देर पहले अपने हाथ में लिया था लेकिन अब उसे इसका अर्थ समझ में आ रहा था। बिल्कुल पूरी तरह। निशान ने ट्रेन की तरह अपना गहरा प्रभाव लैंग्डन के हृदय पर छोड़ा।

दिशा। लैंग्डन संकेत विज्ञान के पहले सिद्धांत को भूल गया था। वर्गाकार चीज़ कब वर्गाकार नहीं होती है? वह यह भी भूल गया था कि लोहे के ब्रांड, रबड़ की मुहरों की तरह, कभी अपने निशान की तरह नहीं दिखाई देते। वे उलटा दिखाई देते हैं। लैंग्डन ने पहले ब्रांड के निगेटिव को देखा था।

भगदड़ बढ़ती जा रही थी। लैंग्डन को एक पुराना इल्युमिनाटी कथन एक नए अर्थ के साथ याद आया। 'एक निष्कलंक हीरा जो प्राचीन तत्वों से इतनी पूर्णता के साथ बना हो कि इसे देखने वाले सिर्फ विस्मय के साथ इसे देख सकते हैं।'

लैंग्डन जानता था कि यह मिथक सत्य है।

धरती, हवा, आग, पानी।

इल्युमिनाटी का हीरा।

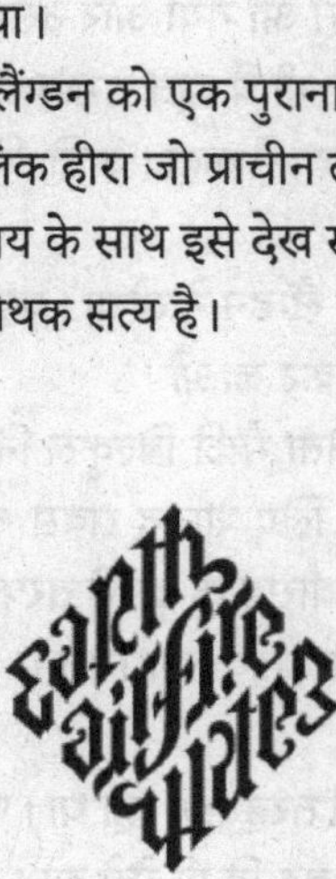

रॉबर्ट लैंग्डन को अब इसमें कोई संदेह नहीं था कि सेंट पीटर चौराहे पर इस वक्त जो हंगामा और पागलपन बरपा था वैसा वेटिकन हिल ने आज तक कभी नहीं देखा था। न कोई युद्ध, न सलीब पर चढ़ाया जाना, न तीर्थ यात्रा, न कोई दैवी स्वप्न...इस पवित्र धर्मस्थल के 2000 साल पुराने इतिहास में ऐसा तमाशा आज तक नहीं हुआ था।

इस दुखद घटना के होते हुए लैंग्डन को लगा जैसे वह इन सबसे अलग थलग हो, मानो वह विट्टोरिया की बगल में सबसे ऊपर की सीढ़ी पर आसमान में तैर रहा हो। ऐसा लग रहा था जैसे समय विकृत हो गया हो और चीजें देर तक घटित हो रही हों। पागलपन बहुत धीरे धीरे आगे बढ़ता हुआ ... ।

ब्रांड किए हुए केमरलेग्नो ...दुनिया को दिखाने के लिए ... पागलों की तरह बड़बड़ाते हुए

इल्युमिनाटी का हीरा...उनकी दुष्टतापूर्ण प्रतिभा को प्रदर्शित करती हुई...

वेटिकन के इतिहास के अंतिम बीस मिनट को दिखाती उलटी गिनती वाली घड़ी...

लेकिन तमाशा तो बस शुरू हुआ था।

केमरलेग्नो पर जैसे लग रहा था कि किसी सदमे के बाद बेहोशी की अवस्था छायी हुई थी। अचानक लगा जैसे उन पर कोई महान शक्तिशाली शैतान हावी हो गया था। वे बड़बड़ा रहे थे, जैसे अदृश्य आत्माओं को कुछ कह रहे हों। उन्होंने आसमान की तरफ अपने दोनों हाथ उठा रखे थे और वे ऊपर देख रहे थे।

'बोलो।' केमरलेग्नो देवलोक पर चिल्ला रहे थे। 'हाँ, मैं तुम्हें सुन सकता हूँ।'

उस समय लैंग्डन को समझ में आ गया और उसका दिल धक से बैठ गया।

ऐसा लगा जैसे विट्टोरिया को भी ये बात समझ में आ गई थी। उसके चेहरे का रंग उड़ गया। 'वे सदमे में हैं।' विट्टोरिया ने कहा। 'मति-विभ्रम के कारण वे समझ रहे हैं कि वे ईश्वर से बातें कर रहे हैं।'

किसी को इन्हें रोकना होगा। लैंग्डन ने सोचा। यह एक दुखदायी और शर्मनाक अंत था। *इस आदमी को अस्पताल लेकर जाओ।*

उनके नीचे सीढ़ियों पर चिनिता मैक्री बिल्कुल निश्चिंत भाव से इसे वीडियो में कैद कर रही थी। उसे अपने काम के लिए शायद सबसे अच्छी जगह मिल गई थी। उसके कैमरे से ली जा रही तस्वीरें तुरंत चौराहे के दूसरी तरफ मीडिया स्क्रीन पर दिखाई दे रही थी जैसे कभी न ख़त्म होने वाली ड्राइव-इन सिनेमा-हॉल जो एक साथ कोई दर्दनाक त्रासदी दिखा रहे हों।

पूरा दृश्य किसी महागाथा की तरह लग रहा था। फटे हुए लबादे में लिपटे केमरलेग्नो की छाती पर ब्रांड दिख रहा था। वह किसी ऐसे चोट खाए चैंपियन की तरह लग रहे थे

जिसने उद्घाटन के इस पल के लिए किसी खतरनाक आग के दरिया को पार किया हो। वे ईश्वर की ओर मुँह कर गिड़गिड़ा रहे थे।

'मैं तुम्हें सुन सकता हूँ ईश्वर।' वे इतालवी में कह रहे थे।

चार्टरैंड पीछे हट गया। उसके चेहरे पर भय दिखाई दे रहा था।

अचानक भीड़ पर चुप्पी छा गई। तुरंत, पूरी तरह। एक क्षण के लिए लगा जैसे यह चुप्पी पूरी धरती पर छा गई थी...हर व्यक्ति अपने टीवी के सामने स्तब्ध, साँस रोके खड़ा समुदाय।

केमरलेग्नो सीढ़ियों पर खड़े हो गए, दुनिया के सामने उन्होंने बांहें फैला दी। वे ईसा मसीह की तरह लग रहे थे। नंगे शरीर और घायल, दुनिया के सामने। उन्होंने आसमान की तरफ अपना हाथ उठाया और ऊपर देखते हुए बोले—

'धन्यवाद, धन्यवाद, ईश्वर।'

लोगों की चुप्पी बरकरार थी।

'धन्यवाद ईश्वर।' केमरलेग्नो ने फिर जोर से चिल्लाते हुए कहा। तूफानी आसमान से जैसे सूरज निकलता है उसी तरह लोगों के चेहरे पर खुशी छा गई, 'ईश्वर का धन्यवाद।'

धन्यवाद, ईश्वर? लैंग्डन आश्चर्यचकित होकर देख रहा था।

अब केमरलेग्नो के चेहरे पर चमक दिखाई दे रही थी। उनका अजीब सा परिवर्तन पूरा हो चुका था। उन्होंने आसमान की तरफ देखा। वे अब भी जोर जोर से अपना सिर हिला रहे थे। वे जोर से आसमान की ओर देखकर चिल्लाए, 'इसी चट्टान पर मैं अपना चर्च बनाऊंगा।' फिर उन्होंने अपना हाथ आसमान की तरफ उठाया और जोर से हंसने लगे, 'धन्यवाद ईश्वर। धन्यवाद।'

ये आदमी जरूर ही पागल हो गया है।

दुनिया मंत्रमुग्ध होकर देख रही थी।

लेकिन इसके आखिरी दृश्य के बारे में किसी ने कल्पना भी नहीं की थी।

अंत में ख़ुशी से चीखते हुए केमरलेग्नो मुड़े और दौड़ते हुए सेंट पीटर के बेसिलिका में वापस चले गए।

118

रात के ग्यारह बजकर बयालीस मिनट।

लैंग्डन ने कभी सोचा भी नहीं था कि केमरलेग्नो को वापस लाने के लिए बेसिलिका में पागलों की तरह घुस रहे लोगों में वह भी शामिल होगा ... उनका नेतृत्व करने की तो बात ही नहीं थी। लेकिन वह दरवाज़े के सबसे करीब था और उसने स्वाभाविक चेतना के आधार पर काम किया।

वे यहीं मरने वाले हैं, लैंग्डन ने सोचा। वह दहलीज को पार करता हुआ अंधेरे में दौड़ रहा था। 'केमरलेग्नो! रुकिए!'

उसके सामने पूरी तरह अंधेरे की दीवार फैली हुई थी। बाहर की रोशनी के कारण उसकी पुतलियाँ फैली हुई थी। अब उसे अपने सामने कुछ फीट से ज़्यादा नहीं दिखाई दे रहा था। उसे केमरलेग्नो के लबादे से आने वाली आवाज़ सुनाई दे रही थी। वे उस अंधेरी जगह में तेजी से चल रहे थे।

विट्टोरिया और गार्ड तुरंत वहाँ पहुँच गए। फ्लैशलाइट भी पहुँच गई लेकिन रोशनी अब तक समाप्त हो चुकी थी और वे अपने सामने खड़े बेसिलिका के अंदर कुछ भी ढूँढ़ पाने में असमर्थ थे। रोशनी की किरण एक तरफ से दूसरी तरफ जा रही थी लेकिन उन्हें केवल कोरा फर्श और खंभे दिखाई दे रहे थे। केमरलेग्नो का अता पता नहीं था।

'केमरलेग्नो।' चार्टरैंड चिल्लाया। उसकी आवाज़ में घबराहट थी। 'रुकिए, महानुभाव।'

उनके पीछे दरवाज़े के पास शोरगुल हो रहा था। सभी लोग उस तरफ मुड़ कर देखने लगे। चिनिता मैक्री का विशाल शरीर प्रवेशद्वार से अंदर आ रहा था। उसने कैमरे को कंधे पर ले रखा था। उसके ऊपर चमकती लाल रंग की रोशनी से पता चल रहा था कि कैमरे से प्रसारण जारी है। ग्लिक उसके पीछे दौड़ रहा था। उसके हाथ में माइक्रोफोन था। वह उसे चिल्लाकर धीरे चलने को कह रहा था।

लैंग्डन को इन दोनों को देखकर विश्वास नहीं हो रहा था। यह समय इसके लिए नहीं है!

'बाहर।' चार्टरैंड जोर से बोला। 'ये तुम लोगों की आँखों के लिए नहीं है।'

लेकिन मैक्री और ग्लिक अंदर आते रहे।

'चिनिता।' ग्लिक अब डरा हुआ लग रहा था। 'ये आत्महत्या है। मैं नहीं आ रहा।'

मैक्री ने उसकी बात अनसुनी कर दी। उसने अपने कैमरे का स्विच चालू किया। ऊपर लगे स्पॉटलाइट के कारण सभी की आँखें चौंधिया गई थी।

लैंग्डन ने अपने चेहरे को हाथ से ढंक लिया और दर्द के कारण दूसरी तरफ मुड़ गया। उफ। जब उसने सर उठाकर देखा तो उसके चारों तरफ तीस गज के घेरे में चर्च उसकी रोशनी से जगमगा रहा था।

उसी समय थोड़ी दूरी पर केमरलेग्नो की आवाज़ सुनाई दी। 'इसी पत्थर पर मैं अपना गिरजाघर बनाऊंगा।'

मैक्री ने आवाज़ की तरफ अपना कैमरा घुमा दिया। कहीं दूर स्पॉटलाइट की पहुँच से परे काला लबादा हवा में उड़ता दिखाई दे रहा था। उसके अंदर एक परिचित स्वरूप बेसिलिका के मुख्य गलियारे से नीचे की तरफ तेजी से उतर रहा था।

इस अजीबोगरीब नजारे को देखकर सभी की आँखों में पल भर के लिए दुविधा भर गई। फिर तो बांध टूट गया। चार्टरैंड लैंग्डन को धक्का देता हुआ आगे आया और केमरलेग्नो की तरफ दौड़ा। उसके बाद केमरलेग्नो दौड़ा। फिर गार्ड और विट्टोरिया।

मैक्री अब ऊपर आ चुकी थी और सभी को रास्ता दिखा रही थी। कब्र वाले तहखाने में चल रही इस लुकाछिपी का नजारा दुनिया देख रही थी। अनिच्छापूर्वक उनके पीछे चलते हुए ग्लिक इस घटना का आँखों देखा नजारा बता रहा था।

एक बार लेफ्टिनेंट चार्टरैंड ने हिसाब लगाया था कि सेंट पीटर बेसिलिका का मुख्य गलियारा ओलंपिक फुटबॉल के मैदान से बड़ा था। लेकिन आज की रात यह उससे दुगुने आकार का लग रहा था। केमरलेग्नो के पीछे दौड़ता हुआ गार्ड सोच रहा था कि पता नहीं वे कहाँ जा रहे हैं। साफ लग रहा था कि केमरलेग्नो सदमे में थे। वे अपनी शारीरिक पीड़ा की वजह से बदहवासी की स्थिति में थे। वे पोप के दफ्तर में हुए भयानक हत्याकांड के प्रत्यक्ष गवाह थे।

बीबीसी के स्पॉटलाइट की पहुँच से दूर केमरलेग्नो की खुशी से भरी आवाज़ सुनाई दी। 'इस चट्टान पर मैं अपना चर्च बनाऊंगा।'

चार्टरैंड को पता था कि अगर उसकी याद्दाश्त सही थी तो वे धर्मग्रंथ को उद्धृत कर रहे थे—मैथ्यू 16:18—इस चट्टान पर मैं अपना गिरजाघर बनाऊंगा। यह एक तरह से निर्दयतापूर्ण प्रेरणा थी जो परिस्थितियों से मेल नहीं खा रही थी। चर्च का विनाश होने वाला था। साफ लग रहा था कि केमरलेग्नो पागल हो गए हैं।

या वो खुद पागल हो गया था?

एक क्षण के लिए चार्टरैंड के दिल में कंपन हुआ। ईश्वरीय दृश्य और दैवी संदेश उसे हमेशा कपोल कल्पना और मन का भ्रम लगते थे। उसे लगता था कि भक्ति भाव में डूबे लोग वही सुनने लगते हैं जो वे सुनना चाहते हैं। ईश्वर लोगों के सामने सीधे सीधे अपना कार्य-व्यापार नहीं रखते!

एक पल के बाद चार्टरैंड को लगा कि पवित्र आत्मा खुद नीचे उतर कर उसे अपनी शक्ति के बारे में समझा रही थी। चार्टरैंड की आँखों के सामने एक अलौकिक दृश्य उपस्थित हुआ।

चर्च के बीचो बीच, उससे करीब पचास गज आगे एक भूत दिखाई दिया...पारदर्शी, जिसका बाहरी ढांचा चमक रहा था। वह पीली दिख रही आकृति अधनंगे केमरलेग्नो की थी। भूत पारदर्शी था और उससे रोशनी निकल रही थी। चार्टरैंड रुक गया। उसे लगा कि उसकी छाती में ऐंठन हो रही है। केमरलेग्नो चमक रहे हैं! अब उनका शरीर और भी अधिक चमक रहा था। फिर यह उस स्थान पर अंदर धंसने लगा और जादू की तरह फर्श के अंधकार में ग़ायब हो गया।

लैंग्डन ने भी भूत को देखा था। एक क्षण के लिए उसे भी लगा था कि वह कोई जादुई दृश्य देख रहा है। लेकिन जब वह स्तब्ध चार्टरैंड को पार कर उस स्थान पर पहुँचा जहाँ से केमरलेग्नो ग़ायब हुए थे तो उसे समझ में आया कि अभी अभी क्या हुआ था। केमरलेग्नो निश ऑफ पैलियम्स पहुँच चुके थे—ज़मीन के अंदर गड्ढे में बना चेंबर जिसमें

निन्यानबे दिए जलते रहते थे। अंदर से दीयों की रोशनी बाहर आ रही थी जो उनके ऊपर पड़ रही थी और उन्हें भूत जैसी छवि प्रदान कर रही थी। जब केमरलेग्नो सीढ़ियों से अंदर उतरे तो लगा जैसे वे फर्श के अंदर ग़ायब हो गए हैं।

लैंग्डन हांफता हुआ उस गड्ढे के किनारे पर पहुँचा जहाँ से अंदर बना कमरा दिखाई दे रहा था। उसने सीढ़ियों से अंदर झांका। उसकी तलहटी में तेल के दीयों की रोशनी दिखाई दे रही थी। केमरलेग्नो संगमरमर के चेंबर को तेजी से पार करते हुए शीशे के दरवाजों की तरफ जा रहे थे जो उस कमरे में खुलता था जिसमें मशहूर सोने का बक्सा रखा था।

वे क्या कर रहे हैं? लैंग्डन उधेड़बुन में था। *निश्चित तौर पर वे सोने के बक्से को...*

केमरलेग्नो ने झटके से दरवाजे को खोल दिया और दौड़ कर अंदर चले गए। अजीब बात थी कि उन्होंने सोने के बक्से पर बिल्कुल ध्यान नहीं दिया और उसे पार करते हुए आगे बढ़ गए। बक्से के पाँच फीट आगे वे घुटनों के बल बैठ गए और फर्श में बने लोहे के एक दरवाज़े को उठाकर खोलने की कोशिश करने लगे।

दहशत में डूबा लैंग्डन यह देख रहा था। अब उसे समझ में आ गया था कि केमरलेग्नो किस तरफ जा रहे थे। हे भगवान, नहीं। वह उनके पीछे तेजी से सीढ़ियों पर दौड़ा। 'फादर, ऐसा मत कीजिए।'

लैंग्डन जब शीशे के दरवाजों को पार करता हुआ केमरलेग्नो की तरफ दौड़ा तो उसने देखा कि वे दरवाज़े को उठाने की कोशिश में हांफ रहे थे। कब्जे में कसा लोहे का दरवाज़ा कानफाड़ू आवाज़ के साथ खुल गया। सामने एक संकरा सा शाफ्ट दिखाई दे रहा था जिसके अंदर तीखी ढाल वाली सीढ़ियाँ बनी थी जो अंधकारपूर्ण शून्य में जा रही थी। केमरलेग्नो जब उस गड्ढे की तरफ बढ़े तो लैंग्डन ने उनके नंगे कंधों को पकड़ कर पीछे खींचने की कोशिश की। उनकी त्वचा पसीने के कारण फिसलन वाली हो गई थी। लेकिन लैंग्डन ने उसे छोड़ा नहीं।

केमरलेग्नो मुड़े। वे आश्चर्यचकित लग रहे थे। 'ये आप क्या कर रहे हैं?'

उनकी जब आँखें मिली तो लैंग्डन भी आश्चर्यचकित हो गया। केमरलेग्नो की आँखें अब ध्यानस्थ व्यक्ति की तरह पथराई हुई नहीं लग रही थी। उनकी आँखें सीधी देख रही थी, उनमें एक तरह का तरल दृढ़-निश्चय झलक रहा था। छाती पर बना ब्रांड काफी तकलीफदेह लग रहा था।

'फादर।' लैंग्डन ने यथासंभव शांत भाव से आग्रह किया। 'आप अंदर नहीं जा सकते। हमें इस जगह से बाहर निकलना होगा।'

'बेटे।' केमरलेग्नो ने कहा। उनकी आवाज़ में एक डरावनी शांति लग रही थी। 'मुझे अभी अभी एक संदेश मिला है। मुझे पता है...'

'केमरलेग्नो!' इस बार चार्टरैंड और दूसरे लोग बोल रहे थे। वे तेजी से सीढ़ियाँ पार करते हुए वहाँ पहुँचे थे जहाँ मैक्री के कैमरे की रोशनी फैली हुई थी।

चार्टरैंड ने जब फर्श में खुला हुआ दरवाज़ा देखा तो उसकी आँखें डर से फैल गईं। उसने अपने सीने पर सलीब का निशान बना कर लैंग्डन की ओर देखा। वह केमरलेग्नो को रोकने के लिए उसे धन्यवाद दे रहा था। लैंग्डन समझ गया। उसने वेटिकन के स्थापत्य के बारे में इतना पढ़ रखा था कि उसे पता था कि इस दरवाजेनुमा ढक्कन के नीचे क्या है। ईसाइयत के अंदर यह सबसे पवित्र जगह मानी जाती थी। टेरा सांता। पवित्र स्थान। कुछ लोग इसे नेक्रोपोलिस—मुर्दों का गांव भी कहते थे। कुछ लोग इसे मधुमक्खी के छत्ते के नाम से जानते थे। बहुत थोड़े से पुजारी जो इसके अंदर गए थे उनके अनुसार नेक्रोपोलिस ज़मीन के अंदर बने अनेक तहखानों का एक अंधेरा जाल था जिसके अंदर रास्ता नहीं जानने वाला व्यक्ति पूरी तरह ग़ायब हो सकता था। ये ऐसी जगह नहीं थी जिसके अंदर वे केमरलेग्नो के पीछे-पीछे भागना चाहते थे।

'महानुभाव।' चार्टरैंड ने विनती की। 'आप सदमे में हैं। हमें इस जगह से बाहर निकलना होगा। आप इसके अंदर नहीं जा सकते। यह आत्महत्या के समान है।'

अचानक केमरलेग्नो सख्त हो गए। उन्होने आगे बढ़कर चार्टरैंड के कंधे पर अपना हाथ रखा। 'मेरे प्रति आपकी चिंता और सेवा के लिए आपका धन्यवाद। मैं ये नहीं बता सकता कि कैसे, यह भी नहीं कि मैं समझता हूँ। लेकिन मुझे एक दिव्य ज्ञान हुआ है। मुझे पता है कि एंटीमैटर कहाँ रखा गया है।'

हरेक व्यक्ति की आँखें फाड़े हुए था।

केमरलेग्नो वहाँ उपस्थित लोगों की तरफ मुड़े। 'इस चट्टान के ऊपर मैं अपना गिरजाघर बनाऊंगा। यही वह संदेश था। इसका अर्थ स्पष्ट है।'

लैंग्डन अब भी केमरलेग्नो के गहन आत्मविश्वास को नहीं समझ पा रहा था कि उन्होंने ईश्वर से बातचीत की है। उन्होंने उनके संदेश को समझ लिया है ये तो और भी दूर की बात थी। इस चट्टान पर मैं अपना गिरजाघर बनाऊंगा? ये शब्द ईसा मसीह के थे जब उन्होंने पीटर को अपना पहला शिष्य बनाया था। इसका इन चीजों से क्या लेना देना है।

मैक्री नजदीक से शॉट लेने के लिए आगे बढ़ी। ग्लिक चुप था, हतप्रभ।

अब केमरलेग्नो तेजी से बोल रहे थे। 'इल्युमिनाटी ने विनाश के यंत्र को इस चर्च की ठीक नींव के साथ रख दिया है। इसकी बुनियाद में।' उन्होंने सीढ़ियों से नीचे की तरफ इशारा किया। 'ठीक उसी चट्टान के साथ जिस पर इस गिरजाघर की बुनियाद रखी गई है। और अब मुझे पता है कि वह चट्टान कहाँ पर है।'

लैंग्डन को पूरा यकीन था कि अब वक्त आ गया है जब केमरलेग्नो को जबर्दस्ती उठाकर वहाँ से ले जाना आवश्यक है। भले ही वे धाराप्रवाह बोल रहे थे लेकिन पुजारी बकवास कर रहा था। चट्टान? बुनियाद की चट्टान? उनके सामने वाली सीढ़ी बुनियाद की तरफ नहीं जाती थी, ये तो नेक्रोपोलिस की ओर जा रही थी! 'यह एक प्रतीकात्मक कहावत है, महानुभाव। ऐसी कोई चट्टान नहीं है।'

केमरलेग्नो के चेहरे पर अजीब सी उदासी छा गई। 'चट्टान है, बेटे।' उन्होंने गड्ढे की तरफ इशारा किया। 'पिएट्रो ए ला पिएट्रा।'

लैंग्डन जैसे जम गया। पलक झपकते ही उसे स्पष्टता मिल गई थी।

इसकी गहन सादगी से उसके अंदर झुरझुरी भर गई। लैंग्डन जब वहाँ दूसरों के साथ खड़ा उस लंबी सीढ़ी से नीचे की तरफ देख रहा था तो उसे समझ में आ गया कि सचमुच इस चर्च के नीचे एक चट्टान दबी हुई थी।

पिएट्रो ए ला पिएट्रा। पीटर ही चट्टान हैं।

ईश्वर में पीटर की श्रद्धा इतनी मजबूत थी कि ईसा मसीह उन्हें चट्टान कहते थे—कभी नहीं डिगने वाला शिष्य जिनके कंधों पर ईसा मसीह अपना चर्च बनाएँगे। लैंग्डन को समझ में आया कि इसी जगह पर यानी वेटिकन हिल पर, पीटर को सलीब पर लटका कर दफनाया गया था। शुरुआती दौर के ईसाइयों ने इस मकबरे के ऊपर एक छोटी सी समाधि बनवाई। जैसे जैसे ईसाइयत का विस्तार हुआ समाधि बड़ी होती गई, एक परत के ऊपर दूसरी परत जो अंत में इस विशाल बेसिलिका की शक्ल में बदल गई। कैथोलिक धर्म कहें तो शब्दशः सेंट पीटर के ऊपर बनी है। चट्टान।

'एंटीमैटर सेंट पीटर के मकबरे के ऊपर रखा है।' केमरलेग्नो ने खनकती स्पष्ट आवाज़ में कहा।

वैसे सुनने में यह आध्यात्मिक तर्क की तरह लगता था लेकिन लैंग्डन को इसके पीछे एक ठोस तर्क दिखाई दे रहा था। सेंट पीटर की कब्र के ऊपर एंटीमैटर को रखना अब दुखद रूप से स्पष्ट था। इल्युमिनाटी ने सांकेतिक विरोध के तौर पर एंटीमैटर को ईसाइयत की बुनियाद में रखा था, शब्दशः और प्रतीकात्मक दोनों तरीकों से। *अंतिम घुसपैठ*।

'और अगर आपको साँसारिक प्रमाण चाहिए,' केमरलेग्नो अब धैर्य खो रहे थे, 'तो मैंने अभी देखा है कि फर्श में बना यह दरवाज़ा खुला था।' उन्होंने फर्श में बने दरवाज़े की खुली हुई कुंडी की तरफ दिखाया। 'इसका ताला *कभी नहीं* खुलता। इसके अंदर कोई घुसा है ... हाल ही में।'

हरेक व्यक्ति उस गड्ढे में झांकने लगा।

एक क्षण के बाद, अभूतपूर्व लचीलापन दिखाते हुए केमरलेग्नो घूमे, उन्होंने तेल के दीए को उठाया और गड्ढे के खुले मुँह की ओर चल पड़े।

119

पत्थर की सीढ़ियाँ तीखे ढलान के साथ धरती के अंदर जा रही थी।

मैं इसी के अंदर मरने वाली हूँ, विट्टोरिया ने सोचा। वह मोटे रस्सी की रेलिंग को पकड़कर नीचे उतरते हुए सोच रही थी। बाकी लोग उसके आगे चल रहे थे। हालाँकि

लैंग्डन ने केमरलेग्नो को शाफ्ट में उतरने से रोकने की कोशिश की थी लेकिन चार्टरैंड ने लैंग्डन का हाथ पकड़ कर उसे रोक दिया था। ऐसा लग रहा था जैसे यह नौजवान गार्ड अब इस बात से संतुष्ट था कि केमरलेग्नो जो कुछ भी कर रहे हैं सोच समझ कर कर रहे हैं।

हल्की सी झड़प के बाद लैंग्डन ने खुद को छुड़ा लिया था और केमरलेग्नो के साथ चलने लगा। चार्टरैंड ठीक उसके पीछे चल रहा था। स्वाभाविक तौर पर विट्टोरिया उनके पीछे-पीछे चल रही थी।

अब वह एक तीखी ढलान वाली जगह से तेजी से नीचे उतर रही थी जहाँ एक भी गलत कदम पड़ने पर वह खतरनाक साबित हो सकता था। काफी नीचे वह केमरलेग्नो के तेल के दीए की लौ देख पा रही थी। विट्टोरिया को अपने पीछे-पीछे बीबीसी के रिपोर्टरों के आने की आवाज़ सुनाई दे रही थी जो उसके साथ चलने की कोशिश कर रहे थे। कैमरे के स्पॉटलाइट से शाफ्ट में उसके आगे टेढ़ी मेढ़ी छाया बन रही थी। स्पॉटलाइट की रोशनी में चार्टरैंड और लैंग्डन दिखाई दे रहे थे। विट्टोरिया को विश्वास नहीं हो रहा था कि दुनिया इस पागलपन को देख रही थी। *कमबख़्त कैमरे को बंद करो।* लेकिन उसे यह भी समझ में आ रहा था कि इसी रोशनी की वजह से वे लोग देख पा रहे थे कि वे कहाँ जा रहे हैं।

किसी चीज़ की खोज के लिए चलने वाली यह अजीब सी दौड़ जारी थी। इसी बीच विट्टोरिया के दिमाग़ में एक तूफान सा उठा। नीचे जाकर आखिर केमरलेग्नो क्या करेंगे? अगर उन्हें एंटीमैटर मिल भी गया तो अब समय नहीं बचा था!

विट्टोरिया को इस बात से आश्चर्य हो रहा था कि उसके अंदर की आवाज़ उसे कह रही थी कि केमरलेग्नो शायद सही कर रहे थे। एंटीमैटर को धरती के तीन तल्ला नीचे रखना एक तरह से दयालुता और महानता का कार्य था। धरती के भीतर इतनी गहराई में, जेड-लैब की तरह, एंटीमैटर के विस्फोट का उतना ज़्यादा असर नहीं होगा। ताप विस्फोट नहीं होगा, आसपास के लोग बम के टुकड़ों से घायल नहीं होंगे। बस धरती फूट कर बाहर निकलेगी और विशाल बेसिलिका धरती में समा जाएगी।

क्या यह कोलर की दया का एक उदाहरण था? जान बचाने की कार्रवाई? विट्टोरिया अब भी इस काम में निदेशक की भागीदारी को नहीं समझ पा रही थी। वह धर्म के प्रति उसकी नफरत को तो समझ पा रही थी लेकिन इस तरह का भयंकर षड्यंत्र उसकी सीमा के परे था। क्या कोलर की नफरत इतनी गहरी थी? वेटिकन का विनाश? पेशेवर हत्यारे को किराए पर लाना? उसके पिता की हत्या, पोप का कत्ल और चार कार्डिनलों को मारना? यह कल्पना से बाहर की चीज़ लग रही थी। और कोलर ने वेटिकन के अंदर इतनी बड़ी धोखाधड़ी को कैसे अंजाम दिया? *रोचर कोलर का भीतरी आदमी था*, विट्टोरिया ने खुद को कहा। *रोचर इल्युमिनाटी था।* बेशक कैप्टन रोचर के पास हर चीज़ की चाबी थी—पोप की जगह, इल पैसेटो, नेक्रोपोलिस, सेंट पीटर का मकबरा, हर

जगह की चाबी। वह एंटीमैटर को सेंट पीटर के मकबरे पर रख सकता था—जहाँ बहुत कम लोगों को जाने की इजाज़त थी और फिर अपने सुरक्षाकर्मियों को कह सकता था कि वेटिकन की ऐसी जगहों पर वे तलाशी ने लें जहाँ जाना लोगों के लिए प्रतिबंधित है। रोचर को पता था कि डिब्बे के बारे में किसी को कुछ पता नहीं चलेगा।

लेकिन रोचर ने केमरलेग्नो को प्राप्त होने वाली इस दैवी सूचना के बारे में कभी नहीं सोचा था।

दैवी सूचना। विट्टोरिया अब भी इस बात पर विश्वास करने को तैयार नहीं थी। क्या ईश्वर ने सचमुच केमरलेग्नो को इसके बारे में बताया था? विट्टोरिया की अंतरात्मा कह रही थी कि ऐसा नहीं हो सकता। लेकिन वह परस्पर संबद्धता के विज्ञान पर काम करती थी। वह रोज ही चमत्कारपूर्ण ढंग से होने वाले संचार को देखती थी जैसे कि समुद्री कछुए के जुड़वां अंडे को एक दूसरे से हजारों मील दूर रखने के बावजूद वे एकदम एक साथ अंडे से बाहर निकलते थे, कई एकड़ तक फैले जेलीफिश इस तरह से कंपन करते जैसे वे एक ही दिमाग़ से संचालित हों। *हर तरफ संचार की एक अदृश्य डोर काम कर रही होती है,* उसने सोचा।

लेकिन क्या ईश्वर और आदमी के बीच भी?

वह सोच रही थी कि काश इस समय उसके पिता उसके विश्वास को बनाए रखने के लिए ज़िंदा होते। उन्होंने उसे एक बार दैवी संदेशों के बारे में वैज्ञानिक ढंग से समझाया था और उसे विश्वास हो गया था। उसे अब भी वह दिन याद था जब वे प्रार्थना कर रहे थे और उसने पूछा था, 'पिताजी, आप प्रार्थना क्यों करते हैं? ईश्वर आपकी प्रार्थना का कोई प्रत्युत्तर नहीं दे सकते।'

लियोनार्डो वेट्रा ने अपनी प्रार्थना के बीच से पिता की तरह प्यार से मुस्कुराते हुए सर उठा कर कहा था, 'संदेह करने वाली मेरी बेटी, तुम्हें इस बात में यकीन नहीं कि ईश्वर आदमी से बात करता है? मैं तुम्हें तुम्हारी भाषा में समझाता हूँ।' उन्होंने अलमारी से मनुष्य के मस्तिष्क का एक मॉडल निकाला और उसके सामने रख दिया। 'जैसा कि तुम्हें शायद पता है विट्टोरिया, मनुष्य अपने दिमाग़ का एक बहुत ही छोटा सा हिस्सा इस्तेमाल करता है। लेकिन अगर तुम उन्हें भावनात्मक तीव्रता वाली स्थिति में डाल दो जैसे की शरीर की गहरी चोट, बेहद खुशी वाली कोई बात, डर या गहन ध्यान की अवस्था तो अचानक उनके न्यूरॉन बहुत तेजी से सक्रिय हो जाते है जिसकी वजह से उनकी मानसिक स्पष्टता बहुत बढ़ जाती है।'

'तो क्या?' विट्टोरिया ने कहा। 'आप स्पष्टता से सोच सकते हैं इसका मतलब ये तो नहीं कि आप भगवान से बात कर सकते हैं।'

'यही तो।' वेट्रा ने चिहुक कर कहा। 'असंभव से दिखने वाली समस्याओं के अनोखे, विलक्षण समाधान स्पष्टता के इन्हीं क्षणों में मिलते हैं। इसी को गुरु उच्चतर चेतना की

अवस्था कहते हैं। जीव वैज्ञानिक इसे परिवर्तित अवस्था कहते हैं, मनोवैज्ञानिक इसे महा-चेतनावस्था यानी सुपर सेंटीएंस के नाम से बुलाते हैं।' वे रुके। 'और ईसाई इस को ऐसी प्रार्थना मानते हैं जिसे ईश्वर ने सुन लिया है।' उन्होंने मुस्कुराते हुए आगे कहा, 'कभी कभार दैवी संदेश का मतलब सिर्फ इतना होता है कि आप अपने दिमाग़ को वो बात सुनने को तैयार रखें जिसे आपका दिल पहले से ही जानता है।'

नीचे की तरफ अंधेरे में तेजी से उतरते हुए विट्टोरिया को लगा कि शायद उसके पिता ठीक कहते थे। क्या इस बात पर विश्वास करना इतना मुश्किल था कि केमरलेग्नो को लगे सदमे के कारण उनका दिमाग़ एक ऐसी अवस्था में आ चुका था जहाँ उन्हें एंटीमैटर रखे जाने की जगह का बस अहसास हो गया?

हम में से हर व्यक्ति भगवान है, बुद्ध ने कहा था। हम में से प्रत्येक सर्वज्ञानी है। *हमें अपने ज्ञान का अनुभव करने के लिए सिर्फ अपनी आँखें खोलने की ज़रूरत है।*

स्पष्टता के इसी क्षण में विट्टोरिया धरती के अंदर तेजी से जाने लगी। उसे लगा कि उसका दिमाग़ खुल रहा है। उसका विवेक प्रकट हो रहा है। अब उसे केमरलेग्नो के मकसद के बारे में कतई संदेह नहीं रह गया था। इस चेतना के कारण उसके अंदर एक अभूतपूर्व डर पैदा हो गया था।

'केमरलेग्नो, नहीं।' उसने गलियारे से आवाज़ दी। 'आप नहीं समझ रहे।' विट्टोरिया वेटिकन सिटी को घेर कर खड़े हजारों लोगों के बारे में सोच रही थी। उसका ख़ून जम गया। 'अगर आप एंटीमैटर को ऊपर लाएंगे तो सभी *मारे* जाएंगे।'

लैंग्डन अब तीन तीन सीढ़ियाँ एक बार फांद कर नज़दीक आ रहा था। गलियारे में बहुत कम जगह थी। लेकिन उसे किसी तरह की घुटन का अनुभव नहीं हो रहा था। उसके ऊपर शरीर को शिथिल करने वाले डर की जगह अब एक गहरे भय ने जगह बना ली थी।

'केमरलेग्नो!' लैंग्डन ने लालटेन की रोशनी में देखा कि केमरलेग्नो से उसकी दूरी कम हो रही थी। 'आप एंटीमैटर को वहीं छोड़ दें जहाँ वह रखा हुआ है। इसके अलावा हमारे पास कोई विकल्प नहीं है।'

इसे बोलते हुए लैंग्डन को भरोसा नहीं हो रहा था कि वह ये शब्द बोल रहा है। उसने एंटीमैटर के संबंध में न केवल केमरलेग्नो के दैवी संदेश की बात को स्वीकार कर लिया था बल्कि वह सेंट पीटर बेसिलिका के ध्वंस के लिए भी आग्रह कर रहा था। वही बेसिलिका जो स्थापत्य कला की दुनिया की महानतम उपलब्धियों में गिना जाता था और जिसके अंदर इतनी कलाकृतियाँ भरी पड़ी थी।

लेकिन बाहर इतने सारे लोग... यही एक रास्ता बचा है।

यह एक अजीब विडंबना लग रही थी कि लोगों को बचाने के लिए चर्च को नष्ट करने की ज़रूरत थी। लैंग्डन ने सोचा कि इल्युमिनाटी परिस्थिति की इस प्रतीकात्मकता से खुश हो रहे होंगे।

सुरंग के भीतर से आ रही हवा ठंडी और सीलन भरी थी। यहीं कहीं पर पवित्र *नेक्रोपोलिस* था—सेंट पीटर और शुरुआती दौर के अनगिनत ईसाइयों को दफनाने की जगह। लैंग्डन को अपने अंदर सिहरन का अनुभव हुआ। वह उम्मीद कर रहा था कि वे किसी आत्महत्या के मिशन पर नहीं जा रहे।

अचानक केमरलेग्नो की लालटेन रुक गई। लैंग्डन तेजी से उनके करीब आ गया।

लोगों की परछांई के आगे सीढ़ी का अंतिम हिस्सा दिखाई दे रहा था। कच्चे लोहे के दरवाज़े में तीन नरमुंड छपे हुए थे और आगे का रास्ता बंद था। केमरलेग्नो वहाँ पहुँच चुके थे। वे दरवाज़े को खींचकर खोलने की कोशिश कर रहे थे। लैंग्डन कूद कर आगे आ गया और उसने धक्का देकर दरवाज़ा बंद कर दिया। वह केमरलेग्नो का रास्ता घेर कर खड़ा हो गया। बाकी लोग भी तेजी से सीढ़ियों को पार कर वहाँ पहुँच गए। हर आदमी बीबीसी के स्पॉटलाइट में भूत की तरह सफेद दिखाई दे रहा था...खासकर ग्लिक जो हर अगले कदम के साथ और भी फीका पड़ता जा रहा था।

चार्टरैंड ने लैंग्डन को पकड़ लिया। 'केमरलेग्नो को आगे जाने दो।'

'नहीं।' विट्टोरिया ऊपर से बोली, उसकी साँस फूल रही थी। 'हमें तुरंत यहाँ से बाहर निकलना होगा! यहाँ से एंटीमैटर को बाहर ले जाना *संभव नहीं* होगा। अगर आप उसे बाहर ले जाते हैं तो सभी लोग *मारे* जाएंगे।'

केमरलेग्नो की आवाज़ में एक अद्भुत शांति थी। 'आप सभी को...हमें...भरोसा रखना होगा। हमारे पास बहुत कम समय है।'

'आप नहीं समझ रहे।' विट्टोरिया ने कहा। 'धमाका अगर ऊपर होता है तो वह इस जगह नीचे होने वाले धमाके की तुलना में बहुत ज़्यादा नुकसानदेह होगा।'

केमरलेग्नो ने उसे देखा। उसकी हरी आँखों में विवेकशीलता की चमक थी। 'किसी ने ज़मीन पर धमाके के बारे में कुछ बोला?'

विट्टोरिया ने घूरते हुए कहा, 'आप इसे यहीं नीचे *छोड़ देंगे*।'

केमरलेग्नो जिस दृढ़ता से बोल रहे थे वह सम्मोहक थी। 'आज की रात अब कोई मौत नहीं होगी।'

'फादर, लेकिन...'

'कृपा करके *भरोसा* रखिए... 'केमरलेग्नो की आवाज़ ने सबको चुप होने पर विवश कर दिया। 'मैं किसी को भी अपने साथ चलने नहीं कह रहा। आप सभी जा सकते हैं। मैं आप सभी से सिर्फ इतना कह रहा हूँ कि आप ऊपर वाले के आदेश की अवहेलना न करें। मुझे जो करने का संदेश मिला है वो मुझे करने दीजिए।' केमरलेग्नो की आँख और भी तीव्रता से घूर रही थी। 'मुझे इस चर्च को बचाना है और मैं यह काम कर सकता हूँ। मैं अपनी कसम खा कर यह कह सकता हूँ।'

इसके बाद वहाँ फैली चुप्पी मेघ के गरजने से कम नहीं थी।

रात के ग्यारह बजकर इक्यावन मिनट।

नेक्रोपोलिस का शाब्दिक अर्थ होता है *मुर्दों का शहर*।

इस जगह के बारे में इतना कुछ पढ़ने के बावजूद लैंग्डन इस दृश्य को देखने के लिए तैयार नहीं था। धरती के अंदर बने विशाल गड्ढे में टूटी फूटी कब्रें भरी थी जैसे गुफा की फर्श पर बने छोटे छोटे घर। अंदर की हवा जीवन शून्य लग रही थी। सड़ते गलते इन स्मारकों के बीच पतली पगडंडी का एक अजीब सा जाल बिछा था। इनमें से अधिकांश टूटी ईंटों की बनी थी जिन पर संगमरमर की पट्टी रखी हुई थी। धूल के अनगिनत खंभों की तरह बिना खुदाई वाली धरती आकाश की तरफ जाती दिखाई दे रही थी। यह ऊपर धूल के आसमान को सहारा दे रही थी और नीचे की तरफ छाई लग रही थी।

मुर्दों का शहर, लैंग्डन ने सोचा। वह अकादमिक आश्चर्य के भाव और ख़ालिस भय के बीच पिसता महसूस कर रहा था। वह दूसरों के साथ घुमावदार गलियारों को पार करता हुआ भीतर जा रहा था। *क्या मैंने गलत चुनाव किया है?*

सबसे पहले केमरलेग्नो के जादू का असर चार्टरैंड पर हुआ था जिसने दरवाज़े को जोर लगा कर खोल दिया और केमरलेग्नो में अपने भरोसे की घोषणा की। केमरलेग्नो के आग्रह पर ग्लिक और मैक्री ने सिर्फ सदाशयता के कारण इस काम के लिए रोशनी की व्यवस्था की थी हालाँकि अगर वे इस जगह से ज़िंदा बाहर निकल जाते तो उन्हें जैसा मान-सम्मान मिलता उस दृष्टि से उनकी प्रेरणा पर संदेह करना लाजमी था। विट्टोरिया सबसे अनमने ढंग से इसमें शामिल हुई थी और लैंग्डन ने उसकी आँखों में थकावट को देखा था। उसे औरतों के हृदय में पैदा होने वाली अंदर की आवाज़ का आभास भी हुआ जिससे वह विचलित था।

अब बहुत देर हो चुकी है, उसने सोचा। वे और विट्टोरिया दूसरे लोगों के पीछे तेजी से चल रहे थे। हम लोग इस कार्य के लिए प्रतिबद्ध हैं।

विट्टोरिया चुप थी। लेकिन लैंग्डन जानता था कि वह भी वही बात सोच रही थी। *अगर केमरलेग्नो की बात गलत है तो नौ मिनट में वेटिकन सिटी से निकलना संभव नहीं था।*

कब्रिस्तान के अंदर दौड़ते हुए लैंग्डन को लगा कि उसके पैर थक रहे हैं। उसे यह देखकर आश्चर्य हुआ कि बाकी लोगों का समूह ढलान पर ऊपर की तरफ जा रहा था। इस बात की व्याख्या के बारे में सोचकर वह अंदर से कांप गया। उसके पैरों के अंदर की ज़मीन ईसा मसीह के समय की थी। वह मौलिक वेटिकन हिल पर चल रहा था। लैंग्डन ने वेटिकन के विद्वानों से सुन रखा था कि सेंट पीटर की कब्र वेटिकन हिल के शिखर पर है। उसे हमेशा इस बात पर आश्चर्य होता था कि वे इसके बारे में कैसे जानते हैं। अब उसे ये बात समझ में आयी थी। *कमबख़्त पहाड़ी अब भी वहीं है!*

लैंग्डन को लगा जैसे वह इतिहास के पन्नों से होकर गुजर रहा था। कुछ दूर आगे सेंट पीटर का मकबरा था—ईसाइयों के लिए पवित्र। इस बात की कल्पना भी मुश्किल थी कि प्रारंभिक काल में बनी कब्र पर सिर्फ एक मामूली सा मकबरा बना था। लेकिन अब नहीं। जैसे जैसे पीटर की प्रसिद्धि बढ़ी पुराने मकबरे के ऊपर नई समाधियाँ बनती गई। आज की तारीख में ये श्रद्धांजलि 440 फुट ऊँची होकर माइकेल एंजेलो के गुंबद तक पहुँच चुकी थी जो मूल मकबरे के ठीक ऊपर थी, शायद एकाध इंच भी इधर उधर नहीं।

वे घुमावदार सुरंग में ऊपर की तरफ चढ़ते रहे। लैंग्डन ने अपनी घड़ी पर नज़र डाली। *आठ मिनट*। वह सोचने लगा कि क्या विट्टोरिया यहाँ पर मरने वालों में हमेशा के लिए शामिल होगी या नहीं।

'आगे देखो।' ग्लिक पीछे से चिल्लाया। 'सांप का बिल।'

लैंग्डन की नज़र इस पर समय रहते पड़ गई। उनके सामने रास्ते पर ढेर सारे छोटे छोटे बिल दिखाई दे रहे थे। वह उछल कर उन्हें पार कर गया।

विट्टोरिया भी उछल कर मुश्किल से बिलों के पार पैर रख पायी। सांपों की बांबियों के ऊपर से चलते हुए वह थोड़ी परेशान लग रही थी। 'सांप की बांबी?'

'हाँ, नाश्ते की बांबियां।' लैंग्डन ने उसे सही करते हुए कहा। 'मेरा यकीन करो, तुम इसे जानना पसंद नहीं करोगी।' उसे अभी समझ में आया था कि ये बिल दरअसल प्रसाद के लिए बनाई गई बिलें थी। शुरुआती दौर के ईसाइयों शरीर के फिर से ज़िंदा होने में विश्वास करते थे। उन्होंने ये बांबियाँ मृतक को भोजन पहुँचाने के लिए बनायी थी। इसमें वे दूध और मधु डालते थे जो फर्श के नीचे बने बक्सों में गिरते थे।

केमरलेग्नो कमजोर लग रहे थे।

वे तेजी से आगे चल रहे थे। ईश्वर और मानवता की सेवा के नाम पर उनके पैरों को ताकत मिल रही थी। वे करीब करीब वहाँ पहुँच चुके थे। उन्हें असह्य पीड़ा हो रही थी। *शरीर की अपेक्षा मन कितनी अधिक पीड़ा दे सकता था।* फिर भी वह थका महसूस कर रहे थे। उन्हें पता था कि उनके पास बहुत ही कम वक्त बचा था।

'मैं आपके चर्च की रक्षा करूंगा, फादर। मैं कसम खाता हूँ।'

यूं तो पीछे-पीछे चल रही बीबीसी की रोशनी के लिए वे आभारी थे लेकिन केमरलेग्नो अपने हाथ में तेल वाला लैंप लेकर चल रहे थे। *मैं अंधकार में रोशनी हूँ। मैं प्रकाश हूँ।* वे जब तेजी से दौड़ते तो दिए में तेल के छलकने की आवाज़ आती। एक क्षण के लिए तो उन्हें लगा कि तेल छलक कर बाहर गिर जाएगा और वे जल जाएंगे। एक शाम के लिए उन्होंने जलने का काफी अनुभव कर लिया था।

पहाड़ी के शिखर पर पहुँचते पहुँचते वे पसीने से भीग चुके थे। वे मुश्किल से साँस ले पा रहे थे। लेकिन जब वे शिखर पर पहुँचे तो उन्हें लगा कि उन्हें नयी ज़िंदगी मिली है। वे लड़खड़ाते हुए समतल ज़मीन के टुकड़े पर पहुँच गए जहाँ वे पहले भी कई बार खड़े हो चुके

थे। यहाँ पर रास्ता ख़त्म हो रहा था। नेक्रोपोलिस मिट्टी की दीवार के साथ ख़त्म हो रहा था जहाँ छोटे अक्षरों में लिखा था—कब्रगाह एस।

ला टोंबा डी सैन पीएट्रो।

उनके सामने कमर की ऊँचाई पर दीवार में एक सुराख बना था। वहाँ पर किसी तरह की स्वर्ण-जड़ित पट्टिका नहीं थी। कोई दिखावा नहीं। बस दीवार में एक छोटा सा छेद जिसके उस पार एक छोटी सी सुरंग बनाई हुई थी जिसके साथ एक सड़ती-गलती सी ताबूत। केमरलेग्नो ने छेद में झांका और उनके होंठो पर थकी हुई मुस्कान छा गई। वे पीछे से पहाड़ी के ऊपर चढ़ते लोगों की आवाजें सुन रहे थे। उन्होंने अपना तेल का दिया किनारे रख दिया और प्रार्थना के लिए बैठ गए।

धन्यवाद परमात्मा। अब यह करीब करीब समाप्त हो चुका है।

बाहर, चौराहे पर हैरान कार्डिनलों से घिरे हुए कार्डिनल मोर्टाटी मीडिया स्क्रीन को घूर रहे थे। वे नीचे सुरंग में चल रहे नाटक को देख रहे थे। अब उन्हें समझ में नहीं आ रहा था कि उन्हें किस चीज़ पर यकीन करना चाहिए। क्या पूरी दुनिया ने वही देखा है जो उन्होंने अभी अभी देखा? क्या ईश्वर ने सचमुच केमरलेग्नो से बात की? क्या एंटीमैटर सचमुच सेंट पीटर के...'

'देखो।' भीड़ से अचानक एक आवाज़ उठी।

'वहाँ।' हर आदमी अचानक स्क्रीन की ओर इशारा कर रहा था। 'यह तो चमत्कार है।'

मोर्टाटी ने सर ऊपर उठाया। कैमरा थोड़ा हिल रहा था लेकिन फिर भी साफ दिखाई दे रहा था। इस तस्वीर को भुलाया नहीं जा सकता था।

तस्वीर पीछे से ली गई थी। केमरलेग्नो ज़मीन पर बैठ कर प्रार्थना कर रहे थे। उनके सामने दीवार में एक उबड़ खाबड़ छेद दिखाई दे रहा था। छेद के अंदर प्राचीन काल के चट्टानों के टुकड़ों के बीच मिट्टी का एक ताबूत था। हालाँकि मोर्टाटी ने अपनी ज़िंदगी में इस ताबूत को एक ही बार देखा था लेकिन उसे पता था कि इसमें क्या है।

सैन पीएट्रो।

मोर्टाटी इतना बेवकूफ नहीं था कि भीड़ के बीच से उठ रहे आश्चर्य और खुशी के शोर को वह ईसाई धर्म के सबसे पवित्र अवशेष को देखने की वजह से पैदा मान लेता। लोग सेंट पीटर के मकबरे को देखने की वजह से अपने घुटनों पर बैठकर स्वाभाविक रूप से प्रार्थना नहीं कर रहे थे। इसकी वजह थी उसके ऊपर रखी चीज।

एंटीमैटर का डिब्बा। ये वहाँ रखा था...जहाँ वह पूरे दिन रखा हुआ था... नेक्रोपोलिस के अंधकार में छुपा हुआ। पतला। निर्दय। खतरनाक। केमरलेग्नो को सुनाई देने वाली देववाणी सच थी।

मोर्टाटी आश्चर्य में भर कर उस पारदर्शी सिलिंडर को देख रहा था। द्रव की बूंद अब भी उसके भीतर हवा में लटकी हुई थी। डिब्बे के चारों सतह चमक रही थी और LED की लाल रोशनी अपने अंतिम पाँच मिनट की गिनती करते हुए जल बुझ रही थी।

मकबरे के ऊपर डिब्बे से कुछ ही इंच की दूरी पर स्विस सिक्योरिटी का वायरलेस कैमरा भी रखा था जिसका मुँह डिब्बे की तरफ घूमा हुआ था। यह लगातार अपना सिग्नल भेज रहा था।

मोर्टाटी ने अपने सीने पर क्रॉस का निशान बनाया। उसने ऐसी भयानक तस्वीर अपनी ज़िंदगी में पहली बार देखी थी। उसे एक पल बाद समझ में आया कि अब परिस्थितियाँ और भी खराब होने वाली थी।

अचानक केमरलेग्रो खड़े हुए। उन्होंने एंटीमैटर को अपने हाथ में उठाया और दूसरे लोगों की तरफ मुड़ गए। उनके चेहरे पर पूर्ण एकाग्रता दिखाई दे रही थी। वे दूसरे लोगों को पार करते हुए उसी रास्ते से नेक्रोपोलिस से बाहर निकलने लगे जिधर से वे अंदर आए थे। वे नीचे की तरफ उतरते हुए दौड़ रहे थे।

कैमरे में विट्टोरिया और वेट्रा डरे सहमे हुए दिखाई दे रहे थे। 'आप कहाँ जा रहे हैं, केमरलेग्रो ? मैंने सोचा था कि आप कह रहे थे...'

'विश्वास रखो।' उन्होंने दौड़ते हुए कहा।

विट्टोरिया लैंग्डन की ओर घूमी। 'अब हमें क्या करना होगा?'

रॉबर्ट लैंग्डन ने केमरलेग्रो को रोकना चाहा लेकिन चार्टरैंड उनके सामने खड़ा था। उसे केमरलेग्रो के गहन विश्वास पर भरोसा था।

बीबीसी के कैमरे से आने वाली तस्वीरें अब तेजी से ऊपर नीचे हिलती हुई दिखाई दे रही थी। इधर उधर घूमती, तेजी से गुजरते तो कभी रुके हुए फ्रेम जिसमें अस्त व्यस्त स्थिति और डर दिखाई दे रहा था। अव्यवस्थित शवयात्रा सायों को पार करते हुए वापस नेक्रोपोलिस के प्रवेशद्वार की तरफ चली जा रही थी।

चौराहे पर मोर्टाटी ने डर कर एक गहरी साँस ली। 'क्या वे उसे लेकर *यहाँ* आ रहे हैं?'

दुनिया भर में टेलीविजन पर केमरलेग्रो की बड़ी बड़ी तस्वीर दिखाई दे रही थी। वे एंटीमैटर को हाथ में लिए नेक्रोपोलिस से बाहर निकल रहे थे। 'आज की रात कोई और मौत नहीं होगी।'

लेकिन केमरलेग्रो गलत थे।

121

सेंट पीटर के बेसिलिका के दरवाज़े से केमरलेग्रो रात के ठीक 11:56 पर बाहर आए। वे दुनिया की नज़रों के सामने लड़खड़ाते हुए उपस्थित हुए। उन्होंने अपने हाथ में एंटीमैटर के डिब्बे को इस तरह पकड़ रखा था जैसे वह कोई आध्यात्मिक सौगात ला रहे हों। अपनी जलती आँखों से वे अपना रूप देख सकते थे, अर्धनग्न और घायल। चौराहे पर लगे मीडिया स्क्रीन पर उनकी विशाल उपस्थिति दिखाई दे रही थी। सेंट पीटर

के चौराहे पर जमा लोगों की भीड़ से जैसे शोर उठा था वैसा केमरलेग्नो ने आजतक नहीं सुना था—रोती, चीखती—चिल्लाती, प्रार्थना करती—सम्मान और डर का मिलाजुला स्वरूप।

हमें पाप से मुक्ति दिलाओ, उन्होंने फुसफुसाते हुए कहा।

नेक्रोपोलिस से बाहर आने के लिए दौड़ लगाते हुए वे बिल्कुल कमजोर अनुभव कर रहे थे। करीब करीब आपदा की स्थिति थी। रॉबर्ट लैंग्डन और विट्टोरिया वेट्रा ने उन्हें रोकने की कोशिश की थी ताकि वे उनके हाथ से वह डिब्बा छीनकर धरती के नीचे बनी इसकी विश्राम—स्थली में वापस फेंक दे और जान बचाने के लिए बाहर भागे। *अंधे बेवकूफ।*

केमरलेग्नो को अब एक भयानक स्पष्टता के साथ समझ में आया कि कोई और रात होती तो वह इस दौड़ में कभी जीत नहीं हासिल कर सकता था। लेकिन आज की रात ईश्वर ने उनका साथ दिया था। रॉबर्ट लैंग्डन केमरलेग्नो को पकड़ने ही वाला था कि उनकी आस्था की जरूरतों के अनुरूप हमेशा भरोसेमंद और आज्ञाकारी चार्टरैंड ने उसे रोक लिया। रिपोर्टर तो वैसे ही हतप्रभ थे और उनका सामान इतना भारी था कि वे किसी तरह से उनके साथ हस्तक्षेप नहीं कर सकते थे।

ईश्वर रहस्यमय ढंग से काम करते हैं।

केमरलेग्नो को अपने पीछे अब दूसरों की आवाज़ सुनाई दे रही थी। वह उन्हें नज़दीक आते हुए स्क्रीन पर देख सकते थे। उन्होंने अपनी बची खुची ऊर्जा को इकट्ठा कर एंटीमैटर को अपने सिर की ऊँचाई तक उठा लिया। फिर उन्होंने अपने नंगे कंधों को पीछे किया। वे अपनी छाती पर बने इल्युमिनाटी ब्रांड की परवाह किए बिना सीढ़ियों से तेजी से नीचे उतरने लगे।

एक आखिरी काम बचा था।

ईश्वर इस यात्रा को सफल बनाएँ। वह सोचने लगे। *ईश्वर इस यात्रा को सफल बनाएँ।*

चार मिनट...

बेसिलिका से तेजी से बाहर निकलते हुए लैंग्डन मुश्किल से देख पा रहा था। मीडिया की रोशनी उसकी आँखों में जैसे छेद कर रही थी। वह मुश्किल से केमरलेग्नो के शरीर की धुंधली रूपरेखा देख पा रहा था जो उसके ठीक आगे सीढ़ियों से नीचे उतर रहे थे। एक पल के लिए मीडिया की रोशनी से देदीप्यमान केमरलेग्नो देवताओं की तरह लग रहे थे, आधुनिक देवता की तरह। उनका लबादा कमर पर कफन की तरह लिपटा हुआ था। उनका शरीर दुश्मनों की वजह से घायल और जला हुआ था लेकिन वह अब भी सब कुछ सहन कर रहे थे। केमरलेग्नो दौड़ते रहे। उनका कद बहुत ऊँचा हो गया था। वे दुनिया से अपना विश्वास बनाए रखने को कह रहे थे। वे अपने हाथ में महाविनाश का हथियार लिए लोगों की ओर दौड़े चले जा रहे थे।

लैंग्डन सीढ़ियों पर उनके पीछे-पीछे दौड़ता जा रहा था। *वो क्या कर रहे हैं? वे सबकी जान ले लेंगे।*

'शैतान के काम,' केमरलेग्नो चिल्लाए। 'के लिए ईश्वर के घर में कोई जगह नहीं है।' वे अब भयभीत लोगों की भीड़ की तरफ दौड़ रहे थे।

'आसमान की तरफ देखो। हम आसमान की तरफ देखना भूल जाते हैं।'

उसी पल लैंग्डन को समझ में आया कि दरअसल केमरलेग्नो कहाँ जा रहे थे। यह शानदार सच चारों तरफ से उसके ऊपर हावी हो गया। वैसे रोशनी की वजह से वह उसे नहीं देख पा रहा था लेकिन उसे पता था कि उनकी मुक्ति का मार्ग ठीक ऊपर की ओर है।

तारों से भरा इतालवी आसमान। बाहर निकलने का रास्ता।

केमरलेग्नो ने अस्पताल जाने के लिए जिस हेलीकॉप्टर को बुलाया था वह सामने खड़ा था। पायलट कॉकपिट में बैठा था और हेलीकॉप्टर की पंखियाँ न्यूट्रल स्थिति में घनघना रही थी। केमरलेग्नो जब इसकी तरफ दौड़े तो लैंग्डन को अपने अंदर आनंद की बौछार का अनुभव हुआ।

लैंग्डन के दिमाग़ में कई तरह के विचार तूफान की तरह उमड़ घुमड़ रहे थे...

सबसे पहले उसने भूमध्य सागर के विशाल खुले स्थान की कल्पना की। ये कितनी दूरी पर है? पाँच मील? दस? उसे मालूम था कि रेलगाड़ी से फिउमोचिनो बीच जाने में सात मिनट का समय लगता था। लेकिन हेलीकॉप्टर से बिना किसी रोक टोक के 200 मील प्रति घंटे की रफ्तार से जाने पर ... अगर वे एंटीमैटर को लेकर समुद्र में दूर तक जा पाएँ और वहाँ से गिरा दें ... कुछ और भी विकल्प थे। दौड़ते हुए उसे लग रहा था जैसे वह भार शून्य हो गया था। ला केवा रोमाना! शहर के बाहर संगमरमर की खदानें सिर्फ तीन मील की दूरी पर थी। लेकिन वे कितनी बड़ी थी? दो वर्ग मील ? रात के इस वक्त वहाँ कोई इंसान नहीं होगा। वहाँ अगर डिब्बे को गिरा दिया जाए?

'सब लोग पीछे हो जाएं...' केमरलेग्नो ने चिल्लाते हुए कहा। दौड़ते दौड़ते उनकी छाती में दर्द हो रहा था। 'सभी लोग दूर हटें, तुरंत।'

केमरलेग्नो जब नजदीक पहुँचे तो हेलीकॉप्टर के पास खड़े स्विस गार्डों के चेहरे उतर गए।

'पीछे।' पुजारी ने चिल्लाकर कहा।

गार्ड पीछे हट गए।

केमरलेग्नो दौड़ते हुए हेलीकॉप्टर का चक्कर लगाकर पायलट के दरवाज़े के पास पहुँच गए। उन्होंने झटके से दरवाज़ा खोल दिया। 'बाहर, बेटे, बाहर।' दुनिया यह तमाशा देख रही थी।

गार्ड कूदकर बाहर आ गया।

केमरलेग्नो ने कॉकपिट की ऊँची कुर्सी को देखा। वे समझ गए कि अपनी इस बेहद थकी हुई अवस्था में उनके लिए खुद से ऊपर चढ़ पाना मुश्किल होगा। वे पायलट की

ओर मुड़े। उसके हाथ में एंटीमैटर वाला डिब्बा थमाते हुए उन्होंने कहा 'इसे पकड़ो। मैं जब अंदर आ जाऊंगा तो मुझे वापस दे देना।'

केमरलेग्नो जब अंदर घुसने की कोशिश कर रहे थे तो उन्हें रॉबर्ट लैंग्डन की आवाज़ सुनाई दी जो उत्तेजित होकर चिल्ला रहा था। वह तेजी से हेलीकॉप्टर की ओर दौड़ता हुआ आ रहा था। *अब तुम्हें समझ में आया होगा,* केमरलेग्नो ने सोचा। *अब तुम्हें भी विश्वास हुआ होगा।*

केमरलेग्नो मशक्कत के बाद कॉकपिट में घुसे। उन्होंने कुछ लीवर को उचित स्थान पर लाया और एंटीमैटर के डिब्बे के लिए खिड़की से पीछे मुड़े। लेकिन जिस गार्ड के हाथ उन्होंने डिब्बा दिया था वो अब खाली हाथ था। 'उसने ले लिया।' गार्ड जोर से बोला।

केमरलेग्नो का दिल धक्क से रह गया। 'कौन?'

गार्ड ने इशारे से बताया, 'उसने।'

डिब्बे के वजन से रॉबर्ट लैंग्डन को आश्चर्य हुआ। वह दौड़कर हेलीकॉप्टर की दूसरी ओर गया और पिछली सीट पर जाकर बैठ गया जहाँ कुछ ही घंटे पहले वह विट्टोरिया के साथ बैठा था। उसने दरवाज़े को खुला छोड़ दिया और अपनी सीट बेल्ट बांध ली। फिर उसने सामने की सीट पर बैठे केमरलेग्नो को चिल्लाकर कहा।

'उड़ाइए, फादर।'

केमरलेग्नो ने सिर पीछे घुमाया। उनका चेहरा डर से सफेद दिख रहा था। 'आप क्या कर रहे हैं?'

'आप उड़ाइए। मैं फेकूंगा।' लैंग्डन ने चीखते हुए कहा। 'समय बिल्कुल नहीं है। आप इस हेलीकॉप्टर को उड़ाइए, बस।'

एक पल के लिए केमरलेग्नो को लगा जैसे उन्हें लकवा मार गया हो। कॉकपिट में आती मीडिया की तेज़ रोशनी उनके चेहरे की सलवटों को और भी गहरी बना रही थी। 'मैं यह काम अकेले कर सकता हूँ।' उन्होंने फुसफुसाते हुए कहा। 'यह काम मुझे अकेले ही करना था।'

लैंग्डन कुछ नहीं सुन रहा था। उड़ाइए! उसने अपने चिल्लाने की आवाज़ सुनी। तुरंत। *मैं यहाँ आपकी मदद के लिए हूँ!* लैंग्डन ने डिब्बे की ओर देखा। इस पर दिखाई दे रही संख्या पर नज़र पड़ते ही जैसे उसकी साँस गले में ही अटक गई। *'तीन मिनट। बस तीन मिनट, फादर।'*

यह संख्या सुनकर ऐसा लगा जैसे फादर वापस होश में आ गए। बिना किसी हिचकिचाहट के वे हेलीकॉप्टर के कंट्रोल की तरफ मुड़े। तेज़ आवाज़ के साथ हेलीकॉप्टर ज़मीन से ऊपर उठ गया।

धूल के गुबार के बीच लैंग्डन ने देखा कि विट्टोरिया दौड़ती हुई हेलीकॉप्टर की ओर चली आ रही थी। उनकी आँखें मिली और फिर वह ओझल हो गई जैसे पानी में डूबता पत्थर।

हेलीकॉप्टर के अंदर इंजन की घरघराहट और खुले दरवाज़े से अंदर आ रही तेज़ हवा लैंग्डन के समझने बूझने की शक्ति को जैसे बुरी तरह से झकझोर रही थी। केमरलेग्नो ने जब हेलीकॉप्टर को सीधे ऊपर की तरफ उड़ाया तो लैंग्डन खुद को बढ़े हुए गुरुत्वाकर्षण के खिलाफ संभालने की कोशिश करने लगा। नीचे सेंट पीटर की चमक धुंधली होती जा रही थी। जल्द ही यह एक चमकीले अंडाकार आकृति में बदल गया जो शहर की अनगिनत रोशनी के बीच धुंधलाता जा रहा था।

लैंग्डन को अपने हाथों में पकड़ा एंटीमैटर का डिब्बा जैसे चट्टान की तरह बोझिल लग रहा था। वह इसे कसकर पकड़े हुए था। उसकी हथेलियाँ पसीने और ख़ून की वजह से चिपचिपा रही थी। डिब्बे के अंदर एंटीमैटर की बूंद आसमान में आराम से तैर रही थी और उलटी गिनती के लिए लगी घड़ी की LED रोशनी में लाल लाल दमक रही थी।

'दो मिनट।' लैंग्डन चिल्लाया। वह समझ नहीं पा रहा था कि केमरलेग्नो इस डिब्बे को कहाँ गिराना चाहते थे।

उनके नीचे शहर की रोशनी हर दिशा में फैली हुई थी। पश्चिम की ओर काफी दूर लैंग्डन भूमध्य सागर के तट को वहाँ चमक रही रोशनी से पहचान रहा था। रोशनी की एक टूटी फूटी लकीर जिसके पार दूर दूर तक अंधेरे की शून्यता पसरी हुई थी। लैंग्डन ने जितना सोचा था समुद्र उससे कहीं दूर लग रहा था। इसके अलावा समुद्र तट पर रोशनी की संख्या इस बात का भी गहराई से अहसास करवा रही थी कि दूर समुद्र के बीच भी विस्फोट का भयंकर परिणाम हो सकता है। लैंग्डन ने दस किलोटन विस्फोट के कारण पैदा हुई समुद्री लहरों के तट पर पड़ने वाले प्रभाव के बारे में सोचा भी नहीं था।

जब लैंग्डन ने मुड़कर कॉकपिट की खिड़की से सीधा आगे की तरफ देखा तो उसे थोड़ी उम्मीद हुई। उनके ठीक सामने दूर तक पहाड़ियों की रात में फैली हुई छाया दिखाई दे रही थी। पहाड़ियों पर जहाँ तहां रोशनी दिखाई दे रही थी जो उनके बीच बने धनाढ्य लोगों की हवेलियाँ थी। लेकिन एक मील उत्तर की दिशा में, पहाड़ी पर बिल्कुल अंधकार फैला था—बस अंधकार ही अंधकार। और कुछ नहीं।

खदान। लैंग्डन ने सोचा। *ला केवा रोमाना!*

बंजर धरती की ओर लगातार घूरते हुए लैंग्डन को लगा कि ये काफी बड़ी जगह थी। ये काफी नजदीक भी था, समुद्र की तुलना में काफी नजदीक। वह बहुत उत्तेजित महसूस कर रहा था। ज़ाहिर था कि केमरलेग्नो एंटीमैंटर को वहीं ले जा रहे थे। हेलीकॉप्टर ठीक उसी दिशा में जा रहा था। खदान। लेकिन अजीब बात हुई कि हेलीकॉप्टर के इंजन की आवाज़ तेज़ हो गई और यह आसमान को चीरता हुआ आगे बढ़ा लेकिन खदान पास आता नहीं

दिखाई दे रहा था। उसे आश्चर्य हुआ और उसने अपने बगल वाले दरवाज़े की ओर नज़र डाली। लेकिन सामने जो दिखा उसे देखकर उसकी उत्तेजना पलक झपकते दहशत में बदल गई। उनके ठीक नीचे, कई हज़ार फीट नीचे, सेंट पीटर के चौराहे पर मीडिया की रोशनी चमक रही थी।

हम अब भी वेटिकन के ऊपर हैं!

'केमरलेग्नो !' लैंग्डन का गला रुंध गया। 'आगे बढ़िए। हम काफी ऊँचाई पर पहुँच चुके हैं। अब आपको आगे जाना होगा। हम एंटीमैटर को सीधे वेटिकन सिटी के ऊपर नहीं गिरा सकते!'

केमरलेग्नो ने कोई जवाब नहीं दिया। लगा जैसे वे हेलीकॉप्टर को उड़ाने पर अपना ध्यान केंद्रित किए हुए थे।

'हमारे पास दो मिनट से भी कम समय बचा है।' लैंग्डन ने चिल्लाकर कहा। उसके हाथ में एंटीमैटर का डिब्बा था। 'मैं उन्हें देख सकता हूँ। ला केवा रोमाना। यहाँ से कुछ मील उत्तर। हमारे पास ज़्यादा ...'

'नहीं।' केमरलेग्नो ने कहा। 'यह बहुत खतरनाक होगा। मैं माफी चाहता हूँ।' हेलीकॉप्टर ऊपर की ओर जा रहा था। केमरलेग्नो लैंग्डन की तरफ मुड़े और जोर से मुस्कुराते हुए बोले, 'मेरे दोस्त, मैं नहीं चाहता था कि आप मेरे साथ आते। आपने सबसे बड़ा त्याग किया है।'

लैंग्डन ने केमरलेग्नो की थकी हुई आँखों में झांक कर देखा और उसे तुरंत बात समझ में आ गई। उसका ख़ून जमकर बर्फ बन गया। 'लेकिन...कोई तो जगह होगी जहाँ हम जा सकते हैं!'

'ऊपर।' केमरलेग्नो ने जवाब दिया। उनकी आवाज़ में होनी को नहीं टाल पाने का भाव था। 'सिर्फ इसी तरीके से हम तसल्ली कर सकते हैं।'

लैंग्डन मुश्किल से सोच पा रहा था। उसने केमरलेग्नो की योजना को बिल्कुल गलत समझा था। *आसमान की तरफ देखो!*

आसमान। लैंग्डन को समझ में आ गया था कि वे उसी दिशा में जा रहे थे। केमरलेग्नो एंटीमैटर को गिराना ही नहीं चाहते थे। वे बस इसे वेटिकन सिटी से जितनी दूर संभव था उतनी दूर ले जाना चाहते थे।

यह एकतरफा यात्रा थी।

123

सेंट पीटर के चौराहे पर विट्टोरिया वेट्रा ऊपर की तरफ देख रही थी। अब हेलीकॉप्टर एक छोटे से बिंदु की तरह दिखाई दे रहा था। मीडिया की रोशनी अब वहाँ तक नहीं

पहुँच पा रही थी। हेलीकॉप्टर की पंखियों की आवाज़ भी बस हल्की सी घनघनाहट की तरह सुनाई दे रही थी। उस पल ऐसा लगा जैसे पूरी दुनिया का ध्यान ऊपर की तरफ लगा हुआ था। वे किसी अपेक्षा में बिल्कुल चुप थे, गर्दन ऊपर की तरफ उठी हुई...सभी लोग, सभी धर्मों के लोग ... सब के दिल जैसे एक दिल की तरह धड़क रहे थे।

विट्टोरिया के दिल में उठते भाव जैसे तकलीफ का बवंडर थे। जैसे जैसे हेलीकॉप्टर आँखों से ओझल हुआ, उसे रॉबर्ट लैंग्डन का चेहरा आसमान में उभरता हुआ याद आया। वह क्या सोच रहा था? क्या उसे समझ में नहीं आया?

चौराहे के आसपास टेलीविजन कैमरे आसमान के अंधेरे में कुछ टटोलते हुए इंतज़ार कर रहे थे। चेहरों के समंदर जैसे ऊपर की तरफ देखते हुए चुपचाप उलटी गिनती में लगे हुए थे। वहाँ लगे सभी मीडिया स्क्रीन वही शांत दृश्य दिखा रहे थे...तारों से जगमगाता रोम का शांत आकाश। विट्टोरिया को लगा जैसे उसकी आँखों में आँसू भर रहे थे।

उसके पीछे संगमरमर के चबूतरे पर 161 कार्डिनल चुपचाप भयभीत मनोभाव से आसमान को निहार रहे थे। कुछ लोगों ने प्रार्थना में हाथ जोड़ रखे थे। ज़्यादातर मूर्तिवत, चुपचाप खड़े थे। कुछ रो रहे थे। सेकंड धीरे धीरे गुजर रहा था।

दुनिया भर के घरों, बार, व्यापारिक संस्थानों, हवाई अड्डों, अस्पतालों में हर जगह लोगों के हृदय इस दृश्य के गवाह बने हुए थे। पुरुष और स्त्री एक दूसरे का हाथ थामे हुए थे। बाकी लोग अपने बच्चों को पकड़े थे। वक्त जैसे रुक सा गया था, लोगों के हृदय एक साथ टंगे हुए थे।

अचानक, सेंट पीटर की घंटियाँ निर्दयी ढंग से बजने लगी।

विट्टोरिया ने आंसुओं को बाहर आने दिया।

तभी...सारी दुनिया की नज़रों के सामने...समय समाप्त हो गया।

उस घटना के समय व्याप्त मौत जैसी चुप्पी सबसे भयानक थी।

वेटिकन सिटी के काफी ऊपर, आकाश में रोशनी का एक छोटा सा बिंदु दिखाई दिया। एक पल के लिए जैसे कोई आकाशीय पिंड पैदा हो गया...रोशनी का एक ऐसा शुद्ध और सफेद कण जैसा लोगों ने पहले कभी नहीं देखा था।

और फिर यह घटित हुआ।

एक तेज़ रोशनी। बिंदु फैलने लगा जैसे खुद को खा कर बड़ा हो रहा हो। वह पूरे आसमान में फैलता जा रहा था। आँखों को अंधा करने वाली सफेद रोशनी हर दिशा में फैलती जा रही थी। हर पल इसकी गति असंभव रूप से तेज़ होती जा रही थी और अंधेरे को खाती जा रही थी। जैसे जैसे रोशनी का दायरा बढ़ता जा रहा था, इसकी तीव्रता भी बढ़ती जा रही थी जैसे कि बड़ा होता जा रहा कोई प्रेत जो पूरे आसमान को खाने के लिए उतावला हो। यह तेजी से उनकी ओर, नीचे की तरफ बढ़ता आ रहा था। उसकी रफ्तार लगातार बढ़ रही थी।

रोशनी से चुंधियाए हुए अनगिनत चेहरों पर तेज़ रोशनी पड़ रही थी। उन सबके मुँह से एक साथ आवाज़ निकली। लोगों ने अपनी आँखें ढंक ली थी। डर के मारे लोग जैसे घिघिया रहे थे।

रोशनी तेज़ आवाज़ के साथ हर दिशा में फैल रही थी। तभी एक असंभव चीज़ हुई। लगा जैसे कि ईश्वर की इच्छा की डोरी से बंध कर, चारों तरफ गोलाई में फैल रही रोशनी किसी दीवार से टकराई। ऐसा लगा जैसे कि धमाके को किसी ने एक बहुत बड़े शीशे के गोले में बंद कर दिया था। रोशनी अंदर की तरफ मुड़ गई। तेज़ होती हुई, खुद से टकराती। ऐसा लगा जैसे तरंग अपने पूर्व-निर्धारित सीमा तक पहुँच गई थी और वहीं उमड़ घुमड़ रही थी। उस क्षण रोम के ऊपर रोशनी का एक शांत और पूर्ण गोला चमकता दिखाई दे रहा था। रात जैसे दिन में बदल गई थी।

फिर वह टकराया।

धक्का गहरा और खाली था जैसे की ऊपर से आने वाली मेघ की गरज। लोगों के ऊपर यह वैसे ही आकर लगा जैसे दैवी प्रकोप। वेटिकन सिटी की ग्रेनाइट बुनियाद कांप गई। लोगों के फेफड़ों में साँस अटकी रह गई। कुछ लोग धक्के से पीछे की तरफ गिर गए। चौराहे के ऊपर कंपकंपाहट फैल गई। इसके बाद गर्म हवा का झोंका आया जो चौराहे को चीरता हुआ बढ़ा। जब यह हवा खंभों और दीवारों से टकरायी तो जैसे समाधियों की आह चारों तरफ पसर गई। ऊपर धूल का गुबार फैल गया और लोग एक दूसरे से सटकर खड़े हो गए ... वे सभी महाविनाश के गवाह थे।

124

आज के पहले इतने सारे लोग एक साथ चुप नहीं देखे गए थे।

सेंट पीटर चौराहे पर एक एक करके लोग काले होते आसमान से अपनी आँखें हटाकर नीचे देख रहे थे। हर व्यक्ति अपने निजी आश्चर्य के क्षण में डूबा हुआ था। मीडिया की रोशनी भी बाकी लोगों की तरह अब नीचे की ओर देख रही थी। ऐसा लग रहा था मानो अंधकार के प्रति उनका सम्मान अब उन पर हावी हो रहा था। एक पल के लिए लगा जैसे संसार एक साथ अपना सर झुका रहा था।

कार्डिनल मोर्टाटी प्रार्थना के लिए झुके। बाकी कार्डिनल भी उनके साथ ही प्रार्थना करने लगे। स्विस गार्डों ने अपनी लंबी तलवारें नीचे कर धरती की ओर मोड़ ली। वे सदमे में थे। सब चुप थे। सब स्थिर थे। सब के दिलों में सहज भावातिरेक दिखाई दे रहा था। मृत्यु। डर। आश्चर्य। आस्था। और अभी अभी उन्होंने जिस अद्भुत शक्ति को देखा था उसके प्रति एक भयाक्रांत सम्मान का भाव।

विट्टोरिया वेट्रा बेसिलिका की दूर तक फैली सीढ़ियों पर कांपती हुई बैठी थी। उसने अपनी आँखें बंद कर ली थी। उसके अंदर हिलोड़ें मार रही भावनाओं के तूफान के बीच सिर्फ एक शब्द बार बार दूर बजती चर्च की घंटी की तरह उमड़ घुमड़ रहा था। स्वर्गिक। क्रूर। उसने इसे जोर लगाकर अपने मन से दूर किया लेकिन फिर वह वापस आ गया। फिर उसने इसे भगाया। यह दर्द बहुत बड़ा था। वह खुद को दूसरों के मन में चल रही तस्वीरों में डुबोने की कोशिश कर रही थी...एंटीमैटर की अपार शक्ति...वेटिकन की रक्षा...केमरलेग्नो ...बहादुरी के कारनामे...स्वार्थहीनता...फिर भी वह शब्द उसके अंदर गूंज रहा था। इस उथल पुथल के बीच दिल को कचोटने वाले अकेलेपन के साथ।

रॉबर्ट।

वह उसके लिए सेंट एंजेलो के किले में आया था।

उसने उसकी जान बचायी थी।

और अब उसने उसकी बनायी चीज़ की वजह से अपनी जान गंवाई थी।

कार्डिनल मोर्टाटी प्रार्थना करते हुए सोच रहे थे कि क्या वे भी केमरलेग्नो की तरह ईश्वर की आवाज़ सुन पाएंगे। क्या चमत्कारों का अनुभव करने के लिए उनमें यकीन करना ज़रूरी होता है? मोर्टाटी इस प्राचीन आस्था के अंदर एक आधुनिक व्यक्ति था। चमत्कारों का उसकी आस्था में कोई हिस्सा नहीं था। बेशक उसकी आस्था में चमत्कारों की बात आती थी ... खून से रिसती हथेलियां, मौत के बाद ज़िंदा हो जाना, कफन पर बने निशान ... लेकिन फिर भी मोर्टाटी का तार्किक दिमाग़ हमेशा इन्हें मिथक के रूप में देखता था। वे मनुष्य की सबसे बड़ी कमजोरी के प्रतीक थे—प्रमाण की जरूरत। चमत्कार और कुछ नहीं बस वे कहानियाँ थी जिन्हें हम दिल से लगाते हैं क्योंकि हम चाहते हैं कि वे सच हों।

और फिर भी...

क्या मैं इतनी आधुनिक हूँ कि मेरी आँखों ने जो देखा है उसे भी मैं स्वीकार नहीं करूं? यह एक चमत्कार था, था कि नहीं? हां! ईश्वर ने केमरलेग्नो के कान में कुछ फुसफुसाकर इस मामले में हस्तक्षेप किया था जिसने इस चर्च को बचा लिया। इस पर विश्वास करना इतना मुश्किल क्यों था? अगर ईश्वर कुछ नहीं करते तो लोग ईश्वर के बारे में क्या सोचेंगे? कि ईश्वर लोगों की फिक्र नहीं करते? कि उनके अंदर इसे रोकने की शक्ति नहीं है? चमत्कार ही इसका एकमात्र जवाब हो सकता था।

मोर्टाटी आश्चर्य के साथ झुके हुए केमरलेग्नो की आत्मा के लिए प्रार्थना कर रहे थे। उन्होंने इस युवा सहायक को धन्यवाद दिया जिसने कम उम्र का होने के बावजूद बिना सवाल किए आस्था बनाए रखने से होने वाले चमत्कारों के प्रति इनकी आँखें खोल दी थी।

लेकिन आश्चर्य की बात थी कि मोर्टाटी को कभी इस बात का इल्म नहीं था कि उसकी आस्था की परीक्षा होने वाली थी...

सेंट पीटर के चौराहे पर फैली हुई शांति एक छोटी सी लहर से भंग हुई। यह लहर फुसफुसाहट में बदली और फिर अचानक शोर। बिना चेतावनी के लोग एक साथ रोने लगे।

'देखो। देखो।'

मोर्टाटी ने अपनी आँखें खोली और भीड़ की तरफ देखने लगा। सभी लोग उसके पीछे, सेंट पीटर बेसिलिका के सामने की तरफ इशारा कर रहे थे। उनके चेहरे सफेद दिख रहे थे। कुछ लोग घुटनों के बल बैठ गए। कुछ बेहोश हो गए। कुछ लोग दहाड़ें मार कर रोने लगे।

'देखो। देखो।'

मोर्टाटी मुड़े। वे हक्का बक्का थे। वे उनके आगे बढ़े हाथों की ओर देखने लगे जो बेसिलिका के सबसे ऊपरी हिस्से की तरफ इशारा कर रहे थे, छत की तरफ जहाँ से ईसा मसीह और उनके शिष्यों की विशाल मूर्तियाँ भीड़ को देख रही थी।

वहीं पर, ईसा मसीह की दाहिनी तरफ, दुनिया की ओर हाथ फैलाए हुए... केमरलेग्नो कार्लो वेंट्रेस्का खड़े थे।

125

रॉबर्ट लैंग्डन अब नीचे नहीं गिर रहा था।

अब कोई डर नहीं था। दर्द नहीं। तेज़ चलती हवा की आवाज़ भी नहीं। सिर्फ पानी के थपेड़े जैसे वह आराम से समुद्र के तट पर सोया हो।

आत्मबोध की एक विडंबनापूर्ण स्थिति में लैंग्डन को लगा कि यही मृत्यु है। वह इससे खुश था। उसने बेहोशी को अपने ऊपर पूरी तरह हावी होने दिया। उसने इसे मन मर्जी जहाँ ले जाना हो ले जाने दिया। वह डर और दर्द के प्रति अब सुन्न हो चुका था। वह किसी भी कीमत पर उनमें वापस नहीं जाना चाहता था। उसकी आखिरी स्मृति सिर्फ नर्क में ही पायी जा सकती थी।

ले चलो, मेहरबानी कर के...

लेकिन जिन थपेड़ों ने उसे किसी दुर देश की शांति से भर दिया था वे उसे वापस खींच रही थी। वे उसे सपने से जगाने की कोशिश कर रही थी। *नहीं! मैं जैसे हूँ वैसे ही रहने दो !* वह जगना नहीं चाहता था। उसे लग रहा था जैसे उसके आनंद की परिधि के पास शैतान जमा हो रहे हों और उसके आनंद को ख़त्म करने के लिए दरवाज़ा पीट रहे हों। धुंधली तस्वीरें तैर रही थी। चिल्लाने की आवाज़ सुनाई दे रही थी। हवा की सांय सांय। *नहीं ! मेहरबानी करो !* वह जितनी कोशिश कर रहा था उतना ही गुस्सा उसके अंदर रिसता जा रहा था।

फिर, वह फिर से सब कुछ जीने लगा...बड़े ही कठोर ढंग से।

हेलीकॉप्टर तेजी से नीचे चट्टान की तरह गिर रहा था। वह अंदर फंसा हुआ था। खुले दरवाज़े के पार, रोम की रोशनी हर सेकेंड जैसे दूर होती जा रही थी। ज़िंदगी बचाने की स्वाभाविक प्रवृत्ति उससे कह रही थी की उसे एंटीमैटर के डिब्बे को फेंक देना चाहिए। लैंग्डन को पता था कि इसे ज़मीन तक आधा मील का रास्ता तय करने में बीस सेकेंड से भी कम समय लगेगा। लेकिन यह लोगों वाले शहर पर गिरेगा।

ऊपर! ऊपर!

लैंग्डन कल्पना कर रहा था कि वे अब कितनी ऊँचाई पर हैं। छोटे हवाई जहाज़ों के बारे में वह जानता था कि वे करीब चार मील की ऊँचाई तक जा सकते थे। यह हेलीकॉप्टर भी अब काफी ऊँचाई पर होना चाहिए। *दो मील? तीन मील?* अब भी मौका था। अगर वे डिब्बे को सही ढंग से नीचे गिराते तो संभव था कि डिब्बा आंशिक रूप से धरती के करीब आता और धरती तथा हेलीकॉप्टर दोनों से एक सुरक्षित दूरी पर फटता। लैंग्डन ने अपने नीचे फैले हुए शहर पर नज़र डाली।

'और अगर तुम्हारी गणना में गलती हुई तो?' केमरलेग्नो ने पूछा।

लैंग्डन मुड़ा, अचंभित। केमरलेग्नो उसकी तरफ देख भी नहीं रहा था। शायद विंडशील्ड में लैंग्डन के चेहरे की भुतहा छवि को देखकर उन्होंने उसके मनोभाव का अंदाजा लगा लिया था। अजीब बात थी कि केमरलेग्नो अब हेलीकॉप्टर के कंट्रोल पर ज़्यादा ध्यान नहीं दे रहे थे। उनका हाथ अब थ्रॉटल पर भी नहीं था। ऐसा लग रहा था जैसे कि हेलीकॉप्टर अपने आप ऑटोपायलट पर चल रहा हो और ऊपर की तरफ चढ़ता जा रहा हो। केमरलेग्नो ने अपने ऊपर की तरफ यानी कॉकपिट की छत की ओर हाथ बढ़ाया। वे वहाँ लगे तारों के बीच कुछ ढूँढ़ रहे थे। वहाँ से उन्होंने एक चाबी निकाली जो वहाँ पर छुपा कर रखी गई थी।

लैंग्डन विस्मित होकर देख रहा था कि केमरलेग्नो ने तेजी से दोनों सीटों के बीच रखे धातु के बक्से को खोला। वहाँ से उन्होंने कोई बड़ा सा, काले रंग का नायलॉन का पैकेट निकाला। उसे उन्होंने बगल वाली सीट पर रख दिया। लैंग्डन के दिमाग़ में विचार तेजी से घूम रहे थे। केमरलेग्नो काफी सोच समझ कर यह सब कर रहे थे मानो उनके पास कोई समाधान हो।

'मुझे वो डिब्बा पकड़ाइए।' केमरलेग्नो ने कहा। उनकी आवाज़ शांत थी।

लैंग्डन को समझ में नहीं आ रहा था कि उसे क्या सोचना चाहिए। उसने एंटीमैटर झटके से केमरलेग्नो की ओर बढ़ा दिया। 'नब्बे सेकंड।'

केमरलेग्नो ने एंटीमैटर के साथ जो किया उससे लैंग्डन घोर आश्चर्य में पड़ गया। अपने हाथ में सावधानी से डिब्बे को लेकर केमरलेग्नो ने इसे सामान वाले बक्से के अंदर रख दिया। फिर उन्होंने उसका भारी ढक्कन बंद कर दिया और चाबी से इसे कसकर बंद कर दिया।

'आप क्या कर रहे हैं?' लैंग्डन ने सवाल किया।

'किसी तरह के प्रलोभन से दूर।' केमरलेग्नो ने चाबी को खुली खिड़की से बाहर फेंक दिया।

चाबी अंधकार से होती हुई नीचे गिरी तो लैंग्डन को लगा कि उसकी आत्मा भी उसी के साथ नीचे गिरती जा रही थी।

इसके बाद केमरलेग्नो ने नायलोन के पैकेट को बाहर निकाला और उसके हैंडल के बीच अपना हाथ फंसा दिया। उन्होंने अपनी पेट पर एक पेटी बांध ली और उसे बैकपैक की तरह लपेट लिया। इसके बाद वह हतप्रभ लैंग्डन की तरफ मुड़े।

'मुझे माफ कर देना।' केमरलेग्नो ने कहा। 'इसे इस तरह होना तय नहीं हुआ था।' फिर उन्होंने दरवाज़ा खोला और रात के अंधेरे में बाहर कूद गए।

यह छवि लैंग्डन के अवचेतन मन में उमड़ घुमड़ रही थी और इसके साथ ही उसे तकलीफ का अनुभव हो रहा था। वास्तविक दर्द। शारीरिक तकलीफ। काफी तेज़ वेदना। वह मृत्यु की भीख मांग रहा था ताकि इस तकलीफ का अंत हो सके लेकिन पानी के थपेड़े जब उसके कानों को छू रहे थे। अब उसके सामने नयी तस्वीरें घूमने लगी। उसके नर्क की तो अभी शुरुआत हुई थी। वह टुकड़ों में चीजों को देख रहा था। जैसे इधर उधर बिखरी भय की चिंदियां। वह मृत्यु और दुःस्वप्न के बीच की अवस्था में था और मुक्ति की भीख मांग रहा था लेकिन तस्वीर उसके दिमाग़ में साफ होती जा रही थी।

एंटीमैटर का डिब्बा अब उसकी पहुँच से कहीं दूर बंद था। यह लगातार नीचे की ओर जा रहा था जबकि हेलीकॉप्टर ऊपर की तरफ। पचास सेकंड। ऊपर। और भी ऊपर। लैंग्डन पागलों की तरह केबिन में चक्कर काट रहा था। उसने अभी अभी जो देखा था वह उसका अर्थ समझने की कोशिश कर रहा था। पैंतालीस सेकंड। उसने अपनी सीट के नीचे ढूँढ़ा कि शायद दूसरा पैराशूट हो। चालीस सेकंड। लेकिन उसे कुछ नहीं मिला। कोई न कोई विकल्प तो होना चाहिए। पैंतीस सेकेंड। वह हेलीकॉप्टर के खुले दरवाज़े की तरफ तेजी से बढ़ा और सांय सांय बहती हवा के बीच खड़ा होकर नीचे रोम की रोशनी को देखता रहा। बत्तीस सेकंड।

और फिर उसने फ़ैसला कर लिया।

अविश्वसनीय चुनाव।

लैंग्डन बिना किसी पैराशूट के खुले दरवाज़े से बाहर कूद गया। रात का अंधेरा जैसे जैसे आसमान में लुढ़कते शरीर को निगल रहा था, हेलीकॉप्टर वैसे ही उसके ऊपर जाता जा रहा था। तेजी से नीचे गिरने की वजह से हो रही कानफाड़ू आवाज़ में हेलीकॉप्टर की पंखियों की आवाज़ दबी जा रही थी।

धरती की ओर तेजी से गिरते हुए उसे ऊपर एक तेज़ धमाका सुनाई दिया। धमाका उसके अंदाजे से कहीं अधिक ऊँचाई पर हुआ था। ठीक उसी समय उसे एक जबर्दस्त

धक्के का अनुभव हुआ। उसे लगा कि उसके फेफड़े से सारी हवा बाहर निकल गई हो। उसके चारों तरफ की हवा में एक अजीब सी गर्माहट आ गई थी। वह किसी तरह पकड़े रहने की कोशिश कर रहा था। ऊपर से गरमी का एक झोंका तेजी से नीचे आया। तिरपाल का ऊपरी हिस्सा सुलगने लगा लेकिन यह अलग नहीं हुआ।

लैंग्डन तेजी से नीचे की ओर आ रहा था। रोशनी की फूलती हुई चादर के किनारे वह समुद्र की लहरों पर सर्फिंग करने वाले की तरह अनुभव कर रहा था जो हज़ार फुट ऊँची लहर को रोकने की कोशिश कर रहा था। फिर अचानक गरमी कम हो गई।

वह फिर से ठंडे अंधेरे से नीचे की ओर गिर रहा था।

एक पल के लिए उसके दिल में उम्मीद जगी। दूसरे ही पल वह उम्मीद उसी तरह ख़त्म हो गई जैसे ऊपर वाली गर्मी। उसके हाथ पर अनुभव हो रहे तनाव से उसे पता चल रहा था कि तिरपाल की वजह से उसके नीचे गिरने की रफ्तार कम हो रही थी। हवा अब भी भयंकर गति से उसके शरीर को जैसे चीर रही थी। लैंग्डन को कोई शक नहीं था कि वह अब भी इतनी तेजी से गिर रहा था कि उसका ज़िंदा बचना संभव नहीं था। वह जैसे ही ज़मीन पर गिरेगा वह चकनाचूर हो जाएगा।

उसके दिमाग़ में गणितीय संख्याएँ घूम रही थी। लेकिन वह इतने होश में नहीं था कि उनका कोई अर्थ निकाल पाता। एक वर्ग गज कर्षण...गति में बीस प्रतिशत की कमी। लैंग्डन सिर्फ इतना समझ पा रहा था कि उसके सिर के ऊपर रखा तिरपाल इतना बड़ा था कि उससे उसकी गति में बीस प्रतिशत की कमी आ जाएगी। लेकिन दुर्भाग्यवश उसे चीर कर बहती हुई हवा के वेग के आधार पर वह कह सकता था कि तिरपाल के कारण जो कुछ भी हो रहा था वह उसे बचाने के लिए काफी नहीं था। वह अब भी काफी तेजी से नीचे गिर रहा था। नीचे कंक्रीट के फर्श पर गिरने पर उसके बचने की कोई उम्मीद नहीं थी।

उसके नीचे रोम की रोशनी चारों तरफ फैली हुई थी। शहर एक सितारों से जगमगाते आकाश की तरह लग रहा था जिसके अंदर लैंग्डन गिरता जा रहा था। सितारों के इस फैलाव को सिर्फ एक काली पट्टी ख़राब कर रही थी जो शहर को दो हिस्सों में बांट रही थी—एक चौड़ा, बिना रोशनी वाला फीता जो रोशनी के बिंदुओं के चारों तरफ एक मोटे सांप की तरह लिपटा हुआ था। लैंग्डन नीचे फैली काले रंग की पट्टी को देख रहा था।

तभी अचानक, एक अनपेक्षित ढंग से उठने वाली लहर की तरह, उसके अंदर आशा का संचार हो गया।

लैंग्डन ने अपने ऊपर तनी छतरी को पागलों की तरह जोर लगाकर अपने दाहिने हाथ से झटक दिया। तिरपाल अचानक तेज़ आवाज़ के साथ फड़फड़ाने लगा। हवा के कारण फूला हुआ तिरपाल कम से कम तनाव का रास्ता ढूँढ़ने लगा। लैंग्डन को लगा जैसे वह बगल की तरफ उड़ने लगा था। उसने एक बार फिर अपनी हथेलियों में हो रहे दर्द की परवाह नहीं करते हुए काफी जोर लगा कर इसे बगल की तरफ खींचा। तिरपाल हवा

में फूल गया और लैंग्डन को महसूस हुआ कि अब वह आसमान में बगल की उड़ रहा था। ज़्यादा तो नहीं लेकिन कुछ तो हुआ! उसने फिर अपने नीचे की तरफ देखा जहाँ उसे बलखाता काले रंग के सांप जैसा हिस्सा दिखाई दे रहा था। यह उसकी दाहिनी तरफ था लेकिन वह अब भी काफी ऊँचाई पर था। क्या उसने ज़रूरत से ज़्यादा वक्त इंतज़ार कर लिया था? उसने पूरी ताकत से तिरपाल को खींचा और किसी तरह स्वीकार कर लिया कि अब सब कुछ ईश्वर के हाथों में था। उसने अपना पूरा ध्यान सांप के सबसे चौड़े हिस्से पर केंद्रित कर लिया ... ... और ज़िंदगी में पहली बार चमत्कार के लिए प्रार्थना करने लगा।

आगे जो हुआ उसकी बस धुंधली स्मृति थी।

उसके नीचे तेजी से गुजरता हुआ अंधकार...पानी में कूदने की सहज चेतना वापस आती हुई...रीढ़ की हड्डी को लॉक करने और पैर को अंगूठे को ख़ास दिशा में करने की सहज शारीरिक प्रक्रिया...अपने महत्वपूर्ण अंगों को सुरक्षित रखने के लिए छातियों को फुलाना ... पैरों को तेजी से दौड़ते भेड़ की मुद्रा में लाना...और अंत में...इस सबके बीच उफनती टाइबर नदी का धन्यवाद...जिसका पानी झाग की वजह से हवा से भरा हुआ था...जो कि स्थिर पानी से तीन गुणा अधिक नर्म।

इसके बाद वह नीचे टकराया...अंधकार।

फड़फड़ाती छतरी से आने वाली गड़गड़ाहट ने सबसे पहले वहाँ जमा लोगों का ध्यान आकाश में दिख रहे आग के गोले से हटाया। रोम के आकाश में आज की रात नजारों की भरमार थी। तेजी से ऊपर की ओर जा रहा हेलीकॉप्टर, एक भयंकर विस्फोट और अब ये अजीब सी चीज़ जो आसमान से टाइबर नदी के उफनते जल में इसके छोटे से द्वीप आइसोला टिबेरिना के तट पर आकर गिरी थी।

सन् 1656 में रोम के प्लेग के दौरान जब से इस द्वीप को बीमार लोगों के संपर्क से दूर रखने के लिए इस्तेमाल किया गया था तभी से माना जाता था कि इसमें बीमारी दूर करने की रहस्यमय शक्ति थी। इसी वजह से बाद में इसे रोम के टिबेरिना अस्पताल के लिए चुना गया।

उसके जब किनारे पर लाया गया था तो वह बुरी तरह घायल था। उसकी नाड़ी बहुत धीमी रफ्तार से चल रही थी जो लोगों को आश्चर्यजनक लग रहा था। वे सोच रहे थे कि कहीं ये आइसोला टिबेरिना की रोग ठीक करने के मिथकीय गुणों का परिणाम तो नहीं था कि इस इंसान की छाती अब भी धड़क रही थी। कुछ मिनट बाद जब उस व्यक्ति ने खांसी करना शुरू किया और धीरे धीरे होश में वापस आने लगा तो वहाँ जमा हुए लोगों ने फैसला किया कि इस द्वीप में अवश्य ही जादुई शक्ति है।

126

कार्डिनल मोर्टाटी को पता था कि इस समय की रहस्यमय सचाई को अभिव्यक्त करने के लिए दुनिया की किसी भाषा में कोई शब्द नहीं था। सेंट पीटर के चौराहे पर छाई चुप्पी देवदूतों के किसी कोरस की अपेक्षा तेज़ स्वर में कुछ कह रही थी।

केमरलेग्नो वेंट्रेस्का को देर तक देखते हुए मोर्टाटी को लगा जैसे उसका दिल और दिमाग़ एक दूसरे से टकरा कर सुन्न हो रहे थे। वह दृश्य वास्तविक, ठोस लग रहा था लेकिन ... ऐसा कैसे संभव हो सकता था? केमरलेग्नो को हेलीकॉप्टर में सवार होते हुए सभी ने देखा था। आसमान में धधकते आग के गोले को भी सब ने देखा था। और अब केमरलेग्नो छत पर सबके सामने खड़े दिखाई दे रहे थे। क्या उन्हें लेकर देवदूत यहाँ आए थे? क्या ईश्वर ने उन्हें नया जीवन प्रदान किया था?

यह असंभव है...

मोर्टाटी का हृदय सिर्फ विश्वास करना चाहता था लेकिन उसका दिमाग़ कारण ढूँढ़ रहा था। और उनके चारों तरफ कार्डिनल अपनी नज़रें ऊपर किए उन्हें देख रहे थे। वे भी वही देख रहे थे जो वह देख रहा था, आश्चर्य से पूरी तरह सुन्न।

वे केमरलेग्नो ही थे। इसमें कोई संदेह नहीं था। लेकिन वह कुछ अलग दिख रहे थे। दैवी। मानो उन्हें शुद्ध कर दिया गया हो। आत्मा? मनुष्य? उनका गोरा शरीर स्पॉटलाइट की रोशनी में एक अभौतिक भार-शून्यता के साथ चमक रहा था।

चौराहे पर लोग रो रहे थे, अपने आप तालियाँ बजा रहे थे और खुशी से चीख रहे थे। ननों का एक समूह घुटने के बल बैठकर गुड फ्राइडे पर गाया जाने वाला शोकगीत गा रहा था। भीड़ में एक लहर उठी। अचानक चौराहे पर हर तरफ से केमरलेग्नो के नाम का उच्चारण होने लगा। कार्डिनल भी इसमें शामिल हो गए, कुछ की आँखों में आँसू भरा था। मोर्टाटी आसपास नज़र दौड़ा कर इस परिस्थिति को समझना चाहता था। *क्या यह सचमुच घटित हो रहा है?*

केमरलेग्नो कार्लो वेंट्रेस्का सेंट पीटर बेसिलिका की छत पर खड़े होकर उन लोगों की भीड़ की तरफ देख रहे थे जो उनकी तरफ लगातार नज़रें गड़ाई थी। वह जगा हुआ था या सपना देख रहा था? उन्हें लगा कि वे पूरी तरह बदल चुके थे, इस दुनिया से अलग स्वरूप ग्रहण कर चुके थे। वह आश्चर्य में पड़े सोच रहे थे कि यह उनका शरीर था या बस आत्मा जो आसमान से तैरता हुआ नर्म, अंधकार में डूबे वेटिकन सिटी के विशाल बगीचे के पास आ पहुँचा था। वह इस जगह पर इस तरह उतरे थे मानो कोई देवदूत सुनसान पड़े बगीचे में उतरा हो। उनके काले पैराशूट ने सेंट पीटर बेसिलिका की विशाल छाया के बीच उन्हें ढका हुआ था। वे सोच रहे थे कि पता नहीं ये उनका शरीर था या कि

उनकी आत्मा जिसने उन्हें मेडेलियन की प्राचीन सीढ़ी से लेकर छत तक जाने के लिए ताकत दी थी जहाँ वे अब खड़े थे।

वह स्वयं को भूत की तरह हल्का महसूस कर रहे थे।

नीचे खड़े लोग उनके नाम का उच्चारण कर रहे थे लेकिन उन्हें पता था कि वे उनके लिए जयजयकार नहीं कर रहे थे। वे सहज प्रेरणा से ऐसा कर रहे थे, ठीक वैसी ही प्रेरणा जो ईश्वर के बारे में सोचते हुए उसे हर रोज महसूस होती थी। वे जिस तरह के अनुभव की कामना करते थे, आज उन्हें वही हासिल हो रहा था...किसी दूसरे लोक का आश्वासन ... स्रष्टा की शक्ति का ठोस प्रमाण।

केमरलेग्नो वेंट्रेस्का ने ज़िंदगी भर इसी क्षण के लिए प्रार्थना की थी। इसके बावजूद वह भी यह नहीं समझ पा रहे थे कि ईश्वर ने इसे प्रकट करने के लिए रास्ता ढूँढ़ लिया था। वह उन्हें पुकारना चाहते थे। *तुम्हारा ईश्वर जीवित भगवान है। अपने चारों तरफ फैले चमत्कार को देखो।*

वे वहाँ पर थोड़ी देर खड़े रहे, सुन्न लेकिन पहले किसी भी समय की तुलना में बेहतर। अंत में जब आत्मा ने उन्हें प्रेरित किया तो उन्होंने अपना सिर झुकाया और छत के किनारे से हट गए।

अब वे अकेले थे। छत पर घुटने के बल बैठ कर उन्होंने प्रार्थना की।

127

उसके चारों तरफ छवियाँ धुंधली पड़ रही थी, अंदर बाहर आ जा रही थी। धीरे धीरे लैंग्डन की आँखें किसी चीज़ पर केंद्रित होने लगी। उसके पैर में दर्द हो रहा था और उसे लग रहा था जैसे किसी ने उसके शरीर को ट्रक से रौंद दिया हो। वह ज़मीन पर करवट लेटा हुआ था। कहीं से बदबू आ रही थी, पित्त जैसी। वह अब भी लगातार पानी के थपेड़ों की आवाज़ सुन रहा था। अब उसे यह शांतिदायक नहीं लग रहा था। उसे कुछ और भी आवाजें सुनाई दे रही थीं जैसे पास ही कुछ लोगों के बात करने की आवाजें। उसे सफेद धुंधली छाया दिखाई दे रही थी। क्या उन सभी ने सफेद पोशाक पहन रखी थी? लैंग्डन को लगा कि वह या तो स्वर्ग में है या निर्वासन में। गले में हो रही जलन से उसे लगा कि यह स्वर्ग नहीं हो सकता।

'उसकी उल्टी अब बंद हो चुकी है।' किसी ने इतालवी में कहा। 'करवट बदल दो।' किसी पेशेवर व्यक्ति की सख्त आवाज़ सुनाई दी।

लैंग्डन को लगा कि किसी का हाथ उसे पीठ के बल लिटा रहा था। उसका सिर उड़ा जा रहा था। वह बैठने की कोशिश करने लगा लेकिन किसी के हाथों ने उसे हल्के से लिटा दिया। उसका शरीर हार मान गया। उसे लगा कि कोई उसकी जेब से कुछ सामान निकाल रहा था।

फिर वह बेहोश होकर ठंडा पड़ गया।

डॉक्टर जैकोबस धार्मिक व्यक्ति नहीं थे। चिकित्सा विज्ञान ने उनके अंदर से धार्मिकता बहुत पहले निकाल दी थी। इसके बावजूद वेटिकन सिटी में हुई आज की घटना उनकी तर्कशीलता की परीक्षा ले रही थी। *अब आसमान से लोगों के शरीर धरती पर गिर रहे हैं?*

डॉक्टर जैकोबस ने टाइबर नदी से बाहर निकाले गए बदहवास इंसान की नाड़ी देखनी शुरु की। उन्हें लगा कि ईश्वर ने खुद अपने हाथों से इस व्यक्ति की रक्षा की थी। पानी पर गिरने से लगने वाले धक्के की वजह से वह होश खो चुका था। अगर डॉक्टर जैकोबस और उनके सहयोगियों, जो उस समय आसमान में चल रहा नजारा देख रहे थे, ने उसे नदी के किनारे नहीं देखा होता तो आसमान से गिरा यह इंसान लोगों की नज़रों से दूर डूब चुका होता।

'अमेरिकी।' उसके बटुए में मिले सामानों को देखते हुए एक नर्स ने इतालवी में कहा। वे उसे खींचकर किनारे सूखी जगह पर ले आए थे।

अमेरिकी? रोम के लोग मज़ाक में कहते थे कि यहाँ अमेरिकी लोग इतने ज़्यादा दिखाई देते हैं कि हैंबर्गर को इटली का औपचारिक भोजन घोषित कर देना चाहिए। लेकिन आसमान से गिरते अमेरिकी? जैकोबस ने अपने पेन-टॉर्च से उसकी पुतलियों की गति देखने के लिए उसमें रोशनी डाली। 'सर, क्या आप हमारी आवाज़ सुन सकते हैं? क्या आपको पता है कि आप कहाँ हैं?'

वो एक बार फिर बेहोश हो गया था। जैकोबस को कोई आश्चर्य नहीं हुआ। जैकोबस ने जब उसकी छाती दबा कर साँस चलाने की कोशिश की थी तो उसने पानी की ढेर सारी उल्टी की थी।

'नाम रॉबर्ट लैंग्डन,' नर्स ने उसके ड्राइविंग लाइसेंस को पढ़ कर कहा।

नदी के किनारे इकट्ठा हुए लोग अचानक रुक गए।

'असंभव।' जैकोबस ने कहा। रॉबर्ट लैंग्डन टेलीविजन पर दिखाई देने वाला वही अमेरिकी प्रोफेसर था जो वेटिकन की मदद कर रहा था। जैकोबस ने लैंग्डन को कुछ मिनट पहले ही देखा था जब वह सेंट पीटर चौराहे पर हेलीकॉप्टर में चढ़ कर वेटिकन के मीलों ऊपर गया था। जैकोबस और दूसरे लोग आसमान में एंटीमैटर का धमाका देखने के लिए दौड़ कर डॉक पर आए थे। आग का भयानक गोला, जैसा उनमें से किसी ने पहले कभी नहीं देखा था। *यह वही आदमी कैसे हो सकता है?*

'यह वही आदमी है।' नर्स ने छूटते ही कहा। वह उसके भीगे बालों को पीछे की तरफ कंघी कर रही थी। 'मैंने इसे ट्वीड कोट की वजह से पहचाना।'

अचानक अस्पताल के प्रवेश-द्वार से किसी के चिल्लाने की आवाज़ सुनाई दी। वहाँ से कोई महिला रोगी चीख रही थी। वह पागलों की तरह अपना रेडियो आसमान की

तरफ कर ईश्वर का गुणगान कर रही थी। ऐसा लगा जैसे केमरलेग्नो वेंट्रेस्का अभी अभी चमत्कारपूर्ण ढंग से वेटिकन की छत पर प्रकट हुए थे।

डॉक्टर जैकोबस ने फैसला किया कि अपना शिफ्ट समाप्त होने के बाद सुबह आठ बजे वे सीधे चर्च जाएंगे।

लैंग्डन के सर के ऊपर अब रोशनी ज़्यादा तेज़ चमक रही थी, अस्पताल वाली रोशनी। वह किसी परीक्षण टेबल पर लेटा था। उसे चिपकाने वाले रसायनों और अजीब सी दवाइयों की गंध आ रही थी। किसी ने उसे अभी अभी एक सुई दी थी और उन्होंने उसके कपड़े हटा दिए थे।

जिप्सी तो कतई नहीं, उसने अपनी नीम बेहोशी की हालत में सोचा। दूसरे ग्रहों से आए एलियन शायद? उसने इस तरह की चीजें सुन रखी थी। शुक्र था कि ये उसे नुकसान नहीं पहुँचाने वाले थे। वे बस इतना चाहते थे कि...

'आप की जान की कीमत पर नहीं !' लैंग्डन अचानक उठ कर बैठ गया। उसकी आँख अचानक खुल गई थी।

'सावधान।' उनमें से एक जीव उसे स्थिर करते हुए चिल्लाया। उसके बैज पर डॉक्टर जैकोबस लिखा था। वह बिल्कुल इंसानों की तरह लग रहा था।

लैंग्डन हकलाता हुआ बोला, 'मुझे लगा कि...'

'आराम से। मिस्टर लैंग्डन आप अस्पताल में हैं।'

धुंध छंट रही थी। लैंग्डन को राहत का अनुभव हुआ। उसे अस्पताल से नफरत थी। लेकिन वे कम से कम उन एलियंस से तो अच्छे थे जो अंडकोशों में कुछ तलाशते थे।

'मेरा नाम डॉक्टर जैकोबस है।' उस आदमी ने कहा। उसने अभी हुई घटना के बारे में विस्तार से बताया। 'आप भाग्यशाली हैं कि आप ज़िंदा बच गए।'

लैंग्डन अपने को भाग्यशाली नहीं समझ रहा था। उसे अपनी स्मृतियों के बारे में ही मुश्किल से कुछ समझ में आ रहा था। हेलीकॉप्टर ...केमरलेग्नो ... उसके पूरे शरीर में दर्द हो रहा था। उन्होंने उसे कुल्ला करने के लिए पानी दिया। उन्होंने उसकी हथेली पर नयी पट्टी बांध दी।

'मेरे कपड़े कहाँ हैं?' लैंग्डन ने पूछा। उसने कागज की पोशाक पहन रखी थी।

एक नर्स ने काउंटर पर रखे तार तार हुए खाकी कपड़े और ट्वीड की तरफ इशारा किया। 'वे पूरी तरह भींगे हुए थे। हमें उन्हें आप से अलग करने के लिए काटना पड़ा।'

लैंग्डन ने अपने चीथड़े हो चुके हैरिस ट्वीड की तरफ नाराजगी से देखा।

'आपकी जेब में कुछ क्लीनेक्स मिले ।' नर्स ने कहा।

इसके बाद लैंग्डन की नज़र जैकेट के भीतर हिस्से में चिपके हुए पतले चमड़े के टुकड़ों पर पड़ी। गैलीलियो के डायग्रामा के पन्ने। इस किताब की आखिरी प्रति अभी पानी में घुल गई थी। वह सदमे में था। उसे समझ नहीं आ रहा था कि उसे क्या करना चाहिए। वह बस घूर-घूर कर देख रहा था।

'हमने आपके निजी सामानों को सुरक्षित रखा है।' उसने प्लास्टिक के मामूली डिब्बे की ओर दिखाया। 'बटुआ, कैमकॉर्डर और कलम। मैंने जितना मुमकिन था उतना कैमकॉर्डर को सुखाने की कोशिश की।'

'मेरे पास कोई कैमकॉर्डर नहीं।'

नर्स ने थोड़ी नाराजगी दिखाते हुए वह बर्तन उठाया। लैंग्डन ने इसमें रखे सामानों को देखा। उसके बटुए और कलम के साथ ही एक छोटा सा सोनी आरयूवीआई रिकॉर्डर भी उसमें रखा हुआ था। उसे याद आया। कोलर ने उसे ये देकर कहा था कि वह मीडिया को दिखाएं।

'हमें ये चीजें आपकी जेब में मिली। लेकिन मुझे लगता है कि आप को नया खरीदना होगा।' नर्स ने पीछे की ओर बना दो इंच का स्क्रीन खोल दिया। 'आपके व्यूअर में दरार आ गई है।' फिर उसका चेहरा खिल उठा। 'आवाज़ अब भी ठीक काम कर रही है वैसे, मुश्किल से।' उसने कैमकॉर्डर को अपने कान से लगाया। 'एक ही चीज़ बार बार बज रही है।' उसने एक पल के लिए उसे सुना और मुँह बनाते हुए लैंग्डन को वापस दे दिया, 'दो लोग बहस कर रहे हैं शायद।'

लैंग्डन हैरत में था। उसने कैमकॉर्डर को कान से लगाया। आवाजें दबी हुई और कर्कश लग रही थी। लेकिन बातें समझ में आ रही थी। एक नजदीक से आ रही आवाज़, एक कुछ दूर से। लैंग्डन दोनों आवाजें पहचानता था।

कागज का गाउन पहन कर लैंग्डन उस बातचीत को आश्चर्य में डूबकर सुनने लगा। हालाँकि वहाँ चल रहे दृश्य को वह देख नहीं पा रहा था लेकिन जब उसने जब अंतिम बात सुनी तो उसे धक्का लगा। उसने शुक्र मनाया कि उसे वह दृश्य नहीं देखना पड़ा।

हे भगवान।

बातचीत एक बार फिर शुरू से कैमकॉर्डर पर चलने लगी। लैंग्डन ने कैमकॉर्डर को कान से नीचे कर लिया और एक रहस्यात्मक नफरत में डूब गया। एंटीमैटर ... हेलीकॉप्टर ...लैंग्डन का दिमाग़ अब तेजी से काम कर रहा था।

लेकिन इसका तो मतलब हुआ कि...

उसे फिर से मितली आ रही थी। उसके अंदर गुस्सा बढ़ता जा रहा था। उसका दिमाग़ अव्यवस्थित हो रहा था। वह टेबल से उठा और कांपते पैरों पर खड़ा हो गया।

'मिस्टर लैंग्डन,' डॉक्टर ने उसे रोकने की कोशिश करते हुए कहा।

'मुझे कुछ कपड़े चाहिए।' लैंग्डन ने कह। उसे पीछे से खुली अपनी पोशाक के कारण चूतड़ पर ठंडी हवा का अहसास हुआ।

'लेकिन आपको आराम की ज़रूरत है।'

'मैं अभी जा रहा हूँ। इसी वक्त। मुझे कपड़े चाहिए।'

'लेकिन, सर आप...'

'अभी।'

लोगों ने एक दूसरे की तरफ हैरत भरी नज़रों से देखा। 'हमारे पास कपड़े नहीं हैं।' डॉक्टर ने कहा। 'शायद कल एक दोस्त कुछ कपड़े लेकर आएगा।'

लैंग्डन ने आराम से एक गहरी साँस ली और डॉक्टर की आँखों में झांकते हुए कहा, 'डॉक्टर जैकोबस, मैं इसी दरवाज़े से अभी निकल रहा हूँ। मुझे कपड़े चाहिए। मैं वेटिकन सिटी जा रहा हूँ। अपनी गांड दिखाते हुए कोई वेटिकन सिटी नहीं जाता। आप मेरी बात समझ रहे हैं ना?'

डॉक्टर जैकोबस ने थूक का घूंट निगला। 'इस आदमी के लिए कपड़े का इंतजाम करो।'

लैंग्डन जब टिबेरिना अस्पताल से लंगड़ाता हुआ बाहर निकला तो उसे लगा जैसे वह बड़ी उम्र का स्काउट हो। वह पैरामेडिक नीले रंग का जंफर पहने हुए था जिसके आगे से चेन लगी थी। ये पैरामेडिकों की पोशाक थी। इस पर तरह तरह के कपड़े के बने तमगे लगे थे जो उसकी उपाधियों को दर्शाते लग रहे थे।

उसके साथ एक मोटी सी औरत चल रही थी जिसने उसी तरह के कपड़े पहन रखे थे। डॉक्टर ने लैंग्डन को आश्वस्त किया था कि वे लोग रिकॉर्ड समय में वेटिकन पहुँच जाएंगे।

'मोटर ट्रैफिक।' लैंग्डन ने इतालवी में उसे याद दिलाया कि वेटिकन के आसपास के इलाके में कार और लोगों की भीड़ होगी।

औरत पर इस बात का कोई प्रभाव नहीं हुआ। उसने गर्व से अपने एक बैज की तरफ इशारा किया, जिस पर लिखा था *'सोनो कोंडुसेंटे डि आंबुलांजा।'*

'आंबुलांजा।' इससे बात समझ में आ रही थी। लैंग्डन को लगा जैसे वह एंबुलेंस पर जा सकता था।

औरत उसे इमारत के किनारे किनारे लेकर बाहर आयी। पानी के ऊपर बने एक चबूतरे के ऊपर उसकी सवारी लगी हुई थी। जब लैंग्डन ने इसे देखा तो उसका कलेजा धक्क से रह गया। वहाँ एक पुराना मेडवैक हेलीकॉप्टर खड़ा था। उस के मस्तूल पर लिखा था एयरो-आंबुलांजा।

उसने अपना सिर नीचे कर लिया।

औरत ने मुस्कुराते हुए कहा, 'वेटिकन सिटी चलो। बहुत तेजी से।'

128

कार्डिनलों के समूह में उत्साह और ऊर्जा प्रवाहित हो रही थी। वे तेजी से सिस्टीन चैपल के अंदर जा रहे थे। इसके विपरीत मोर्टाटी के दिल में दुविधा बढ़ती

जा रही थी। उसे लग रहा था कि वह ज़मीन से उड़कर आसमान में चला जाएगा। उसे धर्मग्रंथों में वर्णित चमत्कारों में यकीन था फिर भी उसने अपनी आँखों से आज जो कुछ देखा था वह उसे समझ नहीं पा रहा था। उन्यासी साल तक अपना जीवन भक्ति में बिताने के बाद मोर्टाटी जानता था कि इन घटनाओं के कारण उसके अंदर पवित्र उत्साह का संचार होना चाहिए ... जीवित और गहन आस्था। लेकिन इसके बावजूद उसके अंदर एक अजीब सी बेचैनी छा रही थी। कुछ गड़बड़ लग रहा था।

'मोर्टाटी महोदय।' स्विस गार्ड ने चिल्लाकर कहा। वह हॉल के अंदर से तेजी से दौड़ता हुआ आ रहा था। 'आपके आदेश को मानकर हम लोग छत पर गए थे। केमरलेग्नो, हाड़ मांस वाले इंसान हैं ... । वह असली आदमी हैं। वह कोई आत्मा नहीं। वह ठीक वैसे ही हैं जैसा हमने उन्हें देखा था।'

'क्या उन्होंने तुम लोगों से बात की?'

'वे घुटनों के बल बैठे चुपचाप प्रार्थना कर रहे थे। हमें उन्हें छूने में डर लग रहा है।'

मोर्टाटी को कुछ समझ में नहीं आ रहा था। 'उन्हें बताओ कि कार्डिनल उनका इंतज़ार कर रहे हैं।'

'महोदय, क्योंकि वे ऐसे इंसान हैं...' गार्ड ने हिचकिचाते हुए कहा।

'क्या कहना चाहते हो?'

'उनकी छाती...जली हुई है। क्या हम उनके घावों पर पट्टी लगा दें? उन्हें अवश्य ही दर्द हो रहा होगा।'

मोर्टाटी ने इसपर विचार किया। चर्च में अपनी ज़िंदगी बिताने के बावजूद वह ऐसी परिस्थिति का सामना करने को तैयार नहीं था। 'वे एक मनुष्य हैं। इसलिए उनकी सेवा मनुष्य की तरह करो। उन्हें नहलाओ। उनके घावों पर पट्टी करो। उन्हें नयी पोशाक पहनाओ। हम सिस्टीन चैपल में उनके आने का इंतज़ार करेंगे।'

गार्ड दौड़ कर चला गया।

मोर्टाटी गिरजाघर की तरफ चल पड़े। उनके बाकी कार्डिनल अंदर जा चुके थे। अंदर जाते हुए उन्होंने देखा कि विट्टोरिया वेट्रा शाही सीढ़ियों के नीचे अकेले एक बेंच पर बदहवास लेटी हुई थी। उसे हुए नुकसान के कारण दर्द और अकेलेपन को वह साफ देख पा रहे थे। वह उसके पास जाना चाह रहे थे लेकिन वे जानते थे कि उन्हें इंतज़ार करना होगा। उन्हें काम करना था ... हालाँकि वे नहीं जानते थे कि वह कौन सा काम था।

मोर्टाटी गिरजाघर में घुसे। वहाँ पर खुशी की उत्तेजना फैली हुई थी। उन्होंने दरवाज़ा बंद कर दिया। ईश्वर मेरी मदद करें।

टिबेरिना अस्पताल का दो-पंखियों वाला एयरो—आंबुलांजा वेटिकन सिटी के पीछे चक्कर लगा रहा था। लैंग्डन अपने दाँत भींच कर ईश्वर को कह रहा था कि यह उसके जीवन की अंतिम हेलीकॉप्टर यात्रा थी।

उसने हेलीकॉप्टर के पायलट को समझाया कि इस वक्त वेटिकन के एयर स्पेस से संबंधित नियमों का वेटिकन के लिए कोई महत्व नहीं था। उसने चुपचाप हेलीकॉप्टर को पीछे की दीवार से अंदर दाखिल करवाया और वेटिकन के हेलीपैड पर जहाज़ को उतरवाया।

'धन्यवाद।' यह कहकर वह नीचे उतरा। उसे दर्द हो रहा था। उसने उसकी ओर हवा में चुंबन फेंका और हेलीकॉप्टर वापस लेकर दीवार के उस पार रात के अंधेरे में ग़ायब हो गई।

लैंग्डन ने गहरी साँस छोड़ी। वह अपनी सोच को स्थिर करने की कोशिश कर यह समझने की कोशिश कर रहा था कि वह क्या करने जा रहा था। कैमकॉर्डर को हाथ में लेकर वह उसी गोल्फ गाड़ी पर बैठ गया जिस पर वह सुबह बैठा था। इसे चार्ज नहीं किया गया था और बैटरी मीटर दिखा रही थी कि इसका चार्ज करीब करीब ख़त्म हो चुका था। लैंग्डन ने बैटरी बचाने के लिए बिना हेडलाइट जलाए गाड़ी चालू कर दी।

वह नहीं चाहता था कि उसे आता हुआ कोई देखे।

सिस्टीन चैपल के पिछले हिस्से में, कार्डिनल मोर्टाटी सामने चल रहे हंगामे को देखकर स्तब्ध थे।

'चमत्कार हुआ है।' एक कार्डिनल ने चिल्ला कर कहा। 'ईश्वर का काम।'

'हाँ!' दूसरों ने उसका साथ दिया। 'ईश्वर ने अपनी इच्छा प्रकट कर दी है।'

'केमरलेग्नो हमारे पोप होंगे।' एक दूसरा कार्डिनल चिल्लाया। 'वे कार्डिनल नहीं हैं लेकिन ईश्वर ने चमत्कारपूर्ण संदेश भेजा है।'

'हाँ।' किसी ने सहमति ज़ाहिर की। 'सम्मेलन के नियम मनुष्यों ने बनाए हैं। ईश्वर की इच्छा हमारे सामने है। मैं तुरंत बैलटिंग की मांग करता हूँ।'

सब लोग एक साथ मुड़े।

मोर्टाटी समझ गए थे कि कार्डिनल उन्हें भांपने की कोशिश कर रहे थे। वे उससे थोड़े खिंचे खिंचे लग रहे थे। उनकी गंभीरता वहाँ उपस्थित लोगों को पसंद नहीं आ रही थी। मोर्टाटी चाहते थे कि वे भी अपने आसपास उपस्थित लोगों की तरह इस चमत्कार की खुशी में अपने दिल को झूमने दें लेकिन ऐसा नहीं हो पा रहा था। उनके दिल में एक अजीब सा दर्द था ... एक तकलीफदेह उदासी जिसे वे समझ नहीं पा रहे थे। उन्होंने कसम खायी थी कि पोप के चुनाव की इस प्रक्रिया का नेतृत्व वे पवित्र हृदय से करेंगे। लेकिन उनकी हिचकिचाहट से वे खुद इंकार नहीं कर पा रहे थे।

'मित्रों। वेदी पर चढ़ते हुए मोर्टाटी ने बोलना शुरू किया। उनकी आवाज़ जैसे उनकी अपनी नहीं थी। 'मुझे लगता है कि मैंने आज जो देखा है उसका अर्थ समझने के लिए मैं जीवन भर संघर्ष करूंगा। फिर भी आप केमरलेग्नो के बारे में जो कह रहे हैं...वह ईश्वर की इच्छा नहीं हो सकती।'

कमरे में चुप्पी छा गई।

'आप ऐसा ... कैसे कह सकते हैं?' आखिर एक कार्डिनल ने सवाल किया। 'केमरलेग्नो ने चर्च को बचाया है। ईश्वर ने सीधे केमरलेग्नो से बात की है! वह मौत के मुँह से निकल कर आए हैं! अब हम कौन से प्रमाण चाहिए?'

'केमरलेग्नो हमारे पास आ रहे हैं।' मोर्टाटी ने कहा। 'हम इंतज़ार करेंगे। बैलटिंग के पहले हम उनकी बात सुनेंगे। हो सकता है इस बात की कोई व्याख्या हो।'

'व्याख्या?'

'आप के महान चुनाव अधिकारी के तौर पर मैंने इस सम्मेलन के नियमों के पालन की कसम खायी है। आप इस बात से बेशक वाकिफ हैं कि पवित्र कानून के आधार पर केमरलेग्नो पोप के चुनाव में हिस्सा लेने की योग्यता नहीं रखते। वे कार्डिनल नहीं हैं। वे पुजारी हैं ... सहायक। इसके अलावा उनकी कम उम्र का भी सवाल है।' मोर्टाटी को अनुभव हुआ कि लोगों की नज़रें सख्त हो रही हैं। 'बैलटिंग के लिए अनुमति देकर मैं आप सभी को एक ऐसे व्यक्ति को पोप के रूप में चुनने कहूंगा जो वेटिकन के कानून के मुताबिक इस पद के अयोग्य है। मैं आप सब से एक पवित्र शपथ को तोड़ने कहूंगा।'

'लेकिन आज की रात जो कुछ हुआ,' किसी ने हकलाते हुए कहा, 'वह बेशक हमारे कानून के दायरे से बाहर की चीज़ थी।'

'क्या ऐसा हुआ है?' मोर्टाटी ने गरजदार आवाज़ में कहा। उसे यह भी पता नहीं था कि यह आवाज़ कहाँ से आ रही थी। 'क्या यह ईश्वर की इच्छा है कि हम चर्च के कानून को तिलांजलि दे दें? क्या ईश्वर चाहते हैं कि हम अपनी तर्कशक्ति को छोड़ उन्माद को अपने ऊपर हावी होने दें?'

'लेकिन हमने जो देखा क्या आपने वो देखा?' किसी ने गुस्से में उन्हें चुनौती दी। 'आप इस तरह की शक्ति को चुनौती देने के बारे में सोच भी कैसे सकते हैं?'

मोर्टाटी की आवाज़ में इस समय एक ऐसा स्पंदन था जिसे उन्होंने पहले कभी अनुभव नहीं किया था। 'मैं ईश्वर की शक्ति को चुनौती नहीं दे रहा। ईश्वर ने ही हमें सोचने समझने की शक्ति और विवेक प्रदान किया है। अपने विवेक का इस्तेमाल कर हम ईश्वर की ही सेवा करते हैं।'

129

सिस्टीन चैपल के बाहर हॉलवे में विट्टोरिया वेट्रा शाही सीढ़ियों के नीचे बदहवास होकर बैठी हुई थी। जब उसने पिछले दरवाज़े से आते हुए व्यक्ति को देखा तो उसे लगा जैसे वह किसी भूत को देख रही थी। उसके शरीर पर पट्टियाँ बंधी थी, वह लंगड़ा रहा था और एक तरह की मेडिकल पोशाक पहने हुआ था।

वह वहाँ खड़ी रही...उसे अपनी आँखों पर यकीन नहीं हो रहा था। 'रॉ...ब...र्ट ...'

उसने जवाब नहीं दिया। उसने सीधे आगे बढ़कर उसे अपनी बांहों में कस लिया। उसने जब अपने होंठ उसके होंठ पर रख कर चूम लिया। वह स्वाभाविक, ख्वाहिशो से भरपूर, अहसानमंद चुंबन था।

विट्टोरिया की आँखों में आँसू भर गए। 'हे भगवान...शुक्रिया तुम्हारा...'

उसने फिर उसे चूमा, कहीं अधिक भावना से भर कर। वह उसमें चिपट गई। उसके आलिंगन में खो गई। उनके शरीर एक दूसरे से चिपके हुए थे मानो वे एक दूसरे को बरसों से जानते हों। उसका डर और दर्द ग़ायब हो गया। उसने अपनी आँखें बंद कर ली। उस पल जैसे वह भार शून्य हो गई थी।

'यह ईश्वर की इच्छा है।' कोई चिल्ला कर बोल रहा था। उसकी आवाज़ सिस्टीन चैपल में गूंज रही थी। 'ईश्वर के द्वारा चुने हुए व्यक्ति के अलावा किस व्यक्ति के लिए उस भयंकर विस्फोट से बच पाना संभव था?'

'मुझे।' चैपल के पिछले हिस्से से किसी की आवाज़ गूंजी।

मोर्टाटी और दूसरे लोगों ने जब पीछे मुड़ कर देखा तो उन्हें एक मैला-कुचैला व्यक्ति दिखाई दिया जो बीच के गलियारे से आगे आ रहा था। 'मिस्टर लैंग्डन?'

बिना एक भी शब्द बोले, लैंग्डन धीरे धीरे चैपल के अगले हिस्से में आ गया। विट्टोरिया वेट्रा भी अंदर आ गई। फिर दो गार्ड तेजी से अंदर घुसे। वे एक हाथ गाड़ी में बड़ा सा टेलीविजन ले कर आ रहे थे। उन्होंने जब तक उसे चालू किया लैंग्डन कार्डिनलों की ओर देखता हुआ इंतज़ार करता रहा। फिर लैंग्डन ने गार्डों को बाहर जाने का इशारा किया। वे दरवाज़ा बंद करते हुए बाहर चले गए।

अब वहाँ पर सिर्फ लैंग्डन, विट्टोरिया और कार्डिनल बचे थे। लैंग्डन ने सोनी आरयूवीआई का तार टीवी से जोड़ दिया और प्ले का बटन दबा दिया।

टेलीविजन ज़िंदा हो गया।

कार्डिनलों के सामने टीवी पर जो दृश्य उपस्थित था उस में पोप का दफ्तर दिखाई दे रहा था। वीडियो को कुछ अजीब ढंग से रिकॉर्ड किया गया था, जैसे किसी गुप्त कैमरे से। स्क्रीन के मध्य भाग से थोड़ा हटकर कम रोशनी में केमरलेग्नो दिखाई दे रहे थे। उनके सामने आग जल रही थी। हालाँकि ऐसा लग रहा था कि वे सीधे कैमरे में बात कर रहे हैं लेकिन तुरंत यह साफ हो गया कि वह किसी दूसरे व्यक्ति से बात कर रहे थे जो यह वीडियो बना रहा था। लैंग्डन ने लोगों को बताया कि यह वीडियो मैक्सीमिलियन कोलर ने बनाया था जो CERN का निदेशक था। केवल एक घंटे पहले कोलर ने केमरलेग्नो से मुलाकात के दौरान चुपचाप इस वीडियो को एक छोटे से कैमरे की मदद से रिकॉर्ड किया था जो उसके व्हीलचेयर के हत्थे के नीचे छुपा कर रखा गया था।

मोर्टाटी और कार्डिनल इसे आश्चर्यचकित होकर देख रहे थे। हालाँकि बातचीत चल

रही थी लेकिन लैंग्डन ने उसे पीछे जाकर दिखाने की कोशिश नहीं की। ऐसा लग रहा था कि लैंग्डन कार्डिनलों को जो दिखाना चाहता था वह आगे आने वाला था...

'लियोनार्डो वेट्रा डायरी रखते थे?' केमरलेग्नो कह रहे थे। 'मुझे लगता है कि यह CERN के लिए अच्छी ख़बर थी। अगर उन डायरियों में एंटीमैटर बनाने की प्रक्रिया का उल्लेख हो तो...'

'नहीं, उनमें ऐसा कुछ नहीं है।' कोलर ने कहा। 'आपको यह जानकर तसल्ली होगी कि ये जानकारी लियोनार्डो की मौत के साथ ही समाप्त हो गई हैं। हाँ, इन डायरियों में कुछ और है, आप ...'

केमरलेग्नो परेशान लग रहे थे। 'मेरी समझ में नहीं आ रहा।'

'इसमें उस मीटिंग की बात लिखी है जो पिछले महीने आपके और उनके बीच हुई थी।'

केमरलेग्नो थोड़ा हिचकिचा रहे थे। फिर उन्होंने दरवाज़े की तरफ देखा। 'रोचर को मुझसे पूछे बिना तुम्हें अंदर नहीं आने देना चाहिए था। तुम अंदर आए कैसे?'

'रोचर को सच का पता है। मैंने उसे पहले ही फोन कर बता दिया है कि आपने क्या किया है।'

'जो मैंने किया है? तुमने चाहे उसे जो भी कहानी सुनाई हो, रोचर स्विस गार्ड है और इस चर्च के प्रति उसकी वफ़ादारी इतनी ज़्यादा है कि वह केमरलेग्नो से अधिक एक नाराज वैज्ञानिक की बात का यकीन नहीं करेगा।'

'दरअसल वह इतना वफ़ादार है कि उसे यकीन नहीं हुआ। वह इतना विश्वासी है कि इस बात का प्रमाण मिलने के बाद भी कि उसके एक वफ़ादार गार्ड ने चर्च के साथ धोखा किया है, वह इसे स्वीकार करने से इंकार करता रहा। दिन भर वह किसी दूसरी व्याख्या की तलाश में लगा रहा।'

'और तुमने उसे वह व्याख्या उपलब्ध करवा दी।'

'सचाई। भले ही वह सदमे के लायक क्यों न हो।'

'अगर रोचर को तुम्हारी बात पर यकीन होता तो वह मुझे गिरफ्तार करने आता।'

'नहीं। मैं उसे ऐसा नहीं करने देता। मैंने इस मीटिंग के बदले अपनी चुप्पी का वादा किया था।'

केमरलेग्नो अजीब ढंग से हंसा। 'तुम चर्च को एक ऐसी कहानी सुना कर ब्लैकमेल करना चाहते हो जिस पर शायद किसी को यकीन नहीं होगा।'

'मुझे ब्लैकमेल करने की कोई ज़रूरत नहीं। मैं सिर्फ तुम्हारे मुँह से सच सुनना चाहता हूँ। लियोनार्डो वेट्रा मेरा दोस्त था।'

केमरलेग्नो ने कुछ नहीं बोला। वह सिर्फ कोलर को घूरता रहा।

'इसे इस्तेमाल करने की कोशिश कीजिए।' कोलर ने कहा। 'करीब एक महीने पहले लियोनार्डो वेट्रा ने पोप के साथ तुरंत मुलाकात करवाने के लिए आपसे आग्रह किया था।

आपने मुलाकात निर्धारित करवा दी क्योंकि पोप लियोनार्डो के काम के प्रशंसक थे और लियोनार्डो ने कहा था कि यह मुलाकात फौरी थी।'

केमरलेग्नो आग की तरफ मुड़ गए। उन्होंने कुछ नहीं बोला।

'लियोनार्डो बड़े ही गुपचुप ढंग से रोम आया था। यहाँ आकर उसने अपनी बेटी के भरोसे को तोड़ा था जिसके कारण वह अंदर से बहुत परेशान था लेकिन उसे लगा कि दूसरा कोई तरीका नहीं था। उसके शोध कार्य ने उसके अंदर भयंकर उहापोह की स्थिति पैदा कर दी थी। उसे चर्च से आध्यात्मिक सलाह की ज़रूरत थी। अपनी निजी मुलाकात में उसने आपको और पोप को बताया कि उसने एक वैज्ञानिक खोज की है जिसका गहरा धार्मिक अर्थ है। उसने साबित कर दिया था कि दुनिया की सृष्टि का धार्मिक सिद्धांत यानी जेनेसिस भौतिक रूप से सच था। और ऊर्जा का अपार स्रोत जिसे वेट्रा ईश्वर कहता था, वह सृष्टि के पल की फिर से रचना कर सकता था।'

चुप्पी।

'यह सुनकर पोप सन्न रह गए थे।' कोलर ने बोलना जारी रखा। 'वे चाहते थे कि कोलर इस बात को सार्वजनिक करे। पोप का सोचना था कि इस खोज से धर्म और विज्ञान के बीच की दूरी कम हो सकती थी। यह पोप के जीवन का सपना था। फिर लियोनार्डो ने इसके बुरे पहलू के बारे में बताया जिसकी वजह से वह चर्च की सलाह लेना चाहता था। ऐसा लगता है कि की सृष्टि के बारे में किए जाने वाले इस प्रयोग में, ठीक बाइबल में कही गई बात की तरह, हर चीज़ जोड़े में पैदा होती थी। विपरीत। प्रकाश और अंधकार। वेट्रा ने पाया कि वह पदार्थ यानी मैटर के साथ ही एंटीमैटर की भी सृष्टि कर रहा था। क्या मैं अपनी बात चालू रखूं?'

केमरलेग्नो चुप थे। वे झुक कर कोयले से राख हटाने लगे।

'लियोनार्डो वेट्रा के यहाँ आने के बाद,' कोलर ने कहा, 'आप उसका काम देखने CERN आए। लियोनार्डो की डायरी में लिखा है कि आप उसकी प्रयोगशाला में भी निजी तौर पर गए थे।'

केमरलेग्नो ने सिर उठाकर देखा।

कोलर ने बोलना जारी रखा। 'पोप की यात्रा को मीडिया की नज़रों से छुपाना संभव नहीं था, इसलिए उन्होंने आपको वहाँ भेजा। लियोनार्डो ने आपको अपनी प्रयोगशाला का गुप्त दौरा करवाया। उसने आपको एंटीमैटर के नष्ट होने का प्रयोग—बिगबैंग—दिखाया जिसमें सृष्टि करने की शक्ति का पता चलता था। उसने आपको प्रमाण के तौर पर कि उसके प्रयोग से बड़ी मात्रा में एंटीमैटर का निर्माण किया जा सकता है, एक बड़ा सा नमूना भी दिखाया जो वह हमेशा ताले के अंदर बंद रखता था। आप उसे देख कर दंग रह गए थे। रोम वापस आकर आपने पोप को बताया कि आपने क्या देखा था।'

केमरलेग्नो ने आह भरी। 'और तुम्हें किस बात से परेशानी हो रही है? कि मैं लियोनार्डो की गोपनीयता की रक्षा करने के लिए दुनिया के सामने आज की रात झूठमूठ यह कहूं कि मैं एंटीमैटर के बारे में कुछ नहीं जानता?'

'नहीं। मुझे इस बात से परेशानी हो रही है कि लियोनार्डो वेट्रा ने प्रयोग के द्वारा यह सिद्ध कर दिया कि आपके ईश्वर का अस्तित्व है। और आपने उसकी हत्या करवा दी।'

अब केमरलेग्नो मुड़े। उनके चेहरे पर कोई भाव नहीं था।

सिर्फ आग के चटकने की आवाज़ सुनाई दे रही थी।

अचानक कैमरे में हलचल हुई। फ्रेम में कोलर का हाथ दिखाई दिया। वह आगे झुका। ऐसा लगा कि वह कुर्सी के नीचे बंधे किसी चीज़ को बाहर निकालने के लिए संघर्ष कर रहा था। जब वह वापस अपनी जगह पर बैठा तो उसके हाथ में बंदूक थी। कैमरा एंगल खतरनाक लग रहा था। पीछे से दिखाता हुआ ... आगे तनी बंदूक को उसकी लंबाई में दिखाता हुआ ... जो ठीक केमरलेग्नो पर तनी थी।

कोलर ने कहा, 'अपने पापों को अब स्वीकार कीजिए, फादर, अभी।'

केमरलेग्नो सकपकाया हुआ लग रहा था। 'तुम यहाँ से ज़िंदा बचकर नहीं जा पाओगे।'

'आपके धर्म ने मुझे अपने बचपन से ही जिस यातना में डाल रखा है उससे मौत मुझे स्वागतयोग्य मुक्ति दिलाएगी।' अब कोलर ने बंदूक को दोनों हाथों से पकड़ रखा था। 'मैं आपके लिए विकल्प देता हूँ। अपने पापों को स्वीकार कर लीजिए या इसी वक्त मरने के लिए तैयार रहिए।'

केमरलेग्नो ने दरवाज़े की तरफ देखा।

'रोचर बाहर खड़ा है।' कोलर ने चुनौती दी। 'वह भी आपको मारने के लिए तैयार है।'

'रोचर ने ...की सुरक्षा करने की कसम खाई है।'

'रोचर ने मुझे हथियार के साथ अंदर आने की इजाज़त दी। वह आपके झूठ से ऊब चुका है। आपके पास बस एक विकल्प है। मेरे सामने अपने पापों को कबूल कीजिए। मुझे आपके मुँह से यह सुनना है।'

केमरलेग्नो हिचकिचाए।

कोलर ने बंदूक चलाने के लिए उसका घोड़ा तैयार कर लिया। 'क्या आपको शक है कि मैं आपकी हत्या नहीं करूंगा ?'

'भले ही मैं तुम्हें कुछ भी कहूं,' केमरलेग्नो ने कहा। 'तुम्हारे जैसे आदमी को यह बात कभी समझ में नहीं आएगी।'

'एक बार कोशिश कीजिए।'

केमरलेग्नो एक पल के लिए बिल्कुल स्थिर हो गए। आग की हल्की रोशनी में सिर्फ उनके शरीर की रूपरेखा दिखाई दे रही थी। जब वे बोल रहे थे तो उनकी बातों से अपना पाप स्वीकार करने की बजाय स्वयंसिद्ध तथ्यों को गौरवपूर्ण ढंग से दोहराना ज़ाहिर हो रहा था।

केमरलेग्नो आत्मविश्वास से भरे लग रहे थे।

'लेकिन इतिहास के प्रेत,' केमरलेग्नो ने बोलना चालू रखा, 'नफरत और आग के प्रेत थे...वे ऐसे दुश्मन थे जिनसे हम लड़ सकते थे, ऐसे दुश्मन जिनसे हमें डर लगता था। लेकिन शैतान चालाक होता है। समय बीतने के साथ उसने अपने दुष्टतापूर्ण चेहरे को बदल कर एक नया चेहरा अपना लिया...विशुद्ध तर्क का चेहरा। यह पारदर्शी पर भितरघाती था, आत्मा विहीन, एक साथ।' केमरलेग्नो की आवाज़ में अचानक गुस्सा झलकने लगा जो करीब करीब पागलपन की हद तक बदलाव दर्शा रहा था। 'मुझे बताओ मिस्टर कोलर, चर्च उस चीज़ की भर्त्सना कैसे कर सकता है जो हमारे दिमाग को तर्कपूर्ण लगता है? हम उन चीजों की आलोचना कैसे कर सकते हैं जो हमारे समाज की आधारशिला बन चुके हैं? चर्च जब भी चेतावनी के तौर पर आवाज़ उठाता है तो आप चिल्ला-चिल्ला कर हमें बेवकूफ कहने लगते हैं। विभ्रमी। नियंत्रण करने वाला। और आपका पाप बढ़ता जाता है जो आत्म—विभोर विद्वता के आवरण में ढंका रहता है। यह कैंसर की तरह फैलता जाता है जिसे टेक्नोलॉजी वाजिब ठहराने में लगी रहती है। खुद को ईश्वर के रूप में घोषित करना। जब तक हम इस बात पर संदेह करना बंद नहीं कर देते कि आप के अंदर अच्छाई ही अच्छाई है। विज्ञान ने हमें बीमारी, भूख और तकलीफ से छुटकारा दिलाया है। विज्ञान पर नज़र डालो तो यह कभी ख़त्म न होने वाले चमत्कारों का एक सिलसिला लगता है जो सर्वव्यापी और सर्वशक्तिशाली है। हथियारों और अव्यवस्था को छोड़ दो। मनुष्य को तोड़ने वाले अकेलेपन और अनंत यातना को भूल जाओ। विज्ञान तुम्हारे सामने हाजिर है!' केमरलेग्नो बंदूक की ओर बढ़ा। 'लेकिन मैंने शैतान के चेहरे की झलक देखी है...मैंने विनाश को देखा है...'

'आप क्या बात कर रहे हैं? वेट्रा के विज्ञान ने प्रयोग के द्वारा साबित कर दिया कि आपके ईश्वर का अस्तित्व है। वे आपके सहयोगी थे।'

'सहयोगी? इस मामले में विज्ञान और धर्म एक साथ नहीं हैं। हम उस ईश्वर की तलाश में नहीं है जिसकी तुम तलाश कर रहे हो। तुम और मैं! कौन है तुम्हारा ईश्वर? प्रोटोन, द्रव्यमान और धन और ऋण आवेश? तुम्हारा विज्ञान लोगों के हृदय में पहुँच कर उसे कैसे ये बताता है कि वह अपने से बड़ी किसी शक्ति के प्रति जिम्मेदार है! उसे याद दिलाओ कि वह अपने साथ के लोगों के प्रति जिम्मेदार है। वेट्रा रास्ता भटक चुका था। उसका काम धर्म से संबंधित नहीं था, यह धर्म-विरोधी था। मनुष्य ईश्वर की सृष्टि को टेस्ट—ट्यूब में डालकर दुनिया के सामने इसे शान से नहीं दिखा सकता। यह ईश्वर की

महिमा को नहीं बढ़ाता बल्कि उन्हें नीचा दिखाता है।' केमरलेग्नो अब अपने शरीर को नोच रहे थे। उनकी आवाज़ पागलों की तरह लग रही थी।

'और इसलिए आपने लियोनार्डो वेट्रा को मरवा दिया?'

'चर्च के लिए। पूरी मानवता के लिए। इसके पीछे के पागलपन को देखो। मनुष्य सृष्टि की शक्ति को अपने हाथों में धारण करने के लिए तैयार नहीं है। टेस्ट-ट्यूब में भगवान? तरल पदार्थ की एक बूंद जो पूरे शहर को धुएँ में बदल देने की ताकत रखती है? उसे रोकना आवश्यक था!'

केमरलेग्नो अचानक चुप हो गए। वे दूसरी तरफ देखने लगे, फिर से आग की ओर। लगा जैसे वे अपने विकल्पों को तौल रहे थे।

कोलर ने अपने हाथों में बंदूक को तान लिया। 'आपने अपना पाप कबूल कर लिया। अब आपके भागने का कोई रास्ता नहीं बचा है।'

केमरलेग्नो उदास ढंग से हंसे। 'तुम देख नहीं रहे कि पापों को स्वीकार करना ही इससे निकलने का रास्ता है।' वह दरवाज़े की तरफ देखने लगे। 'जब ईश्वर तुम्हारे साथ हों तो उसके विकल्पों को समझ पाना तुम्हारे जैसे इंसान के लिए कभी संभव नहीं।' ये वाक्य पूरा भी नहीं हुआ था कि केमरलेग्नो ने पादरी वाले अपने लबादे की गर्दन को पकड़ कर जोर से इसे फाड़ दिया। उनकी खुली छाती दिखाई दे रही थी।

कोलर हड़बड़ा गया। उसे धक्का लगा था। 'आप क्या कर रहे हैं?'

केमरलेग्नो ने कोई जवाब नहीं दिया। वह आग की भट्ठी की तरफ पीछे गए और दहकते अंगारों के बीच से किसी चीज़ को उन्होंने उठाया।

'रुकिए।' कोलर बोला। उसकी बंदूक अब भी सीधी तनी थी। 'आप क्या कर रहे हैं?'

केमरलेग्नो जब मुड़े तो उनके हाथ में आग में तपा हुआ लाल-लाल दहकता ब्रांड था। इल्युमिनाटी हीरा। अचानक उस व्यक्ति की आँखों में जंगलीपन दिखाई देने लगा। 'मैं यह बिल्कुल अकेले में करना चाहता था।' उनकी आवाज़ में एक आदिम तीव्रता लग रही थी। 'लेकिन अब...मुझे लगता है कि ईश्वर चाहते थे कि तुम भी यहाँ रहो...तुम्हीं मेरी मुक्ति हो।'

अब कोलर भी फ्रेम में दिखाई दे रहा था ... वह बेढंगे तरीके से अपने पैरों पर खड़ा था। उसके सामने बंदूक हवा में लहरा रही थी।

केमरलेग्नो जोर से चीखा। वह सदमे में था। उसने ब्रांड को कोलर के पैरों पर फेंक दिया। फिर पुजारी ज़मीन पर गिर गया। वह तकलीफ में तड़प रहा था।

इसके आगे जो हुआ वह बिल्कुल तेज़ गति से हुआ।

स्क्रीन पर तेज़ गतिविधि दिखाई दे रही थी। स्विस गार्ड तेजी से कमरे के अंदर घुसे। साउंड—ट्रैक में गोली चलने की आवाज़ सुनाई दे रही थी। कोलर ने अपनी छाती को

पकड़ा हुआ था, उसे गोली लगी थी, वह पीछे की तरफ लुढ़का हुआ था, ख़ून बह रहा था और वह व्हीलचेयर पर गिर रहा था।

'नहीं।' रोचर ने कहा, वह गार्डों को कोलर पर गोली चलाने से रोकना चाह रहा था।

केमरलेग्नो अब भी फर्श पर पड़े कराह रहे थे। उन्होंने करवट ली और रोचर की तरफ तेजी से उँगली दिखाते हुए कहा, 'इल्युमिनाटस।'

'हरामी।' रोचर उसकी तरफ लपका। 'मक्कार...'

चार्टरैंड ने उस पर तीन गोलियाँ दाग कर उसे वहीं ढेर कर दिया। रोचर फर्श पर लुढ़क गया।

इसके बाद गार्ड घायल केमरलेग्नो की तरफ बढ़े। वे उनके चारों तरफ जमा हो गए। इसी समय वीडियो में हतप्रभ लैंग्डन का चेहरा दिखाई दिया जो व्हीलचेयर की बगल में घुटने के बल खड़ा होकर ब्रांड को देख रहा था। तभी फ्रेम जोर जोर से हिलने लगा। कोलर को होश आ गया था और वह व्हीलचेयर के हत्थे के नीचे फंसाए हुए कैमकॉर्डर को निकालने की कोशिश कर रहा था। फिर वह कैमकॉर्डर लैंग्डन को देने की कोशिश करने लगा।

'दे देन...' कोलर की साँस उखड़ रही थी। 'इसे मीडिया को दे देना।'

फिर स्क्रीन काला हो गया।

130

केमरलेग्नो पर भय और एड्रीनलीन का असर अब कम होता जा रहा था। स्विस गार्ड जब उसे शाही सीढ़ियों से उतारकर सिस्टीन चैपल की तरफ ला रहे थे तो केमरलेग्नो को सेंट पीटर के चौराहे से गाने की आवाज़ सुनाई दी।

ईश्वर का धन्यवाद।

उसने शक्ति के लिए प्रार्थना की थी और ईश्वर ने उसे सारी ताकत दी थी। संदेह के पल में ईश्वर ने उससे वार्तालाप किया था। तुम्हारा उद्देश्य एक पवित्र मिशन है, ईश्वर ने कहा था। मैं तुम्हें ताकत दूंगा। ईश्वर की ताकत के बावजूद केमरलेग्नो को डर का अनुभव हुआ था, उसे अपने चुने रास्ते के सही होने पर संदेह हुआ था।

अगर तुम नहीं, ईश्वर ने चुनौती दी थी, तो कौन?

अगर अभी नहीं, तो कब?

अगर इस तरीके से नहीं तो फिर कैसे?

ईश्वर ने उसे याद दिलाया था कि ईसा मसीह ने सबकी रक्षा की थी ... उन्हें अपनी उदासीनता से बचाया था। दो कामों से ईसा मसीह ने उनकी आँखें खोली थी। भय और उम्मीद। सलीब पर चढ़ना और फिर पुनर्जीवित होना। उन्होंने इस दुनिया को बदल दिया था।

लेकिन इसे बीते तो कई सहस्राब्दियाँ गुजर गई। समय के साथ चमत्कार समाप्त हो गया। लोग उसे भूल गए। वे अब झूठे देवताओं को पूज रहे थे—तकनीक के देवताओं को और मन के चमत्कारों को। *लेकिन हृदय के चमत्कार?*

केमरलेग्नो ने बारंबार ईश्वर से प्रार्थना की थी वह उसे लोगों को फिर से विश्वास करने का रास्ता दिखाए। लेकिन ईश्वर चुप रहे थे। केमरलेग्नो की ज़िंदगी के गहनतम अंधेरे वक्त में ही ईश्वर उसके पास आए थे। *ओह, कितनी भयावह थी वो रात!*

केमरलेग्नो को अब भी याद था कि वह किस तरह फटे-पुराने कपड़े पहने फर्श पर लेटा हुआ था और अपना मांस कुरेद कर अपनी आत्मा को उस तकलीफ से मुक्ति दिलाना चाहता था जिसके बारे में उसे अभी अभी पता चला था। *ऐसा नहीं हो सकता।* वह जोर से चिल्लाया था। लेकिन वह जानता था कि यह सच है। उसका हृदय इस धोखे से नर्क की आग की तरह जल रहा था। जिस बिशप ने उसे अपने यहाँ शरण दी थी, जो उसके पिता के समान था, पोप बनने के दौरान जिस धार्मिक पुजारी का उसने हमेशा साथ दिया था वह धोखेबाज इंसान था। साधारण लोगों की तरह पापी। वह अपनी इतनी बड़ी धोखाधड़ी के बारे में दुनिया भर से झूठ बोल रहे थे कि ईश्वर भी उन्हें माफ नहीं करते। 'आपका शपथ।' केमरलेग्नो ने पोप पर चिल्लाते हुए कहा था। 'आपने ईश्वर के सामने लिए गए अपने शपथ को तोड़ा है। आप, सब लोगों में आप ने!'

पोप ने अपना पक्ष रखने की कोशिश की थी। लेकिन केमरलेग्नो उनकी बात नहीं सुन पाया। वह दौड़ कर बाहर चला गया। हॉलवे में लड़खड़ाता, उल्टी करता, अपना शरीर नोचता। वह तब तक ऐसा करता रहा जब तक वह सेंट पीटर के मकबरे के सामने ठंडी ज़मीन पर अकेला जाकर नहीं लेट गया। *मदर मेरी, मैं क्या करूं?* दर्द और धोखे के उसी क्षण में अंदर से टूटा हुआ, नेक्रोपोलिस में लेटा केमरलेग्नो जब ईश्वर को उसे इस आस्था विहीन दुनिया से वापस बुलाने की प्रार्थना कर रहा था तभी ईश्वर उसके सामने प्रकट हुए।

उसके दिमाग़ में एक आवाज़ मेघ की तरह गड़गड़ा रही थी। 'क्या तुमने अपने ईश्वर की सेवा का व्रत लिया है?'

'हाँ।' केमरलेग्नो रोते हुए बोला।

'क्या तुम अपने ईश्वर के लिए जान देने को तैयार हो?'

'हाँ। अभी ले चलिए मुझे इस दुनिया से।'

'क्या तुम अपने चर्च के लिए मरने को तैयार हो?'

'हाँ, मुझे मुक्ति दिलाइए।'

'लेकिन क्या तुम... मानवता के लिए मरने को तैयार हो?'

इसके बाद जो चुप्पी छाई उसमें केमरलेग्नो को लगा जैसे वह एक गहरी खाई में गिरता जा रहा था। वह तेजी से, और भी ज़्यादा तेजी से गिरता जा रहा था। उसका अपने ऊपर कोई नियंत्रण नहीं रह गया था। फिर भी उसे जवाब मालूम था। उसे जवाब हमेशा से पता था।

'हाँ!' वह पागलों की तरह चिल्लाया।' मैं मनुष्य के लिए मरूंगा। तुम्हारे पुत्र की तरह, मैं उनके लिए मरूंगा।'

केमरलेग्नो वहीं फर्श पर कई घंटों तक लेटा कराहता रहा। उसे अपनी माँ का चेहरा दिखाई दिया। *ईश्वर ने तुम्हारे लिए कुछ योजना बनाई है,* वह बोल रही थी। केमरलेग्नो इस पागलपन में और भी धंसता जा रहा था। एक बार फिर ईश्वर ने उससे कुछ कहा। इस बार चुप्पी की मदद से। लेकिन केमरलेग्नो समझ गया। *उनकी आस्था वापस लाओ।*

अगर मैं नहीं तो...फिर कौन?

अगर अभी नहीं तो...फिर कब?

गार्डों ने जब सिस्टीन चैपल के दरवाज़े खोले तो केमरलेग्नो कार्लो वेंट्रेस्का को लगा कि उसकी नसों में शक्ति का प्रवाह हो रहा है...ठीक वैसे ही जब वह छोटा था। ईश्वर ने उसे चुना था। बहुत पहले।

उसकी इच्छा का पालन होगा।

केमरलेग्नो को लगा जैसे उसका पुनर्जन्म हुआ था। स्विस गार्डों ने उसकी छाती पर पट्टी लगा दी थी, उसे नहलाया था और उसे ताजा सफेद वर्दी पहनाई थी। उन्होंने जलन कम करने के लिए उसे मॉर्फिन की सुई भी दी थी। केमरलेग्नो चाहते थे कि उन्हें दर्द कम करने वाली दवाइयाँ न दी जाएं। *ईसा मसीह ने सलीब पर लटके हुए तीन दिन तक दर्द सहा था।* वे महसूस कर रहे थे कि दवाइयों के कारण उनकी ज्ञानेंद्रियाँ शिथिल हो रही थी। उसे अजीब सी अनुभूति हो रही थी।

चैपेल में घुसने के बाद उन्होंने देखा कि कार्डिनल उनकी तरफ अपलक देख रहे हैं। इससे उन्हें कोई आश्चर्य नहीं हुआ। वे ईश्वर के सामने अभिभूत हैं, उसने खुद को याद दिलाया। मुझसे नहीं, बल्कि जिस तरह मेरे माध्यम से ईश्वर काम कर रहे हैं उससे। वे जब बीच वाले गलियारे से गुजर रहे थे तो उन्हें लगा कि हर चेहरे पर एक घबराहट दिखाई दे रही थी। इसके बावजूद हर नए चेहरे के पास से गुजरते हुए उन्हें लग रहा था कि उनकी आँखों में कुछ दूसरी बात चल रही थी। कौन सी बात? केमरलेग्नो ने पहले ही कल्पना की थी कि वे लोग उसका किस तरह स्वागत करेंगे। खुशी से? आदरपूर्वक? उन्होंने उनकी आँखों को पढ़ना चाहा लेकिन उनमें ये दोनों भाव नहीं दिख रहे थे।

तभी केमरलेग्नो ने वेदी की तरफ देखा और उसे रॉबर्ट लैंग्डन दिखाई पड़ा।

131

केमरलेग्नो कार्लो वेंट्रेस्का सिस्टीन चैपल के अंदर लगी बेंचों के बीच वाली जगह में खड़े थे। चर्च के सामने वाले भाग में खड़े सभी कार्डिनल उसकी तरफ मुड़ कर

देखने लगे। रॉबर्ट लैंग्डन वेदी के पास था। उसके बगल में रखा टेलीविजन एक ही दृश्य को बार बार दोहरा रहा था। केमरलेग्नो उस दृश्य को जानते थे लेकिन वे समझ नहीं पा रहे थे कि यह हुआ कैसे। विट्टोरिया वेट्रा लैंग्डन के साथ खड़ी थी। उसका चेहरा तना हुआ था।

केमरलेग्नो ने एक पल के लिए अपनी आँखें मूंद ली। उसे उम्मीद थी कि शायद मॉर्फिन की सूई के असर में उसे कुछ ऊलजलूल नज़र आ रहा था। उसने आँख खोली। उसे उम्मीद थी कि नजारा बदला गया होगा। लेकिन ऐसा नहीं हुआ।

उन्हें पता चल गया था।

अजीब सी बात थी कि उसे डर नहीं लग रहा था। *मुझे रास्ता दिखाओ, पिता। मुझे वे शब्द दो कि मैं उन्हें सही नज़रिया दे पाऊं।*

लेकिन केमरलेग्नो को कोई जवाब नहीं मिला।

पिता, हम दोनों साथ-साथ इतनी दूर आ चुके हैं कि अब हम नाकामयाब नहीं हो सकते।

चुप्पी।

वे नहीं समझ रहे कि हमने क्या किया है।

केमरलेग्नो को पता नहीं चल रहा था कि वह अपने दिमाग़ में किसकी आवाज़ सुन रहा था, लेकिन संदेश बहुत गंभीर था।

और सच्चाई तुम्हें मुक्ति का रास्ता दिखाएगी...

और इस तरह अपना सर ऊँचा किए केमरलेग्नो कार्लो वेंट्रेस्का सिस्टीन चैपल के अंदर आगे की तरफ बढ़ रहे थे। वे जब कार्डिनलों की तरफ बढ़ रहे थे तो वहाँ फैली मोमबत्ती की मद्धिम रोशनी भी उनकी बेधने वाली नज़रों की तीव्रता को कम नहीं कर पा रही थी। वे चेहरे जैसे कह रहे थे, *अपनी सफाई पेश करो। इस पागलपन से कुछ अर्थ निकालो। हमें बताओ कि हमारा डर गलत है।*

सत्य, केमरलेग्नो ने खुद से कहा। *केवल सत्य।* इन दीवारों में बहुत सारे रहस्य हैं ... एक तो इतना बुरा कि उसने उसे पागलपन की हद तक धकेल दिया था। लेकिन पागलपन से ही रोशनी निकली थी।

'क्या आप लाखों लोगों को बचाने के लिए अपनी आत्मा का सौदा कर सकते हैं?' केमरलेग्नो बीच के गलियारे से गुजरते हुए कह रहे थे। 'करेंगे?'

चैपेल में मौजूद चेहरे बस उसे घूर रहे थे। सब स्थिर थे। सब चुप। दीवारों के उस पार चौराहे पर गाने की आनंददायक धुन सुनाई दे रही थी।

केमरलेग्नो चलकर उनकी तरफ आए। 'कौन सा पाप बड़ा है? अपने दुश्मनों की हत्या? या अपने सच्चे प्यार की हत्या होते हुए चुपचाप देखना? *वे सेंट पीटर के चौराहे पर गा रहे हैं।* केमरलेग्नो एक क्षण के लिए रुके और सिस्टीन गिरजाघर के छत की तरफ

देखने लगे। अंधेर वॉल्ट से माइकेल एंजेलो का भगवान नीचे देख रहा था और वे खुश नज़र आ रहे थे।

'मैं अब और चुप नहीं रह सकता था।' केमरलेग्नो ने कहा। फिर भी, वह जैसे जैसे नजदीक आ रहे थे उन्हें लोगों की आँखों में उनकी बात समझने की रोशनी नहीं दिखाई दे रही थी। क्या वे लोग उसके काम की चमकदार सादगी को नहीं देख पा रहे थे? क्या वे इसकी ज़रूरत का अनुभव नहीं कर पा रहे थे?

कितना पवित्र था यह सब।

इल्युमिनाटी। विज्ञान और शैतान मिलकर एक।

प्राचीन भय को जगाओ। फिर इसे कुचल दो।

भय और आशा। उन्हें फिर से आस्था के रास्ते पर लाओ।

आज की रात इल्युमिनाटी की शक्ति फिर से प्रकट हुई है...और इसके शानदार परिणाम रहे हैं। लोगों की उदासीनता काफूर हो गई है। पूरी दुनिया में बिजली की तरह भय व्याप्त हो गया और उसने लोगों को एकता के सूत्र में बांध दिया। ईश्वर की महिमा ने अंधकार को हरा दिया।

मैं इसे चुप होकर नहीं देखता रह सकता था!

यह प्रेरणा ईश्वर की अपनी प्रेरणा थी। केमरलेग्नो की व्यथा की इस रात में यह प्रकाश स्तंभ की तरह आयी थी। ओह, आस्था विहीन दुनिया। किसी न किसी को तो इसे मुक्ति दिलानी ही होगी। तुम। तुम नहीं तो और कौन? तुम्हें किसी उद्देश्य के लिए बचाया गया है। उन्हें पुराने राक्षसों को दिखाओ। उन्हें अपने भय की याद दिलाओ। उदासीनता मृत्यु के बराबर है। अंधकार के बिना प्रकाश नहीं। पाप के बिना अच्छाई नहीं होती। उन्हें चुनाव करने दो। अंधकार या प्रकाश। कहाँ है डर? हमारे हीरो कहाँ हैं? अभी नहीं तो कब?

केमरलेग्नो बीच वाले गलियारे से सीधा वहाँ खड़े कार्डिनलों की तरफ जाने लगा। उसे लगा जैसे वह मूसा हो और उसके सामने लाल पट्टे और टोपियाँ आगे से हटकर उसे रास्ता दे रही हों। वेदी के ऊपर, रॉबर्ट लैंग्डन ने टेलीविजन बंद कर दिया। विट्टोरिया का हाथ पकड़ कर वह वेदी से उतर गया। रॉबर्ट लैंग्डन ज़िंदा था, केमरलेग्नो सोच रहे थे, यह ईश्वर की ही इच्छा हो सकती थी। ईश्वर ने लैंग्डन की जान बचा ली। लेकिन क्यों? केमरलेग्नो को ये बात समझ में नहीं आ रही थी।

इस चुप्पी को सिस्टीन गिरजाघर में मौजूद अकेली औरत की आवाज़ ने तोड़ा। 'तुमने मेरा पिता की हत्या की?' वह आगे बढ़कर बोली।

केमरलेग्नो जब विट्टोरिया की तरफ मुड़े तो उसके चेहरे पर दिखाई दे रहे भाव को वह ठीक से समझ नहीं पाए—दुख, हाँ, लेकिन गुस्सा? बेशक उसे समझ में आना चाहिए। उसके पिता की प्रतिभा जानलेवा थी। उसे रोकना ज़रूरी था। मानवता की भलाई के लिए।

'वह ईश्वर का काम कर रहे थे।' विट्टोरिया बोली।

'ईश्वर का काम प्रयोगशाला में नहीं किया जाता। ये दिलों में किया जाता है।'

'मेरा पिता का हृदय पवित्र था! और उन्होंने अपने शोध कार्य से साबित किया था कि...'

'कि मानव मस्तिष्क उसकी आत्मा की अपेक्षा अधिक तेजी से विकसित हो रहा था।' केमरलेग्नो की आवाज़ अपेक्षा से अधिक तेज़ थी। उन्होंने अपनी आवाज़ नीची कर ली। 'अगर तुम्हारे पिता के जैसे आध्यात्मिक व्यक्ति ऐसा हथियार बना सकते थे जैसा हमने आज की रात देखा तो कल्पना करो कि साधारण लोग टेक्नोलॉजी के साथ क्या करेंगे'

'तुम्हारे जैसे लोग?'

केमरलेग्नो ने गहरी साँस ली। क्या उसे दिखाई नहीं दिया? मनुष्य की नैतिकता उस तेजी से आगे नहीं बढ़ रही है जिस तेजी से उसका विज्ञान। उसके पास जितनी शक्तियाँ हैं उसके लिए वह नैतिक रूप से उतना विकसित नहीं हो पाया है। हमने आज तक कोई ऐसा हथियार नहीं बनाया जिसका इस्तेमाल नहीं हुआ है। इसके बावजूद, उन्हें पता था कि एंटीमैटर कुछ भी नहीं था—भयानक हथियारों के जखीरे में एक और हथियार। मनुष्य के पास अब भी विनाश की शक्ति है। मनुष्य ने हत्या करना बहुत पहले सीख लिया है। *और उसकी माँ का ख़ून बरसने लगा।* लियोनार्डो वेट्रा की मेधा एक और कारण से खतरनाक थी।

'सदियों से,' केमरलेग्नो ने कहा, 'विज्ञान धर्म को आहिस्ता-आहिस्ता नष्ट करता रहा लेकिन चर्च चुपचाप इसे देखता रहा। वह चमत्कारों को झूठा साबित करता रहा। मस्तिष्क को हृदय पर विजय प्राप्त करने का प्रशिक्षण देता रहा। धर्म को लोगों की अफीम बताता रहा। वे ईश्वर को मन का वहम कह कर खारिज करते हैं—उन लोगों के लिए एक तरह की मानसिक भ्रांति जो जीवन की निरर्थकता को स्वीकार करने की ताकत नहीं रखते। विज्ञान ईश्वर की शक्ति को हासिल करने का दावा करता और मैं चुपचाप बैठा रहता, ऐसा संभव नहीं था। तुम प्रमाण मांगते हो। हाँ, विज्ञान का प्रमाण अज्ञान में है। इसे मानने में क्या परेशानी है कि हमारी समझ से परे भी किसी चीज़ का अस्तित्व है? जिस दिन विज्ञान प्रयोगशाला में ईश्वर का प्रमाण प्रस्तुत कर देगा उसी दिन लोगों के लिए आस्था और विश्वास की ज़रूरत ख़त्म हो जाएगी।'

'आपके कहने का मतलब है लोगों को चर्च की ज़रूरत नहीं रह जाएगी।' विट्टोरिया ने केमरलेग्नो की तरफ बढ़ते हुए उसे चुनौती दी। 'संदेह आपके नियंत्रण का अंतिम हथियार है। संदेह के कारण ही लोग आपकी तरफ आते हैं। ज़िंदगी के अर्थ को समझने की हमारी जरूरत। मनुष्य के अंदर असुरक्षा की भावना और किसी ज्ञानी व्यक्ति से यह आश्वासन कि हर चीज़ एक महान योजना का एक अंश है। लेकिन इस धरती पर केवल

चर्च ही एक प्रकाशमान, ज्ञानपुंज केंद्र नहीं है। हम सभी ईश्वर की खोज अलग-अलग तरीकों से करते हैं। आप को किस बात का डर है? क्या आप डरते हैं कि ईश्वर इन दीवारों के बाहर किसी दूसरी जगह पर भी दर्शन दे सकते हैं? कि लोग ईश्वर को अपनी ज़िंदगी के अंदर ढूँढ़ लेंगे और आपके पुराने पड़ चुके आडंबरों को पीछे छोड़ देंगे? धर्म भी विकसित होते हैं। मस्तिष्क अपने लिए जवाब ढूँढ़ता है, हृदय नए सत्यों से संघर्ष करता है। मेरा पिता वही तलाश कर रहे थे जो आप कर रहे हैं। दोनों एक दूसरे के समांतर रास्ते हैं। आप इसे क्यों नहीं देख पाए? ईश्वर आसमान से नीचे देखने वाली कोई सर्वशक्तिमान सत्ता नहीं है जिसकी आज्ञा नहीं मानने पर वे हमें आग की खाई में फेंक देने की धमकी देते हैं। ईश्वर वह शक्ति है जो हमारे मस्तिष्क की तंत्रिकाओं के बीच ऊर्जा के रूप में प्रवाहित होते रहते हैं और हमारे दिल के प्रकोष्ठों के बीच भी। ईश्वर हर चीज़ में हैं।'

'विज्ञान के सिवा।' केमरलेग्नो ने पलटते ही जवाब दिया। उनकी आँखों में सिर्फ दया दिखाई दे रही थी। 'विज्ञान अपनी परिभाषा से आत्मा विहीन होता है। उसे हृदय से कुछ लेना देना नहीं होता। एंटीमैटर जैसे बौद्धिक चमत्कार इस दुनिया में बिना किसी नैतिक निर्देश के आते हैं। यह अपने आप में विनाशकारी है। लेकिन जब विज्ञान अपने ईश्वर—विहीन कार्यों को प्रकाशित पथ बताता है तो? जिन प्रश्नों का कोई उत्तर नहीं उनके बारे में जब वह जवाब बताने का दावा करता है तो? उन्होंने अपना सिर हिलाया, 'नहीं।'

एक पल के लिए वहाँ चुप्पी छा गई। अचानक केमरलेग्नो को थकान का अनुभव होने लगा। विट्टोरिया उन्हें लगातार घूर रही थी। इसे इस तरह नहीं होना था। *क्या यह ईश्वर के द्वारा ली जा रही अंतिम परीक्षा है?*

मोर्टाटी ने चुप्पी तोड़ी। 'चुने हुए लोग,' उसने घबड़ायी हुई फुसफुसाहट में कहा, 'बैजिया और दूसरे लोग। तुम लोगों को बताओ कि तुमने उन्हें नहीं...'

केमरलेग्नो उनकी ओऱ मुड़े। उनकी आवाज़ में दर्द से वह आश्चर्यचकित थे। बेशक मोर्टाटी समझ रहे होंगे। सुर्खियों में हर रोज विज्ञान के चमत्कार की ख़बर होती है। धर्म के लिए ऐसा कब हुआ था? सदियों पहले? धर्म को चमत्कार की ज़रूरत थी। सोई हुई दुनिया को जगाने के लिए। उन्हें अच्छे कर्मों के रास्ते पर वापस लाने के लिए। आस्था को स्थापित करने के लिए। चुने हुए कार्डिनल वैसे भी नेतृत्व करने वाले लोग नहीं थे। वे बदलाव करने वाले लोग थे—उदारवादी लोग जो पुराने तौर तरीकों को छोड़कर नयी दुनिया को गले लगाने के लिए तैयार थे। बस यही रास्ता बचा था। एक नया नेता। युवा। शक्तिशाली। चमत्कारपूर्ण और गतिशील। चुनिंदा कार्डिनलों, प्रेफेराटी ने मर कर चर्च की अधिक उपयोगी ढंग से सेवा की जितना कि वे ज़िंदा रहकर कर पाते। भय और आशा। चार लोगों की कीमत पर लाखों लोगों को बचाना। दुनिया उन्हें हमेशा शहीदों की तरह याद करेगी। चर्च उनके नाम पर शानदार श्रद्धांजलियाँ अर्पित करेगा। कितने हज़ार लोग ईश्वर के नाम पर शहीद हुए हैं? बस चार।

'प्रेफराटी।' मोर्टारी ने दोहराया।

'मैं उनकी तकलीफ में शरीक था।' केमरलेग्नो ने अपना बचाव किया। उसने अपनी छाती की तरफ इशारा किया। 'और मैं भी ईश्वर के नाम पर मरूंगा लेकिन मेरा काम तो बस शुरू हुआ है। वे सेंट पीटर के चौराहे पर गा रहे हैं।'

केमरलेग्नो को मोर्टाटी की आँखों में भय की छाया दिखाई दे रही थी और वह फिर दुविधा में पड़ गया था। क्या मॉर्फिन के कारण ऐसा हो रहा था? मोर्टाटी उसकी तरफ इस तरह देख रहा था जैसे उसी ने अपने हाथों से उन चारों कार्डिनलों की हत्या की हो। *मैं ईश्वर के लिए यह भी कर सकता हूँ*, केमरलेग्नो ने सोचा, लेकिन उसने ऐसा नहीं किया। ये काम हैसेसिन ने किया था, एक विधर्मी आत्मा जिसे धोखे से यह सोचने के लिए मजबूर किया गया था कि वह इल्युमिनाटी के लिए काम कर रहा था। *मैं ही जानुस हूँ*, केमरलेग्नो ने उसे बताया था। मैं अपनी ताकत साबित करुंगा। और उसने किया। हैसेसिन की नफरत के कारण वह ईश्वर का प्यादा बन गया।

'गाने को सुनो।' केमरलेग्नो ने कहा। वह मुस्कुरा रहा था। उसके दिल में खुशी थी। 'पापी सामने हो तो दिलों का मिलना सबसे सरल होता है। चर्च को जला दो और पूरा समुदाय एक दूसरे का हाथ पकड़े, प्रतिरोध का गीत गाते हुए एक साथ खड़ा हो जाता है, चर्च को फिर से बनाने लगता है। देखो वे आज की रात किस तरह जमा हुए हैं। भय ने उन्हें एक साथ लाकर खड़ा कर दिया है। आधुनिक लोगों के लिए नए राक्षसों को खड़ा करो। उदासीनता ख़त्म हो गई है। उन्हें शैतान का चेहरा दिखाओ कि शैतान की पूजा करने वाले लोग हमारे बीच छुपे बैठे हैं, वे हमारी सरकारें चला रहे हैं, हमारे बैंक, स्कूल और वे हमारे ईश्वर के घर को ही अपने दिग्भ्रमित विज्ञान की मदद से नष्ट करना चाहते हैं। अनैतिकता बहुत गहराई में काम करती है। मनुष्य को सावधान रहना चाहिए। अच्छाई की तलाश करो। अच्छाई बनो।'

लोगों की चुप्पी को देखकर उसे ऐसा लगा जैसे वे उसकी बात को समझ रहे हैं। इल्युमिनाटी फिर से प्रकट नहीं हुए थे। इल्युमिनाटी तो कब के ख़त्म हो चुके थे। बस उनका मिथक ज़िंदा था। केमरलेग्नो ने बस याद दिलाने के लिए इल्युमिनाटी को फिर से सामने लाया था। जो लोग इल्युमिनाटी के इतिहास को जानते थे वे उसके पाप को अपने अंदर जी सकते थे। जो उन्हें नहीं जानते थे उन्हें अब इसके बारे में पता चल गया था और उन्हें हैरत हो रही थी कि वे कितने अंधे थे। प्राचीन काल के राक्षसों को उदासीन दुनिया की उदासीनता समाप्त करने के लिए इस्तेमाल किया गया था।

'लेकिन...वे ब्रांड...' मोर्टाटी की आवाज़ गुस्से के कारण कठोर हो गई थी।

केमरलेग्नो ने कोई जवाब नहीं दिया। मोर्टाटी को यह जानने का कोई तरीका नहीं था लेकिन इन ब्रांडों को एक सदी से पहले चर्च ने जब्त कर लिया था। उन्हें तालों के अंदर रखा गया था। पोप की निजी अलमारी, में बोर्जिया अपार्टमेंट के भीतर कहीं अंदर, वॉल्ट

में रखे इन ब्रांडों को लोग भूल गए थे, उन पर धूल जम गई थी। पोप की अलमारी में उन वस्तुओं को रखा जाता था जिन्हें लोगों के देखने की दृष्टि से चर्च बहुत खतरनाक मानता था। हाँ, पोप उन्हें देख सकते थे।

वे उन चीजों को छुपा कर क्यों रखते थे जिनसे लोगों को भय होता था? डर लोगों को ईश्वर के पास लाता है।

इस वॉल्ट की चाबी पोप अपने बाद वाले पोप को सौंपते थे। केमरलेग्नो कार्लो वेंट्रेस्का ने इस चाबी को चुरा लिया था और उसने अंदर झांक कर देखा था। इस वॉल्ट में रखी चीजों के बारे में तरह तरह की कहानियाँ प्रचलित थी—बाइबल की वे चौदह अप्रकाशित मूल पांडुलिपियाँ जिन्हें एपोक्राइफा कहते हैं, फातिमा की तीसरी भविष्यवाणी क्योंकि उसकी पहली दो भविष्यवाणियाँ सही साबित हो चुकी हैं और तीसरी इतनी भयानक है कि चर्च उसे कभी बाहर नहीं आने देगा। इसके अलावा, केमरलेग्नो को वहाँ इल्युमिनाटी से संबंधित चीजें भी मिली थी—वे सभी रहस्य जिनके बारे में चर्च को पता चला था जब उन्होंने इस समुदाय को रोम से भगाने में सफलता प्राप्त कर ली थी। उनका घृणित पाथ ऑफ इल्यूमिनेशन। वेटिकन के मुख्य कलाकार बर्निनी की धूर्ततापूर्ण चालबाजियाँ ... वेटिकन के ही कैसल सेंट एंजेलो में दुनिया भर के विशिष्ट वैज्ञानिकों का मिलना। इसके अंदर एक षटकोणीय डिब्बा भी था जिसमें लोहे के ब्रांड रखे थे जिनमें मिथकीय इल्युमिनाटी हीरा भी शामिल था। यह वेटिकन के इतिहास का वह हिस्सा था जिसे पुराने जमाने में लोग भुला देना ही बेहतर समझते थे। लेकिन केमरलेग्नो इस बात से असहमत था।

'लेकिन एंटीमैटर...' विट्टोरिया ने जानना चाहा। 'आपने वेटिकन को नष्ट करने का ख़तरा उठाया।'

'जब ईश्वर तुम्हारे साथ हों तो कैसा ख़तरा।' केमरलेग्नो ने कहा। 'यह उनका काम था।'

'तुम पागल हो।' वह गुस्से में आगबबूला हो रही थी।

'लाखों लोगों की जान बच गई।'

'लोग मारे गए।'

'आत्माओं की रक्षा हुई।'

'यह बात मेरे पिता और मैक्स कोलर को बताओ।'

'CERN की उद्दंडता को सबके सामने लाना ज़रूरी था। तरल पदार्थ की एक बूंद जो आधे मील के अंदर हर चीज़ को धुएँ में बदल देगी? और तुम मुझे पागल कह रही हो।' केमरलेग्नो को अंदर से तेज़ गुस्सा आ रहा था। क्या उनको लग रहा है कि मैं बस एक मामूली सा सहायक हूँ? 'जो लोग विश्वास करते हैं उनकी ईश्वर बड़ी बड़ी परीक्षा लेते हैं। ईश्वर ने अब्राहम को अपने बच्चे की बलि चढ़ाने को कहा। ईश्वर ने ईसा मसीह को सूली पर लटकने के लिए कहा। और इसलिए हम सलीब के निशान

को अपनी आँखों के सामने रखते हैं—क्रूर, तकलीफदेह जो हमें आसुरी शक्तियों की याद दिलाता रहता है। अपने हृदय को सदा सावधान रखने के लिए। ईसा मसीह के शरीर पर बने घाव के निशान अंधकार की शक्तियों के बारे में हमें हमेशा आगाह करते रहते हैं। मेरे घाव भी यही कर रहे हैं। आसुरी शक्तियाँ ज़िंदा रहती हैं लेकिन ईश्वर की शक्ति अंततः विजयी होती है!'

उसके जोर जोर से बोलने की आवाज़ सिस्टीन गिरजाघर के पीछे की दीवार से टकरा रही थी। फिर वहाँ चुप्पी छा गई। वक्त जैसे रुक गया। माइकेल एंजेलो का लास्ट जजमेंट उसके पीछे अपशगुण की तरह खड़ा था...ईसा मसीह पापियों को नर्क की आग में फेंक रहे थे। मोर्टाटी की आँखों में आँसू भर आया।

'तुमने ये क्या किया, कार्लो।' मोर्टाटी ने बहुत ही धीमी आवाज़ में पूछा। उन्होंने अपनी आँखें बंद कर ली और आँसू छलक गए। 'हिज, होलीनेस।'

वहाँ जमा लोगों के मुँह से एक साथ आह निकल आयी जैसे कमरे के अंदर सभी लोग उस समय तक भूले हुए थे कि पोप को ज़हर दिया गया था।

'दुष्ट झूठा इंसान।' केमरलेग्नो ने कहा।

मोर्टाटी स्तब्ध था। 'तुम क्या कह रहे हो? वे ईमानदार थे। वे...तुम्हें प्यार करते थे।'

'और मैं उन्हें।' उफ, मैं उन्हें कितना प्यार करता था। लेकिन ऐसा धोखा। ईश्वर के प्रति दिए गए शपथ को तोड़ना।'

केमरलेग्नो जानता था कि वे अभी इस बात को नहीं समझ रहे थे लेकिन वे समझ जाएंगे। जब वह उन्हें बताएगा तो वे जान जाएंगे। महानुभाव पोप इस चर्च के इतिहास में सबसे घृणित मक्कार व्यक्ति थे। केमरलेग्नो को आज भी वो भयानक रात याद थी। वह CERN की यात्रा से वापस आया था। उसके पास वेट्रा के जेनेसिस और एंटीमैटर की भयानक शक्ति के बारे में जानकारी थी। केमरलेग्नो को पूरा यकीन था कि पोप इस के भयंकर दुष्परिणामों को समझेंगे लेकिन उन्हें वेट्रा की खोज में सिर्फ उम्मीद की किरण दिखाई दी। उन्होंने तो यहाँ तक सलाह दी कि वेटिकन को वेट्रा के काम में अध्यात्ममूलक वैज्ञानिक शोध के प्रति अपनी सदिच्छा दिखाने के लिए आर्थिक सहयोग करना चाहिए।

पागलपन। चर्च ऐसे शोध के लिए सहयोग करेगा जो चर्च के अस्तित्व को ही अर्थहीन बनाने वाला है? ऐसा काम जो व्यापक विनाश का हथियार तैयार कर रहा है? बम जिसने उसकी माँ की हत्या की...

'लेकिन...आप ऐसा नहीं कर सकते।' केमरलेग्नो ने आश्चर्य से भर कर कहा था।

'मैं विज्ञान का ऋणी हूँ।' पोप ने जवाब दिया था। 'एक ऐसी चीज़ जिसे मैंने ज़िंदगी भर छुपा कर रखा है। मैं जब छोटा था तो विज्ञान ने मुझे एक उपहार दिया था जिसे मैं कभी भुला नहीं सकता।'

'मैं नहीं समझ पा रहा कि भगवान के व्यक्ति को विज्ञान कैसा उपहार दे सकता है।'

'यह थोड़ी उलझी हुई बात है।' पोप ने कहा था। 'मुझे इसे समझाने के लिए समय चाहिए होगा। लेकिन सबसे पहले मेरे बारे में एक तथ्य है जिसे तुम्हें जानना चाहिए जिसे मैंने इतने दिनों से गोपनीय रखा है। मुझे लगता हैं कि वक्त आ गया है जब मैं तुम्हें उसके बारे में बता दूं।'

इसके बाद पोप ने उसे चौंकाने वाली बात बताई थी।

132

केमरलेग्नो सेंट पीटर की कब्र के पास ज़मीन पर गठरी की तरह लेटा हुआ था। नेक्रोपोलिस में ठंड थी लेकिन इससे उसके घावों से बह रहे ख़ून को जमने में मदद मिल रही थी जिसे उसने खुद अपना शरीर नोच कर बनाया था। महामहिम पोप उसे यहाँ नहीं ढूँढ़ पाएंगे। यहाँ उसे कोई नहीं ढूँढ़ पाएगा...

'यह पेचीदा बात है।' पोप की आवाज़ उसके कानों में गूंज रही थी। 'मुझे तुम्हें समझाने में वक्त लगेगा...'

मगर केमरलेग्नो जानता था कि चाहे जितना वक्त लगे ये बात उसे कोई नहीं समझा सकता था।

झूठे! मैंने तुम पर यकीन किया। ईश्वर ने तुम पर यकीन किया!

अपने एक वाक्य से पोप ने केमरलेग्नो की दुनिया को तहस नहस कर दिया था। केमरलेग्नो अपने पथ-प्रदर्शक के बारे में पहले जो कुछ भी सोचता था आज वो सब उसकी आँखों के सामने चकनाचूर हो चुका था। इस सत्य ने केमरलेग्नो के हृदय के ऊपर इतना बड़ा आघात किया था। वह लड़खड़ाते हुए पोप के दफ्तर की तरफ जा रहा था तो हॉलवे में उसे उल्टी हो गई।

'रुको।' पोप ने तेज़ आवाज़ में उसके पीछे दौड़ते हुए कहा था। 'मुझे अपनी बात समझाने दो।'

लेकिन केमरलेग्नो दौड़ कर चला गया। महामहिम पोप उससे और अधिक बर्दाश्त करने की उम्मीद कैसे रख सकते थे? उफ, कितना दुखदायी और घिनौना था ये सब। अगर किसी दूसरे को पता चल गया तो? चर्च को होने वाली अपवित्रता के बारे में सोचो। क्या पोप ने जो पवित्र शपथ ली है उसका कोई मूल्य नहीं है?

उस पर पागलपन बहुत तेजी से सवार हुआ, उसके कानों में चीखता हुआ, जब तक कि वह सेंट पीटर की कब्र के पास जगा नहीं। इसके बाद ईश्वर उसके पास इस भयंकरता के साथ उपस्थित हुए थे।

तुम्हारा ईश्वर बदला लेने वाला ईश्वर है।

उन दोनों ने साथ मिलकर योजना बनाई। वे दोनों मिलकर चर्च की रक्षा करेंगे। वे दोनों मिलकर इस आस्थाहीन दुनिया में आस्था को फिर से स्थापित करेंगे। दुष्टता की शक्तियाँ हर तरफ थी और फिर भी दुनिया पर इसका कोई असर नहीं हो रहा था। वे दोनों मिलकर इस अंधकार को दुनिया के सामने लाएंगे...और ईश्वर पर विजय हासिल करेंगे। भय और उम्मीद। फिर दुनिया को विश्वास हो जाएगा!

ईश्वर की पहली परीक्षा केमरलेग्नो के अनुमान से कम भयानक थी। पोप के शयन कक्ष में चुपचाप घुसकर ...सीरिंज में दवा भरना ... धोखा देने वाले इंसान का मुँह बंद करना, जब तक कि वह तड़प-तड़प कर मर न जाए। चांद की रोशनी में केमरलेग्नो को लगा था जैसे पोप की पथराई आँखें कुछ कह रही थी।

लेकिन तब तक देर हो चुकी थी।

पोप को जितना कहना था वो उतना कह चुके थे।

133

'पोप एक बच्चे के बाप थे।'

सिस्टीन चैपल के अंदर बोलते हुए केमरलेग्नो की आवाज़ बिल्कुल स्थिर थी। एक चौकाने वाली बात को बता रहे छः शब्द। ऐसा लगा जैसे वहाँ जमा सभी लोग एक साथ धक्का खाकर पीछे हट गए हों। आरोप लगा रहे कार्डिनलों के चेहरे एक दूसरे को हैरत भरी नज़रों से देख रहे थे जैसे कि कमरे में मौजूद हर व्यक्ति सिर्फ यही प्रार्थना कर रहा हो कि केमरलेग्नो की बात गलत हो।

पोप एक बच्चे के बाप थे।

लैंग्डन को भी इस धक्के का अहसास हुआ। उसके हाथ में विट्टोरिया का हाथ कस गया, उसे जैसे धक्का लगा और लैंग्डन का दिमाग़ जो पहले ही अनुत्तरित प्रश्नों के कारण सुन्न था अब स्थिर रहने के लिए अपना गुरुत्व केंद्र ढूँढ़ रहा था।

ऐसा लगा जैसे केमरलेग्नो की बात उनके ऊपर हवा में हमेशा के लिए तैरती रहेगी। केमरलेग्नो की उत्तेजित आँखों में भी लैंग्डन को सिर्फ एक अडिग विश्वास दिखाई दे रहा था। लैंग्डन असहमत होना चाहता था, वह खुद को कहना चाहता था कि वह शायद एक घृणित दुःस्वप्न देख रहा था और जल्दी ही एक ऐसी दुनिया में वापस आने वाला था जिसका कोई अर्थ नहीं था।

'यह अवश्य ही एक झूठ है।' किसी कार्डिनल ने चिल्लाते हुए कहा।

'मैं इस पर यकीन नहीं करुंगा।' दूसरे ने अपना विरोध जताया। 'महामहिम पोप के जैसा ईश्वर भक्त आदमी आज तक नहीं हुआ।'

इसके बाद मोर्टाटी ने बोलना शुरू किया। उसकी आवाज़ इस बर्बादी की वजह से

बिल्कुल पतली हो गई थी। 'दोस्तों, केमरलेग्नो सच कह रहे हैं।' चैपल में मौजूद कह कार्डिनल अचानक मुड़ा जैसे मोर्टाटी ने कोई गाली दी हो। 'हाँ, पोप एक बच्चे के पिता थे।'

कार्डिनल एक साथ डर से सिहर गए।

केमरलेग्नो सन्न रह गया। 'आपको पता था? लेकिन ...आपको ये कैसे पता चला?'

मोर्टाटी ने गहरी साँस ली। 'जब महामहिम पोप का चुनाव हुआ था...तो मैं शैतान का नुमाइंदा, डेविल्स एडवोकेट, बना था।'

चारों तरफ से एक साथ साँस छोड़ने की आवाज़ सुनाई दी।

लैंग्डन समझ गया। इसका मतलब था कि सूचना शायद सही थी। बदनाम 'डेविल्स एडवोकेट' वह अधिकारी होता था जो वेटिकन के अंदर किसी घपले की जाँच करता था। चुनाव के पहले पोप के मामले में किसी भी अपराध या दुष्कर्म की सूचना मिलने पर उसकी गोपनीय जाँच की जाती थी। इसके लिए एक कार्डिनल को नियुक्त किया जाता था जो डेविल्स एडवोकेट का काम करता था। वह इस बात की तहकीकात करता था कि योग्य कार्डिनलों को पोप के पद पर नियुक्ति के योग्य क्यों नहीं माना जाना चाहिए। डेविल्स एडवोकेट की नियुक्ति तत्कालीन पोप अपनी मौत की तैयारी की प्रक्रिया के रूप में करते थे। डेविल्स एडवोकेट कभी अपनी पहचान ज़ाहिर नहीं करते थे, *कभी नहीं*।

'मैं डेविल्स एडवोकेट था।' मोर्टाटी ने अपनी बात दोहराई। 'मुझे इसकी जानकारी उस दौरान हुई।'

लोगों के चेहरे लटक गए। लगता था कि आज की रात सभी कायदे कानूनों की धज्जियाँ उड़ने वाली थी।

***

केमरलेग्नो को लगा कि उसके अंदर गुस्से का गुबार फटने वाला था। 'और आपने... किसी को नहीं बताया।'

'मैंने महामहिम पोप से यह सवाल पूछा था।' मोर्टाटी ने कहा। 'और उन्होंने अपनी गलती स्वीकार की थी। उन्होंने मुझे पूरी कहानी सुनाई और मुझसे कहा था कि मैं अपने दिल से ही निर्णय करूं कि इस गुप्त बात को किसी के सामने ज़ाहिर करना चाहिए या नहीं।'

'और आपके हृदय ने इस सूचना को दबा देने को कहा?'

'पोप के पद के लिए वे बेहद चहेते उम्मीदवार थे। लोग उन्हें प्यार करते थे। इस कांड से चर्च को बहुत बड़ा धक्का लगता।'

'लेकिन वे एक बच्चे के पिता थे। उन्होंने ब्रह्मचर्य के अपने पवित्र शपथ की मर्यादा तोड़ी थी।' केमरलेग्नो अब जोर जोर से चिल्ला रहे थे। वह अपनी माँ की आवाज़ सुन पा रहे थे। *ईश्वर को दिया गया वादा सबसे महत्वपूर्ण होता है। ईश्वर को साक्षी रखकर लिए गए शपथ को कभी मत तोड़ो।* 'पोप ने अपना शपथ भंग किया।'

मोर्टाटी गुस्से के कारण बेहोशी की हालत में थे। 'कार्लो, उनका प्यार पवित्र था। उन्होंने कोई शपथ भंग नहीं किया था। उन्होंने तुम्हें इसके बारे में नहीं बताया?'

'बताया? क्या बताया?' केमरलेग्नो को याद आ रहा था कि पोप उसे अपनी सफाई देने के लिए बुला रहे थे और वह तेजी से पोप के दफ्तर से निकल आया था।

धीरे धीरे, उदास होकर मोर्टाटी कहानी बताने लगे। कई साल पहले जब पोप सिर्फ एक पादरी थे तो वे एक नन से प्रेम करने लगे। दोनों ने ब्रह्मचर्य का व्रत ले रखा था और उन्होंने ईश्वर को दिए गए अपने वादे को तोड़ने के बारे में कभी सोचा भी नहीं था। फिर भी जैसे जैसे उनका प्यार गहरा होता गया, हालाँकि वे अपने शारीरिक आकर्षण को नियंत्रण में रखने में सफल रहे, वे दोनों एक ऐसी चीज़ की चाहत में डूबने लगे जिसके बारे में उन्होंने अपेक्षा भी नहीं की थी—ईश्वर के सबसे नायाब सृष्टि के चमत्कार —यानी बच्चे की इच्छा। उनका बच्चा। यह चाहत, ख़ासकर नन के हृदय में बलवती होती गई। लेकिन ईश्वर का स्थान पहले आता था। एक साल के बाद जब उनकी बेचैनी बर्दाश्त करने की सीमा को पार कर गई तो वह एक दिन उनके पास बेहद उत्तेजित अवस्था में आई। उसने अभी अभी विज्ञान के एक अद्भुत चमत्कार के बारे में एक लेख पढ़ा था जिसके अनुसार दो लोग बिना शारीरिक संपर्क बनाए बच्चा पैदा कर सकते थे। उसे लगा कि यह ईश्वर की ओर से एक संदेशा था। पादरी को उसकी आँखों में खुशी दिखाई दी और वे राजी हो गए। एक साल के बाद उसे कृत्रिम गर्भाधान के तरीके से एक बच्चा पैदा हुआ...

'यह सच नहीं हो सकता...' केमरलेग्नो ने कहा। वह काफी डरे हुए थे। वे उम्मीद कर रहे थे कि यह शायद उनके शरीर पर मॉर्फीन का असर होगा। उन्हें लग रहा था कि वे अपने कानों में यूं ही आवाजें सुन रहे थे।

अब मोर्टाटी की आँखों में आँसू आ गया। 'कार्लो, यही वजह थी कि पोप को हमेशा विज्ञान के प्रति एक प्रेम था। उन्हें लगता है कि विज्ञान का उनके ऊपर एक ऋण था। विज्ञान ने उन्हें ब्रह्मचर्य का व्रत तोड़े बिना पिता बनने का सुख दिया था। महामहिम ने मुझसे कहा था कि उन्हें एक बात के सिवा और कोई पछतावा नहीं था। अब वे चर्च के अंदर अपने बढ़े हुए ओहदे के कारण उस औरत के साथ नहीं रह सकते थे जिससे वे प्यार करते थे और अपने बच्चे को बड़ा होते हुए भी नहीं देख सकते थे।'

केमरलेग्नो कार्लो वेंट्रेस्का को लगा जैसे उसपर पागलपन फिर से हावी होता जा रहा था। वह अपना मांस नोच लेना चाहता था। *मुझे कैसे पता चलता भला?*

'पोप ने कोई पाप नहीं किया था, कार्लो। वे पवित्र थे।'

'लेकिन...' केमरलेग्नो अपने बेचैन मस्तिष्क में तर्क ढूँढ़ रहा था। 'उनके कर्मों के परिणाम के बारे में सोचिए...' उसकी आवाज़ कमजोर लग रही थी। 'अगर उनकी रंडी सबको इसके बारे में बता देती तो सोचिए क्या होता। भगवान न करे, अगर वो बच्चा?' कल्पना कीजिए कि चर्च को कैसी शर्मिंदगी उठानी पड़ती।'

मोर्टाटी की आवाज़ कांप रही थी। 'बच्चा सामने आ चुका है।'

हर चीज़ जैसे रुक गई।

'कार्लो...?' मोर्टाटी की आवाज़ भर्रा गई। 'महामहिम के बेटे ... तुम हो।'

उस पल केमरलेग्नो को अहसास हुआ कि उसके हृदय में जलने वाली आस्था की लौ मद्धिम हो गई। वह वेदी पर माइकेल एंजेलो की विशाल कृति *लास्ट जजमेंट* से घिरा, कांपता खड़ा था। उसे पता था कि उसने अभी नर्क का दर्शन किया है। उसने बोलने के लिए अपना मुँह खोला। लेकिन उसके होंठ थरथरा कर बिना आवाज़ के चुप हो गए।

'क्या तुम समझते नहीं?' मोर्टाटी की आवाज़ भर्रा गई। '*यही वजह थी* कि जब तुम छोटे थे तो पालेरमो के अस्पताल में वे तुम्हें देखने आए थे। यही कारण था कि उन्होंने तुम्हें अपने साथ रखकर बड़ा किया। वे जिस नन को प्यार करते थे वो मारिया थी... तुम्हारी मां। उसने तुम्हें पालने के लिए ननों के निवास स्थान को छोड़ दिया लेकिन ईश्वर के प्रति उसकी भक्ति कभी कम नहीं हुई। जब पोप ने सुना कि एक धमाके में उसकी मौत हो गई और उसका बेटा चमत्कारिक ढंग से ज़िंदा बच गया उन्होंने ईश्वर के सामने कसम खायी कि वे तुम्हें कभी अकेला नहीं छोड़ेंगे। कार्लो, तुम्हारे माता-पिता दोनों ने ब्रह्मचर्य के व्रत का पालन किया था। उन्होंने ईश्वर के सामने लिए गए शपथ को कभी नहीं तोड़ा। इसके बावजूद, उन्होंने तुम्हें दुनिया में लाने का रास्ता ढूँढ़ निकाला। तुम उनके चमत्कारी बेटे हो।'

केमरलेग्नो ने अपने कान बंद कर लिए। वह शब्दों को कान के अंदर जाने से रोकना चाहता था। वह वेदी पर जैसे सुन्न होकर खड़ा था। इसके बाद, उसकी दुनिया जैसे उसके पैरों के नीचे से निकल गई हो, वह घुटने के बल बैठ कर जोर से चीखा, गहरी दर्द भरी चीख।

सेकंड। मिनट। घंटे।

चैपेल की चारदीवारी के बीच लगा जैसे समय अपना अर्थ खो चुका था। विट्टोरिया धीरे धीरे अपनी शिथिलता से बाहर आ रही थी जो वहाँ मौजूद सभी लोगों पर छाया लग रहा था। उसने लैंग्डन का हाथ छोड़ दिया और कार्डिनल की भीड़ की तरफ बढ़ने लगी। उसे लग रहा था जैसे गिरजाघर का दरवाज़ा मीलों दूर था और वह पानी के अंदर चल रही हो ... धीमी गति में।

कार्डिनलों की पोशाकों के बीच से जब वह गुजर रही थी तो ऐसा लगा जैसे उसकी गति से लोगों का ध्यान टूटा। कुछ कार्डिनल प्रार्थना करने लगे। कुछ रोने लगे। कुछ उसे जाते हुए देखने लगे। जैसे जैसे वह दरवाज़े के पास पहुँच रही थी, उनके चेहरे पर मौजूद भावशून्यता की जगह धीरे धीरे किसी अनिष्ट की आशंका लेती जा रही थी। वह वहाँ उपस्थित लोगों की भीड़ को पीछे छोड़ चुकी थी तभी किसी ने उसकी बांह पकड़ ली।

पकड़ में ताकत नहीं थी लेकिन निश्चय था। वह मुड़ी तो उसे एक बुजुर्ग कार्डिनल दिखाई दिया। उसके माथे पर भय की सलवटें दिखाई दे रही थी।

'नहीं।' उस आदमी ने धीमी आवाज़ में कहा। 'तुम ये नहीं कर सकती।'

विट्टोरिया उसे देखने लगी। उसे विश्वास नहीं हो रहा था।

अब उसके पास एक दूसरा कार्डिनल पहुँच चुका था। 'हमें कुछ करने के पहले सोचना पड़ेगा।'

दूसरे ने कहा, 'इसकी वजह से जो तकलीफ होगी...'

विट्टोरिया के चारों तरफ लोग खड़े थे। वह उन सबको अचंभित होकर देख रही थी। 'लेकिन आज की रात यहाँ जो कुछ हुआ दुनिया को इसकी सचाई जाननी चाहिए।'

'मेरा दिल इससे सहमत है।' बुजुर्ग और ज्ञानी दिख रहे कार्डिनल ने कहा। 'लेकिन यह एक ऐसा रास्ता है जहाँ से वापस आना संभव नहीं होगा। हमें टूटी उम्मीदों पर विचार करना ही चाहिए। निराशावाद। इसके बाद लोग *कभी* कैसे भरोसा कर पाएंगे?'

अचानक और भी कार्डिनल उसका रास्ता रोक कर खड़े हो गए। उसके सामने काले लबादों की एक दीवार खड़ी हो गई। 'चौराहे में खड़े लोगों की आवाज़ सुनो।' उनमें से एक ने कहा। 'इसका उनके दिल पर क्या असर होगा? हमें व्यावहारिक ढंग से इस पर विचार करना चाहिए।'

'हमें इस पर विचार करने और प्रार्थना के लिए और वक्त चाहिए।' दूसरे ने कहा। 'हमें दूरदर्शिता से काम लेना होगा। इसके परिणाम...'

'उसने मेरे पिता की हत्या की है।' विट्टोरिया ने कहा। 'उसने *अपने* पिता की हत्या की है।'

'मुझे भरोसा है कि उसे अपने पापों की सजा मिलेगी।' उसका हाथ पकड़े हुए कार्डिनल ने उदास लहजे में कहा।

विट्टोरिया को भी इस बात पर पूरा यकीन था और वह सुनिश्चित करना चाहती थी कि उसे अपने किए का फल मिले। उसने दरवाज़े की तरफ बढ़ने की कोशिश की लेकिन कार्डिनल और भी नजदीक आ गए। उनके चेहरे पर डर छाया था।

'आप क्या करने वाले हैं?' उसने पूछा, 'मुझे मारने वाले हैं।'

बुजुर्ग आदमी सुबकने लगा और अचानक विट्टोरिया को अपनी बात पर पछतावा होने लगा। उसने महसूस किया कि ये सभी भले लोग थे। आज की रात उन्होंने बहुत हिंसा देख ली थी। वे किसी तरह की धमकी नहीं देना चाहते थे। वे तो खुद फंसे हुए थे। डरे हुए। वे अपनी हालात को झेलने की कोशिश कर रहे थे।

'मैं चाहता हूँ...' बुजुर्ग कार्डिनल ने कहा, '...कि जो सही हो वही किया जाए।'

'तो फिर आप उसे बाहर जाने दें।' उसके पीछे से किसी की गंभीर आवाज़ सुनाई दी। ये शब्द बहुत शांति के साथ लेकिन पूर्णता के साथ कहे गए थे। रॉबर्ट लैंग्डन उसके

पास पहुँच गया था। उसे लगा कि उसने उसका हाथ अपने हाथों में ले लिया है। 'मिस वेट्रा और मैं इस चैपल से बाहर जा रहे हैं। अभी।'

लड़खड़ाते, सकपकाते कार्डिनल किनारे होने लगे।

'रुको।' ये मोर्टाटी की आवाज़ थी अब वह उनकी तरफ आ रहा था, बीच वाले गलियारे को पार करता हुआ। अब वेदी पर केमरलेग्नो हारा हुआ और अकेला खड़ा था। अचानक मोर्टाटी बुज़ुर्ग दिखाई देने लगा। अपनी उम्र से अधिक थका हुआ। उसकी चाल में शर्म का बोझ दिखाई दे रहा था। वह नजदीक आया। उसने अपना एक हाथ लैंग्डन के कंधे पर रखा और दूसरा विट्टोरिया के कंधे पर। विट्टोरिया को उसके स्पर्श में नेकनीयती का अनुभव हुआ। उस इंसान की आँखों में अब अधिक आँसू दिखाई दे रहे थे।

'बेशक तुम्हें जाने का हक है।' मोर्टाटी ने कहा। 'बिलकुल।' यह बोलकर वह रुक गया। उसकी आवाज़ से दर्द साफ झलक रहा था। 'मैं तुम से सिर्फ इतना मांगता हूँ...' वह अपने पैरों की तरफ देर तक देखता रहा और फिर उसने विट्टोरिया और लैंग्डन की तरफ नज़रें उठायी। 'ये मुझे करने दो। मैं अभी चौराहे पर जाऊंगा और कोई रास्ता निकालूंगा। मैं उन्हें बताऊंगा। कैसे बताऊंगा ये मैं नहीं जानता ... लेकिन मैं कोई रास्ता निकालूंगा। पापकर्म की स्वीकृति चर्च के भीतर से आनी चाहिए। अपनी विफलताओं को हमें ही लोगों के सामने लाना चाहिए।'

मोर्टाटी उदास होकर वेदी की तरफ मुड़ा। 'कार्लो, तुमने इस चर्च को एक विनाशकारी मोड़ पर लाकर खड़ा कर दिया है।' वह रुका और चारों तरफ देखने लगा। वेदी पर कोई नहीं था।

उसके बगल वाले गलियारे में कपड़ों की सरसराहट सुनाई दी। और दरवाज़ा एक आवाज़ के साथ बंद हो गया।

केमरलेग्नो जा चुका था।

134

सिस्टीन चैपल से हॉलवे होते हुए केमरलेग्नो वेंट्रेस्का के बाहर जाते समय उसका सफेद लबादा हवा में लहरा था। जब वह चैपल से अकेला बाहर निकला तो स्विस गार्ड अचंभे में पड़ गए। उसने उनसे कहा कि उसे थोड़ी देर के लिए अकेला रहना है। उन्होंने उसकी आज्ञा मान ली और उसे जाने दिया।

जब वह कोने पर पहुँचा और उनकी नज़रों से ओझल हो गया तो केमरलेग्नो के अंदर भावनाओं का तूफान आ गया जिसकी उसने मानवीय अनुभवों के अंदर कल्पना भी नहीं

की थी। वह जिसे 'पवित्र पिता' कहता था उसकी उसने ज़हर खिलाकर हत्या कर दी थी। वह व्यक्ति उसे हमेशा बेटा कहता था। केमरलेग्नो को हमेशा लगता था कि बेटा और बाप धार्मिक परंपरा के अंग हैं लेकिन आज उसे इसे क्रूर सत्य का पता चल गया था। इन शब्दों का शाब्दिक अर्थ था।

कई सप्ताह पहले उस रात की तरह, केमरलेग्नो आज खुद को अंधेरे में पागलों की तरह छटपटाता महसूस कर रहा था।

वेटिकन के कर्मचारियों ने जिस दिन केमरलेग्नो का दरवाज़ा खटखटाकर सुबह उसे जगाया था उस दिन बारिश हो रही थी। उसने जगते सोते रात बिताई थी। उन्होंने बताया कि पोप दरवाज़ा खटखटाने पर या फोन का कोई जवाब नहीं दे रहे थे। सभी पुजारी डरे हुए थे। सिर्फ केमरलेग्नो ही बिना उनकी आज्ञा के उनके कक्ष में दाखिल हो सकता था।

केमरलेग्नो अकेला अंदर गया। उसने पाया कि वे अपने बिस्तर पर मुर्दा ऐंठे पड़े थे, जैसा कि पिछली रात। उनका चेहरा शैतान के जैसा लग रहा था। उनका जीभ मौत की तरह काला। शैतान खुद पोप के बिस्तर पर सोया लग रहा था।

केमरलेग्नो को किसी तरह का पश्चाताप नहीं हुआ। ईश्वर ने उससे कुछ कहा था।

इस धोखाधड़ी के बारे में किसी को पता नहीं चलेगा ... अभी तो नहीं। वो बाद में होगा।

उसने भयंकर ख़बर की घोषणा की ... महामहिम पोप की मौत मस्तिष्क आघात से हो गई थी। फिर केमरलेग्नो सम्मेलन की तैयारी में जुट गया।

मां मारिया की बात उसके कानों में गूंज रही थी। 'ईश्वर को दिए गए वचन को कभी मत तोड़ना।'

'मैं तुम्हारी बात सुन रहा हूँ मां।' उसने जवाब दिया। 'यह विश्वासहीन दुनिया है। उन्हें सत्कर्म के रास्ते पर लाना होगा। भय और आशा। यही एक रास्ता है।'

'हाँ।' उसने कहा था। 'अगर तुम नहीं तो...फिर कौन? इस चर्च को अंधकार से बाहर कौन निकालेगा?'

बेशक उन चुनिंदा कार्डिनलों में से कोई नहीं। वे बूढ़े थे। ज़िंदा लेकिन मरे हुए। उदारवादी जो पोप का अनुसरण करते थे, उनकी स्मृति में विज्ञान को सही ठहराते, पुराने रास्तों को छोड़कर नए शिष्यों की तलाश करते। बूढ़े लोग जो समय से बिल्कुल पीछे थे। दयनीय ढंग से वे दिखाने की कोशिश करते कि ऐसा नहीं था। वे नाकामयाब होंगे, बेशक। परंपरा ही चर्च की ताकत थी, इसकी क्षणिकता नहीं। दुनिया क्षणिक है। चर्च को बदलने की ज़रूरत नहीं थी। इसे सिर्फ दुनिया को बताना था कि यह अब भी प्रासंगिक है। शैतानी शक्तियाँ जीवित रहती हैं। ईश्वर की जीत होगी।

चर्च को नेता की ज़रूरत थी। बूढ़े लोग प्रेरित नहीं करते। ईसा मसीह प्रेरित करते थे। युवा, गतिशील, शक्तिशाली...चमत्कारपूर्ण।

'आप चाय का आनंद उठाइए।' केमरलेग्नो ने सम्मेलन के पहले चारों चुनिंदा कार्डिनलों, प्रेफेराटी, को पोप की निजी लाइब्रेरी में छोड़ते हुए कहा था। 'आप का गाइड जल्द ही यहाँ आएगा।'

प्रेफेराटी ने उसे धन्यवाद दिया था। वे सभी खुश थे कि उन्हें मशहूर पैसेटो में आने का मौका मिला था। यह असाधारण बात थी। उन्हें वहाँ छोड़ने के पहले केमरलेग्नो ने पैसेटो का दरवाज़ा खोल दिया था। और बिल्कुल निर्धारित समय पर दरवाज़ा खुल गया था। विदेशी की तरह दिखने वाला एक पादरी हाथ में मशाल लेकर उत्साहित प्रेफेराती को अंदर ले गया था।

फिर वे लोग कभी बाहर नहीं निकले।

वे भयंकर दास्तां होंगे। मैं आशा की किरण।

नहीं...मैं ही भयावह हूँ...

सेंट पीटर बेसिलिका के अंधकार से गुजरता हुआ केमरलेग्नो आगे बढ़ रहा था। किसी तरह, पागलपन और अपराधबोध के साथ, अपने पिता की छवि को याद करते, तकलीफ और सत्य के प्रकट होने के बीच, मॉर्फिन के असर के बावजूद उसके दिमाग़ में एक अद्भुत स्पष्टता थी। अपने भाग्य का एक भाव। मुझे अपना मकसद मालूम है, उसने सोचा। उसे अपनी स्पष्टता पर खुद आश्चर्य हो रहा था।

शुरुआत से ही आज की रात उसकी योजना के अनुरूप कुछ भी नहीं हो रहा था। अप्रत्याशित रुकावट उपस्थित हो रही थी लेकिन केमरलेग्नो ने परिस्थिति के मुताबिक खुद को बड़े ही साहसी तरीके से ढाल लिया था। लेकिन उसने कभी कल्पना नहीं की थी कि आज की रात का अंत इस तरह होगा। इसके बावजूद भाग्य के लेखे का वैभव वह अब देख पा रहा था।

इसका अंत और किसी तरीके से नहीं हो सकता था।

उफ, सिस्टीन चैपल के भीतर कैसा भय उसने अनुभव किया था। वह सोच रहा था कि कहीं ईश्वर ने उसे त्याग तो नहीं दिया। *पता नहीं कौन से कर्म ईश्वर ने उसके लिए निर्धारित किए हैं।* वह अपने घुटनों के बल खड़ा था। उसके मन में संदेह भरा हुआ था। उसके कान ईश्वर की वाणी सुनने के लिए व्यग्र थे। लेकिन उसे केवल चुप्पी ही सुनाई दे रही थी। उसने ईश्वर से संकेत भेजने की भीख मांगी थी। दिशा निर्देश। क्या यही ईश्वर की इच्छा थी? नफरत और कलंक से नष्ट होता चर्च। नहीं। ईश्वर ने ही केमरलेग्नो को कुछ करने कहा था। कहा था न?

फिर उसे नज़र आया था। वेदी पर बैठे हुए। एक संकेत। दैवी संवाद। एक मामूली सी चीज़ असाधारण रोशनी में दिखाई दे रही थी। सलीब। साधारण, लकड़ी का बना। सलीब पर लटके ईसा मसीह। उस क्षण उसके सामने सब स्पष्ट हो गया ... केमरलेग्नो अकेला नहीं था। वह कभी अकेला नहीं रहेगा।

यही उनकी इच्छा थी...उसका अर्थ।

ईश्वर जिनसे प्यार करता है उनसे वह सबसे बड़ी कुर्बानियाँ भी मांगता है। केमरलेग्नो को ये बात समझने में इतनी देर क्यों लगी? क्या वह डर गया था? ज़रूरत से ज़्यादा विनम्र? इससे कोई फर्क नहीं पड़ता था। ईश्वर ने अपना रास्ता ढूँढ़ लिया था। केमरलेग्नो को अब ये भी समझ में आ गया था कि रॉबर्ट लैंग्डन को क्यों बचाया गया था। सत्य को सामने लाने के लिए। इस अंत को ताकत के साथ पूरा करने के लिए।

चर्च की मुक्ति का केवल यही एक रास्ता था।

पैलियम के गड्ढे में उतरते हुए केमरलेग्नो को लगा जैसे वह हवा में तैर रहा हो। मॉर्फिन का असर अब उस पर पूरी तरह छा रहा था। लेकिन उसे पता था कि भगवान उसे रास्ता दिखा रहे हैं।

कहीं दूर उसे बदहवास कार्डिनलों की आवाज़ सुनाई दे रही थी जो चैपल से बाहर निकल रहे थे। वे चिल्ला कर स्विस गार्डों को तरह तरह के आदेश दे रहे थे।

लेकिन वे लोग उसे कभी नहीं ढूँढ़ पाएंगे। समय रहते तो बिल्कुल नहीं।

केमरलेग्नो को लगा जैसे कोई उसे अंदर खीच रहा हो, तेज़ गति से। वह गड्ढे के अंदर उतर कर तेज़ जलते निन्यानबे जलते दीपकों वाले क्षेत्र की तरफ जा रहा था। ईश्वर उसे पवित्र धरती की तरफ ले जा रहे थे। केमरलेग्नो उस जाली की तरफ जा रहा था जो नेक्रोपोलिस की तरफ जाने वाले गड्ढे को बंद रखता था। इस रात का अंत नेक्रोपोलिस में ही होने वाला था। नीचे के पवित्र अंधकार में । उसने एक दीए को उठाया और नीचे जाने के लिए तैयार हो गया।

लेकिन गड्ढे से आगे बढ़ते हुए केमरलेग्नो ठहर गया। उसे कुछ गड़बड़ लग रही थी। इससे ईश्वर का मकसद कैसे पूरा हो रहा था? अकेली, चुप्पी वाली मौत। ईसा मसीह ने पूरी दुनिया के सामने कष्ट सहा था। ज़ाहिर था कि यह ईश्वर की इच्छा नहीं हो सकती थी। केमरलेग्नो अपने ईश्वर की आवाज़ सुनने लगा। लेकिन उसे दवाइयों का सुन्न करने वाला शोर ही सुनाई दे रहा था।

'कार्लो।' उसे अपनी माँ की आवाज़ सुनाई दी। 'ईश्वर ने तुम्हारे लिए कुछ योजनाएँ बनायी हैं।'

बदहवास केमरलेग्नो आगे बढ़ता रहा।

अचानक, बिना चेतावनी के ईश्वर उसके सामने आ गया।

केमरलेग्नो रुक गया। वह घूरने लगा। निन्यानबे दीपकों की रोशनी ने उसके बगल वाली दीवार पर उसकी छाया डाल दी थी। विशाल और डरावनी। धुंधली सी आकृति जिसके चारों तरफ सुनहली रोशनी फैली हुई थी। चारों तरफ टिमटिमाती रोशनी के बीच केमरलेग्नो स्वर्ग की ओर प्रस्थान करते देवदूत की तरह लग रहा था। वह एक पल के लिए रुका। उसने अपने दोनों हाथ ऊपर उठा लिए और अपनी छाया को देखने लगा। फिर वह मुड़ा और सीढ़ियों के ऊपर की तरफ देखने लगा।

ईश्वर का अर्थ स्पष्ट था।

सिस्टीन के चैपल में शोर शराबे के बीच तीन मिनट का समय बीत चुका था लेकिन केमरलेग्नो को कोई नहीं ढूँढ़ पाया था। ऐसा लग रहा था जैसे उसे रात निगल गई हो। मोर्टाटी पूरे वेटिकन की तलाशी का आदेश देने ही वाला था कि सेंट पीटर के चौराहे के बाहर खुशी की तेज़ आवाज़ सुनाई दी। लोग खुश होकर चीख रहे थे। भीड़ अपने आप सहज रूप से हर्ष का उद्घोष कर रही थी। आसमान इस आवाज़ से गूंज रहा था। कार्डिनल एक दूसरे को हैरत भरी नज़रों से देख रहे थे।

मोर्टाटी ने आँखें बंद कर ली। 'ईश्वर हमारी मदद करो।'

उस शाम दूसरी बार कार्डिनलों का समूह सेंट पीटर के चौराहे पर जमा हुआ। कार्डिनलों की भीड़ में लैंग्डन और विट्टोरिया धक्का खाकर आगे पहुँच गए थे। वे भी अब रात की हवा में साँस ले रहे थे। मीडिया की रोशनी और कैमरे सभी बेसिलिका की तरफ मुड़े हुए थे। और वहाँ पर, पोप की पवित्र बालकनी में, जो आगे वाले ऊँचे हिस्से के ठीक बीच में था, केमरलेग्नो कार्लो वेंट्रेस्का आसमान की तरफ हाथ उठाए खड़ा था। दूर से भी वह पवित्रता की मूर्ति लग रहा था। सफेद कपड़े पहने। रोशनी से सराबोर।

चौराहे पर ऊर्जा उफनती लहर की तरह बढ़ती जा रही थी। और अचानक स्विस गार्ड का घेरा टूट गया। लोगों की अपार भीड़ बेसिलिका की तरफ हर्षोन्माद में आगे बढ़ रही थी। लोगों का हुजूम आगे बढ़ रहा था—लोग रो रहे थे, गा रहे थे, मीडिया के कैमरे चमक रहे थे। हंगामा। जैसे जैसे लोग बेसिलिका के सामने जमा होते जा रहे थे हंगामा बढ़ता जा रहा था। लग रहा था कि इसे कोई नहीं रोक सकता।

और तभी किसी ने उसे रोक दिया।

ऊपर की तरफ केमरलेग्नो ने बहुत हल्का सा कोई इशारा किया। उसने अपने हाथ आगे की ओर मोड़ लिए। फिर उसने अपना सर चुपचाप प्रार्थना की मुद्रा में झुका लिया। पहले एक एक करके, फिर दर्जनों की संख्या में, फिर सैकड़ों की तादाद में, लोग उसके साथ साथ अपना सर झुका रहे थे।

चौराहे पर शांति छा गई ... जैसे किसी ने जादू कर दिया हो।

केमरलेग्नो के दिमाग़ में अब कही दूर उफान चल रहा था। उसकी प्रार्थना में उम्मीद और दुखों का बवंडर चल रहा था।

मुझे माफ कर दो मेरे पिता ... मां...कृपानिधान...आप ही चर्च हैं...तुम अपने इस बेटे के त्याग को समझ पाओगे शायद...

ओह, मेरे ईसा मसीह...हमें नर्क की आग से बचाओ...सभी आत्माओं को स्वर्ग की ओर ले जाओ, ख़ासकर उन्हें जिनको तुम्हारी कृपा की सबसे अधिक ज़रूरत है।

केमरलेग्नो ने नीचे जमा भीड़ को देखने के लिए अपनी आँखें नहीं खोली जिसे टेलीविजन कैमरा और पूरी दुनिया देख रही थी। वह इसे अपनी आत्मा में अनुभव

कर रहा था। अपनी वेदना में भी, इस पल की एकता उसे मदहोश कर रही थी। ऐसा लग रहा था जैसे सब को जोड़ने वाला कोई सूत्र दुनिया भर में चारों तरफ फैल गया हो। टेलीविजन के सामने, घरों में, कार के अंदर दुनिया एक स्वर से प्रार्थना कर रही थी। जैसे किसी विशाल हृदय की तंत्रिकाएँ समवेत होकर काम कर रही हों। दर्जनों भाषाओं में, सैकड़ों देशों में लोग ईश्वर की प्रार्थना में लगे थे। उनके शब्द अभी पैदा हुए थे लेकिन वे उनकी अपनी आवाज़ की तरह चिर-परिचित थे ... प्राचीन सत्य... जो लोगों के दिलों पर लिखे थे।

समरूपता में अनंत का अनुभव हो रहा था।

चुप्पी टूटने के बाद, आनंद से सराबोर गाने के स्वर एक बार फिर सुनाई देने लगे।

वह समझ गया कि वक्त आ गया था।

सबसे पवित्र त्रिमूर्ति, मैं आपको नफरत, धर्म को भ्रष्ट करने वाले कर्मों और संवेदनशून्यता के बदले अपना सबसे मूल्यवान शरीर, रक्त, आत्मा समर्पित करता हूँ...

केमरलेग्नो को लग रहा था कि उसके शरीर में दर्द शुरू हो चुका था। यह उसकी त्वचा में प्लेग की तरह फैल रहा था। उसे इच्छा हो रही थी कि वह अपने मांस को उसी तरह नोच कर फेंक दे जो उसने कई सप्ताह पहले किया था जब पहली बार ईश्वर उसके पास आए थे। *ईसा मसीह ने जिन कष्टों को सहा था उसे कभी भूलना नहीं।* उसे अब अपने गले में धुएँ का अनुभव हो रहा था। मॉर्फीन भी अब इस दंश को कम नहीं कर पा रही थी।

यहाँ मेरा काम पूरा हो चुका।

भयावहता उसकी थी। उम्मीद उनकी थी।

पैलियम के गड्ढे में केमरलेग्नो ने ईश्वर के निर्देश का पालन करते हुए अपने शरीर को अभिषिक्त कर लिया था। अपने बाल। अपने चेहरे। अपनी लिनन की पोशाक। अपने मांस। अब वह इस सब को दीयों के तेल से तर कर रहा था। उनसे उसकी माँ जैसी गंध आ रही थी। लेकिन वे ज्वलनशील थे। *वह ईश्वर के पास दयापूर्ण तरीके से गए थे।* चमत्कारपूर्ण और जल्दी। और वह अपने पीछे किसी कलंक को छोड़ कर नहीं जाना चाहता था ... बल्कि एक नयी ताकत और आश्चर्य।

उसने अपना हाथ लबादे के अंदर डाला। वह *पैलियम इनसेंडियारो* से एक छोटा सा सुनहले रंग का लाइटर लेकर आया था।

उसने *जजमेंट्स* से एक छोटा सा मंत्र पढ़ा। *और जब आग की लौ स्वर्ग की तरफ गई, तो ईश्वर के देवदूत उस लौ में इकट्ठा हो गए।*

उसने अपना अंगूठा जगह पर लाया।

सेंट पीटर के चौराहे में वे गा रहे थे...

दुनिया ने जो दृश्य देखा उसे लोग कभी भूल नहीं पाएंगे।

ऊँची बालकनी पर केमरलेग्नो के मध्य भाग से उसे दैहिक बंधनों से मुक्त करता हुई एक चमकीली ज्वाला ऊपर की ओर उठी। लपट तेजी से ऊपर की तरफ गई। तुरंत उसका शरीर आग की ज्वाला में समा गया। वह चीखा नहीं। उसने अपना हाथ ऊपर उठाया और आसमान की तरफ देखने लगा। धधकती ज्वाला ने उसके शरीर को रोशनी के खंभों की तरह चारों तरफ से घेर लिया। ज्वाला मानो अनंत काल तक धधकती रही। सारी दुनिया इसकी गवाह बनी थी। रोशनी तेज, और तेज़ होती जा रही थी। फिर आहिस्ता आहिस्ता ज्वाला कम हो गई। केमरलेग्नो समाप्त हो चुके थे। वे छज्जे के पीछे गिर गए थे या हवा में विलीन हो गए थे यह कहना असंभव था। वहाँ सिर्फ धुएँ का बादल दिखाई दे रहा था जो वेटिकन सिटी से आसमान की तरफ उठ रहा था।

135

वेटिकन में सुबह देर से आयी।

सुबह-सुबह हुई तेज़ बारिश ने सेंट पीटर के चौराहे पर लोगों की भीड़ को कम कर दिया था। मीडिया वहीं जमी थी और छातों तथा अपने वैनों में दुबक कर बैठी थी। वे कल शाम की घटना के बारे में बता रहे थे। दुनिया भर में चर्चों के अंदर लोगों की भारी भीड़ थी। यह सोचने—विचारने का वक्त था ... सभी धर्मों के अंदर। बहुत सारे सवाल थे। और उनके उत्तर और ज़्यादा सवालों को जन्म दे रहे थे। अब तक, वेटिकन चुप था। उसने इन घटनाओं के बारे में कोई वक्तव्य जारी नहीं किया था।

वेटिकन की गुफाओं के अंदर, कार्डिनल मोर्टाटी खुली हुई ताबूत के सामने झुके हुए थे। उन्होंने आगे बढ़ कर उस बूढ़े इंसान के काले पड़ गए खुले मुँह को बंद कर दिया। महामहिम पोप अब शांत मुद्रा में दिखाई दे रहे थे। अनंत यात्रा के लिए शांत अवस्था में।

मोर्टाटी के कदमों के पास सोने का एक कलश था जो राख की वजह से भारी था। मोर्टाटी राख को स्वयं इकट्ठा कर यहाँ लाए थे। 'माफी का एक अवसर।' उन्होंने महामहिम पोप को कहा और राख से भरे कलश को ताबूत के अंदर पोप की बगल में रख दिया। 'पिता और पुत्र के प्यार से महान कोई प्यार नहीं होता।' मोर्टाटी ने कलश को नज़रों से दूर पोप के कपड़ों के नीचे रखते हुए कहा। वे जानते थे कि यह गुफा केवल पोप के पार्थिव अवशेष के लिए निर्धारित थी लेकिन मोर्टाटी को लगा कि वे ठीक कर रहे थे।

'महोदय।' गुफा में घुसते हुए किसी ने आवाज़ दी। लेफ्टिनेंट चार्टरैंड अंदर आया। उसके साथ तीन स्विस गार्ड भी थे। 'वे लोग आपके लिए सम्मेलन में तैयार हैं।'

मोर्टाटी ने सिर हिलाया। 'बस एक मिनट।' उन्होंने अपने सामने रखे ताबूत को आखिरी बार देखा और खड़े हो गए। वे गार्डों की तरफ मुड़े। 'अब महामहिम के लिए उस शांति का वक्त आ चुका है जिसके वे हकदार हैं।'

गार्ड आगे आए। काफी मशक्कत से उन्होंने पोप के ताबूत को अपनी जगह पर वापस धकेल दिया। तेज़ आवाज़ के साथ ताबूत बंद हो गया।

***

सिस्टीन चैपल की ओर बोर्जिया प्रांगण को पार करते हुए मोर्टाटी अकेले थे। नम हवा उनके लबादे को लहरा रही थी। पोप के महल से एक साथी कार्डिनल बाहर आया और उनके साथ साथ चलने लगा।

'क्या मुझे आपको सम्मेलन कक्ष के अंदर ले जाने का सौभाग्य प्राप्त हो सकता है, महोदय।'

'यह तो मेरे लिए सम्मान की बात होगी।'

'महोदय।' कार्डिनल ने कहा, वो थोड़ा परेशान दिख रहे थे। 'कल रात जो भी हुआ उसके लिए सभी कार्डिनल शर्मिंदा हैं। हम सभी...के कारण अंधे हो गए थे।'

'बस।' मोर्टाटी ने जवाब दिया, 'कई बार हमारा दिमाग़ वही देखता है जो हमारा हृदय देखना चाहता है।'

कार्डिनल काफी देर तक चुप रहे। अंत में वे बोले, 'क्या आपको इस बात की सूचना दी गई है? आप अब चुनाव का काम देखने वाले पद से हटा दिए गए हैं।'

मोर्टाटी मुस्कुराए। 'मैं ईश्वर को छोटी-छोटी कृपाओं के लिए धन्यवाद देता हूँ।'

'कार्डिनल के समूह ने फैसला किया है कि आप भी पोप के पद के लिए ग़ोग्य माने जाएं।'

'ऐसा लगता है कि चर्च से अभी दया भाव समाप्त नहीं हुआ है।'

'आप ज्ञानी व्यक्ति हैं। आप हमारा बेहतर नेतृत्व करेंगे।'

'मैं बूढ़ा हूँ। मैं थोड़े दिन तक ही आपका नेतृत्व करूंगा।'

दोनों हंसने लगे।

जब वे बोर्जिया प्रांगण के छोर पर पहुँचे तो कार्डिनल हिचकिचाया। वे मोर्टाटी की तरफ एक परेशान रहस्य के भाव से मुड़े। ऐसा लग रहा था कि पिछली रात का खतरनाक भय फिर से उनके हृदय में प्रवेश कर गया था।

'क्या आपको पता था कि हमें बालकनी पर कोई अवशेष नहीं मिला?' कार्डिनल ने फुसफुसाते हुए पूछा।

मोर्टाटी मुस्कुराए। 'शायद बारिश में वह धुल गया हो।'

उन्होंने तूफानी आसमान की तरफ देखा। 'हाँ, शायद ...'

136

सिस्टीन चैपल की चिमनी से जब सफेद धुएँ की हल्की सी लकीर दिखाई दी उस समय भी आसमान में बादल भरे थे। मोती जैसे धुएँ की लकीर ऊपर की तरफ लहराती धीरे धीरे आसमान में गुम हो गई।

बहुत नीचे, सेंट पीटर चौराहे पर, रिपोर्टर गुंटर ग्लिक चुपचाप कुछ सोच रहा था। आखिरी अध्याय...

पीछे से चिनिता मैक्री उसके नजदीक पहुँची। उसने अपना कैमरा कंधे पर उठा लिया। 'समय हो गया।' उसने कहा।

ग्लिक ने उदासी के साथ सर हिलाया। वह उसकी तरफ मुड़ा। उसने अपना बाल ठीक किया और गहरी साँस ली। *मेरा आखिरी ट्रांसमिशन,* उसने सोचा। उनके आसपास थोड़े से तमाशबीन जमा हो गए थे।

'साठ सेकेंड में लाइव।' मैक्री ने घोषणा की।

ग्लिक ने पीछे मुड़कर सिस्टीन चैपल की छत की ओर देखा। 'क्या तुम धुएँ का वीडियो ले सकती हो?'

मैक्री ने धैर्यपूर्वक सर हिलाया। 'मुझे पता है कि टीवी के लिए दृश्य को कैसे रिकॉर्ड करते हैं।'

ग्लिक हक्का-बक्का था। बेशक उसे पता था। कैमरे के पीछे कल रात अपने काम के लिए उसे शायद पुलित्जर पुरस्कार मिलने वाला था। लेकिन उसका काम...वह इसके बारे में नहीं सोचना चाहता था। उसे लग रहा था कि बीबीसी उसे निकाल देगा। इसमें कोई संदेह नहीं कि बीबीसी को कई शक्तिशाली लोगों से कानूनी पचड़े झेलने होंगे जिनमें CERN और जॉर्ज बुश जैसे लोग शामिल थे।

'तुम अच्छे लग रहे हो।' चिनिता ने उत्साह बढ़ाने की शैली में बोला। वह कैमरे के पीछे से बोल रही थी। उसकी आवाज़ में चिंता झलक रही थी। 'मैं सोच रही थी कि मैं तुम्हें...' वह हिचकिचा कर रुक गई।

'कोई सलाह?'

मैक्री ने गहरी साँस ली। 'मुझे लगता है कि इसका धमाकेदार ढंग से अंत करने की ज़रूरत नहीं है।'

'मुझे पता है।' उसने कहा। 'तुम सीधे सपाट ढंग से इसका समापन करना चाहती हो?'

'इतिहास में सबसे सपाट अंत। मुझे तुम पर भरोसा है।'

ग्लिक मुस्कुराया। सपाट समापन? वो लगता है पागल हो गई है? पिछली रात जो कुछ हुआ उसके लिए तो न जाने कितनी चीजें कहनी होंगी। एक मोड़। धमाकेदार अंत। चौंकाने वाले सच का अप्रत्याशित उद्घाटन।

सौभाग्यवश, ग्लिक की विदाई का वक्त आसपास था...

'चालू...पाँच ... चार ... तीन ... दो...'

चिनिता मैक्री कैमरे से देख रही थी तो उसे ग्लिक की आँखों में शैतानी भरी चमक दिखाई दी। *मैं पागल थी कि मैंने उसे यह करने की इजाज़त दी*, वह सोच रही थी। *मैंने क्या सोचकर उसे यह करने दिया।*

लेकिन सोचने का वक्त बीत चुका था। ट्रांसमिशन चालू था।

'वेटिकन सिटी से लाइव।' इशारा मिलते ही ग्लिक ने कहा। 'मैं गुंटर ग्लिक।' उसके पीछे सिस्टीन चैपल से जब सफेद धुआं आसमान में उठा तो उसने गंभीर भाव से कैमरे की ओर देखा। 'भाइयों और बहनों, अब औपचारिक घोषणा हो चुकी है। उन्यासी साल के प्रगतिशील कार्डिनल सेवेरियो मोर्टाटी को अभी-अभी वेटिकन सिटी का पोप चुना गया है। वैसे उनके चुने जाने की संभावना नहीं थी लेकिन कार्डिनलों के समूह ने सर्वसम्मति से मोर्टाटी का चुनाव किया है जो अभूतपूर्व है।'

उसकी ओर देखते हुए अब मैक्री ने राहत की साँस ली। आज ग्लिक आश्चर्यजनक रूप से पेशेवर लग रहा था। सादगी से भरा। ज़िंदगी में पहली बार ग्लिक थोड़ा सा पत्रकार की तरह दिख और बोल रहा था।

'और जैसी कि हमने पहले ख़बर दी थी,' ग्लिक ने आगे जोड़ा, उसकी आवाज़ आवश्यक ढंग से तेज़ हो रही थी। 'वेटिकन ने अब तक कल रात की चमत्कारपूर्ण घटनाओं के बारे में कोई बयान नहीं दिया है।'

वाह। चिनिता की घबराहट अब और कम हो गई थी। *चलो अब तक तो सब ठीक है।*

ग्लिक के चेहरे पर अब उदासी दिखायी दे रही थी। 'हालाँकि कल की रात अद्भुत थी, यह त्रासदी की भी रात थी। कल के संघर्ष में चार कार्डिनलों की मौत हो गई। उनके साथ कमांडर ओलिवेट्टी और स्विस गार्ड के कैप्टेन रोचर भी अपने कर्तव्य के पालन में शहीद हो गए। मारे गए दूसरे लोगों में लियोनार्डो वेट्रा भी शामिल थे जो CERN के मशहूर वैज्ञानिक थे और एंटीमैटर तकनीक पर काम कर रहे थे। साथ ही CERN के निदेशक मैक्सीमिलियन कोलर जो शायद वेटिकन की मदद के लिए आए थे वे इसी दौरान मारे गए। मिस्टर कोलर की मौत के बारे में कोई औपचारिक बयान जारी नहीं किया गया है। लेकिन कयास लगाए जा रहे हैं कि वे लंबी बीमारी के कारण पैदा हुई समस्याओं के कारण मारे गए।'

मैक्री ने सिर हिलाया। रिपोर्ट बिल्कुल सही जा रही थी। जैसा उन्होंने मिलकर तय किया था ठीक वैसा ही।

'और वेटिकन के ऊपर पिछली रात हुए विस्फोट के मद्दे नज़र, एंटीमैटर टेक्नोलॉजी वैज्ञानिकों के बीच बहस का मुद्दा बन गया है जिसकी वजह से उत्तेजना और विवाद पैदा हो रहे हैं। मिस्टर कोलर की सहायक मिस सिल्वी बॉडेलॉक ने एक बयान के माध्यम से

आज सुबह जानकारी दी है कि CERN के निदेशक मंडल ने एंटीमैटर टेक्नोलॉजी की संभावनाओं को स्वीकार करने के बावजूद इस से संबंधित सभी शोध और लाइसेंसिंग प्रक्रिया को तब तक के लिए रोक दिया है जब तक इसकी सुरक्षा के बारे में जाँच नहीं हो जाती।'

बेहतरीन। मैक्री ने सोचा।

'स्क्रीन से आज की रात ग़ायब रहने वाले लोगों में रॉबर्ट लैंग्डन का चेहरा है।' ग्लिक ने रिपोर्टिंग जारी रखी। 'हार्वर्ड के प्रोफेसर लैंग्डन कल इल्युमिनाटी संकट के दौरान सहायता करने आए थे। हालाँकि शुरुआत में लगा था कि एंटीमैटर विस्फोट में वे मारे गए हैं लेकिन हमें अब जानकारी मिल रही है कि लैंग्डन को सेंट पीटर के चौराहे पर धमाके के बाद देखा गया है। वे वहाँ कैसे पहुँचे इसके बारे में अब भी सिर्फ कयास लगाए जा रहे हैं हालाँकि टिबेरिना अस्पताल के प्रवक्ता का दावा है कि दोपहर रात के बाद मिस्टर लैंग्डन आकाश से नीचे टाइबर नदी में गिरे थे और उनका इलाज करने के बाद उन्हें छोड़ दिया गया था।' ग्लिक ने अपनी भौंहे कैमरे में टेढ़ी की। 'और अगर यह सच है तो सचमुच कल चमत्कारों की रात थी।'

शानदार समापन। मैक्री खुद को मुस्कुराता हुआ महसूस कर रही थी। बेदाग समापन। अब साइन ऑफ।

लेकिन ग्लिक ने रिपोर्टिंग समाप्त करने के लिए साइन ऑफ नहीं किया। वह एक पल के लिए चुप हो गया और फिर वह कैमरे की तरफ बढ़ा। उसके चेहरे पर एक रहस्यमय मुस्कान थी।

'लेकिन ख़बर समाप्त करने के पहले...'

नहीं।

'... मैं एक अतिथि को कैमरे पर बुलाना चाहता हूँ।'

चिनिता के हाथ मानो कैमरे के ऊपर जम गए थे। अतिथि? अब ये क्या कर रहा है? कौन सा मेहमान? साइन ऑफ! लेकिन तब तक देर हो चुकी थी। ग्लिक घोषणा कर चुका था।

'मैं जिस व्यक्ति को आपके सामने उपस्थित कर रहा हूँ,' ग्लिक ने कहा, 'वह अमेरिकी हैं...एक जाने माने विद्वान।'

चिनिता हिचकिचाई। वह साँस रोक कर खड़ी थी। ग्लिक अपने आसपास जमा छोटी सी भीड़ की ओर मुखातिब हुआ और उसने इशारे से अपने मेहमान को नजदीक बुलाया। मैक्री मन ही मन ईश्वर से प्रार्थना कर रही थी। *मेहरबानी करके तुम बोलो कि तुमने रॉबर्ट लैंग्डन को ढूँढ़ लिया है ...न कि तुम किसी इल्युमिनाटी षड्यंत्र के बारे में उलजुलूल चीजें बोलने लगो।*

लेकिन जब चिनिता ने मैक्री के मेहमान को देखा तो इसका दिल बैठ गया। वह रॉबर्ट लैंग्डन नहीं था। ब्लू जीन्स पहने हुए एक गंजा आदमी जिसने फलालेन की शर्ट

पहन रखी थी। उसके हाथ में बेंत की छड़ी थी और आँखों में मोटा चश्मा। मैक्री दहल गई। *पागल इंसान।*

'आइए मैं आपको आज के मेहमान से परिचय करवाता हूँ। शिकागो के डे पॉल विश्वविद्यालय के प्रख्यात वेटिकन विद्वान डॉक्टर जोसेफ वैनेक।' ग्लिक ने कहा।

'डॉक्टर वैनेक,' ग्लिक ने कहा, 'कल रात हुए सम्मेलन के बारे में आप हमलोगों को कुछ चौंकाने वाली बातें बताने वाले हैं।'

'हाँ, बेशक।' वैनेक ने कहा। 'इतनी आश्चर्यजनक घटनाओं वाली रात के बाद और भी कोई आश्चर्यजनक बची रह गई होगी इसकी कल्पना भी मुश्किल है लेकिन...फिर भी...' वे रुके।

ग्लिक मुस्कुराया। 'इस सबके बीच एक अजीब सा मोड़ है।'

वैनेक ने सिर हिलाया। 'हाँ, सुनने में चाहे ये जितना भी चकराने वाला लगे, मुझे लगता है कि कार्डिनलों के समूह ने अनजाने में इस सप्ताह के अंत में दो पोपों का चुनाव कर लिया।'

मैक्री के हाथ से जैसे कैमरा गिर गया।

ग्लिक ने चालाकी भरे अंदाज में मुस्कुराया। 'आपने कहा, दो पोप?'

विद्वान ने सिर हिलाया। 'मुझे पहले ये बताना चाहिए कि मैंने पोप के चुनाव संबंधी कानूनों के अध्ययन में अपनी ज़िंदगी बितायी है। सम्मेलन संबंधी कायदे-कानून काफी जटिल हैं। इनमें से अधिकांश को अब भुला दिया गया है या नज़रअंदाज कर दिया गया है क्योंकि ये पुराने पड़ गए हैं। यहाँ तक कि पोप के चुनाव का निरीक्षण करने वाले अधिकारी कार्डिनल को भी इस बात की जानकारी नहीं है जो मैं बताने जा रहा हूँ। । फिर भी ... रोमानो पोंटीफिची एलिजेंडो, नुमेरो 63 के अनुसार पोप के चुनाव के लिए सिर्फ बैलटिंग के तरीके का ही इस्तेमाल नहीं होता। एक दूसरा भी तरीका है, दैवी तरीका। इसे *एक्लेमेशन बाय एडोरेशन* —भक्ति के आधार पर हुआ चुनाव—कहते हैं।' वह रुका। 'और कल की रात वही हुआ।'

ग्लिक ने अपने मेहमान की ओर देखना जारी रखा। 'आप अपनी बात जारी रखिए।'

'जैसा कि आपको याद होगा,' विद्वान ने अपनी बात जारी रखी। 'पिछली रात, केमरलेग्नो कार्लो वेंट्रेस्का बेसिलिका की छत पर खड़े थे। नीचे खड़े सभी कार्डिनलों ने एक साथ उनका नाम पुकारना शुरू कर दिया।'

'हाँ, मुझे याद है।'

'उस छवि को आप अपने दिमाग में याद रखिए। मैं आपको पोप के चुनाव के बारे में एक प्राचीन नियमावली को पढ़कर सुनाता हूँ।' उस आदमी ने अपनी जेब से कुछ कागजात निकाले, अपना गला साफ किया और पढ़ना शुरू किया। 'भक्ति से चुनाव तब होता है जब...सभी कार्डिनल, मानो पवित्र आत्मा की प्रेरणा से स्वतंत्र रूप से और एक साथ मिलकर ज़ोर-ज़ोर से एक व्यक्ति का नाम पुकारने लगते हैं।'

ग्लिक मुस्कुराया। 'यानी आप कह रहे हैं कि कल की रात जब कार्डिनल कार्लो वेंट्रेस्का का नाम लेकर पुकार रहे थे तो उन्होंने दरअसल एक नए पोप का चुनाव कर लिया था?'

'हाँ, बेशक उन्होंने किया। इसके अलावा, कानून के अनुसार इस विधि से चुने गए व्यक्ति के लिए कार्डिनल होना ज़रूरी नहीं होता। इसके अनुसार किसी भी पादरी, बिशप या कार्डिनल को चुना जा सकता है। इसलिए अगर आप देखें तो केमरलेग्नो इस तरीके से पोप के तौर पर चुने जाने के लिए पूरी तरह योग्य थे।' डॉक्टर वैनेक अब सीधे कैमरे में देख रहे थे। 'तथ्य ये हैं ... कार्लो वेंट्रेस्का को कल रात पोप चुना गया। वे केवल सत्रह मिनट के लिए पोप रहे। और अगर वे आग के खंभों के बीच आसमान में ग़ायब नहीं हो गए होते तो उन्हें आज वेटिकन की सुरंगों के अंदर दूसरे पोपों के साथ दफनाया गया होता।'

'शुक्रिया डॉक्टर।' ग्लिक अब मैक्री की ओर मुड़ा। उसकी आँखों में शैतानी भरी चमक थी। 'मोस्ट इल्युमिनेटिंग...काफी प्रकाश देने वाला...'

137

रोम के कोलिसियम के ऊपर खड़े होकर विट्टोरिया ने हंसते हुए उसे पुकारा। 'रॉबर्ट, जल्दी आओ, मुझे पता था कि मुझे तुमसे कम उम्र के इंसान से शादी करनी चाहिए थी।' उसकी मुस्कुराहट में जादू था।

विट्टोरिया के साथ चलने में उसे दिक्कत महसूस हो रही थी। उसे लग रहा था कि उसके पैर पत्थर की तरह भारी हों। 'रुको।' उसने विनती की। 'मेहरबानी करके रुको।'

उसके सिर में तेज़ दर्द हो रहा था।

रॉबर्ट लैंग्डन हड़बड़ा कर उठा।

अंधकार।

वह अपने बिस्तर की अपरिचित नरमी में थोड़ी देर तक लेटा रहा। उसे समझ में नहीं आ रहा था कि वह कहाँ है। चिड़ियों के पंख के बने बड़े बड़े तकिए बेहतरीन थे। हवा में भीनी खुशबू थी। कमरे के दूसरे छोर पर शीशे के दो दरवाज़े एक खूबसूरत बालकनी में खुल रहे थे जहाँ हल्की हल्की हवा बादलों भरे आसमान में चांद के साथ खेल रही थी। लैंग्डन याद करने लगा कि वह यहाँ कैसे पहुँचा था और वो किस जगह पर है।

यथार्थ के परे की स्मृतियाँ उसकी चेतना में उमड़ घुमड़ रही थी...

रहस्यमय आग की चिता... भीड़ से बाहर आता एक देवदूत या परी... जो उसके हाथ को अपने मुलायम हाथ में ले कर उसे रात के अंधेरे में ले कर जा रही थी... उसके थके हारे और घायल शरीर को गलियों में रास्ता दिखाती... इस जगह ले आयी

थी ... उसे खौले हुए गरम पानी में लिटा दिया था ... और इस बिस्तर पर ले आयी थी ... और वह मुर्दों की तरह गहरी नींद की आगोश में गया तो वह उसे देख रही थी।

हल्की रोशनी में लैंग्डन को अब एक दूसरा बिस्तर भी दिखाई दे रहा था। उस पर पड़ी चादर मुड़ी तुड़ी थी लेकिन बिस्तर खाली था। साथ वाले कमरे से वह हल्के हल्के पानी की धार की आवाज़ सुन रहा था।

उसने जब विट्टोरिया के बिस्तर को देखा तो उसके तकिए पर मोटे अक्षरों में होटल का नाम लिखा था—होटल बर्निनी। लैंग्डन को हंसी आ गई। विट्टोरिया ने सही जगह चुना था। बर्निनी के फव्वारे के सामने बनी पुराने जमाने की विलासिता वाली जगह ... पूरे रोम में इस से सही जगह नहीं हो सकती थी।

वहाँ लेटे हुए उसे दरवाज़े पर जोर जोर से ठकठकाने देने की आवाज़ सुनाई दे रही थी। वह समझ गया कि इसी की वजह से उसकी नींद खुली थी। कोई दरवाज़े पर दस्तक दे रहा था जो तेज़ होता जा रहा था।

लैंग्डन को समझ में नहीं आ रहा था। वह उठ कर बैठ गया। उसने सोचा कि *किसी को ये मालूम नहीं कि वे लोग यहाँ हैं*। उसे थोड़ी परेशानी हुई। वह होटल बर्निनी के शानदार कपड़े पहन कर सूट के फोयेर के पास पहुँचा। वहाँ पर वह बलूत के भारी दरवाज़े के पास एक पल के लिए रुका। फिर उसने दरवाज़ा खोल दिया।

एक ताकतवर आदमी, जिसने बैगनी और पीले रंग की वर्दी पहन रखी थी, उसकी ओर घूर रहा था। 'मैं लेफ्टिनेंट चार्टरैंड हूँ, वेटिकन स्विस गार्ड।' उस व्यक्ति ने कहा।

लैंग्डन उसे अच्छी तरह जानता था। 'हमारे बारे में तुम्हें कैसे पता चला?'

'मैंने आपको कल रात चौराहे से जाते देखा था। मैंने आपका पीछा किया। मुझे संतोष है कि आप अब भी यहीं हैं।'

लैंग्डन को अचानक थोड़ी बेचैनी का अनुभव हुआ। वह सोचने लगा कि कही कार्डिनलों ने चार्टरैंड को विट्टोरिया और लैंग्डन को अपने साथ वापस वेटिकन सिटी में बुलाने तो नहीं भेजा है। आखिर, कार्डिनलों के अलावा ये ही दो लोग थे जिन्हें सचाई का पता था। वे बोझ थे।

'महामहिम ने मुझे आपको ये देने कहा है।' चार्टरैंड ने वेटिकन के सील से बंद एक लिफाफा लैंग्डन को पकड़ाते हुए कहा। लैंग्डन ने लिफाफा खोल कर पढ़ना शुरू किया।

'मिस्टर लैंग्डन और मिस वेट्रा,

हालाँकि मैं दिल की गहराई से चाहता हूँ कि पिछले चौबीस घंटों की घटनाओं के बारे में आप विवेक से काम लें, लेकिन आपने अब तक जितना किया है उससे अधिक आपसे नहीं मांग सकता। इसलिए मैं विनम्रतापूर्वक अपनी बात वापस लेता हूँ और आपसे

आग्रह करता हूँ कि आप वही कीजिए जो आपका हृदय आपसे कहे। आज दुनिया बेहतर लग रही है...शायद सवाल जवाबों से ज़्यादा शक्तिशाली हैं।

मेरे दरवाज़े हमेशा खुले हैं,

महामहिम सैवेरियो मोर्टाटी।'

लैंग्डन ने यह संदेश दो बार पढ़ा। ज़ाहिर था कि कार्डिनलों ने एक श्रेष्ठ और उदार व्यक्ति को पोप के रूप में चुना था।

लैंग्डन कुछ बोलता उसके पहले ही चार्टरैंड ने एक छोटा सा पैकेट निकाला। 'महामहिम की ओर से कृतज्ञता के तौर पर एक छोटी सी भेंट।'

लैंग्डन ने पैकेट ले लिया। भूरे कागज में लिपटा पैकेट काफी भारी था।

'उनके आदेश से,' चार्टरैंड ने कहा, 'यह चीज़ पोप की अलमारी से आपके लिए अनंत काल के कर्ज के तौर पर दी जा रही है। महामहिम ने आपसे सिर्फ इतना आग्रह किया है कि अपनी वसीयत में आप इस चीज़ को इसके घर तक पहुँचाने की व्यवस्था कर देंगे।'

लैंग्डन ने पैकेट खोला तो वह अवाक रह गया। इसमें ब्रांड था। *इल्युमिनाटी हीरा*।

चार्टरैंड मुस्कुराया। 'ईश्वर आपको शांति दें।' वह वापस जाने के लिए मुड़ा।

'तुम्हारा...शुक्रिया।' लैंग्डन बस इतना बोल पाया। कीमती उपहार को पकड़े हुए उसकी उँगलियाँ कांप रही थी।

हॉल के अंदर गार्ड हिचकिचा रहा था। 'मिस्टर लैंग्डन, मैं आपसे एक सवाल पूछ सकता हूँ?'

'जरूर।'

'मैं और मेरे साथी गार्ड उत्सुक हैं। उन आखिरी कुछ मिनटों में...ऊपर हेलीकॉप्टर के अंदर क्या हुआ था?'

लैंग्डन पर चिंता छा गई। उसे पता था कि वक्त आ गया है—सच बोलने का वक्त। उसने और विट्टोरिया ने इसके बारे में कल रात ही बात की थी जब वे चुपचाप सेंट पीटर चौराह से निकल आए थे। उन्होंने फैसला कर लिया था ... पोप की चिट्ठी मिलने के पहले ही।

विट्टोरिया के पिता ने सपना देखा था कि एंटीमैटर की खोज आत्मिक पुनर्जागरण को जन्म देगी। कल रात जो कुछ हुआ वे ऐसा नहीं चाहते थे लेकिन इस तथ्य से इनकार नहीं किया जा सकता था कि इस वक्त, दुनिया भर में लोग ईश्वर के बारे में जिस तरह से सोच रहे थे उस तरह उन्होंने पहले कभी नहीं सोचा था। यह जादू कब तक चलता रहेगा ये तो लैंग्डन और विट्टोरिया को पता नहीं था लेकिन वे जानते थे कि वे इस आश्चर्य को संदेह और कलंक से ध्वस्त नहीं करेंगे। ईश्वर के तौर तरीके न्यारे हैं, लैंग्डन ने खुद से कहा। वह रूखे ढंग से सोच रहा था कि शायद *कल जो कुछ भी हुआ वह ईश्वर की इच्छा थी*।

'मिस्टर लैंग्डन.' चार्टरैंड ने अपनी बात दोहराई। 'मैं हेलीकॉप्टर के बारे में पूछ रहा था।'

लैंग्डन उदास ढंग से मुस्कुराया। 'तुम जानते हो...' उसे लगा जैसे शब्द उसके दिमाग़ से नहीं बल्कि उसके हृदय से निकल रहे हों। 'शायद यह नीचे गिरने से लगे धक्के की वजह से हुआ हो, मेरी याद्दाश्त जैसे पूरी तरह धुंधली हो गई है...'

चार्टरैंड वहीं बैठ गया। 'आपको *कुछ भी* याद नहीं?'

लैंग्डन ने गहरी साँस ली। 'मुझे लगता है कि ये हमेशा एक रहस्य बना रहेगा।'

रॉबर्ट लैंग्डन जब अपने शयनकक्ष में वापस लौटा तो सामने का नजारा देखकर वह ठिठक गया। विट्टोरिया बालकनी में खड़ी थी, उसकी पीठ रेलिंग की ओर थी और वह घूर कर उसे देख रही थी। वह कोई दैवी आत्मा की तरह लग रही थी ... जैसे चमकदार छाया जिसके पीछे चांद दिखाई दे रहा था। वह रोम की देवी लग रही थी जो सफेद टेरीक्लोथ पोशाक पहनी हुई थी। उसकी रस्सी सामने तनी हुई थी। उसके छोटे वक्ष उभरे हुए दिखाई दे रहे थे। उसके पीछे बर्निनी के फव्वारे के ऊपर पीले रंग की धुंध छायी थी जो आभामंडल की तरह लग रही थी।

लैंग्डन को उसकी ओर एक तीव्र आकर्षण का अनुभव हुआ, जैसा कि उसे अपनी ज़िंदगी में किसी दूसरी औरत के लिए नहीं हुआ था। धीरे से उसने इल्युमिनाटी ब्रांड और पोप की चिट्ठी अपने पलंग के बगल वाली टेबल पर रख दी। *ये सब बताने के लिए बाद में समय रहेगा।* वह बालकनी में उसके नजदीक गया।

उसे देखकर विट्टोरिया खुश थी। 'आप जगे हैं,' उसने शरमाते हुए धीमी आवाज़ में कहा। '*आखिरकार*।'

लैंग्डन मुस्कुराया। 'आज का दिन बहुत लंबा था?'

उसने लैंग्डन के घने बालों में उँगली फेरना शुरू कर दिया। उसकी पोशाक की गरदन थोड़ी नीचे सरक आयी। 'और अब शायद आप अपना पुरस्कार चाहते हैं?'

यह वाक्य सुनकर लैंग्डन भौचक्का रह गया, 'माफ करना...'

'हम लोग बालिग हैं, रॉबर्ट। तुम इसे स्वीकार कर सकते हो। तुम्हें चाहत का अनुभव हो रहा है। मैं इसे तुम्हारी आँखों में देख सकती हूँ।' वह मुस्कुराई। 'मैं भी ऐसा ही महसूस कर रही हूँ। और यह भूख अब संतुष्ट होने वाली है।'

'क्या सचमुच। ?' उसे थोड़ी हिम्मत आयी। वह उसकी तरफ बढ़ा।

'*पूरी तरह से*।' उसने कमरे में रखे खाने का मेन्यू आगे बढ़ाया। 'उनके पास जो कुछ भी है मैंने उसका ऑर्डर दिया है।'

***

भोजन बेहद स्वादिष्ट था। उन्होंने साथ मिलकर चांद की रोशनी में खाना खाया ... बालकनी में बैठ कर ... इतालवी स्वादिष्ट व्यंजनों फ्रिस्सी, ट्रफल्स और रिसोतो। उन्होंने डोल्केटो शराब पी और देर रात तक बात करते रहे।

विट्टोरिया के इशारों को समझने के लिए लैंग्डन को संकेत विज्ञान का विद्वान होने की ज़रूरत नहीं थी। खाने के बाद बॉयसेनबेरी आइसक्रीम को सेवोयराडी और गरमागरम रोमकैफे के साथ खाते हुए विट्टोरिया ने टेबल के नीचे से अपना उघड़ा हुआ पैर उसके पैर से रगड़ा और उसकी तरफ मादक नज़रों से देखा। लग रहा था कि वह उसे अपना चम्मच नीचे रख, उसे अपनी बांहों में उठाकर ले जाने कह रही हो।

लेकिन लैंग्डन ने कुछ नहीं किया। वह एकदम भला इंसान बना रहा। *दो लोग मिल कर ये खेल खेल सकते हैं*, उसने अपनी दुष्टतापूर्ण हंसी छुपाते हुए सोचा।

खाना समाप्त करने के बाद लैंग्डन अपने बिस्तर के किनारे जाकर अकेला बैठ गया। वह इल्युमिनाटी ब्रांड को बार-बार अपने हाथ में घुमा फिरा रहा था और इसकी अद्भुत समरूपता का बखान कर रहा था। विट्टोरिया उसे घूरती जा रही थी। उसकी दुविधा बढ़ती जा रही थी, वह चिढ़ रही थी।

'तुम्हें एंबीग्राम बहुत ही मजेदार लग रहा है, है न?' उसने पूछा।

लैंग्डन ने सिर हिलाकर जवाब दिया, 'सम्मोहक।'

'तुम्हें लगता है कि इस कमरे में यह सबसे मजेदार चीज़ है?'

लैंग्डन ने अपना सर खुजाया। वह झूठमूठ यह दिखा रहा था मानो वह इसके बारे में सोच रहा हो। 'हाँ, एक और चीज़ है जो इससे भी ज़्यादा मजेदार है।'

वह मुस्कुराई और उसकी तरफ आगे बढ़ती हुई बोली, 'और वो चीज़ है ...?'

'तुमने आइंस्टीन के सिद्धांत को टूना मछली का इस्तेमाल कर कैसे गलत साबित कर दिया?'

विट्टोरिया ने अपने हाथ ऊपर के तरफ करते हुए कहा, 'हे भगवान, बहुत हो गई टूना मछली वाली बात। मेरे साथ मज़ाक मत करो। मैं तुम्हें सावधान कर रही हूँ। बहुत हो गया।'

लैंग्डन हंसा। 'हो सकता है तुम कोई ऐसा प्रयोग करो जिससे साबित हो जाए कि धरती चपटी होती है।'

अब विट्टोरिया बिल्कुल गुस्से में थी लेकिन उसके चेहरे पर हंसी उभर आयी। 'आपकी सूचना के लिए प्रोफेसर साहब, मेरे अगले प्रयोग से वैज्ञानिक इतिहास बनने वाला है। मैं साबित करना चाहती हूँ कि न्यूट्रिनो में मास यानी भार होता है।'

'न्यूट्रिनो में मास?' लैंग्डन ने उसकी ओर आश्चर्यचकित होकर देखा। 'मुझे ये नहीं पता था कि वे कैथोलिक होते हैं।'

एक सहज गति के साथ वह उसके ऊपर थी, लैंग्डन उसके नीचे दबा हुआ था।'मैं आशा करती हूँ कि आप पुनर्जन्म में भरोसा करते हैं, रॉबर्ट लैंग्डन।' विट्टोरिया उस के ऊपर चढ़ कर हंस रही थी। उसके हाथों ने लैंग्डन को दबा रखा था। उसकी आँखें में एक चुलबुली आग जल रही थी।

'दरअसल।' हंसते हंसते उसकी अब साँस फूल रही थी। 'मुझे इस दुनिया से परे किसी भी चीज़ के बारे में सोचने में परेशानी होती है।'

'सचमुच? यानी तुम्हें आज तक कोई भी धार्मिक अनुभव नहीं हुआ है? परम आनंद के अनुभव का एक पल?'

लैंग्डन ने अपना सिर हिलाया। 'नहीं, और मुझे इस बात पर गंभीर संदेह है कि मेरे जैसे आदमी को कभी धार्मिक अनुभव हो भी सकता है या नहीं।'

विट्टोरिया ने अपनी पोशाक सरका दी। 'तुम आज तक किसी योग के शिक्षक के साथ नहीं सोए हो, बोलो सोए हो?'

आभार

मेरे प्रिय दोस्तों में से एक और मेरे संपादक जेसोन कौफमैन का दिल से आभार जिन्होंने संकेत-विज्ञानी रॉबर्ट लैंग्डन से जुड़ी बातों के तर्कों को शुरू में ही स्वीकार कर लिया... और ये सपना देखा कि यह प्रयास कहाँ तक जा सकता है।

अतुलनीय व्यक्तित्व की धनी हीड लैंग को भी मेरा आभार जिन तक एंजेल्स और डीमन्स मुझे लेकर गई और जिन्होंने इस किताब को एक नया जीवन दिया और दुनिया के सामने लाया।

एट्रिया के एमिली बेस्टलर और बेन केप्लन को और पॉकेट बुक्स के सभी लोगों को दिल से शुक्रिया जिन्होंने इस किताब क निरंतर समर्थन दिया और उत्साह बढ़ाते रहे।

मैं अपनी कृतज्ञता किंवदंती सरीखे बन गए जॉर्ज वीज़र और अपने पहले एजेंट जेक एलवेल के प्रति भी प्रकट करता हूँ जिन्होंने मुझे उपन्यासों को लिखने के लिए प्रेरित किया और शुरू-शुरू में इस किताब को पॉकेट बुक्स तक पहुँचाने में मदद की।

मेरा आभार मेरे प्रिय दोस्त इर्व सिटलर को भी है जिन्होंने पोप से मेरी मुलाकात करवाई, वेटिकन के उन हिस्सों को दिखलाया जहाँ बहुत कम लोग जा पाते हैं और रोम में मेरे समय को यादगार बनाया।

मैं जॉन लैंगडन का भी दिल से आभार व्यक्त करता हूँ जो एक ज़हीन और जन्मजात प्रतिभा वाले कलाकार हैं और जिन्होंने शानदार तरीके से इस उपन्यास के लिए एम्ब्रीग्राम तैयार की मेरी असंभव और कठिन चुनौती को स्वीकार किया।

मैं ओहायो विश्वविद्यालय-चिलकोट के मुख्य पुस्तकालयाध्यक्ष स्टेन प्लेनटन का भी आभारी हूँ जिन्होंने अनगिनत विषयों पर सूचनाएँ उपलब्ध करवाई।

मेरा आभार सिल्विया केवेज़्ज़िनी को भी है जिन्होंने गुप्त पेसेटो की यात्रा उदारतापूर्ण यात्रा करवाई।

और सबसे बढ़िया माता-पिता, डिक और कोनी ब्राउन को भी मेरा दिल से आभार जिसके बारे में एक बच्चा कामना ही कर सकता है। मेरे लिए वे सब कुछ हैं।

इसके साथ ही मैं CERN, हेनरी बैकेट, ब्रेट ट्रॉटर, पॉन्टिफिकल एकेडमी ऑफ साइंस, ब्रूकवन इंस्टिट्यूट, फर्मीलैब लाइब्रेरी, ओल्गा वीज़र, डॉन उल्च ऑफ द नेशनल

सेक्यूरिटी इंस्टिट्यूट, गरहर्ड एंड ओमर अल किंडी, जॉन पाइंक एंड द फेडरेशन ऑफ अमेरिकन साइंटिस्ट्स, हिमलिच विसरहोल्डर, कोरिना और डेविस हेम्मोंड, एज़ाज़ अली, द गैलेलियो प्रोजेक्ट ऑफ राइस यूनिवर्सिटी, मॉकिंगबर्ड पिक्चर्स के जूली लिन और चार्ली रयान, गैरी गोल्डस्टीन, डेव(विलास) अर्नोल्ड एंड एंड्रे क्राफोर्ड, द ग्लोबल फ्रेटरनल नेटवर्क, द फिलिप्स एक्जिटर एकेडमी लाइब्रेरी, जिम बैरिंगटन,जॉन मायर, मार्गी वाचटेल की अत्यधिक सघन दृष्टि, अल्ट-मेजोनिक मेम्बर्स, एलेन वूले, द लाइब्रेरी ऑफ कांग्रेस वेटिकन, कोडिसिज इक्जविट, लिजा कैलामारो और कैलामारो एजेंसी, जॉन ए. स्टोवेल, मूजी वेटिकानी, अल्डो बेगिया, नोह अलिरेज़ा, हैरियट वाकर, चार्ल्स टेरी, माइक्रोन इलेक्ट्रोनिक्स, मिंडी रेंनसेलायर, नैन्सी एंड डिक कर्टिन, थॉमस डी. नाडेऊ, नूवोमेडिया एंड रॉकेट ई-बुक्स, फ्रैंक एंड सिल्विया कैनेडी, रोम बोर्ड ऑफ टूरिज्म, मेस्ट्रो ग्रिगेरी ब्राउन, वाल ब्राऊन, वार्नर ब्रान्डीस, डाइरेक्ट कॉन्टेक्स के पॉल क्रूपीन, पॉल स्टार्क, कॉम्पुटॉक नेटवर्क के टॉम किंग, सेंडी एंड जेरी नोलन, वेब गुरु लिंडा जॉर्ज, द नेशनल एकेडमी ऑफ आर्ट इन रोम, फिजिसिस्ट एंड फेलो स्क्राइव स्टीव होवे, रॉबर्ट वेस्टन, न्यू हैमस्फायर के इक्जीटर में वाटर स्ट्रीट बुकस्टोर और वेटिकन ऑब्जर्वेटरी के प्रति भी दिल से आभार व्यक्त करता हूँ।